Taschenbuch des Pflanzenarztes

D1730053

'99 Taschenbuch des Pflanzenarztes

Der aktuelle Helfer zur Erkennung und Bekämpfung
von Krankheiten und Schädlingen an Kulturpflanzen und
Vorräten sowie zur Ausschaltung von Unkräutern.

Bearbeitet von:

Dr. Ehler Meyer	Münster	Schriftleitung, Pflanzenschutz-mittelübersicht, Pflanzenschutz im Gemüsebau
Dr. Frank Emschermann	Münster	Forst- und Holzschutz
Dr. Johann Frahm	Münster	Pflanzenschutz im Ackerbau und Grünland
Detlef Gebel	Münster	Unkrautbekämpfung im Ackerbau und Grünland
Dr. Detlef Hänisch	Münster	Nagetierbekämpfung, Vorrats- und Textilschutz
Dr. Marianne Klug	Münster	Pflanzenschutz im Obstbau, Pflanzen- und Warenbeschau, Handel mit Anbaumaterial
Dr. Lothar Knott	Münster	Pflanzenschutztechnik
Dr. Theodor Kock	Münster	Gesetze und Verordnungen
Dr. Georg Meinert	Stuttgart	Pflanzenschutz im Hopfen - und Tabakanbau
Dr. Günter Schruft	Freiburg	Pflanzenschutz im Weinbau

Begründet 1949 von Prof. Fr.-W. Maier-Bode †
fortgeführt seit 1953 von Prof. Dr. H. Heddergott
fortgeführt seit 1986 von Dr. H. Thiede †

1999

48., neu bearbeitete Folge
Landwirtschaftsverlag GmbH, Münster-Hiltrup

Landwirtschaftsverlag GmbH,
48084 Münster

48., neu bearbeitete Folge
© Landwirtschaftsverlag GmbH, Münster-Hiltrup, 1999

Gesamtherstellung: LV Druck im Landwirtschaftsverlag GmbH

Gedruckt auf chlorfrei gebleichtem Papier

Printed in Germany

ISBN 3-7843-2928-4

Vorwort

Das Taschenbuch des Pflanzenarztes liegt nun neubearbeitet in der 48. Folge vor. Es soll einerseits den Beratern für das tägliche Beratungsgeschäft und andererseits den Praktikern für ihre Entscheidungsfindung bei Pflanzenschutzmaßnahmen die notwendigen Informationen schnell und hinreichend differenziert zur Verfügung stellen. Die richtige Diagnose der Schadursache sowie aktuelle Informationen über Bekämpfungsmöglichkeiten einschließlich der Anwendung zugelassener Pflanzenschutzmittel in den ausgewiesenen Anwendungsgebieten sind Voraussetzung für gezielte Maßnahmen zur Vermeidung wirtschaftlicher Verluste. Die Bekämpfungshinweise erfolgen unter Einbeziehung pflanzenbaulicher Kenntnisse gemäß der "guten fachlichen Praxis" sowie aller wirtschaftlich sinnvollen Pflanzenschutzmaßnahmen im Sinne des Integrierten Pflanzenschutzes. Allen Verkäufern von Pflanzenschutzmitteln bietet dieses Buch eine Grundlage, sachkundig zu beraten.

Wie in den vergangenen Jahren wurde in allen Kapiteln eine Aktualisierung und Ergänzung des Textes unter Berücksichtigung neuer Literatur sowie unter Einbeziehung neuer Erkenntnisse vorgenommen, die auf Fachtagungen und aus eigenen Versuchen und Untersuchungen gewonnen wurden. Besonders zu erwähnen sind folgende Änderungen:

Die Beschreibung der wichtigsten Krankheiten und Schädlinge wurde um neue Schadursachen ergänzt und die Hinweise zur Bekämpfung angepaßt, um jedem Leser eine hohe Aktualität zu bieten. Die Pflanzenschutzmittelübersicht wurde nach den jüngsten Informationen überarbeitet, so daß die Funktion eines aktuellen Ratgebers erhalten bleibt. Sie beinhaltet - wie bisher - neben vorausgehenden allgemeinen Erläuterungen und Hinweisen sowie Wirkungsübersichten von Herbiziden vor allem tabellarische Zusammenstellungen der Anwendungsgebiete der zum aktuellen Stand zugelassenen Pflanzenschutzmittel in einer Kurzfassung. Zur genauen Information über die Anwendung muß in jedem Fall die Gebrauchsanleitung zu Rate gezogen werden. Die Tabellen wurden nach einem einheitlichen Schema gestaltet, um eine schnelle Orientierung zu ermöglichen.

Der Teilbereich "Gesetze und Verordnungen" ist in erheblichen Umfang überarbeitet worden, da die zentrale, gesetzliche Grundlage des Pflanzenschutzes in Deutschland, das Pflanzenschutzgesetz, in wesentlichen Teilen geändert wurde. Die Neufassung dieses Gesetzes, das im Mai 1998 im Bundesgesetzblatt veröffentlicht wurde, ist in voller Länge wiedergegeben. Es setzt unter anderem die Richtlinie 91/414 EWG in nationales Recht um. Die auf diesem Gesetz beruhenden Verordnungen müssen ebenfalls angepaßt werden. Da dieser Prozeß bei Redaktionsschluß noch nicht abgeschlossen war, kann hier nur ein Zwischenstand dargestellt werden.

Für die Bearbeitung dieser Ausgabe wurden die dem Pflanzenschutzdienst zugänglichen Informationsquellen genutzt. Hinsichtlich der Anwendung von Pflanzenschutzmitteln wurden insbesondere die Informationen und Daten der Biologischen Bundesanstalt und der Pflanzenschutzfirmen ausgewertet. Frau Ursula Hummelt hat wiederum im wesentlichen die technische Umsetzung bei der Überarbeitung vorgenommen.

Für Wünsche und Anregungen hinsichtlich Verbesserungen und Ergänzungen wäre ich sehr dankbar. Verlag und Verfasser hoffen, daß auch die 48. Folge dieses Buches eine wohlwollende Aufnahme findet. Redaktionsschluß für die vorliegende Folge war der 15. September 1998.

Münster, den 15. Oktober 1998   E. Meyer

Kapitelübersicht

Inhaltsverzeichnis

Inhaltsverzeichnis

Inhaltsverzeichnis

1   Hinweise zur Benutzung des Taschenbuches

Krankheiten und Schädlinge

Das Taschenbuch des Pflanzenarztes beinhaltet schwerpunktmäßig die Beschreibung der wichtigsten in Mitteleuropa vorkommenden Schadursachen an Kulturpflanzen in den Bereichen **Ackerbau** einschließlich der **Sonderkulturen**, im **Grünland**, im **Gemüse-** und **Obstbau**, in **Baumschulen** und im **Forst** sowie die Bekämpfung von Krankheiten und Schädlingen an den betreffenden Kulturpflanzen. Auch wird der **Vorrats-** und **Materialschutz** angesprochen.

Dieser Buchabschnitt ist innerhalb der Anbausparten alphabetisch nach Kulturen geordnet und so aufgebaut, daß ausgehend von der Schadensbeschreibung die zugehörige Schadursache genannt wird und anschließend Empfehlungen zur Bekämpfung der Schaderreger gegeben werden. Die bei der Darstellung verwendeten Zeichen bedeuten:

> ☐ **WIE** zeigt sich der Schaden?
>
> ○ **WER** verursacht den Schaden?
>
> △ **WIE** verhindert man den Schaden?

Dabei werden im Sinne des Integrierten Pflanzenschutzes vorrangig **biologische**, **biotechnische**, **pflanzenzüchterische** sowie **anbau-** und **kulturtechnische** Maßnahmen genannt.
Da allerdings die gezielte, zeitgerechte Anwendung von Pflanzenschutzmitteln in vielen Fällen eine unerläßliche zusätzliche Pflanzenschutzmaßnahme darstellt, nimmt sie innerhalb der Beschreibung der Bekämpfung einen recht breiten Raum ein. Bewußt werden in diesem Buchteil jedoch nicht die Handelsbezeichnungen der Pflanzenschutzmittel (Präparatenamen) sondern nur die Wirkstoffe - ohne weitere Erläuterungen - genannt, um nicht jedesmal die Vielzahl von Handelsbezeichnungen mit demselben Wirkstoff wiederholen zu müssen.

Pflanzen- und Warenbeschau

In diesem Kapitel sind einige wichtige Hinweise aufgeführt, die zu beachten sind, um der zunehmenden Bedeutung des Handels mit Pflanzen in nationalen, in innergemeinschaftlichen und im internationalen Bereich gerecht zu werden. Der Leser wird mit den dazu ergangenen Vorschriften zur Pflanzenbeschau sowie zum Inverkehrbringen von Anbaumaterial von Gemüse-, Obst- und Zierpflanzenarten vertraut gemacht.

Vorsichtsmaßnahmen bei der Anwendung von Pflanzenschutzmitteln

Dieser Abschnitt enthält

- Hinweise auf die geltende Gesetzgebung zum Umgang mit Gefahrstoffen einschließlich der Darstellung der Gefahrensymbole und -bezeichnungen,
- Hinweise zur Vermeidung von Gesundheits- und Umweltschäden und
- Anschriften und Telekommunikationsverbindungen der amtlich gemeldeten Informations- und Behandlungszentren für Vergiftungsfälle mit 24-Stundendienst.

Die Angaben zu den **Informations- und Behandlungszentren für Vergiftungsfälle** entsprechen dem aktuellen Stand bei Redaktionsschluß.

Pflanzenschutzmittelübersicht

Eine Übersicht über alle amtlich zugelassenen Pflanzenschutzmittel mit den zugehörigen Anwendungsgebieten schließt sich in einem gesonderten Abschnitt an. Er beinhaltet neben vorausgehenden allgemeinen Erläuterungen und Hinweisen sowie einigen Wirkungsübersichten von Herbiziden vor allem tabellarische Zusammenstellungen der Anwendungsgebiete zugelassener Pflanzenschutzmittel in einer Kurzfassung. Zur genauen Information über die Anwendung muß in jedem Fall die Gebrauchsanleitung zu Rate gezogen werden. Die Tabellen wurden nach Bekämpfungszwecken, Kulturenbereichen und Wirkstoffen geordnet und sind nach einem einheitlichen Schema gestaltet.

Verwendung von Begriffen

Am 1. Juli 1998 trat das Erste Gesetz zur Änderung des Pflanzenschutzgesetzes (BGBl. I S. 950) in Kraft (Näheres siehe "Gesetze und Verordnungen"). Nach § 6a ist die Anwendung von Pflanzenschutzmitteln nur in den mit der Zulassung festgesetzten oder in den genehmigten Anwendungsgebieten erlaubt; dies ist die sogenannte "Indikationszulassung". Bis zum 1. Juli 2001 gelten hierfür nach § 45 Übergangsvorschriften, sofern die sogenannten "Anwendungsbestimmungen" in der Gebrauchsanleitung nichts anderes vorschreiben.

Im folgenden werden im Zusammenhang mit der Zulassung von Pflanzenschutzmitteln nach § 15 die Ausdrücke **"Zulassung"** oder **"zugelassen"** gebraucht. Die Anwendung gegen bestimmte Schadursachen in einzelnen Kulturen oder Kulturengruppen - bezeichnet als **Anwendungsgebiet** - ist über die Zulassung dadurch bestimmt, daß im Zulassungsbescheid diese Anwendungsgebiete festgesetzt sind. Die Gebrauchsanleitung enthält alle Anwendungsgebiete.

Im vorliegenden Taschenbuch werden in Verbindung mit den in der Zulassung festgesetzten Anwendungsgebieten die Ausdrücke **"Ausweisung"** oder **"ausgewiesen"** gebraucht. Ist die Anwendung in einem Anwendungsgebiet jedoch nach § 18 (Genehmigungsverfahren) erlaubt, werden die Begriffe **"Genehmigung"** oder **"genehmigt"** verwendet. Werden Wirkstoffe oder Handelspräparate in Zusammenhang mit nicht ausgewiesenen oder nicht genehmigten Anwendungsgebieten genannt, erfolgt eine entsprechende Kennzeichnung (siehe Kapitelanfang "Krankheiten und Schädlinge der Kulturpflanzen und ihre Bekämpfung").

Einige Pflanzenschutzmittel, insbesondere einige Insektizide sind bei der Zulassung nach den bisherigen gesetzlichen Grundlagen mit bußgeldbewehrten Auflagen ("Anwendungsbestimmungen") versehen, die eine Anwendung in anderen als den in der Gebrauchsanleitung genannten Anwendungsgebieten und unter anderen Anwendungsbedingungen nicht erlauben. Listen solcher Pflanzenschutzmittel finden Sie mit entsprechenden Hinweisen am Beginn des Kapitels "Pflanzenschutzmittelübersicht".

Pflanzenschutztechnik

Neben einigen grundsätzlichen Erläuterungen zur Pflanzenschutztechnik werden in diesem Kapitel umfassend Pflanzenschutzmaschinen und -geräte sowie deren Ausstattungen aufgeführt, die von der Biologischen Bundesanstalt für Land- und Forstwirtschaft (BBA) geprüft und anerkannt worden sind. Anerkannte Maschinen und Geräte sowie Maschinen- und Geräteteile dürfen das Anerkennungszeichen **"amtlich geprüft, anerkannt"** führen. Übersichten der Anbieter von amtlich anerkannten Pflanzenschutzmaschinen und -geräten und von Anbietern von Anwender-Schutzausrüstungen ergänzen diesen Abschnitt.

Information und Beratung, Dienststellen und Organisationen

Dieser Abschnitt enthält Adressen von inländischen Beratungsorganisationen, amtlichen Dienststellen, internationalen Organisationen des Pflanzenschutzes sowie Ausbildungsstätten im Fach Phytomedizin. Dieses Adressenmaterial immer aktuell zu halten, ist außerordentlich schwierig. Die Buchleser werden gebeten, die Autoren auf nicht mehr aktuelle Daten hinzuweisen.

Gesetze und Verordnungen

Die den Pflanzenschutz tangierenden Gesetze und Verordnungen können wegen ihrer Vielzahl und ihres Umfanges aus Platzgründen nicht vollständig wiedergegeben werden.

Vollständig abgedruckt sind:
- Pflanzenschutzgesetz,
- Pflanzenschutzmittelverordnung,
- Pflanzenschutz-Sachkundeverordnung,
- Pflanzenschutz-Anwendungsverordnung,
- Bienenschutzverordnung,

Auszugsweise abgedruckt oder mit Erläuterungen versehen sind:
- Chemikalien-Verbotsverordnung,
- Gefahrstoffverordnung,
- Gesetzliche Bestimmungen - Einfuhr, Vertrieb und Anwendung

Daneben sind eine Fülle aktueller Quellenangaben von nationalen Gesetzen und Verordnungen zu einzelnen Schaderregern aber auch zum Umwelt- und Naturschutzbereich sowie zum Saatgut-, Gentechnik-Recht und zur Berufsausbildung ergänzt, so daß ein nahezu vollständiger Überblick einschließlich der Randbereiche möglich ist. Wer weitergehende Information wünscht, kann diese über die Quellenangaben sehr rasch auffinden. Eine Orientierung über die genannten Rechtsgrundlagen ist am besten über das Sachregister am Ende des Buches unter "Gesetze und Verordnungen" möglich.

Register

Außerdem enthält das Buch im Registerabschnitt **Listen mit den Handelsbezeichnungen und den darin enthaltenen Wirkstoffen der in Deutschland amtlich zugelassenen Pflanzenschutzmittel**. Die alphabetische Auflistung aller Wirkstoffe mit den dazugehörigen Handelsnamen und aller Handelsnamen mit den darin enthaltenen Wirkstoffen soll Ihnen ermöglichen, sich einen raschen und vollständigen Überblick über alle zugelassenen Pflanzenschutzmittel zu verschaffen. Vorübergehend nicht zugelassene Pflanzenschutzmittel, deren Wirkstoffe im nachfolgenden Kapitel "Krankheiten und Schädlinge der Kulturpflanzen und ihre Bekämpfung" erwähnt werden, sind in einer gesonderte Liste aufgeführt.

Die **deutschen Namen** sämtlicher im Buch behandelten Schadursachen sind in einem zweistufigen Sachregister ("Kultur" - "Schadursache") enthalten. Schadursachen, die an mehreren Kulturen eines Bereiches vorkommen und deshalb jeweils in vorgeschalteten Abschnitten behandelt werden, sind zusätzlich in umgekehrter Reihenfolge, zum Beispiel: "Schnekken" - "Ackerbau allgemein" aufgenommen worden. Außerdem enthält das Sachregister weitere wichtige Begriffe, mit Ausnahme der wissenschaftlichen Namen von Schaderregern. Dadurch ist in Verbindung mit zusätzlichen Kapitelhinweisen im Text eine schnelle Orientierungsmöglichkeit gewährleistet.

Die Angaben in diesem Taschenbuch entsprechen dem neuesten Stand der Erfahrungen des Pflanzenschutzdienstes und erfolgen nach bestem Wissen der Verfasser. Eine Gewähr für die Richtigkeit aller Angaben sowie eine Haftung für Irrtümer oder für Nachteile, die sich aus der Empfehlung bestimmter Pflanzenschutzmittel oder Verfahren ergeben könnten, werden aber weder vom Verlag noch von den Autoren übernommen.

2 Krankheiten und Schädlinge der Kulturpflanzen und ihre Bekämpfung

Hinweis:
Soweit in diesem Kapitel die Anwendung von Pflanzenschutzmitteln angesprochen wird, sind hier nur deren **Wirkstoffe,** jedoch nicht deren **Handelsbezeichnungen** genannt worden. Die zugehörigen Handelsbezeichnungen (Präparatenamen) können über die Pflanzenschutzmittelübersicht oder über den Registerabschnitt ermittelt werden.

Verwendete Anmerkungen:
[1]   Handelspräparate des genannten Wirkstoffs sind zur Zeit nicht zugelassen. Die Wiederzulassung ist jedoch beantragt. Im Betrieb befindliche Restmengen können dort noch bis zum Ablauf des zweiten auf das Ende der Zulassung folgenden Jahres aufgebraucht werden.
[2]   Handelspräparate des genannten Wirkstoffs sind zugelassen, aber für das genannte Anwendungsgebiet derzeit nicht ausgewiesen oder genehmigt.

2.1 Ackerbau

2.1.1 Ackerbau allgemein

☐ G. Veg. - Blätter unregelmäßig durchlöchert, bei starkem Befall total abgefressen. Schleimspuren. Bei trockener Witterung nur nachts, bei feuchter auch am Tage an den befallenen Pflanzen Schnecken verschiedener Arten, Auftreten vor allem an Getreide, Raps, Klee, besonders im Frühjahr und Herbst.
○ **Schnecken** (*Agriolimax*-, *Arion, Deroceras*-Arten)
△ In Getreide und Raps *methiocarb*-, *thiodicarb*- oder *metaldehyd*-haltige Schneckenköder, gekörnte Aufbereitungen (zahlreiche Präparate, siehe "Pflanzenschutzmittelübersicht - Bekämpfung von Schnecken"), wirksam gegen Nacktschnecken, vor allem Ackerschnecken, weniger Gehäuseschnecken.

☐ G. Veg. - Keimende Samen, Wurzelhals von Jungpflanzen sowie fleischige Wurzeln und Knollen werden, vor allem nachts, von vielfüßigen, langgestreckten "Tausendfüßlern" befressen, die am Tage im Boden versteckt sind. Manchmal zu Hunderten im Wurzelbereich der Pflanzen.

○ **Tausendfüßler** (verschiedene Arten)

△ Anwendung von Streugranulaten unter Beachtung der Vorschriften betreffs Wartezeiten, Anwendungsform und Nachbau nur nach vorheriger Beratung durch Pflanzenschutzdienststelle, da nur in Ausnahmefällen notwendig.

☐ Mai bis Juni - Blätter verkrüppelt, braun, schließlich absterbend, meist mit erst silbern glänzenden, später braunen Saugspuren und schwarzen Kotflecken.

○ **Blasenfüße, Thripse** (*Thysanoptera*)

△ Anwendung von Mitteln gegen saugende Insekten mit den Wirkstoffen *Dimethoat*, *Parathion* oder anderen, aber **stets** unter strenger Beachtung der Anwendungsvorschriften, vor allem betreffs Bienenschutz und Wartezeiten.

☐ Juni, Juli - Blätter von Bohnen-, Kartoffel- oder Rübenpflanzen kräuseln sich und verkrüppeln.

○ **Blattwanzen, Weichwanzen** (verschiedene Arten)

△ Oft genügen Randbehandlungen, Pflanzenschutzdienststelle befragen hinsichtlich Mittelwahl.

☐ Juni, Juli - An milchigen, halbreifen Getreideähren, oft aber auch an Wildgräsern, Saugstellen mit typischem "Speichelkegel". Qualität des Einzelkornes kann durch derartige Stichstellen **stark** gemindert sein.

○ **Getreidespitzwanze** (*Aelia acuminata* L.)

○ **Breitbauchwanze** (*Eurygaster maura* L.)

△ Spritzen gegen die schwer bekämpfbaren Wanzen mit Insektiziden nach spezieller Beratung durch Pflanzenschutzdienststelle.

☐ G. Veg. - Blätter und Triebe verkrüppelt, verfärbt, Pflanzen kümmern. Vor allem an den Triebspitzen und jungen Blättern Blattlauskolonien. Auf deren klebrigen Ausscheidungen ("Honigtau") siedeln sich im Laufe der Zeit schwarze Rußtaupilze an. Oft zahlreiche Ameisen an den befallenen Stellen.

○ **Blattläuse** (*Aphididae*)

△ Anwendung von Mitteln gegen saugende Insekten oder, falls gleichzeitig beißende Schädlinge auftreten, von Mitteln gegen beißende **und** saugende Insekten, **stets** unter Beachtung der Vorschriften über Bienenschutz und Wartezeiten. Eine gute Wirkung, auch gegen Blattläuse als Virusvektoren, haben Wirkstoffe wie *Alpha-cypermethrin*, *Beta-cyfluthrin*, *Fenvalerat*, *lambda-Cyhalothrin*, *Methamidophos*, *Oxydemeton-methyl*, *Oxydemeton-methyl + Parathion*, *Pirimicarb* und andere. Siehe auch Angaben bei den einzelnen Kulturpflanzenarten sowie in der "Pflanzenschutzmittelübersicht - Insektizide im Ackerbau".

☐ G. Veg. - Blätter, Triebe, Blüten und manchmal auch Früchte von Insektenlarven oder den voll entwickelten beißenden Insekten selbst zerfressen.

○ **Raupen, Blattwespenlarven, Käfer**

△ Durch Mittel gegen beißende Insekten oder, falls **auch** Befall durch saugende Schädlinge vorliegt, durch Mittel gegen beißende **und** saugende Insekten können die genannten

Schädlinge erfolgreich bekämpft werden. Oft keine Bekämpfung erforderlich, gegebenenfalls Beratung durch Pflanzenschutzdienst anfordern. Man beobachte die Kulturpflanzen sorgfältig und beginne mit den Bekämpfungsmaßnahmen erst (Warndienst!) bei Gefahr von kritischen Fraßschäden. Wartezeiten und Bienengefährdung beachten! Besonders schonend für die betroffenen Lebensgemeinschaften sind die für einzelne Kulturpflanzenarten im Acker- und Gartenbau sowie Forst zur Bekämpfung von Raupen zugelassenen *Bacillus-thuringiensis*-Präparate (Maiszünsler!).

☐ G. Veg. - Flecken- oder reihenweise Welken und Absterben von Pflanzengruppen oder Einzelpflanzen, auch Jungbäumen. Fraßschäden an Wurzeln, tiefe Fraßlöcher in Hackfrüchten. Im Boden weißliche, gekrümmte Käferlarven mit kräftigen, hornigen, braunen Kiefern, drei Beinpaaren und plumpem, weichhäutigem Körper. Ihre Entwicklung dauert je nach Art 1-4 Jahre.

O **Engerlinge** (*Melolontha-Amphimallon-*, *Phyllopertha*-Arten)

Δ Nach Möglichkeit die durch Engerlinge am meisten gefährdeten Hackfrüchte im Flugjahr (Maikäfer) anbauen. Sofort nach der Ernte gründliche Bodenbearbeitung, vor allem untertourige Fräsen, doppelte Scheibeneggen, rotierende Hackgeräte. Bei wertvollen Pflanzenbeständen kann je nach Präparat in Getreide, Mais, Kartoffeln, Raps und Rüben, in manchen Fällen auch bei Futterkohl, Klee, Luzerne und Lupine nach Beratung durch Pflanzenschutzdienststelle eine vorbeugende Anwendung von Bodeninsektiziden erfolgen. - Mittel gegen Engerlinge siehe "Pflanzenschutzmittelübersicht - Insektizide im Ackerbau".

☐ G. Veg. - Vor allem im (ersten und) zweiten Anbaujahr nach Grünlandumbruch Fehlstellen im Getreide, Mais, in Rübenaussaaten sowie in Gemüsejungpflanzenbeständen. An Jungpflanzen von Getreide (im Gegensatz zu Schäden durch Fritfliege oder Brachfliege) äußere Blätter zuerst absterbend, Wurzeln abgebissen oder beschädigt, auch unterirdischer Stengelteil wird angefressen und zeigt später braune Stellen, Hackfrüchte streichholzdick durchbohrt. Im Boden hellgelbe oder bräunliche, "drahtige", harte Käferlarven. Hauptschaden im Frühjahr, auch ohne vorhergegangenen Umbruch von Grünland an Mais, Rüben- und Gemüsejungpflanzen oft recht erheblich.

O **Drahtwürmer** (*Agriotes-*, *Athous-* und *Corymbites*-Arten)

Δ Vor chemischen Maßnahmen Kontrollen wie unter Mais angegeben, durchführen! Vor Rübenaussaat ist eine Saatgutbehandlung mit *Imidacloprid* (nur Zuckerrüben) möglich. Bei Mais ist gegen Drahtwürmer vor der Bestellung das Einarbeiten von Streugranulaten möglich, neuerdings auch die Verwendung von spezial-inkrustiertem Mais (Wirkstoff *Carbosulfan*). Weitere Angaben bei den einzelnen Kulturpflanzenarten, an denen Drahtwürmer Schäden verursachen, beispielsweise Mais, Rüben, Hopfen. Mittel gegen Drahtwürmer siehe "Pflanzenschutzmittelübersicht - Insektizide im Ackerbau".

☐ Nov. bis Mai - Kahlstellen im Getreide, vor allem nach Grünland- und Kleeumbruch. Pflanzen werden dicht über dem Boden durch graue, in der Erde lebende Mückenlarven ("Wiesenwürmer") abgebissen, besonders nachts, bei bedecktem Wetter auch am Tage. Die typischen Kahlstellen zeigen sich vor allem auf Grünland in feuchten Gebieten nach mildem Winter.

O **Wiesenwürmer** (*Tipula*-Arten)

Δ Beim Einlegen von flach abgestochenen 20 x 20 cm großen Grassoden in Viehsalzlösung (2 kg in 10 l Wasser) kommen die Larven heraus und können gezählt werden (optimal bei Temperaturen >15 °C). Bekämpfung erforderlich, wenn auf Grünland im

Frühjahr mehr als 4 Larven je Probe (= 100 Larven/m²), im Herbst mehr als 12 Larven (= 300 Larven/m²), bei Gemüse und Rüben (Schadfraß nicht nur nach Grünlandumbruch) etwa 2 Larven/m Drillreihe, bei Getreide mehr als 4 Larven je lfd. m Drillreihe (Bodenoberfläche durchsuchen!) vorhanden sind.

Am besten im Frühwinter (Nov./Dez.) bei Erreichen der Schadensschwelle, aber auch im zeitigen Frühjahr bei feuchtem Wetter Anwendung von *Parathion* gegen Tipula (Ausstreuen mit *Parathion* selbsthergestellter Streuköder). Je ha bei Ackerland 25 kg Kleie nach Vorschrift mit *Parathion* unter Zusatz von 12 l Wasser mischen und feuchtkrümelig ausstreuen. Bei Grünland Spritzverfahren mit einem *Parathion*-Präparat nach Vorschrift oder als Köder je ha *Parathion* (300 ml) mit 24 l Wasser und 50 kg Kleie mischen, Ausbringung im Frühjahr! Anwendung im Spritzverfahren in Wiesen und Weiden (300 ml/ha Herbst, 450 ml/ha Frühjahr).

Bienenschutzverordnung, Wartezeiten Frühjahr! und sonstige Anwendungsvorschriften beachten! Viehauftrieb erst, wenn seit Behandlung der Grünlandflächen die vorgeschriebene Wartezeit verstrichen ist!

☐ G. Veg. - Fraßschäden an Wurzeln, Knollen und Zwiebeln, vor allem bei Hackfrüchten und Gemüse, nachts aber auch an oberirdischen Pflanzenteilen aller Art. Unter Erdschollen finden sich, tagsüber hier versteckt, in Pflanzennähe zusammengerollte, oft fettig glänzende, graubraune Raupen.

O **Erdraupen** (*Euxoa, Agrotis-, Triphaena-* und andere Arten)

Δ Bei Schadfraß (vor allem Jungraupen) Ausbringung von Insektiziden bzw. besonders wirksamen Erdraupenködern. Mittel gegen Erdraupen siehe "Pflanzenschutzmittelübersicht - Insektizide im Ackerbau". Beispiel für Ködermischungen: *Parathion* wie 50 ml *E 605 forte* + 5 kg Kleie + 500 g Zucker + 10 l Wasser für 2500 m². **Vor** Anwendung Pflanzenschutzdienst befragen!

☐ G. Veg. - Im Winter starker Schadfraß, besonders an Raps, Kohlgewächsen und Klee häufig, aber auch Schäden an Spinat, Blättern von Hülsenfrüchten, ferner an Beeren- und Steinobst; Hacklöcher in Rüben und Kartoffeln

O **Ringeltaube** (*Columba palumbus* L.)

Δ Die auf Feldern und in größeren Gärten oft in riesigen Schwärmen einfallenden Ringeltauben können nur **unter** strenger Beachtung der in den Bundesländern geltenden gesetzlichen Bestimmungen in ständiger Zusammenarbeit mit den Jagd- und Naturschutzbehörden abgewehrt werden. Abschreckungsmittel haben oft nur mäßige Wirkung.

☐ G. Veg. - Samen werden nach der Aussaat aufgefressen, junge Pflanzen ausgehackt oder aus dem Boden gezogen, vor allem Getreide, Mais, Hülsenfrüchte. Hauptschäden an Spätsaaten im Herbst und Frühsaaten im Frühjahr. Auch Schadfraß an reifendem Getreide, aber auch Nutzen durch Vertilgen von Bodenschädlingen, vor allem Saatkrähe.

O **Rabenkrähe** (*Corvus corone* L.)
O **Saatkrähe** (*C. frugilegus* L.)
O **Dohle** (*Corvus monedula* L.)
O **Fasan** (*Phasianus colchicus* L.)

Δ Behandlung von Getreide und Hülsenfrüchten mit Saatgutbehandlungsmitteln zur Verminderung des Vogelfraßes schützt die Samen, verhindert aber nicht Schäden an Jungpflanzen.

Gegen **Fasanenfraß an Mais** Saatgutbehandlung mit zusätzlich gegen Fritfliege wirksamen *Methiocarb* - oder *Bendiocarb*-haltigen Präparaten, sonst Präparate auf Wirkstoffbasis von *Thiram* oder *Ziram*. Gegen Fasane ist zur Erzielung guter Erfolge zusätzlich eine Ablenkungsfütterung mit ungebeiztem Abfallmais sinnvoll.

Betreffs der gegen Vogelfraß wirksamen Beizmittel siehe "Pflanzenschutzmittelübersicht - Saatgutbehandlungsmittel im Ackerbau".

☐ G. Veg. - Aufpicken von Sämereien, Ausziehen von Jungpflanzen. Zuweilen starker Schaden an reifendem Getreide, vor allem Weizen, Gerste.

○ **Haussperling** (*Passer domesticus* L.)

△ Beratung und ständige Überwachung der Maßnahmen durch Pflanzenschutzdienst in Zusammenarbeit mit Naturschutzdienststellen unerläßlich (Artenschutzverordnung!). Abschreckungserfolge durch akustische Vogelscheuchen sind sehr mäßig. Näheres über Wirksamkeit und Anwendung eventuell sich bewährender neuerer Verfahren zur Bekämpfung von Haussperlingen durch Pflanzenschutzdienststelle.

☐ "Mäusestraßen" in den Pflanzenbeständen, zahlreiche Mäuselöcher, Fraßschäden an den meisten Feldfrüchten, vor allem in Futterschlägen. Plagen oft von Böschungen und Feldrainen ausgehend. Besonders nach trockenem Herbst und Frühjahr ist in "Mäusegebieten" etwa alle 3-4 Jahre Massenauftreten zu erwarten.

○ **Feldmaus** (*Microtus arvalis* Pall.)

△ Nur organisierte, gleichzeitige Maßnahmen in größeren Bezirken versprechen Erfolg. Schwellenwert: Im Herbst 20-30, im Frühjahr 5-10 befahrene Mäuselöcher auf Probeflächen von l00 m². Nach vorheriger Dichtebestimmung (Pflanzenschutzdienststelle, Warndienst!) im Spätherbst, an milden Wintertagen oder spätestens im zeitigen Frühjahr.

Einzellochbekämpfung: Auslegen von fabrikfrischem Giftgetreide oder Giftbrocken mit Giftlegerohren. Breitflächige Behandlung: *Chlorphacinon*-haltige Ködermittel.

Befahrene Löcher sind glattrandig, Futterreste liegen umher. Wenn möglich, Löcher am Tage vor der Bekämpfungsaktion zutreten, nur diejenigen Löcher belegen, die am nächsten Tag geöffnet sind. Auch Raine und Böschungen berücksichtigen. **Niemals dafür nicht zugelassene Giftköder offen ausstreuen, da Gefährdung von Vögeln und Wild!** An sehr stark besetzten Stellen können auch mit Stroh oder Kartoffelkraut abgedeckte Dränröhren mit Giftgetreide belegt werden. Je Röhre sind etwa 10 g Körner angebracht. Nachlegen, bis keine Annahme mehr erfolgt. Feldmausschäden im Grünland (siehe unter Weiden, Wiesen).

Nach der Pflanzenschutz-Anwendungsverordnung vom 10. November 1992 ist die Anwendung von *Zinkphosphid* in Ködern außerhalb von Forsten nur in verdeckt ausgebrachten Ködern zulässig! Schutz der Taggreifvögel und Eulen! Ansiedlung von Eulen durch Schaffung künstlicher Nistgelegenheiten (Eulenlöcher, Nistkästen, Brutröhren für Steinkäuze!). Näheres Pflanzenschutzdienststelle.

☐ Dicht unter der Erdoberfläche Gänge mit seitlich davon liegenden, flach aufgeworfenen, oft mit Pflanzenteilen durchsetzten Erdhaufen. Oft ausgedehnte Gangsysteme, darin die etwa 20 cm langen bräunlichen oder schwarzgrauen, an der Bauchseite grauweißen Wühlmäuse, Ohren im Fell versteckt. Fraß an unterirdischen Pflanzenteilen aller Art, vor allem fleischigen Wurzeln von Gemüse, Knollen und Rüben, aber auch an den holzigen Wurzeln von Sträuchern, Obst- und Waldbäumen.

○ **Wühlmaus, Schermaus** (*Arvicola terrestris* L.)

Δ Nur gemeinsame Aktionen in größeren Bezirken versprechen gute Erfolge. Fang mit speziellen Fallen, CO_2-Begasung. Anwendung von gegen Schermaus bewährten Rodentiziden (siehe "Pflanzenschutzmittelübersicht - Bekämpfung von Nagetieren"), *Wühlmausfertigköder* vor allem im Spätherbst und zeitigen Frühjahr. Nur bei tiefen Gängen in festen Böden Phosphorwasserstoff entwickelnde Verbindungen (Anwendung nur auf freien Flächen, nicht am oder im Wald oder unter Baumgruppen!) oder Räuchermittel oder Begasungspatronen gegen Schermaus (Vorsicht!) lohnend.

☐ Auf tiefgründigen Böden größere, 1-2 m tiefe Baue mit senkrechten Fallrohren. Fraß an Getreide, Bohnen und anderen Feldfrüchten. In den "Vorratskammern" der Baue oft erhebliche Mengen von Getreide, Hülsenfrüchten, Wurzeln und Knollen als Wintervorrat.

○ **Hamster** (*Cricetus cricetus* L.)

Δ Der Hamster ist durch die Bundesartenschutzverordnung geschützt. Seine Bekämpfung ist nur nach Entscheidung der zuständigen Behörde erlaubt, wenn schwerwiegende Schäden abzuwenden sind. Näheres Pflanzenschutzdienststelle!

☐ G. Veg. - Fraß- oder Schälschäden an landwirtschaftlichen oder forstlichen Kulturpflanzen, bei Schwarzwildvorkommen vor allem in Winterung nach Kartoffeln, da die Sauen die steckengebliebenen Knollen auswühlen. Seltener erfolgt Brechen nach Engerlingen in Saatkämpen oder Grünland.

○ **Wildschäden, Wildverbiß**

Δ Elektrozäune, Anwendung von Mitteln zur Verhütung von Wildschäden (siehe "Pflanzenschutzmittelübersicht - Verhütung von Wildschäden und Vogelfraß") nach vorheriger Beratung durch Pflanzenschutzdienststelle. Verbißmittel sowie Gesichts- und Gehörscheuchen müssen gewechselt werden, wenn sie wirken sollen. Ständige Zusammenarbeit mit Jagd- und Forstämtern ist wichtig!

2.1.2   Getreide (einschließlich Mais)

Wichtigste Maßnahme für alle Getreidearten ist die Beizung des Saatgutes mit einem der meistens gegen mehrere Getreidekrankheiten wirksamen Saatgutbehandlungsmittel. Mit geringem Kostenaufwand werden Auflaufschäden eingeschränkt und dem Auftreten gefährlicher Pilzkrankheiten vorgebeugt. Als Saatgutbehandlungsmittel (Beizmittel) sind zahlreiche Präparate zugelassen. Näheres siehe "Pflanzenschutzmittelübersicht - Saatgutbehandlungsmittel im Ackerbau".

Halmverkürzung und Standfestigkeit
Eine Spritzung von Gerste, Weizen, Roggen oder Hafer mit Wachstumsreglern zur Halmfestigung (siehe "Pflanzenschutzmittelübersicht - Pflanzenwachstumsregulatoren") hat nur dann die gewünschte halmverkürzende und die Standfestigkeit verbessernde Wirkung, wenn sie termingerecht erfolgt. Die Aufwandmenge ist der Getreideart und -sorte, der Düngung, insbesondere den Witterungsverhältnissen sowie dem Standort anzupassen und die Bestandeshöhe dabei zu berücksichtigen. Mehrfachbehandlungen mit reduzierten Aufwandmengen (Splitting-Verfahren) haben sich nur im intensiven Anbau bewährt. Warndienst beachten!

Bitte beachten Sie:
Bei der Darstellung der einzelnen Krankheiten erfolgen keine gesonderten Bekämpfungshinweise. Es wird auf die Tabellen im Abschnitt "Getreide" sowie auf die "Pflanzenschutzmittelübersicht" verwiesen.

2.1.2.1   An mehreren Getreidearten

☐ Frühjahr - Unterer Teil junger Blätter bei Winterroggen, im April, bei Sommerroggen im 2- und 3Blattstadium hellgrün bis gelb verfärbt, während der Bestockung Vertrocknen der Blattspitzen und Blattränder. Gleiche Verfärbung des ganzen Blattes bei Hafer im 2- und 3Blattstadium, dagegen Vertrocknen der Blattspitzen lediglich bei starkem Mangel ausgeprägt. Nur auf Hochmoorböden und Böden mit Ablagerungen von Raseneisenstein.
○ **Molybdänmangel**
Δ Auf Raseneisensteinböden 4 kg/ha, auf Hochmoor 6-8 kg/ha *Natriummolybdat* ausbringen. Bei akutem Mangel 800 g/ha *Natriummolybdat* bzw. *Molybdän*-haltige Mikronährstoffdünger zusätzlich spritzen, aber vorher bei einer Landwirtschaftlichen Untersuchungs- und Forschungsanstalt (LUFA!) Bodenproben untersuchen lassen.

Ⓤ NOVARTIS

Gladio®

Das Getreidefungizid, das alles kann (na ja – fast alles).

Fungizide im Getreidebau und ihre Wirksamkeiten

Präparat	Wirkstoff	Wirkstoff-Aufwand-menge in g/ml/ha	Getreideart			Präparat-Aufwandmenge in kg/l/ha		Kosten in DM/ha ohne MwSt
			W	R	G	zuge-lassen	redu-ziert	
Chinoline								
Fortress	**Quinoxyfen**	250	x		x	0,5		95
Morpholine/Piperidine/Spiroketalamine								
Zenit M	**Fenpropidin**	562	x			0,75		58
		225					0,3	23
Impulse	**Spiroxamine**	750	x		x	1,5		60
Corbel	**Fenpropimorph**	750	x	x	x	1,0		68
Falimorph 750	**Tridemorph**	375	x	x	x		0,5	24
Strobilurine								
Brio ***	**Kresoxin-metyl** + Fenpropimorph	105 +210	x	x	x	0,7		80
Juwel	+ Epoxiconazol	125 + 125	x	x	x	1,0		111
Amistar ***	**Azoxystrobin**	250	x	x	x	1,0		104
Amistar plus Harvesan	+ Flusilazol + Carbendazim	150 + 150 + 75	x	x	x		0,6 +0,6	110
Amistar plus Pronto	+ Fenpropidin + Tebuconazol	150 + 180 + 120	x	x	x		0,6 +0,6	105
Azole								
Granit plus	**Bromuconazol** + Iprodion	200 + 400	x		x	1,5		62
Alto 100 SL	**Cyproconazol**	100	x	x	x	1,0		68
Alto Bravo C.	+ Chlorthalonil	80+800	x			0,8+1,6		89
Opus Top	**Epoxiconazol** + Fenpropimorph	125+375 83+187	x	x	x	1,5	1,0	96 64
Harvesan	**Flusilazol** +Carbendazim	300+150 200+100	x	x	x	1,2	0,8	94 63
Sportak	**Prochloraz**	480	x	x	x	1,2		70
Sportak Alpha	+ Carbendazim	450+120	x	x	x	1,5		71
Sportak Delta	+ Cyproconazol	440+60	x	x	x	1,25		90
Desmel	**Propiconazol**	125	x	x	x	0,5		54
Desgan	+ Phyrazophos	125+295	x	x	x	1,0		67
Taspa	+ Difenoconazol	125+125	x			0,5		74
Simbo	+ Fenpropimorph	125+300	x	x	x	1,0		65
Folicur	**Tebuconazol**	250 (312) 125	x	(x)	(x)	1,0/1,25*	0,5	68 34
Pronto	+ Fenpropidin	200 +300 140 + 210	x	x	x	1,0	0,7	70 49
Pronto plus Bravo	+ Fenpropidin + Chlorthalonil	200 + 300 500	x			1,0 + 1,0		79

Erläuterungen: neben den aufgeführten Präparaten sind noch weitere Produkte am Markt; * = 1,0 l/ha in WW; 1,25 l/ha in WG und WR; ** = auf Standorten mit BCM-Resistenz deutlicher Wirkungsabfall; *** = die sehr guten Wirkungsgrade werden bei vorbeugendem Einsatz (außer Brio gegen Mehltau) erreicht

Fungizide im Getreidebau und ihre Wirksamkeiten

Präparat	Präparat-Aufwandmenge in kg/l/ha		Cerco-sporella	Mehltau		Netz-flecken	Rhyn-cho-sporium	Roste	Septoria tritici		Septoria nodorum	DTR
	zugelassen	reduziert		<1% vorbeug.	>2% heilend				heilend	vorbeugend		
Chinoline												
Fortress	0,5			xxxx !	nur vorbeugend gegen Mehltau, Dauerwirkung bis EC 55							
Morpholine/Piperidine/Spiroketalamine												
Zenit M	0,75			xxx(x)	xxxx			x				
		0,3		xx	xx(x)							
Impulse	1,5			xxx	xxx(x)	x	x	x(x)	x	x		
Corbel	1,0			xxx	xxx(x)		x	xx(x)				
Falimorph 750		0,5		x(x)	xx(x)							
Strobilurine												
Brio ***	0,7			xxxx !	xxxx	xx(x)	xx	xxx		xxx(x)	xxx(x)	xxx
				bis auf Mehltau nur vorbeugende Wirkung								
Juwel	1,0		x(x)	xxxx !	xxxx	xxx	xxx	xxxx	xxxx	xxxx !	xxxx	xxx
Amistar ***	1,0			xx	x	xxxx	xx(x)	xxxx !	x	xxxx	xxxx !	xxxx
Amistar plus Harvesan		0,6 +0,6		xx	x	xxxx	xxx(x)	xxxx	xx(x)	xxxx	xxxx	xxx
Amistar plus Pronto		0,6 +0,6		xxx	xxx	xxx	xx(x)	xxxx	xxx	xxxx	xxxx	xxx
Azole												
Granit plus	1,5			x(x)	x	xx	x(x)	xx	x	xx	xx	xx
Alto 100SL	1,0			xxx(x)	xx	x	xxx	xxxx	xxxx	xxx	xx	x
Alto Bravo C.	0,8+1,6			xxx	xx			xxx(x)		xxx	xxx	x
Opus Top	1,5		x	xx(x)	xx(x)	xxx	xxx	xxxx	xxxx	xxxx	xxxx	xxx
		1,0		xx	x	xx	xx	xxx(x)	xxx	xxx	xxx	xxx
Harvesan	1,2		x(x)**	xx	x	xxx	xxxx	xx		xxx	xxx	xx
		0,8	x**	x		xx(x)	xxx(x)	x(x)		xx(x)	xx	x(x)
Sportak	1,2		xx	x		xx	xxx		x(x)	x(x)	xxx	xxx
Sportak Alpha	1,5		xx	x		xx	xxx(x)		x(x)	xx	xxx	xx
Sportak Delta	1,25		xx	xxx	x	xx	xxx	xxx		xxx	xxx	xx
Desmel	0,5			xx	x	xx	xx	xx		xx	xx	xx
Desgan	1,0			xx(x)	x(x)	xxx	xx	xx	xxx	xx	xx	xx(x)
Taspa	0,5			xx	x(x)			xxx	xxx	xxxx	xxxx	xxx
Simbo	1,0			xxx	xx(x)	xx(x)	xxx	xx(x)	xxx	xx	xx	xx(x)
Folicur	1-1,25*			xx(x)	x	xx(x)	xx(x)	xxxx	xxx	xxx(x)	xxx	xx
		0,5		x		x	x	xxx	x(x)	xx	xx	(x)
Pronto	1,0			xxxx	xxx(x)	xx	xx(x)	xxx(x)	xxx	xxx(x)	xxx	xx
		0,7		xxx	xx(x)	x	x	xxx		xx	xx	(x)
Pronto plus Bravo	1,0 + 1,0			xxxx	xxx(x)			xxx(x)	xxx	xxxx	xxx(x)	xx

Erläuterungen: XXXX ! = überragende Wirkung; XXXX = Spezialprodukt; XXX = sehr gute Wirkung; XX = gute Wirkung; X = Teilwirkung; Bewertung nach Erfahrungen und Verhältnissen in W.-L.

☐ Juni bis Aug. - Auf Halmen, Blattscheiden, Blättern und Spelzen rostbraune, strichförmige Flecke (Sommersporenlager). Bei reifendem Getreide (gelbliche Verfärbung) werden die Flecke schwarzbraun, da jetzt die dunklen Wintersporenlager erscheinen. An Roggen, Weizen, Triticale, Gerste, Hafer und zahlreichen Gräsern. Pilz obligatorisch wirtswechselnd. Zwischenwirte: Berberitzen-Arten, vor allem *Berberis vulgaris* L. In feuchtwarmen Jahren Ertragsverluste möglich.

○ **Schwarzrost** (*Puccinia graminis* Pers.)

△ Keine Duldung von Berberitzen in Feldnähe. Bevorzugung örtlich als widerstandsfähig erkannter Herkünfte, die in den durch die Beratungsstellen empfohlenen "Sortenlisten des Bundessortenamtes oder Katalogen der Saatgutunternehmen" aufgeführt sind. Bei frühzeitigem (vor EC 61) Auftreten lohnt sich Spritzung mit Präparaten gegen Rostkrankheiten.

☐ Sommer - Blätter, Halme und Ähren, vor allem nach Befall durch Schwarzbeinigkeit (Halmtöter), häufig auch nach stärkerer Pollenablagerung z.B. Triticale haben schwarzbraune bis schwarze Flecke und dunkle Überzüge.

○ **Schwärze** (*Cladosporium herbarum* Lk. *Alternaria spp., Epicoccum* spp.)

△ Eine direkte Bekämpfung dieser häufigen Erscheinung ist mit Fungiziden möglich, gut wirksam sind Strobulurine, z.B. *Azoxystrobin*, aber oft nicht wirtschaftlich. Hinsichtlich der Ursachenabklärung sollte die zuständige Pflanzenschutzdienststelle hinzugezogen werden.

☐ Okt. bis Mai - Vor allem an Roggen, Weizen. Junge Wintersaaten, seltener auch noch frühe Sommerung, vom Feldrande beginnend in typischer Weise befressen. Blätter zerfranst, zerkaut, ausgesogen. Die übrigbleibenden Blattreste wergartig verkräuselt. Erdhäufchen sowie senkrechte Löcher im Boden, in welche die zerkauten Blätter zuweilen hineingezogen werden. Im Boden bis 25 mm lange, bräunliche, heller gefleckte Larven mit 3 Beinpaaren und starken Kiefern. Fraß nachts. Beginn des Schadens am Feldrande beruht auf Zuwanderung von vorjährigen Getreideschlägen oder Grasflächen. Weniger auffällig Käferfraß an milchreifem Getreide. - Neuerdings wieder stärker auftretend.

○ **Getreidelaufkäfer** (*Zabrus tenebrioides* Goeze)

△ Bekämpfung ratsam, wenn Schadensschwelle erreicht ist und im Herbst etwa 4 frisch geschädigte Pflanzen/m² (1-2 Larven/m²), im Frühjahr 8-10 frisch geschädigte Pflanzen/m² (3-5 Larven/m²) festgestellt werden. Z. Zt. keine Mittel zugelassen.

☐ Mai bis Milchreife - Silbrigglänzende helle Saugflecken, später dunkel werdend, an Blättern, Halmen, Ährchen und Körnern (Schmachtkörner). An allen Getreidearten sowie an zahlreichen Wild- und Kulturgräsern.

○ **Getreideblasenfüße** (mehrere Arten)

△ Schadensermittlung und Bekämpfung schwierig. Bei Befallsverdacht Pflanzenschutzdienst fragen.

☐ Mai bis Juli, Sept. bis Febr. - Herbst bis Frühjahr Fraßschäden am unteren Teil von Keimpflanzen der Wintersaat, kenntlich durch Vergilbung des Herzblattes, vor allem an früh ausgesätem Winterroggen, Winterweizen, z. T. auch Wintergerste (und Weidelgras). Auch bei junger Sommerung, besonders Hafer, vergilbt zuweilen das Herzblatt und läßt sich leicht aus der Blattscheide ziehen. Am Blattgrund Faulstellen mit bis 4 mm langer, weißlicher Made oder rotbrauner Puppe. Zahlreiche Bestockungstriebe, grasartiger Wuchs. Im Sommer gleiche Schäden an Spättrieben. Weitere Befallssymptome sind Weißährigkeit bei Hafer, Fraß in Körnern bei Hafer und Gerste. Neuerdings auch Mais gebietsweise in immer stärkerem Maße befallen. Nähere Angaben siehe unter "Mais".

○ **Fritfliegen** (*Oscinella frit* L.-Gruppe)

△ Sommergetreide frühzeitig, Wintergetreide nicht zu früh aussäen. Mittel gegen Fritfliege an Mais siehe unten bei Mais sowie "Pflanzenschutzmittelübersicht - Insektizide im Ackerbau/Getreide".

☐ Febr. bis April - Winterroggen, Winterweizen. Herzblatt vergilbt, läßt sich leicht herausziehen. Am Grunde Faulstellen mit bis 8 mm langer Made, die meist mehrere Triebe zerstört. Verpuppung im Boden. Schäden oft mehrere Jahre nacheinander, vor allem nach früh räumenden Kulturen wie Raps und Frühkartoffeln sowie nach schlechtem Hafer, lückigen Futter- und Zuckerrüben sowie Steckrüben.

○ **Brachfliege, Getreideblumenfliege** (*Leptohylemyia coarctata* Fall.)

△ Näheres über Befallsermittlung und Rentabilität der Bekämpfung Pflanzenschutzdienst. Empfohlen: Saatbett rückverfestigen, flache Saat, Anwalzen im Frühjahr. Behandlung des Saatgutes auf Basis *Deltamethrin* bzw. *Alphacypermethrin,* unter ungünstigen Bedingungen unzureichend wirksam.

☐ Febr. bis März, Juni bis Juli - Weizen, weniger Roggen, Gerste. Bei Wintergetreide ähnliche Schäden wie bei Befall durch Fritfliege. An heranwachsenden Gerstenpflanzen spindelförmige Verdickungen und Sitzenbleiben schossender Halme, außerdem bei Gerste und mehr noch bei Weizen schlechtes Schieben der Ähren. Diese bleiben stecken und ergeben Kümmerkörner. Braune Fraßgänge vom Ährengrund bis obersten Halmknoten, darin mehrere bis 7 mm lange, weißlichgelbe Larven oder bereits die braunen Puppen.

○ **Gelbe Halmfliege** *Chlorops pumilionis* Bjerk.)

Δ Schädling normalerweise ohne Bedeutung, in Befallsgebieten nach Möglichkeit schnellwüchsige, frühschossende Sorten anbauen. Bekämpfung der Ungräser in allen Fruchtfolgegliedern.

□ Ab April - Pflanzen (besonders Hafer) bleiben nesterweise im Wuchs zurück, bestocken sich schlecht. Blattspitzen später rötlich oder vergilbt. Wurzeln struppig, von Mitte Juni an mit weißlichen kleinen Knötchen (Zysten) besetzt.

○ **Getreidenematode, Getreidezystenälchen** (*Heterodera avenae* Wollenw.)

Δ Nähere Angaben über mögliche Bekämpfungsmaßnahmen siehe unter "Hafer".

□ Ab Anfang Mai an den Blättern in 3-5 mm langen und 1 mm breiten Blattminen, die parallel zu Blattadern verlaufen, kleine Räupchen. Später entsteht durch die älteren Raupen Lochfraß. Blätter oft versponnen. Raupen grau, bis 15 mm lang. Der Befall beginnt meist in unmittelbarer Nähe von Hecken und Einzelbäumen.

○ **Wicklerraupen** (*Cnephasia longana* HW. und *C. pumicana* Zell.)

Δ Meist reichen Teilbehandlungen in der Nähe der ersten Befallsstellen (Überwinterungsorte) aus. Bei stärkerem Auftreten Spritzung mit einem *Parathion*-Präparat bzw. zugelassenen *Pyrethroiden*.

□ G. Veg. - Unterschiedlich gefärbte Blattläuse in Kolonien an Getreidepflanzen, vor allem am Spreitengrund, aber auch an Ähren und Rispen (Erreger von Weißährigkeit). Manche Blattlausarten sind Virusüberträger.

○ **Blattläuse an Getreide:**

○ **Traubenkirschenlaus, Haferblattlaus** (*Rhopalosiphum padi* L.)

○ **Kleine Getreideblattlaus** (*Macrosiphum* (*Sitobion*) *avenae* F.)

○ **Bleiche Getreideblattlaus** (*Metopolophium dirhodum* Walk.)

Δ Nur bei starkem Auftreten im kritischen Stadium bis zur Milchreife des Getreides (Anhalt: Ende Blüte 30 %, Milchreife 95 % der Pflanzen besiedelt, damit Schadensschwelle erreicht!) chemische Bekämpfung angebracht. Schwellenwerte gelten nicht für virusübertragende Blattläuse in jungen Getreidebeständen. Rentabilität von Gegenmaßnahmen erwägen und Warnmeldungen der Pflanzenschutzdienststellen beachten, eventuell nur Randbehandlungen mit *Pirimicarb* (nützlingsschonend) durchführen.

Bevor eine Spritzung erfolgt, sollten die Bestände nicht nur auf Blattläuse, sondern auch auf eventuell vorhandene **Nützlinge** kontrolliert werden. Vor allem Schlupfwespen, aber auch Marienkäfer und ihre Larven sowie Pilzinfektionen sind in der Lage, selbst einen starken Blattlausbesatz innerhalb weniger Tage auf ein unbedeutendes Maß zu reduzieren. Kontrollzählungen im Abstand von 3-4 Tagen zeigen durch einen Rückgang der Besatzzahlen an Blattläusen das Vorhandensein von genügend natürlichen Feinden an. Eine Spritzung sollte dann unterbleiben. Behandlungen ganzer Felder nur bei gleichmäßigem Befall auf der gesamten Fläche, dann auch durch Zusatz von Mitteln gegen Blattläuse zu anderen Spritzflüssigkeiten möglich. Spritzgestänge hoch stellen, Spritzfächer sollen sich etwa in Höhe der Ährenspitzen treffen. Bekämpfung von Ungräsern (Nebenwirtspflanzen!) wichtig.

☐ Juni bis Juli - Blattscheiden über den Knoten verdickt, aufgebläht, darunter an den Halmen sattelartige Wülste mit oft zahlreichen, etwa 5 mm langen, roten Larven. Früh befallene Halme schossen nicht, Ähren bleiben stecken. Bei feuchtem Wetter an Schadstellen Fäulnis, Abknicken der Halme. Vor allem an Weizen und Gerste, besonders spät gesätem Winterweizen, Sommerweizen und Sommergerste. In West- und Nordeuropa in manchen Jahren stärker auftretend, aber durch Parasitierung bald wieder zurückgehend.

○ **Sattelmücke** (*Haplodiplosis equestris* Wagner)

△ Bei stärkerem Befall niemals Gerste oder Weizen nachbauen. Hauptwirtspflanze ist Quecke. Bekämpfung durch Mittel gegen Sattelmücke zu Beginn des Hauptfluges der roten, etwa 5 mm langen Mückenweibchen (und gegebenenfalls Wiederholung nach 8-10 Tagen) möglich, aber zwecks Schonung der natürlichen Feinde (Parasiten!) der Sattelmücke nur nach vorhergehender Beratung durch Pflanzenschutzdienststelle. Kritische Befallsdichte (Schadensschwelle!) bei Sommergerste und Sommerweizen mehr als 25 % der Halme (Blätter) mit Eiablagen bei Winterweizen mehr als 50 % der Halme (Blätter) mit Eiablagen. Besonders wirksam *Parathion*-Präparate oder *Pyrethroide* z.B. *Deltamethrin*, Erfolg aber nur bei rechtzeitiger Anwendung zwischen Schlupf der Larven und Eindringen unter die Blattscheide. Sicherste Gegenmaßnahme Nachbau von Dikotylen, im Notfall auch von Hafer oder Roggen, die im allgemeinen nicht stark befallen werden.

☐ Sommer - Fraß an Getreideähren, vor allem an den milchreifen Körnern.

○ **Queckeneule** (*Parastichtis basilinea* F.)

Der sichere Schutz vor Schädlingen in Getreide und Raps.

Δ Bei Massenauftreten baldiger Drusch. Die oft in großer Menge auf Speicher verschleppten Raupen fressen an lagernden Getreidekörnern nicht mehr, so daß sich eine Bekämpfung hier erübrigt.

Siehe auch: **Magnesiummangel und andere Mangelschäden an Gerste und Hafer; Gelbrost an Weizen; Getreidemehltau an Gerste; Halmbruchkrankheit an Gerste, Roggen und Weizen, Mutterkorn an Roggen; Schneeschimmel an Roggen und Weizen; Schwarzbeinigkeit an Weizen; Getreidehähnchen an Hafer; Getreidespitzwanze und Breitbauchwanze unter "Ackerbau, allgemein".**

2.1.2.2   Gerste

Zur Beachtung: Bekämpfung der Halmbruchkrankheit an Gerste nur dort, wo auf den betreffenden Flächen bereits früher stärkere Halmbruchschäden beobachtet wurden oder wo die Gerste bereits geschwächt ist oder auch aufgrund von Warnmeldungen des Pflanzenschutzdienstes. Günstigster Behandlungstermin bei Wintergerste 1.-2. Halmknotenstadium, 30-40 cm Bestandshöhe. Siehe auch "Pflanzenschutzmittelübersicht - Fungizide im Ackerbau/Getreide". Betreffs Kombinationsmöglichkeiten mit Präparaten gegen Mehltau sowie mit wuchsstoffhaltigen Unkrautbekämpfungsmitteln (Distelbekämpfung!) zuständige Pflanzenschutzdienststelle befragen. Siehe auch unter "Halmbruchkrankheit an Weizen".

Ethephon-**Präparate sowie die** *Chlormequat-chlorid + Ethephon*-**Präparate sind bewährte Wachstumsregler zur Halmfestigung an Gerste. Neu zugelassen ist der Wirkstoff** *Trinexapac-ethyl*. **Die Anwendung wird überall dort empfohlen, wo infolge üppiger Bestandsentwicklung oder bestimmter Sorteneigenschaften mit "Lager" gerechnet werden muß.**

Bei der Darstellung der einzelnen Krankheiten erfolgen keine gesonderten Bekämpfungshinweise.

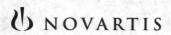

Bekämpft Halmbruch in Getreide auf intelligente Weise.

☐ Juni - Vor allem an Sommergerste perlschnurartige Flecke längs der Blattadern, die Blattspreite ist mehr oder weniger unnatürlich aufgehellt.

○ **Magnesiummangel**

Δ Spritzen mit 15-20 kg Magnesiumsulfat (*Bittersalz*) in 400 l Wasser je ha, im Zuge gleichzeitiger chemischer Unkrautbekämpfung auch als Zusatz zu wuchsstoffhaltigen Spritzflüssigkeiten. Bodenuntersuchung beste Basis für Anwendung magnesiumhaltiger Düngemittel.

☐ Perlschnurartig angeordnete, (schwarz-)braune, punktförmige Flecken zwischen den Blattadern oder auch graugrüne, später gelbbraune Fleckenbildung im unteren Teil älterer Blätter wie bei der Dörrfleckenkrankheit des Hafers. Geschädigte Blätter knicken oder vertrocknen, Blattspitze länger grün.

○ **Manganmangel**

Δ Zu treffende Gegenmaßnahmen sind die gleichen wie später unter Hafer angegeben.

☐ Juni, Juli - Pflanzen stark bestockt, im Wuchs gehemmt, manche auch stark verzwergt, ohne Halmbildung, von der Blattspitze aus beginnende Vergilbung. Vor allem an Wintergerste, Weizen und Hafer (Rotblättrigkeit), auch an vielen Wildgräsern. Wirtschaftliche Bedeutung nimmt zu.

○ **Viröse Gelbverzwergung** (*Barley Yellow Dwarf Virus*)

Δ Beratung durch zuständigen Pflanzenschutzdienst. Das Virus wird durch Blattläuse (siehe auch "Blattläuse an Getreide") übertragen (Schadensschwelle nicht bekannt) und ist in diesen persistent. Wintergetreide nicht zu früh aussäen. Nach Zuflug von Blattläusen im 1- bis 2Blattstadium und Absetzen von Jungläusen Bekämpfung ratsam. Gut wirksam sind *Pyrethroide*, z.B. *Fenvalerat*, *lambda-Cyhalothrin* oder *Cypermethrin* oder auch *Imidacloprid* als Beize.

☐ Veg.-Beginn bis Mai, Juni - Bei Wintergerste jüngste Blätter mit gelber Strichelung Pflanzen später vergilbt, Bewurzelung schlecht, Bestockung schwach, "Etagenwuchs". Vor allem auf Standorten mit schlechter Bodendurchlüftung.

○ **Gelbmosaik der Gerste** (*Barley Yellow Mosaik Virus*)

Δ Virus wird durch Bodenpilze übertragen. Direkte Bekämpfung bisher nicht bekannt. In Befallsgebieten widerstandsfähige Sorten ('Babylone', 'Blanca', 'Duett', 'Elfe', 'Express', 'Krimhild', 'Labea', 'Landi', 'Nixe', 'Sympax', 'Theresa', 'Tokyo', 'Venus') anbauen. Inzwischen wurden weitere Erregerrassen bekannt, die auch resistente Sorten befallen.

Gelbrostbefall hat an Gerste nur selten größere Bedeutung. Bekämpfung nur in Ausnahmefällen erforderlich. Warndienst beachten.

☐ Zeitiges Frühjahr - Wintergerste kümmerlich entwickelt, wenig bestockt, am Grunde angefault, Blätter grünlich-grau, verblichen, Blattspitzen gelblich verfärbt, die äußeren liegen am Boden. An und unter den Blattscheiden dunkelbraune Sklerotien. Krankheit tritt vor allem dann auf, wenn die Gerste unter "Stress" steht (ungünstige Witterung, Düngemittel, Bodenherbizide, zu tiefe Saat, Gelbverzwergungsvirus).

○ **Typhula-Fäule** (*Typhula incarnata* Lasch et Fr.)

Δ Wo Bestand zu dünn geworden ist, umbrechen, Hafer, Sommerweizen oder Leguminosen einsäen. Bei geringeren Ausfällen eggen, dann Bestand durch schnellwirkende Stickstoffgabe kräftigen. Fungizideinsatz, Wirkstoff *Bitertanol* (ab 20. Oktober spritzen), *Tebuconazol* (nicht speziell zugelassen) oder frühe Kalkstickstoffgabe wirken befallseinschränkend. Näheres Pflanzenschutzdienst.

☐ Mai bis Juli - Blätter mit zunächst hellen, später braun werdenden Streifen, schlitzen auf, vertrocknen. Ähren taub, bleiben mit Grannen in Blattscheiden hängen oder stehen starr aufrecht. Pflanze kümmert, stirbt ab. Ernteverluste stark.

○ **Streifenkrankheit** (*Pyrenophora graminea* Ito et Kur. = *Helminthosporium gramineum* Rabh.)

Δ Sortenwahl. Vorbeugend chemische Behandlung (Beizung) des Saatgutes mit Mitteln gegen Streifenkrankheit der Gerste (und andere Getreidekrankheiten). Wirksame Präparate siehe "Pflanzenschutzmittelübersicht - Saatgutbehandlungsmittel im Ackerbau".

☐ Ab 2Blattstadium entstehen auf den Blättern braune, noch nachdunkelnde Flecke, ähnlich ausgelaufenen Teerspritzern. Neben dem Netztyp (netzartige Flecken) tritt auch der Spot-Typ (rundovale Flecken) verbreitet auf. Verwechslungsmöglichkeiten bestehen mit sog. Teerflecken (Abwehrnekrosen gegen Mehltau). Ähren normal, nur bei starkem Befall Kornspitzen blaubraun verfärbt, Keimkraft gemindert.

O **Netzfleckenkrankheit** (*Pyrenophora teres* Dr. = *Helminthosporium teres* Sacc.)

Δ Chemische Beizung des Saatgutes hat nur einschränkende Wirkung, aber wegen anderer Pilzkrankheiten grundsätzlich zu fordern. Ergänzend wirkt weitgestellte Fruchtfolge. Neuerdings z.B. in den anfälligen Sorten 'Krimhild', 'Landi' und 'Plus' und anderen Sorten gebietsweise stärker auftretend. Bekämpfung durch Fungizide siehe Tabelle am Anfang des Abschnittes "Getreide" sowie "Pflanzenschutzmittelübersicht".

☐ Wintergerste und Winterroggen sowie andere Gräser: Juni bis Juli - Absterben eines Teils der Blätter; bei schwerem Befall (außer oberstem Blatt) Blätter gelbbraun und dürr, nur Halm noch grün. Auf den Blättern unregelmäßig geformte Flecke, deren Innenzone hellgelblich-weiß, der Rand scharf abgesetzt dunkelbraun-schwarz gefärbt ist. - Krankheit früher sporadisch, in den letzten Jahren an manchen Sorten ('Milva', 'Duett', 'Elfe') zunehmend häufiger. Bei starkem Befall erhebliche Ernteverluste.

O **Rhynchosporium-Blattfleckenkrankheit** (*Rhynchosporium secalis* Oudem.)

Δ Bekämpfung durch Fungizide siehe Tabelle am Anfang des Abschnittes "Getreide" sowie "Pflanzenschutzmittelübersicht".

☐ G. Veg. - Auf den Blättern nesterweise mehlartiger, erst weißer, später pelzig brauner Belag, schließlich mit schwarzen Pünktchen (Winterfruchtkörper). Pflanzen vergilben, sterben ab. Infektion geht leicht von Wintergerste auf Sommergerste über. An anderen Getreidearten, mit anderen Rassen, ebenfalls schädlich auftretend.

O **Getreidemehltau** (*Erysiphe graminis* D. C.)

Δ Keine Sommer- neben Wintergerste anbauen. Anbau von Sorten, die sich im Gebiet als wenig anfällig erwiesen haben. Sorgfältig ausgeglichene Düngung, kein Übermaß an **Stickstoff.** Kein Anbau in zu feuchten oder "stickigen", windgeschützten Lagen. Resistentere Sorten wählen.

Chemische Bekämpfung bei Sommer- und Wintergerste im Bestand mit Mitteln gegen Echten Mehltau an Getreide möglich, sollte aber bei Befallsbeginn, z.B. wenn >60 % der Pflanzen in EC 31 befallen sind, spätestens wenn mehr als 1 % des drittobersten Blattes

befallen ist und die Gefahr einer Ausbreitung besteht, erfolgen. Bekämpfung durch Fungizide siehe Tabelle am Anfang des Abschnittes "Getreide" sowie "Pflanzenschutzmittelübersicht".

Präparatemischungen haben sich häufig sehr gut bewährt. Gesamtzusammenstellung **aller** zugelassenen Mittel gegen Getreidemehltau siehe "Pflanzenschutzmittelübersicht - Fungizide im Ackerbau/Getreide".

Kritische Situation: Schadensschwelle bei Sommergerste: Bis Beginn des Schossens bereits erste Anzeichen von Mehltaubefall, nach Beginn des Schossens Befall bei normaler Pflanzenentwicklung meist nicht mehr gefährlich, keine Bekämpfung; Wintergerste: Befall bereits im 2- bis 5Blattstadium im Herbst. Bekämpfung nur bei starkem Auftreten in schlecht entwickelten Beständen.

Wegen der gleichzeitigen Wirkung mancher Mittel gegen Getreidemehltau und andere Getreidekrankheiten siehe auch unter "Gelbrost, Netzfleckenkrankheit und Rhynchosporium-Blattfleckenkrankheit".

Warndienst beachten! Über kombinierte Maßnahmen gegen Mehltau und Unkräuter (Disteln) oder Halmbruch Pflanzenschutzdienststelle befragen.

☐ Ab 2Blattstadium - Auf den Blättern entstehen braune Flecke, der Fuß befallener Pflanzen ist später vermorscht. Krankheit hat hohe Temperatur- und Feuchtigkeitsansprüche.

○ **Braunfleckenkrankheit** (*Cochliobolus sativus* Dr. = *Helminthosporium sativum* P. K. et B.)

△ Chemische Beizung des Saatgutes wie gegen andere Getreidekrankheiten bleibt grundsätzlich zu fordern (wirksam sind *Triadimenol*- bzw. *Prochloraz*-haltige Beizmittel), wesentlich ist ferner eine weitgestellte Fruchtfolge.

☐ Juni bis Juli - Ähren glasig graugrün, mastig, Spelzenreste umschließen verhärtete Sporenmassen, deshalb zerstäubt brandige Ähre auch nicht.

○ **Gerstenhartbrand** (*Ustilago hordei* Lagerh.)

△ Krankheit tritt nur vereinzelt auf, wirksam ist chemische Beizung des Saatgutes, wie auch gegen andere Brandkrankheiten üblich.

☐ Juni bis Juli - Ähren verstäuben schon zur Blütezeit dunkelbraunes Sporenpulver, zurückbleibende leere Spindeln stehen starr nach oben.

○ **Gerstenflugbrand** (*Ustilago nuda* Rostrup)

△ Saatgutwechsel. Wahl möglichst geschlossen abblühender Sorten von Sommergerste.

Anwendung von Mitteln gegen Gerstenflugbrand. Siehe "Pflanzenschutzmittelübersicht - Saatgutbehandlungsmittel im Ackerbau".

☐ G. Veg. - Auf den Blättern zunächst sehr kleine, punktartige, bräunlich-gelbe Sommersporenlager, später strichartige, braunschwarze Wintersporenlager. Zwischenwirt **ist** Vogelmilch (*Ornithogalum umbellatum* L.)

O **Zwergrost; "Braunrost" der Gerste** (*Puccinia hordei* Otth.)

Δ Direkte Bekämpfung mit spezifischen Präparaten gegen Rostkrankheiten an Getreide ist möglich und sollte bei Befallsbeginn erfolgen, z.B. wenn erste Pusteln auf dem drittletzten Blatt zu beobachten sind (Lupe benutzen). Bekämpfung durch Fungizide siehe Tabelle am Anfang des Abschnittes "Getreide" sowie "Pflanzenschutzmittelübersicht".

☐ Juni bis Juli - Blattscheiden über den Knoten aufgewölbt, an den Halmen sattelartige Gallen, in deren grubenartigen Vertiefungen rote, etwa 5 mm lange Larven liegen. Erwachsene Larven fallen zu Boden und überwintern in der Erde. Verpuppung im Frühjahr. Die kirschroten Mücken fliegen ab Mai. Auf den Blättern dann rotbraune Eigelege, meist längs der Blattnerven. Ausgeschlüpfte Larven gleiten am Blatt entlang unter die Blattscheide, wo sie am Halm durch Saugtätigkeit die typischen Gallen verursachen, die von außen deutlich fühlbar sind. Früh befallene Halme schossen nicht, Ähren bleiben stecken, Halme knicken leicht um. Besonders starker Schaden ist an Sommergerste und an Sommerweizen möglich.

O **Sattelmücke** (*Haplodiplosis equestris* Wagner)

Δ Näheres über wirksame Gegenmaßnahmen siehe weiter oben bei "Getreide, allgemein".

☐ Sommer - Von Blattspitzen ausgehende, längliche, graue Blasenminen, meist auf obersten Blättern. In den Minen bis 5 mm lange, glashelle, fußlose Larven und Puppen. Blätter vergilben, sterben ab. Auch an Mais und anderen Getreidearten. In den letzten Jahren stärkerer Befall.

O **Gerstenminierfliege** (*Hydrella griseola* Fall.)

Δ Gegenmaßnahmen nur in Ausnahmejahren lohnend, notfalls (zwei der drei unteren Blätter zeigen Gangminen) Anwendung von Insektiziden wie *Dimethoat* und anderen nach vorheriger Beratung durch Pflanzenschutzdienststelle. Ausreichende Wirkung hat auch *Pyrazophos*.

Siehe auch: **Kupfermangel an Hafer - Halmbruchkrankheit an Weizen, Schwarzbeinigkeit an Weizen - Getreidezystenälchen an Hafer (kommt neuerdings auch stärker an**

Sommergerste vor, Sorten 'Lilo', 'Nemex' und 'Regatta' sind resistent); Stockälchen an Roggen.

2.1.2.3   Hafer

☐ Mai bis Juni - Unterer Teil älterer Blätter zuerst graugrün, später gelbgrün verfärbt, mit bräunlichen Flecken. Blätter knicken um und vertrocknen, Spitze bleibt zunächst noch grün. Rispen kümmern, Halme lagern sich. Auch an Weizen, Gerste, Roggen, an diesen Getreidearten ebenfalls allgemeines Befallssymptom hellere Blattfärbung, außerdem zwischen den Blattadern erst graugrüne, später braune Trockenflecke.

O **Dörrfleckenkrankheit** (Manganmangel)

Δ Vor oder kurz nach Aussaat manganhaltige Düngemittel streuen, 10-20 kg Mn/ha. Spritzung mit 400 Liter/ha einer Mangansulfatlösung (10 kg/ha) hilft noch bis etwa 2 Wochen vor dem Rispenschieben. Kombination mit Spritzmitteln zur Unkrautbekämpfung ist möglich.

Standorte, die erfahrungsgemäß Manganmangel zeigen, sind in Kombinationen mit anderen Pflanzenschutzmaßnahmen am besten vorbeugend bei trockener Witterung in der Schoßphase mit 0,5 kg/ha *Folicin-Mn* oder bei erkennbaren Manganmangelerscheinungen mit 1 kg/ha zu behandeln. *Folicin-Mn* hat neben der geringeren Aufwandmenge gegenüber Mangansulfat und der milderen Wirkung den Vorteil der leichteren Löslichkeit in Wasser. Spritzungen sollten bei sonnigem Wetter möglichst in den Morgen- oder Abendstunden erfolgen.

Bewährt hat sich auch die Verwendung von Volldüngern mit garantiertem Gehalt an Spurenelementen. Ergänzend wichtig die Schonung des Wasserhaushaltes des Bodens durch zweckmäßige Bearbeitung. Kalkzufuhr nur in kleinen Mengen, vor allem Hüttenkalk geeignet. Auf leichten und anmoorigen Böden besonders vorsichtig kalken. Bei hohem pH-Wert Verwendung physiologisch saurer Düngemittel (schwefelsaures Ammoniak, Ammonsulfat-Salpeter). Betreffs Düngemitteln mit Spurennährstoffen Anfrage bei einer Landwirtschaftlichen Untersuchungs- und Forschungsanstalt (LUFA).

☐ Mai bis Juni - Blattspitzen und Blattränder werden weiß und vertrocknen, Bestand erscheint weißlich überhaucht (Weißseuche). Rispen kümmern oder fehlen sogar, die in ihnen gebildeten Körner sind minderwertig, oft taub. Starke Bestockung, auf der Stoppel viel Auswuchs. Auch an anderen Getreidearten und weiteren Kulturpflanzen vorkommend, oft nicht erkannt.

O **Heidemoor- oder Urbarmachungskrankheit** (Kupfermangel)

Δ Im Herbst oder vor der Aussaat Zufuhr von 2-3 kg/ha Kupfer (Kupferdünger). Aufwandmenge ist je nach Kupfergehalt unterschiedlich, daher bei Verdacht auf Kupfermangel zweckmäßig Anfrage und eventuell Bodenuntersuchung bei einer Landwirtschaftlichen Untersuchungs und Forschungsanstalt (LUFA!). Einmalige Kupferzufuhr reicht mehrere Jahre aus. Bei bereits erkrankten Beständen Spritzung mit 2 kg/ha *Kupfersulfat* in 200-400 l Wasser oder 0,3-0,5 kg/ha *Folicin-Cu* o.ä. bis 2 Wochen vor dem Rispenschieben. Vorsichtige Kalkung und Schonung des Wasserhaushaltes des Bodens. Über Möglichkeiten einer Kombination von Kupferzufuhr und Unkrautbekämpfung Beratung der Pflanzenschutzdienststelle anfordern.

□ Mai bis Juli - Meist nur unterste Ährchen der Rispe weißlich fahl, verkümmert, unter Umständen aber auch ganze Rispe weiß, taub. Ursache ungünstige Wachstumsbedingungen während der Ausbildung und des Schiebens der Rispen, vor allem Wasser- und Nährstoffmangel, zuweilen Stickstoffüberschuß. Ähnliche Erscheinungen durch Hagelschlag verursacht.
  O **Flissigkeit, Weißährigkeit**.
  Δ Frühe Aussaat, ausgeglichene Düngung, nicht zu viel Stickstoff; besonders gute Versorgung des Bodens mit Kali und phosphathaltigen Düngemitteln ist wichtig.

□ Juni, Juli - Zunächst kleine, rote Flecke auf den Blattspreiten, Rötung des Blattrandes, später Spreiten und Blattscheiden charakteristisch dunkel bis weinrot. Auch an Wintergerste Vergilbung!) neuerdings häufiger.
  O **Viröse Gelbverzwergung** (*Barley Yellow Dwarf Virus*)
  Δ Gegenmaßnahmen bei Hafer sinnvoll, wenn Befallssymptome z.B. im Frühjahr in Wintergerste sichtbar. Evtl. Beratung durch die zuständige Pflanzenschutzdienststelle anfordern, da nur in besonderen Jahren gefährlich, Warndienst beachten.

□ Mai bis Juni - Kornanlagen in den Rispen verwandeln sich in schwarze, stäubende Sporenmassen. Die Rispen sind jedoch oft nur teilweise befallen.
  O **Haferflugbrand** (*Ustilago avenae* Jens.)
  Δ Chemische Beizung des Saatgutes mit Mitteln gegen Flugbrand an Hafer siehe "Pflanzenschutzmittelübersicht - Saatgutbehandlungsmittel im Ackerbau".

□ Juli bis Aug. - Auf Blättern und Blattscheiden zunächst kurze, strichartige, rötlichgelbe Sommersporenlager, die sich später kranzartig mit schwarzen Wintersporenlagern umgeben. Zwischenwirt ist der Kreuzdorn.
  O **Haferkronenrost** (*Puccinia coronata* Cda.)
  Δ Frühe Aussaat. Bevorzugung frühreifer Sorten. Bekämpfung des Flughafers. Keine Duldung von Kreuzdorn (*Rhamnus cathartica* L.) in Feldnähe. Chemische Bekämpfung möglich, aber meist unwirtschaftlich.

□ Auflauf bis Ernte - Keimscheide mit starken Nekrosen. Auf den Blättern bräunlich-violette, langgezogene z. T. in einander übergehende Flecken. Bei trocken-kalter Witterung nach der Saat bis nach dem Auflauf Schäden besonders stark.
  O **Streifenkrankheit des Hafers** (*Helminthosporium avenae* [Eidam] Scharif)
  Δ Chemische Beizung auf Wirkstoffbasis *Prochloraz*.

□ Juni bis Juli - Auf den Blättern kleine, längliche, violette, später dunkel- oder rotbraun gefärbte Flecke, meist durch roten oder gelben Saum gegen das gesunde Gewebe abgegrenzt. Halme 20-30 cm über dem Boden dunkel verfärbt und morsch, knicken an dieser Stelle leicht um, so daß es zum Lagern des Hafers kommen kann.
  O **Haferhalmbruchkrankheit, Hoher Halmbruch an Hafer** (*Septoria avenae* Frank) und andere Pilzarten.
  Δ Allgemein durchgeführte Gegenmaßnahmen sind bisher noch nicht bekannt geworden. Die Wirkstoffe *Propiconazol* und *Prochloraz* haben sich in Versuchen bewährt, keine Zulassung.

☐ G. Veg. - Schlechte Bestockung, oft nur ein Halm. Blattspitzen rötlich verfärbt. Rispen kümmern. Wurzeln struppig, mit anfangs hellgelblichen, später braunen, knotigen Zysten besetzt. Auch an Sommergerste und Sommerweizen, meist nesterweise auftretend.

O **Getreidezystenälchen, Haferälchen** (*Heterodera avenae* Wollenw.)

Δ Verhütung der Verschleppung durch Ackergeräte und Maschinen sowie Erdbewegungen. Weitgestellte Fruchtfolge, vor allem nie Hafer nach Sommergerste und Sommerweizen oder umgekehrt, kein Hafer-Gerstengemenge. Hafer und Sommergetreide möglichst selten, dafür Winterroggen, Hackfrüchte, Hülsenfrüchte, Ölsaaten, Futterpflanzen unter Ausschluß von Gräsern. Resistent sind bei Hafer die Sorte 'Nero', bei Sommergerste 'Lilo', 'Nemex' und 'Regatta', bei Sommerweizen 'Nemares'. Örtliche Erfahrungen mit neuen Sorten beachten. Flughafer als Zwischenwirt bekämpfen.

☐ Sommer, besonders nach Trockenperioden - Pflanze schoßt zwar, doch sind Halme verkürzt, Rispe bleibt häufig in der Blattscheide stecken; sie zeigt außerdem meist Symptome von Flissigkeit oder Weißrispigkeit. Pflanze in der Regel deutlich rot verfärbt. Oberstes Halmglied korkenzieherartig verdreht. Unter oberster Blattscheide feuchtkrümelige, aus Resten des zerstörten Pflanzengewebes bestehende Substanz, dazwischen massenhaft weißliche (Grashalmmilbe) oder mehr gelbliche (Hafermilbe) Milben.

O **Grashalmmilbe** (*Siteroptes graminum* Reut.)

O **Hafermilbe** (*Steneotarsonemus sprifex* Marchal)

Δ Massenauftreten der genannten Milbenarten kommt nur selten vor, besonders in Trockenjahren. Eine Bekämpfung kommt nicht in Betracht.

☐ Mai bis Juni - Streifige, silbergraue Fraßstellen auf den Blättern, hier Fraß durch metallisch-blaugrün glänzende Käfer mit rötlichem Kopf und Halsschild sowie ihre schleimigen, nacktschneckenartigen, braunen Larven. Zuweilen zwei Generationen.

O **Getreidehähnchen** (*Lema lichenis* Voet., *L. melanopus* L.)

Δ Spritzung mit zugelassenen Insektiziden lohnt nur bei Massenauftreten, wenn Schadensschwelle erreicht ist (20 % der Blattfläche ab Ende des Schossens geschädigt, abgenagt bzw. 0,5 bis 1 Larve/Fahnenblatt).

2.1.2.4   Mais

Saatgutbehandlung mit einem *thiram*haltigen Maisbeizmittel gegen Auflaufkrankheiten wird in der Regel bereits beim Saatgutlieferanten vorgenommen, zusätzlich empfehlenswert die Anwendung eines Präparates zur Bekämpfung der Fritfliege und/oder zur Verminderung des Vogelfraßes. Siehe dazu weiter oben bei Rabenkrähe. Maissaatgut tief drillen. Unkrautbekämpfung in Mais siehe "Pflanzenschutzmittelübersicht - Herbizide im Ackerbau/Getreide".

☐ Auflauf ist längere Zeit, zuweilen 3-4 Wochen verzögert, während dieser Periode viele Fehlstellen.

O **Schlechtes Auflaufen als Kälteschaden**

Δ Sorgfältige Bodenbearbeitung vor der Aussaat, Lockern der obersten Schicht. Nicht zu frühe Aussaat, da bei Bodentemperaturen unter etwa 10 °C kaum eine Keimung erfolgt, in

Norddeutschland also im allgemeinen nicht vor Ende April bis Anfang Mai, in Süddeutschland 2-3 Wochen früher.

☐ Einzelne junge Pflanzen zeigen gelbe Blätter ("Kältebänder"), ältere bilden "Tüten", krümmen sich und wachsen nach unten.
  ○ **Kälteschock**

☐ Blätter hängen nach Nachtfrösten schmutziggrün verfärbt herab.
  ○ **Frostschäden, Erfrieren**
  △ Falls Herz der Pflanze noch gesund, erfolgt schnelles Erholen. Unkrautbekämpfung erst nach völliger Erholung der Pflanzen. Bei stärkerem Frostschaden mit Erfrieren der meisten Herzblätter bleibt nur der Umbruch.

☐ Blätter werden stumpfgrün und vertrocknen partiell oder total, vor allem bei Trockenheit und plötzlicher, starker Sonneneinstrahlung nach bedecktem Wetter. Bei starker Sonneneinstrahlung auf taubenetzte Blätter entstehen unregelmäßig große Brandflecke.
  ○ **Sonnenbrand**

☐ Auflaufen ungleichmäßig, Pflanzen bleiben klein und vergilben. Wurzelentwicklung schwach, an den Wurzeln dunkle Verfärbungen oder Faulstellen. Vor allem in Senken oder auf anderen Flächen mit stauender Nässe.
  ○ **Schäden durch stauende Nässe**
  △ Gute Bodenbearbeitung und Dränage auf den betreffenden Flächen.

☐ Blätter erscheinen perlschnurartig gelblich aufgehellt, die Hauptnerven und das angrenzende Gewebe bleiben am längsten grün. Die Blattränder verfärben sich zuweilen leicht rötlich. Im Extremfall rollen sich die Blätter und/oder fallen ab.
  ○ **Magnesiummangel**

☐ Blätter mit weißen Streifen, Wurzeln an den Spitzen braun, absterbend. Der Kolben zeigt Wachstumsanomalien, er bildet vor allem an der Spitze keine Körner aus und ist auch sonst durch lückige, mangelhafte Körnerbildung charakterisiert.
  ○ **Bormangel**

☐ Bereits an den Keimlingen können sich Kümmerwuchs, Aufhellungen und Blattnekrosen zeigen, die nach dem Blattrand hin zunehmen. Bei starkem Mangel sterben die Pflanzen ab.

O **Molybdänmangel**

△ Bei allen Mangelerscheinungen ist die sicherste Abhilfe eine der Situation auf der betreffenden Fläche angepaßte Düngung, zweckmäßig aufgrund einer Bodenuntersuchung durch die zuständige Landwirtschaftliche Untersuchungs- und Forschungsanstalt (LUFA!) oder ein Spezialinstitut. Einsatz von Blattdüngern nach entsprechender Beratung.

Viruskrankheiten kommen an Mais vor, haben aber in Deutschland bisher keine wirtschaftliche Bedeutung. Mais ist Wirtspflanze des Gelbverzwergungsvirus an Gerste, Hafer, Weizen.

☐ Pflanzen laufen nicht nur lückig und ungleichmäßig auf sondern zeigen zum Teil auch welke oder sogar bereits am Boden liegende, absterbende Blätter. Ihre Wurzeln weisen helle bis dunkelbraune Flecke sowie Faulstellen mit oder ohne Pilzmyzel auf.
O **Durch Pilzbefall bewirkte Auflaufschäden** (Pilze der Gattungen *Fusarium, Diplodia, Aureobasidium, Physalospora, Pythium, Colletotrichum, Helminthosporium* und anderer)
△ Beizung des Saatgutes auf Basis TMTD.

☐ Auf den Blättern, zuerst auf den unteren, längliche, graugrüne bis braune Flecke, die bis etwa 20 cm lang und 5 cm breit werden. Blätter können bei starkem Befall absterben. Vor allem in feuchten und warmen Lagen.
O **Helminthosporium-Blattfleckenkrankheit** (*Trichometasphaeria turcica* Lutt.)
△ In gefährdeten Lagen Anbau widerstandsfähiger Hybriden.

☐ Brandgallen und Sporenlager auf Fahnenblatt und Kolben, stark befallene Rispen haben ein flaschenbürstiges Aussehen.
O **Maiskopfbrand** (*Sphacelotheca reiliana*), bisher nur in Südwestdeutschland
△ Bekämpfung: z.Zt. keine Mittel zugelassen. Teilwirksam ist der Wirkstoff *Flutriafol* als Beizmittel.

☐ Auf beiden Blattseiten ovale bis längliche, zimtbraune Pusteln, im Sommer mehr hellbraun (Uredo-Sommersporenlager), im Herbst mehr braunschwarz (Teleuto-Wintersporenlager).
O **Maisrost** (*Puccinia sorghi* Schweinitz)
△ In Deutschland hat der Maisrost keine wirtschaftliche Bedeutung. Eine Bekämpfung war bisher nicht notwendig. Pflanzenschutzdienst verständigen.

☐ Wurzeln mit Fäulnisflecken, zuweilen völlig abfaulend, daher Pflanze zur Zeit der Kolbenbildung oft umknickend, Stengelgewebe aber zunächst fest.
O **Wurzelfäule** (*Fusarium*-Arten und mehrere andere Pilze)
△ Beizung des Saatgutes wie oben unter Auflaufschäden durch Pilze angegeben hat nur einschränkende Wirkung, ist aber trotzdem zu fordern. Gute Saatbettvorbereitung.

☐ Bei Körnermais fallen 4-6 Wochen nach der Blüte "frühreife" Pflanzen im Bestand auf deren Blätter hell- bis dunkelbraun erscheinen und deren Kolben zum Teil abgeknickt sind oder bei leichtem Druck umfallen. Die Stengel erscheinen weich und können zusammengedrückt werden, in ihrem Innern bleiben oft nur noch die Leitgefäße übrig. Wurzeln im allgemeinen zunächst intakt, erst später mit Fäulnissymptomen.

○ **Maisstengelfäule** (*Fusarium*-Arten und andere Pilze)

△ Gute Bodenbearbeitung, abgelagertes Saatbett, auf Mangelböden Kalidüngung, aber keine überhöhte N-Zufuhr und keine zu dichten Bestände. Bei Wassermangel **tritt** die Krankheit stärker auf. - Sortenunterschiede sind **stark** ausgeprägt. Beratungsstellen diesbezüglich befragen. Kalkstickstoff vermag den Befall oder/und dessen Auswirkungen zu mindern.

☐ Juni bis Ernte - Blasige, mit silbergrauer Haut überzogene Beulen, oft bis Faustgröße, an allen oberirdischen Teilen der Pflanze, darin schwarzbraune, erst schmierig-feuchte, später stäubende Sporenmassen, die den Bestand sowie den Boden sehr schnell verseuchen können. Gebietsweise in manchen Jahren stärkeres Auftreten.

○ **Maisbeulenbrand** (*Ustilago mödis* Corda)

△ Ausbrechen der Brandbeulen nur bei geringstem Befall wirtschaftlich vertretbar. Vermutete Sortenunterschiede haben sich nicht bestätigt. Bekämpfungsverfahren noch nicht bekannt. Da Infektion von Verletzungen ausgeht, Fritfliegenbekämpfung (siehe unten) wichtig. Befallener Mais kann verfüttert werden.

☐ G. Veg. - Blätter mißgestaltet, gewunden. Internodien stark verkürzt, verdickt. Verstärkte Bildung von Seitentrieben. An der Basis der gestauchten Sproßachse Anschwellungen. Stengel bei noch nicht ausgewachsenen Pflanzen am Grunde hohl, weiter oben schwammig. Pflanzen fallen leicht um. Vor allem auf schweren Böden in den letzten Jahren Befallszunahme festgestellt.

○ **Stockälchen** (*Ditylenchus dipsaci* Filipjev)

△ Fruchtwechsel. Kein Maisanbau nach Roggen, Hafer, Rüben, Ackerbohnen und auf Flächen, die bereits früher einmal stockälchenverseucht waren. Über den möglichen Einsatz von *Dazomet* zur Befallsminderung auf besonders wertvollen Parzellen (Zuchtgärten!) Pflanzenschutzdienst befragen.

☐ Ab Juni - Die Pflanzen kümmern nesterweise, an den Wurzeln häufig jedoch keine Zysten.

○ **Getreidezystenälchen** (*Heterodera avenae* Wollenw.)

△ Sonderberatung durch Pflanzenschutzdienststelle über spezielle "Nematodenfruchtfolge" sowie die Möglichkeit des Einsatzes von chemischen Präparaten auf wertvollen Parzellen (Zuchtgärten!) anfordern.

☐ Ab Juni - Pflanzen kümmern nesterweise, die Stockbildung setzt verfrüht ein. Zuweilen vergilben die Blätter. Schäden vor allem auf sauren Böden.

○ **Wandernde Wurzelnematoden** (*Pratylenchus*-Arten und andere).

△ Sichere Befallsdiagnose erfordert die Untersuchung von Bodenproben durch Pflanzenschutzdienst, der auch Ratschläge über Gegenmaßnahmen gibt. *Carbofuran*, das gegen mehrere Arten von Bodenschädlingen wirkt, ist gegen wandernde Wurzelnematoden an Mais zugelassen (Reihenbehandlung, 1,25 g/m in die Saatfurche streuen).

☐ Juli bis Aug. - Im Halminnern fressen bis 30 mm lange, braune, schwarzköpfige Raupen abwärts bis zum Wurzelhals, wo sie überwintern: Halme knicken oder brechen um. Auch Kolben, Stengel und Körner sind zerfressen.

○ **Maiszünsler** (*Ostrinia nubilalis* Hbn.)

△ Bewährt hat sich bisher beim Saat- und z. T. auch beim Körnermais der Einsatz der **Schlupfwespe** (Eiparasit) *Trichogramma sp.* Auf Grund von Warnmeldungen auch 1- bis

2maliges Sprühen mit Insektiziden Mitte Juli bis August unter Beachtung der Wartezeiten möglich. Kritische Befallszahl (Schadensschwelle): 4-8 Eigelege je 100 Pflanzen. Präparate siehe "Pflanzenschutzmittelübersicht - Insektizide im Ackerbau/Getreide". Tiefes Unterpflügen der befallenen Maisstoppel verhindert eine Rückkehr der Falter an die Bodenoberfläche.

In Zukunft auch durch Anbau gentechnisch veränderter Pflanzen regulierbar.

☐ Ab Mai - Blätter verkrüppelt, korkenzieherartig verdreht oder infolge steckengebliebener Blattspitze schlingenförmig. Blattränder oder Spreiten mehr oder weniger gewellt, Blattspitzen aufgerissen oder aufgeplatzt. Starke Bildung von Seitentrieben, zwiebelartige Verdickung des Wurzelhalses. Junge Blätter im Innern der Pflanze an ihrer Spitze verklebt. Vergilben und Absterben des Herztriebes möglich. An den Schadstellen Fliegenlarven. Schäden vor allem bei schlechtem Wachswetter deutlich werdend. Besonders gefährdet sind Flächen, auf denen Mais nach Mais oder wo Mais in der Nähe vorjähriger Hafer- oder Grünlandschläge steht.

○ **Fritfliege, "Maisfliege"** (*Oscinella Frit* L.)

△ Bevorzugung schnellwüchsiger Sorten. Vorbeugend kann man das Saatgut mit Saatgutbehandlungsmitteln wie *Bendiocarb* oder mit *Methiocarb* in Beiztrommel mischen, (auch zur Verminderung des Vogelfraßes) oder man wählt den Einsatz von Mitteln, die bei der Aussaat angewendet werden, beispielsweise *Carbofuran* Reihenbehandlung 0,75 g/m mit der Saat.

Hat man eine vorbeugende Maßnahme der geschilderten Art versäumt, so kann man später noch, sobald der Mais das 2- bis 3Blattstadium erreicht hat, ein Spritzmittel (siehe "Pflanzenschutzmittelübersicht - Insektizide im Ackerbau/Getreide") einsetzen.

☐ Mai bis Juni - Pflanzen bleiben in der Entwicklung stehen, Blätter sterben ab, Pflanze vertrocknet. Hellgelbe oder bräunliche, "drahtige", harte Käferlarven im Boden.

○ **Drahtwürmer** (*Agriotes-*, *Athous-* und *Corymbites-*Arten)

△ Kritische Befallszahl (Schadensschwelle) für Bekämpfungsmaßnahmen:

1 Drahtwurm an 4 Kontrollstellen, nachdem je 4 Kartoffelhälften in 5 und 10 cm Bodentiefe je 0,25 m² an 4 Stellen des Feldes als Köder ausgelegt wurden.

Bendiocarb, sofort nach der Saat über den Samen ausbringen und mit Erde abdecken oder *Carbofuran* mit der Saat, auch gegen Fritfliege, oder *Terbufos* in die Saatreihe streuen und mit Erde abdecken.

In nassen Jahren treten Bakterielle Stengelfäule sowie Blattflecken- und Fußkrankheiten auf. Näheres Pflanzenschutzdienststelle - Siehe auch: Erdraupen an Getreide.

2.1.2.5   Roggen

Die Bekämpfung der Halmbruchkrankheit in Winterroggen ist bei einer Wuchshöhe von etwa 30 cm (EC 31-32) möglich, und sollte speziell in Frühsaaten (vor dem 1. 10.) nach Getreide (außer Hafer) als Vor- bzw. Vorvorfrucht aufgrund einer Warnmeldung des Pflanzenschutzdienstes durchgeführt werden. Handelspräparate siehe "Pflanzenschutzmittelübersicht - Fungizide im Ackerbau/Getreide".

☐ G. Veg. - Entweder Spitze der Ähre oder aber nur die unteren Ährchen bleiben taub.
   ○ **Kälteschaden**

☐ April bis Ernte - Blattspreiten sind unnatürlich aufgehellt, längs der Blattadern erscheinen perlschnurartig angeordnete, dunkelgrüne Flecke.
   ○ **Magnesiummangel**
   △ Vorbeugend Anwendung von magnesiumhaltigen Düngemitteln oder Spritzung mit 15-20 kg *Magnesiumsulfat* (*Bittersalz*) in 600 Liter Wasser je ha.

☐ Mai bis Juni - Vor allem in Moorgebieten verbreitete Erscheinung. Blattspitzen weißlich verfärbt, Blattränder und Blattspreiten sind aufgehellt.
   ○ **Kupfer- oder (und) Manganmangel**
   △ Zufuhr von Kupfer oder (und) Mangan wie bereits oben bei "Hafer" angegeben.

☐ Auflauf bis März - Lückiger Stand der Wintersaat, viele Keimlinge korkenzieherartig verkrümmt im Boden. Im Frühjahr nesterweise Fehlstellen und Kümmerpflanzen, deren äußere Blätter flach am Boden liegen und am Blattgrund faulen. Bei feuchtem Wetter, vor allem nach Schneeschmelze, an kranken Pflanzen weiße oder rötliche Schimmelrasen, später zu grauem Belag eintrocknend. Hauptschaden an Winterroggen und Winterweizen weniger an Gerste. Schaden ähnelt Auswinterung (Erfrieren, Vertrocknen, Ersticken).

O **Schneeschimmel** (*Microdochium nivale* (Fr.) Samuels et. Hallet.)

Δ Chemische Beizung des Saatgutes. Präparate siehe "Pflanzenschutzmittelübersicht - Saatgutbehandlungsmittel im Ackerbau". Aussaat auf schweren, nassen Böden vermeiden, nicht zu dicht säen. Keine zu starke Stickstoffdüngung im Herbst. Bei Befall vorsichtige Kopfdüngung im zeitigen Frühjahr.

☐ Juni bis Aug. - Körner gesund, jedoch unterhalb der Ähre am Halm dunkle, erst schwielige, später offene Sporenlager. Pflanzen kümmern. Wirtschaftliche Bedeutung geringer als die anderer Brandkrankheiten an Getreide.

O **Roggenstengelbrand** (*Urocystis occulta* Rabh.)

Δ Chemische Behandlung (Beizung) des Saatgutes. Präparate siehe "Pflanzenschutzmittelübersicht - Saatgutbehandlungsmittel im Ackerbau".

☐ Juni bis Aug. - Braune, über die Blattoberseite zerstreute Sommersporenlager, später blattunterseits schwarzbraune Wintersporenlager des wirtswechselnden Roggenbraunrostes, die auch am aufgeplatzten Stengel auftreten können. Zwischenwirte: Ochsenzunge (*Anchusa officinalis* L, *A. arvensis* L.) und Ackerkrummhals (*Lycopus arvensis* L.)

O **Roggenbraunrost** (*Puccinia dispersa* Erikss. u. Henn.)

Δ Direkte Bekämpfung mit Mitteln gegen Rostkrankheiten an Getreide (siehe "Pflanzenschutzmittelübersicht - Fungizide im Ackerbau/Getreide") möglich, in den letzten Jahren zunehmende Bedeutung, speziell in Hybrid-Roggen. Warndienst beachten!

☐ Juli bis Aug. - Einzelne Körner verwandeln sich in meist größere, schwarzviolette, oft hornartig gekrümmte Gebilde: Mutterkörner. Auch an Triticale, Weizen, Gerste sowie Wiesengräsern, besonders aber in Hybrid-Roggen.

O **Mutterkorn** (*Claviceps purpurea* Tul.)

Δ Saatgutreinigung. Sammeln für Arzneizwecke ist auch bei starkem Auftreten meistens nicht lohnend! Stärker mutterkornhaltiges Mehl ist gesundheitsschädlich. Für die Vermarktung gelten folgende Höchstgrenzen: Konsumgetreide 0,05 % und Futtergetreide 0,1 % Gewichtsanteile Mutterkorn.

☐ April bis Juli - Auf den Blättern unregelmäßig geformte Flecke, deren Innenzone hellgelblichweiß, **ohne** dunkelbraunen Rand als Abgrenzung zum gesunden Gewebe. Bei schwerem Befall sterben Blätter ab. Wintergerste besonders gefährdet.
  O **Rhynchosporium-Blattfleckenkrankheit** (*Rhynchosporium secalis* Oudem.)
  Δ Bekämpfung siehe "Gerste".

☐ April bis Juni - Auf den Blättern watteartige weiße Pusteln, später pelzig brauner Belag mit schwarzen Pünktchen (Winterfruchtkörper).
  O **Getreidemehltau** (*Erysiphe graminis* D. C.)
  Δ Nur in geschützten Lagen und bei üppiger Entwicklung Bekämpfung im Stadium 29-51 erforderlich. Näheres über Mehltaumittel siehe "Pflanzenschutzmittelübersicht - Fungizide im Ackerbau/Getreide". Eine Nebenwirkung hat *Triadimenol* als Beizmittel.

Siehe auch: **Halmbruchkrankheit an Weizen.**

☐ Nov. bis April - Vor allem an Winterroggen auf leichten Böden. Nesterweise Kümmerwuchs, ungesunde, blasse Farbe der Pflanzen, Vergilben, übermäßige Bestockung, Bewurzelung schwach. Blätter am Rande gewellt, Halme am Grund zwiebelartig verdickt, schossen nicht. Auch an Mais, Rüben, Buchweizen (andere Rassen derselben Älchenart an Klee, Lupine, Ackerbohne, Zwiebel und Tabak). Auch Hafer wird örtlich stark befallen.
  O **Stock-(Stengel-)älchen** (*Ditylenchus dipsaci* Filipjev)
  Δ Verschleppung durch Bodenbewegung, Ackergeräte und Stroh (Mist) verhüten. Gute Bodenbearbeitung im Spätherbst. Weitgestellte Fruchtfolge, nicht zu oft Roggen. Auf Roggenböden Kartoffeln, Kohlrüben sowie Möhren beste Vorfrüchte. Möglichst ausweichen auf Sommerroggen. Zwischenanbau von Lupine, Serradella, Spörgel. Bekämpfung der Un-

gräser, Melde, Ackerholzahn (Dannessel). Sofort nach Roggen wird Rotklee kaum befallen. Gering befallene Schläge im Frühjahr walzen, dann leichte Salpeterdüngung und nach Erholung Kalkstickstoff. Chemische Bekämpfung (Befallsminderung!) durch Nematizide wie *Dazomet* selten wirtschaftlich. Näheres Pflanzenschutzdienststelle.

2.1.2.6   Weizen

Bei der Darstellung der einzelnen Krankheiten erfolgen keine gesonderten Bekämpfungshinweise.

Bei **Durum-Weizen** entspricht das Auftreten von Pflanzenkrankheiten und Schädlingen dem beim Weichweizen. Die Anwendung der Sibutol-Beizmittel sollte wegen möglicher Schäden unterbleiben. Bei den Herbiziden in den Gebrauchsanleitungen auf Angaben hinsichtlich der Verträglichkeit achten. Besonders wichtig ist die Bekämpfung der Ährenkrankheiten. Zu beachten ist das oft stärkere Auftreten von *Fusarium*-Arten (partielle Taubährigkeit) und Mutterkorn.

☐ G. Veg. - Entweder Spitze der Ähre oder nur die unteren Ährchen taub.
    O **Kälteschaden**

☐ Mai bis Ernte - Bleichgelbe bis rötliche Blattverfärbung, am Fahnenblatt besonders deutlich (nicht mit Rotverfärbung nach Nachtfrösten verwechseln), Wachstumsverzögerung, Ertragsausfall nach milden Wintern z. T. erheblich. Übertragung durch Blattläuse.
    O **Viröse Gelbverzwergung** (*Barley Yellow Dwarf Virus*)
    Δ Beratung durch zuständigen Pflanzenschutzdienst. Winterweizen nicht zu früh aussähen. Blattläuse, die das Virus übertragen im Getreide kontrollieren (Herbst und Frühjahr). Warndiensthinweise beachten.

☐ Mai bis Ernte - Zunächst verfärbt sich das Blatthäutchen dunkelbraun bis schwarz. Verfärbung breitet sich auf Blattspreite und Blattscheide breitflächig oder streifenförmig aus. Ährchen verfärben sich von der Basis aus ebenfalls dunkelbraun bis schwarz. Bei lang anhaltender Feuchtigkeit wird auch das Korn befallen, Schrumpfkornbildung. Außer Weizen wird die Gerste stärker befallen.
    O **Bakterielle Spelzenfäule** (*Pseudomonas syringae pv atrofaciens*)
    Δ Kühle, feuchte Witterung fördert den Infektionsverlauf. Enge Getreidefruchtfolgen ver-

Arena® C

neue Standardbeize für Weizen,
Roggen und Triticale

meiden. Gesundes Saatgut verwenden. Wirksame Beizmittel oder andere geeignete Pflanzenschutzmittel sind z. Zt. nicht bekannt.

☐ Juni bis Juli - Pflanzen kümmern. Farbe unnatürlich weißgrau. Halmgrund und Wurzeln schwarz, später vermorscht. Ähren verkümmert oder taub, bleichen, später oft von Schwärzepilzen besiedelt. Besonders an Winterweizen, weniger an Roggen und Gerste. Gefährliche Fruchtfolgekrankheit, vor allem auf weniger weizenfähigen Böden jahrweise stark auftretend, besonders häufig nach schlechter Einarbeitung großer Gründüngungsmassen (Zwischenfrucht, Restbestände nach Kohlanbau) zu beobachten.

○ **Schwarzbeinigkeit, Halmtöter** (*Gäumannomyces graminis* [Sacc] v. Arx et Olivier u. a. Arten)

△ Weizenanbau nur auf weizenfähigen Böden. Weitgestellte Fruchtfolge in bezug auf Weizen, kein Weizen nach Weizen oder Gerste, besser Hackfrüchte oder Raps als Vorfrucht. Gründüngung, garefördernde Maßnahme. Gründüngung möglichst häckseln und erst nach Beginn des Zersetzungsprozesses in den Boden einarbeiten, z.Z. Beizmittel in der Prüfung.

☐ Juni bis Juli - Vor allem in üppigen Beständen. Halme fallen wirr durcheinander, zuweilen lagern ganze Nester ohne erkennbare Ursache. Am Halmgrund, oft unter den tiefsten Blattscheiden versteckt, linsenförmige, gelbbraune Flecke mit dunklerem Rand (Medaillonflecke!). Halm bricht oberirdisch leicht ab. Wurzeln dabei aber gesund. Kümmerkörner in den Ähren. Auch an Gerste und Roggen, vor allem an Winterung. Bevorzugt auf guten Weizenböden in dichten, üppigen Beständen in getreidereichen Fruchtfolgen nach zu hoher Stickstoffdüngung und mildem, feuchtem Winterwetter. Manche Sorten stärker betroffen, z. B. 'Contra', 'Greif', 'Orestis'.

○ **Halmbruchkrankheit** (*Pseudocercosporella herpotrichoides* Fron, Hauptfruchtformen *Taplesia yallundae* und *acuformis* sowie andere Pilzarten, siehe dazu weiter unten!).

△ Späte, nicht zu dichte Aussaat. Im Rahmen des betriebswirtschaftlich Möglichen, weitgestellte Fruchtfolge. Schlechte Vorfrüchte sind Weizen, Gerste oder Roggen, gute dagegen Raps, Hackfrüchte, Bohnen und Hafer. Bevorzugung von Sommerweizen. Ausgeglichene Düngung. Zur direkten Bekämpfung sind zahlreiche Präparate zugelassen. Siehe "Pflanzenschutzmittelübersicht - Fungizide im Ackerbau/Getreide".

Wirkstoffwechsel, da BCM-Resistenz inzwischen häufig auftritt. Notwendigkeit der chemischen Bekämpfung sollte auf jedem Feld überprüft werden, Warndienst beachten. Erfahrungsgemäß ist eine Behandlung angebracht, wenn bei Beginn des Schossens im 1-2 Knotenstadium 20 % der Pflanzen an den Blattscheiden des Halmgrundes braun verfärbt sind. Kriterien unsicher, da Verwechslungsmöglichkeiten mit *Fusarium spp.* bzw. *Rhizoctonia cerealis*. Bewährt haben sich direkte Anfärbemethoden, die spezifisch auf *Pseudocercosporella* reagieren und eine Früherkennung bereits vor Symptomausprägung ermöglichen. Dies gilt ebenso für ELISA-Verfahren. Eine weitere Hilfestellung bieten Prognoseverfahren z.B. Simcerc oder Schätzrahmen (PRO_PLANT). Warndienst beachten!

Kräftige, nicht zu frühe Kalkstickstoffgaben im Frühjahr wirken befallsmindernd und beugen vor allem auch dem frühzeitigen Lagern der Bestände vor. Anwendung von Wachstumsreglern (Halmfestigung) zum richtigen Zeitpunkt vermindert das Abknicken geschädigter Halme und damit indirekt auch den Schaden. Siehe "Pflanzenschutzmittelübersicht - Fungizide im Ackerbau/Getreide".

Über Möglichkeiten einer Kombination der Bekämpfung von Halmbruchkrankheit und Unkräutern in jedem Fall vorher Pflanzenschutzdienststelle befragen.

An der Verursachung des Symptomkomplexes "Halmbruchkrankheit" können neben *Pseudocercosporella herpotrichoides* Fron. je nach Bodenverhältnissen, Feuchtigkeit und Temperatur in wechselndem Ausmaß auch noch weitere Pilzarten (z. B. *Rhizoctonia cerealis, Fusarium culmorum, Helminthosporium sativum* u. a.) beteiligt sein, die auf die zur Bekämpfung eingesetzten Fungizide anders reagieren. Näheres Pflanzenschutzdienststelle.

☐ G. Veg. - Mehltaubeläge, erst an Blättern, später auch an Ähren (Spelzen) besonders in üppigen Beständen anfälliger Winterweizensorten.

O **Getreidemehltau** (*Erysiphe graminis* D. C.)

△ Bei Winter- **und** Sommerweizen, Saatgutbehandlung mit *Fuberidaziol + Imazalil + Triadimenol*, nur gegen Frühbefall hat *Fuberidaziol + Triadimenol + Bitertanol* Teilwirkung. Spritzungen gegen **Blattmehltau** an Weizen sollten aufgrund von Bestandsbeobachtungen erfolgen. Bei Auftreten von Mehltau auf den letzten 3 Blättern und damit zu erwartender Bedrohung der Ähren ("Ährenmehltau"), zwischen dem Ährenschieben und der Blüte ist unverzüglich eine Spritzung mit Mitteln gegen **Ährenmehltau** an Weizen angebracht. Siehe "Pflanzenschutzmittelübersicht - Fungizide im Ackerbau/Getreide". Zur Vermeidung von Resistenzerscheinungen Wechsel zwischen Mehltaufungiziden mit unterschiedlichen Wirkungsmechanismus. Bekämpfung durch Fungizide siehe Tabelle am Anfang des Abschnittes "Getreide" sowie "Pflanzenschutzmittelübersicht".

☐ Mai bis Ernte - Auf den Blättern von Weizen, gelegentlich auch Roggen, gelbbräunliche, diffuse Blattflecken mit schwarzem Hof. Nur bei höheren Temperaturen (ca. 25 °C) stärker schädigend.

○ **Helminthosporium-Blattdürre** (HTR) (*Pyrenophera tritici-repentis* (Died.) Drechsler = **H**elminthosporium *tritici-repentis* = *Drechslera tritici-repentis*)

Δ Bekämpfung durch Fungizide siehe Tabelle am Anfang des Abschnittes "Getreide" sowie "Pflanzenschutzmittelübersicht". Saatgutbeizung mit Universalbeizmitteln verhindert Saatgutübertragung. In der Fruchtfolge Weizen nach Weizen keine hochanfälligen Sorten wie z.B. 'Ritmo' anbauen. Pflanzenschutzdienst fragen.

☐ Herbst bis Ernte - Auf den Blättern längliche, braune Flecken mit parallel zu den Blattadern angeordneten dunkleren Punkten (Pyknidien). Nach dem Schossen können stark befallene Blätter vollständig absterben (Blattdürre).

○ **Septoria-Blattdürre** (*Septoria tritici* Rob. ex Desson) Hauptfruchtform: *Mycosphaerella graminicola* (Fückel) Schröter

Δ Stoppelreste gründlich einarbeiten. Ausfallgetreide nicht aufkommen lassen. In gefährdeten Beständen früher Einsatz (EC 37-49) von Mitteln, die bei der Braunfleckigkeit genannt sind. Besonders gut ist der Wirkstoff *Epoxiconazol*.

☐ Ährenschieben bis Ernte - Pflanzen kleiner, leuchtend gelbe und hellgrüne Streifen. Obere Knoten am Halm eingeschnürt. Bei Gerste, Hafer und Roggen, die seltener geschädigt werden, sind die Streifen braun oder rot.

○ **Cephalosporium-Streifenkrankheit** (*Hymenula cerealis* Ellis et Everh. = *Cephalosporium gramineum* Nissikado et Ikata)

Δ Infektion erfolgt über das Saatgut und besonders über Stoppelreste. Keine engen Getreidefruchtfolgen, gute Stoppelbearbeitung. Flughaferbekämpfung (Wirtspflanze). Niedrigen pH-Wert vermeiden (über pH 6). Gut abgesetzter Boden, um Hochfrieren auszuschalten. Chemische Bekämpfung bisher nicht bekannt.

☐ Sommer - Auf den Spelzen zunächst kleine braunviolette Punkte, zur Zeit der Milchreife obere, freiliegende Spelzenteile bedeckend. Erste Verbräunung an den Deckspelzen. Körner klein, runzelig, deformiert, mit braunem Fleck. Partielle Taubährigkeit an oberen Ährenteilen möglich, aber seltener als bei Fusarium-Befall. Kleine, braune, später ineinander laufende Flecken auch an Spindel, Halm, Blättern, Blattscheiden, Koleoptilen. Blattscheiden sterben ab. Auf Weizen, auch Roggen, Wiesenrispe (*Poa pratensis* L.) besonders in feuchten Jahren, in lagernden Beständen, häufig auch an spätreifenden Sorten bei später Aussaat in ungünstiger Feldlage (Waldschatten, Senken, Flußtälern, Höhenlagen) nach hohen Stickstoffgaben sowie späten *Cycocel-* oder/und Wuchsstoffspritzungen. Besonders anfällig 'Bandit', 'Rialto' und 'Hanseat'.

○ **Braunfleckigkeit des Weizens, Spelzenbräune, Septoria** (*Stagonospora nodorum* Müller = *Septoria nodorum* Berk.)

△ In gefährdeten Lagen kein Anbau stark anfälliger Sorten. Einseitige, starke Stickstoffdüngung vermeiden. Kein später Einsatz von Wachstumsreglern. Wichtige Voraussetzung für eine erfolgreiche Bekämpfung ist eine weitgehende Ausschaltung des Mehltaubefalls an den Ähren. Bekämpfung durch Fungizide siehe Tabelle am Anfang des Abschnittes "Getreide" sowie "Pflanzenschutzmittelübersicht".

☐ Ährenschieben bis Ernte - Vorzeitiges Ausbleichen einzelner Ährchen, später ganzer Ährenpartien. Zunächst hellgrüne Ährchen werden violett dann hellgelb, schließlich weiß. Danach Ährenanlagen von rötlichem Sporenschleim durchsetzt.

○ **Partielle Taubährigkeit** (*Fusarium*-Arten, z.B. *Fusarium graminearum*, *Fusarium culmorum*, *Fusarium avenaceum* und *Fusarium poal*, zusätzlich der nicht zu den Fusarien gehörige Schneeschimmel (*Microdochium nivale*)). Die beiden erstgenannten Arten sind gefährliche Toxinbildner.

△ Die zur Bekämpfung der Ährenkrankheiten zugelassenen Mittel versagen weitgehend. In gefährdeten Lagen Wachstumsregler vorsichtig einsetzten. Einseitige starke Stickstoffdüngung (Lager) vermeiden, Weizen nicht pfluglos nach Mais bestellen, neuerdings *Tebuconazol* zugelassen.

☐ Juli bis Aug. - Halme verkürzt, Ähren blaugrün, je nach Sorte gestreckter oder gedrungener als normal, enthalten rundliche "Brandbutten", die anfangs schmierig-feuchten, später trockenen, dunkelbraunen, nach Heringslake riechenden Sporenstaub einschließen. Auch an Dinkel auftretend.

○ **Weizensteinbrand, Stinkbrand** (*Tilletia caries* Tul.)

△ Chemische Behandlung (Beizung) des Saatgutes mit Mitteln zur Saatgutbehandlung. Siehe "Pflanzenschutzmittelübersicht - Saatgutbehandlungsmittel im Ackerbau".

☐ Juli bis Aug. - Pflanzen zeigen Zwergwuchs, sind reich bestockt. In den Ähren Brandbutten wie bei Weizensteinbrand, Infektion vom Boden aus, besonders stark am Randstreifen.

Landor®1 CT

Hochleistungsbeize für Weizen,
Roggen und Triticale

®1 = reg. Marke der Novartis Agro GmbH

Teilbefall häufig. Auch an Dinkel.
O **Zwergsteinbrand, Zwergbrand** (*Tilletia controversa* Kühn)
Δ Beizung des Saatgutes mit *Bitertanol* + *Fuberidazol* bzw. *Difenoconazol*-haltigen Präparaten. Siehe "Pflanzenschutzmittelübersicht - Saatgutbehandlungsmittel im Ackerbau".
Klee und andere Leguminosen als Vorfrucht vermeiden. Verschleppung verhüten.
Spätsaat bringt Teilerfolg. Näheres Pflanzenschutzdienststelle.

☐ Juni bis Aug. - Bereits junge Ähren verstäuben dunkles Sporenpulver, leere Ährenspindel bleibt zurück. Zuweilen auch an Dinkel vorkommend.
O **Weizenflugbrand** (*Ustilago tritici* Rostr.)
Δ Saatgutwechsel bei Befall. Bevorzugung widerstandsfähiger Sorten. Anwendung von Saatgutbehandlungsmitteln gegen Weizenflugbrand siehe "Pflanzenschutzmittelübersicht - Saatgutbehandlungsmittel im Ackerbau".

☐ Mai bis Aug. - Vor allem auf Blattscheiden, Blättern und Spelzen zunächst aufgehellte Streifen, später hier die ebenfalls lange Streifen bildenden Sommersporenlager, schließlich die dunkelbraunen, auch meist streifig angeordneten Wintersporenlager. Seltener an Gerste, Roggen, auch an Gräsern. Besonders in feuchten Jahren nach milden Wintern auftretend. Ausbreitung vor allem bei längeren Perioden mit hoher Luftfeuchtigkeit und mäßiger Temperatur (10-14 °C). Angaben über Sortenanfälligkeit regional unterschiedlich, örtlich besonders anfällig 'Contra', 'Kanzler' und 'Slejpner'. In den letzten Jahren zunehmende Rassenvielfalt, neu z.B. die 'Slejpner'-Rasse.
O **Gelbrost, Weizengelbrost** (*Puccinia glumarum* Erikss. et Henn.)
Δ Vermeidung von Stickstoffüberschuß, mehr Kali, Phosphorsäure, Anfälligkeitsverhalten der Weizensorten unterschiedlich, daher resistentere Sorten bevorzugen. Bekämpfung durch Fungizide siehe Tabelle am Anfang des Abschnittes "Getreide" sowie "Pflanzenschutzmittelübersicht".
Nur bei frühem Befall (vor der Blüte) sinnvoll, Wiederholung nach 3-4 Wochen, aber spätestens bis Beginn der Blüte, maximal 2 Anwendungen. **Auch** Wirkung gegen Gelbrost an Gerste, ferner gegen Mehltau an Weizen, Gerste und Roggen. Warndienst!

☐ Juni bis Aug. - Auf Blattoberseite zerstreut ockerbraune, ovale Sommersporenlager, später blattunterseits gleich geformte schwarze Wintersporenlager. Meist später als Gelbrost. Zwischenwirt: Wiesenraute.

○ **Weizenbraunrost** (*Puccinia triticina* Erikss.)

△ Bekämpfung durch Fungizide siehe Tabelle am Anfang des Abschnittes "Getreide" sowie "Pflanzenschutzmittelübersicht".

☐ Auflauf bis Ernte - Keimscheide verbräunt, Blätter mit braunen, rundovalen Flecken mit dunklem Rand und hellem Hof. Bei naßkalter Witterung ab Beginn des Ährenschiebens blaßgrüne, größere Flecken auf den Blättern, oft im Bereich der Mehltaupusteln. Später Infektion der Ähre.

○ **Schneeschimmel des Weizens** (*Microdochium nivale* (Fr.) Samuels et Hallet.))

△ Wichtigste Bekämpfungsmaßnahme Beizung des Saatgutes, Präparate siehe "Pflanzenschutzmittelübersicht - Saatgutbehandlungsmittel im Ackerbau". Beachten, daß häufig *Carbendazim*-resistente Stämme auftreten.

☐ Mai bis Juli - Blätter mißgebildet, wellig, verknittert. Halme schossen schlecht oder gar nicht, sind zwischen den Knoten verkrümmt. In den Ähren runde, gallenartige "Radekörner", ähnlich den bei Befall durch Weizensteinbrand vorkommenden Brandbutten, aber innen mit weißer bröseliger Masse, den in Trockenstarre liegenden Weizenälchenlarven, angefüllt, diese jahrelang lebensfähig. Befall neuerdings kaum noch beobachtet.

○ **Weizenälchen, Radekrankheit** (*Anguina tritici* Filipjev)

△ Sorgfältige Saatgutreinigung, besser Saatgutwechsel. Näheres Pflanzenschutzdienst.

☐ Juni bis Juli - In zerstörten Blütchen gelbe, an jungen Körnern rötliche bis 2,5 mm lange Mückenlarven, Kümmerähren und "Schmachtkörner".

○ **Weizengallmücken** (*Contarinia tritici* Kirby; *Sitodiplosis mosellana* Géhin)

△ Befallsdichte ermitteln. Betreffs Auswahl der Präparate und Ausmaß der Bekämpfung Warndienst des Pflanzenschutzdienstes beachten, da nur gebietsweise in einzelnen Jahren Gegenmaßnahmen notwendig. Faustregel: Bekämpfung erforderlich, wenn gegen Abend auf 10 Ähren 3 orangerote oder 10 gelbe Weizengallmücken vorhanden sind (Schadensschwelle!). Bei der Orangeroten Weizengallmücke **ist** die Bekämpfung nur kurz vor der Blüte, bei der Gelben Weizengallmücke nur während des Ährenschiebens sinnvoll. Im Hinblick auf die Höchstmengenverordnung kommen zur Bekämpfung nur *Dimethoat*-Präparate infrage (siehe "Pflanzenschutzmittelübersicht - Insektizide im Ackerbau/Getreide"). Einsatz möglichst abends durchführen. Bienenschutzverordnung beachten! Über Zumischungsmöglichkeiten zu den im Weizenanbau gebrauchten Fungiziden Firmeninformation beachten.

Siehe auch oben: Sattelmücke **(An mehreren Getreidearten)**, Viröse Gelbverzwergung **(Gerste, Hafer). Bei Weizen bleichgelbe bis rötliche Blattverfärbung typisch, zunächst am Fahnenblatt.** Getreidehähnchen **siehe "Hafer".**

2.1.2.7   Triticale

Kreuzung aus Weizen (<u>Triti</u>cum) und Roggen (Se<u>cale</u>) Es treten die bei Roggen genannten Krankheiten und Schädlinge auf. Durch die Einkreuzung von Weizen müssen die dort genannten Ährenkrankheiten beachtet und z. T. auch bekämpft werden. Nähere Hinweise bei den beiden Getreidearten. Unkrautbekämpfung wie in Roggen.

2.1.3   Hackfrüchte

2.1.3.1   Kartoffel

Unerläßliche Pflanzenschutzmaßnahmen im Speisekartoffelanbau sind: Verwendung möglichst virusfreien Pflanzgutes. Beizung der Pflanzkartoffeln gegen Auflaufkrankheiten, Bekämpfung der Krautfäule; zusätzlich im Vermehrungsanbau: Bodenuntersuchung auf Zysten von Kartoffelnematoden, Ausschaltung von Viruskrankheiten durch regelmäßige Selektion, Blattlausbekämpfung durch Mittel zur Vektorenbekämpfung, Krautabtötung durch mechanische oder chemische Verfahren auf Basis *Deiquat*, *Glufosinat* **und** *Cyanamid*. **Anwendungsvorschriften für die verwendeten Präparate streng beachten! Siehe auch "Pflanzenschutzmittelübersicht - Sonstige Anwendungszwecke und Herbizide im Ackerbau/Kartoffeln".**

Kartoffelbestände auf dem Felde

☐ Frühjahr - Kümmerliches Auflaufen, Fehlstellen schon im jungen Bestand.
   ○ **Auflaufschäden**

△ Auflaufschäden können beruhen auf Befall durch Krankheiten (Wurzeltöterkrankheit, Braunfäule, Dürrfleckenkrankheit, Weiß- oder Trockenfäulen, Bakterielle Naßfäule), schlechter Lagerung, Anwendung von Keimhemmungsmitteln sowie bei geschnittenen Knollen auf Begünstigung von Infektionen durch das Schneiden und durch schlechte Verkorkung der Schnittflächen. - Zur Vermeidung von Auflaufschäden verwende man zur Pflanzung nur gesunde, ganze (nicht geschnittene), unverletzte Knollen, die vorschriftsmäßig gelagert waren. Behandlung des Pflanzgutes mit einem Beizmittel für Kartoffeln gegen Auflaufschäden und *Rhizoctonia*. Siehe "Pflanzenschutzmittelübersicht - Saatgutbehandlungsmittel". Beizung auch bei vorgekeimten Kartoffeln. Kartoffeln nicht in kalte, nasse Böden und nicht zu tief auslegen. Siehe auch "Knöllchensucht".

☐ Sommer - Hellgrüne bis gelbliche, im Extremfall braun-nekrotische Flecken zwischen den Blattadern, die selbst jedoch noch länger grün bleiben. Zuweilen auch, vor allem an jüngeren Blättern, zahlreiche kleine, dunkle Flecke, regelmäßig verteilt längs der Blattadern, am deutlichsten ausgeprägt in Triebspitzennähe. Häufig auf leichten Böden mit neutraler Reaktion auftretend, vor allem auf Sand- oder Moorböden nach kräftiger Kalkung.
O **Manganmangel**
△ Bodenuntersuchung, aufgrund des Ergebnisses zusätzliche Düngung mit Mikronährstoffdüngern oder Spritzen mit Mangansulfat. Auf ausreichende Kaliversorgung achten.

☐ Sommer - Spitzen(fieder)blättchen der unteren Blätter werden gelb. Adern und Blattrand bleiben länger grün. In der Regel in einigen oberen Blättern bronzefarbene Flecke. Blattrand rollt nach unten ein. Blätter werden blaßgelb bis weiß und sterben ab. Wurzelausbildung und Ernteertrag schlecht.
O **Magnesiummangel**
△ Anwendung magnesiumhaltiger Düngemittel. Vermeidung zu reichlicher Stickstoff- und Kalidüngung. Bei kranken Beständen wird eine sorgfältige Spritzung mit 15-20 kg/ha *Magnesiumsulfat* (*Bittersalz*) in 600 l Wasser empfohlen.

☐ G. Veg. - Blätter mosaikartig hell-dunkelgrün gefleckt. Kein Ertragsausfall bei dem (seltener vorliegenden) ausschließlichen Befall durch das X-Virus, jedoch schwere Schäden bei Hinzukommen anderer Virosen (Mischinfektion).
O **Einfaches, leichtes Mosaik** (Kartoffel-X-Virus, kontakt-, aber nicht blattlausübertragbar)
△ In ihrer Bedeutung mit dem X-Virus vergleichbar sind ferner: Kartoffel-S- oder M-Virus (blattlaus- und kontaktübertragbar).

☐ G. Veg. - Braune bis schwarze Streifen an Blattnerven, diese spröde, knacken beim Brechen, Strichnekrosen zuweilen auch am Stengel. Seltener Auftreten kleiner, dunkler, nekrotischer Flecke an der Oberseite der Blattspreite. Blattspitzen oft nach unten gekrümmt. Blätter auffallend mosaikartig hell-dunkelgrün gefleckt, von unten her vorzeitig vergilbend, vertrocknend, am Stengel herabhängend. Krankheit kann zum Absterben der Pflanze führen, bringt schwere Ernteverluste. Ähnliche Symptome bei Befall mit den unten erwähnten Tabakrippenbräunestämmen des Y-Virus.
O **Strichelkrankheit** (*Kartoffel-Y-Virus*), blattlausübertragbar, aber nicht persistent.
△ Der Tabakrippenbräunestamm des gleichen Virus verursacht ein weniger deutliches Krankheitsbild, wird aber sowohl durch Kontakt als auch durch Blattläuse (besonders schnell) übertragen und ist daher schwer zu bekämpfen.

☐ G. Veg. - Blätter rollen sich nach oben zur Mittelrippe hin tütenförmig ein, die untersten zuerst. Sie sind deutlich heller grün gefärbt und wirken steif. An der Blattunterseite kann Rotfärbung durch übermäßige Anthozyanbildung auftreten. Pflanzen im Wuchs zurück, oft starke Ernteausfälle.

○ **Blattrollkrankheit** (Blattrollvirus, blattlausübertragbar, persistent).

☐ G. Veg. - Außer Mosaikdeckung mehr oder weniger starke Kräuselung der Blätter. Pflanzen meist schwer geschädigt, von kümmerlichem Wuchs.

○ **Kräuselmosaik, Schweres Mosaik** (Mischinfektion mit verschiedenen Viren, vor allem A-Viren, diese blattlausübertragbar, nicht persistent).

☐ G. Veg. - Starke Stauchung durch Verkürzung der Internodien an einem oder mehreren Trieben. Braune bis schwarze, vernarbende Wundstellen an der Unterseite der Blattrippen. Blätter gekräuselt, jedoch normalgrün gefärbt. Kranke Einzeltriebe, diese oft von gesunden überwachsen. In Deutschland bisher keine starke Verbreitung, von Tabakfeldern ausgehend.

○ **Bukettkrankheit** (*Bukett-Virus*, Überträger sind wandernde Wurzelnematoden.)

Δ Die durch Virosen an Kartoffelpflanzen verursachten Schädigungen werden als **Abbaukrankheiten** bezeichnet, da sie beim Nachbau virusverseuchten Pflanzgutes von Jahr zu Jahr stärker werdende Ertragsausfälle verursachen. Wichtigste Gegenmaßnahme ist daher die Verwendung neuen, gesunden Pflanzgutes. Nur anerkanntes Pflanzgut anbauen! In Vermehrungsbeständen rechtzeitige, mehrmalige, strenge Selektion und Entfernung aller virusverdächtigen Stauden. Vorzeitige Ernte setzt die Gefahr der Knolleninfektion herab. Um ein "Abwandern" der Viren aus dem Kraut in die Knollen zu verhindern, soll je nach Sorte und Knollenausbildung an bestimmten, amtlich bekanntgegebenen Terminen (Warndienst der zuständigen Pflanzenschutzstelle!) mit der Abtötung des Kartoffelkrautes begonnen werden, sobald der Reifegrad der Knollen es erlaubt. *Deiquat* ist bewährt zur chemischen Krautabtötung bei Pflanzkartoffelbeständen der Reifegruppen I und II, Aufwandmenge 5 l/ha.

Da die Übertragung der gefährlichsten Abbaukrankheiten durch die im Sommer auf Kartoffeln und anderen Pflanzen lebende Pfirsichblattlaus und andere saugende Insekten erfolgt, ist deren Bekämpfung bei Vermehrungsflächen unerläßlich. Daher Anwendung von Mitteln zur Vektorenbekämpfung (siehe "Pflanzenschutzmittelübersicht - Insektizide im Ackerbau/Kartoffeln") nach Vorschrift unter Beachtung der Warnmeldungen des Pflanzenschutzdienstes.

In Kartoffelkellern auftretende Blattläuse sind durch Spezialmittel nach Angaben des Pflanzenschutzdienstes zu bekämpfen.

Pflanzkartoffeln können nach verschiedenen Methoden auf ihren Nachbauwert untersucht werden. Nähere Einzelheiten Pflanzenschutzdienststelle!

☐ G. Veg. - Stauden normal, Knollen im Innern in einigem Abstand von der Schale mit rostbraunen, nicht in Verbindung mit der Schale stehenden Flecken, äußerlich aber gesund. Erscheinung beruht auf Virusbefall. Das Virus wird übertragen durch Nematoden (*Trichodorus*-Arten).

○ **Eisenfleckigkeit** (*Rattle-Virus*, nematodenübertragbar)

Δ Gesundes Pflanzgut verwenden, dieses örtlich erst erproben.

☐ Auf der Schale mehr oder weniger ringförmige, dunkle Vertiefung, die sich als dunkler, deutlich abgesetzter Zylinder ins Knollengewebe fortsetzt. Es handelt sich um das gleiche Virus wie bei Eisenfleckigkeit.

O **Pfropfenbildung** (*Rattle-Virus*, nematodenübertragbar)

Δ Keine Knollen aus den bereits als krank erkannten Herkünften mehr auspflanzen.

☐ G. Veg. - Nur dünne, fadige Keime ("Fadenkeimigkeit"). Stauden mit Blattrollsymptomen. Starres Aussehen ("Gotik"). Pflanzen welken und trocknen ab. Häufig Sekundärbefall durch *Colletotrichum atramentarium*. Durch Störungen im Wassernachschub zuweilen Knollenwelke. Vor allem in trockenen Jahren gebietsweise erhebliche Ausfälle. Die Übertragung der Stolburkrankheit erfolgt durch die Zikade *Hyalesthes obsoletus* Sign.

O **Stolbur-Krankheit** (*Mykoplasmose*)

Δ Gesundes Pflanzgut verwenden.

☐ Mai bis Juni - Kümmerwuchs, Blätter gelblich verfärbt, Fiederblättchen gefaltet, steil hochstehend, Absterben unterirdischer Stengelpartien. Kranke Pflanzen lassen sich leicht aus dem Boden ziehen. Wurzeln morsch, faul. Stauden sterben ab, oft aber auch nur Einzeltriebe. An Knollen kleine, sich rasch vergrößernde Faulstellen. Knollen schließlich weichfaul, breiig, an der Luft dunkel werdend. Siehe Angaben unter "Knollennaßfäule".

O **Schwarzbeinigkeit, Naßfäule** (*Erwinia carotovora subsp. atroseptica* [van Hall] Dye.)

Δ Entfernung kranker Pflanzen, sorgfältige Auslese der Knollen, Pflanzgutwechsel. Kein zu frühes und zu tiefes Auslegen. Kühle, luftige Lagerung der Kartoffeln besonders wichtig, zweckmäßig in modernen Lagerhäusern.

☐ G. Veg. - Auflaufen mangelhaft, unterirdische Triebe abgestorben oder mit Faulstellen, oberirdische häufig einstengelig. Wipfelrollen, Wachstumsabnormitäten, grauweißer Schimmelbelag am vermorschten Stammgrund (Weißhosigkeit), auch an Wurzeln und Stolonen Faulstellen. Bei schwächerem Befall vernarbte Flecken an Wurzeln, Kümmerwuchs, etagenartige Ausbildung von Seitentrieben, Rollen oder Faltung und helle bis gelbliche Verfärbung der Wipfelblätter, zuweilen plötzliches Welken, bei starkem Befall Absterben. Knollen mit abkratzbaren, braunschwarzen Pocken ("Pockenkrankheit"). Häufig mißgestaltete und eckige Knollen.

O **Wurzeltöterkrankheit** (*Corticium solani* B. et G. = *Rhizoctonia solani* K).

Δ Weitgestellte Fruchtfolge. Gesundes, ungeschnittenes, keimbereites Pflanzgut, gründliche Bodenlockerung, vor allem bei leicht verschlämmenden Böden. Vermeidung zu frühen und zu tiefen Auslegens, besser Vorkeimen. Entfernung kranker Pflanzen. Bei Pflanzkartoffeln ist Anwendung von Kartoffelbeizmitteln (siehe Angaben unter "Auflaufschäden") empfehlenswert.

☐ Juni bis Ernte - Braune Blattflecken, unterseits derselben bei feuchtem Wetter weißliche Schimmelrasen, vom Blattrand her Faulen oder Vertrocknen, Stauden sterben ab. Knollen mit leicht eingesunkenen grauen Flecken, im Innern braunfaul. Schaden vor allem bei feucht-warmer Witterung sehr groß. Kranke Knollen faulen auf dem Lager (Braunfäule) schnell.

O **Kraut- und Knollenfäule, Braunfäule** (*Phytophthora infestans* de Bary)

Δ Gesundes Pflanzgut. Sortenwahl. Vermeidung der meist sehr anfälligen Frühsorten in feuchten Lagen. Keine Spätkartoffeln neben Frühkartoffeln. Der Deutsche Wetterdienst und der Pflanzenschutzdienst haben ein Verfahren zur Ermittlung des Zeitpunktes entwikkelt, an dem frühestens bestimmte Befallswerte erreicht werden. ("Negativprognose", "Phytprog-Dienst"). Vor diesem Termin keine Spritzung notwendig. Eine Weiterentwicklung stellen die Modelle Symphyt I und II dar, ebenso das Modell Proyphy, wie die Bekämpfungshilfen in PRO_PLANT. Bei abweichendem Anbauverhalten (Folienabdeckung, Anbau in geschützten Lagen z.B. Hausgärten) Prognose fehlerhaft. Auch bei mittelfrühen und späten Sorten ist im Gegensatz zur früher üblichen Meinung die erste Spritzung **nicht immer** gerade dann erforderlich, wenn sich die Reihen schließen. Mehrfache Wiederholung der Spritzung im Abstand von 7-14 Tagen kann notwendig werden. Im Kartoffelvertragsanbau erfordern krautfäuleanfällige Sorten ('Bintje') oft bis zu zehn oder mehr Behandlungen.

Zu den ersten Spritzungen sollten systemisch wirkende Präparate wie *Dimethomorph + Mancozeb* oder *Metalaxyl + Mancozeb* (letzteres nicht zu oft, Resistenzbildung), später besonders laubverträgliche Mittel mit den Wirkstoffen
Cymoxanil + Mancozeb,
Fentinacetat + Maneb, nicht für die erste Spritzung, gut als Abschlußspritzung wegen Wirkung auf Knollenfäule, in Pflanzkartoffeln erst nach der Selektion,

Dimethomorph + Mancozeb,	*Metiram,*
Fluazinam,	*Propamocarb + Mancozeb,*
Mancozeb,	*Propineb.*
Maneb,	

Mit dem Härterwerden des Kartoffellaubes können auch nicht so mild wirkende Kupfermittel oder wegen guter Wirkung gegen die Knollenbraunfäule die Wirkstoffkombination *Fentinacetat + Maneb* verwendet werden. Handelspräparate gegen Krautfäule siehe "Pflanzenschutzmittelübersicht - Fungizide im Ackerbau/Kartoffeln". Die Bekämpfung der Krautfäule kann oft mit Spritzung gegen Kartoffelkäfer kombiniert werden, dann Zusatz von Insektiziden, die nach Angabe der Herstellerfirma dafür geeignet sind.

Bei starker Befallsgefahr für die Knollen bei Spätsorten Krautschläger einsetzen oder Kraut abmähen. Siehe "Kartoffelkrautabtötung". Ernte nur bei trockenem Wetter. Knollen gut verlesen.

☐ Juni bis Ernte - Scharf, rundlich oder eckig begrenzte, braun-trockene Blattflecke mit konzentrischen Ringen, Kraut verdorrt bei starkem Befall. Auch an Knollen scharf abgesetzte, eingesunkene Flecke, darunter trockenfaules Gewebe, ebenfalls scharf abgegrenzt gegen das gesunde Knollenfleisch (Hartfäule). Vor allem in trockenen Lagen und warmen Jahren. Zuweilen auch nur zahlreiche, kleinere, fast schwarze Blattflecken.

O **Dürrfleckenkrankheit** (*Alternaria solani* J. u. Gr. oder A. *tenius* Nees)

Δ Bekämpfung selten erforderlich, dann wie bei der Krautfäule angegeben, beispielsweise mit *Maneb* oder *Metiram*. Niemals kranke Knollen als Pflanzgut verwenden. Sortenwahl von Bedeutung.

☐ G. Veg. - Blätter rollen und kräuseln sich, vergilben, welken und vertrocknen. Knollen äußerlich gesund, beim Durchschneiden zeigt sich Gefäßbündelring breiigfaul und weich, so daß beim Zusammendrücken der halbierten Knolle der Faulbrei heraustritt. Meist nur latenter Befall ohne deutliche Symptome. Vergleiche auch unter "Pilzringfäule".

O **Bakterienringfäule** (*Clavibacter michiganensis ssp. sepedonicus* (Spieck e Kotth./Davis et al.)

Δ Verbreitung der Krankheit vor allem durch das Schneiden der Pflanzkartoffeln. Gegenmaßnahmen wie oben unter "Schwarzbeinigkeit" angegeben. Zur Verhütung der Verschleppung Einfuhrbestimmungen beachten!

☐ Vergilben der Blätter, Verfärbung der Gefäßbündelzonen, bräunlich-schleimiges Exsudat. Halbierte Knollen weisen braun verfärbte Gefäßbündelzone auf. Erreger infiziert über Wunden. Er bildet mehrere Pathotypen. Temperaturoptimum 20 - 30 °C, pH-Wert von 6,2-6,6. In Mitteleuropa bisher nur sporadisches Auftreten dieser Krankheit.

O **Schleimkrankheit Ralstoria** (*Pseudomonas solanacearum* E.F. Smith)

Δ Weitgestellte Fruchtfolge. Kein Pflanzgut aus kranken Beständen. Anerkanntes Pflanzgut verwenden.

☐ Juli bis Ernte - Blätter welken und vergilben, die ältesten zuerst, meist zur Blütezeit, häufig nur einseitig, bleiben schließlich vertrocknet am Stengel hängen. Gefäßbündelring im Stengel braun verfärbt, ebenso in der Knolle am Nabel. Bei Druck auf halbierte kranke Knolle tritt im Unterschied zur Bakterienringfäule aus dem Gefäßbündelring keine breiige Schleimmasse aus. Äußerlich erscheinen die befallenen Knollen gesund.

O **Pilzringfäule, Welkekrankheit** (*Verticillium alboatrum* R. u. B. u. a. Pilze)

Δ Weitgestellte Fruchtfolge. Kein Pflanzgut aus kranken Beständen. Entfernung kranker Stauden aus Feldbestand, falls arbeitstechnisch möglich.

☐ Mai bis Ernte - An Knollen und unteren Stengelpartien blumenkohlartige Wucherungen, bei der Ernte meist schon zerfallen. Stauden äußerlich gesund erscheinend, der Ertrag aber sehr gering oder völlig ausbleibend.

O **Kartoffelkrebs** (*Synchytrium endobioticum* Perc.)

Δ Meldung jeden Auftretens an die örtliche Polizeibehörde oder die zuständige Pflanzenschutzdienststelle. Verhütung der Verschleppung ist die entscheidende Aufgabe! Gebietsweise besonders gefährliche Rassen (Pathotypen!) des Krebserregers, die bisher krebsfeste Kartoffelsorten befallen. Daher auf befallenen Flächen absolutes Anbauverbot, auf benachbarten nur Anbau von Kartoffelsorten, die gegen den am Anbauort vorkommenden Pathotyp des Krebserregers resistent sind, und zwar in möglichst weit gestellter Fruchtfolge.

Gegen die

Rassen 1, 2, 6, 8 die Sorte: 'Miriam', gegen die

Rassen 1, 2, 6, 8, 10, 18 die Sorten: 'Karolin', 'Pallina', 'Panda', 'Ulme', gegen die

Rasse 1 die Sorten: 'Accent', 'Adretta', 'Afra', 'Agave', 'Albatros', 'Alwara', 'Amigo', 'Andra', 'Anneli', 'Arkula', 'Arosa', 'Artana', 'Assia', 'Astra', 'Atica', 'Aula', 'Aurelia', 'Baronesse', 'Belladonna', 'Berber', 'Bettina', 'Calla', 'Christa', 'Cinja', 'Colette', 'Combi', 'Darwina', 'Delia', 'Delikat', 'Désirée', 'Ditta', 'Erntestolz', 'Exquisa', 'Fasan', 'Florijn', 'Forelle', 'Franca', 'Gloria', 'Grandifolia', 'Grata', 'Hela', 'Herkules', 'Impala', 'Indira', 'Irmgard', 'Ivetta', 'Jetta', 'Juliver', 'Juvena', 'Karat', 'Karatop', 'Karla', 'Karlena', 'Karsta', 'Koretta', 'Leyla', 'Liboria', 'Likaria', 'Liu', 'Lyra', 'Maxilla', 'Mentor', 'Molli', 'Moni', 'Natalie', 'Nicola', 'Orienta', 'Padea', 'Palma', 'Pamir', 'Paola', 'Patrona', 'Pepo', 'Petra', 'Planta', 'Ponto', 'Premiere', 'Producent', 'Quarta', 'Rebecca', 'Rikea', 'Rosara', 'Roxy', 'Rubin', 'Samara', 'Sanira', 'Santana', 'Satina', 'Saturna', 'Secura', 'Selma', 'Sempra', 'Sieglinde', 'Sjamero', 'Solina', 'Sommergold', 'Tempora', 'Thomana', 'Ukama', 'Ulla', 'Valisa', 'Velox', 'Vineta', 'Vitara', 'Vitesse', 'Walli'. Stand: 18. Februar 1998.

Besondere Verordnungen zur Bekämpfung des Kartoffelkrebses sowie entsprechende Einfuhrbestimmungen beachten! Näheres Pflanzenschutzdienst.

☐ G. Veg. - Knollen mit Mißbildungen, Pusteln mit daraus austretendem, olivbraunem Sporenpulver auf der Schale. Krankheit ist vor allem in regenreichen Sommern gefährlich, Sporen kranker Knollen verseuchen den Boden für mehrere Jahre.

  ○ **Pulverschorf** (*Spongospora subterranea* Johns.)

  △ Die Bekämpfung **ist** problematisch. Kein Pflanzgut aus einem kranken Bestand.

☐ G. Veg. - Nicht (wie bei Wurzeltöterkrankheit der Kartoffel) abkratzbare rauhe Warzen oder schorfige Stellen (nur) auf der Schalenoberfläche, bei starkem Befall Aufreißen der Schale. Erscheinungsbilder: Flach-, Tief- und Buckelschorf. Unter Schorffrissen Wundkorkbildung, Staudenwuchs und Ertrag normal. Knollenfleisch gesund, jedoch Handelswert und Haltbarkeit der Knollen beeinträchtigt. Der die Krankheit hervorrufende Strahlenpilz ist sehr sauerstoffbedürftig, daher vor allem auf leichten, grobkörnigen Sandböden und bei Aufkalkung ehemals saurer Böden über pH 6-6,5 vor dem Legen, vielleicht infolge Bormangels.

  ○ **Gewöhnlicher Kartoffelschorf** (*Streptomyces scabies* Waksman)

  △ Vorsicht nach Aufkalkung des Bodens, im Bedarfsfall Kalk besser als Kopfdüngung zu Kartoffeln geben, eventuell (Bodenuntersuchung!) Borzufuhr. Bevorzugung physiologisch saurer Düngemittel (schwefelsaures Ammoniak und Superphosphat). Sortenwahl, da Unterschiede in der Anfälligkeit. Widerstandsfähig sollen sein: sehr frühe Sorten: 'Hela', 'Ostara', 'Prima', 'Rita'; - Mittelfrühe: 'Achat', 'Clivia', 'Culpa Granola', 'Grata', 'Nicola', 'Roxy';. - Späte: 'Aula' und 'Isola'.

☐ Ernte - Silberartig glänzende Flecken auf der Schale. Befallen werden reife Knollen, besonders auf leichten Böden bei feuchten Bedingungen zur Zeit der Ernte.

  ○ **Silberschorf** (*Helminthosporium solani* Dur. et Mont.)

  △ Keine Bekämpfungsmittel zugelassen. Nach der Ernte Kartoffeln kühl und trocken lagern. Näheres durch Pflanzenschutzdienststelle!

☐ Juni bis Ernte - Eingesunkene, grauschwarze Flecke an Knollen, Schale springt auf wird rissig. Gewebe darunter zerstört, am Übergang zu gesundem Gewebe kleine Würmer. Knollen schrumpfen zu trockener Masse.

  ○ **Älchenkrätze, Parasitärer Scheinschorf** (*Ditylenchus destructur* Thorne)

  △ Frühzeitiges Roden. Kartoffeln erst wieder nach 3, besser erst nach 5 Jahren bringen.

☐ Pickelartige Erhebungen auf der Schale, umgeben von Einsenkung. Knollenfleisch darunter mehr oder weniger dunkelbraun verfärbt. Beeinträchtigung der Keimfähigkeit (Fehlstellen!) erfolgt nur bei starkem Befall.
○ **Pickelbildung** (*Polyscytalium pustulans* (Owen et Wakef.) M. B. Ellis)
△ Trockene Einlagerung. Beizung der Pflanzkartoffeln vor Einlagern ist ratsam.

☐ Sommer - An zuerst gebildeter Knolle wachsen Augen aus, an den Stolonen entstehen eine oder auch mehrere neue Knollen (Kettenbildung).
○ **Durchwachsen**
△ Erscheinung ist Folge von Trockenheit und plötzlicher Wasserzufuhr nach vorzeitigem Abschluß des Knollenwachstums, also wetterbedingt.

☐ Sommer - Knollen deformiert. Zwillingsausbildungen und Auswüchse, oft hantelartiger Zwiewuchs, Inneres dann zuweilen partiell wäßrig, glasig.
○ **Kindelbildung, Zwiewuchs**
△ Erscheinung ist eine Folge von Trockenheit und plötzlicher Wasserzufuhr vor Abschluß des Knollenwachstums, somit meist wetterbedingt.

☐ Mai bis Juli - Blätter verkrümmen und verfärben sich, auf der Blattunterseite Blattlauskolonien. Honigtau auf den Blättern und Schwärzepilze.
○ **Blattläuse** (*Aphididae*)
△ Bekämpfung im Vermehrungsanbau nach Warndienstaufruf (siehe "Abbaukrankheiten"), im Konsumanbau nur nach Überschreiten der Schadensschwelle (1000 Blattläuse auf 100 Fiederblättchen) mit Mitteln gegen saugende Insekten (siehe "Pflanzenschutzmittelübersicht - Insektizide im Ackerbau/Kartoffeln").

☐ Mai bis Okt. - Gelbliche, schwarzgestreifte Käfer sowie deren rote, an den Seiten mit schwarzen Punkten gezeichneten gebuckelten Larven fressen an den Blättern, unter diesen oft Gelege von 20-30 orangegelben Eiern.
○ **Kartoffelkäfer** (*Leptinotorsa decemlineata* Say.)
△ Entfernung blühender Unkräuter (Bienen!), dann, nach Larvenschlupf und sichtbarem Blattfraß Behandlung mit Mitteln gegen Kartoffelkäfer (siehe "Pflanzenschutzmittelübersicht - Insektizide im Ackerbau/Kartoffeln").
Bei Vorhandensein blühender Unkräuter nur bienen**un**gefährliche Präparate einsetzen. In Gärten sollte man die Kartoffelkäfer(larven) absammeln.

☐ G. Veg. - Kreisförmige große Kümmerstellen mit schlechtwüchsigen Pflanzen im Bestand, allgemein starker Ertragsrückgang, "Kartoffelmüdigkeit". An den Wurzeln zunächst hellgelbliche oder weiße (*Globodera pallida*), später bei beiden Arten braune, rundliche Knötchen. Vor allem in Haus- und Kleingärten mit oft wiederholtem Kartoffelanbau, aber auch auf Feldflächen immer häufiger stark auftretend.
○ **Kartoffelnematode** (*Globodera rostochiensis* Wollenw.; G. *pallida* Stone)
△ Befall ist meldepflichtig. Nachricht an zuständige Pflanzenschutzdienststelle. Bei Befall Aussetzen mit dem Kartoffelbau, wenn nicht sehr wesentliche Gesichtspunkte dagegen sprechen. Einschlägige Länderverordnungen und Ausführungsbestimmungen beachten (Anbauverbot, Handelsbeschränkungen vor allem für Export)! Erst wenn nach Kontrollen durch den Pflanzenschutzdienst Befallsfreiheit festgestellt ist, darf Wiederanbau von Kartoffeln erfolgen, frühestens nach etwa 8 Jahren. Auf kartoffelnematodenbefallenen Flächen

kann der Anbau nematodenresistenter Kartoffelsorten genehmigt werden, wenn durch Untersuchung festgestellt wurde, um welche Art und Rasse es sich handelt. Die anzubauende Kartoffelsorte muß gegen die ermittelte Art und Rasse resistent sein. Wesentlich ist die Verhütung der Verschleppung durch Kartoffeln, Abfälle, Ackergeräte (überbetrieblicher Maschineneinsatz). Kein Pflanzgut von befallenen Flächen verwenden.

Befall führt zur Aberkennung von Vermehrungsflächen. Daher bei Auswahl der Flächen für Vermehrungsanbau rechtzeitig Bodenproben durch den Pflanzenschutzdienst untersuchen lassen. Anbau resistenter Sorten.

Resistent gegen die

Rasse Ro1 sind die Sorten 'Agria', 'Alwara', 'Amigo', 'Artis', 'Assia', 'Aula', 'Aurelia', 'Berber', 'Christa', 'Cilena', 'Cinja', 'Colette', 'Combi', 'Corvus', 'Ditta', 'Donella', 'Flora', 'Franca', 'Gloria', 'Helena', 'Herkules', 'Impala', 'Juliver', 'Junior', 'Lady Felicia', 'Leyla', 'Miriam', 'Nicola', 'Orienta', 'Paola', 'Pepo', 'Planta', 'Premiere', 'Quinta', 'Rebecca', 'Renate', 'Rikea', 'Rita', 'Rosara', 'Rosella', 'Roxy', 'Sandra', 'Santana', 'Satina', 'Saturna', 'Secura', 'Sempra', 'Sibu', 'Solina', 'Sommergold', 'Taiga', 'Tempora', 'Thomana', 'Tomensa', 'Ukama' und 'Vineta', gegen die

Rassen Ro1, Ro4 sind die Sorten 'Accent', 'Afra', 'Agave', 'Albatros', 'Andra', 'Anneli', 'Arosa', 'Astoria', 'Astra', 'Baltica', 'Belladonna', 'Bolero', 'Bonanza', 'Camilla', 'Delia', 'Delikat', 'Dinia', 'Exempla', 'Exquisa', 'Fasan', 'Filea', 'Flavia', 'Freya', 'Granola', 'Indira', 'Ivetta', 'Juvena', 'Karatop', 'Karlena', 'Karolin', 'Karsta', 'Kolibri', 'Koretta', 'Likaria', 'Luna', 'Marabel', 'Marena', 'Molli', 'Natalie', 'Pamir', 'Panda', 'Petra', 'Producent', 'Quarta', 'Rasant', 'Ricarda', 'Rubin', 'Sapolia', 'Serafina', 'Sirius', 'Solara', 'Tessi', 'Tomba', 'Tristan', 'Ulme', 'Valisa', 'Velox', 'Vitara', 'Vitesse', gegen die

Rassen Ro1, Ro5 ist die Sorte 'Felicitas', gegen die

Rassen Ro1, Ro2, Ro3 die Sorten 'Calla' und 'Walli', gegen die

Rassen Ro1, Ro2, Ro3, Ro5 die Sorten 'Patrona' und 'Ute', gegen die

Rassen Ro1, Ro2, Ro3, Ro4, Ro5 die Sorten 'Aiko', 'Arnika', 'Artana', 'Baronesse', 'Bettina', 'Gambria', 'Jaqueline', 'Laura', 'Lyra', 'Pia', 'Ponto', 'Sanira', gegen die

Rassen Ro1, Ro2, Ro3, Pa2 die Sorte 'Feska', gegen die

Rassen Ro1, Ro2, Ro3, Ro4, Pa2, Pa3 die Sorten 'Florijn', 'Karakter' und 'Sjamero', gegen die

Rassen Ro1, Ro2, Ro3, Ro4, Pa2, Pa3 teilresistent, die Sorte 'Pallina', gegen die

Rassen Ro1, Ro2, Ro3, Ro4, Ro5, Pa2, Pa3 teilresistent die Sorten 'Darwina' und 'Padea'. Stand: 18. Februar 1998.

Chemische Behandlung des Bodens mit Nematiziden möglich, auch in Kombination mit Anbau resistenter Kartoffelsorten. Siehe "Pflanzenschutzmittelübersicht". Näheres Pflanzenschutzdienststelle!

Kartoffelkrautabtötung

Die Kartoffelkrautabtötung zur Erleichterung der maschinellen Ernte ist inzwischen Standard. Das *Diequat*-Präparat *Reglone* wird bei Pflanzkartoffeln zur Krautabtötung mit dem Ziel der Verhinderung der Virusableitung (bei noch starkem Krautzustand!) in einer Aufwandmenge von 5 Ltr./ha ausgebracht. Zur Krautabtötung und gleichzeitiger Unkrautbekämpfung und somit zur Ernteerleichterung in abreifenden Beständen beträgt die Aufwandmenge 2,5 Ltr./ha. *Reglone* (*Deiquat*) zur Krautabtötung soll spätestens 8-10 Tage vor dem Roden der Kartoffeln gespritzt werden. Flüssigkeitsmenge 1000 l/ha. Ebenfalls sicher, aber etwas langsamer in der Wirkung sind *Alzodef* mit 40 l/ha (*Cyanamid*) oder *Basta* mit 3 l/ha (*Glufosinat*).

Es ist besonders wichtig, daß die Stengel auch an der Basis ausreichend benetzt werden. Nach Abschlegeln sollte eine Restlänge der Stengel von >20 cm bei *Basta* bzw. >30 cm bei *Reglone* vorhanden sein, damit genügend Wirkstoff aufgenommen werden kann. *Reglone* nicht bei extremer Trockenheit in den Abendstunden einsetzen. Sonne und Wärme fördern Wirkung und verkürzen die Absterbefrist bis auf wenige Tage. Krautabtötung in gewissem Ausmaß ist auch mit Krautschläger und Kalkstickstoff möglich, aber vorher Pflanzenschutz-dienststelle befragen. Die dabei gegebene Stickstoffgabe muß bei der Nachfrucht berück-sichtigt werden.

Kartoffeln auf dem Lager

Einzulagernde Knollen sind erst nach völliger Reife bei trockenem Wetter möglichst ohne Beschädigung, bei Temperaturen >10 °C zu ernten und nach Abtrocknung und Auskühlung im Rahmen des Möglichen sorgfältig zu verlesen. Alle stärker verletzten, fleckigen oder los-schaligen Knollen sollten ausgeschieden werden. Günstigste Lagertemperatur im Winter zwischen 3 und 5 °C, im Frühjahr langsames Ansteigen auf 6-8 °C. Die Feuchtigkeit in den Lagerräumen muß durch Lüften reguliert werden (70-85 %). Keimhemmungsmittel verhin-dern Fäulniserscheinungen nicht. Kleinere Verbrauchsmengen zweckmäßig in Lattenkisten bringen, größere Posten werden ohnehin in speziellen Großlagerhäusern oder besonders hergerichteten Räumen mit automatischer Regulierung von Temperatur und Luftfeuchtigkeit gelagert.

Gegen pilzliche Erreger von Lagerfäulen zugelassen sind Wirkstoffe auf *Thiabendazol*-Basis.

☐ Die eingelagerten Knollen treiben fahle, dünne, besonders lange "Dunkelkeime".
   ○ **Vorzeitige Keimung**
   △ Lagertemperatur senken (siehe oben). Anwendung eines Mittels zur Keimhemmung bei Kartoffeln vor der Einlagerung (siehe "Pflanzenschutzmittelübersicht - Sonstige Anwen-dungszwecke"), aber niemals bei Pflanzkartoffeln.

☐ Herbst - Knollen mit flattriger Schale und dunkleren Flecken, in deren Bereich das darunter liegende Knollenfleisch leicht in Fäulnis übergeht.
   ○ **Losschaligkeit**
   △ Keine zu frühe Ernte, gute Knollenausreife muß gesichert sein. Vor Einlagern sollte man die Knollenschale durch Zwischenlager erhärten lassen.

☐ Herz der Knolle schwarz verfärbt, manche Knollen gerissen. Vor allem an Knollen, die nach der Ernte längere Zeit praller Sonne ausgesetzt waren, auf dem Lager gleiche Er-scheinung bei Sauerstoffmangel unter hohen Temperaturen.
   ○ **Schwarzherzigkeit**
   △ Vorschriftsmäßige rasche Ernte, anschließend zweckmäßige Einlagerung der Knollen.

☐ Im Zentrum der Knolle zunächst braune Verfärbung (Braunmarkigkeit), später Hohlraum, von Korkmantel umgeben. Vor allem in großen Knollen.
   ○ **Hohlherzigkeit**
   △ Folge übermäßiger Stickstoffdüngung, zu weiter Standräume, wahrscheinlich auch Wit-terungseinflüsse von Bedeutung. Sorten reagieren unterschiedlich.

☐ Winter bis Frühjahr - Knollenfleisch weißlich-glasig, weich, wäßrig, manchmal auch grau oder schwärzlich, oft nur Gefäßbündelring verfärbt, später Fäulniserscheinungen. Schale zuweilen leicht abziehbar. Knollen schmecken meist süß. Symptome je nach Kältegrad jedoch verschieden.

○ **Frostschaden**

△ Die Kartoffellager frostfrei halten, Kartoffeln erfrieren schon bei -1 bis -2 °C.

☐ Winter bis Frühjahr - Lagernde oder ausgelegte Knollen bilden statt normaler Keime kleine Knöllchen, da durch zu hohe Lagertemperatur in der Knolle mehr Stärke mobilisiert wird, als zur Bildung der Keime verbraucht werden kann. - Ähnliche Ursachen führen zur Fadenkeimigkeit. Vergleiche aber die oben unter Stolburkrankheit gemachten Angaben.

○ **Knöllchensucht, Fadenkeimigkeit** (Physiologische Störung)

△ Knollen vor dem Einlagern gut auskühlen lassen. Lagertemperatur im Winter zwischen 3 und 5 °C, im Frühjahr nicht höher als 6-8 °C. Besondere Überwachung eingelagerter "hitziger" Sorten, Auslegen nur in genügend erwärmten Boden, sonst besser Vorkeimen, aber vorher zweckmäßig Prüfung auf Keimfähigkeit.

☐ Knollen mit abkratzbaren, schwarzen Pocken (Sklerotien) auf der Schale, je nach Ausmaß des Befalls sind die Kartoffeln mehr oder weniger mißgestaltet.

○ **Pockenkrankheit, Wurzeltöterkrankheit** (*Corticium solani* B. et. G. = *Rhizoctonia solani* K.)

△ Die schwarzen Pocken sind Sklerotien des pilzlichen Krankheitserregers, der auch die Wurzeltöterkrankheit an der Staude hervorruft. Stark pockenkranke Knollen nicht auspflanzen. Näheres weiter oben bei " Wurzeltöterkrankheit" und "Auflaufschäden an Kartoffeln".

☐ Keime von lagernden Kartoffeln im Frühjahr mit grünen Läusen besetzt. Die Knollen schrumpfen bei starkem Befall und werden immer feuchter.

○ **Grüne Kartoffelkellerlaus** (*Macrosiphon solanifolii* Ashm.)

△ In geschlossenen Räumen bei Pflanzkartoffeln Anwendung von Spezialmitteln gegen Blattläuse, aber nur nach Empfehlung des zuständigen Pflanzenschutzdienstes ratsam.

Trockenfäulen

☐ Herbst bis Frühjahr - Knollen mit bleigrauen, leicht eingesunkenen Stellen auf der Schale, darunter im Knollenfleisch braune Verfärbungen, die sich oft durch die ganze Knolle ziehen, aber gegen das gesunde Gewebe **nicht** scharf abgegrenzt sind. Später sinkt krankes Gewebe ein. Durch Eindringen von Bakterien und Pilzen an Befallsstellen schließlich meist Auftreten von Naßfäule (siehe unten) oder anderen Krankheitserscheinungen. Braunfäule ist oft Ausgangspunkt ausgedehnter Lagerschäden.

○ **Braunfäule** (*Phytophthora infestans* de Bary)

△ Bekämpfung der Krautfäule im Feldbestand. Siehe weiter oben bei Kraut- und Knollenfäule. Frühzeitige Ernte, sorgfältiges Abtrocknen und Verlesen der Kartoffeln vor dem Einlagern, alle kranken Knollen ausscheiden. Abkühlen (Zwischenlager) vor dem Einwintern.

☐ Winter bis Frühjahr - Schale lagernder Kartoffeln mit gelblichem, rosafarbigem oder auch bläulich-grünem Pilzbelag, der meist warzige oder häufchenartige Form hat. Kranke Stel-

len schrumpfen faltig ein, Knolle im Innern mit Hohlräumen, später zu "Mumien" eingetrocknet, zunächst innen dunkelbraun pulverartig, schließlich hart. Die geschilderte Erscheinung tritt vor allem an verletzten oder anderweitig erkrankten Knollen auf.

O **Weißfäule** (*Fusarium*-Arten)

Δ Sorgfältige Ernte, Aussortieren verletzter oder kranker Knollen vor dem Einlagern. Möglichst niedrige Lagertemperaturen, regelmäßiges Lüften, Anwendung von *Thiabendazol* -
z.Z. keine Zulassung - vor der Einlagerung.

☐ Herbst bis Frühjahr - Knollen mit unvermittelt eingesunkenen, dunklen, harten Flecken. Bei
vertikalem Durchschneiden Gewebe unterhalb der Flecken bis etwa 1 cm tief hart, morsch,
schwarzbraun, **scharf** gegen das gesunde Knollenfleisch abgesetzt. Siehe auch unter
"Dürrfleckenkrankheit".

O **Hartfäule** (*Alternaria solani* J. u. Gr.)

Δ Befall bewirkt keine großen Verluste auf dem Lager, schafft aber unter Umständen Ein-
gangspforten für Trocken- und Naßfäulen. Sorgfältiges Verlesen vor Einlagerung. Vorschriftsmäßige, niedere Lagertemperaturen einhalten. Keine Herkünfte mit kranken Knollen als Pflanzgut verwenden.

Naßfäulen

☐ Herbst bis Frühjahr - Zunächst dunkle Faulstellen, vor allem am Nabel, später Knollenfleisch durchweg breiig, oft nur von der Schale zusammengehalten, "naßfaul", gegen noch
gesundes Knolleninneres schwarz abgegrenzt. Starker, widriger Geruch. Schnelle Ausbreitung auf dem Lager. Mieten fallen nesterweise zusammen. Siehe auch unter
"Schwarzbeinigkeit".

O **Knollennaßfäule** (*Erwinia carotovora subsp. atroseptica* [van Hall] Dye)

Δ Ausmerzen schwarzbeiniger Stauden im Feldbestand, falls arbeitstechnisch durchführbar, Kartoffeln vor dem Einlagern verlesen. Knollen mit Krankheitserscheinungen und
selbst kleinsten Verletzungen oder Faulstellen vor dem Einlagern im Rahmen des Möglichen aussortieren. Trockene, kühle Lagerung bei guter Durchlüftung, häufige Mietenkon-
trolle!

2.1.3.2 Kohlrübe (Steckrübe, Wruke)

Vorbeugend gegen Erdflohfraß und Auflaufkrankheiten: Anwendung eines Saatgutbehandlungsmittels gegen Erdflöhe und Auflaufkrankheiten auf Basis von *Isophenphos + Thiram* (*Oftanol T* 40 g/kg Saatgut).

Vorbeugend gegen Virusinfektionen durch Blattläuse: Anzuchten, aber nur diese, mit
Mitteln zur Vektorenbekämpfung spritzen, beispielsweise mit (*Pirimicarb*) (nützlingsschonend!) oder einem anderen Präparat. Siehe "Pflanzenschutzmittelübersicht".
Vorbeugend gegen Kohlfliege: Einsatz von Mitteln gegen Kohlfliege. Zweimaliges Angießen der Pflanzen im Saatbeet mit Gießmitteln oder gründliches Überbrausen der Setzlinge
mit 5 Liter Flüssigkeit je m² Kiste mit 1200-1500 Pflanzen. Präparate siehe "Pflanzenschutzmittelübersicht - Insektizide im Gemüsebau".

Wo nach Wintergerste oder Winterroggen oder Frühkartoffeln Steckrüben gepflanzt werden, empfiehlt es sich, die gebündelten Pflanzen zum Schutz gegen Kohlfliegen mit dem Wurzelkörper 2-3 Minuten in die nach Vorschrift angesetzte Brühe eines Mittels gegen Kohlfliege zu tauchen. Das Verfahren ermöglicht eine gesicherte Jugendentwicklung der Steckrüben, ohne allerdings den (meist unwesentlichen) Spätbefall durch die Kohlfliege auszuschließen. Auch zugelassene Streumittel gegen Kohlfliege sind einsetzbar. Man fügt 30-40 g je Liter einem dünnen Erdbrei (12 Ltr. Erde + 4 Ltr. Wasser) zu und taucht die Pflanzen bis zum Wurzelhals hinein.

Bei allen Präparaten Anwendungsvorschriften beachten, auch hinsichtlich der Nachkulturen, besonders Gemüse.

☐ Aug. bis Ernte - Der Rübenkörper erscheint beim Durchschneiden wässrig-glasig.
　　○ **Bormangel, Glasigkeit**
　　△ Bekämpfung wie weiter unten bei "Herz- und Trockenfäule der Rübe" angegeben.

☐ Juli bis Ernte - Blätter mosaikartig hell-dunkelgrün gefleckt, zwischen Adern gekräuselt. Blattadern hell. Die Pflanzen lassen im Wuchs nach.
　　○ **Kräuselmosaik** (*Virus*)
　　△ Sortenwahl. An Samenträgern Blattlausbekämpfung mit Mitteln zur Vektorenbekämpfung bei Rüben. Präparate siehe "Pflanzenschutzmittelübersicht - Insektizide im Ackerbau/Kartoffeln".

☐ G. Veg. - An Blattunterseiten graugrüne, mit mehlartigen Wachsausscheidungen bepuderte Blattläuse, häufig auch an Blütenständen von Samenträgern. Vor allem bei Trockenheit, starker Befall während der Sommermonate bis spät in den Herbst.
　　○ **Mehlige Kohlblattlaus** (*Brevicoryne brassicae* L.)
　　△ Mit zugelassenen Mitteln gegen saugende Insekten wie *Pirimicarb,* nützlingsschonend), eventuell unter Zusatz eines Netzmittels sprühen. Siehe auch "Kohlarten". Da Maßnahme nur selten rentabel ist, vorher Pflanzenschutzdienststelle befragen!

☐ Sommer - Wachstumsstörungen. Die Herzblätter sind verdreht oder verkrüppelt.
　　○ **Drehherzmücke** (*Contarinia nasturtii* Kief.)
　　△ Nach dem Auspflanzen bei Bedarf (Warndienst!) mit Präparaten auf der Basis von *Dimethoat, Lindan, Parathion* oder anderen bewährten Mitteln gegen beißende und saugende Insekten unter strenger Einhaltung der Wartezeiten mit Netzmittelzusatz sprühen.

Siehe auch unter **Kohlarten** oder **Raps** genannten Krankheiten und Schädlinge: **Kohlhernie, Blattläuse, Erdflöhe, Kohlfliege, Kohlrübenblattwespe.**

Eine Gefahr für alle kreuzblütigen Zwischenfrüchte

wie Kohlrüben, Senf und andere bildet die bedenkliche Ausbreitung der **Kohlhernie** (*Plasmodiophora brassicae* Wor.). Sie darf als eine der gefährlichsten und wirtschaftlich bedeutendsten Krankheiten aller Kreuzblütler betrachtet werden. Liegt Befall vor, so treten an den Wurzeln der Pflanzen knollenartige Gewebewucherungen mit runzliger Oberfläche auf die im weiteren Verlauf der Vegetation immer größer werden und später im Boden verrotten. Die befallenen Pflanzen sterben zwar nicht ab, bleiben aber im Wuchs zuweilen deutlich zurück.

Die Erreger der Krankheit ist ein Pilz, dessen Dauersporen die Böden auf 6 bis 10 Jahre verseuchen. Befallen werden können Kulturpflanzen und Unkräuter aus der Familie der Kreuzblütler, also neben Kohlarten, Kohlrüben, Stoppelrüben, Raps und Rübsen auch Ackersenf, Hederich, Hirtentäschelkraut und Pfennigkraut.

Da gegen die Krankheit keine wirtschaftlich vertretbaren direkten Bekämpfungsmöglichkeiten bekannt sind, sollte man bei **stark** verseuchten Böden etwa 6 Jahre mit dem Anbau von Kreuzblütlern aussetzen. Liegt nur schwacher Befall vor, kann auf den Anbau von Ölrettich oder auf weniger anfällige Stoppelrübensorten ausgewichen werden. Ergänzend ist über eine Kalkdüngung eine der Bodenart angepaßte optimale Bodenreaktion anzustreben, wobei mindestens pH 6,5 und nach Möglichkeit sogar pH 7 erreicht werden sollte, wo dies eben möglich ist. Zusätzlich wirkt auf Böden mit stauender Nässe entsprechende Drainage.

Im intensiven Kohlanbau (siehe unter "Gemüsebau, Kohlarten") hat der Einsatz massiver Gaben von Kalkstickstoff eine gute Wirkung gegen die Kohlhernie, doch ist eine entsprechende Anwendung von Kalkstickstoff bei Zwischenfrüchten anbautechnisch kaum realisierbar.

2.1.3.3   Rübe (Zucker- und Futterrübe)

Monogermsaatgut ist in der Regel bereits mit Fungiziden, pilliertes Saatgut mit Fungiziden sowie überwiegend auch mit Insektiziden, die gegen Mooseknopfkäfer und Springschwänze wirken, behandelt, normales Rübensaatgut aber meist nicht. Hinweise der Saatgutlieferanten beachten!

Wichtige Maßnahmen im Rübenbau sind die Beizung des Saatgutes mit Saatgutbehandlungsmitteln gegen Auflaufkrankheiten, die Bekämpfung der Vergilbungskrankheit, insbesondere in Nordwestdeutschland, der Kräuselkrankheit (Mittel- und Ostdeutschland) sowie der Blattfleckenkrankheit (Süddeutschland). Auf Flächen, die durch Mooseknopfkäfer gefährdet sind, lohnt die Behandlung des Saatgutes mit *Bendiocarb*, *Imidacloprid* oder mit *Tefluthrin*. Siehe auch "Pflanzenschutzmittelübersicht - Saatgutbehandlungsmittel im Ackerbau".

Vorschriftsmäßige Ausbringung von Granulaten gegen Nematoden, Blattläuse, Mooseknopfkäfer, Rübenfliege unmittelbar nach der Saat mit Spezialgeräten, die die Saatfur-

che zustreichen ist wichtig, damit Schäden insbesondere an Vögeln vermieden werden. Das gilt auch für das mit Insektiziden behandelte Saatgut.

☐ Juli bis Ernte - Nesterweise zeigen sich Pflanzen mit erst vergilbenden, dann schwarzbraun vertrocknenden Herzblättern. In extremen Fällen sterben auch äußere Blätter ab. Am oberen Teil des Rübenkörpers zunächst eingesunkene graubraune Flecken erkennbar, später "trockenfaule" Stellen.

     O **Herz- und Trockenfäule (Bormangel)**

     Δ Vor der Aussaat oder bis 4Blattstadium Anwendung von borhaltigen Düngemitteln, beispielsweise Super-RHE-KA-PHOS, NPK-Dünger mit Bor oder Spurennährstoffdünger mit Bor. Bei unerwartetem Auftreten von Krankheitssymptomen Spritzung mit *Folicin-Bor* (3-12 kg/ha), *Borax* (4-6 kg in 600 Ltr. Wasser je ha) oder *Solubor* (2-3 kg/ha). Vorsichtige Kalkung, Verwendung physiologisch saurer Düngemittel. Rüben, Kohlrüben, Luzerne und Mohn sind stark borbedürftig daher nicht zu oft bringen, bei Ertragsrückgängen Borgehalt des Bodens prüfen lassen und regulieren.

☐ Sommer - Zwischen den grün bleibenden Adern zeigen sich Blattaufhellungen. Blätter starr aufrecht, meist mehr oder weniger nach innen gerollt.

     O **Manganmangel**

     Δ Anwendung manganhaltiger Düngemittel, dabei Düngemittel mit garantiertem Gehalt an Mikronährstoffen bevorzugen. Bei erkrankten Beständen lohnt sich Spritzung mit 8-12 kg/ha *Mangansulfat* in 400 Ltr. Wasser bzw. mit *Mn-Chelaten*.

☐ Sommer - Blattränder und -gewebe zwischen Seitenadern vergilben, auch bei Jungpflanzen, Herzblätter bleiben aber ohne Symptome. Krankes Gewebe verdickt und brüchig.

     O **Magnesiummangel**

     Δ Anwendung magnesiumhaltiger Düngemittel. Bei akutem Mangel lohnt sich eine Spritzung mit 20 kg/ha *Magnesiumsulfat* (*Bittersalz*) in 400 l Wasser.

☐ Sommer bis Herbst - Blätter hellgrün oder mehr weißgelb, Adernfärbung nicht besonders abgehoben, die von Jungpflanzen sind löffelförmig nach oben aufgewölbt. Fast nur auf Raseneisenstein- und reinen Hochmoorböden.

     O **Molybdänmangel**

     Δ Mit 4 kg/ha *Natriummolybdat* auf Böden mit Raseneisenstein, mit 6-8 kg/ha auf Hochmoorböden düngen. Gegebenenfalls zusätzlich spritzen mit 800 g/ha *Natriummolybdat*. Düngemittel mit garantiertem Gehalt an Mikronährstoffen bevorzugen. Bei Verdacht auf

Molybdänmangel Bodenprobe bei der zuständigen Landwirtschaftlichen Untersuchungs- und Forschungsanstalt (LUFA) untersuchen lassen.

☐ Juli bis Sept. - Nesterweise Vergilben der älteren Blätter zwischen den Blattadern. Die vergilbten Blätter wellen sich, werden spröde, knistern und brechen beim Zusammendrükken. Belaubung stirbt schließlich vorzeitig ab, wird trocken. Überträgerinnen der die Vergilbung verursachenden Virosen sind die Grüne Pfirsichblattlaus und die Schwarze Rüben-(Bohnen-)blattlaus (nur Nekrotisches Vergilbungsvirus).

O **Vergilbungskrankheit der Rübe** (Nekrotisches Vergilbungsvirus [BYV] und/oder Mildes Vergilbungsvirus [BMYV])

Δ Frühe Aussaat, Futter- und Zuckerrübenschläge nicht in der Nähe von Samenrüben oder Spinatsamenträgern anlegen. Dichter Stand, bei etwa 40 cm Reihenabstand mindestens 70000-80000 Pflanzen je ha. Frühe Stickstoffgaben, reichliche, aber harmonische Düngung. Zur Verhinderung von Virus-Frühinfektionen an Zuckerrüben. Saatgutbehandlung mit *Imidacloprid* (nicht Runkelrüben) - hat sich bewährt - oder *Terbufos* mit der Saat in der Saatreihe über dem Samen ausbringen. Anwendungsvorschriften streng beachten!

Nach schon länger erprobten Verfahren führt man die Bekämpfung der virusübertragenden Blattläuse an Runkel- und Zuckerrüben möglichst in größeren Gebieten gleichzeitig (5 Tage) durch und wendet zugelassene Spritzmittel zur Vektorenbekämpfung (siehe "Pflanzenschutzmittelübersicht - Insektizide im Ackerbau/Kartoffeln") gemäß Warnmeldung (Schadensschwelle 1 Grüne Pfirsichblattlaus auf 10 Pflanzen bei früher Virusübertragung) an. Besonders nützlingsschonend und gut wirksam gegen die virusübertragenden Blattläuse ist *Pirimicarb*, maximal 4 Anwendungen. Die Behandlungen sind nach Bedarf (Beobachtung der Blattlauspopulation) und Vorschrift zu wiederholen, nicht routinemäßig. Warndienst beachten!

Behandlungen, vor allem bei hohen Tagestemperaturen den frühen Morgen- oder Abendstunden durchführen. Bei Resistenzerscheinungen gegen einen der genannten Wirkstoffe auf einen anderen ausweichen.

Alle Stecklingsbestände und Samenträger von Rüben und Spinat ebenfalls regelmäßig gegen Blattläuse behandeln. Bei Samenbeständen mit blühenden Unkräutern Vorsicht, Bienenschutzverordnung streng beachten! Spätestens kurz vor dem Abflug der Blattläuse vom Winterwirt: Räumung von Rüben- und Blattmieten, Abernten und Umpflügen von Winterspinatflächen. Es lohnt sich, den Samenrübenbau gebietsweise zu konzentrieren.

☐ Juli bis Ernte - Blätter mosaikartig hell-dunkelgrün gefleckt, teilweise auch gekräuselt. Infektionen sind vor allem für Samenrüben gefährlich.

O **Rübenmosaik** (*Beta Virus 2*)

Δ Gegenmaßnahmen entsprechen denen, die bei der Vergilbungskrankheit beschrieben wurden.

☐ Juni bis Sept. - Helle Blattflecken von Wanzenstichen, Aufhellung der Blattadern, Blätter werden kraus, junge Blätter krümmen sich nach innen und bilden salatkopfähnliche Formen. Äußere Blätter welken, sterben ab, Rüben bleiben klein. Langsame Ausbreitung der Krankheit von Osten nach Westen.

O **Rübenkräuselkrankheit** (*Beta Virus 3*)

Δ Bekämpfung richtet sich gegen die als Überträgerin der Krankheit fungierende **Rübenblattwanze** (*Piesma quadrata* Fieb.) Abtötung der Blattwanzen entweder auf Fangstreifen

oder ganzen Feldern durch Spritzung mit *Dimethoat*. Bekämpfung vom Pflanzenschutzdienst gebietsweise organisiert.

☐ Juli bis Ernte - Einzelne Pflanzen zunächst mit verschmälerten Blattspreiten, Aufhellung
des Blattgrüns sowie Verlängerung der Blattstiele, später mit chlorotischer Adernvergilbung, Pflanzen bleiben in der Entwicklung zurück, Blätter schlaffen trotz ausreichender
Bodenfeuchtigkeit, Entwicklung des Rübenkörpers beeinträchtigt, Pfahlwurzel häufig abgestorben, große Zahl von Sekundärwurzeln.
  ○ **Wurzelbärtigkeit (Rhizomania) der Rübe** (Aderngelbfleckigkeitsvirus)
  △ Virus wird durch den bodenbewohnenden **Pilz** *Polymyxa betae* (Kessin) übertragen, der
  bei hoher Bodenfeuchtigkeit und hohen Temperaturen beste Entwicklungsmöglichkeiten
  hat. Vermeidung stauender Nässe, vorsichtige Beregnung. Keine chemische Bekämpfungsmöglichkeit bekannt. Anbau toleranter Sorten (z.B. 'Ribella', 'Rizor', 'Corinna', 'Joker')
  und frühe Aussaat. Bei Befallsverdacht Pflanzenschutzdienststelle informieren.

☐ April bis Mai - Schlechtes Auflaufen, Keimpflanzen kümmern, vergilben, welken, fallen um
und sterben unter schwarzer Verfärbung, zuweilen auch gleichzeitiger Einschnürung des
Wurzelhalses ab. Die nur schwächer befallenen Pflanzen ergeben eingeschnürte, ver-
krüppelte, kleine Rüben. Krankheit tritt besonders häufig auf verkrusteten Böden bei ungünstiger Frühjahrswitterung auf.
  ○ **Wurzelbrand** (*Pythium de baryanum* Hesse, *Aphanomyces cochliodes* de Bary, *Pleospora betae* Björling und andere Bodenpilze)
  △ Pilliertes Saatgut ist im allgemeinen bereits mit einem Fungizid gegen Auflaufkrankheiten **und** einem Insektizid gegen Moosknopfkäfer gebeizt. - Die chemische Beizung fördert
  die Jugendentwicklung der Pflanzen. Daher bei Verwendung nicht pillierten Saatgutes dieses auf jeden Fall (auch Monogermsaat) beizen, dabei Saatgutbehandlungsmittel gegen
  Auflaufkrankheiten und zur Verzögerung des Cercosporabefalls wie *Mancozeb* bevorzugen. Gute, termingerechte Saatbettbereitung und Aussaat. Brechung von oberflächlichen
  Krusten durch Bodenbearbeitung. Ausreichende Kalk- und Humusversorgung, leicht lösliche Stickstoffgaben bei Schäden, Kalkstickstoff 1-2 Wochen vor Aussaat hat befallshem-
  mende Wirkung.

☐ G. Veg. - An Keimpflanzen ähnliche Schäden wie durch Wurzelbrand, ältere Blätter gelbfleckig, absterbend. Beim Querschnitt des Rübenkörpers werden die Gefäßverfärbungen
als dunkle Ringe deutlich sichtbar.
  ○ **Gefäßbündelkrankheit, Rübengelbsucht** (*Pythium irregulare* Buism.)
  △ Kalkung im Herbst, pH-Wert neutral bis leicht alkalisch halten, ausgeglichene Düngung,
  dabei Borbedarf berücksichtigen. Siehe auch "Herz- und Trockenfäule der Rübe". Wachs-
  tumsfördernde Maßnahmen wie gegen Wurzelbrand. Bodenlockerung. Bewährt hat sich
  eine leicht lösliche Stickstoffgabe.

☐ Juli bis Ernte - 2-3 mm große, meist rot umrandete, braune oder mehr graue, vertrocknete
Blattflecke, die bei starkem Befall zusammenfließen, so daß ganze Teile der Blattspreite
vertrocknen. Im Südosten und Osten Europas von größerer Bedeutung. Tritt auch an Man-
gold, Spinat und Roter Rübe auf.
  ○ **Blattfleckenkrankheit** (*Cercospora beticola* Sacc.)
  △ Weitgestellte Fruchtfolge. Tiefes Unterpflügen des Blattes nach der Ernte. Anwendung
  eines Saatgutbehandlungsmittels gegen Auflaufkrankheiten und zur Verzögerung des Cer-

cosporabefalls wie *Mancozeb*. Sofern an 5 % gerupfter Blätter bis Mitte August bzw. an 50 % bis Ende August Blattflecken auftreten, Spritzung mit Mitteln gegen *Cercospora* an Rüben auf der Basis *Difenoconazol*, *Epoxiconazol*, *Flusilazol* oder *Cyproconazol*. Warndienst beachten.

☐ Aug. bis Ernte - Mehr oder weniger große Teile der Blattfläche, von Blattadern begrenzt, werden braun und sterben schließlich vorzeitig ab.
O **Alternaria-Blattbräune** (*Alternaria tenuis* Nees)
△ Sorgfältige Spritzungen gegen die Blattfleckenkrankheit erfassen auch die Blattbräune.

☐ Juli bis Ernte - Blätter mit weiß-grauem Belag, später blaßgelb und unter Braunverfärbung absterbend. Befall in trockenen Jahren besonders stark.
O **Echter Mehltau** (*Erysiphe polygoni* DC.)
△ Bekämpfung nur bei frühem und starkem Befall erforderlich und wenn die Ernte spät (Okt. bis Nov.) erfolgt. Ein oder zwei Spritzungen mit *Triadimenol* bzw. *Cyproconazol*.

☐ Sommer - An Samenträgern Blätter nach unten eingekrümmt, hell verfärbt, auf ihrer Unterseite flächige, mattgraue, schimmelartige Sporenträgerrasen.
O **Falscher Mehltau** (*Peronospora*-Arten)
△ Vorbeugend Rübensamenträger- und Stecklingsanzuchten weit voneinander entfernt anbauen. Reine Salpeterdünger bevorzugen. Spritzung mit zugelassenen Mitteln gegen Falschen Mehltau (Pflanzenschutzdienst befragen!) ist an Samenrüben bei starker Befallsgefahr lohnend.

☐ Juli bis Herbst - Etwa ein Zentimeter große, braune, rundliche Flecken mit wenig dunklerem Rand. Bei hoher Feuchtigkeit weißlicher Sporenrasen. Befallenes Gewebe fällt zum Teil heraus. Blatteile und ganze Blattkränze können absterben.
O **Ramularia-Blattflecken** (*Ramularia beticola* Fautr. et Lamb.)
△ Sorgfältige Beseitigung des Rübenblattes vom Feld, sauberes Unterpflügen. Einsatz von *Fentinacetat* + *Maneb* oder *Difenoconazol* bei Befallsbeginn.

☐ G. Veg. - Kümmerwuchs. Nesterweises Welken der Blätter in der Sonne, bei Nacht und Feuchtigkeit vorübergehendes Erholen, schließlich Absterben der Pflanzen. Wurzeln struppig mit stecknadelkopfgroßen, erst hellgelben, allmählich dunkler braun werdenden knötchenartigen Zysten besetzt, die später abfallen und den Boden verseuchen. Befall tritt meist erst nesterweise in verschiedener Stärke auf.
O **Rübennematode, Rübenälchen** (*Heterodera schachtii* Schmidt)
△ Weitgestellte Fruchtfolge, Rüben höchstens alle 4 Jahre, auch andere Wirtspflanzen (Rübenarten, Kohl, Raps, Rübsen, Senf frühestens in dreijähriger Folge. Keine Wirtspflanzen (Raps, einige Senfsorten, Stoppelrüben) als Zwischenfrüchte anbauen. Nematodenresistenten Senf ('Emergo', 'Maxi', 'Serval') oder Ölrettich ('Nemex', 'Pegletta', 'Redox', 'Resal') bevorzugen. Möglichst oft Zwischenbau von "Feindpflanzen" (Roggen, Mais, Zichorie, Lein, Luzerne, weniger auch Kleearten und andere Leguminosen), welche die Verseuchung eindämmen. "Neutralpflanzen", welche die Nematoden weder benachteiligen noch begünstigen und daher ebenfalls angebaut werden können, sind vor allem Getreide, Lupinen, Buschbohnen und Kartoffeln. Wichtig ist gründliche Bekämpfung der (kreuzblütigen) Unkräuter. Gründüngung mit Leguminosen. Verschleppung der Zysten durch Erdbe-

wegungen und Ackergeräte (Maschinenstationen!) möglichst verhindern. Siehe auch unter "Vergilbungskrankheit" und "Rübenkopfälchen".

☐ Juni bis Ernte - Am Rübenkörper schorfige Flecke oder mehr oder weniger ausgedehnte Nekrosen (bei Zuckerrüben nur am Kopfteil), Vermorschung. Schadbild meist erst bei der Ernte oder in der Miete deutlich.
O **Rübenkopfälchen** (*Ditylenchus dipsaci* Filipjev)
Δ Möglichst weitgestellte Fruchtfolge ist die beste Gegenmaßnahme.

☐ Bodenschädlinge verschiedener Art fressen an den keimenden Rübensamen oder den jungen Pflanzen, vor allem bei weiter Ablage oder Endablage.
O **Erdflöhe, Moosknopfkäfer, Springschwänze, Tausendfüßler**
O **Drahtwürmer** siehe "Ackerbau allgemein"
Δ Pilliertes **Saatgut ist** bereits mit einem Fungizid gegen Auflaufkrankheiten **und** einem Insektizid gegen Moosknopfkäfer und andere Bodenschädlinge behandelt, was weitere vorbeugende Maßnahmen gegen die meisten der genannten Arten erübrigt. Wo die erwähnten Bodenschädlinge erfahrungsgemäß regelmäßig stärker auftreten, kommt eine der Maßnahmen in Frage, die unter "Moosknopfkäfer" genannt sind. Man lasse sich aber von der zuständigen Pflanzenschutzdienststelle vorher beraten, um überflüssige vorbeugende Behandlungen zu vermeiden.

☐ Lückiges Auflaufen in den Reihen. An jungen Pflanzen, vor allem den Herzblättern, Fraßstellen und, meist in Mengen, kleine Käferchen, 1 mm lang.
O **Moosknopfkäfer** (*Atomaria linearis* Steph.)
Δ Nicht Rüben nach Rüben anbauen. Pilliertes Saatgut **ist** in der Regel bereits mit einem Fungizid gegen Auflaufkrankheiten und einem Insektizid gegen Moosknopfkäfer und andere Bodenschädlinge behandelt.
Wo der Moosknopfkäfer oder andere Bodenschädlinge regelmäßig auftreten, können die in der Pflanzenschutzmittelübersicht (siehe "Pflanzenschutzmittelübersicht - Insektizide im Ackerbau/Rüben") genannten Mittel und Verfahren angewandt werden.

☐ Frühjahr - Blätter der auflaufenden Rübenpflanzen, vor allem auf völlig unkrautfreien Flächen, siebartig durchlöchert oder "gepunktet".
O **Erdflöhe** (*Halticidae*)
Δ Spritzen mit einem Mittel gegen beißende (und saugende) Insekten, beispielsweise *Parathion-äthyl* oder anderen, wenn etwa 20 % der Blattfläche zerstört sind, bei Keimblattbefall früher behandeln.

☐ Frühjahr - Blätter von jungen Rübenpflanzen vom Rande her befressen.

   O **Rübenrüsselkäfer** (*Bothynoderes*-, *Otiorrhynchus*- u. *Tanymecus*-Arten)

   Δ Sorgfältige Behandlung der befallenen Felder mit *Parathion* oder einem anderen Insektizid; vorher Pflanzenschutzdienst befragen!

☐ April bis Mai - Meist kurz vor dem Auflaufen der Rüben oder auch noch später fressen braune oder schwarze, etwa fingernagellange Käfer sowie deren lebhafte schwarze, asselähnliche Larven an den Blättern.

   O **Rübenaaskäfer** (*Blitophaga*- und *Silpha*-Arten)

   Δ Sofern mehr als 20 % der Blattfläche geschädigt sind, gründliches Spritzen mit *Parathion* oder anderen Insektiziden. Mittel, die auch gegen Rübenfliege und Blattläuse wirken, sind dabei aus grundsätzlichen Erwägungen zu bevorzugen. Siehe daher auch weiter unten bei "Rübenfliege".

☐ Mai bis Aug. - Grüne oder schwarze Blattläuse an den Blättern, diese rollen sich ein, verkrüppeln. Bei Massenbefall schwere Schäden möglich.

   O **Blattläuse** (*Aphididae*)

   Δ Da die Blattläuse an Rüben vor allem als Überträgerinnen der Vergilbungskrankheit wichtig sind, hat die vorbeugende Bekämpfung mit *Imidacloprid* Bedeutung, zumal sie auch gegen Rübenfliege und weitere Schädlinge wirkt. Die Bekämpfung ist ferner möglich mit gleichzeitig gegen Rübenfliege wirksamen anderen Mitteln zur Vektorenbekämpfung, siehe dort. Sofern nur der Blattlausbefall zu reduzieren ist, kann die Mittelaufwandmenge meistens um 25 % vermindert werden.

Es können auch andere gegen saugende (und beißende) Insekten zugelassene Mittel eingesetzt werden. Sofern Rübenfliegen auftreten, Präparate wählen, die auch gegen Rübenfliege wirken. Nähere Angaben siehe bei "Vergilbungskrankheit" sowie "Rübenfliege". Warndienst beachten! Anhalt für kritische Befallssituation (Schadensschwelle!): Über 50 % der Pflanzen befallen. (Nicht bei Gefahr der Vergilbungsübertragung).

☐ Mai bis Aug. - Auf den Blättern helle, später blasig vertrocknende Flecke, an denen das Blattgrün zwischen Ober- und Unterhaut durch kleine gelblich-weiße Maden ausgefressen ist. Die Blätter oft stark befallen und dann vertrocknend. Mehrere Generationen, in einzelnen Jahren massenhaft. Die erste Generation ist im allgemeinen besonders gefährlich.

   O **Rübenfliege** (*Pegomyia hyoscyami* Panz.)

   Δ Vorbeugende Bekämpfung von Blattläusen, Bodenschädlingen und Rübenfliege durch

Ausbringen von Präparaten mit dem Wirkstoff *Terbufos* zusammen mit dem Saatgut oder Saatgutbehandlung mit *Imidacloprid* machen weitere Maßnahmen meist überflüssig. Sonst Spritzungen mit Mitteln gegen Rübenfliege. Anhaltspunkt für Notwendigkeit der Bekämpfung: mehr als 20 % der Blattfläche geschädigt, Bekämpfung nur der ersten Generation wirtschaftlich.

Beim Schlüpfen der Hauptmasse der Larven, wenn deren helle Miniergänge deutlich werden, Spritzen mit Mitteln gegen Rübenfliege (siehe "Pflanzenschutzmittelübersicht - Insektizide im Ackerbau/Rüben"). Virusübertragende Blattläuse und einige andere Schädlinge werden bei entsprechender Mittelwahl und Erhöhung der (gegen Rübenfliege niedrigeren) Aufwandmenge, beispielsweise bei Einsatz von *Methamidophos, Oxydemeton + Parathion, Phosphamidon* und anderen Präparaten gleichzeitig mit der Rübenfliege erfaßt. Daher sollte man grundsätzlich solche Präparate wählen. Bei Massenauftreten beider Schädlingsarten (Warndienst!) ist zweckmäßig die Pflanzenschutzdienststelle nach vorteilhaftestem Mittel oder bester Mittelkombination zu befragen, ebenso über die vorbeugende, bei oder kurz nach der Aussaat erfolgende, in manchen Fällen lohnende Anwendung von *Carbofuran* oder *Terbufos*, die zum Teil gleichzeitig gegen den Moosknopfkäfer sowie manche Bodenschädlinge **und** gegen die Rübenfliege wirken.

☐ Juni bis Sept. - Helle Blattflecken als Folge von Wanzenstichen. Aufhellung der Blattadern, Blätter kräuseln, junge Blätter krümmen sich nach innen und bilden salatkopfähnliche Formen. Äußere Blätter welken, sterben ab. Rüben bleiben klein. Langsames Fortschreiten der Krankheit von Osten nach Westen, besonders auf humos-sandigen Böden.
○ **Rübenblattwanze** (*Piesma quadrata* Fieb.)
△ Anwendung von Mitteln gegen Rübenblattwanze wie *Parathion*. Siehe auch "Rübenkräuselkrankheit".

☐ Juni bis Aug. - Pflanzen zeigen weißlich-gelbe Saugstellen und verkrüppeln oder verwelken, vor allem in Windschutzlagen und an Grasrainen.
○ **Wiesenwanzen, Weichwanzen** (verschiedene Arten)
△ Spritzungen mit *Dimethoat*. Meist genügen Randbehandlungen.
Wo **Blasenfüße** stärker auftreten (helle Saugstellen an den Blättern), setze man speziell bewährte Präparate wie *Dimethoat* (mehrere Präparate, alle 800 ml/ha) oder andere ein. Näheres Pflanzenschutzdienst.

☐ Juli - Hell- bis bläulichgrüne, fein längsgestreifte, nach hinten zu allmählich an Körperumfang zunehmende Raupen fressen an Blättern von Rüben, oft auch an Kartoffeln, Klee und Gemüse.

○ **Gammaeule** (*Phytometra gamma* L.)

△ Ältere Raupen sehr widerstandsfähig gegen Insektizide, daher Pflanzenschutzdienststelle befragen!

☐ Juni bis Ernte - Herzblätter verkrüppelt, Fäulnis am Rübenkopf, darin Raupen und Gespinste. Nur in warmen Gebieten Deutschlands von Bedeutung.

○ **Rübenmotte** (*Phthorimaea ocellatella* Boyd.)

△ Frühzeitiges und gründliches Spritzen oder Sprühen mit Insektiziden, vor allem *Parathion* in hoher Wasseraufwandmenge unter hohem Druck bewährt, aber nur vor stärkerer Gespinstausbildung. Wartezeiten einhalten! Wegen Schwierigkeit der Bekämpfung **stets** vorher Pflanzenschutzdienststelle befragen!

☐ Juni bis Ernte - Blattstiel, später auch Mittelrippe, mit unregelmäßigen Fraßgängen, darin graugrüne oder bräunliche, bis 8 mm lange Raupen sowie Gespinstfäden und Kot. Fraß auch an Herzblättern, diese kümmern, kräuseln, faulen. Herbstgeneration frißt auch in Blüten und Samen. Vor allem in trockenen Jahren in Massen, dann gebietsweise oft schädlich.

○ **Meldenmotte** (*Phthorimaea atriplicella* F. R.)

△ Spritzen mit einem *Parathion*-Präparat, aber nur aufgrund von Warnmeldung!

☐ Frühjahr - Pilliertes Rübensaatgut wird von Mäusen, die meist der Drillreihe folgen, aus dem Boden gewühlt und gefressen. Gebietsweise beachtliche Schäden.

○ **Waldmaus, "Springmaus"** (*Apodemus sylvaticus* L.)

△ Die Waldmaus ist durch die **Bundesartenschutzverordnung** geschützt. Ihre Bekämpfung ist nur nach Entscheidung der zuständigen Behörde erlaubt, wenn schwerwiegende Schäden abzuwenden sind. Näheres Pflanzenschutzdienststelle. Bewährt hat sich in vielen Fällen eine Ablenkungsfütterung mittels Gerste am Feldrand.

Breitwürfiges, offenes Ausstreuen von Giftgetreide ist wegen der Gefahr von Vogelvergiftungen streng verboten.

2.1.4   Handelsgewächse

2.1.4.1   Buchweizen

Der **Anbau von Buchweizen** gewinnt örtlich wieder an Interesse z.B. auf Stillegungsflächen, nachdem er jahrzehntelang in den Hintergrund getreten war. Auf besonderen Wunsch werden hier einige Angaben zu unbelebten und belebten Schadfaktoren gemacht, die bei der Kultur von Buchweizen eine Rolle spielen können. Sie wurden vor allem in außereuropäischen Anbaugebieten nachgewiesen.

Mangelschäden

Buchweizen reagiert kaum auf Mangel an Kalium und Kupfer, deutlich aber auf das Fehlen von Zink im Boden. Die Pflanze **ist** ferner sehr empfindlich für nicht ausreichende Versorgung mit Magnesium.

Viruskrankheiten,

beispielsweise die Viröse Asternvergilbung und das Gurkenmosaik, kommen an Buchweizen vor, haben aber in Deutschland keine Bedeutung.

Bakteriosen

an Buchweizen dürften vor allem auf Infektionen mit *Pseudomonas syringae* van Hall, einem an zahlreichen Pflanzen vorkommenden Bakterium, das unter anderem an Flieder den bekannten feuchten Brand verursacht, zurückzuführen sein.

Tierische Schädlinge

Blattläuse, Blattwanzen und **Raupen** können gelegentlich Schäden an Buchweizen verursachen und müssen bei Überhandnehmen mit Insektiziden bekämpft werden. Vor jeder Art von chemischen Bekämpfungsaktionen in Buchweizenbeständen ist aber eine Beratung der zuständigen Pflanzenschutzdienststelle anzufordern.

Die **Samen von Buchweizen** werden vor allem von typischen Samenfressern unter den Vögeln (Fasane, Tauben) sowie von Mäusen aufgenommen. Größere Schäden sind bisher nicht bekannt geworden.

2.1.4.2   Hopfen

Jeder Hopfenanbauer sollte die jährlich erscheinende Broschüre "Hopfen - Anbau, Düngung, Pflanzenschutz, Sorten" vom amtlichen Pflanzenschutz des zuständigen Bundeslandes beziehen. Sie enthält ausführliche Angaben über den Pflanzenschutz im Hopfenbau.
Wichtige Maßnahmen: Bekämpfung von *Peronospora* (Falscher Mehltau), Echtem Mehltau, Hopfenblattläusen und Spinnmilben. Die maximal zulässige Anzahl von Anwendungen, die Konzentration und die der Wuchshöhe des Hopfens angepaßte Aufwandmenge je Hektar sind bei den einzelnen Präparaten streng einzuhalten. Bei US-

Hopfen sind die Vorschriften für die Mittelwahl zu beachten. Näheres über Wartezeiten siehe "Pflanzenschutzmittelübersicht - Fungizide in sonstigen Kulturen".

☐ Juli bis zur Ernte - Einschrumpfung des Doldenstiels kurz vor der Reife, durch Unterbrechung der Wasser- und Nährstoffzufuhr entstehen rotbraune flattrige Dolden.

  ○ **Doldensterben** (physiologische Störungen)

  △ Direkte Bekämpfung nicht möglich. Befallsverminderung durch gute Belichtung, daher weiterer Standraum. Keine Überdüngung, Bodenverdichtungen beseitigen.

☐ Pflanzen bleiben im Wuchs zurück, und erreichen oft nicht Gerüsthöhe. Ring- und bänderförmige Blattaufhellungen, Blätter verhärten und drehen sich ein.

  ○ **Kirschenringfleckenvirus** (PNRV)

☐ Auf den Seitenblättern hellen sich Blattflächen zunächst um die Adern auf, werden später brüchig, hellgrün gescheckt, Ränder aufgewölbt. Jüngere Pflanzen haben verkürzte Internodien.

  ○ **Hopfenmosaik** (Virose)

  △ Zur Bekämpfung dieser und **weiterer Virosen (PNRV$_1$, PNRV$_2$, Arabis Mosaik)** gilt: Rodung befallener Pflanzen, Verwendung von virusfreiem Pflanzgut, Pflanzenhygiene.

☐ G. Veg. - Beim Austrieb gelb gefärbte, gestauchte Triebe, **Blätter** zeigen blattunterseits unregelmäßige braune Flecken. **Seiten- und Gipfeltriebe** gestaucht ("Bubiköpfe"), gelblich verfärbt, nach unten gekrümmte Blätter mit Pilzrasen. Blüten färben sich braun, "verbrennen" und fallen ab. **Dolden** kommen bei Frühbefall nicht zur Entfaltung und verhärten. Bei späterem Befall werden Doldenblätter beiderseitig bis zur Spindel braun, bei leichtem Befall können sich auch nur die Deckblätter braun färben.

  ○ **Peronospora, Falscher Mehltau des Hopfens** (*Pseudoperonospora humuli* Wils.)

  △ Bei Primärinfektionen *Fosethyl* spritzen bzw. *Metalaxyl* streuen, wenn mehr als 3 % der Stöcke krank sind. Sekundärinfektionen bei entsprechendem Infektionsdruck (Warndienst) wiederholt spritzen mit Kupferpräparaten, Kupfer-Schwefel-Mitteln mit Nebenwirkungen gegen Echten Mehltau sowie Präparaten mit organischen Wirkstoffen, die zum Teil auch systemisch wirken. Zugelassene Mittel siehe "Pflanzenschutzmittelübersicht - Fungizide in sonstigen Kulturen".

☐ Ab Mitte Mai - Vereinzelte pustelartige Erhebungen auf der Oberseite der Blätter, unregelmäßiger Befall fleckig. Bei fortschreitender Krankheit mehlartiger Überzug der Blätter

und Seitentriebe. Mißgebildete, in der Entwicklung behinderte, zum Schluß bräunliche Dolden.

O **Echter Mehltau des Hopfens** (*Sphaerotheca humuli* Burr.)

△ Spritzung in den Abendstunden mit kupferhaltigen Mitteln gegen *Peronospora* an Hopfen + *Netzschwefel* 0,15 % oder Zusatz von *Netzschwefel* 0,25 % zu den übrigen *Peronospora*-Mitteln oder *Triforin*, maximal 4 Spritzungen ab Befallsbeginn im Abstand von 7-10 Tagen). Nur im Exporthopfen kann *Myclobutil* angewandt werden.

☐ Ab beginnender Ausdoldung - Rotbraune Verfärbung einzelner Doldenblätter, meist an der Doldenspitze, von Pilz überzogen.

O **Botrytis, Grauschimmel, Rotspitzigkeit** (*Botrytis cinerea* Pers.)

△ Zwei bis drei vorbeugende Spritzungen ab Blühbeginn mit *Dichlofluanid*, auch wirksam gegen *Peronospora* oder mit *Vinclozolin*.

☐ Ab Mitte Juli - Gelbbraune Verfärbung der Blätter von unten beginnend, Blätter fallen leicht ab, langsam oder auch plötzliches Verwelken der gesamten Hopfenpflanze. Vorkommen besonders an der Sorte 'Hallertauer Mittelfrüher'.

O **Hopfenwelke** (*Verticillium alboatrum* Reinke et Berth. und *V. dahliae* Kleb.)

△ Beste Kulturbedingungen, keine Überdüngung, vorsichtige Phosphordüngung, gute Bodenbearbeitung, Humusanreicherung, gesundes, welkefreies Fechsergut. Anbau toleranter bzw. resistenter Sorten wie 'Northern Brewer', 'Perle', 'Orion', 'Hallentauer Tradition', 'Spalter Select', 'Hallertauer Magnum', 'Target', 'Tettnanger'.

☐ Ab Mai bis zur Ernte - Blätter, die ältesten zuerst, gelblich fleckig verfärbt, später rötlich-kupferbraun, vertrocknen, fallen ab. Blattunterseits feine Gespinste mit rötlichen Milben sowie deren Larven, Kot, Häutungsresten und Eiern. Dolden flattrig, Doldenblätter mit kupferbraunem Überzug.

O **Spinnmilben** (*Tetranychus urticae* Koch)

△ Vorbeugend Brennesseln an den Rändern der Hopfengärten abmähen. Schwefelpräparate wirken befallshemmend, wenn sie frühzeitig und häufig angewendet werden. Bekämpfung mit *Amitraz*, *Abamectin* und *Hexythiazox*.

☐ Ab Ende Mai bis zur Ernte - Bei stärkerem Befall glänzender, klebriger Überzug auf Blattoberseite mit angesiedelten Schwärzepilzen. Kümmerndes Pflanzenwachstum. Auf Blattunterseiten und später in Dolden Vorkommen von Blattläusen, Doldenschwärze.

O **Hopfenblattlaus** (*Phorodon humuli* Schr.)
Δ Befallskontrollen! Wenn im Durchschnitt 100 Blattläuse pro Blatt, bzw. wenn auf einzelnen Blättern 400 oder mehr Blattläuse vorhanden sind (im Tettnanger Gebiet 20 Läuse pro Blatt oder 100 Läuse auf einzelnen Blättern), ist die erste Spritzung mit *Pymetrozin oder Imidacloprid* erforderlich (siehe "Pflanzenschutzmittelübersicht - Insektizide in sonstigen Kulturen").

☐ Von beginnendem Austrieb bis 1 m Pflanzenhöhe - Junge Hopfentriebe werden vor dem Austreiben unterirdisch und nach dem Austreiben oberirdisch von Käfern abgefressen.
O **Liebstöckelrüßler** (*Otiorrhynchus ligustici* Gyll.)
Δ Befallskontrollen ab Austrieb. Schadensschwelle: an jedem dritten Stock ein Käfer. Bekämpfung im Gießverfahren mit *Methidathion*, 1,25 kg Präparat je 1000 Stöcke, 1/2 l Flüssigkeit je Stock.

☐ Von 20 cm bis 200 cm Wuchshöhe des Hopfens - Triebspitzen und Blätter junger Hopfenpflanzen werden von grün-braunen Raupen angefressen, die sich während ihrer Fraßtätigkeit dort einspinnen.
O **Schattenwickler** (*Cnephasia wahlbomiana* L.)
Δ Bekämpfung ist nur selten notwendig. Zur Zeit keine Mittel ausgewiesen.

☐ G. Veg. - Insbesondere bei Neuanlagen welken und sterben junge Pflanzen ab. Wurzelhals abgebissen oder angefressen.
O **Drahtwurm** (*Agriotes*-Arten)
Δ Zur Zeit keine Mittel ausgewiesen.

☐ Mai bis zur Hopfenernte - Raupen verschiedener Größe fressen Rebenbasis an.
O **Erdraupen** (verschiedene Arten)
Δ Zur Zeit keine Mittel ausgewiesen.

☐ Mitte Mai bis Ende Juni - Einzelne Hopfentriebe welken und sterben ab. In den geschädigten Reben 1-4 cm lange, rotbraune Raupe beziehungsweise Kotablagerungen.
O **Kartoffelbohrer** (*Hydroecia micacea* Esp.)
Δ Zur Zeit keine Mittel ausgewiesen.

☐ Ab Juli bis zur Ernte - Kümmernde Pflanzen, Bohrlöcher mit Kotablagerung in den oberirdischen Rebteilen.
O **Hopfen- oder Maiszünsler** (*Ostrinia = Pyrausta nubilalis* Hbn.)
Δ Chemische Bekämpfung nicht möglich, Beseitigung von Rebenresten als Überwinterungsquartier.

☐ April bis August - Pflanzen kümmern, sterben ab. Wurzeln von Fraßgang durchzogen, darin bis 5 cm lange, gelbliche, schwarzköpfige Raupe.
O **Hopfenwurzelbohrer** (*Hepialus humuli* L.)
Δ Zur Zeit keine Mittel ausgewiesen.

Mittel zur Verhütung von Wildschäden (Sommerwildverbiß) an Hopfen

Eine Möglichkeit ist die Verwendung von Schreckbändern und Elektroweidezäunen mit reflektierenden Kunststoffschnüren. Dabei wird empfohlen, je einen Draht in 0,5 und 1 m Höhe anzubringen.

Empfohlener Flüssigkeitsbedarf in Ltr. je ha für den Pflanzenschutz im Hopfenbau (Nach Hinweise für das Jahr 1996 der Bayerischen Landesanstalt für Bodenkultur und Pflanzenbau in München und der Landesanstalt für Pflanzenschutz in Stuttgart)

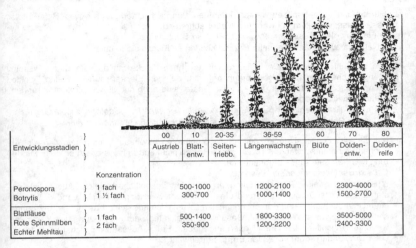

Entwicklungsstadien } } }		00	10	20-35	36-59	60	70	80
		Austrieb	Blatt-entw.	Seiten-triebb.	Längenwachstum	Blüte	Dolden-entw.	Dolden-reife
	Konzentration							
Peronospora } Botrytis }	1 fach 1 ½ fach		500-1000 300-700		1200-2100 1000-1400		2300-4000 1500-2700	
Blattläuse } Rote Spinnmilben } Echter Mehltau }	1 fach 2 fach		500-1400 350-900		1800-3300 1200-2200		3500-5000 2400-3300	

In Kunststoffsäckchen eine Handvoll Menschenhaare geben und an jedes 2. oder 3. Anker-seil am Rande der gefährdeten Flächen in 1 m Höhe befestigen. Zur Vermeidung einer Ge-wöhnung durch das Wild müssen Säckchen etwa bei ½ Gerüsthöhe wieder entfernt werden.

Mittel zum Hopfenputzen:
Neben dem mechanischen Hopfenputzen und dem Entlauben von Hand können folgende Mittel angewandt werden:
Alzodef (Cyanamid), auch in Kombination mit *Schwefelsaurem Ammoniak* oder mit *AHL* (Gebrauchsanleitung beachten!).
Reglone (*Deiquat*) mit max. 1,8 l/ha ab 1. Juli bei Erreichen der Gerüsthöhe, max. 1 Anwen-dung/Jahr.

2.1.4.3   Lein (Flachs)

Wichtige Maßnahme: Beizung des Saatgutes mit dem Wirkstoff *Thiram* gegen Auflauf-krankheiten an Leinsaat.

☐ Mai bis Juni - Schlechtes Auflaufen, Faulen und Absterben der jungen Pflanzen, an ihnen oft weißgrauer Schimmel (*Botrytis cinerea* Pers.), dunkle eingesunkene Flecke am Stengel

(*Colletotrichum linicolum* Peth. et Laff.) oder verbreitetes Auftreten welker Spitzen (*Fusarium lini* Bolley)
O **Pilzliche Keimlingskrankheiten**
Δ Betreffs Bekämpfung aller Pilzkrankheiten an Lein (Flachs) siehe unten bei "Leinrost".

☐ Mai bis Juni - Triebspitzen welken, krümmen sich nach unten, vertrocknen. Befall meist nesterweise, vor allem bei warmem Wetter auftretend.
O **Flachswelke** (*Fusarium oxysporum* Fr. *f. lini* Sn. et Hans.)
Δ Näheres zur Bekämpfung aller Pilzkrankheiten an Flachs siehe unten bei "Leinrost".

☐ Mai bis Juni - Junge Blätter geschrumpft, an ihnen Flecke mit dunkelbraunen Pusteln. Stengel scheckig gelbgrün bis braun gefleckt, auf den Flecken dunkle, kleine Punkte. Stengel wird brüchig. Faser unbrauchbar. Später sind auch die älteren Blätter mit runden, braunen Flecken bedeckt.
O **Pasmo-Krankheit, Leinpest** (*Mycosphaerella linorum* Wr. = *Septoria linicola* Gar.)
Δ Betreffs Bekämpfung aller Pilzkrankheiten an Flachs siehe unten bei "Leinrost".

☐ Mai bis Juli - Zunächst stecknadelkopfgroße gelbrote Pusteln auf Blättern und Kapseln. Ab Juni an Stengeln schwarze Krusten, durch Rösten nicht entfernbar. Fasern brüchig. Minderung des Samenertrages oft beachtlich.
O **Leinrost** (*Melampsora lini* Lév.)
Δ Bekämpfung aller Pilzkrankheiten an Lein im wesentlichen gleich: Ausgeglichene, standortgemäße Düngung aufgrund einer Bodenuntersuchung bei einer Landwirtschaftlichen Untersuchungs- und Forschungsanstalt (LUFA). Weitgestellte Fruchtfolge, 6-7 Jahre, nach Lein möglichst Winterfrucht. Gesundes, gereinigtes Saatgut. Beizung des Saatgutes wie unter "Wichtige Maßnahme" oben angegeben. Frühe Aussaat, möglichst flach, frühe, unter Umständen sogar vorzeitige Ernte. Sortenwahl.

☐ Juni bis Juli - Rötlich braune Flecke an Knospen, Blüten, Kapseln und Samen. Samenoberfläche runzelig. Auch als Keimlingskrankheit auftretend.
O **Brennfleckenkrankheit** (*Colletotrichum lini* Westerd.)
Δ Beizung des Saatgutes (siehe oben). Bei Einzelbefall Vernichtung aller kranken Pflanzen, sofern möglich, sonst Spritzung mit Fungiziden nach Angabe der zuständigen Pflanzenschutzdienststelle.

☐ Mai bis Juli - Stengelgrund von Sämlingen oder Jungpflanzen knickt ab. Später Pflanzen nesterweise dunkelbraun fleckig. Schließlich sterben Blätter ab, hängen trocken am Stengel, auch die Stengel werden fleckig.
O **Stengelbruch**, **Flachsbräune** (*Polyspora lini* Laff.)
Δ Verwendung gesunden Saatgutes und Beizung (siehe oben).

☐ Mai bis Juni - Blätter mit braunen Punkten, vergilben, Triebe verdickt und gekrümmt, Blüten blaß, fallen ab. Kleine, dunkel gefärbte Blasenfüße und deren gelbliche Larven an Knospen, Trieben und Blütenanlagen, Pflanzen kümmern, vergilben, werden braun und setzen nur spärlich an.
O **Leinblasenfuß** (*Trips linarius* Uz. und andere Arten)
Δ Weitgestellte Fruchtfolge. Spritzen mit Insektiziden beim ersten Auftreten nach Angabe der zuständigen Pflanzenschutzdienststelle. Als Spritzmittel hat sich *Dimethoat* bewährt.

2.1.4.4   Mohn

☐ Mai bis Ernte - Nesterweises Kümmern der Pflanzen, Blattadern dunkel, Kapseln verkrüppelt. Ständig stärker werdendes Absinken der Erträge.
 O **Bormangel**
 Δ Bordüngung wie weiter oben bei "Herz- und Trockenfäule der Rüben" angegeben.

☐ Mai bis Ernte - Auf Blattoberseite bleiche, beulige Auftreibungen, unterseits davon graue Pilzrasen, Stengel mit Wachstumskrümmungen und Verdickungen, Blätter auch wohl mit von den Blattadern eckig begrenzten, braunen Flecken. An Kapseln einseitige, dunkel gefärbte Verkrüppelungen. Vor allem bei feuchtem Wetter auftretend und empfindlich schädigend.
 O **Falscher Mehltau** (*Peronospora arborescens* de Bary)
 Δ Keine zu feuchten Lagen. Weitgestellte Fruchtfolge, Vermeidung zu dichten Standes durch zeitiges Vereinzeln, kranke Pflanzen ausmerzen. Kalidüngung. Spritzungen der Jungpflanzen mit Mitteln gegen Falschen Mehltau nach Angabe der zuständigen Pflanzenschutzdienststelle.

☐ Mai bis Ernte - Keimlinge fallen um, Wurzelhals eingeschnürt, schwarz, Blätter älterer Pflanzen verdorren, am Wurzelhals dunkle Flecke. Kapseln meist einseitig verkrüppelt und schwarz verfärbt, der Samen verkümmert.
 O **Wurzelbrand, Blattdürre** (*Pleospora calvescens* Tul. = *Helminthosporium papave.ris* Hennig)
 Δ Vorbeugend zeitige Aussaat, kein zu lichter Stand. Chemische Saatgutbeizung, beispielsweise mit 6 g *Thiram* je kg Mohnsaat verhindert den Frühbefall.

☐ Mai bis Juli - Kümmern der Pflanzen, vergilben. Wurzeln mit dunklen Fraßstellen, an diesen nagen gekrümmte, beinlose, weiße Käferlarven.
 O **Mohnwurzelrüßler** (*Coeliodes fulginosus* Marsh.)
 Δ Frühe Aussaat. Nach vorheriger Rückfrage bei Pflanzenschutzdienststelle Angießen mit Gießmitteln auf Basis von *Diazinon* zur Abtötung der Larven oder Bekämpfung der Käfer mit Insektiziden. Näheres zuständige Pflanzenschutzdienststelle.

2.1.4.5   Raps, Rübsen

Wichtige Maßnahme: Saatgutbehandlung mit den Wirkstoffen *Thiram* + *Isofenphos* gegen Auflaufkrankheiten und Erdflöhe an Raps. Saatgut wird in der Regel bereits gebeizt geliefert. Bekämpfung von Rapsglanzkäfer, Rapsstengelrüßler, Kohltriebrüßler, Kohlschotenrüßler, Kohlschotenmücke. Bei Raps die Verordnung über bienenschädliche Pflanzenschutzmittel besonders sorgfältig beachten! Großaktionen (Hubschrauber, Flugzeuge!) in Zusammenarbeit mit zuständiger Pflanzenschutzdienststelle rechtzeitig und sorgfältig planen!

☐ Frühjahr - Aufhellen jüngerer Blätter, weißliche Verfärbung der Blütenblätter.

○ **Schwefelmangel**

△ In den letzten Jahren zunehmend Abhilfe durch schwefelhaltige Dünger ASS, Korn Kali u.a.

☐ Dez. bis Febr. - Fehlstellen im Winterraps, angrenzende Pflanzen braun oder rötlich verfärbt, Blätter vergilben, fallen ab. Keine Fraßgänge in Blattstielen und Stengeln, wie es für Rapserdflohbefall charakteristisch ist.

○ **Frostschäden, Auswintern**

△ Falls Herz der Pflanzen noch gesund, wächst Schaden aus. Wachstumsförderung möglich durch frühe Kopfdüngung mit leicht löslichem Stickstoff.

☐ Herbst bis Frühjahr - Auf den Rapsblättern helle, gelbliche, dunkelbraun geränderte Flecke, die unregelmäßig geformt sind und oft zusammenfließen. Blattunterseits im Fleckenbereich grauweiße, dunkelbraun begrenzte Pilzrasen. Blattspreiten von Jungpflanzen werden deformiert. Bei starkem Befall bleiben die Pflanzen im Wachstum zurück.

○ **Falscher Mehltau** (*Peronospora brassicae* Gäum.)

△ Der häufige Herbstbefall weitet sich im Frühjahr meist nicht aus. Angeboten wird mit *Metalaxyl* bzw. *Dimethomorph* gebeiztes Saatgut, welches vorzugsweise bei Spätsaaten zur Bestandessicherung zur Anwendung kommen kann.

☐ Herbst bis Frühjahr - Während der Vegetation weißliche, unregelmäßige Flecken auf Blättern, Verwechselung mit Ätzschäden durch Dünger möglich, zunehmende Bedeutung.

○ **Pyrenopeziza-Blattflecken** (*Cylindrosporium concentricum* Grev.)

△ Bekämpfung gezielt im Frühjahr, keine Mittel zugelassen. Bewährt haben sich die Wirkstoffe *Tebuconazol*, *Prochloraz* und *Carbendazim*. Bei starkem Befall Pflanzenschutzdienst fragen.

☐ Herbst bis Frühjahr - Während der Vegetation auf den Blättern weißliche Flecken, die von einem violetten oder bräunlichen Rand umgeben sind. Später werden auch Stengel und Schoten befallen.

○ **Weiße Blattflecken** (*Pseudocercosporella capsellae* (Ell. et Ev.) Deighton)

△ Bekämpfung bisher kaum erforderlich, aber regionale Bedeutung (Schleswig-Holstein), bei starken Befall Pflanzenschutzdienst fragen, keine Präparate zugelassen. Wirksam sind *Tebuconazol* und *Prochloraz*.

☐ G. Veg. - Pflanzen zeigen fingerförmige, kropfartige Wurzelverdickungen und Kümmerwuchs, vor allem nach Kohlanbau.

○ **Kohlhernie** (*Plasmodiophora brassicae* Wor.)

△ Sorgfältige Bekämpfung kreuzblütiger Unkräuter, pH-Wert des Bodens durch Kalkgaben aufgrund Bodenuntersuchung bei der zuständigen Landwirtschaftlichen Untersuchungs- und Forschungsanstalt (LUFA) auf 6,5-7 bringen. Höhere Kalkstickstoffgaben mindern den Befall. Betreffs Gegenmaßnahmen siehe auch "Kohlhernie" unter Kohlrübe und Kohlarten.

☐ Ende Mai bis Ernte - Weißliche Stellen an den Stengeln, vor allem im unteren und mittleren Teil, oberhalb derselben Notreife, Vergilben und Absterben der Pflanzen. Schoten platzen frühzeitig. Im Innern der Stengel kleine, harte, schwarze Körner, die Dauerorgane (Sklerotien) des Pilzes. Vor allem in feucht-warmen Lagen. Auftreten ist also stark witterungsbedingt.

○ **Weißstengeligkeit, Rapskrebs** (*Sclerotinia sclerotiorum* [Lib.] de Bary)

△ Weitgestellte Fruchtfolge. Vernichten der Ernterückstände. Bestandsdichten wirken sich je nach Witterung zur Befallszeit unterschiedlich aus, daher keine allgemeine Empfehlung möglich. - Gute Wirkung von 5-6 dt/ha granuliertem Kalkstickstoff zur Unkrautbekämpfung im Frühjahr, wenn die Bestände trocken und Nachtfröste nicht zu erwarten sind.

Die Wirkstoffe *Prochloraz*, *Tebuconazol*, *Iprodion*, *Procymidon*, *Vinclozolin*, *Guazatin* und *Carbendazim* sind zur chemischen Bekämpfung zugelassen. In Befallsgebieten zur Vermeidung von Durchfahr-Verlusten Fahrgassen anlegen. Warndienst beachten! Optimaler Zeitpunkt, wenn 50-60 % der oberen 3-5 Blütenstände aufgeblüht sind und die ersten Blütenblätter abfallen.

Zweckmäßig richtet man sich nach den Warnmeldungen der Pflanzenschutzdienststellen, bei denen zur sicheren Terminbestimmung die Apothezienentwicklung kontrolliert wird.

☐ Herbst und ab April - Im Herbst auf den Blättern in einem gelben Ring weißes, abgestorbenes Gewebe, hierin kleine schwarze Punkte (Fruchtkörper). Im Frühjahr Pflanzen fallen um und/oder zeigen Wurzelnekrosen an Stengeln langgezogene braune Flecken. Zunehmende Bedeutung wegen oft pflugloser Bestellung nach Raps.

○ **Wurzelhals- und Stengelfäule** (*Phoma lingam* Desm.)

△ Nach Möglichkeit resistente Sorten nach Empfehlung der zuständigen Beratungsstelle anbauen. Bekämpfung schwierig, da etliche Befallsschübe. Zugelassen ist *Tebuconazol* im Herbst und Frühjahr mit je 1,5 l/ha.

☐ Juni bis Juli - Meist kurz vor der Ernte schwarze Flecke an Stengel und Schoten, diese schrumpfen, platzen vorzeitig, die Samen fallen heraus.

○ **Rapsschwärze** (*Alternaria brassicae* Sacc.)

△ Anbau platzfester Sorten. Spritzungen mit Fungiziden (*Tebuconazol* oder *Iprodion*) sind gegen Rapsschwärze wirksam, im Feldbau oft unwirtschaftlich. Bei starkem Auftreten vorzeitige Ernte.

☐ Pflanzen notreif, vom Stengelgrund ausgehend graue Verfärbung des Stengels, unter der Oberhaut Mikrosklerotien, Stengel geschrumpft, aber im Gegensatz zu Rapskrebs nicht hohl. Auch Wurzeln grau verfärbt, mit Mikrosklerotien.

○ **Verticillium-Stengelfäule** (*Verticillium dabliae* Kleb.)

△ Weitgestellte Fruchtfolge. Unterschiede in der Sortenanfälligkeit machen Resistenzzüchtung erwägenswert.

☐ Aug. bis Mai - An Aussaaten Blätter siebartig durchlöchert, an jungen Pflanzen Blattstiele mit Löchern und vernarbten Fraßstellen, im Stengelinnern kleine Larven. Im Frühjahr Kränkeln der Pflanzen, in den unteren Stengelteilen fressen nun größere, 5-7 mm lange weißliche, schwarzbraun-köpfige Larven. Später brechen Pflanzen um. Auch an Rübsen auftretend.

○ **Rapserdfloh** (*Psylliodes chrysocephala* L.) und andere Erdfloharten

△ Behandlung des Winterraps-Saatgutes mit dem Saatgutbehandlungsmittel gegen Auflaufkrankheiten und Erdflöhe *Isophenphos + Thiram*. Wirkung zeitlich begrenzt. Winterrapsschläge sind bei schwächerem Befall durch wuchsfördernde Maßnahmen zu kräftigen. Kopfdüngung. Ermittlung der Flugaktivität durch Gelbschalenaufstellung möglich. Spätherbst und Frühjahr Pflanzen (Blattstiel) auf Larvenbesatz untersuchen. Sobald Schadensschwelle (im Herbst 3 Larven, im Frühjahr 4-5 Larven je Pflanze) überschritten oder mit Hilfe von Prognosemodellen z.B. nach PRO_PLANT, Spritzung mit Mitteln gegen Erdflöhe wie *Parathion* oder *Pyrethroiden*, im Bedarfsfall wiederholen (Warndienst!).

☐ März bis Mai - Blütenknospen von kleinen, schwarzen Käfern zerfressen, werden braun oder fallen ab. Geringer oder kein Schotenansatz. Käfer oft massenhaft, auch in offenen Blüten von Unkräutern, Sträuchern und Bäumen.

○ **Rapsglanzkäfer** (*Meligethes aeneus* Fabr.)

△ Raps nur im Knospenstadium gefährdet, in offener Blüte schadet der Käfer nicht mehr. Schadensschwelle: sehr früh (kleine Knospe) 1-2, früh (ca. 14 Tage vor der Blüte) 4, spät (kurz vor der Blüte) 6 Käfer je Pflanze bei Winterraps am Feldrand, aber 2 Käfer bei Sommerraps (Kontrolle bei Sonnenschein!).

Nach Überschreiten der Schadensschwelle vor der Blüte Sprühen oder Spritzen mit Mitteln gegen Rapsglanzkäfer (siehe "Pflanzenschutzmittelübersicht - Insektizide im Ackerbau/Raps") aufgrund Warnmeldung der Pflanzenschutzdienststellen. **Niemals mit bienengefährlichen Präparaten in die offene Blüte sprühen oder spritzen.**

Sobald einzelne Pflanzen blühen (auch Unkräuter), nur nach dem täglichen Bienenflug bis 23⁰⁰ Uhr verschiedene *Pyrethroide* anwenden. Futterraps und Futterrüben nicht mit Pflanzenschutzmitteln behandeln.

Für Kruziferensamenschläge Sondermaßnahmen mit Pflanzenschutzdienststelle besprechen. Siehe "Pflanzenschutzmittelübersicht - Insektizide im Ackerbau/Raps".

☐ April bis Juni - Wuchsstockungen und Krümmungen an Stengeln, später Auftreibungen, die zuweilen platzen. Im Innern der Stengel Käferlarven. Auch an Kohlarten, an Kohlsamenträgern sogar oft sehr schädlich.

○ **Rapsstengelrüßler, Kohltriebrüßler** (*Ceuthorrhynchus napi* Gyll. und *C. quadridens* Panz.)

△ Optimale Düngung und beste Kulturbedingungen. Schaden vor allem bei schlechtem Wuchswetter. Bewährt hat sich, aber **nur vor der Blüte, (Warndienst!)** Anwendung von *Cypermethrin* oder *lambda-Cyhalothrin*. Näheres Warn- und Informationsdienst der Pflanzenschutzdienststellen. Meist erste Behandlung Ende März/Anfang April, zweite zwei Wochen später notwendig. Prognose durch Aufstellen von Gelbschalen möglich. Schadensschwelle für Rapsstengelrüßler 2-3 Käfer/Gelbschale (1 Käfer/40 Pflanzen), für Kohltriebrüßler 5-7 Käfer/Gelbschale. Schwellen unsicher, da keine Prognose der tatsächlichen Eiablage. Nutzung von Prognosemodellen wie PRO_PLANT hilfreich.

☐ Mai bis Juni - Schoten vorzeitig vergilbend, etwas aufgetrieben, Samen durch Käferlarven zerfressen. An Trieben und Schoten kleine Rüsselkäfer, die sich bei Berührung sofort fallen lassen. Zuflug besonders bei Temperaturen um 20 °C und Sonnenschein (Mittagsstunden).

○ **Kohlschotenrüßler** (*Ceuthorrhynchus assimilis* Payk.)

△ Bei sehr frühem Zuflug der Käfer, wie er bei Temperaturen über 20 °C einsetzt und schon zeitig zu Befall führt, sobald sich im Durchschnitt 1 Käfer auf 1-2 Pflanzen befindet (Prognose, Warndienst!), Behandlung mit Mitteln gegen Kohlschotenrüßler bereits vor der Blüte (Präparate siehe "Pflanzenschutzmittelübersicht - Insektizide im Ackerbau/Raps"), im Normalfall aber erst während der Blüte, dann nur noch bienenungefährliche Präparate bei möglichst warmem Wetter anwenden. Gegebenenfalls 2- bis 3malige Behandlung notwendig (Warndienst!). Siehe auch "Rapsglanzkäfer".

Für Kohlsamenbestände Sondermaßnahmen mit zuständigem Pflanzenschutzberater besprechen und Imker benachrichtigen.

In Rapsschlägen Prognose durch Aufstellen von Gelbschalen oder Kescherfänge möglich. Gegebenenfalls nur Randbehandlungen durchführen, die oft ausreichen. Bekämpfungsaktionen unter Einsatz von Großgeräten, Flugzeugen oder Hubschraubern vorher mit Pflanzenschutzdienststelle besprechen. - Eventuell ist für regelmäßig stark befallene Anbaugebiete nach jeweils 2-3 Jahren der Ersatz von Winterraps durch Sommerraps zu erwägen.

☐ Mai bis Juni - vor allem in den vom Kohlschotenrüßler oder durch andere Ursachen geschädigten Schoten zahlreiche, kleine Maden, welche an den Samen saugen. Letztere verkrüppeln. Schoten öffnen sich vorzeitig.

○ **Kohlschotenmücke** (*Dasyneura brassicae* Winn.)

△ Spritzen oder Sprühen mit *Phosalon* (Präparate siehe "Pflanzenschutzmittelübersicht - Insektizide im Ackerbau/Raps") aufgrund Warnmeldung der Pflanzenschutzdienststelle. Bei Flächen über 3 ha genügt ab Blüte Behandlung der Feldränder, bei kleineren Schlägen eine Aktion zu Beginn der Vollblüte und bei starkem Zuflug eine weitere 8 Tage später. Warndienst der zuständigen Pflanzenschutzdienststelle während der kritischen Zeit besonders sorgfältig beachten. Kritische Befallszahl (Schadensschwelle): Ab Blühbeginn bis zur Vollblüte 1 Kohlschotenmücke auf 3-4 Pflanzen, Zählung vormittags bei Temperaturen über 15 °C und Windstille. Siehe auch die unter "Kohlschotenrüßler" angegebenen Anweisungen zur Bekämpfung.

☐ An der Unterseite der Blätter graugrüne, mehlig bepuderte Blattläuse, auch an Trieben und Blütenständen von Samenträgern. Stärkerer Befall vor allem bei Trockenheit, auch an Steckrübe und Markstammkohl. Überwinterung als Ei an Wildkruziferen und Strünken von Kohlgewächsen.

○ **Mehlige Kohlblattlaus** (*Brevicoryne brassicae* L.).

△ Spritzen oder besser Sprühen mit Mitteln gegen saugende Insekten oder Mitteln gegen Blattläuse, möglichst mit Netzmittelzusatz, aber zu Raps im allgemeinen nicht wirtschaftlich, daher nur nach Aufforderung durch den Warndienst der zuständigen Pflanzenschutzdienststelle.

☐ Mai bis Juli - Plötzlicher starker Fraß durch meist in Massen auftretende schwarzgrüne, raupenartige, bis etwa 20 mm lange Larven. Auch an Senf, Stoppel- und Kohlrüben. Sommerraps wird bevorzugt befallen.

○ **Kohlrübenblattwespe** (*Athalia colibri* Christ.)

△ Sofortiges, sehr sorgfältiges, intensives Spritzen mit Insektiziden gegen beißende Insekten (Präparate siehe "Pflanzenschutzmittelübersicht - Insektizide im Ackerbau/Raps"), aber niemals in die Blüte! Verordnung über bienenunschädliche Pflanzenschutzmittel beachten.

2.1.4.6   Senf

An Senf kommen mehrere Schädlinge und Krankheiten vor, die unter Raps, Kohlrübe und Kohlarten an den entsprechenden Stellen besprochen sind.

☐ Mai bis Juli - Plötzlicher starker Fraß durch meist in Massen auftretende schwarzgrüne, raupenartige, bis etwa 20 mm lange Larven. Auch an Raps, Stoppel- und Kohlrüben oft noch spät im Sommer oder Herbst massenhaft.

○ **Kohlrübenblattwespe** (*Athalia colibri* Christ.)

△ Bekämpfung mit *Parathion*.

☐ Herbst - An Weißem Senf (Stoppelfruchtanbau) vorwiegend blattunterseits zahlreiche weiße, leicht vorgewölbte Flecken verschiedener Größe, blattoberseits gelb erscheinend. Auf unteren, infolge Lichtmangels vergilbenden Blättern bleiben Blattpartien mit Sporenlagern oberseits inselartig grün. Bei starkem Befall gallenartige Deformationen der Blätter durch blasenförmige Auftreibungen, vor allem bei feuchtem Herbstwetter. Sekundär häufig Falscher Mehltau, auch an Stielen und Stengeln.

○ **Weißer Rost** (*Albugo candida* Kuntze)

△ Bekämpfung ist zu Senf meist nicht lohnend. Bei sehr starkem Auftreten Pflanzenschutzdienststelle befragen.

2.1.4.7   Sonnenblumen

Zur Vermeidung von Auflaufschäden ist die Beizung des Saatgutes mit einem *Thiram*-(*TMTD*)-haltigen Spezialmittel ratsam.

☐ Auflauf bis Ernte - Faulstellen mit Pilzrasen am Stengel, Sklerotien (Fruchtkörper) im Stengelinnern, Pflanzen brechen bei starkem Befall um.

O **Sclerotinia-Befall** (*Sclerotinia sclerotiorum* [Lib.] de Bary)

Δ Weitgestellte Fruchtfolge. Reduzierung des Befalls durch Einsatz von Kalkstickstoff in gekörnter Form etwa 4 Wochen vor Beginn der Blüte (300 kg/ha).

☐ August bis Ernte - Blütenkörbe verfaulen. Reichliche Niederschläge nach der Blüte begünstigen die Krankheit.

O **Grauschimmel** (*Botrytis cinerea* Pers.)

Δ Bekämpfung schwierig, z. Z. keine Mittel zugelassen.

2.1.4.8   Tabak

Der Amtliche Pflanzenschutzdienst der Länder Baden-Württemberg, Brandenburg, Rheinland-Pfalz und Sachsen-Anhalt gibt in jedem Jahr ein besonderes Merkblatt über "Pflanzenschutzmaßnahmen im Tabakbau" heraus, das sich jeder Tabakanbauer beschaffen sollte!

Unerläßliche Standardmaßnahmen bei der Anzucht von Tabak sind:

Das gesunde, geprüfte, von Tabakanbauverbänden zu beziehende Saatgut nur in einer Menge von 1,0 g auf 8 m² aussäen, um einen zu dichten, Pilzkrankheiten fördernden Stand der Sämlinge zu vermeiden. Aussaat in Frühbeetkästen oder Folienhäusern (Folienschuppen), nicht aber unter nicht begehbaren Folientunnels oder Flachfolien. Vor der Aussaat nach vorheriger Entfernung des vorjährigen Anzuchtsubstrates einschließlich der alten Wärmepackung Anzuchtkästen einschließlich Kastenumrandungen, Fenster und Schattierungsmaterialien mit *M&ENNO-TER-forte* (1 %; 3 l Behandlungsflüssigkeit je m²) oder *Dimanin Spezial* desinfizieren. Auch Folienhäuser entsprechend von Anzuchtsubstrat des Vorjahres sowie von Tabakresten säubern und Boden, Folie und Konstruktionsteile gründlich abspritzen, praktisch abwaschen. Näheres über die bewährteste Entseuchungstechnik durch Pflanzenschutzdienststelle oder Tabakanbauverbände.

In Anzuchtkästen und Folienhäusern auf frische Wärmepackung erst eine Schicht von 3 cm Sand, dann 7-10 cm neue keimfreie Anzuchterde (Markenerde) bringen. Sämlinge nicht zu oft und erst nach Abtrocknen, aber dann (noch am Morgen) besonders gründlich gießen, tagsüber durch Lüften für schnelles Abtrocknen sorgen (erst bei Temperaturen unter 10 °C schließen) und Taubildung durch abends aufgelegte Strohmatten oder anderes Abdeckmaterial verhindern. Gegen Schnecken ein von der amtlichen Beratung empfohlenes Präparat einsetzen.

Vorbeugend gegen frühen Blauschimmelbefall sowie andere Pilzkrankheiten alle Sämlinge, auch die gegen Blauschimmel resistenten Sorten, sobald die Blättchen etwa pfenniggroß sind, sorgfältig mit *Mancozeb + Metalaxyl* behandeln oder zweimal wöchentlich mit *Propineb* oder einem *Maneb*-Präparat nach Vorschrift spritzen. Vor dem Auspflanzen die jungen Pflanzen nochmals stäuben und spritzen und sorgfältig kon-

trollieren. Sollte Blauschimmelbefall auftreten, sofort die zuständige Pflanzenschutz-dienststelle oder Ortspolizeibehörde benachrichtigen, da das Auftreten von Blauschimmel meldepflichtig ist. Nicht verwendete Jungpflanzen umgehend entfernen und vernichten.

□ G. Veg. - Mosaikartige Hell-Dunkelfleckung der Blätter, blasiges Aufwerfen, Ertragsrück-gänge, außerdem zuweilen auch Schädigung des Aromas.
  O **Tabakmosaik** (*Nicotiana-Virus 1*)
  Δ Die kranken Pflanzen ohne Berührung der gesunden möglichst frühzeitig entfernen. Sorgfältige Saatbett- und Feldhygiene.

□ Braune, lange Streifen an den Stengeln, Stielen und Blattrippen. Die Blätter wellen sich, werden kraus, schrumpfen, Pflanzenwuchs stark gehemmt.
  O **Mauche** (*Nicotiana-Virus 5*)
  Δ Desinfektion der beim Geizen verwendeten Messer durch Eintauchen in eine von der zuständigen Pflanzenschutzdienststelle empfohlene Desinfektionsflüssigkeit. Als krank erkannte Pflanzen vorsichtig entfernen.

□ G. Veg. - Bräunung und Nekrotisierung der Blattrippen und -adern. Gesamtes Adernnetz wird braun. Wellige Blätter.
  O **Tabakrippenbräune** (*Kartoffel-Y-Virus*)
  Δ Tabak nicht in der Nähe von Kartoffel- und Tomatenfeldern anbauen. Anbau widerstandsfähiger Sorten.

□ G. Veg. - Ringförmige oder zickzackförmige Bandmuster auf den Blättern.
  O **Ringfleckenmosaik** (*Nicotiana-Virus 12*)
  Δ Gegenmaßnahmen nur nach spezieller Anweisung des Pflanzenschutzdienstes.

□ G. Veg. - Runde, gelb umzonte, dunkelbraune Blattflecke, die sich schnell ausbreiten.
  O **Wildfeuer** (*Pseudomonas syringae pv. tabaci* [Wolf and Foster] Young et al.)
  Δ Die einleitend zum Abschnitt siehe "Tabak" genannten Standardmaßnahmen bei der Anzucht durchführen.

□ Juni/Juli - Blätter rollen sich vom Rande her leicht nach unten ein, blattoberseits gelbliche Flecke, später unterseits blaugraue Schimmelrasen.
  O **Blauschimmelkrankheit** (*Peronospora tabacina* Adam)
  Δ Tabakbestände einschließlich der als blauschimmelresistent geltenden Sorten sorgfältig kontrollieren und vorbeugend wöchentlich (bei regnerischem Wetter zweimal wöchentlich) mit zugelassenen Mitteln (siehe "Pflanzenschutzmittelübersicht - Fungizide im Ackerbau/Sonstige") spritzen.
  Warndienst sorgfältig beachten! Die Spritzung mit mindestens 300 l/ha (bis 50 cm Pflanzenhöhe), 600 l/ha (bis 75 cm), bis 900 l/ha (über 75 cm) Wasseraufwand.
  Wenn Blauschimmel auftritt, sofort zuständige Pflanzenschutzdienststelle oder Ortspolizeibehörde benachrichtigen.

□ April bis Mai - Keimlinge faulen, Wurzeln sind schwarz oder verrottet.

O **Pilzliche Keimlingskrankheiten**, **Beetfeuer**, **Wurzelbrand**
Δ Die einleitend zum Abschnitt siehe "Tabak" genannten Standardmaßnahmen bei der Anzucht durchführen.

☐ Juni bis Aug. - Pflanzen welken, sterben ab. Manchmal Stammgrund verfärbt oder mit Pilzbelag, dann sind im Stengel schwarze Sklerotien. Wäßrige, weiche, braune Stellen am Stengel.
O **Welkekrankheit** (*Sclerotinia* und andere Pilze)
Δ Die einleitend zum Abschnitt siehe "Tabak" genannten Standardmaßnahmen durchführen. Frühzeitiges Verbrennen kranker Pflanzen. Fruchtfolge weiter stellen. Ernterückstände verbrennen oder sonst vernichten.

☐ Mai bis Ernte - Mehlartiger, erst weißer, später dunklerer, abwischbarer Belag auf Blättern, diese vergilben, werden allmählich rissig. Pflanzen verkümmern, vor allem bei sehr frühem Befall.
O **Echter Mehltau** (*Erysiphe cichoriacearum* D. C.)
Δ Feuchte Lagen vermeiden und stets für lockeren Stand der Tabakpflanzen sorgen. Näheres Pflanzenschutzdienst.

☐ Juni bis Aug. - Nesterweise treten am Stengelgrund gelbliche, meist blasige Gallen, die sich später dunkel verfärben. Stengelgewebe vermorscht, oben am Stengel dunkelbraune Streifen. Blätter sind gekräuselt und haben durch die Blattadern begrenzte, gelbgrüne Flecken. Pflanzen kümmern, vergilben, brechen bei stärkerer Berührung oder bei Windbewegung leicht um.
O **Nematoden, Umfallkrankheit** (*Ditylenchus dipsaci* Filipjev)
Δ Die einleitend zum Abschnitt siehe "Tabak" genannten Standardmaßnahmen bei der Anzucht durchführen. Fruchtfolge von 6 Jahren einhalten. Beratung durch zuständige Pflanzenschutzdienststelle anfordern.

Sonnenbrand und **Mangelkrankheiten**, vor allem **Bormangel**, bei Tabak oft von Bedeutung.

Blasenfüße und **Blattläuse** verursachen Qualitäts- und Ertragsschäden. Gegen Blattläuse am Tabak sind *Oxydemeton-methyl* und *Pirimicarb* ausgewiesen. Wassermenge je nach Bestandeshöhe unterschiedlich.
Vor Anwendung Beratung durch Pflanzenschutzdienst anfordern! Warndienst beachten!

Drahtwürmer, Engerlinge, Erdraupen oder andere **Bodenschädlinge** möglichst in anderen Fruchtfolgekulturen bekämpfen, spätestens in der letzten vor Tabakanbau. Mögliche Bekämpfung von **Drahtwürmern** vor der Pflanzung und von **Asseln** und **Springschwänzen** im Anzuchtbeet bei Pflanzenschutzdienst erfragen.

Gegen **Schnecken** Randbehandlung bedrohter Felder mit *Metaldehyd*-, *Thiodicarb*- oder *Methiocarb*-haltigen Schneckenködern ("*Schneckenkorn*") vornehmen. Vor Anwendung Beratung durch Pflanzenschutzdienst. Befallskontrollen durchführen!

2.1.5   Futterpflanzen

2.1.5.1   Ackerbohne

Zur Vermeidung pilzlicher Wurzelfäulen Beizung mit *Metiram* oder *Thiram* oder *Metalaxyl + Thiabendazol*.

☐ Auf beiden Blattseiten spritzerartig verteilte, den Infektionen durch Pilzsporen entsprechende braune Flecke von wenigen Millimetern Durchmesser mit hellerem, meist eingetrockneten Zentrum und rötlichem oder grünlichgrauem Rand. Weniger charakteristische Flecke auch auf Stengeln und Hülsen. Samen zuweilen mit rotbraunen Verfärbungen. Bei extremem Befall können die Flecken ineinander übergehen, dann sterben die Blätter oder sogar ganze Pflanzen ab. Vor allem in feuchten, windgeschützten Lagen bei dichtem Stand.

   ○ **Schokoladenfleckenkrankheit** (*Botrytis fabae* Sard. oder *Botrytis cinerea* Pers.)

   Δ Frühsaat. Anbau nur auf gut entwässerten Böden in windoffenen Lagen. Senkung der Feuchtigkeit durch weiten Pflanzenabstand sowie sorgfältige Unkrautbekämpfung. Spritzungen mit *Dichlofluanid* oder Kupferpräparaten, sowie *Dithiocarbamaten* (z. B. *Mancozeb*) oder anderen organischen Fungiziden sind wirksam, sollten aber unter Berücksichtigung des jeweiligen Standes der amtlichen Zulassung nur nach Beratung durch den zuständigen Pflanzenschutzdienst erfolgen, zumal sie sich im Feldbestand meist nicht lohnen.

☐ Grau-grüne Flecke auf den jüngeren Blättern, die langsam größer werden und sich schließlich braun-rot verfärben, besonders bei feucht-kühler Witterung.

   ○ **Falscher Mehltau** (*Peronospora viciae*)

   Δ In der Regel nicht von wirtschaftlicher Bedeutung, keine Mittel zugelassen.

☐ Rot-braune Sporenlager auf den Blättern.

   ○ **Bohnenrost** (*Uromyces fabae*)

   Δ In der Regel erst spät auftretend, keine zugelassenen Mittel, wirksam ist z.B. *Tebuconazol*.

Ackerbohnen werden oft stark von der **Schwarzen Bohnenblattlaus** befallen. Die Besiedlung beginnt am Feldrand. Zur Bekämpfung sind systemische Insektizide wie *Oxydemetonmethyl* am wirksamsten. Sie müssen aber bereits vor der Blüte bei beginnender Kolonienbildung angewandt werden, wobei in den meisten Fällen eine Behandlung der Feldränder ausreichend ist. Nach Blühbeginn bienenungefährliche Präparate, z. B. *Pirimicarb* einsetzen.

Praktische Bedeutung haben von weiteren Schädlingen an Ackerbohnen nur der Blattrandkäfer (Bekämpfung mit Insektiziden, die gegen beißende Insekten wirksam sind) und der zu den Samenkäfern gehörige Pferdebohnenkäfer (Bekämpfung siehe "Samenkäfer" unter dem Abschnitt "Vorräte").

2.1.5.2   Feld-(Eiweiß-)Erbsen

Wichtige Maßnahme: Saatgut mit Saatgutbehandlungsmitteln gegen Auflaufkrankheiten mit *Metiram* oder *Thiram* beizen.

☐ Blühbeginn bis Ernte - Stengel und Hülsen eingesunkene Flecken mit grauem Pilzrasen.
  ○ **Grauschimmel** (*Botrytis cinerea* Pers.)
  Δ Bekämpfung, nur bei Frühbefall und naßkalter Witterung mit *Dichlofluanid, Iprodion* oder *Procymidon* notwendig.

☐ Mai bis Juni - Vergilben der Pflanzen, Verbräunungen im Wurzelbereich
  ○ **Pilzliche Wurzelfäulen** (verschiedene Erreger)
  Δ Weitgestellte Fruchtfolge (Anbau nur alle 6 Jahre), geeigneter Standort und Beizung (Teilwirkung).

☐ Ende Mai bis Juli - Honigtau auf den Blättern, Blütenansatz stark vermindert. Versteckt lebende Blattläuse.
  ○ **Grüne oder Rote Erbsenlaus** (*Acyrthosiphon pisum* [Harr.])
  Δ Zusammengefaltete Triebspitzen auf versteckt sitzende Blattläuse kontrollieren. Bei stärkerem Auftreten Bekämpfung mit *Oxydemeton-methyl* oder *Pirimicarb*.

Weiterhin treten verschiedene Blattflecken sowie Falscher und Echter Mehltau auf. Hinweise zur Bekämpfung, die sich weitgehend auf Saatgutwahl und Beizung beschränken, finden sie im Teil Gemüsebau. Das gilt auch für die Bekämpfung tierischer Schadorganismen, von denen neben den Blattläusen noch Blattrandkäfer, Erbsenwickler und Erbsenkäfer von Bedeutung sein können.

2.1.5.3   Herbst-, Stoppelrüben

Stoppelrübensaaten lassen sich gegen Auflaufkrankheiten, Erdflöhe und in gewissem Umfang auch gegen Kohlfliege schützen, wenn vor der Aussaat eine vorbeugende Behandlung mit einem Mittel gegen Auflaufkrankheiten und Erdflöhe wie *Isophenphos + Thiram* erfolgt.

☐ Aug. bis Okt. - Raupenähnliche, graugrüne, später oberseits schwarze Larven fressen, meist in Massen, gierig an Blättern. Auch an Raps, Rübsen, Senf und anderen Kreuzblütlern. In mehreren Generationen auftretend.
  ○ **Kohlrübenblattwespe** (*Athalia colibri* Christ.)
  Δ Sofortige Spritzung mit einem *Parathion*-Präparat. Wirkung auch gegen Blattläuse und Erdflöhe. In Samenbeständen Sondermaßnahmen möglich, diese vorher bei Pflanzenschutzdienststelle besprechen.

☐ August bis Okt. - Lochfraß an Blättern durch kleine, blauschwarze, metallisch glänzende oder gelbgestreifte Käfer. Auch an Kohl, Raps, Rübsen, Senf und anderen Kreuzblütlern, vor allem bei Trockenheit.
  ○ **Erdflöhe** (*Phyllotreta*-Arten)
  Δ Saatgut mit einem zugelassenen Saatgutbehandlungsmittel gegen Auflaufkrankheiten und Erdflöhe (*Isophenphos + Thiram)* behandeln oder beim Auftreten spezielle Spritzmittel gegen beißende Insekten anwenden. Anwendungsvorschriften beachten, auch bezüglich Nachbau, besonders von Gemüse.

Gegen **Blattläuse an blühenden Samenträgern** nur *Pirimicarb* (*Pirimor-Granulat zum Auflösen in Wasser* bzw. *Blattlausfrei Pirimor G)* empfehlenswert.

2.1.5.4   Klee

Leguminosenbeizmittel gegen Auflaufkrankheiten siehe "Pflanzenschutzmittelübersicht". Als Wirkstoff kommt *Thiram* **in Frage.**

☐ G. Veg. - Jungpflanzen welken, sterben ab, ältere kümmern. Wurzeln erst mit braunen Flecken, später braun, schließlich zonenweise absterbend.
  O **Wurzelbräune** (*Thielavia basicola* Zopf.)
  Δ Anbau von Klee einschränken, dafür Getreide, Hackfrüchte, Raps. Weniger anfällig sind Gelbklee, Luzerne, Esparsette, Erbsen und Wicken.

☐ Mai - Nesterweise Fehlstellen, am Rande derselben braun werdende oder abgestorbene Pflanzen mit am Boden liegenden Blättern, auf diesen erst weißliche, später meist aschgraue Überzüge. Wurzelhals mit blauschwarzen, bis 1 cm großen, rundlichen Gebilden (*Sklerotien*), die innen weißgrau sind. Weiß- und Schwedenklee sowie Luzerne wenig anfällig.
  O **Kleekrebs** (*Sclerotinia trifoliorum* Erikss.)
  Δ Weite, auf mindestens 4 Jahre gestellte Fruchtfolge. Einsatz von *Vinclozolin*-haltigen Präparaten im Spätherbst nach der letzten Nutzung, 1 kg/ha. Ersatz des stark anfälligen Rot- und Inkarnatklees durch Schwedenklee, Weißklee und Luzerne. Klee-Einsaat in Wintergetreide bevorzugen. Rechtzeitige Mahd. Kurzhalten im Herbst durch Schnitt oder Beweiden. Bodenbefestigung durch Walzen oder Beweiden mit Schafen, auch fast satten Rindern. Bei starkem Befall tiefes Umpflügen nach erstem Schnitt. Nachbau von Senf oder Futtergemenge (Kleegrasgemische aus Rot-, Schweden- und Weißklee sowie Weidel-, Lieschgras und Wiesenschwingel). Bei schwachem Befall in Fehlstellen Gräser-(Welsches Weidelgras) oder Senf-Einsaaten. Wichtig ist gute Versorgung mit Kalk und Phosphorsäure.

☐ Sommer - Die Kleeblätter sind mit Überzügen, Pusteln oder Flecken bedeckt.
  O **Mehltau**, **Rost**, **Klappenschorf**
  Δ Bei starkem Befall vorzeitiger Schnitt, Vorsicht beim Verfüttern extrem befallener Pflanzen, zweckmäßig vorher Wirtschaftsberatungs- oder Pflanzenschutzdienststelle befragen.

☐ Mai bis Juni - Schlechter Stand. Vor allem am Stengel, aber auch an Blättern braune, dunkel umrandete, eingesunkene Brennflecke. Absterben der Pflanzen oberhalb der Befallsstelle, vor allem im zweiten Schnitt.
  O **Stengelbrenner** (*Gloeosporium caulivorum* Kirch.)
  Δ Weitgestellte Fruchtfolge, Ersatz von Rot- und Inkarnatklee durch Schwedenklee, Weißklee, Luzerne. Bei beginnendem Befall sofortiges Abmähen, Verfüttern. Standortgemäß mit Kali und Phosphorsäure düngen.

☐ G. Veg. - Rot- und Weißklee (seltener auch Luzerne) von rötlichgelben, wirr verschlungenen fadenartigen Trieben einer parasitischen Pflanze überwuchert.

O **Kleeseide** (*Cuscuta trifolii* Bab. et Gibs.)

△ Befallsnester der Seide noch vor der Blüte, also im Mai/Juni, bei warmem Wetter mit 15 bis 18%iger Eisenvitriol-Lösung spritzen. Seide und Klee werden verbrannt, letzterer schlägt wieder aus, andernfalls tiefes Umgraben und Einsaat von Welschem Weidelgras. Anerkanntes Saatgut darf keine Seidensamen enthalten. Vorsicht bei ausländischen Herkünften. Weitgestellte Fruchtfolge. In Kleewiesen Seidennester mehrmals abmähen.

☐ Mai bis Aug. - Zwischen Rot-, Weiß- und Hybridenklee in Pflanzennähe 30-50 cm hohe, schuppige, spargeltriebähnliche hell rötlichgelbe Pflanzen, die im Juni bis Juli gelblich rotviolett blühen. Befallene Kleepflanzen kümmern stark.

O **Kleeteufel, Kleewürger** (*Orobanche minor* Sutt.)

△ Bei Einzelbefall Ausstechen der Schmarotzer vor der Samenbildung, bei starkem Befall Umbruch. Für 6-8 Jahre kein Nachbau von Klee. Niemals Saatgut von befallenen Feldern, Vorsicht bei ausländischen Saatgutherkünften. Sorgfältige Saatgutreinigung und Saatgutuntersuchung besonders wichtig.

☐ G. Veg. - Die Erträge lassen allmählich nach, der Bestand geht von Jahr zu Jahr zurück.

O **Kleemüdigkeit**

△ Kann beruhen auf Befall durch Kleekrebs, Stockälchen oder auf Mangel an Mikronährstoffen. Kleemüdigkeit ist meist Zeichen für Fruchtfolgefehler.

☐ G. Veg. - Pflanzen nesterweise fehlend oder kümmernd, schließlich absterbend. Randpflanzen an den Fehlstellen zeigen starke Bestockung, jedoch schlechtes Schossen der Triebe, diese am Grunde zwiebelartig verdickt, Blätter klein, gewellt. vor allem an Rotklee als "Stockkrankheit" auftretend, besonders auf besseren, lehmdurchsetzten Böden verbreitet.

O **Klee- oder Stockälchen, Stockkrankheit** (*Ditylenchus dipsaci* Filipjew)

△ Weitgestellte Fruchtfolge, Klee nur alle 8-9 Jahre. Häufige Bodenbearbeitung. Verhütung der Verschleppung mit Ackergeräten, Abfall. Saatgut sorgfältig reinigen. Widerstandsfähige Rotkleesorten nur schwach angegriffenen Weißklee, Schwedenklee, Inkarnatklee, nicht befallen Alexandrinerklee, Luzerne bevorzugen. Falls Verkürzung der Wartezeit in der Fruchtfolge erwünscht, statt Rotklee besser Kleegrasgemenge (Schweden- und Weißklee, Weidelgras, Timothegras = Lieschgras) anbauen.

☐ Mai bis August - vorzeitiges Abblühen. 3-4 mm lange, spitzköpfige Rüsselkäfer fressen an Blüten und Fruchtanlage. Nach Samenansatz schädigen Larven und später Jungkäfer. Oft erhebliche Samenverluste.

O **Kleespitzmäuschen** (*Apion*-Arten)

△ Anwendung von Insektiziden lediglich bei Massenbefall auf Saatgutvermehrungsflächen verantwortbar, aber nur nach Beratung durch Pflanzenschutzdienststelle. Vom Beginn der Blüte an sind nur bienenungefährliche Präparate zulässig.

☐ März bis September - Rüsselkäfer verschiedener Arten fressen an den Blättern.

O **Rüsselkäfer, Blattrandkäfer** (*Otiorrhynchus-*, *Sitona-*, *Phytonomus-*Arten)

△ Bekämpfung wie "Kleespitzmäuschen ", siehe oben. Bienenschutzverordnung beachten!

2.1.5.5   Lupine

Gegen Auflaufkrankheiten schützt Behandlung des Saatgutes mit Leguminosenbeizmitteln auf der Basis von *Thiram*.

☐ Juni bis August - Braune Streifen an Stengeln, diese später brüchig. Stengelgewebe glasig. Pflanze wird braun, stirbt ab. Triebspitzen hakig nach unten gebogen. Hülsen senken sich und vertrocknen meist bald darauf.
  ○ **Lupinenbräune** (*Virose*)
  △ Eine direkte Bekämpfung ist nicht möglich. Frühsaaten sind meist weniger gefährdet.

☐ Mai bis Juni - Jungpflanzen fallen um, Wurzelhals und Wurzeln dunkel verfärbt, zuweilen auch Welkeerscheinungen oder sogar Abfallen der Blätter.
  ○ **Fuß- und Welkekrankheiten, Wurzelbräune** (Verschiedene Pilzarten)
  △ Die direkte Bekämpfung ist unmöglich, daher möglichst die Fruchtfolge weiter stellen.

☐ G. Veg. - An den Hülsen sowie an Blättern und Stengeln kastanienbraune oder dunklere, mehr oder weniger eingesunkene, verschieden große, konzentrisch gezonte Flecke. Samen braunfleckig. Pflanze stirbt unter langsamem Blattabfall vorzeitig ab, vor allem bei kühler, nasser Witterung. Weiße Lupine ist gegen den Befall besonders anfällig.
  ○ **Braunfleckenkrankheit** (*Pleiochaeta setosa* Hugh.)
  △ Verwendung von gesundem, mit einem Leguminosenbeizmittel gebeizten Saatgut. Bekämpfung unmöglich, daher frühzeitige Ernte. Bei stärkerem Auftreten Fruchtwechsel.

☐ Juni bis Aug. - Fiederblättchen fallen ab, auf ihnen winzige Flecke. Stiele bleiben stehen. Nur an blauer Lupine, hier aber oft verheerend.
  ○ **Blattschütte** (*Macrosporium sarcinaeforme* Cav.)
  △ Angeblich sind beachtliche Teilerfolge durch Frühsaat und Kalkgaben möglich.

☐ Sommer, Herbst - Blätter und Triebe mit weißem, mehlartigem Überzug von Pilzmyzel, darin später dunkle Punkte (Fruchtkörper des Pilzes). Vor allem bei Spätsaaten und im Zwischenfruchtbau von Bedeutung.
  ○ **Echter Mehltau** (*Erysiphe martii* Lév. u. a.)
  △ Möglichst frühe Aussaat. Chemische Maßnahmen sind bei Lupinen nicht angebracht.

☐ G. Veg. - Blätter durch graubraune Rüsselkäfer bogig oder zackenförmig befressen. An den Bakterienknöllchen und jungen Wurzeln nagen gelblich-weiße Larven. Schäden vor allem an Jungpflanzen möglich.
  ○ **Blattrandkäfer** (*Sitona griseus* Fabr., S. *gressorius* Fabr.)
  △ Nur bei Massenauftreten und nur auf Anraten der Pflanzenschutzdienststelle Anwendung von Insektiziden nach Beobachtung der ersten Fraßschäden durch Käfer.

☐ Mai bis Juni - Keimpflanzen mit schwarzen Stellen, sie welken und sterben ab. In Keimblättern, Stengeln und Wurzeln weißliche Fliegenmaden.
  ○ **Lupinenfliege** (*Phorbia florilega* Zett.)
  △ In Gebieten mit regelmäßigem Befall zeitige Aussaat früher Sorten, zusätzlich ist Saatgutbehandlung mit Saatgutinkrustierungsmitteln lohnend. Näheres Pflanzenschutzdienst.

☐ Sommer - Im Stengel der Lupinenpflanzen bohren kleine Fliegenmaden.
　O **Lupinenstengelfliege** (*Phytomyza atricornis* Meig.)
　Δ Verbrennen der Ernterückstände mindert den Befall. Möglichst weitgestellte Fruchtfolge.

Siehe auch **Engerlinge, Erdraupen, Raupen der Gammaeule, Rüsselkäfer** unter "Ackerbau, allgemeiner Teil".

2.1.5.6　　　Luzerne

**Gegen Auflaufkrankheiten schützt Behandlung des Saatgutes mit Leguminosenbeiz-
mitteln gegen Auflaufkrankheiten auf Basis von *Thiram*.**

Besonderes Augenmerk ist auf Neueinsaaten zu richten, bei denen Rüsselkäfer verschiedener Arten die jungen Blätter in typischer Weise zerfressen. Folge ist geringer Zuwachs; ein
großer Teil der Pflanzen stirbt ab, die Felder verunkrauten. Deshalb lohnt es sich unter Umständen, aber nur nach Beratung durch Pflanzenschutzdienststelle, sofort nach Räumen der
Deckfrucht die jungen Luzernebestände mit Insektiziden zu spritzen oder zu sprühen. Zum
besseren Wachstum der Jungluzerne hat es sich als zweckmäßig erwiesen, gleichzeitig 1,5
dz/ha 20%igen Stickstoff oder entsprechenden Mischdünger auszubringen. Zur Blattabtötung
zwecks Ernteerleichterung in Samenbeständen kann *Deiquat* (*Reglone* 1,5 l/ha) eingesetzt
werden.

☐ Sommer - Blätter mit weißgrauen Überzügen, gelben oder braunen Flecken, dunklen Pusteln, Pflanzen sind mehr oder weniger im Wachstum gestört.
　O **Mehltau, Klappenschorf, Fleckenkrankheiten**
　Δ Bei starkem Befall vorzeitiger Schnitt, Kalkzufuhr, zuweilen Bordüngung vorteilhaft. Bo-
denständiges Saatgut bevorzugen, da widerstandsfähiger. Vorsicht beim Verfüttern.

☐ G. Veg. - Kleinere oder größere rundliche Fehlstellen, an oberirdischen Teilen angrenzen-
der Pflanzen kein Schadbild, jedoch an Wurzeln braunviolettes Pilzgeflecht, Wurzeln
schälen sich. Auch an vielen anderen Pflanzen (Hackfrüchten, Ölpflanzen, Gemüse). Besonders auf schweren, schlecht durchlüfteten Böden, alle südlichen Herkünfte bevorzugt
befallend.
　O **Wurzeltöter** (*Rhizoctonia crocorum* D. C.)
　Δ Weitgestellte Fruchtfolge, gute Bodenbearbeitung, Kalkzufuhr. Wenn möglich, Ersatz
der Luzerne durch Esparsette oder aber durch Futtergräser.

☐ Sommer - Blätter mit braunen Verfärbungen, vergilben, fallen ab. Gefäße dunkel verfärbt.
Nach Neuaustrieb Abwelken der Triebe, Fehlstellen. Besonders anfällig südliche Her-
künfte.
　O **Welkekrankheiten** (*Ascochyta*-, *Fusarium*-, *Verticillium*-, *Phoma*-Arten)
　Δ Saatgutbeizung mit organischen Fungiziden (*Thiram*) soll befallsmindernd wirken.

☐ Juni bis Aug. - Ähnliche Schmarotzerpflanze wie "Kleeteufel", aber Blütenkrone hellbraun
oder rötlich braun.
　O **Gelbe Sommerwurz** (*Orobanche lutea* Baumg.)
　Δ Ausführlichere Angaben zur Bekämpfung siehe weiter oben bei Klee unter "Kleeteufel".

☐ April bis Mai - Pflanzen welken, vergilben. Blätter durch Käfer, Wurzeln durch Larven befressen, meist vom Feldrand beginnend. Oft auch an Klee.

○ **Rüsselkäfer** verschiedener Arten (Klee-Luzernerüßler, Luzerne-Knospen- und Stengelrüßler, Liebstöckelrüßler)

△ **Spritzung mit** *Methamidophos*, *Omethoat* oder *Parathion* kann sehr zeitig im Frühjahr bei drohendem Massenbefall ratsam sein, wenigstens längs der Feldränder, aber vorher Beratung der Pflanzenschutzdienststelle unerläßlich.

☐ April bis Juli - Blätter benagt, bei starkem Befall mit Totalfraß zuweilen absterbend.

○ **Luzerneblattnager** (*Phytonomus*- und *Hypera*-Arten)

△ Vorzeitiger Schnitt. Nur bei starkem Befall kann die Anwendung von Insektiziden, wie oben bei Klee-Luzernerüßler angegeben, verantwortet werden.

☐ Juni bis Aug. - Schwache Ausbildung von Triebspitzen und Seitentrieben, diese am Grunde zwiebelförmig vergallt. In den Gallen orangefarbene oder gelbe Larven.

○ **Luzernesproßgallmücken** (*Dasyneura ignorata* Wachtl., D. *lupulinae* K.)

△ Bei starkem Befall sind möglichst frühzeitiger Schnitt und sofortiges Verfüttern anzuraten.

☐ Juni bis Sept. - Blütenknospen vergallt, zwiebelförmig anschwellend. In den Gallen mehrere gelbe Larven. Gallen vertrocknen, fallen schließlich ab.

○ **Luzerneblütengallmücke** (*Contarinia medicaginis* Kieff.)

△ Möglichst frühzeitiger Schnitt. Aussetzen mit Samenanbau oder aber wechselnde Nutzung als Futter und zur Saatgutgewinnung. Eventuell auch Anwendung von Insektiziden vor der Blüte, aber nur nach Sonderberatung durch Pflanzenschutzdienststelle.

2.1.5.7   Markstammkohl, Futterkohl

An Markstammkohl treten im allgemeinen die unter "Kohlarten", Abschnitt siehe "Gemüsebau", besprochenen Krankheiten und Schädlinge auf. Vor allem **Kohlfliege** und **Kohltriebrüßler** können empfindlich schaden. Die Pflanzen sind daher vor dem Setzen mit dem Wurzelkörper in einen dünnen Lehmbrei zu tauchen, der ein bewährtes Gießmittel gegen Kohlfliege gut vermischt enthält. Nähere Angaben zu den möglichen Verfahren siehe bei Kohlarten unter "Kohlfliege".

Bei der Bekämpfung von **Erdflöhen** liegen gute Erfahrungen mit *Isofenphos + Thiram* (*Oftanol T*, 40 g/kg Saatgut) vor (gleichzeitig gegen Auflaufkrankheiten). Siehe auch "Kohlrübenblattwespe" unter "Raps, Rübsen".

2.1.5.8   Serradella

☐ Mai bis Juni - An Stengeln und Blattstielen dunkle, bräunliche Flecke, später stengelumfassend. Pflanzen knicken oberhalb der Befallstellen, welken, sterben ab. Auch auf Hülsen bis tief in die Samenschale Verbräunungen. Jungpflanzen "fußkrank", Wurzeln braunschwarz verfärbt, faulend.

○ **Stengelbrenner** (*Colletotrichum trifolii* B. et E.)

△ Beizung des Saatgutes nach Angabe der Pflanzenschutzdienststelle. Späte Aussaat, weitgestellte Fruchtfolge, für mindestens 2-3 Jahre Anbaupause.

2.1.5.9   Wicke

Wicken haben im allgemeinen die gleichen Schädlinge und Krankheiten wie **Erbsen** und **Bohnen**. Da die dort genannten Bekämpfungsmaßnahmen aber meist unrentabel sind, muß man unter Umständen vorzeitig schneiden.

2.1.6   Grünland

2.1.6.1   Weiden, Wiesen

☐ G. Veg. - Der Graswuchs ist mangelhaft, Verkrautung, typische "Lecksucht" des Viehs.
  ○ **Mangelschäden**
  △ Düngemaßnahmen nach Vorschlag einer Landwirtschaftlichen Untersuchungs- und Forschungsanstalt (LUFA!) aufgrund einer Bodenprobenuntersuchung.

☐ Vom Frühjahr bis zum Spätherbst - Auf Viehweiden, kurzgrasigen Wiesen und Rasenplätzen zwischen den Gräsern "Hexenringe" von Hutpilzen, durch kreisförmiges Wachstum des auf den Graswurzeln schmarotzenden Pilzmyzels in der Erde verursacht. Alljährlich am gleichen Platz erscheinend, auch in dichten Reihen, mehrfach im Jahre fruktifizierend. Gras in der näheren Umgebung der Pilze infolge Ausscheidung von Ammoniumsalzen durch diese häufig üppiger und dunkelgrün, es kann aber auch zonenweise absterben, vielleicht durch zu starke Salzanreicherung.
  ○ **Hexenringe,** verursacht durch Feld-Schwindling = Nelken-Schwindling (*Marasmius oreades* [Bolt. per Fr.] Fr.)
  △ Gegenmaßnahmen schwierig. Daher wird empfohlen, sich mit der zuständigen Pflanzenschutzdienststelle in Verbindung zu setzen.

☐ Nov. bis Mai - Schon im Herbst oder erst im Frühjahr, je nach der vorhandenen Wiesenwurmart, entstehen nesterweise Kahlstellen. Pflanzen werden dicht über dem Boden abgebissen, besonders nachts, bei bedecktem Wetter auch am Tage. Zuerst wird Klee befressen, anschließend auch die Gräser, dabei kann Grasnarbe völlig vernichtet werden vor allem in feuchten Gebieten.

O **Wiesenwürmer** (*Tipula*-Larven)

Δ Siehe "Ackerbau, allgemein". Köderverfahren vor allem bei Ackerland wirksam, bei Grünland besser Spritzung mit bewährten Mitteln gegen Tipula, beispielsweise mit *Parathion*, 300 ml/ha im Herbst, 450 ml/ha im Frühjahr, in mindestens 600 l Wasser je ha. Wartezeit 21 Tage. Spritzung erforderlich, wenn ausgangs Winter mehr als 4 (im Herbst mehr als 12) Larven je 20 x 20 cm Grassodenfläche beim Einlegen derselben in eine Salzlösung (2 kg/ 10 l) nach 30 Minuten herausgekommen sind und damit die Schadenschwelle erreicht ist. Durchführung der Gegenmaßnahmen so früh wie möglich, aber nicht bei Temperaturen unter 5 °C - Warndienst der zuständigen Pflanzenschutzdienststelle und Bienenschutzverordnung beachten. Beweidung durch Vieh erst zulässig, wenn seit Behandlung der Grünflächen die vorgeschriebene Wartezeit verstrichen ist.

☐ April bis Juni - Gräser sterben ab, Halmgrund abgefressen, Kräuter bleiben grün. Grasnarbe schließlich braun. Rasenschmielehorste stets zuerst befallen. 40 mm lange, braune Raupen, treten örtlich meist in Massen auf.

O **Graseule** (*Cerateryx graminis* L.) **und andere Eulenraupen**

Δ Beseitigung der Rasenschmielehorste, siehe auch "Grünlandunkräuter". Anwendung von Insektiziden kann nur bei Massenauftreten nach vorheriger Beratung durch die Pflanzenschutzdienststelle verantwortet werden.

☐ Juni bis Juli - Fraß an Gräsern durch 25 mm lange, tagsüber am Halmgrund versteckte Raupen, Grasnarbe wird bei starkem Befall zerstört.

O **Wiesenzünsler** (*Crambus*-Arten)

Δ Bekämpfung prinzipiell wie Graseule, Spritzung gegen die Raupen besonders wirksam.

☐ April bis Aug. - Wurzeln abgefressen, oft Grasnarbe völlig zerstört, läßt sich wie ein Teppich abrollen, später braun und trocken werdend.

O **Maikäfer-Engerlinge** (*Melolontha*-Arten)

Δ Bei starkem Befall in jedem Fall eine Sonderberatung durch die zuständige Pflanzenschutzdienststelle anfordern. Meist hilft bei extremem Engerlingsauftreten nur Umbruch. Chemische Bekämpfung zwar möglich, aber auf Grünland fast immer unwirtschaftlich. Bei kleineren Fehlstellen lohnt bisweilen Einsaat von schnell wachsenden Gräsern (Welsches oder Deutsches Weidelgras, Knaulgras, Glatthafer). Das Saatgut ist dann unmittelbar vor der Aussaat mit Saatgutpudermitteln zu behandeln. Anwendungsvorschriften, auch betreffs Nachbau, beachten! Bei dem in sandigen Böden häufiger vorkommenden Massenbefall durch die **Engerlinge des Gartenlaubkäfers** (*Phyllopertha horticola* L.) ist wegen der kürzeren Entwicklungsdauer dieses Schädlings in der Regel nicht mit so schweren Schäden zu rechnen, so daß sich Gegenmaßnahmen meist erübrigen.

☐ G. Veg. - Fraßschäden vor allem an Klee. Laufgänge in Grasnarbe. Mäuselöcher im Boden. Besonders nach trockenem Herbst und Frühjahr.

O **Feldmaus** (*Microtus arvalis* Pall. und andere Arten)

Δ Die Feldmausbekämpfung auf befallenen Grünlandflächen erfordert in jedem Fall vorherige Beratung durch den Pflanzenschutzdienst. Kritische Befallszahl (Schadensschwelle):

Im September/Oktober 20-30, im Frühjahr 5-10 befahrene Mauselöcher je 100 m². Exakte Dichtebestimmung bei Feldmäusen durch Fallenfänge.

Sonderbestimmungen beachten! Größte Vorsicht in der Nähe fischführender Gewässer! Giftgetreide nach unter "Ackerbau, allgemein" gegebenen Richtlinien oder andere Mittel gegen Feldmaus anwenden. Nach der Verordnung über Anwendungsverbote für Pflanzenschutzmittel (Pflanzenschutz-Anwendungsverordnung) vom 10. November 1992 ist in der derzeitig gültigen Fassung die Anwendung von *Zinkphosphid* als Getreideköder in der Form des offenen Ausbringens außerhalb von Forsten verboten. *Chlorphacinon*-haltige Ködermittel können nach Beratung durch den Pflanzenschutzdienst offen ausgestreut werden. Oft Gemeinschaftsaktionen erforderlich.

☐ G. Veg. - Flache Erdhügel, meist von oben sichtbare Wühlgänge dicht unter der Erdoberfläche, sie werden nach Öffnen schnell wieder zugewühlt.

   O **Wühlmaus, Schermaus** (*Arvicola terrestris* L.)

   Δ Nähere Angaben über Bekämpfungsmaßnahmen siehe weiter oben bei "Ackerbau, allgemein".

☐ Kegelförmig aufgeworfene Erdhügel, darunter tiefere unterirdische Gänge.

   O **Maulwurf** (*Talpa europaea* L.)

   Δ Bei starkem Auftreten Einsatz von Fallen oder unter Beachtung der einschlägigen Vorschriften Anwendung eines bewährten Begasungs- oder Räuchermittels gegen Maulwurf, zweckmäßig durch Lohnfänger oder anderweitig interessierte zuverlässige Personen, danach Maulwurfhügel einebnen. Bei Wiesen zeitweise Nutzung als Weide. Wühlmausköder wirken nicht, da Maulwurf von Bodeninsekten und Würmern lebt.

Der Maulwurf ist durch die Bundesartenschutzordnung (siehe "Gesetze, Verordnungen") geschützt. Seine Bekämpfung ist nur nach Entscheidung der zuständigen Behörde erlaubt, wenn schwerwiegende Schäden abzuwenden sind. Näheres Pflanzenschutzdienststelle!

An Futtergräsern kommen noch zahlreiche **weitere Krankheitserreger und Schädlinge** vor, doch haben sie selten größere wirtschaftliche Bedeutung. Im Bedarfsfall wende man sich an die zuständige Pflanzenschutzdienststelle.

2.2 Gemüsebau

Hinweise zur chemischen Unkrautbekämpfung im Gemüsebau siehe "Pflanzenschutzmittelübersicht - Herbizide im Gemüsebau". Soweit keine andere Angabe erfolgt, sind die im Text genannten Wirkstoffe nur im Freiland ausgewiesen.

2.2.1 Biologische Bekämpfungsverfahren unter Glas

2.2.1.1 Allgemeine Hinweise

Der Einsatz von Nutzorganismen ist in den letzten Jahren im Gemüsebau unter Glas zum festen Bestandteil des Pflanzenschutzes geworden. Da der Einsatz von Nutzorganismen er-

hebliche Kenntnisse zur Biologie und zu den Entwicklungsbedingungen sowohl der zu bekämpfenden Schädlinge als auch der gegen sie einzusetzenden Nutzorganismen voraus-
setzt, ist es erforderlich, sich vor dem Einsatz durch die Spezialberater des Pflanzenschutzdienstes hinreichend unterweisen zu lassen. Im folgenden sollen sowohl die seit Jahren
praktisch erprobten als auch in Entwicklung befindlichen Verfahren mit ihren wesentlichen
Bedingungen kurz dargestellt werden. Weitergehende Informationen sind über den Pflanzenschutzdienst oder die Nützlingslieferanten (siehe unter "Pflanzenschutzmittelübersicht - Her-
steller- und Vertriebsfirmen für Nützlinge") zu erhalten.

Unter "Einsatzverfahren" ist differenziert, welche Pflanzenschutzmittel-Wirkstoffe in Verbindung mit Nützlingen nicht oder eingeschränkt eingesetzt werden können. Da das Taschenbuch des Pflanzenarztes auch im benachbarten deutschsprachigen Ausland verwendet wird,
sind in diesem Abschnitt zusätzlich einige Wirkstoffe aufgeführt, die in den infragekommen-
den Kulturen unter Glas in Deutschland nicht ausgewiesen sind. Derartige Wirkstoffe sind
folgendermaßen gekennzeichnet:

[2]   Handelspräparate des genannten Wirkstoffs sind zugelassen, aber für das genannte
        Anwendungsgebiet derzeit nicht ausgewiesen oder genehmigt.

[3]   Handelspräparate des genannten Wirkstoffs sind derzeit in anderen EU-Staaten, je-
        doch nicht in Deutschland zugelassen.

Die Daten zur Verwendung von Pflanzenschutzmitteln in Verbindung mit dem Nützlingseinsatz wurden u.a. aus den Fir-
menmitteilungen der Firma Wilhelm, Biologischer Pflanzenschutz GmbH, Sachsenheim entnommen.

2.2.1.2   Praktisch erprobte Verfahren

Schadorganismus: Spinnmilben (*Tetranychidae*)

Unter Glas kommen im wesentlichen die Bohnenspinnmilbe oder Rote Spinne genannt,
Tetranychus urticae und die Nelkenspinnmilbe *Tetranychus cinnabarinus* vor. Die 0,5
mm großen Bohnenspinnmilben sind grüngelblich oder braunrötlich gefärbt. Auffällig
sind zwei braun bis rot gefärbte, seitlich angeordnete Rückenflecken. Sie saugen meist
auf den Blattunterseiten. Bei 20 °C läuft der gesamte Entwicklungszyklus vom Ei bis
zum adulten Tier innerhalb von 14 Tagen ab. Die weiblichen Tiere legen innerhalb ihrer
Lebenszeit von etwa 14 Tagen bis zu 100 Eier ab. Bei hohen Temperaturen und trockener Luft verläuft die Vermehrung besonders schnell.

Die Saugtätigkeit führt zu Verfärbungen an Ober- und Unterseiten der Blätter, die dann
weißlich-gelb gesprenkelt aussehen. Auf den Unterseiten sind bei starkem Befall feine
Gespinste zu sehen. Dazwischen erkennt man mit der Lupe Eier sowie Häutungsreste.
Bei anhaltendem Befall vergilben und vertrocknen die Blätter.

Bedeutsam in folgenden Kulturen unter Glas:

Bohnen, Gurken, gelegentlich auch **Tomaten.**

Nutzorganismus: Raubmilben (*Phytoseiulus persimilis*)

Die Raubmilben sind etwa 0,6 mm groß, von kugeliger Form, orangerot gefärbt und wesentlich beweglicher als ihre Beutetiere. Ein erwachsenes Tier saugt täglich 5 Spinnmilben oder 20 Spinnmilbeneier oder -larven aus. Die weiblichen Tiere legen während ihrer
Lebensdauer etwa 60 Eier ab, die sich durch ihre Färbung bei genauem Hinsehen von
den Spinnmilbeneiern unterscheiden lassen. Bei Temperaturen über 20 °C und einer
ausreichenden Luftfeuchtigkeit entwickeln sich die Raubmilben doppelt so schnell wie

die Spinnmilben. Ideal sind 17 °C bis 25 °C mit einer relativen Luftfeuchte von 75 %.
Bei trockener Luft sowie bei Temperaturen unter 18 °C entwickeln sie sich nur langsam.
Daraus resultiert, daß ein Einsatz nur sinnvoll ist, wenn in den kühlen Monaten nachts
durch Heizung eine Mindesttemperatur von 18 °C eingehalten wird.

Einsatzverfahren:
Beim Auftreten der ersten Spinnmilben werden die Raubmilben im Bestand verteilt.
Treten die Spinnmilben zunächst nesterartig verstärkt auf, so sollten an diesen Stellen
auch entsprechend verstärkt Raubmilben eingesetzt werden.
Die Raubmilben werden auf Bohnenblättern geliefert, die in kleine Stücke zu schneiden
sind und auf die Blätter der Kulturpflanzen gelegt werden. Neuerdings werden die Tiere
auch in Streuflaschen oder Tüten, die neben den Raubmilben mit Granulat und Futter
gefüllt sind, angeboten. Lassen Sie sich durch den Pflanzenschutzdienst bzw. die Lieferanten über die jeweiligen Einsatzmengen beraten. Aus der Beobachtung des Bekämpfungserfolges resultieren die weiteren Maßnahmen. Gelegentlich werden die Spinnmilben so stark reduziert, daß die Raubmilben keine Nahrungsbasis mehr haben und abwandern. Dann ist unter Umständen bei stärker auflebenden Spinnmilbenbesatz eine
weitere Freilassung von Raubmilben notwendig.

Schädigung der Raubmilben (*Phytoseiulus*) durch Pflanzenschutzmittel:

Bewegliche Stadien werden nicht oder wenig geschädigt oder es besteht nur eine geringe Nachwirkung:
Fungizide: *Chlorthalonil*[2], *Dichlofluanid*, *Fosetyl*, *Kupferoxychlorid*[2], *Iprodion*[2], *Mancozeb*[2], *Metalaxyl*[2], *Netzschwefel*[2], *Propamocarb*, *Triadimefon*[2], *Vinclozolin*[2].
Insektizide/Akarizide: *Bacillus thuringiensis*[2], *Buprofezin*[3], *Chlorpyrifos*[2], *Fenbutatin-
oxid*[2], *Teflubenzuron*[2] .

Mäßige Schädigung bei beweglichen Stadien, aber geringe Persistenz:
Fungizide: *Benomyl*[2], *Bupirimate*[3], *Propineb*[2].
Insektizide/Akarizide: *Heptenophos*[3], *Pirimicarb*[2], *Sulfotep*.

Nutzorganismus: Raubmilben (*Amblyseius californicus*)
Die Raubmilben sind etwa 0,3 mm groß, rundlich, rotbraun gefärbt und sehr flink. Sie
sitzen meist sehr versteckt und sind mit bloßem Auge kaum erkennbar. Sie sind sehr
aktiv und verteilen sich gut in den Pflanzenbeständen. Da sie nicht nur von Spinnmilben
leben, sondern sich auch von Blütenpollen und anderen Milbenarten ernähren können,
bleiben sie bei Spinnmilbenmangel länger in den Beständen erhalten. Ihre Fraßleistung
soll bei Temperaturen im Bereich 18 bis 35 °C und geringer Luftfeuchte (50% RF) größer sein als die Effektivität von *Phytoseiulus*.

Einsatzverfahren:
Beim Auftreten der ersten Spinnmilben werden die Raubmilben im Bestand verteilt.
Treten die Spinnmilben zunächst nesterartig verstärkt auf, so sollten an diesen Stellen
auch entsprechend verstärkt Raubmilben eingesetzt werden.
Die Tiere werden in streufähigem Material (Holzspäne) geliefert. Sie können schon vor-
beugend ausgesetzt werden. Lassen Sie sich durch den Pflanzenschutzdienst bzw. die
Lieferanten über die jeweiligen Einsatzmengen beraten. In der Regel sollten 2 bis 5 je
m² verteilt werden.

Schädigung der Raubmilben (*Amblyseius*) durch Pflanzenschutzmittel:
Nach Literaturangaben sind sie relativ widerstandsfähig gegen Phosphorsäureester.
Weitere Angaben siehe unter Thripse.

Schadorganismus: Thripse (*Tysanoptera*)

Unter Glas kommen vor allem der Zwiebelthrips (*Thrips tabaci*) sowie der Blütenthrips
(*Frankliniella occidentalis* Perganele) vor. Die letztgenannte Art schädigt in erheblich
stärkerem Maße, so daß dieser Art hinsichtlich der Bekämpfung eine besondere Bedeutung zukommt.
Die erwachsenen Tiere sind 1 bis 2 mm lang, schlank und von hellbrauner bis dunkler
Färbung. Sie besitzen gefranste Flügel. Die Larven haben eine ähnliche Gestalt und
sind gelblich bis grünlich gefärbt. Die genannten Arten lassen sich für den Laien nicht
unterscheiden.
Adulte und Larven saugen an den Blattunterseiten an Pflanzenzellen. Durch Luftein-
schluß bei der Saugtätigkeit kommt es zu einer silbrigen Verfärbung der befallenen
Blattunterseiten. Ein weiteres Befallsmerkmal sind die abgesetzten schwarzen Kottrop-
fen. An den Blattoberseiten erkennt man eine gelbliche Fleckung.
Bedeutsam in folgenden Kulturen unter Glas:
Gurken, **Paprika**, **Stangenbohnen** und **Tomaten**.

Nutzorganismus: Raubmilben (*Amblyseius cucumeris*), (*Neoseiulus barkeri*), (*Amblyseius degenerans*)

Die Raubmilben sind etwa 0,3 mm groß, rundlich, je nach Art hell oder dunkel gefärbt
und sehr flink. Sie sitzen meist sehr versteckt und sind mit bloßem Auge kaum erkennbar. Sie leben überwiegend von den Eiern, Larven und Puppen der Thripse. Adulte
Thripse werden selten ausgesaugt. Die Raubmilben leben auch von Blütenpollen und
anderen Milbenarten. Besonders günstig für ihre Entwicklung sind Temperaturen über
20 °C mit einer relativen Luftfeuchte von über 65 %.

Einsatzverfahren:

Beim Auftreten der ersten Thripse (Blautafeln aufhängen) oder auch vorbeugend bei
Kulturbeginn werden die Raubmilben im Bestand verteilt. Treten die Thripse zunächst
verstärkt in einigen Gewächshausteilen auf, so sollten an diesen Stellen auch entsprechend verstärkt Raubmilben eingesetzt werden.
Die Raubmilben werden in Streuflaschen oder Tüten, die neben den Raubmilben mit
Granulat und Futter gefüllt sind, angeboten. Durch die in den Tüten mitgelieferten
Mehlmilben findet in den Tüten eine Vermehrung der Raubmilben statt, so daß eine
fortlaufende Freisetzung über einige Wochen nach dem Aufhängen der Tüten gewährleistet ist. Lassen Sie sich durch den Pflanzenschutzdienst bzw. die Lieferanten über die
jeweiligen Einsatzmengen beraten. In der Regel sind laufende Freilassungen im Abstand von 14 Tagen notwendig, da die selbstständige Vermehrung der Tiere bei einer
überwiegenden Thripsnahrung reduziert ist.

Schädigung der Raubmilben (*Amblyseius*) durch Pflanzenschutzmittel:

Bewegliche Stadien werden nicht oder wenig geschädigt oder es besteht nur eine geringe Nachwirkung:

Fungizide: *Benomyl*[2] nur bei Eistadien, *Bupirimate*[3], *Chlorthalonil*[2], *Dichlofluanid*, *Fenarimol*[2], *Imazalil*[2], *Iprodion*[2], *Maneb*[2], *Mancozeb*[2], *Metiram*[2], *Triforine*[2], *Vinclozolin*[2].

Insektizide/Akarizide: *Bacillus thuringiensis*[2], *Buprofezin*[3], *Clofentezin*[2], *Diflubenzuron*[1], *Fenbutatin-oxid*[2], *Pirimicarb*[2] (nur bei Eistadien), *Teflubenzuron*[2].

Schädigung mittlerer Stärke bis sehr stark schädigend:
Fungizide: *Benomyl*[2], *Dichlofluanid*, *Metalaxyl*[2], *Propamocarb*[2], *Triforine*[2].
Insektizide/Akarizide: *Abamectin*, *Dichlorvos*[2] (nur bei Eistadien), *Dimethoat*, *Kaliseife*[2] (mittlere Schädigung der Eistadien, starke Schädigung der Larven und Adulten), *Methiocarb*[2], *Methomyl*[3], *Parathion*[2], *Pyrethroide*, *Pirimicarb*[2] (nur bei Larven und Adulten).

Nutzorganismus: Raubwanzen (*Orius majusculus, Orius insidiosus, Orius laevigatus*)

Diese etwa 2 bis 3 mm großen Wanzen leben räuberisch von den verschiedensten Insekten. Mit ihrem Saugrüssel stechen sie ihre Opfer an und saugen sie aus. Sie ernähren sich von Milben, Blattläusen und insbesondere auch von Thripsen. Bei Nahrungsmangel leben sie von Blütenpollen. Ihre Entwicklung hängt von der Pflanzenart und den Lichtverhältnissen ab. Die Larvenentwicklung dauert etwa 3 bis 4 Wochen. Sie sind ab 15 °C aktiv. Ab November gehen sie in Diapause.

Einsatzverfahren:

Der Einsatz von Raubwanzen ist insbesondere angezeigt, wenn ein stärkeres Auftreten von Thripsen erwartet wird. Sie können auch gemeinsam mit Raubmilben ausgesetzt werden. Gleichzeitig werden Blattläuse und Spinnmilben vertilgt.
Die Raubwanzen werden in Streuflaschen geliefert, in denen Larvenstadien und Vollinsekten der Raubwanzen enthalten sind. Das Granulat wird punktuell gleichmäßig über die Gewächshausfläche auf dem Boden verteilt. Für eine Freilassung werden in der Regel 1 bis 2 Tiere je m² vorgesehen. Lassen Sie sich durch den Pflanzenschutzdienst bzw. die Lieferanten über die jeweiligen Einsatzmengen beraten.

Schädigung der Raubwanzen (*Orius, Macrolophus*) durch Pflanzenschutzmittel:

Insgesamt geringe toxische Wirkung:
Fungizide: *Bitertanol*[2], *Bupirimate*[3], *Chlorthalonil*[2], *Fenarimol*[2], *Kupferoxychlorid*[2], *Iprodion*[2], *Mancozeb*[2], *Myclobutanil*[2].
Insektizide/Akarizide: *Bacillus thuringiensis*[2], *Buprofezin*[3].

Sehr starke Schädigung der Raubwanzen durch folgende Wirkstoffe:
Fungizide: -
Insektizide/Akarizide: *Dichlorvos*[2], *Diflubenzuron*[1], *lambda-Cyhalothrin*[2], *Oxamyl*[3], *Pirimicarb*[2], *Teflubenzuron*[2].

Vorhandene Raubwanzen werden abgetötet und lange Nachwirkung:
Insektizide/Akarizide: *Abamectin*[2].

Schadorganismus: Weiße Fliege (*Aleyrodidae*)

Unter Glas kommen derzeit zwei Arten vor. Die Art *Trialeurodes vaporariorum* ist am weitesten verbreitet. Die Art *Bemisia tabaci* unterscheidet sich von der vorhergehenden

Art dadurch, daß die Larven leicht gelblich gefärbt sind und die Adulten weniger flugaktiv sind. *Bemisia* ist mit Insektiziden schwerer bekämpfbar.

Weiße Fliegen sind Schildläuse, deren adulte Stadien wie weiße Fliegen aussehen. Die 1 bis 1,5 mm großen Tiere legen 0,1 mm große Eier auf den Unterseiten der Blätter ab. Die daraus nach kurzer Zeit schlüpfenden Larven setzen sich auf den Blattunterseiten fest und saugen Pflanzensaft. Während ihrer etwa dreiwöchigen Entwicklungszeit bis zum erwachsenen Tier durchlaufen sie 4 Entwicklungsstadien.

Sie schädigen durch ihre Saugtätigkeit und durch ihre zuckerhaltigen, klebrigen Ausscheidungen, die "Honigtau" genannt werden. Schwärzepilze verwandeln den "Honigtau" in den sogenannten "Rußtau", durch welchen Blätter und Früchte in ihrer Assimilation behindert werden und die Ernteware optisch beeinträchtigt wird.

Weiße Fliegen kommen an einer großen Zahl von Pflanzen vor, darunter an vielen Zierpflanzen unter Glas. Sie sind bedeutsam in folgenden Kulturen unter Glas:
Gurken, **Paprika**, **Tomaten** und einigen **Küchenkräutern**.

Nutzorganismus: Erzwespe (*Encarsia formosa*)

Die nur 0,5 mm langen Erzwespen sind an Kopf und Brust schwarz gefärbt. Der Hinterleib ist bei den Männchen ebenfalls schwarz, bei den Weibchen hingegen auffällig gelb. Die weiblichen Erzwespen legen in das 4. Larvenstadium der Weißen Fliege jeweils ein Ei ab. In der Folgezeit entwickelt sich im Inneren der Weißen Fliege eine Larve der Erzwespe. Bei erfolgreicher Parasitierung färbt sich die Schädlingshülle nach 10 bis 14 Tagen schwarz. Etwa 14 bis 21 Tage nach der Eiablage schlüpft aus der Schädlingshülle eine Erzwespe. Eine gute Entwicklung der *Encarsia* ist nur bei Temperaturen über 15 °C möglich.

Einsatzverfahren:

Sobald die ersten Weißen Fliegen im Bestand entdeckt werden (Gelbtafeln verwenden) oder auch vorbeugend unmittelbar bei Kulturbeginn, werden die Erzwespen in den Bestand eingesetzt. Sie sind zum Zeitpunkt des Versandes weitgehend noch nicht geschlüpft und befinden sich noch in den schwarz gefärbten Schädlingshüllen, die auf Papierstreifen aufgeklebt sind. Die Papierstreifen werden unmittelbar nach Erhalt im Bestand verteilt. Die in den folgenden Tagen schlüpfenden Tiere beginnen unmittelbar mit der Parasitierung, so daß bei Temperaturen um 22 °C nach 11 bis 14 Tagen erste schwarz gefärbte Larven der Weißen Fliege gefunden werden. In der Regel muß der Einsatz mehrfach in Abständen von 2 Wochen wiederholt werden, um einen hinreichenden Besatz mit Erzwespen zu erhalten. Meistens reichen 2 bis 3 Einsätze mit jeweils 1 bis 3 Puppen je m² aus. Bei einem Verhältnis von schwarzen zu weißen Puparien von mehr als 50:50 ist bei Gurken und Tomaten mit einem hinreichenden Erfolg des Einsatzes zu rechnen. Die Menge der einzusetzenden Tiere richtet sich nach der jeweiligen Situation vor Ort. Bei gleichzeitigem Vorkommen von *Trialeurodes* und *Bemisia* wird die letztgenannte Art deutlich weniger parasitiert. Lassen Sie sich durch den Pflanzenschutzdienst bzw. die Lieferanten über die jeweiligen Einsatzmengen beraten.

Schädigung der Schlupfwespen (*Encarsia*) durch Pflanzenschutzmittel:

Insgesamt geringe toxische Wirkung:
Fungizide: *Dichlofluanid*, *Imidacloprid*[2] (bei Einsatz im Gießverfahren oder nach einer Frist von 2 bis 6 Wochen nach Spritzbehandlung), *Iprodion*[2], *Maneb*[2], *Propamocarb* (bei Einsatz im Gießverfahren), *Vinclozolin*[2].

Insektizide/Akarizide: *Buprofezin*[3], *Diflubenzuron*[1], *Fenbutatin-oxid*[2], *Fenoxycarb*[2], *Teflubenzuron*[2].

Vorhandene Schlupfwespen werden abgetötet, aber keine wesentliche Nachwirkung:
Fungizide: -
Insektizide/Akarizide: *Heptenophos*[3], *Pirimicarb*[2], *Kali-Seife*[2].

Vorhandene Schlupfwespen werden abgetötet und Nachwirkung von mindestens 10 Tagen:
Insektizide/Akarizide: *Abamectin*[2].

Nutzorganismus: Raubwanzen (*Macrolophus caliginosus*)
Diese etwa 2 bis 3 mm großen Wanzen leben räuberisch von den verschiedensten Insekten. Mit ihrem Saugrüssel stechen sie ihre Opfer an und saugen sie aus. Dabei werden auch Eier und Larven vertilgt. Sie ernähren sich von Milben, Weißen Fliegen - insbesondere auch die Gattung *Bemisia* - und anderen Blattläusen. Bei Nahrungsmangel leben sie von Blütenpollen. Ihre Entwicklung hängt von der Pflanzenart und den Lichtverhältnissen ab. Sie sind heimisch in südeuropäischen Ländern und an höhere Temperaturen angepaßt. Die Larvenentwicklung dauert etwa 3 bis 4 Wochen.

Einsatzverfahren:
Der Einsatz dieser Raubwanzen erfolgt bei Tomaten und Paprika ergänzend zum Encarsia-Einsatz, wenn ein stärkeres Auftreten von Weißen Fliegen erkennbar wird.
Die Raubwanzen werden in Streuflaschen geliefert, in denen Larvenstadien und Vollinsekten der Raubwanzen enthalten sind. Das Granulat wird punktuell gleichmäßig über die Gewächshausfläche auf dem Boden verteilt. Für eine Freilassung werden in der Regel 0,1 bis 0,5 Tiere je m² vorgesehen. Lassen Sie sich durch den Pflanzenschutzdienst bzw. die Lieferanten über die jeweiligen Einsatzmengen beraten.

Schädigung der Raubwanzen durch Pflanzenschutzmittel:
(siehe oben unter "Raubwanzen (*Orius*, *Macrolophus*))"

Schadorganismus: Blattläuse (*Aphididae*)
Im Gemüsebau unter Glas kommen mehrere Arten vor. Die wichtigsten sind:
Dunkelgrün marmorierte, hellgrüne oder gelbe Blattläuse mit dunklen Siphonen, Größe 0,9 - 1,8 mm:
Baumwollaus, Grüne Gurkenlaus (*Aphis gossypii*)
Grünlich bis rötlich gefärbte Blattläuse mit körperlangen Fühlern, Größe 1,2 - 2,6 mm:
Grüne Pfirsichblattlaus (*Myzus persicae*)
Hellgrün gefärbte Blattläuse mit überkörperlangen Fühlern, Siphonen mit dunkler Spitze, länglich mit spitz zulaufendem Hinterleib, Größe 1,8 - 3,0 mm:
Grünfleckige Kartoffelblattlaus (*Aulacorthum solani*)
Gelblich-grüne Blattläuse mit schwarzen Siphonen und überkörperlangen Fühlern, Größe 1,7 - 3,6 mm:
Grünstreifige Kartoffelblattlaus (*Macrosiphum euphorbiae*)
Blattläuse kommen auf nahezu allen Pflanzenarten vor. Sie gebären lebende Junge und erreichen dadurch eine rasche Vermehrung. Sie halten sich vorzugsweise auf den Blattunterseiten und den Triebspitzen auf. Durch ihre Saugtätigkeit verursachen sie Wachs-

tumsstörungen, Verkrüppeln der Triebe und Blätter, Blattrollen und Blattverfärbungen. Blattläuse können bei ihrer Saugtätigkeit eine große Zahl von Viren übertragen. Durch ihre Ausscheidungen entsteht klebriger "Honigtau", auf dem durch später sich ansiedelnde Schwärzepilze ein schwarzer Belag ("Rußtau") entsteht.
Bedeutsam in folgenden Kulturen unter Glas:
Gurken, **Paprika**, **Stangenbohnen** und **Tomaten**.

Nutzorganismus: Räuberische Gallmücken (*Aphidoletes aphidimyza*)

Die etwa 2 mm großen Gallmücken sind dämmerungs- und nachtaktiv. Vom Honigtau der Blattläuse angelockt, legen sie in die Nähe der Blattlauskolonien ihre Eier ab. Die hellbraunen bis orange gefärbten Larven der Räuberischen Gallmücke stechen ihre Beute an, lähmen sie durch Injektion eines Insektengiftes und saugen sie anschließend aus. Innerhalb ihres Larvendaseins von 6 bis 12 Tagen saugt eine Larve etwa 50 bis 60 Blattläuse aus. Die Verpuppung der 2 bis 3 mm großen Larven erfolgt am Boden. Nach 10 bis 14 Tagen schlüpfen die Gallmücken.
Ideale Bedingungen sind bei Temperaturen von 21 °C bis 23 °C, einer relativen Luftfeuchte von 90 % und Tageslängen von mehr als 16 Stunden gegeben. Bei kürzeren Tageslängen und reduzierter Lichtintensität (Oktober bis Ende März) gehen die Tiere in Diapause. Temperaturgrenzwerte für die Entwicklung sind 15 °C bzw. 35 °C.

Einsatzverfahren:

Bei Auftreten der ersten Blattlauskolonien beginnt man mit Freilassungen. Auch der wöchentliche vorbeugende Einsatz ab Kulturbeginn wird empfohlen. Außerdem wird die sogenannte "Offene Zucht" praktiziert, bei der im Randbereich der Kulturfläche auf Getreidepflanzen (Gerste) an Getreideblattläusen, die nicht auf die Kulturen übergehen, ein Gallmückenpotential aufgebaut wird. Getreideblattläuse können von den Nützlingslieferanten bezogen werden.
Der Versand der Gallmücken erfolgt im Puppenstadium. Die Puppen werden in Schalen mit feuchtem Torf an sonnen- und tropfwasser-geschützten Stellen auf den Gewächshausboden gestellt. Lassen Sie sich durch den Pflanzenschutzdienst bzw. die Lieferanten über die jeweiligen Einsatzmengen beraten.
Bei Auftreten der **Baumwollaus** (*Aphis gossypii*) wird kein hinreichender Erfolg erzielt, weil diese Art ihre Jungen anfangs einzeln absetzt und somit vor einer Kolonienbildung nicht in hinreichendem Maße von den Gallmücken gefunden werden. Gegen diese Art ist daher der zusätzliche Einsatz von anderen Nützlingen wie zum Beispiel von Schlupfwespen (siehe unten) notwendig.

Schädigung der Räuberische Gallmücken (*Aphidoletes*) durch Pflanzenschutzmittel:

Bewegliche Stadien werden nicht oder wenig geschädigt:
Fungizide: *Benomyl*[2], *Bupirimate*[3], *Chlorthalonil*[2], *Iprodion*[2], *Metalaxyl*[2], *Netzschwefel*[2].
Insektizide/Akarizide: *Bacillus thuringiensis*[2], *Diflubenzuron*[1].

Adulte werden geschädigt, nicht aber Larven:
Fungizide: *Triforine*[2].
Insektizide/Akarizide: *Pirimicarb*[2].

Nutzorganismus: Schlupfwespen (*Aphidius matricariae*, *Aphidius ervi* und *Aphidius colemani*)

Die etwa 2 mm großen Schlupfwespen legen ihre Eier mit einem Legestachel bevorzugt in einzeln vorkommende Blattläuse ab. Eine Schupfwespe kann bis zu 200 Blattläuse parasitieren. Die Schupfwespenlarve entwickelt sich in der Blattlaus, in dem sie diese von innen aussaugt. Nach 10 Tagen erfolgt die Verpuppung in der gelbbraun verfärbten und aufgedunsenen Blattlausmumie. Den Schlupf der Wespe erkennt man am kreisrunden Ausflugloch in der Mumie.

Die Schlupfwespe wird ab 15 °C aktiv und entwickelt sich auch bei relativ trockenen Kulturverhältnissen. Da die Verpuppung auf der Pflanze stattfindet, ist sie unabhängig von den Bodenverhältnissen einsetzbar. Ihre Aktivität ist nicht von den Tageslängen abhängig.

Einsatzverfahren:

Die Schlupfwespe *Aphidius colemani* ist besonders beim Auftreten der Art *Aphis gossypii* einsetzbar. Der Einsatz muß jedoch sehr rechtzeitig erfolgen. Unter Umständen sind schon vorhandene, größere Befallsherde zuvor mit geeigneten Insektiziden zu behandeln.

Wie auch beim Einsatz der Räuberischen Gallmücke empfiehlt sich unter Umständen vorbeugend die sogenannte "Offene Zucht". Ansonsten werden die Tiere in Plastikflaschen verschickt, die im Bestand offen an sonnen- und tropfwasser-geschützten Stellen aufgestellt werden. Lassen Sie sich durch den Pflanzenschutzdienst bzw. die Lieferanten über die jeweiligen Einsatzmengen beraten.

Schädigung der Schlupfwespen (*Aphidius*) durch Pflanzenschutzmittel:

Insgesamt geringe toxische Wirkung:
Fungizide: *Benomyl*[2], *Bitertanol*[2], *Fenarimol*[2], *Mancozeb*[2], *Metiram*[2], *Vinclozolin*[2].
Insektizide/Akarizide: *Bacillus thuringiensis*[2], *Buprofezin*[3], *Diflubenzuron*[1], *Pirimicarb*[2], *Teflubenzuron*[2] .

Starke Schädigung adulter Stadien bei direktem Kontakt:
Insektizide/Akarizide: *Abamectin*[2].

Nutzorganismus: Florfliegen (*Chrysoperla carnea*)

Die etwa 2 cm großen auffällig grasgrün gefärbten Florfliegen ernähren sich von Honigtau und Nektar. Sie legen über einen Zeitraum von 4 bis 6 Wochen bis zu 20 Eier pro Tag ab. Die Eier sind an etwa 1 cm langen Stielen auf den Blättern befestigt. Nach wenigen Tagen schlüpfen daraus 0,5 mm lange Larven, die innerhalb ihrer Entwicklung über 500 Blattläuse vertilgen können. Neben Blattläusen werden auch Thripse und Spinnmilben verzehrt. Die Larven werden daher auch "Blattauslöwen" genannt. Sie wachsen bis auf eine Größe von 1,5 cm heran, bevor sie sich verpuppen. Die Larven sind Kannibalen, so daß die Tiere nicht im unmittelbaren Kontakt miteinander gehalten werden können.

Die optimalen Temperaturen für diese Tiere liegen bei über 18 °C und einer Luftfeuchte von 60 %.

Einsatzverfahren:
Beim ersten Auftreten von Blattläusen sollten die Florfliegen eingesetzt werden. Im Vergleich zu den Räuberischen Gallmücken oder Schlupfwespen wird durch den Einsatz von Florfliegenlarven vor allem bei schon vorhandenen größeren Blattlauszahlen eine schnelle Reduzierung der Blattläuse erreicht. Geliefert werden Florfliegeneier in einem streufähigen Material. Dieses wird über die Pflanzen ausgestreut. Auch andere Ausbringungsverfahren wie Aussprühen mit Hilfe von Druckluft oder Wasser werden derzeit erprobt. Neuerdings werden auch Florfliegenlarven im L3-Stadium in Pappstreifen mit futtergefüllten Einzelzellen geliefert. Dadurch wird unmittelbar nach dem Aussetzen eine gute Fraßleistung erzielt. Lassen Sie sich durch den Pflanzenschutzdienst bzw. die Lieferanten über die jeweiligen Einsatzmengen beraten.
Die praktischen Erfahrungen sind hinsichtlich der Wirkung gegen Blattläuse sehr unterschiedlich. Daher sollten vor einem großflächigen Einsatz zunächst eigene Erfahrungen auf kleiner Fläche gesammelt werden. Durch Florfliegen kann der Thrips-Befall ebenfalls reduziert werden.
Der Einsatz von Pflanzenschutzmitteln kann die Nutzorganismen in erheblichen Umfang gefährden. Beachten Sie die Hinweise des Pflanzenschutzdienstes und der Lieferanten.

Schadorganismus: Minierfliegen (*Liriomyza sp.*)
Die Fliegen sind etwa 2 mm groß und haben einen großen Wirtspflanzenkreis. Die Lebensdauer beträgt 2 bis 3 Wochen.
Die Fliegen legen ihre Eier in Fraßlöcher im Blattgewebe ab. Die Larven verursachen Miniergänge im Blattgewebe. Die Verpuppung findet meist am Boden, zum Teil aber auch an den Pflanzen statt. Im Winter überdauern die Puppen in Diapause.
Im Gemüsebau unter Glas kommen mehrere Arten vor. Die wichtigsten sind:
Blattaderminierfliege (*Liriomyza huidobrensis*)
Diese Art erkennt man am gelbem Punkt auf dem Rückenschild. Die Verpuppung findet überwiegend auf der Pflanze statt. Die Miniergänge verlaufen in typischer Weise, wobei die Blattadern nicht überquert werden.
Floridaminierfliege (*Liriomyza trifolii*)
Tomatenminierfliege (*Liriomyza bryoniae*)

Minierfliegen kommen an einer Vielzahl von Gemüsekulturen unter Glas vor. Wesentliche Bedeutung hat in den letzten Jahren der Befall mit der Blattaderminierfliege an **Stangenbohnen**, **Gurken**, **Tomaten**, **Salat**, **Rettich** und Kräutern wie **Basilikum** erlangt. Insbesondere an Tomaten kommt regelmäßig auch die Tomatenminierfliege vor.

Nutzorganismus: Schlupfwespen (*Dacnusa sibirica*)
Diese Schlupfwespenart legt ihre Eier in die Larven der Minierfliegen ab. Die Entwicklung der Schlupfwespenlarve erfolgt in der Larve der Minierfliege bis zur Verpuppung. Diese Art kennt keine Winterpause und kann über das ganze Jahr eingesetzt werden. Es handelt sich bei *Dacnusa* und *Diglyphus* um einheimische Arten, deren Population sich unter günstigen Bedingungen im Folgejahr ohne erneuten Einsatz fortentwickelt. Die Tiere sind am effektivsten bei Temperaturen zwischen 20 °C und 25 °C.

Nutzorganismus: Schlupfwespen (*Diglyphus isaea*)
Diese Schlupfwespenart sticht die Minierfliegenlarven an, so daß sie gelähmt werden und sofort ihre Fraßtätigkeit einstellen. Die Eiablage erfolgt in unmittelbarer Nähe der

gelähmten Minierfliegenlarve. Die schlüpfende Larve ernährt sich von der Schädlingslarve. Mit abnehmender Tageslänge geht diese Art in Winterruhe, so daß ihr Einsatz nur in der Zeit von April bis September in Frage kommt. Bei hohen Sommertemperaturen ist diese Art wirkungsvoller als *Dacnusa*.

Einsatzverfahren:

Beim ersten Auftreten von Miniergängen in den Blättern werden die Schlupfwespen ausgesetzt. Derzeit werden von den Nützlingslieferanten Mischungen beider Arten in einem Verhältnis von 90% *Dacnusa* und 10% *Diglyphus* versandt. Geliefert werden die erwachsenen Schlupfwespen in Flaschen und müssen unmittelbar nach Erhalt im Gewächshaus freigelassen werden. Im Regelfall werden 0,25 Tiere je m² an 4 bis 5 Terminen im Abstand von 7 Tagen ausgesetzt. Lassen Sie sich durch den Pflanzenschutzdienst bzw. die Lieferanten über die jeweiligen Einsatzmengen beraten. Der Grad der Parasitierung läßt sich nur mit Hilfe eines Mikroskopes genau bestimmen. Wenn 75 % der Minierfliegenlarven parasitiert sind, kann von einem ausreichenden Bekämpfungserfolg ausgegangen werden.

Der Einsatz von Pflanzenschutzmitteln kann die Nutzorganismen in erheblichen Umfang gefährden. Beachten Sie die Hinweise des Pflanzenschutzdienstes und der Lieferanten.

Schädigung der Schlupfwespen (*Dacnusa* und *Diglyphus*) durch Pflanzenschutzmittel:

Insgesamt geringe toxische Wirkung:
Fungizide: *Benomyl*[2], *Bitertanol*[2], *Bupirimate*[3], *Chlorthalonil*[2], *Fenarimol*[2], *Imazalil*[2], *Iprodion*[2], *Netzschwefel*[2], *Propamocarb*, *Triadimefon*[2], *Vinclozolin*[2].
Insektizide/Akarizide: *Bacillus thuringiensis*[2], *Buprofezin*[3], *Clofentezin*[2], *Fenbutatin-oxid*[2] , *Pirimicarb*[2], *Teflubenzuron*[2] .

Vorhandene Schlupfwespen werden abgetötet, aber keine wesentliche Nachwirkung:
Fungizide: -
Insektizide/Akarizide: *Heptenophos*[3].

Schadorganismus: Sklerotiniafäule (*Sclerotinia sclerotiorum, Sclerotinia minor*)

Der Erreger der Sklerotiniafäule kann viele Gemüsekulturen im Freiland und unter Glas befallen. Betroffen sind im Gewächshaus in erster Linie Kopfsalat, Stangenbohnen und Gurken. Auf den Befallsstellen bilden sich in einem weißen Pilzrasen Dauerformen, sogenannte Sklerotien aus, die mehrere Jahre im Boden überdauern können. Gelangen diese durch die Bodenbearbeitung in die oberste Bodenschicht, keimen sie unter günstigen Bedingungen aus und bilden Fruchtkörper (Apothecien), von denen die infektiösen Ascosporen abgeschleudert werden und Wirtspflanzen infizieren. Durch die Bildung neuer Sklerotien ist der Entwicklungszyklus geschlossen.

Enge Fruchtfolgen führen unter Glas bei Bodenkultur häufig zu einem erheblichen Infektionspotential. Befallener Kopfsalat zeigt zunächst eine Welke. Der Wurzelhals und die unteren Blätter sind verfault.

Nutzorganismus: Antagonist (*Coniothyrium minitans*)

Die Sporen dieses Pilzes sind bei intensiver Vermischung mit dem Boden in der Lage, die Sklerotien von *Sclerotinia* zu befallen und zu zerstören, so daß keine Apothecien gebildet werden.

Einsatzverfahren:

Sporen des Antagonisten werden kommerziell produziert und sind unter dem Namen *Contans WG* als zugelassenes Pflanzenschutzmittel zur Bekämpfung von *Sclerotinia sclerotiorum* und *S. minor* in Kopfsalat unter Glas im Handel. Bei dem Präparat handelt es sich um eine an Traubenzucker gebundene Sporensuspension. 1 g enthält ca. 1 Milliarde Sporen. Das Präparat wird in Wasser aufgeschwemmt, auf den Boden gespritzt und unmittelbar danach sorgfältig in den Boden eingearbeitet. Die Aufwandmenge beträgt 4 kg/ha bei 5 cm Einarbeitungstiefe. Die Anwendung muß 3 Monate vor der Pflanzung erfolgen. In diesem Zeitraum sollte die Bodentemperatur über 12 ° C liegen. Näheres ist der Gebrauchsanleitung zu entnehmen.

Bei der Anwendung ist zu berücksichtigen, daß bisher nur wenige praktische Erfahrungen mit dieser biologischen Bekämpfungsmethode vorliegen. Ungeklärt ist beispielsweise auch, ob im Boden unabhängig von der Ausschaltung der Sklerotien auch Infektionen über Myzel-Wurzel-Kontakt erfolgen können.

Schädigung des Antagonisten durch Pflanzenschutzmittel:

Beeinflussungen des Antagonisten durch den Einsatz von chemischen Pflanzenschutzmitteln sind nicht bekannt.

2.2.1.3   Entwicklungen

Neben den oben dargestellten und praxiserprobten Verfahren zur biologischen Bekämpfung von Schadorganismen gibt es eine Vielzahl von Verfahren, die sich in Entwicklung befinden. Es wird in den Forschungseinrichtungen auch mit einer großen Zahl weiterer Nützlinge experimentiert, die hier noch nicht näher dargestellt, aber erwähnt werden sollen.

Unter anderem Bekämpfung von:

Spinnmilben	mit	räuberischen Gallmücken (*Therodiplosis persicae*), räuberischen Gallmücken (*Feltiella acarisuga*)
Weiße Fliegen	mit	Schlupfwespen (*Eretmocerus californicus*) insektenpathogenen Pilzen (*Verticillium lecanii*)
Thripsen	mit	Florfliegen (*Chrysoperla carnea*)
Blattläusen	mit	Marienkäfern (*Coccinella septempunctata*) Marienkäfern (*Hippodamia convergens*) Zehrwespen (*Aphelinus abdominalis*) Schlupfwespen (*Episyrphus balteatus*) Schlupfwespen (*Lysiphlebus testaceipes*) insektenpathogenen Pilzen (*Verticillium lecanii*)
Minierfliegen	mit	Schlupfwespen (*Opius pallipes*)
Wolläusen	mit	Marienkäfern (*Cryptolaemus montrouzieri*) Schlupfwespen(*Anagyrus pseudococci*)
Trauermücken	mit	räuberischen Nematoden (*Heterorhabditis*) räuberischen Nematoden (*Steinernema*) Raubmilben (*Hypoaspis miles*) Raubfliegen (*Coenosia sp.*) Bakterien (*Bacillus thuringiensis*)

Schnecken	mit	räuberischen Nematoden (*Phasmarhabditis hermaphrodita*)
Engerlingen von Gartenlaubkäfern	mit	räuberischen Nematoden (*Heterorhabditis bacteriophora*)
Raupen	mit	Raubwanzen (*Podisus maculiventris*) Schlupfwespen (*Trichogramm brassicae*)
Pilzen (*Fusarium sp.*)	mit	antagonistischen Pilzen (*Fusarium sp.*)

2.2.2   Gemüsebau allgemein

Saatgutbeizung

Alle Gemüsearten sind grundsätzlich mit Saatgutbehandlungsmitteln gegen Auflaufkrankheiten im Gemüsebau zu beizen, um Pilzkrankheiten vorzubeugen und ein besseres Auflaufen zu gewährleisten. Sofern nicht bereits gebeiztes Saatgut im Handel erworben wird, wendet man am zweckmäßigsten das Überschuß-Absiebeverfahren an. Geeignet nach Gebrauchsanleitung sind Präparate mit dem Wirkstoff *Thiram*. Siehe auch unter "Pflanzenschutzmittelübersicht - Fungizide im Gemüsebau". Bei pilliertem Saatgut ist zum Teil der Zusatz eines Fungizids und Insektizids bereits erfolgt. Bei Aussaat und Pikieren von Frühgemüseanzuchten gedämpftes oder im Notfall auch chemisch mit *Dazomet* entseuchtes Substrat benutzen. Siehe auch unter "Bodenentseuchung". Bei Verwendung handelsüblicher Preßtopferden - ohne Zumischung von eigenen Substraten - sind spezielle Bodenentseuchungsmaßnahmen nicht erforderlich.

Kulturschutznetze

Neben gelochten und ungelochten Folien sowie Vliesen, mit denen Gemüsekulturen zur Verfrühung abgedeckt werden, werden seit einigen Jahren feinmaschige Kunststoffnetze (u.a. Bionet, HaCe-Ökonet und Rantai) angeboten. Diese als Kulturschutznetze bezeichneten Abdeckmaterialien können - auch im Sommer bis zur Ernte - abgesehen von geringfügig erhöhtem Pilzbefallsrisiko - ohne wesentliche Beeinträchtigung auf der Kultur verbleiben. Die Maschenweite bewegt sich je nach Art zwischen 1,2 und 2,0 mm, so daß viele Insekten und größere Schaderreger (Sperlinge, Tauben) ferngehalten werden. In Versuchen haben sich die Netze zur Abwehr von Kohl-, Möhren- und Zwiebelfliegen bewährt. Bei Schadschmetterlingen (Kohlweißlinge, Kohleulen u. a.) muß in geringem Umfang mit einer Eiablage auf dem Netz und Durchkriechen der Junglarven gerechnet werden. Auch Blattläuse (Pfirsichblattlaus, Mehlige Kohlblattlaus u. a) und Thripse überwinden diese Barriere nach Praxiserfahrungen kaum. Erdflöhe und Rapsglanzkäfer können bei Maschenweiten unter 1,4 mm weitgehend abgehalten werden. Durch Spezialnetze mit Maschenweiten von 0,8 mm kann die Käferzuwanderung nahezu vollständig unterbunden werden. Hier sind allerdings weitere Versuche notwendig. Kulturschutznetze sind mehrfach verwendbar und halten nach bisherigen Erfahrungen mindestens 5 Jahre. Durch flüchtiges Schaldenwild (Reh-, Rotwild) können sie eingetreten werden. Die Einkaufspreise liegen zur Zeit zwischen 0,80 DM und 2,- DM je m². Wegen des relativ hohen Preises werden Kulturschutznetze derzeit nur in einigen Anwendungsbereichen eingesetzt. Dazu gehören in großem Umfang die Kohlfliegenabwehr beim Anbau von Rettich und die Abwehr von Kohlfliegen und anderen Schädlingen an Kohl in Wasserschutzgebieten und zur Abwehr oberirdischen Kohlfliegenbefalls.

Jungpflanzen

☐ Jan. bis April - Bei Jungpflanzenanzucht unter Glas auftretend, meist ab Bildung des zweiten Laubblattes nekrotische Flecken zwischen den Blattadern, nekrotische Blattränder, völliges Absterben der Keimblätter, insbesondere nach sonnigen Tagen bei geschlossenen Gewächshäusern, meist bei Kohljungpflanzen, insbesondere bei Blumenkohl und Kohlrabi, in der Regel keine Symptome bei Salat, Sellerie, Tomaten, Tagetes, Begonien, Pelargonien.

○ **Ausdünstung von Weichmachern**

△ Einigen Kunststoffmaterialien, meist aus PVC, werden häufig sogenannte Weichmacher zugesetzt, damit das Material elastisch bleibt. Ausdünstungen dieser Substanzen führen in geschlossenen Räumen unter Umständen zu pflanzenschädlichen Konzentrationen. Häufig verursacht durch **Kunststoffschläuche**, die zur Bewässerung oder als Heizungsschläuche eingesetzt werden. Testung der im Gewächshaus verwendeten Kunststoffmaterialien (Biotest mit Kohlpflanzen im Folienzelt) und Entfernen des verursachenden Materials.

☐ Jan. bis Sept. - Auflaufen unregelmäßig, Keim- oder Jungpflanzen fallen um und sterben ab. Wurzelhals schwarz, oft eingeschnürt, Wurzeln zuweilen dunkel. Bei schwachem Befall kümmern die Pflanzen, Blätter vergilben. Besonders an Kohlarten, Salat, Tomate, Spinat, Möhre, Sellerie, Petersilie.

○ **Auflaufkrankheiten, Schwarzbeinigkeit, Umfallen** (*Pythium de baryanum* Hesse, *Olpidium brassicae* Dangeard, *Fusarium-* und *Rhizoctonia*-Arten u. a. Pilze)

△ Siehe unter "Anwendung von Pflanzenschutzmitteln - Bodenentseuchung". Flächen für Anzuchtbeete im Freiland stets wechseln. Besonders gefährdet sind Aussaaten unter Glas. Vor Befallsbeginn, spätestens bei erstem Befall vorsichtiges Angießen der Anzuchten mit Fungiziden auf Basis von *Metiram* bei Gemüsekohl, Kopfsalat und Tomaten, *Propamocarb* (an Gurken, Tomaten) oder anderen Wirkstoffen. Siehe auch "Pflanzenschutzmittelübersicht - Fungizide im Gemüsebau".

☐ März bis Okt. - Zunächst Blattflecken, fahle bis gelbliche, später weißlich-graue Überzüge blattunterseits, schließlich unregelmäßige Faulstellen.

○ **Falscher Mehltau** (*Peronospora-, Pseudoperonospora-* und *Bremia*-Arten)

△ Jungpflanzen mit Mitteln gegen Falschen Mehltau im Gemüsebau, beispielsweise *Fosetyl* oder *Propamocarb* behandeln. Näheres "Pflanzenschutzmittelübersicht - Fungizide im Gemüsebau".

☐ G. Veg. - Pflanzen kümmern herdweise. An den Wurzeln unregelmäßige Verdickungen (Wurzelgallennematoden) oder bartartige Ausbildung von Nebenwurzeln (wandernde Wurzelnematoden).

○ **Nematoden, Älchen** (verschiedene Arten)

△ Im Freiland weitgestellte Fruchtfolge. In Zweifelsfällen, insbesondere vor geplantem Anbau von Möhren auf befallsverdächtigen Freilandflächen, Bodenuntersuchung durch den Pflanzenschutzdienst vornehmen lassen. Selten ist die Anwendung von chemischen Bodenentseuchungsmitteln lohnend. Vorher sollte die örtliche Situation durch eine Spezialberatung geklärt werden. Zwischenfruchtanbau mit *Tagetes erecta* reduziert die durch Nematoden der Gattung *Pratylenchus* hervorgerufene Bodenmüdigkeit. Unter Glas Bodendämpfung oder chemische Bodenentseuchung mit den für diesen Zweck ausgewiesenen Mitteln, vor allem bei Gurken und Tomaten oder Übergang auf Substratkulturen. Siehe auch "Pflanzenschutzmittelübersicht - Bekämpfung von Nematoden".

2.2.3   An mehreren Gemüsearten

☐ G. Veg. - Löcherfraß und deutliche Schleimspuren. Nächtlicher Fraß, vor allem bei kühle-
rem, feuchten Wetter oft empfindliche Schäden an Gemüsepflanzen aller Art.
○ **Schnecken** (*Deroceras reticulatum* Müll. und andere Arten)
Δ Am Abend gekörnte *Metaldehyd*- oder *Methiocarb*-haltiger Schneckenköder nach Gebrauchsanleitung ausstreuen. Präparate siehe "Pflanzenschutzmittelübersicht - Bekämpfung von Schnecken". In Entwicklung befindet sich zur Zeit der Einsatz von parasitären
Nematoden (*Phasmarhabditis hermaphrodita*).

☐ G. Veg. - Blätter weißlich-gelb gesprenkelt, mit feinen, manchmal dichten Gespinstüberzügen. Zahlreiche grüngelbliche oder braunrötliche Milbenstadien, Eier sowie Häutungsreste und Kot (Lupe!). Blätter vergilben und vertrocknen schließlich. Vor allem an Bohnen
und Gurken.
○ **Spinnmilben** (*Tetranychidae*)
Δ Bei Kulturen im Gewächshaus sollte in erster Linie an Verfahren der biologischen Bekämpfung gedacht werden. Siehe "Gemüsebau - Biologische Bekämpfungsverfahren unter
Glas". Bezugsquellen siehe "Pflanzenschutzmittelübersicht - Hersteller- bzw. Vertriebsfirmen". Sonderberatung durch Pflanzenschutzdienststelle anfordern.
Im Freiland frühzeitige Anwendung von Mitteln gegen Spinnmilben im Gemüsebau. Die
verwendeten Präparate möglichst oft wechseln, um Resistenzbildung zu vermeiden. Gegen Spinnmilben an Bohnen sind beispielsweise *Azocyclotin* und *Rapsöl* und an Auber-
ginen, Gurken, Paprika, Tomaten und Zucchini unter Glas ist beispielsweise *Abamectin*
ausgewiesen. Weitere Präparate siehe "Pflanzenschutzmittelübersicht - Bekämpfung von
Milben".

☐ Mai bis Juni - Fraßlöcher an Keimpflanzen, auch Wurzeln und keimende Samen beschädigt. Winzige, sich springend fortbewegende Insekten, sowohl im Freiland als in Gewächshäusern, vorwiegend an faulendem Pflanzenmaterial, zeitweise in Massen auftretend.
○ **Springschwänze** (*Collembola*)
Δ Organische Düngung einschränken, insbesondere nicht mit unvollständig verrottetem
Kompost düngen. Spritzung mit Insektiziden gegen beißende Insekten. Gute Erfahrungen
mit *Parathion* und anderen.

☐ G. Veg. - Fraß an Keimlingen sowie Wurzeln junger Pflanzen.
○ **Tausendfüßler** (*Blaniulus*- und *Cylindroiulus*-Arten)
Δ Organische Düngung einschränken, insbesondere nicht mit unvollständig verrottetem
Kompost düngen. Ausstreuen von *Methiocarb*-Präparaten, wie gegen Schnecken örtlich
gegen Tausendfüßler bewährt.

☐ G. Veg. - Wachstumsstörungen, Verkrüppeln der Triebe und Blätter, Blattrollen, Verfärbung. Klebriger Honigtau, auf diesem durch später sich ansiedelnde Schwärzepilze
schwarzer Belag (Rußtau), oft ganze Überzüge bildend.

○ **Blattläuse** (*Aphididae*)

△ Sofort bei Beobachtung der ersten Blattläuse mit Mitteln gegen saugende Insekten oder Mitteln gegen Blattläuse spritzen, wobei kurz vor der Ernte Präparate mit kurzer Wartezeit zu verwenden sind. Siehe "Pflanzenschutzmittelübersicht - Insektizide im Gemüsebau".
Allgemein sind gegen Blattläuse, auch als Virusvektoren, besonders wirksam *Oxydemeton-methyl*, *Dimethoat*, die selbst die in gerollten Blättern sitzenden Blattläuse abtöten. Bei blühenden Beständen sind nur nicht bienengefährliche Präparate wie beispielsweise *Kali-Seife*, *Pirimicarb*, *Pyrethrum* + *Piperonylbutoxid* zulässig. Neuerdings wird die Anwendung von Kulturschutznetzen (näheres siehe unter "Gemüsebau - allgemein") zur Abwehr des Blattlauszufluges in die Kulturen, insbesondere bei Salat überprüft. Stand der Untersuchungen bei der zuständigen Pflanzenschutzdienststelle erfragen.

☐ Mai bis Ernte - Pflanzen kränkeln, vergilben, sterben ab. Wurzeln mit weißlichen Wachsausscheidungen bedeckt, darin graublaue, wachsbepuderte Läuse. Vor allem an Salat, Möhre, Kümmel, in Hausgärten oft massenhaft.
○ **Wurzelläuse** (*Pemphigus*-Arten)

△ Anwendung von Gießmitteln mit Wirksamkeit gegen Wurzelläuse wie *Dimethoat* oder *Parathion*, aber nur nach Sonderberatung durch Pflanzenschutzdienststelle.

☐ G. Veg. - Helle Saugstellen an den Blättern, vergilben der Pflanzen. Zahlreiche "Weiße Fliegen". Klebriger Honigtau, auf diesem durch später sich ansiedelnde Schwärzepilze schwarzer Belag (Rußtau), oft ganze Überzüge bildend.
○ **Weiße Fliegen, Mottenschildläuse** (*Aleyrodidae*)

△ Bekämpfung schwierig, daher vorher Pflanzenschutzdienststelle befragen. Bei Kulturen im Gewächshaus sollte in erster Linie an Verfahren der biologischen Bekämpfung gedacht werden. Siehe "Gemüsebau - Biologische Bekämpfungsverfahren unter Glas". Bezugsquellen siehe "Pflanzenschutzmittelübersicht- Hersteller- bzw. Vertriebsfirmen". Alternativ können unter Glas beispielsweise Spritzbehandlungen mit *Rapsöl* oder *Buprofezin* bei Gurken und Tomaten vorgenommen werden.
Gegen Kohlmottenschildläuse an Kohlarten im Freiland haben sich bei wiederholter Anwendung Mittel auf Basis von *Methamidophos* und *Deltamethrin* bewährt. Allerdings tritt örtlich Resistenz gegen Pyrethroide auf. Siehe auch "Pflanzenschutzmittelübersicht - Insektizide im Gemüsebau".

☐ Mai bis Ernte - Gelbgerandete Stichstellen, meist mit Wulst, auf der Blattspreite. Verkrüppeln der Herzblätter, vor allem bei Blumenkohl, Gurken, Salat, Sellerie und Spargel.
○ **Blattwanzen** (verschiedene Arten, u. a. *Lygus pratensis*)

△ Spritzbehandlung mit Mittel gegen saugende Insekten, wie z. B. *Dimethoat*, gleichzeitig gute Wirkung gegen Blattläuse und Minierfliegen.

☐ G. Veg., vorwiegend Juli/August - Fraß an unterirdischen, zuweilen auch oberirdischen Pflanzenteilen. Am Fuße der Pflanze in der Erde braune oder grünlich- graue, zusammengerollte Raupen, vor allem unter Salat, Porree. Neuerdings auch an Möhren stärker auftretend.
○ **Erdraupen** (*Agrotis*-Arten)

△ Junge Erdraupen durch Spritzbehandlungen mit Insektiziden gegen beißende Insekten, vorzugsweise mit Pyrethroiden bekämpfen. Bei älteren Erdraupen hat sich das Ausstreuen (abends) einer frischen Ködermischung bewährt, aber vorher Rückfrage beim Pflanzenschutzdienst über Anwendungsbeschränkungen. Köder werden auf *Parathion*-Basis hergestellt. **Bei Herstellung und Ausbringung Gummihandschuhe tragen**! Siehe auch "Pflanzenschutzmittelübersicht - Insektizide im Gemüsebau".

Bei schwachem Besatz mit Erdraupen ist das Aufsammeln der direkt unter den geschädigten Pflanzen sitzende Tiere oft wirkungsvoller als die chemische Behandlung.

☐ G. Veg. - Fraß verschiedener Art an Knospen, Blättern, Trieben.

○ **Raupen, Blatt- und Rüsselkäfer, Blattwespen und andere beißende Insekten**

△ Spritzen oder Stäuben mit Insektiziden gegen beißende oder im Bedarfsfall gegen beißende und saugende Insekten

Bei blühenden Pflanzen nur nicht bienengefährliche Präparate zulässig. Man benutze bei bereits herangewachsenen Pflanzen Präparate mit kurzer Wartezeit. Im Kleingarten sind nur *Pyrethrum*-haltige Präparate angebracht. Siehe auch "Pflanzenschutzmittelübersicht - Insektizide im Gemüsebau".

☐ G. Veg. - Fraßlöcher im Blattgewebe, viele kleine Einstichstellen, Miniergänge im Blattgewebe, bevorzugt im Bereich der Blattadern, Puppen außerhalb des Blattes, 2 mm große Fliegen mit gelbem Punkt auf dem Rückenschild.

○ **Nervenminierfliege** (*Liriomyza huidobrensis*)

△ Art noch nicht überall verbreitet, daher Einschleppung verhindern, Jungpflanzen sorgfältig kontrollieren, möglicherweise einige Tage getrennt halten, sehr polyphage Art, befällt über 100 Pflanzenarten, darunter zahlreiche Gemüsearten (u. a. Bohnen, Erbsen, Feldsalat, Kohlarten, Petersilie, Rettich, Radies, Salat, Spinat). Bekämpfung außerordentlich schwierig, unter Glas eventuell Einsatz von Nützlingen (*Diglyphus isea, Dacnusa sibirica*) möglich, siehe "Gemüsebau - Biologische Bekämpfungsverfahren unter Glas" und Sonderberatung durch Pflanzenschutzdienststelle anfordern. Bei Tomaten unter Glas auch Spritzbehandlungen mit *Abamectin*.

☐ Frühjahr bis Sommer - Blätter siebartig durchlöchert, 2 bis 3 mm lange, gelbgestreifte, blaue oder schwarze, springende Käfer. Vor allem an Kohl, Meerrettich, Radies, Rettich.

○ **Erdflöhe** (*Phyllotreta*-Arten)

○ **Rapsglanzkäfer** (*Meligethes aeneus* Fabr.)

△ Spritzbehandlung mit Präparaten gegen beißende Insekten, siehe "Pflanzenschutzmittelübersicht - Insektizide im Gemüsebau".

☐ G. Veg. - Fehlstellen oder Absterben einzelner Pflanzen, Wurzeln abgebissen, beschädigt, Knollen angefressen, durchbohrt, später oft faulend. Meistens nach Umbruch von Grün- und Ödlandflächen.

○ **Engerlinge** (*Melolontha*-, *Amphimallon*-, *Phyllopertha*-Arten)

○ **Drahtwürmer** (*Agriotes*-, *Athous*- und *Corymbites*-Arten)

△ Pilliertes Saatgut von Gemüse enthält unter Umständen neben einem fungiziden Wirkstoff ein Insektizid mit Wirkung gegen Drahtwürmer und Engerlinge sowie andere Bodenschädlinge und erübrigt weitere Aktionen.

Vor direkten Bekämpfungsmaßnahmen wegen des Rückstandsproblems bei Gemüsekulturen in jedem Fall Sonderberatung durch Pflanzenschutzdienststelle anfordern. Wenn der Befall vor Kulturbeginn bekannt ist, zunächst versuchen, die (Drahtwürmer und) Engerlinge durch starkes Fräsen zu vernichten. Präparate siehe "Pflanzenschutzmittelübersicht - In-

sektizide im Gemüsebau". Zur Zeit sind keine Präparate ausgewiesen. Siehe auch Engerlinge im Abschnitt "Krankheiten und Schädlinge - Ackerbau allgemein".

☐ G. Veg. - Fraß an Wurzeln, fingerdicke Gänge im Boden, darin 5 bis 6 cm lange, mit grab-
schaufelähnlichen Vorderbeinen ausgestattete Insekten. Fraß nachts. Eiablage in
faustgroßen Nesthöhlen. Vor allem in Kästen, Mistbeeten, aber auch im Freiland gebietsweise stark schädlich.
   O **Maulwurfsgrille, Werre** (*Gryllotalpa vulgaris* Latr.)
   Δ Anwendung von Mitteln gegen Maulwurfsgrillen. Zur Zeit keine Präparate ausgewiesen.

☐ G. Veg. - Ameisen treten innerhalb oder außerhalb der bepflanzten Flächen stärker auf,
gelegentlich Fraß an Keimlingen, häufig Blattläuse in größerer Zahl auf den Kulturpflanzen
vorhanden.
   O **Ameisen** (*Formicidae*)
   Δ Ausbringung von ausgewiesenen Mitteln gegen Ameisen auf Nesteingänge, Zugstra-
ßen; sorgfältige, bei Bedarf wiederholte Anwendung **nur außerhalb der Gemüseanbauflächen.** Präparate siehe "Pflanzenschutzmittelübersicht - Bekämpfung von Ameisen".

☐ G. Veg. - Aufpicken von Sämereien, auch Ausziehen von Jungpflanzen, am Blattrand her-
ausgerissene Blattstücke.
   O **Ringeltaube** (*Columba palumbus* L.);
   O **Rabenkrähe** (*Corvus corone* L.);
   O **Saatkrähe** (*Corvus frugilegus* L.);
   O **Dohle** (*Corvus monedula* L.);
   O **Fasan** (*Phasianus colchicus* L.);
   O **Haussperling** (*Passer domesticus* L.).
   Δ Bekämpfung der Sperlinge nach Anweisung des Pflanzenschutzdienstes. Siehe auch
unter "Ackerbau allgemein". Sicherste, aber aufwendige Methode ist das Abdecken der
gefährdeten Kulturen mit Vogelschutznetzen (12 mm Maschenweite), feinmaschigen
Kulturschutznetzen (näheres siehe unter "Gemüsebau - allgemein") oder bei Frühkulturen
mit gelochten Folien oder Vliesen. Spezielle Taubenfraß-Signalvogelscheuchen sind
häufig nur erfolgreich, wenn sie vor Beginn des Schadfraßes eingesetzt werden.
Außerhalb von Wohngebieten Knallschreckscheuchen (z. B. *Knallschreck Purivox*) häufig
nur mit mäßiger Wirkung. Spritzbehandlungen mit *Ziram*[1] - ausgewiesen zur Abwehr von
Wildverbiß - oder mit Bittersalz haben keine hinreichende Wirkung gegen Taubenfraß.
Bei allen Maßnahmen zur Vermeidung von Schäden durch Vögel Naturschutz- und Jagdbehörden einschalten, um vermehrten Abschuß, etwa bei Tauben, oder andere Gegenmaßnahmen, unter Umständen in Verbindung mit einer Aufhebung der Schonzeit, zu ver-
anlassen.

☐ G. Veg. - Gänge mit flach aufgeworfenen Erdhaufen, Gänge nach Öffnen sehr schnell
wieder verwühlt. Unterirdische Pflanzenteile, vor allem fleischige Wurzeln, Knollen und
Zwiebeln von Gemüse, werden befressen.
   O **Wühlmaus, Schermaus** (*Arvicola terrestris* L.)
   Δ Nähere Angaben über Bekämpfungsverfahren siehe auch unter Krankheiten und Schädlinge - Ackerbau allgemein" sowie unter "Pflanzenschutzmittelübersicht - Bekämpfung
bzw. Vergrämung von Nagetieren". Neuere Untersuchungen zeigen eine gute Bekämpfung
bei bindigen Böden durch Einleiten von Kohlendioxid in das Gangsystem. Die Schermäuse

ersticken dadurch in kurzer Zeit, jedoch macht die Handhabung der Kohlendioxid-Einleitung noch technische Probleme. In Gärten unter Umständen auch Vergrämungsmittel zweckmäßig. Versuche zur Vertreibung mit Ultraschallgeräten oder anderem elektronischen Geräten, auch im tieffrequenten Resonanzbereich waren bisher erfolglos.

☐ G. Veg. - Maulwurfshaufen, Wühlgänge, jedoch keine Fraßschäden an Wurzeln.
○ **Maulwurf** (*Talpa europaea* L.)
△ Abfangen in Fallen oder Anwendung von Begasungs- oder Räuchermitteln gegen Wühlmaus mit Wirkung gegen Maulwurf unter genauer Beachtung der Vorschriften. Wühlmausköder versagen, da der Maulwurf von Bodeninsekten und Würmern lebt. In bindigen Böden ist das Einleiten von Kohlendioxid in das Gangsystem wie gegen Wühlmaus (oben!) wirksam, wenn sorgfältig gearbeitet wird. Erfahrungen aus den letzten Jahren zeigen übrigens, daß Kohlanbauflächen, die mit *Kalkstickstoff* behandelt werden, allgemein weniger durch Maulwürfe (und Mäuse) geschädigt werden. Siehe auch "Pflanzenschutzmittelübersicht - Bekämpfung bzw. Vergrämung von Nagetieren".

Der Maulwurf ist durch die Bundesartenschutzverordnung geschützt. Seine Bekämpfung ist nur erlaubt, wenn schwerwiegende Schäden abzuwenden sind. Näheres Pflanzenschutzdienststelle!

☐ G. Veg. - Starker Fraß an Gemüsekulturen verschiedener Art, Wildlosung.
○ **Wild**, vor allem **Kaninchen, Hasen, Reh-, Dam-, Rot- und Schwarzwild**
△ Anwendung von Mitteln zur Verhütung von Wildschäden. Abschuß oder Fang nur im Rahmen der gesetzlichen Bestimmungen statthaft, daher Jagdbehörden einschalten. Gebietsweise gute Erfolge mit gedrehten Nylonbändern (näheres Pflanzenschutzdienststelle) gemeldet. Gemüsejungpflanzen, aber keine älteren Bestände können gegen Verbiß durch Kaninchen sowie Hasen beispielsweise mit *Ziram*[1] behandelt werden. Näheres dazu sowie weitere Mittel siehe unter "Pflanzenschutzmittelübersicht - Verhütung von Wildschäden und Vogelfraß". Pflanzen versuchsweise mit Buttermilch (Eintauchen der Pflanzen vor und Spritzbehandlung nach dem Setzen) behandeln.
Maschendrahtzäune entsprechender Höhe und Tiefe um die Felder ziehen:

Wildart	Höhe in cm	im Erdboden in cm
Wildkaninchen, Hasen	120	30
Rehwild	150	
Schwarzwild	120 - 150	
Rot- und Damwild	180	

2.2.4   Artischocke

Artischocken sind gebietsweise in einigen Betrieben anzutreffen. Es ist aber meist fraglich, ob sie als Gemüse- oder als Zierpflanzenkultur einzustufen sind, da sie teils als Gemüse, teils jedoch auch wegen des zu erzielenden guten Preises als Zierpflanze verkauft werden. Von tierischen Schädlingen treten an Artischocke Blattläuse und Spinnmilben regelmäßig stark auf, zeitweise auch Blasenfüße. Bei Nutzung der Kultur als Zierpflanze gibt es bei der Bekämpfung der drei aufgeführten Schädlinge keine Probleme. Bei Nutzung als Gemüsepflanze ist vor dem Einsatz von Pflanzenschutzmitteln zu Artischocken in jedem Fall die Pflanzenschutzdienststelle zu befragen!

2.2.5   Buschbohne, Stangenbohne

Virusfreies Saatgut von Sorten verwenden, die gegen Bohnenmosaikvirus, Brennfleckenkrankheit und Bohnenrost widerstandsfähig sind. Auflaufschäden durch Pilzkrankheiten, Maden der Bohnenfliege und Springschwänze können stark eingeschränkt werden, wenn die Bohnen kurz vor der Aussaat gründlich mit einem Saatgutbehandlungsmittel (Beizmittel) gegen Auflaufkrankheiten und mit einem insektiziden Saatgutpuder behandelt werden. Wo erfahrungsgemäß die Bohnenfliege bedeutungslos ist, genügt die Behandlung mit einem Saatgutbehandlungsmittel gegen Auflaufkrankheiten auf Basis von *Thiram*. Chemische Unkrautbekämpfung in Bohnen
siehe "Pflanzenschutzmittelübersicht - Herbizide im Gemüsebau".

Freilandanbau

☐ Mai bis Juni - Absterbeerscheinungen (Verbräunungen) an den Blatträndern und -obersei-
   ten der jungen Pflanzen, mehr oder weniger starke Wuchshemmung bis zu vollständigem
   Absterben.

   O **Kälteschäden, Spätfröste**

   Δ Schäden treten bei Temperaturen unter + 2 °C auf. Die notwendige Temperatur zur
   Keimung liegt bei 10 °C. Buschbohnen nicht zu früh aussäen und nicht in spätfrostgefähr-
   deten Lagen anbauen.

☐ Hochsommer - Auf den der Sonne ausgesetzten Blattoberseiten zunächst helle, später
   dunkelbraune, häufig netzartige nekrotische Flecke, meist im zentralen Blattbereich, insbesondere nach Tagen mit hohen Einstrahlungsintensitäten, Zerstörung der Chloroplasten
   und Minderung der Photosynthese.

   O **Ozon-Schäden**

   Δ In Schönwettergebieten auftretend, auch in industriefernen Lagen, Ertragsdepressionen
   auch schon bei relativ niedrigen Ozon-Werten.

☐ G. Veg. - Vor allem an Buschbohnen. Krankheitsbild und Schädigungsgrad hängen von
   der Sorte, dem Infektionszeitpunkt, dem Virusstamm und den Witterungsbedingungen ab.
   Bei dem am meisten verbreiteten Schadbild zeigt sich zunächst eine allgemeine Aufhellung der Blätter, später entsteht dann ein deutliches hell- und dunkelgrünes Mosaik. Die
   dunkelgrünen Blattpartien sind dabei blasig aufgewölbt. Die Blattspreite ist ungleichmäßig
   geformt, oft verschmälert, der Blattrand nach unten gebogen. Das Virus wird mit dem Samen übertragen. Überträger im Bestand sind zahlreiche Blattlausarten.

   O **Gewöhnliches Bohnenmosaik** (*Phaseolus - Virus 1*)

   Δ Nur gesundes Saatgut aus anerkannt virusfreien Beständen verwenden. Virusresistente
   oder virustolerante Sorten beim Anbau bevorzugen (siehe Sortenliste des Bundessortenamtes oder Kataloge der Saatgutunternehmen).

☐ Juni bis Juli - Auf Blättern wasserhelle, hellgrüne bis gelbliche, eckige, gegen das gesunde Gewebe unregelmäßig gelblich begrenzte Flecke, die erst fettig aussehen, dann
   aber vertrocknen, Blätter verdorren. Auch an Stengeln, Hülsen und Samen fettige, dunkelgrüne, später glasig durchscheinende Flecke, auf diesen bei feuchtem Wetter schleimige
   Tröpfchen, dann sehr schnelle Ausbreitung durch Regen und starken Wind.

○ **Fettfleckenkrankheit** (*Pseudomonas syringae pv. phaseolicola* [Burgholder] Young et al.)

△ Wahl der örtlich als widerstandsfähig bewährten Bohnensorten, Auswahl aufgrund amtlicher Empfehlungen im Sortenliste des Bundessortenamtes oder Kataloge der Saatgutunternehmen. Verwendung befallsfreien Saatgutes. Bei Befall Saatgutwechsel.

☐ G. Veg. - Rundliche (Blätter, Hülsen, Samen) oder mehr längliche (Stengel), eingesunkene, graubraune Flecke mit zuweilen rötlichem Rand. Blattnerven und angrenzende Blattfläche braun verfärbt, verdorrend, bei starkem Befall Vertrocknen des Blattes. Befallene Samen keimen nicht oder liefern brennfleckige Kümmerpflanzen. Nur an Buschbohnen, vor allem bei feuchtem Wetter schnelle Ausbreitung.

○ **Brennfleckenkrankheit** (*Colletotrichum lindemuthianum* Sacc. et. Magn.)

△ Brennfleckenresistente Sorten (siehe Sortenliste des Bundessortenamtes oder Kataloge der Saatgutunternehmen) oder gesundes Saatgut aus trockenen Vermehrungsregionen verwenden. Beizung mit Saatgutbehandlungsmitteln gegen Auflaufkrankheiten und Brennfleckenkrankheit.

☐ Juni bis Ernte - Meist nur an Stangenbohnen. Auf Blattunterseite zuerst weiße Pusteln, in deren Bereich sich die Blattoberseite aufwölbt, dann braune und darauf schwarze Sporenlager, letztere auch an Hülsen. In feuchten Lagen.

○ **Bohnenrost** (*Uromyces phaseoli* Wint.)

△ Wechsel der Anbaufläche, gesundes, aus Trockenregionen stammendes Saatgut widerstandsfähiger Sorten (siehe Sortenliste des Bundessortenamtes oder Kataloge der Saatgutunternehmen) verwenden oder aber Buschbohnen anbauen. Desinfektion der Stangen, besser Anzucht an Schnüren.

☐ Sommer - Flächenweise Welken und Absterben der Pflanzen. Stengel mit weißem Schimmelbelag überzogen, darin meist dunkle Sklerotienkörner.

○ **Sklerotinia-Welke** (*Sclerotinia sclerotiorum* [LIB.] DE BARY)

△ Nicht zu dicht aussäen, mäßige Stickstoffdüngung. Kranke Pflanzen - wenn möglich - frühzeitig vernichten. Nach Befall weitgestellte Fruchtfolge. Spritzbehandlungen mit *Vinclozolin* (maximal 3 Anwendungen) ab Blühbeginn vornehmen. Gleichzeitig wirksam gegen Grauschimmel.

☐ An Blättern und Hülsen feuchte Faulstellen mit grauem Sporenrasen, unter Glas und im Freilandanbau, vor allem bei hoher Luftfeuchtigkeit.

○ **Grauschimmel** (*Botrytis cinerea* Pers.)

△ Vermeidung von Kulturfehlern (zu nasse Böden, zu dichter Stand, schattige Lage, Stickstoffüberdüngung, unter Glas zu wenig Wärme und Lüftung). Spritzen mit Mitteln gegen *Botrytis* an Buschbohnen wie *Vinclozolin*, *Procymidon*[1], maximal 3 Anwendungen, 1. bei Blühbeginn, 2. in die Vollblüte, 3. am Ende der Blüte. *Vinclozolin* auch gegen Sklerotinia-Welke.

☐ April bis Mai - Keimblätter schon unter der Erde zerfressen, Herz der Keimlinge stirbt ab. Nur in manchen Jahren, dann aber meist in Massen, häufig nach Spinat oder anderen Vorkulturen, bei denen viel organische Masse im Boden verbleibt, wodurch Fliegen zur Eiablage angelockt werden.

O **Bohnenfliege, Saatenfliege** (*Delia platura* Meig. und andere)

△ Behandlung des Saatgutes mit insektiziden Saatgutpudern, zur Zeit allerdings keine ausgewiesen; frühe Aussaat, aber nicht bei Bodentemperaturen unter 12 °C. Bei überraschendem, extrem starkem Befall Sonderberatung durch Pflanzenschutzdienststelle betreffs Einsatz von Insektiziden anfordern.

Befall durch den **Speisebohnenkäfer** kommt in Deutschland selten im Feldanbau, häufiger bei gelagerten Bohnen vor, besonders bei Importen aus subtropischen Ländern. Sollte in "Wärmegebieten" Freilandbefall beobachtet werden, so wende man sich an den Pflanzenschutzdienst.

Siehe auch: **Blattläuse**, vor allem **Schwarze Bohnenblattlaus** (siehe unter "Dicke Bohne").

Spinnmilben, die im Freiland gelegentlich in bekämpfungswürdigen Populationen auftreten, können zum Beispiel mit nicht bienengefährlichen *Rapsöl*-Präparaten bekämpft werden. Siehe "Pflanzenschutzmittelübersicht - Insektizide im Gemüsebau".

Anbau von Stangenbohnen unter Glas

Bei der Jungpflanzenanzucht
Substratbehandlung: Bei Vorkultur in Erdtöpfen oder anderen Anzuchtbehältern nur garantiert krankheitsfreies Kultursubstrat oder entseuchte Erde verwenden.
Saatgutbehandlung: Beizung mit *Thiram*

Nach dem Auspflanzen gegen *Botrytis*- und *Sklerotinia*-Befall:
Nicht zu reichlich mit Stickstoff düngen. Zu hohe Luftfeuchtigkeit vermeiden, diese eventuell durch Heizen oder Lüften senken. Besonders vorteilhaft Bewässerung von unten.
Bei Befall nach dem Auspflanzen gegen **Blattläuse**: Räuchern mit *Sulfotep* (1 Dose auf 200 m³ Gewächshausraum) oder Spritzen mit ausgewiesenen Präparaten.

☐ G. Veg. - Blätter weißlich-gelb gesprenkelt, mit feinen, manchmal dichten Gespinstüberzügen. Zahlreiche grüngelbliche oder braunrötliche Milbenstadien, Eier sowie Häutungsreste und Kot (Lupe!). Blätter vergilben und vertrocknen schließlich.
   O **Spinnmilben** Bohnen (*Tetranychidae*)
   △ In erster Linie sollte an Verfahren der biologischen Bekämpfung gedacht werden. Siehe "Gemüsebau - Biologische Bekämpfungsverfahren unter Glas". Bezugsquellen siehe "Pflanzenschutzmittelübersicht - Hersteller- bzw. Vertriebsfirmen". Sonderberatung durch Pflanzenschutzdienststelle anfordern. Chemische Bekämpfung zum Beispiel durch Spritzen mit *Azocyclotin* oder durch Räuchern mit *Sulfotep*.

☐ G. Veg. - Anfangs punktförmige, später flächige, helle Blattflecken, häufig durch die Blattadern begrenzt, im Endstadium nekrotisch, auch Blütenschäden möglich.
   O **Blütenthrips** (*Frankliniella occidentalis* Perganele)
   △ Biologische Bekämpfung mit Raubmilben (*Amblyseius*-Arten). Siehe "Gemüsebau - Biologische Bekämpfungsverfahren unter Glas" und Sonderberatung durch Pflanzenschutzdienststelle anfordern. Beschreibung des genauen Anwendungsverfahrens in der AID-Broschüre "Biologische Schädlingsbekämpfung". Bezugsquellen siehe "Pflanzenschutzmittelübersicht - Hersteller- bzw. Vertriebsfirmen". Frei fressende Tripslarven mit Präparaten gegen saugende Insekten unter Glas bekämpfen. Versteckt sitzende Tiere (z. B. in Blüten) nur schwer bekämpfbar. Siehe "Pflanzenschutzmittelübersicht - Insektizide im Gemüsebau".

2.2.6   Dicke Bohne (Puffbohne)

Saatgutbeizung, Randpflanzen beim ersten Anflug von Blattläusen behandeln. Betreffs chemischer Unkrautbekämpfung siehe "Pflanzenschutzmittelübersicht - Herbizide im Gemüsebau".

☐ Juni bis Aug. - vornehmlich auf den Blattoberseiten spritzerartig verteilte, braune Flecke von wenigen Millimetern Durchmesser mit hellerem, meist eingetrocknetem Zentrum und rötlichem oder grünlichgrauen Rand. Unter günstigen Befallsbedingungen auch größere graue Blattflecke, die nicht deutlich umrandet sind. Auf den Stengeln längliche, braune Striche und auf den Hülsen rundliche, braune Flecke. Bei starkem Befall im fortgeschrittenen Stadium von unten nach oben fortschreitendes Absterben der Blätter.
O **Schokoladenfleckenkrankheit** (*Botrytis fabae* Sard.)
Δ Anbau auf gut entwässerten Flächen in windoffenen Lagen. Reduzierung des Stickstoffangebotes und der Bestandsdichte. Wirksame Fungizide sind derzeit nicht ausgewiesen. Beratung durch die zuständige Pflanzenschutzdienststelle anfordern. Siehe auch unter Ackerbohnen.

☐ Mai bis Juli - Massenhaft schwarze Blattläuse, vor allem an den Triebspitzen. Befall beginnt am Feldrand. Auch an Ackerbohnen, Rüben, Mohn und Unkräutern häufig. Wirtswechselnde Blattlausart, Winterwirte sind Pfaffenhütchen und Schneeball, an denen im Herbst die Eier angelegt werden und von denen im Frühjahr die Blattläuse zufliegen. Daher sind zunächst nur die Feldränder befallen.
O **Schwarze Bohnenlaus** (*Doralis fabae* Scop.)
Δ Frühe Saat, spritzen mit gegen saugende Insekten ausgewiesenen Insektiziden. Empfohlen wird vor allem eine Randpflanzenbehandlung mit z. B. *Parathion* oder *Oxydemetonmethyl* vor der Blüte. Später sind gegen Blattläuse nur noch nicht bienengefährliche Präparate angebracht, wie beispielsweise *Pirimicarb*. In Haus- und Kleingärten nur *Pyrethrum*haltige Mittel empfehlenswert. Siehe auch "Gemüse - An mehreren Gemüsearten, Blattläuse".

☐ April bis Mai - Blätter vom Rande her durch kleine Rüsselkäfer erst halbkreisförmig, später oft total befressen, Käfer lassen sich bei leisester Erschütterung zu Boden fallen. Später Wurzelknöllchen durch die Larven befressen. Sekundär ist später Wurzelfäulnis möglich. Auch an Ackerbohne, Klee, Luzerne und anderen Leguminosen.
O **Blattrandkäfer** (*Sitona lineatus* L.)
Δ Nur bei sehr starkem Auftreten eine Spritzbehandlung mit einem Insektizid wie beispielsweise *Propoxur* vornehmen. Der genannte Wirkstoff ist bienengefährlich, Behandlungen nur vor der Blüte.

☐ Juni bis Aug. - Fraß an Triebspitzenblättern und Blütenknospen durch 2 bis 3,5 mm lange, glänzendschwarze Käfer, Käferlarven fressen in den Blüten an Pollensäcken und Samenanlagen, befallene Blüten fallen zu Boden.
O **Spitzmäuschen** (*Apion vorax*) und andere Rüsselkäfer
Δ Kontrolle durch Abschütteln auf Papier, bei Befall mit mehreren Käfern je 10 Pflanzen Bekämpfung kurz vor Beginn der Blüte oder bei Blühbeginn vor der Eiablage mit nicht bienengefährlichen Präparaten gegen beißende Insekten an Hülsenfrüchten.

☐ Juni bis April - An den Bohnenhülsen im Feld stecknadelkopfgroße Verbräunung erkennbar (Einbohrlöcher), zum Teil sekundär bakterielle Fäulnis an Hülsen und Samen, später
in den Samen Larven vorhanden. Samen zunächst mit durchscheinenden, dünnhäutigen,
fensterartigen Stellen, später mit kleinen runden Löchern. In den Samen 2 bis 3 mm
große, farblose Käferlarven. Kommen die Bohnen zur Samenreife, verpuppen sich die Larven im Samenkorn. Die Käfer schlüpfen im Sommer bis Herbst oder auch erst im Frühjahr.
  ○ **Ackerbohnenkäfer, Pferdebohnenkäfer** (*Bruchus rufimanus* Boh.)
  ○ **Saubohnenkäfer** (*Bruchus atomarius* L.)
  ○ **Gemeiner Erbsenkäfer** (*Bruchus pisorum* L.)
△ Der Befall ist abhängig von dem überwinternden Käferpotential und dessen Überleben
in Abhängigkeit von der Frühjahrswitterung. Bei warmer und trockener Witterung wird das
Überleben gefördert. Nur befallsfreies Saatgut verwenden. Befallene Bohnen nicht zur
Samenreife gelangen lassen. Bei hohem Befallsdruck gezielte Spritzbehandlungen mit
nicht bienengefährlichen Insektiziden gegen beißende Insekten zur Zeit der Eiablage im
Zeitraum von Mitte Juni bis Mitte Juli durchführen. Im Kleingartenbereich Befallsreduktion
durch Einsatz von Kulturschutznetzen (näheres siehe unter "Gemüsebau - allgemein") mit
einer Maschenweite von 1,6 mm. Die notwendige Blütenbestäubung wird durch die Netz-
abdeckung nur unwesentlich beeinträchtigt.

2.2.7   Champignon

**Vor jeder Anwendung von chemischen Präparaten wegen des Rückstandsproblems
persönliche Beratung an Ort und Stelle von zuständiger Pflanzenschutzdienststelle
anfordern. - Aufbereitung des Kompostes im Heißgärverfahren. Hygienemaßnahmen
von der Substratherstellung bis zur Ernte sind außerordentlich wichtig, um Substrat-
kontaminationen mit Schadorganismen zu vermeiden. Regelmäßige Desinfektion der
Räume, Maschinen und Geräte nach gründlicher Reinigung von Substratresten. Die
Desinfektion mit *Pentachlorphenol*-haltigen Präparaten ist verboten! Geeignete Desin-
fektionsmittel bei der Pflanzenschutzdienststelle erfragen.**

☐ Ab Beginn der Fruchtkörperbildung - Gefährliche Krankheit des Champignon: Bei Frühinfektionen Zerstörung des Pilzmyzels, es bilden sich keine oder nur einzelne, vielfach mißgestaltete Pilzkörper. Kahle Stellen. Bei später erfolgender Infektion plötzlich nachlas-
sende Erträge, mißgeformte, langstielige Pilzkörper, kleine, bräunlich gefärbte Hütchen,
oft mit schleimigen Stellen.
  ○ **Absterbekrankheit** (*Virus*)
△ Dämpfen des abgeernteten Substrats (24 Stunden bei 70 °C). Kulturräume gründlich
reinigen! Wenn Krankheit in einzelnen Kulturräumen auftritt, diese sorgfältig gegen übrige
Räume abschirmen. Bei Arbeiten in verseuchten Räumen besondere Kleidung und Arbeitsgeräte benutzen, beim Verlassen insbesondere das Schuhwerk durch mit Desinfek-
tionsmittel getränkte Fußmatten entkeimen.

☐ Ab Beginn der Fruchtkörperbildung - Auf der Hutoberseite gelbliche, grünliche, später
braune Flecken, die Pilzhaut klebrig, ferner auf den Champignons farblose oder gelbliche
Tröpfchen.

○ **Tropfenkrankheit** (*Pseudomonas tolaasi* Ell.)

△ Vorbeugende Maßnahmen sind die gleichen, wie bei Weichfäule angegeben. Siehe unten.

☐ Ab Beginn der Fruchtkörperbildung - Lamellen verdickt und gewellt, Hüte mißgestaltet, Pilz zuletzt bovist-ähnlich geformt, mit samtartigem, weißen, später braunen Belag. Pilzfleisch wird braun und weich, an der Oberfläche braune Tropfen. Übler Fäulnisgeruch. Vor allem bei Temperaturen von 18 °C und mehr auftretend.

○ **Weichfäule, Môle, Molle** (*Mycogone perniciosa* Magn.)

△ Vermeidung der Sporenverschleppung durch Kulturrückstände (Aushub). Entseuchung der Komposterde durch Heißgärverfahren (Pasteurisieren) und Dämpfen der Deckerde. Nach Beendigung jeder Kultur Desinfektion der Räume. Vermeidung von Temperaturen über 16 °C und Benetzung der Kulturen. Frischluftzufuhr. Versuchweise mit gechlortem Wasser gießen. Nach dem Aufbringen der Deckerde Gießbehandlung mit Fungiziden. Näheres über geeignete Präparate, über Vorsichtsmaßnahmen zur Vermeidung von Rückständen und über neuere Verfahren zur Bodenentseuchung durch Pflanzenschutzdienststelle.

☐ Ab Beginn der Fruchtkörperbildung - Auf den Beeten kreideweiße, später rosafarbene, pulverige Flecken durch Pilzgewebe. Champignonkulturen sterben mehr oder weniger schnell ab.

○ **Gipskrankheit** (*Monilia fimicola* Cost. et. Mart.)

△ Vorbeugende Maßnahmen sind die gleichen, wie bei Weichfäule angegeben. Siehe oben.

☐ Ab Beginn der Fruchtkörperbildung - Fleckenbildungen und Deformierungen an den Champignons, aber keine Tropfenbildung und Fäulnis, Champignons lederig, rissig, trocken.

○ **Trockenfäule, trockene Molle** (*Verticillium*-Arten)

△ Bekämpfungsmaßnahmen sind die gleichen, wie bei Weichfäule angegeben. Siehe oben.

☐ G. Veg. - Champignons bleiben klein, lederartig fest, glänzend braun.

○ **Fusariose** (*Fusarium*-Arten)

△ Tropfenfall im Kulturraum verhindern. Temperatur regulieren, intensive Luftbewegung ist zu vermeiden, besonders vorsichtiges Gießen notwendig.

☐ G. Kulturdauer - Zwischen dem Myzel finden sich zahlreiche, etwa 1 mm lange Würmer.

○ **Fadenwürmer** (Nematoden), **"Raummüdigkeit"**

△ Bei Folgekulturen Heißvergärung des Kompostes (72 Std. 55 °C) vornehmen. Deckerde dämpfen. Bei starkem Befall Kultur ausräumen, bei schwachen Befall Weiterkultur bei 13 °C möglich. Besondere Desinfektionsmaßnahmen erforderlich. Örtliche Beratung durch Pflanzenschutzdienste sollte in jedem Fall angefordert werden.

☐ G. Kulturdauer - Feuchte, meist braune Fraßlöcher am Stiel und Hut, Fraßspuren auch an der Ansatzstelle des Stieles am Myzel häufig, hier jedoch im allgemeinen weniger auffallend.

O **Milben** (*Acarina*)

△ Bei Folgekulturen "Pasteurisieren," mehrere Stunden 58 °C bis 60 °C. Einhaltung der allgemeinen Hygienemaßnahmen.

☐ G. Kulturdauer - Am Hutrand und Stiel flache, trockene Gruben ausgefressen.

O **Springschwänze** (*Collembola*)

△ Bei Folgekulturen Vernichtung durch "Pasteurisieren," 55 °C bis 60 °C für etwa einen Tag halten. Kultur darf nicht zu feucht gehalten werden.

☐ G. Kulturdauer. - Im Myzel oder in den Champignons fressen Mücken- oder Fliegenlarven, manche Arten kommen auch im Kompost freilebend vor.

O **Pilzmücken, Trauermücken** (*Sciaridae*) **und Buckelfliegen** (*Phoridae*)

△ Kompost nach jedem Umsetzen außen mit ausgewiesenem Insektizid behandeln. Unmittelbar nach dem Abdecken kommt auch eine Spritzung der Abdeckerde mit einem Insektizid, beispielsweise *Diflubenzuron* infrage, doch Rückstandsproblem beachten! In Erprobung befindet sich im Rahmen der biologischen Bekämpfung der Einsatz des Nematoden *Steinernema feltiae* und *Heterorhabditis sp.* nach dem Abdecken. Gegen ausgeschlüpfte, herumfliegende Mücken nach Beratung durch Pflanzenschutzdienst Behandlung der Wände mit Insektiziden vornehmen oder Lichtfallen aufstellen.

2.2.8   Chicoree

Saatgut mit Saatgutbehandlungsmitteln gegen Auflaufkrankheiten beizen. Bei Bedarf Spritzbehandlung gegen Blattläuse bzw. Minierfliegen mit Präparaten gegen saugende bzw. beißende Insekten an Blatt- und Sproßgemüse. Chemische Unkrautbekämpfung in Chicoree siehe "Pflanzenschutzmittelübersicht - Herbizide im Gemüsebau".

Anbau der Kultur:

☐ G. Veg. - Hauptwurzel abgestorben, Entwicklung mehrerer Seitenwurzeln.

O **Beinigkeit**

△ Entsteht durch Bodenverdichtungen und ungünstige Wachstumsbedingungen in der Jugendphase. Die Anwendung bestimmter Herbizide fördert in Abhängigkeit vom Humus- und Tongehalt des Bodens die Beinigkeit. Nähere Angaben erhalten Sie bei Ihrer Pflanzenschutzdienststelle.

☐ Sept. bis Okt. - Insbesondere nach feuchten Witterungsperioden trockene schwärzliche Flecken an den Blatträndern und im Bereich der Mittelrippe. Später ist ein Kranz weichfauler Blätter vorhanden. Auftreten auch in der Treiberei.

O **Blattbrand, Blattfeuer** (*Pseudomonas marginalis*)

△ Nach westeuropäischen Erfahrungen haben Behandlungen mit *Kupferoxychlorid* eine Teilwirkung.

☐ Juli bis Okt. - Braune Sporenlager auf den Blättern erkennbar.

O **Rost** (*Puccinia cichorii*)

△ Ausgangspotential für diesen Rostpilz ist die Wegwarte *Cichorium intipus*. Bekämpfung meist nicht lohnend, insbesondere wenn der Befall in der Spätphase der Kultur auftritt.

Wirksam sind Präparate gegen Rostpilze an Chicoree. Zur Zeit keine Präparate ausgewiesen.

☐ Aug. bis Okt. - Minierfraß im unteren Teil des Laubes abwärts bis in den oberen Bereich des Rübenkörpers. In den Fraßgängen befinden sich kleine Fliegenmaden, die in der letzten Generation im Rübenkörper verbleiben. Dadurch Beeinträchtigungen bei Treiberei durch Fraß der Maden bis in die Sproßblätter, braune Fraßgänge in den Sproßblättern.
   O **Minierfliegen** (*Napomyza cichorii*)
   Δ Bei Befall ab Mitte August in Abständen von etwa 2 Wochen Spritzbehandlungen mit Präparaten gegen beißende Insekten an Chicoree.

In der Treiberei:

☐ - Lose Sprosse bei der Ernte.
   O **Erntezeitpunkt**
   Δ Mangelnde Ausreife der Pflanzen zum Zeitpunkt der Rodung der Wurzeln.

☐ - Rotfärbung an der Triebbasis; die verfärbten Bereiche werden anschließend weichfaul.
   O **Kälteeinwirkung (Frost)**
   Δ Während der Lagerung Kälteeinwirkungen mit Temperaturen unter 0 °C vermeiden.

☐ - Braunfärbung im Inneren des Sprosses.
   O **Kalziummangel**
   Δ Entstehung durch Oxidation des Milchsaftes im Zellinneren durch eindringenden Sauerstoff. Diese Erscheinung kann vermindert werden durch verbesserte Kalziumzufuhr, z. B. dadurch daß Chicoree-Wurzeln 24 Stunden in eine Kalziumchloridlösung oder Kalksalpeterlösung (jeweils 20 g/l) getaucht werden. Zur Verhinderung von Ertragsminderungen zwischen Behandlung und Aufstellen 2 Wochen Lagerdauer. Hinsichtlich der Braunfärbung sind auch deutliche Sortenunterschiede vorhanden (siehe Sortenliste des Bundessortenamtes oder Kataloge der Saatgutunternehmen).

☐ - Naßfäule der Sprosse während der Treiberei.
   O **Naßfäule** (*Erwinia carotovora ssp. carotovora*)
   Δ Beim Anbau zu dichten Stand, zu üppiges Wachstum und zu hohe Stickstoffgaben vermeiden. Beim Roden und Aufstellen Verletzungen vermeiden. Wurzelhälse durch hinreichende Luftumwälzung im Treibraum trocken halten. Die Wurzeln vor dem Aufsetzen zur Treiberei für 5 Minuten in einer Kalziumchloridlösung von 20 bis 30 g/l oder 4 Minuten in einer Kalziumchloridlösung von 40 g/l tauchen.

☐ - Wurzelspitzenfäule der Sprosse während der Treiberei.
   O **Wurzelspitzenfäule** (*Geotrichum candidum*)
   Δ Auftreten dieses Pilzes meist in Verbindung mit Bakteriosen. Gilt als Wundparasit und befällt vor allem frische Schnittstellen an den Wurzeln. Daher keine Wurzeln mit frischen Schnittstellen aufsetzen. Für gute Sauerstoffversorgung im Umlaufwasser sorgen.

☐ - Weichfäule der Sprosse während der Treiberei.
   O **Phytophthora-Fäule** (*Phytophthora erytroseptica*)

△ Bei Auftreten dieses Pilzes während der Treiberei muß zunächst den Befallsursachen in der Chicoreekultur nachgegangen werden. Eventuell kann durch Zugabe von Substanzen, die die Sporen im Umlaufwasser inaktivieren, eine Befallsminderung erzielt werden. Hinsichtlich näherer Informationen zur Bekämpfung Beratung durch die Pflanzenschutzdienststelle anfordern.

☐ - Fäulnis an der Sproßbasis während der Treiberei mit deutlich erkennbarem grauen Pilzbelag.
○ **Grauschimmel** (*Botrytis*)
△ Beim Aufstellen zum Treiben abgestorbene Blattgewebeteile sorgfältig entfernen, um die Ausgangspunkte für den Pilzbefall weitgehend zu beseitigen. Abstand der Wurzeln so groß wählen, daß sich die Sprosse erst unmittelbar vor Erntebeginn berühren. Eventuell unmittelbar nach dem Aufstellen Spritzbehandlung mit Fungiziden nach Auskunft der Pflanzenschutzdienststelle.

2.2.9   Dill

☐ G. Veg. - Epidemieartiges rasches Absterben der Blattspitzen und Schwarzverfärbung der Blattspitzen in geschlossenen Dillbeständen, sehr rasche Ausbreitung des Schadbildes innerhalb weniger Tage. Die Krankheit tritt auf bei relativ niedrigen Temperaturen, sehr hoher Luftfeuchtigkeit und weichem Wirtsgewebe (beispielsweise nach starken Niederschlägen).
○ **Blattspitzendürre** (*Itersonilia perplexans*)
△ Die Krankheit tritt gelegentlich auf. Die Herkunft des Pilzes ist unbekannt. Die Übertragung durch das Saatgut erscheint wenig wahrscheinlich. Bekämpfungsmöglichkeiten sind derzeit nicht bekannt.

☐ G. Veg. - Ab Handhöhe beginnende Gelb- bzw. Rotfärbung, später Absterbeerscheinungen, kein Pilzbefall an Blättern und Trieben erkennbar, jedoch verbräunte Wurzeln, häufig nesterartig auftretend.
○ **Wurzelfäule** (*Fusarium culmorum*)
△ Hinreichenden Fruchtfolgeabstand einhalten, mindestens 4 Jahre.

2.2.10   Endivie

Siehe unter Salat.

2.2.11   Erbse

Saatgut mit Saatgutbehandlungsmitteln gegen Auflaufkrankheiten beizen. Rechtzeitige Spritzbehandlungen gegen Blattläuse vornehmen. Chemische Unkrautbekämpfung in Erbsen siehe "Pflanzenschutzmittelübersicht - Herbizide im Gemüsebau". Krähenfraß an Aussaaten vermeidet man durch Behandlung des Saatgutes mit *Anthrachinon*[2].

☐ Ende Mai bis Juni - Vergilben und Absterben der Pflanzen zuweilen ohne Welke, vertrocknen. Wurzeln und Stammgrund meist dunkelbraun.

○ **Johanniskrankheit, Fußkrankheiten** (*Fusarium*-, *Ascochyta*-, *Mycosphaerella*-Arten)

△ Gesundes, auf Keimfähigkeit geprüftes und gebeiztes Saatgut aus trockenen Vermehrungsregionen verwenden, bei Befall Saatgutwechsel, weitgestellte Fruchtfolge (4 bis 6 Jahre), sorgfältige Bodenbearbeitung. Gegen Fusarium-Welke Pathotyp 1 können resistente Sorten angebaut werden. Saatgutbeizung mit *Thiram* wirkt zwar nur einschränkend, ist aber grundsätzlich zu fordern.

☐ Juni bis Juli - Hellbraune bis braunschwarze Flecke an Blättern, Stengeln und Hülsen. Samen mit graugelben bis dunklen Stellen. Manchmal sind außerdem Fuß- und Hauptwurzel braun oder schwärzlich verfärbt.

○ **Brennfleckenkrankheit** (*Ascochyta*-, *Phoma*- und *Didymella*-Arten)

△ Gesundes Saatgut, Saatgutbeizung bringt Teilerfolge, weitgestellte Fruchtfolge. Wahl örtlich als widerstandsfähig bewährter Sorten (siehe Sortenliste des Bundessortenamtes oder Kataloge der Saatgutunternehmen). Spritzungen mit Fungiziden ab Blühbeginn sind eventuell ratsam, aber vorher Beratung des Pflanzenschutzdienstes anfordern.

☐ Juni bis Juli - Blätter mit weißen Mehltauüberzügen, in diesen kleine, erst gelbe, später schwarze Ascosporenlager, meist deutlich erkennbar.

○ **Erbsenmehltau** (*Erysiphe polygoni* D. C.)

△ Verbrennen oder Abfahren stark erkrankten Strohes. Spritzen mit Mitteln gegen Echte Mehltaupilze, wie beispielsweise *Netzschwefel* ist bei nicht zu kühlem, aber auch nicht zu heißem Wetter (Vorsicht bei greller Sonne!) wirksam, aber fast immer unrentabel. Nach Möglichkeit resistente Sorten verwenden!

☐ G. Veg. - Auf den Blättern entstehen Flecke, die zunächst gelblich, später braun sind und in deren Bereich blattunterseits ein grauvioletter oder weinroter Pilzbelag auftritt. Frühbefall bei Temperaturen von unter 15 °C führt zu starker Wuchshemmung (gestauchter Wuchs).

○ **Falscher Mehltau** (*Peronospora*-Art)

△ Gesundes Saatgut örtlich als widerstandsfähig erprobter Sorten verwenden. Zur Zeit kein Fungizid ausgewiesen.

☐ Sommer - Wachstumsstockung, gelbliche Verfärbung der Blätter von unten nach oben. Ab Juni vereinzelt Knötchen (Zysten) an den Wurzeln.

○ **Erbsenälchen** (*Heterodera goettingiano* Liebsch.)

△ Weitgestellte Fruchtfolge einhalten, vor allem kein baldiger Nachbau von Leguminosen.

☐ April bis Mai - Blätter vom Rande her durch kleine Rüsselkäfer erst halbkreisförmig, später oft total befressen, Käfer lassen sich bei leisester Erschütterung zu Boden fallen. Später Wurzelknöllchen durch Larven beschädigt. Auch an Ackerbohne, Klee, Luzerne und anderen Leguminosen.

○ **Blattrandkäfer** (*Sitona lineatus* L.)

△ Nur bei sehr starkem Auftreten eine Spritzbehandlung mit einem Insektizid vornehmen. Wirksam sind *Pyrethroide* wie z.B. *Cypermethrin* oder *Permethrin* oder *Propoxur*, auch gegen frühen *Thrips*-Befall. Die genannten Wirkstoffe sind bienengefährlich, Behandlungen nur vor der Blüte.

☐ Mai bis Aug. - Welken oder Vertrocknen der Blüten. Braune, verkorkte oder silbrig glänzende Flecken an Blättern und Hülsen, diese verkrüppeln und krümmen sich. Mehr in kleineren Gärten oder geschützten Feldlagen vorkommend.

O **Erbsenblasenfuß** (*Kakothrips robustus* Uzel)

△ Fruchtwechsel vornehmen, da die Larven im Boden überwintern, bei sehr starkem Befall Aussetzen mit dem Erbsenanbau für einige Jahre. Sehr frühe oder sehr späte Aussaaten bleiben meist befallsfrei, daher Anbauplan entsprechend einrichten. Spritzbehandlungen während der Blüte nur mit nicht bienengefährlichen Präparaten durchführen.

☐ Mai bis Juli - Meist versteckt im unteren Pflanzenbereich lebende grüne Läuse, Honigtaubildung.

O **Grüne oder Rote Erbsenlaus** (*Acyrthosiphon pisum* Harr.)

△ Ab Ende Mai Kontrolle auf Befall, Bekämpfungsschwelle: 5 bis 10 Blattläuse je Trieb, wenn bis zur Ernte noch 3 Wochen vergehen. Spritzbehandlungen mit *Pirimicarb* oder bis Blühbeginn mit *Oxydemeton-methyl*.

☐ Juni bis Aug. - Samen in den noch grünen, pflückreifen Hülsen durch weißlich-gelbe Raupen zerfressen und versponnen, darin körnige Kotreste. Nur Bedeutung in Gebieten mit Feld- oder Trockenerbsenanbau.

O **Erbsenwickler** (*Laspeyresia nigricana* Steph.)

△ Anbau sehr früher oder später Sorten. Sonderberatung bei Pflanzenschutzdienststelle anfordern. Warndienst beachten oder Pheromonfallen aufstellen! Nur nach Beratung Spritzung mit einem Insektizid, beispielsweise mit *Parathion* oder *Permethrin* nach der Blüte, wenn unterste Hülsen zu schwellen beginnen, lediglich die Feldränder behandeln, erst bei der zweiten Spritzung das ganze Feld, wenn untere Hülsen halbausgewachsen sind, aber nur auf unkrautfreien Flächen und lediglich abends oder nachts. Anwendungseinschränkungen wegen Bienengefährlichkeit und Wartezeiten beachten.

☐ Juni bis Aug. - Blüten mit Mißbildungen (vergallt), rosettenartiger, gestauchter Wuchs der Triebspitzen mit kleinen Verbräunungen, zahlreiche kleine, weiße Maden in unreifen Hülsen. Samen verkrüppeln. Sprosse gestaucht.

O **Erbsengallmücke** (*Contarinia pisi* Winn.)

△ Beim Anbau möglichst 300 m Abstand zu vorjährigen Anbauflächen einhalten. Schnell abblühende Sorten verwenden. Mehrmalige Spritzung mit ausgewiesenem Insektizid nach Angaben der Pflanzenschutzdienststelle oder aufgrund einer Warnmeldung. Siehe auch unter Erbsenblasenfuß.

☐ Lagerperiode - An gelagerten Erbsen Löcher oder als eine dünne Stelle der Schale auffallende "Fenster".

O **Gemeiner Erbsenkäfer** (*Bruchus pisorum* L.)

△ Befall auf dem Felde kann durch eine Spritzung mit *Parathion* oder *Permethrin* nach Abfall aller Blütenblätter stark eingeschränkt werden. Maßnahmen lohnen aber in Deutschland meist nicht. Verschleppung verhindern, Einfuhrbestimmungen beachten.

2.2.12   Feldsalat (Rapunzel)

Bei Freiland- und Unterglasanbau gegen Auflaufkrankheiten (*Phoma*-Befall!) Beizung des Saatgutes mit *Thiram*. Da beim Feldsalat der Zuwachs in der lichtarmen Zeit sehr gering ist und darüber hinaus im wesentlichen direkt behandelte Blätter geerntet werden (beim Kopfsalat sind nur die Hüllblätter direkt behandelt), ergeben sich nach Fungizidspritzungen in ungünstigen Fällen selbst bei langer Wartezeit zu hohe Rückstandswerte, so daß Anwendungsempfehlungen nicht gegeben werden können.

☐ G. Veg. - Unregelmäßig verteilte gelbliche Flecke auf der Blattoberseite, blattunterseits in deren Bereich grauer Pilzrasen. Pflanze vergilbt schließlich und stirbt ab. Auftreten vor allem bei feuchter Witterung.

○ **Falscher Mehltau** (*Peronospora valerianellae* Fuck.)

△ Widerstandsfähige Sorten anbauen, beispielsweise 'Deutscher', 'Gala', 'Verella', 'Vit'. (Siehe Sortenliste des Bundessortenamtes oder Kataloge der Saatgutunternehmen). Zu dichten Stand vermeiden. Unter Glas Vermeidung stagnierender Luft und starker Temperaturschwankungen, reichliches Lüften, vorsichtiges Gießen, Pflanzen müssen abends trocken sein. Beratung durch Pflanzenschutzdienst einholen.

☐ Welken und Faulen zunächst der äußeren, dem Boden aufliegenden Blätter. Fäulnis erfaßt später die ganze Pflanze einschließlich Wurzelhals. Auf dem abgestorbenen Gewebe graubrauner, stark stäubender Pilzbelag. Befall besonders kurz nach dem Auspflanzen und vor der Ernte.

○ **Grauschimmel** (*Botrytis cinera* Pers.)

△ Unter Glas stagnierende Luft vermeiden. Vormittags gießen, Kulturen trocken in die Nacht bringen.

☐ G. Veg. - Weißliche Mehltauüberzüge auf den Blättern, Vergilben der Blätter und Blattfall.

○ **Echter Mehltau** (*Erysiphe communis* Grev. E. *polyphaga* Hamm.)

△ Auf weniger empfindliche Sorten ausweichen, jedoch bisher keine Resistenz bekannt. Wichtig: Vermeidung hoher Luftfeuchte und länger dauernder Blattfeuchte, daher nur am Vormittag, und zwar mäßig gießen, bei geöffneten Luftklappen heizen, damit keine stagnierende, feuchte Atmosphäre entsteht und die Pflanzen schnell abtrocknen.

Blattläuse: Bekämpfung mit Präparaten gegen saugende Insekten an Feldsalat mit kurzer Wartezeit.

2.2.13   Gemüsemais (Zuckermais)

Das unter "Krankheiten und Schädlinge - Ackerbau allgemein - Getreide" zum Mais Gesagte kann überwiegend auch auf den Gemüsemais übertragen werden. Da die dort genannten Pflanzenschutzmittel keine spezielle Ausweisung für Gemüsemais haben, sollte vor Anwendung von Präparaten Rücksprache mit der Pflanzenschutzdienststelle gehalten werden.

2.2.14 Gurke (Kürbis, Melone, Zucchini)

Welkeresistente Sorten (siehe Sortenliste des Bundessortenamtes oder Kataloge der Saatgutunternehmen) bevorzugen. Beizung des Saatgutes mit Saatgutbehandlungsmitteln gegen Auflaufkrankheiten. Gegen Stengelfäule Angießen der Jungpflanzen mit *Propamocarb* nach Vorschrift! Siehe "Pflanzenschutzmittelübersicht - Fungizide im Gemüsebau". Gurken unter Glas bei ersten Anzeichen von Blattfleckenkrankheiten mit Fungiziden spritzen, sofern keine Nützlinge eingesetzt sind. Anbau rein weiblicher Gurken bevorzugen und beim gemischten Anbau rein weibliche, parthenocarpe Einlegegurkensorten verwenden. Beim Anbau unter Glas in Substrat (Grodan) und Tröpfchenbewässerung sollte beim Auftreten von Mangelsymptomen sowie Welkeerscheinungen sofort eine Spezialberatung angefordert werden.

Freilandgurkenanbau

Die im Freilandgurkenanbau notwendigen Pflanzenschutzmaßnahmen sind bezüglich ihrer Bedeutung und Schwierigkeit der Bekämpfung nicht mit denen beim Anbau von Gurken unter Glas zu vergleichen. Daher werden die auftretenden Schadsymptome und die erforderlichen Gegenmaßnahmen für alle Krankheiten und Schädlinge an Gurken unter "Treibgurkenanbau" genannt.

Ausführliche Angaben über besondere Zulassungsbeschränkungen für die Anwendung von Präparaten im Freiland und/oder im Gewächshaus finden Sie in der "Pflanzenschutzmittelübersicht". Größere Bedeutung im Freilandanbau haben vor allem folgende Krankheiten: **Gurkenmosaik, Grünscheckungsmosaik, Bakterielle Blattfleckenkrankheit, Brennfleckenkrankheit, Echter Mehltau, Falscher Mehltau.** Bei der Sortenwahl auf erhöhte Widerstandsfähigkeit gegen Gurkenmosaik, Echten und Falschen Mehltau achten.

An tierischen Schädlingen treten im Freiland häufiger auf: **Erdflöhe und Spinnmilben.**

Die chemische Bekämpfung dieser Krankheiten und Schädlinge entspricht sinngemäß dem, was bei Besprechung des Treibgurkenanbaus darüber gesagt wird. Im Bedarfsfall orientiere man sich bei der zuständigen Pflanzenschutzdienststelle über Besonderheiten, die im Freilandanbau zu berücksichtigen sind.

Wurzelfliegen, Bohnenfliege: *Chlorfenvinphos* nach Vorschrift vor, bei oder nach der Saat breitflächig oder bandförmig streuen, aber nur einmal je Kultur.

Blattwanzen (*Lygus pratensis* u. a.)schädigen an Gurken meist kurz vor Beginn der Ernte. Die Saugschäden an den Blüten oder jungen Früchten verursachen zum Teil erhebliche Fruchtdeformationen. Soweit Blüten vorhanden sind, nur nicht bienengefährliche Wirkstoffe einsetzen.

Treibgurkenanbau

Viele der nachfolgend genannten nichtparasitären Schadursachen und Krankheiten im Bereich der Wurzeln und des Stengelgrundes sind im modernen Substratanbau mit Tropfbewässerung und Düngung über Nährlösungen bedeutungslos geworden. Soweit dies der Fall ist, erfolgt im folgenden ein entsprechender Hinweis.

Nichtparasitäre Schadursachen

☐ Anzucht - Junge Pflanzen fallen nach dem Auspflanzen um. Sie zeigen manchmal dunkle Stellen am Stammgrund.

○ **Umfallen der Setzlinge**

△ Jungpflanzen vor dem Setzen abhärten und in vorgewärmte, jedenfalls nicht zu kalte Gewächshauserde bringen. Gegen durch *Pythium*-Arten verursachte Stengelfäule wirkt Angießen mit *Propamocarb* nach Vorschrift. Siehe "Pflanzenschutzmittelübersicht - Insektizide im Gemüsebau".

☐ Anzucht unter Glas - Langsamer Wuchs, kurze Internodien, kleine dunkelgrüne Blätter, Nekrosen im Blattrandbereich, bei Sonne "verbrannte Köpfe".

○ **Bodenversalzung**

△ Untersuchung des Substrates auf Salzgehalt, gegebenenfalls erhöhte Wassergaben.

☐ Anzucht unter Glas - Gipfeltriebe oder nur Blattränder im Gipfelbereich der Pflanzen rollen sich ein und wirken verbrannt, vor allem während Hitzeperioden bei heranwachsenden Pflanzen im Sommer.

○ **Einrollen und Verbrennen der Gipfeltriebe**

△ Zu hohe Salzkonzentration im Substrat vermeiden, um Wasseraufnahme zu erleichtern, Bodenuntersuchung vornehmen oder Nährlösung überprüfen. Eventuellen Kaliummangel beseitigen. Verdunstung durch niedrige Luftfeuchtigkeit und Luftbewegung fördern.

☐ G. Veg. - Vor allem an gepfropften Gurken (Hybridsorten). Symptome zunächst an äußeren Blättern. Zwischen den Blattadern vergilbt die Blattfläche, bleibt im Bereich der Hauptader noch lange grün. Blätter meist dicker als üblich. Tritt unter Glas häufig nach längeren kühlen und lichtarmen Witterungsperioden auf.

○ **Magnesiummangel, Pfropfchlorose**

△ Vorbeugend Spritzung mit *Magnesiumsulfat* (1 kg/ 100 l, 2- bis 3mal im Abstand von etwa 2 Wochen) oder Magnesium-Konzentration in der Nährlösung überprüfen. Stickstoff als Nitrat geben. Auf entseuchtem Boden keine gepfropften Pflanzen verwenden. Näheres Pflanzenschutzdienst!

☐ G. Veg. - Kleinflächige, netzartig wirkende Blattaufhellungen, Blattgewebe bleibt längs Haupt- und Nebenadern grün. Blattfläche besonders dünn, Blattränder zuweilen löffelartig gebogen.

○ **Manganmangel**

△ Bodenuntersuchungen, gegebenenfalls 2- bis 3malige Spritzung mit *Mangansulfat* 0,1 % im Abstand von etwa 2 Wochen. Spurenelemente in der Nährlösung überprüfen.

☐ G. Veg. - Pflanzen schlaffen, erholen sich aber meist schnell wieder. Keine Krankheitserscheinungen an Wurzeln, Wurzelhals oder Gefäßbündeln.

○ **Welke aus nichtparasitären Ursachen**

△ Als Ursachen kommen Wassermangel, Funktionsunfähigkeit der Wurzeln durch starke Temperaturschwankungen, Erkältung oder Überdüngung infrage. Daher Boden auf Salzgehalt kontrollieren, bei Übersalzung reichlich wässern, ausgeglichene Düngung, kein zu kaltes Gießwasser verwenden. Bei Substratkulturen Nährstoffkonzentration in der Nährlösung und im Substrat überprüfen.

☐ Ertragsphase - Früchte sterben, meist bei einer Länge von 8-10 cm, von der Spitze her ab, vor allem bei stark wuchernden Beständen mit übermäßigem Fruchtansatz.

○ **Abstoßen junger Früchte**

△ Als Ursache dieser Erscheinung kommen Kälte, Nährstoffmangel und übermäßiger Fruchtansatz infrage. Daher Fruchtansatz und Triebentwicklung durch Entfernen oder Belassen der Stammgurken in eine gesunde Relation bringen. Bei Lichtarmut Transpiration unter gleichzeitiger Minderung der Bodenfeuchtigkeit fördern, damit die Pflanzen viel Trockensubstanz bilden können.

☐ Ertragsphase - Früchte sterben vor allem nach Perioden trüben Wetters ab.
○ **Kohlensäuremangel**

☐ Ertragsphase - Früchte schwellen an der Spitze kolbig an.
○ **Kolbenfrüchte**

△ Ursache ist Blütenbefruchtung durch Bienen. Daher in Gebieten mit starkem Bienenflug rein weiblich blühende Sorten anbauen und Gurkensorten mit männlichen Blüten in unmittelbarer Nachbarschaft meiden.

☐ Ertragsphase - Früchte sind hakenartig gebogen, mehrfach eingeschnürt oder zeigen Längsstreifen mit kleinen Rissen.
○ **Fruchtmißbildungen verschiedener Art**

△ Meist eine Folge von Wachstumsstörungen durch schroffen Temperaturabfall oder häufigen Temperaturwechsel.

☐ Ertragsphase - Früchte sind mehr oder weniger gelb gefärbt.
○ **Gelbfärbung der Früchte**

△ Erscheinung ist teils sortenbedingt, oft aber auch eine Folge von zu hohen Temperaturen und/oder zu hoher Luftfeuchtigkeit.

☐ Ertragsphase - Gurken wachsen und reifen normal, schmecken aber bitter, vor allem die langen und glattfrüchtigen Sorten kurz vor der Ernte.
○ **Bitterwerden der Gurken**

△ Bitterfreie Sorten (siehe Sortenliste des Bundessortenamtes oder Kataloge der Saatgutunternehmen) anbauen, aber örtlich auf Eigenschaften unter Anbaubedingungen prüfen. Vermeidung plötzlicher Schwankungen der Temperatur und Wasserversorgung. Vorsichtige Düngung. Möglichst frühe Ernte.

Krankheiten

☐ G. Veg. - Blätter, vor allem die jüngsten, zeigen deutliche Mosaikfleckung, Früchte mit leicht erhobenen gelb-braunen Flecken von 1 bis 5 mm Durchmesser, zum Teil mit hell verkorkten Stellen und hellgrünem Hof, hell-dunkelgrüne Scheckung. Bei Temperaturen unter 18 °C oder bei trübem Wetter welken einzelne Blätter und Triebe, manchmal auch ganze Pflanzen, jedoch zeigen sich an Wurzel, Stengelgrund und in den Gefäßen keine weiteren Symptome.
○ **Gurkenmosaik** (*Cucumber mosaik virus, CMV*)

△ Das Virus ist boden-, kontakt- und blattlausübertragbar. Resistente Sorten bevorzugen. Gesundes Saatgut verwenden. Blattlausbefall verhindern. Ausschaltung von Infektionsquellen durch Unkrautbekämpfung, da diese ebenfalls Wirtspflanzen des Virus sein können. Befallene Pflanzen sofort entfernen. Bei Ganzjahreskultur unter Glas auch bodenübertragbar. Das Virus kann nach neueren Untersuchungen in Tonminerale eingelagert und von dort auch wieder abgegeben werden. Bei Substratkultur in geschlossenen Systemen besteht Verdacht auf Übertragung über das eingespeiste Rückflußwasser.

☐ G. Veg. - Blätter bleiben klein, sind unregelmäßig ausgebildet und zeigen dunkelgrüne, blasig aufgewölbte Stellen. Starke Ertragsminderungen.
O **Grünscheckungsmosaik** (*Cucumis virus 2*)
Δ Das Virus ist boden-, samen- und saftübertragbar, aber keine Verbreitung durch Blattläuse. Befallene Pflanzen sofort entfernen. Einschränkung der Kontaktübertragung durch Behandlung der Pflanzen mit Milch möglich, aber meist unrentabel. Beim Geizen keine Messer verwenden, oder Messer vorher desinfizieren. Beim Abräumen der Kultur sorgfältig alle Pflanzenteile entfernen und Boden und Gewächshäuser entseuchen, da Virus im Boden jahrelang aktiv bleiben kann. Dämpfung mindestens 30 Min. bei 95 °C oder 60 Min. bei 85 °C. Ergänzend Gestelle und Gewächshauskonstruktion mit 15%iger *Trinatriumphosphat*-Lösung gründlich abspritzen.

☐ Ertragsphase - Pflanzen welken und gehen ein. Beim Durchschneiden der Stengel tritt aus den zerstörten Gefäßbündeln zäher, weißlicher Schleim aus. Krankheit in den USA bekannt. Einschleppung möglich.
O **Bakterielle Gurkenwelke** (*Erwinia tracheiphila* Holland)
Δ Bei Befallsverdacht sofort Sonderberatung durch Pflanzenschutzdienststelle anfordern.

☐ G. Veg. - Zunächst durchscheinende, schwärzlichgrüne, später braun werdende, durch Blattadern eckig begrenzte Flecken im Blattgewebe. Dieses trocknet ein und fällt heraus. Schadbild wie nach Hagelschlag. Bei feuchtem Wetter auf Blattunterseite bakterienhaltige Schleimtropfen. Früchte verkrüppeln. Gewächshaus, Freiland, schnelle Ausbreitung.
O **Bakterielle Blattfleckenkrankheit** (*Pseudomonas syringae subsp. lachrymans* [Smith and Bryan] Young).
Δ Bei Auftreten sofort eine Sonderberatung der zuständigen Pflanzenschutzdienststelle anfordern!

☐ Anzucht - Am Wurzelhals zeigen sich zunächst Einschnürungen, später dunkle, weichwerdende Stellen, Pflanzen fallen um.
O **Umfallkrankheiten** (verschiedene, vom Boden bzw. Substrat her angreifende Pilzarten)
Δ Aussaat nur in garantiert von Krankheitserregern freien Substraten oder gedämpfter Erde. Saatgut gegen Auflaufkrankheiten beizen. Zu dichte Aussaat vermeiden, für genügend Licht und luftigen Stand sorgen. Gegen durch *Pythium*-Arten verursachte Stengelfäule wirkt Angießen mit *Propamocarb* nach Vorschrift. Bei Substratkulturen wird in der Praxis - nach holländischen Erfahrungen - der Wirkstoff über die Nährlösung zugeführt.

☐ G. Veg. - Ganze Pflanzen welken. Wurzeln zunächst unversehrt, später zuweilen Wurzelfäule, Gefäßbündel im Stengel erst weißlich, später braun hervortretend. Stammgrund braun, oft gespalten, mit weißem oder rosa Pilzbelag, dieser auch an Stengeln, die zuweilen vermorschen. Pflanzen sterben schnell ab. - Eine ähnliche physiologische Welke ist durch Störungen in der Wasserversorgung der Pflanzen bedingt. Sie tritt vor allem bei zu großer Spanne zwischen Boden- und Lufttemperatur sowie bei Verwendung zu kaltem Gießwassers auf.

○ **Fusarium-Gurkenwelke** (*Fusarium oxysporum F. sp. cucumerinum*)

△ Keine Bedeutung in Substratkulturen, eventuell auf diese Kulturform umstellen. Vorbeugend Bodenentseuchung durch Dämpfung vornehmen, vor allem auch Anzucht nur in entseuchter Erde. Kulturfehler vermeiden. Jungpflanzen auf *Cucurbita ficifolia* pfropfen, eventuell Dammpflanzung, zusätzliche Wurzelbildung durch Anhäufeln anregen. Welke Pflanzen sofort mit Wurzelballen entfernen. - Im Freiland nur bei hoher Bodenfeuchtigkeit und extremer Witterung vorkommend, dann Fruchtwechsel.

☐ G. Veg. - Pflanze welkt nur teilweise und stirbt nicht immer ab. Gefäßbündel im Querschnitt deutlich verbräunt, aber keine Stengelvermorschung und kein Austritt von Pilzmyzel.

○ **Verticillium-Welke** (*Verticillium alboatrum* Reinke et Berth.)

△ Keine Bedeutung in Substratkulturen, eventuell auf diese Kulturform umstellen. Vorbeugende Bodenentseuchung durch Dämpfung vornehmen. Für gute Bodenstruktur und ausgeglichene Temperaturen im Haus sorgen. Stark geschädigte Pflanzen entfernen, bei schwach geschädigten erfolgt nach Anhäufeln der Dämme zuweilen neue Wurzelbildung. Sonst wie *Fusarium*-Gurkenwelke.

☐ G. Veg. - Ganze Pflanzen oder einzelne Triebe welken, aber keine Gefäßverbräunungen. Kleine erste wäßrig helle, später blaßbraune Flecke am Stengel, später dichter weißflokkiger Pilzbelag an verschiedenen Pflanzenteilen, vor allem den Stengeln und Ranken, schließlich schwarze Sklerotien im Innern der Stengel. Vor allem nach plötzlichem Abfall der Temperatur unter 15 °C. Gleichzeitig, wohl mehr als Folge des Befalls, zeigt sich zuweilen das Auftreten von Wurzelmilben oder Grauschimmel (*Botrytis*-Art).

○ **Sklerotinia-Stengelfäule** (*Sclerotinia sclerotiorum* [LIB.] DE BARY)

△ Vorbeugend, zumindest aber nach Befall, Bodendämpfung. Chemische Bodenentseuchungsmittel haben nur Teilwirkung. Schroffen Temperaturabfall vermeiden. Kranke Pflanzen vorsichtig entfernen, damit die an den Befallsstellen vorhandenen, schwarzen Dauerkörper (Sklerotien) nicht abfallen. Krankes Material nicht kompostieren. Keine Bedeutung in Substratkulturen, eventuell auf diese Kulturform umstellen.

☐ G. Veg. - Meist gegen Beginn der Ernte plötzliches Welken der Pflanzen. Seitentrieb- und Fruchtbildung schwach, untere Blätter werden gelb und vertrocknen, später die ganze Pflanze. Wurzeln vermorscht, mit schwarzen Sklerotien. Um Ansatzstelle der Seitenwurzeln schwarzbrauner Ring, ringförmige Zonen auch auf der Wurzel. Auch Pfropfunterlage wird (in schwächerem Maße) befallen.

○ **Schwarze Wurzelfäule** (*Phomopsis sclerotioides* van Kesteren)

△ Keine Bedeutung in Substratkulturen, eventuell auf diese Kulturform umstellen. Sorgfältige Bodenentseuchung vornehmen, am besten durch tiefgehende Dämpfung. Bei schwachem Befall Teilerfolg durch Pfropfen auf Kürbisunterlage (*Cucurbita ficifolia*). Zusätzliche Wurzelbildung durch Anhäufeln anregen. Bei Kulturen außerhalb des gewachsenen Bodens wird bei Abdeckung des Untergrundes durch Folie der Befall verhindert.

☐ G. Veg. - Plötzliches Welken einzelner Pflanzen, die sich zunächst nachts wieder erholen, nach wenigen Tagen aber absterben. Am Stengelgrund im Bereich zwischen Boden und Adventivwurzeln zunächst ein wäßriger, grüner bis brauner Fleck. Gewebe wird hier weich, dann trockenmorsch, zusätzlich weißgrüner Pilzrasen möglich. Sowohl an veredelten als auch nicht veredelten Gurken auftretend, vor allem, wenn Stengelgrund ständig feucht bleibt.

O **Stengelgrundfäule** (*Fusarium solani, Fusarium cucurbitae* Snyd. et Hans. *Fusarium javanicum* [Koord.] *var. ensiforme* Wr.)

Δ Keine Bedeutung in Substratkulturen, eventuell auf diese Kulturform umstellen. Saatgut mit Saatgutbehandlungsmitteln gegen Auflaufkrankheiten im Gemüsebau beizen. Bodenentseuchung durch tiefgehende Dämpfung vornehmen. Gurken auf Kürbisunterlage (*Cucurbita ficifolia*) pfropfen. Zur Vermeidung von Adventivwurzelbildung Kürbisunterlage möglichst hoch über den Boden herausragen lassen. Anzucht in entseuchter Erde, Einsenken der Pflanzballen in die Gewächshauserde nur bis zur Hälfte. Eventuell Dammpflanzung. Um Stengelgrund Styromull anhäufeln. Stengelgrund vorbeugend wiederholt mit organischen Fungiziden nach Auskunft des Pflanzenschutzdienstes behandeln.

☐ G. Veg. - Gewächshaus, Mai bis Ernte - Kasten und Freilandgurken. Zunächst weißliche Blattflecke, später weiße Überzüge auf beiden Blattseiten, Vertrocknen der Blätter.

O **Echter Mehltau, Gurkenmehltau** (*Sphaerotheca fuliginea* Poll. und *Erysiphe cichoriacearum* D. C.)

Δ Bevorzugung mehltautoleranter Gurkensorten. Die Toleranz der Sorten zeigt unterschiedliche Anfälligkeitsgrade, so daß unter Umständen zusätzliche Bekämpfungsmaßnahmen notwendig sind. Steuerung der Temperaturführung mit nur begrenzter Nachtabsenkung. Wiederholtes, spätestens bei Erscheinen der ersten kleinen Mehltauflecke beginnendes Spritzen unter guter Benetzung auch der Blattunterseite mit Mitteln gegen Echte Mehltaupilze (Gurken) wie beispielsweise den Spritzmitteln *Chinomethionat, Dichlofluanid, Pyrazophos*[1], *Triadimenol* (nur im Freiland), *Triforin* oder anderen ausgewiesenen Präparaten. Wirkstoffe oft wechseln, um Resistenzbildung zu erschweren und stets darauf achten, welche Präparate nicht unter Glas angewendet werden dürfen und gegenüber den eingesetzten Nützlingen verträglich sind.

☐ G. Veg. - Blätter mit großen, erst bleichgrünen, später hellbraunen Flecken und/oder gleichfarbiger Randzone. Schnelle Vergrößerung der Flecke. Ausfallen von Teilen des Blattes im Fleckenbereich. Auch an Stengeln und Früchten graugrüne, bleiche Stellen, die zu "Brennflecken" werden oder aber bei Feuchtigkeit bald faulen. An Faulstellen kann sekundär auch Grauschimmel auftreten.

O **Brennfleckenkrankheit** (*Colletotrichum orbiculare* Berk. et Mont.)

Δ Bedeutung überwiegend im Freiland. Unter Glas bei guter Kulturführung ohne Bedeutung. Vermeidung von Tropfwasser. Gesundes auf Keimkraft geprüftes und gebeiztes Saatgut widerstandsfähiger Sorten (siehe Sortenliste des Bundessortenamtes oder Kataloge der Saatgutunternehmen) bevorzugen.

☐ G. Veg. - Blattflecken, vom Rand ausgehend. Blattgewebe eingetrocknet, zum Rand hin am hellsten. Grenzzone zum gesunden Gewebe schmutzig-braun-grün. Auf den Befallsstellen Sporenbehälter als schwarze Pünktchen, oft in ringförmiger Anordnung, zu erkennen. Am Stengel findet sich der Befall meist an den Seitentriebansatzstellen. Gelegentlich Fruchtinfektion, die äußerlich nicht erkennbar ist, im Innern der Frucht bildet sich aber meist von der Spitze her eine Faulstelle.

○ **Blatt- und Stengelfäule** (*Didymella bryoniae* Rehm = *Mycosphaerella citrullina* Gross.)

△ Pflanzen genügend abhärten! Unter Glas starke Temperaturschwankungen, vor allem Temperaturabfall unter 15 °C und hohe Luftfeuchtigkeit vermeiden! Besonders bei hoher Lufttemperatur möglichst temperiertes Gießwasser (ca. 12 °C) verwenden; nicht von oben beregnen; gegebenenfalls Vorwärmen in Vorratsbehältern. In verseuchten Gewächshäusern Bodendämpfung oder auch chemische Bodenentseuchung. Befallsstellen mit geeigneten Fungiziden (Pflanzenschutzdienst!) unter besonderer Berücksichtigung des Stengelgrundes gründlich spritzen. Hat bei Substratkulturen nur geringe Bedeutung. Näheres Pflanzenschutzdienststelle.

☐ G. Veg. - Zunächst kleine, später auch große nekrotische Blattflecke, darauf Sporenrasen mit langkettigen Konidien sichtbar, an Gurken unter Glas in den letzten Jahren vermehrt aufgetreten.

○ **Alternaria-Blattfleckenkrankheit** (*Alternaria alternata*)

△ Vorkommen meist nur in ungeheizten Gewächshäusern. Der Befall wird durch anhaltend hohe Luftfeuchte gefördert, Sortenunterschiede sind vorhanden. Sorten mit geringer Anfälligkeit sind nach Versuchen auf der Reichenau 'Enigma', 'Fitness', 'Girola' und 'Kalunga'. Es besteht kein direkter Zusammenhang mit der Resistenz gegen Echtem Mehltau. Bekämpfung mit Fungiziden gegen Blattfleckenpilze an Fruchtgemüse unter Glas. Hat bei klimageführten Substratkulturen keine Bedeutung.

☐ G. Veg. - Blattoberseits zunächst blaßgelbe, später intensivgelbe und von den Blattadern zuweilen eckig begrenzte Flecke. Blattunterseits an entsprechenden Stellen rötlich-brauner Pilzrasen. Im Freiland meist ab Mitte bis Ende Juni, gelegentlich auch früher auftretend. Bei fortgeschrittenem Befall sind die Blätter vom Rande her beginnend vollständig abgestorben. Die Pflanzen sehen "verbrannt" aus. Im Freiland meist rasch fortschreitender Befall.

○ **Falscher Mehltau** (*Pseudoperonospora cubensis* Rostowz.)

△ Derzeit sind keine resistenten Sorten im Handel. Unter Glas Blattnässephasen vermeiden. Ab Befallsbeginn Spritzbehandlungen mit *Fosetyl* und *Propamocarb* (nur im Freiland). Es sind Behandlungswiederholungen im Abstand von 7-10 Tagen notwendig. Im Freiland läßt sich die Infektionswahrscheinlichkeit nach dem Modell von Bedlan berechnen. Das Verfahren eignet sich insbesondere als Negativprognose.

☐ Ertragsphase - An Blättern, Stengeln und Früchten Faulflecke mit mausgrauem Pilzmyzel.

○ **Grauschimmel** (*Botrytis*-Art)

△ Wichtigste Vorbeugungsmaßnahme ist einwandfreie Kulturführung. Deshalb größte Sauberkeit im Betrieb. Luftfeuchtigkeit, notfalls durch gleichzeitiges Heizen und Lüften regulieren, nicht zu hoch werden lassen, da stagnierende Luft den Pilz begünstigt. Peinliche Sauberkeit, keine Pflanzenreste liegenlassen. Eine Nebenwirkung gegen *Botrytis* hat das gegen Echten Mehltau zulässige Spritzen mit *Triforine* oder *Dichlofluanid*.

Tierische Schädlinge

☐ G. Veg. - Blätter zunächst weißlich gesprenkelt, vergilben und vertrocknen schließlich. Blattadern länger grün. Blattunterseits Gespinste mit Milbenstadien.
   ○ **Spinnmilben** (*Tetranychus urticae* Koch)
   △ Über den **Einsatz von Raubmilben** (*Phytoseiulus persimilis*) im Unterglasanbau siehe "Gemüsebau - Biologische Bekämpfungsverfahren unter Glas". Weitere Informationen bei der Pflanzenschutzdienststelle erfragen. Beschreibung des genauen Anwendungsverfahrens in der AID-Broschüre "Biologische Schädlingsbekämpfung". Bezugsquellen siehe "Pflanzenschutzmittelübersicht - Hersteller- bzw. Vertriebsfirmen". Im Freiland treten Spinnmilben nur in sehr warmen Sommern in nennenswertem Umfang auf. Spritzen mit Mitteln gegen Spinnmilben im Gemüsebau wie *Oxydemeton-methyl*, *Hexythiazox* (nur im Freiland) oder *Abamectin*, *Fenpropathrin* (nur unter Glas). Wartezeiten beachten und Präparate möglichst oft wechseln. In Gewächshäusern auch Räuchermittel wie *Sulfotep* einsetzen.

☐   G. Veg. nur unter Glas - Blattunterseits kleine, weiß bepuderte Insekten, die bei Störung auffliegen, sowie deren schildlausähnliche, teils unbewegliche Larven- und Puparienstadien. Klebriger Honigtau und schwarzer "Rußtau" an Blättern und Früchten.
   ○ **Weiße Fliege** (*Aleyrodidae*)
   △ Unter Glas biologische Bekämpfung **mit Schlupfwespen** (*Encarsia formosa*), dabei beachten, daß die Art *Bemisia* schwerer bekämpfbar ist als *Trialeurodes*. Siehe "Gemüsebau - Biologische Bekämpfungsverfahren unter Glas". Weitere Informationen bei der Pflanzenschutzdienststelle erfragen. Beschreibung des genauen Anwendungsverfahrens in der AID-Broschüre "Biologische Schädlingsbekämpfung". Bezugsquellen siehe "Pflanzenschutzmittelübersicht - Hersteller- bzw. Vertriebsfirmen". Alternativ spritzen mit Insektiziden gegen Weiße Fliege wie *Buprofezin* oder gegen saugende Insekten wie beispielsweise *Fenpropathrin*. Siehe "Pflanzenschutzmittelübersicht - Insektizide im Gemüsebau". Häufige Behandlungswiederholungen notwendig.

☐ G. Veg. - Grüne Blattläuse mit dunklen Siphonen
   ○ **Baumwollaus, Grüne Gurkenlaus** (*Aphis gossypii*)

Bladafum® II

Räuchermittel gegen
Gewächshausschädlinge

△ Nur parthenogenetische Vermehrung, daher keine Überwinterung im Freiland möglich im Gegensatz zu der sehr ähnlich aussehenden **Faulbaumlaus** (*Aphis frangulae*).

☐ G. Veg. - Grünlich bis rötlich gefärbte Blattläuse
  ○ **Grüne Pfirsichblattlaus** (*Myzus persicae*)

☐ G. Veg. - Hellgrün gefärbte Blattläuse
  ○ **Grünfleckige Kartoffelblattlaus** (*Aulacorthum solani*)

☐ G. Veg. - Gelblich-grüne Blattläuse mit schwarzen Siphonen
  ○ **Grünstreifige Kartoffelblattlaus** (*Macrosiphum euphorbiae*)
△ Der Erfolg eines Einsatzes von Schlupfwespen (*Aphidius colemani, Aphelinus abdominalis*) und Räuberischen Gallmücken (*Aphidoletes aphidimyza*) ist von der auftretenden Art abhängig. Siehe "Gemüsebau - Biologische Bekämpfungsverfahren unter Glas". Begleitende Pflanzenschutzmaßnahmen auf die Verträglichkeit gegenüber den eingesetzten Nützlingen beachten. Pflanzenschutzdienststelle befragen. Die Baumwollaus ist mit *Pirimicarb* nicht zu bekämpfen. Wirksam ist die Anwendung von *Kali-Seife*. Gegen andere Blattläuse Spritzbehandlungen mit Insektiziden gegen saugende Insekten an Fruchtgemüse unter Glas. Wegen möglicher Resistenzen Beratung durch die Pflanzenschutzdienststelle.

☐ G. Veg. - Anfangs punktförmige, später flächige, helle Blattflecken, häufig durch die Blattadern begrenzt, im Endstadium nekrotisch, auch Blütenschäden möglich.
  ○ **Blütenthrips** (*Frankliniella occidentalis* Perganele)
△ Biologische Bekämpfung mit **Raubmilben** (*Amblyseius*-Arten) oder **Raubwanzen** (*Orius*-Arten) oder **Florfliegen** (*Chrysoperla carnea*). Siehe "Gemüsebau - Biologische Bekämpfungsverfahren unter Glas". Beschreibung des genauen Anwendungsverfahrens in der AID-Broschüre "Biologische Schädlingsbekämpfung". Bezugsquellen siehe "Pflanzenschutzmittelübersicht - Hersteller- bzw. Vertriebsfirmen". Frei fressende Thripslarven mit Präparaten gegen saugende Insekten unter Glas bekämpfen. Versteckt sitzende Tiere (z. B. in Blüten) nur schwer bekämpfbar. Siehe "Pflanzenschutzmittelübersicht". Zum Insektizideinsatz bei biologischem Bekämpfungsverfahren Pflanzenschutzdienststelle befragen.

☐ G. Veg. - Anfangs sind die Interkostalfelder der Blattränder ein einigen Stellen, später vollständig intensiv gelb gefärbt. Im fortgeschrittenen Stadium auch nekrotisch. Symptome ähneln starkem Magnesiummangel, Schäden treten jedoch auch an jungen Blättern auf. Auf den Blattunterseiten Häutungsreste von Insekten erkennbar. In den letzten Jahren vor allem auf der Insel Reichenau aufgetreten.
  ○ **Zwergzikaden** (*Empoasca decipiens*)
△ Die toxischen Speichelausscheidungen bei der Saugtätigkeit der Zikaden führen zu den beschriebenen Symptomen. Diese heimische Zikadenart entwickelt 3 bis 5 Generationen je Jahr und ist an warmes und trocknes Klima im Gewächshaus angepaßt. Sie ist polyphag, schädigt aber vor allem im Gurkenanbau unter Glas. Eine biologische Bekämpfung ist derzeit nicht bekannt.
Die Bekämpfung mit Präparaten gegen saugende Insekten unter Glas ist möglich. Siehe "Pflanzenschutzmittelübersicht". Zum Insektizideinsatz bei biologischem Bekämpfungsverfahren Pflanzenschutzdienststelle befragen.

☐ G. Veg. - Gurken in Häusern kümmern, an Wurzeln verschieden geformte Anschwellungen, Knoten. Befall nimmt ständig zu, Erträge sinken.
○ **Wurzelgallenälchen** (*Meloidogyne*-Arten)
△ Dämpfung des Bodens, chemische Bodenentseuchung führt nur zur Befallsminderung. Verhütung der Verschleppung von Betrieb zu Betrieb durch Pflanzenteile oder Bodenbearbeitung; eventuell auf Substratkultur umstellen. Reduktion der Schäden durch Veredlung auf die Unterlagen 'TS 88122' und 'KJ 6001'. Derzeit laufen Versuche zur biologischen Bekämpfung mit Hilfe nematophager Milben, das Verfahren ist noch nicht praxisreif. Hat bei Substratkulturen keine Bedeutung.

Blasenfüße, Collembolen, Erdflöhe: siehe "Gemüsebau - an mehreren Gemüsearten". Gelegentlich an Gurken vorkommend: **Wurzelläuse.**

2.2.15   Kohlarten

(Blumenkohl, Brokkoli, Chinakohl, Grünkohl, Rosenkohl, Rotkohl, Weißkohl, Wirsing, u. a.)

Stets durchzuführende Maßnahmen im Kohlanbau:
Saatgut mit einem Saatgutbehandlungsmittel gegen Auflaufkrankheiten behandeln. Eventuell zusätzlich mit einem Saatgutbehandlungsmittel gegen Erdflöhe versehen, derzeit jedoch kein Insektizid ausgewiesen.
Maßnahmen bei Anzucht in Erd-, Ton- oder Torftöpfen:
Dem Anzuchtsubstrat vor dessen Verwendung zur Anzucht und Topfherstellung bei Blumenkohl 2 bis 3 g *Ammonium*- oder *Natriummolybdat* in 5 l Wasser je m³ Anzuchtsubstrat gegen Molybdänmangel beimischen. Pflanzen mit Wurzelverdickungen sind nicht zu verwenden, da Verdacht auf Befall mit Kohlhernie besteht.

Maßnahmen bei Anzucht im Freiland:
Die Oberkrume reichlich mit Torf durchsetzen, um die Bildung kräftiger Wurzelballen bei den Jungpflanzen zu fördern. Aussaaten sowie Jungpflanzen auf Anzuchtbeeten und in Pikierkästen regelmäßig gegen tierische Schädlinge und ab Ende April gegen Kohlfliegenbefall mit einem entsprechend ausgewiesenen Insektizid spritzen.
Beim Setzen alle Pflanzen mit schwarzen oder angeschwollenen Wurzeln vernichten. Nach dem Auspflanzen zusätzlich eine der sonst noch empfohlenen Maßnahmen gegen Kohlfliege durchführen. Nach Bedarf Anwendung von Insektiziden gegen Erdflöhe, Kohldrehherzmücke, Blattläuse und verschiedene Raupenarten. Wartezeiten beachten!

Maßnahmen bei Direktsaat im Freiland:
Sorgfältige Saatbettvorbereitung, zum Verschlämmen neigende Böden vom Anbau ausschließen.
Erdflöhe: Bei Massenbefall Spritzen mit *Parathion* oder *Propoxur*.
Kohlfliege: Die Kohlfliegenbekämpfung sollte sofort nach der Saat im Spritzverfahren durchgeführt werden: *Chlorfenvinphos*, entweder als Bandspritzung mit entsprechend reduzierter Aufwandmenge nach der Saat bis zum Auflaufen bei Gemüsekohl.
Raupen, Mehlige Kohlblattlaus: Anwendung von Insektiziden nach Bekämpfungsschwellen (siehe unten). Dabei folgendes beachten: In löffelartigen Blättern zusam-

menlaufende Spritzflüssigkeit kann bei einer Reihe von Insektiziden auf *Phosphorsäureester*- oder *Carbamat*-Basis zu Vogelschäden führen (insbesondere bei Trockenheit), Auflagen beachten!

Chemische Unkrautbekämpfung siehe "Pflanzenschutzmittelübersicht - Herbizide im Gemüsebau".
Kohlrabi bei Anbau unter Glas siehe gesonderten Abschnitt weiter unten.

Nichtparasitäre Schadursachen

☐ Mai bis Ernte - Wachstumsstörungen, verkrümmte Herzblätter, unvollkommen ausgebildete Blattspreiten, Ausbleiben der Kopfbildung, aber keine Maden zwischen Herzblättern der Pflanzen. Besonders anfällig die Blumenkohlsorten der 'Alpha'-Zuchtrichtung, weniger die 'Lecerf'- oder 'Flora-Blanca'-Sorten. Von Kohlrabi anfällig 'Rogglis weiße Freiland' und 'Primavera weiß'.
O **Molybdänmangel, Klemmherzbildung**
Δ Vorbeugend 2 bis 3 g/m³ *Natrium*- oder *Ammoniummolybdat*, in etwas erwärmtem Regenwasser gelöst, dem Anzuchtsubstrat zusetzen oder Anzuchten mit 1 g *Natrium*- oder *Ammoniummolybdat* in 5 l Wasser je m² angießen oder Gabe von 2 bis 4 kg *Natriummolybdat* je ha vor der Pflanzung zweckmäßig als Zusatz zu Handelsdünger. Bei bereits sichtbaren Mangelsymptomen sofort 60 bis 80 g *Ammonium*- oder *Natriummolybdat* in 600 bis 800 l Wasser/ha spritzen.

☐ An Blumenkohl - Blume stellenweise braun, Herzblätter mißgebildet, in Stielen und Strunk Hohlräume, Mark glasig.
O **Bormangel**
Δ 20 kg/ha *Borax* helfen bei akuten Schäden, sonst borhaltige Handelsdünger anwenden.

☐ Ernte von Blumenkohl - Blumenoberfläche mit zunächst glasigen Flecken, die relativ schnell in eine gräuliche bis okerbraune Farbe übergehen. Bei näherer Betrachtung erkennt man, daß die oberste Zellschicht kollabiert ist.
O **Kalziummangel**
Δ Tritt auf, wenn zur Zeit der Blumenbildung eine längere Nässeperiode mit hohem Wasserangebot im Boden und hoher Luftfeuchte sowie geringem Transpirationsbedarf vorhanden ist und dadurch die Kalziumaufnahme stark reduziert wird. Häufig erfolgt die Verfärbung der Blumenoberfläche bedingt durch die Lichteinwirkung bei der Ernte erst einen Tag später im Lager oder im Handel.

☐ Ernte bis Auslagerung - Bei China- und Kopfkohl braune und nekrotische Blattränder an den inneren Blättern, bei Kopfkohl häufig auch die gesamte Blattspreite einzelner Innenblätter papierförmig dünn und verbräunt, jedoch keine Fäulniserscheinung erkennbar. Bei Blumenkohl glasige Flecke auf der Blume, später braun gefärbt und in Fäulnis übergehend.
O **Kalziummangel**
Δ Extreme Trockenperioden oder längere Zeiträume mit hoher Luftfeuchte verursachen eine geringe Transpiration und damit geringe Kalzium-Aufnahme im inneren Bereich des Kohlkopfes. Dadurch wird ein temporärer Kalziummangel erzeugt, der durch differenzierte Bestimmung des Kalzium-Gehaltes in den Blättern nachweisbar ist. Verhinderung durch

ausreichende Bodenversorgung mit Kalzium (Kalkung) und durch eine gleichmäßige Wasserversorgung während der Vegetation.

☐ Anzucht bis Ernte - Kohlrabipflanzen nach dem Pflanzen ohne Vegetationspunkt (Herzlosigkeit).
  O **Herzlosigkeit**
  Δ Verstärktes Auftreten bei speziellen Sorten, z.B. 'Express Forcer' in Verbindung mit besonderer Konstellation von Licht und Temperatur bei der Anzucht.

Krankheiten

☐ G. Veg. - Zunächst kleine, rundliche helle Flecke auf den älteren Blättern oder auch verschwommene Mosaikfleckung. Später entwickelt sich das typische Erscheinungsbild mit schwarzen Ringen um die aufgehellten Blattflecke. Bei Weißkohl (Lagerkohl) auch an inneren Blättern kleine braun bis schwarz verfärbte Stellen. Bei Chinakohl kommt es bei Frühbefall zu starker Blattkräuselung, Wuchshemmung und ausbleibender Kopfbildung.
  O **Kohlschwarzringflecken** (*Turnip mosaik virus*)
  Δ Das Virus ist nicht saatgutübertragbar. Bekämpfung der Mehligen Kohlblattlaus und Grünen Pfirsichblattlaus als Virusüberträger mit Insektiziden gegen saugende Insekten.

☐ G. Veg. - Zunächst Adernaufhellung, später hell- und dunkelgrüne Blattfleckung. Kräuselung. Ausbildung der Blume bei Blumenkohl behindert. Innenblätter bei Weißkohl, Rotkohl und Wirsing mit stippenartigen Flecken, oft erst nach der Auslagerung deutlich schwarz gefärbte Flecken.
  O **Schwarzstippigkeit, Blumenkohlmosaik** (*Cauliflower mosaic virus*)
  Δ Virus ist nicht boden- oder samenübertragbar. Die rechtzeitige Bekämpfung der virusübertragenden Blattläuse an Samenträgern ist wichtig, insbesondere der Mehligen Kohlblattlaus. Überwinternde Kohlbestände vor Beginn der Neupflanzungen abernten und die Strünke beseitigen.

☐ Juni bis Herbst - Teile der Blattfläche vergilben v-förmig, an diesen Stellen Adernetz schwarz. Gefäßbündel ebenfalls dunkel verfärbt, beim Durchschneiden tritt gelber Schleim aus. Insbesondere an Blumen- und Kopfkohl, aber auch an anderen Kohlarten sowie an Kohlrübe, Möhren, Raps, Rübsen, Rote Bete, Zuckerrüben, Zwiebeln und bestimmten Unkräutern wie beispielsweise an Hirtentäschel vorkommend.
  O **Adernschwärze, Schwarzadrigkeit** (*Xanthomonas campestris pv. aberrans* [Knösel] Dye)
  Δ Übertragung durch das Saatgut, im Boden verbliebene Kohlstrünke, Wurzelverletzungen (Bodenbearbeitung) und Beregnung (Bakterien in den Guttationstropfen). Unbedingt gesundes Saatgut verwenden. Weitgestellte Fruchtfolge. Heißwasserbeizung nach Anweisung der Pflanzenschutzdienststelle, bei kleinen Saatgutmengen umständlich. Dämpfung oder chemische Entseuchung der Anzuchterde.

☐ März bis Mai - Im Saatbeet oder an Setzlingen werden Stengelgrund und Wurzeln schwärzlich, Stengelgrund eingeschnürt. Pflanzen fallen um.
  O **Schwarzbeinigkeit, Wurzelbrand** (*Pythium de baryanum* Hesse. *Olpidium brassicae* Dangeard, *Fusarium*- und *Rhizoctonia*-Arten u. a. Pilze)
  Δ Die Bekämpfung ist weiter oben bei Auflaufkrankheiten an Gemüse besprochen.

☐ März bis Mai - Im Saatbeet werden Blätter auf der Oberseite bleichfleckig, blattunterseits bildet sich später ein grauweißer Schimmelrasen. Insbesondere bei Blumenkohl und Brokkoli im Freiland und Kohlrabi unter Glas werden auch ältere Blätter befallen. Fäulnis an der Blume möglich.
○ **Falscher Mehltau** (*Peronospora brassicae* Gäum.)
Δ Vorbeugungsmaßnahmen wie unter Gemüsebau - Jungpflanzen angegeben. Reichlich lüften, lichter Stand, Kulturbedingungen schaffen, Pflanzen abhärten. Weniger anfällige Sorten sind bei Blumenkohl 'Cabrera' und 'Aviso'. Größere Pflanzabstände wählen. Wegen Fungizideinsatz Pflanzenschutzdienststelle befragen.

☐ G. Veg. - Kümmerwuchs, bei trockenem Wetter schnelles Abwelken, keine Kopfbildung, fingerförmige, massige, kropfartige Wurzelverdickungen, auch an anderen Kreuzblütlern. Die bei oberflächlicher Betrachtung ähnlichen, hohlen Gallen des Kohlgallenrüßlers sind kleiner, sitzen nahe der Erdoberfläche, enthalten meist die weißlichen Käferlarven. Grünkohl wenig, Blumenkohl und Kohlrabi stark anfällig.
○ **Kohlhernie** (*Plasmodiophora brassicae* Wor.)
Δ Bemühungen zur Züchtung resistenter Sorten sind erfolgversprechend, jedoch nur wenige resistente Sorten am Markt vorhanden. Relativ widerstandsfähig sollen die Chinakohlsorten 'Kohboh', 'Marquis', 'Parkin', 'Shinki', 'Chorus', 'Harmony', 'Nemesis' und 'Storido' sein. Anzuchterde dämpfen oder mit *Dazomet* entseuchen. Auf genügendes Aufkalken des Anzuchtsubstrates achten, besonders bei Verwendung von Weißtorf. Nur gesunde Jungpflanzen verwenden, alle Setzlinge mit Wurzelverdickungen ausscheiden. Im Freiland weitgestellte Fruchtfolge, bei Befall Kohlanbau für 4 bis 6 Jahre aussetzen, Bekämpfung kreuzblütiger Unkräuter. Übermäßige Stallmistgaben vermeiden, pH-Wert wenigstens 6,5, besser bei 7, gegebenenfalls auch schweren und mittleren Böden je nach Bedarf 10 bis 20 kg/ 100 m² Branntkalk, auf leichten Böden 20 bis 30 kg/100 m² kohlensauren Kalk einarbeiten. Erhaltungskalkung jährlich in Teilgaben vornehmen. Auf befallenen Flächen *Kalkstickstoff* anwenden: 5 bis 10 dt/ha (alle Formen) oder *Perlka* 2 bis 3 Wochen vor dem Pflanzen gut einarbeiten. Noch besser wirkt zweimalige Gabe: 4 bis 6 dt/ha *Perlka* oder *Perlka fein* (*Spezialkalkstickstoff*) vor dem Pflanzen und 4 dt/ha 2 bis 3 Wochen nach dem Pflanzen bei feuchtem Boden und trockenen Pflanzen streuen.

☐ G. Veg. - Blätter werden fahl, Pflanzen welken, Stammgrund wird schwarz, reißt auf. Pflanzen fallen um. vor allem im Küstengebiet häufig. Krankheit wird mit Saatgut übertragen. Oft erst nach der Lagerung - insbesondere bei Chinakohl - erkennbar an Schwarzverfärbungen im Strunkteil. Befall auch in Form von Blattflecken, auf denen keine Zonierung erkennbar ist.
○ **Umfallkrankheit** (*Phoma lingam* (Tode) Desm.) (Hauptfruchtform *Leptosphaeria maculans* [Desm.] Ces. et de Not)
Δ Befallsfreies Saatgut verwenden oder eine Heißwasserbeizung des Saatgutes vornehmen. Weitgestellte Fruchtfolge und möglichst gleichmäßige Wasserversorgung. Es besteht der Verdacht, daß eine Verschleppung mit dem Erntemesser bei Lagerkohl erfolgen kann, wenn die Ernteware nicht sofort auf Lagertemperatur herabgekühlt wird. Näheres bei der Pflanzenschutzdienststelle erfragen.

☐ G. Veg. - Vor allem an Chinakohl. Auf den Blättern entstehen rundliche, braune bis graue Flecken unterschiedlicher Größe, meist mit konzentrischen Ringen. Rasche Ausbreitung der Krankheit.

○ **Alternaria-Blattfleckenkrankheit, Kohlschwärze** (*Alternaria*-Arten)

△ Weniger anfällige Sorten verwenden, insbesondere im Spätsommer bis Herbst. Bei Blumenkohl sind dies die Sorten 'Cabrera' und 'Aviso'. Ab Befallsbeginn Spritzbehandlungen mit *Vinclozolin* vornehmen.

☐ Mai bis Nov. - Insbesondere an den unteren Blättern, aber auch an anderen Pflanzenteilen, entstehen rundliche, braune Flecke von 0,5 bis 1 cm Durchmesser mit ringförmig angeordneten, schwarzen Sporenlagern, an den Kohlblättern wie Teerflecke aussehend. Alle Kohlarten sind betroffen. Bisher vorwiegend in Norddeutschland aufgetreten.
○ **Ringfleckenkrankheit** (*Mycosphaerella brassicicola*) .

△ Die Nachbarschaft zu Rapsfeldern vermeiden, weil der Pilz dort vornehmlich überdauert. Weniger anfällige Sorten verwenden. Bei Weißkohl gelten die Sorten 'Carlton', 'Erdeno', 'Krautkaiser', 'Olympiade' und 'Pluton' als weniger anfällig. Wegen geeigneter Bekämpfungsmaßnahmen Pflanzenschutzdienst befragen.

☐ Eingelagerter Rot- und Weißkohl - Graubrauner Pilzbelag auf den Kohlköpfen.
○ **Grauschimmel** (*Botrytis cinerea* Pers.)

△ Bekämpfung der Grauschimmelfäule (*Botrytis*) mit *Thiabendazol*[1]-haltigen Präparaten, das erste Mal bei der Einlagerung, das zweite Mal 60 Tage später. Wartezeit 10 Tage, (siehe "Pflanzenschutzmittelübersicht - Fungizide im Gemüsebau").

Tierische Schaderreger

☐ Juli bis Sept. - bei Weißkohl warzenartige Wucherungen an den Ober- und Unterseiten der Kopfblätter der obersten drei Blattlagen, gelegentlich bis zur 6. Blattlage. Die Wucherungen sind zunächst weißlich, mit zunehmendem Alter dunkelgefärbt und treten zunächst nur fleckweise auf, können bei starkem Befall auch den gesamten Kopfbereich erfassen. Im Bereich der Wucherungen zwischen den Blattlagen 1 mm lange, weißlich bis gelblich gefärbte Thripslarven erkennbar.
○ **Zwiebelthrips** (*Thrips tabaci* Lindeman)

△ Hauptflugzeit meist nach der Getreideernte. Schäden sind meist nur ab Beginn der Kopfbildung zu erwarten. Bekämpfung mit Insektiziden gegen saugende Insekten an Kohl; versteckt zwischen den Blattlagen sitzende Tiere sind kaum erreichbar. Späte Weißkohlsorten häufig weniger stark befallen, z. B. 'Marner September', 'Falcon', 'Filderkraut', 'Galaxy', 'Zerlina'.

☐ Mai bis Sept. - Raupenfraß verschiedener Art an Blättern. Löcher, Fenster mit erhaltener Blattoberhaut, Bohrlöcher in den Köpfen, Verschmutzung durch Raupenkot. Die Raupen verschiedener Schmetterlingsarten als Ursache der Fraßschäden.

Merkmale: Eier 0,4 x 0,2 mm, meist 2 bis 10 Eier, gelb, oval. Raupen bis 12 mm lang, einzeln oder zu mehreren, hellgrün, Nachschieber gestreckt, schlängelt sich bei Berührung und bildet Spinnfäden.
○ **Raupen der Kohlschabe bzw. Kohlmotte** (*Plutella xylostella*)

Merkmale: Eier 0,5 x 1,0 mm, einzeln, gelb, kegelförmig, gerippt. Raupen bis 35 mm lang, meist einzeln, grün mit feiner gelber Rückenlinie und gelb gefleckter Seitenlinie, samtartig behaart.
○ **Raupen des Kleinen Kohlweißlings** (*Pieris rapae*)

Merkmale: Eier 0,5 x 1,0 mm, Eigelege mit meist 15 bis 50 Eiern, gelb, kegelförmig, gerippt. Raupen bis 45 mm lang, in Gruppen, gelb-schwarz-grau gefleckt, leicht behaart.
○ **Raupen des Großen Kohlweißlings** (*Pieris brassicae*)

Merkmale: Eier 0,6 x 0,4 mm, Eigelege mit meist 10 bis 50 Eiern, weiß bis hellbraun, später mit zentralem, bräunlichem Punkt und Ring, halbrund. Raupe bis 50 mm lang, einzeln oder zu mehreren, hellgrün bis dunkelbraun mit heller Seitenlinie, rollt sich bei Berührung ein.
○ **Raupen der Kohleule** (*Mamestra brassicae*)

Merkmale: Eier 0,6 x 0,4 mm, einzeln, später mit grauem Punkt, halbrund. Raupe bis 50 mm lang, einzeln, hellgrün mit heller Seitenlinie, leicht behaart, nur 6 Beinpaare, richtet sich bei Berührung auf.
○ **Raupen der Gammaeule** (*Autographa gamma*)

Merkmale: Eier 0,5 x 0,3 mm, Eigelege mit meist 5 bis 20 Eiern, gelb, rund, flach. Raupe bis 30 mm lang, meist in Gruppen, blaßgrün bis grün mit dunkelgrüner, hellgrün gesäumter Rückenlinie, leicht behaart, Nachschieber lang.
○ **Raupen des Kohlzünslers** (*Evergestis forficalis*)

△ Anwendung von Kulturschutznetzen, soweit diese aus kulturtechnischen und wirtschaftlichen Überlegungen infragekommen (näheres siehe unter "Gemüsebau - allgemein"), aber beachten, daß geringer Befall durch Eiablage auf dem Netz und Durchkriechen der Junglarven möglich ist.
Bekämpfungsschwellen: bis zur Becherbildung 50 % befallene Pflanzen, anschließend bei Frischmarktware 5 % befallene Pflanzen, bei Kohl zur industriellen Verarbeitung 10 % befallene Pflanzen. Gegen Raupen von Kohlweißling und Kohlschabe spritzen mit Insektiziden gegen beißende Insekten an Kohl, siehe "Pflanzenschutzmittelübersicht".
Gegen die nur anfangs frei auf der Blattunterseite fressenden, später tief im Innern der Köpfe bohrenden Raupen der Kohl- und Gemüseeulen sehr frühzeitiges, gründliches Spritzen vor dem Eindringen der Raupen in die Köpfe, beispielsweise mit *beta-Cyfluthrin*, *alpha-Cypermethrin*[2], *Cypermethrin*, *Deltamethrin*, *Permethrin*. Empfehlenswert ist insbesondere auch der Einsatz des Chitinsynthesehemmers *Teflubenzuron*[2], weil Nützlinge weitgehend geschont werden. Bei gleichzeitigem Befall durch Kohlblattläuse Mittel gegen beißende und saugende Insekten, vor allem solche mit kürzerer Wartezeit. Gegen Raupen und Blattläuse sowie andere saugende Insekten besonders bewährte Wirkstoffe bei frühzeitigem Einsatz vor der Kopfbildung sind: *Methamidophos*, *Propoxur*, aber nicht nach

dem 16-Blatt-Stadium wegen der Vogeltoxizität, Wartezeiten streng beachten!
Speziell gegen Raupen der Kohlweißlinge (und andere freifressende Raupen), jedoch nur eingeschränkt gegen Kohleulenraupen, wirken die Bakterienpräparate auf Basis von *Bacillus thuringiensis*. Zufriedenstellende Wirkungsgrade werden nur bei Temperaturen ab 20 °C erreicht. Bei Befall kurz vor der Ernte spezielle Beratung anfordern!

☐ In den Blättern, insbesondere bei Kohlrabi unter Glas, geschlängelte Miniergänge oder flächige Minen, darin oft kleine, weiße Maden.
   O **Minierfliegen** (*Agromyzidae*)
   Δ Nur bei ausnahmsweise starkem Befall an jüngeren Pflanzen ist eine Bekämpfung mit *Dimethoat* oder anderen Insektiziden lohnend. Unter Glas derzeit keine Ausweisung!

☐ April bis Sept. - Kümmerwuchs, bleigraue Blattverfärbungen, Welken, Umfallen, Vertrocknen, bei schwächerem Befall lockere Kopfbildung. Pflanzen leicht herausziehbar, Wurzeln von 1 cm langer, weißlichen Maden zerfressen, später im Boden braune Tönnchenpuppen. Schäden vor allem an Blumen-, Chinakohl und Kohlrabi. Im Spätsommer und Herbst zum Teil Befall an oberirdischen Pflanzenteilen (Röschen des Rosenkohls, Blattstiele des Chinakohls, Kopfblätter).
   O **Kohlfliege** (*Delia brassicae* Bouché, *Delia floralis* Fall. u. *Delia fugax* Meig.)
   Δ Bei dem auf Gemüseanbauflächen auftretenden, hohen Befallsdruck sind ab Eiablage der ersten Generation routinemäßig Bekämpfungsmaßnahmen notwendig. Soweit diese nicht durchgeführt wurden, sollte eine Bekämpfung nach folgender Bekämpfungsschwelle erfolgen: 20 Eier je Pflanze in den ersten 3 Wochen nach dem Pflanzen.
Bei Einsatz von Kulturschutznetzen, die bis zur Ernte auf der Kultur verbleiben, kann auf den Einsatz von Insektiziden gänzlich verzichtet werden, insbesondere im Kleingarten anwendbar. (Näheres siehe unter "Gemüsebau - allgemein").
Aus der Vielzahl der verschiedenen Möglichkeiten zur vorbeugenden oder direkten Kohlfliegenbekämpfung mit Hilfe von Insektiziden (siehe auch "Pflanzenschutzmittelübersicht - Insektizide im Gemüsebau") sind der Übersicht halber nur die wichtigsten genannt, von denen natürlich nur jeweils eine notwendig ist. Bei starkem und langanhaltendem Befallsdruck kann trotz Durchführung vorbeugender Maßnahmen bei der Pflanzenanzucht noch eine spätere Nachbehandlung erforderlich werden. Unter bestimmten Witterungsbedingungen (Niederschläge, hohe Bodentemperaturen) muß mit verkürzter Wirkdauer gerechnet werden. Bei Anwendung von Gieß- und Streumitteln gegen Kohlfliege Angaben über Wartezeiten streng beachten. *Chlorfenvinphos*-haltige Präparate dürfen gegen Gemüsefliegen nur einmal während der Vegetationsdauer der Kultur ausgebracht werden.

Beispiele für Möglichkeiten der Kohlfliegenbekämpfung zur Auswahl:

Behandlung loser Anzuchterde:
Ein gegen Kohlfliegen ausgewiesenes Granulat wie *Chlorfenvinphos* nach Vorschrift sorgfältig mit dem Anzuchtsubstrat vermischen. Verfahren ist nur bei unmittelbar danach verwendeter Erde lohnend, besser aber die Topfballenbehandlung.
Behandlung der Erde im Anzuchtbeet vor der Aussaat:
Ein gegen Kohlfliegen ausgewiesenes Granulat ausstreuen und flach einarbeiten. Topfballenbehandlung ist sicherer!

Behandlung getopfter Jungpflanzen (Topfballenbehandlung):
Getopfte, dicht zusammengestellte Pflanzen in trockenem Zustand mit einem gegen Kohlfliegen ausgewiesenen Streumittel oder Granulat, z. B. *Chlorfenvinphos* überstreuen, anschließend die Pflanzen beregnen oder überbrausen, damit kein Wirkstoff auf den Pflanzen verbleibt (Verbrennungen!) und das Präparat auf dem Topfballen besser haftet
(wichtig beim Pflanzen mit der Pflanzmaschine). Pflanzen nicht zu tief setzen!

Behandlung nicht getopfter Jungpflanzen:
a) Mit den gleichen Präparaten können auch die Wurzelballen nicht getopfter Pflanzen aus
der Freilandanzucht behandelt werden. Wurzelballen müssen feucht sein und beidseitig
erfaßt werden. Bewährt hat sich Beregnen vor dem Ziehen.
b) Die Anzuchtflächen im Freiland werden vor dem Ziehen der Pflanzen mit einem wirksamen Kohlfliegen-Streugranulat, beispielsweise *Chlorfenvinphos* überstreut und anschließend überbraust. Wenn der Boden mit Torf durchsetzt ist, bleibt ausreichend Granulat am Wurzelballen haften, um die Pflanzen vor Kohlfliegenbefall zu schützen.

Reihenbehandlung nach dem Pflanzen:

Anstreuverfahren:
Sofort beim oder kurz nach dem Setzen ein gegen Kohlfliegen ausgewiesenes Granulat
nach Anwendungsvorschrift als Bandbehandlung streuen. Bewährt hat sich im Erwerbsanbau das Anstreuen der Pflanzen mit Hilfe eines Granulatstreuers. Nicht auf feuchte oder
nasse Pflanzen. Nur eine Anwendung!

Angießverfahren:
Zur Gießbehandlung eignen sich *Parathion* und andere. Gießbehandlung nach 14 Tagen
wiederholen. Siehe auch "Pflanzenschutzmittelübersicht - Insektizide im Gemüsebau".

Flächenspritzung bei Direktsaaten:
Bei Direktsaaten ist die Gefahr der Schädigung durch Kohlfliegenmaden der ersten Generation (Mai) und Erdflöhe noch größer als bei gepflanzten Kohlarten. Bewährt hat sich hier
die Ausbringung von Präparaten der Wirkstoffgruppe *Chlorfenvinphos* im Spritzverfahren.
Nur eine Anwendung!
Bei *Dimethoat*-Anwendung wird aus Gründen der Kostenersparnis meist im Bandspritzver-
fahren gearbeitet. Die Bandbreite sollte 17 bis 20 cm betragen. Diese Behandlung schützt
die auflaufenden Saaten bis zur Ausbildung der ersten echten Blätter auch vor Erdflohbe-
fall. Maximal 1 Behandlung ausgewiesen.

Flächenspritzung bei gepflanzten Kulturen auf Großflächen:
Dimethoat-Präparate werden mit 1 l/ha in 600 l Wasser als Bandspritzung zur Zeit der Eiablage der Kohlfliege eingesetzt, und zwar ohne Netzmittel. Bei stärkerem Kohlfliegenbefall ist diese Maßnahme nicht ausreichend, da maximal eine Behandlung ausgewiesen ist.

Einzelpflanzenbehandlung:

Umstreuen des Wurzelhalses der Pflanzen nach der Pflanzung:
Ein Streumittel oder Granulat gegen Kohlfliegen auf Basis von *Chlorfenvinphos* oder
Chlorpyrifos wird um den Wurzelhals gestreut.

Angießverfahren für kleine Beete in Gärten:
Beste Terminbestimmung durch Kontrolle auf Eiablage. Die weißlichen, 1 mm langen
Kohlfliegeneier sind in der Nähe des Wurzelhalses am Stamm und zwischen Bodenteil-
chen leicht zu sehen, wenn man die Pflanzen zur Seite biegt. Angießen bei Beginn stärkerer Eiablage, bei Frühkohl meist 10 bis 14 Tage nach dem Auspflanzen mit Gießmitteln
gegen Kohlfliegen an den Wurzelhals. Allgemeine Aufwandmenge 80 ml Spritzflüssigkeit

je Pflanze. Ein- bis zweimalige Wiederholung nach je 10 Tagen. Boden muß feucht sein, gegebenenfalls vorher gießen oder beregnen.

Kohlfliegenbekämpfung bei Eiablage an oberirdischen Pflanzenteilen:
Insbesondere im Sommer und Herbst kommt es gelegentlich zur oberirdischen Eiablage an den Röschen des Rosenkohls, an den fleischigen Blattansätzen des Chinakohls und an den äußeren Kopfblättern von Kopfkohl. Bei Fund mehrerer Eier je Pflanze an den entsprechenden Pflanzenteilen und anhaltend feuchter Witterung Spritzbehandlung unter Einhaltung der Wartezeiten mit ausgewiesenem Mittel gegen Kohlfliegen, z. B. *Dimethoat* vornehmen. Befall läßt sich weitgehend auch durch Abdeckung mit Kulturschutznetzen verhindern.

☐ G. Veg. - Graugrüne, mehlig bepuderte Blattläuse an der Unterseite der Blätter, auch an Trieben und Blütenständen von Samenträgern. Überwinterung als schwarze Eier an überständigen Strünken und Wildkruziferen. Die Populationsdynamik weist regelmäßig zwei Befallshöhepunkte (Mitte Juli, Ende August) auf. Der zwischenzeitliche Populationszusammenbruch wird vermutlich im wesentlichen durch Schlupfwespen verursacht. Massenauftreten vor allem nach längeren Trockenheitsperioden. Im Süden Deutschlands in der Regel höherer Befallsdruck.

○ **Mehlige Kohlblattlaus** (*Brevicoryne brassicae* L.) **und andere Blattlausarten**

△ Bestandeskontrollen in 14tägigem Abstand an 50 Pflanzen (10 Kontrollpunkte mit jeweils 5 Pflanzen) durchführen. Bekämpfungsschwellen:
Frisch- und Lagerware an Herz oder Kopf einschließlich 6 Umblätter:
　　20 % befallene Pflanzen mit über 10 ungeflügelte Blattläuse/Pflanze oder
　　10 % befallene Pflanzen, wenn an einer oder mehreren Pflanzen über 100 Blattläuse/
　　　Pflanze auftreten.
Industrieware (Einschnitt) an Herz oder Kopf einschließlich 6 Umblätter:
　　20 % befallene Pflanzen mit über 10 ungeflügelte Blattläuse/Pflanze oder
　　10 % befallene Pflanzen, wenn an einer Pflanze über 100 Blattläuse/Pflanze auftreten,
　　　oder
　　50 % befallene Pflanzen mit über 50 ungeflügelten Blattläusen/Pflanze nach Abschluß
　　　der Kopfbildung.
Bei Erreichen der Bekämpfungsschwelle gründliches Spritzen mit Mitteln gegen saugende Insekten im Gemüsebau. Bei Frühbefall zulässig *Oxydemeton-methyl* oder *Methamidophos* oder das nützlingsschonende *Pirimicarb*. Kurz vor der Ernte nur noch Mittel mit sehr kurzer Wartezeit wie *Propoxur* (auch gegen Raupen), *Rapsöl* oder andere Präparate. Bei

der Anwendung die Auflagen hinsichtlich Vogeltoxizität beachten. Siehe auch "Pflanzen-schutzmittelübersicht - Insektizide im Gemüsebau".

☐ Sommer - Helle Saugstellen an Blättern, vor allem blattunterseits, zahlreiche "Weiße Flie-gen" mit 2 bis 3 dunklen Flecken auf den sonst weiß bepuderten Flügeln. Vorkommen der-zeit nur in klimatisch wärmeren Gebieten Deutschlands, jedoch nach Norden fortschrei-tend.

  ○ **Kohlmottenschildlaus, Weiße Fliege** (*Aleurodes brassicae* Walk.)

  △ Spritzen mit Mitteln gegen saugende Insekten (siehe auch "Mehlige Kohlblattlaus"), wie *Methamidophos, Oxydemeton-methyl+Parathion* und anderen nach Auskunft der Pflanzen-schutzdienststelle, dabei sehr gründlich spritzen, vor allem Blattunterseiten behandeln. Meist ist eine Wiederholung der Behandlung nach 6 bis 8 Tagen notwendig, da bei der Behandlung nicht alle Entwicklungsstadien (z. B. Puparien) abgetötet werden.

☐ Mai bis Aug. - Wachstumsstörungen, Verkorkungen an den Blattstiel-Oberseiten, Herzblät-ter verdreht oder verkrüppelt. Ausbleibende Kopfbildung und trichterförmige Fäulnis mit Herzblattbereich oder mehrere, mißgebildete Köpfe, kleine weiße Maden im Herzen der Pflanze. Bei feuchter Witterung zuweilen Herzfäule, sonst Drehherzigkeit, sowie oft Bil-dung von Nebentrieben. Vor allem an Blumenkohl, aber auch an Wirsing, Rosenkohl u. a. siehe auch "Molybdänmangel".

  ○ **Kohldrehherzmücke** (*Contarinia nasturii* Kief.)

  △ Abdeckung mit Kulturschutznetzen reduziert den Befall erheblich. Ab Mitte Mai vom Saatbeet an 2- bis 3mal bis zur Kopfbildung Spritzung mit Insektiziden gegen beißende In-sekten. Herz der Pflanzen von oben her gründlich behandeln. Präparate mit guter Dauer- und Breitenwirkung wie *Dimethoat, Methamidophos, Pyrethroide* und andere bei jungen Kohlpflanzen bevorzugen, später Wirkstoffe mit kürzerer Wartezeit einsetzen. Zweite Ge-neration der Drehherzmücke bedroht ab Mitte Juli den Spätkohl, oft auch noch die Steck-rüben. Nach neueren Beobachtungen starkes Auftreten der zweiten Generation. Warn-dienst beachten!

☐ Mai bis Juli - Blätter mit gelbgerandeten Stichstellen durch fast 1 cm lange, stahlblaue oder metallisch grüne Wanzen mit gelber oder roter Zeichnung und ihre Larven. Stark be-fallene Blätter welken. Pflanzen verdorren schließlich. Schäden besonders bei warmem, trockenen Wetter im Frühsommer bei Blumenkohl durch Wuchsanomalien an der Blume.

  ○ **Kohlwanze** (*Eurydema oleraceum* L.) **und andere Wanzenarten**

  △ Besonders wirksam ist Spritzen mit einem *Dimethoat*-Präparat. Bekämpfung nur selten lohnend.

☐ April bis Aug. - Blätter, vor allem bei Jungpflanzen, durch Fraß von kleinen, schwarzen oder gelbgestreiften, springenden Käfern siebartig durchlöchert. An Kohlsamenträgern auch Fraß an Schoten. Die Winterölsaaten und Stoppelrüben sind in trockenen Sommern ebenfalls gefährdet.

  ○ **Erdflöhe** (*Phyllotreta*-Arten)

  △ Wiederholtes Spritzen mit Mitteln gegen beißende Insekten im Gemüsebau bei warmen Wetter. Wichtig ist häufige Kontrolle von jungem Herbstkohl bei trockener Witterung. Die Bekämpfungsschwelle wird bei Minderung der Blattfläche um mehr als 10 % erreicht. Warndienst! Gute Erfahrungen mit Spritzmitteln, beispielsweise *Parathion,* ferner mit

Stäubemitteln auf *Pyrethrum*-Basis. Durch Kulturschutznetze mit Maschenweiten unter 1,4 mm kann ein erheblicher Teil der Tiere zurückgehalten werden.

☐ April bis Aug. - Schon an Setzlingen hell abgegrenzte Einstichstellen an den Stengeln, Herz fault aus, Pflanze bricht zusammen. Im hohlgefressenen Stengel Käferlarven. vor allem an Samenträgern schädlich. Bei Blumenkohl stockt Wachstum der Herzblätter, Blumen verkrüppeln und sind vernarbt, Kohlrabiknollen platzen auf. Oft auch an Raps und Rübsen.

O **Großer und Kleiner Kohltriebrüßler** (*Ceutorrhynchus napi* Gyll. u. *C. quadridens* Panz.)

△ Gefährdet vor allem Kohlrabianbau (Platzer) in der Nähe von umfangreichem Rapsanbau. Nur bei stärkerem Auftreten an Gemüsekohl wiederholte Spritzung mit Präparaten gegen beißende Insekten im Kohlanbau. Siehe "Pflanzenschutzmittelübersicht - Insektizide im Gemüsebau". Bei Samenträgern regelmäßige Bekämpfung bis Anfang Juli notwendig. Bienenschutzverordnung beachten. Sonderberatung durch Pflanzenschutzdienststelle anfordern.

☐ April bis Okt. - Rundliche, meist nur erbsengroße, seltener bis haselnußgroße, im Innern von Käferlarven durchfressene Gallen am Wurzelhals. Auch an Kohlrabi, Rettich, Kohlrübe. Nicht mit Kohlhernie verwechseln, hier Wurzelverdickungen unregelmäßig, im Innern kompakt.

O **Kohlgallenrüßler** (*Ceutorrhynchus pleurostigma* Marsh.)

△ Keine Pflanzung gallenbehafteter Setzlinge. Für ausreichenden Fruchtwechsel sorgen. Bei Behandlung der Anzuchtflächen mit *Chlorfenvinphos* gegen Kohlfliegen erfolgt gleichzeitig ein sicherer Schutz gegen den Kohlgallenrüßler, sonst wie Kohltriebrüßler. Meist aber keine Bekämpfung notwendig, da Schaden gering.

☐ April bis August. - Kleine, schwarze Käfer fressen an den Blütenknospen bei Brokkoli, Blumenkohl. Bei andauernder feuchter Witterung können die Fraßstellen sekundär in bakterielle Fäulnis einzelner Röschen übergehen, so daß erhebliche Ernteausfälle entstehen. Im Kohlsamenbau Schotenansatz völlig ausbleibend oder nur sehr mangelhaft.

O **Rapsglanzkäfer** (*Meligethes aeneus* Fabr.)

△ Ausführliche Angaben zur Bekämpfung des Rapsglanzkäfers siehe oben bei Raps. Durch Kulturschutznetze mit Maschenweiten unter 1,4 mm kann ein erheblicher Teil der Tiere zurückgehalten werden.

☐ Juli bis August - Zur Zeit der Rapsernte massenhafter Abflug von Käfern aus Rapsfeldern in benachbarte Kohlfelder, insbesondere bei Blumenkohl, Brokkoli und Wirsing. Dort Fraßschäden an erntereifen Kohl. Im Kohlsamenbau Schoten vorzeitig vergilbend, aufgetrieben, angebohrt, im Innern fußlose Larven. Samen zerfressen. Vorzeitiges Aufplatzen der Schoten. Auch an Winterölfrüchten vorkommend.

O **Kohlschotenrüßler** (*Ceutorrhynchus assimilis* Payk.)

△ Bei massenhaftem Auftreten an erntereifen Kohl erbringen Behandlungen mit Insektiziden auf der Basis von *Pyrethroiden* nur Teilerfolge. Durch Kulturschutznetze mit Maschenweiten unter 1,4 mm kann ein erheblicher Teil der Tiere zurückgehalten werden. Ausführliche Angaben zur Bekämpfung siehe unter Raps. Bienenschutzverordnung beachten!

☐ Mai bis Juni - Im Kohlsamenbau. - Zahlreiche, bis 2 mm lange, weißlichgelbe Larven in den Schoten. Oft gemeinsam mit Larven des Kohlschotenrüßlers in von diesem ausgebohrten oder anderweitig beschädigten Schoten. Auch an Ölfrüchten.

○ **Kohlschotenmücke** (*Dasyneura brassicae* Winn.)

△ Da es sich meist um einen Folgeschädling des Kohlschotenrüßlers handelt, siehe unter Raps bei Kohlschotenrüßler und Kohlschotenmücke.

Ferner an Kohl: Minierfliegen verursachen geschlängelte oder flächige Miniergänge in den Blättern. An Chinakohl verursacht das Wasserrüben-Gelbmosaikvirus (*Turnip* yellow *mosaik virus*) ähnliche Symptome wie das Kohlschwarzringfleckenvirus.

2.2.16   Kresse

Beim Anbau für den Frischmarkt in Töpfen oder Schälchen keine Saatgutbeizung oder sonstige chemische Maßnahmen anwenden, da das unvermeidliche Hineingelangen von Substratpartikeln und Samenschalen in das Erntegut die Gefahr hoher, unzulässiger Rückstände bedingt.

Kresse nur in entseuchter Erde oder auf einer etwa 3 cm starken Schicht von Torfkultursubstrat, aber keineswegs zu dicht säen; etwa 3 Tage nach Keimung kein Überbrausen mehr, Keimtemperaturen von etwa 20 °C , danach etwa 15 °C einhalten, um die Keimlinge abzuhärten und Umfallen zu vermeiden.

2.2.17   Kümmel, Pastinak

☐ Mai bis Juli - Dolden versponnen und zernagt, im Innern fressen graugrüne, bunt gefleckte, bis 12 mm lange Raupen, die sich später in die Stengel einbohren. Die Einbohrlöcher häufig reihenweise (Kümmelpfeifer).

○ **Kümmelmotte** (*Depressaria nervosa* Hw.)

△ Auf Grund der Warnmeldung der zuständigen Pflanzenschutzdienststelle Spritzbehandlung mit Insektiziden gegen beißende Insekten. Sofortiger Drusch, Stroh pressen, aber nicht als Verpackungsmaterial verwenden, da sonst Verschleppungsmöglichkeit in bisher nicht befallene Anbaugebiete gegeben.

2.2.18   Kürbis

An Kürbis, Melone und Zucchini können im wesentlichen dieselben Krankheiten und Schädlinge wie an Gurken auftreten. Von wirtschaftlicher Bedeutung sind meist nur der Echte Mehltau und Viren (Gurkenmosaikvirus, Zucchinigelbmosaikvirus). Näheres siehe unter Gurken.

2.2.19   Meerrettich

☐ G. Veg. - Zahlreiche kleine, weiße, zunächst glänzende, später stäubende Pusteln auf Blättern, diese im Bereich der Pusteln leicht gekräuselt.

O **Weißer Rost** *Albugo candida* Ktze.)

△ Spritzungen mit Mitteln gegen Falsche Mehltaupilze im Gemüsebau von Juni bis Juli nach Angabe des Pflanzenschutzdienstes. Sorgfältige Fechserwahl (von der Spitze der Primärwurzel).

☐ Sommer - Die Stangen sind spröde, brechen leicht, Gefäßbündel dunkel.

O **Meerrettichschwärze** (*Verticillium*-Arten).

△ Anbaufläche regelmäßig wechseln, zum Einschlagen der Fechser Erde, Torf, Sand von gesunder Fläche verwenden. Weitgestellte Fruchtfolge. Nachbau von Meerrettich ist frühestens nach 4 Jahren zweckmäßig.

Meerrettichblattkäfer bekämpft man bei Bedarf mit Insektiziden gegen beißende Insekten. Siehe "Pflanzenschutzmittelübersicht - Insektizide im Gemüsebau".

2.2.20   Melone (unter Glas)

siehe unter Kürbis

2.2.21   Möhre

Saatgut mit einem Saatgutbehandlungsmittel gegen Auflaufkrankheiten im Gemüsebau beizen. Bekämpfung der Möhrenfliege in Abhängigkeit von der örtlichen Befallslage. Angaben zur chemischen Unkrautbekämpfung siehe "Pflanzenschutzmittelübersicht - Herbizide im Gemüsebau".

☐ Juni bis Sept. - Verzweigte Möhrenkörper, Beinigkeit.

O **Beinigkeit**

△ Tritt bei schlechter Bodenstruktur und verdichteten Böden auf. Auch bei Stallmistgabe vor der Möhrenkultur.

☐ Herbst bis Winter, Lagerung - Längsrisse im Rübenkörper.

O **Frostschäden**

△ Auftreten nach Abkühlung des Rübenkörpers unter 1,5 °C.

☐ Juni bis Sept. - Auf der Oberfläche des Rübenkörpers bis 1 cm große, wenige Millimeter tiefe, eingesunkene Flecke, zunächst noch mit der verfärbten Rindenschicht überdeckt, später, insbesondere beim Waschen der Möhren als kleine Gruben deutlich werdend.

O **Wasserflecken-Krankheit,** auch cavity spot genannt.

△ Auftreten meist nach anhaltender Bodenfeuchtigkeit auf verdichteten Flächen. Ursache nicht völlig geklärt. Möglicherweise durch Sauerstoffmangel in Verbindung mit einem relativen Kalziummangel bedingt, eventuell unter Mitwirkung von Bakterien der Gattung *Closteridium*. Wenig anfällig ist nach Firmenangaben die Sorte 'Balin F1'.

☐ Spätsommer - Auf Blättern und Stielen kleine Flecke mit gelbem Hof, in der Mitte häufig aufgerissen, später nekrotisch. Die Symptome unterscheiden sich kaum von der Schwarzfäule.

○ **Xanthomonas-Blattfleckenkrankheit** (*Xanthomonas campestris* pv. *carotae*)
△ Saatgutübertragkeit nachgewiesen, daher auf befallsfreies Saatgut achten. Befall tritt vor allem bei feuchtwarmer Witterung auf.

☐ Mai bis Juni - Keimpflanzen sterben noch im Boden ab oder fallen um. Auch heranwachsende Möhren können befallen werden. Möhrenkörper von schwarzem, lockerem Pilzgewebe umsponnen. Bildung von Faulstellen, besonders aber auf dem Lager sehr deutlich werdend und sich ausbreitend.
○ **Schwarzfäule** (*Alternaria radicina* MD. et E.)
△ Saatgutbeizung mit einem Saatgutbehandlungsmittel gegen Auflaufkrankheiten im Gemüsebau, beispielsweise *Thiram*. Auslese kranker Möhren vor Einlagerung und ständige Kontrolle der Lagerbestände. Siehe auch unter "Möhrenschwärze".

☐ Spätsommer - Auf Blättern und Stielen, auch der Blütenstände, hellgelbe, kleine Flecke, die später dunkelgrau und gelblich gerandet sind, dann schwarz werden und zusammenfließen. Bei feuchtem Wetter vertrocknet das Laub unter Schwärzung. Schwarze Faulstellen auch auf dem Möhrenkörper.
○ **Möhrenschwärze, Möhrenblattbrand** (*Alternaria dauci* Groves et Skolko), (*Alternaria alternata*)
△ Weitgestellte Fruchtfolge, Saatgutbeizung mit *Thiram* schränkt den Befall ein. Bei Frühbefall lohnen Spritzbehandlungen mit wirksamen Fungiziden, jedoch zur Zeit keine Präparate ausgewiesen. Näheres Pflanzenschutzdienststelle. Keine Möhren mit schwarzen Flecken einlagern!

☐ Herbst - An den Möhren weiße, pelzartige Überzüge, darin schwarze Sklerotien, meist erst auf dem Lager deutlich in Erscheinung tretend.
○ **Pelzfäule** (*Sclerotinia sclerotiorum* [LIB.] DE BARY)
△ Fruchtwechsel, besonders sorgfältige Auslese vor Einlagern der Möhren erforderlich.

☐ Juni bis Sept. - Längliche, waagerecht am Rübenkörper angeordnete Flecke an den Ansatzstellen der Seitenwurzeln. Grauschwarzes Myzel auf den Flecken.
○ **Cylindrocarpon-Flecke** (*Cylindrocarpon sp.*)
△ Befall tritt vor allem bei warmer Sommerwitterung auf.

☐ Juni bis Sept. - Der Möhrenkörper ist vorwiegend in seinem unteren Teil von dunkelviolettem Pilzgeflecht überzogen und leicht eingesunken. Sekundär Fäulnis an den Befallsstellen.
○ **Violetter Wurzeltöter** (*Rhizoctonia crocorum*)
△ Schaderreger hat einen großen Wirtspflanzenkreis (z. B. Kartoffeln, Rüben, Petersilie, Sellerie). Fruchtwechsel unter Ausschaltung der Wirtspflanzen vornehmen. Hoher pH-Wert begünstigt den Befall.

☐ G. Veg. - Unregelmäßige Verdickungen an Wurzeln. Möhrenkörper zuweilen mißgestaltet, vor allem durch Zwiewuchs, Beinigkeit, Fadenwuchs.
○ **Wurzelgallenälchen** (*Meloidogyne hapla* Chitwood)
△ Weitgestellte Fruchtfolge, nur ausnahmsweise chemische Bodenentseuchung erwägenswert.

☐ G. Veg. - Möhren kümmern flächenweise, Fehlstellen. Möhrenkörper verkümmert, oft mit dunklen Flecken, typisch starke Nebenwurzelbildung.

  ○ **Wandernde Wurzelnematoden** (*Rotylenchus-*, *Pratylenchus-* u. *Paratylenchus-*Arten)

  △ In Deutschland bisher nur örtlich stärkere Schäden, wahrscheinlich aber weiter verbreitet. Sicherste Maßnahme weitgestellte Fruchtfolge. Auf wertvollen Parzellen lohnt sich zuweilen eine chemische Bodenentseuchung, daher bei Befallsverdacht Bodenuntersuchung auf Nematodenbesatz und Sonderberatung durch Pflanzenschutzdienststelle.

☐ G. Veg. - Möhren kümmern fleckenweise, Wurzeln mit feinen Knötchen.

  ○ **Zystenälchen** (*Heterodera carotae* Jones)

  △ Weitgestellte Fruchtfolge. Chemische Bekämpfung ist in der Regel unrentabel.

☐ Juni bis Sept. - Blätter werden rötlich, vergilben und verwelken. Möhrenkörper mit flachen, unregelmäßigen, rostbraunen Fraßgängen, darin 6 bis 9 mm lange Maden (Eisenmadigkeit), später Fäulnis, oft starke Wertminderung der Ernte. Mehrere, oft sich überschneidende Generationen.

  ○ **Möhrenfliege** (*Psila rosae* Fb.)

  △ Die Entwicklung ist in Jahren mit hohen Sommertemperaturen reduziert, da die Möhrenfliege an kühlere Sommer adaptiert ist. Wenn möglich, Möhrenanbau nur in offenen, frei von Wind bestrichenen Lagen. Im kleinflächigen Anbau und bei hohem Befallsdruck (Kleingarten) auch Anwendung von Kulturschutznetzen (näheres siehe unter "Gemüsebau - allgemein"), dabei Netze mit der Maschenweite 1,6 mm und kleiner wählen. Dabei beachten, daß keine Anbauflächen verwendet werden, die Möhrenfliegenpuppen aus dem Vorjahresanbau enthalten. Bekämpfungsschwelle bei Befallsprognose mit Hilfe von Gelbtafelfängen:

    1. Generation: eine Möhrenfliege pro Fangtafel und Tag,
    2. Generation: eine Möhrenfliege pro zwei Fangtafeln und Tag.

Beispiele zur chemischen Bekämpfung der Möhrenfliege:

Flächenspritzverfahren: *Chlorfenvinphos* mit der Saat bandförmig auf die Reihen spritzen.

Flächenstreuverfahren: *Chlorfenvinphos* breitflächig vor, mit oder nach der Saat bis unmittelbar nach dem Auflaufen streuen. Nur eine Anwendung zulässig, auch keine zusätzliche Spritzung. *Chlorpyrifos* breitflächig vor der Saat streuen und einarbeiten.

☐ April bis Sept. - Im Blattstengelgewebe Larven, die sich nach unten bis in den Kopfteil der Möhre fressen. Zuweilen im Fraßgang auch Puppen.

  ○ **Möhrenminierfliege, "Falsche" Möhrenfliege** (*Napomyza carotae* Spencer)

  △ Auftreten in zwei Generationen, Schäden meist nur an frühen Möhren, Bekämpfungsschwelle bei 20 % Blätter mit Saugschäden. Bei Befallsbeginn versuchsweise 3 bis 4 Spritzungen mit *Dimethoat* nach Anweisung des Pflanzenschutzdienstes. Kulturschutznetze anwenden. Siehe oben unter "Möhrenfliege".

☐ Mai bis Juli - Blätter gekräuselt, verkrüppelt, meist auch gelblich bis rötlich verfärbt, Pflanzen bleiben im Wuchs zurück. Auch das Triebwachstum bei Samenträgern und der Samenansatz werden beeinträchtigt.

○ **Möhrenblattfloh** (*Trioza apicalis* Zett.)

○ **Möhrenblattlaus** (*Semiaphis dauci* F.)

△ Anwendung von Kulturschutznetzen reduziert den Befall, näheres siehe unter "Möhrenfliege" und "Rettich-Kohlfliege". Spritzen mit Mitteln gegen saugende Insekten im Gemüsebau. Ständige Befallskontrolle dringend empfohlen. Bekämpfungsschwelle bei Pflanzenhöhe über 10 cm: mehr als 8% befallene Pflanzen mit mehr als 5 Blattläusen. Besonders bewährt haben sich *Propoxur*, in Kleingärten besser nur *Pyrethrum*-Präparate.

Ferner an Möhre:

Bekämpfungsverfahren mit *Parathion*-Ködern gegen **Erdraupen** ist in Möhren **nicht** ausgewiesen. Gelegentlich treten an Möhren in letzter Zeit **Mottenschildläuse = Weiße Fliegen** sowie **Spinnmilben** stärker auf. Über die Bekämpfung ist die Pflanzenschutzdienststelle zu befragen. Gebietsweise Raupenfraß (*Conchylis zephyrana* T.), einer ab Mitte Juni auftretenden Wickler-Art, gefunden. Wo sie stärkere Schäden verursacht, ist mit einem gegen beißende Insekten ausgewiesenen Insektizid zu spritzen, zweckmäßig nach Beratung durch Pflanzenschutzdienststelle. - Über die Bekämpfung von **Wurzelläusen** siehe unter "Gemüsebau allgemein". Pflanzenschutzdienststelle befragen. **Echter Mehltau** kommt zwar an Möhren gelegentlich vor, doch ist eine Bekämpfung nur in Jahren mit stärkerem Befall lohnend, und auch dann nur an Bundmöhren. Zur Zeit kein Präparat ausgewiesen.

2.2.22   Paprika

Anbau unter Glas

Saatgutbeizung. Aussaat nur in entseuchtem Boden.

☐ G. Veg. - Bei starker Sonneneinstrahlung bilden sich an den Blättern vergilbende Flecke und auf den Früchten scharf begrenzte, leicht eingesunkene Stellen, darauf später häufig graugrüne Sporenlager des Pilzes *Alternaria tenuis*, der sich auf dem abgestorbenen Gewebe ansiedelt.

○ **Sonnenbrand**

△ Starke Sonneneinstrahlung vermeiden, notfalls Gewächshaus je nach Intensität der Sonneneinstrahlung schattieren.

☐ G. Veg. - Blätter mosaikartig gefleckt. Früchte verunstaltet (Gurkenmosaikvirus) oder braune Strichel an Blattstielen und Stengeln. Blätter werden gelb und fallen ab (Tomatenmosaikvirus).

○ **Gurkenmosaikvirus** (*Cucumber mosaik virus, CMV*)

○ **Tomatenmosaikvirus** (*Tobacco mosaik virus TMV*)

△ Zur Niederhaltung des Gurkenmosaikvirus auf intensive und rechtzeitige Bekämpfung der Blattläuse achten. Befallene Pflanzen entfernen und vernichten, besonders bei Auftreten von Tomatenmosaikvirus. TMV-tolerante Sorten verwenden.

☐ Fruchtgewebe weichfaul, fließt in der Spitze der Frucht zusammen. Infektion durch Wunden. Schnelle Ausbreitung auf dem Lager und Transport.

○ **Weichfäule** (*Erwinia carotovora subsp. carotovora* [Jones] Bergey et al.)

△ Besonders sorgfältige Auslese der Früchte, vor allem vor Lagerung nicht waschen!

☐ G. Veg. - Heranwachsende (ganze) Pflanzen welken plötzlich, sterben schnell ab.

O **Welkekrankheiten** (*Fusarium*- und *Verticilium*-Arten).

△ Weitgestellte Fruchtfolge, da Bodendesinfektion nur Teilerfolg bringt. Keine Übertragung der Krankheiten durch Samen möglich. Nicht zu dicht pflanzen; Triebe rechtzeitig stützen. Über neuere Erfahrungen mit Fungiziden Pflanzenschutzdienststelle befragen! Befallene Pflanzen sorgfältig entfernen. Dämpfung oder chemische Bodenentseuchung.

☐ G. Veg. - Braune Faulstellen an Stengeln und Blättern mit mausgrauem, stäubenden Pilzbelag überzogen.

O **Grauschimmel** (*Botrytis cinerea* Pers.)

△ Nicht zu eng pflanzen, Stickstoffangebot reduzieren, Triebe rechtzeitig stützen. Hohe Luftfeuchtigkeit vermeiden, reichlich lüften. Gegebenenfalls an schwülen Tagen leichtes Heizen. Nicht unmittelbar nach der Ernte wässern. Über Erfahrungen mit neueren Fungiziden Pflanzenschutzdienststelle befragen. Befallene Pflanzenteile entfernen und vernichten.

☐ G. Veg. - Einzelne Triebe welken oberhalb von gelblichweißen Flecken am Stengel, später an Triebgabelung Faulstellen mit weißem, watteartigem Pilzmyzel, darin schwarze, erbsengroße Sklerotien.

O **Sklerotinia-Fäule** (*Sclerotinia sclerotiorum* [LIB.] DE BARY)

△ Bei Einzelbefall kranke Pflanzen vernichten, sonst Dämpfung oder chemische Bodenentseuchung. Siehe auch oben unter "Welkekrankheiten" und "Grauschimmel".

Siehe auch unter "Gemüsebau, allgemeiner Teil": Blattläuse; Spinnmilben, Thrips, Weiße Fliege: Zur Bekämpfung dieser Schädlinge in erntereifen Beständen nur Wirkstoffe mit kurzer Wartezeit einsetzen. Biologische Bekämpfung siehe unter "Gurken". Beratung durch zuständige Pflanzenschutzdienststelle!

2.2.23   Petersilie

Saatgut mit einem Saatgutbehandlungsmittel gegen Auflaufkrankheiten beizen. An Petersilie treten häufiger Pilzkrankheiten, Nematoden, Möhrenfliegenmaden, Rüsselkäferlarven und Wurzelmilben auf. Wegen vorbeugender Maßnahmen Sonderberatung anfordern. Chemische Unkrautbekämpfung siehe "Pflanzenschutzmittelübersicht - Herbizide im Gemüsebau".

☐ G. Veg. - Rotfärbung des Laubes, Vergilbungen, häufig nesterartig, insbesondere bei warmer Witterung in gesäten Kulturen.

O **Nematoden**

△ Untersuchung auf Besatz an wandernden Wurzelnematoden, Fruchtwechsel vornehmen.

☐ G. Veg. - Einschnürung am Stengelgrund, bei älteren Pflanzen Welke, Seitenwurzeln zerstört oder rostbraun verfärbt.

O **Pythium** - **Wurzelfäule** (*Pythium mastophorum*, *Pythium de baryanum* Hesse)

△ In Reinfektionsversuchen hat die Art *Pythium mastophorum* ein hohes phytopathogenes Potential gezeigt, so daß dieser Art eine besondere Bedeutung im Krankheitskomplex zukommt. Saatgutbeizung vornehmen, Präparate siehe unter "Pflanzenschutzmittelübersicht - Fungizide im Gemüsebau". Befallsfreies Saatgut verwenden.

☐ G. Veg. - Blätter und Stengel mit kleineren bräunlichen, bei Feuchtigkeit grauen Flecken mit oder ohne schwärzliche, punktförmige Fruchtkörper.
  O **Septoria-Blattfleckenkrankheit** (*Septoria petroselini* (Lib.) Desm.)
  △ Nach neueren Untersuchungen ist ein großer Teil des im Handel befindlichen Saatgutes mit dem Erreger behaftet. Da die Desinfektion der Samen häufig zu einer Minderung der Keimfähigkeit führt, sollte unbedingt Wert auf befallsfreies Saatgut gelegt werden. Zur Vermeidung der bodenbürtigen Übertragung und wegen der Selbstunverträglichkeit der Petersilie ist Fruchtfolgeabstand von 5 Jahren einzuhalten. Jungpflanzen (oder Samenträger) vorbeugend spritzen mit Mitteln gegen Blattfleckenkrankheiten nach Auskunft der Pflanzenschutzdienststelle. Zur Zeit keine Präparate ausgewiesen.

☐ G. Veg. - Blätter mit kleinen olivgrünen bis braunen Flecken, teilweise mit grauem Zentrum.
  O **Cercospora-Blattfleckenkrankheit** (*Cercospora apii* Fres. und *Cercospora petroselini* Sacc.)
  △ Jungpflanzen (oder Samenträger) vorbeugend spritzen mit Mitteln gegen Blattfleckenkrankheiten nach Auskunft der Pflanzenschutzdienststelle. Zur Zeit keine Präparate ausgewiesen.

☐ G. Veg. - Meist ältere Blätter und Stengel mit hellen, strohfarbenen bis nekrotischen, relativ kleinen Flecken, die zu größeren Befallsflächen zusammenfließen können. Später sind schwarze Fruchtkörper erkennbar und die befallenen Fiederblätter sterben ab.
  O **Phoma-Blattfleckenkrankheit** (*Phoma complanata*)
  △ Selten vorkommende Art, Jungpflanzen (oder Samenträger) vorbeugend spritzen mit Mitteln gegen Blattfleckenkrankheiten nach Auskunft der Pflanzenschutzdienststelle. Zur Zeit keine Präparate ausgewiesen.

☐ Anbau unter Glas - Weißer Pilzbelag auf Ober- und Unterseite der Keim- und Laubblätter sowie an den Blattstielen
  O **Echter Mehltau** (*Erysiphe heraclei*)
  △ Durch Temperaturführung und Steuerung der Luftfeuchte Infektionsbedingungen vermeiden. Sonderberatung durch Pflanzenschutzdienststelle anfordern.

☐ G. Veg. - Stark gekräuselte Blätter, Mißbildungen am Laub; grünliche, rötliche bzw. schwarze Blattläuse an den Befallsstellen.
  O **Blattläuse** (*Doralis fabae* Scop., *Cavariella aegopodii* Scop. u. a.)
  △ Bekämpfung mit Präparaten gegen saugende Insekten an Petersilie wie beispielsweise *Kali-Seife*. Wartezeiten beachten.

☐ G. Veg. - Graugepuderte, grünliche oder gelbliche Läuse saugen an den Pflanzenwurzeln oder am Grunde der Blattstiele. Pflanzen kümmern, welken.
  O **Wurzelläuse** (*Dysaphis*-Arten)
  △ Beratung durch Pflanzenschutzdienststelle anfordern.

☐ Juni bis Juli - Rot gefärbtes Laub, Fraßschaden dicht unterhalb des Blattstielansatzes, Höhlungen im Wurzelkopf, fußlose, gelblich-weiße, 5 mm lange Larven mit braunem Kopf.
○ **Petersilien-Rüsselkäfer** (*Calosirus terminatus*)
△ Nach Angabe des Pflanzenschutzdienstes mit Insektiziden gegen beißende Insekten an Petersilie spritzen. Zur Zeit keine Präparate ausgewiesen.

Ferner gelegentlich vorkommend: Befall mit **Viren** (Selleriemosaikvirus, Alfalfavirus), an glattblättriger Petersilie: **Falscher Mehltau** (*Plasmopara petrosilini*).

2.2.24   Porree (Lauch)

Bei Aussaat in Erdtöpfe nur garantiert von Krankheitserregern freies Substrat oder entseuchte Erde verwenden. Saatgut mit einem Saatgutbehandlungsmittel gegen Auflaufkrankheiten beizen. Angaben über chemische Unkrautbekämpfung zu Porree siehe "Pflanzenschutzmittelübersicht - Herbizide im Gemüsebau".

☐ Juni bis Sept. - Hellgelbe Längsstreifen auf den Blättern, stärker befallene Pflanzen bleiben im Wuchs zurück.
○ **Gelbstreifigkeit** (*Leek yellow stripe virus, LYSV, Shallot latent virus, SLV, Garlic latent virus, GLV*)
△ Überträger: Blattläuse, keine sortenspezifische Anfälligkeit vorhanden. Anbau der für die Samengewinnung vorgesehenen Bestände weit getrennt von Verbrauchsporree. Vernichtung kranker Pflanzen, aber nicht durch Kompostierung. Winterporree muß vor Beginn des Blattausfluges abgeerntet werden.

☐ Juni bis Sept. - Zahlreiche längliche, orangefarbene bis rostrote Pusteln auf den Blättern mit schlitzartig aufgerissener Blattoberhaut, darunter Sporenmassen.
○ **Porreerost** (*Puccinia allii* DC. Rud.)
△ Auftreten in Süddeutschland regelmäßig, im Norden besonders in warmen Sommern, Nachtfröste töten den Pilz ab. Nur geringe Sortenunterschiede in der Anfälligkeit. Befallsbonituren im Abstand von 10 bis 14 Tagen durchführen. Die Bekämpfungsschwelle ist bei 10 % befallener Pflanzen erreicht. Danach mit Fungiziden nach Angabe des Pflanzenschutzdienstes spritzen, beispielsweise mit *Triadimenol*.

☐ Juni bis Sept. - Meist an den Blattspitzen beginnend, wäßrige, später papierartig eintrocknende Blattflecke mit durchscheinendem, schmutziggrünen Rand auf den Blättern.
○ **Papierfleckenkrankheit** (*Phytophthora porri* F.)
△ Größere Fruchtfolgeabstände einhalten, da der Pilz Dauersporen (Oosporen) in den Blättern bildet. Aus diesem Grunde auch keine Putzabfälle auf Anbauflächen fahren. Pflanzung in Mulchfolie mindert Befall. Beim Auftreten der ersten Schadsymptome mit Fungiziden nach Angabe des Pflanzenschutzdienstes spritzen. Zur Zeit keine Präparate ausgewiesen.

☐ G. Veg. - Auf den Blättern länglichovale, graubraune bis schwarze Blattflecke mit violettrotem Rand. Der Befall ist regelmäßig in älteren Beständen zu finden.

O **Purpurfleckenkrankheit** (*Alternaria porri*)

Δ Gesundes, gebeiztes Saatgut verwenden. Sortenunterschiede beachten. Nach Befall Fruchtwechsel. Befallsbonituren im Abstand von 10 bis 14 Tagen durchführen. Die Bekämpfungsschwelle ist bei 20 % befallener Pflanzen erreicht. Spritzen mit Fungiziden nach Angabe des Pflanzenschutzdienstes. Zur Zeit keine Präparate ausgewiesen.

☐ Juni bis Jan. - Anfangs weiße, ovale Flecke, die sich schnell vergrößern und längliche Form annehmen. Im Zentrum der Flecke befindet sich manchmal ein dunkelgrüner Sporenbelag, bei fortgeschrittenem Befall sterben größere Blattpartien ab.

O **Samtfleckenkrankheit** (*Cladosporium allii*)

Δ Die Krankheit hat sich in den letzten Jahren stärker ausgebreitet. Die Ursachen dafür sind derzeit nicht hinreichend bekannt. Bekämpfung durch Spritzbehandlung mit geeigneten Fungiziden, siehe "Pflanzenschutzmittelübersicht - Fungizide im Gemüsebau". Zur Zeit keine Präparate ausgewiesen.

☐ Mai bis Sept. - Blätter weißlich gesprenkelt, bei starkem Befall deformiert.

O **Blasenfüße** (*Thrips tabaci* Lind.)

Δ Befallskontrollen im Abstand von 10 bis 14 Tagen durchführen. Bekämpfungsschwelle: 50 % der Pflanzen mit Thripsbesatz, kontrolliert an 10 Kontrollpunkten mit je 5 Pflanzen. Ab Anfang Juli wird die genannte Schwelle sehr regelmäßig überschritten. Durch Kulturschutznetze mit Maschenweiten unter 1,4 mm kann ein erheblicher Teil der Tiere zurückgehalten werden. Alternativ Bekämpfung durch Spritzbehandlungen mit *Parathion*, *Permethrin*, *Propoxur* oder anderen Wirkstoffen gegen saugende Insekten. Siehe "Pflanzenschutzmittelübersicht - Insektizide im Gemüsebau".

☐ Juni bis Sept. - Zunächst helle Minen auf den Blättern, in denen kleine Raupen fressen. Später streifenförmige Blattbeschädigungen. Fraßschäden bis ins Herz reichend. Bei feuchter Witterung sekundär Fäulnisbildung.

O **Lauchmotte** (*Acrolepiopsis assectella* Zell.)

Δ Anwendung von Kulturschutznetzen, soweit diese aus kulturtechnischen und wirschaftlichen Überlegungen infrage kommen. Näheres siehe unter "Gemüsebau - allgemein".
Ab Mitte Mai Bestand genau beobachten. Einsatz von Pheromonfallen zur Prognose möglich. Bekämpfungsschwelle: 5 % der Pflanzen mit Raupenbesatz , kontrolliert an 10 Kontrollpunkten mit je 5 Pflanzen. Bei Überschreiten Spritzbehandlungen mit *Bacillus thuringiensis*-Präparaten oder anderen ausgewiesenen Präparaten wie beispielsweise *Chlorfenvinphos*, *Permethrin* oder *Propoxur*. Siehe auch "Pflanzenschutzmittelübersicht - Insektizide im Gemüsebau". Meist wiederholte Behandlungen notwendig. Die Bekämpfung muß frühzeitig stattfinden, um zu verhindern, daß die Raupen in die Herzblätter eindringen und Fäule verursachen.

☐ Ges. Veg. - Im April/Mai Minengänge in den Blättern, die mit dem Wachstum mehr und mehr nach außen gelangen, darin gelegentlich eine Tönnchenpuppe erkennbar. Ab September kaum erkennbare Minengänge im Schaftteil, später zahlreiche Puppen, die die Porreestangen völlig entwerten können.

O **Lauchminierfliege** (*Napomyza gymnostoma* Loew.)

Δ Porree nicht in der Nähe anderer, insbesondere überwinternder Laucharten (Schnittlauch, Winterzwiebeln) anbauen. Pflanzung nicht vor dem Ende der Eiablage der ersten Generation (Ende Mai) vornehmen oder in der Zeit von April bis Mai und ab September (2. Generation) Kulturen mit Kulturschutznetzen bedecken. Zur Zeit keine Präparate zur Bekämpfung ausgewiesen.

Über die Bekämpfung der an Porree (und Lauch) ebenfalls auftretenden Zwiebelfliege und Zwiebelminierfliege siehe unter "Zwiebel". In Porree zur Zeit keine Präparate ausgewiesen.

2.2.25   Radies, Rettich

Freilandanbau

Saatgut mit einem Saatgutbehandlungsmittel gegen Auflaufkrankheiten beizen.

☐ Juni bis Ernte - Wurzelkörper eingeschnürt, darunter schwarzgrau verfärbt, trockenfaul. Oberirdische Pflanzenteile erscheinen gesund.
  ○ **Rettichschwärze** (*Aphanomyces raphani* Kendr.)
  Δ Gefährliche, relativ schwierig bekämpfbare Pilzkrankheit in Rettichanbaugebieten. Weitgestellte Fruchtfolge. Auswahl geeigneter Standorte mit durchlässigen Böden. Bevorzugung von physiologisch sauren Mineraldüngern, Schaffung schwach saurer oder wenigstens neutraler Bodenreaktion. Gute Kaliversorgung. Bei Kulturbedeckung mit Kulturschutznetzen kann der Befall leicht verstärkt werden. Auswahl örtlich widerstandsfähiger Sorten, wie bei "Rettichschwärze" weiter unten im Abschnitt "Anbau unter Glas" näher ausgeführt ist. Unter Glas Dämpfung, nur im Notfall nach Beratung durch Pflanzenschutzdienst auch chemische Bodenentseuchung mit *Dazomet* (bringt aber nur Teilerfolg). - Im Freiland niemals Nachbau auf verseuchten Flächen.

☐ G. Veg. - Auf den Blättern gelbliche bis bräunliche Flecke mit feinem schwarzen Rand, bei Feuchtigkeit auf der Unterseite weißlicher Sporenrasen. Auf den Radies schwarze Stellen mit weißlichem Myzel.
  ○ **Falscher Mehltau** (*Peronospora parasitica*)
  Δ Tritt im Freiland vor allem bei hoher Luftfeuchtigkeit auf. Unter Glas Bestand nach dem Gießen möglichst rasch abtrocknen lassen. Nicht zu dicht aussäen. Die Sorten weisen unterschiedliche Befallsgrade auf. Durch geeignete Sortenwahl läßt sich der Befall reduzieren. Die Bekämpfung ist bei Radies im Freiland und unter Glas mit *Propamocarb* als Saatgutbeizung mit zusätzlicher Spritzbehandlung möglich. Eine Kombination aus vorbeugender Anwendung des Pflanzenstärkungsmittels *Bion* im Jugendstadium der Pflanze mit dem genannten Fungizid soll eine gute Wirkungssicherheit bringen.

☐ An jungen Radieschen feine, flache Fraßspuren durch 1 bis 3 mm lange, weißliche, graublaue oder schwärzliche Tiere. Oder feine Wurzeln mit Nagefraß durch 0,5 cm lange, weißliche Tiere. An keimenden Samen und Jungpflanzen auch bei anderen Gemüsearten.
  ○ **Springschwänze** (*Collembola*-Arten)
  ○ **Zwergfüßler** (*Scutigerella*-Arten)
  Δ Hohe Bodenfeuchtigkeit vermeiden. Spezielle Bekämpfungsmaßnahmen zur Zeit nicht ausgewiesen. Beratung durch Pflanzenschutzdienststelle anfordern.

☐ April bis Aug. - Blätter, vor allem Jungpflanzen, siebartig durchlöchert.
  ○ **Erdflöhe** (*Phyllotreta*-Arten)
  Δ Spritzung mit Insektiziden gegen beißende Insekten. Zur Zeit ist kein Insektizid ausge-

wiesen. Häufige Kontrolle bei trockenem Wetter erforderlich. Durch Verwendung von Kulturschutznetzen mit Maschenweiten unter 1,4 mm kann der Befall erheblich reduziert werden.

☐ April bis Aug. - Kümmerwuchs, Blattverfärbungen, Welken, Umfallen, vertrocknen der Pflanzen, äußere Schichten des Rettichs oder Radies sowie deren Wurzelkörper von Maden zerfressen und meist faulend.
   O **Rettichfliege, Große Kohlfliege** (*Delia floralis* Fall.)
   O **Kleine Kohlfliege** (*Delia brassicae* Bouché)
   Δ Bei Überspannung der Beete mit einem feinmaschigen Netz (z. B. Bionet K bzw. Rantai K, näheres siehe unten) durch das von außen keine Fliegen hineinschlüpfen können, tritt praktisch kein Befall ein. Ähnlicher Effekt durch Vliesabdeckung bei der Frühkultur. Anwendung von Mitteln gegen Kohlfliegen an Rettich und Radies unter genauer Beachtung der Anwendungsvorschriften, beispielsweise:
   Streuverfahren: Bei Sommerkultur Ausstreuen von Granulaten gegen Kohlfliegen wie *Carbofuran* vor der Saat streuen, einarbeiten oder abdecken. Anwendung **nur** bei Rettich. *Chlorfenvinphos* breitflächig vor der Saat, mit der Saat oder nach der Saat, auch unter Glas.
   Flächenspritzung: Spritzen mit der Saat oder sofort nach der Saat flächig oder in der Reihe als Band mit *Chlorfenvinphos*. Bei Bandbehandlungen Aufwandmenge entsprechend reduzieren.

☐ Mai bis Juli - Fraßgänge in den Blattstielen, die gelegentlich bis in den oberen Teil des Rettichkörpers vordringen. Fraßgänge von außen meist nicht erkennbar, sonst aber leicht mit Fraß durch die Kohlfliege verwechselbar.
   O **Gefleckter Kohltriebrüßler** (*Ceuthorhynchus quadridens*)
   Δ Befall im allgemeinen so gering, daß Bekämpfungsmaßnahmen unterbleiben können. Häufig ist der erste Rettichsatz im Frühjahr betroffen. Abdeckung mit Kulturschutznetzen reduziert den Befall.

Anbau unter Glas

Vorbeugende Maßnahmen bei der Anzucht:
Aussaat nur in garantiert von Krankheitserregern freiem Kultursubstrat oder gedämpfter Erde. Zur Anzucht nur entseuchte Geräte und Behälter verwenden! Saatgutbeizung.
Rettichschwärze: In Anpassung an Marktlage örtlich als widerstandsfähig erprobte Sorten wie 'Münchener Bier', 'Münchener Treib', 'Regensburger Markt', 'Rex', 'Setz Stamm Fischer' oder andere (siehe Sortenliste des Bundessortenamtes oder Kataloge der Saatgutunternehmen) anbauen oder 'japanische Rettiche' wie 'Minovase', 'Sommer Wunder' oder 'Summer Cross' nach Prüfung ihrer Eignung für den Treib-, Frühsommer und Herbstanbau bevorzugen. Nach Auftreten der Rettichschwärze im Haus ist Bodendämpfung unerläßlich.
Falscher Mehltau tritt vor allem an Radies auf. Vorbeugend übermäßige Feuchtigkeit vermeiden, überlegt und frühzeitig gießen, für schnelles Abtrocknen sorgen. Reichlich lüften, um hohe Luftfeuchtigkeitswerte zu vermeiden. Chemische Bekämpfung siehe "Freilandanbau".
Schnecken: Rechtzeitig Schneckenkornpräparate auf Basis von *Methiocarb* oder *Methaldehyd* auslegen.

Zwergfüßler: Fraß an keimenden Samen und grubige Nagestellen an Radieschen, vor allem auf Böden mit hohem Humusgehalt und bei übermäßiger Feuchtigkeit. Sonderberatung durch Pflanzenschutzdienststelle anfordern.

2.2.26   Rhabarber

Näheres über Verfahren der chemischen Unkrautbekämpfung siehe "Pflanzenschutzmittelübersicht - Herbizide im Gemüsebau".

☐ Sommer - Unregelmäßige, rötlich gerandete braune Flecke auf den Blättern. Vor allem in feuchten Jahren auftretend und sich ausbreitend.
  ○ **Blattfleckenkrankheit** (*Ramularia rhei* Allesch.)
  △ Beratung durch Pflanzenschutzdienststelle anfordern.

2.2.27   Rote Rübe, Rote Bete

An Roten Rüben kommen die gleichen Krankheiten und Schädlinge wie an Zucker- und Futterrüben vor. Siehe unter "Krankheiten und Schädlinge - Ackerbau/Zucker- und Futterrüben", vor allem bei Rübenfliege. Zu Rote Rübe (Rote Bete) dürfen aber nur Mittel verwendet werden, die für den Gemüsebau ausgewiesen sind. Zur Bekämpfung von Blattläusen Präparate gegen saugende Insekten an Wurzelgemüse einsetzen. Näheres über Verfahren der chemischen Unkrautbekämpfung siehe "Pflanzenschutzmittelübersicht - Herbizide im Gemüsebau".

2.2.28   Salat (Kopfsalat, Endivie und andere Salate)

Virusfreies Saatgut verwenden. Beizung mit einem Saatgutbehandlungsmittel gegen Auflaufkrankheiten im Gemüsebau. Niedrigen Salzgehalt des Bodens beachten! Vor dem Setzen Jungpflanzen kurz abhärten. Näheres über Verfahren der chemische Unkrautbekämpfung siehe "Pflanzenschutzmittelübersicht - Herbizide im Gemüsebau".

(Vor allem) Freilandsalat

**Die letzten Kopfsalatsätze im Freiland sind besonders durch pilzliche Schaderreger gefährdet. Salatfäulen werden durch Pilze der Gattungen *Botrytis*, *Rhizoctonia* und *Sclerotinia* sowie durch Bakterien hervorgerufen. Außerdem tritt der Falsche Mehltau im Spätsommer verstärkt auf. Bekämpfungsmaßnahmen müssen vor Befallsbeginn erfolgen, da wegen der einzuhaltenden Wartezeiten die Pflanzen nur in der ersten Hälfte der Kultur behandelt werden können, die Krankheiten aber zumeist erst im letzten Kulturdrittel auftreten. Wichtig ist vor allem ein Fungizidbelag auf den untersten, den Boden aufliegenden Blättern und um den Wurzelhals.
Der Anbau resistenter Sorten bietet keinen vollständigen Schutz vor Befall durch Falschen Mehltau, da örtlich neue Rassen des Erregers aufgetreten sind. Siehe auch unter "Falscher Mehltau, Pilzliche Salatfäulen und Grauschimmel".**

☐ Bereits auf den Sämlingsblättern Mosaikscheckung, bei früh infizierten Pflanzen Kümmerwuchs, Blätter stärker gekräuselt, schärfer gezähnt, helldunkelfleckig. Adern hell, Köpfe locker, oft nur flache Rosette bildend.

○ **Salatmosaikvirus** (*Lettuce mosaic virus*)

△ Virusfreies, getestetes Saatgut, Untersuchung auf Virusverseuchung wird vom Pflanzenschutzdienst vermittelt. Sofortiges Entfernen kranker Pflanzen, isolierter Samenanbau. Sorgfältige Bekämpfung des Gemeinen Kreuzkrautes (*Senecio vulgaris* L.), da dieses Wirtspflanze für Salatmosaik ist. Virustolerante oder virusresistente Sorten bevorzugen, dazu Beratung anfordern. Im Zusammenhang mit dem Auftreten von Salatmosaikvirus muß der Bekämpfung der Blattläuse besondere Aufmerksamkeit gewidmet werden. Nur bei Jungpflanzen bis zum kleinen Rosettenstadium (Rückstände!) sollten Präparate gegen saugende Insekten bzw. Blattläuse an Salat wie z. B. *Oxydemeton-methyl*, *Pirimicarb* oder *Propoxur* eingesetzt werden. Überständigen Salat auf abgeernteten Beständen sofort unterfräsen.

☐ G. Veg. - Blätter mißbildet, Adern aufgehellt und zum Teil verdickt. Kopfbildung bleibt aus.

○ **Breitadrigkeit** (*Lettuce big vein*)

△ Viruskrankheit, übertragen durch Zoosporen von *Olpidium*. Bei Auftreten im Freiland Fruchtwechsel, Überdauerung im Boden mindestens 10 Jahre. Möglicherweise erfolgt eine Einschleppung auch über zugekaufte Jungpflanzen! Unter Glas Dämpfung oder chemische Bodenentseuchung.

☐ G. Veg. - Gelbgrüne Flecke entlang der Blattadern, unregelmäßige braune Flecke innerhalb von Chlorosen. Wird insbesondere bei Endivien und Radicchio beobachtet.

○ **Bronzefleckenvirus-Virus** (*Tomato spotted wilt virus*, *TSWV*)

△ Die Übertragung des Virus erfolgt u. a. durch den Thrips (*Frankliniella occidentalis*), Befallsminderung durch Thrips-Bekämpfung.

☐ G. Veg. - Blaßgelbe bis gelbe Blätter, schlechte Kopfbildung, gestauchter Wuchs, örtlich Nekrosen. Ähnlich dem Befall durch Salatmosaikvirus.

○ **Gurkenmosaikvirus** (*Cucumber mosaic virus*, *CMV*)

△ Salatmosaikvirusresistente Sorten sind nicht gegen Gurkenmosaikvirus resistent. Salatanbau in der Nähe befallener Bestände vermeiden. Unkräuter (Wirtspflanzen des Virus) und Blattläuse (Überträger) sorgfältig bekämpfen.

☐ G. Veg. - Fäulniserscheinungen an den äußeren Blättern oder den inneren Kopfblättern, schließlich verschleimt und fault der ganze Kopf. Neuerdings vor allem bei Eissalat im Freiland während feuchter Witterung beobachtet.

○ **Bakterienfäulen** (*Pseudomonas*- und *Xanthomonas*-Arten)

△ Eintrittspforten für die Bakterien sind wahrscheinlich Geweberisse durch Spannungen während der Kopfbildung, da der Befall vor allem bei Eissalatsorten mit kompakter, fester Kopfbildung auftritt. Sortenunterschiede sind vorhanden. Bei stärkerem Auftreten auch Wechsel der Anbaufläche vornehmen, unter Glas Bodenentseuchung. Chemische Bekämpfung nicht möglich.

☐ G. Veg. - Pflanzen bleiben im Wuchs zurück, an älteren Blättern großflächige Verfärbungen. Später entsteht die typische Welke und unter Umständen auch vollständiges Absterben der Pflanzen. In den Gefäßen des Sproßes sind Verbräunungen erkennbar. Schäden treten insbesondere bei zu niedrigen Temperaturen auf.

○ **Pythium-Welke** (*Pythium tracheophilum* Matta)

○ **Pythium-Welke** (*Pythium sylvaticum* Campbell et Hendrix)

△ Zur Befallsvermeidung ist es wichtig, befallsfreie Jungpflanzen zu verwenden und den Salatpflanzen möglichst gute Wachstumsbedingungen zu bieten.

☐ Mai bis Okt. - Gelbliche, später braune, eintrocknende Flecke auf Blattoberseite, hauptsächlich blattunterseits weißlicher Pilzrasen, besonders an äußeren Blättern. Bei feuchtwarmem Wetter oft stark schädigend auftretend.

○ **Falscher Mehltau** (*Bremia lactucae* Regel)

△ Anbau resistenter Sorten (siehe Sortenliste des Bundessortenamtes oder Kataloge der Saatgutunternehmen) bringt nur Teilerfolge, da eine Vielzahl von Rassen des Pilzes vorkommt. Zur Zeit sind Sorten im Handel, die gegen einige Rassen resistent sind. Sie werden als resistent gegen die Rassen NL 1-16 bezeichnet. Im Jahre 1997 konnte an diesen Sorten in Süddeutschland verbreitet Befall festgestellt werden. Es muß also davon ausgegangen werden, daß neue Rassen mit höherer Virulenz entstanden sind.

Vorsichtige Bewässerung, am besten vormittags; lichte Pflanzung. Die vorbeugende Anwendung des Pflanzenstärkungsmittels *Bion* im Jugendstadium der Pflanze mit 2mal 30 g/ha im Abstand von 14 Tagen vermindert die Befallsstärke. Nach Vorschrift spritzen (nur im Freiland) mit *Propamocarb, Fosetyl, Metiram*. *Dichlofluanid* ist gegen Grauschimmel ausgewiesen, hat aber auch eine gewisse Wirkung gegen Falschen Mehltau. Beim Anbau unter Glas spezielle Rückstandsprobleme, daher Wartezeiten besonders streng beachten und bei Pflanzenschutzdienststelle laufend über Situation betreffs Zulassung orientieren.

☐ April bis Mai - Blätter welken und vergilben von außen her nach innen, wenn der ganze Kopf verwelkt und zusammengefallen ist, auch Fäulnis, vor allem bei Feuchtigkeit. Am Wurzelhals oft flockiges Pilzmyzel und schwarze Sklerotien. Im Freiland und Gewächshaus große wirtschaftliche Bedeutung.

○ **Pilzliche Salatfäulen** (Arten siehe "Anbau unter Glas")

△ Keine überständigen Pflanzen verwenden, hoch pflanzen und die Pflanzen abhärten. Vor Befallsbeginn nach Klärung der jeweiligen Zulassungs- und Rückstandssituation Anwendung von *Iprodion* (nach dem Anwachsen bis Beginn des Schließens der Köpfe, max. 3mal im Abstand von 10 Tg., auch gegen *Sclerotinia*-Arten), *Vinclozolin* nur eine Anwendung 5 bis 7 Tage nach dem Pflanzen, auch gegen *Sclerotinia*-Arten. Siehe auch bei "Salatanbau unter Glas" und unter "Falscher Mehltau". Näheres siehe "Pflanzenschutzmittelübersicht - Fungizide im Gemüsebau".

☐ G. Veg. - Von den Blatträndern ausgehende Blattvergilbung und zunächst gelblich-braune, später nekrotische Blattverfärbungen, darin bei fortgeschrittenem Befall punktförmige Fruchtkörper erkennbar. Der Befall geht meist von den unteren Blättern aus. Später werden auch die Kopfblätter befallen. Kann im Anfangsstadium - oberflächlich betrachtet - mit Falschem Mehltau verwechselt werden.

○ **Septoria-Blattfleckenkrankheit** (*Septoria lactucae* Pass.)

○ **Septoria-Blattfleckenkrankheit** (*Septoria birgitae* Bedlan)

△ Neuere Untersuchungen deuten auf zwei verschiedene Pilzarten hin. Nach Art des Auftretens muß davon ausgegangen werden, daß der Erreger mit dem Saatgut verbreitet wird, ein direkter Nachweis ist jedoch bisher nicht bekannt. Daher unbedingt Wert auf befallsfreies Saatgut gelegen. Zur Vermeidung der bodenbürtigen Übertragung ist nach

Möglichkeit auch ein Fruchtfolgeabstand von mehreren Jahren einzuhalten. Das Auftreten wird häufig in niederschlagsreichen Perioden beobachtet. Jungpflanzen vorbeugend spritzen mit Mitteln gegen Blattfleckenkrankheiten nach Auskunft der Pflanzenschutzdienststelle. Zur Zeit keine Präparate ausgewiesen.

☐ Spätsommer bis Herbst - Wässrig-bräunliche Flecke auf den unteren Blättern. Später kann das Zentrum herausfallen (Schrotschußsymptom). An der Unterseite der Blattrippen entstehen eingesunkene, bräunliche Stellen, die den Symptomen durch Schneckenfraß ähnlich sehen.
O **Ringfleckenkrankheit** (*Marssonina panattoniana*)
Δ Der Pilz kann durch Bildung von Mikrosklerotien mehrere Jahre im Boden überdauern. Primärinfektionen werden an den bodennahen Blättern gesetzt. Die weitere Verbreitung erfolgt über Konidien. Bei Blattnässephasen, bedingt durch Spritzwasser (Regen, Bewässerung) von 4 bis 6 Stunden kommt es bei Temperaturen von 18 bis 24 °C zu Infektionen. Daher Fruchtwechsel von mindestens 4 Jahren einhalten oder im Minimum die Ernterückstände tief einarbeiten. Beim Anbau auf Mulchmaterialen wird der Übergang des Pilzes vom Boden auf die Pflanzen weitgehend verhindert. Wiederholte Spritzbehandlungen mit für den Salat ausgewiesenen Fungiziden. Nebenwirkung von *Dichlofluanid* und *Metiram* nutzen.

☐ G. Veg. - Köpfe welken, keine Fäulnis, kein Fraß an Wurzeln (wie durch Engerlinge, Drahtwürmer), aber Anschwellungen unterschiedlicher Größe und Form.
O **Wurzelgallenälchen** (*Meloidogyne spp.*)
Δ Weitgestellte Fruchtfolge, unter Glas ist eine Bodenentseuchung zweckmäßig.

☐ G. Veg. - Grünliche, schwach gefleckte, bis 3 mm lange Blattläuse.
O **Salatblattlaus, Große Johannisbeerlaus** (*Nasonovia ribis-nigri* Mosley)

☐ G. Veg. - Grünlich bis rötlich gefärbte Blattläuse mit körperlangen Fühlern, Größe 1,2 - 2,6 mm.
O **Grüne Pfirsichblattlaus** (*Myzus persicae*)

☐ G. Veg. - Hellgrün gefärbte Blattläuse mit überkörperlangen Fühlern, Siphonen mit dunkler Spitze, länglich mit spitz zulaufendem Hinterleib, Größe 1,8 - 3,0 mm.
O **Grünfleckige Kartoffelblattlaus** (*Aulacorthum solani*)

☐ G. Veg. - Gelblich-grüne Blattläuse mit schwarzen Siphonen und überkörperlangen Fühlern, Größe 1,7 - 3,6 mm.
O **Grünstreifige Kartoffelblattlaus** (*Macrosiphum euphorbiae*)
Δ Sofort bei Beobachtung der ersten Blattläuse mit Mitteln gegen saugende Insekten oder Mitteln gegen Blattläuse spritzen, wobei kurz vor der Ernte Präparate mit kurzer Wartezeit zu verwenden sind. Siehe "Pflanzenschutzmittelübersicht - Insektizide im Gemüsebau". Empfehlenswert gegen Blattläuse im Freiland sind *alpha-Cypermethrin*[2], *Oxydemetonmethyl* und *Dimethoat*. Neuerdings wird die Anwendung von Kulturschutznetzen (näheres siehe unter "Gemüsebau - allgemein") zur Abwehr des Blattlauszufluges überprüft. Seit 1998 werden in der Praxis Eissalatsorten mit Resistenz gegen die Salatblattlaus (*Nasonovia*) getestet. Stand der Untersuchungen bei der zuständigen Pflanzenschutzdienststelle erfragen.

☐ G. Veg. - Pflanzen kümmern, welken bei Hitze. An den Wurzeln saugen zahlreiche, mit weißlichem Wachsbelag bedeckte Blattläuse.

○ **Wurzelläuse** (*Pemphigus*-Arten)

△ Bei den *Pemphigus*-Arten handelt es sich um wirtswechselnde Blattläuse. Zwischenwirte sind Pappelarten. Bekämpfung selten notwendig, Pflanzenschutzdienststelle befragen.

☐ Mai bis Aug. - Höhlenartiger Fraß in der fleischigen Wurzel, insbesondere im Wurzelkopf, auch bei Löwenzahn und Möhren auftretend, darin bis 4 cm lange, weißlich-elfenbeinfarbige, schnell bewegliche Raupe mit heller Kopfkapsel.

○ **Salatwurzelspinner** (*Hepialus sp.*)

○ **Hopfenwurzelspinner** (*Hepialus sp.*)

△ Auftreten meist nur örtlich begrenzt, wirtschaftliche Schäden in der Regel gering, bezüglich Bekämpfungsmaßnahmen Beratung durch die zuständige Pflanzenschutzdienststelle anfordern.

☐ Mai bis Juli - Im Samenanbau: Leuchtend rote Eier an den Blütenköpfen, später Samen durch Raupen zerfressen. Nur gebietsweise, dann wichtiger Samenschädling.

○ **Salatsamenwickler** (*Semasia conterminana* H. S.)

△ Spritzen mit *Pyrethrum* oder anderen Insektiziden unmittelbar vor Öffnen der Blüten. Pflanzenschutzdienst befragen.

☐ Mai bis Sept. - Längliche Aufrisse an den Mittelrippen der unteren Blätter, häufig auch bei Endivien zu beobachten.

○ **Blattwanzen** (verschiedene Arten, u. a. *Lygus pratensis*)

△ Spritzbehandlung mit Mittel gegen saugende Insekten, wie z. B. *Oxydemeton-methyl*, *Parathion* und *Permethrin*, gleichzeitig gute Wirkung gegen Blattläuse und Minierfliegen.

Ferner an Salat vorkommend: Erdraupen, Raupen oder Gammaeule. Bekämpfung ist beschrieben unter " Gemüse - an mehreren Arten". Neuerdings auch Minierfliegenbefall, Echter Mehltau und Rost.

(Vor allem) Salat unter Glas

Der Herbst- und Winteranbau von Kopfsalat unter Glas ist, ebenso wie der späte Freilandanbau, besonders durch Salatfäulen gefährdet. Bekämpfungsmaßnahmen siehe unten.

Bei langsamem Wachstum des Salates unter ungünstigen Witterungsverhältnissen und wegen der geringen Abbauraten der Fungizide besteht vor allem bei der Herbst- und Winterkultur von Kopfsalat die Gefahr, daß zur Zeit der Ernte zu hohe Rückstandswerte auftreten. Deshalb sollten Überdosierungen unbedingt vermieden und die angegebenen Wartezeiten nach Möglichkeit nicht nur eingehalten, sondern unterschritten werden.

Hohe Salzkonzentrationen in den Böden können zu erheblichen Ausfällen in der Salatkultur führen. Vor allem nach Gurkenanbau sind Bodenuntersuchungen und gegebenenfalls vor der Pflanzung entsprechende Maßnahmen ratsam, etwa starke Beregnung.

Virusfreies Saatgut und im Rahmen der gegebenen Möglichkeiten mehltauresistente Sorten (siehe Sortenliste des Bundessortenamtes oder Kataloge der Saatgutunternehmen) verwenden. Beizung des Saatgutes mit Saatgutbehandlungsmitteln gegen Auflaufkrankheiten im Gemüsebau.

☐ Im Freiland und unter Glas. - Blattränder werden braun und trocknen ein, vor allem nach trübem Wetter bei starker Sonneneinstrahlung, wenn das durch die hohe Verdunstung verlorengehende Wasser nicht schnell genug "nachgeliefert" werden kann.

O **Blattbrand, Innenbrand, Randen**

Δ Förderung der Wurzelbildung in der ersten Kulturphase (trocken kultivieren). Luftfeuchtigkeit erhöhen (Regenanlage!), vorsichtig lüften, schattieren. Bei erhöhtem Salzgehalt im Boden (Bodenuntersuchung), unter Glas Boden vor der Kultur eventuell stark beregnen. Die Wassermenge richtet sich nach der Bodenart. Vermeidung überhöhter Stickstoff-Versorgung, Spritzung mit 0,25 % Kalksalpeter mit unmittelbar anschließender Beregnung.

☐ Abwelken der Blätter von außen her, Wurzelhals und untere Blätter verfault und mit einem weißen Pilzrasen überzogen, darin eingebettet etwa 1 mm große schwarze Sklerotien.

O **Sklerotiniafäule** (*Sclerotinia sclerotiorum* [LIB.] DE BARY und *Sclerotinia minor* JAGGER)

Δ Bodenentseuchung aber nicht unmittelbar vor Salat, sondern an anderer Stelle der Kulturfolge. Gesunde, kräftige, abgehärtete Jungpflanzen benutzen. Salat möglichst hoch pflanzen. Neuerdings ist ein Antagonist zu diesem Schadpilz, der die Sklerotien befällt und zerstört, der Pilz *Coniothyrium minitans* als Pflanzenschutzmittel zulassen. Es liegen jedoch bisher wenig praktische Erfahrungen mit dieser biologischen Bekämpfungsmethode vor. Eine gute Wirkung gegen *Sclerotinia* haben die Präparate *Iprodion* und *Vinclozolin*. Bei Befall alle kranken Pflanzen mit den anhaftenden Dauerformen (Skerotien) entfernen, im Rahmen des Möglichen Fruchtfolge weiter stellen! Näheres Pflanzenschutzdienststelle!

☐ Welken und Faulen zunächst der äußeren, dem Boden aufliegenden Blätter. Fäulnis erfaßt später die ganze Pflanze einschließlich Wurzelhals. Auf dem abgestorbenen Gewebe graubrauner, stark stäubender Pilzbelag. Befall besonders kurz nach dem Auspflanzen und vor der Ernte.

O **Grauschimmel** (*Botrytis cinera* Pers.)

Δ Im Freiland wird durch Pflanzung in Mulchpapier nach ersten Versuchen der Befall deutlich reduziert. Unter Glas Pflanzen in Erdtöpfen nicht zu eng und nicht zu tief (2 bis 3 cm über Bodenoberfläche!) setzen. Zu hohe Luftfeuchtigkeit vermeiden, viel lüften.

Allgemein gegen *Botrytis* an Salat im Freiland und unter Glas: *Dichlofluanid, Iprodion* (maximal 3 Anwendungen, auch gegen *Sclerotinia*), *Vinclozolin* nur eine Anwendung 5 bis 7 Tage nach dem Pflanzen, auch wirksam gegen *Sclerotinia*. Die verwendeten Präparate oft wechseln! Über Anwendungsvorschriften und Rückstandssituation genau informieren!

☐ Faulen der dem Boden aufliegenden Blätter, befallenes Blattgewebe auffallend dünn, verfärbt sich später braun und schwarz.

O *Rhizoctonia*-**Schwarzfäule** (*Rhizoctonia solani* Kühn)

Δ Salat möglichst hoch pflanzen und trocken halten, hohe Humusgehalte vermeiden, pH-Wert auf mindestens pH 6 anheben. Die gegen Grauschimmelfäule (siehe oben) empfohlene Anwendung von *Iprodion* hat eine geringe Nebenwirkung gegen *Rhizoctonia*. Im Freiland wird durch Pflanzung in Mulchpapier nach ersten Versuchen der Befall deutlich reduziert. Beratung durch Pflanzenschutzdienststelle anfordern.

☐ Blätter mit bleichgelben Flecken, später eintrocknend, auf der Blattoberseite, blattunterseits weißlich-graues Pilzmyzel, vor allem an äußeren Blättern.

O **Falscher Mehltau** (*Bremia lactucae* Regel)
Δ Anbau resistenter Sorten (siehe Sortenliste des Bundessortenamtes oder Kataloge der Saatgutunternehmen) bringt nur Teilerfolge, da eine Vielzahl von Rassen des Pilzes vorkommt. Zur Zeit sind Sorten im Handel, die gegen einige Rassen resistent sind. Sie werden als resistent gegen die Rassen NL 1-16 bezeichnet. Spritzen mit *Dichlofluanid* (siehe "Grauschimmelfäule") hat Nebenwirkung gegen Falschen Mehltau. Die übrigen unter Falscher Mehltau an Freilandsalat genannten Präparate sind unter Glas **nicht** ausgewiesen.

Blattläuse: Gegen Blattläuse unter Glas Präparate gegen saugende Insekten bzw. Blattläuse an Salat anwenden; siehe "Pflanzenschutzmittelübersicht - Insektizide im Gemüsebau".

2.2.29   Schnittlauch

Beim Treiben von Schnittlauch sind Fungizidbehandlungen wegen zu erwartender Rückstände nicht möglich. - Nähere Angaben über die chemische Unkrautbekämpfung siehe "Pflanzenschutzmittelübersicht - Herbizide im Gemüsebau".

☐ Juni bis Herbst - Abwelken der Pflanzen, Wurzeln und untere Pflanzenteile mit mehlartigem Überzug. Zwiebeln faulen.
O **Mehlkrankheit** (*Sclerotium cepivorum* Berk)
Δ Keimung der Sklerotien bei Temperaturen ab 10 °C und Krankheitsausbreitung bei 15 bis 20 °C. Weitgestellte Fruchtfolge, mindestens 8 Jahre keinen Schnittlauch oder Zwiebeln anbauen, nasse Standorte vermeiden. Vorsicht mit Stickstoffgaben, Boden bis pH 6,5 aufkalken. Frühzeitige Entfernung kranker Pflanzen, Putzabfälle befallener Bestände nicht auf Anbauflächen ausbringen.

☐ Sept. bis Okt. - Rostrote, aufplatzende Pusteln auf den Blättern.
O **Porreerost** (*Puccinia porri* Wint.)
Δ Nach Auftreten der ersten Pusteln Spritzbehandlungen mit Mitteln gegen Rostpilze im Gemüsebau nach Angabe der Pflanzenschutzdienststelle vornehmen. Zur Zeit keine Präparate ausgewiesen.

☐ Mai bis Sept. - Fraß meist im unteren Pflanzenteil, nachfolgend Fäulnisbildung. In den Minen kleine, gelbliche Raupen. Herzblätter besonders stark befressen.
O **Lauchmotte** (*Acrolepiopsis assectella* Zell.)
Δ Anwendung von Kulturschutznetzen, soweit diese aus kulturtechnischen und wirtschaftlichen Überlegungen infrage kommen (näheres siehe unter "Gemüsebau - allgemein").
Wiederholtes Spritzen mit Mitteln gegen Lauchmotte zur Haupteiablage (meist Juni bzw. August). Wirksam sind *Deltamethrin*, *Propoxur* und andere Insektizide. Näheres durch zuständige Pflanzenschutzdienststelle.

☐ Mai bis Sommer - Sämlinge fallen um, größere Pflanzen kümmern. Am Wurzelhals fressen Maden, in der Erde später Tönnchenpuppen.

○ **Zwiebelfliege** (*Delia antiqua* Meig.)
△ Vorbeugend Saatgut mit ausgewiesenem Saatgutbehandlungsmittel gegen Zwiebelfliege behandeln. Bekämpfung nicht in allen Anbaugebieten notwendig. Näheres Pflanzenschutzdienststelle!

☐ Treiberei - Im Feldanbau gelegentlich Reihen von weißen Flecken (Saugpunktreihen).
Während der Treiberei Auftreten von vielen kleinen Fliegen, die an den Röhrenblättern
Saugschäden verursachen.
○ **Lauchminierfliege** (*Napomyza gymnostoma* Loew.)
△ Im Feldanbau ab September Bedeckung der Kulturen mit Kulturschutznetzen oder
Spritzbehandlungen mit Mitteln gegen beißende Insekten (siehe unter Lauchmotte). In der
Treiberei Bekämpfung der Fliegen mit geeigneten Maßnahmen. Näheres Pflanzenschutz-
dienststelle!

Ferner an Porree und an Zwiebeln: **Gelbstreifigkeit, Erdraupen, Blasenfüße** (*Thrips*), seltener **Zwiebelminierfliege**. Bekämpfung dieser Schädlinge siehe unter "Porree" bzw.
"Zwiebel".

2.2.30   Schwarzwurzel

☐ G. Veg. - Zahlreiche kleine, weiße, zunächst glänzende, später staubigtrockene Pusteln
auf den Blättern. Nur bei starkem Befall Kümmerwuchs.
○ **Weißer Rost** (*Albugo tragopogonis* Gray)
△ Zur Zeit kein Präparat ausgewiesen. Näheres Pflanzenschutzdienststelle.

Ferner an Schwarzwurzeln: **Echter Mehltau** (Spritzen mit *Chinomethionat*); gelegentlich
kommen **Wurzelgallenälchen** vor.

2.2.31   Sellerie (Knollensellerie)

**Gegen Blattfleckenkrankheit widerstandsfähige Sorten wählen. Saatgutbeizung mit
einem Saatgutbehandlungsmittel gegen Auflaufkrankheiten im Gemüsebau beizen. Bei
der Jungpflanzenanzucht Verwendung eines garantiert von Krankheitserregern freien
Substrates mit geringem Salzgehalt oder von gedämpfter Erde. Chemische Unkrautbekämpfung siehe "Pflanzenschutzmittelübersicht - Herbizide im Gemüsebau".**

☐ Juni bis Sept. - Blattstiele mittelgroßer Pflanzen zeigen auf der Innenseite Querrisse und
Verkorkungen als Folge längsangeordneter, wäßriger Flecken. Jüngste Herzblätter werden schwarz und sterben ab. Schwärzung dringt weiter in das Knolleninnere vor. Hohlstel-
len möglich. Diese mit schwarzem, vermorschendem Gewebe. Nicht verwechseln mit dem
wohl genetisch bedingten "Hohlwerden", bei dieser Erscheinung bleibt das Knollenfleisch
weiß!
○ **Herz- und Knollenbräune (Bormangel)**
△ Sortenwahl siehe Sortenliste des Bundessortenamtes oder Kataloge der Saatgutunternehmen. Vorsichtige Verwendung borhaltiger Düngemittel wie Bor-Nitrophoska rot. Spritzung mit *Solubor*, 10 kg/ha in 200 l/ha Wasser vor der Pflanzung oder in 2000 l/ha Wasser

über das Blatt. Übermäßige Kali- und Stickstoffdüngung vermeiden, mäßige Stallmistgaben bevorzugen.

☐ Aug. bis Sept. - Oben offener Hohlraum in der Knolle, Gewebe der Höhlung aber gesund.
○ **Napfbildung**
△ Krankheitsursache nicht genau bekannt, vermutlich genetisch bedingt. Starke Stickstoffdüngung und zu weiten Pflanzenabstand vermeiden. Sortenwahl siehe Sortenliste des Bundessortenamtes oder Kataloge der Saatgutunternehmen.

☐ Juni bis Aug. - Gelblichgraue bis rostbraune Flecke auf Blättern, in den Flecken schwarze Pünktchen. Blätter vergilben und vertrocknen. Knollenbildung leidet. Krankheit wird oft fälschlich "Sellerierost" genannt.
○ **Blattfleckenkrankheit** (*Septoria apii* (Br. et Cav.) Chest.)
△ Weitgestellte Fruchtfolge, Entseuchung der Anzuchterde. Gesundes Saatgut widerstandsfähiger Sorten wählen, beispielsweise 'Bergers Weiße Kugel', 'Alba', 'Brilliant', 'Ebis', 'Hektor', 'Luna', 'Präsident', 'Regent', 'Nekkarland'. Sortenliste des Bundessortenamtes oder Kataloge der Saatgutunternehmen auswerten. Saatgut beizen. Beim Auftreten der ersten Blattflecke wiederholte sorgfältige Spritzungen mit Mitteln gegen Blattfleckenkrankheit an Sellerie wie beispielsweise *Kupfer*-Präparaten und *Propineb*. Erste Behandlung frühzeitig bei Befallsbeginn. Weitere Behandlungen im Abstand von 14 Tagen. Wartezeiten beachten. Präparate **nur in Knollensellerie** ausgewiesen. Kultur mit reichlich Kali und Stickstoff versorgen. Kopfdüngung oft zweckmäßig. Bodenuntersuchung ratsam.

☐ Aug. - An Knollen braune Flecke, Gewebe reißt auf, zuweilen auch schorfige Gürtelbildung. Knollen und Wurzeln faulen, vor allem im Winter.
○ **Sellerieschorf** (*Phoma apiicola* Kleb.)
△ Weitgestellte Fruchtfolge, Sellerie höchstens alle 4 Jahre, widerstandsfähigere Sorten wählen! Saatgutbeizung bringt Teilerfolg. Anzucht stets in entseuchter Erde. Späte Pflanzung in bereits erwärmten Boden ratsam. Beratung durch Pflanzenschutzdienststelle anfordern. Sorgfältiges Verlesen vor der Knolleneinlagerung.

☐ Blätter liegen fächerförmig am Boden. Knollenkopf mit weißem Pilzbelag und (darin) schwarzen Sklerotien.
○ **Sklerotinia-Fäule** (*Sclerotinia sclerotiorum* [LIB.] DE BARY)
△ Kein Sellerie auf zu feuchte Böden, sachgemäß aufgrund Bodenuntersuchung düngen. Bei Befall weitgestellte Fruchtfolge, dabei auch andere Kulturen wie beispielsweise Buschbohnen und Salat beachten, die von dieser Krankheit befallen werden.

☐ Juni bis Aug. - Herzblätter verkrüppelt und schwarz gefärbt, später faulend. Stichflecken, Blattkräuselungen, Pflanze wirkt deformiert und kümmert meist im Wachstum.
○ **Selleriewanze und andere Blattwanzen** (*Lygus*- und *Calocoris*-Arten)
△ Vorbeugend Feldränder unkrautfrei halten! Besonders bei warmem Wetter mit *Permethrin* oder *Propoxur* spritzen. Herzblätter intensiv behandeln. Terminbestimmung aufgrund der Warnmeldungen des Pflanzenschutzdienstes.

☐ Juni bis Ernte - Helle Stellen (Minen) in den Blättern, darin Maden, die das Blattgrün ausfressen.

O **Selleriefliege** (*Acidia heraclei*)

△ Spritzbehandlungen mit Insektiziden gegen beißende Insekten an Sellerie, beispielsweise mit *Permethrin* beim ersten Auftreten von Minen, zweckmäßig zweimal im Abstand von 2 Wochen. Siehe "Pflanzenschutzmittelübersicht - Insektizide im Gemüsebau".

☐ Juni bis Ernte - Einzelne Blätter vergilben, rostbraune Flecken an der Knolle und im Knollengewebe, darin Maden.

O **Möhrenfliege** (*Psila rosae* Fb.)

△ Anwendung von Kulturschutznetzen, soweit diese aus kulturtechnischen und wirtschaftlichen Überlegungen infragekommen (näheres siehe unter "Gemüsebau - allgemein").

Fläche vor der Saat mit einem *Chlorfenvinphos*-Präparat breitflächig bestreuen und leicht einarbeiten oder bei der Saat *Chlorfenvinphos* als Bandbehandlung spritzen. Über weitere Verfahren Pflanzenschutzdienst befragen.

Ferner treten an Sellerie auf: **Blattläuse** (Bekämpfung mit Präparaten gegen saugende Insekten an Sellerie), **Wurzelläuse** (siehe "Krankheiten und Schädlinge - an mehreren Gemüsearten").

2.2.32   Spargel

Chemische Unkrautbekämpfung siehe "Pflanzenschutzmittelübersicht - Herbizide im Gemüsebau".

Vor der Neuanlage

Auf bereits sehr lange für den Spargelanbau genutzten Flächen ist davon auszugehen, daß die Böden mit den Erregern von Wurzelfäule und anderen Fußkrankheiten verseucht sein können. Siehe auch weiter unten bei "Wurzelfäule". Möglichst Flächen vorsehen, auf denen bisher kein Spargel angebaut wurde, da nach holländischen Untersuchungen beim Abbau der Altwurzelmasse wachstumshemmende Stoffe frei werden. Nach Angaben aus Niedersachsen ergeben sich auch noch beim Nachbau nach 5 Jahren deutliche Ertragsminderungen. Bei Nachbau auf alten Anbauflächen wird in den Niederlanden auch das Aussieben der alten Wurzelmasse getestet. In manchen Anbaugebieten besteht die Möglichkeit, auf Gesundheit untersuchte Jungpflanzen zu beziehen. Näheres Pflanzenschutzdienst.

Bei der Pflanzung

Zum Schutz der Jungpflanzen gegen Wurzelkrankheiten in der kritischen Anwuchsphase kann man - nach vorheriger Befragung des Pflanzenschutzdienstes über die Zulässigkeit des jeweiligen Verfahrens - die Wurzeln unmittelbar vor dem Setzen einer Fungizid-Tauchbehandlung unterziehen.

Im ersten und zweiten Standjahr

Chemische Unkrautbekämpfungsmittel dürfen im ersten Standjahr **nicht** eingesetzt werden, da die Pflanzen zu dieser Zeit dafür zu empfindlich sind. Besondere Aufmerksamkeit ist im ersten und zweiten Standjahr der Spargelfliegenbekämpfung zu widmen. Zur Zeit ist speziell gegen die Spargelfliege kein Insektizid ausgewiesen.

In Ertragsanlagen

Neben der Unkrautbekämpfung hat vor allem die Bekämpfung von Spargelrost und von Spargelkäfern Bedeutung.

Nichtparasitäre Schadursachen

☐ Ernte - Die geernteten Stangen sind vorwiegend im unteren Bereich mit rostig braunen längs verlaufenden Streifen versehen. Dieses Symptom wird auch als "Rost" oder besser als "Berostung" bezeichnet. Kommt vor allem vor, wenn nach einem milden Winter ein früher Trieb entsteht, der auf Grund einer kühlen Witterungsperiode nicht bis zur Ernte gleichmäßig durchwächst. Auftreten vor allem auf nassen und kalten Böden.

  ○ **Rostige Stangen, Berostungen**

△ Auftreten bei Bodentemperaturen unter 13 °C in 20 cm Bodentiefe. Sekundär sind eventuell Bodenpilze beteiligt. Auf gefährdeten Standorten kann die frühzeitige Abdeckung der Dämme mit Folie, insbesondere schwarzer Folie die Bodentemperaturen erhöhen und dadurch die Symptome reduzieren. Örtlich werden Versuche mit Bodenbeheizung zur Verfrühung vorgenommen. Auch dadurch wird diese Erscheinung vermieden.

☐ Ernte - Ein Teil der geernteten Stangen ist innen hohl.

  ○ **Hohle Stangen**

△ Treten vor allem nach einem strengen Winter mit tief reichendem Bodenfrost auf, wenn im Frühjahr ein schneller Temperaturanstieg erfolgt. Dieses Symptom zeigt sich vor allem auf langsam sich erwärmenden, etwas schwereren Böden. Betroffen waren im Jahre 1996 vor allem die Sorten 'Franklim' und 'Limbras26'. Durch frühes Aufwerfen und Abdeckung der Dämme mit Antitaufolie oder schwarzer Folie erfolgt eine schnellere Erwärmung bis in den Wurzelbereich, so daß die Symptome reduziert werden können. Eine Teilgabe Kalidünger im Frühjahr soll sich ebenfalls günstig auswirken.

☐ Ernte - Die Blattschuppen an den Spitzen der geernteten Stangen sind geöffnet.

  ○ **Aufblühen der Köpfe**

△ Dieses Symptom kommt vor bei hohen Temperaturen im oberen Dammbereich; es kann durch kurzzeitige Beregnung reduziert werden, Sortenunterschiede, Sorte 'Lukullus' besonders anfällig.

☐ Ernte - Die Spitzen der geernteten Stangen sind bläulich oder grün verfärbt.

  ○ **Blaue oder Grüne Köpfe**

△ Bilden sich unter dem Einfluß des Tageslichtes, wenn zu spät gestochen wird. Manche Neuzüchtungen wie 'Schneewittchen' bleiben weiß.

☐ Ernte bis Vermarktung - Die geernteten Stangen sind rötlich verfärbt.

  ○ **Rote Stangen**

△ Kommen beim Anbau in sehr trockenem, warmem Boden vor oder sind eine Folge des Transports unter Wärme- und Lichteinfluß oder bei zu hoher Lagertemperatur.

☐ Ernte bis Vermarktung - Die geernteten Stangen sind überwiegend zäh und holzig.

  ○ **Verholzte Stangen**

△ Treten vor allem bei zu kalter Witterung auf und sind auf das langsame Wachstum des Spargels zurückzuführen. Eine weitere Ursache kann darin bestehen, daß der geerntete Spargel nicht ausreichend gegen Feuchtigkeitsverluste geschützt wurde.

☐ Ernte bis Vermarktung - Längsrisse an den geernteten Stangen nach Lagerung.

○ **Rissige Stangen**
△ Wassermangel in der Zeit vor der Ernte verbunden mit starke Wasseraufnahme nach der Ernte (Tauchkühlung) und während der Lagerung (Sprühnebelanlagen). Tritt insbesondere bei dicken Stangen holländischer Sorten auf.

☐ Juni bis Sept. - Einzelne Jungtriebe im Bestand welken plötzlich, Spitzen älterer Triebe sterben ab, doch sind Wurzeln und Stengelgrund gesund.
○ **Triebspitzenwelke** (wahrscheinlich witterungsbedingt)

Krankheiten

☐ G. Veg. - Insbesondere in älteren Beständen treten gestauchte, gelb- oder braungestreifte Triebe auf oder die Anzahl und Gewicht von Trieben ist deutlich reduziert, ohne daß sich Symptome zeigen.
○ **Spargel Virus 1** (*asparagus virus 1, AV 1*)
○ **Spargel Virus 2** (*asparagus virus 2, AV 2*)
○ **Gurkenmosaikvirus** (*Cucumber mosaik virus, CMV*)
△ Teilweise blattlausübertragbar, teilweise kontakt- und samenübertragbar. Die sicherste vorbeugende Maßnahme ist die Verwendung virusfreien, getesteten Saatgutes. Außerdem empfiehlt sich regelmäßige Blattlausbekämpfung in Jungpflanzenbeständen.

☐ Frühjahr bis Sommer - Bläulich-braune Fäulnis im Wurzelkopfbereich mit deutlich roter Zone zum gesunden Gewebe, meist an Jungpflanzen (1. Standjahr), gelegentlich durch Absterben junger Triebe, vermutlich Einschleppung des Erregers, tritt verbreitet in Neuseeland auf.
○ **Phytophthora - Wurzelkopffäule** (*Phytophthora megasperma* DRECHS.)
△ Alle Sorten anfällig, Jungpflanzen aus Befallsgebieten vermeiden, Beratung durch den Pflanzenschutzdienst einholen.

☐ Frühjahr bis Sommer - Stengel stechreifer Pflanzen welken, vergilben. Stengelrand verfärbt, weich, im Innern mit weißem Pilzgewebe, später auch rötliche, fleckenartige Sporenlager, diese oft in größerer Anzahl auch an Stengeln.
○ **Wurzelfäule** (*Fusarium*-Arten) und andere
○ **Fußkrankheiten** (*Helicobasidium-, Phytophthora-* und *Rhizoctonia*-Arten)
△ Die vor allem wohl durch Fusarium-Arten, vielleicht unter Mitwirkung anderer Bodenpilze bedingte Wurzelfäule des Spargels tritt, wie umfangreiche Untersuchungen von Stahl, Scholl und Gehlker (1970 - 1974) bewiesen haben, vor allem dann auf, wenn sich die Pflanzen durch bodenbedingte wachstumsstörende Faktoren in einer spezifischen Streßsituation befinden. Besonders der auf leichten Böden bei schlechter Humuswirtschaft auftretende Wassermangel dürfte ein entscheidender Faktor für die Entstehung der Krankheitsdisposition sein. Auch ein zu niedriger pH-Wert, Magnesiummangel und die bei Sulfidvorkommen im Boden sich ergebende Entwicklung von Schwefelwasserstoff im Wurzelbereich können die Anfälligkeit gegen Pilzbefall fördern. Auch Bodenverdichtungen und Staunässe wirken krankheitsfördernd. Daher sollte kein Anbau auf relativ schweren Böden mit hohen Grundwasserständen im Winter erfolgen. Durch Brechung von Verdichtungen (Tiefenbearbeitung) wird der durchwurzelbare Bodenraum vergrößert, Staunässe im Winter verhindert sowie der Vorrat an verfügbarem Bodenwasser im Sommer erhöht.
Aus dem Gesagten ergeben sich die Gegenmaßnahmen:

Gute Humusversorgung des Bodens zur Erhöhung der Wasserspeicherkapazität und Nährstoffspeicherung sowie Verbesserung des Pufferungsvermögens. Anreicherung der organischen Substanz. Wurzelgesundes Pflanzgut verwenden. Sorgfältige Durchführung der Kulturmaßnahmen. Über weitere Vorbeugungsmaßnahmen beim Pflanzenschutzdienst orientieren!

☐ G. Veg. - Spargelpflanzen treiben nicht mehr aus, Wurzelstock gefault, Wurzeln meist hohl mit zahlreichen schwarzen, kugeligen Perithecien (Fruchtkörper).

    ○ **Wurzelbräune** (*Zopfia rhizophila* Rabh.)

    Δ Sanierungsmaßnahmen erfolgen sinngemäß, wie oben bei Fußkrankheiten angegeben.

☐ Juli bis Sept. - Bleichgelbliche Flecken an Blättern, Stengeln und Trieben, auf diesen später rostbraune, schließlich schwarzbraune Sporenlager. Blätter vergilben und sterben ab. Besonders gefährlich in Junganlagen.

    ○ **Spargelrost** (*Puccinia asparagi* D. C.)

    Δ Bei erkennbarem Auftreten von Sporenlagern an den aufwachsenden Trieben ab Mitte Mai Spritzen der 1 bis 2jährigen Anlagen mit Mitteln gegen Rostpilze im Gemüsebau wie *Difenoconazol*, *Kupferoxychlorid*, *Mancozeb*, *Metiram* oder auch mit Präparaten nach Empfehlungen der Pflanzenschutzdienststelle. Ertragsanlagen, nach dem Stechen, ab Juni/Juli 4- bis 5mal im Abstand von 2 Wochen behandeln. Früher wurde das Verbrennen des Spargelstrohes (soweit erlaubt) empfohlen. Nach neueren Untersuchungen fallen jedoch bereits vorher so viele Wintersporen zu Boden, daß die Maßnahme nicht lohnend ist. Zur Vermeidung der Verschleppung keine befallenen Pflanzenteile vom Feld entfernen.

☐ Juni bis Okt. - In Junganlagen - dort zunächst im unteren Stengelbereich rötlich-braune Befallsstellen, später insbesondere bei feucht-warmer Witterung rasche Ausbreitung, betroffen vor allem zweijährige Anlagen, ab September auch Ertragsanlagen, Stengel, Seitentriebe und Blättchen, meist im unteren, dichten Pflanzenbereich mit rötlich-braunen Flecken, zum Teil stengelumgreifend, dadurch Absterben der darüberliegenden Pflanzenteile.

    ○ **Stemphylium-Krankheit** (*Stemphylium botryosum* Wallr., Hauptfruchtform *Pleospora herbarum*)

    Δ Gründliche Zerkleinerung und Einarbeitung des vorjährigen Spargelstrohs im Januar, Anbau nicht im Schattenbereich von Wäldern oder in windgeschützten Lagen, überhöhte Stickstoffdüngung vermeiden. Spritzbehandlungen mit Mitteln gegen Blattfleckenpilze im Gemüsebau, wie beispielsweise *Difenoconazol*, sind nach derzeitigen Versuchen nur zur Verhinderung des Frühbefalls bis Ende September sinnvoll.

☐ Sommer - Stengel, Seitentriebe und Blättchen, meist im unteren, dichten Pflanzenbereich mit grauem Pilzrasen. Bei starkem Befall vorzeitiges Vertrocknen der befallenen Pflanzenteile, in nassen Jahren häufig schon ab August.

    ○ **Grauschimmel** (*Botrytis cinerea* Pers.)

    Δ In nassen Sommern ab Anfang Juli Anwendung von Mitteln gegen *Botrytis* im Gemüsebau. Spezielle Ausweisungen zur Anwendung im Spargel sind nicht vorhanden. Näheres Pflanzenschutzdienststelle.

Tierische Schaderreger

☐ Mai bis Aug. - Bunte, bis 8 mm lange Käfer sowie deren schmutzig grüngraue Larven fressen am Kraut, im Samenbau auch an den Samen.

  ○ **Spargelkäfer, Zwölfgepunkteter** (*Crioceris duodecimpunctata* L.)

  ○ **Spargelhähnchen** (*Crioceris asparagi* L.)

  △ Spritzen mit Insektiziden gegen beißende Insekten an Spargel, wenn im Durchschnitt mehr als 1 Käfer je Trieb vorhanden ist. Bienenschutzverordnung beachten, in bereits blühenden Beständen nur nicht bienengefährliche Insektizide verwenden.

☐ Mai bis Juni - An geernteten Stangen stecknadelkopfgroße Fraßstellen im äußeren Bereich, Einbohrlöcher, weiße, kopflose Maden bis 1 cm Länge in den Spargelstangen, meist nur kurzzeitig auftretend, jedoch bis zu 50 % befallener Stangen möglich.

  ○ **Bohnenfliege** (*Delia platura* Meig.)

  △ Eiablage der ersten Generation erfolgt im Zeitraum von Anfang April bis Ende Mai. In diesem Zeitraum alle Maßnahmen zur Anlockung der Bohnenfliege unterlassen, insbesondere keine Bodenlockerung oder mechanische Unkrautbekämpfung, keine Ausbringung organischer Dünger im Frühjahr, Insektizidbehandlungen nicht ausgewiesen, Pflanzenschutzdienststelle befragen.

☐ April bis Juli - Triebe verkümmernd, gekrümmt, von Fliegenmaden zerfressen, oft völlig verkrüppelt und absterbend. Im Innern von oben zur Wurzel führender Fraßgang. Schaden vor allem in zweijährigen Anlagen.

  ○ **Spargelfliege** (*Platyparea poeciloptera* Schr.)

  △ Die Spargelfliege legt ihre Eier bevorzugt an den oberen Bereichen der Triebe in das Pflanzengewebe. Im Zeitraum von Ende April bis Anfang Juli ist sie besonders bei Temperaturen um 25 °C aktiv. Die Erfassung des Erstauftretens mit Gelb- oder Blautafeln ist nicht möglich. Vernichtung befallener Triebe, tiefes Ausstechen, **vor allem** in Junganlagen wichtig. Die in den zurückliegenden Jahren zur Bekämpfung empfohlenen Gießanwendungen mit *Dimethoat*-Präparaten sind mit der Neuzulassung nicht mehr ausgewiesen. Hinsichtlich der Bekämpfung Sonderberatung durch Pflanzenschutzdienststelle anfordern.

☐ G. Veg. - Im unteren Stengelbereich helle, geschlängelte Fraßgänge.

  ○ **Spargelminierfliege** (*Ophiomyia simplex* [Loew.] Spencer)

  △ Die Maßnahmen gegen die Spargelfliege halten meist auch diesen Schädling nieder.

☐ Juni bis Okt. - In Junganlagen, weniger in Ertragsanlagen, an jungen, noch nicht entfalteten Trieben zunächst wässrige, medaillonförmige Flecken, die sich später dunkel färben und nekrotisieren. Triebteile ober- und unterhalb welken, trocknen später ein und sterben ab.

  ○ **Gemeine Wiesenwanze** (*Lygus pratensis* L.)

  △ Zuflug adulter Tiere erfolgt über längeren Zeitraum, aber auch Vermehrung in den Spargelanlagen festgestellt; daher gestaltet sich die Bekämpfung schwierig. Wiederholte Spritzbehandlungen mit nicht bienengefährlichen Insektiziden gegen saugende Insekten nach Auskunft der Pflanzenschutzdienststelle.

2.2.33   Spinat

Saatgut mit einem Saatgutbehandlungsmittel gegen Auflaufkrankheiten beizen. Je nach Gefährdungssituation gegen Saatenfliege zusätzlich mit einem insektiziden Saatgutpuder behandeln. Chemische Unkrautbekämpfung siehe "Pflanzenschutzmittelübersicht - Herbizide im Gemüsebau".

☐ G. Veg. - Unregelmäßige, verwaschen umgrenzte, leuchtend gelbe Flecken auf den etwas deformierten Blättern, nicht selten ganzes Blatt verfärbt oder Blattkräuselungen, Blattverschmälerung in Verbindung mit Gelbfleckung. Die vergilbten Blätter werden spröde, knistern und brechen beim Zusammendrücken. Die Symptome werden durch verschiedene Viren ausgelöst.
  ○ **Vergilbungskrankheit** (*Nekrotisches Vergilbungsvirus* [*Beet yellows virus, BYV*])
  ○ **Vergilbungskrankheit** (*Mildes Vergilbungsvirus* [*Beet mild yellows virus, BMYV*])
  ○ **Gurkenmosaikvirus** (*Cucumber mosaik virus, CMV*)
  ○ **Spinatmosaikvirus** (*Beet mosaic virus BMV*).
△ Spinat nicht neben Rüben anbauen, da hier gleiche Virosen auftreten können. Winter (Herbst)-Spinatflächen sofort nach Abernten umbrechen, um im Interesse des Spinat- und Rübenanbaus alle Infektionsquellen für die virusübertragenden Blattläuse zu beseitigen. Nach neueren Untersuchungen kann Gurkenmosaikvirus auch mit dem Saatgut übertragen werden. Rhizomania-Virus wird durch den bodenbewohnenden Pilz *Polymyxa betae* übertragen, der bei hoher Bodenfeuchtigkeit und hohen Temperaturen beste Entwicklungsmöglichkeiten hat. Vermeidung stauender Nässe.
Gegen die virusübertragenden Blattläuse:
Bereits bei Beginn (sorgfältige Kontrolle!) Einsatz von einem der unten bei Rübenfliege an Spinat genannten Insektizide, die nur eine kurze Wartezeit haben und auch gegen Raupen sowie Rübenfliegenlarven wirken.

☐ G. Veg. - Einzelne Pflanzen zunächst mit verschmälerten Blattspreiten, Aufhellung des Blattgrüns sowie Verlängerung der Blattstiele, später mit chlorotischer Adernvergilbung, Pflanzen bleiben in der Entwicklung zurück, Blätter schlaffen trotz ausreichender Bodenfeuchtigkeit, Wurzel häufig abgestorben, große Zahl von Sekundärwurzeln.
  ○ **Wurzelbärtigkeit (Rhizomania-Virus),** (*Rhizomania virus, Beet necrotic yellow vein virus, BNYVV*)
△ Virus wird durch den bodenbewohnenden **Pilz** *Polymyxa betae* (Kessin) übertragen, der bei hoher Bodenfeuchtigkeit und hohen Temperaturen beste Entwicklungsmöglichkeiten hat. Vermeidung stauender Nässe, vorsichtige Beregnung. Keine chemische Bekämpfungsmöglichkeit bekannt. Bei Befallsverdacht Pflanzenschutzdienststelle informieren.

☐ G. Veg. - Blattoberseits bleiche Flecke, blattunterseits grau-violette Sporenrasen. Besonders bei feucht-warmer Witterung mit starken Temperaturwechseln zwischen Tages- und Nachttemperaturen schnelle Ausbreitung, vor allem in windgeschützten Lagen.
  ○ **Falscher Mehltau** (*Peronospora farinosa* FR. *f. sp. spinaciae* BYFORD)
△ Im Spätsommer 1996 wurde erstmalig in Nordrhein-Westfalen Befall an Sorten mit vierfacher Resistenz (gegen die Pathotypen A bis D) beobachtet. Zur Zeit muß davon ausgegangen werden, daß nahezu alle am Markt befindlichen Sorten von der neuen Rasse E (Isolat von 'Bolero') befallen werden können, so daß der Anbau resistenter Sorten

nur noch regional Schutz vor Befall bieten kann. Fungizide zur direkten Bekämpfung sind zur Zeit nicht ausgewiesen. Die vorbeugende Anwendung des Pflanzenstärkungsmittels *Bion* im Jugendstadium der Pflanze mit 2mal 30 g/ha im Abstand von 14 Tagen vermindert die Befallsstärke. Beratung durch die zuständige Pflanzenschutzdienststelle anfordern.

☐ G. Veg. - Rundliche, etwas eingesunkene, hellgrau bis weißlich gefärbte Blattflecke mit einem Durchmesser von 2 bis 5 mm, umgeben mit einem braunen bis rötlichen Rand. In der Feuchtekammer entwickeln sich oliv-grüne Sporenlager.
○ **Cladosporium-Blattfleckenkrankheit** (*Cladosporium variabile*)
△ Fungizide zur direkten Bekämpfung sind zur Zeit nicht ausgewiesen. Beratung durch die zuständige Pflanzenschutzdienststelle anfordern.

☐ Aug. bis Okt. - Raupenfraß verschiedener Art an Blättern. Die Raupen mehrerer Schmetterlingsarten kommen als Ursache der Fraßschäden infrage. In erster Linie die Gammaeule. Nähere Merkmale siehe unter Kohl.
○ **Raupen der Gammaeule** (*Autographa gamma*)
△ Gegen die nur anfangs frei auf der Blattunterseite, später versteckt fressenden Raupen spritzen beispielsweise mit *Cypermethrin*, *Parathion*, *Permethrin* und *Propoxur*.

☐ Mai bis Aug. - Blattminen, in diesen kleine Maden, welche das Blattgrün ausfressen. Unter Umständen muß sofort geerntet werden, da chemische Bekämpfung an Spinat nur bei sehr frühem Befall möglich.
○ **Rübenfliege** (*Pegomyia hyoscyami* Curt.)
△ Jungpflanzen (nur diese) mit Insektiziden gegen beißende Insekten an Spinat spritzen, die kürzere Wartezeiten haben, beispielsweise *Cypermethrin* oder *Permethrin*, aber vorher Pflanzenschutzdienst befragen! Siehe auch "Gemüsebau - An mehreren Gemüsearten" unter "Blattläuse".

☐ Sommer - Keimlinge oft schon vor dem Durchstoßen der Erdoberfläche zerstört. Fraßgänge von Fliegenmaden am Wurzelhals und an Keimblättern. Nach Ausbildung des ersten Laubblattpaares keine wesentliche Schädigung mehr. Besonders an Sommer- und Spätsommersaaten.
○ **Saatenfliege, Bohnenfliege** (*Delia platura* Meig.)
△ Zur Zeit kein insektizides Saatgutbehandlungsmittel in Spinat ausgewiesen. Nach Möglichkeit Anbauflächen auswählen, die kein hohes Gefährdungspotential erwarten lassen. Über Maßnahmen bei überraschendem Befall Pflanzenschutzdienststelle befragen.

An Spinat kommen gelegentlich noch weitere Krankheiten und Schädlinge vor, die an Zukker- und Futterrüben Bedeutung haben. Siehe unter "Rübe".

2.2.34   Tomate

Saatgut mit Saatgutbehandlungsmitteln gegen Auflaufkrankheiten im Gemüsebau beizen. Gegen die durch *Phytophthora*-Arten verursachte Stengelgrundfäule wirkt Angießen der Jungpflanzen mit *Propamocarb*. Bei der Sortenwahl auf Züchtungen mit Toleranz oder Resistenz gegen Schadorganismen [Tomatenmosaikvirus (Tm), Samtfleckenkrankheit (C3), Verticillium-Welke (V), Fusarium-Welke (F2)] achten. Bei Ge-

wächshaustomaten ab Befallsbeginn Spritzung mit Mitteln gegen Blattfleckenkrankheiten und/oder Braunfleckenkrankheit an Tomaten. Falls Tomatenpfähle benutzt werden, diese vor Gebrauch desinfizieren. Ausgeizen immer von Hand, nicht mit dem Messer, erst die sicher gesunden, dann die krankheitsverdächtigen (Bakterienwelke!) Pflanzen vornehmen! Angaben über chemische Unkrautbekämpfung in Tomaten siehe "Pflanzenschutzmittelübersicht - Herbizide im Gemüsebau".

Freilandanbau von Tomaten

Die im Freilandtomatenanbau notwendigen Pflanzenschutzmaßnahmen sind bezüglich ihrer Bedeutung und Schwierigkeit nicht mit denen beim Anbau von Tomaten unter Glas zu vergleichen. Daher werden die auftretenden Schadsymptome und die erforderlichen **Gegenmaßnahmen für die meisten Krankheiten und Schädlinge an Tomaten** bei "Tomatenanbau unter Glas" genannt, zumal viele von ihnen hier ohnehin ziemlich regelmäßig auftreten. Falls notwendig, wird dabei auf das mögliche Vorkommen im Freiland hingewiesen.
Ausführliche Angaben über besondere Zulassungsbeschränkungen für die Anwendung von Präparaten im Freiland und/oder im Gewächshaus finden Sie in der "Pflanzenschutzmittelübersicht - Gemüsebau". Im Bedarfsfall orientiere man sich bei der zuständigen Pflanzenschutzdienststelle über Besonderheiten, die im Freilandanbau zu berücksichtigen sind.
Größere Bedeutung **ausschließlich** im Freilandanbau haben vor allem folgende Krankheiten:

☐ Juni bis Juli - Blattflecken verschiedener Form und Größe, später Vergilben und Vertrocknen der befallenen Blätter. Vor allem im Freiland.

    O **Dürrfleckenkrankheit** (*Alternaria solani*)

    △ Saatgutbeizung. Wiederholte gründliche Behandlungen mit Mitteln gegen Dürrfleckenkrankheit an Tomaten auf Basis von *Dichlofluanid*, *Kupferoxychlorid*, *Maneb*, *Propineb*.

☐ Juni bis Juli - Graugrüne, braunwerdende Flecken auf Blattoberseite, unterseits grauweiße Schimmelrasen. Blätter vertrocknen oder (bei feuchtem Wetter) faulen. Früchte mit braunen, eingesunkenen Flecken, darunter ist das Fruchtfleisch verhärtet und wird schließlich braunfaul ("Braunfäule").

    O **Kraut- und Braunfäule** (*Phytophthora infestans* de Bary)

    △ Die Überdauerung des Pilzes ist nach neuen Erkenntnissen auch durch Oosporen möglich. Ob diese jedoch für die Primärinfektionen von großer Bedeutung sind, ist umstritten.

Neuere Pathotypen, die an Kartoffeln nachgewiesen wurden, kommen in gleichem Umfang auch an Tomaten vor. Daher muß insbesondere in Kartoffelanbaugebieten mit einem hohen Befallsdruck gerechnet werden. Aber auch in Gebieten, die vom Kartoffelanbau weit entfernt sind, kann sich unter günstigen Infektionsbedingungen (Blattnässe) rasch eine hohe Populationsdichte aufbauen. Es sollte schon vom Pikierbeet an regelmäßig auf Befall geachtet werden. Gegebenenfalls Spritzungen mit Mitteln gegen Kraut- und Braunfäule an Tomaten wie *Dichlofluanid* (auch gegen Dürrfleckenkrankheit), *Kupferoxychlorid* (bedingt Reifeverzögerung, daher Einsatz nur, wo Bakterienwelke stärker auftritt, auch wirksam gegen Dürrfleckenkrankheit, Septoria-Blattfleckenkrankheit und Stengelfäule), *Maneb* (auch gegen Dürrfleckenkrankheit), *Propineb* (auch gegen Dürrfleckenkrankheit), dabei Stengelgrund wegen anderer Krankheiten besonders gründlich behandeln. In Gewächshäusern Luftfeuchtigkeit senken. Siehe auch "Kraut- und Knollenfäule an Kartoffeln".
Magnesiummangel bei Freilandtomaten kann durch Gaben von Bittersalz (5 kg/m²) behoben werden.

Tomatenanbau unter Glas

Nichtparasitäre Schadursachen

☐ G. Veg. - Blätter rollen sich in mehr oder weniger typischer Weise ein.
    ○ **Blattrollen** (Physiologische Störung)
    △ Tritt als Folge starker Düngung sowie nach zu frühem und zu starken Ausgeizen auf, aber für den Ertrag bedeutungslos.

☐ G. Veg. - Blätter werden, vom Blattrand beginnend, gelb, Blattgewebe bleibt jedoch entlang der Hauptadern grün. Blatt oft dicker und spröder als normal. Vor allem bei niedrigem pH-Wert und übermäßiger Kalidüngung.
    ○ **Magnesiummangel**
    △ Magnesiumzufuhr aufgrund einer Bodenuntersuchung durch Gaben von *Bittersalz* (bis 5 kg/100 m²). Akuter Magnesiummangel wird durch Spritzungen mit 1- bis 2%iger *Magnesiumsulfat*-Lösung beseitigt. Ergänzend wichtig ist ausgeglichene Kaliversorgung.

☐ G. Veg. - Vegetationspunkt der Pflanzen verkümmert, Blüten fallen vorzeitig ab, Früchte zeigen Risse, Wurzelentwicklung gehemmt. Besonders auf schweren Böden mit hohem pH-Wert.
    ○ **Bormangel**
    △ Erfahrungsgemäß gefährdete Flächen vorbeugend mit 1 bis 2 kg Borax je 1000 m² düngen und für Verbesserung der Bodenstruktur sorgen. Bodenuntersuchung auf Bor.

☐ G. Veg. - Gelbfärbung der Blätter, deutlich auf Triebspitze konzentriert. Vergilbung zunächst zwischen den weiterhin grün bleibenden Blattadern. Vor allem auf Böden mit schlechter Struktur und hohem pH-Wert.
    ○ **Eisenmangel**
    △ Vorbeugend Verbesserung der Bodenstruktur. Bodenuntersuchung. Akuter Eisenmangel wird durch Spritzen oder Gießen mit Eisenchelaten beseitigt.

☐ G. Veg. - An der Blütenansatzstelle der Frucht zunächst wäßrige Flecke. Später Vergrößerung der Flecken, sie werden braun oder grau, sind leicht eingesunken und verhärtet, bei starker Feuchtigkeit auch faulend. Erscheinung ist zurückzuführen auf Kalziummangel. Gefährdet sind besonders stark wachsende Tomaten. Hohe Konzentrationen von Ammonium-, Kalium-, Magnesium- und Natriumsalzen erschweren die Kalziumaufnahme und führen zu (relativem) Kalziummangel.

○ **Blütenendfäule** (Kalziummangel)

△ Gute Kalziumversorgung des Bodens. pH-Wert nicht zu stark absinken lassen. Vermeidung von extremer Trockenheit und Feuchtigkeit im Boden sowie sehr niedriger Luftfeuchte. Für eine ausgeglichene Bewässerung und Düngung sorgen, um dadurch den Kalziumtransport in die Früchte auf Grund des nächtlichen Wurzeldruckes zu erhöhen. Auf gefährdeten Flächen Düngung mit Kalksalpeter. Spritzungen mit Kalzium-betontem Blattdünger vermindern die Verluste durch Blütenendfäule. In Substratkulturen (Steinwolle) sollen bei einer Leitfähigkeit von 3 mS/cm folgende Werte (in mmol/l) Ca 7,0; K 7,0; Mg 3,5; H_2PO_4 0,7; NH_4 <0,5; NO_3 17,0 angestrebt werden.

☐ Ernte - Die Früchte platzen nach Regen oder sonstiger plötzlicher Wasserzufuhr auf.

○ **Aufplatzen der Früchte**

△ Nur nach plötzlichem Regen oder Bewässerung nach Trockenheit, nicht bei sachgemäßer Wasserzufuhr. Plötzliche Änderungen in Bewässerungs- oder Heizungsintensität vermeiden. Bei Beginn des Aufplatzens möglichst vorzeitig ernten, die Früchte nachreifen lassen. Bei Beginn der Fruchtreife haben sich in einzelnen Fällen Kalimagnesia-Gaben bewährt.

☐ G. Veg. - Gelbe punktartige Verfärbungen in der Fruchthaut.

○ **Goldpünktchen** (*gould spikkels*)

△ Entsteht durch Kalziumoxalat-Kristalle in der Fruchthaut, vermeiden zu hoher Luftfeuchtigkeit im Bestand.

☐ G. Veg. - Dunkelgrüne Zone mit verhärtetem Fruchtfleisch um den Stielansatz noch hellgrüner Früchte oder grüner bis gelblichgrüner "Kragen" bei reifenden Tomaten. Manche Sorten wie 'Rheinlands Ruhm' besonders anfällig. In den letzten Jahren gebietsweise häufiger auftretend, vor allem bei starker Sonneneinstrahlung sowie bei hohen Temperaturen am Tage und niedrigen Temperaturen in der Nacht.

○ **Grünkragen, Gelbkragen**

△ Ausgeglichene Düngung und gleichmäßige Bewässerung vorsehen. Geize über obersten Fruchtständen als Schattenspender stehen lassen, nicht zu früh entgipfeln. Bei Sonne schattieren. Anbau unempfindlicher Hellfruchttypen, da nur grünfrüchtige und geflammte Sorten, vor allem nach zu starker Belichtung und Überhitzung (Sonne!) befallen werden.

☐ Ernte - Scheckige, unscharf begrenzte, mangelhafte Ausfärbung der Früchte unter Braunfärbung der Gefäße. Die Krankheit tritt auf, wenn große Schwankungen in der Verdunstung entstehen. Mehrkammerige Sorten empfindlicher als zweifächigere. Hellfruchttypen anfälliger als grüne Sorten.

○ **Wasserkrankheit, Wassersucht**

△ Wasseraufnahme und -abgabe durch entsprechende Kulturmaßnahmen im Gleichgewicht halten. Gründliche Bewässerung. Salzkonzentration im Boden kontrollieren, sichere Temperaturführung. Lüftung.

☐ Blüte bis Erntebeginn - Unzureichende Fruchtausbildung insbesondere an der ersten Fruchttraube.

○ **Befruchtungsmangel**
△ Insbesondere in der Frühphase der Tomatenkultur unter Glas tritt unter ungünstigen Temperatur- und Luftfeuchteverhältnissen eine unzureichende Befruchtung ein. Sehr gute Erfolge durch das Einsetzen von Hummelvölkern zur Bestäubung. Näheres dazu bei der zuständigen Pflanzenschutzdienststelle erfragen. Bezugsquellen siehe "Pflanzenschutzmittelübersicht - Hersteller- bzw. Vertriebsfirmen". Abhilfe schafft alternativ auch das Rütteln der Pflanzen, das sogenannte Trillern.

☐ Blüte - Kelchblätter abnorm lang, biegen sich nicht zurück, Blütenblätter blaßgelb. Tritt bei sehr starkem Wachstum und Stickstoffüberschuß auf.
○ **Haferblüten**
△ Ausgeglichene Kulturführung. Stickstoffüberdüngung vermeiden.

☐ Blüte - Blütenknospen sehr dick und kurz. Blütenorgane schlecht ausgebildet. Tritt in lichtarmen Perioden auf, vor allem, wenn Licht und Temperatur nicht ausgewogen sind.
○ **Gerstenblüten**
△ Ausgeglichene Kulturführung. Temperaturen den Lichtverhältnissen anpassen.

☐ Ernte - Früchte sehr zahlreich, aber nur klein. Tritt bei starkem Wachstum unter schlechten Lichtverhältnissen auf.
○ **Beerenfrüchte**
△ Ausgeglichene Kulturführung.

☐ Ernte - Nasenartige Mißbildungen an der Frucht. Erblich bedingt. Meist nur einzelne Früchte.
○ **Nasenbildung**
△ Richtige Sortenwahl.

☐ Ernte - Hohle, eckige oder kantige Früchte
○ **Hohle, eckige oder kantige Früchte**
△ Mangelhafte Entwicklung der Samenanlage und schlechte Befruchtung.

Viruskrankheiten

☐ G. Veg. - Helldunkelgrüne Mosaikfleckung auf den Blättern. Die dunkelgrünen Blattpartien sind meist leicht aufgewölbt. Mißbildungen an den Blättern, gelegentlich Fadenblättrigkeit, Wuchsdepressionen.
○ **Tomatenmosaikvirus** (*Tobacco mosaik virus TMV*)
△ Äußerst leicht durch Kontakt sowie über Messer, Hände, Kleidung, auch durch Pflanzenreste im Boden übertragbar). Schäden je nach Aggressivität des Virusstammes unterschiedlich. Gesundes Saatgut verwenden, da Virus mit Fruchtfleischresten am Samen verschleppt werden kann. In verseuchten Gewächshäusern Bodendämpfung. Nach der Ernte Pflanzen möglichst vollständig mit Wurzeln räumen und vernichten, nicht kompostieren. Unkrautbekämpfung (Nachtschatten!).

☐ G. Veg. - Starke Krümmungen an der Triebspitze, mehr oder weniger breite Striche und abgestorbene Gewebestreifen auf den Stengeln, braunfleckige Früchte. Im Jugendstadium befallene Pflanzen können absterben.

○ **Strichelkrankheit , Kartoffel-Y-Virus** (*Potato virus Y*)

△ Blattlausübertragbar, befallene Pflanzen frühzeitig vernichten. Besonders wichtig die Blattlausbekämpfung.

☐ G. Veg. - Grünlichbraune bis dunkelbraune, teilweise linienartige oder kreisförmige Flekken auf Stengeln, Blattstielen und Blättern, Blätter können bronzefarbig erscheinen. Spitzentrieb stirbt oft ab, verstärkte Seitentriebbildung, an Früchten gelbe Ringe oder ringartige Muster. Im durchscheinenden Licht sind Ringmuster auch in den Blättern erkennbar.

○ **Bronzefleckenkrankheit** (*Tomato spotted wilt virus, TSWV*)

△ Übertragung durch Blasenfüße, insbesondere Frankliniella. Nach neueren Untersuchungen werden Viren auch über die Wurzeln befallener Pflanzen abgesondert und können in geschlossenen Bewässerungssystemen auf gesunde Pflanzen übertragen werden. Zwischenwirte sind verschiedene Gewächshauspflanzen, keine Anzucht von Tomaten in Nachbarschaft von Chrysanthemen, Cinerarien, Dahlien und Primeln vornehmen. Alle Pflanzen mit Krankheitserscheinungen entfernen. Gegen Blasenfüße (*Thrips*) biologische Bekämpfungverfahren oder Insektizide einsetzen.

An Tomaten kommen noch verschiedene andere Virosen vor. So verursachen das **Gurkenmosaikvirus** und das **Kartoffel-X-Virus** u. a. eine leichte, helldunkelgrüne Mosaikscheckung der Blätter. **Mischinfektionen verschiedener Viren** bedingen besonders starke Schädigung der Pflanzen! So verursacht **Tabakmosaikvirus + Gurkenmosaikvirus** starke Strichelbildung, Fadenblättrigkeit und minimalen Fruchtansatz. In solchen Fällen einer Mischinfektion müssen die Bekämpfungsmaßnahmen sinnvoll kombiniert werden. Vor allem ist die direkte Nachbarschaft von Gurken und Tomaten zu vermeiden. Bei der Blattlausbekämpfung kommt es besonders auf die Verhinderung einer Übersiedlung der Blattläuse von einem Bestand auf den anderen an.

Bakterielle Krankheiten

☐ G. Veg. - Anfangs welken nur einzelne Fiederblättchen, rollen sich ein und vertrocknen, beginnend an wenigen Trieben. Oft ist auch nur die eine Hälfte des Blattes welk, während die andere Hälfte noch völlig normal scheint. Nach und nach greift die Welke auf die Haupttriebe über, und die ganze Pflanze fällt zusammen und stirbt ab. Stammgrund im Gegensatz zur Stengelfäule gesund, aber Gefäße kranker Pflanzen gelbbraun verfärbt. Aus ihnen läßt sich gelber Bakterienschleim herauspressen. Vereinzelt entstehen auf den Früchten "Vogelaugenflecken". Sie haben einen Durchmesser von 2,5 bis 4 mm. Ein braunes, kraterförmiges, aufgerissenes Zentrum wird von einem deutlich weißen Hof umgeben. Das Bakterium kann die Früchte über die Gefäße infizieren. Samen gelten als primäre Infektionsquelle. Auf Pflanzenmaterial im Boden kann sich das Bakterium 2 bis 3 Jahre halten. Vorkommen im wesentlichen im süddeutschen Raum.

○ **Bakterielle Tomatenwelke** (*Clavibacter michiganense ssp. michiganense* Jensen)

△ Samenübertragung verhindern, daher garantiert gesundes Saatgut verwenden, bei Verdacht Samendesinfektion durch einstündiges Tauchen in eine 3%ige Weinsäurelösung, gründlich schütteln, in Wasser spülen und rücktrocknen. Nach Befall Entseuchung der Kulturflächen durch gründliche Dämpfung. Beim Ausgeizen kein Messer verwenden, von Hand ausgeizen oder Messer ständig in 60%igem Alkohol desinfizieren. Nur bei trockenen Pflanzen ausgeizen. Bei Befall im Freiland weitgestellte Fruchtfolge. - Kranke Pflanzen verbrennen. Im Freiland kann durch Spritzbehandlungen mit *Kupferoxychlorid* (siehe oben unter "Kraut- und Braunfäule") die Ausbreitung eingedämmt werden.

☐ G. Veg. - Anfangs werden auf einzelnen Fiederblättchen 2 bis 5 mm große, zunächst wässrige, später schwarzbraune Flecken sichtbar. Sie sind häufig von einen schmalen, gelben Hof umgeben. Bei fortgeschrittenem Befall fließen benachbarte Flecken zusammen und bilden eine Schwarzfärbung und Absterben einzelner Fiederblättchen. Entsprechende Befallsflecken entstehen auch an Blattstielen und Stengeln sowie an Blüten und Fruchtanlagen. Blüten und junge Früchte werden abgestoßen oder Früchte sind mißgestaltet. Auf älteren grünen und roten Früchten entstehen Befallsflecken, die wie Teerspritzer aussehen. Das Bakterium kann die Früchte über die Gefäße infizieren. Samen gelten als primäre Infektionsquelle. Auf Pflanzenmaterial im Boden kann sich das Bakterium 2 bis 3 Jahre halten.

  ○ **Bakterielle Tomatenfleckenkrankheit** (*Pseudomonas syringae* pv. tomato)

  △ Siehe oben unter Bakterienwelke durch *Clavicacter*.

Gelegentlich kommt auch die **Bakterielle Tomatenstengelmarkbräune** (*Pseudomonas corrugata*) vor. Dieser Pilz kommt verbreitet im Boden vor und befällt nur geschwächte Pflanzen.

Pilzkrankheiten

☐ Anzucht - Keimlinge sterben kurz vor oder nach dem Auflaufen ab. In Bodennähe an den Pflanzen zunächst wäßrige Zonen, später Einschnürungen. Schließlich fallen die Pflänzchen um, vor allem bei unzureichender Belichtung, übermäßiger Feuchtigkeit und zu dichtem Stand.

  ○ **Umfallkrankheit** (verschiedene Pilze, vor allem *Botrytis*-, *Fusarium*-, *Phytophthora*-, *Pythium* und *Rhizoctonia*-Arten).

  △ Aussaat nur in gedämpfter Erde oder garantiert krankheitsfreiem Kultursubstrat. Anzuchtschalen und Töpfe entseuchen. Für hellen und luftigen Stand sorgen. Samen grundsätzlich mit *Thiram* beizen. Keine zu dichte Aussaat. Gegen *Phytophthora*-Arten (Stengelgrundfäule) wirkt Angießen mit *Propamocarb* nach Vorschrift.

☐ Anzucht bis Ernte - An den Stengeln entsteht dicht unterhalb der Bodenoberfläche eine leicht eingesunkene bräunliche Verfärbung als Befallssymptom, scharf gegen das gesunde Gewebe abgegrenzt. Befallsstelle meist feucht. Später treten Fäulnisbakterien und zuweilen auch Grauschimmel hinzu. Vor allem bald nach der Pflanzung bei hoher Bodenfeuchtigkeit. Nur frühzeitig befallene Pflanzen kippen um, an älteren färben sich die unteren Blätter gelb und bleiben im Wuchs zurück.

  ○ **Rhizoctonia-Stengelgrundfäule** (*Rhizoctonia solani* Kühn.)

  △ Sicherste Vorbeugung gegen Infektionen vom Boden her angreifenden Pilzes durch sorgfältige Dämpfung der Anzuchterde. Chemische Entseuchungsmittel nicht ausreichend wirksam. Nur kräftige, gut abgehärtete Jungpflanzen verwenden und diese nicht zu feucht halten. Keine Bedeutung in Substratkulturen, eventuell auf diese Kulturform umstellen.

☐ Anzucht bis Ernte - Stengelgrund färbt sich in typischer Weise graugrün, ist leicht eingeschrumpft und im Innern oft hohl. Hauptwurzel braun, stirbt nach und nach ab. Krankheit tritt vor allem in den ersten Wochen nach dem Pflanzen in beheizten Frühkulturen auf und wird unter anderem durch verseuchten Boden und unsauberes Gießwasser verbreitet.

○ **Phytophthora-Stengelgrundfäule** (*Phytophthora nicotianae var. nicotianae*)

△ Sicherste Vorbeugung gegen Infektionen vom Boden nur durch Dämpfung der Anzuchterde. Kräftige, gut abgehärtete Jungpflanzen verwenden. Bodentemperaturen nicht unter 15 °C absinken lassen. Für zügiges Wachstum sorgen. Vorbeugend Pflanzen mit *Propamocarb* nach Vorschrift angießen. Siehe "Pflanzenschutzmittelübersicht - Fungizide im Gemüsebau". Stark befallene Pflanzen entfernen. In Substratkulturen nur geringe Bedeutung.

☐ G. Veg. - Pflanzen schlappen bei sonnigem Wetter, oft einseitig und unter Abwerfen der unteren Blätter. Gefäße im Stengel deutlich braun gefärbt. Gelegentlich auf den Stengeln rosa Sporenlager. Sehr warm kultivierte Tomaten auf leichten Böden mit einem pH-Wert unter 6,5 werden bevorzugt befallen. Infektion vom Boden aus, aber auch mit dem Samen möglich. Ausbreitung im Bestand durch Wurzelkontakt.

○ **Fusarium-Welke** (*Fusarium oxysporum f. sp. lycopersici*)

△ Sorten mit Resistenz gegen diesen Pilz verwenden. Gesundes Saatgut und Pflanzmaterial verwenden. Wenn ausreichender Fruchtwechsel nicht möglich ist, Boden sorgfältig dämpfen, jedoch auch mit dieser Maßnahme kein 100%iger Erfolg wegen mangelnder Tiefenwirkung. Befallene Pflanzen sofort aus dem Bestand entfernen. Keine Bedeutung in Substratkulturen, eventuell auf diese Kulturform umstellen.

☐ G. Veg. - Verbräunungen des Gefäßsystems im unteren Stengelbereich, später Faulstellen am Stengelgrund mit weißem bis rosafarbenen Myzel. Ab Erntebeginn auch Welkesymptome.

○ **Fusarium-Fußkrankheit** (*Fusarium oxysporum f. sp.* radicis-*lycopersici*)

△ Siehe unter Fusarium-Welke. Abweichend davon kommt die Krankheit aber auch in Substratkulturen vor.

☐ G. Veg. - Schlaffen der Pflanzen etwa ab 5. Traube bei heißem Wetter, anschließend Zurückbleiben im Wachstum und vergilben, Blüten fallen ab. Keine Symptome an den Gefäßbündeln oder am Stengel. Schäden an der Wurzel zeigen sich zuerst durch Braunwerden der feinen Seitenwurzeln. Später längs aufgerissene, verdickte Wurzeln, an den Platzstellen streifig verkorkend. Niedrige Durchschnittstemperaturen, schlechte Bodenstruktur und weitere Faktoren, die die Wurzelbildung hemmen, verstärken den Schaden.

○ **Korkwurzelkrankheit** (*Pyrenochaeta lycopersici* Schneid. et Gerl.)

△ Bei starker Bodenverseuchung sorgfältige Dämpfung. Wo Ernteverzögerung keine Rolle spielt, Pfropfung auf die als resistent bewährten Unterlagen K, KN oder auch TMKNVF2, die widerstandsfähig gegen eine Vielzahl von Schaderregern sein soll. Resistente Sorten (siehe Sortenliste des Bundessortenamtes oder Kataloge der Saatgutunternehmen, Bezeichnung "K") nach Prüfung der Anbaueignung verwenden. Bodenstruktur verbessern. Verdunstung gering halten. Kranke Pflanzen häufiger wässern und durch Anhäufeln Nebenwurzelbildung fördern. Keine Bedeutung in Substratkulturen, eventuell auf diese Kulturform umstellen. Im Freiland Fruchtwechsel.

☐ G. Veg. - Plötzliches Welken und Vertrocknen der Pflanzen, Früchte notreif oder dunkel. Am Stammgrund schwarze eingesunkene, stengelumfassende Zone, bevorzugt nahe der Bodenoberfläche. An der Befallsstelle Leitungsbahnen unterbrochen. Die Pflanze stirbt ab.

In manchen Fällen kommt es auch zum Befall der unterirdischen Stengelteile und der Hauptwurzel.

O **Didymella-Stengelgrundfäule** (*Didymella lycopersici* Kleb.)

Δ Verseuchte Kulturflächen sorgfältig dämpfen. Saatgut nur aus gesunden Beständen. Zum Aufbinden regelmäßig neue Schnüre verwenden. Nach dem Anwachsen Bodentemperatur möglichst um 20 °C halten. Einzelne kranke Pflanzen aus dem Bestand entfernen. Kultur sorgfältig abräumen. Pflanzenreste niemals einarbeiten. Siehe auch oben bei "*Phytophthora*-Stengelgrundfäule". In Substratkulturen nur geringe Bedeutung.

☐ G. Veg. - Bei starker Verdunstung schlaffen die Blätter an den Triebspitzen. Gelbfärbung der unteren Blätter, wobei ein Teil normal grün, ein anderer eingetrocknet sein kann. Die Gefäße im Stengel, auch im oberen Teil, grau verfärbt, verstärkte Adventivwurzelbildung. Kranke Pflanzen sterben zwar selten ab, bringen aber nur mäßigen Ertrag. Als Infektionsquelle hat die Bodenverseuchung die größte Bedeutung.

O **Verticillium-Welke** (*Verticillium alboatrum* R. et B., *Verticillium dahliae* Kleb.)

Δ Infektion aus dem Boden durch sorgfältige Bodendämpfung ausschalten. Bei ersten Befallszeichen Temperatur möglichst auf 25 °C anheben. Bodentemperatur nicht zu stark absinken lassen, deshalb häufiger, aber sparsam wässern. Notfalls verdunstung durch Schattierung einschränken. Einzelne kranke Pflanzen entfernen. Pfropfung auf resistente Unterlagen (Bezeichnung "V") oder resistente Sorten verwenden. Keine Bedeutung in Substratkulturen, eventuell auf diese Kulturform umstellen.

☐ G. Veg. - Weißliche Flecke am Stengel in unterschiedlicher Länge. Im Innern des Stengels, der oft aufplatzt, watteartiges Pilzgeflecht mit schwarzen Sklerotien. Oberhalb der Befallsstelle stirbt die Pflanze ab. Starke Temperaturschwankungen fördern das Auftreten. Großer Wirtspflanzenkreis. Verseuchung vom Boden aus durch Sklerotien.

O **Sklerotinia-Welke** (*Sclerotinia sclerotiorum* [LIB.] DE BARY)

Δ Sicherste Bekämpfung durch sorgfältige Bodendämpfung. Chemische Bodenentseuchungsmittel nicht ausreichend wirksam. Starke Temperaturschwankungen vermeiden. Stark befallene Pflanzen mit Wurzelkörper aus dem Bestand entfernen. Keine Bedeutung in Substratkulturen, eventuell auf diese Kulturform umstellen.

☐ G. Veg. - Graugrüne, braunwerdende Flecken auf Blattoberseite, unterseits grauweiße Schimmelrasen. Blätter vertrocknen. Früchte mit braunen, eingesunkenen Flecken, darunter ist das Fruchtfleisch verhärtet und wird schließlich braunfaul ("Braunfäule").

O **Kraut- und Braunfäule** (*Phytophthora infestans* de Bary)

Δ Bekämpfungsmaßnahmen siehe oben unter "Tomatenanbau im Freiland". In Gewächshäusern Infektionen vermeiden durch ständiges Lüften, insbesondere über Nacht, und Verhinderung von längeren Blattnässephasen. Siehe auch "Kraut- und Knollenfäule an Kartoffeln".

☐ G. Veg. - Blattoberseite zunächst gelbliche, unscharf begrenzte Flecke, in deren Bereich auf der Blattunterseite zunächst grün-weißliche Flecke mit erst grauem, dann samtartig braunen Pilzmyzelbelag vorhanden sind. Kranke Blätter vertrocknen. Schnelle Ausbreitung durch massenhaft gebildete Sporen.

O **Braunfleckenkrankheit, Samtfleckenkrankheit** (*Cladosporium fulvum* Cooke)

Δ Für die Infektion spielt die Luftfeuchtigkeit in Verbindung mit der Temperatur eine entscheidende Rolle. Bei 15 °C kommt es nur bei einer relativen Luftfeuchtigkeit von über

90 % zu Infektionen. Bei 20 °C reichen schon 75 % aus. Temperaturen über 20 °C hemmen die Entwicklung des Pilzes. Die Sorten sind unterschiedlich anfällig. In der Züchtung werden derzeit 5 Rassen (C1-5) unterschieden. Mit darüber hinausgehenden Pathotypen muß jedoch gerechnet werden.

In Häusern mit schlechter Lüftung resistente Sorten anbauen, Sorten mit "C5"-Resistenz bevorzugen, Luftfeuchtigkeit nicht zu hoch halten, max. 75 % relative Luftfeuchte bei 18 °C, 65 % bei 22 °C, eventuell heizen und lüften. Zur direkten Bekämpfung unter Glas derzeit kein Präparat ausgewiesen. Diese Krankheit wird durch Bekämpfung von Grauschimmel miterfaßt.

☐ Frühjahr bis Herbst - Weißer Pilzbelag auf Ober- und Unterseite der Blätter sowie an den Blattstielen, kein Befall an den Früchten.

○ **Echter Mehltau** (*Oidium lycopersicum*)

△ Befall wird vorwiegend unter Glas, gelegentlich auch im Freiland beobachtet. Mittlere bis hohe Temperaturen in Verbindung mit hoher Luftfeuchte begünstigen die Ausbreitung. Bisher keine resistenten Sorten beobachtet, Bekämpfung mit Fungiziden gegen Echte Mehltaupilze an Tomaten unter Glas meist nicht notwendig, weil der Pilz bisher nur in warmen Sommern in der Spätphase der Kultur aufgetreten ist.

☐ G. Veg. - Auf Stengeln und Blättern, vor allem auch an Stammgabelungen und am Stammgrund, unterschiedlich große, erst später faulig braun werdende Flecke mit mausgrauem Pilzrasen. Auf den Früchten helle Ringe mit Punkt im Zentrum, die sogenannten "Geisterflecken". Nicht verwechseln mit Bakterienflecken, siehe daher auch "Bakterienwelke". Gewöhnlich siedelt sich der Pilz auf abgestorbenen Pflanzenteilen, abgefallenen Blütenblättern, Stümpfen von Blattstielen und Geiztrieben an. Treibtomaten sind bei andauernder hoher Luftfeuchtigkeit besonders gefährdet.

○ **Grauschimmel** (*Botrytis cinerea* Pers.)

△ Gut abgehärtete Pflanzen verwenden. Kultur nicht zu dicht stellen. Wichtigste Maßnahme liegt in der Vermeidung von Überdüngung, stagnierender Feuchtigkeit bei gleichzeitiger übermäßiger Wärme. Daher für Luftbewegung sorgen. Nach der Bewässerung schnelles Abtrocknen aller Pflanzenteile anstreben. Ohne diese Maßnahmen kann die Krankheit auch mit chemischen Mitteln nicht hinreichend bekämpft werden. Eventuell nach Auftreten erster Befallsherde spritzen mit *Dichlofluanid*, auch gegen Braunfäule wirksam, aber Spritzfleckenbildung auf den Früchten beachten! Zweckmäßig Sonderberatung der Pflanzenschutzdienststelle anfordern!

Tierische Schaderreger

☐ G. Veg. - Tomaten in den Gewächshäusern kümmern nach anfänglich gutem Wachstum, an den Wurzeln verschieden geformte Anschwellungen und Knoten, der Befall nimmt ständig zu, Erträge sinken.

○ **Wurzelgallenälchen** (*Meloidogyne hapla* Chitwood und *Meloidogyne incognita* (Kofoid & White))

△ Keine Bedeutung in Substratkulturen, eventuell auf diese Kulturform umstellen. Dämpfung des Bodens oder chemische Bodenentseuchung führen zur Befallsminderung. Verhütung der Verschleppung von Betrieb zu Betrieb durch Pflanzen oder Bodenbearbeitung, Verwenden der Substratkulturverfahren. Derzeit laufen Versuche zur biologischen Bekämpfung mit Hilfe der nematophagen Milbenart *Sancassiana ultima*. Das Verfahren ist jedoch noch nicht praxisreif.

☐ G. Veg. - Anfangs punktförmige, später flächige, helle Blattflecken, häufig durch die Blattadern begrenzt, im Endstadium nekrotisch, auch Blütenschäden möglich.
  O **Thrips** (*Frankliniella occidentalis* Perganele)

Δ Biologische Bekämpfung mit **Raubmilben** (*Amblyseius*-Arten) oder **Raubwanzen** (*Orius*-Arten) oder **Florfliegen** (*Chrysoperla carnea*). Näheres Pflanzenschutzdienststelle. Siehe "Gemüsebau - Biologische Bekämpfungsverfahren unter Glas". Beschreibung des genauen Anwendungsverfahrens in der AID-Broschüre "Biologische Schädlingsbekämpfung". Bezugsquellen siehe "Pflanzenschutzmittelübersicht - Hersteller- bzw. Vertriebsfirmen". Frei fressende Thripslarven mit Präparaten gegen saugende Insekten unter Glas bekämpfen. Versteckt sitzende Tiere (z. B. in Blüten) nur schwer bekämpfbar. Siehe "Pflanzenschutzmittelübersicht". Zum Insektizideinsatz bei biologischem Bekämpfungsverfahren Pflanzenschutzdienststelle befragen.

☐ G. Veg. - Unter Glas: Blattunterseits kleine, weiß bepuderte Insekten, die bei Störung auffliegen, sowie deren schildlausähnliche, teils unbewegliche Larven- und Puparienstadien. Klebriger "Honigtau" und schwarzer "Rußtau" an Blättern und Früchten.
  O **Weiße Fliege, Gewächshausmottenschildlaus** (*Trialeurodes vaporariorum* Westw.)
  O **Weiße Fliege, Tabakmottenschildlaus** (*Bemisia tabaci*)

Δ Unter Glas **biologische Bekämpfung mit Schlupfwespen** (*Encarsia formosa*), dabei beachten, daß die Art *Bemisia* schwerer bekämpfbar ist als die Art *Trialeurodes*. Nähere Informationen bei der Pflanzenschutzdienststelle erfragen. Siehe "Gemüsebau - Biologische Bekämpfungsverfahren unter Glas". Beschreibung des genannten Anwendungsverfahrens auch in der AID-Broschüre "Biologische Schädlingsbekämpfung". Bezugsquellen siehe "Pflanzenschutzmittelübersicht - Hersteller- bzw. Vertriebsfirmen". Unter Glas spritzen mit *Buprofezin*.

☐ G. Veg. - Grünlich bis rötlich gefärbte Blattläuse mit körperlangen Fühlern, Größe 1,2 - 2,6 mm.
  O **Grüne Pfirsichblattlaus** (*Myzus persicae*)

☐ G. Veg. - Hellgrün gefärbte Blattläuse mit überkörperlangen Fühlern, Siphonen mit dunkler Spitze, länglich mit spitz zulaufendem Hinterleib, Größe 1,8 - 3,0 mm.
  O **Grünfleckige Kartoffelblattlaus** (*Aulacorthum solani*)

☐ G. Veg. - Gelblich-grüne Blattläuse mit schwarzen Siphonen und überkörperlangen Fühlern, Größe 1,7 - 3,6 mm.
  O **Grünstreifige Kartoffelblattlaus** (*Macrosiphum euphorbiae*)

Δ Bekämpfung wichtig wegen Übertragung von Virosen. Der Erfolg eines Einsatzes von Schlupfwespen (*Aphidius colemani*, *Aphelinus abdominalis*) und Räuberischen Gallmücken (*Aphidoletes aphidimyza*) ist von der auftretenden Art abhängig. Pflanzenschutzdienststelle befragen. Siehe "Gemüsebau - Biologische Bekämpfungsverfahren unter Glas". Spritzbehandlungen mit Insektiziden gegen saugende Insekten an Tomaten oder Fruchtgemüse, beispielsweise im Freiland mit *Oxydemeton-methyl*, *Parathion*, *Pirimicarb* oder *Permethrin*. Wegen möglicher Resistenzen Beratung durch die Pflanzenschutzdienststelle.

☐ G. Veg. - Miniergänge in den Blättern.
   O **Minierfliegen** (*Liriomyza huidobrensis*, *Liriomyza bryoniae*)
Δ Als besonders gefährlich wird die Art *Liriomyza huidobrensis* eingestuft, weil sie eine rasche Vermehrungsrate aufweist und als schwer bekämpfbar gilt. Unter Glas zu Prognosezwecken orangefarbene Leimtafeln waagerecht aufstellen. Eventuell Einsatz von Nützlingen (*Diglyphus isea*, *Dacnusa sibirica*) möglich, nähere Auskünfte erteilt die zuständige Pflanzenschutzdienststelle. Siehe "Gemüsebau - Biologische Bekämpfungsverfahren unter Glas". Alternativ Behandlungen mit Insektiziden wie *Abamectin* an Tomaten unter Glas durchführen.
Spinnmilben treten selten im bekämpfungswürdigen Umfang auf, Bekämpfung unter Glas im Bedarfsfall durch Spritzen mit *Abamectin* oder Räuchern mit *Sulfotep*. Vorherige Anfrage bei Pflanzenschutzdienststelle ratsam, da **Einsatz von Raubmilben** (*Phytoseiulus*- oder *Amblyseius*-Arten) eventuell lohnend. **Eulenraupen** lassen sich durch *Permethrin* schnell und problemlos vernichten.

2.2.35   Zucchini

siehe auch unter Kürbis

☐ G. Veg. - Dunkelgrüne, blasenartig aufgewölbte Blattpartien oder Blattflecken und später auch Bildung verkleinerter und verzerrter Blätter. verkleinerte, farblich veränderte beulige und buckelige Früchte.
   O **Zucchinigelbmosaikvirus** (*Zucchini yellow mosaic virus, ZYMV*)
Δ Der Erreger kommt inzwischen weltweit vor. Ertragsausfälle sind vor allem an Gurkengewächsen bekannt. In Deutschland und Österreich wurden in den letzten Jahren hohe Ausfälle bei Zucchini beobachtet. Nichtpersistente Virusübertragung durch zahlreiche Blattlausarten und mechanische Übertragung durch Arbeitsgeräte bei der Pflege und der Ernte. In geringem Maße saatgutübertragbar. Virustolerante Sorten beim Anbau bevorzugen (siehe Sortenliste des Bundessortenamtes oder Kataloge der Saatgutunternehmen). Befallene Pflanzen sofort aus dem Bestand entfernen. Beim ersten Auftreten von Blattläusen Spritzbehandlungen mit Präparaten gegen saugende Insekten vornehmen. Derzeit keine Präparate ausgewiesen.

2.2.36   Zuckermais

siehe unter Gemüsemais

2.2.37   Zwiebel, Schalotte

Bei der Saat durch Bei- oder Aufdrillen spezieller Präparate eine vorbeugende Maßnahme gegen Zwiebelfliege durchführen. Gegen Auflaufkrankheiten nicht pilliertes

Saatgut beizen. Chemische Unkrautbekämpfung in Zwiebeln siehe "Pflanzenschutz-mittelübersicht - Herbizide im Gemüsebau".

☐ Juli bis Sept. - weiche Zwiebelschalen, auch als Dickhälse bezeichnet.
○ **Dickhälse**
△ Entstehen durch überhöhtes Stickstoffangebot und damit verbundener Ernteverzöge-rung.

☐ G. Veg. - Laub zunächst hellgrün, später insbesondere nach Nässeperioden braun und Absterben der Blattspitzen.
○ **Kalium-Mangel**
△ Kaliumversorgung nach Bodenuntersuchung verbessern.

☐ Mai bis Juli - Blätter und Stengel, vor allem die der Samenträger, gelbgrün gestreift, Blät-ter gewellt und mißgebildet, bei starkem Befall herunterhängend, Kümmerwuchs, vor al-lem an Schalotten oft sehr verbreitet.
○ **Gelbstreifigkeit** (*Onion yellow dwarf virus*, [OYDV], *Leek yellow stripe virus*, [LYSV], *Shallot latent virus*, [SLV])
△ Blattlausübertragbar. Keine Neuanlage von Zwiebelbeeten in der Nähe kranker Be-stände. Vernichtung kranker Pflanzen in Samenträgerbeständen und bei der Steckzwiebel-anzucht. Verwendung gesunder Steckzwiebeln, Kontrolle gekaufter Posten durch Vortrei-ben von Proben möglich. Überwinterte Porreebestände vor Blattlausabflug (geflügelte Stadien!) im Frühjahr möglichst abernten, Rückstände unterpflügen.

☐ Juni bis Juli - Bereits junge Keimlinge oder aber erst ältere Zwiebelschlotten mit bauchig-streifigen Geschwulsten, die beim Platzen zahlreiche Pilzsporen als braunen Staub ent-lassen. Zwiebel bleibt klein und hat schwarze Brandsporenlager auf den Schuppen. Infek-tion nur an Jungpflanzen möglich. Lediglich gebietsweise von Bedeutung.
○ **Zwiebelbrand** (*Urocystis cepulae* Frost)
△ Weitgestellte Fruchtfolge. Boden für Anzuchtkästen entseuchen.

☐ Mai bis Juni - Schon an Jungpflanzen gelbgrüne, bleiche Flecken mit grauweißem Schim-melrasen auf den Blättern. Nachträgliche Ansiedlung von Schwärzepilzen, Blätter werden oft völlig schwarz, sterben ab. Zwiebeln bleiben klein. Befall vor allem bei hoher Luft-feuchtigkeit, etwa nach kühlen Nächten mit starker Taubildung, auch an Samenträgern, hier zuweilen sehr schädlich.
○ **Falscher Mehltau** (*Peronospora destructor* [Berk.] Fries)
△ Widerstandsfähige Sorten verwenden. Frühjahrsaussaaten nach Möglichkeit nicht in der Nähe überwinternder Bestände durchführen, da erhöhte Infektionsgefahr. Bestände nicht zu dicht und mastig (Düngung!) werden lassen. Sporulation erfolgt nach holländischen An-gaben u.a. bei 95%iger relativer Feuchte in den letzten 4 Stunden vor Sonnenaufgang, wenn kein wesentlicher nächtlicher Niederschlag gefallen ist und am Vortage Temperatu-ren unter 23 °C herrschten. Infektionen werden gesetzt, wenn nachfolgend in den Mor-genstunden Blattnässe vorhanden ist. Unter diesen Bedingungen Spritzbehandlungen durchführen. Zur Zeit keine Präparate ausgewiesen. Die vorbeugende Anwendung des Pflanzenstärkungsmittels *Bion* im Jugendstadium der Pflanze mit 2mal 30 g/ha im Abstand von 14 Tagen vermindert die Befallsstärke. Beratung durch die Pflanzenschutzdienststelle anfordern. Keine Kompostierung der Rückstände kranker Pflanzen.

☐ Lagerung - Zwiebeln faulen vom "Halse" her, Inneres glasig grau. Auf Zwiebelschale grauer Pilzrasen und schwarze, knotige Sklerotien.

○ **Zwiebelhalsfäule, Botrytis-Fäule** (*Botrytis aclada*)

△ Bedeutende Infektionsquellen sind befallenes Saatgut und Zwiebelabfälle auf dem Felde. Befallsfreies Saatgut verwenden. Keine übermäßige Düngung. Infektionen erfolgen über Stomata und Wunden. Ernte nur bei abgetrockneten Knickstellen der Schalotten und bei trockenem Wetter. Mechanische Verletzungen vor oder bei der Ernte vermeiden. Kranke Zwiebeln keinesfalls einlagern. Trocknung im Lager bei mindestens 25 °C.

☐ April bis Ernte - Auf dem Zwiebellaub zahlreiche, längliche bis runde, gelblichweiße bis silbriggraue, leicht eingesunkene Flecke von 1-5 mm Durchmesser, ähnliche Symptome wie bei Thrips-Befall, bei feuchter Witterung rasch zunehmend. Bei Sonnenschein und hohen Temperaturen hellbraune Verfärbung des Laubes und nachfolgendes Absterben.

○ **Botrytis-Blattfleckenkrankheit** (*Botrytis squamosa* Walker)

△ Von den Sklerotien an der Oberfläche werden ab April Sporen ausgeschleudert und lösen bei Temperaturen zwischen 12 und 25 °C und 6 bis 12 Stunden zusammenhängende Blattnässe Infektionen aus. Befall meist ausgehend von Winterzwiebelbeständen. Weitgestellte Fruchtfolge. Bestandesdichte verringern. Spritzbehandlungen mit *Dichlofluanid*. Beratung durch die Pflanzenschutzdienststelle anfordern.

☐ Juni bis Ernte - Im wesentlichen an Winterzwiebeln. Abwelken der Pflanzen, Wurzeln und untere Pflanzenteile mit mehlartigem Überzug. Zwiebeln faulen, vor allem bei Lagerung.

○ **Mehlkrankheit** (*Sclerotium cepivorum* Berk)

△ Weitgestellte Fruchtfolge, mindestens 8 Jahre keine Zwiebeln anbauen, nasse Standorte vermeiden. Anfälligkeitsunterschiede der Sorten beachten. Vorsicht mit Stickstoffgaben, Boden bis pH 6,5 aufkalken. Frühzeitige Entfernung kranker Pflanzen, Putzabfälle befallener Bestände nicht auf Anbauflächen ausbringen, Verlesen vor Einlagerung.

☐ Juni bis Ernte - Verdickungen und Verkrümmungen an den Blättern von Sämlingen, bei starkem Befall auch Absterben vor dem 2-Blattstadium. Bildung von schwammigem und verdicktem Gewebe im Wurzelhalsbereich, ähnlich der Mehlkrankheit, jedoch kein mehlartiger Überzug oder Sklerotien vorhanden, gedrungener Wuchs, Fäulnis im Wurzelhalsbereich bei Säzwiebeln, Zwiewuchsbildung, herdartiges Auftreten, selten in Trockenjahren.

○ **Stengelnematoden** (*Ditylenchus dipsaci*)

△ Übertragung mit dem Saatgut möglich, daher nur einwandfreie Herkünfte verwenden, Befallsflächen sind auf Jahrzehnte verseucht, da manche Populationen der Erreger sehr polyphag sind. Es existieren jedoch auch hochspezialisierte Populationen mit unterschiedlichen, eng begrenzten Wirtskreisen. Zu dieser Thematik und den Schlußfolgerungen hinsichtlich der Bekämpfung Pflanzenschutzdienststelle um Rat fragen.

☐ Sommer - Silbrigweiße Saugstellen und schwarze, kleine Kotflecke an den Blättern, vor allem bei extremer Trockenheit und Wärme in Massen.

○ **Blasenfuß, Thrips** (*Thrips tabaci* Lind.)

△ Befallskontrolle von jeweils 10 Pflanzen an 5 Kontrollpunkten je Feld. Nach vorläufigen Versuchsergebnissen liegt die Bekämpfungsschwelle bei 25 bis 50 % befallener Pflanzen. Anwendung von Insektiziden gegen saugende Insekten an Zwiebeln wie *Deltamethrin* und

Dimethoat, auch gegen Zwiebelminierfliege und Lauchmotte. Erste Versuche zur Bekämpfung durch Saatgutinkrustierung mit systemischen Insektiziden sind erfolgreich.

☐ Mai bis Sept. - Streifiger "Fensterfraß" an Blättern, Blatthaut bleibt erhalten. Im Inneren fressen bis 12 mm lange, grüngelbe Raupen. Bei Lauch leben die Raupen vor allem in der Herzblattregion und fressen hier Gänge.
O **Lauchmotte** (*Acrolepiopsis assectella* Zell.)
△ Nähere Angaben zur Bekämpfung der Lauchmotte siehe weiter oben unter "Porree".

☐ Mai bis Juli - Blätter vergilben, in den Zwiebeln bis 10 mm lange, weißliche Maden. Herzblätter am Grunde erweicht, faulend, lassen sich leicht herausziehen. Bei Zwiebelaussaaten häufig reihenweise Umfallen der Pflanzen. 2 bis 3 Generationen, auch an Porree oft starke Schäden möglich.
O **Zwiebelfliege** (*Delia antiqua* Meig.)
△ Anwendung von Kulturschutznetzen, soweit diese aus kulturtechnischen und wirtschaftlichen Überlegungen infrage kommen (näheres siehe unter "Gemüsebau - allgemein"). Auch wirksam, wenn Fliegen unter dem Netz schlüpfen, da sie vor der Eiablage einen Reifefraß durch Aufnahme von Pollen und Nektar benötigen.
Wegen der Möglichkeit der Rückstandsbildung insbesondere bei Bundzwiebeln nach Zulässigkeit der Verfahren befragen. Wirksam sind:
Flächenbehandlung:
Streuverfahren: Ausstreuen von Granulaten gegen Zwiebelfliege wie *Chlorfenvinphos* vor, mit oder nach der Saat bis unmittelbar nach dem Auflaufen als Flächenbehandlung, bei Bandbehandlung Aufwandmenge entsprechend reduzieren. *Chlorpyrifos* über die Saatreihen streuen und mit Erde abdecken.
Spritzverfahren: *Chlorfenvinphos* bei oder sofort nach der Saat als Bandbehandlung spritzen.
Nur eine *Chlorfenvinphos*-Anwendung während der Kultur zulässig.
Gießverfahren für Kleinflächen: Zur Zeit sind keine Gießanwendungen ausgewiesen. Sonderberatung durch Pflanzenschutzdienststelle anfordern. Siehe auch "Pflanzenschutzmittelübersicht - Insektizide im Gemüsebau".

☐ Mai bis Ernte - Im Winterzwiebelanbau und bei Steckzwiebeln im Frühjahr im Mai etwa 1 mm große weiße Flecken reihenartig an den Schlottenspitzen, später teilweise unterbrochene Minengänge in Richtung Wurzel. Im Inneren bis zu 5 mm lange, weiße Maden. Minengänge auch in den äußeren Zwiebelschalen und Aufplatzen bei starkem Wachstum. Im unteren Teil der Zwiebel braune Puppen.
O **Lauchminierfliege** (*Napomyza gymnostoma* Loew.)
△ Ab Sichtbarwerden der Saugflecken im Frühjahr (1. Generation) und ab September (2. Generation) Spritzbehandlungen mit geeigneten Mitteln (siehe unter Lauchmotte an Porree und Zwiebelminierfliege). Beratung durch Pflanzenschutzdienststelle anfordern.

☐ Mai bis Ernte - Unregelmäßige, kleine, weißliche Flecke oder feine weiße Linien auf den Schlotten, letztere werden bei stärkerem Befall grau, vertrocknen und faulen ab. Unter der Blattoberhaut minieren kleine Maden.
O **Zwiebelminierfliege** (*Phytobia cepae* Hendel)
△ In den vergangenen Jahren nur sehr selten aufgetreten. Mitte Mai, bei Erscheinen der ersten weißen Flecke, spritzen mit Mitteln wie *Dimethoat* oder *Deltamethrin*. Wiederholung

der Behandlung nach 14 Tagen. Von diesem Präparat werden vorhandene Blasenfüße miterfaßt.

☐ Mai bis Juli - Fensterfraß von innen an den Schlotten, kein Fraß an den Herzblättern, verursacht durch Larve mit brauner Kopfkapsel ohne Behaarung, keine Gespinstbildung.
 ○ **Zwiebelrüsselkäfer** (*Ceutorrhynchus suturalis*)
 △ Bekämpfung nur selten lohnend, Spritzbehandlungen mit Insektiziden gegen beißende Insekten an Zwiebeln.

Siehe auch ergänzend weiter oben: **Papierfleckenkrankheit** unter Schnittlauch, Porree.

2.2.38   Gemüselagerung

Jede Gemüseart benötigt spezielle Lagerungsmethoden*

Lagermethode / Gemüseart	Primitivlager Einschlag/Miete Durchschn. Lagerzeit in Tagen	Normallager Kohlscheune bei Temp.	Lagerzeit in Tagen	Kühllager Temp °C	Rel. Luftf. in %	max. Zeit i. Tg.	CA-Lager Temp °C	CO₂ %	O₂ %	max. Zeit i.Tg.
Blumenkohl	-	-	-	0-1	95-98	21	1	5	3	42
Brokkoli	-	-	-	0-1	95-98	14	1	5	3	28
Chinakohl	-	0-1	40	0-1	95-98	90	1	3-5	1-2	120
Grünkohl	-	-	-	-2-0	95-98	90	-	-	-	-
Kohlrabi ohne Laub	60	2-5	60	0	95-98	120	0-1	5	3	120
mit Laub	-	-	-	0	95-98	14	0-1	5	3	21
Rotkohl	70	1-2	90	0-1	95-98	180	0-1	5	2	200
Weißkohl	70	1-2	90	0-1	95-98	180	0-1	5	2	200
Möhren	80	3	70	0,5	95-98	150	1	4	3	170
Porree	60	0-3	45	-1-0	95-98	80	0-1	6	10	90
Rosenkohl	-	-		-2-0	95	50	0-1	4	4	60
Rote Rüben	60	1-2	70	-	95	-	-	-	-	-
Sellerieknollen	90	1-2	120	0-1	95	180	-	-	-	-
Wirsing	-	1-2	90	0,5-0	95	120	0-1	4	2	120
Zwiebeln (Lager-)	-	1-2	120	0	75-80	180	-	-	-	-

Die Spalte „Mit kontrollierter Atmosphäre (CA-Lager)" bezieht sich auf Luftf. 95 %.

* bearbeitet von Frau I. Stroop

2.3   Obstbau

2.3.1   An mehreren Obstarten

Hinweise zur chemischen Unkrautbekämpfung siehe "Pflanzenschutzmittelübersicht - Herbizide im Obstbau".

An Wurzeln

☐ G. Jahr - Wurzeln, selbst dickere, stark benagt oder abgefressen, deutliche Spuren von Nagezähnen am Holz. Vergilben und späteres Vertrocknen der Blätter, Bäume verkümmern. Junge Bäume locker im Boden, zuweilen herausziehbar.

○ **Wühlmaus, Mollmaus, Schermaus** (*Arvicola terrestris* L.)

Δ In gefährdeten Lagen Wurzelkörper von Jungbäumen bei bevorzugt befressenen Unterlagen durch 3/4-zöllige verzinkte Maschendrahtumhüllungen schützen. Bekämpfung durch gebrauchsfertige Giftköder oder Begasungsmittel gegen Wühlmäuse (unter Berücksichtigung der gesetzlichen Vorschriften). Fallen sind vor allem im Herbst und Winter wirksam, sonst Giftköder oder Giftkörner. Begasungsgeräte zum Einleiten von giftigem Kohlenmonoxid oder dem weniger gefährlichen Kohlendioxid in die Wühlmausgänge oder Einsatz eines Wühlmauspfluges vor allem bei großflächiger Bekämpfung zweckmäßig. Beratung durch Pflanzenschutzdienststelle anfordern. Weitere Angaben zur Wühlmaus siehe "Ackerbau, allgemein".

☐ G. Jahr - Bäume aller Altersstufen am Wurzelhals im Bereich der Bodenoberfläche an der Rinde befressen; mitunter vollständig geringelt. Bäume kümmern oder sterben unter Vertrocknen nach dem Austrieb ab.

○ **Feldmaus** (*Microtus arvalis* Pall. u. andere Arten)

Δ Als vorbeugende Maßnahme die Stammbasis frei von Unkraut- und Graswuchs halten. *Zinkphosphid*-Giftgetreide mittels Legeflinten in die Gänge ablegen; offenes Auslegen ist verboten. *Chlorphacinon*-haltige Köder können auch frei ausgestreut werden.

☐ G. Jahr - An jungen Bäumen dünne Wurzeln abgefressen, stärkere entrindet, vor allem in Baumschulen. In Erdbeeranlagen Absterben einzelner Pflanzen, Wurzeln abgebissen. Im Boden 6-beinige, gelbweiße, gekrümmte Larven mit hellbrauner Kopfkapsel.

○ **Engerlinge** (*Melolontha*-Arten, *Amphymallon solstitialis*, *Phylloperta horticola*)

△ Intensive Bodenbearbeitung, Verschiebung von Pflanzterminen in den Herbst; Bodenabdeckung mit engmaschigen Kunststoffnetzen, um die Eiablage zu verhindern. Versuchsweise Einsatz von *Beauveria brongniartii*.

An Stämmen und Ästen

☐ G. Jahr - Im Herbst am Stammgrund braun-gelbliche Hutpilze, im Boden wurzelartige Stränge; zwischen Rinde und Holzkörper starkes, weißliches Pilzgeflecht. Baum stirbt mehr oder weniger schnell ab.

○ **Hallimasch** (*Armillaria mellea* K.)

△ Roden befallener Bäume, möglichst mit Wurzelwerk, dies dann sofort verbrennen. Neupflanzungen erst nach mehreren Jahren zu empfehlen. Muß bald nachgepflanzt werden, so kann das Pflanzloch im Frühjahr mit 1,50 m Durchmesser und 50 cm Tiefe ausgehoben werden. Die Erde austauschen oder dämpfen. Beratung durch den Pflanzenschutzdienst anfordern.

☐ G. Jahr - Große Fruchtkörper von Pilzen an Stamm oder Ästen, oft konsolen- oder feuerschwammartig. Die Bäume oder Sträucher kümmern.

○ **Porlinge** (*Polyporus*-Arten) **und andere Holzschwämme**

△ Vermeiden von Verwundungen, Wundpflege, Glätten der Schnittwunden und sofortiges Verstreichen mit einem Wundverschlußmittel (siehe "Pflanzenschutzmittelübersicht - Fungizide im Obstbau"). Stärker befallene Stämme und Beerensträucher sind nicht zu retten.

☐ G. Jahr - Rinde geschält, in Streifen abgerissen oder abgenagt, Spuren von Zähnen. An Jungbäumen und Buschobst Knospenanlagen abgefressen.

○ **Wild** (oder **Weidevieh**)

△ Anlegen von Maschendrahthosen um die Stämmchen. Anwendung eines Mittels zur Verhütung von Wildschäden. Neuanpflanzungen mit 1 m hohem Maschendraht von höchstens 4 cm Maschenweite einzäunen. Der Maschendraht gegen Kaninchen sollte 40 cm in den Boden gehen und sowohl unter- wie oberhalb der Erde etwa 10 cm nach außen gebogen sein, um Unterwühlen oder Überspringen zu verhindern. Schnittholz liegen lassen als

Ablenkfutter für Hasen und Kaninchen. - Gegen **Wildverbiß** durch **Hasen, Kaninchen** und **Rehwild** vorschriftsmäßige Anwendung von Wildverbißmitteln siehe "Pflanzenschutzmittelübersicht - Verhütung von Wildschäden und Vogelfraß". Besondere Zulassungsbeschränkungen beachten, da in **Erdbeeren** nur *Arbin* und *Kornitol* eine Zulassung haben.

☐ G. Jahr - Bäume kümmern oder sterben ab, oft zunächst einzelne Äste. Rinde mit zahlreichen, etwa 2 mm großen Löchern, bei Steinobst daraus Gummifluß. Unter der Rinde Fraßgänge: größerer Muttergang, strahlenförmige Larvengänge mit weißlichen, beinlosen Larven oder Puppen. Besonders gefährdet sind frisch verpflanzte, bereits geschädigte oder unter Wassermangel leidende Bäume.

  ○ **Obstbaumsplintkäfer** (*Scolytus mali* Bechst., *Sc. rugulosus* Ratz.)

  △ Stärker befallene Äste oder Bäume verbrennen. Wichtig ist Baumhygiene: tote oder absterbende Zweige herausschneiden, Schnittholz nicht liegen lassen. Eine punktuelle Behandlung mit *Deltamethrin* zur Zeit des Reifungsfraßes der Käfer kann den Befall reduzieren.

☐ G. Jahr - Wie Obstbaumsplintkäfer, aber Bohrlöcher weniger zahlreich, teilweise mit Bohrmehlpfropf. Bohrgang geht tief ins Holz und folgt hier einem Jahresring, senkrecht nach oben und unten weitere Gänge abzweigend. Befällt vorrangig geschwächte Bäume.

  ○ **Holzbohrer** (*Xyleborus dispar* Fbr., *X. saxeseni* Ratz.)

  △ Wie bei Obstbaumsplintkäfer (oben). Die Weibchen fliegen, sobald im Frühjahr 20 °C erreicht werden, Abfangen mit *Alkohol*-Fallen möglich. Nähere Einzelheiten durch Pflanzenschutzdienststelle.

☐ G. Jahr - In Anschwellungen der Verwachsungszone oder Überwallungswülsten von Wunden fressen zahlreiche Raupen in Rinde und Kambium. An den Gangöffnungen von Gespinst zusammengehaltene Kotbröckchen. Bei Kirsche und Pflaume Gummifluß. Befall besonders stark an Süßkirsche.

  ○ **Rindenwickler** (*Enarmonia formosana* Scop.)

  △ Ausschneiden der Wundstellen und sorgfältiges Verstreichen mit einem Wundverschlußmittel (siehe "Pflanzenschutzmittelübersicht - Fungizide im Obstbau"). Regelmäßige Wundpflege, da an Verletzungen der Rinde meist die ersten Befallsherde und danach ständig Neubefall entstehen. Freihalten der Baumscheiben von Unkrautbewuchs.

☐ G. Jahr - Wachstumsstockungen, verschieden geformte, höcker-, plättchen-, napf- oder kommaförmige Schildchen auf der Rinde, sich manchmal zu grauen Krusten verdichtend.

Im Frühjahr und Sommer klebriger Honigtau, anschließend schwarzer Rußtau an Blättern und Trieben, daran zahlreiche Ameisen. Alttiere meist unbeweglich. Junglarven wandern dagegen oft weit, was ihre Verschleppung sehr begünstigt.

○ **Schildläuse** (*Coccoidea*)

△ Austriebspritzungen mit *Mineralöl*-Präparaten. Im Sommer gegen Schildlauslarven auch Einsatz von Mitteln gegen Schildläuse wie *Dimethoat*, *Mineralöl*, *Propoxur*. Beratung durch Pflanzenschutzdienststelle anfordern!

☐ G. Jahr - Zahlreiche gedeckelte Schildläuse an Stämmen, Ästen und Zweigen, schnell fortschreitende Verkrustung. Rinde schließlich wie mit Asche bestäubt, bedeckt von grauweißen oder schwärzlichen Schilden. Später Massenauftreten gelber, lebhaft wandernder Junglarven auf Zweigen, Blättern und Früchten, während des Sommers oft Massenansammlung in Astwinkeln. Früchte vor allem an Kelch- und Stielgrube besiedelt. Befallene Holzteile sind bei Kernobst im Anschnitt rot, auch an Früchten von Kernobst, Pfirsich und Aprikosen rote Flecke. Schilde etwa 2 mm Durchmesser, entweder rund (Weibchen) oder länglich oval (Männchen).

○ **San-José Schildlaus** (*Quadraspidiotus perniciosus* Comst.)

△ Einsatz der Schlupfwespe *Prospaltella perniciosi*. Anwendung von Mitteln wie bei "Schildläusen" angegeben.

An Trieben

☐ Sommer - Triebe sterben ab, darunter starke Verzweigung, meist an Apfel.

○ **Kupfermangel**

△ Kupferzufuhr auf Grund des Ergebnisses einer Bodenuntersuchung bei einer Landwirtschaftlichen Untersuchungs- und Forschungsanstalt (LUFA).

☐ April bis Mai - Blüten des Steinobstes welken und vertrocknen plötzlich, bleiben noch lange an den Trieben hängen (Sauerkirschen). Triebe sterben mit Blättern ab und verdorren, vor allem bei Sauerkirschen und Aprikosen. An "spitzendürren" Zweigen graue Sporenlager. Das Absterben der Blütenbüschel tritt gelegentlich auch an Kernobst, z. B. anfälligen Apfelsorten, auf.

○ **Spitzendürre** (*Monilinia*-Arten)

△ Verdorrende Teile unmittelbar nach der Blüte herausschneiden oder Ende des Winters strenger Rückschnitt spitzendürrer Zweige bis ins gesunde Holz, vor allem an Sauerkirschen. An Kirschen, besonders Sauerkirschen, vor allem bei feuchtem Wetter Spritzungen mit nicht bienengefährlichen Fungiziden bei Blühbeginn und während der Blüte, maximal dreimal beispielsweise mit *Bitertanol* oder *Triforin*.

An Blatt- und Blütenknospen

☐ Februar bis April - Blatt- und Blütenknospen öffnen sich nicht. Sie sind versponnen und enthalten meist rotbraune oder graugrüne kleine Raupen.
   ○ **Knospenwickler** (*Spilonota ocellana* (Fbr.), *Hedya nubiferana* Haw.)
   △ Die gegen andere Raupen wirksamen Bakterienpräparate auf der Basis *Bacillus thuringiensis* haben sich auch gegen Knospenwickler bewährt.

☐ April - Knospen befressen, später Blattfraß, besonders in Baumschulen.
   ○ **Rüsselkäfer, vor allem Schmalbauch** (*Phyllobius oblongus* L.)
   △ Bei starkem Befall in Junganlagen Spritzung mit einem Insektizid gegen beißende Insekten.

☐ Nov. bis März - Knospen ausgehöhlt oder abgebissen, oft in Massen unter den Obstbäumen und Beerensträuchern (Johannisbeeren) liegend.
   ○ **Vögel,** vor allem **Dompfaff** und **Grünfink,** manchmal **Star, Amsel**
   △ Eine dauerhaft wirksame Abschreckung von Vögeln ist nicht möglich. Das sogenannte "Weißspritzen" der Bäume und Sträucher mit dem "Schweizer Kalk-Leim-Gemisch" (15 kg Branntkalk und 6 kg angesetztem Tapetenkleister für 100 l Wasser) sollte erst bei Beginn von Fraßschäden erfolgen, um den "Überraschungseffekt" zu nutzen. Knallscheuchen wie *Knallschreck Purivox* (Purus) helfen kurze Zeit. Büsche und Bäume zeitweise durch Netze (Starenschutznetze) sichern. Versuche zur Vertreibung von Amseln, Staren und Wacholderdrosseln mit Lautsprecheranlagen (Angstschreie, Warnrufe) ergaben sehr unterschiedliche Erfolge. Besser ist das teure, in der Schweiz entwickelte Bächli-System, bei dem ein Elektromotor in gefährdeten Weinbergen und Obstanlagen zwischen den Rebzeilen oder Baumreihen Seile mit bunten Bändern bewegt. Näheres Pflanzenschutzdienst! **Abschuß von Singvögeln ist verboten!** Unter bestimmten Bedingungen kann die Untere Naturschutzbehörde Ausnahmen genehmigen.

An Blättern und Blüten

☐ Frühjahr - Blätter gekräuselt, Blüten mit schwarz verfärbten Narben und Staubbeuteln, Früchte mit verkorktem Ring oder tiefen Rissen am Kelch.
   ○ **Frostschaden**
   △ Frostschutzberegnung nach Beratung durch Auskunftsstellen für Frostschutzfragen oder Pflanzenschutzdienst. Frostwarnungen für den Obstbau beachten!

☐ G. Veg. - Blätter mit mattem, weißlichem, bleiartig metallischem Glanz. Im Holzkörper braune Verfärbungen, vor allem an Jungbäumen von Sauerkirsche, Pflaume und Pfirsich, aber auch an Kernobst.
   ○ **Bleiglanz** (*Stereum purpureum* [Person] Fries); zuweilen auch nicht parasitär, sondern physiologisch bedingte Ursache
   △ Fällen und sofortiges Verbrennen befallener Bäume, sofern durch Pilz verursacht; bei schwachem Befall Rückschnitt kranker Äste. Erforderliche Schnittmaßnahmen in gefährde-

ten Anlagen **nicht** während der Vegetationsruhe, sondern im Sommer nach der Ernte durchführen. Kontrolle auf Eisen- und Manganmangel durch Bodenuntersuchung.

☐ Sommer - An den Blättern der Triebbasis von Langtrieben absterbende, braun verfärbte Partien zwischen den Blattnerven. Später Auftreten dieser Symptome auch mehr zur Triebspitze hin, vorzeitiger Blattfall.
  O **Magnesiummangel**
  △ Bodenuntersuchung durch eine Landwirtschaftliche Untersuchungs- und Forschungsanstalt (LUFA). Bei akutem Magnesiummangel im Mai/Juni 3- bis 5mal mit 1- bis 2%iger Magnesiumsulfatlösung spritzen, jeweils **nachfolgend** Harnstoff- oder Blattdüngerspritzung.

☐ Sommer - Die Blätter werden zwischen den Blattadern gelb, längs der Adern bleibt längere Zeit eine grüne Zone erhalten.
  O **Manganmangel**
  △ Manganzufuhr auf Grund des Ergebnisses einer Bodenuntersuchung.

☐ Sommer - Blätter klein, Blattränder absterbend (Blattrandnekrosen). Holzentwicklung mangelhaft.
  O **Kaliummangel**
  △ Kalizufuhr auf Grund des Ergebnisses einer Bodenuntersuchung.

☐ Sommer - Blätter gelb verfärbt, die Blattadern bleiben zunächst grün.
  O **Chlorose** (Eisen-, seltener auch Mangan-, Magnesium- und Zinkmangel)
  △ Oft Kalküberschuß, daher zunächst Bodenuntersuchung; aufgrund des Ergebnisses angemessene Zufuhr der Mangelelemente. Bodenverbesserung.

☐ Sommer - Chlorosen. Blätter klein, schmal, gelb mit grünen Adern, Triebwachstum stockt, Bildung dichter Blattrosetten.
  O **Zinkmangel**
  △ Zinkzufuhr auf Grund des Ergebnisses einer Bodenuntersuchung.

☐ G. Veg. - Schwarze Überzüge auf Blättern, zahlreiche Schild- oder Blattläuse oder auch Blattsauger. Zweige und Blätter sind klebrig (Honigtau).
  O **Rußtau** (*Apiosporium*-Arten)
  △ Rußtau entsteht durch Ansiedlung von Schwärzepilzen auf zuckerhaltigen Ausscheidungen von saftsaugenden Insekten (Blattläuse, Blattsauger, Schildläuse, Zikaden und Mottenschildläuse) und wird nach deren Bekämpfung bei stärkerem Regen allmählich wieder abgewaschen.

☐ G. Veg. - Blätter bleich gescheckt, später bronzeartige Verfärbung und Vergilben. Blattunterseits feine Spinnfäden, dazwischen kleine, gelbliche, grünliche oder rote Milben, Eier, Häutungsreste und Kot. Im Winter zahlreiche, winzige, rote Eier in Zweiggabeln (Obstbaumspinnmilbe). Vor allem an Apfel, Pflaume, Zwetschge, Pfirsich, auch an Beerenobst sowie wild wachsenden Bäumen, Sträuchern und Kräutern.
  O **Spinnmilben** (*Panonychus ulmi* Koch, *Tetranychus urticae* Koch und andere Arten)
  △ Kritische Befallszahl (Schadensschwelle!): Im Winter 2000 Wintereier auf 2 m Fruchtholz. Nach der Blüte: von 100 Blättern 60-70 befallen. Ab Mitte Juli 30-40 % befallene

Blätter. Bevorzugung der die Spinnmilbenvermehrung einschränkenden Fungizide bei der Bekämpfung von Pilzkrankheiten im Frühjahr und Sommer, beispielsweise *Schwefel*, *Triforin* und anderen. Bei starkem Befall Sonderspritzung z. B. mit *Amitraz*, *Clofentezin*, *Fenpyroximat*, *Hexythiazox* oder anderen Akariziden.

Einige Insektizide wirken auch gleichzeitig gegen Spinnmilben. Eine relativ kurze Wartezeit (siehe "Pflanzenschutzmittelübersicht - Bekämpfung von Milben") hat besonders bei Stein- und Beerenobst Bedeutung.

☐ G. Veg. - Blätter verkrüppelt, gerollt, verfärbt, mit klebrigem Honigtau bedeckt, auf diesem später schwarzer Rußtau. Zahlreiche, durch den süßen Honigtau angelockte Ameisen. Triebe im Wachstum gestört. Im Winter besonders an Fruchtholz und Triebspitzen glänzende (oder grau bepuderte) schwarze Eier, an Apfel oft in sehr großer Zahl nebeneinander.

○ **Blattläuse** (*Aphididae*)

Δ Im Frühjahr und Sommer gezielte Anwendung von Insektiziden, die gegen saugende oder saugende und beißende Insekten ausgewiesen sind. Präparate siehe "Pflanzenschutzmittelübersicht - Insektizide im Ostbau". Kritische Befallszahlen (Schadensschwellen): Vor der Blüte: Grüne Apfelblattlaus, von 100 Blütenbüscheln 15 befallen; Mehlige Apfelblattlaus, von 100 Blütenbüscheln 2 befallen - Nach der Blüte: Grüne Apfelblattlaus, auf 100 Langtrieben 5-10 Kolonien; Mehlige Apfelblattlaus, auf 100 Langtrieben 1-3 Kolonien.

☐ Mai bis Sept. - Auf Obstbäumen sowie Laubholz und Sträuchern aller Art ab Mai in zwei Generationen etwa 35 mm lange, gelbliche Raupen mit schwarzen Warzen, auf denen weiße und schwarze Haare stehen, und schwarzgrauer Rückenzeichnung. Große Gespinste zwischen den Blättern. Auftreten meist in größerer Zahl. Fraß zunächst gesellig, ausgewachsene Raupen verteilen sich, fressen einzeln. Da sie sehr beweglich sind, schnelle Ausbreitung. Verpuppung in Schlupfwinkeln aller Art, an Rinde und am Boden. Puppe graubraun, 20 mm lang, in Gespinst. Puppe der zweiten Generation überwintert. Schmetterling ab Mai, reinweiß oder weiß mit zahlreichen kleinen schwarzen Punkten. Flügelspannweite 30 mm. Eiablage in Platten von 200 bis 600 an Blättern, Zweigen. Eier grünlich, die Eiruhe dauert etwa 2 Wochen.

○ **Weißer Bärenspinner** (*Hyphantria cunea* Dru.)

Δ Gefährlicher, aus Amerika nach Ungarn eingeschleppter Schädling, bereits über Ungarn, Bosnien-Herzegowina, Slowenien, Jugoslawien, Tschechische Republik, Polen, Frankreich, Italien und Österreich verbreitet. Für warme Gebiete Süddeutschlands bedrohlich. Auftreten sofort zuständiger Pflanzenschutzdienststelle melden, auch in Verdachtsfällen. Bekämpfung mit Insektiziden gegen beißende Insekten nach Anweisung; auch bei Befallsverdacht niemals selbständig bekämpfen.

☐ April bis Juni - Blätter und Blüten zusammengesponnen und befressen, zwischen ihnen grüne (Kleiner Frostspanner) oder braune, gelb gezeichnete (Großer Frostspanner), sich "spannend" fortbewegende Raupen mit nur 1 Paar Bauchfüßen. Auch Früchte angefressen und dann verkrüppelnd. Kirschen oft löffelartig ausgehöhlt. Im Oktober erscheinen die Falter. Männchen flugfähig, Weibchen nicht flugfähig, kriecht in die Baumkrone, legt Eier an Spitzenzweige ab. Raupenfraß auch an anderem Laubholz oft stark, aber nicht an Pfirsich.
  O **Frostspanner** (*Operophthera brumata* L., *Erannis defoliaria* Cl.)
  Δ Kritische Befallszahl (Schadensschwelle): Vor der Blüte 10-15 Räupchen auf 100 Blütenbüschel. In kleineren Gärten und an Straßenbäumen spätestens in der ersten Oktoberhälfte Anlegen von Raupenleimringen lohnend. Bei gleichzeitig starkem Befall anderer überwinternder Schädlinge (Astprobenkontrollen!) evtl. Austriebspritzung im Frühjahr. Bei überraschendem Befall nach Austrieb der Bäume Spritzung gegen die Raupen mit Insektiziden gegen beißende Insekten siehe "Pflanzenschutzmittelübersicht - Insektizide im Obstbau". Gegen Frostspannerraupen haben sich auch die Bakterienpräparate auf der Basis von *Bacillus thuringiensis* bewährt.

☐ G. Veg. - Blätter mit braunen Stichflecken, Auftreibungen oder Löchern, vor allem längs der Hauptader. Früchte klein, mehr oder weniger beulig.
  O **Blattwanzen** (*Lygus pabulinus* L., *Plesiocoris rugicollis* Fall.)
  Δ In Befallslagen Zusatz von Insektiziden, beispielsweise *Deltamethrin* bei der Vorblütespritzung.

☐ G. Veg. - Grau-grünliche oder rötlich-braune, bei Berührung rückwärts kriechende 1-2 cm lange Raupen mit 4 Paar Bauchfüßen fressen in zusammengesponnenen Knospen, Blättern, Trieben. Meist in mehreren Generationen auftretend.
  O **Wicklerraupen** (*Tortricidae*)
  Δ Gründliche Spritzung mit Insektiziden gegen beißende Insekten siehe "Pflanzenschutzmittelübersicht - Insektizide im Obstbau".

☐ G. Veg. - Blattgrün stellenweise ausgefressen, Blattober- und -unterhaut jedoch unversehrt, verschieden geformte helle Stellen, die sog. "Minen".
  O **Minierraupen** (*Lyonetia*-, *Leucoptera*-, *Lithocolletis*-, *Stigmella*-Arten)
  Δ Bei stärkerem Befall sorgfältige Spritzung mit *Diflubenzuron*. Bäume gut benetzen.

☐ April bis Juni - An Apfel, Zwetschge, Weißdorn, Schlehe, Pfaffenhütchen. Große Gespinstnester mit zahlreichen, hellgrau-gelben, mit schwarzen Punkten gezeichneten, lebhaften, bis 15 mm langen Raupen oder spindelförmigen, hängemattenähnlich an Fäden verankerten Puppenkokons.
  O **Gespinstmotten** (*Yponomeuta*-Arten)
  Δ Frühjahrsbekämpfung mit Insektiziden gegen beißende Insekten siehe "Pflanzenschutzmittelübersicht - Insektizide im Obstbau". Auf Befall an benachbarten Weißdorn- oder Schlehenhecken achten.

☐ April bis Mai - Im Winter "große" Raupennester als versponnene, faustdicke Klumpen mit einbezogenen dürren Blättern in den Baumkronen. In den Nestern graubraune Raupen, welche im Frühjahr hervorkommen und gierig fressen. Erwachsene Raupe etwa 30 mm lang, braun behaart. Schmetterling weiß mit gelbbraunem Afterbusch. Eiablage in haarbedeckten Gelegen ("kleine" Eierschwämme). Periodisch in Massen auftretend, dann Bekämpfung in Städten und Parks (Belästigung von Passanten durch Juckreiz verursachende, von den Bäumen herabfallende Raupenhaare!) unerläßlich.

O **Goldafter** (*Euproctis chrysorrhoea* L.)

△ Ausschneiden der Raupennester bei der winterlichen Baumpflege. Raupen widerstandsfähig, daher *Dimethoat* oder andere organische Phosphorverbindungen oder das nicht bienengefährliche *Phosalon* oder das ebenfalls bewährte, allerdings bienengefährliche *Propoxur* verwenden. An blühenden Straßen- und Parkbäumen **nur** nicht bienengefährliche Präparate wie *Phosalon* oder ein Präparat auf der Basis von *Bacillus thuringiensis*.

☐ April bis Juni - Im Winter harte, aus zahlreichen Eiern bestehende Eiringe an dünnen Zweigen. Im Frühjahr bunte Raupen, gesellig in Gespinsten in Astgabeln beisammensitzend ("Raupenspiegel"). Fraß vor allem nachts.

O **Ringelspinner** (*Malacosoma neustria* L.)

△ Im Rahmen des Möglichen Entfernung der Eigelege bei der winterlichen Baumpflege, sonst wie die oben genannten Raupenarten.

☐ Mai bis Juni - Blätter mehr oder weniger stark befressen, in Flugjahren gebietsweise Kahlfraß durch Massen von Maikäfern, meist an Waldrändern einsetzend, weniger auch durch die übrigen genannten Käferarten.

O **Feldmaikäfer** (*M. melolontha* L.) **Waldmaikäfer** (*M. hippocastani* F.)

O **Brachkäfer, Junikäfer** (*Amphimallon solstitialis* L.)

O **Gartenlaubkäfer** (*Phyllopertha horticola* L.)

△ Spritzen mit Insektiziden gegen beißende Insekten bei zu starkem Fraß. Siehe auch oben "An Wurzeln".

An Früchten

☐ Sommer - Fruchtschale durch feine aufgerauhte Verkorkungen "berostet".

O **Berostungen**

△ Vorbeugende Maßnahme ist die sorgfältige Auswahl der Pflanzenschutzmittel. Vorsicht bei Mischungen von Präparaten. Überprüfung des Wassers (Eisengehalt, mehr als 2 mg/l gefährlich), Wassertemperatur besonders bei warmem Wetter beachten, Höhe des Spritzdruckes bei Nachblütespritzungen sorgfältig prüfen. Über die Anwendung von Mitteln gegen Berostung Pflanzenschutzdienst befragen.

☐ Mai bis Ernte - An den Früchten braune Faulflecke mit graugelben, konzentrisch angeordneten Pilzpolstern. Früchte faulen und fallen ab oder bleiben als Fruchtmumien bis zum Frühjahr im Baum hängen. Bei Äpfeln werden Früchte zuweilen auch schwarz, lederartig (Schwarzfäule). Vor allem an Kernobst, bei Steinobst mehr an großfrüchtigen Pflaumen, Reneklöden und Pfirsichen; aber auch an Kirschen. Siehe auch unter "Spitzendürre".

O **Polsterschimmel, Monilia-Fruchtfäule** (*Monilinia*-Arten)

△ Infektion erfolgt von Fruchtmumien und spitzendürren Zweigen, daher strenger Rückschnitt spitzendürrer Zweige bis ins gesunde Holz, vor allem an Sauerkirschen. Vernichtung der Fruchtmumien bei der winterlichen Baumpflege. Bekämpfung von Schorf und Schadinsekten, welche durch Verletzung der Früchte den Befall bei Kernobst begünstigen. Manche gegen Apfelschorf verwendeten Fungizide schränken den Moniliabefall ein. Speziell gegen Monilia-Spitzendürre ausgewiesene Fungizide bei den besonders anfälligen Steinobstarten, vor allem Sauerkirschen: *Bitertanol* und *Triforin*.

☐ Mai bis Juni - Junge Früchte angefressen. Fraßstellen entweder vernarbend oder Frucht abfallend. An Kirschen Früchte löffelartig ausgehöhlt.
O **Frostspanner** (*Operophthera brumata* L., *Erannis defoliaria* Cl.)
Δ Nähere Einzelheiten siehe oben "An Blättern und Blüten".

☐ Mai bis Sept. - Früchte von beweglichen, gelben Jungläusen oder (später) kleinen grauen Schilden bedeckt, besonders in Kelch- und Stielgrube. Früchte kümmern, verkrüppeln meist. Bei Kernobst, Pfirsichen und Aprikosen rot umrandete Flecke um die Schildchen.
O **San-José-Schildlaus** (*Quadraspidiotus perniciosus* Comst.)
Δ Anwendung von gegen Schildläuse ausgewiesenen Austriebsspritzmitteln (siehe Abschnitt "An Stämmen und Ästen"), im Sommer vor allem Präparate, die auch gegen Obstmade und Raupen des Apfelschalenwicklers wirken. Beispiele für Mittel gegen Schildläuse, siehe "Pflanzenschutzmittelübersicht - Insektizide im Obstbau".

☐ Aug. bis Sept. - Reife Früchte angefressen, in der Regel durch Fäulnis verdorben.
O **Wespen** (*Vespula*-Arten)
Δ Bekämpfung zum Schutz der Früchte nicht möglich. Bei freihängenden oder in Gebäuden befindlichen Hornissen- oder Wespennestern (Sammlungsobjekt für Schulen!) Sonderberatung anfordern, z. B. bei den Auskunftstellen für Bienenkunde.

2.3.2   Kernobst

An Wurzeln

☐ G. Veg. - An dünnen Wurzeln kleine, glatte Knollen, an stärkeren und am Stammgrund warzige, verholzte Geschwülste und Wucherungen.
O **Wurzelkropf** (*Agrobacterium tumefaciens* [Smith and Townsend] Conn.)
Δ Keine Pflanzung kropfiger Jungbäume. Übertragung erfolgt durch die Erde. Auf verdächtigen Böden Steinobst bevorzugen, obwohl auch dieses befallen werden kann.

An Trieben

☐ G. Veg. - Blüten an vorjährigen Trieben entfalten sich nicht. Blütenstiele mit langen, braunen, nekrotischen Flecken, die später schwarz werden. Blüten sterben ab. Von hier Infektion der Kurztriebe, diese trocknen ein, Rinde reißt auf, Blattentwicklung unvollständig. An den Langtrieben streifige, schwärzliche Rindenverfärbung.
O **Bakterienbrand, Rindenbrand** (*Pseudomonas syringae* pv. *syringae* van Hall und P.s. pv. *morsprunorum* [Wormald] Young et al.)
Δ Sortenanfälligkeit unterschiedlich: Anfällige Apfelsorten z.B. 'Cox Orange', 'Goldparmäne', 'Klarapfel'; anfällige Birnensorten 'Alexander Lucas', 'Bosc's Flaschenbirne', 'Gellerts

Butterbirne', 'Williams Christ', 'Herzogin Elsa'. Sehr stark befallene Bäume sofort roden und verbrennen.

Chemische Bekämpfung zur Verhütung der Neuinfektion vor allem **in Baumschulen** wichtig: 3 Blattfallspritzungen und ergänzende Frühjahrsspritzungen vor und beim Austrieb mit Kupferpräparaten. Weiteres siehe unter "Steinobst".

An Blättern und Früchten

☐ Frühjahr, Sommer - Blätter braun bis schwärzlich, wirken wie verbrannt, fest an den meist umgebogenen absterbenden Triebspitzen sitzend. Geschwärzte Blüten und Fruchtmumien, bis zum Winter an den Zweigen hängend. Bäume sterben ab. Besonders anfällig alle Birnensorten, Nashi-Birnen und Quitten. Die Stärke des Befalls ist bei diesen Arten, wie auch beim Apfel, stark von der Witterung während der Blütezeit (feucht und warm) der einzelnen Sorten abhängig. Erster Befall oft an Weißdornhecken oder großblättrigen Cotoneaster-Arten, die besonders anfällig sind.

○ **Feuerbrand** (*Erwinia amylovora*, [Burr.], Winslow et. al.)

△ Gefährliche Krankheit der Obstbäume, von Insekten und Vögeln sowie durch infiziertes Baumschulmaterial leicht verschleppt! Sofortige Meldung an zuständige Pflanzenschutzdienststelle! Vorschriften der **Verordnung zur Bekämpfung der Feuerbrandkrankheit** in der neuesten Fassung beachten!

☐ G. Veg. - Im Frühjahr auf der Blattoberseite zarte, grünlichschwarze, fleckige Anflüge, später braune bis dunkle Flecke, bei Birne meist etwas früher als bei Apfel. Blätter sterben ab. An Früchten braunschwarze Flecke verschiedener Größe, nach starkem Befall reißt die Schale. Bei Spätbefall kleinere schwarze Flecke. An Birne, neuerdings auch häufiger bei manchen Apfelsorten wie 'Cox Orange', an Trieben grindige Stellen, Rinde blasig aufgetrieben, blättert ab. Frühzeitiger Laubfall. Weitere Schorf-Arten kommen an Pfirsich und Kirsche sowie anderen Laubhölzern vor.

○ **Schorf** (*Venturia*-Arten)

△ Spritzungen mit Mitteln gegen Schorf an Kernobst auf Grund von Warnmeldung des Pflanzenschutzdienstes (siehe "Pflanzenschutzmittelübersicht - Fungizide im Obstbau") bzw. anhand der Infektionsmeldungen des Schorfwarngerätes.

Wann erfolgt im Frühjahr eine Schorfinfektion?

Dann, wenn nach einem Asco-(Winter)sporenflug auslösenden Regen den auf die Blät-

ter gelangten Wintersporen eine bestimmte Zeit genügend Feuchtigkeit zur Keimung zur Verfügung steht, wobei gleichzeitig eine Mindesttemperatur herrschen muß. Man kann daher zur Beurteilung der Infektionsmöglichkeit nach Messung der Blattfeuchtedauer (Blattnaßschreiber, Schorfwarngerät) in der untenstehenden Tabelle ablesen, ob bei der gemessenen Temperatur die Blätter so lange feucht waren, wie es zur Keimung erforderlich ist. Vom Knospenaufbruch bis zum Stadium Grüne Knospe muß berücksichtigt werden, daß sich in den noch stark gefalteten Blättern die Feuchtigkeit länger hält, als der Blattnaßschreiber anzeigt. Warndienst beachten!

Schorf-Infektionstabelle nach Mills:

Durchschnittstemperatur in °C während der Blattfeuchtedauer	bis 5	6	7	8	9	10	11	12	13	14	16 bis 24	25
Dauer der Blattfeuchte in Stunden	über 48	25	20	17	15	14	12	11 1/2	10	11	9	11

An und in Früchten

☐ G. Veg. - Früchte kleinbleibend, verkrüppelnd, beulig, mit Stichflecken.

  O **Blattläuse, Blattsauger, Zikaden, Blattwanzen**

  Δ Nähere Einzelheiten über die Bekämpfung dieser saugenden Insekten siehe Abschnitt "An mehreren Obstarten".

☐ Juni bis Sept. - Früchte mit Fraßgang, aus diesem Kotaustritt, oft Blatt angesponnen, im Innern eine rötliche Raupe, die bis zum Kerngehäuse vordringt und dieses sowie die Kerne befrißt. Befallene Früchte fallen häufig ab. Gefährlicher Apfel- und Birnenschädling. Schmetterling fliegt ab Mai. Eiablage an junge Früchte oder in Fruchtnähe. Junge Raupe bohrt sich in die Frucht ein. Kotauswurf zeigt Befall an. Die erwachsene Raupe verläßt die Frucht und verspinnt sich unter Borkenschuppen. Verpuppung im Frühjahr. Im südlichen Mitteleuropa kommen häufiger zwei Generationen vor, im Norden Deutschlands jedoch nur in heißen Jahren als Ausnahme.

O **Obstmade, Apfelwickler** (*Laspeyresia pomonella* L.)
Δ Schadensschwelle 1-2 % Befall der Früchte. Zur Prognose des Flugbeginns und des Flughöhepunktes *Pheromonfallen* einsetzen. Wenn nicht mehr als 5-10 Falter pro Woche gefangen werden, besteht erfahrungsgemäß keine Gefahr für einen wirtschaftlichen Schaden. Beachten, daß die Fallen der verschiedenen Hersteller unterschiedlich fängig sind. Behandlung mit Mitteln gegen den Apfelwickler wie z.B. *Diflubenzuron*, *Fenoxycarb*, *Granuloseviren*, *Parathion-methyl* oder *Triflumuron*. Hinweise des Pflanzenschutzdienstes beachten! Bienenschutzverordnung beachten!
Verwirrungstechnik: Durch eine starke künstliche Pheromonwolke in der Apfelanlage wird die Kommunikation der männlichen und weiblichen Falter gestört. Dafür werden 400-500 Dispenser/ha verteilt, die gleichmäßig den weiblichen Sexuallockstoff abgeben. Die Männchen können die Weibchen infolge der hohen Pheromonkonzentration nicht mehr orten, so daß die Kopulation verhindert wird. Voraussetzungen für den Erfolg der Verwirrungstechnik sind eine möglichst große und isoliert liegende Anlage, frühe, gleichmäßige Verteilung der Dispenser und geringer Befallsdruck, d.h. max. 1-2 % Vorjahresbefall. Die Dispenser werden unter der Bezeichnung *RAK3+4* (Verwirrung von Apfelwickler und Schalenwickler) und *CheckMate* (Verwirrung des Apfelwicklers) angeboten. Spezialberatung beim Pflanzenschutzdienst anfordern.

☐ Frühjahr, Sommer - Beim Austrieb Fraß an Triebspitzen und Knospen, später Blattoberseiten skelettiert, Blätter an Früchte angesponnen, Früchte darunter durch graugrüne, 1,5 cm lange Raupe meist oberflächlich befressen.
O **Fruchtschalenwickler** (*Adoxophyes reticulana* Hbn.)
Δ Schadenschwelle!: Nach der Blüte 2-3 Räupchen auf 100 Früchten bzw. 5-10 % befallene Triebspitzen. Zur Bekämpfung des Fruchtschalenwicklers sind *Deltamethrin*, *Fenoxycarb* und *Parathion-methyl* zugelassen. Die Wirkstoffe sind bienengefährlich! Blühende Unkräuter unbedingt entfernen! Prognose des Falterflugs durch *Pheromonfallen.*

☐ Früchte zeigen (Durchschneiden) wäßrige, glasige Stellen im Fruchtfleisch.
O **Glasigkeit**
Δ Physiologische Störung. Ursache sind zuweilen zu hohe Temperaturen in Kombination mit schwachem Fruchtbehang und später Ernte.

Schäden an Lagerobst

☐ Sept. bis Mai - Fleckigwerden der gelagerten Früchte, Schale runzelig, Fäulniserscheinungen verschiedener Art, meist auch bitterer Geschmack.
O **Frucht- und Bitterfäulen** (Verschiedene Pilzarten)
Δ Nur völlig gesundes, unverletztes, sorgfältig geerntetes Obst ohne Druckstellen ist zur Einlagerung brauchbar. Fleckige, kranke, schädlingsbefallene, angefressene oder sonst beschädigte Früchte schon bei der Ernte auslesen und sofort verwerten oder vernichten. Die Wahl des optimalen Erntetermins hat entscheidenden Einfluß auf die Haltbarkeit der Früchte. Während das Frischluftlager nur noch im Selbstversorgerobstbau eine Rolle spielt, sind Kühllager auch im Erwerbsobstbau noch weit verbreitet. Unter ungünstigen Lagerverhältnissen können physiologisch bedingte Schäden, wie z.B. Fleischbräune und Schalenbräune, auftreten. Lager mit kontrollierter Atmosphäre (CA/ULO-Lager) bieten derzeit die besten Bedingungen für eine möglichst lange Lagerung bei gleichzeitiger Erhaltung der Fruchtqualität.

Vor dem Einbringen der Früchte ist der Lagerraum gründlich zu reinigen. Wirksamen Schutz vor Schimmelbildung bieten Anstriche mit fungizidhaltiger Farbe oder die Verwendung eines Desinfektionsmittels (Dimanin A). Die Kisten werden manuell gereinigt und ggf. mit heißer 4- bis 5%iger Sodalauge abgewaschen. Kisten im Sommer trocken und vor Witterungseinflüssen geschützt lagern. Kisten aber nicht zu dicht an die Wand stellen, und auch über der obersten Kistenlage noch etwas Raum lassen. Zur Förderung der Luftzirkulation stellt man die untersten Kisten auf Ziegelsteine und läßt zwischen den einzelnen Stapeln genügend Platz.

Ratten und Mäuse sind durch Giftgetreide, Köderpräparate oder Fallen zu bekämpfen. Näheres Pflanzenschutzdienst.

Wesentlich für die Vermeidung von Lagerfäulen ist - neben der Sorgfalt beim Pflücken - die Anwendung von Mitteln gegen Lagerfäulen bei den Spätsommerspritzungen ab Ende Juli. Dafür sind die Wirkstoffe *Benomyl*, *Captan*, *Dichlofluanid* und *Thiophanatmethyl* geeignet. Wegen der Gefahr der Resistenzbildung *Benomyl* oder *Thiophanatmethyl* nur einmal einsetzen!

2.3.2.1 Apfel

An Stämmen und Ästen

☐ G. Veg. - Abflachungen, Rillen und andere längsverlaufende Eindellungen sowie Verdrehungen und Mißbildungen an Zweigen und Ästen von Apfelbäumen, früher vor allem an 'Gravensteiner', 'Signe Tillisch', 'Ontario' und 'Stabls Prinz'. Heute durch die Anzucht aus virusgetestetem Reiser- und Unterlagenmaterial selten auftretend.
O **Flachästigkeit, Rillenkrankheit** (*Phytoplasma*)
Δ Nur virusgetestetes oder virusfreies Pflanzenmaterial aus Baumschulen verwenden. Bei Befallsverdacht Pflanzenschutzdienststelle befragen.

☐ G. Veg. - 2- bis 3jährige Stämme und Zweige verholzen nicht, sondern bleiben mehr oder weniger weich, lassen sich eindrücken und werden schließlich gummiartig, auch älteres Holz, besonders deutlich an 'Golden Delicious', 'Lord Lambourne', aber auch 'Cox Orange' und 'James Grieve'.
O **Gummiholzkrankheit des Apfels** (*Phytoplasma*)
Δ Gesundes virusgetestetes Pflanzenmaterial aus Baumschulen verwenden, da dieses auch auf Befall mit der Gummiholzkrankheit getestet ist. Bei Befallsverdacht Pflanzenschutzdienststelle befragen.

☐ Sommer - An einzelnen Ästen vorzeitiges Austreiben von diesjährigen Seitenknospen in den Blattachseln, die hier entstehenden Triebe wirken unnatürlich besenartig und sind meist stark von Mehltau befallen, gelbliche oder rötliche Blattverfärbungen, vorzeitige Herbstfärbung, Früchte klein. An zahlreichen Apfelsorten.
O **Triebsucht des Apfels** (*Phytoplasma*)
Δ Bei Befallsverdacht Pflanzenschutzdienststelle befragen. Befallene Bäume roden, da Infektionsquellen für den Bestand. Nur virusgetestetes Vermehrungsmaterial aus Baumschulen verwenden, da dieses auch auf Befall mit der Triebsucht des Apfels getestet ist.

☐ G. Veg. - Rinde der Bäume stirbt, ausgehend von Veredlungsstellen, nach oben ab. Kankes Gewebe zunächst naß, schwammig, im Anschnitt dunkel verfärbt. Später trocknet die Faulstelle ein. Vorwiegend an 8- bis 15jährigen Bäumen. Als Folge Eintrocknen der unteren Astpartien, kümmerliche Laubausbildung, vorzeitiges Vergilben und Abwerfen der Blätter.

O **Kragenfäule, Wurzelhalsfäule** (*Phytophthora cactorum* [Leb. et Cohn] Schroet., *Ph. syringae* Kleb.)

△ Hochlegen und Freihalten der Veredlungsstelle von Erde, Behandlung von Verletzungen (Nagetiere, Frost, Geräte) an Stamm und Wurzelhals mit Wundverschlußmitteln. In gefährdeten Quartieren Stammgrund und Wurzelhals mit einem Kupferpräparat vor der Blüte oder nach der Ernte spritzen. Beim ersten Auftreten von Krankheitszeichen Befallsstelle bis ins gesunde Holz ausschneiden, Wunde mit Kupfermittel behandeln, dann mit Wundverschlußmittel verstreichen. Geräte müssen sorgfältig desinfiziert werden. Stärker erkrankte Bäume samt Wurzeln entfernen. Lücken nicht mit Apfelbäumen bepflanzen. Besonders anfällig sind 'Cox-Orange', 'Berlepsch' und 'James Grieve'. Ergänzend wirken Spritzungen mit Kupferpräparaten vor dem Austrieb und nach dem Blattfall (siehe auch unten bei "Obstbaumkrebs"), wie sie gegen andere Pilzerkrankungen empfohlen werden, ferner sind wichtig Humuswirtschaft, Gründüngung. Mäßigkeit bei Mineraldüngung. Günstig alle 2 Jahre 20 dt/ha Rizinusschrot. Vorbeugend Zwischenveredlung (Stammbildner) mit resistenten Sorten (z. B. für 'Cox-Orange' Zwischenveredlung mit 'Maunzen' auf widerstandsfähigen Unterlagen [M 9, M 4 oder M 7]). Sonderberatung Pflanzenschutzdienst!

☐ G. Veg. - An Rinde von Stamm und Zweigen offene, von Umwallungsgewebe umgebene oder geschlossene Wucherungen. Früchte mit scharf begrenzten braunen Flecken im Bereich der Kelchgrube.

O **Obstbaumkrebs** (*Nectria galligena* Bres.)

△ Krebswunden ausschneiden, dann Behandlung mit Wundverschlußmitteln. Vermeidung einseitiger Stickstoffdüngung. Bei starkem Befall nach der Ernte beim Blattfall, von Ende Oktober bis Mitte November, 1-2 Spritzungen mit Kupferpräparaten: Erste Spritzung, wenn zwei Drittel des Laubes abgefallen sind, die zweite sofort nach Beendigung des Laubfalles.

☐ April bis Herbst - Triebspitzen und Blätter mit erst weißem, mehligem, später graugrünlichem Belag, schmal eingerollt, unter Bräunung absterbend. Blütenbüschel grünlich, wie die Blätter abnorm geformt. Schließlich resultieren die kahlen "Mehltautriebe" mit wenigen spärlichen Blattresten an der Triebspitze.

O **Apfelmehltau** (*Podosphaera leucotricha* Salm.)

△ Regelmäßiger Rückschnitt befallener Triebspitzen, ausreichende Humuswirtschaft. Bei starker Zunahme gründliche Spritzungen mit Mitteln gegen Echten Mehltau an Kernobst wie *Netzschwefel* (bis zur Blüte), *Penconazol* oder *Triadimenol*. Gleichzeitige Wirkung gegen Apfelmehltau **und** Apfelschorf haben *Fenarimol, Pyrifenox, Mancozeb + Kresoximmethyl, Maneb + Schwefel + Zineb, Myclobutanil, Schwefel* und *Triforin*. Andere Wirkstoffe wie *Dichlofluanid* haben eine befallsmindernde Wirkung gegen Echten Mehltau bei regelmäßiger Verwendung in der Schorf-Bekämpfung.

☐ G. Veg. - Krebsartige Wucherungen und Überwallungen ("Blutlauskrebs"), zwischen ihnen braune Läuse mit dichten, weißen, watteähnlichen Wachsausscheidungen. Beim Zerdrükken tritt aus den Läusen deren rotbraune Körperflüssigkeit aus. Auch an Trieben, im Winter an den oberen Wurzeln.

○ **Blutlaus** (*Eriosoma lanigerum* Hausm.)

△ Pinseln oder Spritzen der ersten auftretenden Kolonien mit Mitteln gegen Blutlaus wie *Pirimicarb*, *Phosphamidon* oder *Propoxur*. Kolonien mit starkem Strahl ausspritzen.

An Blatt- und Blütenknospen

☐ März bis April - Knospen durch braune Rüsselkäfer angebohrt, Saftaustritt. In der Fraßhöhle später kleines Ei. Blütenknospen öffnen sich nicht, werden braun, Blütenblätter bilden braune Kappen, darunter weißlichgelbe Larve oder Puppe.

○ **Apfelblütenstecher,** (*Anthonomus pomorum* L.)

△ Zusatz von *Parathion-methyl* oder *Propoxur* zur ersten Schorfspritzung.

☐ G. Veg. - Im Winter am Fruchtholz orangefarbene Eier. Blatt- und Blütenknospen bleiben geschlossen, sind verklebt, vertrocknen. Zwischen den Blättern gelbliche, blattlausähnliche Larven, die helle, wachsumhüllte Tropfen ausscheiden. Starke Ansammlung von Honigtau und Rußtau, Ameisen. Später an den Blättern kleine grünliche, sich springend und fliegend fortbewegende Insekten.

○ **Gemeiner Apfelblattsauger** (*Psylla mali* Schmidb.)

△ Zur Zeit des Austriebs Spritzung mit *Propoxur* oder *Deltamethrin*. Es können sich örtlich resistente Stämme gebildet haben, die zu einer Beeinträchtigung der Wirksamkeit führen können.

An Blättern

☐ Sommer - Scharf begrenzte kleinere gelblich-weiße Linien, Ringe oder geschlossene Flecke oder unregelmäßige größere, gelbe Stellen auf der Belaubung, manchmal auch Adernbänderungen. Symptome sortenbedingt.

○ **Apfelmosaik** (*Apple mosaic virus*)

△ Virusgetestetes Pflanzenmaterial verwenden! Bei Befallsverdacht Pflanzenschutzdienststelle befragen.

☐ G. Veg. - Braungrünliche, matte Flecken auf den Blättern, später Trockenstellen.

O **Apfelschorf** (*Venturia inaequalis* Abderh.)

Δ Nähere Angaben siehe oben unter "Kernobst - An Blättern und Früchten".

□ Ab Juli bis Herbst. - Blätter krümmen sich nach unten ein. Die Unterseite wird bronzefarben bis rostig braun (dafür sind mindestens 300 Gallmilben/Blatt erforderlich). Vorzeitiger Blattfall ist möglich. Bei Fruchtbefall infolge hoher Milbenzahlen Gelb- bis Rotbraunverfärbung vor allem um den Kelch. Berostungen sind möglich.

O **Apfelrostmilbe** (*Aculus schlechtendali* (Nalepa))

Δ Bekämpfung nur nach genauer Diagnose. In Apfelanlagen, in denen mit starkem Befall gerechnet werden muß, ab dem Mausohrstadium bis kurz vor der Blüte den Schorffungiziden Netzschwefel zusetzen. Im Sommer kann *Amitraz* eingesetzt werden.

□ Mai bis Sept. - Blätter oberflächlich skelettiert, später vom Rande her gerollt, vertrocknen. An den Blättern gelbliche, schwarzgefleckte Raupen. Mehrere Generationen. Bei Massenauftreten starker Blattverlust.

O **Apfelblattmotte** (*Simaethis pariana* Cl.)

Δ Meist durch normale Spritzfolge niedergehalten, selten schädlich.

□ Mai bis Sept. - Schlangenartig gewundene Miniergänge in den Blättern, darin kleine Räupchen. Später an Blättern und Zweigen hängemattenähnliche Puppengespinste. Auch an Kirsche und anderen Laubhölzern.

O **Schlangenminiermotte** (*Lyonetia clerkella* L.)

Δ Bekämpfung nur ausnahmsweise notwendig. Bei drohendem Massenbefall Sonderspritzung nach der Blüte mit *Dimilin.*

□ Juni bis Herbst - Rundliche, braune, bis pfenniggroße Platzminen; spiralförmige Kotspur darin. Die Raupen der 1. Generation verpuppen sich im Juli in einem weißen Gespinst auf der Blattunterseite; die 2. Generation in Schlupfwinkeln auf der Rinde in weißen Puppengespinst überwinternd.

O **Pfennigminiermotte** (*Leucoptera malifoliella* (Costa))

Δ Sichere Bekämpfung mit *Diflubenzuron* bei Beginn der Eiablage. Ermittlung des Spritztermins durch "Überlinger Leimmethode": Während der Blüte an mehreren Bäumen in der Anlage einige Triebspitzen (in Augenhöhe) mit "Raupenleim" aus der Sprühdose besprühen. Die winzigen, silbrig glänzenden Motten bleiben daran kleben und können so entdeckt werden. Die 2. Generation (4-6 Wochen später) kann genauso beobachtet werden.

An und in Früchten

□ Spätsommer - Früchte v.a. unter der Schale stippig, das Fruchtfleisch ist teilweise braun verfärbt und schmeckt bitter.

O **Stippigkeit** (Calcium-Mangel der Früchte)

Δ Wasserhaushalt regulieren. Düngung auf Grund einer Bodenuntersuchung (LUFA). Ist Stippigkeit zu befürchten, ab Juli 3-4 Spritzungen mit *Calciumnitrat* (600 g 16 %iger *Kalksalpeter* je 100 l Wasser) und 1-2 weitere ab August mit *Calciumchlorid.*

□ Sommer - Rauhe, verkorkte braune Stellen auf der Fruchtschale, zuweilen auch Risse. Nicht mit Spritzschäden ("Berostungen") verwechseln, diese vorwiegend auf einer Fruchtseite. An zahlreichen Apfelsorten.

○ **Rauhschaligkeit, Sternrissigkeit** (*Apple rough skin virus*, *Apple star crack virus*)
△ Virusgetestetes Pflanzenmaterial aus Baumschulen verwenden. Bei Befallsverdacht Pflanzenschutzdienststelle befragen.

☐ Sommer - Früchte mit braunschwarzen Flecken. Schale rissig, verkorkt.
  ○ **Apfelschorf** (*Venturia inaequalis* Abderh.)
  △ Nähere Angaben siehe weiter oben unter "Kernobst - An Blättern und Früchten".

☐ Spätsommer, Lager - Früchte mit flach eingesunkenen runden Flecken, auch Faulstellen.
  ○ **Bitterfäule, Gloeosporiumfäule** (*Gloeosporium*-Arten)
  △ Die stark anfälligen Sorten 'Golden Delicious', 'Cox Orange', 'Boskoop' nicht zu spät ernten. Verwendung von Mitteln gegen Lagerfäulen an Kernobst, bei Spritzungen gegen Spät- und Lagerschorf Behandlungen mit *Dichlofluanid* ab August. *Benomyl* oder *Thiophanat-methyl* nur einmal vor der Ernte einsetzen, um Resistenzentwicklungen vorzubeugen.

☐ Spätsommer - Die reifenden Früchte mit grauen Flecken auf der Schale.
  ○ **Rußfleckenkrankheit** (*Gloeodes pomigena* Colby)
  △ Bekämpfung mit Fungiziden nach Beratung durch den Pflanzenschutzdienst.

☐ Mai bis Juni - Junge Früchte innen ausgehöhlt, jauchig, fallen ab. Noch am Baum hängende Früchte mit Bohrlöchern, im Innern Larve, die von Frucht zu Frucht wandert, in manchen Früchten daher Ein- und Ausbohrloch. Zuweilen Fruchtschale mit spiraligem, verkorkendem Miniergang (Fraß von Junglarven).
  ○ **Apfelsägewespe** (*Hoplocampa testudinea* Klg.)
  △ Schadensschwelle: 5-10 Einstichkanäle pro 100 Blütenbüschel. Nach Abfallen der Blütenblätter Spritzung mit Mitteln gegen Sägewespen, beispielsweise mit *Oxydemeton-methyl*, *Parathion-methyl* oder *Propoxur*. **Bienenschutzverordnung beachten!**

☐ Juli bis Sept. - Dunkle, eingefallene Flecke auf den Früchten, in der Mitte Bohrloch, oft auch weißer Anflug. Im Innern kreuz und quer durch die Frucht verlaufende, sich braun verfärbende Fraßgänge mit zahlreichen, bis 7 mm langen, erst weißlichen, später rötlichen Raupen. Früchte schmecken bitter, sind wertlos, fallen zum Teil ab. Schädling von Eberesche auf Apfel übergehend, wenn an Ebereschen nur geringer Fruchtansatz (Frost!).
  ○ **Ebereschenmotte, Apfelmotte** (*Argyresthia conjugella* Zell.)
  △ Schäden selten. Bei Apfelwicklerbekämpfung im Juni wird der Schädling miterfaßt. Größere Anpflanzungen von Ebereschen in der Nähe von Obstanlagen vermeiden.

☐ G. Veg. - Ab April Fraß an versponnenen Blättern, zwischen diesen kleinere gelblichgrüne oder größere braune Raupen. Ab Anfang Juli nagen Herbstraupen unter angesponnenem Blatt an der Fruchtschale. Auch an Birne.
  ○ **Apfelschalenwickler, Fruchtschalenwickler** (*Adoxophyes reticulana* Hb.)
  △ Vor der Blüte und sofort nach der Blüte Einsatz von *Fenoxycarb*. Im Sommer Zusatz von Insektiziden zu den bei der Schorfspritzung verwendeten Mitteln (siehe "Pflanzenschutzmittelübersicht - Insektizide im Obstbau"). Prognose mit Hilfe von *Pheromonfallen* möglich. Beratung durch Pflanzenschutzdienst. **Bienenschutzverordnung beachten!**

☐ Sommer - Die Früchte mit Fraßgang, darin Kotreste und rötliche Raupe.

○ **Apfelwickler, Obstmade** (*Laspeyresia pomonella* L.)

△ Nähere Angaben siehe weiter oben unter "Kernobst - An und in Früchten".

□ Spätsommer - Grüne Blattwespenlarven bohren sich in die Früchte ein, rundes Einbohrloch mit rotem Rand.

○ **Ampferblattwespe** (*Ametastegia glabrata* Fall.)

△ Boden unkrautfrei halten oder mulchen. Spritzung der Bodenvegetation nur ausnahmsweise notwendig. **Bienenschutzverordnung beachten.**

□ Mai bis Juli - An Apfelblättern im Bereich der Mittelrippen kleine schwarze Flecke als Folge der Stiche von hellgrünen, 4-6 mm großen Wanzen. Später Blattkräuselung. Triebe zeigen Wachstumshemmung, auch anomale Nebentriebbildung. Junge Früchte mit braunen bis rötlichen Stichflecken. Oberhaut aufgeplatzt, verkorkt. Früchte bleiben klein, verkrüppelt. Auch an Birne, Früchte dann partiell steinig. Vor allem in Nordeuropa.

○ **Nordische Apfelwanze** (*Plesiocoris rugicollis* Fall.)

△ Gegen junge Larven im Frühjahr eine Vor- und gegebenenfalls Nachblütespritzung mit *Deltamethrin* oder *Parathion-methyl*. Warndienst beachten! Näheres Pflanzenschutzdienststelle.

2.3.2.2   Birne, Quitte

Siehe auch Apfelwickler, Obstmade, Schildläuse, Nordische Apfelwanze, Wicklerraupen, Mangelkrankheiten, Polsterschimmel, Schorf, Obstbaumkrebs, Bleiglanz.

□ Über Jahre hinaus sich hinziehendes Absterben von Birnbäumen oder schnelles Eingehen nach Welke.

○ **Birnenverfall** (*Pear decline phytoplasma*)

△ Befall mit Birnenblattsaugern unterdrücken, da diese die Krankheit übertragen.

An Stämmen und Ästen

□ G. Jahr - Unregelmäßige Längsrisse in der Rinde, im Mai/Juni nasse Flecke, Äste sterben ab. Flach unter der Rinde zickzackförmige Fraßgänge, darin oft gelbliche Larve mit auffällig verbreitertem Kopf.

○ **Birnbaumprachtkäfer** (*Agrilus sinuatus* Ol.)

△ Befallene Äste entfernen und vernichten. Bei starkem Befallsdruck vorbeugende Spritzung von Stamm und Ästen mit Insektiziden gegen beißende Insekten ab Juni bis August im Abstand von 2 Wochen.

An Blatt- und Blütenknospen

□ Jan. bis April - Knospen zuweilen schon während des Winters vertrocknend, im Frühjahr tot, im Innern ausgehöhlt, Larve oder Puppe enthaltend. Käfer ab Mai, ähnelt Apfelblütenstecher, Eiablage ab Oktober.

○ **Birnenknospenstecher** (*Anthonomus pyri* Koll.)

△ Spritzungen mit Insektiziden gegen beißende Insekten Mitte September und Anfang Ok-

tober nach der Ernte. Käferbesatz vorher durch Abklopfen ermitteln. Bekämpfung nur sinnvoll, wenn mindestens 10 % der Fruchtknospen befallen waren.

An Trieben

☐ April bis Juni - Triebe verkrüppelt. Knospenbüschel verklebt, junge Blätter gerollt, darin
träge kriechende, platte, rotäugige, gelbbraune Larven. Starke Abscheidung von Honigtau.
Ab Juni geflügelte, rotbraune Blattsauger an den Befallsstellen, später überwinternd. Rußtau, Ameisen.
  O **Birnenblattsauger** (*Psylla pirisuga* Foerst., P. pyricola)
  △ Bei Beobachtung des ersten Auftretens Spritzung mit *Amitraz*, *Deltamethrin* oder *Diflubenzuron + Mineralöl* nach der Blüte. Bei Verwendung von *Deltamethrin* muß mit resistenten Stämmen gerechnet werden. Bei der Mineralöl-Kombination wegen möglicher Unver-
träglichkeit kein Fungizid beimischen. Diese Mischung ist bienenungefährlich, während die
anderen Präparate bienengefährlich sind. Geschädigte Triebe einkürzen, zumal sie ohnehin verkrüppeln.

An Blättern

☐ Nach der Blattentfaltung hellgrüne Flecke, später hellgrüne Ringe, chlorotische Zeich-
nungsmuster. An sehr empfindlichen Sorten ('Charneux', 'Gellerts', 'Marianne', 'Poiteau')
Nekrosen. An mehreren Sorten.
  O **Ringfleckenmosaik** (*Apple chlorotic leaf spot virus*)
  △ Virusgetestetes oder virusfreien Vermehrungsmaterial aus Baumschulen verwenden.

☐ Feine Aufhellung und Bänderung der Blattadern und Blattnerven, später gegen Ende des
Sommers Rotfleckung der Blätter. An fast allen Sorten.
  O **Adernvergilbung** (*Pear vein yellows and red mottle virus*)
  △ Virusgetestetes oder virusfreies Vermehrungsmaterial aus Baumschulen verwenden.

☐ Frühjahr, Sommer - Blätter dunkelbraun bis schwarz, wie verbrannt, fest an den meist um-
gebogenen Triebspitzen sitzend. Geschwärzte Blüten und kleine Fruchtmumien, bis zum
Winter an Zweigen hängend. Birnbäume sterben besonders schnell ab; ebenso die Quit-
ten.
  O **Feuerbrand** (*Erwinia amylovora* [Burr.] Winslow et. al.)
  △ Gefährliche Quarantänekrankheit der Obstbäume, von Insekten und Vögeln sowie mit
infizierter Baumschulware leicht verschleppt! Sofortige **Meldung bei der zuständigen
Pflanzenschutzdienststelle!** Siehe Hinweise bei "Kernobst".

☐ Mai bis Herbst - Blattoberseits orangerote Flecke mit klebrigen Tröpfchen, blattunterseits
rote Pusteln mit wie gitterartige Körbchen aussehenden Gebilden. Wichtigster Zwischenwirt ist der Sadebaum (*Juniperus sabina* G.)
  O **Birnengitterrost** (*Gymnosporangium sabinae* Wint.)
  △ Keine Duldung von Sadebäumen in der Nähe von befallenen Birnenanlagen. Spritzungen mit *Metiram* oder *Mancozeb*.

☐ G. Veg. - An den Blättern der **Quitte** zunächst rotbraune, dann fast schwarze, runde Flek-
ke mit kleinen Pusteln. Vorzeitiger Blattfall. An Früchten (seltener) schwarze, glänzende,

krustige Fleckenbildung. Besonders gefährdet Quittenunterlagen (z. B. Typ C) in Baumschulen. An Birnensämlingen gelegentlich ebenfalls Befall, weniger bei den Edelsorten.
O **Blattbräune der Quitte** (*Diplocarpon soraueri* (Kleb.))
Δ Tragende Bäume kurz nach der Blüte und ein- bis zweimal danach mit einem Fungizid wie *Mancozeb*, *Metiram* oder *Propineb* spritzen. Quittenunterlagen in Baumschulen sind entsprechend der Laubentwicklung mehrmals zu behandeln. Sonderberatung anfordern.

☐ Mai bis Herbst - Kleine, runde, weißgraue, silbrig glänzende Blattflecke auf dem Laub.
O **Weißfleckenkrankheit** (*Mycosphaerella sentina* Schroet.)
Δ Die normale Spritzfolge mit Fungiziden gegen Schorf hält die Krankheit im allgemeinen nieder.

☐ April bis Juni - Rötliche, später dunkelbraune, schwielig-blasige Pocken auf beiden Blattseiten, darin im Frühjahr zahlreiche winzige, weißliche Gallmilben.
O **Birnenpockenmilbe** (*Eriophyes piri* Nal.)
Δ Bekämpfung meist nur in Baumschulen notwendig. Spritzung mit Schwefelmitteln beim Knospenschwellen.

☐ Mai bis August - Blätter oberseits mit typischem Schabefraß, darauf grünliche oder schwärzliche, schneckenartige Larven, meist in großer Anzahl.
O **Kirschblattwespe** (*Eriocampoides limacina* Retz.)
Δ Bekämpfung nur bei der 2. Generation Anfang bis Mitte August notwendig mit Insektiziden gegen beißende Insekten. Siehe auch "Kirsche".

An Früchten

☐ Mai/Juni - Brauner, meist verkorkter Ring zieht sich um die breiteste Stelle der Frucht.
O **Frostschaden**
Δ Zur Vorbeugung Frostschutzberegnung bei Frostperioden während der Blüte.

☐ Sommer - Zunächst kleine, dunkelgrüne Flecke unter der Schale, später Früchte mit verhärteten Stellen, zuweilen diese bräunlich. Früchte verkrüppeln. An mehreren Birnensorten. Identische Symptome auch durch Bormangel verursacht, daher bei Auftreten eine Bodenprobe bei der LUFA auf Bor untersuchen lassen.
O **Steinfrüchtigkeit** (*Pear stony pit virus*)
Δ Virusgetestetes Pflanzenmaterial aus Baumschulen verwenden. Bei Befallsverdacht Pflanzenschutzdienststelle befragen.

☐ Mai bis Juni - Junge Früchte übermäßig verdickt, schwarz werdend und abfallend. Im Innern zahlreiche kleine Maden, welche die Frucht aushöhlen. Besonders an der Sorte 'Williams Christ'.
O **Birnengallmücke** (*Contarinia pyrivora* Ril.)
Δ In Befallslagen kurz vor der Blüte Spritzung mit *Parathion-methyl*. **Bienenschutzverordnung beachten!**

☐ Mai bis Juni - Junge Früchte zeigen Bohrlöcher, fallen ab, sind völlig ausgehöhlt.
O **Birnensägewespe** (*Hoploampa brevis* Klg.)
Δ Bekämpfung siehe "Apfelsägewespe".

An Trieben, Blättern und Früchten

☐ Triebe mit aufgeplatzter, abblätternder Rinde (Zweiggrind!); in den Wunden schwarz-braune Pilzsporen (Konidien). An den Blättern, vorwiegend unterseits, schwarze, verwaschene Flecke. Schwarze Flecke auch am Stiel der jungen Früchte, ältere ebenfalls mit schwarzen Flecken, bei starkem Befall auch mit verkorkten Rissen. Die schwarzen Flecke sind bei Frühbefall groß, bei Spätbefall klein, oft auch erst angedeutet.

O **Birnenschorf** (*Venturia pirina* Aderh.)

△ Der entscheidende Unterschied gegenüber dem Apfelschorf ist (neben der späteren Infektion durch Ascosporen) die Möglichkeit von **Frühinfektionen durch Konidien,** ausgehend von den grindigen Zweigen. Daher muß die Bekämpfung des Schorfs an Birnen in der Regel früher einsetzen als bei Apfelbäumen. Mittel gegen Schorf siehe "Pflanzenschutzmittelübersicht - Fungizide im Obstbau".

2.3.3 Steinobst

2.3.3.1 An mehreren Steinobstarten

☐ G. Veg. - An durch Schnitt, Frostrisse oder mechanische (auch mikrobielle) Verletzungen entstandenen Wunden statt Kallusbildung Gummifluß. Zerstörtes Gewebe bleibt als "Fremdkörper" in der sich vergrößernden Wunde. Vor allem in den stärksten Wachstumszentren des Baumes wie an Leitastverteilungsstellen oberhalb des Stammes.

O **Gummosis, Gummifluß** (Ausgelöst durch verschiedene Ursachen)

△ Wahl humusreicher, lehmiger Böden mit gleichmäßiger Wasserführung. Bei Kirschbaumerziehung auf natürliche Astverteilung achten. Ausschneiden früh erkannter Schadstellen bis in das gesunde Holz. Dabei auf saubere Wundränder achten, keine "Inseln" stehen lassen. Günstiger Zeitpunkt Frühjahr (vor der Blüte!) bis Hochsommer. Anwendung von Wundverschlußmitteln sowie ständige Kontrolle auf kambiumzerstörende Schädlinge (siehe Abschnitt "An mehreren Obstarten") sind zusätzlich erforderlich.

☐ G. Veg. - Auf den Blättern größere, durchscheinende Flecke, später zu braunviolettroten Nekrosen eingetrocknet. Blüten der Sauerkirsche rötlich verfärbt. Auf der Rinde zunächst vereinzelte, runde, etwas eingesunkene, bräunliche Flecke, die schnell ineinanderfließen.

Astpartien oberhalb der Befallsstellen sterben schlagartig ab, an Kirschen meist vorjährige Triebe von der Spitze aus. Die Krankheit breitet sich seit einigen Jahren stärker aus.

O **Bakterienbrand, Rindenbrand** (*Pseudomonas syringae pv. morsprunorum* [Worm.] Young et al.)

Δ Beratung durch Pflanzenschutzdienst. Sortenanfälligkeit verschieden. Vorbeugend im Sinne einer Pflanzenhygiene wirken Blattfall- oder Spätwinterspritzungen mit kupferhaltigen Präparaten. Siehe auch unter "Kirsche".

☐ Sommer - Ganze Astsysteme vertrocknen, Rindengewebe und Kambium abgestorben, Gummifluß. Auf eintrocknender Rinde schwärzliche Wärzchen ("Krötenhaut"), später leuchtend weiße Gebilde, aus denen dann rötliche Schleimranken mit farblosen, wurstförmigen Konidien entlassen werden. Wundparasit an Kirsche, Pflaume, Zwetschge, Aprikose. Bäume können total absterben.

O **Valsa-Rindenerkrankung** (*Leucostoma persoonii* (Nits.) v. Höhn)

Δ Frühzeitige Entfernung erkrankter Astpartien, sorgfältige Wundpflege. Vorbeugend wirken Kupferpräparate bei Einsatz als Nachwinter- und/oder Blattfallspritzungen. Näheres Pflanzenschutzdienststelle.

☐ Mai bis Herbst - Zahlreiche kleine, rötliche bis braune Blattflecke, die später ausfallen, Blätter dann wie mit Schrot durchschossen. Bei sehr starkem Auftreten ab Juni Laubfall. An Trieben ähnliche Symptome mit Gummiaustritt. Befallene Früchte mit rotumrandeten Flecken, verkrüppeln. Oft schwer von Bakterienbrand zu unterscheiden.

O **Schrotschußkrankheit** (*Stigmina carpophila* (Lev.) M.B. Ellis)

Δ Nachblütespritzung(en) mit *Metiram*. Bei allen Steinobstarten auch Blattfallspritzung mit einem Kupferpräparat, auch gegen andere pilzliche und bakterielle Krankheiten bei Beginn des Blattfalls empfohlen, bei regnerischer Witterung nach 3 Wochen wiederholen.

2.3.3.2   Kirsche

Neben den unten besprochenen Krankheiten und Schädlingen siehe auch Bleiglanz, Chlorose, Kaliummangel, Magnesiummangel, Zinkmangel, Schrotschußkrankheit.

☐ G. Veg. - An Süßkirschen verspäteter Austrieb, Knospen gedrängt stehend. Blätter zunächst mit gelblichen, ölartigen Flecken, rosettenförmig angeordnet, abnorm schmal, von dunkelgrüner Farbe, stark gezähnt, spröde, abnorm geadert, beulig, unterseits mit dunkelgrünen, meist deutlich sichtbaren, blättchenförmigen Ausstülpungen, sogenannten Enationen. Früchte bleiben klein und reifen spät. Übertragung erfolgt durch bestimmte Gattungen wandernder Wurzelnematoden. Besonders empfindlich ist die Sorte 'Hedelfinger'.

O **Pfeffinger-Krankheit** (*Raspberry ringspot virus*)**, Eckelrader-Krankheit** (*Raspberry ringspot virus + cherry leaf roll virus*)**, Rauhblättrigkeit** (*Prune dwarf virus + Strawberry latent ringspot virus*)

Δ Vernichtung kranker Bäume, Verwendung virusgetesteter oder virusfreier Pflanzen aus Baumschulen. Nicht im gleichen Jahr der Rodung nachpflanzen! Gegebenenfalls Bodenentseuchung.

☐ Sommer - Auf Blättern blaßgelbgrünes Ring- oder Bandmuster, zuweilen Blätter nekrotisch oder durchlöchert, manchmal auch mangelndes Triebwachstum. Übertragung durch Pollen und Samen.

○ **Kirschenringfleckenkrankheit** (*Prune dwarf virus*)
Δ Ausschließlich virusgetestetes oder virusfreies Pflanzmaterial verwenden.

☐ Frühjahr - An Sauerkirschen Absterben der Blütenknospen, Blütenstiele verkürzt, auf den kleiner als normal bleibenden Blättern gelbgrüne Ringflecken oder Nekrosen, als Folge Blattdurchlöcherung, blattunterseits manchmal dunkelgrüne, meist deutlich sichtbare blättchenförmige Ausstülpungen, sogenannte Enationen, ferner auffällige Triebstauchungen, Verkahlung der Äste. Besonders empfindliche Sorten: 'Schattenmorelle' und 'Leitzkauer'.
○ **Stecklenberger Krankheit** (*Prunus necrotic ringspot virus*)
Δ Vernichtung kranker Bäume, da diese Infektionsquellen bilden. Nur virusgetestetes oder virusfreies Pflanzgut aus Baumschulen verwenden. Bei Befallsverdacht Pflanzenschutzdienststelle befragen.

An Stämmen und Ästen

☐ G. Veg. - Blätter zeigen beim Austrieb stecknadelkopfgroße, hellbraune Flecke mit hellem, wässrigem Hof. Befallenes Gewebe trocknet ein, fällt heraus (wie bei Schrotschußkrankheit). An jungen Früchten wässrige, dunkelgrüne Flecke, die verbräunen und eintrocknen. Befallene Knospen bleiben stecken, Blüten trocknen ein. An holzigen Teilen, besonders 2- und 3jährigen Zweigen, vor allem März bis Mai, eingesunkene, dunkle Fleckenfelder, auch krebsartige Wucherungen. Rinde reißt auf, Rindengewebe stirbt ab. Absterben der Astpartien über der Befallsstelle.
○ **Bakterienbrand** (*Pseudomonas syringae pv. morsprunorum* [Worm.] Young et al.)
Δ Entfernen kranker Bäume, vor allem aus dichten Baumschulquartieren. Ausschneiden der Befallsstellen meist unsicher. Desinfektion der Schnittwerkzeuge. Wundbehandlung mit Wundverschlußmitteln. Vorsicht mit Stickstoff, Düngung auf Grund einer Bodenuntersuchung. Sehr anfällige Sauerkirschensorten sind 'Beutelsbacher Rexelle', 'Konservenweichsel', 'Röhrigs Weichsel', 'Rubinweichsel'. Bisher wenig befallen 'Ludwigs Frühe', 'Köröser Weichsel' und 'Schattenmorelle'. Spritzungen mit Kupferpräparaten nur bedingt wirksam (Blattfall- und Austriebspritzung). Schäden durch Kupfer möglich.

☐ Frühjahr - Knospen dunkelbraun, trocken, rieseln leicht ab. Holz an abgestorbenen Knospen mit Nekrosen ("Krebsstellen"), Gummosis möglich. Rindenzerstörung an einjährigen Trieben wüchsiger Sorten durch Wicklerraupe. An Knospenachseln tief in der Rinde grauweißes Gespinst.
○ **Grauer Knospenwickler** (*Hedya nubiferana* Haw.)
Δ Vorbeugend Reisermaterial nach Veredlung spritzen. Die Bakterienpräparate mit *Bacillus thuringiensis* sind wirksam gegen Knospenwickler.

An Blüten

"Monilia, Spitzendürre": An Sauerkirschen Blütespritzung(en) mit *Bitertanol* oder *Triforin*. Siehe auch Abschnitt "An mehreren Obstarten".

☐ April bis Mai - Blütenknospen ausgefressen oder Blütenblätter durchlöchert. Blüten im Innern versponnen, Staubgefäße und Fruchtknoten durch erst weißlichgelbe, später grünlichbraune, erwachsen etwa 6 mm lange Raupen befressen (Gespinströhren). Siehe auch "Frostspanner".

○ **Kirschblütenmotte** (*Argyresthia ephippiella* Fbr.)

Δ Es kommt nur in bestimmten Lagen zu Befall. Sonderberatung beim Pflanzenschutzdienst einholen.

An Blättern

☐ Bald nach dem Austrieb Blätter hell- bis dunkelgrün gescheckt, zwischen den Flecken graue oder braune Nekrosen, die zuweilen herausfallen. Blätter dann durchlöchert.
○ **Nekrotische Kirschenringfleckenkrankheit** (*Prunus necrotic ringspot virus*)
Δ Ausschließliche Verwendung virusgetesteten oder virusfreien Pflanzgutes aus Baumschulen.

☐ An jungen Veredlungen zeigen die Blätter hellgrüne oder gelbe, ring- oder bandförmige Zeichnungsmuster, zuweilen mit kleinen Nekrosen. Vor allem an Sauerkirsche und Pflaume schädlich.
○ **Chlorotische Ringfleckenkrankheit der Kirsche und Pflaume, Pflaumenverzwergung** (Stamm des *Prune dwarf virus*)
Δ Ausschließliche Verwendung virusgetesteten oder virusfreien Pflanzgutes aus Baumschulen!

☐ Spätsommer - Blätter mit kleinen rotvioletten Flecken blattoberseits, auf der Unterseite bilden sich weiß-rosa Sporenmassen, vergilben, fallen ab. Vor allem in Baumschulen, gelegentlich bei feuchtem Wetter auch in Kirschenanlagen; besonders empfindlich reagiert 'Schattenmorelle', meist mit schnellem Blattfall.
○ **Sprühfleckenkrankheit** (*Blumeriella jaapii* [Rehm] v. Arx = *Cylindrosporium padi* Karst.)
Δ Ab Mitte Mai mit *Dithianon*, *Propineb* oder *Triforin* spritzen.

☐ Mai bis Herbst - Blätter werden braun, rollen sich, sterben ab, die verdorrten Blätter bleiben bis zum nächsten Frühjahr am Baum hängen. Früchte verkrüppeln, werden rissig und verfaulen.
○ **Blattbräune** (*Gnomonia erythrostoma* Auersw.)
Δ Seit einigen Jahren breitet sich die Krankheit nach über 80jähriger Pause wieder aus. Besonders gefährdet sind Anlagen in kühleren Lagen. Die Blätter werden mit Beginn der Laubentfaltung infiziert. Versuchsweise ab Knospenaufbruch mehrere Behandlungen mit *Dithianon* oder *Mancozeb*.

☐ Mai bis Aug. - Blätter oberseits flächig abgeschabt, daran grünliche oder schwärzliche, schneckenartige Larven, meist in kleinen Gesellschaften.
○ **Kirschblattwespe** (*Eriocampoides limacina* Retz.)
Δ Bekämpfung mit Mitteln gegen beißende Insekten auf Basis von *Deltamethrin* oder *Dimethoat*.

☐ Mai bis Sept. - Schlangenartig gewundene Miniergänge in den Blättern, darin kleine Räupchen. Später an Blättern und Zweigen hängemattenähnliche Puppengespinste. Schäden nur bei Massenbefall, der nur jahrweise, dann zumeist auch an Apfel, Birke und anderen Laubbäumen, auftritt.
○ **Schlangenminiermotte** (*Lyonetia clerkella* L.)
Δ Bekämpfung nur ausnahmsweise notwendig, dann Spritzung mit *Deltamethrin* nach der Blüte.

An Früchten

Das Aufplatzen der Süßkirschen ist eine Folge plötzlicher, starker Wasserzufuhr und tritt besonders dann auf, wenn nach Trockenperioden starke Regenfälle folgen. Gegenmaßnahmen mit unterschiedlichem Erfolg; daher Beratung anfordern.

☐ Mai bis Juli - Schwarzgrüne, undeutliche Blattflecke, Früchte mit schwarzem Anflug, bei stärkerem Befall schrumpfen sie ein. Befällt auch Pfirsich.
   ○ **Kirschenschorf** (*Venturia cerasi* Ad.)
   △ Spritzungen mit Fungiziden, wie weiter oben bei der Schrotschußkrankheit angegeben, wirken auch gegen Kirschenschorf und erübrigen in der Regel weitere Maßnahmen.

☐ Mai bis Juli - Auf den sich färbenden Früchten, vor allem an unteren Ästen, braune Flecken mit kleinen Pusteln, bei feuchtem Wetter schleimige Sporenmassen. Früchte schrumpfen ein und vertrocknen, bilden Fruchtmumien.
   ○ **Fruchtfäule, Bitterfäule** (*Gloeosporium fructigenum* Berk.)
   △ Spritzung mit Fungiziden gegen Schrotschußkrankheit 1- bis 2mal nach der Blüte.

☐ Juni bis Juli - Früchte verlieren natürlichen Glanz, sinken örtlich, vor allem in Nähe des Stielansatzes, ein, werden stellenweise weich, Stein läßt sich durch Druck verschieben. Später entsteht brauner Fleck. Frucht geht in Fäulnis über. In Steinnähe fußlose, weiße Made. Fliege 3-5 mm lang, schwarz mit gelbem Schildchen zwischen den Flügeln, diese mit bläulichschwarzen Querbinden. Die Eiablage erfolgt in das Fruchtfleisch, vor allem bei beginnender Gelbrotfärbung der reifen (nicht aber der noch grünen oder bereits vollreifen) Früchte.
   ○ **Kirschfruchtfliege** (*Rhagoletis cerasi* L.)
   △ Anbau früherer Sorten, keine späten Sorten in frühen Lagen. Frühzeitige (hartreife) und restlose Ernte. Vogel- und Heckenkirschen in der Nähe von Kirschenanlagen vermeiden. Kontrolle der Fliege mit Gelbtafeln. Spätestens 5-6 Tage nach Flugbeginn Spritzen mit Mitteln gegen Kirschfruchtfliege wie *Dimethoat* oder *Fenthion*. Die Präparate sind **bienengefährlich!** Warndienst der zuständigen Pflanzenschutzdienststelle auf Grund von Schlüpfkontrollen, Köderfängen und Spezialverfahren nutzen und Präparate nach den örtlichen Erfahrungen auswählen. Sichere Erfolge nur durch (mehrjährig wiederholte) organisierte Gemeinschaftsaktionen in größeren Bezirken. Feinste Wirkstoffverteilung sichert in der Regel den Erfolg auch bei einer Behandlung. Sorgfältige Benetzung der Früchte und Blätter einschließlich der Blattunterseiten und vor allem der höchsten Wipfelregion ist unerläßlich, eventuell sind die Bäume in der Wuchshöhe zurückzunehmen, um sowohl umfassende Spritzung als auch restloses Abernten zu ermöglichen. Bei zweiter Spritzung kann Zusatz von Fungiziden zur Verminderung des Aufplatzens der Früchte nach Regen sowie zur Bekämpfung der Bitterfäule zweckmäßig sein. **Vor allem vor größeren Aktionen stets Pflanzenschutzdienststelle befragen!** Bienenschutzverordnung und Wartezeiten sowie Wasserschutzgebietsauflagen einhalten!

☐ Junge Früchte mit noch weichem Stein löffelartig ausgehöhlt, Fruchtfleisch halbreifer Kirschen bis zum bereits verhärteten Stein abgefressen. An Blättern grüne oder braungelbe, sich "spannend" fortbewegende Raupen.
   ○ **Frostspanner** (*Operophthera brumata* L., *Erannis*-Arten)
   △ Einzelheiten siehe unter Abschnitt "An mehreren Obstarten".

2.3.3.3   Pflaume, Zwetschge, Mirabelle

An Blättern

☐ G. Veg. - Früchte vor der Reife abfallend, von tiefen Rillen und pockenartigen Einsenkungen durchzogen, ihr Fleisch gummiartig. Früchte von Pfirsich und Aprikose mit braunen Ringen oder Flecken. Auf Blättern der Pflaume, manchmal auch bei Aprikose, schwaches Band- und Ringmuster; Symptome sehr sortenspezifisch, bei der Sorte 'Ortenauer' sogar orangefarben. Übertragung erfolgt durch wirtswechselnde Blattlausarten.
O **Scharka-Krankheit** (*Plum pox virus*)
△ Kranke Bäume sofort entfernen. Virusgetestetes Pflanzenmaterial verwenden. Blattlausbekämpfung vor allem im Herbst ab September bis Blattfall! **Quarantänekrankheit!** Meldung des Auftretens an Pflanzenschutzdienststelle. Bestimmungen der **Verordnung zur Bekämpfung der Scharkakrankheit vom 7. 6. 1971** in der Fassung vom 21.11.1992 beachten. Beratung beim Pflanzenschutzdienst anfordern.

☐ Ab Ende Juni - Auf älteren Blättern leuchtend gelbe oder zartgrüne Band- und Ringmuster, gelegentlich auch Aderaufhellungen oder flächiges Mosaik, auch an Pfirsich und Aprikose in ähnlicher Form. Ähnliche Symptome auch bei Scharkakrankheit möglich.
O **Bandmosaik der Pflaume und Aprikose** (*Apple mosaic virus, Danish line pattern virus*)
△ Bei der Anzucht stets gesundes, virusgetestetes oder virusfreies Pflanzenmaterial verwenden.

☐ Juni - Runde, bis 3 cm große, gelbe bis rote, eingedellte, oberseitige Blattflecke mit knorpelig verdicktem Gewebe. Blattunterseits entsprechende Vorwölbung, meist vorzeitiger Blattfall. Nur jahrweise auftretend.
O **Fleischfleckenkrankheit** (*Polystigma rubrum* D. C.)
△ Frühzeitige Spritzung mit organischen Fungiziden wie *Dithianon, Mancozeb* oder *Metiram;* aber nur in Befallsanlagen.

☐ Sommer - Blattoberseits kleine gelbe Flecke, an der Blattunterseite erst braune, später schwarze Pusteln. Stark befallene Blätter werden braun, fallen ab. Der Pilz ist wirtswechselnd. Zwischenwirte sind Anemone-Arten.
O **Zwetschgenrost** (*Tranzschelia pruni-spinosae* Diet.)
△ Spritzung mit *Mancozeb, Metiram* oder *Triforin* beim ersten Auftreten (Ende Juli) nur bei anfälligen Sorten. Bei Frühzwetschgen erst nach der Ernte.

☐ G. Veg. - Vor allem in Baumschulen stärker auftretend. An Blättern hellgelbe, 2-3 mm große, sternförmige Flecken, an jüngsten Trieben fahlgraue Aufhellungen. Nicht mit Viruskrankheiten (Mosaik!) verwechseln!
O **Gallmilben** (*Aculus fockeui* Nal. et Tr.)
△ 2- bis 3maliges, sehr sorgfältiges Spritzen mit *Netzschwefel* im Frühjahr.

An Früchten

☐ Juni bis Juli - Statt normaler Früchte langgestreckte, flache, hohle, steinlose Gebilde, deren Oberhaut erst hellgrün, dann bräunlich gefärbt und mehr oder weniger runzelig ist und mehligweiß bepudert erscheint. Fast nur an Spätzwetschgen ('Hauszwetschge') auftretend!

O **Narren- oder Taschenkrankheit** (*Taphrina pruni* Tul)

Δ Spritzungen mit *Dithianon* oder *Mancozeb* bei feuchter Witterung kurz vor oder während der Blüte. Näheres Pflanzenschutzdienststelle.

☐ Mai bis Juni - Junge Früchte zeigen ein oder zwei Bohrlöcher, fallen ab, sind im Innern ausgehöhlt. Fruchtfleisch und Kern zerfressen durch weißliche Larve, die von Frucht zu Frucht wandert. Oft starker Fruchtfall.

O **Pflaumensägewespen** (*Hoplocampa minuta* Christ.; H. *flava* L.) .

Δ Spritzen und Sprühen mit *Oxydemeton-methyl* oder *Propoxur* direkt nach der Blüte. Bei starkem Befall nach 8 Tagen Wiederholung der Behandlung zweckmäßig. **Bienenschutzverordnung beachten!**

☐ Juni bis Sept. - Früchte vorzeitig reifend, mit Bohrloch, in diesem Gummitropfen. Schließlich vorzeitiger Fruchtfall. Pflaumen im Innern von rötlicher Made zerfressen, vor allem um den Stein, hier viele Kotkrümel.

O **Pflaumenwickler** (*Grapholitha funebrana* Fr.)

Δ Ausgewiesen gegen Pflaumenwickler an Pflaumen sind *Deltamethrin*, *Dimethoat* und *Fenoxycarb*. Spritztechnik wichtig! Früchte rundherum treffen! Da bei geringem Fruchtansatz auch die erste Wicklergeneration Bedeutung hat und früher bekämpft werden muß, Warndienst und Wartezeiten beachten. Prognose mit *Pheromonfallen* möglich.

Siehe auch: Mangelkrankheiten - Chlorotische Ringfleckenkrankheit der Kirsche - Bakterienbrand, Bleiglanz, Schrotschußkrankheit - Blattläuse, Schildläuse, Spinnmilben, Wicklerraupen.

2.3.3.4   Pfirsich

An Trieben (und Früchten)

☐ April bis Mai - Triebe abwelkend und vertrocknend, im Innern Fraßgang mit Raupe. Zweite Raupengeneration lebt vorwiegend in Früchten, welche dann Einbohrlöcher mit Gummiaustritt zeigen. Im Süden weitere Generationen.

O **Pfirsichmotte** (*Anarsia lineatella* Zell.)

O **Pfirsichtriebbohrer** (*Cydia molesta* Busck.)

Δ Abschneiden und Verbrennen befallener Triebe. Mehrmalige Spritzungen mit Insektiziden bei stärkerem Befall werden in Südeuropa regelmäßig durchgeführt. Pflanzenschutzdienst befragen. Der Pfirsichtriebbohrer ist in Südeuropa verbreitet, er dringt in warmen Jahren nach Norden vor. Falterflug kann mit Pheromonfallen überwacht werden.

An Blättern

☐ April bis Mai - Blätter mit unregelmäßigen, bauchig aufgetriebenen, hellgrünen, gelben oder rötlichen Kräuselungen und Verdickungen. Triebe gestaucht, mit verkrüppelten Blattbüscheln. Bei starkem Befall vorzeitiger Laub- und Fruchtfall. Neuaustrieb im Juni meist ohne Krankheitszeichen.

○ **Kräuselkrankheit** (*Taphrina deformans* Tul.)

Δ Unmittelbar vor dem Austrieb bei noch geschlossenen Knospen, bei regelmäßigem Befall auch nochmals beim Knospenschwellen Spritzung mit Mitteln gegen Kräuselkrankheit an Pfirsich wie *Dichlofluanid* oder *Dithianon*. Rückschnitt der abgestorbenen Triebspitzen.

☐ April bis Juli - Blätter oberseits gelbfleckig, unterseits mit mehlartigem Belag. Blätter krümmen sich aufwärts und rollen sich vom Rand her ein. Befallene Triebspitzen vertrocknen, Früchte platzen in der Regel.

○ **Pfirsichmehltau** (*Sphaerotheca pannosa var. persicae* Wor.)

Δ Geschädigte Triebe abschneiden. Bei stärkerem Befall wiederholte Spritzungen mit Mitteln gegen Echten Mehltau. Zur Zeit beim Pfirsich keine Präparate ausgewiesen. Bei jeder Anwendung von Fungiziden an Pfirsich Sortenempfindlichkeit beachten. Es ist regional unterschiedlich, daher vor der Spritzung zuständige Pflanzenschutzdienststelle befragen.

☐ Mai bis Juli - Lockere, große Gespinste mit grünen, schwarzköpfigen, raupenähnlichen Larven. An Pfirsich oft überraschend in Massen, dann starker Fraßschaden, weniger auch an anderen Steinobstarten auftretend.

○ **Steinobstgespinstblattwespe** (*Neurotoma nemoralis* L.)

Δ Bekämpfung mit einem Mittel gegen beißende Insekten.

An Früchten

☐ Ernte - Früchte bestimmter Pfirsichsorten spalten auf, ebenso die Steine.

○ **Aufspalten der Früchte und Steine**

Δ Bei der geschilderten Erscheinung handelt es sich um eine Sorteneigentümlichkeit, gegen die keine Gegenmaßnahmen möglich sind.

☐ Ab Juni - Früchte mit schwarzen Flecken und Belägen, zuweilen rissig.

○ **Pfirsichschorf** (*Venturia carpophila* Fisher)

Δ Spritzungen nach dem Abblühen, in Mitteleuropa aber nur ausnahmsweise notwendig.

☐ Juli bis Aug. - Reife Früchte weich und faulig, vor allem in Steinnähe. Im Innern mehrere bis 8 mm lange Fliegenmaden, die sich emporschnellen, wenn man sie auf eine flache Unterlage legt. Tote Larven oft dunkel verfärbt.

○ **Mittelmeerfruchtfliege** (*Ceratitis capitata* Wied.)

Δ Schädling ist im Mittelmeerraum heimisch, wird aber mit Südfrüchten häufig eingeschleppt und tritt in warmen Jahren auch in Deutschland an Stein- und Kernobst auf. Näheres Pflanzenschutzdienst.

Siehe auch: Mangelkrankheiten - Scharka-Krankheit - Bakterienbrand - Bleiglanz, Polsterschimmel, Schrotschußkrankheit - Blattläuse, Schildläuse, Spinnmilben, Wicklerraupen.

2.3.4   Schalenobst

2.3.4.1   Walnuß

☐ Ernte - Die Schale der Früchte ist sehr dünn, zuweilen papierartig wirkend, manchmal mit Löchern.

O **Dünnschaligkeit, Papiernüsse**

Δ Ursache meist zu hoher Stickstoffgehalt im Boden, daher Bodenuntersuchung. Wasserhaushalt verbessern. Keine zu feuchten Standorte für Nußbäume, bei Bedarf Entwässerung des Bodens, Drainage.

☐ Sommer - Blätter mit kleinen, braunen Flecken, Fruchtschale mit dunklen, feuchten Flecken. Früchte innen allmählich verschleimend, naßfaul.

O **Bakterienbrand** (*Xanthomonas juglandis* Dowson)

Δ Mehrmalige Spritzung mit Kupferpräparaten, besonders bei Knospenaufbruch, ist bedingt wirksam, ergänzend Blattfallspritzung. Näheres Pflanzenschutzdienst.

☐ Mai bis Laubfall - Größere, dunkelbraune, meist eckig umgrenzte Blattflecken, auch Früchte fleckig. Vorzeitiger Blatt- und Fruchtfall. Besonders in nassen Sommern auftretend, viele Früchte werden dann trockenfaul.

O **Blattfleckenkrankheit** (*Marssonina juglandis* (Lib.) Magn.)

Δ Eine Spritzung mit Kupferpräparaten vor der Blüte, ergänzt durch Einsatz von organischen Fungiziden wie *Mancozeb* oder *Metiram* nach der Blüte, ist bei befallenen jungen Bäumen empfehlenswert, aber vorher Beratung anfordern.

☐ Mai bis Juli - Blätter mit blasigen Auftreibungen, denen auf der Unterseite Eindellungen mit weißem, filzigem Überzug entsprechen. Die Erscheinung wird durch Saugtätigkeit von Gallmilben hervorgerufen.

O **Walnußfilzgallmilbe** (*Eriophyes erineus* Nal.)

Δ Die Bekämpfung mit Schwefelmitteln ist im zeitigen Frühjahr möglich, jedoch meist unwirtschaftlich.

☐ Frühjahr und Hochsommer - Blätter leicht eingerollt, auf der Blattunterseite zahlreiche, 1-2 mm große, hell- bis orangegelbe Blattläuse. Starke Honigtauabscheidung. Ansiedlung von Schwärzepilzen, häufig sekundäre Schädigung durch Sonnenbrand. Vor allem an *Juglans regia* häufiger auftretend.

O **Kleine Walnußblattlaus** (*Chromaphis juglandicola* Kalt.)

Δ Gegebenenfalls bei stärkerem Auftreten der Sommergeneration (10 Läuse je Blatt) an jungen Bäumen. Anwendung eines Insektizids nach Beratung durch Pflanzenschutzdienststelle eventuell erforderlich.

Ferner: **Apfelwickler, Obstmade (*Laspeyresia pomonella* L.)** und andere **Wicklerarten** gelegentlich als Raupen in Nüssen. Bekämpfung an Walnuß in Mitteleuropa meist nicht notwendig.

2.3.4.2   Haselnuß

☐ An noch unreifen Haselnüssen finden sich braune Flecken, der Fruchtstand fällt oft als Ganzes ab. Vor allem bei sehr feuchter, warmer Witterung.

O **Monilia-Krankheit** (*Monilinia coryli*)

Δ Mittel gegen Monilia an Steinobst dürften wirken, doch fehlen noch diesbezügliche Erfahrungen. Daher in jedem Fall Beratung anfordern. Spritzungen haben ohnehin nur für den Erwerbsanbau Bedeutung.

☐ März bis April - Knospen dick anschwellend, treiben nicht aus, werden kugelartig, öffnen sich nicht, vertrocknen. Im Innern zahlreiche winzige Gallmilben.
○ **Knospengallmilbe** (*Phytoptus avellanae* Nal.)
Δ Rückschnitt befallener Zweige. Kräftigung der Büsche durch Kulturmaßnahmen. Spritzung mit *Netzschwefel*-Präparaten 2- bis 3mal von Beginn des Austriebs bis Juni.

☐ Juli bis Aug. - Nüsse mit Bohrloch in der Schale, fallen schließlich ab. Kern zerfressen. Im Innern des Kernes frißt Käferlarve. Bis 7 mm langer, fleckig gelbbrauner Rüsselkäfer bohrt die noch unreifen Nüsse an und legt ein Ei hinein.
○ **Haselnußbohrer** (*Curculio nucum* L.)
Δ Behandlungen mit Insektiziden Mitte Mai bis Ende Juni alle 2 Wochen ist nur bei erwerbsmäßigem Haselnußanbau in ausgesprochenen Befallsgebieten verantwortbar. Beratung durch die Pflanzenschutzdienststelle.

2.3.5 Beerenobst

Siehe auch: Holzschwämme, Wurzelkropf. Zur Unkrautbekämpfung siehe "Pflanzenschutzmittelübersicht - Herbizide im Obstbau".

2.3.5.1 Stachelbeere

☐ Juni bis Aug. - Blätter mit zahlreichen dunklen Flecken, rollen sich, vertrocknen und fallen ab. Oft Büsche bereits kurz nach der Ernte kahl.
○ **Blattfallkrankheit** (*Drepanopeziza ribis* Kleb.)
Δ Spritzungen vor, sofort nach der Blüte und nach der Ernte mit einem Mittel gegen Blattfallkrankheiten an Beerenobst. Zur Zeit für Stachelbeere kein Präparat ausgewiesen, sondern nur für Johannisbeere *Dichlofluanid*. Beratung anfordern! Bei Spritzungen Unterseite der Blätter gut benetzen.

☐ Juni bis Aug. - Auf Beeren, Blattstielen und Blattunterseiten gelblich- bis bläulich-rote Anschwellungen, später aufplatzend zu orangeroten kleinen Becherchen, die gelbes Sporenpulver entlassen. Beeren fallen unreif ab. Seltener an Johannisbeere, Zwischenwirte: Seggen, Carex-Arten.
○ **Becherrost** (*Puccinia ribesii-caricis* Kleb.)
Δ Bekämpfung nur bei starkem Befallsdruck aufgrund einer Auskunft der Pflanzenschutzdienststelle.

☐ Mai bis Juni - Triebe gestaucht, mit abwischbarem, erst weißem, dann braunem Pilzbelag, letzterer auch an Früchten, vor allem bei feuchtem Wetter. In Baumschulen auftretend, aber auch in Gärten sehr stark verbreitet.
○ **Amerikanischer Stachelbeermehltau** (*Sphaerotheca mors- uvae* B. et C.)
Δ Rückschnitt der Triebspitzen. Austriebspritzung mit *Netzschwefel*-Präparaten. Nach Austrieb mehrere Spritzungen mit *Netzschwefel* oder *Triforin*. Verwendung widerstandsfähiger Sorten.

☐ Mai bis Juni - Blätter fleckig weißlichgelb, schließlich vertrocknend, abfallend. An Blättern saugen grüngraue bis rötliche, 0,5 mm lange Milben.

○ **Stachelbeermilbe** (*Bryobia ribis* Thomas)

△ Sonderberatung anfordern, da Bekämpfung schwierig!

☐ Mai bis Aug. - Plötzlicher Kahlfraß durch erst grüne, später blaugrüne raupenartige Larven. Fraß beginnt im Innern der Büsche, zunächst in der Regel unbemerkt. Mehrere Generationen. Die Wespen der 1. Generation erscheinen ab April. Auch an Johannisbeere.

○ **Stachelbeerblattwespe** (*Pteronidea ribesii* Scop.)

△ Frühzeitiges Spritzen mit *Propoxur* oder *Parathion*. Bienengefährdung beachten!

☐ April bis Juni u. Aug. bis Sept. - Einzeln fressende schwarzweißgelb gefleckte Raupen, die sich "spannend" fortbewegen; kein plötzlicher Kahlfraß

○ **Stachelbeerspanner** (*Abraxas grossulariata* L.).

△ Bekämpfung wie bei **Stachelbeerblattwespe.**

Siehe ferner: **Kaliummangel - Blattläuse, Schildläuse.**

2.3.5.2   Johannisbeere

☐ Juni bis Aug. - Vor allem an älteren Blättern vergilben etwa ab Juni die Ränder, rollen sich nach oben ein, eine scharf abgegrenzte Randzone wird allmählich braun und stirbt ab. Vorzeitiger Blattfall.

○ **Blattrandkrankheit, Kaliummangel**

△ Kalidüngung, möglichst 2-3 kg schwefelsaures Kali auf 1 Ar. Zweckmäßig Bodenuntersuchung durch eine Landwirtschaftliche Untersuchungs- und Forschungsanstalt (LUFA). Ähnliche Symptome bei Verwendung chloridhaltiger Dünger.

☐ Juni bis Aug. - Blätter mit dunklen Flecken, rollen sich, vertrocknen, fallen ab. Büsche nach der Ernte kahl. Besonders anfällig sind die Sorten 'Jonkheer van Teets' und 'Red Lake'. Zuweilen auch an Stachelbeere.

○ **Blattfallkrankheit** (*Drepanopeziza ribis* Kleb.)

△ Bei Johannisbeeren sofort nach Austrieb und nach Ernte Spritzung mit *Dichlofluanid*.

☐ Juli - Vor allem an Schwarzer Johannisbeere. Auf Blattunterseite gelbbraune Rostpusteln. Zwischenwirte sind Weymouthskiefer und Zirbelkiefer.

○ **Säulenrost** (*Cronartium ribicola* Fisch.)

△ Kein Anbau von Schwarzen Johannisbeeren in der Nähe von Weymouthskiefern. Spritzung nach der Ernte mit *Metiram*. Blattunterseiten gründlich behandeln.

☐ G. Veg. - Vor allem an Schwarzer Johannisbeere. Triebspitzen gestaucht, junge Blätter deformiert, zum Teil auch chlorotisch. Blätter und Blattstiele mit weißem Pilzbelag, später braun und fleckig werdend.

○ **Amerikanischer Stachelbeermehltau** (*Sphaerotheca mors-uvae* B. et C.)

△ Kranke Triebspitzen gleichzeitig mit den "Rundknospen" zurückschneiden. Vor und nach der Ernte spritzen mit *Netzschwefel* oder *Triforin*.

☐ G. Veg. - Triebe welken und sterben schließlich ab. Bei feuchtem Wetter an den Befallsstellen graues Pilzmyzel.

○ **Triebsterben** (*Botrytis cinerea*)
△ Sofortiger Rückschnitt aller welkenden Triebe bis ins gesunde Holz ist zweckmäßig.

☐ Ab Mai - Die Blätter mit gelblich-roten, beulig-blasigen Auftreibungen.
○ **Johannisbeerblasenlaus** (*Cryptomyzus ribis* L.)
△ Zur Zeit kein Präparat zugelassen.

☐ G. Veg. - Sträucher kümmern, einzelne Triebe vertrocknen. Rinde mit grauweißer Kruste aus kleinen Schilden bedeckt, wie mit Asche bestäubt.
○ **San-José-Schildlaus** (*Quadraspidiotus perniciosus* Comst.)
△ Nähere Angaben über die Bedeutung und Bekämpfung siehe Abschnitt "An mehreren Obstarten".

☐ April - Unförmiges Anschwellen der Knospen, der Austrieb unterbleibt, ein großer Teil der vergallten Knospen trocknet ein. Vor allem bei Schwarzer Johannisbeere.
○ **Johannisbeergallmilbe** (*Cecidophyopsis ribis* Westwood)
△ Es gibt keine zugelassene chemische Bekämpfungsmöglichkeit. Rückschnitt und Verbrennen befallener Triebe. Neuaufbau aus gesunden Basisaugen.

☐ Sommer - Beeren an roten Johannisbeeren färben sich milchig-rot. Dann bilden sich pustelförmige Sporenlager. Beeren schrumpfen und bleiben als trockene Fruchtmumien an den Stielen hängen.
○ **Colletotrichum-Fruchtfäule** (*Colletotrichum gloeosporioides*)
△ In befallenen Anlagen versuchsweise ab dem Austrieb bei kühlem, regnerischem Wetter *Dichlofluanid* einsetzen. Beim Winterschnitt Fruchtmumien entfernen.

☐ Frühjahr - Junge Blätter an Schwarzen Johannisbeeren flügelartig gedreht, deformiert, durchlöchert. Juni bis Juli vertrocknen Spitzenblättchen.
○ **Johannisbeerblattgallmücke** (*Dasyneura tetensi* Rübs.)
△ Es gibt keine zugelassene chemische Bekämpfungsmöglichkeit. Beratung durch Pflanzenschutzdienst anfordern.

☐ G. Veg. - Blatt- und Blütenknospen durch Fraß einer Raupe ausgehöhlt. Einbohrloch mit Kotauswurf. Später Raupenfraß an Blütenanlagen und jungen Trieben, seltener Einbohren. Im Sommer lebt junge Raupe von Samen, verursacht Frühreife oder Abfallen.
○ **Johannisbeermotte** (*Incurvaria capitella* Clerck.)
△ Vor der Blüte *Deltamethrin*. Wartezeit beachten! Ergänzend Verbrennen befallener Beeren, Knospen und Triebe, soweit möglich. In jedem Fall vorherige Beratung durch Pflanzenschutzdienststelle.

☐ Aug. bis April - Triebe abwelkend, vertrocknend, im Innern Fraßgang mit weißgelber Raupe oder brauner Puppe. Leere Puppenhülsen hängen im Mai/Juni aus befallenen Ruten heraus. Die Falter haben glasartig durchscheinende Flügel und einen gelb quergestreiften Körper.
○ **Johannisbeerglasflügler** (*Synanthedon tipuliformis* Clerck.)
△ Abschneiden, Verbrennen befallener Ruten, keine Stümpfe stehen lassen. Versuchsweise etwa Mitte Juni (Warndienst!) Spritzung mit *Deltamethrin*. Wartezeit beachten!

Zweite Spritzung nach der Ernte. Chemische Bekämpfungsmaßnahmen lohnen sich nur in stark befallenen Anlagen. Näheres zuständige Pflanzenschutzdienststelle.

Ferner an Johannisbeere: **Blattläuse, Blattwanzen, Stachelbeerblattwespe, Stachelbeerspanner, Schildläuse, Wicklerraupen, Zikaden. -** In manchen Anbaugebieten ist die **Gänsedistelblattlaus (*Hyperomyzus lactucae* L.)** zu einem Hauptschädling an Schwarzer Johannisbeere geworden. Sie lebt als wirtswechselnde Blattlaus ab Mai auf Gänsedistel (*Sonchus*-Arten).

2.3.5.3   Brombeere

An Brombeeren kommen zum Teil die gleichen Krankheiten und Schädlinge vor wie an Himbeere, beispielsweise *Botrytis*-Fruchtfäule. Siehe daher auch unten.

☐ G. Veg. - Die Ranken mit rötlichen, in der Mitte mehr bräunlichen Flecken.
  O **Brombeerrankenkrankheit** (*Rhabdospora ramealis* Sacc.)
  Δ Wenn junge Ranken etwa 50 cm lang sind, zweimal im Abstand von 2 Wochen mit Fungizid spritzen. Da z. Z. kein Fungizid zugelassen ist, sollten aktuelle Informationen beim Pflanzenschutzdienst erfragt werden.

☐ G. Veg. - Blätter weißlich-gelblich gesprenkelt, Triebe mit fahlen, weißlich-gelblichen Stellen. Die Früchte bleiben fleckenweise oder vollständig rot.
  O **Brombeergallmilbe** (*Acalitus essigi* Hassan)
  Δ Empfohlen wird eine dreimalige Spritzung mit *Netzschwefel*, wenn die Länge der Jahrestriebe 40 cm sowie 50-60 cm beträgt (Blütenstand in der Streckung), ferner ein drittes Mal während der Blüte.

2.3.5.4   Himbeere

☐ G. Veg. - Blätter mosaikartig hell- und dunkelgefleckt. Bei starkem Befall wellig gekräuselt, seltener verkrüppelt. Pflanzen kümmern. Ertrag sinkt, Krümelfrüchtigkeit.
  O **Himbeermosaik** (*Raspberry mosaic disease* = Komplex von Viruskrankheiten)
  Δ Ausschließlich virusgetestetes oder virusfreies Pflanzenmaterial verwenden!

☐ Sommer - Sträucher bilden büschelig stehende, kurze, wie gestaucht erscheinende, dünne Ruten. Gelegentlich auch an Brombeeren vorkommend. Neigung zur Blütenvergrünung, Durchwachsen der Blüten, Blätter lanzettlich verformt.
  O **Himbeerstauche** (*Phytoplasma*)
  Δ Kranke Stauden entfernen. Virusgetestetes Pflanzmaterial verwenden, ergänzend Bekämpfung der Zikaden (Überträger).

☐ Mai bis September - An den einjährigen Ruten ab Mai blauviolette Flecke, die sich zu dunklen Zonen erweitern. Im Spätsommer Absterben der Rinde, Aufplatzen, kleine Pusteln am kranken Holz. Ruten sterben ab, oft ganze Anlagen, vor allem bei zu dichtem Stand und Überalterung.

O **Rutenkrankheit** (*Didymella applanata* Sacc., *Leptosphaeria coniothyrium* Sacc. u. a.)

△ Lichter Stand, keine überalterten Kulturen, ausgeglichene Düngung, Bodenabdeckung mit Humus. Behandlung der Jungruten mit *Dichlofluanid*. Abgetragene Ruten nach der Ernte tief abschneiden und verbrennen. Bekämpfung der Himbeerrutengallmücke (s. dort).

☐ ab Mai - Dunkle, leicht eingesunkene Flecken an den Ruten, darunter 2-3 mm lange rötliche Maden.

O **Himbeerrutengallmücke** (*Thomasiniana theobaldi* Barnes)

△ Vorbeugend gegen die aus dem Boden schlüpfenden Mücken wirkt eine Bodenabdeckung mit dichtem Mulch Ende März/Anfang April. Bekämpfung mit *Phosphamidon*.

☐ Wachstumsdepression bis Absterben der Stöcke. Wurzeln der erkrankten Pflanzen sind schwarz und vermorscht.

O **Wurzelfäule der Himbeeren** (*Phytophthora fragariae var. rubi*)

△ Gesundes Pflanzgut, staunasse Standorte meiden, Erhaltung einer guten Bodenstruktur, optimale Kulturführung. Eine gewisse fungistatische Wirkung hat *Metalaxyl*. Beratung durch den Pflanzenschutzdienst anfordern.

☐ G. Veg. - Schadbild ähnlich dem Himbeermosaik, jedoch ist der weiße Haarfilz auf der Blattunterseite unterhalb der gelben Flecken dünner, so daß die Flecken hier grünlicher erscheinen.

O **Himbeerblattgallmilbe** (*Phyllocoptes gracilis* Nal.)

△ Bekämpfung bei starkem Befall (im Vorjahr) während des Austriebes mit *Netzschwefel*.

☐ März bis April - Blatt- und Blütenknospen vertrocknen, sind ausgehöhlt. Junge Triebe sterben ab. Im Mark bis 9 mm lange rote Raupen mit schwarzem Kopf. "Roter Himbeerwurm". Kotauswurflöcher. Im Sommer unbedeutender Fraß der Jungraupen einer neuen Generation im Fruchtboden.

O **Himbeermotte** (*Lampronia rubiella* Bjerk.)

△ Verbrennen des Fallaubes, Bodenbearbeitung. Eine wichtige Ergänzungsmaßnahme ist die regelmäßige Vernichtung befallener Knospen und Triebe.

☐ Juli bis April - Rundliche Gallen an den Ruten, in deren Innern rote Maden oder Käferlarven fressen. Nur gelegentlich häufiger auftretend.

O **Himbeergallmücke** (*Lasioptera rubi* Heeg.)

O **Himbeerprachtkäfer** (*Agrilus communis* Obenb.)

△ Rückschnitt befallener Ruten. Vermeidung von Rindenwunden.

☐ Aug. bis April - Ruten welken, vertrocknen, im Innern Fraßgänge mit gelblichweißer Raupe oder brauner Puppe. Der Falter ist wespenähnlich.

O **Himbeerglasflügler** (*Synanthedon hylaeiformis* Lasp.)

△ Möglichst tiefes Ausschneiden und Verbrennen aller befallenen Ruten ist zweckmäßig. Chemische Bekämpfung z. Z. nicht möglich.

☐ Mai bis Juli - Blütenstiele angefressen, abknickend oder samt Blütenknospen abfallend. Im Innern der Knospe eine weißlichgelbe Käferlarve.

O **Himbeerblütenstecher** (*Anthonomus rubi* Hbst.)

△ Zur Zeit kein Insektizid zugelassen.

☐ Mai bis Juni - An den Blütenknospen und in den Blüten kleine, braune Käfer, in den Früchten ihre gelblichen Larven, meist als "Maden" oder "Würmer" bezeichnet. Gelegentlich auch an Brombeeren, hier in der Regel nur vereinzelt.
  ○ **Himbeerkäfer, Himbeerwurm** (*Byturus tomentosus* de Geer)
  △ Zur Zeit kein Insektizid zugelassen.

☐ Früchte an Himbeeren und Brombeeren faulen und sind von grauem Pilzbelag bedeckt.
  ○ **Botrytis-Fruchtfäule** (*Botrytis cinerea*)
  △ Rechtzeitige Spritzung mit *Dichlofluanid* um den Zeitpunkt der Blüte.

Ferner an Himbeere: **Wurzelkropf - Blattläuse, freifressende Rüsselkäfer, Zikaden.**

2.3.5.5   Kulturheidelbeere

Kulturheidelbeeren gedeihen am besten auf luftdurchlässigen, sauren, humosen Böden mit einem pH-Wert von 4,0 bis 4,8 bei ausreichender Feuchtigkeit. Sie brauchen relativ wenig Pflege, sind aber wegen der frühen Blüte empfindlich gegen Spätfröste. Krankheiten und Schädlinge an Kulturheidelbeere haben bisher in Deutschland, im Gegensatz zu Nordamerika, verhältnismäßig geringe Bedeutung. Ihre Einschleppung mit bewurzelten Stecklingen aus USA bedeutet jedoch eine akute Gefahr für die europäischen Anbaugebiete. Für Angaben über beobachtete Krankheiten und Schädlinge in Deutschland ist der Herausgeber dieses Taschenbuches dankbar.

☐ G. Veg. - Befallene Sträucher bleiben klein, zeigen verkürzte Internodien und es kommt zu Hexenbesen. Blätter klein, beulig, löffelförmig gekrümmt; Blattränder und Flächen zwischen den Seitenadern chlorotisch, im Spätsommer leuchtend rot gefärbt. Übertragung der Krankheit durch Zikaden.
  ○ **Heidelbeerstauche** (*Blueberry stunt phytoplasma*)
  △ Entfernung befallener Pflanzen, Bekämpfung der Überträger. Verwendung gesunder Jungpflanzen. Bei auffälligen Symptomen Kontakt mit dem Pflanzenschutzamt aufnehmen.

☐ G. Veg. - Blätter vergilbt, später rotbraun mit nekrotischem Rand. Triebwachstum stockt. Nekrosen an den Wurzeln.
  ○ **Phytophthora-Wurzelfäule** (*Phytophthora cinnamomi*)
  △ Vermeiden von Staunässe bzw. gute Drainage sind entscheidend zur Vermeidung der Krankheit.

☐ Sommer - Blatteile auffällig rot, verdickt, auf der Unterseite mit cremeweißem, filzigem Myzel. Absterben der befallenen Blätter und ganzer Triebe.
  ○ **Rotblättrigkeit** (*Exobasidium vaccinii*)
  △ Befallene Pflanzen entfernen und vernichten, da sie systemisch mit dem Erreger infiziert sind.

☐ G. Veg. - Kranke Zweige zunächst braun bis schwarz, später grau mit schwarzen Sklerotien. An infizierten jungen Blättern zuerst chlorotische Flecken, die dann nekrotisch werden und sich hellbraun verfärben. Auf befallenen, vertrockneten Blättern findet man einen grauen Pilzrasen.

○ **Blüten- und Zweigsterben** (*Botrytis cinerea*)

△ Sträucher nicht zu dicht werden lassen. Keine hohe Stickstoffdüngung im Frühjahr. Behandlung während der Blüte mit *Dichlofluanid, Iprodion* oder *Procymidon*.

☐ Juni bis August - Ca. 2-10 cm lange, braune Flecken, die nach unten wachsen und den ganzen Zweig umfassen können. Krankes, dunkles Gewebe ist deutlich von der gesunden Rinde abgegrenzt. Triebe welken und sterben ab. Alte Befallsstellen sind grau verfärbt.
An den Früchten kann dieser Pilz eine Fruchtfäule hervorrufen. Die Beeren werden weich, platzen auf, das Fruchtfleisch wird rotbraun und schwammig.
○ **Phomopsis-Zweigbrand und Fruchtfäule** (*Phomopsis vaccinii*)
△ Kranke und abgestorbene Zweige so tief wie möglich herausschneiden und vernichten. Staunässe vermeiden.

☐ Herbst/Winter - Kleine, wässrige, später rötliche Flecken an den Blattnarben junger Triebe, oft im unteren Bereich der Pflanze. Rinde einsinkend, größere Flecken mit grau-weißem Zentrum und rotbraunem Rand, zu Vegetationsbeginn oft schon triebumfassend. Bei warmem Wetter plötzliches Welken und Absterben der Triebe. An älteren Ästen lange Risse und ablösende Rinde. Blätter verfärben sich rotbraun, bleiben zunächst hängen.
○ **Triebsterben** (*Godronia cassandrae*)
△ Herausschneiden kranker und abgestorbener Triebe. Vorsicht bei der Stickstoffdüngung! Bei stärkerem Befall eine Kupferbehandlung direkt nach dem Blattfall.

☐ Juli bis Sept. - An diesjährigen Trieben kleine, konische, rötliche Anschwellungen. In den folgenden Jahren Ausdehnung der Befallsstellen zu triebumfassenden, rissigen Krebsstellen, Absterben der Zweige. Sorten sind unterschiedlich anfällig.
○ **Zweigkrebs** (*Botryosphaeria corticis*)
△ Herausschneiden kranker Zweige. Verwendung widerstandsfähiger Sorten. Auf gesunde Jungpflanzen achten.

☐ Frühsommer - Zunächst gelbe, dann schwarze Triebspitzen mit eingerollten Blättern. Darin farblose, später hellorangefarbene, bis 2 cm große Larven.
○ **Triebspitzengallmücke** (*Contarinia vaccinii*)
△ Es gibt keine zugelassene chemische Bekämpfungsmöglichkeit. Befallene Triebspitzen entfernen und vernichten. Beratung durch den Pflanzenschutzdienst anfordern.

☐ Juli bis Aug. - Das Blütenende der reifen Früchte wird weich und sinkt ein. Es erscheinen lachsfarbene Sporenträger.
Der Pilz kann auch die Blätter infizieren und dort eine Blattfleckenkrankheit hervorrufen.
○ **Colletotrichum-Fruchtfäule** (*Colletotrichum gloeosporioides*)
△ Versuchsweise Behandlungen mit *Dichlofluanid* ab der Vollblüte.

☐ Sommer - Fast reife und reife Früchte werden gefressen. Verluste können erheblich sein.
○ **Vögel** (Amseln, Drosseln, Stare, Elstern, Eichelhäher u.a. Arten)
△ Einnetzen der Sträucher. Knallscheuchen und Tonbänder mit Warn- und Angstrufen haben nur vorübergehend Erfolg.

Siehe ferner: **Blattläuse, Engerlinge, Frostspanner, Wicklerraupen, Wild. Abiotische Schäden durch Nährstoffmangel, Frost, Wasserstreß, Herbizide.**

2.3.5.6   Erdbeere

Chlorfreie Volldünger mit Mikronährstoffen vor dem Pflanzen oder bei mehrjährigen Anlagen in 2 Gaben nach der Ernte und im Spätsommer haben sich bewährt. Stickstoffgaben im Frühjahr begünstigen leicht den Grauschimmel. Chemische Unkrautbekämpfung in Erdbeeren siehe "Pflanzenschutzmittelübersicht - Herbizide im Obstbau".

☐ Sommer - Blätter vergilben, Adern bleiben aber grün, Pflanze kümmert.
  O **Chlorose** (Eisen- oder Manganmangel)
  Δ Eisen- oder Manganzufuhr, vorher zweckmäßig Bodenuntersuchung durch eine Landwirtschaftliche Untersuchungs- und Forschungsanstalt (LUFA).

☐ Juni bis Herbst - Blätter kleiner, Blattränder vergilben, Blattspreite partiell verdreht oder ganze Blätter kraus, mit chlorotischen Flecken. Zwergwuchs, Wuchskraft der Stauden läßt nach, manche Pflanzen wirken unnatürlich gestaucht.
  O **Viruskrankheiten** (*Strawberry mild yellow edge virus*, *Strawberry mottle virus*, *Strawberry crinkle virus*, *Arabis mosaic virus* u.a.)
  Δ Pflanzgut nur aus gesunden Anlagen. Bekämpfung der als bedeutendster Virusvektor fungierenden Erdbeerknotenhaarblattlaus (*Pentatrichopus fragaefolii* Coek.) in Vermehrungsbetrieben unerläßlich, mit Insektiziden gegen saugende Insekten. Gegen nematodenübertragbare Viruskrankheiten nach Einschaltung der zuständigen Pflanzenschutzdienststelle und **nur** in Vermehrungsbeständen eventuell Bodenentseuchung lohnend.

☐ G. Veg. - Pflanzen welken während der Erntezeit bei warmem Wetter. Bei kühlem, feuchtem Wetter erholen sie sich. Ältere Blätter mit vertrockneten, braunen Rändern, jüngere Blätter gestaucht, bleiben aber grün. Krankheit breitet sich gebietsweise aus.
  O **Verticillium-Welke** (*Verticillium albo-atrum* Reinke u. Berth.)
  Δ Sortenwahl. Beste Kulturbedingungen, Vernichtung kranker Pflanzen. Fruchtwechsel, aber Erdbeeren nicht nach Kartoffeln pflanzen. Bei Auftreten Beratung anfordern!

☐ Mai bis Juli - Nesterweises Absterben der Pflanzen, Blätter bleiben klein, sind rötlich verfärbt. Seitenwurzeln verfault, Hauptwurzeln mit braunrot verfärbtem Zentralzylinder (Unterschied zur Rhizomfäule).
  O **Rote Wurzelfäule** (*Phytophthora fragariae* Hickmann)
  Δ Vernichtung kranker Pflanzen, Fruchtwechsel, da der Pilz viele Jahre im Boden überdauern kann. Quarantänekrankheit! Spezielle Vorbeugungsmaßnahmen mit *Fosetyl* möglich. Beratung durch Pflanzenschutzdienst dringend zu empfehlen!

☐ Sommer bis Herbst - Herzblätter welken, Laub verfärbt sich blaugrün. Oft Absterben der Pflanze innerhalb weniger Tage. Senkrecht durchgeschnittenes Rhizom mit braunroter Zone. Besonders empfindliche Sorten: 'Elsanta', 'Karina'. Frigopflanzen sind ganz allgemein anfälliger als Grünpflanzen.
  O **Rhizomfäule** (*Phytophthora cactorum* Schroet.)
  Δ Gegenmaßnahmen vorbeugend mit *Fosetyl* möglich. Bei stärkerem Befall sollten sämtliche Pflanzen vernichtet, aber nicht untergegraben oder kompostiert werden. Neuanlage mit gesunden Pflanzen auf einer anderen Fläche, da der Pilz im Boden überdauert.

☐ Mai bis Juni - Junge Früchte braun verfärbt, wirken beim Anfassen gummi- bis lederartig, nach der Reife weichfaul, milchig, weiß, schmecken bitter. Auch Stiele der Blätter und Fruchtstände werden befallen, verfärben sich braun, welken.

○ **Lederfäule** (*Phytophthora cactorum* Schroet.)

△ Maßnahmen gegen die Grauschimmelfäule (siehe unten) wirken bei Einsatz von *Dichlofluanid* zusätzlich gegen die Lederfäule.

☐ Mai bis Juni - Früchte mit kreisrunden, zunächst hellbraunen, später schwarzen, leicht eingesunkenen Flecken. Das Fruchtfleisch bleibt fest und trocken. Flecken vergrößern sich bis zur völligen Mumifizierung der Frucht.

○ **Colletotrichum-Fruchtfäule** (*Colletotrichum spp.*)

△ Durch den rechtzeitigen Einsatz von *Dichlofluanid* bei der Grauschimmelbekämpfung kann Infektionen vorgebeugt werden.

☐ Mai bis Juni - Früchte zeigen weißgraue Pilzrasen und faulen vor allem bei regnerischem Wetter und nach später Stickstoffdüngung.

○ **Grauschimmelfäule** (*Botrytis cinerea* Pers.)

△ 2-3 Blütenspritzungen mit *Dichlofluanid*, *Iprodion*, *Procymidon* oder *Vinclozolin*. Da nur *Dichlofluanid* gegen die Lederfäule (siehe oben) wirkt sowie zur Vermeidung von Resistenzbildung Präparate möglichst abwechseln. 1. Spritzung bei Beginn der Blüte, 2. in die Vollblüte, 3. in die abgehende Blüte, letztere nur bei anhaltendem Regen. Gründlich benetzen, am besten mit Dreidüsengabel unter hohem Druck. Bei den besonders anfälligen, stark laubigen Sorten besser einjährige Kultur, weiter Reihenabstand, Folien-, Holzwolle- oder Strohunterlage.

☐ Mai bis Juni - Blätter und Blütenstiele sind mit weißen Überzügen bedeckt, Blätter rollen sich nach oben, Blattränder rötlich verfärbt.

○ **Erdbeermehltau** (*Sphaerotheca humuli* Burr.)

△ Sortenwahl, sehr empfindlich sind 'Elvira' und 'Tenira'. Zur Zeit kein Präparat zugelassen. Aktuelle Informationen beim zuständigen Pflanzenschutzdienst einholen.

☐ Ab Juni/Juli - auf der Blattunterseite hellgrüne, wässrige, eckige, anfangs winzige Blattflecken, im Gegenlicht durchscheinend. Allmähliches Zusammenlaufen der Flecken, sie erscheinen auf der Blattoberseite rötlichbraun. Bei feuchter Witterung auf der Blattunterseite milchig-weißlicher, klebriger Bakterienschleim, der eingetrocknet lackartig aussieht.

○ **Eckige Blattfleckenkrankheit** (*Xanthomonas fragariae* Kennedy & King)

Δ Quarantänekrankheit! Nur gesundes Pflanzgut verwenden. Bei Auftreten verdächtiger Symptome mit dem Pflanzenschutzdienst in Verbindung setzen.

☐ Mai bis August - Weißliche Blattflecken mit rötlichbraunen Randzonen.

  ○ **Weißfleckenkrankheit** (*Mycosphaerella fragariae* Lind)

Δ Sortenwahl, empfindlich sind 'Senga Sengana' und davon abstammende Sorten. Vermeidung einseitiger Düngung. Chemische Gegenmaßnahmen aber nur bei sehr starkem Befall wirtschaftlich, daher Pflanzenschutzdienst befragen! Derzeit keine Mittel speziell zugelassen.

☐ G. Veg. - Blatt- und Blütenstiele verkürzt und verdickt, Blätter klein, rötlich verfärbt, krauser Wuchs, Fiederblätter tütenförmig. Zahlreiche Knospen. Früchte bleiben klein.

  ○ **Erdbeerälchen** (*Aphelenchoides*-Arten)

Δ Fruchtwechsel. Aus verseuchten Quartieren niemals Vermehrungsmaterial entnehmen, damit wird der Schädling verschleppt. Verwendung gesunder Jungpflanzen.

☐ G. Veg. - Pflanzen kümmern nesterweise, Wurzeln schwärzlich, morsch, Rinde leicht abstreifbar, aber Zentralzylinder der Wurzeln bleibt weiß.

  ○ **Wandernde Wurzelnematoden** (*Pratylenchus*-Arten) in Kombination mit **Schwarzer Wurzelfäule** (*Pythium*-, *Fusarium*- und *Rhizoctonia*-Arten)

Δ Bei Befallsverdacht Meldung an das zuständige Pflanzenschutzamt, denn Befallsermittlung nur durch Spezialverfahren möglich. Verwendung gesunder Jungpflanzen aus anerkannten Vermehrungsbeständen. Bei Verseuchung von Ertragsbeständen Aussetzen mit Erdbeeranbau.

☐ G. Veg. - Herzblätter entfalten sich nicht, bleiben klein, gekräuselt. Bei starkem Befall Nekrosen an jungen Blättern; auch Blüten werden befallen. Pflanzen kümmern oder sterben ab. Zwischen Blatthaaren Milben, starke Populationszunahme besonders bei nur langsamer Blattentfaltung.

O **Erdbeermilbe** (*Steneotarsonemus pallidus fragariae* Zimmermann)

△ Verwendung milbenfreier Jungpflanzen. Zur Zeit kein chemisches Präparat zur Bekämpfung zugelassen.

☐ G. Veg. - Blätter, Blüten zerfressen, versponnen, in den Gespinsten Raupen.
  O **Erdbeerwickler-** (*Acleris comariana* Zell.) und andere **Wicklerraupen**
  △ Spritzen mit *Deltamethrin* sehr zeitig vor der Blüte (April).

☐ April bis Mai - Blütenstandstiele, Blattstiele und Ausläufer sehr frühzeitig angefressen, teilweise abknickend oder welkend, zuletzt absterbend.
  O **Erdbeerstengelstecher** (*Rhynchites germanicus* Hst.)
  △ Bekämpfung vor der Blüte mit *Deltamethrin*.

☐ Mai - Blütenstiel angestochen, abknickend oder mit Knospe abfallend, in der Knospe Larve des bis 4 mm langen Rüsselkäfers, der die Knospen mit Eiern belegt. Überwinterung des Käfers am Boden, er erscheint bei Temperaturen über 16 °C.
  O **Erdbeerblütenstecher** (*Anthonomus rubi* Hbst.)
  △ Bekämpfung der Käfer vor der Blüte mit *Deltamethrin*.

☐ April bis Juni - Streifige oder flächige Schabestellen an den Blättern. Schleimspuren, auch Früchte befressen, vor allem in regnerischen Jahren.
  O **Schnecken** (*Arion*-Arten)
  △ Gegen Abend Ausstreuen *Metaldehyd*- oder *Methiocarb*-haltiger, gekörnter oder in Bändern aufbereiteter Schneckenköder oder Anwendung des Schneckenlockstoffgemisches *Schnecken-Lösung Limagard* unter strenger Beachtung der Gebrauchsanleitung.

Bei Auftreten des **Erdbeerlaufkäfers** (*Pterostichus*-Arten) zweckmäßig Sojaschrot-Köder als "Ablenkfütterung"; dazu Sonderberatung anfordern!
Gegen **Spinnmilben** kann man vor der Blüte oder nach der Ernte spezielle Akarizide einsetzen. Siehe "Pflanzenschutzmittelübersicht - Bekämpfung von Milben".

2.4   Weinbau

Angaben über chemische Unkrautbekämpfung siehe "Pflanzenschutzmittelübersicht - Herbizide im Weinbau".

2.4.1   Krankheiten und Schädlinge der Weinrebe

Nichtparasitäre Schadursachen

☐ Aug. bis Ernte - Traubenstiele mit dunkelbraunen-violetten Flecken abgestorbenen Gewebes; lahme Beeren, vor allem an der Traubenspitze, sofern diese Flecken am Traubengerüst stielumfassend sind. Überlagerung durch *Botrytis* möglich.

   ○ **Stiellähme, Lahmstieligkeit** (Physiologische Störung)

   Δ Vorbeugende Spritzungen der Trauben mit Mg- und Ca-Salzen oder mit entsprechenden Blattdüngern nach Rücksprache mit der Weinbauberatung.

Krankheiten

☐ G.Veg. - An Veredlungsstelle kurz über dem Boden deutliche bis extreme, wucherig-krebsige Verdickung.

   ○ **Mauke, Grind** (*Agrobacterium vitis* Ophel u. Kerr)

   Δ Vernichtung und Ersatz stark befallener Jungreben. Chemische Bekämpfung derzeit nicht möglich.

☐ G.Veg. - Blätter anormal verformt, asymmetrisch, fächerartig gerafft bis petersilienförmig, mit unregelmäßiger Aderung, gelber Sprenkelung und netzförmigen Panaschüren bis völliger Vergilbung. Triebe mit kurzen Internodien, Verbänderungen, Zickzackwuchs, anormale Vergabelungen, Doppelknoten. Blütenanlagen klein, Kleinbeerigkeit.

   ○ **Reisigkrankheit, Fächerblättrigkeit, Krautern** (*Grapevine fanleaf virus*, GFV)

   Δ Bekämpfung derzeit nicht möglich, deshalb nur virusgetestetes Pflanzgut verwenden und in Böden pflanzen, die frei sind von Virus-übertragenden Nematoden.

☐ G.Veg. - Blätter vom Rande her eingerollt; weiße Rebsorten mit leichter Vergilbung, rote Sorten anfangs mit rötlichen Flecken, später gesamte Blattspreite rot mit grünen Blattadern. Trauben reifen später und unregelmäßig.

   ○ **Viröse Blattrollkrankheit, Frührotverfärbung** (*Grapevine leafroll*, GLRaV)

   Δ Bekämpfung derzeit nicht möglich.

☐ Mai bis Laubfall - Anfangs gelbliche, ölig durchscheinende Flecken ("Ölflecken") auf den Blättern, dort später weißer Pilzrasen blattunterseits, der auch an Blütenständen

("Gescheinen") und Beeren auftritt. Befallsstellen werden braun, Beeren bläulich-braun und schrumpfen ("Lederbeeren"). Stark befallene Blätter fallen ab ("Blattfallkrankheit").

○ **Peronospora, Falscher Rebenmehltau, Lederbeerenkrankheit** (*Plasmopara viticola* Berl. et de Toni)

△ Vorbeugende, gründliche Spritzung im Abstand von 10-12 Tagen ab 5-Markgröße der Blätter mit einem zugelassenen Mittel bzw. nach Rebschutzaufruf der Weinbauberatung oder nach Angaben eines Peronospora-Warngerätes vor Ort. Wichtigste Spritzung in die abgehende Blüte; Beeren ab Erbsengröße nicht mehr befallsfähig. Geeignete Wirkstoffe siehe Tabelle "Fungizide im Weinbau", zugelassene Präparate siehe "Pflanzenschutzmittelübersicht - Fungizide im Weinbau".

□ Mai bis Juli - Blätter ober- und unterseits, Beeren allseits mit feinem, mehlig grau-weißem Pilzbelag wie Asche ("Äscherich"). Im Frühjahr einzelne Triebe gänzlich mit Pilzbefall ("Zeigertriebe"). Stark befallene Blätter fallen ab, Blütenstände sterben ab, Beeren platzen auf und zeigen die Kerne ("Samenbruch"). Beeren nur bis Weichwerden befallsfähig. Grüne und verholzte Triebe mit typischen *Oidium*-Figuren.

○ **Echter Rebenmehltau, Oidium, Äscherich** (*Uncinula necator* Burr. = *Oidium tuckeri* Berk.)

△ Vorbeugende, gründliche Spritzungen, kurz nach dem Austrieb beginnend, vor der Blüte mit einem Schwefelpräparat, danach mit einem organischen *Oidium*-Mittel bis zum Weichwerden der Beeren. Spritzabstände nach Empfehlung der Weinbauberatung. Geeignete Wirkstoffe siehe Tabelle "Fungizide im Weinbau", zugelassene Präparate siehe "Pflanzenschutzmittelübersicht - Fungizide im Weinbau".

□ Mai bis Ernte - Alle grünen Rebteile, v.a. junge Triebe, Blätter, Blütenanlagen, Beeren und Traubenstiele, sowie einjähriges Holz von grauem Pilzbelag überzogen; Beeren besonders nach Hagel oder Insektenfraß befallen. Stielfäule am Traubengerüst, Sauerfäule bei unreifen, Edelfäule bei reifen Beeren. Holz im Winter mit schwarzen, aufgewölbten Flecken ab Streichholzkopfgröße.

○ **Grauschimmel, Gescheins-, Stiel-, Trauben-Botrytis** (*Botrytis cinerea* Pers.)

△ Vorbeugend durch luftige Erziehung, begrenzte Stickstoffdüngung, gezieltes Entlauben der Traubenzone. Verhinderung von Wunden an Blüten und Beeren, z.B. durch Traubenwickler-Bekämpfung und Wespenfang. Spritzung von Mitteln gegen *Botrytis* bei feuchter Witterung, nach Empfehlung der Weinbauberatung. Geeignete Wirkstoffe siehe Tabelle

"Fungizide im Weinbau", zugelassene Präparate siehe "Pflanzenschutzmittelübersicht - Fungizide im Weinbau".

☐ G.Veg. - Holz im Winter weißgrau verfärbt mit kleinen, dunklen Punkten oder braun-blauen Längsfurchen bis zum 6.-7. Knoten bei starkem Befall. Grüne Triebbasis mit vergleichbaren Anzeichen, Blätter mit runden Nekrosen, umgeben von gelbem Hof mit schwarzem Rand.

○ **Schwarzfleckenkrankheit, Phomopsis** (*Phomopsis viticola* Sacc.)

△ Vorbeugende Spritzung befallener Triebe ab Grünpunktstadium der Knospen, danach im 8- bis 10tägigen Abstand bis zur *Peronospora*-Bekämpfung mit zugelassenen Mitteln, die u.a. auch gegen *Peronospora* wirken. Geeignete Wirkstoffe siehe Tabelle "Fungizide im Weinbau", zugelassene Präparate siehe "Pflanzenschutzmittelübersicht - Fungizide im Weinbau".

☐ G.Veg. - Helle Flecken auf den ersten Blättern mit wachsgelbem bis grüngelbem Rand, die später rötlichbraun bis purpurrubinrot verfärben und durch Blattadern scharf begrenzt sind. Laubfall bis über die Traubenzone bei starkem Befall.

○ **Roter Brenner** (*Pseudopezicula tracheiphila* [Müll.-Thurg.] Korf u. Zhuang)

△ Vorbeugende Spritzung in Befallslagen ab 3-Blattstadium in 8- bis 10tägigem Abstand bis zur *Peronospora*-Bekämpfung mit zugelassenen Mitteln, die i.a. auch gegen *Peronospora* wirken. Geeignete Wirkstoffe siehe Tabelle "Fungizide im Weinbau", zugelassene Präparate siehe "Pflanzenschutzmittelübersicht - Fungizide im Weinbau".

☐ G.Veg. - Triebe ab Frühjahr verkürzt, verkümmert, Blätter klein und gelblichgrün, oft mit Randnekrosen, Blütenanlagen unterentwickelt. Schlagartiges Vergilben und Kümmern ganzer Bögen einzelner Stöcke.

○ **Eutypiose** (*Eutypa lata* [Pers.: Fr.] Tul.)

△ Chemische Bekämpfung derzeit noch nicht möglich. Möglichst wundfreier Aufwuchs und Rebschnitt; Wundverschluß mit Fungizid nach Auskunft der Weinbauberatung.

Tierische Schaderreger

☐ G.Veg. - Blätter beim Austrieb klein, löffelförmig, Blattzipfel dunkel, später mit dunklen Stichstellen. Im Sommer Bronzeverfärbung der Laubwand. An Knoten des einjährigen Holzes Ansammlung von roten Wintereiern.

Folicur® E

das Universalfungizid
für den Weinbau

O **Obstbaumspinnmilbe, Rote Spinne** (*Panonychus ulmi* Koch)

Δ Bei Auftreten Spritzung mit spezifischem Akarizid. Langfristig regulierbar durch Ansiedlung und Erhalt der Raubmilbe *Typhlodromus pyri* Scheuten in Raubmilben-schonenden Spritzfolgen. Geeignete Wirkstoffe siehe Tabelle "Insektizide und Akarizide im Weinbau" sowie "Fungizide im Weinbau", zugelassene Präparate siehe "Pflanzenschutzmittelübersicht - Insektizide im Weinbau".

☐ Juli bis Sept. - Blätter mit hellen Flecken, Falten am Blattrand, Zerreisungen an der Stielbucht, Gespinst auf Blattunterseite und an Triebspitze. Beeren mit dunklen Flecken bei starkem Befall.

O **Bohnenspinnmilbe, Gemeine Spinnmilbe** (*Tetranychus urticae* Koch)

Δ Sofortiger Einsatz eines spezifischen Akarizides nach Bestätigung des Befalls durch die Weinbauberatung. Geeignete Wirkstoffe siehe Tabelle "Insektizide und Akarizide im Weinbau", zugelassene Präparate siehe "Pflanzenschutzmittelübersicht - Insektizide im Weinbau".

☐ G.Veg. - Stammnahe Knospen treiben nicht aus oder bleiben klein, Kümmertriebe, Doppeltriebe, Hexenbesenwuchs, Kurzknotigkeit. Blätter gekräuselt, helle Stichstellen, zu denen Adern laufen; im Sommer dunkel-rostfarbige Laubwand.

O **Kräuselmilbe** (*Calepitrimerus vitis* [Nal.])

Δ Gründliche Spritzungen mit schwefelhaltigem Mittel oder spezifischem Akarizid im Grünpunktstadium und jeweils 8-10 Tage danach bis zur Blüte. Im Sommer mit spezifischem Akarizid. Geeignete Wirkstoffe siehe Tabelle "Insektizide und Akarizide im Weinbau", zugelassene Präparate siehe "Pflanzenschutzmittelübersicht - Insektizide im Weinbau". Langfristig Ansiedlung und Erhaltung der Raubmilbe *Typhlodromus pyri* Scheuten.

☐ G.Veg. - Pockenartige Erhebungen auf der Blattoberseite mit weißlich-rötlichen Filzgallen (*Erineum*) auf der Unterseite. Spitze von Blütenanlagen mit weißlichem Haarfilz.

O **Blattgallmilbe, Pockenmilbe** (*Eriophyes vitis* Pagenstecher)

Δ Gründliche Spritzungen mit schwefelhaltigem Mittel bis zur Blüte. Ansiedlung und Erhaltung der Raubmilbe *Typhlodromus pyri* Scheuten. Entfernen der stammnahen, befallenen Blätter in Traubenhöhe.

☐ Mai bis Juni, Juli bis Sept. - Blütenanlagen und Beerchen mit Blütenteilen versponnen, mit Fraßresten und dunklem Kot ("Nester"); darin Räupchen mit dunklem oder hellem Kopf ("Heuwürmer"). Bohrlöcher an größeren Beeren, die bräunlich verfärben und miteinander versponnen sind, darin Räupchen mit dunklem oder hellem Kopf ("Sauerwürmer").

O **Traubenwickler** (*Eupoecilia ambiguella* Hb. Einbindiger Traubenwickler, *Lobesia botrana* Schiff. Bekreuzter Traubenwickler)

Δ Mottenflug-Kontrolle mit Pheromonfallen ab Mitte April zur Ermittlung des Flugbeginns, der Flughöhepunkte, der Flugstärke und der Flugdauer als wichtige Daten für die Bekämpfung, z.B. für den Einsatz von Präparaten mit *Bacillus thuringiensis* oder von Entwicklungshemmer. Großflächige Unterdrückung einer oder beider Traubenwickler-Arten mit der sog. "Verwirrungstechnik" (Konfusionsverfahren) mittels artspezifischem Pheromon in Absprache mit der Weinbauberatung. Geeignete Wirkstoffe siehe Tabelle "Insektizide und Akarizide im Weinbau", zugelassene Präparate siehe "Pflanzenschutzmittelübersicht - Insektizide im Weinbau".

□ April bis Juli - Einbohrstellen mit Kot ab Wollestadium der Knospen; Blattfraß nach dem Austrieb, zusammengesponnene Blätter ("Nester"), darin große Raupen, die sich bei Störung schlängeln ("Springwurm") und am Blattrand abseilen. Völlige Entlaubung bei Massenbefall ("Laubwurm"). Fraß auch an Blütenanlagen möglich.

O **Springwurm-Wickler** (*Sparganothis pilleriana* Schiff.)

Δ Bekämpfung der Jungraupen im Frühjahr ab Wollestadium bis zum Einspinnen der Blätter. Geeignete Wirkstoffe siehe Tabelle "Insektizide und Akarizide im Weinbau", zugelassene Präparate siehe "Pflanzenschutzmittelübersicht - Insektizide im Weinbau".

□ G.Veg. - Von der Laubwand auffliegende, weiß-grünliche Kleinzikaden. Blattrand anfangs leicht nach innen gewölbt, später dunkler, nekrotischer Rand mit gelblichem Saum zum Blattgrün, letztlich braunes, abfallendes Blatt.

O **Grüne Rebenzikade** (*Empoasca vitis* (Göthe))

Δ Bekämpfung mit einem zugelassenen Insektizid nach Rücksprache mit der Weinbauberatung.

□ G.Veg. - Blätter mit hellen, durchscheinenden Flecken und dunklen Blattzipfeln; Blattstiele und grüne Triebe korkartig berostet.

O **Rebenthrips** (*Drepanothrips reuteri* Uzel)

Δ Bekämpfung mit einem zugelassenen Insektizid nach Rücksprache mit der Weinbauberatung.

□ G.Veg. - Europäerreben kümmern herdweise, sterben im Zentrum ab. Faserwurzeln mit kleinen, hellen Knötchen ("Nodositäten"), daran gelbe Wurzelrebläuse mit gelben Eiern und Jungläusen; verholzte Wurzeln mit stärkeren Wucherungen und Wunden ("Tuberositäten"). Blätter von Amerikanerreben, gelegentlich auch von Europäerreben, mit krugförmigen, rötliche Gallen blattunterseits und reusenförmiger Öffnung blattoberseits, darin gelbe Blattrebläuse mit gelben Eiern und Jungläusen.

O **Reblaus** (*Daktulosphaira vitifoliae* Fitch)

Δ Auftreten der Reblaus ist meldepflichtig, deshalb sofort mit Weinbauberatung Kontakt aufnehmen, die alles weitere veranlaßt! Die direkte Bekämpfung der Wurzelreblaus ist derzeit nicht möglich, indirekt wird sie durch Pfropfrebenanbau in Grenzen gehalten. Maßnahmen gegen die Blattreblaus werden vom Reblausbekämpfungsdienst und der Weinbauberatung angeordnet.

☐ April bis Mai - Knospen breit an- und ausgefressen, junge Triebe abgefressen, Fraß nur nachts!

O **Erdraupen** (*Agrotis*-Arten)

Δ Da Bekämpfung schwierig, Weinbauberatung befragen. Auf kleinen Flächen nachts die dicken, ca. 5 cm großen Eulenraupen absammeln.

☐ April bis Mai - Knospen lochförmig an- oder ausgefressen, junge Triebe abgefressen. Graubraune, dünne Raupen, tags langgestreckt, oft abstehend wie eine Ranke ("Kreppel") am Rebholz. Raupe in Bewegung katzenbuckelartig "spannend".

O **Rhombenspanner, Kreppelwurm** (*Peribatodes rhomboidaria* Schiff.)

Δ Direkte Bekämpfung mit einem zugelassenen Mittel. Geeignete Wirkstoffe siehe Tabelle "Insektizide und Akarizide im Weinbau", zugelassene Präparate siehe "Pflanzenschutzmittelübersicht - Insektizide im Weinbau". Auf kleinen Flächen Absammeln der Raupen.

☐ G.Veg. - Knospen an- oder ausgefressen; Blätter, vor allem die unteren, mit typischem Randfraß. Grau-brauner Rüsselkäfer, nur nachts an Reben, tags am Boden. Fraß an Wurzeln und an Wurzelstange durch weißgelbliche Larven.

O **Gefurchter Dickmaulrüßler** (*Otiorrhynchus sulcatus* F.)

Δ Da Bekämpfung schwierig, Weinbauberatung befragen.

☐ Mai bis Juni - Blätter mit streifigen Fraßspuren, am Stiel abgeknickte, lahme Blätter, die teilweise oder gänzlich zu zigarrenartigen Wickeln zusammengedreht sind. Metallisch grüne, blaue oder kupferrote Rüsselkäfer.

O **Rebstichler, Zigarrenwickler** (*Byctiscus betulae* L.)
Δ Mit einem zugelassenen Mittel spritzen. Zigarren absammeln und verbrennen oder anderweitig vernichten.

☐ G.Veg. - Napfartige, braune Schildchen am vorjährigen und älteren Holz; zahlreiche rötlichbraune Jungläuse auf den grünen Rebteilen.
O **Kleine Rebenschildlaus, Zwetschenschildlaus** (*Eulecanium corni* Bouché)
Δ Mit einem zugelassenen Mittel nach Rücksprache mit der Weinbauberatung spritzen.

☐ G.Veg. - Napfförmige Schildläuse mit weißem, fädigem Wachspolster am Hinterende, ab Mai blaßgelbe Eier daran sichtbar; Jungläuse auf den grünen Rebteilen.
O **Wollige Rebenschildlaus** (*Pulvinaria vitis* L.)
Δ Mit einem zugelassenen Mittel nach Rücksprache mit der Weinbauberatung spritzen.

Die **Vogelabwehr** erfolgt gegen **Stare** in Gemeinschaftsaktionen oder durch örtliche Feldhut unter Beachtung der schußwaffenrechtlichen Vorschriften. Gegen **Drosseln**, z.B. Amseln, Wacholderdrosseln, werden lokal akustische Abwehrgeräte oder Netze eingesetzt, die jedoch eine Fadenstärke von mindestens 1 mm aufweisen müssen und deren Maschenweite nicht größer als 30 mm sein dürfen. Die Netze müssen straff gespannt werden und dürfen nicht locker auf dem Boden aufliegen, damit sich Kleinsäuger z.B. Igel nicht verfangen.

Über die Bekämpfung anderer, allgemein verbreiteter Schadorganismen, die auch im Weinbau schädlich auftreten können, ist an den entsprechenden Stellen nachzulesen.

2.4.2   Pflanzenschutz an Hausreben

Hausreben werden im allgemeinen von den Mehltaupilzen und vom Grauschimmel befallen sowie vom Traubenwickler, von Spinnmilben und Pockenmilben besiedelt. Gegen Wespen hilft die Einnetzung mit einem dichten Netz und das Aufhängen von Köderflaschen mit Malzbier, dem etwas Essig und Fruchtsirup zuzusetzen ist. Vor dem Einsatz von Pflanzenschutzmitteln befrage man die Weinbauberatung des nächsten Weinbaugebietes nach alternativen Maßnahmen.

2.4.2.1　　Fungizide im Weinbau (Wirkstoffe)

Wirkstoff	Wirkung gegen				
	Rebenpero-nospora (Pero)	Roter Brenner (RBre)	Phomopsis viticola (Phom)	Echter Mehltau (Oidi)	Botrytis cinerea (Botr)
Carbendazim + Diethofencarb**	-	-	-	-	+
Cymoxanil + Dithianon*	+	+	+	-	-
Dichlofluanid**	+	+	-	-	+
Dichlofluanid +Tebuconazol**	+	-	-	+	+
Dimethomorph*	+	-	-	-	-
Dithianon*	+	+	+	-	-
Fenarimol*	-	-	-	+	-
Fludioxonil + Cyprodinil*	-	-	-	-	+
Fluquinconazol*	-	-	-	+	-
Fosetyl + Mancozeb**	+	-	+	-	-
Iprodion*	-	-	-	-	+
Kresoxim-methyl*	-	-	-	+	-
Kupferoxychlorid* / **	+	-	-	-	-
Kupferoxychlorid + Schwefel**	+	-	-	+	-
Kupfersulfat**	+	-	-	-	-
Mancozeb**	+	+	+	-	-
Metiram**	+	+	+	-	-
Penconazol*	-	-	-	+	-
Procymidon*	-	-	-	-	+
Propineb**	+	+	+	-	-
Pyrifenox**	-	-	-	+	-
Pyrimethanil*	-	-	-	-	+
Schwefel*	-	-	-	+	-
Tebuconazol + Tolyfluanid**	+	-	-	+	+
Triadimenol*	-	-	-	+	-
Vinclozolin*	-	-	-	-	+
8-Hydroxichinolin	-	-	-	-	+

* = nichtschädigend für die Raubmilbe *Thyphlodromus pyri*

** = schwachschädigend bis schädigend für die Raubmilbe *Typhlodromus pyri*

2.4.2.2   Insektizide und Akarizide im Weinbau (Wirkstoffe)

Wirkstoff	Wirkung gegen:							
	Traubenwickler (TW)	Springwurmwickler (SW)	Spinnmilben (SP)	Kräuselmilben (KM)	Pokkenmilben (Blattgallmilben) (PM)	Rhombenspanner (RS)	Dickmaulrüßler (DR)	Rebenzikade (RZ)
Azocyclotin**	-	-	+	-	-	-	-	-
Bacillus thuringiensis*	+	-	-	-	-	-	-	-
Clofentezin*	-	-	+	-	-	-	-	-
Deltamethrin**	+	+	-	-	-	+	-	-
Fenbutatin-oxid*	-	-	+	-	-	-	-	-
Fenoxycarb**	+	-	-	-	-	-	-	-
Fenpyroximat*	-	-	+	-	-	-	-	+
Hexythiazox**	-	-	+	-	-	-	-	-
Metarhizium anisopliae*	-	-	-	-	-	-	+	-
Methidathion**	+	+	-	-	-	-	-	-
Mineralöle* / **	-	-	+	-	-	-	-	-
Oxydemeton-methyl**	-	-	-	-	+	-	-	-
Parathion**	+	-	-	+	-	-	-	-
Parathion-methyl**	+	+	-	-	+	-	-	-
Rapsöl*	-	-	+	-	-	-	-	-
Tebufenozid*	+	-	-	-	-	-	-	-
Tebufenpyrad**	-	-	+	-	-	-	-	-
Z-9-Dodecenylacetat*	+	-	-	-	-	-	-	-
Z-9-Dodecenylacetat + (E)7-(Z)9-Dodecadien*	+	-	-	-	-	-	-	-

* = nichtschädigend für die Raubmilbe *Thyphlodromus pyri*

** = schwachschädigend bis schädigend für die Raubmilbe *Typhlodromus pyri*

2.5　　　Baumschule

Informationen zu Schaderregern an Baumschulkulturen und deren Bekämpfung siehe "Gärtners Pflanzenarzt", 13. Folge 1999. Zur Unkrautbekämpfung in der Baumschule "Pflanzenschutzmittelübersicht - Herbizide in sonstigen Kulturen".

Anpflanzungen von Weißdorn, Rotdorn und anfälligen *Cotoneaster*-Arten begünstigen die Ausbreitung des Feuerbrandes *(Erwinia amylovora* Burr., Winslow et al.)

Der durch ein Bakterium verursachte, leicht verschleppbare Feuerbrand ist eine besonders gefährliche Krankheit von Obstgehölzen. In der Bundesrepublik tritt diese Bakterienkrankheit nahezu überall vorwiegend in Ziergehölzpflanzungen, Hecken und Hausgärten aber auch in Obstanlagen und Baumschulen auf.

Neben erheblichen Schäden durch das Absterben erkrankter Bäume, vor allem Birnen und Quitten, bedingt das Auftreten des Feuerbrandes für die betroffenen Baumschulen erhebliche Exportschwierigkeiten. Direkte Bekämpfungsverfahren werden zwar erprobt, die Ausbreitung der Krankheit läßt sich aber praktisch nur durch die schnelle Beseitigung befallener und befallsverdächtiger Pflanzen verhindern. Baumschulen sollten im eigenen Interesse versuchen, im Umkreis bis 500 m von Baumschulbeständen "hochanfällige Wirtspflanzen" in Absprache mit deren Besitzer zu beseitigen. Die "hochanfälligen Wirtspflanzen" werden von der Biologischen Bundesanstalt für Land- und Forstwirtschaft im Bundesanzeiger bekannt gemacht. Pflanzenschutzdienst befragen!

Bevorzugte **Wirtspflanzen des Feuerbrandes** sind Apfel, Birne (hier besonders gefährlich!), *Cotoneaster*-Arten (vor allem großlaubige und spätblühende Arten), Eberesche (speziell *Sorbus aria* - Mehlbeere), Felsenbirne, Feuerdorn, Quitte, Japanische Quitte, Weiß- und Rotdorn sowie *Stranvaesia*.

Vom Feuerbrand nicht befallen werden:
Kirschen, Aprikosen, Zwetschgen, andere Steinobstarten und Nadelgehölze. Bei diesen Pflanzen haben ähnliche Krankheitserscheinungen andere Ursachen!

2.6　　　Forst

2.6.1　　　Wald, einheimische und eingebürgerte Park- und Allee-bäume

Deutschland ist zu einem Drittel seiner Gesamtfläche von Wald bedeckt und darf damit als ein waldreiches Land gelten. Wir sollten daher alles tun, um diesen Waldbestand, der noch einige naturnahe Lebensräume umfaßt, auch in Zukunft zu erhalten. Auch sollte er davor bewahrt werden, ihn zu sehr in Wirtschaftsdenken oder kurzsichtige Kalkulationserwägungen hineinzuziehen. Dazu gehört unter anderem, Maßnahmen zu vermeiden, die das biologische Gefüge der Wälder beeinträchtigen könnten. Das gilt auch für den Pflanzenschutz im Walde, besonders für chemische Maßnahmen. Weit unter 1 % des Verbrauchs an Pflanzenschutzmitteln werden im Wald eingesetzt, und von dieser Menge dienen 3/4 nur der Wildschadenverhütung, was sich durch verbreitet überhöhte Wilddichten, besonders von Rehwild, erklärt. Obwohl die Anwendung von Forstschutzmitteln von sehr geringer Bedeutung ist, ist dieser Erfolg durch sachgerechten Waldbau und durch Förderung biologischer, biotechnischer und integrierter Verfahren des Pflanzenschutzes zu sichern. Unter Berücksichtigung der örtlichen Gegebenheiten ist in jedem Fall sorgfältig zu prüfen, ob arbeitstechnische und wirtschaftliche Gründe den Einsatz von Forstschutzmitteln rechtfertigen.

Richtlinie für die Verwendung von Forstschutzmitteln sollte die Wahl möglichst spezifischer Mittel sein, um die Verfahren des forstlichen Pflanzenschutzes an Erfordernisse des Umweltschutzes anzupassen.

Die Forstverwaltungen legen mit Recht Wert darauf, daß dem Pflanzenschutz im Forst bei der Aus- und Fortbildung ihres Personals ein angemessener Stellenwert zukommt. Vor allem die Kenntnisse über Wirkungen und Begleiteffekte von chemischen Pflanzenschutzmitteln sowie über Möglichkeiten der biologischen, biotechnischen und integrierten Schädlingsbekämpfung sollten im Verlauf der Ausbildung von Forstpersonal in Zusammenarbeit mit dem amtlichen Pflanzenschutzdienst gefördert werden. Hierzu gehört auch die Unterrichtung über moderne Verfahren zur Prognose von Schädlingsauftreten und zur Feststellung von Schadensschwellen.

Die für eine Anwendung im Forst ausgewiesenen Mittel sind in der Liste der ausgewiesenen Pflanzenschutzmittel genannt. Die wichtigsten Präparate zur chemischen Unkrautbekämpfung siehe unter "Herbizide im Forst" bzw. in der Baumschule "Herbizide in sonstigen Kulturen".

2.6.2   Komplexerkrankungen in Laub- und Nadelbaumbeständen

Einwirkungen abiotischer Belastungsfaktoren, wie ungünstige Standorteinflüsse, Witterungsextreme und Schadstoffeinträge, haben seit der letzten bundesweiten Waldschadenserhebung divergierende Tendenzen erkennen lassen. Während bei Fichten und Kiefern Anzeichen einer Stagnation, regional auch eines leichten Rückgangs der Schadbilder im Kronenraum zu beobachten sind, haben die Schäden vor allem bei der Eiche in Nordwestdeutschland stark zugenommen. Mit zunehmender Sicherheit bei der Ansprache und Bewertung der Schadbilder in der Vielfalt und Komplexität ihrer Erscheinungsformen wird deutlich, daß weitere Erkenntnisse zur Klärung der Ursachen nur über differenzierte Untersuchungen an einzelnen Baumarten unter Einbeziehung struktureller, chemischer und biologischer Faktoren der Waldböden zu erwarten sind.

Bevorzugte Angriffsorte für abiotische Schadfaktoren sind die Vegetationsorgane (Nadeln, Blätter) und die Feinwurzeln. Die Widerstandsfähigkeit der Bäume gegenüber Witterungsextremen wird durch Deposition säurebildender Stoffe herabgesetzt. Von besonderer Bedeutung scheint der Stickstoffeintrag (Stickoxide, Nitrat, Ammoniak) zu sein. Er steht im Verdacht, zugleich Versauerung der Waldböden, Auswaschung kationischer Nährstoffe, wie Kalium, Kalzium und Magnesium, Verminderung der Frostresistenz und erhöhte Anfälligkeit gegenüber Pilzerkrankungen und Schädlingsbefall zu bewirken. Schadstoffdepositionen sind nicht kurzfristig zu unterbinden. Es bleibt daher eine vorrangige Aufgabe des Forstschutzes, in Zusammenarbeit mit dem Fachpersonal der betreffenden Forstdienststellen alles zu tun, die sekundären Folgen des Schadstoffeintrags rechtzeitig zu erkennen, sicher zu beurteilen und angemessen zu behandeln.

2.6.3 Laub- und Nadelholz

☐ G. Veg. - In Saat- und Verschulbeeten, Pflanzgärten, Naturverjüngungen. Auf begrenzten Flächen oder reihenweise gehen Keimlinge und Jungpflanzen ein, ihre Keimblätter, Stengel und Wurzeln zeigen dunkle, sich vergrößernde Flecke. Sämlinge mit noch unverholztem Stengel fallen um, Wurzeln von Jungpflanzen sterben von der Spitze aus ab, oberirdische Pflanzenteile verkümmern.

O **Keimlingsfäulen**, **Wurzelfäulen**, **Umfallkrankheiten** (*Pythium*- und *Phytophthora*-Arten sowie andere Bodenpilze)

Δ Sachgemäße Saatbettbereitung. Zurückhaltung bei Kompostverwendung. Beizung des Saatgutes bei einigen Forstsaaten mit langjährig bewährten Saatgutbehandlungsmitteln gegen Keimlingskrankheiten in Baumschulen vielfach üblich, regional auch im Forst bei der Anlage von Saatkämpen.
Bei ersten Krankheitserscheinungen lohnt in der Baumschule immer, im Forst gelegentlich das Behandeln der Anzuchten mit ausgewiesenen Fungiziden, doch ist auch in diesem Fall rechtzeitig vorher eine Beratung durch die zuständige Forst- oder Pflanzenschutzdienststelle empfehlenswert.

☐ G. Veg. - Feinere Wurzeln von Sämlingen unterirdisch abgebissen, stärkere Wurzeln größerer Pflanzen benagt oder ausgehöhlt. Eicheln oder andere ausgelegte Samen oft ausgefressen.

O **Drahtwürmer** (Larven verschiedener Schnellkäferarten)

Δ In Naturverjüngungen gelegentlich stärkere Ausfälle, jedoch in der Regel ohne größere Bedeutung. Gegenwärtig sind keine Forstschutzmittel ausgewiesen.

☐ G. Veg. - Junge Pflanzen welken, Wurzeln zum Teil abgefressen oder entrindet, vor allem in Forstbaumschulen und Kulturen, aber auch in Dickungen und Stangenhölzern. Die befressenen Pflanzen kümmern oder sterben ab.

O **Engerlinge des Wald- und Feldmaikäfers** (*Melolontha hippocastani* F., *M. melolontha* L.), des **Junikäfers** (*Amphimallon solstitiale* L.) und des **Gartenlaubkäfers** (*Phyllopertha horticola* L.).

Δ Kontrolle auf Befall bei Maikäferengerlingen durch Bodeneinschläge 2 x 0,5 m², je nach Jahreszeit 40 (Sommer) - 80 (Winter) cm tief, 5 Einschläge je Kulturfläche, 1 Einschlag je Kampfläche. Schadensschwelle = Kritische Zahl je m² 5-15 Engerlinge im Stadium I (Kopfkapselbreite 2,6 mm), 3-15 in Stadium II (Kopfkapselbreite 4,2 mm), 1-2 Stadium III (Kopfkapselbreite 6,5 mm). Kulturen im Maikäferflugjahr oder spät im Verpuppungsjahr setzen, damit Pflanzen bis Hauptfraß Wachstumsvorsprung gewinnen. Bei Kulturbegründung auf kritischen Standorten hat sich Tauchung der Jungbäume mit einem ausgewiesenen Insektizid (s. unter Kiefer bei Großer Brauner Rüsselkäfer) bewährt. Gefährdete, hochwertige Kulturen können auf kleinen Flächen als Ende April mit Netzen zur Verhinderung der Eiablage durch anfliegende Käfer abgedeckt werden. Bekämpfung der Käfer mit zugelassenen Insektiziden nach vorheriger Beratung durch Forst- oder Pflanzenschutzdienststelle.
Die im Tauchverfahren gegen Engerlinge ausgewiesenen Forstschutzmittel wirken auch gegen **Drahtwürmer**.

☐ G. Veg. - Im Boden flach unter der Erdoberfläche verlaufende Gänge. Rübenartiges Zuschneiden der Hauptwurzeln oder kräftiges Benagen der Nebenwurzeln, die Spuren von Nagezähnen deutlich. Stämmchen fallen um und gehen meist ein. Vor allem in Pflanzgärten, Samenplantagen und Kulturen oft erhebliche Schäden.

O **Große Wühlmaus**, **Mollmaus**, **Schermaus** (*Arvicola terrestris* L.)

△ Mechanische Schutzmaßnahmen durch Umhüllen gefährdeter Pflanzenteile sind nur bei hochwertigen Einzelpflanzen lohnend. Chemische Bekämpfung in Kulturen durch Köder, Räucher- oder Begasungsmittel, wie im Acker- und Obstbau praktiziert, haben im Forst noch keine Zulassung, weil Sekundärvergiftungen von Niederwild, aber auch von beutegreifenden Säugetieren, Greifvögeln und Eulen nicht sicher auszuschließen sind. Mulchen und Fräsen zwischen den Pflanzlinien verringert die Besatzdichte. Am besten ist ökologische Umgestaltung der Kulturumgebung, da sonst von unbewirtschafteten, vergrasten Nachbarkulturen und angrenzendem Grünland permanent neue Tiere zuwandern.
Auf kleinen Kulturflächen: Vergrasung reduzieren, in Gattern Zugang für Füchse offenhalten, T-förmige, ca. 3 m hohe Sitzstangen für Greifvögel aufstellen, Lebensraum für Marderartige gestalten.

☐ G. Veg. - Rinde an Stämmchen und Zweigen in Bodennähe benagt, vor allem bei Trockenheit in stark verunkrauteten Kulturen sowie in Feld- und Wiesennähe.

O **Feldmaus** (*Microtus arvalis* Pall.)

△ Freihalten der Kulturen von Unkraut, kein Abdecken mit Laub oder Reisig. Chemische Bekämpfung unter bestimmten Voraussetzungen nach vorheriger Befragung der zuständigen Forst- oder Pflanzenschutzdienststelle erforderlich. Siehe dazu weiter unten bei "Erdmaus" sowie bei "Feldmaus" unter "Ackerbau".

☐ Herbst, Winter - Ausgelegter Samen, vor allem von Herbstsaaten, wird von Mäusen gefressen. Schäden an jungen Gehölzen durch Benagen von Knospen, Trieben, Rinde. Gelegentlich in Baumschulen, Forstkämpen und -kulturen stärker schädlich auftretend.

O **Waldmaus** (*Apodemus sylvaticus* L.)

△ Die Waldmaus ist durch die Bundesartenschutzverordnung geschützt. Ihre Bekämpfung ist nur nach Entscheidung der zuständigen Behörde erlaubt, wenn schwerwiegende Schäden abzuwenden sind. Näheres Pflanzenschutz- oder Forstdienststelle.

Der Schutz aller Eulen und Greifvögel und ihre Förderung durch Schaffung oder Erhaltung von Brutmöglichkeiten ist die beste Vorbeugungsmaßnahme gegen Mäuse-

schäden und sollte für jeden Forstmann und Waldbesitzer ein besonderes Anliegen sein.

☐ Herbst, Winter - Rinde junger Gehölze wird platz- und streifenweise bis zu völliger Entrindung ganzer Zweige benagt, meist von Oktober bis April. Am stärksten gefährdet sind Ahorn, Buche, Esche, Faulbaum, Linde, Schwarzer Holunder, Schwarzkiefer (Fraß an Spitzenknospen), Weymouthskiefer und Lärche, weniger Espe, Fichte, Kiefer, sehr selten Salweide. Schälschäden von den Wurzeln bis zu den Zweigspitzen in 5 m Höhe. Bei Jungtannen Schäden ähnlich denen durch Eichhörnchen, indem Gipfelknospen und Triebe abgebissen werden. Kiefernknospen sind bis zur Basis ausgefressen, Knospenschuppen bleiben stehen. Wurzeln werden unterirdisch nicht befressen. Vorkommen vor allem in buschigen Biotopen, hier besonders in stark vergrasten Kulturen.
○ **Rötelmaus** (*Clethrionomys glareolus* Schr.)
Δ Wo Nageschäden auffällig und Erdbaue gut erkennbar sind, ausgewiesene Rodentizide auf Basis von *Chlorphacinon* und *Zinkphosphid* anwenden. Anwendungsvorschriften beachten! Bei geringer bis mäßiger Dichte sind Köderstationen einsetzbar. Vorteil: Verdecktes Ausbringen bei Reduktion der Ködermenge bis 50 %, keine Gefahr von Sekundärvergiftungen. Nachteil: Hoher Zeitaufwand bei Wartung und Nachlegen von Ködermaterial. Siehe auch unter Erdmaus. Näheres Pflanzenschutzdienst.

☐ G. Veg. - Meist horizontal den Splint streifende Zahnspuren an Stammbasis und Wurzelanläufen von jungen Laubbäumen. Nadelbäume werden seltener benagt. Vorkommen vor allem in stärker vergrasten Kulturen und Naturverjüngungen. Massenvermehrungen meist in 2- bis 4jährigem Rhythmus.
○ **Erdmaus** (*Microtus agrestis* L.)
Δ Bei Absterben der Gras- und Krautflora bis Ende der Winterperiode (nicht bei geschlossener Schneedecke) Auslegen von Köderpräparaten auf *Zinkphosphid*-Basis an von Mäusen aufgesuchten Stellen oder gleichmäßiges Ausstreuen von Ködermitteln auf *Chlorphacinon*-Basis.
Schadensprognose:
Ab Ende August bis spätestens Mitte Oktober sind (mindestens) 25 handelsübliche Schlagfallen mit Nußstücken oder Rosinen zu beködern und in einer Reihe im Abstand von 2 m (abends) aufzustellen. Kontrolle am nächsten Morgen. Gefangene Mäuse nach Art und Zahl ermitteln, neue Fallen in gleicher Zahl und in gleicher Weise am nächsten

Abend aufstellen und nach der 2. Fangnacht wiederum nach Art und Zahl gefangener Mäuse aufnehmen.

Ermittlung der Besatzdichte (Index pro Art):

25 Fallen x 2 Nächte fängisch gestellt = 50 Fallennächte

1. Nacht 4 Erdmäuse, 1 Rötelmaus; 2. Nacht 2 Erdmäuse, 2 Rötelmäuse.

Besatzdichte (Index Erdmaus): $(4 + 2 = 6)$ x 2 = <u>12</u>/100 Fallennächte;

Besatzdichte (Index Rötelmaus): $(1 + 2 = 3)$ x 2 = <u>6</u>/100 Fallennächte.

Beurteilung der Besatzdichte (Index):

Im Flachland ist bei einem Index von 10 und mehr mit erheblicher Schadensbedrohung in Laubbaum-Kulturen zu rechnen, in Lagen ab 400 m schon bei einem Index von 5.

Die Ermittlung der Besatzdichten mit der beschriebenen Schlagfallenmethode ist von den örtlichen Faktoren, der Fallenfunktion und besonders von Witterungseinflüssen abhängig. Daher ist die Aussagekraft von errechneten Besatzdichten (Indices) begrenzt.

Köderstationen zur laufenden Kontrolle von Erd- und Rötelmaus-Besatzdichten:

Bei Indexwerten von 5 und mehr wird die Auslage von Köderstationen im Verbund von 30 x 30 m, bei höheren Werten (bis 12) von 20 x 20 m empfohlen. Plazierung, Kontrolle und Pflege der Stationen erfordern besondere Sorgfalt. Daher ist in jedem Falle vorher die zuständige Pflanzenschutz- oder Forstdienststelle zu befragen.

Hohe Besatzdichten (Indexwerte ab 20), die eine akute Bedrohung der Kulturen signalisieren, rechtfertigen die offene Ausbringung ausgewiesener Rodentizide. Wegen stark differierender örtlicher Verhältnisse ist auch hierzu vorher Rat durch die zuständige Pflanzenschutz- oder Forstdienststelle einzuholen.

☐ G. Veg. - Knospen und Triebe abgebissen, Rinde geschält, in Fetzen abgezogen oder verbissen. An Stämmen später Mißbildungen als Folge der Verwundung, Sekundärbefall durch Schadpilze oder Insekten.

O **Wildverbiß** (Reh- und Rotwild, Hase, Kaninchen)

Δ Angleichung der Dichte des Wildbestandes an die Wuchsverhältnisse, Reduzierung auf waldbiologisch verträgliches Maß, Verbesserung der Äsung durch Anlage von Wildäckern und Salzlecken. Wertvolle Laubbaumkulturen können nur durch Gatterung wirksam geschützt werden. Bei Einzelstämmen Anwendung von Abschreckungsmitteln (Repellents) oder - bei höherer Wilddichte - Mittel gegen Winter- oder Sommerverbiß, gegen Schäl- und Fegeschäden Einsatz entsprechender Schutzpräparate. Gegen Rotwild auch Einsatz mechanischer Schälschutzmittel bei wertvollen Einzelbäumen bewährt. Präparate möglichst oft wechseln. Handelspräparate siehe "Pflanzenschutzmittelübersicht - Verhütung von Wildschäden und Vogelfraß".
Ausgewiesen sind auch einige Mittel gegen Nageschäden durch Hasen und Kaninchen. Näheres siehe "Pflanzenschutzmittelübersicht - Bekämpfung von Nagetieren".

☐ G. Veg. - In Wurzeln und im unteren Stammteil Pilzfäden sowie flache, fächerartige Bänder oder weißliche derbhäutige Pilzgeflechte, ferner unter der Rinde und im Boden wurzelähnlich verzweigte schwarzbraune Stränge (Rhizomorphen). Holz wird durch Weißfäule zerstört. An jungen Nadelbäumen Harzaustritt an den Wurzelanläufen. Im Herbst am Wurzelansatz befallener Bäume gelbbraune Hutpilze. Befall wird den Bäumen vor allem nach Schwächung durch vorausgegangene Trockenheit gefährlich. An allen Altersklassen, in Nadelbaumkulturen oft sehr schädlich.
O **Hallimasch** (*Armillaria mellea* K. und andere Arten).

Δ Kein Anbau von Nadelbäumen auf vorgeschädigten Laubholzflächen. Anlage von Isoliergräben um befallene Flächen. Aushieb infizierter Stämme meist nicht lohnend. Wahl weniger anfälliger Koniferen (Douglasie, Lärche, Sitkafichte, Tanne).

2.6.4   Laubholz, allgemein

☐ G. Veg. - Fraßgänge im Stamm, darin meist zahlreiche fleischrote, bis etwa fingerlange Raupen, die deutlich Geruch nach Holzessig ausströmen. Bevorzugt an Weiden und Pappeln.
O **Weidenbohrer** (*Cossus cossus* L.)
Δ Alle stärker von Raupen befallenen Stämme sollten möglichst bald geschlagen werden.

☐ G. Veg. - Längsverlaufende, bis bleistiftstarke Fraßgänge in zahlreichen, meist jüngeren Laubharthölzern, Astbrücke, Ausfluglöcher.
O **Blausieb** (*Zeuzera pyrina* L.)
Δ Entfernung befallener Jungbäume, Ausastung bei älteren Gehölzen.

☐ G. Veg. - Fraßschäden an Blättern und Trieben. Käfer oder verschieden gefärbte Raupen fressen in den Kronen von Birke, Buche, Eiche, Hainbuche, Pappel und anderen Laubbäumen.
O **Feldmaikäfer** (*Melolontha melolontha* L.)
O **Waldmaikäfer** (*M. hippocastani* F.)
O **Grünrüßler** (*Phyllobius*-Arten) u. a. **blattfressende Rüsselkäferarten**
O **Blattkäfer** (*Chrysomelidae*)
O **Kleiner Frostspanner** (*Operophthera brumata* L.)

O **Großer Frostspanner** (*Erannis defoliaria* Cl.)

O **Schwammspinner** (*Lymantria dispar* L.)

O **Goldafter** (*Euproctis chrysorrhoea* L.) u.a. **Schmetterlingsarten**

Δ Nur bei kritischer Befallssituation (Pflanzenschutzdienststelle!) Einsatz von Mitteln gegen blatt- und nadelfressende Käfer bzw. Mitteln gegen freifressende Schmetterlingsraupen. Lebensgemeinschaftsschonende Präparate bevorzugen. Gegen Raupen haben sich auch Bakterienpräparate (*Bacillus thuringiensis* Berliner) bewährt, doch ist auf die spezifische Wirkungsbreite der einzelnen Präparate zu achten. Näheres siehe "Pflanzenschutzmittelübersicht - Insektizide im Forst" sowie zuständige Forst- oder Pflanzenschutzdienststelle.

Ferner häufiger an Laubholz vorkommend: **Bohrkäfer**, **Laubnutzholzborkenkäfer**, **Prachtkäfer**, **Bockkäfer**.

2.6.5   Ahorn (Acer)

In Baumschulen: **Bleiglanz**, **Echter Mehltau**, **Keimlingssterben**, **Rotpustelkrankheit**, **Teerfleckenkrankheit**, *Verticillium*-**Welke** (vor allem an Zierahorn-Arten in Parks und Gärten. Außer Rückschnitt keine Bekämpfung möglich). Vor Neupflanzungen gutes Pflanzbett bereiten. Ältere Bäume (Straßenbepflanzungen) schonend behandeln, um Rindenquetschungen zu vermeiden. Bei Kronenrückschnitt Schnittstellen mit fungizidhaltigen Wundverschlußmitteln behandeln.

2.6.6   Birke (Betula)

☐ G. Veg. - Vogelnestähnlicher oder besenartiger Mißwuchs der Zweige.

O **Hexenbesen** (*Taphrina*-Arten)

Δ Im Winter möglichst Ausschneiden der vorhandenen Hexenbesen samt dem Tragast. Rost kann vor allem in Baumschulen lästig werden, Bekämpfung durch rechtzeitiges Behandeln mit ausgewiesenen Fungiziden. - **Blattkäfer** und **Blattwespen sowie ihre Larven**, zuweilen auch **Grünrüßler**, **Graurüßler** und verwandte Arten fressen an den Blättern. **Der "Zigarrenwickler"**, eine kleine Rüsselkäferart, verursacht die Entstehung von **Blattwickeln**. **Erlenrüßler** siehe Pappel. Anwendung von Pflanzenschutzmitteln in der Regel nicht erforderlich.

2.6.7   Buche (Fagus)

☐ Mai bis Juni - Keimlinge werden von unten her schwarz, schrumpfen ein und sterben ab. Keimblätter und erste Laubblätter fleckig, vor allem in Nähe des Stengels. Oft empfindliche Ausfälle in Anzuchtbeeten.

O **Keimlingsfäulen** (*Fusarium*-, *Phytophthora*-, *Pythium*-Arten und andere)

Δ Sicherung der Keimlingsvitalität durch optimale Anzuchtbedingungen. Vorbeugend für schnelles Abtrocknen der Beete sorgen, länger anhaltende Staufeuchte unter den Matten oder Kondensat unter Folien vermeiden. Kranke Sämlinge mit umgebendem Substrat ausheben und verbrennen. In Baumschulen Behandlung mit ausgewiesenen Fungiziden. Siehe auch oben unter Laub- und Nadelholz bei "Keimlingsfäulen".

☐ G. Veg. - Am Stamm schrumpft Rinde örtlich ein, vertrocknet und stirbt ab. Ungleichmäßig gestaltete Anschwellungen und spindelförmige Verdickungen an den Ästen. Bildung von Überwallungswülsten um die Befallsstelle, daran zahlreiche kleine, rote Fruchtkörper von etwa 2 mm Durchmesser, zuweilen aber mehr knollenartige, überwallte, geschlossene Krebswucherungen. Auch Zweige manchmal verdickt oder mit bizarren Auswüchsen. Krankheit auch an anderem Laubholz.
  O **Buchenkrebs** (*Nectria ditissima* TUL.)
  Δ Aushieb der befallenen Äste und erkrankten Stämme. Vermeidung von Wunden, vor allem durch pflegliches Rücken in Naturverjüngungen. Bevorzugter Anbau standortgemäßer Herkünfte.

☐ Sommer - Unregelmäßige, zackenartige, etwa 1 cm große, fleckige Braunfärbung der Blätter, meist an den Spitzen und Rändern, bei starkem Befall Absterben der jungen Triebe bis etwa 40 cm. Besonders in Naturverjüngungen unter Schirm, seltener an Altbäumen. - Vor allem in Jahren mit feuchtem Frühjahr. Gelegentlich finden sich in Nähe der Blattflecken Gallen der Buchengallmücke (*Hartigiola annulipes* Htg.).
  O **Blattbräune der Buche** (*Apiognomonia errabunda* [Rob.] Höhn.)
  Δ Eine Bekämpfung der Blattbräune ist im Regelfall nicht erforderlich.

☐ Frühjahr, Sommer - Zunächst kleine, später mehr als markstück-große feuchte Flecke auf der Rinde, Bast darunter rötlich verfärbt, Holz grau bis schwarz, Austreten gärig riechender Flüssigkeit. Rinde blättert ab, Holz zeigt unregelmäßige Kernverfärbung ("Spritzkern") und wird weißfaul. Im Kronenraum verstärkt Totastigkeit und schüttere Belaubung. Kleine Blätter, später vorzeitige Laubverfärbung, Baum stirbt nach 1-2 Jahren ab, Holz aber schon früher entwertet. Vor allem nach strengem Frost oder längerer Trockenheit.
  O **Buchenschleimfluß**, **Buchensterben**
  Δ Sofortiger Einschlag bei Auftreten mehrerer Ausflußstellen. Entasten aber erst, wenn Blätter vertrocknet sind, damit dem Stamm möglichst wenig Saft entzogen wird. Buchenwollschildlaus (siehe unten) ist manchmal an Disposition für Schleimfluß beteiligt. Der verstärkte Anfall von geschädigten Stämmen und von Einschlag in schleimflußkranken Buchenbeständen begünstigt die Ausbreitung von Nutzholzborkenkäfern und Werftkäfern. Pflanzenschutzdienststelle befragen.

☐ G. Veg. - Stämme von zahlreichen, weißwolliges Wachs ausscheidenden, etwa 1 mm langen, fast runden Schildläusen besiedelt. Eiablage im Sommer. Larve überwintert.
  O **Buchenwollschildlaus** (*Cryptococcus fagisuga* Lind.)
  Δ Auch bei Massenbefall ist der Einsatz von Insektiziden weder wirtschaftlich sinnvoll noch ökologisch gerechtfertigt. Rechtzeitige Bestandsauflichtung im Stangenholzalter beugt einer Übervermehrung vor.

☐ Mai bis Juli - Vor allem in Buchen-Verschulbeeten. Grüngelbe Blattläuse mit bläulichweißlichen, wolligen Wachsausscheidungen saugen auf Blattunterseiten und an den Frischtrieben.
  O **Buchenblattlaus** (*Phyllaphis fagi* L.)
  Δ Nur bei Massenbefall an frisch gepflanzten Buchen lohnt Einsatz von Mitteln gegen

Laubholzläuse. Mittel gegen Laubholzläuse siehe "Pflanzenschutzmittelübersicht - Insektizide im Forst".

☐ G. Veg. - Im Splint radiale Eingangsröhre (2 mm ∅), davon ausgehend ein oder mehrere Brutarme, den Jahresringen folgend, bis 6 cm tief. Gangwände später infolge Pilzwachstum schwarz. Auch an anderen Laubbaumarten.
○ **Laubnutzholzborkenkäfer** (*Xyloterus signatus* F., *Xyloterus domesticus* L.)
△ Einschlag käferbefallener Stämme, Abfahren bis Mitte März. Länger lagernde Stämme nach Befragung der Forstdienststelle eventuell vorbeugend mit Mitteln gegen rinden- und holzbrütende Borkenkäfer behandeln, ähnlich wie bei "Buchdrucker" angegeben. Über Begünstigung der Borkenkäfer durch mechanische und chemische Läuterung Auskunft bei der Pflanzenschutzdienststelle einholen.

☐ G. Veg. - Im Holz mehr oder weniger horizontal liegende, unverzweigte Bohrgänge, Jahresringe schräg oder im Bogen geschnitten. Vor allem an frisch gefällten oder geschädigten Stämmen verschiedener Laubbaumarten.
○ **Bohrkäfer**, **Gewöhnlicher Werftkäfer** (*Hylecoetus dermestoides* L.)
△ Einschlag käferbefallener Stämme, trockene Lagerung, schnelles Abfahren. Schutz des eingeschlagenen Holzes durch Abfuhr bis Ende März, eventuell nach Befragung der Forstdienststelle vorbeugende Anwendung von Mitteln gegen rinden- und holzbrütende Borkenkäfer. Präparate siehe "Pflanzenschutzmittelübersicht - Insektizide im Forst".

☐ G. Veg. - Bäume, vorwiegend an südlichen Schlagrändern und im Schirmschlag übersonnter alter Holzgruppen, an einzelnen Ästen (oder völlig) wipfeldürr, später oft stammtrocken. Besonnte Seite der Stämme und Äste mit querovalen Fluglöchern, von Mai bis Juli weißgraue Eigelege an der Rinde, letztere aber nur bei sehr genauer Beobachtung erkennbar (Lupe). Larven zunächst in äußerster Rindenschicht, dann in bogen- bis zickzackförmigen Gängen auch zwischen Bast und Splint, an aufgebrochenen Stellen der Larvengänge weißliche Flecke. Dünne Äste und Stämmchen werden geringelt.
○ **Buchenprachtkäfer** (*Agrilus viridis* L.)
△ Überwachung der Buchenbestände in Trockenjahren. Käferbefallene Buchen sind zu nutzen und bis spätestens Mitte Mai abzufahren.

☐ April bis Sept. - Im Frühjahr ungleichmäßiger Lochfraß an noch zusammengefalteten Blättern durch etwa 3 mm lange, schwarze Rüsselkäfer mit Springvermögen, vor allem an äußeren Kronenpartien und im Trauf von Rotbuche. Blätter bräunen wie durch Frost. Im Mai große Platzminen an den Blattspitzen, darin Larven. Jungkäfer verursachen ab Mitte Juni an Blättern und Samenanlagen empfindliche Fraßschäden. Massenauftreten häufiger in und nach Trockenjahren.
○ **Buchenspringrüßler** (*Rhynchaenus fagi* L.)
△ Bekämpfung im Forst in der Regel nicht notwendig. Vor Einsatz von Pflanzenschutzmitteln zuständige Forstdienststelle befragen.

Ferner gelegentlich stärker an Buche: **Raupen verschiedener Arten**, unter ihnen **Frostspanner**, **Buchenrotschwanz** und verschiedene **Gallmilben**.

2.6.8   Eiche (Quercus)

☐ G. Veg. - An 1- bis 9jährigen Pflanzen, vor allem in Saatkämpen und dichten Rillenaus-
saaten, bleichen und vertrocknen die Blätter. Wurzelhals und Wurzeln werden braun, an
ihnen zwischen weißlichem oder braunem Pilzgeflecht stecknadelkopfgroße, schwarze
Knoten (Sklerotien). Pflanzen brechen am Wurzelhals leicht und sterben ab, vor allem in
nassen Jahren.
O **Eichenwurzeltöter** (*Rosellinia quercina* Htg., *R. thelena* Rabenh.)
Δ Verbrennen der kranken Pflanzen. Ziehen von Isoliergräben gegen gesunde Parzellen.
Beseitigung übermäßiger Beschattung. Chemische Bodenentseuchung ist selten lohnend.
Siehe auch weiter oben bei "Keimlingsfäule" unter "Laub- und Nadelholz".

☐ Im zeitigen Frühjahr 5-15 cm lange, elliptische, rötlich-gelbe Verfärbungen der Rinde,
vorwiegend an Heistern in dichtem Stand bzw. auf schattigen Standorten. Nekrosen oft an
Zweigansätzen. Im Vegetationsverlauf Überwallungswachstum, Stauchung der Triebachsen, Kronenverbuschung. Absterbeerscheinungen nur bei triebumfassenden Rindennekro-
sen.
O **Eichenrindenbrand** (*Fusicoccum quercus* Qudem.) und andere **Rindenpilze** der Eiche
Δ Verfahren zur direkten Bekämpfung des Erregers sind nicht bekannt. Neubepflanzungen
nicht auf schattigen Standorten und sehr armen Böden mit hohen Grundwasserständen.

☐ G. Veg. - Ältere Bäume kränkeln, zeigen Totastigkeit und werden teilweise trocken oder
sterben ab.
O **Eichensterben**
Δ Zahlreiche unbelebte und belebte Faktoren, unter ihnen die unten genannten Eichen-
schädlinge, daneben aber auch die früher erwähnten allgemein verbreiteten Krankheiten
und Schädlinge, sowie die zahlreichen, unter "Laubholz" erwähnten polyphagen Laubholz-
schädiger können an der als "Eichensterben" bezeichneten Erscheinung beteiligt sein. Folgen der Schadstoffbelastung: Bodenversauerung, Nährstoffauswaschung, Mobilisierung
toxischer Schwermetalle und strukturell nachteilige Veränderungen der Waldböden, geringer Zuwachs und Ausbreitung sekundär-pathogener Organismen. Örtlich auch Bodenverdichtungen durch unsachgemäßen Einsatz schwerer Rückegeräte. Das Spektrum der
Schadfaktoren ist je nach Standort sehr verschieden. Neuere Untersuchungen haben ergeben, daß eine Abfolge von strengen Winterfrösten nach trockenen Sommern zum Scha-
densumfang wesentlich beiträgt.

☐ Mai bis Aug. - Blätter mit weißlichem Pilzmyzel überzogen, wirken wie mit Mehl bestäubt,
kümmern und verbräunen. In Kämpen und Kulturen oft beträchtliche Schäden, außer an
Jungwuchs auch in Baumschulen und an älteren Bäumen in Beständen.
O **Eichenmehltau** (*Microsphaera alphitoides* Grif. et Maubl.)
Δ Wiederholtes Spritzen oder Sprühen mit Mitteln gegen Eichenmehltau, vor allem auf
Basis von *Schwefel* spätestens beim ersten Auftreten, in Saatkämpen und Baumschulen
besser vorbeugend nach Austrieb. Bekämpfung in Forstkulturen nur in Ausnahmefällen
sinnvoll.

☐ Frisch gepflanzte Eichen (Hochstämme, Heister) zeigen nach der Pflanzung im Juni/Juli
Blattwelke und -verbräunung. 1,5 mm weite Bohrlöcher am Stamm, besonders an

Astungsstellen. Im Sommer unter der Rinde Fraßgänge mit unregelmäßigem Verlauf, oft platzartig erweitert und den Splint tief furchend. Larvengänge vorwiegend in Faserrichtung, 5-10 cm lang.

○ **Eichensplintkäfer** (*Scolytus intricatus* R.)

△ Optimale Pflanzbettbereitung. Bäume in Nähe von Eichenbeständen sind besonders gefährdet. Kronenrückschnitt, mehrmaliges Wässern bei trockener Wetterlage.
Behandlung der Stämme mit ausgewiesenen Insektiziden im Streichverfahren vor dem Einbohren der Käfer. Beratung durch den Pflanzenschutzdienst.

□ In Saatbeeten, Baumschulen, Kämpen und Kulturen - Blätter vom Rande her schartig befressen, zuweilen auch durchlöchert.

○ **Rüsselkäfer verschiedener Arten** (*Curculionidae*)

△ Gegenmaßnahmen nur bei Massenbefall notwendig. Vorher Forst- oder Pflanzenschutzdienststelle befragen.

□ An Stämmen vorgeschädigter Bäume (Trocknis, Schadstoffbelastung) meist horizontal verlaufende, 1-3 mm breite Larvengänge im Kambialbereich mit deutlicher Zeichnung des Splintholzes. Gänge mit Bohrmehl gefüllt, Gangwände nicht geschwärzt.

○ **Zweifleckiger Eichenprachtkäfer** (*Agrilus biguttatus* F.)

△ Sekundärschädling, der aber bei wiederholt günstigen Entwicklungsbedingungen (warme, trockene Sommer) auch ein bedeutender Primärschädling werden kann. Vor Gegenmaßnahmen ist die Ursache einer Vorschädigung zu klären. Hierzu gehört neben Trocknis auch stärkerer Blattfraß vom Vorjahr. Lagerndes Holz wird nicht mehr befallen, wenn der Bast eingetrocknet ist. Einzelabgänge mit Befall sollten Anlaß zu gründlicher Bestandskontrolle sein. Befallene Bestandesglieder sind gegebenenfalls bis spätestens Anfang Mai zu entfernen, um weiterer Ausbreitung vorzubeugen.

□ Mai bis Juni - Zwischen den ganz oder teilweise gefalteten Blättern fressen lebhaft bewegliche, graugrüne Raupen, die sich oft in Massen abspinnen. Später braune Puppen zwischen versponnenen Blattresten. Im Juni/Juli zahlreiche kleine Schmetterlinge mit hellgrünen Vorderflügeln und grauen Hinterflügeln. Kahlfraß im Frühjahr häufig, zuerst in der oberen Baumkrone, später abwärts wandernd. Zuwachsverluste. Ähnliches Schadbild durch Frostspanner-Arten (siehe unten).

○ **Eichenwickler** (*Tortrix viridana* L.)

△ Nach Prognose (Kritische Zahl: 1 Raupe auf 2 schwellenden Knospen kurz vor Vegetationsbeginn.) und eventuell zusätzlicher Prüfung des Gesundheitszustandes der Raupen (Befall durch Mikroorganismen!) nur nach vorheriger Beratung durch Forst- und Pflanzenschutzdienststelle Anwendung von ausgewiesenen Mitteln gegen frei oder versteckt fressende Schmetterlingsraupen im Forst (Präparate siehe "Pflanzenschutzmittelübersicht - Insektizide im Forst").
Wichtig ist Ermittlung des Bekämpfungstermins; er liegt in der Regel zwischen Knospenschwellen und Blattgröße von 2-3 cm im Durchschnitt des Bestandes. **Faustregel: 2 Wochen nach dem ersten Treiben der Frühtreiber.** - Hege der Kleinen Roten Waldameise, Vogelschutz. Wo möglich, Anbau spät austreibender Herkünfte. Auf geeigneten Standorten Traubeneiche mit einbeziehen.

□ Mai bis Juni - Am jungen Laub Lochfraß zwischen den Blattadern, später auch Seitenfraß im Spitzenteil der Blätter. Stärkere Adern bleiben meist unversehrt. Hellgrüne Raupen (ohne Bauchfußpaare) finden sich zwischen locker versponnenen Blättern oder an deren Unterseite, oft in verkehrter U-Stellung. Jungraupen werden leicht auf Kulturen herabgeweht und verursachen dort Kahlfraß. Verpuppung im Boden nach Herabspinnen (Unterschied zu Eichenwickler!). Oktober/November auch bei naßkalter Witterung Schwärmflug gelblich-brauner Falter von 22-30 mm Spannweite. An Stämmen hochkriechende, flugunfähige weibliche Falter.

○ **Kleiner Frostspanner** (*Operophthera brumata* L.)

△ Gegenmaßnahmen auch bei stärkerem Auftreten nur bei mehrjährigem Massenauftreten sinnvoll. In Gemeinschaft mit starkem Eichenwickler-Befall können Maßnahmen wie unter Laubholz, allgemein angezeigt sein, insbesondere nach mehrjährig wiederholtem Massenbefall zur Sicherung der Mast in anerkannten Saatgutbeständen.

☐ Mai bis Juni - Grober Schartenfraß an den Blatträndern, seltener auch Lochfraß. Stärkere Adern bleiben verschont. Dunklere, in der Farbzeichnung variierende Raupen (ohne Bauchfußpaare) bis 25 mm finden sich auf den Blattober- oder Unterseiten. Jungraupen können wie Kleiner Frostspanner auf benachbarte Kulturen herabgeweht werden und dort Kahlfraß verursachen. Verpuppung im Boden wie Kleiner Frostspanner. Ab Mitte Oktober bis Anfang Dezember auch bei naßkalter Witterung Schwärmflug braun-gelblich gezeichneter männlicher Falter von 30-38 mm Spannweite. An Stämmen hochkriechende, flugunfähige weibliche Falter.

○ **Großer Frostspanner** (*Erannis defoliaria* Cl.)

△ Gegenmaßnahmen nur bei Massenauftreten lohnend. In Gemeinschaft mit starkem Befall durch Kleinen Frostspanner und Eichenwickler können Maßnahmen wie unter Laubholz, allgemein angezeigt sein, insbesondere nach mehrjährig wiederholtem Massenbefall zur Sicherung der Mast in anerkannten Saatgutbeständen.

☐ Mai bis Juli - Raupennester in den Kronen, aus ihnen wandern behaarte Raupen in langen Ketten zur Fraßstelle. Kontakt mit ausgefallenen Haaren verursacht zuweilen heftige allergische Reaktionen.

○ **Eichenprozessionsspinner** (*Thaumetopoea processionea* L.)

△ Bei kritischer Befallsdichte Pflanzenschutzdienststelle. Einsatz von Bakterienpräparaten (*Bacillus thuringiensis* Berl.), die sich gegen den in Südeuropa schädlichen Pinienprozessionsspinner bewährt haben.

☐ Mai bis Ende - Juni Licht- bis Kahlfraß in Eichen- und Roteichenbeständen (auch andere Laub- und Nadelbäume) durch 3-7 cm lange, dunkle, stark behaarte Raupen.

○ **Schwammspinner** (*Lymantria dispar* L.)

△ Zur Prognose im Herbst bis Frühjahr Zählung der Eispiegel an den Stämmen bis 4 m Höhe und Untersuchung der Spiegel auf Eizahl und Parasitierungsgrad. Bei Erreichen oder Überschreiten des Schwellenwertes (Forst- oder Pflanzenschutzdienst befragen!) Anwendung von ausgewiesenen Forstschutzmitteln gegen freifressende Schmetterlingsraupen im Sprühverfahren (Luftfahrzeugeinsatz).

2.6.9   Erle (Alnus)

☐ G. Veg. - An Roterlen, etwa ab 8 Jahren Rücksterben von Haupt- und Seitentrieben. Auf abgestorbenem Bast siedeln oft Rotpustelpilze. Im Stamm nicht selten Befallsmerkmale holzzerstörender Insekten, wie Erlenrüßler (s. u.), Erlenglasflügler und andere Arten.

O **Erlensterben**

Δ Stets nur qualitativ hochwertiges, standortgemäßes, heimisches Pflanzgut verwenden. Schaffung artgemäßer Standort- und Wuchsbedingungen. Neuere Erkenntnisse deuten darauf hin, daß Absterbevorgänge durch Infektionen parasitischer Pilze (*Phytophthora*-Arten) beschleunigt werden können.

☐ Frühjahr - Blaue, metallisch glänzende Käfer und (später) ihre schwarzen Larven fressen an Blättern.

O **Erlenblattkäfer** (*Agelastica alni* L.)

Δ Nur bei sehr starkem Auftreten in Vermehrungsparzellen oder an Jungbäumen lohnt eine Bekämpfung mit ausgewiesenen Insektiziden.

☐ Herbst - Triebe welken, eng umgrenzter Platzfraß durch schwarze, 6-9 mm lange Rüsselkäfer. Ab März verursachen die überwinterten Larven Fraß zunächst aufgeblähte, vertrocknete Rindenpartien, später werden aufwärtssteigende, etwa 10 cm lange Fraßgänge im Holzkörper angelegt. Auswurflöcher mit Nagespänen, im Juni daraus Schlupf der Käfer. Spechthiebe. Durch Überwallung manchmal krebsartiges Aussehen der Befallsstellen. Auch an Weidenruten zuweilen großer Schaden.

O **Erlenrüßler**, **Erlenwürger** (*Cryptorrhynchus lapathi* L.)

Δ Im zeitigen Frühjahr, wenn junge Larven sich noch dicht unter der Rindenoberfläche befinden, kann in Baumschulen nach Beratung durch Forst- oder Pflanzenschutzdienststelle eine Spritzung mit ausgewiesenen Insektiziden in Frage kommen.

☐ Juni bis Oktober - In Blattachseln der Triebspitzen mit Wachsflocken bedeckte Larven von Blattflöhen.

O **Erlenblattfloh** (*Psylla alni* L.)

Δ Nur bei Massenauftreten Bekämpfung mit Mitteln gegen Laubholzläuse (siehe "Pflanzenschutzmittelübersicht - Insektizide im Forst").

2.6.10   Esche (Fraxinus)

☐ G. Veg. - Unter der Rinde unterschiedlich verlaufende Fraßgänge, vor allem an dickborkigen, starken Stämmen, seltener in Ästen und an Stämmen jüngerer Bäume. Einbohrlöcher. Rindenwucherungen (Eschenrosen) in den Kronen, entstanden durch den Ernährungsfraß der Käfer.

O **Eschenbastkäfer** (*Hylesinus crenatus* F. und andere Arten)

Δ Bekämpfung sinngemäß wie unter "Buchdrucker" angegeben, aber vorher Forst- oder Pflanzenschutzdienststelle befragen!

☐ Terminalknospe an Heistern stirbt ab, im Innern Fraßgang einer Raupe. Zwieselbildung.

O **Eschenzwieselmotte** (*Prays curtisellus* Dup.)

Δ In Baumschulen können zerstörte Endknospen durch Schrägschnitt am Triebende mitsamt einer Seitenknospe entfernt werden, um spätere Zwieselbildung zu verhindern.

☐ Frühjahr bis Herbst Saugschäden an jungen Blättern, die sich später rollen und violett- bis schwarzbraun verfärben. In den Blattrollen saugen dicht mit Wachswolle bedeckte Larven. Zikaden schlüpfen im Sommer.

○ **Eschenblattfloh** (*Psyllopsis fraxini* L.)

△ Nur bei starkem Befall Anwendung von Mitteln gegen Laubholzläuse (siehe "Pflanzenschutzmittelübersicht - Insektizide im Forst") kurz nach dem Austrieb sinnvoll.

2.6.11   Hainbuche (Carpinus betulus)

An Hainbuche fressen besonders häufig die Raupen von **Frostspannern**. Näheres zur Bekämpfung siehe unter **Laubholz, allgemein**.

2.6.12   Linde (Tilia)

☐ G. Veg. - Vor allem an Straßen- und Parkbäumen, Blätter vergilben und fallen vorzeitig ab.
Im Spätsommer feine Gespinstschleier, vor allem an *Tilia cordata* Mill. häufig.
○ **Lindenspinnmilbe** (*Eotetranychus telarius* L.)

△ Nur in Ausnahmefällen ist eine Bekämpfung mit ausgewiesenen Mitteln gegen Spinnmilben zu verantworten. Sie sollte erst erfolgen, wenn die Blätter voll entfaltet sind. *Tilia ar-
gentea* Desf., *Tilia tomentosa* Moench und *T. euchlora* Koch werden kaum befallen.

☐ Frühsommer - Blattgrün unterseits von schneckenartigen Larven abgeschabt, Blätter verdorren. Nur jahrweise, dann aber meist in Massen.
○ **Kleine Lindenblattwespe** (*Caliroa annulipes* Kgl.)

△ Bei vor allem in Trockenjahren drohendem Massenbefall rechtzeitiges Behandeln mit
Mitteln gegen die Larven (Afterraupen). Präparate siehe "Pflanzenschutzmittelübersicht -
Insektizide im Forst".

☐ Juli bis Herbst - Vor allem an freistehenden Straßenbäumen, deren Krone gegen den Ho-
rizont eine scharfe Kontur bildet, einzelne Zweige, an Jungbäumen oft ganze Krone, kahlgefressen. An den Zweigen graugelbe, gesellig lebende Raupen, die sich später am
Stammfuß im Boden verpuppen.
○ **Mondfleck** (*Phalera bucephala* L.)

△ Bei kritischer Befallsdichte Anwendung von Mitteln gegen freifressende Schmetterlingsraupen siehe "Pflanzenschutzmittelübersicht - Insektizide im Forst". Über Einsatzmöglich-
keiten von Bakterienpräparaten Forst- oder Pflanzenschutzdienststelle befragen.

☐ Juni bis Aug. - Auf den Blättern runde oder unregelmäßige, scharf umgrenzte, dunkel umrandete blaß-ockerfarbene Flecke, 4-8 mm breit, oft zusammenfließend, auf beiden Blattseiten sichtbar, Blätter fallen frühzeitig ab.
○ **Blattfleckenkrankheit** (*Gloeosporium tiliae* Oud.)

△ Bei starkem Befall an jüngeren Bäumen kann eine Behandlung mit *Mancozeb*, *Maneb*
oder *Metiram* sinnvoll sein. Präparate siehe "Pflanzenschutzmittelübersicht - Fungizide im
Forst".

2.6.13   Pappel (Populus)

☐ G. Veg. - Besonders bei Schwarzpappelhybriden Blattfall, schnell von unten nach oben
fortschreitend. Dunkle, graue oder braune Stellen auf der Rinde, die in diesem Bereich ne-

krotisch wird, einsinkt und abstirbt. Rindenrisse längs oder stammumfassend. Oberhalb gelegener Pflanzenteil stirbt in letzterem Fall ab. Dabei wird oft der Holzkörper sichtbar, Wunden können aber auch überwallt werden. Unscheinbare Entwicklungsstadien des Pilzes werden meist nur an älteren Befallsstellen sichtbar. Konzentrische Ausbreitung des Pilzes in Rinde und Kambium. Anfälligkeiten verschiedener Herkünfte an gleichen Standorten können unterschiedlich sein.

O **Rindentod** (*Cryptodiaporthe populea* Butin = *Dothichiza populea* Sacc. u. Br.)

Δ Bevorzugung weniger anfälliger Arten oder Hybriden. Standdichte etwa ab Alter 15 Jahre möglichst nicht unter Verband von 7 x 7 m. Vermeidung zu nasser, stauender Böden. Keine Stickstoffgaben. Pflanzmaterial nicht trocken werden lassen, vor dem Pflanzen 2 Tage in (fließendes) Wasser legen. Starker Rückschnitt, gezielte Astung zur besseren Durchlüftung der Kronen, glatte Schnittstellen mit fungizidhaltigen Wundverschlußmitteln behandeln oder besser noch Jungbäume zur Neutriebbildung auf den Stock setzen. Anzuchtquartiere nach Möglichkeit nicht in die Nähe von Altpappeln anlegen. Kranke Bäume roden und verbrennen. Näheres bei Pflanzenschutz- oder Forstdienststelle.

☐ G. Veg. - Äste sterben, beginnend am Ansatz, ab. Stämme schwellen an, es zeigen sich Risse und Überwallungswülste (in konzentrischen Kreisen), an den Infektionsstellen rötliche, pustelförmige Fruchtkörper, aber kein Schleimfluß.

O **Pappelkrebs**, **Pilzkrebs** (*Nectria*-Arten)

Δ Wiederholte Spritzung mit Kupfermitteln oder organischen Fungiziden vom Laubaustrieb an hat nur begrenzte Wirkung. Bei Jungbäumen können vorbeugend Mittel zur Wundverschluß (siehe "Pflanzenschutzmittelübersicht - Fungizide im Forst") auf verdächtige Stellen aufgebracht werden. Stark befallene Stämme sind unverzüglich zu entfernen.

☐ G. Veg. - Erscheinungsbild ähnlich wie bei Pilzkrebs. Überwallungen aber von unregelmäßiger Form, bei feuchtem Wetter Schleimfluß. Seitentriebe im unteren Kronenraum oft schnell absterbend, wobei Blätter dunkel verfärben. Gefährliche, weit verbreitete und besonders leicht verschleppbare Pappelkrankheit.

O **Bakterienkrebs** (*Xanthomonas populi* Ridé)

Δ Anpflanzung örtlich als widerstandsfähiger erkannter Sorten. Vorbeugende zeitige Spritzungen mit Präparaten auf Kupferbasis (siehe "Pflanzenschutzmittelübersicht - Fungizide im Forst") haben nur begrenzte Wirkung. Erkrankte Stämme sind sofort zu nutzen.

☐ Juli bis Sept. - Auf der Blattunterseite rostrote Sporenlager. Verfärbung der Blätter. Durch vorzeitigen Befall ungenügende Holzausreife. Vor allem Jungpflanzen in Baumschulen und Kulturen mit dichtem Unterwuchs sind stärker gefährdet, besonders in der Nähe von Lärchenbeständen.

O **Blattrost** (*Melampsora*-Arten)

Δ Pappelgärten nicht in der Nähe von Lärchen anlegen, Anbau resistenter Klone. In Baumschulen Anfang Juli mit ausgewiesenen Fungiziden gegen Rostpilzerkrankungen spritzen, möglichst zwei Wiederholungen im Abstand von 14 Tagen. Präparate siehe "Pflanzenschutzmittelübersicht - Fungizide im Forst".

☐ April bis Juli - Spiegelrinde zeigt beulenartige Auftreibungen, diese später teilweise aufplatzend, an den Befallsstellen Saft- und Schleimfluß.

O **Braunfleckengrind** (Verschiedene Ursachen, Schwächeparasiten)

Δ Anbau weniger gefährdeter Herkünfte. Bei anfälligen Bäumen im Weitverband (7 x 7 m) pflanzen.

☐ G. Veg. - Auf den Blättern kleine, runde, später ineinanderfließende Flecke mit weißlichen Sporenlagern, an Blattstielen und Trieben Nekrosen, Blattabwurf. Zunächst werden die unteren und inneren Blätter erfaßt. Zweigenden bleiben bis Herbst normal belaubt. Wuchshemmung, Absterben von Trieben, Ästen und ganzen Bäumen möglich, vor allem in Lagen mit hoher Luftfeuchtigkeit.

O **Marssonina-Krankheit** (*Drepanopeziza* = *Marssonina*-Arten)

Δ Sortenwahl. In Baumschulen mit Kupferpräparaten oder anderen Fungiziden behandeln.

☐ G. Veg. - An letztjährigen dünnen Zweigen sowie jungen Stämmchen gallenartige Anschwellungen, darin Larven, die später kurze Zentralgänge in die Markröhre fressen und sich im Frühjahr des dritten Jahres verpuppen. Starke Schädigung mit schweren Mißbildungen bis zur Totalzerstörung an Jungpappeln, vor allem an frisch gesetzten Pflanzen.

O **Kleiner Pappelbock** (*Saperda populnea* L.)

Δ Vor Bekämpfung Forst- und Pflanzenschutzdienststelle befragen. Wertvolle Einzelstämmchen können vor der Eiablage auch mit ausgewiesenen Insektiziden im Streichverfahren behandelt werden. Behandlung aber nur bei starkem Auftreten sinnvoll.

☐ G. Veg. - Fraßgänge, beginnend unter der Rinde, im Holz abwärtsgehend, darin bis 40 mm lange Larven. Auswurf grober Nagespäne. Bäume kümmern, Holz wird durch die etwa fingerstarken Fraßgänge stark entwertet.

O **Großer Pappelbock** (*Saperda carcharias* L.)

Δ Baldiges Fällen der stark befallenen Stämme. Siehe auch oben bei Weidenbohrer.

☐ An Bäumen ab etwa 5 Jahren meist zahlreiche runde, knapp bleistiftstarke Ausfluglöcher an Stammbasis und Wurzelanläufen. Im peripheren Holz gelblich bis schmutzigweiße Raupen mit dunklem Kopf und Nackenschild, 4-5 cm lang oder später hell- bis dunkelbraune Puppen, 3-4 cm lang in grobem, mit Nagespänen durchsetztem Kokon unmittelbar am Ausfugloch. Schmetterlinge mit hornissenartigem Aussehen.

O **Hornissenglasflügler** (*Aegeria apiformis* Cl.) und andere Glasflüglerarten

Δ Einsatz von Insektiziden nicht praktikabel. Bei starkem Befall - je 10 cm Stammumfang in Bodennähe 1-3 Ausfluglöcher - droht Minderung der Standfestigkeit, wodurch baldige Entfernung erforderlich wird.

☐ März bis Juli - Triebspitzen welken. Unter aufgeblähten, später vertrocknenden Rindenstellen im Splint und Holz Käferlarven. Nagespäne, Fluglöcher, Spechthiebe! Auch an Erle und Birke.

O **Erlenrüßler** (*Cryptorrhynchus lapathi* L.)

Δ Befallene Triebe entfernen. Bekämpfung der Käfer siehe "Erle". Vor einer chemischen Bekämpfungsmaßnahme Beratung durch Forst- oder Pflanzenschutzdienststelle.

☐ April bis Juni - Bunte, behaarte Raupen mit gelben Rückenflecken fressen an den Blättern, an sonnigen Tagen in Rindenritzen versteckt, zuweilen Kahlfraß. Vor allem in Alleen jahrweise massenhaft auftretend.

O **Weidenspinner**, **Pappelspinner** (*Stilpnotia salicis* L.)

Δ Bei einem erfahrungsgemäß nur in einzelnen Jahren vorkommenden Massenauftreten im Frühjahr Behandeln mit Mitteln gegen freifressende Schmetterlingsraupen oder mit Bakterienpräparaten (siehe unter Eichenwickler), aber nur nach vorheriger Beratung durch Pflanzenschutzdienststelle.

☐ Herbst bis Frühjahr - Im Herbst Miniergänge durch kleine Raupen in den Blättern, Überwinterung der Raupen in einer Knospe, im Frühjahr Fraß in austreibenden Knospen und Trieben. An Schwarz- und Pyramidenpappeln.

O **Pappeltriebwickler** (*Gypsonoma aceriana* Dup.)

Δ Befallene Triebe einkürzen. Bei starkem Auftreten vor Einbohren der Raupen in Knospen ausgewiesene Insektizide anwenden, aber vorher zuständige Forst- oder Pflanzenschutzdienststelle befragen.

Ferner an Pappel vorkommend: **Blattkäfer**, **Blattwespen**, **Raupen**.

2.6.14 Platane (Platanus)

☐ G. Veg. - An Blättern längs der Hauptadern braune, erst langgestreckte, später große, unregelmäßige Flecke, die schließlich aufreißen und zu Laubfall führen, auch an Blattstielen.

O **Blattbräune** (*Apiognomonia veneta* HÖHN.)

Δ Befall stark vom Witterungsverlauf während des Knospenaufbruchs abhängig. Standortverbesserung, insbesondere Anpassung des Wurzelraumes an die Kronenentwicklung. Bei Jungbäumen Rückschnitt. Nur bei wiederholt starkem Laubfall mit Triebinfektionen vorbeugende Behandlung mit ausgewiesenen Fungiziden. Infiziertes Laub ist zu entfernen.

☐ G. Veg. - Helle, punktförmige Nekrosen auf der Blattoberseite, meist ausgehend vom Blattstiel und längs der Haupt- und Nebenadern gegen die Blattspitze zu fortschreitend. Bei starkem Befall Absterben der Blätter.

O **Platanennetzwanze** (*Corythuca ciliata* Say.)

Δ Aus Nordamerika nach Italien eingeschleppter Schädling, bereits über große Teile Nord- und Mittelitaliens sowie einzelne Regionen Frankreichs und Jugoslawiens verbreitet, örtlich auch in SW-Deutschland bereits auftretend. Funde an Pflanzenschutzdienst melden!

2.6.15 Ulme (Ulmus)

☐ G. Veg. - Etwa ab Mitte Juni Vergilben und Vertrocknen der Blätter an einzelnen Zweigen, meist im äußeren Kronenbereich. Vertrocknete Blätter werden nicht abgeworfen. Bei näherer Betrachtung finden sich oft kleine Platzfraß-Wunden in den Kehlen der Verzweigungen. Unter dem abgezogenen Bast frisch infizierter Zweige bräunliche Längsstreifen; das Holz zeigt im Querschnitt periphere eine ringförmige, hell- bis mittelbraun verfärbte Zone im Frühholz. Vielfach sind nur Teile des jüngsten Jahrrings verfärbt. Bildung von Wasserreisern bei älteren, stärker geschädigten Ulmen. Spechthiebe, erkennbar an hellbraunen Flecken durch Abschlagen der äußeren Borkenschuppen meist in Nähe des Kronenansatzes. Stark befallene Bäume, auch starke, über 100jährige, können innerhalb einer Vegetationsperiode absterben. Auch chronische Krankheitsverläufe mit schütterer Belaubung, vorzeitigem Laubfall und ungleichmäßiger Feinreisigbildung treten auf.

O **Ulmenwelke** (*Ophiostoma ulmi* (B.) N. = *Ceratocystis ulmi* (B.) C.M.)

Δ Ulmen nur als Beimischung in kleinen Gruppen pflanzen, nicht an Bestandesrändern oder Wegen. Als widerstandsfähig erkannte Herkünfte vorziehen, zuständige Forst- oder Pflanzenschutzdienststelle befragen. Wirksame Verfahren zur Bekämpfung der Ulmensplintkäfer als Überträger des Pilzes sind bisher nicht entwickelt. Entsprechendes gilt für den Einsatz von Fungiziden zur direkten Bekämpfung des Krankheitserregers. Stärker infizierte Ulmen sind möglichst bis Ende Juni zu fällen und aufzuarbeiten. Jüngere Bäume mit Einzelinfektionen: Ausschneiden befallener Äste bis 1 m in das gesunde Holz, dabei Schnittwerkzeuge mit 70%igem Alkohol desinfizieren.

2.6.16   Weide, Korbweide (Salix)

Angaben über chemische Unkrautbekämpfung in Korbweidenkulturen siehe "Pflanzenschutzmittelübersicht - Herbizide im Forst".

☐ G. Veg. - Runde bis ovale Flecken an Blättern und am einjährigen Holz, Triebspitzen welken.

O **Rutenbrenner**, **Schwarzer Krebs** (*Glomerella miyabeana* v. Arx.)

Δ In Baumschulen frühzeitige Spritzung mit ausgewiesenen Fungiziden unter mehrmaliger Wiederholung, in forstlichen Weidengärten nur nach Anweisung der zuständigen Forst- oder Pflanzenschutzdienststelle.

☐ G. Veg. - Auf den Blättern dunkelbraune Flecke, am unteren Rutenteil schwarze, nekrotische Stellen. Triebspitzen braun, sterben ab.

O **Weidenschorf** (*Venturia chlorospora* Adh. = *Pollaccia saliciperda* v. Arx)

Δ Ab Austrieb regelmäßige Spritzungen mit Präparaten auf Kupferbasis oder organischen Fungiziden wie *Mancozeb*, *Maneb*, *Metiram* oder anderen Fungiziden, aber nur unter besonderen Umständen rentabel. Präparate siehe auch "Pflanzenschutzmittelübersicht - Fungizide im Forst".

☐ G. Veg. - In der Kambialschicht älterer Zweige radiär gelagerte, längliche Kammern mit orangegelben Larven. Verschiedene Generationen des Schädlings finden sich an der gleichen Befallsstelle. Rindenfetzen lösen sich ab, die darunterliegende Splintschicht ist wabenartig verändert . Zweige sterben ab.

O **Weidenholzgallmücke** (*Helicomyia saliciperda* Duf.)

Δ Entfernung befallener Äste. Überstreichen der Brutstätte mit Raupenleim, um Ausschlüpfen der Mücken zu verhindern, lohnt aber meist nicht.

☐ Mai bis Aug. - Fraßspuren an Rutenspitzen, Ruten, Blättern und Blütenknospen. Rutenspitzen zu einen aufrechten oder hakenförmig gebogenen Wickel versponnen.

O **Weidenkahneule** (*Earias chlorana* L.)

Δ Abschneiden der Blätterschöpfe. Bei Massenbefall Forstdienststelle befragen.

Ferner an Weide: **Rost**, **Blattkäfer**, **Blattwespen**, **Erlenrüßler**, **Moschusbock** und **Rothalsiger Weidenbock** (Larven bohren in Trieben: Rückschnitt!), **Spinnmilben**. Siehe an entsprechenden Stellen.

2.6.17   Weißdorn (Crataegus)

☐ Frühjahr, Sommer - Einzelne Zweige an Weißdornhecken wirken wie "verbrannt," Triebe
U-förmig gekrümmt, später sterben Blätter und Triebe, abgestorbene Blätter und Blüten
bleiben aber hängen. Dringender Verdacht auf
  O **Feuerbrand** (*Erwinia amylovora* Burr., Winslow et al.)
  △ Gefährliche Krankheit der Obstbäume, deren Ausbreitung in der Bundesrepublik nach
Einschleppung weit fortgeschritten ist. Sofortige Meldung an zuständige Pflanzenschutz-
dienststelle! Siehe auch "Apfel" und "Birne".

☐ Sommer - Zweige und Triebe gallenartig verdickt, oberhalb vertrocknend.
  O **Rost** (*Gymnosporangium clavariaeforme* DC.)
  △ *Crataegus* nicht in der Nähe von *Juniperus* kultivieren. Ab April in Baumschulen mehrmals mit *Mancozeb*, *Maneb* oder *Metiram* behandeln. Präparate siehe unter "Pflanzenschutzmittelübersicht - Fungizide im Obstbau".

☐ Sommer - Triebe und Blätter mit weißen Überzügen, verkrüppeln später.
  O **Mehltau** (*Podosphaera oxyacanthae* DC.)
  △ In Baumschulen mehrfach, beginnend ab Austrieb mit Mitteln gegen Echte Mehltaupilze
(Eichenmehltau) auf Schwefelbasis behandeln.

☐ Mai bis Juni - In Weißdornhecken Blätter bis auf die Adern befressen, oft zu großen Nestern zusammengesponnen, darin gesellig lebende, braune, behaarte Raupen.
  O **Goldafter** (*Euproctis chrysorrhoea* L.)
  △ Bei Massenbefall spritzen oder sprühen mit Mitteln gegen freifressende Schmetterlingsraupen, dabei lebensgemeinschaftsschonende Präparate bevorzugen. Auch Bakterienpräparate (*Bacillus thuringiensis* Berl.) empfehlenswert, vor allem bei Auftreten in Parkanla-
gen und an Straßenbäumen.

☐ Frühjahr - Umfangreiche Gespinste mit zahlreichen gelblich-weißen, schwarz gepunkteten
Raupen.
  O **Gespinstmotte** (*Hyponomeuta*-Arten)
  △ Gründliche Winterspritzung mit Gelbspritzmitteln oder späte Austriebsspritzung, an Flur-
gehölzen jedoch in der Regel nicht sinnvoll. Im Frühjahr Behandlung mit Mitteln gegen freifressende Schmetterlingsraupen oder Einsatz von Bakterienpräparaten wie oben bei
Goldafter angegeben. Warnmeldungen für den Obstbau der zuständigen Pflanzenschutzdienststelle beachten, da an Obstbäumen die gleichen Arten von Gespinstmotten vorkommen.

2.6.18   Nadelholz, allgemein

**An allen Nadelhölzern treten auf: Großer Brauner Rüsselkäfer (siehe unter Kiefer), Ge-
streifter Nutzholzborkenkäfer (siehe unter Fichte).**

☐ G. Veg. - Sämlinge welken, knicken am Wurzelhals um, Wurzeln abgestorben. Bei Feuch-
tigkeit grauweißes Pilzgewebe an den erkrankten Stellen. Vor allem an Kiefersämlingen.
  O **Abwelken und Umfallen der Sämlinge** (*Pythium*-, *Phytophthora*- und *Fusarium*-Arten)
  △ Bekämpfung siehe weiter oben unter "Keimlingsfäule" an Laub- und Nadelholz.

2.6.19 Blaufichte (Picea pungens glauca Koster u.a. Varietäten)

Die im SW der USA einheimische **Blaufichte** *Picea pungens* E. bevorzugt kontinentales Klima. Verschiedene geographische Rassen der Art erreichen in Regionen von 2000 bis über 3000 m bei sehr langsamem Wuchs Höhen von 30 bis 40 m. An ihren natürlichen Standorten sind Blaufichten nicht bestandsbildend, und jegliche bewirtschaftende Einflüsse haben niemals stattgefunden. Ende des 19. Jahrh. wurden mehrere Rassen in Europa eingeführt, gekreuzt und je nach Zuchtziel in zahlreiche Varietäten aufgespalten. Als Ergebnis dieser züchterischen Bemühungen findet sich eine - auch für den Fachmann kaum mehr übersehbare - Vielfalt neuer Formen auf dem Markt, deren Eigenschaften sich von denen der autochthonen Urformen teilweise erheblich unterscheiden. Dies betrifft nicht nur das äußere Erscheinungsbild, wie Nadelfärbung und Wuchsform, sondern äußert sich auch in verschiedenen, genetisch fixierten und nicht selten unerwünschten Eigenschaften, die sich meistens erst nach Einwirkung von Belastungsfaktoren zu erkennen geben.

Bei alldem darf nicht unbeachtet bleiben, daß die Ausgangsrassen an Klimate angepaßt sind, die sich von denen in Mitteleuropa stark unterscheiden. So wird es verständlich, daß beim Anbau von Blaufichten in Deutschland zwischen den Erwartungen des Marktes und den kulturtechnischen Möglichkeiten nicht selten erhebliche Differenzen bestehen.

Das Spektrum unbelebter und organismischer Schadfaktoren ist am Ursprungsstandort der Blaufichten im Vergleich zu der Vielfalt hier bekannter Krankheiten und Schädlinge relativ begrenzt. Als bedeutender Schädlingsimport verdient nur die **Fichtenröhrenlaus** (s.u.) Beachtung. Außerdem muß eine Reihe von Schadfaktoren als "vom Menschen verursacht" angesehen werden. Einige von ihnen konnten infolge nicht artgemäßer Behandlung von der heimischen **Fichte** (*Picea abies* K.) oder der ebenfalls aus Nordamerika stammenden **Sitkafichte** (*Picea sitchensis* C.) überspringen, wie z.B. Nadelrost, andere pilzliche Schwächeparasiten, eine Milbenart und verschiedene Insekten.

In Abhängigkeit von Stärke und Dauer der letzten Winterkälte besteht für Blaufichtenkulturen jederzeit die Gefahr einer Massenvermehrung der **Fichtenröhrenlaus** (Sitkafichtenlaus = *Liosomaphis abietinum* W.). Weil die Art in Europa fast ausschließlich als Insekt überwintert, stirbt sie ab, wenn −12 bis −14 °C mehrmals erreicht oder unterschritten werden. Daher sind milde Winter immer als Warnsignal einer drohenden Übervermehrung zu werten. Die Kulturen sind im folgenden Frühjahr wiederholt sorgfältig zu kontrollieren, um rechtzeitig Maßnahmen zur Befallsbegrenzung treffen zu können (Näheres siehe unter **Fichte**).

Auch die **Raupen** verschiedener Kleinschmetterlinge (Wickler) und einige **Rüsselkäfer**-Arten können in Blaufichtenkulturen schädigen, wenn Fichtenbestände als natürliche Refugien für diese Arten in unmittelbarer Nähe sind.

Zunehmend werden **Wuchsstörungen** unterschiedlicher Art und Stärke sowie **Absterben der Spitzenknospen** registriert. Die Ursachen sind vielschichtig und noch nicht im einzelnen verstanden. Als gesichert gilt jedoch, daß neben dem Anbau wenig geeigneter Herkünfte oder schlecht veranlagter Varietäten vor allem **überzogene kulturtechnische Maßnahmen** (zuviel Dünge- und Pflanzenschutzmittel, besonders Herbizide) in Verbindung mit Witterungsextremen Auslöser der Schäden sind.

Bevor pflanzenschutzliche Maßnahmen infrage kommen, die über die Bekämpfung der Fichtenröhrenlaus hinausgehen, sollte daher fachliche Beratung eingeholt werden.

2.6.20 Douglasie (Pseudotsuga)

Die im 19. Jahrhundert aus dem Westen Nordamerikas importierte Baumart findet bei Wald-besitzern wegen ihrer Robustheit und Schnellwüchsigkeit zunehmendes Interesse. Die Her-künfte der in Deutschland aufgeforsteten Bestände sind jedoch unterschiedlich und oft nicht sicher zurückzuverfolgen. Sie unterscheiden sich hinsichtlich ihrer Anfälligkeit gegenüber verschiedenen Krankheiten und in ihren Ansprüchen an Kleinklima Nährstoffversorgung.
Bei Wuchsstörungen im Kultur- und Dickungsalter, teilweise auch später, sollte zur Klärung der primären Schadursachen daher zunächst die Herkunft festgestellt werden, um Diagnosen mit besserer Aussagekraft erarbeiten zu können.

☐ Frühjahr - Ab Mitte März nehmen Nadeln zunächst gelbliche, dann rötliche Färbung an. Rötung der Krone von oben nach unten fortschreitend, oft bis zum unteren Astquirl. Gegen Mitte Mai kommt Ausweitung der Rötung zum Stillstand, Einsetzen von Nadelverlusten in der Oberkrone, nach unten fortschreitend. Ausbildung der Jungtriebe unterbleibt weitge-hend. - Die Schädigung beruht auf Transpirationsverlusten durch Einfluß hoher Lufttempe-raturen bei noch gefrorenem Boden.
  O **Frosttrocknis, Frostschütte**
  △ Standortgerechter Anbau unter Verwendung möglichst frostunempfindlicher Herkünfte. Geschädigte Douglasien sind aufzuasten. Gutes Ausheilungsvermögen bewirkt vielfach keine nennenswerten Ausfälle durch Pilzinfektionen.

☐ G. Veg. - Im Sommer an Nadeln erst gelbgrüne, später rostrote Flecke. Im ersten Frühjahr Nadeln braun marmoriert, ab April auf der Unterseite gelbbraune Streifen von Sporenbe-hältern. Infektion der jungen Nadeln ab Mai, danach Nadelabfall an den vorjährigen Trie-ben. Befall aller Altersklassen, vor allem nach Frostschäden. Zuwachsverlust, gesteigerte Anfälligkeit gegenüber anderen Schädlingen. Bei wiederholtem Auftreten Absterben der Bäume. Große Schäden können vor allem bei Dichtstand in Baumschulen entstehen.
  O **Gemeine, rostige Douglasienschütte** (*Rhabdocline pseudotsugae* Syd.)
  △ Anbau resistenter Herkünfte. In Baumschulen von Mai bis Ende Juni sorgfältige Kontrol-len und bei ersten Infektionen wöchentliche Spritzungen mit *Mancozeb*, *Maneb* oder *Meti-ram* empfehlenswert. Näheres zuständige Forst- und Pflanzenschutzdienststelle. Siehe "Pflanzenschutzmittelübersicht - Fungizide im Forst".

☐ G. Veg. - Erstes Befallsjahr meist ohne auffällige Schädigung, im nächsten Sommer junge Benadelung erst gelbgrün marmoriert, später braunfleckig, im zweiten Winter beginnender Nadelfall. Spätestens im dritten Jahr totaler Nadelverlust. Auf der Unterseite der kranken Nadeln sind als schwärzliche Streifen zahlreiche, sehr kleine Sporenorgane des Pilzes er-kennbar. Befall aller Altersklassen, aber bevorzugt ab Dickungsalter. Zuwachsverluste.
  O **Rußige Douglasienschütte** (*Phaeocryptopus gaeumannii* Rohde)
  △ Gegenmaßnahmen primär waldbaulich über Auslichtung und Durchforstung. Möglichkei-ten einer gezielten Bekämpfung sind noch nicht ausreichend geklärt.

☐ G. Veg. - An jungen Douglasien und Japanischen Lärchen schildartiges bis astumfassen-des Absterben von Rinde und Kambium, Befallsbild erscheint durch Wundreaktion wie "Einschnürungskrankheit". An älteren Bäumen platzförmige, tote Rindenstelle, wie ein

Schild abnehmbar. Schaden vor allem nach Verletzungen (Frost, Wild, Kulturarbeiten), besonders an glattrindigen Formen. Vor allem nach Trockenjahren und milden Wintern.

O **Rindenschildkrankheit** (*Phacidiella coniferarum* Hahn = *Phomopsis pseudotsugae* Wils.)

Δ Kein Anbau frostempfindlicher Herkünfte in Frostlagen. Astung und Schnitt sollten nur zwischen März und September vorgenommen werden. Bei größeren Schnittflächen Anwendung fungizidhaltiger Wundverschlußmittel.

☐ G. Veg. - Nadeln von zahlreichen Läusen besiedelt, die im Frühjahr weißes, wolliges Wachs ausscheiden. Bei Massenbefall Krümmung und Abfallen der Nadeln. Triebe bleiben kurz und vergilben. Wirtswechselnde Wollausart, verursacht Gallenbildung auf Fichten. Gallen dort hellgrün bis purpurfarben, langgestreckt, bis 7,5 cm lang, oft hakenförmig gekrümmt. Gallenschuppen verwachsen mit Nadelresten. Entwicklungskreislauf kompliziert, Ausbreitung der "Douglasienform" direkt auch von Baum zu Baum.

O **Douglasienwollaus** (*Gilletteella cooleyi* Gill.)

Δ Vor Knospenaufbruch Spritzen oder Sprühen wertvoller Einzelpflanzen und Sämlinge mit Mitteln gegen Nadelholzläuse oder mit Austriebsspritzmitteln, aber nur in Ausnahmefällen ökonomisch sinnvoll. Siehe auch unter Sitka(fichten)laus. Kontrolle benachbarter *Picea*-Arten auf Entwicklungsstadien der Douglasienwollaus. Vor Bekämpfung Forst- oder Pflanzenschutzdienststelle befragen.

Ferner an Douglasie: **Bohrkäfer** (*Hylecoetus dermestoides* L.) in Douglasienstämmen, verursacht technische Holzentwertung. Bekämpfung sinngemäß wie unter "Buche" angegeben. Siehe auch unter "Gestreifter Nutzholzborkenkäfer".

2.6.21   Eibe (Taxus)

☐ Frühjahr bis Herbst - Knospen stark verdickt, Neutriebe mißgestaltet.

O **Knospengallmilbe** (*Eriophyes psilaspis* Nal.)

Δ Ab Mitte April bis Ende Juni wiederholt und besonders gründlich mit Präparaten auf Basis von *Endosulfan* spritzen.

☐ G. Veg. - Zahlreiche napfartige rotbraune Schildläuse an den Trieben und Zweigen.

O **Eibennapfschildlaus** (*Eulecanium crudum* Green)

Δ Von Ende Februar bis März sind erfolgreich Austriebsspritzmittel auf Basis *Mineralöl* + *Parathion-äthyl* anwendbar. Näheres Pflanzenschutzdienst.

2.6.22   Fichte (Picea)

Siehe auch Omorikafichte (Serbische Fichte)

An Wurzeln, Stamm und Ästen

☐ G. Veg. - Oberirdischer Holzkörper mit erst violetter, später rotbraun werdender Streifung, wird schließlich schwammig. Rotfaule Stämme oft flaschenförmig aufgetrieben. An den Wurzeln in und über dem Boden bis handgroße, krustenförmige Fruchtkörper. Vor allem auf besser versorgten Standorten mit stark schwankender Feuchtigkeit. Infektion hauptsächlich an Verletzungen der Wurzeln. Auch an Douglasie, Lärche und Kiefer vorkommend.

O **Rotfäule**, **Wurzelschwamm** (*Heterobasidion annosum* Bref.) u. a. Pilze.

Δ Standortgerechter Anbau. Vermeidung wechselfeuchter Lagen, Fichte nicht auf Muschelkalk setzen. Förderung des Mischwaldes. Auflockerung verdichteter Böden durch tiefwurzelnde Laubhölzer. Bevorzugung von Douglasie, Lärche und Tanne vor Fichte und Kiefer. Zur Verringerung des Infektionsdruckes durch Luftsporen kann die Stubbenoberfläche sofort nach der Fällung versuchsweise mit 10%iger Natriumnitrit-Lösung oder mit spezifischen Fungiziden behandelt werden. Auch eine Beimpfung der Stubben mit Konkurrenzpilzen (*Peniophora gigantea* und andere Arten) erscheint erfolgversprechend. Näheres Pflanzenschutz-Dienststelle.

☐ G. Veg. - Vorwiegend bei Jungpflanzen Fraß an feinen Wurzeln, bei stärkeren Wurzeln auch platzartiger Fraß durch weißliche Larven, so daß Triebe welken, später rotbraun verfärben und absterben. Manchmal auch oberirdischer Fraß an Nadeln und frischen Trieben, seltener an Rinde junger Pflanzen. Schwarze, 7-12 mm lange, rotbeinige Rüsselkäfer. Vor allem an Fichte und Roterle, aber auch anderem Nadel- und Laubholz, besonders in Baumschulen und Pflanzgärten.

O **Mittlerer Schwarzer Rüsselkäfer** (*Otiorrhynchus niger* F.)

Δ In Befallslagen (kritische Zahl 7-15 Larven/m²) vor Pflanzung Reihenbehandlung mit einem ausgewiesenen Granulat oder Streumittel gegen Engerlinge und Rüsselkäferlarven. Vor Insektizideinsätzen Pflanzenschutzdienststelle befragen.

Die Anwendung biotechnischer Verfahren zur Flugüberwachung rinden- und holzbrütender Borkenkäfer

Die Fichte wird je nach Alter und Wuchszustand von verschiedenen Borkenkäfer-Arten bedroht. Von besonderer Bedeutung sind der **Buchdrucker** (*Ips typographus* L.), **Kupferstecher** (*Pityogenes chalcographus* L.) und der **Gestreifte Nutzholzborkenkäfer** (*Xyloterus lineatus* OL.). Gegen diese Arten sind biotechnische Kontrollverfahren entwickelt worden. Sie ermöglichen eine frühzeitige Erkennung der Übervermehrung, örtlich auch einen Massenfang und damit den gezielteren und sparsameren Einsatz von Forstschutzmitteln. Grundlage dieser Methoden ist die Anwendung artspezifischer Substanzen, die von den betreffenden Käferarten gebildet werden und als chemische Signale zwischen den Individuen einer Art fungieren. Der Forschung ist es gelungen, Zusammensetzung und chemische Struktur der Lockstoff-Komponenten aufzuklären, nachzubauen und in anwendungsfähiger, praxisgerechter Formulierung anzubieten.

Gegen **Buchdrucker**: *Pheroprax,*
gegen **Kupferstecher**: *Chalcoprax,*
gegen **Gestreiften Nutzholzborkenkäfer**: *Linoprax,*
gegen **Lärchenborkenkäfer**: *Cemprax.*

Der Einsatz dieser Stoffe ist ein wichtiger Schritt in Richtung auf eine gezielte, wirksame und waldbiologisch unbedenkliche Methode, überhöhte Borkenkäfer-Populationen der Fichte und Lärche schon im Vorstadium ihrer Massenvermehrung zu erfassen und die Gefahr des Einbohrens in "Käfernestern" zu reduzieren.

Durch Anwendung der Lockstoffe mit Hilfe spezieller Flachtrichter-Flugfallen oder durch direkte Plazierung an Fanghölzer werden die Borkenkäfer in großen Mengen angelockt und gefangen. Ihr Einsatz erfolgt am besten zum Beginn der Frühjahrs-Schwärmphase.

Diese "künstlichen Fangbäume" können das herkömmliche Fangbaumverfahren weitgehend ersetzen. Sind größere Mengen bruttauglichen Holzes innerhalb oder in der Nähe von Beständen zu schützen, sollte die Anwendung der Lockstoffe nur in enger Kooperation mit der betreuenden Forstschutz-Dienststelle erfolgen, weil das Anflugverhalten der Borkenkäfer nicht jederzeit sicher beherrschbar ist. Zu speziellen Fragen des Lockstoff-Einsatzes gegen die wichtigsten Fichtenborkenkäfer siehe auch unter **Buchdrucker**, **Kupferstecher** und **Gestreifter Nutzholzborkenkäfer**. Nähere Informationen erteilt der Pflanzenschutzdienst.

☐ Juni bis August - An geschälter Fichte, gelegentlich auch bei anderen Nadel- und Laubbäumen in Rinde wenige mm bis 3 cm radial in den Splint eindringende Röhren von 1,1 bis 1,8 mm ⌀, die sich zu einem unregelmäßig gestalteten, taschenförmigen Hohlraum von 0,5 bis 1 cm² erweitern. Im Ursprungsgebiet Ostasien polyphag an Nadel- und Laubholz. In SW-Deutschland zunehmender Befall bei frisch geschlagenen und entrindeten Fichten. Typisches Erkennungsmerkmal: Das Bohrmehl wird nicht lose wie beim **Gestreiften Nutzholzborkenkäfer** (s.o.), sondern zusammenhängend in Form von 1 mm starken Würstchen ausgestoßen. Ausgeprägter Geschlechtsdimorphismus: Männliche Käfer 1,3 mm (nicht flugfähig), weibliche Käfer 2,4 mm. Sekundärschädling an frisch geschlagenem Holz; trägt Ambrosia-Pilze ein und bewirkt technische Entwertung.

○ **Schwarzer Nutzholzborkenkäfer** (*Xylosandrus germanus* Blanf.)

△ Erfahrungen zur Erfassung und Bekämpfung liegen noch nicht vor. Es wird empfohlen, zur Verhinderung weiterer Verbreitung befallenes Holz unverzüglich aus dem Bestand zu entfernen.

Alle sonst gegen rindenbrütende Fichtenborkenkäfer empfohlenen Verfahren der Bekämpfung sowie die Beachtung der Anwendungsbestimmungen ausgewiesener Forstschutzmittel bleiben durch den Einsatz der genannten Aggregationspheromone unberührt.

☐ G. Veg. - Rötung der Krone von unten nach oben. Graufärbung und Abfallen der Nadeln, Spitze bleibt am längsten grün. Zahlreiche Bohrlöcher im Stamm, Spechthiebe, brauner Bohrmehlauswurf. Abfallen der Rinde. Auf der Bastseite typisches Fraßbild des "Buchdruckers". Von der Rammelkammer ausgehender 1- bis 3armiger, bis 15 cm langer

mit Luftlöchern versehener Muttergang in Richtung der Holzfaser, zu beiden Seiten abgehend leicht geschlängelte Larvengänge, an deren Ende die Puppenwiegen mit Ausschlüpfloch der Jungkäfer. Die (überwinternden) Käfer schwärmen April/Mai (20 °C) und Juni/Juli, je nach Witterung 2, selten auch 3 Generationen. Bei Einzelauftreten Befall liegender oder kränkelnder Stämme, bei Massenvermehrung auch Befall gesunden Holzes. Trockene Sommer nach Sturmwürfen begünstigen die Vermehrung oft sehr stark, dann können gebietsweise große Schäden auftreten.

○ **Buchdrucker** (*Ips typographus* L.).

Δ Saubere Waldwirtschaft, d.h. rechtzeitiges Fällen, Abfahren oder Entrinden befallenen Holzes. Bei Massenbefall ist Behandlung des in Rinde lagernden Holzes vor dem Einbohren im Frühjahr mit einem ausgewiesenen Insektizid erforderlich. Über Begünstigung der Borkenkäfer durch mechanische und chemische Läuterung Forstdienststelle befragen. - Überwachung der Befallsentwicklung mit Fanghölzern oder Flugfallen in Verbindung mit *Pheroprax* (s. o.). Insektizidbehandelte Fanghölzer mit Pheroprax-Ampullen gewährleisten einen erhöhten Anlockeffekt mit wirksamer Abtötung der Käfer vor dem Einbohren.

Wichtig: 10-15 m Abstand zwischen Lockstoff-präparierten Fanghölzern bzw. Flugfallen und stehenden Fichten einhalten!

Dennoch gilt weiterhin: Möglichst unverzügliches Ausräumen der Buchdrucker-Herde, spätestens jedoch bis Anfang April, beugt Übervermehrungen am wirksamsten vor.

☐ G. Veg. - Auf der Unterseite der Rinde 3- bis 6armiger Sterngang. Muttergänge bis 6 cm lang, seitlich davon abgehend zahlreiche Larvengänge. 2 Generationen. Schädling bevorzugt Stämme mit dünner Rinde, Schlagabraum, kränkelnde Bäume in Dickungen und Stangenhölzern. Oft gemeinsames Auftreten mit Buchdrucker, jedoch mehr in oberen Stammteilen und in Ästen.

○ **Kupferstecher** (*Pityogenes chalcographus* L.)

Δ In immissions- und trocknisgeschädigten Stangenholzbeständen mit Durchforstungsrückstand nehmen Primärschäden zu. Bei dem in den letzten Jahren örtlich beobachteten Massenauftreten betreffs chemischer Bekämpfung die zuständige Forstdienststelle befragen.

Der Schwärmflug des Kupferstechers ist im Flachland Anfang April zu erwarten. Überwachung der Befallsentwicklung mit der Borkenkäfer-Flugfalle in Verbindung mit dem Lockstoff *Chalcoprax*. Nach Trockenjahren können in Stangenholzflächen Einzelbäume oder

Baumgruppen ("Nester") ausfallen. Daher sind gefährdete Flächen ab Anfang Juni (Entwicklung der 1. Generation) und ab Ende August (2. Generation) auf Befall zu überprüfen. Bei starkem Befall ist ab Ende Juni fängisches Material bereitzulegen, mit einem ausgewiesenem Insektizid zu behandeln und mit *Chalcoprax* zu beködern. Erkennbar vorgeschädigte Bäume sind in der Vegetationsruhe, spätestens bis Anfang März, aus den Beständen zu entfernen. Schwachholz, Zöpfe und Starkäste zerspanen, um Käferbrut und Larven an der Weiterentwicklung zu hindern.

☐ G. Veg. - Auf der Bastseite der Rinde unterer Stammteile und Wurzeln platzförmiger Muttergang mit flächenförmigem Larvenfamiliengang. Bohrlöcher, Harz- und Bohrmehlaustritt. Meist nicht in Massen, bei starkem Besatz Absterben des Baumes. - Bevorzugt an Fichten im Alter von 40-80 Jahren brütet meist vom Bereich der Wurzelanläufe bis in etwa 8 m Stammhöhe. - In erster Linie Sekundärschädling, aber auch auf gesunde Bäume übergehend. Zunahme wird begünstigt durch nicht standortgemäßen Fichtenanbau wie durch Akker- und Wiesenaufforstung, dann auch lang andauernde Gradationen mit starken Schäden, vor allem an *Picea abies* und *P. sitchensis* möglich.
O **Riesenbastkäfer** (*Dendroctonus micans* Kug.)
△ Die Bekämpfung erfolgt sinngemäß wie unter **Buchdrucker** angegeben.

☐ G. Veg. - An jungen Bäumen teils Pfahlwurzel, teils Rinde am Wurzelhals und unteren Stammteil befressen. Schaden ähnelt Rüsselkäferfraß, Höhlungen jedoch mehr gangförmig, auch Rinde zum Teil unterhöhlt. Brutbilder an Stammbasis und Hauptwurzel älterer Fichten, Reifungsfraß der Jungkäfer bevorzugt im basalen Teil der Stämmchen von Jungfichten. Schaden hauptsächlich durch Reifungs- und Regenerationsfraß. Fichtenkulturen können vernichtet werden.
O **Schwarzer Fichtenbastkäfer** (*Hylastes cunicularius* Er.)
△ Lockfang der Käfer durch Auslegen von Fanghölzern oder -reisern, die mit einem ausgewiesenen Präparat gegen rinden- und holzbrütende Borkenkäfer behandelt wurden. Auch Schutztauchung vor dem Auspflanzen beugt stärkeren Schäden vor.

☐ G. Veg. - An berindeter und geschäler Fichte weiße Bohrmehlhäufchen. Käfer schwärmen ab Ende März, in höheren Lagen ab Mai. Anlage von Geschwisterbruten, frische Befallsstellen bis Sommer. Vorbedingung für erfolgreiches Anlegen der Brutbilder ist vor allem länger liegendes, aber noch nicht trockenes Holz (Windwurf-Fichten!), stark gefährdet ist auch Stammholz aus Herbsteinschlag oder aus Hieben zu Winteranfang. Zunehmende Schädigung durch technische Entwertung. Auch in anderen Nadelhölzern regional auftretend.
O **Gestreifter Nutzholzborkenkäfer** (*Xyloterus lineatus* Oliv.)
△ Vor allem bei verzögerter Abfuhr noch fängiger Bäume Einsatz der Borkenkäfer-Flugfalle in Verbindung mit *Linoprax* (s. o.) oder vorbeugende Behandlung durch Anwendung eines Mittels gegen rindenbrütende Borkenkäfer und Nutzholzborkenkäfer wie bei "Buchdrucker" beschrieben.
Vor Durchführung entsprechender Maßnahmen Forstdienststelle befragen und Sondervorschriften in Quelleneinzugsgebieten und zum Schutz des Grundwassers erlassene Landesbestimmungen beachten!

☐ G. Veg. - An Laub- und Nadelbäumen Bohrlöcher von 1,1-1,8 mm, aus denen bei trockener Witterung kompaktes, würstchenförmiges Bohrmehl austritt. Darunter kleine, in Holzfaserrichtung verlaufende, unregelmäßig geformte, taschenförmige Hohlräume (Platzgänge). In Mitteleuropa bisher nur vereinzelt an lagerndem Fichten-Stammholz schädigend bekannt geworden.

○ **Schwarzer Nutzholzborkenkäfer** (*Xylosandrus germanus* B.)

△ Die aus Ostasien stammende und über Nordamerika um 1950 nach Europa eingeschleppte Art erweist sich gegenüber bewährten Borkenkäfer-Präparaten als schwer bekämpfbar. Da Anzeichen für eine weitere Ausbreitung in Mitteleuropa bestehen, sind Befallsbeobachtungen unverzüglich dem Pflanzenschutzdienst mitzuteilen.

☐ G. Veg. - In der Rinde von Altholz ovale Ausfluglöcher, ferner - vor allem im unteren Stammteil - breite, unregelmäßige, mit Bohrmehl dicht gefüllte Gänge. Spechthiebe an befallenen Stämmen, Nadeln welken, Rinde löst sich ab.

○ **Fichtenbock** (*Tetropium castaneum* L., *T. fuscum* F.), **Schneiderbock** (*Monochamus sartor* F.), **Schusterbock** (*Monochamus sutor* F.)

△ Baldiger Einschlag und möglichst schnelle Abfuhr befallener Stämme, Fangbäume.

☐ G. Veg. - An der Rinde krebsartige, von Fraßgängen durchzogene Anschwellungen, Harzaustritt und Kot. Fraßgänge mit Gespinst ausgekleidet, darin rötliche Raupen. Am Bestandsrand sowie einzeln stehende Bäume und geschädigte (Frost, Wildverbiß) 5- bis 25jährige Stämme bevorzugt besiedelt. Nur bei sehr starkem Befall erfolgt allmähliches Absterben der Bäume.

○ **Fichtenrindenwickler** (*Laspeyresia pactolana* Zll.)

△ Aushieb und möglichst schnelle Abfuhr oder Verbrennen befallener Stämme. Gegebenenfalls versuchsweise Spritzung befallener Kulturen oder Befallsstellen mit Insektiziden nach Anweisung der zuständigen Forstdienststelle.

An Trieben

☐ G. Veg. - Junge Triebe welken, hängen herab, als seien sie durch Spätfrost geschädigt, werden braun. Bei feuchter Witterung sind sie von graugrünen Pilzrasen überzogen auf toten Pflanzenteilen später dunkle, runde Sklerotien. Absterben der Triebe im Sommer und Herbst. Auch an anderem Nadelholz. Vor allem nach Spätfrösten und in feuchten Jahren.

○ **Grauschimmelfäule** (*Sclerotinia fuckeliana* Fuck. = *Botrytis cinerea* Pers.)

△ In nassen Sommern lohnt sich in Baumschulen und Pflanzgärten eine vorbeugende

Spritzung mit ausgewiesenen Fungiziden nach vorheriger Information bei Forst- oder Pflanzenschutzdienststelle. Stickstoffbetonte Düngung möglichst vermeiden!

☐ G. Veg. - Triebe gekrümmt, mit abgestorbener Endknospe. Befallene Knospen mit krustenförmigen Überzügen aus stecknadelkopfgroßen Fruchtkörpern im Frühsommer. Vor allem an *Picea pungens*-Varietäten in Weihnachtsbaumkulturen als Schwächeparasit.

  ○ **Knospenkrankheit** (*Cucurbitaria piceae* Borthw.)

  △ Spezielle Beratung durch Forst- oder Pflanzenschutzdienststelle anfordern.

☐ Nur in Fichtenverjüngungen unter Altkieferschirm. - Wipfel der Bäume sterben ab. Vor allem nach Trockenjahren.

  ○ **Fichtenwipfelsterben** (*Gremmeniella abietina* M.)

  △ Auskunft über Gegenmaßnahmen erteilt zuständige Forst- oder Pflanzenschutzdienststelle.

☐ G. Veg. - An der Triebbasis auffallende, großschuppige, ananasförmige, zunächst dunkelgrüne, später verholzende Gallen mit Schopf oder Triebende, hasel- bis walnußgroß. Trieb oberhalb abgestorben oder knickend. In der Galle zahlreiche gelbe Gallenläuse (*Cellares*). An *P. excelsa*, *P. pungens* und *P. sitchensis*, wohl nicht an *P. omorica* Nebenwirt Lärche.

  ○ **Gelbe Fichtengallenlaus** (*Sacchiphantes abietis* L.)

  △ Im Frühjahr, sobald an Basis der Knospen die ersten weißen Wachshäufchen auftreten (überwinterte Mutterläuse!), meist Ende März bis Anfang April, Spritzung mit einem ausgewiesenen Austriebsspritzmittel, aber nur bei starkem Befall mit drohender Verbuschung der Triebe sinnvoll. Wiederholung nach 2 Wochen zweckmäßig, dann auch Behandlung mit anderen ausgewiesenen Insektiziden möglich.

☐ G. Veg. - An den Trieben bleichgrüne bis gelbliche, kirschkerngroße, zapfenartige Gallen ohne Nadelschopf oder mit nur kurzen Nadelresten. Wirtswechselnde Gallenlaus, geflügelte Stadien wandern etwa ab Mitte Juni auf *Larix europaea*.

  ○ **Kleine Fichtengallenlaus** (*Adelges laricis* Vall.)

  △ Nähere Angaben über Bekämpfungsmöglichkeiten siehe weiter unten bei Lärche.

☐ Frühsommer - Am Grunde der Maitriebe grüne, eiförmige bis kugelige Gallen. Nadelreste auf Gallenschuppen mit kurz behaarter Oberfläche, besonders an den Spaltenrändern der Gallenkammern. In den Gallen grüne Galläuse (*Cellares*). Wirtswechsel zwischen *Picea*-Arten und Lärche.

  ○ **Grüne Fichtengallenlaus** (*Sacchiphantes viridis* Ratz.)

  △ Kontrolle benachbarter Lärchen, vor allem im Winter und Frühjahr, Bekämpfung wie bereits für Rote oder Gelbe Fichtengallenlaus angegeben.

An Nadeln

☐ Vorwiegend an unteren Ästen 8- bis 20jähriger Bäume im Spätsommer auf den Nadeln gelbe Flecken, später Nadelbräunung. An abgeworfenen Nadeln im Frühjahr schwarze Sporenträger (*Pyknidien*).

  ○ **Nadelbräune** (*Rhizosphaera kalkhoffii* Bub.)

  △ Da Schwächeparasit, Anwendung von Fungiziden nicht sinnvoll. Durchforstung der Dikkungen zwecks besserer Durchlüftung als wirksamste Gegenmaßnahme bewährt. Bei starkem Befall Pflanzenschutzdienststelle befragen.

☐ Ab Frühjahr - Nadeln, zuerst die Altnadeln, zeigen gelbe Flecke, werden dann braun und fallen ab. An ihrer Unterseite, auch denen der Maitriebe, besonders im Schatten, saugen grüne Blattläuse mit rotbraunen Knopfaugen. Vor allem an Blaufichte, Sitkafichte und Omorikafichte, selten auch an anderen Picea-Arten auftretend.

O **Sitkalaus**, **Fichtenröhrenlaus** (*Liosomaphis abietinum* Walk.)

Δ **Zur Kontrolle auf vorhandene Blattläuse** befallsverdächtige Zweige, vor allem von inneren Partien unterer Seitentriebe, über heller Unterlage abklopfen. Falls je zweijährigem Endtrieb einschließlich seiner Verzweigungen mehr als 6 grüne bewegliche Blattläuse erkennbar sind, ist chemische Bekämpfung ratsam, bei mehr als 10 beweglichen Blattläusen unerläßlich, wenn starke Nadelverluste vermieden werden sollen. Chemische Maßnahmen möglichst im zeitigen Frühjahr (Eilarven schlüpfen je nach Witterung etwa Anfang März, auch früher), da dann nützliche Insekten geschont werden. Vor Austrieb sind Austriebsspritzmittel auf Basis *Mineralöl*, *Rapsöl* oder flüssiger *Kaliseifen* einsetzbar; nach Austrieb bei Temperaturen über 15 °C auch ausgewiesene Wirkstoffe gegen Nadelholzläuse. Bienenschutz- und Wasserschutzauflagen beachten! Behandlung bei starkem Befall wiederholen. In Baumschulen und Erwerbsanlagen ist eine regelmäßige Befallskontrolle erforderlich. Bei Spritzungen ist auf gründliche Benetzung der Triebe zu achten (ausreichende Wasseraufwandmenge!). In älteren Beständen Insektizidanwendung nur nach Anweisung des Pflanzenschutzdienstes.

Gesamtaufstellung der gegen die Sitkalaus ausgewiesenen Präparate siehe "Pflanzenschutzmittelverzeichnis - Insektizide im Forst".

☐ April bis Juni - Baumkronen durch bis 50 mm lange, behaarte, schmutzig-weiße bis schwärzliche Raupen mit braunem Kopf, dunklem Rückenstreifen und roten Wärzchen am Hinterkörper kahlgefressen. Fraß verschwenderisch. Nadel wird durchgebissen, obere Hälfte fällt ab. Rest wird bis zur Scheide gefressen. Falter hat weiße Vorderflügel mit schwarzer Zickzackzeichnung, Hinterflügel grau, Flügel in Ruhe dachförmig. Flug nachts, im Juni/Juli. Die überwinternden Eier in Gelegen unter Rindenschuppen. Jungraupen gesellig, spinnen reichlich, in den Gespinsten Nadelreste und Kot. Raupen fressen an allen Nadel- und Laubhölzern, jedoch Hauptschaden an Fichte. Regional Großschädling bei großflächigem Fichtenanbau, zuweilen verheerendes Auftreten, bringt Bäume dann zum Absterben.

O **Nonne** (*Lymantria monacha* L.)

Δ Bei kritischer Befallsdichte (Einsatz von Sexualpheromon mit Leimtafel- oder Behälterfallen) Einsatz von ausgewiesenen Forstschutzmitteln gegen freifressende Schmetterlingsraupen, bei Kalamitäten mit Großgeräten oder Luftfahrzeugen. Vor chemischer Bekämpfung Beratung durch Forst- oder Pflanzenschutzdienststelle anfordern.

☐ Juni bis April - 10-15 Nadeln von Raupen zu einem "Nest" versponnen und ausgefressen (miniert). Massenauftreten bis Kahlfraß meist örtlich begrenzt. Schaden bisher meist nur Zuwachsverluste. Befall bei Stangenhölzern zunächst auf "Unterdrückte" konzentriert, von dort später Ausbreitung.

O **Fichtennestwickler** (*Epinotia tedella* Cl.)

Δ Befallsprognose durch Eizählung (auch an vertrockneten Nadeln) von Zweigproben. Vor

Einsatz von Insektiziden, der nur bei extremem Massenbefall verantwortbar ist, Pflanzenschutzdienst- oder Forstdienststelle befragen!

☐ Mai bis Juli - Auf schiebenden Triebspitzen lange anhaftende, braune Knospenkappen, darunter durch grüne, schwarzköpfige Raupen röhrig zusammengesponnene ausgehöhlte und angefressene Nadeln; Raupen später auch an unteren Teilen der Maitriebe. An Blaufichte und Omorikafichte, vor allem in Gruppenpflanzungen, ebenfalls vorkommend.
   O **Kleiner Fichtennadelmarkwickler** (*Epinotia pygmaeana* Hbn.)
   Δ Bekämpfung vor allem in Baumschulen und Jungpflanzungen lohnend, da termingebunden, vorher in jedem Falle Forst- oder Pflanzenschutzdienststelle befragen.
   Eine **Bekämpfung an Blaufichten** sollte so rechtzeitig erfolgen, daß die Eiraupe unmittelbar nach dem Schlupf, also noch vor ihrer Wanderung unter das Knospenhütchen, erfaßt wird. Voraussetzung ist eine sorgfältige Überwachung der Flächen und eine Beobachtung der Eiablage (Lupe!). Um einen ausreichenden Zeitraum abdecken zu können, ist es ratsam, spätestens ab Mai ein ausgewiesenes Forstschutz-Insektizid einzusetzen.
   Zur Sicherung eines ausreichenden Bekämpfungserfolges ist es vor allem an Blaufichten erforderlich, die Bäume allseitig gründlich mit der Spritzflüssigkeit zu benetzen, damit die Kontaktwirkung der verwendeten Präparates voll gewährleistet ist.

☐ Mai bis Juli - Nadeln der Maitriebe sowie Rinde derselben durch Raupen befressen, dadurch Triebkrümmungen. Endknospen unbeschädigt. Hautschaden an Lärche, gelegentlich an Arve, Bergkiefer, Fichte, Kiefer ("Arvenform"). Im Gegensatz zu Befall an Lärche bei Fichte in der Regel nur Zuwachsverluste.
   O **Grauer Lärchenwickler** (*Zeiraphera diniana* Gn.)
   Δ Nur bei kritischer Befallslage Einsatz von ausgewiesenen Bakterienpräparaten oder Insektiziden verantwortbar, vorher über Notwendigkeit und Art der Bekämpfung Pflanzenschutz- oder Forstdienststelle befragen. Bakterienpräparate siehe "Pflanzenschutzmittelübersicht - Insektizide im Forst".

☐ Juni bis Aug. - In Zweiggabeln größere Gespinste, darin zahlreiche graugrüne Larven mit dunkler, x-förmiger Kopfzeichnung sowie Kotkörner. Von den Gespinsten aus werden 1- bis 3jährige Nadeln befressen, Maitriebe bleiben meist verschont. Im Gebirge an 60- bis 120jährigen Beständen zeitweise Massenauftreten. In der Ebene nur gelegentlich, obwohl auch hier verbreitet.
   O **Fichtengespinstblattwespe** (*Cephalcia abietis* L.)
   Δ Vogelschutz und Hege der Roten Waldameise. Bei kritischer Befallsdichte (Auswertung von Bodenproben) Einsatz von Insektiziden mit Luftfahrzeugen, aber nur nach Befragen des Pflanzenschutzdienstes. Siehe auch "Pflanzenschutzmittelübersicht - Insektizide im Forst".

☐ Mai bis Juni - Nadeln der Maitriebe sind durch grüne, bis 13 mm lange Larven bis auf die Stümpfe abgefressen. Bei sehr starkem Befall Absterben der Triebspitzen, dann Bildung von Ersatztrieben und Verbuschung der Krone. Lichte Bestände werden bevorzugt befallen, vor allem in Gebieten mit Rauchschäden oder aber abnormen Wasserverhältnissen. Mit N und N und vor allem mit NPK gedüngte Parzellen wurden örtlich deutlich stärker befallen.
   O **Kleine Fichtenblattwespe** (*Pristiphora abietina* Christ.)
   Δ Bewässerung, Hebung des Grundwasserstandes, Begünstigung der Bodenvegetation. Intensive Hochdurchforstung zur Erhöhung des Niederschlags auf Waldboden. Ameisen-

hege! Einsatz von Mitteln gegen Afterraupen im Forst lohnt nur bei Massenauftreten (Pflanzenschutz- oder Forstdienststelle befragen!).

☐ G. Veg. - Nadeln mit hellen Flecken, später graubraun verfärbt, an ihnen zwischen weißlichen Gespinstfäden zahlreiche Milbenstadien, auf den Nadelkissen einjähriger Triebachsen haften rundliche, rötlich-braune, glattwandige Eier (Lupe). Auch an anderen Nadelbäumen. Besonders schädlich bei längerer Trockenheit in Pflanzgärten und Weihnachtsbaumkulturen.
  ○ **Nadelholzspinnmilbe** (*Oligonychus ununguis* Jac.)
  Δ Enge Pflanzverbände möglichst vermeiden. Zum Einsatz von Akariziden (Spezialpräparate gegen pflanzenschädliche Milben) vorher Beratung durch den Pflanzenschutzdienst einholen.

Ferner, vor allem in Baumschulen: **Rostpilze**, **Schüttepilze**, **Großer Brauner Rüsselkäfer**. Siehe an den entsprechenden Stellen, auch unter Kiefer.

2.6.23   Kiefer (Pinus)

Siehe auch unter Schwarzkiefer und Weymouthskiefer

An Jungpflanzen, vor allem Sämlingen

☐ Kiefernsämlinge zeigen Wachstumshemmungen, Nadeln verfärben sich. Wurzelsysteme schlecht ausgebildet, Bewurzelung manchmal auch mit Verdickungen. Vor allem in lockeren, sandig-lehmigen Böden mit höheren Durchschnittstemperaturen, besonders in Süddeutschland. Auch an Fichte, Lärche, Eiche, Robinie.
  ○ **Wurzelnematoden** (*Longidorus maximus* Thorne et Swan., *Paralongidorus maximus* Sid. und andere Arten verschiedener Gattungen)
  Δ Nach Beratung durch Forst- oder Pflanzenschutzdienststelle in Baumschulen oder forstlichen Pflanzgärten unter Umständen Anwendung eines ausgewiesenen Mittels gegen wandernde Wurzelnematoden.

☐ September bis Juli - Erdgraue Raupen fressen nachts an Nadeln und Rinde 1- bis 3jähriger Kiefern, bei 1jährigen Sämlingen nagen sie auch den Schaft durch. Tagsüber findet man die Raupen in Wurzelnähe etwa 2 cm unter der Bodenoberfläche.
  ○ **Kiefernsaateule** (*Agrotis vestigialis* Rott.)
  Δ Absammeln lohnt bei geringem Befall. Einsatz von Mitteln gegen Drahtwürmer und Engerlinge kann lohnend sein, ebenso Behandlung der Kulturen mit Insektiziden, aber nur nach Anweisung der zuständigen Forst- oder Pflanzenschutzdienste.

An Wurzeln und unteren Teilen der Stämme

☐ G. Veg. - Vor allem an jüngeren Stämmchen von unteren Astquirlen nach abwärts ziehende, dicht gedrängte Larvenfraßgänge, die über dem Wurzelknoten am Splint mit einer Puppenwiege enden, darin zuweilen Kokon aus Spänen. Kreisrundes Ausflugloch. Braune, 5-7 mm große Rüsselkäfer mit 2 hellen Querbinden fressen an Trieben, Zweigen und Rinde. Befallene Bäume können vor allem in schlechtwüchsigen Kulturen absterben. An befallenen Jungkiefern Harztropfen auf der Rinde. Nadeln und Triebe werden rot. Befinden sich die Larvengänge nur in einem Teil des Stämmchenumfanges, so bleiben an der sonst welken Pflanze einzelne Zweige grün. Ähnliche Schäden auch bei Fichten und Lärchen.

○ **Kiefernkulturrüßler** *Pissodes notatus* F.)

△ Sicherung möglichst günstiger Kulturbedingungen. Bei kritischer Befallslage Spritzung mit ausgewiesenen Mitteln gegen Rüsselkäfer siehe "Pflanzenschutzmittelübersicht - Insektizide im Forst" nach Beratung durch Forstdienststelle. Baldiges Roden und Verbrennen stärker befallener Stämmchen. Neuerdings gute Erfahrungen mit Fangknüppeln zur Eiablage: 1 m lange, frische, etwa 6-10 cm starke Fangknüppel werden alle 10 bis 20 m (je nach Befallsdichte) im Verband 20-30 cm tief in den Boden geschlagen, an diesen erfolgt dann Eiablage. Sobald erste Puppen gefunden werden, sind die Fangknüppel zu verbrennen oder zu entrinden. Siehe auch Großer Brauner Rüsselkäfer.

☐ G. Veg. - An 3- bis 10jährigen Pflanzen sowohl an Pfahlwurzeln als auch an Rinde des Wurzelhalses und des unteren Stammteils Spuren von Käferfraß. Rinde gangförmig befressen, teilweise unterhöhlt. Schadbild ähnelt Fraß des Großen Braunen Rüsselkäfers. Manchmal Absterben von Jungbäumen, meist aber nur an Stöcken und liegenden Stämmen.

○ **Wurzelbrütende Borkenkäfer** (*Hylurgus ligniperda* F., *Hylastes*-Arten)

△ Behandlung der Jungbäume mit Mitteln gegen rinden- und holzbrütende Borkenkäfer nur bei Massenbefall sinnvoll. Vorher Pflanzenschutz- oder Forstdienststelle befragen.

☐ G. Veg. - An unteren Partien älterer Stämme mit dicker Borke in der Rinde 2- bis 4armige, ausgedehnte Längsgänge mit vielen Luftlöchern. Larvengänge kurz, quer verlaufend. Gesamtes Brutsystem in der Rinde, einfache und doppelte Generation. Flugzeiten April/Mai und Juli/ August. Meist gleichzeitig mit anderen Borkenkäfern. Selten auch an Fichte.

○ **Zwölfzähniger Kiefernborkenkäfer** (*Ips sexdentatus* Boern.)

△ Bekämpfung sinngemäß wie für Großer Waldgärtner angegeben. Über die Förderung des Borkenkäferbefalls durch mechanische und chemische Läuterung gibt die Forstdienststelle Auskunft.

An Stämmen und Ästen

☐ G. Veg. - In Altkiefern bräunliche, fleckenweise Zersetzung des Kernes innerhalb mehrerer Jahresringe, später nach Lochbildung ringförmige Auflösung des Holzes ("Ringschäle"). Ausbreitung einer Stockfäule stammaufwärts. Fruchtkörper: Porling mit filzig rotbraunem, gelbgerandetem Hut (5-15 cm) und bräunlich-weißgrauen Röhren, Stiel kurz. Auch an Fichte, Douglasie, Tanne, Thuja. Bedeutung nimmt zu, vor allem in Südwestdeutschland.

○ **Wabige Kiefernstockfäule**, **Spreuerfleckigkeit** (*Polyporus circinatus* Fr.)

△ Baldiges Fällen kranker Bäume, Sonderberatung durch Forstdienststelle anfordern.

☐ G. Veg. - Kernholz wird rotbraun und weiß gefleckt, besonders von Astwunden und Schälstellen ausgehend, wobei durch stärkere Anfälligkeit des Frühholzes das Bild der "Ringfäule" entsteht. Infektionsstelle beulig oder vertieft, Borke springt ab, beiderseitiger Harzfluß. Fruchtkörper: Braune, konsolenförmige Baumschwämme. Nutzverminderung bei Altkiefern. Auch an anderen Nadelholzarten, hier aber seltener.

○ **Kiefernbaumschwamm** (*Trametes pini* Fr.)

△ Baldiges Fällen der Schwammbäume. Sondermaßnahmen nach örtlicher Beratung.

☐ G. Veg. - An Zweigen und Ästen, bevorzugt an Quirlstellen, brechen aus der Rinde bis 15 mm lange, zunächst gelbrote, später verblassende, blasenartige Rostsporenlager (Äzidien) hervor. Anreicherung der Befallsstelle mit Harz, das Gewebe verkient, Wasserleitung wird erschwert, es entstehen Verdrehungen. Baum wächst oberhalb der verkienten Stelle weiter, Absterben oft erst nach Jahrzehnten, besonders in trockenen, heißen Sommern. Typisches Schadbild wird dann als "Kienzopf" bezeichnet.

○ **Kiefernrindenblasenrost**, **Kienzopf** (*Endocronartium pini* HBN. = *Peridermium pini* Lev.)

△ Die einzige wirksame Gegenmaßnahme ist baldiger Hieb befallener Stämme.

☐ G. Veg. - Junge Pflanzen kümmern und sterben ab. Am Stamm harzige, trichterförmige Fraßstellen, an frisch gefällten Stämmen, Knüppeln und Rindenstücken braune Rüsselkäfer. In Stubben dicht beieinander im Bast und Splint mit Nagsel gefüllte Larvenfraßgänge. Kreisrunde Ausfluglöcher. Käferfraß vor allem im Frühjahr und August/September. Hauptschäden in Kulturen von Kiefer, Fichte und Douglasie, auch an anderem Nadelholz, aber selbst an Laubbäumen kommt gelegentlich Käferfraß vor. Kulturen in Nähe vorjähriger und vorvorjähriger Abtriebsflächen besonders gefährdet. Käfer 8-13 mm, dunkelbraun, mit rostgelb beschuppten Flecken und Binden. Im ersten Frühjahr nach der Pflanzung ist die Gefährdung meist noch gering, steigt aber im Herbst und darauf folgenden Frühjahr mit Erscheinen der Jungkäfer stark an. Weniger bedroht sind Pflanzungen auf Acker-, Wiesen- und Weideböden sowie solche auf Flächen mit Laubwald-Vorbestand.

○ **Großer Brauner Rüsselkäfer** (*Hylobius abietis* L.)

△ In jedem Fall Beratung durch die zuständige Pflanzenschutz- oder Forstdienststelle anfordern. Unter Beachtung unterschiedlicher Bestimmungen der Länder Behandlung der jungen Bäumchen mit ausgewiesenen Mitteln gegen Rüsselkäfer. Gegen den Großen Braunen Rüsselkäfer nach Angabe der Forstdienststelle oder des Pflanzenschutzdienstes Einsatz von Mitteln gegen Rüsselkäfer auch in erhöhter Aufwandmenge. Jungpflanzen am besten im Verschulbeet kurz vor dem Ausheben spritzen oder vor dem Ausbringen auf gefährdete Kulturflächen mit nach Vorschrift angesetzter Tauchflüssigkeit behandeln, ohne Wurzelkörper zu benetzen; vor dem Pflanzen gut abtrocknen lassen. Lockfang der Käfer mit geschnittenem Astholz ("Fangknüppel"), Douglasien-Rinde oder frischem Reisig in flachen, abgeschatteten Ausgrabungen, je nach Besatzdichte 4-8/ha. Die Fangmaterialien sind mit einem ausgewiesenen Insektizid zu behandeln und 1 x wöchentlich zu kontrollieren. Näheres Pflanzenschutzdienststelle.

☐ G. Veg. - Vor allem an 30- bis 50jährigen Stangen 10-15 cm lange, ungleichmäßig verteilte Larvengänge zwischen Rinde und Splint. Rostrote, 4-5 mm lange Rüsselkäfer mit einer Querbinde auf den Flügeldecken fressen an der Rinde junger Zweige.
○ **Kiefernstangenrüßler** (*Pissodes piniphilus* Hbst.)
Δ Aushieb und schnelle Abfuhr stärker befallener Stämme.

☐ G. Veg. - An Altbäumen strahlenförmig auseinandergehende Larvengänge zwischen Rinde und Splint. Käferfraß auch an Saftrinde junger Zweige. Sekundärschädling, meist ohne wesentliche wirtschaftliche Bedeutung.
○ **Kiefernbestandsrüßler** (*Pissodes pini* L.)
Δ Aushieb stärker befallener Bäume und schnelle Abfuhr.

☐ G. Veg. - An Stangen- und Althölzern zeigt sich beim Abheben der Rinde am Stamm typisches Borkenkäferfraßbild: Einarmiger, leicht gekrümmter Längsgang mit kammerartiger Erweiterung am Anfang ("Rammelkammer"), seitlich davon abgehend leicht gekrümmte, dicht nebeneinander liegende Larvengänge, ferner Bohrlöcher mit deutlich erkennbarem gelbem Harztrichter. Ab Mitte Mai verursachen Altkäfer an 2jährigen Trieben, ab Juli/August Jungkäfer an 1jährigen Trieben bei Bäumen aller Altersklassen starke Schäden durch Regenerationsfraß. Vorjährige und Maitriebe werden ausgehöhlt, bleiben jedoch zunächst noch grün, Abbrechen erst später durch Windeinwirkung. Baumkronen wirken dann bei starkem Befall wie beschnitten ("Waldgärtner"). Hauptschaden durch Triebfraß, Larvenfraß ist meist sekundär. Zuweilen in erheblichem Ausmaß Geschwisterbruten durch regenerierte Altkäfer. - Befall vor allem an frisch geschlagenen Stämmen oder absterbenden Bäumen, außerdem an jüngeren Kiefern bis zum Kulturalter, hier auch Schäden durch wiederholten Überwinterungsfraß.
○ **Großer Waldgärtner** (*Blastophagus piniperda* L.)
Δ Saubere Wirtschaft, rechtzeitiges Abfahren oder Entrinden befallener Stämme. Überwachung des Besatzes durch im Winter gefällte, unbehandelte Fangbäume. Bei Verdacht auf Zunahme der Besatzdichte Beratung durch zuständige Forstdienststelle anfordern. Nur auf deren Rat zur Abtötung vorhandenen Besatzes Fangbäume spritzen oder sprühen mit einem ausgewiesenen Mittel gegen rinden- und holzbrütende Borkenkäfer. Kiefernholz, das Oktober eingeschlagen wurde, unentrindet verkauft werden soll und nicht bis April abgefahren werden kann, sollte bis zu diesem Zeitpunkt vorbeugend gegen anfliegende Waldgärtner behandelt werden.

☐ G. Veg. - Im Splint doppelarmiger Quergang mit 2-3 cm langen, mehrere Millimeter voneinander entfernten Larvengängen. Schäden an Trieben wie beim "Großen Waldgärtner". Forstpathologisch sind die Schäden nur von geringer Bedeutung.
○ **Kleiner Waldgärtner** (*Blastophagus minor* Htg.)
Δ Die Bekämpfung erfolgt sinngemäß wie bei "Großer Waldgärtner" angegeben.

☐ Kiefern vom späten Dickungs- bis Bestandesalter zeigen schüttere Benadelung und graugrüne Verfärbung der Nadeln. Im Frühjahr geschlängelte, bis 10 mm breite, bohrmehlgefüllte Gänge im Bast, vorwiegend bei Kiefern im verlichteten Bestand und auf trocknisdisponierten Standorten. Ausbohrlöcher mit scharfer Kante, oft schräg verlaufend. Auf der Borke im Frühsommer 1 cm lange, einfarbig dunkelblaue Käfer. Beobachtung schwierig; fliegt schon bei geringfügiger Störung ab. In Norddeutschland zweijährige, sonst ein- und zweijährige Generation. Sehr wärmeliebend.

○ **Blauer Kiefernprachtkäfer** (*Phaenops cyanea* F.)

Δ Sekundärschädling für Bestände mit Vorbelastung durch Verletzungen, Witterungsextreme oder Schadorganismen. Überwachung gefährdeter Flächen. Befallsverdächtige Kiefern sind bis spätestens Ende Mai zu schlagen und zu entrinden. Rinde nicht im Bestand belassen. Einsatz von Fanghölzern nach Beratung durch Pflanzenschutzdienst.

An Trieben

□ G. Veg. - Eintrocknen der Triebe von der Spitze her, Nadeln röten sich. An abgestorbenen Trieben fast schwarze, charakteristische Pyknidien, entweder oberflächlich auf der Rinde oder an Narben abgefallener Kurztriebe, später "Ranken" weißlicher Sporenmassen, Unterhalb entnadelter Triebe büschelartig neue Ersatznadeln. Sekundärschädlinge verstärken den Schaden. In Deutschland jahrelang nur an *Pinus ponderosa* und *Pinus strobus* aufgetreten ("Kiefernsterben"), neuerdings für den Anbau von Schwarzkiefern bedrohlich. Siehe auch "Schwarzkiefer".

○ **Triebspitzenkrankheit**, "**Schwarzkiefernsterben**" (*Gremmeniella abietina* M.)

Δ Beratung durch Forst- oder Pflanzenschutzdienststelle anfordern.

□ Mai bis Juni - Besonders Sämlinge sowie Jungpflanzen betroffen. Triebe nach unten gekrümmt oder s-förmig verdreht, zuweilen abstehend. Auf der Rinde der Maitriebe hellgelbe, bis 3 cm lange Flecke. Rinde platzt im Juni auf, gelbe Rostsporenlager (Äzidien) werden sichtbar. Wirtswechsel. Zwischenwirt Aspe und Weißpappel, dort Befall bedeutungslos.

○ **Kieferndrehrost** (*Melampsora pinitorqua* Rostr.)

Δ In Baumschulen Verbrennen befallener Triebe. Nach Möglichkeit keine Duldung von Zitter- und Weißpappeln in Nähe von Kiefernkulturen.

□ G. Veg. - Nadeln werden von der Basis her braun. Triebe sterben ab, auf ihrer Rinde erscheinen kleine, schwarze Sporenlager. Verbreitung des Pilzes wird wahrscheinlich durch starkes Auftreten der Kiefernnadelscheiden-Gallmücke begünstigt, deren Larven Verletzungen erzeugen, die dem sonst saprophytisch lebenden Pilz das Eindringen in die Triebrinde ermöglichen. Vor allem an Stangen- und Althölzern häufiger vorkommend.

○ **Triebschwinden der Kiefer** (*Cenangium ferruginosum* F.)

Δ Wirksame Bekämpfungsverfahren sind bisher nicht bekannt.

□ G. Veg. - Im Winter "Wolläuse", in dichte, weiße Wachsfäden eingehüllt, auf der Rinde jüngster Zweige, im Sommer ähnliche Stadien der gleichen Art an Maitrieben, vor allem bei Kiefer oft in größerer Zahl auftretend.

○ **Europäische Kiefernwollaus** (*Pineus pini* L.)

Δ In Baumschulen vor Austrieb Spritzung mit ausgewiesenen Austriebsspritzmitteln oder nach Austrieb mit anderen ausgewiesenen Präparaten gegen Nadelholzläuse. Behandlung muß mehrfach wiederholt werden. Näheres Forst- oder Pflanzenschutzdienststelle.

□ April bis Juni - Spitzen der Maitriebe 2- bis 6jähriger Kiefern knicken und welken, im Innern frißt von der Spitze zur Basis bräunlichgelbe Raupe, durch Überwandern mehrere Triebe zerstörend. Puppe ab Ende Juni im Trieb oder außerhalb. Wipfel der jungen Bäume verkrüppeln bei stärkerem Befall.

○ **Kiefernquirlwickler** (*Rhyacionia duplana* Hbn.)
Δ Einschränkung durch Verbrennen der befallenen Triebe unwirtschaftlich, daher versuchsweise Einsatz gleicher Maßnahmen wie gegen Kiefernknospentriebwickler.

☐ Juni bis April - An Basis versponnener Nadelpaare fressen (junge) gelbbraune Raupen, ältere Stadien höhlen Seitenknospen aus, erwachsene Raupen oder Vorpuppe überwintern in der Mittelknospe eines Quirls, Triebe verkrüppeln, bilden Büschel. Oft mit folgender Art verwechselt und in seiner wirtschaftlichen Bedeutung daher unterschätzt.
○ **Kiefernknospenwickler** (*Blastethia turionella* L.)
Δ Bekämpfung erfolgt wie bei folgender Art, aber nur bei Massenbefall wirtschaftlich.

☐ Juli bis Mai - Endständige Knospe eines Quirles mit 2 Seitenknospen versponnen, durch Einlagerung von Harz ("Harzbrücken") entsteht festes Gehäuse, worin rotbraune Raupe lebt. Nach Überwinterung (Stadium 3, 4) Fraß an treibenden Knospen, Triebe ausgehöhlt, vertrocknen oder wachsen nach Knickung verkrüppelt weiter (Posthornbildung). Bei mehrjährigem Befall erhebliche Schäden durch Wuchsstörungen und Wertholzminderung. Befällt vor allem große, lückige Kulturen und Dickungen, Bergkiefer sowie Zierkiefernarten in Hausgärten wie *P. montana*, *P. nigra* und andere.
○ **Kiefernknospentriebwickler** (*Rhyacionia buoliana* D. und Schiff.)
Δ Bevorzugung der weniger anfälligen Schwarzkiefer. Einschränkung des Befalls durch Abschneiden und Verbrennen befallener Triebe und Knospen. Einsatz von Insektiziden sehr termingebunden und nur nach Aufforderung (Warndienst!) der zuständigen Forst- oder Pflanzenschutzdienststelle. Maßnahmen zur biologischen Bekämpfung durch Einsatz einheimischer und eingeführter Parasiten sind zwar noch nicht ganz praxisreif, versprechen jedoch gute Erfolge. Interessante Aspekte eröffnet Ausschaltung der männlichen Falter durch spezifische Pheromone (Sexuallockstoffe), mit denen man den Flugbereich "überschwemmt".

☐ G. Veg. - An Trieben kirschgroße, gallenartige, aus Harz und Gespinstfäden bestehende Gehäuse, in diesen frißt Raupe im Trieb. Seltener Absterben des Triebes oberhalb der Galle. Schädling gebietsweise häufig.
○ **Kiefernharzgallenwickler** (*Petrova resinella* L.)
Δ Wegen der geringen wirtschaftlichen Bedeutung ist eine Bekämpfung mit Insektiziden nicht angezeigt.

An Nadeln

☐ April bis Mai - Vor allem an 1- bis 7jährigen Kiefern, an Altbäumen nur die älteren, ohnehin bald abfallenden Nadeln betroffen. Vereinzelt schon im Herbst und Winter, meist erst im zeitigen Frühjahr, werden die Nadeln erst braunfleckig, später völlig braun. Im April/Mai Abwerfen der abgestorbenen Kurztriebe. Nach diesem "Schütten" begrünen sich die entnadelten Jungkiefern meist wieder. In schwarzen, schwielenförmigen Sporenlagern an den abgefallenen Nadeln bilden sich die Sporen, die im Sommer neue Nadeln infizieren. Nach nassen Jahren epidemisches Auftreten. Absterben ganzer Bestände. Der Befall wird vor allem durch Feuchtigkeit (dichter Stand und Verdämmung durch Unkraut) begünstigt. - Vor allem in Kulturen bis zu 11-12 Jahren. Schwarzkiefern sind wenig, Bergkiefern stark anfällig.

○ **Kiefernschütte, Kiefernritzenschorf** (*Lophodermium seditiosum* Mint.)

△ Optimale Kulturbedingungen, Erhaltung von Lichtstand durch Bekämpfung höher wachsender Gräser und Unkräuter. Warndienst der Forst- und Pflanzenschutzdienststellen beachten. Untersuchung von Nadelproben durch Forst- oder Pflanzenschutzdienststellen möglich. Man kontrolliert ab Ende Juni 100 "geschüttete" Doppelnadeln. Wenn auf 10 % reife Pilzfruchtkörper (Apothezien) mit geöffnetem Spalt und mit ganzem Inhalt von Sporen vorhanden sind (= kritische Zahl, Schadensschwelle), lohnt Ende Juli/Anfang August (und Ende August/Anfang September) 1- bis 2malige Behandlung mit ausgewiesenen Fungiziden gegen forstpathogene Pilze (Präparate siehe "Pflanzenschutzmittelübersicht - Fungizide im Forst".

☐ Frühjahr, Sommer - Große, lebhafte Blattläuse saugen an ein- und zweijährigen Zweigen zwischen Nadeln. Ameisenbesuch. Der von den Zweigen abgeschiedene Honigtau wird als "Waldhonig" von Bienen eingetragen.

○ **Rindenläuse** (*Cinara*-Arten)

△ Anwendung von Insektiziden auch bei stärkerer Besiedlung nicht sinnvoll, weil die Läuse in der Regel keine nachhaltigen Schäden verursachen.

☐ Mai bis Sept. - Vor allem in älteren Kiefernkulturen (und Dickungen) sind die Nadeln, besonders die der Endknospe nahestehenden, durch schwärzliche, kupferglänzende Rüsselkäfer befressen. Typischer "Scharttenfraß", auch Abbiß der Nadeln. Durch Harzaustritt sehen Triebe, vor allem in Spitzennähe, wie weiß bespritzt aus. Käfer fressen nachts, tagsüber sitzen sie versteckt in Triebspitzen unterhalb der Knospen. Besonders in trockenen Kiefernheiden ohne nennenswerte Bodenvegetation in einzelnen Jahren Massenauftreten, auf voll umgebrochenen Brandflächen nach Dürrejahren gebietsweise oft stärkere Schäden.

○ **Gemeiner Graurüßler** (*Brachyderes incanus* L.)

△ Forst- oder Pflanzenschutzdienststelle befragen. Auf sehr armen Standorten dosierte Düngung. Anwendung von Mitteln gegen Rüsselkäfer siehe "Pflanzenschutzmittelübersicht - Insektizide im Forst", im August gegen Jungkäfer, wenn je m² Boden etwa 40 Larven gefunden werden. Siehe auch Mittlerer Schwarzer Rüsselkäfer.

☐ Mai bis Juni - Im April laufen an sonnigen Tagen zahlreiche stahlblaue Blattwespen am Boden, später umschwärmen sie die Baumkronen. An älteren Nadeln in Reihen abgelegte walzenförmige, grünlich-blaue Eier. Ab Mai fressen an den vorjährigen Trieben zahlreiche, in Gespinsten lebende, olivgrüne, quergefleckte und längsgestreifte Larven, deren jede in einer besonderen Gespinströhre sitzt. Fraß zunächst an den Altnadeln, die Nadeln der Maitriebe sowie deren Rinde werden bei Nahrungsmangel aber ebenfalls befressen.

○ **Stahlblaue Kiefernschonungsgespinstblattwespe** (*Acantholyda erythrocephala* L.)

△ Vogelschutz und Förderung der Kleinen Roten Waldameise, im Bedarfsfall auch Wiederansiedlung neuer Kolonien. Bei Massenauftreten nach Beratung durch Forst- oder Pflanzenschutzdienststelle Einsatz von ausgewiesenen Mitteln gegen Afterraupen (Blattwespenlarven). Präparate siehe "Pflanzenschutzmittelübersicht - Insektizide im Forst".

☐ Mai bis Juli - Maitriebe mit lockeren Gespinsten, darin meist eine, bei Massenauftreten jedoch mehrere olivgrüne, braungestreifte Blattwespenlarven mit dunkel punktiertem Kopf. Ältere Larven fressen von einer Gespinströhre aus an ein- oder mehrjährigen Nadeln, beißen sie ab und ziehen sie zum Fraß in das Gespinst. Fraß periodisch, kann über mehrere Jahre andauern und stärkere Schäden bewirken. Besonders in engeren Beständen 40- bis 100jähriger Kiefern, oft nur sehr lokal in Gradation tretend, daher Population genau beobachten!

  ○ **Kiefernbestands-Gespinstblattwespe** (*Acantholyda nemoralis* Thom.)

  △ Pflanzenschutz- oder Forstdienststelle befragen, auf deren Rat notfalls Einsatz von Mitteln gegen Afterraupen (Blattwespenlarven).

☐ Mai bis Juni - Graugrüne, schwarzköpfige, gesellig lebende Blattwespenlarven fressen die Nadeln bis auf die Mittelrippe ab. Maitriebe sind nicht befressen. Weltweit verbreitete Art, aber stets nur eine Generation.

  ○ **Rote Kiefernbuschhornblattwespe** (*Neodiprion sertifer* Geoffr.)

  △ Bei Massenauftreten nach Beratung durch Forst- oder Pflanzenschutzdienststelle Behandeln mit Mitteln gegen Afterraupen. Biologische Bekämpfung in begrenztem Gebiet versuchsweise durch künstliche Verbreitung einer Viruskrankheit (Polyederseuche) der Larven gelungen.

☐ G. Veg. - Nadeln von gelbgrünen, braunköpfigen Blattwespenlarven befressen. Junglarven lassen beim Fraß Mittelrippe fadenförmig stehen, ältere fressen die Nadeln bis auf Scheidenstummel ab und benagen auch die Rinde. Erste Generation verschont Maitriebe meist ganz, zweite Generation wenigstens deren Knospen, so daß auch nach starkem Fraß Erholung der Bäume möglich ist. Larven nehmen bei Störung typische s-förmige Schreckstellung ein und vollführen schlagende Körperbewegungen. Kot rautenförmig. Bevorzugt 40- bis 100jährige Bestände.

  ○ **Kiefernbuschhornblattwespe** (*Diprion pini* L.)

  △ Eier und Kokons auf Parasitierungsgrad untersuchen. Im Zweifel Pflanzenschutz- oder Forstdienststelle befragen; nur auf deren Rat Einsatz von ausgewiesenen Mitteln gegen Afterraupen.

☐ G. Veg. - Nadelpaar innerhalb der Scheide verwachsen, meist unter knolliger Gallenbildung oder Drehung. Nadeln bleiben kurz, vergilben und fallen im Herbst oder Winter ab. In der Galle orangerote Larve.

  ○ **Kiefernnadelscheiden-Gallmücke** (*Thecodiplosis brachyntera* Schwaeg.)

  △ Pflanzenschutz- oder Forstdienststelle befragen, ob eine Bekämpfung lohnt.

☐ Aug. bis Nov. - Alte Nadeln von bis 3 cm langen, sich "spannend" fortbewegenden, grünen, weiß längsgestreiften Raupen befressen. Beim Fraß bleiben im Gegensatz zum Fraß der Kiefernbuschhornblattwespe an der Mittelrippe gezackte Teile des Nadelrandes erhalten, an denen dann vertrocknetes, weißes Harz klebt. Stark befressene Nadeln fallen im Laufe des Winters ab, Triebe erscheinen dann besenartig. Der Schädling bevorzugt Stangen- und jüngere Althölzer in Trockengebieten und auf armen Standorten. Das Bestandsinnere ist mehr gefährdet als die Bestandesränder. Da Fraß erst spät im Jahre stattfindet, wird nächstjähriger Austrieb nicht unterbunden, zweimaliger Kahlfraß vernichtet jedoch den Bestand. Falter fliegen ab Mai am Tage bei Windstille und Sonne in den Kronen.

  ○ **Kiefernspanner** (*Bupalus piniarius* L.)

  △ Förderung oder auch Wiederansiedlung der Kleinen Roten Waldameise, systematischer Vogelschutz. Nach vorheriger Befragung der Forstdienststelle und nur, wenn kritische Ei- oder Puppenzahl (Probegrabungen!) vorliegen. Durch Schlupfwespen (Trichogramma-Arten) kann Eiparasitierung von über 90 % eintreten. Hierdurch werden Gradationen stark vermindert. Andernfalls Einsatz von ausgewiesenen Mitteln gegen freifressende Schmetterlingsraupen.

☐ Juni bis Juli - Sowohl Nadeln der Maitriebe als später auch alle Nadeln durch Raupen bis auf kurze Stummel abgefressen, auch Rinde der Triebe benagt. Raupe mit gelbem Kopf, sonst grün mit drei weißen Rücken- und orangefarbenem Seitenstreifen, "spannt" nur als Jungräupchen und hat die für Eulenraupen normale Zahl von Bauchfüßen. Fraß sehr schädlich, da frühzeitige, schnelle Entnadelung. Einmaliger Kahlfraß kann Bäume zum Absterben bringen. Vor allem in Trockengebieten und auf sehr armen Böden periodische Kalamitäten.

   O **Kieferneule**, **Forleule** (*Panolis flammea* Schiff.)

   Δ Gegenmaßnahmen wie bei Kiefernspanner. Pflanzenschutz- oder Forstdienststelle befragen.

☐ Sept. bis Mai - Im Herbst werden Nadeln durch behaarte, rötlich-braungraue Raupen abgefressen. Überwinterung der Raupen im Boden. Wiederaufbaumen im zeitigen Frühjahr. Frühjahrsfraß besonders schädlich. Nadeln werden bis auf die Scheide abgefressen. Maitriebe angenagt oder abgebissen. Erwachsene Raupen bis 8 cm lang. Absterben der Bäume oft schon nach einmaligem Kahlfraß. Vor allem in Regionen mit kontinentalem Klima, bevorzugt Stangen- und Althölzer.

   O **Kiefernspinner** (*Dendrolimus pini* L.)

   Δ Vor größeren Bekämpfungsaktionen Forst- oder Pflanzenschutzdienststelle befragen. Leimringe, die im zeitigen Frühjahr um die Stämme gelegt werden, schützen vor aufbaumenden Raupen. Bei Kalamitäten kann Einsatz von ausgewiesenen Mitteln gegen freifressende Schmetterlingsraupen mit Luftfahrzeugen notwendig werden. Näheres über die Wirkung von Bakterienpräparaten bei Pflanzenschutzdienststelle erfragen.

☐ Mai bis Juli - Jungtriebe und sich streckende Knospen von behaarten Raupen befressen. Nadeln werden abgebissen. Im Juni/Juli Falterflug ab Dämmerungsbeginn und nachts. Regional Kahlfraß möglich, bei Wiederholung können Kiefern absterben.

   O **Nonne** (*Lymantria monacha* L.)

   Δ Siehe unter Fichte.

2.6.24   Lärche (Larix)

☐ G. Veg. - Auf der Rinde von Ästen und Stämmen der Europäischen Lärche nekrotische Stellen. Befallene Triebe sterben ab, Symptome ähnlich wie bei *Botrytis*. Abgestorbene Stellen an stärkeren Trieben werden überwallt, Ränder wulstig, Harzfluß, Rinde löst sich partiell. Später erscheinen gelbweiße Konidienpolster, schließlich schüsselförmige, innen glatte, organgefarbene Fruchtkörper, zuweilen auch ringförmig angeordnet. Durch jährlich sich wiederholende Infektion über Nadelnarben entsteht "geschlossener" oder "offener" Krebs.

   O **Lärchenkrebs** (*Lachnellula willkommii* Rehm)

   Δ Schaffung lichter Bestände, keine Lärchen in zu feuchten Lagen. Anbau krebsfester Herkünfte, Bevorzugung der japanischen Lärche.

☐ Juni bis Juli - Ältere Nadeln der Europäischen Lärche an der Basis oder Mitte eines Triebes (seltener an Triebspitze) werden vom äußeren Ende oder von der Mitte aus zunächst
fleckigbraun, später völlig braun und fallen schließlich ab. Ähnlicher Schaden durch Spätfrost, dieser aber meist an Triebspitzen und ohne schnellen Nadelabwurf. Schlechte
Triebverholzung. 1- und 2jährige Sämlinge besonders gefährdet, sterben ab. Vor allem in
feuchten Lagen.

O **Lärchenschütte** (*Meria laricis* Vuill.)

Δ Kein Anbau von Lärche in zu feuchten Lagen, starke Durchforstung. Bevorzugung der
japanischen Lärche. In Forstkulturen wiederholt mit Präparaten auf Schwefelbasis im
Wechsel mit organischen Fungiziden oder mit kombinierten Fungizid-wirksamen Präparaten spritzen oder sprühen. Näheres zuständige Forst- oder Pflanzenschutzdienststelle.

☐ G. Veg. - Am Stamm zahlreiche Bohrlöcher, unter der Rinde Borkenkäferfraßbild: Mehr-
armiger Sterngang, Muttergänge 6-18 cm lang, Larvengänge dicht. Meist 1-2, seltener 3
Generationen. Käferfraß im Wipfel junger Lärchen oder in Trieben, Harzfluß ähnlich wie
unter Waldgärtner angegeben. Schaden vor allem in trockenen, warmen Lagen.

O **Großer Lärchenborkenkäfer** (*Ips cembrae* Heer.)

Δ Näheres siehe Buchdrucker. Aushieb und schnelle Abfuhr, Entrinden befallener
Stämme, Fangbäume.

☐ An kränkelnden oder gefällten Lärchen breite, unregelmäßige Fraßgänge, die weitgehend
mit Bohrmehl angefüllt sind. Rund-ovale Ausfluglöcher von 4-6 mm, zuweilen in großer
Anzahl. Zahlreiche Spechthiebe. Besatz oft sehr dicht.

O **Lärchenbock** (*Tetropium gabrieli* W.)

Δ Kurzfristige Entfernung befallener Bäume, schnelle Abfuhr der Stämme.

☐ Mai bis Sept. - Zahlreiche, etwa 1 mm lange, lebhaft bewegliche Insekten oder ihre gelben
Larven saugen an Trieben und Langtriebnadeln, vor allem an Spitzen der Leittriebe und
frühestens, wenn die Kurztriebe entwickelt sind. Jüngere Reinbestände werden bevorzugt.
Nadeln werden grau, kümmern und fallen vorzeitig ab. Die Endknospen und Endtriebe
verkrüppeln oder sterben ab, als Folge Verbuschung der Krone: "Lärchenwipfelkrankheit",
Stammkrümmungen.

O **Lärchenblasenfuß**, **Wipfelsterben** (*Taeniothrips laricivorus* Krat.)

Δ Anbau von Lärche nur unter optimalen Bedingungen. Bevorzugung der japanischen Lärche. Anwendung von Insektiziden nur nach vorheriger Befragung der Pflanzenschutz-
Dienststelle.

☐ Frühjahr - Triebe kümmern, Nadeln geknickt, von mit Wachsfilz umgebenen Gallenläusen
befallen, allgemein als "Wolläuse" bezeichnet. Weitere Stadien, auch von anderen wirtswechselnden Gallenläusen, an Rinde überwinternd. Die weitere Entwicklung der beiden
hier genannten Fichtengallenlausarten erfolgt unter Wirtswechsel zur Fichte.

O **Kleine Fichtengallenlaus** (*Adelges laricis* Vall.)

O **Grüne Fichtengallenlaus** (*Sacchiphantes viridis* Ratz.)

Δ Nach Befragen der Forstdienststelle nur bei stark befallenen Jungbäumen vor Austrieb
Spritzung mit ausgewiesenen Mitteln gegen Nadelholzläuse siehe "Pflanzenschutzmittelübersicht - Insektizide im Forst".

☐ Sept. bis April - Im Herbst Nadeln von der Spitze her miniert und Blattgrün ausgefressen durch kleine Raupe, die den ausgehöhlten Nadelteil später abbeißt, und, mit dem Hinterleib darin steckend, frei umherkriecht. Nach Überwinterung im zeitigen Frühjahr Fraß an Kurztrieben. Nadeln braun, Schadbild sieht Frostschäden ähnlich. Meist jährlich wiederkehrender Befall aller Altersklassen, dann erhebliche Zuwachsverluste, Kümmern.

O **Lärchenminiermotte** (*Coleophora laricella* Hbn.)

Δ Bei Neupflanzungen Auswahl von wenig befallenen Herkünften. Gedüngte und dadurch kräftigere Parzellen von japanischen Lärchen bevorzugt befallen. Zuständige Forst- oder Pflanzenschutzdienststelle befragen! Systematischer Singvogelschutz (Meisen!).

Kritische Zahl bei schlechtwüchsigen Beständen: 0,5-2 Raupen je Kurztriebknospe nach Überwinterung oder 5 minierende Raupen je Kurztrieb im Spätsommer. Bei stärkerem Befall ab Austrieb bis Ende Mai oder im August Einsatz von ausgewiesenen Präparaten gegen versteckt fressende Schmetterlingsraupen im Spritz- oder besser Sprühverfahren, bei geringerem Befall Bekämpfung im April vor der Verpuppung.

☐ Mai bis Juli - In den aufbrechenden Kurztrieben fressen in einer Gespinströhre grünliche Raupen. Später werden Nadeln eines Kurztriebes trichterförmig zusammengesponnen und von der Innenseite her benagt. Beim Fraß der erwachsenen Raupe bleibt nur eine Kante der Nadel übrig. Zuwachsverluste, seltener Absterben der Bäume. Gefährlicher Lärchenschädling in den Alpen, hier Massenvermehrungen alle 8-10 Jahre. Auch an Fichte vorkommend.

O **Grauer Lärchenwickler** (*Zeiraphera diniana* Gn.)

Δ Anwendung von ausgewiesenen Forstschutzmitteln (siehe "Pflanzenschutzmittelübersicht - Insektizide im Forst") sollte nur bei drohendem Massenbefall und Kahlfraß in Betracht gezogen werden. Vor größeren Aktionen Pflanzenschutz- oder Forstdienststelle befragen.

2.6.25   Lebensbaum

(siehe unter Thuja)

2.6.26   Omorikafichte (Picea omorica)

Gelegentlich tritt an Omorikafichte der Kupferstecher schädigend auf. Näheres siehe oben unter "Kupferstecher".

☐ G. Veg. - An den Zweigspitzen, aber auch an zwei- und dreijährigen Trieben, viele erst helle, dann gelbliche und schließlich verbräunte, abgestorbene Nadeln, Nadelfall. Der Baum wirkt, als habe er unter Trockenheit oder/und Frost gelitten. Mehrjähriger Nadelfall bewirkt starke Zuwachsverluste, in schweren Fällen Absterben des Baumes.

O **Nadelbräune**, "**Omorikasterben**"

Δ Die Omorikafichte gedeiht nicht auf sauren oder zur Staunässe neigenden Böden. Optimale Standorte mit guter Magnesiumversorgung, luftdurchlässig, tiefgründig-lockere Böden mit pH-Werten nicht unter 5,5-6,5.

Beim Pflanzen möglichst junges Pflanzgut vorziehen, Pflanzabstand nicht unter 1 m. Ausheben reichlich bemessener Pflanzlöcher wichtig. Das Substrat ist mit geringen Mengen

Torf oder Düngetorf und zur Bodenlockerung mit Sand oder Styromull zu vermischen. Pflanzlochsubstrat schon beim Pflanzen mit Kieserit (*Magnesiumsulfat*) aufdüngen. Nur groß ballierte Ware verwenden. Bei Pflanzung in Rasen oder Wegnähe große Baumscheibe von etwa 1 m Durchmesser vorsehen; keine Pflanzung in Böden mit stark kalkhaltigem Bauschutt. Da bei hohem Kaligehalt Magnesium nicht in genügendem Maße aufgenommen werden kann, ist Vorsieht mit kalihaltigen Düngemitteln geboten. Zur Stickstoffdüngung sind nitrathaltige Düngemittel wie Kalksalpeter den ammoniumhaltigen vorzuziehen. Bei Trockenheit wässern, aber eine Verschlämmung des Bodens vermeiden.

Berasts stark an der Nadelbräune erkrankte Omorikafichten können zuweilen noch durch Düngung mit 150 bis 300 g Kieserit je Pflanze vitalisiert werden, aber vorher Bodenuntersuchung notwendig! Da eine Magnesiumdüngung meist erst nach gewisser Zeit wirkt, bei erkrankten Pflanzen aber eine rasche Magnesium-Zufuhr wichtig ist, sind bereits geschädigte Pflanzen mit Beginn der Vegetationszeit mehrmals mit einer 2 %igen Magnesiumsulfat-Lösung unter Zusatz von 0,5-1%iger Kalziumnitrat-(Kalksalpeter-)Lösung im Spritzoder Sprühverfahren zu behandeln. Neben Magnesium- sollte auch auf angemessene Kaliumversorgung geachtet werden.

Generelle Düngungsempfehlung für Omorikafichten in Gärten:
Bei ausreichender Kaliumversorgung je Baum 100-300 g Kieserit oder Bittersalz und 200-300 g Volldünger mit Gehalt an Mikronährstoffen, etwa Blaukorn oder Nitrophoska blau. Nur chloridarme Volldünger verwenden! Man streut diese Düngermengen einmal jährlich unter die Bäume, aber nicht dicht an den Stamm.

2.6.27   Schwarzkiefer (Kalabrische S., Korsische S.: Pinus-nigra-Unterarten)

☐ Frühjahr - Eintrocknen der Triebe von der Spitze her. Nadeln röten sich vom Triebende fortschreitend, meist von der Basis aus und fallen im Verlaufe des Sommers ab. An toten Nadeln, Knospen und Trieben kugelige, braunschwarze 1-2 mm große Sporenlager (*Pyknidien*). Krankheit bleibt meist auf die jüngsten Triebe beschränkt, kann aber auch mehrere Jahrgänge, sogar die gesamte Benadelung erfassen, dann schnelles Absterben des Baumes, beschleunigt durch den sekundären Angriff von Borkenkäfern. Bäume bis zum Alter 20 Jahre scheinen besonders gefährdet zu sein. Manchmal epidemisch in Baumschulkulturen und auf Forstflächen da auftretend, wo Schwarzkiefern wegen ihrer besonderen Eigenschaften (Widerstandskraft gegen Industrieemissionen) neuerdings angebaut werden.

O **Schwarzkiefernsterben** (*Gremmeniella abietina* M.)

Δ Standortgerechter Anbau, nicht zu dichte Pflanzung, bei dieser Meidung des Windschattens durch ältere Bestände, in dem sich feuchte Kühle lange hält. Rechtzeitige starke Durchforstung. Sonderberatung durch Forst- oder Pflanzenschutzdienststelle anfordern. *Pinus nigra var. austrioca* ist anscheinend weniger anfällig als *P. nigra var. corsica*.

2.6.28   Tanne (Abies)

☐ G. Veg. - Kronen von unten her trocken werdend. Durch Nachlassen des Höhenwachstums Bildung von "Storchennestern". Im Stamm Naßkern, viele Stämme gehen ein. Ursache neben Schadstoffbelastung wahrscheinlich ungeeignete Standort- und waldbauliche Verhältnisse, dadurch zunehmende Anfälligkeit gegenüber anderen Schadeinflüssen.

O **Tannensterben** (Abiotisch-organismischer Ursachenkomplex)

Δ Für standortgemäße Begründung der Kulturen und artgerechte Behandlung der heranwachsenden Bestände sorgen.

☐ G. Veg. - An den Zweigen Verdickungen und "Hexenbesen". An den Befallsstellen krebsartige Wucherungen mit tief aufgerissener, dunkler Rinde. "Astkrebs" meist belanglos, am Stamm auftretender "Schaftkrebs" verursacht Wertminderung des Holzes, erhöht Anfälligkeit gegenüber Krankheiten und Schädlingen sowie gegen Wind-, Schnee- und Eisbruch.

O **Tannenkrebs** (*Melampsorella caryophyllacearum* Schröt.)

Δ Baldiger Aushieb der befallenen Stämme und Äste und möglichst schnelle Abfuhr.

☐ April bis Juli - Nadeln und junge Triebe sind braun verfärbt und sterben bald ab.

O **Grauschimmel-Triebfäule** (*Botrytis cinerea* Pers.)

Δ Betreffs Bekämpfungsmaßnahmen siehe Angaben oben unter "Fichte".

☐ Sommer - Nadeln werden gelbfleckig, vergilben und verkümmern. Bildung von weißlichen Säulchen mit Aecidiosporen.

O **Weißtannensäulenrost** (*Pucciniastrum epilobii* Otth)

Δ Wirtswechselnder Rostpilz; Uredo-, Teleuto- und Basidiosporen werden an Weidenröschen (*Epilobium*-Arten) gebildet. Bekämpfung kaum möglich und im Regelfall nicht notwendig, zumal Krankheit nur gebietsweise stärker auftritt (Nordrhein-Westfalen, Süddeutschland).

☐ G. Veg. - In der Rinde Bohrlöcher, darunter Borkenkäferfraßbild: Doppelarmiger Quergang mit seitlich dicht abgehenden Larvengängen. Häufig durch Eindringen eines zweiten Weibchens in dasselbe Einbohrloch Anlage charakteristischer Doppelkammergänge. Meist 2, zuweilen 3 Generationen. Befall vom Wipfel nach unten fortschreitend. Starke Schäden.

O **Krummzähniger Tannenborkenkäfer** (*Pityokteines curvidens* Germ.)

Δ Allgemeine Maßnahmen wie oben gegen Buchdrucker angegeben.

☐ G. Veg. - Borkenkäferfraßbild unter der Rinde: Platzartige Muttergänge mit strahlenförmig abgehenden Larvengängen, vor allem an dünnrindigen Baumteilen. Überwinterung der Käfer in kurzen Ast- oder Zweiggängen alter Tannen. An solchen Stellen reißt die Rinde auf, es können krebsartige Gebilde entstehen. Besonders gefährlich wird dieser Borkenkäfer in Stangenhölzern.

O **Kleiner Tannenborkenkäfer** (*Cryphalus piceae* Ratzb.)

Δ Allgemeine Maßnahmen wie unter "Buchdrucker" angegeben.

☐ G. Veg. - In 40- bis 80jährigen Stangenhölzern unter der Rinde, meist an unteren Stammteilen vertikale, vielstrahlige, bis 60 cm lange Fraßgänge. Käfer 8-10 mm, rostbraun, gelbfleckig, mit Querbinde auf Flügeldecken.

O **Weißtannenrüßler** (*Pissodes piceae* Ill.)

Δ Aushieb stark befallener Stämme. Gegen Käfer Spritzung frischer Stöcke mit ausgewiesenen Mitteln gegen Rüsselkäfer (siehe "Pflanzenschutzmittelübersicht - Insektizide im Forst") und Anlegen von Insektiziringen an stehenden Tannenstämmen. Näheres Forstdienststelle.

☐ April bis Juni - In lockeren, röhrenförmigen Gespinsten zwischen Nadeln der Maitriebe fressen kleine, grünliche, schwarzköpfige Räupchen. Nadeln werden erst nur in der Mitte, dann bis auf einen kurzen Rest befressen, obere abgebissene Nadelhälfte ist oft ins Gespinst einbezogen. Befressene Maitriebe entnadelt und gekrümmt. Althölzer werden bevorzugt, jedoch können bei Massenvermehrung alle Altersklassen befallen werden, vor allem Früh- und Mitteltreiber. Zuwachsverlust, bei mehrjährigem Fraß auch merklicher Kümmerwuchs.

O **Tannentriebwickler** (*Choristoneura murinana* Hb.)

Δ Zuständige Forst- oder Pflanzenschutzdienststelle befragen. Behandeln mit Mitteln gegen versteckt fressende Schmetterlingsraupen (siehe "Pflanzenschutzmittelübersicht - Insektizide im Forst") Ende April (nützlingsschonend), wenn Räupchen zu den Knospen wandern (Terminbestimmung!) oder etwa Ende Mai, wenn Raupen 4-6 mm lang sind und die Knospen verlassen. Kritische Zahl: 30-40 Räupchen auf 1 m Zweiglänge (Zweige aus oberer Krone im Februar/März vortreiben).

☐ Frühjahr - Grüngelbe Raupen mit rostrotem Kopf fressen an versponnenen Maitrieben. In Gespinsten Nadelreste. Befressene Triebspitzen ab Mai rötlich. Neuerdings in Norddeutschland stärker schädlich aufgetreten.

O **Rotköpfiger Tannentriebwickler** (*Zeiraphera rufimitrana* H. S.)

Δ Zuständige Pflanzenschutz- oder Forstdienststelle befragen. Sorgfältige Artbestimmung ist wichtig, da Verwechslungsgefahr mit anderen potentiell schädlichen Kleinschmetterlingsraupen möglich. Bekämpfungserfolge mit Mitteln gegen versteckt lebende Schmetterlingsraupen (siehe "Pflanzenschutzmittelübersicht - Insektizide im Forst") nur bei genauer Terminbestimmung.

Tannentriebläuse
Allgemeines Schadbild: Nadeln krümmen sich und werden gelb, Triebe sterben manchmal ab. Noch frische, befallene Triebe sind klebrig, von weißlichen, wachsbedeckten Blattläusen besiedelt.

☐ G. Veg. - An Zweigen, Trieben und Nadeln von Jungtannen verschiedene Stadien wachsausscheidender Läuse: Aus Überwinternden Virgines langrüsselige Larven (Rindensauger), die sich an Zweigen festsetzen und nach Sommerruhe und Überwinterung im April/Mai Eier ablegen. Kurzrüsselige Larven (Nadelsauger) saugen an Nadeln, besonders von Maitrieben, im Juni neue Generation: Rindensauger, die auf Zweige zurückwandern. - Geflügelte Stadien selten. Vor allem in trockenen, warmen und sonnigen Lagen.

O **Einbrütige Tannentrieblaus** (*Dreyfusia nüsslini* CB)

☐ G. Veg. - Vorwiegend an Sämlingen, verschulten Pflanzen, Jungtannen der 1. Altersklasse sowie an Alttannen vor allem am Stamm saugen wachsausscheidende Blattläuse. Im Frühjahr Zweig- und Nadelsauger sowie Geflügelte, weitere Generationen bis zum Herbst. "Weißwerden" der Stämme besonders im Spätsommer, Äste an der Basis häufig stark gestaucht.

O **Zweibrütige Tannentrieblaus** (*Dreyfusia merkeri* Eichhorn)

Δ **Bekämpfung aller Tannentriebläuse:** Dauererfolg nur durch holzartgerechte Erziehung, Aufzucht unter Schirm und im Mischbestand, daher Problem mit Forstdienststelle besprechen. Bekämpfung der am Stamm und an den Triebachsen sitzenden Stadien vor dem Austrieb mit Austriebsspritzmitteln, nach Vegetationsbeginn mit Mitteln gegen Nadelholzläuse auf Basis verschiedener Wirkstoffe mit Zulassung im Forst möglich (siehe "Pflanzenschutzmittelübersicht - Insektizide im Forst").

2.6.29   Thuja (Lebensbaum)

☐ G. Veg. - Blätter vergilben, werden schließlich braun und fallen ab, oft auch ganze Zweigspitzen. Vor allem in Pflanzgärten.

○ **Nadelbräune, Zweigsterben** (*Didymascella thujina* Maire)

△ Gefährdete Gehölze in Baumschulen und Gärten von Juli bis Oktober alle 14 Tage mit ausgewiesenen Fungiziden behandeln. Vor Anwendung von Pflanzenschutzmitteln ist sicherzustellen, ob nicht durch Wassermangel Trocknis eingetreten ist und eine Pilzinfektion nur vortäuscht.

☐ G. Veg. - Zunächst Blattschuppen, dann Triebe und Zweige gelbbraun bis braun verfärbt, erkrankte Zone am älteren Triebteil hin scharf abgegrenzt, zuweilen Krankheitssymptome aber nur im Spitzenbereich der Blattzweige. Zahlreiche ovale, schwarze Sporenlager, auch auf der Rinde abgestorbener Zweige.

○ **Trieb- und Zweigsterben** (*Kabatina thujae* Schneider et v. Arx)

△ Versuchsweise ab Mitte Mai 3 Spritzungen im Abstand von 14 Tagen mit geeigneten Fungiziden. Näheres Forst- oder Pflanzenschutzdienststelle.

☐ März bis Sept. - An Nadeltrieben saugen große Blattläuse. Rußtau! Nadeltriebe werden gelb oder rötlich braun. Junglarven im März aus Wintereiern.

○ **Zypressenblattlaus** (*Cupressobium juniperinum* Mordv.)

△ Anwendung von Austriebsspritzmitteln auf Basis von *Mineralöl*, *Rapsöl* oder flüssiger *Kaliseife* vor Austrieb und nach Triebabschluß.

☐ G. Veg. - Auf jungen Trieben kleine, braune, napf- oder höckerartige Schildchen.

○ **Napfschildlaus** (*Eulecanium fletcheri* Ckll.)

△ Austriebsspritzung mit Präparaten auf Basis von *Mineralöl*, *Rapsöl* oder flüssiger *Kaliseife*. Eventuell nochmals ab Ende Juli 2- bis 3mal gründlich mit ausgewiesenen Mitteln gegen Schildläuse behandeln, dabei Zweige gut benetzen! Näheres Pflanzenschutz- oder Forstdienststelle.

☐ Im Mai Blattschuppen von der Spitze her zunächst gelb, dann braun verfärbt. In ihnen mit Kot gefüllte Gänge und grünliche, bis 3 mm lange Raupen. Ende Mai bis Anfang Juni in den minierten Blattschuppen die 3 mm langen, zuerst grünen, später braunen Puppen des Schädlings. Aus ihnen schlüpfen Ende Juni etwa 4 mm lange, weißgelbe Falter, die ihre Eier an die Endschuppen der Thujatriebe ablegen. Ab Ende August beginnen die Jungraupen der nächsten Generation mit dem Minierfraß, der auch während der Wintermonate bei Temperaturen über dem Gefrierpunkt fortgesetzt wird. *Chamaecyparis Lawsoniana*, *Chamaecyparis Lawsoniana Alumii* und *C. Columnaris* werden ebenfalls befallen.

○ **Thuja-Miniermotte** (*Argyresthia thuiella* Pack.)

△ Im Winter oder besser im zeitigen Frühjahr Behandlung mit Austriebsspritzmitteln wie unter **Napfschildlaus** (s. o.) beschrieben. Auf sorgfältige Benetzung auch der inneren Kronenbereiche ist zu achten.

2.6.30 Wacholder (Juniperus)

☐ Gelantineartig weiche, orangefarbige Polster auf dem partiell geschwollenen Stamm.
O **Wirtswechselnde Rostpilze folgender Arten**: *Gymnosporangium fuscum* DC = *G. sabinae* (Dicks.) Wint., Zwischenwirt Birne; *G. cornutum* Arth. et Kern und *G. tremelloides* (Braun) Hartig, Zwischenwirt Eberesche; *G. clavariaeforme* (Wulf. et Pers.) DC., Zwischenwirte Birne und Weißdorn.
Δ Vermeidung der Anpflanzung von Juniperus in der Nähe von Zwischenwirten. Kranke Pflanzenteile ausschneiden, eventuell versuchsweise mit Mitteln gegen Rostpilze spritzen.

☐ G. Veg. - Einzelne Zweigabschnitte und größere Teile einjähriger Triebe, auch Haupttriebe jüngerer Pflanzen gelb bis dunkelbraun, bei blaunadeligen Zierwacholderformen mehr schwarzblau oder stumpf graugrün verfärbt und scharf vom gesunden Holz abgesetzt. Kranke Zweige brechen leicht ab. Rinde zersetzt. Auch an *Chamaecyparis*.
O **Zweigsterben** (*Kabatina juniperi* Schneider et v. Arx)
Δ Vorbeugend im Spätsommer wiederholt spritzen mit geeigneten Fungiziden, zweckmäßig nochmals im Frühjahr nach Rückschnitt. Nährstoffversorgung überprüfen. Versuchsweise mit Magnesium oder Mangan düngen. Näheres Forst- oder Pflanzenschutzdienststelle.

☐ G. Veg. - Nadeln mit hellen, fleckenartigen Saugstellen, später graubraun verfärbt. Zwischen feinen, weißlichen Spinnfäden Milben und ihre Entwicklungsstadien.
O **Nadelholzspinnmilbe** (*Oligonychus ununguis* Jac.)
Δ Im zeitigen Frühjahr beim Schlüpfen der Milben aus überwinterten Eiern mit Austriebsspritzmitteln auf Basis *Mineralöl*, *Rapsöl* oder flüssiger *Kaliseife* spritzen, ab Mai auch andere Akarizide einsetzbar.

☐ April bis Juni und ab Sept. - Hellbraune, streifig gezeichnete Raupen fressen gesellig in Gespinstnestern (mit Nadelresten). Befall der Büsche von innen nach außen fortschreitend. Ab Juni/Juli schlüpfen aus den Nestern braune Falter mit weißen Flügelrandstreifen oder anderer Färbung.
O **Wicklerraupen** (*Dichomeris marginella* Fabr.) und andere Raupenarten
Δ Beim ersten Auftreten von Fraßschäden ein im Forst ausgewiesenes Mittel gegen freifressende Schmetterlingsraupen mit möglichst starkem Druck zwischen die Zweige spritzen. Präparate siehe "Pflanzenschutzmittelübersicht - Insektizide im Forst".

☐ G. Veg. - Wachstumsstörungen, verschieden geformte, höcker-, plättchen- oder napfförmige Schildchen auf der Rinde und an den Trieben, die sich bei starkem Befall zu braunen Krusten verdichten können. Im Frühjahr und Sommer klebriger Honigtau, anschließend schwarzer Rußtau an den Trieben. Als Begleiter treten häufig Ameisen auf. Weibliche Altläuse immer unbeweglich. Junglarven wandern, was ihre Verschleppung begünstigt.
O **Napfschildläuse** (*Lecaniidae*)
Δ Spritzung mit Mitteln gegen Schildläuse. Vor allem Einsatz von Austriebsspritzmitteln erfolgversprechend. Näheres Forst- und Pflanzenschutzdienststelle.

2.6.31 Weymouthskiefer, Strobe (Pinus strobus L.)

☐ G. Veg. - Stämme, Zweige und Triebe mit dichtem, weißem Überzug, bestehend aus zahlreichen wachsausscheidenden Blattläusen. Nadelknickungen häufig. Bei permanentem

Massenbefall Kümmern, später Absterben der Bäume.

O **Strobenrindenlaus** (*Pineus strobi* Htg.)

Δ Nach Befragen der Forstdienststelle vor Austrieb Spritzung mit ausgewiesenen Präparaten gegen Nadelholzläuse mit Wachswolle.

☐ G. Veg. - An der Rinde große, blasige, hellgelbe Sporenlager (Aezidien). Wirtswechselnder Rostpilz, Zwischenwirte Ribes-Arten. Beträchtliche Schäden möglich, in Pflanzgärten und Kulturen gehen stark befallene Pflanzen in der Regel ein.

O **Weymouthskiefernblasenrost** (*Cronartium ribicola* Fisch. = *Peridermium strobi* Kleb.)

Δ Saatgutgewinnung aus bereits erkrankt gewesenen Beständen Mitteleuropas empfehlenswert. Astung oder Aushieb befallener Bäume. Kein Anbau von Kultur- und Zierformen der Gattung *Ribes* in der Nähe von Weymouthskiefern, evtl. Beseitigung wild wachsender Zwischenwirte. Pflanzung der Stroben in dichteren Pflanzverbänden, aber keine Reinbestände, schwächere Durchforstung, dabei kranke Pflanzen frühzeitig entnehmen.

2.7   Vorräte

2.7.1   Allgemein in Häusern

☐ G. Jahr - In Kellern und feuchten Räumen Schleimspuren. Fraß an frischen Gemüsevorräten, aber auch an Kartoffeln und Obst.

O **Schnecken** (*Limax flavus* L., *Agriolimax*-Arten)

Δ Keller zu feucht! Austrocknen entzieht Schnecken Lebensmöglichkeit, nur im Notfall in leeren Kellern vorsichtig (Lebensmittel!) gekörnte oder in Bändern aufbereitete *Methiocarb*- oder *Metaldehyd*-haltige Schneckenköder auslegen, aber vorher die zuständige Pflanzenschutzdienststelle über Stand der Zulassung befragen! besser: absammeln!

☐ G. Jahr - Bis 12 mm lange, silbergraue, flinke, fischförmige Insekten an stärke- und zuckerhaltigen Vorräten, hinter Tapeten und zwischen mit Kleister geklebtem Material, Papier, Büchern, gestärkter Wäsche, Leder, Drogen, an feuchten Orten (Badezimmer), häufig am Tage versteckt.

O **Silberfischchen** (*Lepisma saccharina* L.)

Δ Austrocknen der Schlupfwinkel. Anwendung von Insektiziden nach Vorschrift, beispielsweise in leeren Räumen Spritzen, Sprühen, Nebeln oder Räuchern mit Spezialmitteln gegen Hausungeziefer, wirksam vor allem *Chlorpyrifos*, *Dichlorvos*, *Pyrethrum* + *Piperonylbutoxid*. Siehe auch Mittel gegen Insekten zur Entwesung von Objekten ohne Mitbehandlung von Vorratsgütern (gegen alle Vorratschädlinge). Köderdosen ebenfalls gut wirksam, vor allem in bewohnten Räumen nach Gebrauchsanleitung einsetzbar. **Nie** Köderdosen mit anderen Verfahren kombinieren!

☐ G. Jahr - Insektenfraß an Vorräten aller Art, Verunreinigung, unangenehmer Geruch. Hinter Leisten, losen Kacheln, in Wandritzen und anderen Schlupfwinkeln flache, gelbliche oder braune, langfühlerige Insekten, tagsüber versteckt, nachts umherlaufend. Ihre Eipakete lose umherliegend. Vor allem an wärmeren Plätzen, oft zahlreich in Küchen, Bäckereien, Krankenhäusern, hinter Heizungsrohren. Schaben können als Krankheitsüberträger fungieren.

O **Deutsche Schabe** (*Blatella germanica* L.) bis 14 mm

O **Orientalische Schabe** (*Blatta orientalis* L.) bis 30 mm

O **Amerikanische Schabe** (*Periplaneta americana* L.) bis 38 mm

O **Braunbandschabe** *(Supella longipalpa* Fabr.) 10-12 mm

Δ Ausstäuben von Insektiziden in die Schlupfwinkel oder Anwendung von Spezialmitteln gegen Hausungeziefer (Schaben). Bekämpfung schwierig, da vor allem Eipakete sehr widerstandsfähig. Man sollte daher eine zuverlässige Schädlingsbekämpfungsfirma mit den Gegenmaßnahmen betrauen. Zu bevorzugen sind Mittel gegen Schaben, die vom Bundesgesundheitsamt geprüft und als Entwesungsmittel anerkannt worden sind. Mittel und Bekämpfungsmöglichkeiten bei Pflanzenschutzdienststelle erfragen, s. a. Mittel gegen Hausungeziefer (Schaben). Gute Wirkung auch durch Köderdosen. Ein Dauererfolg ist nur durch sorgfältige Beseitigung der Schlupfwinkel und kombinierte Maßnahmen möglich.

□ G. Jahr - Von warmen Schlupfwinkeln aus ständig zirpendes Geräusch. Graubraune, flinke, grillenähnliche Insekten, vor allem in Bäckereien, hinter Heizungsrohren.

O **Heimchen** (*Acheta domesticus* L.)

Δ Die Bekämpfung erfolgt sinngemäß wie oben für Schaben angegeben. Siehe Mittel gegen Hausungeziefer (Schaben).

□ G. Jahr - 1-2 mm lange, weißlichgraue oder auch dunklere, schnell laufende Insekten treten plötzlich in Neubauten, frisch tapezierten (Kleister!) Zimmern oder Räumen mit höherer Luftfeuchtigkeit (Pilzfresser!) auf. Manche Arten in Vorräten, Drogen, Sammlungen, Papier, Textilien.

O **Holz-, Staub- und Bücherläuse** (*Psocoptera*)

Δ Im allgemeinen wie bei Hausmilben angegeben: Lüftung, Besonnung, trockene Hitze, Überheizen der befallenen Räume, ergänzend wiederholtes, sorgfältiges Ausbringen von hygienisch unbedenklichen Spezialmitteln gegen Hausungeziefer (siehe "Pflanzenschutzmittelübersicht - Bekämpfung von Vorratsschädlingen"), aber **vorher** Beratung durch Pflanzenschutzdienststelle anfordern, da Tiere meist nicht schädlich sondern nur lästig sind.

□ Sehr kleine (1-3 mm lange), braune, rostrote oder rotgelbe Käfer oft in großen Mengen an Trockenobst, Getreide, Nüssen, pflanzlichen Preßrückständen der Ölgewinnung, schimmelnden Pflanzenstoffen (Heu) oder auch in Wohn- und Kellerräumen, Mühlen, Speichern lästig. Ernährung von hier wachsenden winzigen Pilzrasen. **Keine** Schädlinge, nur lästig.

O **Schimmel- und Moderkäfer** (*Cryptophagidae, Lathridiidae, Mycetophagidae*)

Δ Auftreten vor allem bei Feuchtigkeit, daher trockene Lagerung. Bekämpfung sinngemäß wie bei Holz-, Staub- und Bücherläusen.

□ G. Jahr - Fraß an Vorräten, Drogen, Textilien, Häuten, Federn, Verpackung. 2-4 mm lange, gelblich- oder rotbraune, sich lebhaft bewegende Käfer sowie ihre 4-5 mm langen, gelblichweißen, stark quergerunzelten Larven an den Befallsstellen.

O **Diebkäfer** (*Ptinus*-Arten)

Δ Bekämpfung zweckmäßig von zuverlässiger Schädlingsbekämpferfirma durchführen lassen, da oft sehr schwierig. Bekämpfung in Vorräten wie Brotkäfer, in Textilien wie Pelzkäfer. Örtliche Beratung durch Pflanzenschutzdienststelle anfordern!

☐ G. Jahr - Goldgelbe, messingartig glänzende, dicht behaarte, kugelige, bis 5 mm lange Käfer, langsam kriechend, erscheinen erst einzeln, mit der Zeit in Massen, meist nach baulichen Veränderungen. Ausgefranste Fraßlöcher in Textilien, Teppichen; auch an Vorräten gelegentlich auftretend. Käfer haben Ähnlichkeit mit Spinnen aber nur 6 Beine.
O **Messingkäfer** (*Niptus hololeucus* Falderm.)
Δ Die Brutstelle muß ausfindig gemacht werden. Meist geht die Plage von Getreide- oder Kaffrückständen unter Dielen aus, oder die Käfer kommen aus verrottenden Wänden. Am sinnvollsten ist die Beseitigung der Kaffrückstände u. ä., da dann eine Massenvermehrung der Käfer nicht mehr möglich ist. Fachberatung (z. B. Pflanzenschutzdienst) bereits beim Auftreten der ersten Käfer anfordern, da Bekämpfung außerordentlich schwierig sein kann.

☐ G. Jahr - In Ställen und Lagerräumen treten, gelegentlich in Massen, 5-6 mm lange, glänzend schwarzbraune, unbehaarte Käfer und ihre gelblichbraunen Larven an Mehl- und Getreidevorräten, Preßrückständen, Einstreu, aber auch in Hartschaumplatten (in Schweine- und Hühnerställen) und in der Schwimmdecke von Flüssigmist auf.
O **Glänzendschwarzer Getreideschimmelkäfer** (*Alphitobius diaperinus* Panz.)
Δ Zweckmäßig Sonderberatung bei zuständiger Pflanzenschutzdienststelle anfordern!

☐ G. Jahr - Ameisen verschiedener Arten an Vorräten, vor allem an Süßigkeiten aber auch an tierischem Eiweiß (Fleisch) in Speisekammern, Bäckereien, Süßwarenbetrieben, oft in großen Mengen auftretend. Besonders in Krankenhäusern oft sehr lästig.
O **Pharaoameise** (*Monomorium pharaonis* L.) und **andere Ameisenarten**
Δ Bei Befall durch die nur etwa 2 mm große, gelbe Pharaoameise bei der zuständigen Pflanzenschutzdienststelle eine Spezialberatung anfordern, da diese Ameisenarten durch übliche Ameisenköder kaum anzulocken sind ("Fleischfresser"). Gegen die Pharaoameise werden mit gutem Erfolg *Chloralose*-haltige Fleischköder eingesetzt, ein arbeitsaufwendiges, aber sicheres Verfahren (siehe auch "Mittel gegen Pharao-Ameisen"). Bei Befall durch die "üblichen" Ameisenarten Anwendung eines Spezialmittels gegen Hausungeziefer (Ameisen) als Berührungsgift oder als Köderpräparat. **Nie** beide Methoden kombinieren, da sonst Köderscheu eintritt. Ein Dauererfolg ist oft nur durch Vernichtung der Nester, die meist im Freiland, in Mauerritzen oder hinter Holzverschalungen sitzen, möglich. Köderpräparate können dies erreichen, da Köder in Nest eingetragen und an Larvenbrut verfüttert werden. Im Freien in der Erde befindliche Ameisennester lassen sich durch Eingießen von kochendem Wasser oder von Insektiziden vernichten. Bekämpfung der "Holzameisen" siehe im Abschnitt "Holzschutz".

☐ G. Jahr - Nester aus papierartiger, grauer Masse an Gebälk. Im Sommer aus- und einfliegende Wespen oder aber (die größeren) Hornissen.
O **Wespen, Hornissen** (*Vespa*-Arten)
Δ Nachts Abschneiden der Wespennester oder wiederholtes Einsprühen mit Spezialmitteln gegen Hausungeziefer **nach** Rücksprache mit der Pflanzenschutzdienststelle! **Die Hornisse ist durch die Bundesartenschutzverordnung geschützt. Ihre Bekämpfung ist nur nach Entscheidung der zuständigen Behörde erlaubt, wenn schwerwiegende Schäden abzuwenden sind. Näheres Pflanzenschutzdienst!** Schön ausgebildete Nester, nachdem sie verlassen worden sind, für Lehrzwecke an Schulen oder Museen geben, in dichtem Sack vorsichtig transportieren oder abholen lassen.

☐ G. Jahr - Fliegenplage in Wohn- und Stallräumen, Waren verunreinigt. Verschiedene Fliegenarten legen ihre Eier an Vorräte aller Art, die ausschlüpfenden Maden verderben die Waren. Manche Fliegenarten sind Krankheitsüberträger. Ständige Beunruhigung des Viehs führt unter Umständen zu bemerkenswerten Milch- und Mastausfällen.

○ **Fliegen verschiedener Arten**

△ Vorbeugend wirkt das Abdecken aller Abfälle, Abortgruben, Dunghaufen. In Ställen, Speichern, Vorratsräumen (nicht in Wohnräumen!) schon ab Mai Fliegenstreifen oder Fliegenkugeln aufhängen oder (in niedrigen Ställen) Fraßgifte als Streuköder oder Streichmittel ausbringen. Spezialzusätze zum Flüssigmist auf Kalkstickstoffbasis (z. B. *Alzogur*) gegen Larven (Maden) erfolgreich, ebenso gegen Larven der Fliegen sog. Häutungshemmer, die auf Einstreu oder Spaltenboden ausgebracht werden. Speisekammern durch engmaschige Gazefenster sichern. Lebensmittel in Kühlschränken, fliegensicheren Schränken, Fliegenglocken oder in dichten, möglichst doppelten Beuteln, auch Polyäthylen-Beuteln mit Gazeeinsatz (Dauerfleisch) aufbewahren und regelmäßig kontrollieren. Zur direkten Bekämpfung sicher wirkende "Fliegenfänger" (Leimbänder) oder auch verschiedenartig anzuwendende Spezialmittel mit oder ohne Dauerwirkung (Sprüh-, Vernebelungs- und Anstrichmittel), auch in Wohnräumen sinngemäß einsetzbar. Präparate siehe "Spezialmittel gegen Hausungeziefer (Fliegen)" sowie "Mittel gegen Stallfliegen". - Bei Auftreten von Resistenzerscheinungen Wirkstoff wechseln. Nähere Beratung über neuere Bekämpfungsmethoden (z.B. "Güllefliegen") durch die zuständige Pflanzenschutzdienststelle.

☐ G. Jahr - An Wänden und auf Hausrat winzige, achtbeinige Milben, die als feiner, staubartiger Belag Wände, Möbel und alle anderen Gegenstände bedecken können. Modergeruch. Massenbefall kann Hautekzeme und andere Allergien hervorrufen.

○ **Hausmilben** (Verschiedene Arten)

△ Austrocknen der Räume. Überheizen, Technische Heißluftverfahren zur Milbenbekämpfung nur durch Fachmann. Beseitigung der Brutstätten, beispielsweise feuchter Heuvorräte auf dem Hausboden; auch Polstermöbel oft Ausgang der Plage, dann Entwesung der letzteren in Heißluftkammern Voraussetzung für Dauererfolg. Vor Maßnahmen gegen Milben Fachberatung anfordern!

☐ G. Jahr - Rattenlöcher in Schlupfwinkeln. Waren aller Art befressen, selbst widerstandsfähige Verpackung (Holzkisten) durchgenagt, Getreidekörner halbiert, daran keine Nagespuren, bis 2 cm lange Kotkegel.

○ **Wanderratte** (*Rattus norvegicus* Berk.)

△ Robuster Körperbau, Länge 19-27 cm. Kopf plump, Ohren ungefähr 1/3 der Kopflänge erreichend. Oberseite rötlich graubraun, selten heller. Bauch lichter, grau bis weißlich. Schwanz etwas kürzer als Rumpf, 13-22 cm, nackt. Mehr im Freiland, besonders in Wassernähe, wandert vor allem im Herbst massenhaft in Gebäude, lebt hier im Lagerräumen und in Ställen. Die Wanderratte ist ein Allesfresser, sie lebt von Getreide, Kartoffeln, Rüben, Gemüse, Obst, frißt mit Vorliebe aber auch tierische Kost wie Fleisch, Fisch.

○ **Hausratte** (*Rattus rattus* L.)

△ Zierlicher, mausähnlicher Körperbau. Länge meist nur bis etwa 16 cm (seltener bis 24 cm). Kopf mausartig spitz, Ohren häutig, halb so lang wie Kopf. Oberseite dunkler graubraun bis schwarz, Unterseite heller oder dunkler grau, manchmal ganz dunkel. Schwanz länger als Körper, 19-25 cm. Mehr in trockenen, warmen, höher gelegenen Räumen, auf

Kornböden, auch auf Schiffen. Die Hausratte frißt im allgemeinen pflanzliche Stoffe wie Getreideprodukte, Gemüse, Obst, kein Fleisch und keinen Fisch.

Beide Rattenarten können als Krankheitsüberträger infrage kommen. Rattensichere Bauweise, Blechbeschläge an Türen, Sicherung von Kellerfenstern durch Drahtgitter. Kanalisationsrohre mit Sperrschiebern versehen. Regelmäßige Beseitigung von Müll und Abfall. Auf Bauernhöfen Schaffung von Nistgelegenheiten für Schleiereulen und Käuze. Auslegen von selbst hergestellten oder fertigen Giftködern (siehe "Pflanzenschutzmittelübersicht - Bekämpfung von Nagetieren"), bevorzugt die sehr wirksamen *Antikoagulantien* (Blutgerinnung hemmende Präparate) zweckmäßig im Köderverfahren.

Streupulver (oder **Gifttränken**) nur in geschlossenen, trockenen Räumen ohne Nahrungs- oder Futtermittelvorräte anwenden. Zur Selbstherstellung werden **Ködergifte** geeigneten Ködern zugemischt. Beispiel: Mischung aus 65 % Maisschrot, 30 % Haferflocken, 3 % Puderzucker + 2 % Ködergift unmittelbar vor Gebrauch vermischen. **Mischungsverhältnisse** je nach Präparat **unterschiedlich! Gebrauchsanleitung beachten!** Es ist ratsam, **alle** Giftköderarten nur in verschließbaren **Rattenfutterkisten** abzulegen. Sie sind im Handel erhältlich, können aber auch selbst gebaut werden: Grundfläche 30 x 40 cm, Höhe etwa 20 cm, mit zwei gegenüberliegenden Öffnungen von 8 x 8 cm in Wandnähe. Kisten an den Wänden entlang aufstellen, wochenlang am gleichen Standort lassen, aber täglich kontrollieren. In die Kiste kommt ein gehäuft voller Teller mit Ködermischung (ca. 250 g) - zunächst ungiftet zum Anködern -, der immer wieder aufgefüllt werden muß. Alle Mittel längere Zeit anwenden, solange, bis keine frischen Rattenspuren mehr auffindbar sind. Je nach Hofgröße können 10 bis 20 und mehr Köderstellen notwendig sein! Bekämpfung dorf- oder ortsweise organisieren, da bei Einzelaktionen schnelle Neuzuwanderung.

Wenn bei guter Köderannahme keine Minderung der Rattenpopulation erreicht wird, liegt eventuell **Resistenz** gegen den betreffenden Wirkstoff vor. Fachberatung durch die zuständige Pflanzenschutzdienststelle anfordern!

☐ G. Jahr. - Waren aller Art befressen, schwächere Verpackung durchnagt. Getreidekörner angenagt, Spelzen abgenagt, Nageabfall und bis 8 mm lange, meist einseitig spitz auslaufende Kotkörner herumliegend. Typischer, scharfer Geruch nach Mäusen.

○ **Hausmaus** (*Mus musculus* L.)

Δ Wenn die Anwendung von Giftgetreide oder von bestimmten *Antikoagulantien* (Blutgerinnungshemmer) nicht hilft, verschiedene Wirkstoffe gegen Hausmaus (siehe "Pflanzenschutzmittelübersicht - Bekämpfung von Nagetieren") ausprobieren oder Fallen aufstellen.

Mit Nüssen oder Rosinen belegte Schlagfallen vor allem in bewohnten Häusern bevorzugen, da bei chemischer Bekämpfung in Verstecken verendete Mäuse üble Gerüche verbreiten. Alle verwendeten Köder möglichst oft wechseln, besser viele kleine Köderstellen, als wenige große. Im Gegensatz zur Ratte "nascht" die Maus nur!

2.7.2   Häuserwände, Fensterbänke

☐ Mörtel zwischen den Ziegeln von Hauswänden mehr oder weniger beschädigt, in entstandenen Hohlräumen Nester von Wildbienen.

    O **Seidenbiene** (*Colletes daviesanus* SM) und andere Bienenarten

    △ **Alle Hummel- und Bienenarten sind geschützt (Bundesartenschutzverordnung).** Bekämpfung in der Regel nicht notwendig. Bei starkem Befall örtliche Beratung anfordern.

☐ Herbst bis Frühjahr - Grüne, zartflügelige, bis 2 cm lange Insekten sitzen an Wänden, Fenstern und an Zimmerdecken, Bodenräumen, auf Dachböden, um dort zu überwintern, oft in Massen.

    O **Florfliegen** (*Chrysopa*-Arten)

    △ Florfliegen legen ihre gestielten Eier in Blattlauskolonien ab. Die ausschlüpfenden Larven sind als Blattlausfresser nützlich. Florfliegen sollten daher nicht getötet, sondern wieder ins Freiland gebracht werden. Um den überwinternden Florfliegen (und Marienkäfern) den Abflug ins Freie zu ermöglichen, ist es zweckmäßig, die Dachbodenfenster etwa ab Anfang April (mit Beginn wärmerer Witterung) zeitweilig zu öffnen.

☐ Herbst, Winter - An Hauswänden, Fensterecken und sonstigen geschützten Stellen tote, vertrocknete Raupen, von gelben Kokons umgeben.

    O **Raupenreste von Kohlweißlingen** (*Pieris*-Arten) **mit Schlupfwespenkokons** (*Apanteles*-Arten)

    △ Nicht entfernen, da die im Frühjahr aus den Kokons schlüpfenden Schlupfwespen wichtige Nützlinge sind.

☐ Frühjahr, Spätsommer, Herbst - Zahlreiche, rötliche Milben an den Hauswänden, vor allem dort, wo Rasenflächen bis unmittelbar an die Wand grenzen. Bei warmem, trockenem Wetter gelegentlich Masseneinwanderung in die Wohnungen. Bei empfindlichen Menschen können Hautekzeme und Allergien auftreten.

○ **Grasmilbe** (*Bryobia graminum* Schrank)

○ **Mauermilbe** (*Balaustium murorum* H.)

△ Zwischen Hauswand und Rasenfläche ist vorbeugend ein mindestens 1 m breiter, grasfreier Erdstreifen vorzusehen, der vor allem von der Grasmilbe nur selten überwunden wird. Bei sehr starkem Milbenauftreten sollten die unteren Teile der Hauswände mit einem Mittel gegen Milben (Spinnmilben) gespritzt werden. **Vor irgendeiner Bekämpfungsaktion zuständige Pflanzenschutzdienststelle befragen!**

2.7.3   Kornkäfer und andere Vorratsschädlinge in Getreidespeichern und Silos

Ihre Abtötung bei gefüllten Silos oder in anderen mit Getreidevorräten beschickten Lagerräumen ist beispielsweise durch Begasung möglich. In landwirtschaftlichen Betrieben sind in den meisten Fällen die baulichen Anforderungen zur Begasung aber nicht erfüllt. Diese darf zudem nur von Spezialfirmen vorgenommen werden und ist sehr teuer. Eine Dauerwirkung gegen Neubefall ist nicht gegeben. Informationen vom Pflanzenschutzdienst anfordern!

Eine preiswerte Möglichkeit, von Vorratsschädlingen befallenes Getreide erfolgreich zu behandeln, ist die Anwendung von *Pirimiphos-methyl*. Technische Schwierigkeiten können sich ergeben, da **während** der Behandlung das Getreide umgelagert werden muß. Näheres s. Gebrauchsanleitung. Einzelheiten auch von zuständiger Pflanzenschutzdienststelle zu erfahren!

Vor dem Einbringen der neuen Ernte alle Getreidespeicher und Silos gründlich reinigen und sorgfältig auf Kornkäferbefall untersuchen. Restmengen vorjährigen Getreides werden zweckmäßig fein geschrotet und bald verfüttert. Zusammengefegte Abfälle mit lebenden Käfern oder deren Entwicklungsstadien müssen sofort dauerhaft beseitigt werden. In älteren Getreidespeichern Ritzen und Löcher abdichten.

Erst nach diesen Vorbereitungen die Wände, Böden und Decken der **leeren** Silos oder anderer **leerer** Speicherräume mit für diesen Zweck zugelassenen Spritz- und Sprühmitteln auf Basis *Phoxim, Pirimiphos-methyl,* oder einem anderen zugelassenen Wirkstoff behandeln. Die Spritzung kann mit einer Rückenspritze o. ä. ausgeführt werden.

Leere Getreidesäcke können mit *Actellic 50* (2,5 l einer 0,16%igen Spritzflüssigkeit = 4 ml Mittel/10 m² Sackoberfläche, einseitig behandelt) imprägniert werden. Sachgemäße **Kühlung** des Getreides kann Schädlingsbefall bzw. -vermehrung verhindern.

Alle für den Vorratsschutz zugelassenen Präparate siehe "Pflanzenschutzmittelübersicht - Bekämpfung von Vorratsschädlingen".

2.7.4   Getreide

☐ Sept. bis Nov. - Geschüttetes Getreide wird muffig und erwärmt sich.

○ **Schlechte Lagerung** verschiedene Bakterien- und Pilzarten - auch Vorratsschädlinge -
△ Schütthöhe höchstens 1 m, falls Lagerraum (oder Silo) nicht technisch für größere Schütthöhen geeignet ist. Wiederholtes Umschaufeln oder maschinelles Umsetzen. Wenn Getreide kalt ist, Fenster geschlossen halten, da sich sonst feuchter Niederschlag bildet, der zu Muffigwerden führen kann. Sorgfältige Kontrolle auf Befall durch Vorratsschädlinge, vor allem Kornkäfer, Getreideplattkäfer, Leistenkopfplattkäfer und Milben.

☐ G. Jahr - Gelagertes Getreide wird warm und feucht, viele Körner sind ausgehöhlt und zerfressen. Zahlreiche 4-5 mm lange, schwarzbraune Rüsselkäfer, mit oder ohne Flugvermögen, die beim Durchschaufeln des Getreides in großen Mengen abwandern. Oft Milben als Folgeerscheinung. Schwere Schäden an lagerndem Getreide, gelegentlich, aber seltener, auch an Getreideprodukten aller Art.

○ **Kornkäfer** (*Sitophilus granarius* L.)
○ **Reiskäfer** (*Sitophilus oryzae* L.)
○ **Maiskäfer** (*S. zeamais* M.)

△ Fugenlose Bauweise für Speicher, Betonfußboden. Verhinderung der Einschleppung durch verseuchte Säcke aus Mühlen! **Behandlung der sorgfältig gereinigten leeren Speicher vor** Einbringung der Getreideernte mit Spritz- oder Sprühmitteln gegen Vorratsschädlinge (siehe "Pflanzenschutzmittelübersicht - Bekämpfung von Vorratsschädlingen"). Befallenes Getreide mit P*irimiphos*-haltigem Präparat behandeln, wenn Korn noch nicht durch Bakterien- und Pilzbefall verdorben. Begasung befallener Posten mit zugelassenen Begasungsmitteln gegen Speicherschädlinge nur durch besonders ausgebildetes Fachpersonal konzessionierter Firmen (Auskunft durch Pflanzenschutzdienststelle). Säcke können mit einem *Pirimiphos*-haltigen Imprägnierungsmittel von Befall befreit werden. Weitere Einzelheiten siehe unter: **Kornkäfer und andere Vorratsschädlinge in Getreidespeichern und Silos** sowie "Pflanzenschutzmittelübersicht - Bekämpfung von Vorratsschädlingen".

☐ G. Jahr - Getreidekörner ausgefressen oder beschädigt, verschiedenartige Käfer sowie ihre Larven in oder zwischen den Körnern. Die genannten Arten oft in Gesellschaft des Kornkäfers oder nach früherem Kornkäferbefall an vernachlässigten, längere Zeit nicht bewegten Getreidevorräten oder wenn im Mähdrusch geerntetes Getreide nach der Trocknung nur unzureichend ausgekühlt eingelagert wird.

○ **Erdnußplattkäfer** (*Oryzaephilus mercator* Fauv.)
○ **Getreidekapuziner** (*Rhizopertha dominica* F.)

○ **Getreidenager** (*Tenebrioides mauretanicus* L.)
○ **Getreideplattkäfer** (*Oryzaephilus surinamensis* L.)
○ **Khaprakäfer** (*Trogoderma granarium* Everts)
○ **Leistenkopfplattkäfer** (*Cryptolestes*-Arten)
○ **Mehlkäfer** (*Tenebrio molitor* L.)
○ **Reismehlkäfer** (*Tribolium*-Arten)
○ **Vierhornkäfer** (*Gnathocerus cornutus* F.)

△ Bekämpfung erfolgt sinngemäß wie Kornkäfer, bei geringem Befall oft aber nicht erforderlich. Pflanzenschutzdienststelle befragen.

☐ G. Jahr - Getreidekörner versponnen, vor allem Roggen und Weizen, daran bis 10 mm lange, weißliche Raupen ("Weißer Kornwurm") sowie Kotkörner. Oft ganze Kornhaufen weißlich-glänzend übersponnen, klumpig. An den Speicherwänden weißlichgraue, kleine Motten, die abends umherfliegen. Auch an Hülsenfrüchten und Trockenobst kommt der Schädling gelegentlich vor.
○ **Kornmotte** (*Nemapogon granellus* L.)
○ **Roggenmotte** (*Nemapogon personellus* P. & M.)

△ Bekämpfung je nach befallener Ware wie Kornkäfer oder Mehlmotte (s. u. Mehl). Auf die an Wänden sitzenden Falter ist besonders zu achten, beim Auftreten sofort Verdunstungsmittel (Fliegenstrips, Insektenstrips) aufhängen oder wiederholte Anwendung von Vernebelungsmitteln. Räume müssen einigermaßen dicht sein, da Mittel sonst weitgehend unwirksam. Siehe "Pflanzenschutzmittelübersicht - Bekämpfung von Vorratsschädlingen - gegen Motten". Näheres zuständige Pflanzenschutzdienststelle.

☐ G. Jahr - Getreidekörner ausgefressen, in ihnen rötlichgelbe, später weißliche, bis 6 mm lange Raupen. Vor allem in Auslandspartien aus südlichen Ländern oder Übersee, besonders in Weizen, Mais, Reis. In tropischen und subtropischen Gebieten Feld- und Speicherschädling, in Europa nur auf dem Speicher.
○ **Getreidemotte** (*Sitotroga cerealella* Ol.)

△ Gegenmaßnahmen sinngemäß wie bei Kornkäfer und Mehlmotte (s. u. Mehl) angegeben.

☐ G. Jahr - Getreide wird muffig, feucht. Bei Betrachtung mit der Lupe zeigen sich Massen von winzigen achtbeinigen Tieren, oft als Folge von Kornkäferbefall oder ungeeigneter Lagerung.
○ **Mehlmilbe** (*Acarus siro* L.) und andere **Milbenarten**

△ Angaben über die Bekämpfungsverfahren siehe unter "Hausmilben".
Trocknung des Getreides, dann Windfege. Befallenes Mehl ist für die menschliche Ernährung unbrauchbar. Noch nicht durch Pilz- und Bakterienbefall verdorbenes Getreide kann, mindestens 1:4 mit einwandfreien Futtermitteln gestreckt, verfüttert werden. Nach Aufnahme von vermilbtem Futter aber Gesundheitsstörungen (Darmstörungen, Durchfall usw.) möglich. Bei Verdacht Futter sofort absetzen und Tierarzt befragen!

2.7.5   Mehl und andere Mahlprodukte

☐ Mehl ist klumpig versponnen. Dichte, mit Mehl durchsetzte Gespinste besonders häufig in Mühlen, vor allem in Mahlgängen, auch an Gebälk. Siebe und Mahlgänge können völlig verstopft werden. Gaze der Mehlbeutel wird zerfressen. Auch im Haushalt in Mehl und

Mehlprodukten, seltener auch in Backobst. In den Gespinsten rötlichweiße, bis zu 19 mm lange Raupen mit braunem Kopf. An den Wänden befallener Räume graue Motten mit zickzackförmiger Zeichnung auf den Vorderflügeln. Hauptschaden durch die Gespinste in Mühlen, aber auch Befall von lagerndem Getreide, Mehl, Mehlprodukten, Sämereien und anderen Vorräten pflanzlicher Herkunft.

O **Mehlmotte** (*Ephestia kuehniella* Zell.)

Δ In Mühlen, Speichern oder Nahrungsmittelbetrieben Anwendung von Begasungsmitteln durch konzessionierte Unternehmer nach Befragen der Pflanzenschutzdienststelle. Vernebelungsmittel gegen Mehlmotte sowie Verdunstungsmittel (Fliegenstrips, Insektenstrips), die in Lagerräumen unter strenger Beachtung der Anwendungsvorschriften aufgehängt werden können, wirken vor allem gegen Falter. Raupenstadien in Schlupfwinkeln oder innerhalb der pflanzlichen Produkte werden bei Anwendung von Räucher- oder Vernebelungsmitteln nicht erfaßt, da deren Eindringtiefe sehr gering. Wiederholung der Behandlung erforderlich. Jute-, aber keine Kunststoffsäcke, vor Wiedergebrauch 2 Stunden auf 80 °C erhitzen (Backofen) oder mit Imprägnierungsmitteln (siehe "Pflanzenschutzmittelübersicht - Bekämpfung von Vorratsschädlingen") entseuchen. Bei Befall von Mehl im Haushalt Verbrennen befallener Posten, sorgfältige Säuberung der Vorratskammern.

☐ G. Jahr. - Glänzend braungelbe, bis 30 mm lange, deutlich geringelte "Mehlwürmer" (Käferlarven, **keine** Würmer) in Mehl, Mehlprodukten und Getreide. Käfer schwarzbraun, flach, bis 20 mm lang, Mehlwürmer als Futtertiere für Vögel und Reptilien verwenden.

O **Mehlkäfer** (*Tenebrio molitor* L.)

Δ Konsequent saubere Vorratshaltung verhindert nennenswerte Vermehrung der Käfer, da lange Entwicklungszeit bis zum fertigen Insekt. Fugenlose Bauweise beugt dem Befall vor.

☐ G. Jahr - Käfer oder Larven verschiedener Arten in Mehl- und Mahlprodukten, meist von Lagergetreide zuwandernd. Näheres siehe unter "Getreide".

O **Erdnußplattkäfer** (*Oryzaephilus mercator* Fauv.)
O **Getreidekapuziner** (*Rhizopertha dominica* F.)
O **Getreidenager** (*Tenebrioides mauretanicus* L.)
O **Getreideplattkäfer** (*Oryzaephilus surinamensis* L.)
O **Kornkäfer** (*Sitophilus granarius* L.)
O **Leistenkopfplattkäfer** (*Cryptolestes*-Arten)
O **Reismehlkäfer** (*Tribolium*-Arten)
O **Vierhornkäfer** (*Gnathocerus cornutus* F.)

Δ Nähere Angaben über Bekämpfungsverfahren siehe weiter unten unter Brotkäfer sowie unter "Kornkäfer und andere Vorratsschädlinge in Getreidespeichern und Silos". Im Zweifelsfall Fachberatung (Pflanzenschutzdienst) anfordern.

☐ G. Jahr - Löcher in der Verpackung. Fraß an der Ware, feste Produkte durchbohrt, in den Bohrlöchern 2-3 mm lange, braune Käfer sowie schmutzig-weiße, gekrümmte Larven. In pulverförmigen Waren fallen auch die Verpuppungskokons auf. Drogen, Sämereien, Gewürze, Tabak, Heu und andere pflanzliche Produkte werden ebenfalls, oft unbemerkt, vor allem nach längerer Lagerung befallen.

O **Brotkäfer** (*Stegobium paniceum* L.)

Δ Stark befallene Vorräte sofort vernichten. Gegen Käfer Einsatz von Vernebelungsmitteln gegen Mehlmotte oder Räuchermittel gegen alle Vorratsschädlinge. Vor Anwendung Anfrage bei zuständiger Pflanzenschutzdienststelle.

☐ G. Jahr - Mehl hat süßlich muffigen Geruch, bei Untersuchung mit der Lupe zeigen sich große Mengen kleiner achtbeiniger Tiere. Die Oberfläche befallener Mahlproben wird nach Glätten durch das Umherlaufen der Tiere schnell wieder rauh. Feuchte Partien besonders gefährdet. Auch in anderen Mahlprodukten, Backwaren, Teigwaren, Getreide, Sämereien, Drogen. Befall ist durch Absieben auf dunkles Papier sicher zu ermitteln.

○ **Mehlmilbe** (*Acarus siro* L.)

Δ Trockene (unter 13 % Feuchtigkeit), kühle, luftige Lagerung der gefährdeten Lebens- und Futtermittel. Milben können Allergien verursachen. Vermilbte Posten für menschlichen Genuß unbrauchbar! (siehe auch unter **Getreide**, "Mehlmilbe") Heißluftverfahren oder Begasung von verseuchten Räumen **nur** durch konzessionierte Firmen. Erst anschließend, wenn die Wirkung voll eingetreten ist, gründliche Reinigung.

2.7.6   Hülsenfrüchte

☐ Runde Löcher oder durchscheinende dunkle Stellen in den Samen, in deren Innern Larven, Puppen oder aber Käfer, die nach einiger Zeit, vor allem in warmen Räumen, herauskommen und lebhaft laufen oder fliegen. Die "Deckel" der Löcher fallen heraus.

○ **Samenkäfer** (*Bruchidae*)

Δ Bei Pflanzenschutzdienststelle zuerst Käfer bestimmen lassen, da nur wenige Arten Lagerschädlinge sind. Warmstellen kleiner Posten (25-30 °C), um das Ausschlüpfen zu beschleunigen und das Absieben der ausschlüpfenden Käfer zu ermöglichen. Größere Mengen befallener Ware in Heizkammern oder auch mit Begasungsmitteln **(nur** durch konzessionierte Firmen) behandeln. Zwei Monate Kühllagerung bei 0 °C oder 3stündiges Erhitzen auf 55 °C tötet im Innern der Samen befindliche Käfer und Larven ab.

☐ G. Jahr - Ausbohrlöcher in Hülsenfrüchten, keine ausfallenden "Deckel".

○ **Brotkäfer** (*Stegobium paniceum* L.)
○ **Getreidekapuziner** (*Rhizopertha dominica* F.)
○ **Khaprakäfer** (*Trogoderma granarium* Everts.)

Δ Nähere Angaben über die Bekämpfung siehe oben unter "Samenkäfer".

☐ G. Jahr - Samen von Raupen zerfressen, zuweilen klumpig versponnen.

○ **Dörrobstmotte** (*Plodia interpunctella* Hb.)
○ **Heumotte** (*Ephestia elutella* Hb.)
○ **Hülsenfruchtmotte** (*Haplotinea insectella* Fabr.)
○ **Kleistermotte** (*Endrosis sarcitrella* L.)
○ **Kornmotte** (*Nemapogon granellus* L.)

Δ Bekämpfung erfolgt sinngemäß wie bei "Mehlmotte" oder "Samenkäfer".

2.7.7   Räucherwaren, Schinken

☐ Fraßschäden an geräucherten Fleisch- und Wurstwaren (vor allem Därme befressen). Seltener sind Textilien, tierische Borsten oder andere Vorräte beschädigt. Gelegentlich (zur Verpuppung) Einbohren der den Fraß verursachenden Speckkäferlarven in Leder, Holz und anderes weiches Material. An der befallenen Ware dunkelbraune, mit grauer Querbinde und schwarzen Punkten gezeichnete, bisweilen auch ganz dunkle, etwa 10 mm lange Käfer oder deren braun-behaarte Larven. Krümeliger (an trockener Ware) oder in langen Schnüren zusammenhängender Kot.

O **Gemeiner Speckkäfer** (*Dermestes lardarius* L.) **u. a. Speckkäfer-Arten**

Δ Sauberkeit in Vorratsräumen. Verwendung von Fliegenschränken oder schädlingssicheren Schutzbeuteln für Räucherwaren. Fliegengaze vor Fenstern und Luftklappen der Vorratsräume. Ständige Kontrolle der Räucherwaren, Abbürsten über kochendem Wasser. Bewährtes Hausmittel zum Schutz gegen Befall ist Bestreichen der Schinken und Dauerwürste mit Speisesenf, nach Antrocknen Einbeuteln. Ausspritzen der **leeren** Räucherkammern mit Mitteln gegen Insekten zur Entwesung von Objekten ohne Mitbebandlung von Vorratsgütern (siehe "Pflanzenschutzmittelübersicht - Bekämpfung von Vorratsschädlingen") oder Anwendung von Sprühmitteln in Druckzerstäuberdosen (siehe "Pflanzenschutzmittelübersicht, Spezialmittel gegen Hausungeziefer"), Berührungsgifte mit Sofort- und Langzeitwirkung einige Monate vor Neubeschickung. Näheres Pflanzenschutzdienststelle.

☐ G. Jahr - An trockenen Fleischwaren, Käse und Fischmehl, auch Dörrobst und Feigen 4-6 mm lange, blaugrüne, rotbeinige Käfer oder deren graue, gefleckte Larven. Wird vor allem mit Kopra eingeschleppt.

O **Koprakäfer, Rotbeiniger Schinkenkäfer** (*Necrobia rufipes* De Geer.)

Δ Die Bekämpfungsmaßnahmen erfolgen sinngemäß wie für den Speckkäfer angegeben.

☐ G. Jahr - Springende, weißliche Maden finden sich im Schinken, viele kleine, glänzend schwarze Fliegen mit roten Augen in der Räucherkammer.

O **Käsefliege** (*Piophila casei* L.)

Δ Bei sehr geringem, oberflächlichem Anfangsbefall eventuell noch Abtötung der Maden durch Erhitzen der Räucherwaren oder kurzes Eintauchen in kochendes Wasser möglich, dann Ausschneiden der befallenen Stellen. Bekämpfung der Fliegen durch Spritzen, Sprühen oder Streichen der Decken und Wände in leeren Vorratsräumen mit Spezialmitteln gegen Hausungeziefer, hier Mittel gegen Stubenfliegen (und Stallfliegen) mit Sofort- und Langzeitwirkung. Verwendung von Fliegenschränken, 1-mm-Maschendraht oder Kunststoffgaze. Über Anwendungsmöglichkeiten von Verdunstungsmitteln (Fliegenstrips, Insektenstrips) in nicht ständig von Menschen benutzten Vorratsräumen Pflanzenschutzdienststelle befragen.

☐ Auf Dauerfleischwaren befinden sich weißliche, weichhäutige, winzige und 8-beinige Tiere, zuweilen als staubartiger, weißlicher Überzug.

O **Milben** (Verschiedene Arten)

Δ Räucherwaren **trocken und luftig** aufbewahren. Eben erst schwach befallene Ware in kochendes Wasser tauchen, ausschneiden, mit Speiseöl abreiben, stärker befallene Ware verwerfen. Örtliche Beratung durch Pflanzenschutzdienststelle anfordern!

2.7.8   Schokolade- und Marzipanwaren

☐ 2-4 mm lange, dunkelbraune, streifig punktierte, scheckig gelbbraun behaarte, mit breitem Rüssel versehene Käfer sowie deren fußlose Larven fressen an gelagerten Kakaobohnen, auch Drogen, Dörrobst sowie Preßrückständen der Ölgewinnung.

O **Kaffeebohnenkäfer** (*Araecerus fasciculatus* de G.)

Δ Kontrolle von Einfuhren. Bei Befall zweckmäßig spezielle Beratung durch die zuständige Pflanzenschutzdienststelle anfordern!

Ferner an Schokolade und Marzipan: **Brotkäfer, Dörrobstmotte, Saftkäfer** (siehe dort).

☐ Ware von gelblichroten, bis 12 mm langen Raupen zerfressen, versponnen, durch krümeligen Kot verunreinigt. An den Wänden der Lagerräume graubraune Motten mit Wellenzeichnung auf den Flügeln. Auch in Getreide, Sämereien aller Art, Nüssen, Dörrobst, Tabak und anderen Vorräten, vor allem in Süßwarenbetrieben oft sehr lästig.

O **Speichermotte, Heumotte** (*Ephestia elutella* Hb.)

O **Dattelmotte** (*Ephestia cautella* Wlk.)

Δ Sauberkeit in Lagerräumen, Spritzen mit Mitteln gegen Insekten zur Entwesung von Objekten ohne Mitbehandlung von Vorratsgütern, hier: Gegen Vorratsschädlinge. Allein gegen Falter Einsatz von Vernebelungsmitteln oder Aufhängen von Verdunstungsmitteln (Fliegenstrips, Insektenstrips), aber nur in nicht ständig von Menschen benutzten Lagerräumen. Bei starkem Befall hilft nur Begasung **(nur** durch konzessionierte Unternehmer). Siehe auch Mehlmotte.

2.7.9   Dörrobst

☐ In Back- und Dörrobst, feuchtem Getreide, Drogen, Kopra, Kakaobohnen und anderen Produkten fressen dunkle, mehr oder weniger gefleckte kleine Käfer, 2-5 mm lang, mit abgestutzten Flügeldecken, die die letzten 2-3 Hinterleibssegmente freilassen sowie sechsfüßige gelblichweiße Larven mit zangenartigem Hinterleibssegment.

O **Saft- oder Backobstkäfer** (*Carpophilus*-Arten)

Δ Trockene Lagerung, Bekämpfung sinngemäß wie bei "Dörrobstmotte" angegeben.

☐ In Speichern Ware aller Art, vor allem Dörrobst, versponnen, von Raupen zerfressen (von Getreide nur der Keim!), zuweilen zwischen den Gespinsten braune Puppenhülsen. An den Wänden der Lagerräume kleine, sehr auffällig gefärbte Motten mit hell graugelb und kupferrot gezeichneten Flügeln, in befallenen Speichern abends oft in Massen umherfliegend.

O **Dörrobstmotte** (*Plodia interpunctella* Hb.)

Δ Aufhängen von Verdunstungsmitteln (Fliegenstrips, Insektenstrips) in nicht ständig von Personen benutzten Lagerräumen mit Dauerwirkung nur gegen Falter, nicht gegen Larven (Raupen). Behandlung der Wände mit Mitteln gegen Insekten zur Entwesung von Objekten ohne Mitbehandlung von Vorratsgütern (siehe "Pflanzenschutzmittelübersicht - Bekämpfung von Vorratsschädlingen"). Bei Mitbehandlung von Vorratsgütern keine Tiefenwirkung (Ausnahme: Begasungsmittel), siehe auch "Pflanzenschutzmittelübersicht - Bekämpfung von Vorratsschädlingen" unter Mitbehandlung von lagernden Vorratsgütern, siehe auch "Mehlmotte".

☐ Weißliche winzige und achtbeinige Tiere an Backobst, Rosinen, Feigen, vor allem an Trockenpflaumen (Importware zur Herstellung von Pflaumenmus) häufig auftretend.

O **Backobstmilbe** (*Carpoglyphus lactis* L.)

Δ Dörrpflaumen vor Einlagerung auf 17 % Feuchtigkeit trocknen, flach in trockenheizbarem Raum bei 20 °C und etwa 50 % Luftfeuchte ausbreiten. Milbenbefallene Ware ist für menschliche Ernährung unbrauchbar.

2.7.10   Trockenpflanzen, Drogen, Tabak

☐ G. Jahr - 1-2 mm lange, weißlichgraue oder auch dunklere, schnell laufende Insekten zwischen Trockenpflanzen, Drogen, Tabak, vor allem in Lagerräumen mit höherer Luftfeuchtigkeit oft in Massen auftretend.

○ **Holz-, Staub- und Bücherläuse** (*Psocoptera*)

△ Überheizen der befallenen Räume, Lüftung, Besonnung, Trocknung. Sorgfältiges Ausbringen von hygienisch unbedenklichen Spezialmitteln gegen Hausungeziefer. Eventuell in leeren Lagerräumen Anwendung von Verdunstungsmitteln (Fliegenstrips, Insektenstrips) möglich. Präparate siehe "Pflanzenschutzmittelübersicht - Bekämpfung von Vorratsschädlingen". Vor Bekämpfung Beratung anfordern.

☐ G. Jahr - Sehr kleine (1-3 mm lange) braune, rostrote oder rotgelbe Käfer, oft in großen Mengen lästig, vor allem in feuchten Materialien.

○ **Schimmel- oder Moderkäfer** (*Cryptophagidae, Lathridiidae, Mycetophagidae*)

△ Trockene Lagerung. Sonst Bekämpfung sinngemäß wie unter "Staubläuse" angegeben.

☐ Mehr oder weniger deutliche Fraßgänge mit 3-4 mm langen, weißlichen, gelbbraun behaarten, sehr lichtscheuen Larven und runde, etwa stecknadelkopfgroße Fluglöcher eines 2-4 mm langen, bräunlichen, dicht graubehaarten Käfers mit nach unten geneigter Kopfhaltung in Tabak, Drogen, Kakao, Preßrückständen der Ölgewinnung und anderen pflanzlichen Produkten.

○ **Tabakkäfer** (*Lasioderma serricorne* F.)

△ Kleinere Vorräte eine Stunde auf 60-70 °C erhitzen oder auf -7 ° bis -10 °C unterkühlen oder aber Begasung (**nur** konzessionierte Firmen). Bei kalter Lagerung keine Weiterentwicklung.

2.7.11   Textilien

☐ G. Jahr - Bis 12 mm lange, silbergraue, flinke, fischförmige Insekten an stärke- und zuckerhaltigen Vorräten, hinter Tapeten und zwischen mit Kleister geklebtem Material, an Papier, Büchern, gestärkter Wäsche, Leder, Drogen, an feuchten Orten (Badezimmer) oft häufig, am Tage versteckt.

○ **Silberfischchen** (*Lepisma saccharina* L.)

△ Nähere Angaben siehe weiter oben bei Allgemein in Häusern: Silberfischchen.

☐ G. Jahr - Fraß an Vorräten, Drogen, Textilien, Häuten, Federn, Verpackung. 2-4 mm lange, gelblich- oder rotbraune, sich lebhaft bewegende Käfer sowie ihre 4-5 mm langen, gelblichweißen, stark quergerunzelten Larven an den Befallsstellen.

○ **Diebkäfer** (*Ptinus*-Arten)

△ Anwendung von Begasungsmitteln (**nur** durch konzessionierte Firmen) oder Ausstäuben von Insektiziden. Bekämpfung in Textilien wie Pelzkäfer. Örtliche Beratung durch Pflanzenschutzdienststelle anfordern!

☐ G. Jahr - Fraßlöcher in Textilien aller Art, vor allem Wolle, Seide. Zwischen der Ware oder in deren Nähe 5 mm lange, kugelförmige, goldgelbe, spinnenartige Käfer.

O **Messingkäfer** (*Niptus hololeucus* Falderm.*)

Δ Nähere Angaben über wirksame Gegenmaßnahmen siehe unter "Allgemein in Häusern, Messingkäfer". Meist geht der Befall von Getreide- oder Kaffrückständen unter Dielen aus. In alten Fachwerkhäusern sind verrottende Wände oder Zwischenböden Ausgangspunkt der Plage. Am besten ist es daher, einen konzessionierten Schädlingsbekämpfer mit der Bekämpfung, eventuell mittels Durchgasung der Räume, zu beauftragen. Lagernde Textilien können durch Anwendung eines Mittels gegen Textil- und Pelzschädlinge geschützt werden. Näheres Pflanzenschutzdienststelle.

☐ G. Jahr - Fraß an Textilien tierischer Herkunft, hervorgerufen durch behaarte, braune Käferlarven, die einen langen Haarschopf nachschleppen. Die Käfer selbst sind 3-5 mm lang, marmoriert oder einfarbig mit Punkten.

O **Teppichkäfer** (*Anthrenus*-Arten)

O **Pelzkäfer** (*Attagenus*-Arten)

Δ Bei geringem Befall Absammeln der Tiere und Einsatz des Staubsaugers ausreichend! Bei stärkerem Befall, vor allem von Teppichen oder Pelzen, hilft nur Begasung oder Heißluftbehandlung der befallenen Stücke oder besser der ganzen Räume. Gegenmaßnahmen sonst wie Kleidermotte, die Käferlarven sind aber widerstandsfähiger als Mottenraupen. Verstecke, Scheuerleisten, Dielenritzen, Schrankecken und dergleichen müssen mitbehandelt werden.

☐ G. Jahr - In Falten oder zwischen Ballen von Textilien Gespinste, darin Raupen verschiedener Arten in gesponnenen Fraßröhren, Köchern oder auch frei lebend, Fraßreste, Kotkörner. Raupen befressen Gewebe tierischer Herkunft, auch Federn oder Haarwerk. Die nach Verpuppung der Raupen schlüpfenden Falter sind einfarbig gelblichgrau.

O **Kleidermotte** (*Tineola biselliella* Hummel) **und andere Motten**

Δ Sicherer Dauerschutz von Textilien durch Imprägnierungsmittel. - Häufige Kontrolle lagernder Textilien, vor allem Pelze. Verdunstungsmittel gegen Motten wirken nur in dichten Aufbewahrungsbehältern (Mottenkisten) sicher. Häufiges Besonnen tötet die Raupen, durch Bürsten oder Klopfen fallen die von den Faltern lose abgelegten Eier ab. Anwendung von Mitteln gegen Textil- und Pelzschädlinge, hier von Mitteln gegen Kleidermotten (siehe "Pflanzenschutzmittelübersicht - Bekämpfung von Vorratsschädlingen"), sowie Einstäuben zu lagernder Textilien mit besonderen Einstäubemitteln ist wirksam. Zusätzlich lohnt Aufhängen von Verdunstungsmitteln (Fliegenstrips, Insektenstrips), aber nur in nicht ständig von Menschen benutzten Lagerräumen. Die bei starkem Befall ratsame Begasung von Lagerräumen ist **nur** durch konzessionierte Unternehmen mit zugelassenen Begasungsmitteln (siehe dort) gestattet.

2.8   Holzschutz

2.8.1   Allgemeines über Holzschutz

Bauliche Schäden und Mängel, die eine länger andauernde Durchfeuchtung verbauten Holzes zur Folge haben, führen in vielen Fällen zu Hausschwammbefall. Dagegen tritt der Hausbock, dessen zerstörende Tätigkeit ebenfalls häufig zu beobachten ist, auch in sonst mängelfreien Gebäuden auf. Einige weitere holzzerstörende Insekten bevorzugen feuchtes, bereits von Schwamm angegriffenes Holz. Von größter Wichtigkeit ist die vorbeugende Behandlung tragender Holzelemente vor dem Verbauen, denn der nachträgliche Schutz bereits verbauten Holzes ist oft unmöglich, zumindest aber um ein Vielfaches schwieriger und teurer, die Kosten und Aufwendungen für die zum Schutz des Holzes notwendigen vorbeugenden Maßnahmen sind dagegen verhältnismäßig gering. Hier soll nur der chemische Holzschutz interessieren, da die Maßnahmen des technischen Holzschutzes eine bauhandwerkliche Angelegenheit sind. Bautechnische Fehler können auch durch den besten chemischen Holzschutz nicht wieder korrigiert werden. Die Holzschutzmittel werden vom **Institut für Bautechnik** (Berlin) durch den zuständigen Sachverständigenausschuß "Holzschutzmittel" registriert. Sie sind im jährlich neu erscheinenden Verzeichnis der Prüfzeichen für Holzschutzmittel **(Holzschutzmittelverzeichnis)** aufgeführt, das vom Verlag Erich Schmidt, 10785 Berlin, Genthiner Str. 30 G, bezogen werden kann.

Es gibt Präparate gegen Fäulnisschäden durch Pilze und gegen holzschädliche Insekten. Die meisten Mittel wirken gegen beide Gruppen von holzzerstörenden Organismen. Die anzuwendenden Präparate sind nach dem Feuchtigkeitsgrad des zur Verfügung stehenden Holzes auszuwählen. Wasserlösliche Mittel sind für den Schutz von Holz jeglichen Feuchtigkeits- oder Trockenheitsgrades geeignet. Bei den übrigen Holzschutzmitteln muß das Holz weniger als 40 % Feuchtigkeit haben. Randschutz erreicht man schon durch Anstreichen, Aufspritzen oder kurzes Eintauchen, Tiefenschutz dagegen nur durch verschiedene Methoden der Tränkung, Osmose, Saftverdrängung oder durch Kesseldruckimprägnierung.

Die Bekämpfung der im bereits verbauten Holz vorhandenen Schadorganismen erfolgt grundsätzlich unter den gleichen Gesichtspunkten. Aber es ist zu beachten, daß die Zuteilung von Prüfzeichen für Produkte des Holzschutzmittel-Verzeichnisses keine Garantie für ihre Eignung zur Bekämpfung beinhaltet. Stellt man daher Schäden durch Pilzbefall oder holzzerstörende Insekten fest, so ziehe man möglichst sofort einen Holzschutzfachmann zu Rate, um so technische Fehler bei der Beseitigung des Schadens zu vermeiden.

Vorsicht bei der Anwendung von *Pentachlorphenol*-haltigen Holzschutzmitteln!
Es muß damit gerechnet werden, daß gelagerte Reste von öl- oder lösemittelhaltigen Holzschutzmitteln noch das **für die Gesundheit von Mensch und Tier als gefährlich eingestufte *Pentachlorphenol* (*PCP*)** enthalten.
Bei *pentachlorphenol*-haltigen Präparaten muß auf den Verpackungen deutlich sichtbar folgender Warnvermerk angebracht sein:

"Großflächige Verwendung in Innenräumen kann zu Gesundheitsschäden führen. Nicht in Räumen anwenden, die zum Aufenthalt von Menschen bestimmt sind!"

2.8.2   Bauholz

Verbaute Balken und Dielen

☐ G. Jahr - Holzoberfläche zeigt Längs- und Querrisse, Inneres bricht krümelig auseinander, muffiger Geruch. Weißliche Pilzfäden wuchern durch Holz und anschließendes Mauerwerk, meist ausgehend von feuchten Stellen. Später entstehen große Fruchtkörper mit tropfenförmigen Ausscheidungen. Durchwucherte Balken und Dielen brechen. Einsturzgefahr bei Häusern. Von mehreren in Frage kommenden Pilzen ist der wichtigste der

O **Hausschwamm** (*Serpula lacrymans*)

Δ Grundsätzlich ist nur imprägniertes Holz zu verbauen. Auskunft über Ausmaß und Ursache der Schäden erteilt nach Ortsbesichtigung die Pflanzenschutzdienststelle. Beauftragung eines Holzschutzfachmannes ist bei erforderlichen Gegenmaßnahmen unabdingbar, auch bei Selbsthilfe muß vorherige Beratung durch Fachleute eingeholt werden. **Hausschwammbefall ist meldepflichtig.**

☐ "Naßfäule-Pilze" mit ähnlichen Schadsymptomen wie bei Hausschwamm.

O **Porenschwamm** (*Poria vaporaria* Fr.)

O **Keller- oder Warzenschwamm** (*Coniophora cerebella* Duby)

Δ Bekämpfung erfolgt in gleicher Weise wie bei Hausschwamm angegeben.

☐ G. Jahr - Aus Nadelholz bestehendes Gebälk zeigt ovale, bis 1 cm (größter Durchmesser) weite, mit gefransten Rändern versehene Ausschlupflöcher, das Holz ist innen mehr oder weniger, oft bis zur völligen Zerstörung zerfressen. Aus Trockenrissen (nicht aus Schlupflöchern!) rieselt Bohrmehl. Beim Beklopfen befallener Balken oder Anschlagen mit einem Hammer hohler, dumpfer Ton. Durch Bebeilen oder Anreißen der Balken werden Fraßgänge sichtbar, die mit weißem Bohrmehl angefüllt sind. Im Juli/August auf dem Boden und an befallenen Balken 15-25 mm lange, schwarze, vorn grau gezeichnete Käfer mit langen Fühlern, die weiblichen mit Legebohrer. Im Gebälk weiße, bis über 20 mm lange Larven, deren Fraß bei Stille deutlich zu hören ist (knisterndes Geräusch). Bei Befall ist sofortige Meldung an das zuständige Bauordnungsamt notwendig! Näheres zuständige Pflanzenschutzdienststelle.

O **Hausbock** (*Hylotrupes bajulus* L.)

Δ Verbauen des vorher durch Holzschutzmittel imprägnierten Holzes schützt vor Befall. Wegen Einsturzgefahr muß der Bau bei Befallsverdacht durch einen Fachmann (Anfrage bei Pflanzenschutzdienststelle) kontrolliert werden. **Hausbockbefall ist meldepflichtig.** Bekämpfung nur durch Fachleute. Stärker beschädigte Balken müssen erneuert werden. Heißluftverfahren (55 °C, auch in Balkenmitte, mindestens 30 Minuten lang) ermöglichen Abtötung der Hausbocklarven in verbautem Holz. Holzschutzmittel können auch mittels Druck durch Preßverfahren nach vorherigem Anbohren in das Holz eingebracht werden.

☐ Bei nicht entrindetem, verbautem Holz Fraßgänge unter der Rinde, Fraßmehl aus Rinden und Holzteilen gemischt. Die unter der Rinde fressenden Larven ähnlich denen des Hausbocks, verpuppen sich aber tiefer im Holz. Ausschlüpfende Käfer kleiner als Hausbock, metallisch blau oder gefleckt, sehr lebhaft auf dem Balken herumlaufend, meist Ende Juni bis August auftretend, oft mit Kaminholz in Wohnungen eingeschleppt.

O **Blauer Scheibenbock** (*Callidium violaceum* L.)

O **Veränderlicher Scheibenbock** (*Phymatodes testaceus* L.)

Δ Bekämpfung nur bei Hölzern von geringem Querschnitt notwendig. Im Zweifelsfall vorher Fachmann befragen! Sonst Bekämpfung wie Hausbock. In Wohnräumen fliegende Käfer (aus Kaminholz) sammeln sich an Fenstern und können dort weggefangen werden.

☐ G. Jahr - Zahlreiche kleine Löcher von etwa 2 mm Durchmesser im Holz, dieses zerfressen. Mitunter Bohrmehlhäufchen an oder unter befallenem Laub- und Nadelholz.

O **Pochkäfer, Klopfkäfer, "Holzwürmer"** (*Anobiidae*)

Δ Bekämpfung wie bei Hausbock. Haben die Löcher einen Durchmesser von etwa 3 mm, so liegt Befall durch Pochkäferarten vor, die vom Schwamm befallenes Holz bevorzugen.

Dann sind oft gleichzeitig Maßnahmen gegen Hausschwamm notwendig. Örtliche Beratung durch einen Holzschutzfachmann oder durch zuständige Pflanzenschutzdienststelle! **Vor** jeder Anwendung von Holzschutzmitteln Prüfung der Tragfähigkeit von Balken und Klärung der Erfolgsaussichten einer geplanten Bekämpfung.

☐ G. Jahr - Fraßbild ähnlich dem von Pochkäfern. Fluglöcher kreisrund, etwa 1 mm Durchmesser. In Parketthölzern, Holzverkleidungen, Möbeln, Sperrholz und anderen aus tropischen Importhölzern (Limba, Abachi, Ramin) hergestellten Gegenständen, aber auch in Splintholz aus einheimischen Holzarten (Eichensplint, Rüster).
○ **Brauner Splintholzkäfer** (*Lyctus brunneus* Steph.)
Δ Die Bekämpfung erfolgt sinngemäß wie unter "Hausbock" und "Pochkäfer" angegeben.

☐ G. Jahr - In Fußbodendielen oder Parkett aus Laubholz kleine, runde Ausschlupflöcher. Der Splintteil befallenen Holzes ist krümelig zerfressen.
○ **Splintkäfer, Parkettkäfer** (*Lyctus linearis* Goeze) **und andere Arten**
Δ Die Bekämpfung erfolgt sinngemäß wie unter "Hausbock" und "Pochkäfer" angegeben.

☐ G. Jahr - Verbautes Holz durch zahlreiche Ameisen zerfressen, vor allem die zwischen den Jahresringen liegenden weicheren Sommerholzschichten. Oft tritt das Ausmaß des Schadens erst nach Bruch der Balken in Erscheinung.
○ **Holzameisen** (*Camponotus*- und andere Arten)
Δ Bei Befall von Balkenwerk Begasung mit Spezialmitteln durch einen Holzschutzfachmann. Anwendung von Mitteln gegen Ameisen nach Vorschrift, aber vorher Beratung durch Pflanzenschutzdienststelle anfordern!

☐ Verbautes Holz, aber auch Sperrholz, Span- und Faserplatten sowie Möbel werden durch weißliche, ameisenähnliche Insekten von innen her "aus dem Dunkel" zerfressen und von Gängen durchzogen. Der Befall ist von außen meist nicht erkennbar, so daß oft erst beim Zusammenfallen von Balken oder anderen Holzteilen das Ausmaß der "heimlichen" Zerstörung offenbar wird.
○ **Termiten verschiedener Arten**
Δ Termiten werden schon seit längerer Zeit aus Tropen und Subtropen häufiger eingeschleppt und nisten sich vor allem in ständig beheizten Gebäudekomplexen ein. Im Holzschutz unterscheidet man die vorbeugende und die bekämpfende Behandlung des Holzes gegen Termiten.
Die vorbeugende Behandlung von Bauholz gegen Termitenbefall kann mit allen üblichen Imprägnierverfahren durchgeführt werden, so etwa durch Kesseldruck-, Wechseldruck-, Trogtränkverfahren, Sprühen oder Anstrich. Die erzielbare unterschiedliche Flüssigkeitsaufnahme und die ebenfalls unterschiedliche Aufsaugfähigkeit des Holzes sind bei Wahl der Art und Konzentration des Schutzmittels zu berücksichtigen.
Imprägnierverfahren, Schutzmittelart und -menge müssen ferner auf den zu erwartenden Gefährdungs- oder Beanspruchungsgrad abgestimmt werden. Eine vergleichsweise klimatisch wenig beanspruchte und durch Termiten kaum gefährdete Dachkonstruktion kann in Südeuropa noch erfolgreich im Randschutzverfahren (Kurztauchen, Anstrich) behandelt werden, während Hölzer mit Erdkontakt in tropischen Ländern nur durch Tiefschutz (Trogtränk-, Kesseldruckverfahren und entsprechende Methoden) dauerhaft geschützt werden können.

In der Regel müssen Präparate eingesetzt werden, die speziell gegen Termiten wirksame Insektizide enthalten. Bei Hölzern mit Erdkontakt ist zusätzlich eine fungizide Ausrüstung auch deshalb erforderlich, weil pilzbefallenes Holz wegen ihres höheren Nährstoffgehaltes von den meisten Termitenarten bevorzugt wird.

Ein Spezialgebiet von zunehmender Bedeutung ist der Schutz von Holzwerkstoffen gegen Termiten. Da Sperrholz, Span- und Faserplatten nachträglich nicht oder nur unzureichend geschützt werden können, wurden dafür Produkte mit hohem Wirkstoffgehalt entwickelt, die im Leimuntermischverfahren eingesetzt werden.

In befallenen Häusern befinden sich immer Stoffe, die nicht geschützt sind und von den Termiten gefressen oder zerstört werden, etwa Möbel, Textilien, Kunststoffe und andere anfällige Materialien. Daher ist es erforderlich, den Termiten durch bauliche Maßnahmen in Verbindung mit chemischen Schutzmitteln das Eindringen in die Gebäude unmöglich zu machen oder mindestens zu erschweren, beispielsweise durch die Anlage von Betonsockeln, Abweisblechen, Sperrschichten oder Schutzgräben.

Die Bekämpfung der Termiten, also die Abtötung einer vorhandenen Termitenpopulation, ist meist außerordentlich schwierig. Bei **Trockenholztermiten,** die ihre Nester im trockenen Holz anlegen, ist eine Bekämpfung mit folgenden Methoden möglich: Auswechseln stark befallener Hölzer, Imprägnierung des verbleibenden Holzes durch Anstrich sowie Behandlung der Bohrlöcher mit einem speziellen, bekämpfend wirksamen Präparat.

Bei **Erd- oder Feuchtholztermiten** ist eine Sanierung des befallenen Holzes dagegen außerordentlich aufwendig und in manchen Fällen sogar unmöglich, denn diese Termitenarten verbauen die im Holz angelegten Gänge und Kammern mit zahlreichen Querwänden. Teilweise werden die Kammern mit feuchter Erde völlig ausgefüllt. Durch diese Einbauten wird das Eindringen der Schutzmittel erschwert oder verhindert. Außerdem erstreckt sich der ohnehin oft nur schwer erkennbare Befall durch diese sehr individuenreichen Völker (Zehntausende bis mehrere Millionen) auf weite Teile der befallenen Gebäude. Häufig werden auch nicht hölzerne Bauteile, etwa Mauerwerk und "tote" Rohrleitungen, in den Befall einbezogen.

Durch den kombinierten Einsatz von bekämpfend wirksamen Holzschutzpräparaten und den aus der Schädlingsbekämpfung bekannten gasförmigen Entwesungsmitteln ist es möglich, den Befall in einem Gebäude zu tilgen. Da jedoch einerseits die gasförmigen Mittel keine Langzeitwirkung besitzen und andererseits ein voller Schutz des bereits verbauten Holzes mit Holzschutzmitteln praktisch unmöglich ist, muß mit Neubefall gerechnet werden. Das gilt um so mehr, als sich die Nester von Erd- und Feuchtholztermiten häufig im Erdreich unter den Gebäuden oder im Freien befinden. Die unbedingt erforderliche Vernichtung der Nester gestaltet sich dadurch ebenfalls schwierig: Erschwertes Auffinden durch fehlende oberirdische Bauten, etwa die typischen "Termitenhügel", weite Verzweigung der Gänge im Erdreich, Querverbindungen zu entfernten Tochterkolonien und andere Faktoren.

Die Fähigkeit vieler Termitenarten zur Entwicklung sogenannter "Ersatzgeschlechtstiere" ermöglicht es, daß ein von der Bekämpfung nicht erfaßter kleiner Teil einer Termitenkolonie Ausgangspunkt erneuten Befalls wird.

☐ G. Jahr - Runde, bleistiftstarke Ausfluglöcher in Balken, Paneelen, Dielen, Türen, auch Fußbodenbrettern oder Linoleumbelag längs der darunter liegenden Balken. Meist findet man auch an den Fenstern die zum Licht fliegenden großen blauen oder gelbgeringelten Wespen, die weiblichen Tiere mit großem Legebohrer.

O **Holzwespen** (*Siricidae*)

Δ Bekämpfung nicht notwendig, da kein Neubefall verbauten Holzes erfolgt. Vorhandener Besatz mit Holzwespenlarven beweist, daß das verbaute Holz bereits vor dem Verbauen befallen wurde. Das Ausfliegen der Wespen erfolgt oft erst nach Jahren.

2.8.3   Holzteile

☐ G. Jahr - Fäulnis- oder Vermorschungserscheinungen verschiedener Art an Holzteilen in Lagerräumen, Gewächshäusern, Frühbeetkästen, an Pfählen und Holzstangen.

O **Holzzerstörende Pilze** (Verschiedene Pilzarten)

Δ Nur Verwendung von imprägniertem Holz sichert vor Fäulnisschäden. Kontakt mit Erdfeuchtigkeit muß sicher vermieden werden. Die von den Herstellern der Präparate herausgegebenen, ausführlichen Anwendungsvorschriften müssen genau eingehalten werden. Im muß das frisch imprägnierte Holz 2-3 Wochen gelagert werden, bevor es in Kontakt mit Substrat oder Pflanzenteilen kommt.

Speziell für die Imprägnierung von Holzteilen in Lagerräumen von Erntegut, Nahrungs- und Futtermitteln eignen sich Borpräparate (B-Salze), aber nicht für Holz, das Niederschlägen und ständiger Erdfeuchtigkeit ausgesetzt ist.

2.8.4   Holz für Verpackungszwecke

(Kisten, Paletten, Leisten, Keile)

Manche Länder, beispielsweise Australien, Neuseeland und die USA, haben besondere Bestimmungen zur Verhinderung der Einschleppung von Holzschädlingen erlassen. Verpackungsholz, das für die Versendung von Exportwaren in diese Länder dient, muß daher vorbeugend mit bestimmten Verfahren entseucht werden, um so eventuell vorhandene Holzschädlinge oder deren Entwicklungsstadien abzutöten. Exporteure orientieren sich daher zweckmäßig bei der zuständigen Pflanzenschutzdienststelle über Einzelheiten. Zur Lebensweise und Bekämpfung der Holzwespen und/ oder anderer Holzschädlinge siehe oben.

2.8.5   Möbel

☐ G. Jahr - Zahlreiche, kleine Bohrlöcher mit Bohrmehlaustritt. Holz mehr oder weniger, oft bis zur völligen Vermorschung, zerfressen. Im Holz bis 5 mm lange, weißliche Käferlarven oder gleichlange, braune Käfer. Bisweilen "tickendes" Geräusch, vor allem abends bei Stille hörbar ("Totenuhr").

O **Pochkäfer**, Klopfkäfer, "Holzwürmer" (*Anobiidae*)

Δ Wertvolle befallene Möbel und Kunstgegenstände in Begasungskammern behandeln, nur als Behelf auch Abbrennen von Spezialräuchersätzen in einem aus dichter Kunststoffolie provisorisch hergerichteten Begasungsbehälter oder im Heißluftverfahren mehrere Stunden auf 70 °C erhitzen. Einspritzen von anerkannten Holzschutzmitteln, wobei die geruchsschwachen, hell gefärbten, öligen Präparate zu bevorzugen sind. Einige Firmen haben für diesen Zweck handliche und preiswerte Kleingeräte, wie Spritzkännchen und Injektionsaufsätze in den Handel gebracht. Unmittelbar nach dem Einspritzen Verschmieren der Löcher mit Bienenwachs oder gefärbtem Holzkit.

Wichtiger Hinweis:
Beim Arbeiten mit Holzschutzmitteln Schutzkleidung tragen! Hände und vor allem Gesicht (Augen, Schleimhäute) vor Kontakt mit den z.T. gesundheitsgefährdenden Präparaten schützen. Die Anwendungsvorschriften der Hersteller (Packungsaufdruck) sind vor Gebrauch zu lesen und streng zu beachten.

2.9 An Gewässern

☐ Teich-, Bach- und Flußufer, nicht befestigte Kanäle, Deiche und Böschungen bis mehrere m von der Wasserlinie entfernt unterwühlt und teilweise eingefallen. Abgebissene, oft im Wasser treibende Gewässer- und Ufervegetation. Im Winter bei Klareis deutlich sichtbare Luftblasenspuren, ausgehend von Laufgängen mit Öffnung unterhalb des Wasserspiegels. Dort meist auch Wühlspuren mit hellem Sandspiegel infolge fehlenden Sediments. An Schlammbänken Trittsiegel: Hinterläufe mit kurzen Schwimmborsten, Schwanzspur. Etwa kaninchengroße Nagetiere, meist im Wasser schwimmend, wobei sich der Vorderrücken oberhalb der Wasserlinie befindet. Bei Beunruhigung schnell wegtauchend. Rückenfell mittelbraun bis graubraun, regional auch schwarzbraun. Schwanz bis 25 cm, seitlich abgeplattet, schuppig und gering behaart. Hinsichtlich Körpergröße - bis 1,5 kg - und Schwanz gut von der Wanderratte unterscheidbar.

○ **Bisamratte**, **Bisam** (*Ondatra zibethica* L.)

△ Wiederholt in und an Gewässern beobachtete Tiere sowie Hinweise auf Bisambefall (s.o.) sind der örtlich zuständigen Gewässerunterhaltungsbehörde oder Pflanzenschutzdienststelle mitzuteilen. Die Bisambekämpfung erfolgt in der Regel durch fachlich geschulte Bisamfänger. Zum Einsatz kommen zugelassene Fanggeräte, die in der Nähe der Baueingänge, in künstlich angelegten Röhren oder Bisambauten gestellt werden. Näheres Pflanzenschutzdienst.

☐ In Gewässernähe, gelegentlich aber bis zu mehreren 100 m hiervon entfernt, meist umfangreiche Fraßschäden an Mais zur Zeit der Milchreife, aber auch in Rüben- und Getreideschlägen. Am Ufer deutlich sichtbare Wechsel. In Wassernähe, oft unter Gebüsch, umfangreiche Erdbauten mit Eingangsweiten von 15-20 cm. Zahlreiche kleine Scharr- und Wühlstellen in Böschungen nahe der Wasserlinie. Große, gut schwimmende Nagetiere von 50-60 cm Körperlänge, 30-35 cm Schwanzlänge und bis zu 12 kg Gewicht. Schwanz rund, nicht hochkant abgeplattet wie beim Bisam (s.o.).

○ **Nutria**, **Sumpfbiber** (*Myocastor coypus* M.)

△ Wegen Größe, Schwanzform und oft starker Variabilität der Fellfärbung nicht mit dem Bisam zu verwechseln. Die Bezeichnung "Sumpfbiber" führt gelegentlich zu Verwechslungen mit dem geschützten **Biber** (*Castor fiber* L.). Das Auftreten des Sumpfbibers (Herkunftsgebiet Süd- und Mittelamerika) hat seinen Ursprung in freigelassenen oder entkommenen Tieren aus Farmen. Regional auftretende Populationen überstehen normale Winter, werden bei strenger, länger andauernden Frostperioden jedoch dezimiert. Bei festgestellten Schäden ist der Pflanzenschutzdienst zu verständigen.

3   Pflanzen- und Warenbeschau

Pflanzenbeschau und Pflanzenquarantäne gehören zu den vorbeugenden Maßnahmen des Pflanzenschutzes. Ihre wichtigsten Ziele sind es, die Einschleppung sowie die Ausbreitung von Krankheiten und Schädlingen zu verhindern. Dazu dienen Einfuhrverbote und -beschränkungen. Bei bestimmten Pflanzen und Waren werden spezifische Anforderungen hinsichtlich Pflanzengesundheit und Befallsfreiheit gestellt. Zur Überwachung der Anforderungen ist die Kontrolle an den Einfuhrorten notwendig. Infolge des sehr stark angewachsenen internationalen Handels wird die wirksame Durchführung dieser Pflanzenbeschaumaßnahme immer schwieriger.

Um die Gefahr der Verbreitung von Krankheiten und Schädlingen einzuschränken ohne den Handel zu unterbinden, wird daher bei vielen Pflanzen und Pflanzenerzeugnissen die Einfuhr erlaubt, wenn bestimmte Anforderungen eingehalten werden. Dazu gehören Maßnahmen zur Befallsverhinderung im Erzeugerland, die Bescheinigung des Gesundheitszustandes in Form eines Pflanzengesundheitszeugnisses und die Kontrolle des Pflanzenmaterials beim Grenzübertritt in das Empfangsland. Deshalb dürfen der Pflanzenbeschau unterliegende Pflanzenarten und Waren nur über bestimmte Grenzeinlaßstellen eingeführt werden. Die aktuelle Liste der Einlaßstellen für die Bundesrepublik Deutschland wird im Bundesanzeiger veröffentlicht. Sie können auch beim Pflanzenschutzdienst oder beim Zoll erfragt werden.

Wenn an der Einlaßstelle Befall festgestellt wird, so muß die Ware entweder vernichtet oder zurückgewiesen oder durch eine wirksame Behandlung vom Befall befreit werden. Wenn an der Einlaßstelle nicht untersucht bzw. behandelt werden kann, so muß die Ware in einer geeigneten Verpackung unter Zollverschluß zum Bestimmungsort oder einem anderen Untersuchungsort transportiert werden, wo sie vom zuständigen Pflanzenschutzdienst untersucht wird.

Quarantänemaßnahmen im Binnenland haben die Aufgabe, eingeschleppte Krankheiten und Schädlinge auf ihre Ausgangsherde zu beschränken und den Befall möglichst wieder zu tilgen. Dafür ist es notwendig, daß die Befallsherde festgestellt werden. Bestimmte gefährliche Schaderreger sind deshalb meldepflichtig. Dazu gehören z.B. die Bakterienringfäule sowie die Schleimfäule der Kartoffel, der Kartoffelkrebs, der Feuerbrand und die Scharkakrankheit des Steinobstes. Durch entsprechende Verordnungen soll die weitere Ausbreitung der Schaderreger verhindert werden.

3.1   Handel mit Drittländern

Die Handel treibenden Staaten der Erde haben Pflanzenbeschaubestimmungen erlassen, die ihren Bedürfnissen entsprechen. Deshalb sollte man sich vor dem Vertragsabschluß beim zuständigen Pflanzenschutzdienst erkundigen, welche Bedingungen einzuhalten sind und ob Einfuhrverbote bestehen. Dies ist beim Handel mit Pflanzen oder Waren mit anhaftender Erde (Kartoffeln!) immer zu beachten. Besondere Einschränkungen gibt es beim interkontinentalen Handel. Hierauf beziehen sich auch die meisten Einfuhrverbote der Europäischen Union. Davon betroffen sind v.a. Wirtspflanzen des Feuerbrandes, Erdbeeren, Weinreben, Getreidepflanzen, Kartoffelknollen, Nachtschattengewächse, Nadelgehölze sowie beblätterte Eiche, Eßkastanie und Pappel (s. Tab. 1). Die in Tab. 2 genannten Pflanzen und Pflanzenerzeugnisse sind zeugnis- und untersuchungspflichtig, wenn sie aus Drittländern eingeführt werden. Wenn sie den Anforderungen entsprechen, werden sie bei der Einfuhr in die EU dann mit einem Pflanzenpaß versehen, so daß sie im EU-Binnenmarkt frei handelbar sind. Über die einzelnen Anforderungen für den Import oder den Export bestimmter Pflanzen und Waren gibt das Pflanzenschutzamt Auskunft.

3.2   Handel innerhalb der Europäischen Union

Für die Staaten der Europäischen Union gibt es eine gemeinsame Pflanzenbeschau - Richtlinie (77/93/EWG), in der die Bedingungen für die Einfuhr in die EU und den Handel zwischen den Mitgliedsstaaten festgelegt worden sind. Die Mitgliedsstaaten sind verpflichtet, diese Richtlinie in ihrer jeweils gültigen Fassung in nationales Recht umzusetzen. In der Bundesrepublik geschieht dies mit der Pflanzenbeschau-Verordnung. Bedingt durch den Wegfall der Binnengrenzen in der Europäischen Union wurde auch die Pflanzenbeschau im europäischen Binnenmarkt in wesentlichen Teilbereichen neu geregelt.

3.2.1   Pflanzenbeschau und Pflanzenpaß

Auch unter den Bedingungen eines grundsätzlich freien Warenverkehrs zwischen den Mitgliedsstaaten soll die Verschleppung von Schaderregern so weit wie möglich vermieden werden. Da die Kontrollen an den Binnengrenzen wegfallen, sind Kontrollen im Inland erforderlich. Damit nur gesunde Pflanzen und saubere Waren die Erzeuger- bzw. Handelsbetriebe verlassen, muß die Überwachung auf Schaderregerbefall in den Betrieben erfolgen. Dies war auch bisher schon der Fall bei Betrieben, die Pflanzen und Pflanzenerzeugnisse exportierten, die phytosanitäre Risiken bergen. Da infolge des Binnenmarktes Exporte in Mitgliedsstaaten und Handel im Inland nicht mehr von einander abgrenzbar sind, sind nun auch die Betriebe betroffen, die bisher ihre Ware nur im Inland absetzen. Deshalb sind alle Erzeuger und Händler bestimmter Pflanzenarten und Waren, die in der Pflanzenbeschauverordnung genannt sind (s. Tab. 3 - 5) registrierungspflichtig. Die **Registrierung** muß beim zuständigen Pflanzenschutzamt erfolgen.

Der Betrieb muß dafür die folgenden Voraussetzungen erfüllen:

1.   Dem zuständigen Pflanzenschutzamt muß ein vollständig ausgefüllter Antrag vorliegen.

2.   Es muß eine für den Pflanzenschutz im Betrieb verantwortliche Person benannt werden.

3.   Im Betrieb muß ein Lageplan vorliegen, aus dem hervorgeht, wo im Betrieb die paßpflichtigen Pflanzen bzw. Waren erzeugt oder gelagert werden.

Der Betrieb erhält eine individuelle Registrierungsnummer. Sie ist Bestandteil des Pflanzenpasses (s.u.). Registrierte Betriebe sind zu folgenden Maßnahmen verpflichtet:

1.   Wenn Quarantäneschadorganismen auftreten oder Befall vermutet wird, muß das zuständige Pflanzenschutzamt sofort informiert werden.

2.   Über den Einkauf (Datum, Lieferant, Art, Menge) und Verkauf (Art, Menge) der paßpflichtigen Pflanzen- und Warenarten müssen Aufzeichnungen gemacht werden. Die Aufzeichnungen müssen drei Jahre aufbewahrt werden.

3.   Es müssen innerbetriebliche Kontrollen auf Befall mit Quarantäneschadorganismen durchgeführt werden.

Tab. 1:   Pflanzen, deren Einfuhr aus Drittländern verboten ist

Pflanzengattung	Bemer-kungen	Einfuhrverbot gilt für		
		Drittländer	Außereu-ropäische Länder	Andere Länder
Abies			+	
Castanea, beblättert			+	
Cedrus			+	
Chaenomeles	a)		+	
Chamaecyparis			+	
Citrus		+		
Crataegus	a)		+	
Cydonia	a), b)		+	
Fortunella u. Hybriden		+		
Fragaria	b)		+	
Gramineae	c)	+		
Juniperus			+	
Larix			+	
Malus	a), b)		+	
Phoenix				Algerien, Marokko
Photinia			+	
Picea			+	
Pinus			+	
Poncirus u. Hybriden		+		
Populus, beblättert				Nordamerika
Prunus	a), b)		+	
Pseudotsuga			+	
Pyrus	a), b)		+	
Quercus, beblättert			+	
Rosa	a)		+	
Solanaceae, außer knollen- und ausläuferbildende Arten und Kartoffelknollen	d)	+		
Solanum-Arten, ausläufer- und knollenbildende Arten, außer Kartoffelknollen		+		
Solanum tuberosum, Knollen	e)	+		
Tsuga			+	
Vitis		+		

Bemerkungen:

a) außer Pflanzen in Vegetationsruhe

b) aus Australien, Kanada, Kontinental-USA, Neuseeland und Mittelmeerländern darf eingeführt werden.

d) außer europäische Länder und Mittelmeerländer

c)   außer mehrjährige Ziergräser

e)   außer Schweiz

Tab. 2: Pflanzen und Waren, die bei der Einfuhr aus Drittländern zeugnis- und untersuchungspflichtig sind

Alle Pflanzen, außer Aquariumpflanzen

Samen von

Allium cepa	Medicago sativa
Allium porrum	Oryza
Allium schoenoprasum	Phaseolus
Capsicum	Prunus
Helianthus annuus	Rubus
Lycopersicon lycopersicum	Zea mays
Cruciferae, Gramineae, Trifolium:	Mit Ursprung Argentinien, Australien, Bolivien, Chile, Neuseeland, Uruguay

Pflanzenteile von

Acer saccharum aus Nordamerika	Pelargonium
Castanea	Phoenix
Coniferales	Populus
Dendranthema	Prunus aus außereuropäischen Ländern
Dianthus	Quercus

Frische Früchte (aus außereuropäischen Ländern) von

Annona	Prunus
Cydonia	Psidium
Diospyros	Pyrus
Malus	Ribes
Mangifera	Szygium
Passiflora	Vaccinium
Citrus, Fortunella, Poncirus:	aus allen Drittländern

Knollen von Solanum tuberosum

Holz von

Acer saccharum	Platanus
Castanea	Populus
Coniferales	Quercus
(je nach Herkunft und Verarbeitungsgrad des Holzes unterschiedliche Bedingungen - Näheres Pflanzenschutzdienst)	

Lose Rinde von

Acer saccharum	Populus
Castanea	Quercus
Coniferales	

Tab. 3:   Auf allen Erzeugungs- und Handelsstufen paßpflichtige Pflanzen und Waren

Pflanzen

Beta vulgaris	Malus
Chaenomeles	Mespilus
Citrus u. Hybriden	Poncirus u. Hybriden
Cotoneaster	Prunus
Crataegus	Pyrus
Cydonia	Sorbus außer S. intermedia
Eriobotrya	Solanum (ausläufer- u. knollenbild. Arten)
Fortunella u. Hybriden	Vitis
Humulus lupulus	

Pflanzenteile

Citrus u. Hybriden	Poncirus u. Hybriden
Fortunella u. Hybriden	Vitis

Frische Früchte

Citrus clementina mit Blättern und Stielen

Holz (auch als Plättchen, Schnitzel, Späne, Abfälle)

Castanea, außer entrindetes Holz	Platanus

Rinde

Castanea

Die Pflanzengesundheit, die im internationalen Warenverkehr durch ein Pflanzengesundheitszeugnis dokumentiert wird, wird innerhalb des EU-Binnenmarktes durch die Ausstellung eines Pflanzenpasses bestätigt.

Von den in der EU produzierten Pflanzen und Waren unterliegen nur diejenigen der Pflanzenpaßpflicht, die Wirtspflanzen gefährlicher Schaderreger sind und denen eine wirtschaftliche Bedeutung im Anbau zugemessen wird (s. Tab. 3 - 5). Dabei wird unterschieden zwischen Pflanzen und Waren, die in jeder Produktions- und Handelsstufe, d.h. vom Erzeuger bis zum Verkauf an den Endverbraucher mit einem Pflanzenpaß versehen sein müssen (s. Tab. 3) und Pflanzen- und Saatgutarten, die nur auf den Stufen der erwerbsmäßigen gärtnerischen Kultur pflanzenpaßpflichtig sind (s. Tab. 4 und 5).

Tab.: 4   Paßpflichtige Pflanzen für die erwerbsmäßige Weiterkultur

Zierpflanzen	
Argyranthemum	Impatiens-Neu-Guinea-Hybriden
Aster	Leucanthemum
Dendranthema	Lupinus
Dianthus u. Hybriden	Pelargonium
Exacum	Solanaceae, außer ausläufer- und knollenbildende Arten
Gerbera	Tanacetum
Gypsophila	Verbena

Gehölze	
Abies	Platanus
Castanea	Populus
Larix	Pseudotsuga
Picea	Quercus
Pinus	Tsuga

Obstpflanzen	
Fragaria	Rubus

Gemüsepflanzen	
Apium graveolens	Lactuca
Brassica	Spinacia
Cucumis	

Pflanzen, bewurzelt oder mit anhaftendem Kultursubstrat	
Araceae	Persea
Marantaceae	Strelitzia
Musaceae	

Wenn die paßpflichtigen Pflanzen und Waren den Anforderungen der Pflanzenbeschau-Verordnung entsprechen, werden sie mit einem Pflanzenpaß versehen. Der Pflanzenpaß muß folgende Angaben enthalten:

1. die Bezeichnung "EWG-Pflanzenpaß"
2. die Angabe "D"
3. das amtlich bekanntgemachte Kennzeichen des zuständigen Pflanzenschutzamtes
4. die Registriernummer des Betriebes
5. eine Serien-, Partie- oder Wochennummer
6. die botanische Bezeichnung der Pflanzen oder Waren
7. die Menge der Pflanzen oder Waren

8. wenn der Pflanzenpaß einen anderen Pflanzenpaß ersetzt, die Buchstaben "RP"
9. bei Pflanzen oder Waren aus Drittländern den Namen des Ursprungslandes.

Tab. 5:	Paßpflichtige Samen, Zwiebeln und Knollen für die erwerbsmäßige Weiterkultur

Samen und Zwiebeln von	
Allium cepa	Allium porrum
Allium ascalonium	Allium schoenoprasum
Zwiebeln und Knollen von	
Camassia	Iris
Chionodoxa	Muscari
Crocus flavus 'Golden Yellow'	Narcissus
Galanthus	Ornithogalum
Galtonia candicans	Puschkinia
Gladiolus	Scilla
Hyacinthus	Tigridia
Hymenocallis	Tulipa

Der Pflanzenpaß besteht entweder aus einem Etikett an der Ware mit allen notwendigen Angaben, oder aus einem Etikett plus einem Warenbegleitpapier, in der Regel dem Lieferschein oder der Rechnung. Bei der Kombination von Etikett plus Warenbegleitpapier muß das Etikett nur die Angaben 1. bis 4. enthalten.

Auf Antrag kann das zuständige Pflanzenschutzamt die Ausstellung der Pflanzenpässe durch die registrierten Betriebe genehmigen. Voraussetzung dafür ist die Untersuchung der Pflanzen bzw. Waren durch den Pflanzenschutzdienst, um festzustellen, ob sie den Anforderungen der Pflanzenbeschau-Verordnung entsprechen. Über jede Sendung und den dazugehörigen Pflanzenpaß muß Buch geführt werden. Diese Aufzeichnungen müssen drei Jahre aufbewahrt werden und dem Pflanzenschutzdienst zur Einsichtnahme vorgelegt werden. Die Pflanzenpässe bzw. Warenbegleitpapiere von zugekaufter Ware müssen ein Jahr aufbewahrt werden.

Über die Anforderungen hinaus, die grundsätzlich an paßpflichtige Pflanzen und Waren gestellt werden, müssen Pflanzen, die in bestimmte Schutzgebiete innerhalb der Europäischen Union geliefert werden, weitere Bedingungen erfüllen. Schutzgebiete sind von den Mitgliedsstaaten festgelegte Gebiete, die als frei von bestimmten Quarantäneschadorganismen gelten. Um die Einschleppung zu verhindern, ist entweder die Lieferung bestimmter Pflanzenarten in die entsprechenden Schutzgebiete verboten (s.o. bei Feuerbrandwirtspflanzen), oder es müssen zusätzliche Untersuchungen durchgeführt werden. Nähere Auskünfte zu Lieferungsbedingungen für Schutzgebiete erteilt das zuständige Pflanzenschutzamt.

3.2.2   Der Handel mit Anbaumaterial von Gemüse-, Obst- und Zierpflanzenarten

Neben den phytosanitären Anforderungen, die die Pflanzenbeschau-Richtlinie an zeugnis- bzw. paßpflichtige Pflanzen und Waren stellt, hat die Kommission der Europäischen Union weitere Richtlinien mit gemeinschaftsweit gültigen Anforderungen an die Gesundheit und Qualität von Pflanzen erlassen. Mit der "Verordnung über das Inverkehrbringen von Anbau- material von Gemüse-, Obst- und Zierpflanzenarten" wurden diese Richtlinien in deutsches Recht umgesetzt.

Danach sind alle Betriebe, die Pflanzen der in den Tabellen 6 bis 8 genannten Arten bzw. Gattungen für die erwerbsmäßige Weiterkultur produzieren oder damit handeln, verpflichtet, sich bei der zuständigen Behörde - in der Regel der Pflanzenschutzdienst - registrieren zu lassen. Neben der Sortenechtheit und -reinheit stellen Anforderungen an die Pflanzenge- sundheit den Schwerpunkt der Verordnung dar. Diese sollen durch regelmäßige innerbe- triebliche Kontrollen sowie eine mindestens jährliche Überprüfung durch den Pflanzen- schutzdienst erfüllt werden. Neben der Dokumentation der Kontrollen und der gegebenenfalls durchgeführten Bekämpfungsmaßnahmen sind auch Aufzeichnungen über die Produktion sowie den Zu- und Verkauf zu führen.

Über die Anforderungen an das Standardmaterial hinaus gibt es für Kern- und Steinobst die Möglichkeit der Anerkennung von Anbaumaterial. Die Pflanzen können als Vorstufenmate- rial, Basismaterial oder zertifiziertes Material anerkannt werden. Voraussetzung für die Aner- kennung ist neben der Überprüfung der Bestände die lückenlose Dokumentation der Herkunft des Anbaumaterials. Die Anforderungen an anerkanntes Material beziehen sich einerseits auf die Sortenzulassung und andererseits auf Untersuchungen auf Befall mit bestimmten Vi- ren und Phytoplasmen, die als Voraussetzung für die Anerkennung erforderlich sind. Aner- kanntes Anbaumaterial kann dann entweder als virusfrei (vf) oder als virusgetestet (vt) in Verkehr gebracht werden.

Sowohl Standardmaterial als auch anerkanntes Material benötigen beim Verkauf ein Etikett oder ein Warenbegleitpapier (Lieferschein, Rechnung), das folgende Angaben enthält:

1.   die Bezeichnung "EWG-Qualität"
2.   die Angabe "D"
3.   die Registrierungsnummer des Betriebes
4.   die Serien-, Partie- oder Wochennummer
5.   das Ausstellungsdatum
6.   die botanische Bezeichnung der Pflanzenart (bei Gemüse die landesübliche Bezeich- nung)
7.   die Sorten- oder Typenbezeichnung
8.   bei Obstpflanzen die Kategoriebezeichnung und die Angabe des Virusstatus
9.   die Stückzahl oder das Gewicht
10. bei Anbaumaterial aus Drittländern den Namen des Ursprungslandes oder des Versandlandes.

Anträge zur Registrierung sowie nähere Informationen zu den Anforderungen an das An- baumaterial sind beim zuständigen Pflanzenschutzdienst erhältlich.

Tab. 6: Gemüsearten, die der Verordnung unterliegen

Artischocke	Kerbel	Riesenkürbis
Aubergine	Knoblauch	Salat
Blattzichorie	Kohlrabi	Schalotte
Blumenkohl	Mangold	Schwarzwurzel
Brokkoli	Melone	Sellerie
Busch-, Stangenbohne	Möhre	Spargel
Cardy, Kardonenartischocke	Rosenkohl	Spinat
Chinakohl	Rote Rübe	Tomate
Dicke Bohne	Paprika	Wassermelone
Erbse, außer Futtererbse	Petersilie	Weißkohl
Feldsalat	Porree	Winterendivie
Fenchel	Prunkbohne	Winterheckenzwiebel
Grünkohl	Radies	Wirsing
Gurke	Rettich	Zucchini
Herbstrübe, Mairübe	Rhabarber	Zwiebel

Tab. 7: Obstarten, die der Verordnung unterliegen

Citrus limon	Juglans regia	Pyrus communis
Citrus sinensis	Malus	Prunus salicina
Citrus aurantiifolia	Prunus amygdalus	Pistacia vera
Citrus paradisi	Prunus armeniaca	Olea europaea
Citrus reticulata	Prunus avium	Ribes
Corylus avellana	Prunus cerasus	Rubus
Cydonia	Prunus domestica	
Fragaria x ananassa	Prunus persica	

Tab. 8: Zierpflanzen- und Ziergehölzarten, die der Verordnung unterliegen

Begonia x hiemalis	Gladiolus	Pinus nigra
Citrus	Lilium	Prunus
Dendranthema x grandiflorum	Malus	Pyrus
Dianthus caryophyllus L. und Hybriden	Narcissus	Rosa
Euphorbia pulcherrima	Pelargonium	
Gerbera	Phoenix	

4   Vorsichtsmaßnahmen zur Anwendung von Pflanzenschutzmitteln

4.1   Geltende Gesetzgebung zum Umgang mit Gefahrstoffen

Pflanzenschutzmittel, aber auch andere Arbeitsstoffe können für den Menschen gefährlich werden. Dabei ist nicht nur die akute Giftigkeit (Toxizität) bedeutsam, sondern es können auch andere Eigenschaften besondere Vorsichtsmaßnahmen notwendig machen. Daher sind die Einstufung, die Kennzeichnung, die Verpackung und der Umgang mit "Gefahrstoffen" in der Verordnung zum Schutz vor gefährlichen Stoffen (Gefahrstoffverordnung - GefStoffV) und das Inverkehrbringen (Verbote, Beschränkungen, Sachkenntnisprüfung, Gifthandelserlaubnis, Abgabe- und Aufzeichnungsvorschriften) in der Chemikalien-Verbotsverordnung (Chemikalien-VerbotsV) geregelt. Nähere Angaben zu den genannten Verordnungen finden Sie unter "Gesetze und Verordnungen".

Gefahrstoffe im Sinne dieser Verordnungen sind alle Stoffe, die bestimmte gefährliche Eigenschaften aufweisen. Unter den Pflanzenschutzmitteln sind dies insbesondere Stoffe, die als "sehr giftig", "giftig", "gesundheitsschädlich", "ätzend" oder "reizend" eingestuft sind.

Manche Pflanzenschutzmittel sind für Menschen und Haustiere äußerlich durch ätzende Einwirkung auf die Haut oder innerlich nach Eindringen durch die Haut, Einatmen oder Aufnahme durch den Mund giftig. Daher ist bei solchen Pflanzenschutzmitteln größte Vorsicht, genaueste Befolgung der Anwendungsvorschriften und die richtige Dosierung zur Vermeidung von Unfällen und zur gleichzeitigen Sicherung des bestmöglichen Erfolges geboten. Unsachgemäße oder fahrlässige Handhabung mancher Pflanzenschutzmittel kann zu akuten oder chronischen Gesundheitsschädigungen oder sogar zu Todesfällen führen. Daher sind die gesetzlichen Bestimmungen über den Handel und Umgang mit diesen Gefahrstoffen streng zu beachten.

Pflanzenschutzmittel dürfen nur nach amtlicher Zulassung durch die **Biologische Bundesanstalt für Land- und Forstwirtschaft** Braunschweig und nur in abgabefertigen, verschlossenen Originalpackungen der Herstellerfirmen von dazu ermächtigten Stellen in den Verkehr gebracht oder eingeführt werden. Auf den Packungen müssen nach dem Pflanzenschutzgesetz in der Beschriftung folgende Identifikationsangaben enthalten sein:

- Name des Pflanzenschutzmittels
- Zulassungsnummer
- Name und Anschrift des Zulassungsinhabers und - wenn abweichend - desjenigen, der das Pflanzenschutzmittel zur Abgabe an den Anwender verpackt und gekennzeichnet hat.
- Wirkstoffe nach Art und Menge

In den einschlägigen Gesetzen (u.a. Chemikaliengesetz) und Verordnungen sind bei einzelnen Wirkstoffen und Wirkstoffgruppen weitere spezielle Angaben gefordert. Ferner sind genaue Gebrauchsanleitungen beizufügen. Diese Angaben, zusammen mit der Kennzeichnung der Wirkstoffe, ermöglichen einem bei **Unglücksfällen** hinzugezogenen Arzt die richtige Behandlung. Giftige Pflanzenschutzmittel müssen außerdem, falls sie nicht von Natur aus eine ausgesprochen dunkle Eigenfarbe besitzen, deutlich gefärbt sein und, falls dies zur Vermeidung von Vergiftungen erforderlich ist, einen vom Genuß abschreckenden Geschmack aufweisen.

4.1.1   Gefahrensymbole und -bezeichnungen

(Schwarzer Aufdruck auf orangegelbem Grund)

sehr giftig

giftig

ätzend

gesundheitsschädlich

reizend

leichtentzündlich

explosionsgefährlich

brandfördernd

hochentzündlich

umweltgefährlich

Die geltenden gesetzlichen Bestimmungen enthalten in Form von Anlagen **Hinweise auf besondere Gefahren** sowie **Sicherheitsratschläge** verschiedener Art, die auf den abgabefertigen Packungen der Pflanzenschutzmittel aufgedruckt werden müssen. Sie sind streng zu beachten!
Vorsichtsmaßnahmen beim Umgang mit Pflanzenschutzmitteln und Hinweise und Auflagen zum Umweltverhalten enthält jede Gebrauchsanleitung.

4.2   Hinweise zur Vermeidung von Gesundheits- und Umweltschäden

Beim unvorsichtigen Umgang mit giftigen Pflanzenschutzmitteln können diese zu einer ernsten **Gefahr für Mensch, Tier und den Naturhaushalt** werden. Schon eine kurze Unachtsamkeit bei der Handhabung oder Aufbewahrung kann ungeahnte, schwere Folgen nach sich ziehen. Im folgenden sollen einige besonders wichtige Hinweise zur Vermeidung von Gesundheits- und Umweltschäden gegeben werden.

Umgang mit Pflanzenschutzmitteln

I. Arbeiten mit Pflanzenschutzmitteln dürfen im Erwerbsanbau nur von Personen vorgenommen werden, die die erforderliche Zuverlässigkeit und fachlichen Kenntnisse und Fertigkeiten besitzen (Sachkunde). Der Nachweis kann von der zuständigen Behörde verlangt werden. Jugendliche zwischen 16 und 18 Jahren dürfen solche Arbeiten nur unter sachkundiger Anleitung und Überwachung ausführen. Schwangere Frauen und stillende Mütter dürfen grundsätzlich nicht mit Gefahrstoffen umgehen.

II. Die Handhabung und Anwendung sollte unbedingt nach den Hinweisen in der Gebrauchsanleitung vorgenommen werden. Insbesondere sind die Auflagen zum Anwender- und Umweltschutz zu beachten.

III. Nur jeweils benötigte Menge des Pflanzenschutzmittels ansetzen. Dazu geeignete Dosiergeräte (z.B. Feinwaagen, Meßzylinder, Pipetten) verwenden. Diese Arbeit nicht in der Nähe von Lebens- oder Futtermitteln durchführen. Nie Geräte oder Gefäße dazu verwenden, die sonst als Eßgeräte oder zur Tierfütterung dienen. Reste von Pflanzenschutzmitteln nicht vergießen. Benutzte Geräte und Gefäße gründlich reinigen. Angesetzte Spritzflüssigkeiten, Stäubemittel oder Köder nie unbeaufsichtigt und zugänglich stehen lassen.

IV. Nur mit geeigneter Schutzkleidung (z.B. Schutzanzug, Gummihandschuhe, Atemschutz) gemäß Gebrauchsanleitung arbeiten. Gesicht und Hände nicht in Berührung mit Pflanzenschutzmitteln bringen. Gegebenenfalls (in geschlossenen Räumen oder bei heißem Wetter in dichten Kulturen) Atemschutz benutzen, sofern dies nicht ohnehin vorgeschrieben ist. Spritz-, Sprüh-, Nebel- und Staubwolken nie einatmen, nicht verwehen und abtreiben lassen. Verstopfte Düsen nicht mit dem Mund ausblasen.

V. Während des Arbeitens mit Pflanzenschutzmitteln nicht essen, trinken oder rauchen. Vor jeder Mahlzeit und nach der Arbeit gründlich reinigen.

VI. Grundsätzlich soll bei Vergiftungsverdacht sofort ein Arzt hinzugezogen werden, in schweren Fällen gleichzeitig vorsorglich Überführungsmöglichkeit in ein Krankenhaus vorbereiten. Immer die Art des verwendeten Pflanzenschutzmittels und dessen Wirkstoffe (Packung) dem behandelnden Arzt angeben.

VII. Bei Anwendung von Pflanzenschutzmitteln die mögliche Kontamination von Zwischen-, Unter- und Nachkulturen (Gemüse, Beerenfrüchte, vor allem Erdbeeren) beachten. Bei einer Kontamination anderer Kulturen - soweit vorhanden - die vorgeschriebenen Wartezeiten bis zur Verwendung kontaminierten Erntegutes für die menschliche Ernährung oder Viehfütterung einhalten oder Rückstandsanalysen vornehmen lassen oder auf die Verwertung des betroffenen Erntegutes verzichten.

VIII. Maschinen und Geräte zur Ausbringung von Pflanzenschutzmitteln müssen den gesetzlichen Anforderungen entsprechen, um Gefahren zu vermeiden. Bei Spritzgeräten sind regelmäßige Überprüfungen vorgeschrieben.

Lagerung von Pflanzenschutzmitteln

I. Pflanzenschutzmittel sind so zu lagern, daß sie die menschliche Gesundheit und die Umwelt nicht gefährden.

II.   Um das Gefahrenpotential gering zu halten, nur solche Pflanzenschutzmittelmengen einkaufen, die in absehbarer Zeit aufgebraucht werden.

III.   Lagerung nur unter Verschluß und zwar entweder in einem fest verschließbaren, gekennzeichneten, frostfreien, beleuchtbaren und belüftbaren Raum mit widerstandsfähigen und glatten Innenwänden oder, bei kleineren Mengen, in einem fest verschließbaren Schrank oder stabilen Behälter (Kiste) mit entsprechender Beschriftung, räumlich getrennt von Lebens- oder Futtermitteln. Hinweise der zuständigen Behörden und der Berufsgenossenschaften in Hinblick auf den Arbeitsschutz beachten.

IV.   Aufbewahrung nur in gut verschlossenen, dichten und die Beschriftung der Herstellerfirma aufweisenden Orignalpackungen. Grundsätzlich keine Pflanzenschutzmittel in andere Behälter umfüllen.

V.   Die Lagerung wassergefährdender Stoffe (u.a. entsprechend eingestufte Pflanzenschutzmittel und deren nicht gespülte Behälter) muß den rechtlichen Bestimmungen zum Schutz von Grundwasser und von Oberflächengewässern entsprechen. Dazu sind - in Absprache mit den zuständigen Behörden - geeignete Auffangeinrichtungen (z.B. Auffangwannen für ausgetretene Pflanzenschutzmittel oder Löschwasser) zu schaffen und regelmäßig zu kontrollieren.

Beseitigung von Pflanzenschutzmittel-Restmengen

I.   Die Entsorgung unbrauchbar gewordener Pflanzenschutzmittel-Restmengen sowie leerer, jedoch nicht gespülter Pflanzenschutzmittelbehälter darf nur durch zugelassene Entsorgungsunternehmen erfolgen. Auskünfte erteilen in der Regel die örtlich zuständigen Ämter der Kommunen und Kreisverwaltungen.

II.   Leere, gespülte Pflanzenschutzmittelbehälter können zwar nach derzeitiger Rechtssituation dem Restmüll zugeführt werden. Die Vertreiber von Pflanzenschutzmitteln bieten jedoch inzwischen flächendeckend über den Handel die freiwillige Rücknahme solcher Behälter an. Auskünfte erteilen die örtlichen Vertriebspartner.

III.   Die Innen- und Außenreinigung von Pflanzenschutzgeräten sollte nach Möglichkeit unmittelbar nach der Behandlung so vorgenommen werden, daß geringfügig kontaminierte Waschwasser auf dem behandelten Feld ausgebracht werden können. Finden Reinigungsvorgänge an anderer Stelle statt, sollte durch Auffangeinrichtungen (z.B. Waschplätze mit Auffangbehälter) eine Gefährdung des Grundwassers durch Versikkerung sowie von Oberflächengewässern durch Abfluß unbedingt vermieden werden.

4.3   Informations- und Behandlungszentren für Vergiftungsfälle

Verzeichnis von Informations- und Behandlungszentren für Vergiftungsfälle in der Bundesrepublik Deutschland

Zentren mit durchgehendem 24-Stunden-Dienst

Berlin
Beratungsstelle für Vergiftungserscheinungen und Embryonaltoxikologie (ITox im BBGes)
Haus 10 B, Spandauer Damm 130, **14050 Berlin**
Telefon: (0 30) 1 92 40
Telefax: (0 30) 32 68 07 21

Berlin
Giftinformationszentrum, Klinik für Nephrologie und internistische Intensivmedizin, Virchow-Klinikum
Augustenburger Platz 1, **13353 Berlin**
Telefon: (0 30) 45 05 35 55
Telefax: (0 30) 45 05 39 15

Bonn
Informationszentrale gegen Vergiftungen, Zentrum für Kinderheilkunde der Rheinischen Friedrich-Wilhem-Universität Bonn
Adenauerallee 119, **53113 Bonn**
Telefon: (02 28) 2 87 32 11
Telefax: (02 28) 2 87 33 14
Internet: http://www.meb.uni-bonn.de/giftzentrale/
(für das Land Nordrhein-Westfalen)

Erfurt
Gemeinsames Giftinformationszentrum der Länder Mecklenburg-Vorpommern, Sachsen, Sachsen-Anhalt und Thüringen c/o Klinikum Erfurt
Nordhäuser Str. 74, **99089 Erfurt**
Telefon: (03 61) 7 30 73-11/-0
Telefax: (03 61) 7 30 73-17

Freiburg
Universitäts-Kinderklinik Freiburg, Informationszentrale für Vergiftungen
Mathildenstraße 1, **79106 Freiburg**
Telefon: Notrufnr.: (07 61) 2 70 43 61 oder 1 92 40, Zentrale: (07 61) 2 70-43 00/-43 01
Telefax: (07 61) 2 70-44 57

Göttingen
Giftinformationszentrum-Nord (GIZ-Nord), Zentrum Pharmakologie und Toxikologie der Universität Göttingen
Robert-Koch-Straße 40, **37075 Göttingen**
Telefon: (05 51) 1 92 40
Telefax: (05 51) 3 83 18 81
E-Mail: giznord@uni-goettingen.de
Internet: http://www.giz-nord.de
(für die Länder Bremen, Hamburg, Niedersachsen und Schleswig-Holstein)

Greifswald
Institut für Pharmakologie der Ernst-Moritz-Arndt-Universität Greifswald
Friedrich-Loeffler-Str. 23 d, **17487 Greifswald**
Telefon: (0 38 34) 86 56 28 (nur 7-15.30 h)
Telefax: (0 38 34) 86 56 31

Homburg/Saar
Informations- und Beratungszentrum für Vergiftungsfälle, Universitätsklinikum, Klinik für Kinder- und Jugendmedizin
Gebäude 9, **66421 Homburg/Saar**
Telefon: (0 68 41) 1 92 40
Telefax: (0 68 41) 16 83 14

Leipzig
Toxikologischer Auskunftsdienst, Institut für Klinische Pharmakologie der Universität Leipzig
Härtelstr. 16-18, **04107 Leipzig**
Telefon: (03 41) 9 72 46 66
Telefax: (03 41) 9 72 46 59

Mainz
Beratungsstelle bei Vergiftungen, Klinische Toxikologie, Universitätsklinikum
Langenbeckstraße 1, **55131 Mainz**
Telefon: (0 61 31) 1 92 40 oder 23 24 66
Telefax: (0 61 31) 23 24 68

München
Giftnotruf München (Toxikologische Abteilung der II. Medizinischen Klinik rechts der Isar der Technischen Universität München)
Ismaninger Straße 22, **81675 München**
Telefon: (0 89) 1 92 40
Telefax: (0 89) 41 40 24 67

Nürnberg
II. Medizinische Klinik, Klinikum Nürnberg-Nord
Flurstraße 17, **90430 Nürnberg**
Telefon: (09 11) 3 98 24 51
Telefax:　(09 11) 3 98 21 17

Rostock
Landeszentrum für Diagnostik und Therapie von Vergiftungen, Universität Rostock, Medizinische Fakultät, Kinder- und Jugendklinik Rostock
Rembrandtstr. 16/17, **18055 Rostock**
Telefon: (03 81) 4 94 71 22 oder 4 94 71 58 (Mo-Fr 8-14.30 h)
Telefax: (03 81) 4 90 22 87

Angaben ohne Gewähr!

5   Pflanzenschutzmittelübersicht

Inhaltsverzeichnis

Erläuterungen

Nach § 11 des Pflanzenschutzgesetzes vom 14. Mai 1998 dürfen Pflanzenschutzmittel in der Bundesrepublik nur in den Verkehr gebracht oder eingeführt werden, wenn sie von der Biologischen Bundesanstalt für Land- und Forstwirtschaft, Braunschweig, zugelassen sind.
Die folgende Pflanzenschutzmittelübersicht wurde aus den Daten der Biologischen Bundesanstalt, die per Datendiskette über den Saphir Verlag, Gutsstraße 15, 38551 Ribbesbüttel zur Verfügung gestellt wurden, entwickelt.
Es wird darauf hingewiesen, daß

- die Biologische Bundesanstalt Eigentümerin der Daten ist,
- sie für die Vollständigkeit und Richtigkeit der Daten keine Gewähr übernimmt und
- der Stand der Daten sich auf den 11.09.1998 bezieht.

Die Auswertung der Daten erfolgte auf der Basis eines eigenen Auswertungsprogrammes und einer Weiterbearbeitung mit Standard-EDV-Programmen. Der Autor kann keine Gewähr für die Vollständigkeit und Richtigkeit der Daten übernehmen. Aus Platzgründen beschränkt sich die Darstellung in den Tabellen auf die wichtigsten Daten. So wurde bewußt auf die differenzierte Darstellung der zu verschiedenen Zeitpunkten und Entwicklungsstadien der Kulturpflanzen vorgesehenen Aufwandmengen und Aufwandbedingungen verzichtet und nur die standardmäßige Aufwandmenge zum ersten Anwendungszeitpunkt wiedergegeben. Aus der Kennzeichnung mit einem Stern **vor** der Aufwandmengenangabe ist zu entnehmen, daß weitere Angaben zu beachten sind. Maßgeblich für die Anwendung von Pflanzenschutzmitteln ist in jedem Fall die jeweilige Gebrauchsanleitung.
Pflanzenschutzmittel, die zur Zeit des oben angegebenen Datums nicht oder nur vorübergehend nicht zugelassen sind, können in den Tabellen nicht berücksichtigt werden, weil sie nicht im Datenbestand der oben genannten Datendiskette enthalten sind.
Pflanzenschutzmittel, die zur Zeit des oben angegebenen Datums zugelassen sind, deren Daten über die Anwendungsgebiete jedoch dem amtlichen Pflanzenschutzdienst zum entsprechenden Zeitpunkt - aus welchen Gründen auch immer - per Datendiskette nicht zur Verfügung gestellt werden, erscheinen in den nachfolgenden Tabellen ebenfalls nicht.
In letzter Zeit wird beim Zeitablauf einer Zulassung von Pflanzenschutzmitteln wegen fehlender Unterlagen für eine Neubewertung oder aus anderen Gründen die Verlängerung oft erst zu einem späteren Zeitpunkt wieder erteilt. Bis zur erneuten Zulassung muß der Vertrieb des Pflanzenschutzmittels oft nur vorübergehend eingestellt werden. In Kapitel "Register - Liste der Pflanzenschutzmittel mit Zulassungsunterbrechung" finden Sie eine entsprechende Übersicht. Diese Präparate dürfen, sofern im Betrieb noch vorhanden, nach dem neuen Pflanzenschutzgesetz noch bis zum Ablauf des zweiten auf das Ende der Zulassung folgenden Jahres eingesetzt werden. Der Vertrieb hingegen ist verboten.

Einsatzgebiete

In den nachfolgenden Tabellen sind **alle Anwendungsgebiete** mit Ausnahme der Einsatzbereiche **Zierpflanzenbau** (Z) und **Baumschulen** (B) berücksichtigt. Angaben zu diesen Einsatzgebieten finden Sie in:

Kock, Th. und andere: Gärtners Pflanzenarzt - Blumen, Zierpflanzen, Landschaft, 13. Folge, Landwirtschaftsverlag GmbH, Münster-Hiltrup 1999.

Spezialmittel gegen Hausungeziefer:

Im Anschluß an die Tabellen im Querformat wurde in den vergangenen Jahren der Auszug einer Liste des damaligen Bundesgesundheitsamtes der geprüften und anerkannten Entwesungsmittel und -verfahren zur Bekämpfung tierischer Schädlinge, 15. Ausgabe vom November 1989 ausgedruckt. Diese Liste ist völlig neu überarbeitet und erweitert worden. Sie beschränkt sich jetzt allerdings auf Mittel und Verfahren, die ausschließlich oder überwiegend zum Einsatz durch Fachkräfte, z.B. "Geprüfter Schädlingsbekämpfer / Geprüfte Schädlingsbekämpferin" nach der Verordnung vom 18.02. 1997 (BGBl.I, S. 275) bestimmt sind. Die Veröffentlichung erfolgte im Bundesgesundheitsblatt als 16. Ausgabe im Januar 1998. Aus diesen Gründen wird im Taschenbuch auf eine Darstellung verzichtet. Interessierte können die Liste über das Bundesinstitut für Verbraucherschutz und Veterinärmedizin (BGVV) in 14191 Berlin, Postfach 33 00 13 beziehen.

Diese Ausgabe beschränkt sich daher nur auf einige Hinweise zur Bekämpfung von Textil- und Pelzschädlingen.

Sonstige Informationsquellen:

Verwiesen wird an dieser Stelle auch auf das von der Biologischen Bundesanstalt herausgegebene amtliche Pflanzenschutzmittel-Verzeichnis 1998 - Teilverzeichnisse:

Teil 1   Ackerbau - Wiesen und Weiden - Hopfenbau - Sonderkulturen - Nichtkulturland
Teil 2   Gemüsebau - Obstbau - Zierpflanzenbau
Teil 3   Weinbau
Teil 4   Forst
Teil 5   Vorratsschutz
Teil 6   Anerkannte Pflanzenschutz- und Vorratsschutzgeräte
Teil 7   Haus- und Kleingarten

Bezug durch Saphir Verlag, Gutsstraße 15, 38551 Ribbesbüttel.

Auflagen:

Pflanzenschutzmittel bekommen von der Biologischen Bundesanstalt im Rahmen der Zulassung besondere Auflagen, die in der Gebrauchsanleitung angegeben werden müssen. Die Zahl dieser Auflagen wird immer umfangreicher. Daher können auch wichtige Angaben aus Gründen der Übersichtlichkeit nicht vollständig übernommen werden. In dieser Ausgabe wurden bei den einzelnen Pflanzenschutzmitteln nur noch die Gefahrenbezeichnungen, die Wasserschutzgebietsauflage (NG237) und die Angaben zur Bienengefährlichkeit aufgenommen. Nach unserer Meinung sind diese Kennzeichnungen für die Mittelwahl besonders wichtig. Alle anderen Auflagen, die zu beachten sind, müssen der Gebrauchsanleitung entnommen werden. Sie enthält alle Vorschriften, die das Pflanzenschutzmittel betreffen und muß daher vor der Anwendung sorgfältig gelesen werden. Der Anwender ist verantwortlich für die Beachtung dieser Auflagen.

Gefahrenbezeichnungen:

T+	=	Sehr giftig	Xi	=	Reizend
T	=	Giftig	F+	=	Hochentzündlich
Xn	=	Gesundheitsschädlich	F	=	Leichtentzündlich
C	=	Ätzend	N	=	Umweltgefährlich

Wasserschutzkennzeichnungen:

W　Keine Anwendung in Zuflußbereichen (Einzugsgebieten) von Grund- und Quellwasser-
gewinnungsanlagen, Heilquellen und Trinkwassertalsperren sowie sonstigen grundwas-
serempfindlichen Bereichen. Dies gilt auch für Tauchbehandlungen (NG237, NG2371).

Bienenschutzkennzeichnungen:

B1　Das Mittel wird als bienengefährlich eingestuft (B1). Es darf nicht auf blühende oder von
Bienen beflogene Pflanzen ausgebracht werden; dies gilt auch für Unkräuter. - Bienenschutzverordnung vom 22. Juli 1992, BGBl. I S. 1410, beachten (NB6611).

B2　Das Mittel wird als bienengefährlich, außer bei Anwendung nach dem Ende des täglichen Bienenfluges in dem zu behandelnden Bestand bis 23.00 Uhr, eingestuft (B2). Es
darf außerhalb dieses Zeitraumes nicht auf blühende oder von Bienen beflogene Pflanzen ausgebracht werden; dies gilt auch für Unkräuter. - Bienenschutzverordnung vom
22. Juli 1992, BGBl. I S. 1410, beachten (NB6621).

B3　Aufgrund der durch die Zulassung festgelegten Anwendungen des Mittels werden
Bienen nicht gefährdet (NB663).

B4　Das Mittel wird bis zu der höchsten durch die Zulassung festgelegten Aufwandmenge
bzw. Anwendungskonzentration als nicht bienengefährlich eingestuft (NB664).

　　Das Mittel wird bis zu der höchsten durch die Zulassung festgelegten Aufwandmenge
oder Anwendungskonzentration, falls eine Aufwandmenge nicht vorgesehen ist, als
nichtbienengefährlich eingestuft (NB6641).

Wartezeiten:

Die Wartezeit ist bei der Anwendung von zugelassenen Pflanzenschutzmitteln auf Nutzpflanzen die Zeit in Tagen zwischen letzter Behandlung und Ernte.
In den folgenden Tabellen sind die von der Biologischen Bundesanstalt für Land- und Forstwirtschaft angegebenen Wartezeiten (WZ) aufgeführt. Sie gelten jeweils für die ausgewiesenen Aufwandmengen und die in der Gebrauchsanleitung angegebenen Anwendungsverfah-
ren. Jede Änderung dieser Anwendungsvorschriften kann zu einer Änderung der Rückstandssituation führen und zur Folge haben, daß die Nutzpflanzen höhere als erlaubte Rückstände enthalten.
Die Länge der Wartezeit ist kein Hinweis auf die Giftigkeit oder Bedenklichkeit des angeführ-
ten Stoffes. Die Wartezeit dient dazu, sicherzustellen, daß die zulässigen Höchstmengen
nach der Rückstands-Höchstmengenverordnung unterschritten werden. Diese Höchstmengen gestatten jedoch in der Bundesrepublik Deutschland keinen Rückschluß auf die Giftigkeit
des Stoffes. In der Regel werden diese Werte nämlich so festgesetzt, daß sie weit unter den
toxikologisch duldbaren Höchstwerten liegen und nur die bei guter landwirtschaftlicher und
gärtnerischer sowie weinbaulicher Praxis unvermeidbaren Rückstände tolerieren.

Kennzeichnungen:

F　=　Die Wartezeit ist durch die Anwendungsbedingungen und/oder Vegetationszeit ab-
　　　gedeckt, die zwischen Anwendung und Nutzung (z.B. Ernte) verbleibt bzw. die
　　　Festsetzung einer Wartezeit in Tagen ist nicht erforderlich.

N　=　Die Festsetzung einer Wartezeit ist ohne Bedeutung.

**　=　Wartezeit wurde aus technischen Gründen nicht mitgeteilt.

Aufwandmengen:

*　=　Weitere Angaben vorhanden.

5.1 Einschränkungen bei der Anwendung von Pflanzenschutzmitteln

Pflanzenschutzmittel bekommen von der Biologischen Bundesanstalt im Rahmen der Zulassung Auflagen, die in der Gebrauchsanleitung angegeben werden müssen. Einige Auflagen beschränken die Anwendung in besonderer Weise und werden daher nachfolgend aufgezeigt. Im übrigen wird die Anwendung von Pflanzenschutzmitteln durch die Verordnung über Anwendungsverbote für Pflanzenschutzmittel (Pflanzenschutz-Anwendungsverordnung) geregelt (siehe unter "Gesetze und Verordnungen").

5.1.1 Nachbau von Nahrungsmittelkulturen

Bei einigen Pflanzenschutzmitteln bestehen besondere Einschränkungen hinsichtlich des Nachbaus von Gemüse- und Obstkulturen. Soweit diese Auflagen aus Rückstandsgründen oder wegen Geschmacksbeeinträchtigungen erteilt wurden, werden sie nachfolgend aufgeführt. Aus Platzgründen wird auf die Nennung anderer Anwendungseinschränkungen verzichtet. Beachten Sie in jedem Fall die Hinweise der Gebrauchsanleitung.

Wirkstoff	Handels-präparat	bei Anwendung	Auflage
Carbofuran	Curaterr Granulat, Carbosip	bei Rettich	VN520: Gemüse (ausgen. Gemüsekohl, Möhren, Porree, Rettich, Radieschen und Zwiebeln) frühestens ein Jahr nach der Anwendung anbauen.
Carbofuran	Curaterr Granulat, Carbosip	gegen Dickmaulrüßler und Trauermücken im Zierpflanzenbau	VN411: Gemüse frühestens 1 Jahr nach der Anwendung anbauen.
Fosetyl	Aliette	im Zierpflanzenbau (höhere Aufwandmenge)	VN410: Gemüse frühestens 6 Monate nach der Anwendung anbauen.
Propamocarb	Previcur N	im Zierpflanzenbau (höhere Aufwandmenge)	VN411: Gemüse frühestens 1 Jahr nach der Anwendung anbauen.
Propyzamid	Kerb 50 W	in Endivien und Kopfsalat nach dem Pflanzen	VN221: Wurzelgemüse frühestens 12 Monate nach der Anwendung anbauen.

5.1.2 Anwendung in nicht ausgewiesenen Anwendungsgebieten

Einige Präparate sind mit Auflagen gekennzeichnet, die **jede Anwendung** in anderen als in der Gebrauchsanleitung genannten Anwendungsgebieten untersagen. Soweit die Nichteinhaltung dieser Auflagen mit Bußgeldern belegt worden ist, wurden sie in folgender Übersicht aufgeführt. Andere Auflagen, die Anwendungen in anderer Hinsicht (z.B. Abstände zu Gewässern) einschränken, sind in so großer Zahl und in unterschiedlicher Ausgestaltung erteilt worden, daß sie hier nicht ausführlich dargestellt werden können. Sie können der jeweiligen Gebrauchsanleitung entnommen werden.

Erklärungen zu den benutzten Abkürzungen bezüglich der ersten Spalte sind am Beginn dieses Kapitels und unter "Hersteller- und Vertriebsfirmen" und bezüglich der dritten Spalte am Beginn des Kapitels "Register" dargestellt.

Auflage NW200: Anwendung nur in den in der Gebrauchsanleitung genannten Anwendungsgebieten und nur zu den hier beschriebenen Anwendungsbedingungen.

Präparate	Wirkstoffe	Wirkungsbereich/Einsatzgebiet
Aktuan SC, CYD, Xn	Cymoxanil, 200 g/l	F-(H,W)
	Dithianon, 333 g/l	
Apollo, AVO	Clofentezin, 500 g/l	A-(O,W,Z)
Baythroid 50, BAY, Xn, B1	Cyfluthrin, 51,3 g/l	I-(A,G,H,O,Z)
Baythroid Schädlingsfrei, BAY, Xn, B1	Cyfluthrin, 51,3 g/l	I-(A,G,H,O,Z)
Birlane-Fluid, CYD, T, B2	Chlorfenvinphos, 240 g/l	I-(A,G)
Blattlausfrei Pirimor G, CEL, Xn	Pirimicarb, 500 g/l	I-(A,F,G,O,Z)
Bulldock, BAY, Xn, B2	beta-Cyfluthrin, 25,8 g/l	I-(A,G,O,Z)
Confidor WG 70, BAY, Xn	Imidacloprid, 665 g/kg	I-(H,O,Z)
Cumatol WG, SPI, Xn	Amitrol, 400 g/kg	H-(O,W)
	Diuron, 400 g/kg	
Cyperkill 10, FSG, Xi, B2	Cypermethrin, 100 g/l	I-(A)
Cyperkill 40, FSG, Xn, B1	Cypermethrin, 400 g/l	I-(F)
Decis flüssig, AVO, CEL, Xn, B2	Deltamethrin, 25 g/l	I-(A,F,G,O,R,W,Z)
Detia Gas-Ex-M, DET, DGS, DEG, T+, B3	Methylbromid, 997 g/kg	I-(V)
Detia Pflanzen-Ungezieferfrei-Dimecron, DET, GGG, T, B1	Phosphamidon, 195 g/l	AI-(A,O,Z)
Dimanin-Spezial, BAV, Xn, B3	Didecyldimethyl-ammoniumchlorid, 307 g/l	BFH(Z)
Dimecron 20, CGD, T, B1	Phosphamidon, 195 g/l	AI-(A,O,Z)
Dimilin 80 WG, AVO	Diflubenzuron, 800 g/kg	I-(F,G)
Dipterex MR, BAY, T, B1	Oxydemeton-methyl, 216,5 g/l	I-(A)
	Trichlorfon, 409,5 g/l	
Diuron Bayer, BAY, Xn	Diuron, 800 g/kg	H-(Z)
E 605 forte, BAY, T+, B1	Parathion, 507,5 g/l	AI-(A,G,O,R,W,Z)
E Combi, BAY, T+, B1	Oxydemeton-methyl, 213,8 g/l	AI-(A,G)
	Parathion, 178,2 g/l	
ETISSO Blattlaus-frei, FRU, Xn	Pirimicarb, 500 g/kg	I-(A,F,G,O,Z)
Euparen M WG, BAY, Xi	Tolylfluanid, 505 g/kg	F-(G,O,W)
FASTAC FORST, CYD, Xi, B3	alpha-Cypermethrin, 15 g/l	I-(F,Z)
FASTAC SC, CYD, Xi	alpha-Cypermethrin, 100 g/l	I-(A)
Folicur EM, BAY, Xi	Tebuconazol, 100 g/kg	F-(W)
	Tolylfluanid, 400 g/kg	
Gladio, NAD, Xi	Fenpropidin, 375 g/l	F-(A)
	Propiconazol, 125 g/l	
	Tebuconazol, 125 g/l	
HaTe-PELLACOL, CYD, Xn	Thiram, 121,1 g/l	PF-(F,O,Z)
Hostathion, AVO, T, B1	Triazophos, 400 g/l	AI-(G,Z)
KARATE WG FORST, ZNC, Xn	lambda-Cyhalothrin, 50 g/kg	I-(F,Z)
Karate WG, ZNC, Xn	lambda-Cyhalothrin, 50 g/kg	I-(A,R)
Kupfer 83 V, URA, SPI, DOW, B4	Kupferoxychlorid, 424 g/kg	F-(H,O,W)
	Schwefel, 153 g/kg	
Kupferkalk Spiess-Urania, SPI, URA	Kupferoxychlorid, 261,3 g/kg	F-(W)
Lebaycid, BAY, Xn, B1	Fenthion, 535,5 g/l	I-(O)
M&ENNO-TER-forte, VDZ, MEN, Xn, B3	Didecyldimethyl-ammoniumchlorid, 307 g/l	BFH(Z)

Präparate	Wirkstoffe	Wirkungsbereich/Einsatzgebiet
Magister 200 SC, DOW, SPI, URA, Xn	Fenazaquin, 200 g/l	A-(O,Z)
MASAI, CYD, Xn	Tebufenpyrad, 200 g/kg	A-(O,W,Z)
MAVRIK, SAD, SPI, URA, Xn	tau-Fluvalinat, 240 g/l	I-(A)
Methylbromid, DEA, T+, B3	Methylbromid, 1000 g/kg	AI-(V)
P-O-X, ASU, T+, B1	Parathion, 507,5 g/l	AI-(A,G,O,R,W,Z)
Pflanzol Blattlaus-Ex, DDZ, Xn	Pirimicarb, 500 g/kg	I-(A,F,G,O,Z)
Pirimor-Granulat zum Auflösen in Wasser, ZNC, BAS, CEL, SPI, URA, Xn	Pirimicarb, 500 g/kg	I-(A,F,G,O,Z)
PLENUM, NAD	Pymetrozin, 250 g/kg	I-(H)
Prelude FS, AVO, B3	Prochloraz, 200 g/l	F-(A)
PRIDE ULTRA, DOE, Xn	Fenazaquin, 200 g/l	A-(O,Z)
RA-15-NEU, HEN, Xn	Diuron, 400 g/kg	H-(Z)
Rapir Neu, BAY, Xn	Amitrol, 400 g/kg	H-(O,W)
	Diuron, 400 g/kg	H-(O,W)
Ripcord 10, CYD, SPI, Xn, B2	Cypermethrin, 100 g/l	I-(A,G)
Ripcord 40, CYD, Xn, B1	Cypermethrin, 400 g/l	I-(A,F,G)
Schädlings-Vernichter Decis, CEL, Xn, B2	Deltamethrin, 25 g/l	I-(A,F,G,O,R,W,Z)
TOPAS, NAD, Xi	Penconazol, 100 g/l	F-(W)
Vertimec Hopfen, NAD, Xn, B1	Abamectin, 18 g/l	AI-(G,H,Z)
Vertimec, NAD, Xn, B1	Abamectin, 18 g/l	AI-(G,H,Z)
Vetyl Unkraut-frei-Neu, VET, Xn	Diuron, 400 g/kg	H-(Z)

Auflage NO690: Die Anwendung in anderen als in dieser Gebrauchsanleitung genannten Anwendungsgebieten sowie bei den genannten Anwendungsgebieten unter anderen als den genannten Anwendungsbedingungen ist verboten.

Präparate	Wirkstoffe	Wirkungsbereich/Einsatzgebiet
COMPO Insektenmittel, COM, Xi, B1	Permethrin, 50 g/l	I-(G,O,Z)
Talcord 5, SAG, Xi, B1	Permethrin, 50 g/l	I-(G,O,Z)

Auflage VA231: Keine Anwendung außerhalb der im Rahmen der Zulassung vorgesehenen Anwendungsgebiete und mit mehr als der bei der Zulassung vorgesehenen Aufwandmenge pro Jahr und Fläche.

Zur Zeit keine Präparate

5.2 Bekämpfung von Unkräutern und Ungräsern

5.2.1 Allgemeine Vorbemerkung

Zur Erzielung optimaler Erträge muß die Konkurrenz unerwünschter Pflanzen (meistens Unkräuter) soweit reduziert werden, daß die Entwicklung der Kulturpflanzen wirtschaftlich nicht nachteilig beeinflußt wird. Am einfachsten, doch oft am teuersten ist dieses Ziel durch den Einsatz chemischer Mittel (Herbizide) zu erreichen. Sinkende Preise für Agrarprodukte und die Erkenntnis, daß zu häufiger Herbizideinsatz die Umwelt, insbesondere das Oberflächenwasser, unnötig belasten, zwingen zu einem Umdenken in der Unkrautbekämpfung.

Schon seit Jahren wird seitens der Fachberatung darauf hingewiesen, daß es nicht sinnvoll ist, das letzte Unkraut auf dem Acker zu vernichten. Nur wenn eine stärkere Verunkrautung festgestellt wird (Schadensschwelle), sind Gegenmaßnahmen notwendig. Schon durch eine wohlüberlegte Gestaltung der Fruchtfolge und eine sinnvolle Bodenbearbeitung vor der Bestellung kann der Unkrautbesatz erheblich vermindert werden. Außerdem ist zu überlegen, ob nicht durch den Einsatz von Striegel oder Hackgerät das angestrebte Ziel auch ohne Chemie erreicht werden kann. Oft können mechanische und chemische Maßnahmen kombiniert werden, indem man auf die Hackgeräte Bandspritzmaschinen montiert und dann nur noch die Pflanzenreihen chemisch behandelt und zwischen den Reihen hackt. Auf diesem Wege kann man 60-70 % an Mittel sparen.

Anwendung von Kalkstickstoff
Kalkstickstoff ist ein bekanntes Düngemittel mit Teilwirkung gegen aus Samen auflaufende Unkräuter. Er enthält etwa 20 % Reinstickstoff (N) und 55-60 % Kalk (als CaO) und wird in gemahlener oder granulierter Form (Perlkalkstickstoff) geliefert. Der Vorteil dieses Düngers liegt in der Möglichkeit, neben einer Stickstoffdüngung gleichzeitig eine Unkrautbekämpfung durchzuführen und manche pilzparasitären Krankheiten zurückzudrängen.
Die nachhaltige Düngewirkung des *Kalkstickstoffs* beruht auf den sich allmählich im Boden abspielenden Umsetzungsvorgängen. Dabei entsteht unter dem Einfluß der Bodenfeuchtigkeit aus dem *Kalziumcyanamid* des *Kalkstickstoffs* zunächst das *Cyanamid*, das dann im Boden über Harnstoff in Ammoniumcarbonat und Nitratstickstoff umgewandelt wird.
Der Kalk im *Kalkstickstoff* liegt sowohl in Form von freiem Branntkalk als auch gebunden an *Cyanamid* vor. Diese Kalkformen verleihen dem *Kalkstickstoff* die bekannten bodenverbes-

Das leistungsstarke, verträgliche Getreideherbizid zur Bekämpfung von
Ungräsern und Unkräutern im Frühjahr.

Rhône-Poulenc Agro Deutschland

sernden Eigenschaften. Je nach Anwendungszeitpunkt des *Kalkstickstoffs* können folgende Wirkungen besonders intensiviert werden:

Bodenreinigende Wirkung

Je nach der *Kalkstickstoff*-Anwendung (reine Oberflächendüngung oder Einarbeitung des Düngemittels in den Boden) spielen sich die bodenreinigenden Vorgänge entweder nur in der obersten Bodenschicht oder im Bereich der bearbeiteten Krume ab. Zur bodenreinigenden Wirkung gehören die Vernichtung der Unkrautkeime sowie die Abtötung mancher pilzlicher Krankheitserreger durch *Kalkstickstoff*-Gaben vor der Bestellung.

Unkrautbekämpfung

Das im *Kalkstickstoff* enthaltende *Cyanamid* wird durch Wasser freigesetzt und wirkt je nach Aufwandmenge, Bodenart, Temperatur und Feuchtigkeit auf die Pflanze ein. Man unterscheidet hierbei die "Blattwirkung" (der ausgestreute *Kalkstickstoff* haftet auf den Blättern der Pflanzen und das gelöste *Cyanamid* vernichtet die Unkrautpflanzen), und die "Wurzelwirkung" (das durch die Bodenfeuchtigkeit gelöste *Cyanamid* dringt in die oberste Schicht der Krume ein und bringt die Wurzeln flachkeimender Unkräuter wie zum Beispiel Windhalm oder Ackerfuchsschwanz zum Absterben).

Wirkung gegen Schadorganismen

Eine gezielte *Kalkstickstoff*düngung im Frühjahr kann die Zahl der Schadorganismen im Boden, vor allem Entwicklungsstadien von Schadpilzen, wesentlich verringern. Diese Tatsache vermag sich durch eine erhebliche Herabsetzung des Infektionsdrucks auszuwirken. Die Schadauswirkung durch Getreidekrankheiten wie Halmbruchkrankheit, Getreidemehltau und Spelzenbräune sowie durch *Sclerotinia*-Befall an Raps und Sonnenblumen wird dabei je nach Lage wesentlich vermindert. Höhere Kalkstickstoffgaben wirken der Maisstengelfäule, dem Wurzelbrand der Rüben und vor allem der Ausbreitung der Kohlhernie entgegen. Auf Grünland kann *Kalkstickstoff* gegen die Leberegel-Schnecke eingesetzt werden.

5.2.2 Hinweise und Wirkungsspektren

5.2.2.1 Getreidebau

**Tabellarische Zusammenstellung unter Benutzung von Publikationen des Pflanzen-
schutz-Informationsdienstes des Instituts für Pflanzenschutz, Saatgutuntersuchung
und Bienenkunde der Landwirtschaftskammer Westfalen-Lippe, Münster**

Die in den Tabellen aufgeführten Wirkungsspektren und -schwerpunkte gegen Unkräuter,
auch für die folgenden Kulturen, benutzen folgende Kürzel: XXX = gute Wirkung (über 90 %),
XX = befriedigende Wirkung (75-90 %), X = Teilwirkung (unter 75 %), (X) = Wirkungsein-
schränkung. Die Bewertung der Präparate beruht auf Erfahrungen in Westfalen-Lippe. Über
alle zugelassenen Handelspräparate kann man sich in der "Pflanzenschutzmittelübersicht -
Herbizide" informieren. Die Tabellen können aber die sorgfältige Durchsicht der Gebrauchsanleitungen nicht ersetzen.
Sowohl im Wintergetreide nach Vegetationsbeginn als auch im Sommergetreide besteht die
Möglichkeit, durch geeignete Mittelwahl die vorhandene Unkrautkonkurrenz weitestgehend
auszuschalten. Dabei sollte es nicht das Ziel sein, auch die letzte Unkrautpflanze zu vernichten. Es ist daher sinnvoll, den vorhandenen Unkrautbestand auf den einzelnen Flächen zu
ermitteln. In den letzten Jahren hat sich dabei der "Göttinger Zählrahmen" bewährt, der einen
Flächeninhalt von 1/10 m² aufweist. Eine Unkrautbekämpfung ist nur dann notwendig, wenn
folgende wirtschaftliche Schadensschwellen überschritten werden:

Windhalm	20 Pfl./m²
Ackerfuchsschwanz	30 Pfl./m²
beide Gräser zusammen	20 bis 30 Pfl./m²
Klettenlabkraut	0,1 Pfl./m²
Wicke/Windenknöterich	2 Pfl./m²
sonstige zweikeimblättrige Unkräuter	40 Pfl./m²

oder 5 % Deckungsgrad und sonstige zweikeimblättrige Unkräuter.

Die Ungräser Ackerfuchsschwanz und Windhalm werden in erster Linie mit Bodenherbiziden bekämpft, wobei man sich die mehr oder weniger breite Wirkung gegen Unkräuter zu nutze machen kann. Ausnahme sind hierbei die Präparate *Ralon Super* und *Topik*, die einerseits eine reine Blattwirkung gegen Gräser haben, wobei Windhalm schlechter bekämpft wird als Ackerfuchsschwanz. Andererseits ist eine Nebenwirkung auf Unkräuter nicht zu erwarten.

Einsatzbedingungen für Bodenherbizide:

- feinkrümeliges und gut durchfeuchtetes Saatbett
- kein hoher Ton- und Humusgehalt
- keine Staunässeböden, keine leicht verschlämmenden oder sehr durchlässige Böden
- gleichmäßige Saattiefe (2-3 cm)
- zusätzliche Blattwirkung der Präparate wirkt besonders bei kleinen Ungräsern und Unkräutern
- Bodenfeuchte und wüchsiges Wetter fördern die Aufnahme der Bodenherbizide über die Wurzel, somit sind bei optimaler Ausgestaltung Reduzierungen möglich

---

Einsatzzeitpunkt:
Bei früher Saat (in Westfalen-Lippe vor Mitte Oktober) besteht die Gefahr, daß Unkräuter und -gräser davonwachsen, weshalb hier eine Behandlung im Herbst angebracht erscheint. Bei später Saat besteht kein grundsätzlicher Vorteil mehr für Herbstanwendungen, da der Auflauf der Unkräuter vor Winter nicht mehr so stark ist bzw. die Witterungsbedingungen im Spätherbst für Herbizide ungünstig sind. Besser ist dann eine Spritzung vor Vegetationsbeginn, eventuell kombiniert mit der AHL-Düngung.

5.2.2.2   Herbstanwendung im Wintergetreide

Neue Präparate für den Herbst
Erstmalig werden voraussichtlich 1998 zwei gänzlich neue, IPU-freie Präparate zur Ungrasbekämpfung im Wintergetreide zur Verfügung stehen, u.z. *Herold* und *Lexus Class*.

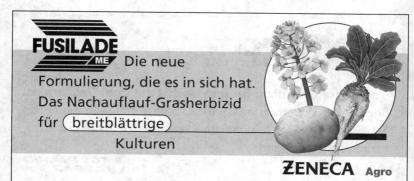

Der neue Wirkstoff *Flufenacet* (1998 bereits eingeführt als *Terano* im Mais) von Bayer steht in der Kombination mit *Diflufenican* (bekannt aus *Fenikan*) als **Herold** mit 0,6 kg/ha im Vor- und frühen Nachauflauf in allen Wintergetreidearten je nach Schwere des Bodens mit 0,5 bis 0,6 kg/ha zur Zulassung an. Die Wirkstoffkonzentration beträgt beim *Flufenacet* 400 g/kg und 200 g/kg beim *Diflufenican*.

Beide Wirkstoffe werden über Wurzel und Hypokotyl aufgenommen, folglich ist auch eine ausreichende Bodenfeuchte während und nach der Anwendung wichtig. *Flufenacet* hemmt die Zellteilung und -streckung vorwiegend von Ungräsern, *Diflufenican* sorgt für die Breitenwirkung. Folgende Punkte sind weiterhin festzuhalten. Der Einsatz muß in einem sehr frühen Entwicklungsstadium erfolgen, maximal sollten die Schadgräser das Einblattstadium erreicht haben. Der flachkeimende Windhalm wird besser bekämpft als Ackerfuchsschwanz, bei letzterem sind Vorauflaufanwendungen sicherer als frühe Nachauflaufbehandlungen. Dies gilt auch für die Einjährige Rispe. Bedingt durch den Chemismus erreicht man eine Dauerwirkung gegen nachlaufende Gräser. Optimale Witterungsbedingungen sind wüchsiges Wetter mit guten Bodenfeuchtegehalten bei geringer Luftfeuchte. Allerdings sind auch stärkere Niederschläge nach der Anwendung für die Wirkung wegen der besseren Sorption unproblematischer als beim *Isoproturon*. Es wird eine ansprechende Wirkungsbreite erreicht (siehe Tabelle). Windhalm wird bei günstigen Bedingungen mit 300-400 g/ha *Herold* erfaßt, gleiches gilt auch für die Breitblättrigen. Um gegen Fuchsschwanz ausreichende Wirkungsgrade zu erzielen, sind neben den optimalen Einsatzbedingungen, also früh, bei feuchten Böden und gutem, feinkrümeligen und abgesetzten Saatbett, auch 600 g/ha als Aufwandmenge nicht zu unterschreiten. Eine Mischung von *Herold* mit einem Blattherbizid bietet z.B. Vorteile bei schon weiter entwickelten Ungräsern. Möglich erscheint sie auch, wenn Bodentrockenheit keine aktuelle Wirkung verspricht, jedoch eine Dauerwirkung bis Vegetationsende erreicht werden soll.

Das Präparat *Lexus Class* ist ebenfalls eine anstehende Neuzulassung (DuPont), wobei der Wirkstoffgehalt auf 167 g/kg *Flupyrsulfuron* und 333 g/kg *Carfentrazon* aufgeteilt wird. Einsetzbar ist es im WW, und zwar mit 60 g/ha im Nachauflauf Herbst und Frühjahr.

Gerade beim *Lexus Class* sind die Einsatzbedingungen besonders zu berücksichtigen, um eine optimale Wirkung zu erzielen. *Carfentrazon* ist ein schnellwirkendes Kontaktmittel und wird nur übers Blatt aufgenommen, weshalb hier eher die Auflaufraten des Unkrauts im Vordergrund stehen. Es wird ein recht breites Spektrum erfaßt (siehe Tabelle), bemerkenswert ist der Abbrenneffekt vor allem gegen Klettenlabkraut. Nachteilig ist die fehlende Dauerwirkung auf Nachläufer. Die Gräserkomponente *Flupyrsulfuron*, ein Wirkstoff aus der Gruppe der *Sulfonyle*, wird über Boden und Blatt aufgenommen. *Flupyrsulfuron* ist sehr gut wasserlöslich, es wird sehr gering sorbiert und ist innerhalb von 10-25 Tagen im Boden schon zu 50% abgebaut. Hierdurch wird ein relativ enges Anwendungsfenster nötig. Der Ackerfuchsschwanz sollte aufgelaufen sein, ein zu langes Warten verbietet sich aber, da die Witterung nach der Applikation im Herbst noch 1-2 Wochen Wachstum erlauben muß, damit der Wirkstoff über das Bodenwasser gelöst in die Wurzeln gelangen kann. Eine langanhaltende Bodenwirkung ist aufgrund der vergleichsweise kurzen Halbwertszeit nicht zu erwarten. Sind die genannten Bedingungen nicht erfüllt, z.B. durch eine Saat nach Anfang/Mitte Oktober, sollte der Einsatz besser ins Frühjahr verschoben werden. Günstig ist dann eine sehr zeitige Behandlung ab Vegetationsbeginn, um möglichst kleine Ungräser zu erfassen und Wachstumsbedingungen zu haben. Spritzungen während voller Vegetation zeigen deutliche Schwächen.

Auch bei diesem Präparat bieten sich je nach Situation Mischungen an, allerdings besteht kein breiter Erfahrungsschatz. Denkbar wäre z.B. eine Mischung mit *IPU*, um auf Standorten mit Einjähriger Rispe die Lücke zu schließen. Auch die Kombination mit mehr bodenwirksamen Präparaten könnte für die Wirkungsdauer sicherer sein.

Je nach Präparat kann man die Bestände im Herbst ab EC 13/14 oder aber durchgehend von der Saat bis zum ersten Frost behandeln. Es sollte keine zu starke Trockenheit und keine zu hohen Temperaturen herrschen, weiterhin keine Nachtfrostgefahr bestehen.

Es stehen vier Termine zur Auswahl:

I.   Vorsaat mit Einarbeitung (VSE): Zur Verfügung steht hier das Mittel *Avadex BW*, vornehmlich gegen Ungräser.

II. Vorauflaufanwendungen (VA) werden nur noch unter ganz bestimmten Bedingungen empfohlen, da die Nachauflaufverfahren wesentlich kostengünstigere, gezieltere und schonendere Möglichkeiten der Unkrautbekämpfung bieten.

Vorauflauf nur dann, wenn:

- optimale Bedingungen für den Einsatz von Bodenherbiziden (z.B. Saatbett, Bodenfeuchte)
- keine Gefahr der Abschwemmung oder Einwaschung in den Keimhorizont
- zu erwartende hohe Verungrasung oder -krautung
- Befahrbarkeit im Herbst erfahrungsgemäß schlecht

III. Früher Nachauflauf im Herbst (NAK Herbst), der vom Spitzen des Getreides bis EC 12 festgelegt ist. Wichtig ist, daß möglichst viele Unkräuter und Ungräser aufgelaufen sind, das Keimblattstadium aber noch nicht überschritten haben.

Vorteile der frühen Nachauflaufbehandlung im Herbst (NAK)

- verminderte Aufwandmengen durch zusätzliche Blattwirkung der Bodenherbizide und empfindliches Unkrautstadium möglich
- meist gute Befahrbarkeit
- flexible Handhabung des Behandlungstermin bei optimalen Bedingungen (Bodenfeuchte, Temperatur, Einstrahlung, Nachtfröste)
- frühe Ausschaltung der Konkurrenz

Für die verbreitet eingesetzten *IPU*- und *Chlortoluron*-Präparate gelten folgende Auflagen:
NW 700: bei Flächen mit Hangneigung >2 % muß zwischen behandelter Fläche und Oberflächengewässer ein 10 m begrünter Randstreifen mit geschlossener Pflanzendecke vorhanden sein bzw. bei Mulch- oder Direktsaat 5 m Abstand eingehalten werden. Bei allen anderen Flächen sind 10 m Abstand zu Gewässern einzuhalten.
NW 800: keine Anwendung auf drainierten Flächen vom 1. Nov. bis 15. März.
NW 200: nicht außerhalb der in der Gebrauchsanleitung genannten Anwendungsgebieten und den dort beschriebenen Anwendungsbedingungen.

Mittelwahl und Aufwandmenge richten sich im NAK-Verfahren nach der Leitverunkrautung, der Stärke der Verunkrautung und dem Entwicklungsstadium der Ungräser und Unkräuter. Zu beachten bleibt allerdings, daß sehr weit entwickelte Unkräuter, schwere bzw. sehr humose Böden und sehr starkes Unkrautwachstum den reduzierten Aufwandmengen Grenzen setzen. Weiterhin sind für gute Wirkungsgrade der eingesetzten Bodenherbizide (hier vor allen *IPU/Dicuran*) günstige Witterungs- und Bodenbedingungen notwendig. Ungünstig sind aufgrund der Wirkungsweise des *IPU/Dicuran* eine schlechte Bodenstruktur, Trockenheit bzw. sehr hohe Bodenfeuchten verbunden mit hoher Luftfeuchtigkeit. Beim *Dicuran*einsatz ist die Sortenverträglichkeit beim Winterweizen zu beachten.

Duplosan®

Der entscheidende Baustein im Herbizidmanagement

BASF

Herbizidempfehlungen je nach Standort und Witterung

Fall A: Breite Mischverunkrautung und Windhalm. Leichte bis anlehmige Böden. Boden feucht, Wachstum nach Anwendung, früh in den Auflauf der Unkräuter und Ungräser:

1. 400 g/ha Herold

Fall B: Breite Mischverunkrautung und Windhalm. Leichte bis anlehmige Böden. Boden feucht, Wachstum nach Anwendung, in den Auflauf der Unkräuter bis max. 2Blattstadium der Ungräser:

1. 1,0 l/ha IPU/CTU + 1,0 l/ha Fenikan/Econal
2. 3,0 l/ha Trump bzw. 3,0 l/ha Pendiron
3. 0,7 l/ha Bacara + 0,5 l/ha IPU
4. 400 g/ha Herold + 1,0 l/ha IPU

Fall C: Breite Mischverunkrautung und geringer Besatz Ackerfuchsschwanz. Bedingungen w.o. Fall A.

1. 2,0 l/ha IPU/CTU + 1,0 l/ha Fenikan/Econal
2. 4,0 l/ha Trump bzw. 4,0 l/ha Pendiron
3. 600 g/ha Herold (früher als 1. und 2.)

Fall D: Empfehlungen für Weizen, Roggen und Triticale. Breite Mischverunkrautung und starker Besatz an Ackerfuchsschwanz, teilweise mit Windhalm und Jähriger Rispe. Schwere Böden, schlechte Struktur. Anwendung ab 2Blattstadium der Ungräser, Wachstum nach der Behandlung.

1. 0,8-1,0 l/ha Ralon Super + 1,0 l/ha Öl + 1,0 l/ha Fenikan/Econal
2. 0,4 l/ha Topik + 1,0 l/ha Öl + 1,0 l/ha Fenikan/Econal
3. 0,8-1,0 l/ha Ralon Super + 1,0 l/ha Öl + 2,0 l/ha Stomp SC
4. 0,8-1,0 l/ha Ralon Super + 1,0 l/ha Öl + 400 g/ha Herold

Nur für W-Weizen. Mischverunkrautung und starker Ackerfuchsschwanz, feuchte Böden, 2-3 Blätter des Ackerfuchsschwanz und noch 1-2 Wochen Wachstum.

1. 60 g/ha Lexus Class

Fall E: Empfehlung für W-Gerste. Breite Mischverunkrautung und starker Besatz an Ackerfuchsschwanz, teilweise mit Windhalm und Jähriger Rispe. Feuchte Böden, Anwendung in den Auflauf der Ungräser, Wachstum nach der Behandlung.

1. 600 g/ha Herold + 1,0 l/ha IPU/CTU
2. 2,0 l/ha IPU/CTU + 1,0 l/ha Fenikan/Econal
3. 5,0 l/ha Trump bzw. 5,0 l/ha Pendiron

Hoher Ackerfuchsschwanzdruck (mehr als 70 Pflanzen/m^2) bedingt hohe Aufwandmengen, jedoch kann bei sehr hohen *IPU*- bzw. *Dicuran*mengen die Verträglichkeit leiden, weshalb *Ralon Super* bzw. *Topik* außer in W-Gerste als Alternativen in Frage kommen. Wegen der reinen Blattwirkung sollten die Ungräser möglichst im EC 12-13 sein, weiterhin sind die schwächere Windhalmwirkung bei der Aufwandmenge und die fehlende Rispenwirkung zu beachten. Kombinationen mit *IPU*, *Dicuran* oder *Stomp SC* können hier Abhilfe schaffen, auch wird eine gewisse Dauerwirkung erreicht. Allerdings bleiben synergistische Effekte gegen die Ungräser weitgehend aus. Lücken der Kombinationen gegen Unkräuter können im Frühjahr mit *Sulfonylharnstoffen* preiswert ausgeglichen werden, gegen Klette können dann *Hoestar* bzw. *Starane* eingesetzt werden.

Bei fast allen Herbstmaßnahmen ist gegen Klettenlabkraut, das meist auch noch im Frühjahr aufläuft, eine eventuelle Nachbehandlung im NAF mit *Starane 180*, *Hoestar* und/oder Wuchsstoffen einzuplanen. Bei Lücken der gewählten Präparate gegen Unkräuter kann preiswert mit *Sulfonylharnstoffen* nachgelegt werden.

IV.   Nachauflauf im Herbst (NAH), der ab EC 13 des Getreides beginnt und beim Auftreten der ersten Nachtfröste endet. Weiter entwickelte Unkräuter machen den Einsatz o.g. Präparate mit deutlich höheren Mengen notwendig, möglich ist auch die Behandlung mit *Bifenal „neu"* oder *Azur*. Bei diesen Mitteln darf jedoch keine Nachtfrostgefahr bestehen und eine Antrocknungszeit von 5-6 Stunden muß gewährleistet sein.

5.2.2.3   Frühjahrsanwendung im Wintergetreide

Ist spät gedrillt worden und somit relativ wenig Ungras und Unkraut im Herbst aufgelaufen bzw. ist der Herbizideinsatz im Herbst unterblieben, sollte auch im Frühjahr möglichst früh mit der Behandlung begonnen werden.

Folgende Punkte im NA Frühjahr sind zu beachten:

- keine hochgefrorenen, kranken oder stark ausgewinterten Bestände behandeln
- Getreide mindestens in EC 13/14
- möglichst frühzeitig (kurz vor/bei Vegetationsbeginn wegen guter Verträglichkeit und Wirkung) behandeln
- Kombination mit AHL möglich

Herbizide im Getreidebau und ihre Wirksamkeiten

Präparat	Wirkstoff	g/l	Zulassung in: *	Auflagen **	Aufwand-menge l/ha	Ø Aufwand in l/ha	DM/ha
Vorsaatanwendung							
Avadex 480	Triallat	480	G,R	10	2,5	2,5	74
Vorauflaufanwendung bis max. 3 Tage nach der Saat							
Igran 500 fl	Terbutryn	490	G,W,R	10	3,0-4,0	4,0	
Dicuran 700 fl.	Chlortoluron	700	G,W,R	20	2,0-3,5	3,0	59
STOMP SC	Pendimethalin	400	G,W,R	20	2,5-5,0	4,0	108
Pendiron fl.	Chlortoluron Pendimethalin	300 200	G,W,R	20	4,0-5,0	4,0	90
ECONAL	Chlortoluron Diflufenican	500 50	G,W,R	20	3,0-4,0	3,5	137
Herold	Flufenacet Diflufenican	400 200	G,W,R	10	0,4-0,6	0,6	119
Boxer	Prosulfocarb	800	G,W,R	10	5,0	5,0	115
Früher Nachauflauf (in Auflauf der Unkräuter) z.T. durchgehend bis zum Einsetzen stärkerer Fröste							
IPU	Isoproturon	500	G,W,R	10	2,0-3,0	2,0	24
Trump	Isoproturon Pendimethalin	236 236	G,W,R	20	3,0-5,0	4,0	86
Dicuran 700 fl.	Chlortoluron	700	G,W	20	2,0-3,5	2,0	39
Pendiron fl.	Chlortoluron Pendimethalin	300 200	G,W	20	3,0-4,0	3,5	79
Fenikan	Isoproturon Diflufenikan	500 62,5	G,W,R	20	2,0-3,0	2,0	80
ECONAL	Chlortoluron Diflufenican	500 50	G,W,R	20	2,5-3,0	2,5	98
Bacara	Flurtamone Diflufenican	250 100	G,W,R	10	1,0	1,0	80
Herold	Flufenacet Diflufenican	400 200	G,W,R	10	0,4-0,6	0,6	119
Boxer	Prosulfocarb	800	G,W,R	10	4,0-4,5	4,0	92
Nachauflaufanwendung (ab 3Blattstadium des Getreides)							
Ralon Super	Fenoxapropethyl + Hilfsstoff	69 75	W,R	10	1,2	0,8	53
Topik	Clodinafop + Hilfsstoff	80 20	W,R	10	0,5	0,4	58
Lexus Class	Flupyrsulfuron Cartentrazon	167 333	W	10	0,06	0,06	88
AZUR	Isoproturon Diflufenikan Ioxynil	400 20 100	W,G,R	20	2,5	2,5	63
Bifenal „neu"	CMPP + Bifenox	308 250	G	20	2,5	3,0	65

Erläuterungen: * W = Winterweizen, G = Wintergerste, R = Winterroggen;
** Abstand zu Gewässern in m

Herbizide im Getreidebau und ihre Wirksamkeiten

Präparat	Fuchs-schwanz	Windhalm	Kamille	Vogel-miere	Stiefmüt-terchen	Kletten-labkraut	Ehren-preis	Raps
Vorsaatanwendung								
Avadex 480	xxx	xxx	-	-	-	-	-	-
Vorauflaufanwendung bis max. 3 Tage nach der Saat								
Igran 500 fl	xx	xxx	xxx	xxx	x	-	x	x
Dicuran 700 fl.	xxx	xxx	xxx	xx	-	-	-	x
STOMP SC	x(x)	xx(x)	x	xxx	xxx	xx	xxx	x
Pendiron fl.	xxx	xxx	xxx	xxx	xxx	xx	xxx	xx
ECONAL	xxx	xxx	xxx	xxx	xxx	xx	xxx	xxx
Herold	xx(x)	xxx	xx(x)	xx(x)	xxx	xx	xxx	xxx
Boxer	xx	xxx	x	xxx	x	xxx	xxx	x(x)
Früher Nachauflauf (in den Auflauf der Unkräuter) durchgehend bis zum Einsetzen stärkerer Fröste								
IPU	xxx	xxx	xxx	xxx	-	-	-	(x)
Trump	xxx	xxx	xxx	xxx	xxx	xx	xxx	x(x)
Dicuran 700 fl.	xxx	xxx	xxx	xx	-	-	-	x
Pendiron fl.	xxx	xxx	xxx	xxx	xxx	xx	xxx	x(x)
Fenikan	xxx	xxx	xxx	xxx	xxx	xx(x)	xxx	xxx
ECONAL	xxx	xxx	xxx	xxx	xxx	xx(x)	xxx	xxx
Bacara	(x)	xxx	xxx	xxx	xxx	xxx	xxx	xxx
Herold	xx	xxx	xx	xxx	xxx	xx(x)	xxx	xxx
Boxer	xx	xxx	x(x)	xxx	x(x)	xxx	xxx	x(x)
Nachauflaufanwendung (ab 3Blattstadium des Getreides)								
Ralon Super	xxx	xx	-	-	-	-	-	-
Topik	xxx	x(x)	-	-	-	-	-	-
Lexus Class	xxx	xxx	xxx	xx(x)	xx(x)	xx(x)	xx	xxx
AZUR	x(x)	xxx	xxx	xxx	xxx	xx	xxx	xxx
Bifenal „neu"	-	-	x	xxx	xxx	xx(x)	xxx	xxx

Gerade für die Ungrasbekämpfung gilt die Notwendigkeit der frühen Behandlung. Je nach Art und Entwicklungsstand der Ungräser müssen die Aufwandmengen von *IPU* bzw. *Dicuran 700 fl.* variiert werden. Bei starker Verungrasung und/oder weit entwickelten Ackerfuchsschwanzpflanzen verursachen die hohen *IPU*- bzw. *Dicuran*mengen Verträglichkeitsprobleme. In W-Weizen, Triticale und besonders in W-Roggen (schon ab 2,0 l/ha *IPU*) scheint dann eher der Einsatz von *Ralon Super* bzw. *Topik* empfehlenswert. Dies gilt auch für die bereits oben angesprochenen ungünstigen Wirkungsbedingungen für *IPU/Dicuran*. Neu für die Frühjahrsindikation ist das *Lexus Class* (Informationen am Anfang des Kapitels).

I. Mittelwahl zur alleinigen Gräserbekämpfung im NAW und NAF früh

EC-Stadium der Gräser	IPU-Aufwandmenge (Spanne von Windhalm zu Ackerfuchsschwanz)	Ralon-Aufwandmenge (Spanne von Ackerfuchsschwanz zu Windhalm)
< EC 13:	1,5-2,0 l/ha IPU	
EC 13-21:	1,8-2,3 l/ha IPU	
EC 21-25:	2,3-2,8 l/ha IPU	0,8-1,0 l/ha Ralon Super +1,0 l/ha Öl 0,3-0,4 l/ha Topik + 1,0 l/ha Öl
> EC 25:	2,8-3,0 l/ha IPU	1,0-1,2 l/ha Ralon Super +1,0 l/ha Öl 0,4-0,5 l/ha Topik + 1,0 l/ha Öl

Anmerkung: Statt *IPU* auch *Dicuran 700 fl.*, allerdings nicht in W-Roggen und Triticale; *Ralon Super* und *Topik* nicht in W-Gerste

II. Gemeinsame Ausbringung mit 150-200 l/ha AHL im NAW/NAF früh
Durch die im Frühjahr notwendige N-Düngung des Getreide empfiehlt sich die kombinierte Ausbringung der Herbizide mit AHL, zumal die Reduzierung der Herbizidaufwandmengen um bis zu 1/3 durch die verbesserte Wirkung möglich ist.

Hinweise zur Tankmischung von AHL + Herbizid:

- Ausbringung in reiner AHL, bis sich die neu gebildeten Blätter zu entfalten beginnen
- auf tragbar gefrorenen, schneefreien Böden, sofern Wetterbericht und Jahreszeit unmittelbar bevorstehenden Vegetationsbeginn erwarten lassen, mit 150-200 l/ha AHL
- bei geringeren AHL-Mengen Zumischung von Wasser bei einem Verhältnis von mindestens AHL : Wasser = 1:3
- keine frostgeschädigten, aufgefrorenen Bestände behandeln, keine Wechselfrostgefahr, keine nassen oder bereiften Pflanzen behandeln
- keine Anwendung auf tiefgefrorenen oder wassergesättigten Böden
- nach Einsetzen deutlicher Vegetation nur noch verdünnte AHL einsetzen

A. Mittelwahl zur Bekämpfung von Gräsern im NAW/NAF früh mit AHL

Sollen nur Gräser behandelt werden, ergeben sich in Anlehnung an obige Tabelle folgende Empfehlungen. Eine Mischung von AHL mit *Ralon Super* sollte unterbleiben, da mit einer Wirkungsminderung zu rechnen ist. Bei *Topik* gilt unserer Meinung ähnliches, die herstellende Firma gibt aber weitergehende Empfehlungen.

EC-Stadium der Gräser	IPU-Aufwandmenge (Spanne von Windhalm zu Ackerfuchsschwanz)
EC 13-21:	1,2-1,8 l/ha IPU
EC 21-25:	1,8-2,3 l/ha IPU
> EC 25:	2,3-2,8 l/ha IPU

Anmerkung: Statt *IPU* auch *Dicuran 700 fl.*, allerdings nicht in W-Roggen und Triticale.

B. Mittelwahl zur Bekämpfung von Unkräutern und Gräsern im NAW/NAF früh mit AHL

Für diese Situation können, je nach Unkrautspektrum, folgende Mischungen eingesetzt werden. Die Aufwandmenge des *IPU* wird entsprechend des EC-Stadiums des Ungrases und der Ungrasart variiert. Für diese Anwendung erscheint auch das *Lexus Class* geeignet, da mit frühzeitigen Terminen die besten Wirkungsgrade erzielt wurden.

Je nach Präparat ist eine Klettenlabkrautwirkung zu erwarten (Bsp. *Lexus Class*, *FOXTRIL SUPER*). Bei den anderen kann je nach Klettenlabkrautdruck entweder *Hoestar* mit 20 g/ha

TRUMP®

Das besonders verträgliche Herbstherbizid für alle Wintergetreidearten wirkt einfach stark.

CYANAMID AGRAR

Herbizide zur Frühjahrsanwendung im Getreide

Präparat	Wirkstoff	Wirkstoff in g/l bzw. kg	Zulassung in	Gewässer-abstand	Aufwand l/ha	Ø Aufwand in l/kg pro ha und in DM/ha	
Gropper	**Metsulfuron**	200	WR,WW,SW,SG	5 m	15-40 g	30 g	41
Concert	+ Thifensulfuron	66+657	WR,WW	5 m	45-90 g	60 g	48
POINTER	**Tribenuron**	724	W-Getreide,SW,SG	10 m	15-40 g	25 g	38
REFINE EXTRA[1]	+ Thifensulfuron	240+480	W- und S-Getreide	10 m	40 g	40 g	34
Hoestar	**Amidosulfuron**	750	W-* und S-Getreide	5 m	40 g	40 g	56
Compete "neu"	**Fluoroglycofen**	200	W- und S-Getreide	20 m	200 g	200g	27
Hydra	+ Triasulfuron	120+24	W-Getreide	15 m	250 g	250g	39
Duplosan DP	**DP**	600	W- und S-Getreide	10 m	2,5	2,5	48
Basagran DP	+ Bentazon	233+333	W- und S-Getreide	10 m	2,5-3,0	3,0	56
Certrol 40	**Ioxynil**	517	W- und S-Getreide	10 m	1,0-1,5	1,5	65
CERTROL B	**Bromoxynil**	235	W- und S-Getreide	10 m	2,0	1,5	81
Starane 180	**Fluroxypyr**	180	W*- und S-Getreide	10 m	0,5-1,0	0,8	44
Tristar	+ Ioxynil + Bromoxynil	100+100+100	W- und S-Getreide	10 m	1,0-1,5	1,5	78
Duplosan KV	**CMPP**	600	W- und S-Getreide	10 m	2,0	2,0	38
Bifenal "neu"	+ Bifenox	308+250	W-* und S-Getreide	20 m	2,5-3,0	3,0	72
LOREDO[1]	+ Diflufenican	500+33,3	W- und S-Getreide	10 m	1,5-2,0	2,0	45
FOXTRIL SUPER	+ Bifenox + Ioxynil	292+250+77	W- und S-Getreide	20 m	2,0-3,0	3,0	82
ORKAN	+ Diflufenikan + Ioxynil	234+25+188	W- und S-Getreide	10 m	1,5-2,0	2,0	68
Ralon Super	**Fenoxaprop**	69	WR,WW,SW,SG*	10 m	0,8-1,2	0,8	52
Topik	**Clodinafop**	80	WR,WW,SW*	10 m	0,3-0,4	0,4	58
Lexus Class[1]	**Flupyrsulfuron** + Carfentrazon	167 333	WW	10 m	0,06	0,06	88
Dicuran 700 fl.	**Chlortoluron**	700	(WW),WG	20 m	2,0-3,5	2,5	53
Arelon fl. u.a.	**Isoproturon**	500	W-Getreide,SW,SG	10 m	1,5-3,0	2,5	42
AZUR	+ Diflufenikan + Ioxynil	400+20+100	W-Getreide*, SW,SG	20 m	2,5	2,5	68
Lumeton	+ Fluoroglycofen + Triasulfuron	480+15+3	W-Getreide	20 m	2,0	2,0	65
U 46-D-Fluid	**2,4 D**	500	W- und S-Getreide	10 m	1,5	1,5	15
U 46 M-Fluid	**MCPA**	500	W-* und S-Getreide	10 m	1,5	1,5	16

Erläuterungen: * = Zulassung in Triticale; WR = Winterroggen, WW = Winterweizen, WG = Wintergerste, SW = Sommerweizen, SG = Sommergerste, S-Getreide = Gerste, Weizen und Hafer; [1] = vorläufige Einstufung

Herbizide zur Frühjahrsanwendung im Getreide

Präparat	Acker-fuchs-schw.	Wind-halm	Ka-mille	Vogel-miere	Stief-mütter-chen	Klet-tenlab-kraut	Knöte-rich	Ehren-preis	Hohl-zahn	Raps	Distel
Gropper	-	x	xxx	xxx	xxx	-	(x)	x	xx	xxx	x(x)
Concert	-	x(x)	xxx	xxx	xxx	x(x)	xx	x(x)	xxx	xxx	x(x)
POINTER	-	-	xxx	xxx	xx(x)	x	xx(x)	x	xxx	xxx	xx
REFINE EXTRA[1]	-	-	xxx	xxx	xxx	x	xx(x)	x	xxx	xxx	xx
Hoestar	-	-	x(x)	x	-	xxx	x	-	-	xxx	-
Compete "neu"	-	-	-	-	x	x(x)	xx	x(x)	xx	xx	-
Hydra	-	-	xxx	xxx	xxx	xx	xx	x	xx	xxx	-
Duplosan DP	-	-	xx	xxx	x	xx(x)	xxx	xx	-	xxx	x(x)
Basagran DP	-	-	xxx	xxx	x	xx(x)	xx(x)	xxx	x	xxx	x(x)
Certrol 40	-	-	xxx	-	-	xx	xx	xx	xx	xx	-
CERTROL B	-	-	xxx	-	-	xx	xx	xx	xx	xx	-
Starane 180	-	-	-	xxx	-	xxx	xx	x	xx	-	-
Tristar	-	-	xxx	xxx	x	xxx	x	xx	xxx	x	-
Duplosan KV	-	-	-	xxx	-	xx(x)	(x)	xxx	-	xxx	x
Bifenal "neu"	-	-	x	xxx	xxx	xx(x)	xx	xxx	xx	xxx	x
LOREDO[1]	-	-	xx	xxx	xxx	xx(x)	(x)	xxx	-	xxx	x
FOXTRIL SUPER	-	-	xxx	xx(x)	xxx	xxx	xx	xxx	xxx	xxx	x
ORKAN	-	-	xx	xx	xx	xx(x)	xx	xx	xx	xxx	x
Ralon Super	xxx	xx	-	-	-	-	-	-	-	-	-
Topik	xxx	x(x)	-	-	-	-	-	-	-	-	-
Lexus Class[1]	xxx	xxx	xxx	xx(x)	xx(x)	xxx	xx	xx	xx	xxx	
Dicuran 700 fl.	xx(x)	xxx	xxx	xx	-	-	(x)	-	x	x	-
Arelon fl. u.a.	xx(x)	xxx	xxx	xxx	-	-	-	-	-	(x)	-
AZUR	x(x)	xxx	xxx	xxx	xxx	x(x)	xx	xxx	xxx	xxx	-
Lumeton	x(x)	xxx	xxx	xxx	xx(x)	xx	xx	x	xx(x)	xxx	x
U 46 D-Fluid	-	-	-	x	-	-	(x)	x	-	xxx	xxx
U 46 M-Fluid	-	-	-	x	-	-	-	x	-	xxx	xx(x)

zugemischt werden, oder es wird eine zusätzliche Maßnahme mit z.B. *Starane* eingeplant. Diese erfaßt dann auch noch nachlaufende Klettenpflanzen.

Unkräuter	Gräser
2,5 l/ha Azur	bei beiden kann je nach Größe und Besatz der
2,0 l/ha Lumeton	Ungräser IPU zugemischt werden
0,06 kg/ha Lexus Class	für W-Weizen
1,0-1,5 l/ha FOXTRIL SUPER	
15-20 g/ha POINTER	
30-45 g/ha Concert	+ 1,2-2,8 l/ha IPU
2,0-2,5 l/ha Bifenal "neu"	
zusätzlich starkes Klettenlabkraut: plus 20 g/ha Hoestar zu o.g. Mischungen	

Anmerkung: Statt *IPU* auch *Dicuran 700 fl.*, allerdings nicht in W-Roggen und Triticale; *Concert* nicht in W-Gerste.

III. Mittelwahl zur Unkrautbekämpfung im NAF, evtl. mit gemeinsamer Klettenlabkrautbekämpfung

Sind Gräser schon bekämpft worden bzw. liegt lediglich eine Verunkrautung des Bestandes vor, so empfiehlt sich aus preislichen Gründen eine Behandlung mit *Sulfonylharnstoff*präparaten.

Charakteristika der *Sulfonylharnstoffe*

- gute Wirkung von *Gropper, Concert, POINTER* und *REFINE EXTRA* gegen Kamille, Stiefmütterchen und Kreuzblütler. Von *Hoestar* gegen Klettenlabkraut
- gute Verträglichkeit
- relativ unabhängig von der Temperatur, allerdings sollte nach der Anwendung kein Wachstumsstillstand, z.B. durch starke Abkühlung in der folgenden Nacht, auftreten. Hierdurch wird der Abbauprozeß in der Kulturpflanze stark verlangsamt
- lange andauernder Absterbeprozeß
- breiter Einsatzzeitraum, z.B. *POINTER* bis EC 30, *Gropper* bis EC 32
- nicht auf extrem leichten Böden und bei gestreßten Beständen (z.B. durch Frost, Staunässe, Nährstoffmangel, Trockenheit) einsetzen
- Abtrift auf Mais und breitblättrige Kulturen vermeiden
- gründliche Reinigung der Feldspritze mit Chlorbleichlauge/Salmiakgeist/Agroclean notwendig
- *Gropper* und *Concert* nicht in W-Gerste einsetzen, *Hydra* nicht in Sommergetreide, in Hafer ist *Hoestar* und *REFINE EXTRA* zugelassen

---

Die Aufwandmengen richten sich wiederum nach Höhe, Art und Entwicklungsstand der Verunkrautung. Sind zusätzlich Klettenlabkrautpflanzen vorhanden, können wirksame Präparate zugemischt werden. Die Temperaturabhängigkeit der Wirkung von Wuchsstoffen und *Starane 180* ist bei der Dosierung zu beachten.

Zur alleinigen Klettenlabkrautbekämpfung sind *Hoestar* und *Starane 180* als sehr wirkungs-sicher anzusehen. Bei letzterem Präparat ist wie bei den Wuchsstoffen eine Wirkungs-schwächung bei abnehmenden Temperaturen nach der Anwendung festzustellen, weshalb

Unkräuter	zusätzlich Klettenlabkraut
25-35 g/ha Gropper	Tankmischung alternativ mit 1,2 l/ha Duplosan KV, 1,5 l/ha Duplosan DP,
15-25 g/ha POINTER	0,5-0,7 l/ha Starane 180, 25-30 g/ha Hoestar
2,0 l/ha Basagran DP „neu" + 150 g/ha Compete bzw. 20 g/ha Gropper	
2,0-3,0 l/ha FOXTRIL SUPER	
2,5-3,0 l/ha Bifenal „neu"	
60 g/ha Concert (mit ca. 70 % Klettenlabkrautwirkung)	

Anmerkung: *Gropper* und *Concert* nicht in W-Gerste.

Mittelreduzierungen unter 1,0 l/ha vorsichtig vorgenommen werden sollten. Da *Starane 180* alleine bis EC 39 eingesetzt werden kann, sollte besser eine günstige Witterung abgewartet werden. *Hoestar* ist ein *Sulfonylharnstoff*, dessen Wirkung relativ unabhängig von der Tem-peratur ist. Größere Klettenlabkrautpflanzen werden etwas schlechter erfaßt, weshalb sich eine frühzeitige Ausbringung, auch gemeinsam mit einer AHL-Düngung, anbietet.
Anhaltend wüchsiges Wetter, Einsatz bis EC 29 und 5-6 Stunden Regenfreiheit nach der Anwendung sind optimale Einsatzbedingungen für Wuchsstoffe. Eine Spritzung bei Nacht-frostgefahr, v.a. wenn wüchsiges Wetter mit entsprechendem Wachstum vorausgegangen ist, sollte unterbleiben. Dies gilt auch für die Abtrift auf empfindliche Blattfrüchte. *CMPP* sollte nicht in Roggen, *2,4-D*-haltige Mittel nicht in Hafer eingesetzt werden. Mischungen von Wuchsstoffen mit *Starane 180* oder *Sulfonylharnstoffen* sind möglich, um die Wirkungsbreite der Wuchsstoffe zu verbessern.

IV. Mittelwahl zur Bekämpfung von Gräsern und Unkräutern im NAF

Soll eine breite Verungrasung und Verunkrautung im Frühjahr beseitigt werden, bieten sich Fertigmischungen bzw. Breitbandherbizide mit Zusatz eines Gräsermittels an. Eine Reduzie-rung der Aufwandmengen ist meistens wegen der fortgeschrittenen Unkrautentwicklung nicht möglich.
Eine bessere Wirkung gegen Ackerfuchsschwanz wird in Winterweizen, Triticale und Rog-gen mit *Ralon Super* bzw. *Topik* erzielt. Hierbei sind die Mischungshinweise des Herstellers zu beachten.

Unkräuter	Gräser
60-90 g/ha Concert (nur Windhalm)	
2,5-3,0 l/ha Basagran DP "neu"	Tankmischung
2,0-3,0 l/ha FOXTRIL SUPER	mit
2,5-3,0 l/ha Bifenal "neu"	2,0-3,0 l/ha IPU

5.2.2.4 Frühjahrsanwendung im Sommergetreide

Sommergetreide toleriert normalerweise durch die rasche Entwicklung und den schnellen Bestandesschluß weit mehr Besatz an Unkräutern als Wintergetreide. Weiterhin herrschen durch den relativ späten Einsatztermin (ab EC 20) günstige Witterungsbedingungen für den Herbizideinsatz vor, so daß über Einsatz und Höhe der Aufwandmenge verstärkt nachgedacht werden sollte. In der Regel reichen deutlich reduzierte Mengen aus.

Ungrasprobleme (Windhalm und Ackerfuchsschwanz) können außer in Hafer mit *IPU*-Präparaten im NA, bei sehr starkem Ackerfuchsschwanzauftreten in Weizen auch mit *Ralon Super* oder *Topik* gelöst werden. *Ralon Super* hat ebenfalls eine Zulassung in S-Gerste. Auf die Nebenwirkung von *Gropper* auf Windhalm sei hingewiesen.
Unkräuter können relativ preisgünstig je nach Besatz aus Mischungen von *Sulfonylharnstoffen* (*Gropper*, *POINTER*) mit Wuchsstoffen/*Starane 180* oder Mischungen aus Wuchsstoff und *Starane 180* bekämpft werden. Daneben ist auch der Einsatz von Breitbandherbiziden, z.B. *FOXTRIL SUPER*, *Bifenal "neu"*, *Tristar* und von Kontaktmitteln, wie z.B. *CERTROL B* bzw. *Certrol 40* möglich.

5.2.2.5 Bekämpfung von Disteln und Flughafer

U.a. bedingt durch den selektiven Einsatz von *Starane 180* im Ackerbau kommt es zu einer stärkeren Ausdehnung der Disteln. Obwohl auch in anderen Kulturen bekämpfbar, bietet sich aus preislichen Gründen das Getreide hierfür an. Durch das relativ späte Keimen der Disteln bei ansteigenden Bodentemperaturen ist eine Sondermaßnahme während des Schossens notwendig, wobei eine Kombination mit *CCC* oder Fungiziden möglich ist, allerdings nicht mit *Ethephon*-haltigen Wachstumsregulatoren. Weiterhin sollten für die Getreidepflanzen keine Streßbedingungen (z.B. Hitze, Trockenheit, Nachtfrostgefahr) vorliegen, da Verträglichkeitsprobleme nicht ausgeschlossen sind. Eine Zulassung der gegen Disteln wirksamen Präparate zu einem so späten Zeitpunkt besteht allerdings nicht. Nach Auskunft der Hersteller ist aber die Rückstandssituation bei *POINTER* und *M*-Mitteln abgeklärt, *U 46 M-Fluid* befindet sich in der Zulassungsprüfung.

Folgende Aussagen zur Distelbekämpfung können gemacht werden:

- Aufgrund der Verträglichkeit und der besseren Benetzung eignet sich Weizen besser für eine Distelbehandlung als Gerste. Roggen/Triticale nehmen eine Mittelstellung ein
- Die Verträglichkeit nimmt vom *U 46 D-Fluid* über *U 46 M-Fluid* zum *POINTER* hin zu
- Spätere Anwendungen, wie z.B. EC 49, sind in der Wirkung, auch in der Dauerwirkung, den früheren überlegen. Erklärbar wird dies durch die höhere Keimrate, die bessere Benetzung der Distel und die stärkere Ableitung der Wirkstoffe in die Wurzel
- *U 46 M-Fluid* ist *POINTER* in der Dauerwirkung überlegen
- In Sommergetreide empfiehlt sich wegen der breiteren Wirkung *POINTER*

Gegen Flughafer kann im Bedarfsfall, eventuell reicht eine Teilflächenbehandlung aus, in Weizen und Roggen das *Ralon* im NA mit 1,5 bis 2,0 l/ha eingesetzt werden. Nur in S-Gerste zugelassen ist *Avadex 480* im VSE mit 2,5 l/ha. Wegen der Gefahr des Verdampfens muß das Mittel sofort (max. 1 Std.) und flach (max. 5 cm) möglichst überkreuz eingearbeitet werden. Weiterhin steht hier und in Weizen für den NAF noch *Illoxan* mit 2,5 l/ha zur Verfügung. Im Hafer besteht keine Möglichkeit Flughafer zu bekämpfen.

5.2.2.6 Unkrautbekämpfung Winterraps

Bedingt durch das geringe Konkurrenzvermögen des Rapses im Jugendstadium bietet sich die Unkrautbekämpfung im Herbst an. Frühjahrsbehandlungen mit *LONTREL 100* oder *Lentagran WP* sind als Notmaßnahmen einzustufen. Im Herbst unterscheidet man das Vorsaat-Einarbeitungsverfahren (VSE) mit *Trifluralin*-Produkten, die Vorauflaufbehandlung mit *Cirrus, Brasan* und *Nimbus* und die Nachauflauf-Anwendung im Keimblattstadium der Unkräuter (NAK) mit *Metazachlor*-haltigen Präparaten. Als Nachauflauf Herbst bzw. Winter-Maßnahme können noch *Pradone Kombi* und *Kerb 50 W* eingesetzt werden.

Für die VSE-Verfahren sprechen besonders die hohe Wirkungssicherheit, eine breite Wirkung sowie für reine *Trifluralin*-Produkte die relativ geringen Kosten.

Packt Unkraut und Ungras in Raps.

Allerdings sollten folgende Bedingungen für den VSE-Einsatz gegeben sein:

- gute Bodenstruktur (feinkrümeliges, gut abgesetztes Saatbett)
- sofortiges Einarbeiten (max. 4-8 Stunden) der Mittel auf ca. 5 cm Tiefe möglichst mit Federzahneggen
- Flächen mit bekannt hoher Verunkrautung

Neben *Trifluralin* (z.B. *Elancolan, Demeril 480 EC, Stefes-TRIFLURALIN*) steht noch *Napro-pamid* (*Devrinol FL*) sowie die Kombination aus beiden Wirkstoffen (*Devrinol Kombi CS*) zur Verfügung. Je nach Bodenart und Humusgehalt sind die Aufwandmengen zu variieren.

Cirrus enthält den Bodenwirkstoff *Clomazone* aus der Gruppe der *Isoxazolidine* und ist als Vorauflaufherbizid wegen mangelnder Kulturverträglichkeit möglichst kurz nach der Saat (lt. Zulassung bis spätestens 5 Tage nach der Saat) einzusetzen. Auf jeden Fall aber vor dem Auflaufen des Rapses. Es bekämpft bei einer Aufwandmenge von 240 g/ha breitblättrige Unkräuter, hier vor allem Klettenlabkraut, Vogelmiere und Taubnessel und schließt Wirkungslücken gegen kreuzblütige Unkräuter, wie z.B. Hirtentäschel, Hederich, Ackerhellerkraut, Wegrauke und Kornblume. Schwächen sind bekannt bei Kamille-Arten, Stiefmütterchen und Ehrenpreis, Lücken bei Vergißmeinnicht, Klatschmohn und Gräsern.

Hierauf aufbauend haben 1998 zwei neue Präparate eine Zulassung bekommen, wobei *Clo-mazone* mit *Metazachlor* (*Nimbus*) bzw. mit *Dimethachlor* (*Brasan*) kombiniert wurde. Die Kamille-Lücke wird hierdurch geschlossen, starker Ungräser- und Ausfallgetreidedruck kann durch einen späteren Einsatz von Gräserprodukten ausgeschaltet werden. Für beide Neuzulassungen gilt die Einhaltung des Vorauflaufs, gute Bedingungen für Bodenherbizide (Bodenstruktur und -feuchte) und eine Aufwandmengengestaltung nach Bodenart, Humusgehalt und auch Unkrautdruck, da die Wirkstoffgehalte beim *Clomazone* im Vergleich zum *Cirrus* doch etwas geringer sind.

Das NAK-Verfahren bietet ebenfalls Vorteile durch frühzeitige Konkurrenzausschaltung und gute Wirksamkeit. *Butisan* und bei Klettenlabkrautaufkommen *Butisan Top* sind wirksame Präparate. Wichtig ist hier, wirklich in den Auflauf der Unkräuter zu spritzen, um befriedigende Bekämpfungserfolge zu erhalten. Sofern die Ungräser das 2Blattstadium schon erreicht haben, können Gräserherbizide in verringerten Aufwandmengen zugesetzt werden. Beim *Butisan Top* wird durch einen höheren Wirkstoffanteil von *Metazachlor* und von *Quinmerac* im Vergleich zum alten *Butisan Star* eine verbesserte Wirkungssicherheit vor allem gegen Kamille und Klette und gleichzeitig eine bessere Wirkung gegen Hirtentäschelkraut, Hellerkraut, Rauken und Stiefmütterchen erreicht. Wichtig bei diesen letztgenannten Unkräutern bleibt aber eine Bekämpfung in der Auflaufphase bis max. zum Keimblattstadium, unabhängig vom Entwicklungsstadium der Rapspflanzen, um ausreichende Wirkungsgrade zu

bekämpft alle wichtigen Unkräuter im Raps

Nimbus⁷²

wirkungssicher punktgenau

BASF

erhalten. Bei Klettenlabkraut bleibt es beim bewährten Termin, die Bildung des ersten Quirl abzuwarten.

Nachauflauf-Herbizide, die erst ab dem 4- bis 6Blattstadium des Rapses eingesetzt werden können, sind *Pradone Kombi* und *Kerb 50 W*. Nachteilig sind dann die schon eingetretene Konkurrenzwirkung und die erforderlichen Anwendungsbedingungen (möglichst kühle Temperaturen, Befahrbarkeit der Böden). Beide Präparate können auch während der Vegetationsruhe auf gefrorenem, aber schneefreien Boden eingesetzt werden. Schon aufgelaufene Ungräser sollten vorher mit Graminiziden bekämpft werden (Konkurrenz sonst zu groß), ebenso extremer Kamillebesatz (*Butisan* im NAK).

Ungräser und Ausfallgetreide sollten rechtzeitig in deren 2- bis 4Blattstadium behandelt werden. Die Aufwandmenge richtet sich nach dem EC-Stadium der Gräser und der Verungrasung (Wintergerste und Ackerfuchsschwanz erfordern geringere Mengen als Weizen oder Roggen). Die meisten Mittel haben auch eine Zulassung gegen Quecke, jedoch finden sich innerhalb der Fruchtfolge sicherlich preisgünstigere Möglichkeiten (siehe auch Ungrasbekämpfung in Kartoffeln).

Zur Unkrautbekämpfung im Frühjahr stehen, wie schon gesagt als Notmaßnahme, bis Vegetationsbeginn *Pradone Kombi* und *Kerb 50 W*, sowie *LONTREL 100* und *Lentagran WP* zur Verfügung. *LONTREL 100* kann nach Vegetationsbeginn bis zur Knospenbildung (EC 50) eingesetzt werden. Kamille sollte max. das 8Blattstadium erreicht haben, häufig reichen dann 0,8 l/ha. Kornblumen, Disteln, Klee und Luzerne werden ebenfalls gut bekämpft. Das *Lentagran WP* ist vom 6Blattstadium bis zur Knospenbildung zugelassen, möglichst sollte es zu Vegetationsbeginn eingesetzt werden, wobei gleichzeitig Temperaturen von 15 °C herrschen sollten. Auf gute Benetzung ist zu achten.

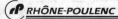

Wirkung der Herbizide in W-Raps

Präparat (Abstand zu Gewässern)	Wirkstoff	Wirkstoffgehalt in g/l oder kg	Aufwandmenge	Anwendungstermin	Mittelkosten in DM/ha
Elancolan u.a. (20 m)	Trifluralin	480	2-2,5 l/ha	VSE	30-38
Devrinol FL (10 m)	Napropamid	450	2,5 l/ha	VSE	140
Devrinol Kombi CS (20 m)	Trifluralin + Napropamid	240 + 190	4 l/ha - 5 l/ha	VSE	124-155
Cirrus (10 m)	Clomazone (500)	500	240 g/ha	VA	75
Brasan (5 m)	Clomazone + Dimethachlor	40 + 500	2,0-3,0	VA	111-167
Nimbus (20 m)	Clomazone + Metazachlor	33,3 + 250	3,0	VA	168
Butisan (20 m)	Metazachlor	500	1,0-1,5 l/ha	NAK	78-117
Butisan Top (20 m)	Metazachlor + Quinmerac	375 + 125	1,5-2,0 l/ha	NAK	117-156
Pradone Kombi (10 m)	Carbetamid + Dimefuran	500 + 250	3,5 l/ha	NAH NAW	163
Kerb 50 W (5 m)	Propyzamid	500	1,0 kg/ha	NAH NAW	105
Lentagran WP (10 m)	Pyridat	450	2,0 kg/ha	NAF	112
LONTREL 100 (5 m)	Clopyralid	100	1,0-1,2 l/ha	NAF	121-145
Fusilade ME (10 m)	Fluazifop-p-butyl	107	0,8-1,25 l/ha	NAH, NAF	85-127
GALLANT Super (10 m)*	Haloxyfop	100	0,5-1,0 l/ha	NAH	
AGIL (10 m)	Propaquizafop	100	0,75-1,25 l/ha	NAH	82-136
Targa Super (10 m)	Quizalofop	46,3	0,75-1,25 l/ha	NAH	77-129
Depon Super (10 m)	Fenoxaprop	63,6	1,5-2,0 l/ha	NAF	56-75

Erläuterungen: * = zur Zeit noch keine Zulassung
W-Auflage = keine Anwendung in Wasserschutzgebieten; VSE = Vorsaatanwendung mit Einarbeitung; VA = Vorauflauf; NAK = Nachauflaufanwendung im Keimblattstadium der Unkräuter; NA = Nachauflauf im Herbst (H), Winter (W) oder Frühjahr (F)

Wirkung der Herbizide in W-Raps

Präparat	Ausfall-getrei-de	Acker-fuchs-schwanz	Kletten-labkraut	Ka-mille	Vogel-miere	Taub-nessel	Ehren-preis	Hirten-täschel	Stief-mütter-chen
Elancolan u.a.	-	XXX	XX	-	XXX	XXX	XXX	X	-
Devrinol FL	-	XXX	-	XXX	XX(X)	-	XX	-	-
Devrinol Kombi CS	-	XXX	XX	XX	XXX	XXX	XXX	X	-
Cirrus	-	-	XXX	X	XXX	XXX	XX	XXX	X
Brasan	-	XX(X)	XXX	XXX	XXX	XXX	XXX	XXX	X
Nimbus	-	XX(X)	XXX	XXX	XXX	XXX	XXX	XXX	X
Butisan	X	XX(X)	X	XXX	XX(x)	XXX	XXX	XX	X
Butisan Top	X	XX(X)	XXX	XXX	XX(X)	XXX	XXX	XX	X
Pradone Kombi	XXX	XXX	XX	X	XX	XXX	XXX	X	X
Kerb 50 W	XXX	XXX	-	-	XX	-	XXX	-	-
Lentagran WP	-	-	XX	(X)	(X)	(X)	(X)	(X)	(X)
LONTREL 100	-	-	-	XXX	-	-	-	-	Distel XXX
Fusilade ME	XXX	XXX	-	-	-	-	-	-	-
GALLANT Super*	XXX	XXX	-	-	-	-	-	-	-
AGIL	XXX	XXX	-	-	-	-	-	-	-
Targa Super	XXX	XXX	-	-	-	-	-	-	-
Depon Super	XXX*	XXX	-	-	-	-	-	-	-

5.2.2.7   Unkrautbekämpfung Mais

Allgemein gilt die Forderung, daß der Mais vom 4- bis zum 8Blattstadium von Konkurrenz durch Unkräuter und Ungräser freigehalten werden sollte. In der Praxis will man möglichst mit einer Behandlung auskommen. Sehr frühe Unkrautbehandlungen im Nachauflauf (NAK), also wenn der Großteil der Ungräser und Unkräuter aufgelaufen ist und sich im Keimblatt- bis max. im ersten Laubblattstadium befindet, haben den Vorteil, daß man mit geringeren Aufwandmengen (50 %) einen sehr guten Bekämpfungserfolg erreicht. Problematisch ist bei so frühen Einsatzterminen die Dauerwirkung der Präparate. Sie kann nur durch Bodenherbizide erreicht werden, deren Wirkung ist aber wegen ihrer Abhängigkeit von Bodenfeuchtigkeit und Humusgehalt nicht immer sicher zu kalkulieren. Der bessere Weg wäre, das Wirkungspotential der Kombinationspräparate mit 2/3 der zugelassenen Aufwandmengen auszunutzen, um Unkrautpflanzen, die sich schon im 2- bis 3Blattstadium befinden, noch sicher zu bekämpfen. Unter Umständen kann durch den späteren Termin die Dauerwirkung bis zum Reihenschluß bewahren, so daß eine zweite Herbizidmaßnahme nicht notwendig wird.

Aus der Tabelle sind die im Mais zugelassenen Präparate zu entnehmen. Zu unterscheiden sind:

* Kontaktherbizide (Wirkstoffe *Bromoxynil, Pyridate, Bentazon*)
* Bodenherbizide (Wirkstoffe *Triallat und Metolachlor*)
* Bodenwirksame und blattaktive Präparate

Während die Wirkstoffe *Terbuthylazin, Pendimethalin, Metosulam* und *Flufenacet* mehr über den Boden wirken, entwickelt *Rimsulfuron* die Wirkung hauptsächlich übers Blatt. *Sulcotrione* nimmt eine Mittelstellung ein.

* Kombinationspräparate aus Boden- und Kontaktherbizid.

Deren Zusammensetzung gibt die nachfolgendeTabelle wieder.

Die rein blattaktiven Herbizide erfassen nur die aufgelaufenen Unkräuter, später auflaufende erfordern eine weitere Maßnahme. Beim *Bromoxynil* (z.B. in *CERTROL B, Buctril* und *Extoll*) ist zu beachten, daß es bei nicht vorhandener Wachsschicht zu Verätzungen der Maispflanze

Kombinationspräparate und ihre Wirkstoffzusammensetzung

Wirkstoffe/ Produkte	mehr Bodenwirkung			mehr Blattwirkung		
	Pendimethalin (Stomp SC)	Metolachlor	Terbuthylazin	Metosulam (Tacco)	Sulcotrione (Mikado)	Rimsulfuron (Cato)
Unkräuter und Ungräser						
Lido SC			+ Pyridate			
Gardobuc			+ Bromoxynil			
Artett			+ Bentazon			
Pendimox	+ Bromoxynil					
plus Hirsen						
Terano				+ Flufenacet		
Gardoprim Pl.						
Zintan Pack		+ Pyridate				
Stentan						
Sailor Pack					+ Pyridate	
Sonstige						
Grid Plus						+ Thifen sulfuron
Tactril Pack				+ Bromoxynil		

Anmerkung: *Pyridate, Bromoxynil, Bentazon* sind ausschließlich blattaktive Wirkstoffe

kommen kann. Der Wirkstoff *Pyridate* in der Formulierung als *Lentagran WP* zeichnet sich durch sehr gute Verträglichkeit auch in größeren Beständen aus, beim *Lentagran EC* ist dies nicht so. Die Ölformulierung ist etwas aggressiver, Wachsschichten beim Mais sind notwendig. Vorteilhaft ist dann aber die ebenfalls agressivere Wirkung, was Aufwandmengenreduzierungen möglich macht. Das *Bentazon* ist sehr maisverträglich, die Wachsschicht ist keine Voraussetzung für den Einsatz, wohl fördert helles Wetter die Wirkung.

Präparate, die ihre Hauptwirkung über den Boden erzielen, sorgen in Abhängigkeit von der Aufwandmenge für die Wirkungsdauer. So steigt das Risiko einer notwendigen Nachbehandlung, sobald man 450 g/ha *Terbuthylazin* unterschreitet. Bei erwartetem, stark verzetteltem Auflauf der Unkräuter kann allerdings auch die Splittinganwendung mit jeweils 50 % der Normalaufwandmenge bevorzugt werden. Für eine gute Bodenwirkung sind ausreichende Bodenfeuchte und ein abgesetztes Saatbett wichtig. Diesbezüglich stellt das *Pendimethalin*, z.B. im *STOMP SC* enthalten, besonders hohe Anforderungen an optimale Einsatzbedingungen, auch der neue Wirkstoff *Flufenacet* (siehe unten) hat entsprechende Ansprüche. Die mehr oder weniger stark ausgeprägte Blattaktivität der Bodenherbizide wird durch die Behandlung möglichst kleiner Unkräuter gut ausgenutzt.

Da alle Mittel Wirkungslücken haben und man durch die Kombination der Wirkungsweise (Boden-/Dauer- und Blattwirkung) eine gewisse Wirkungssicherheit erreicht, sind Kombinationspräparate im Maisanbau zu bevorzugen (siehe Tabelle).

Schließlich stehen noch Präparate zur Unterblattspritzung sowie einige sogenannte Spezialherbizide zur Verfügung, auf beide wird später eingegangen.

Neue Präparate

Motivell enthält mit *Nicosulfuron* einen weiteren Wirkstoff aus der Gruppe der *Sulfonylharnstoffe*. Anders als z. B. *Cato* ist *Motivell* mit 40 g/l *Nicosulfuron* fertig formuliert. Die Zugabe eines Netzmittels ist nicht mehr erforderlich. Gleichwohl ist, wie bei allen anderen *Sulfonylharnstoffen*, auf eine entsprechende Spritzenreinigung zu achten, sofern nach der Unkrautbekämpfung im Mais, die Spritze in anderen Kulturen eingesetzt werden soll. *Motivell* kann mit einer maximalen Aufwandmenge von 1,0 l/ha vom 2- bis 8Blattstadium des Maises zur Ungras- und Unkrautbekämpfung eingesetzt werden. Wie auch beim *Cato* sind nur Maisorten zu behandeln, die auf einer entsprechenden Positivliste aufgeführt sind (Gebrauchsanleitung beachten). Neben einer guten Gräserwirkung und Wirkung auf zahlreiche Kräuter, werden im Gegensatz zum *Cato* auch der Schwarze Nachtschatten und Melde-Gänsefußarten bis zum 2- bis 3Blattstadium sicher erfaßt. *Motivell* entfaltet kaum Bodenwirkung und da neben der Finger-Fadenhirse auch größere Unkräuter nicht sicher erfaßt werden, bieten sich insbesondere unter westfälischen Verhältnissen Mischungen mit einem Breitband- bzw. Bodenherbizid an.

Terano ist eine Kombination aus den Wirkstoffen *Flufenacet* (600 g/kg) und *Metosulam* (25 g/kg). *Flufenacet* ist die gräseraktive Komponente und entfaltet seine Wirkung als Bodenherbizid auf kleine, sich im Auflauf befindende Ungräser und Unkräuter. Da auch der zweite, aus dem *Tacco* bekannte Wirkstoff *Metosulam*, in erster Linie Bodenwirkung gegen Unkräuter mitbringt, sollte das Produkt im Soloeinsatz im Vorauflauf bzw. frühem Nachauflauf eingesetzt werden. Die Zulassung beinhaltet die Anwendung von *Terano* vom Vorauflauf bis

Herbizide im Mais

Präparat	Wirkstoff	g/l o. g/kg	Abstand Gewässer	Ein-satz-termin	zugel. Aufw.menge	DM je l o. kg
CERTROL B bzw. Buctril	Bromoxynil	235 bzw. 225	10 m	NA	1,5 l	57
Lentagran WP	Pyridat	45 %	10 m	NA	2,0 kg	54
DUOGRANOL	Bromoxynil+Pyridat	10%+30%	10 m	NA	3,0 kg	50
Extoll	Bromoxynil+Bentazon	100+250	10 m	NA	3,0 l	34
GARDOBUC	Terbuthylazin +Bromoxynil	333+ 150	20 m	NA	1,5-2,0 l	72
Lido SC	Terbuthylazin+Pyridat	250+160	20 m	NA	3,0 l	52
TACCO	Metosulam	100	10 m	VA-NA	0,3 l	218
TACTRIL Pack	Metosulam+Bromoxynil	100+225	10 m	NA	0,2 l 1,0 l	76
Terano	Metosulam+Flufenacet	25+600	20 m	VA-NA	0,8-1,0 kg	120
STOMP SC	Pendimethalin	400	20 m	VA-NA	4,0 l	34
PENDIMOX	Pendimethalin+ Bromoxynil	300+ 75	20 m	NA	4,5 l	32
Avadex 480	Triallat	480	10 m	VSE	2,5 l	29
Motivell	Nicosulfuron	40	5 m	NA	1,0 l	75
CATO	Rimsulfuron (+FHS)	25%	10 m	NA	50 g	18(10g)
GRID PLUS	Rimsulfuron+ Thifensulfuron (+FHS)	50%+ 25%	10 m	NA	20 g	39 (10g)
Mikado	Sulcotrione	300	10 m	NA	1,5 l	73
Gardoprim plus	Terbuthylazin+ Metolachlor	167+ 333	20 m	NA	6,0 l	31
Stentan	Terbuthylazin+Meto-lachlor+Pendimethalin	125+250+ 165	20 m	VA NA	6,0 l 6,0 l	33
Zintan Pack	Terbuthylazin+ Metolachlor+Pyridat	167+ 333+45%	20 m	NA	6,5 l (4,5+2,0)	34
Sailor Pack	Sulcotrione+Pyridat	300+450	10 m	NA	1,5+1,5	63
Roundup	Glyphosat	360	10 m	VS	3,0 l	22
Igran 500 fl.	Terbutryn	490	10 m	UBS	3,0-4,0 l	18
BASTA	Glufosinat	183	10 m	UBS	5,0 l	38
Banvel 4 S	Dicamba	480	10 m	NA	0,75 l	92
Starane 180	Fluroxypyr	180	10 m	NA	1,5 l	82
LONTREL100	Clopyralid	100	5 m	NA	1,2 l	125
HARMONY 75 DF	Thifensulfuron	72%	5 m	NA	10 g	28(10g)

Erläuterungen: NA = Nachauflauf, VSE = Vorsaat mit Einarbeitung, VS = Vor der Saat, VA = Vorauflauf, UBS = Unterblattspritzung

zum 6Blattstadium des Maises mit einer Aufwandmenge von 1 kg/ha. Sollten die Unkräuter etwas zu groß geraten sein, besteht die Möglichkeit über die Zumischung von 1,0 l/ha *Rako-Binol Oel* die Blattaktivität zu verbessern, um so Unkräuter bis max. zum 2Blattstadium noch zu erfassen. In der Praxis empfiehlt sich aber in aller Regel eine Zumischung blattaktiver Präparate, um den Anwendungstermin deutlich in den Nachauflauf verlegen zu können. Gute Ergebnisse werden mit Kombinationen aus *Terano* plus *Mikado* bzw. *Motivell* erzielt. Auch Mischungen mit *Cato* sind möglich, allerdings ist es vorteilhaft, dem *Cato* (30g/ha + 0,18 l/ha FHS) 0,3-0,5 l/ha *Certrol B* zuzumischen, um die Blattaufnahme und damit auch die Wirksamkeit zu verbessern, eine gut ausgebildete Wachsschicht vorausgesetzt. Dies gilt auch für die Kombination aus *Terano* und *Mikado*, die primär auf Hirsestandorten ohne weitere Gräser zum Einsatz kommen sollte, um eine Wirkungsabsicherung gegen größere Kamille und Vogelknöterich zu erzielen. Eine solche Mischung könnte 1,0 kg/ha *Terano* + 0,7l/ha *Mikado* + 0,3 l/ha *Certrol B* enthalten. *Terano* verfügt über eine gute Kulturverträglichkeit, gute Dauerwirkung gegen Unkräuter wie Nachtschatten, Franzosenkraut, Kamille, Klette, Kreuzkraut (auch *triazin*resistente werden erfaßt). Ungräser wie Ackerfuchsschwanz und Borstenhirse werden nicht sicher bekämpft. Bei den Unkräutern liegt die Schwäche bei den Knöterricharten und einer nicht immer ausreichenden Wirkung gegen Melde/Gänsefuß.

Hinter *Titus* verbirgt sich der schon aus dem *Cato* bekannte Wirkstoff *Rimsulfuron*. Im Gegensatz zum *Cato*, welches mit 50 g/ha + 0,3 l/ha Formulierungshilfsstoff zugelassen ist, beträgt die Aufwandmenge beim *Titus* 60 g/ha. Der fehlende Formulierungshilfsstoff soll durch Zumischung von 0,5-1,0 l/ha *Certrol B* ersetzt werden.

Grid Plus ist eine Fertigformulierung der Maisherbizide *Cato* und *Harmony*. *Grid Plus* kann mit 20 g/ha plus 0,3 l/ha Formulierungshilfsstoff zur Unkrautbekämpfung ab dem Spitzen bis zum 6Blattstadium des Maises eingesetzt werden. Die zugelassene Aufwandmenge von 20 g/ha entspricht einer Aufwandmenge von 40 g/ha *Cato* + 5 g/ha *Harmony*. Gegenüber *Cato* verfügt es durch den *Harmony*-Zusatz über eine etwas bessere Wirkung auf Gänsefuß, Franzosenkraut und Ampfer.

Die Herbizidwahl sollte auf die vorhandene Unkrautsituation ausgerichtet sein, daher sind folgende Vorgehensweisen möglich:

I. Normalverunkrautung mit zweikeimblättrigen Unkräutern

Fruchtfolgen mit geringen Maisanteilen zeichnen sich durch eine Verunkrautung mit Melde, Gänsefuß, Stiefmütterchen, Vogelmiere, Knöterich, Klette, Kamille, Hirtentäschel und Kreuzkraut aus. Reine Blattherbizide, also ohne erzielbare Dauerwirkung, sind nur bei geringem

Unkrautdruck ohne Langzeitkeimer (z.B. Schwarzer Nachtschatten) und nachfolgend geplanten Hackmaßnahmen oder Unterblattspritzverfahren zu empfehlen.

Sicherer sind Blatt-/Bodenherbizide, deren Aufwandmengen bei kleinen Unkräutern (bis 2. bis 3. Laubblattstadium) um 1/3 der zugelassenen Aufwandmengen reduziert werden können. Weitere Reduktionen sind bei noch kleineren Unkräutern möglich, doch geht dies auf Kosten der Wirkungsdauer. Gerade für Kamille- und Rapsprobleme wäre das *GARDOBUC* mit 1,5 l/ha (die Kamille sollte aber einen Durchmesser von 3-4 cm nicht überschreiten) und bei Vogelmiere- und Ackerstiefmütterchenaufkommen 2,0 l/ha *Lido SC* einzusetzen. Bei trockenen Bedingungen benötigt letzteres aber die Zumischung von 0,3 l/ha *Certrol B*. *Artett*, eine Kombination von *Terbuthylazin* und *Bentazon*, ist mit 3,0-3,5 l/ha selbst bei naßkalter Witterung und damit geringer ausgebildeten Wachsschichten verträglich, das *Bentazon* benötigt aber helles Wetter zur vollen Wirkungsentfaltung. *PENDIMOX* braucht gute Anwendungsbedingungen (abgesetzten, ausreichend feuchten Boden, rel. wenig Humus), wirkt dann aber auch mit 2,5 l/ha gegen Schwarzen Nachtschatten mit guter Wirkungsdauer. Wird mit späterem Auflaufen des Nachtschatten gerechnet, kann durch die Zugabe von 0,2 l/ha *TACCO* zu den Standardmaßnahmen eine gewisse Bodenversiegelung erreicht werden. Auch hier sind die etwas höheren Ansprüche an die Bodenfeuchtigkeit zu beachten.

II. Normalverunkrautung plus Gräser

Haben Ackerfuchsschwanz, Ausfallgetreide, Weidelgräser und auch Unkräuter schon vor der Aussaat bzw. vor dem Auflaufen der Maisflächen einen stärkeren Aufwuchs gebildet, kann dieser mit z.B. 2,0-2,5 l/ha *Roundup Ultra* vor der Bodenbearbeitung bzw. vor der Maissaat bekämpft werden. Die Saatbettvorbereitung oder die Gülleausbringung kann ein bis zwei Tage nach der Behandlung beginnen. Bei Quecken beträgt dieser Zeitraum 10 bis 14 Tage, weiterhin sollte die Aufwandmenge 3,0 l/ha betragen. Auch nach der Saat ist noch eine breitwirksame Bekämpfung mit *glyphosat*haltigen Produkten möglich, sofern sich der Maiskeimling noch mindestens 2 cm unter der Bodenoberfläche befindet. Bei der Behandlung nach der Saat (vor dem Auflauf !!!) kann es unter feuchten Bodenverhältnissen sinnvoll sein, dem *Glyphosat* z.B. 2,0 l/ha *Gardoprim plus, Stentan, Harpun* oder auch 1,0 kg/ha *Terano* zuzumischen, um über die Bodenwirkung dieser Präparate eine gewisse Dauerwirkung zu erzielen. Voraussetzung ist, daß ein frühzeitiger starker Unkrautauflauf erwartet wird, die Böden feucht sind und keine Gefahr der Abschwemmung besteht. Je nach Unkrautdruck kann die Maßnahme bei zügigem Maiswachstum ausreichen bzw. man verschafft sich etwas Freiheit bei der Terminierung der ersten Nachauflaufbehandlung. Auf leichten, humosen bzw. schlecht rückverfestigten Standorten ist auf die frühzeitige Zumischung von Bodenherbiziden zu verzichten. Auf die Möglichkeit des Einsatzes von *Avadex 480* mit 2,5 l/ha in VSE gegen Ackerfuchsschwanz und Flughafer sei hingewiesen, eine sofortige Einarbeitung sowie eine Nachbehandlung gegen Unkräuter sind notwendig.

Das *Terbuthylazin* in *Lido SC, Artett* oder *GARDOBUC* erreicht gegen Ungräser bei ausreichender Bodenfeuchte und frühem Einsatz lediglich eine befriedigende Wirkung bei Windhalm und Einjähriger Rispe, bei Ackerfuchsschwanz und Flughafer ist sie unzureichend. Gleiches gilt auch für *PENDIMOX*. Daher erscheint im gegebenen Fall der Zusatz eines Gräserspezialisten notwendig. *Mikado* besitzt zwar eine Wirkung gegen Hirsen, nicht aber gegen andere Ungräser, weshalb ein Einsatz in Grasuntersaaten gut möglich ist.
Als Nachauflaufherbizid können *CATO, Grid plus, Titus* und *Motivell* den oben genannten Kombipräparaten zugemischt werden. Zusätzlich wird dann noch eine Wirkungsverstärkung gegen einige Unkräuter erreicht. Um Schäden nach Einsatz der *Sulfonyle* zu verhindern, sollte nicht bei Temperaturen über 25 °C, bei Nachtfrostgefahr und bei starken Temperaturschwankungen zwischen Tag und Nacht behandelt werden. Besonders kritisch sind Applikationen bei beginnenden Hochdruckwetterlagen, da durch das intensiv einsetzende Wachstum der in hohen Mengen in die Maispflanzen gelangte Wirkstoff nicht schnell genug abgebaut wird. Eine schlechte Wasserversorgung verstärkt die Schadwirkung noch. Auch hinsichtlich der Mischungspartner gilt es, eine größere Vorsicht walten zu lassen. Einige Wirkstoffe bzw. Formulierungen können die auftretenden Schäden verstärken, weshalb Mischungen möglichst unterbleiben sollten (z.B. *Bentazon*-haltige Präparate), andere Mischungspartner sind eher unproblematisch (z.B. *Zintan Pack, Lentagran WP*).
Für die Aufwandmengengestaltung sind beim *CATO* 15-20 g/ha für Ackerfuchsschwanz bis zum 4. Blatt ausreichend, entsprechend sind etwa 10 g/ha *Grid Plus* + 0,15 l/ha FHS bzw. 0,6 l/ha *Motivell* einzusetzen. 30 g/ha *CATO* bekämpfen größeren und überjährigen Ackerfuchsschwanz, Ausfallgetreide in der Bestockung und Hirsen. Durch Formulierungseffekte sorgen sämtliche, oben genannte Kombiprodukte für eine rasche und verstärkte Aufnahme der *Sulfonyl*harnstoffe, was mit einer gewissen Erhöhung der Wirksamkeit bzw. Verminderung der Kulturverträglichkeit verbunden ist. Werden höhere *Sulfonyl*-Aufwandmengen, z.B. zur Bekämpfung von Ausfallgetreide oder Quecke gebraucht, ist es sicherer, auf eine gemeinsame Ausbringung zu verzichten und die Gräserbekämpfung im Anschluß durchzuführen. Bei kleinen Unkräutern ist vielfach auch eine Kombination aus 1,5 l/ha *Gardoprim Plus* bzw. 1,5 l/ha *Stentan* mit den *Sulfonyl*harnstoffen ausreichend.
Mit 50 g/ha *CATO* wird laut Firmenangabe bei Soloanwendung die Quecke erfaßt, jedoch erscheinen wegen der fehlenden Nachhaltigkeit 30 g/ha bei vereinzelten Quecken oftmals ausreichend, um die Quecken soweit zu unterdrücken, daß Konkurrenzeffekte nicht auftreten. In Versuchen zeigte sich *Motivell* mit 1,0 l/ha gegen Quecken sehr wirkungsstark.
Ist Nachtschatten zum Problem geworden, kann durch Zusatz von *Tacco* Abhilfe geschaffen werden. Möglich ist auch eine Kombination aus 1,5 l/ha *Gardoprim plus* + *Tactril* (0,2 l/ha *Tacco* + 0,5-0,7 l/ha *Certrol B*), die gewisse Kostenvorteile bei gleicher Wirksamkeit bietet.

III. Verunkrautung plus Hirsen

Hirsen werden in maisbetonten Fruchtfolgen immer mehr zum Problem. Zusätzlich treten verstärkt Schwarzer Nachtschatten, Gänsefuß- und Meldearten, sowie wärmeliebende Arten, wie z.B. der Amarant, verstärkt auf. An Hirsepräparaten stehen die *Sulfonylharnstoffe* als vorwiegend blattaktive Mittel, *Mikado* und die vorwiegend über den Boden wirksamen Hirsewirkstoffe *Metolachlor* (in *Stentan* und *Zintan Pack)* und *Flufenacet* (in *Terano)* zur Verfügung. Für die Hirsenbekämpfung bieten sich verschiedene Strategien an, die einerseits durch das Auftreten von verschiedenen Hirsearten und andererseits durch das mögliche wellenartige Auflaufen der Hirsen bestimmt werden.

Bei beginnendem Auftreten von Hühnerhirse reicht in der Regel eine einmalige Behandlung mit einem ½ *Zintan Pack* im frühen Nachauflauf (max. 2Blattstadium der Hirse) aus. Durch die Zumischung von 0,3 l/ha *Certrol B* wird Kamille besser bekämpft, die Zugabe von 0,2 l/ha *Tacco* sorgt für Dauerwirkung insbesondere gegen den Nachtschatten. Bei stärkerem Druck und verzetteltem Auflaufen bringen Herbizidkombinationen mit *Sulfonylen* oder mit *Mikado* bessere Bekämpfungserfolge, denn selbst mit reduzierten Aufwandmengen werden gegen Hühner- und Fingerhirse im 3. bis 4. Blatt sehr gute Wirkungsgrade erzielt. Durch die gute Wirkung auch auf größere Hirsen und Unkräuter sollte man bei diesen Mischungen mit dem Einsatz etwas länger warten, denn ein sehr frühes Vorgehen gegen Hirsen führt häufig wegen der nachlassenden Dauerwirkung zu einer weiteren Hirsewelle und eine nochmalige Bekämpfung wird notwendig. Durch *Stentan* plus *Mikado* erreicht man bei ausreichend feuchten Böden eine gute Dauerwirkung, die sich auch auf Nachtschatten bezieht. Auch Kombinationen aus *Terano* plus *Mikado* bzw. *Motivell/CATO* sind möglich. Die Zumischung von 0,3-0,5 l/ha *Certrol B* zu den o.g. Kombinationen erscheint sinnvoll, um beim *CATO* die Blattaufnahme und damit auch die Wirksamkeit zu verbessern, und beim *Mikado* eine Wirkungsabsicherung gegen größere Kamille und Vogelknöterich zu erzielen.

Bei sehr starkem Hühnerhirsedruck sind Doppelbehandlungen einzuplanen. Möglich ist eine Vorlage von 0,7 l/ha *Mikado* plus 0,3-0,5 l/ha *Certrol B* bzw. die Vorlage von 1/3 *Zintan Pack*, der eine blattbetonte Behandlung mit z.B. 0,7 l/ha *Motivell* folgt.

Mikado erfaßt keine Borstenhirse, gegen diese Arten wirken *Sulfonyle* und *Zintan Pack* bzw. *Stentan* besser, allerdings gilt für letztere der frühe Einsatztermin bis zum 2-Blattstadium.

Eine sichere Lösung gegen Borstenhirsen, die auch schon etwas größer sein können, erreicht man ebenfalls durch die Zugabe von 15-20 g/ha *CATO* zum *Zintan Pack*.

Auf Standorten mit starkem Auftreten an Finger-Fadenhirse (sehr leichte, sog. Heideböden) inclusive Hühnerhirse und Nachtschatten bietet es sich an, die erste Behandlung im 3-4 Blattstadium der Hirsen mit 0,7 l/ha *Mikado* + 0,3 l/ha *Certrol B* durchzuführen bzw. wenn Rispen oder Windhalm vorhanden sind, *Zintan Pack* vorzulegen (früh einsetzen). Eine zweite Maßnahme mit *Mikado* und *Certrol B* folgt dann gegen nachlaufende Hirsen/Nachtschatten.

Kalkstickstoff

ist ein bodenaufbauender Stickstoffdünger mit hohem Kalkgehalt und langer Wirkungsdauer.   Kalkstickstoff ernährt die Pflanzen, hemmt Krankheitsbefall und bekämpft Unkräuter.

Daher ist Kalkstickstoff ein Mehrwirkungsdünger

Wirkungsspektren von Herbiziden im Mais gegen Ungräser und Unkräuter

Präparat	Aufw. menge l o. kg/ha	Amarant	Franzosenkraut	Schw. Nachtschatten	Melde	Weißer Gänsefuß	Kreuzkraut	Klettenlabkraut	Vogelmiere	Stiefmütterchen	Kamille
Unkrautgesellschaften mit vorwiegend zweikeimblättrigen Unkräutern ohne Spätkeime (bei Ungräser plus 15-30 g/ha Cato)											
Lido SC	2,0	xx	xx	xx	xx	xx	xx	xx	xx	x(x)	x
Gardobuc	1,5	xx	xx	xx	xx	xx	xx	xx	x(x)	x	x
Artett	3,0	xx	xx	xx	xx	xx	xx	xx	xx	x	xx
Pendimox	1,5	xx	x	xxx	xx	xx	x	x(x)	x(x)	xx(x)	x(x)
Tactril Pack	0,2+0,75	x	xx	xxx	xxx	x	x(x)	xx(x)	xx	x(x)	xx
Standorte mit hohem Fruchtfolgeanteil von Mais bzw. Sommerungen, mit Hirsen und Spätkeimern, teilweise Doppelbehandlung notwendig (evtl. plus Sulfonylharnstoffen)											
Stentan + Mikado	2,0 + 1,0	xx	xx	xxx	xxx	xxx	xx	xx	xx	xx	xx
Zintan Pack + Mikado	1/3 + 1,0	xx	xx	xx	xx(x)	xxx	xx	xx	xx	xx	xx
Zintan Pack	1/2 - 2/3	xx	x(x)	x(x)	xx(x)	xx(x)	xx	xx	xx	xx	xx
Sailor Pack	0,75 + 0,75	x(x)	x(x)	xxx	xx	xxx	xx	x(x)	xx	x(x)	x
Mikado + Certrol B	0,7 +0,3	(x)	x	xx(x)	xx	xx	x(x)	x	xx	xx	xx
Terano VA	1,0	xx(x)	xxx	xx(x)	x	xx(x)	xxx	xx(x)	xxx	xxx	xxx
Terano NA	1,0	xx(x)	xxx	xx(x)	xx	xx(x)	xx	xxx	xxx	xxx	xxx
Sulfonylharnstoffe zur Ungrasbekämpfung, insbesondere Ackerfuchsschwanz, Flughafer, Weidelgräser, Ausfallgetreide und Quecken											
Motivell	0,7-1,0	xx	xx	x(x)	x	x(x)	xx	x(x)	x	(x)	xx
Cato	30-50 g	xx	x	-	-	(x)	xx	x(x)	xx	(x)	xx
Grid Plus	15-20 g	xx	x	-	x	x	x	xx	xx	x	xx
Spezialherbizide zur Bekämpfung von schwer bekämpfbaren (Wurzel-)Unkräutern zur Unterblatt- oder Teilflächenbehandlung											
Banvel 4 S	0,4-0,6	(x)	(x)	(x)	(x)	xx	xx	-	(x)	(x)	xx
Starane 180	0,75	(x)	xx	xx	-	-	-	xx(x)	xx	-	-
Lontrel 100	0,8-1,0	-	xx	x(x)	-	-	xx	-	-	-	x(x)
Igran	3,0-4,0	x	x	-	x	x	-	-	xx(x)	x	xx(x)
Basta	3,5	xx	xx	xx	xx	xx	xx	x(x)	xx	x	xx

Anm.: **Wirkungen: x = unzureichend; xx = im Normalfall ausreichend; xxx = sehr gut**

IV. Unterblattspritzung

Hohe Maisanteile in der Fruchtfolge und/oder auf stark humosen Böden lassen besonders Nachtschatten und Hirsen in mehreren Wellen auflaufen. Unter diesen Bedingungen kann, auch um ein Aussamen bzw. eine Qualitätsverschlechterung des Erntegutes zu verhindern, eine Strategie gefahren werden, die eine Unterblattspritzung gleich mit einbezieht. Durch Vorlage von *Zintan-Pack* oder 0,7 l/ha *Mikado* + 0,3-0,5 l/ha *Certrol B* wird die Verunkrautung so weit unterdrückt, bis der Mais ca. 40 cm Bestandeshöhe erreicht hat und eine Unterblattspritzung erfolgen kann. *Certrol B* löst das Nachtschattenproblem, eine Aufwandmenge von 0,75 l/ha reicht in der Regel aus. *Igran 500 Fl.* kann mit 3,0 l/ha gegen Hühnerhirse bzw. 4,0 l/ha bei anderen Hirsenarten eingesetzt werden, eine mögliche *Triazin*resistenz ist zu be-

Wirkungsspektren von Herbiziden im Mais gegen Ungräser und Unkräuter

Präparat	Aufw. menge l o. kg/ha	Winden-knöterich	Flohknö-terich	Vogel-knöterich	Hühner-hirse	Finger/Fa-denhirse	Borsten-hirse	Fuchs-schw./Flughafer	Wind-halm/Einj. Rispe	Weidel-gräser/Ausfall-getreide	Quecke
Unkrautgesellschaften mit vorwiegend zweikeimblättrigen Unkräutern ohne Spätkeime (bei Ungräser plus 15-30 g/ha Cato)											
Lido SC	2,0	xx	xx	(x)	-	-	-	-	(x)	-	-
Gardobuc	1,5	xx	xx	x	-	-	-	-	(x)	-	-
Artett	3,0	x(x)	xx	(x)	-	-	-	-	(x)	-	-
Pendimox	1,5	xx	xx	x	-	-	-	-	(x)	-	-
Tactril Pack	0,2+0,75	x(x)	xx	x	-	-	-	-	-	-	-
Standorte mit hohem Fruchtfolgeanteil von Mais bzw. Sommerungen, mit Hirsen und Spätkeimern, teilweise Doppelbehandlung notwendig (evtl. plus Sulfonylharnstoffen)											
Stentan + Mikado	2,0 + 1,0	xx	xx	x	xxx	xxx	xx	(x)	x(x)	-	-
Zintan Pack + Mikado	1/3 + 1,0	xx	xx	x	xxx	xx(x)	x(x)	-	x	-	-
Zintan Pack	1/2 - 2/3	xx	xx	(x)	xx	x(x)	xx	(x)	x(x)	-	-
Sailor Pack	0,75 + 0,75	x	xx	x	xxx	xx	-	-	-	-	-
Mikado + Certrol B	0,7 +0,3	(x)	xx	x	xx(x)	xx	-	-	-	-	-
Terano VA	1,0	x	xx	x	xx(x)	xxx	xx	x(x)	xxx	x(x)	-
Terano NA	1,0	x(x)	xx(x)	x	x	x	x(x)	x	x	x	-
Sulfonylharnstoffe zur Ungrasbekämpfung, insbesondere Ackerfuchsschwanz, Flughafer, Weidelgräser, Ausfallgetreide und Quecken											
Motivell	0,7-1,0	x(x)	x(x)	-	xx(x)	x	xx	xx(x)	xx(x)	xx	xx
Cato	30-50 g	x	x	-	xx(x)	x	xx	xx(x)	xx(x)	xx	x(x)
Grid Plus	15-20 g	x(x)	x(x)	-	xx(x)	x	xx	xx(x)	xx(x)	xx	x(x)
Spezialherbizide zur Bekämpfung von schwer bekämpfbaren (Wurzel-)Unkräutern zur Unterblatt- oder Teilflächenbehandlung											
Banvel 4 S	0,4-0,6	xx	xx	xx	-	-	-	-	-	-	-
Starane 180	0,75	xx	x(x)	x(x)	-	-	-	-	-	-	-
Lontrel 100	0,8-1,0	(x)	-	-	-	-	-	-	-	-	-
Igran	3,0-4,0	-	xx	xx	xx	xx(x)	xx	-	-	-	-
Basta	3,5	xx	xx	x	xx	xx	xx	xx	xx	xx	(x)

achten. Treten zusätzlich noch zweikeimblättrige Unkräuter auf, ist auch eine Mischung mit 0,75 l/ha *Certrol B* sinnvoll. *BASTA* besitzt als Totalherbizid ein breites Wirkungsspektrum (Ausnahme Ackerstiefmütterchen, Knöterich), allerdings darf bei der Spritzung in ca. 40 cm Bestandeshöhe lediglich das untere Stengeldrittel des Maises benetzt werden, sonst würde der Mais zuviel Wirkstoff aufnehmen und Schaden nehmen. Weiterhin sollte *BASTA* nicht bei hohen Temperaturen eingesetzt werden, um der Gefahr der Wirkstoffverwirbelung vorzubeugen. Nachteilig kann bei diesem Verfahren allerdings die relativ geringe Flächenleistung von 40 ha/Tag werden. Trotz Maschineninvestition (ca. 3000 DM für ein achtreihiges Gerät) werden die Verfahrenskosten, durch die etwas geringeren Präparatekosten, nicht höher als bei Splittinganwendungen. Weiterhin ist diese Maßnahme verträglicher und auch bei ungünstigeren Bedingungen durchzuführen, zumal man hiermit auch Problemunkräuter bekämpfen kann. So wäre z.B. *Banvel 4 S* gegen Knöterich oder Winden verträglich einzusetzen.

V. Bekämpfung von Problemunkräutern in Mais

Nachstehend sind Möglichkeiten zur Bekämpfung sogenannter Problemunkräutern im Mais aufgeführt. Aufgrund der Kosten und der bisweilen unsicheren Verträglichkeit sollten immer nur befallene Teilflächen behandelt werden.

Landwasserknöterich: Mechanische Lösungen sind möglich, unterdrückend wirkt *Mikado* als Vorbehandlung mit folgender UBS-Maßnahme mit *Banvel 4 S*.

Disteln: 1,0-1,2 l/ha *LONTREL 100* bei einer Distelhöhe von 15-20 cm, wenn die größten Disteln mit der Knospenbildung beginnen. Ein Ölzusatz von 1,0 l/ha und wüchsige Witterung fördern die Wirksamkeit. Ein erstes Abbrennen kleinerer Disteln kann aber auch durch *Mikado*-Kombinationen erreicht werden.

Ackerschachtelhalm: Zur Zeit ist kein wirksames Präparat zugelassen, *Mikado* hat eine unterdrückende Wirkung.

Kartoffeldurchwuchs: Bewährt haben sich *Starane 180* im Splitting mit 2mal 0,75 l/ha. Möglich ist auch der *Mikado-Einsatz mit* 1,0 l/ha bei 10-15 cm Kartoffelhöhe.

Ackerwinde: *Starane 180* mit 0,75 l/ha und *Banvel 4 S* mit 0,5 l/ha bei ca. 10-20 cm Trieblänge der Winde bis max. 6Blattstadium des Maises sind einsetzbar. *Starane 180* kann bei zu hohen Aufwandmengen und zu später Anwendung sogenannte Entenfüße, *Banvel 4 S* bei ungünstigen Bedingungen (naßkalte Witterung, schlecht ausgebildete Wachsschicht und großen Tag-/Nachttemperaturschwankungen) Wuchsdeformationen an den Kronenwurzeln beim Mais verursachen

Sumpfziest/Ackerminze: *CATO* mit 50 g/ha bei einer Größe von ca. 15 cm.

Erdmandelgras: Möglich ist 6,0 l/ha *Gardoprim plus* im Vorauflauf bis frühem Nachauflauf, gefolgt von hohen Aufwandmengen *Bentazon* (z.B. 4,0 l/ha *Basagran* (keine Zulassung), 5,0 l/ha *Artett* oder 3,0 l/ha *Extoll*).

5.2.2.8   Unkrautbekämpfung in Zuckerrüben

Der Nachauflauf bietet sich im Zuckerrübenanbau an, da:

- kein Herbizidstreß in der Keim- und Auflaufphase
- Wahl der Herbizide und der Aufwandmenge nach tatsächlicher Verunkrautung
- zum Teil wirkungsvollere Bekämpfung
- meistens kostengünstiger

Der Vorauflauf nur noch in speziellen Fällen als Absicherungsmaßnahme:

- Befahrbarkeit der Ackerfläche durch Vernässung im Frühjahr schlecht
- Arbeitswirtschaftliche Gründe
- Art der Verunkrautung (stärkere Kamille, Rapsauflauf, Hundspetersilie)
- Mittelwahl: *Goltix WG* 1,5-2,0 kg/ha (v.a. bei Ausfallraps)
                Pyramin WG 1,5-2,0 kg/ha (stärkere Kamille)
                Rebell 2,0-3,0 l/ha (gegen Hundspetersilie je nach Bodenart)

Der NA ist immer im Keimblattstadium der Unkräuter durchzuführen (1. NAK ca. 10-12 Tage nach Saat, weitere wieder nach ca. 10 Tagen im Keimblatt der nächsten Unkrautwelle, 3. Behandlung meist als Abschlußbehandlung, auch gegen Spätkeimer).

*Öl*zusätze, z.B. *Oleo FC* oder *Rako-Binol* mit 0,5-1,0 l/ha, sind besonders bei trockenen Bedingungen in Frühjahr (mangelnde Bodenwirkung der Herbizide) oder bei Problemunkräutern (anstatt Aufwandmengenerhöhungen) vorteilhaft. Sie bewirken bessere Benetzung, geringere Verdunstung/Verflüchtigung und eine bessere und schnellere Aufnahme der Herbizide. Grundsätzlich sollte man immer in den Abend- bzw. frühen Morgenstunden behandeln, nach Regenschauern immer einen Sonnentag (Wachsschicht) abwarten und nicht bei hohen Temperaturen bzw. Frostgefahr behandeln. Besondere Vorsicht sollte man beim NAK1 walten lassen. Zu beachten ist weiterhin, daß bei *Öl*zusätzen der Anwender das Verträglichkeitsrisiko trägt.

Beim Einsatz des Sulfonylharnstoffs *Debut* ist wie in Getreide oder Mais auch auf die Witterung bei und nach der Anwendung zu achten (optimal sind 15-20 °C, unterbleiben sollte der Einsatz bei Nachtfrostgefahr, mehr als 25 °C und starken Tag-/Nachttemperaturschwankungen. Beim Rebell kommt es v.a. bei nicht der Bodenart angepaßten Aufwandmengen und ergiebigen Niederschlägen nach der Anwendung zu Verträglichkeitsproblemen.

Eine Standardmaßnahme gegen Allgemeinverunkrautung wäre z.B.:

Termin	Aufwandmenge	Präparat
1. NAK	1,0 l/ha + 1,0-1,5 kg/ha	Betanal Progress OF+ Goltix WG
2. NAK	1,0-1,25 l/ha + 1,00-1,5 kg/ha	Betanal Progress OF+ Goltix WG
3. NAK	1,0-1,25 l/ha + 1,0-2,0 kg/ha	Betanal Progress OF+ Goltix WG

Rako-Binol®1

Pflanzliches Spezialöl zur Verbesserung der
Wirkstoffaufnahme von Rübenherbiziden

®1 = reg. Marke der Firma Binol Filium AB, Karlshamn, Schweden

Anstatt *Betanal Progress* sind auch *Tandem*produkte (1,5-2,0 l/ha bzw. 0,8-1,0 l/ha bei *Powertwin* und *Magic Tandem*) einsetzbar. Die Fertigmischung *Domino* entspricht z.B. mit 2,5 l/ha etwa 1,5 l/ha *Betanal Tandem* und 1,0 kg/ha *Goltix WG*. Im 2. NAK kann besonders bei Kamille- und Rapsverunkrautung *Goltix WG* durch 30 g/ha *Debut* ausgetauscht bzw. 1,0 kg/ha *Goltix* mit 20 g/ha *Debut* ergänzt werden.

Betanal Progress OF ist die Neuformulierung des bewährten *Betanal Progress.* Neben einer Wirkstofferhöhung, die eine Aufwandreduzierung um ca. 20 % möglich macht, ist laut Hersteller mit der neuen Formulierung eine gleichmäßigere Verteilung, bessere Benetzung und Haftung und ein schnelleres Eindringen der Wirkstoffe möglich. Weiterhin ist die Verträglichkeit besser. Ein Ölzusatz in der ersten NAK-Behandlung kann unterbleiben, erst ab der 2. NAK können bei Luftfeuchten unter 65 %, Sonnenschein und größeren Unkräutern 0,5 l/ha zugemischt werden.

Stefes Magic Tandem und *Powertwin* sind weitgehend lösungsmittelfreie Suspensionskonzentrate, deren Vorteile im Anwender- und Umweltschutz liegen. Es treten keine Geruchsbelästigungen für den Anwender mehr auf, die Mischbarkeit ist problemlos und es wird eine bessere Verträglichkeit erreicht. Ebenfalls sind die Aufwandmengen von 2,0 auf 0,8-1,0 l/ha halbiert worden. Allerdings ist bei den Neuformulierungen mit sehr geringen Lösungsmittelanteilen (neben den genannten auch *Kontakt 320*, *Domino*) wegen ihrer eingeschränkten Blattwirkung bei starken Wachsschichten ein Ölzusatz sinnvoll.

Gallant Super hat 1998 eine Zulassung in Zuckerrüben erhalten, bei Raps und Kartoffeln soll sie 1999 folgen. Es löst damit das *Gallant* aus gleichem Hause (DOW) ab. Durch Einsatz des optischen Isomers wird die Wirkstoffmenge um 50 % reduziert, was natürlich auch für die Produktaufwandmengen eine Reduzierung bei gleicher Wirkung und Anwendung bedeutet. Einjährige Gräser und Ausfallgetreide können mit 0,5 l/ha, Einjährige Rispe mit 0,75-1,0 l/ha und Quecken mit 1,0 l/ha bekämpft werden. Entfallen ist die W-Auflage.

Bekämpfung von Problemunkräutern:
Klettenlabkraut: Wichtig ist die Bekämpfung im Keimblatt bis zum 1. Blattquirl, wobei das Klettenlabkraut Wachstum zeigen muß. Als 1. Möglichkeit kann die obere Grenze der Auf-

Goltix® WG

gegen Unkräuter und Ungräser im Rübenbau
und Erdbeeren für das Vorauflauf- und
Nachauflauf-Verfahren

wandmenge für *Betanal Progress OF* oder *Tandem* genommen werden, eventuell ist noch *Ethofumesat* (z.B. *Nortron 500*) mit 0,2-0,5 l/ha zuzusetzen. Als 2. Möglichkeit kann *Rebell* (1,0 l/ha) zugemischt werden (Bsp.: 1,0 l/ha *Betanal Progress OF* + 0,5 kg/ha *Goltix WG* + 1,0 l/ha *Rebell*)

Bingelkraut: Hier ist wegen des wellenhaften Auflaufens wiederholt *Ethofumesat* einzusetzen oder ein teilweiser Ersatz von *Goltix WG* durch *Rebell* vorzunehmen (Bsp.: 1,0 l/ha *Betanal Progress OF* + 0,5 kg/ha *Goltix WG* + 0,5 l/ha *Rebell*). Bei anhaltender Bodentrockenheit kann auch in NAK2-3 mit 20-30 g/ha *Debut* ergänzt werden.

Knöterich: *Goltix WG* wird zur Hälfte mit *Pyramin WG* oder mit *Rebell* ausgetauscht (Bsp.: 1,0 l/ha *Betanal Progress OF* + 0,5 kg/ha *Goltix WG* + 0,5 kg/ha *Pyramin WG*)

Amarant: Dieses Unkraut ist unbedingt im Keimblattstadium zu bekämpfen, u.z. mit 1,25 l/ha *Betanal Progress OF* (gegenüber *Tandem* vorziehen) + *Goltix WG* 2,0 kg/ha oder, als 2. Möglichkeit, *Goltix WG* austauschen gegen 30 g/ha *Debut* + FHS bzw. *Goltix WG* 1,0 kg/ha mit 30 g/ha *Debut* + FHS ergänzen.

Zweizahn: Im 2. und 3. NAK der Standardmaßnahme 0,5-0,75 l/ha *Lontrel 100* zugeben.

Hundspetersilie: Auch hier unbedingt im Keimblattstadium bekämpfen. Es bietet sich der Einsatz von 2,0-3,0 l/ha *Rebell* im VA an. Möglich ist auch die NAK-Behandlung mit *Rebell* (Bsp.: 2,0 l/ha *Betanal* + 1,0-2,0 l/ha *Rebell*) oder die Zugabe von 0,6 l/ha *Lontrel 100* zur Standardmaßnahme, die dann eine sehr sichere Lösung ist. Eine gleiche Vorgehensweise bietet sich auch beim Gefleckten Schierling an.

Distel: 1,2 l/ha *Lontrel 100*, wenn die Distel 10-20 cm hoch ist, oder Splittinganwendung von 2mal 0,6 l/ha *Lontrel 100* bei 10 cm Wuchshöhe und erneutem Auflaufen.

Raps: Eine Möglichkeit wäre in der 1. NAK-Behandlung 1,5-2,0 l/ha *Goltix WG* + 1,5-2,0 l/ha *Oleo* einzusetzen. Sofern der Raps weiter entwickelt ist, empfiehlt sich die Standardmaßnahme plus 0,5-1,0 l/ha *Oleo*. Weiterhin ist der Zusatz von *Debut* im NAK zum *Betanal Progress*, z.B. 1,25 l/ha *Betanal Progress OF* + 30 g/ha *Debut* denkbar. Wichtig ist die Behandlung im Keimblattstadium des Rapses.

Gräser: Sofern die Gräserwirkung der Standardmaßnahme nicht ausreichend ist, kann gezielt im NA behandelt werden. Zur Mittelwirkung wird auf die Tabelle beim Raps verwiesen. Bei schwacher Verungrasung mit Ackerfuchsschwanz, Windhalm, Flughafer und Hirse sind Zusätze von 0,3-0,7 l/ha eines Gräserherbizids zur 2. NAK-Spritzung vertretbar, auf Ölzusätze ist dann aber zu verzichten. Stärkere Verungrasung sollte alleine mit ca. 0,8-1,0 l/ha plus 1,0 l/ha *Oleo* bekämpft werden. Gegen Hirse eignet sich hervorragend *Depon Super*, gegen Quecke *Agil*, oder *Fusilade ME* mit 1,5-2,0 l/ha bzw. *Gallant Super* mit 1,0 l/ha, was allerdings eine teure Maßnahme darstellt. Die Wirkung der Gräserherbizide wird durch warme Witterung und hohe Luftfeuchten verbessert.

Herbizide im Rübenbau

Präparat	Wirkstoff	% bzw. g/l	Wirkung über	Gewässer-abstand	Kosten DM/l bzw. kg
Pyramin WG Terlin WG	Chloridazon	65 %	Boden	10 m	39
Nortron 500 SC Stefes Etho 500 Ethosat 500	Ethofumesat	500	hauptsächlich Boden	10 m	99
RUBETRAM	Ethofumesat	200		10 m	39
Goltix WG Metron R Tornado	Metamitron	70 % bzw. 700 g/l	Boden und schwach Blatt	10 m	56
Rebell	Chloridazon + Quinmerac	400 +50	Boden u. Blatt	10 m	39
Stefes Tandem Kontakttwin	Ethofumesat + Phenmedipham	94 +97	Boden u. Blatt	10 m	
Stefes Magic Tandem Powertwin	Ethofumesat + Phenmedipham	200+ 200/190	Boden u. Blatt	10 m	56
Betanal Progress	Ethofumesat + Phenmedipham + Desmedipham	128 +62 +16	Boden u. Blatt	10 m	47
Domino	Ethofumesat + Phenmedipham + Metimitron	65 +65 +280	Boden u. Blatt	10 m	46
DEBUT	Triflusulfuron-methyl + FHS	50 %	Blatt	10 m	30g+FHS 58
LONTREL 100	Clopyralid	100	Blatt	5 m	105
Betanal Betosip	Phenmedipham	157	Blatt	10 m	24
Rubenal	Phenmedipham	160		10 m	
Kontakt 320 SC	Phenmedipham	320		10 m	48

Bekämpfung von Problemunkräutern:

Klettenlabkraut: Wichtig ist die Bekämpfung im Keimblatt bis zum 1. Blattquirl, wobei das Klettenlabkraut Wachstum zeigen muß. Als 1. Möglichkeit kann die obere Grenze der Aufwandmenge für *Betanal Progress* oder *Tandem* genommen werden, eventuell ist noch *Ethofumesat* (z.B. *Nortron 500*) mit 0,2-0,5 l/ha zuzusetzen. Als 2. Möglichkeit kann *Rebell*

Wirkung der Rübenherbizide im NA

	Chlori-dazon	Ethofu-mesat	Meta-mitron	Chlorida-zon + Quinmerac	Ethofu-mesat + Phen/Des-medipham	Triflusul-furon-methyl	Clopy-ralid	Phenme-dipham
Ackerhellerkraut	XX	-	XXX[-]	XXX[-]	XXX	XXX	-	XXX
Amarant	X	XX[-]	XX[-]	XX[-]	XX	XXX	-	X
Bingelkraut	X	XX[-]	-	XX[-]	XX	XX	-	X
Brennessel	XX	-	XX	XX	X	XXX	-	X
Erdrauch	[+]	X	X[+]	X[+]	XX	-	X	X
Ehrenpreis	XX[+]	X	X[+]	XXX	XX	-	-	X
Franzosenkraut	XX	X	XX	XX	XX	XX	XXX	XX
Gänsefuß/Melde	XX	X	XXX	XX	XX	-	-	XX
Hederich	XX	-	X[+]	XXX	XX	XX	-	XX
Hirtentäschel	XXX	X	XXX	XXX	XX	XXX	-	XX
Kamille	X[+]	-	XX[+]	XX	X	XXX	XX	-
Klettenlabkraut	X	XX(X)[-]	X	XXX[-]	XX	XX	-	X
Knöterich	XX	X	X	XX	XX	XX	X	X
Nachtschatten	XX[-]	-	XX[-]	XX[-]	XX	XX	XXX	XX
Stiefmütterchen	X	-	XXX[-]	XX[-]	X	X	-	X
Taubnessel	XX	-	XX	XX	XXX	XX	-	XXX
Vogelmiere	XXX[-]	XXX	XXX[-]	XXX	XXX	-	-	XX
Problemunkräuter								
Ackerdistel	-	-	-	-	-	-	XXX	-
Zweizahn	-	-	-	-	X	-	XXX	-
Hundspetersilie Wilde Möhre	-	-	X	XX[+]	X	XX	XX	X
Raps	X	-	XX[-]	X	X	XX(X)	-	X
Sonnenblumen	-	-	-	-	-	XXX	XXX	-

Erläuterungen: hochgestelltes + bedeutet bessere, hochgestelltes - schlechtere Wirkung im VA

(1,0 l/ha) zugemischt werden (Bsp.: 1,0 l/ha *Betanal Progress* + 0,5 kg/ha *Goltix WG* + 1,0 l/ha *Rebell*).

Bingelkraut: Hier ist wiederholt *Ethofumesat* einzusetzen oder ein teilweiser Ersatz von *Goltix WG* durch *Rebell* vorzunehmen (Bsp.: 1,25 l/ha *Betanal Progress* + 0,5 kg/ha *Goltix WG* + 0,5 l/ha *Rebell*).

Knöterich: *Goltix WG* wird zur Hälfte mit *Pyramin WG* oder mit *Rebell* ausgetauscht (Bsp.: 1,25 l/ha *Betanal Progress* + 0,5 kg/ha *Goltix WG* + 0,5 kg/ha *Pyramin WG*).

Wirkungsspektrum der Gräserherbizide

Produkt	Wirkstoff	l/kg pro ha	DM je ha	A.-fuchs-schw.	Wei-delgras	Einj. Rispe	Flug-hafer	Hirse	Quek-ke	Gerste	Wei-zen
VSE											
Avadex 480	Triallat	2,0-3,0	52-78	XX	-	XX	XXX	-	-	-	-
NA											
Depon Super	Fenoxa-prop	2,0	74	XX(X)	-	-	XX(X)	XX(X)	-	XX(X)	-
Focus Ultra	Cycloxy-dim	2,0	93	XXX	XXX	-	XXX	XXX	-	XXX	XX(X)
		1,5	70	XX(X)		-	XX(X)			XX(X)	XX
Illoxan	Diclofop	3,0	171	-	XX	-	XXX	XXX	-	-	-
Fusilade ME	Fluazifop	2,0	184						XX(X)		
		1,25	115		XX(X)	(X)	XXX				XXX
		0,6	55	XXX						XXX	XX(X)
Gallant Super*	Haloxy-fop	1,0	128		XXX				XXX		
		0,5	64		XXX	XX(X)	XXX	XXX			XXX
		0,3	38	XXX						XXX	XX(X)
Agil	Propa-quizafop	2,0	186		XXX				XXX		
		1,25	116		XX(X)		XXX	XXX			
		0,6	56	XXX						XXX	XXX
Targa Super	Quizalo-fop	2,0	180				-		XX		
		1,25	112		XX		XXX	XX			
		0,6	54	XXX			-			XXX	XXX

Erläuterungen: Wirkungen beziehen sich auf Ungräser, außer Quecke, im 3Blattstadium, bestockte Pflanzen bzw. ungünstige Bedingungen erfordern höhere Aufwandmengen; * = z.Zt. noch keine Zulassung.

5.2.2.9 Unkrautbekämpfung in Kartoffeln

Geringe Konkurrenzkraft in der Jugendphase, Ernteerschwernis und Erhöhung der Krautfäulegefahr machen eine Unkrautbekämpfung bei Kartoffeln häufig unumgänglich. Frühe mechanische Maßnahmen (Häufeln und Striegeln) wirken bei häufigem Einsatz und trockenen Böden recht gut. Sie sollten aber nach dem Durchstoßen beendet werden, da es sonst zu Wurzel- und Blattverletzungen kommen kann. Eine chemische Abschlußbehandlung ergänzt die mechanischen Maßnahmen sinnvollerweise.

Da auch in Kartoffeln die Mittelauswahl im NA sehr begrenzt ist, sie zudem nicht immer voll kulturverträglich sind, Lücken im Wirkungsspektrum aufweisen und die Kartoffel sehr schnell die Unkräuter abdeckt, sollte schon frühzeitig über geeignete Spritzfolgen nachgedacht werden. Die zu erwartende Leitverunkrautung und der Unkrautdruck bestimmen dann die Strategie und die Präparatewahl.

Einsatzbedingungen für Vorauflaufherbizide

- feinkrümelige, abgesetzte und nicht zu steile Dämme
- Humusgehalte zwischen 1,5 bis 5%, geringere Gehalte bedeuten erhöhte Gefahr der Abschwemmung der Wirkstoffe, v.a. bei starken Niederschlägen, höhere inaktivieren den Wirkstoff durch Adsorption
- möglichst feuchte Böden
- je nach Präparat kurz vor dem Auflaufen bzw. beim Durchstoßen der Kartoffeln spritzen, um vorhandene Blattwirkung auf aufgelaufene Unkräuter auszunutzen. Die Unkräuter sollten das Keimblattstadium aber nicht überschritten haben. Lediglich *Racer CS* sollte bis spätestens 10 Tage vor dem Auflaufen eingesetzt werden
- nach der Behandlung keine Bodenbearbeitung mehr

Sencor® WG

zur Unkrautbekämpfung im Kartoffelbau,
Spargelbau sowie Freilandtomaten
im Vor- oder Nachauflauf-Verfahren

Grundsätzlich unterscheidet man bei Kartoffeln 4 mögliche Anwendungstermine:
- Vorauflauf (VA)
- Kurz vor dem Durchstoßen der Kultur (KvD)
- Beim Durchstoßen der Kultur (bD), wobei 5-10 % der Kartoffeln aufgelaufen sind
- Nachauflauf (NA), der bis 20 cm Wuchshöhe der Kartoffel möglich ist, jedoch wegen der besseren Wirkung in das Keimblattstadium der Unkräuter (NAK) fallen sollte.

Sencor WG als Standardherbizid im Kartoffelbau zeichnet sich sowohl durch eine gute und sichere Bodenwirkung als auch durch die gute Blattaktivität im Nachauflauf aus. Je nach Bodenart reicht eine einmalige Anwendung von 0,5-0,75 kg/ha bei Normalverunkrautung einschließlich Hühnerhirse aus, z.T. kann beim Durchstoßen der Kartoffeln (bD) noch weiter reduziert werden. Allerdings sind bei unsicherer Witterung, humosen Böden und schwer bekämpfbaren Unkräutern Splittinganwendungen sicherer. Behandelt man mit 0,3 kg/ha bis zum Durchstoßen und legt im NA (bis 5 cm Kartoffelhöhe, auf Böden mit mehr als 4 % Humus auch bis 15 cm) mit 0,2 kg/ha nach, nutzt man so Boden- und Blattwirkung gleichzeitig. Allerdings sind die *Triazin*resistenz von Melde, Nachtschatten und Gänsefuß und die nicht uneingeschränkte Sortenverträglichkeit von *Sencor WG* zu beachten. Tankmischungen (TM) und Spritzfolgen (SF) mit *Boxer, Patoran FL, Bandur* oder *Racer CS* sind sehr gut möglich.

Normalverunkrautung

Vorauflauf der Kultur (VA)	Kurz vor dem Durchstoßen (KvD)	NA bei 5-10 cm Kartoffelhöhe	DM/ha
Sencor WG 0,5-0,75			59-89
Sencor WG 0,3-0,5		Sencor WG 0,3	70-95

Bei vorhandener *Triazin*resistenz und starkem Knöterichbesatz sollte verstärkt mit *Patoran FL* gearbeitet werden. Die nach Bodenart und Reifegruppe gestaffelten Aufwandmengen und die Wirkungsbegrenzung bis auf max. 3 % Humusgehalt sind zu beachten. Folgende Behandlungen wären denkbar:

Normalverunkrautung mit *Triazin*resistenz

Vorauflauf der Kultur (VA)	Kurz vor dem Durchstoßen (KvD)	NA bei 5-10 cm Kartoffelhöhe	DM/ha
Patoran FL 4,0 + Sencor WG 0,3			160
Patoran FL 4,0		Sencor WG 0,3-0,5	160-183

Verunkrautung mit Klettenlabkraut

Vorauflauf der Kultur (VA)	Kurz vor dem Durchstoßen (KvD)	NA bei 5-10 cm Kartoffelhöhe	DM/ha
Boxer 4,0 + Sencor WG 0,5			142
Boxer 4,0		Sencor WG 0,3	118
Boxer 4,0 + Patoran FL 2,0			118
Bandur 3,0 + Sencor WG 0,3			100
Bandur 3,0-3,5		Sencor WG 0,3	100-117

Auf Klettenlabkrautstandorten bietet sich zum großflächigen Einsatz und zur sicheren Bekämpfung, ausreichende Bodenfeuchte zur Zeit der Ausbringung vorausgesetzt, die Bodenherbizide *Boxer* und *Bandur* an. Unabhängig ob als Tankmischung oder als Spritzfolge mit *Sencor WG*, bei *Triazin*resistenz vorzugsweise mit *Patoran FL*, erreicht man eine sehr breites Wirkungsspektrum mit ausreichender Wirkungssicherheit.

Racer CS, ebenfalls mit guter Klettenlabkrautwirkung, darf max. 10 Tage vor dem Auflaufen der Kultur eingesetzt werden, bei vorgekeimten Kartoffeln soll unmittelbar nach dem Legen (max. 3 Tage später) behandelt werden. Spätere Anwendungen bergen die Gefahr von Schäden. Die reinen Blattherbizide *CATO* und *Basagran* eignen sich zur Nesterbekämpfung und dort, wo ungünstige Bedingungen für Bodenherbizide wie *Boxer* herrschen (Trockenheit, hoher Humusgehalt). Der Einsatz des *Basagrans* kann bei Temperaturen über 20 °C Blattschäden verursachen, weiterhin kann man eine abnehmende Verträglichkeit bei größeren Kartoffeln und nachfolgenden niedrigen Temperaturen feststellen. Ein Splitting, z.B. zweimal jeweils 0,75 l/ha in den Auflauf von Klettenlabkraut, reduziert diese Gefahren. Eine Tankmischung mit *Sencor* verursacht starke Verträglichkeitsprobleme. Da *CATO* neben der sicheren Klettenlabkraut- und Gräserwirkung auch eine gute Verträglichkeit besitzt (leichte Blattaufhellungen möglich), verdient es den Vorzug vor *Basagran*. Allerdings sollte das Klettenlabkraut nicht größer als 5 cm sein. Auch hier sind Tankmischungen mit *Sencor* sehr problematisch.

Herbizide gegen Spätverunkrautung bzw. Notmaßnahmen nach Herbizidvorlage

	NA bei 5-10 cm Kartoffelhöhe	NA bis 20 cm Kartoffelhöhe	DM/ha
gegen Klette/Kamille/Vogelmiere	Basagran 1,5 oder Splitting 0,75 + 0,75		80
gegen Hirse und Quecke	CATO 0,03-0,05 + FHS		56-93

Eine weitere Variante Problemunkräuter zu bekämpfen bzw. auf leichten Böden Wirkungsminderungen oder Schäden durch Bodenherbizide zu verhindern, besteht im Einsatz des Totalherbizids *BASTA*. Zwei Dinge sind zu beachten: Da *BASTA* eine reine Blattwirkung hat, sollten die Unkräuter möglichst aufgelaufen sein. Die Vorlage eines Bodenherbizids sorgt für eine gewisse Dauerwirkung, doch ist nicht auszuschließen, daß bei nachfolgend günstiger Witterung Nachkeimer auftreten. Weiterhin wirkt *BASTA* nicht selektiv. Daher ist der Anwendungstermin beim Durchstoßen der Kartoffeln, höchstens 5-10 % der Kartoffeln sind aufgelaufen bzw. max. 5 cm Sproßhöhe, unbedingt einzuhalten. Werden größere Kartoffeln behandelt, kommt es zu Schäden, mitunter bis zum Totalausfall. Die Aufwandmenge beträgt mindestens 2,5 l/ha, darunter kommt es zu einem starken Wirkungsabfall, bei Quecke und Klettenlabkraut sollten besser 3,0 l/ha eingesetzt werden.

Herbizideinsatz bei starker Verunkrautung unter schwierigen Bedingungen

Kurz vor dem Durchstoßen (KvD)	Beim Durchstoßen bis max. 5 cm Sproßhöhe	NA bei 5-10 cm Kartoffelhöhe	DM/ha
Sencor WG 0,5	BASTA 2,5		140
	BASTA 2,5 + Sencor WG 0,5		140
	BASTA 2,5	Sencor WG 0,3	116

Kurzcharakteristik der Kartoffelherbizide

Präparat (Auflagen)	Wirkstoff (g/l o. kg)	Anwendungszeitpunkt	Aufwandmenge in kg o. l/ha	Kosten DM/ha
Racer CS (10 m)	Flurochloridon (250)	VA bis max. 10 Tage vor Auflaufen, Keimlänge max. 3 cm; vorgekeimte Kartoffeln direkt nach dem Legen	2,5 bei 1,5-2,5% Humus, 3,0 bei Böden über 2 % Humus	127-152
Sencor WG (10 m)	Metribuzin (700)	VA-bD kein Einsatz bei Böden unter 1 % Humus NA bei 5 cm Kartoffelhöhe, über 4 % Humus auch 10-15 cm Höhe	0,5 frühe Sorten 0,5-1,0 je nach Bodenart mittlere bis späte Sorten 0,5 alle Sorten Sortenverträglichkeit beachten	59-118
Boxer (10 m)	Prosulfocarb (800)	VA-KvD	4,0-5,0	84-105
Bandur (20 m)	Aclonifen (600)	VA - KvD (bis 3 Tage vor dem Durchstoßen)	4,0 l/ha auf leichten Böden und zu Frühkartoffeln 4,5-5,0 l/ha auf mittleren und schweren Böden	107-133
Patoran FL (G)	Metobromuron (500)	VA-bD VA-KvD-bD	2,0-2,5 bei leichten und mittleren Böden und bei frühen Sorten 3,5-5,0 auf leichten bis schweren Böden und Reifegruppen II-IV bis max. 3 % Humus einsetzbar	62-155
Basagran (10 m)	Bentazon (480)	Nach Auflauf von Klettenlabkraut bis ca. 10 cm Kartoffelhöhe	2,0, besser Splitting NAK von Klettenlabkraut mit 2 x 0,75	107
CATO (G)	Rimsulfuron (25 %)	NA bis 10-15 cm Kartoffelhöhe	0,03-0,05 + FHS 0,18-0,3 sehr frühe und frühe Sorten nicht behandeln	56-93
BASTA (10 m)	Glufosinat (183)	KvD-bD bis max. 5 cm Sproßhöhe	2,5-3,0 Totalherbizid	81-97

Erläuterungen: 10 m = Abstand zu Gewässern, G = Gute fachliche Praxis, d.h. 3 m Abstand zu Gewässern, FHS = Formulierungshilfsstoff, VA = Vorauflauf, KvD = Kurz vor dem Durchstoßen, bD = Beim Durchstoßen (5-10 % der Kartoffeln sind aufgelaufen), NA = Nachauflauf bei 10-15 cm Kartoffelhöhe.

Als letzte Möglichkeit der chemischen Unkrautbekämpfung kann man mit Spezialgeräten eine Unterblattspritzung mit *BASTA* 2,5 l/ha vornehmen. Wirksam ist diese späte Maß-

Wirkung der Kartoffelherbizide

Präparat	Racer CS	Boxer	Patoran FL	Bandur	Sencor WG	Basa-gran	CATO	Boxer + Sencor WG	Boxer + Patoran FL	BASTA
Aufwandmenge kg o. l/ha	2,5-3,0	4,5-5,0	4,0-5,0	4,0-5,0	0,75	2,0	0,03	4,0+0,3	4,0+2,0	3,0
Zeitpunkt	VA	VA-KvD	VA-bD	VA-kvD	VA-bD	NA	NA	VA-KvD	VA-KvD	KvD-bD
A.-Fuchs-schwanz	X	X(X)	X	XXX	XXX	-	XXX	XX(X)	XX	XXX
Flughafer	-	-	-	X	X	-	XXX	X	-	XXX
Hühnerhirse	X	X	-	XXX	XX	-	XXX	X(X)	X	XXX
Franzosenkraut	XXX	XX	XXX	XXX	XXX	XX	X	XX(X)	XX(X)	XXX
Melde Gänsefuß	XX	X	XX	XX(X)	XXX*	X	(X)	XX(X)*	XX(X)	XXX
Hohlzahn	XXX	XX	XX	XXX	XXX	(X)	XX	XXX	XXX	XXX
Kamille	XX	X	XXX	XX(X)	XXX	XXX	XX	XX(X)	XX(X)	XXX
Klettenlabkraut	XXX	XX(X)	X	XXX	-	XX(X)	XX	XX(X)	XX(X)	XXX
Knöterich	X	X(X)	XX(X)	XX(X)	XX	(X)	X	XX(X)	XX(X)	XXX
Wind.knöterich	X	X(X)	XXX	XX	X(X)	X	X	XX	XX(X)	XXX
Nachtschatten	XX	X(X)	X	X	X*	X	-	XX*	X(X)	XXX
Stiefmütterchen	X	X	XXX	XXX	XXX	-	X(X)	XXX	XX(X)	X

Erläuterung: * = Keine Wirkung bei *Triazin*resistenz

nahme, wenn durch rechtzeitiges Häufeln und durch die Vorlage eines Bodenherbizids dafür gesorgt wird, daß die Unkräuter nicht zu groß geworden sind und noch ausreichend benetzt werden. Selektiv wirkt sie nur, wenn die eingesetzten Spezialgeräte eine gute Abschirmung der Kultur ermöglichen.

Gräser

Obwohl die eingesetzten Bodenherbizide eine Wirkung gegen Gräser haben, reicht deren Wirkung oftmals nicht aus. Im NA kann man mit speziell zugelassenen Herbiziden gegen Verungrasung vorgehen, häufig reicht eine Teil- oder Bandbehandlung aus. Selbst größere Hirsen werden erfaßt, ebenfalls Flughafer und mit erhöhten Aufwandmengen auch Quecke. Der Einsatz geht bis ca. 15 cm Wuchshöhe der Kartoffel, jedoch sollte man sich in erster Linie nach dem Entwicklungsstand der Ungräser richten, da größere Ungräser (mehr als 4 Blätter) immer höhere Aufwandmengen benötigen und bei zu spätem Einsatz die Kultur zu stark abdeckt. *CATO* bietet mit 30 g/ha eine relativ preiswerte Möglichkeit der Queckenbe-kämpfung, weiterhin zeigt es im Gegensatz zu den anderen Gräsermitteln auch eine Wirkung gegen Unkräuter (v.a. Klettenlabkraut). Zum Wirkungsspektrum wird auf die Tabellen in den Kapiteln Zuckerrüben und Mais verwiesen.
Ausdauernde Wurzelunkräuter (z.B. Disteln, Schachtelhalm, Windenarten, Ackerminze) sind in Kartoffeln nicht nachhaltig zu bekämpfen, es sollte besser innerhalb der Fruchtfolge nach passenden Möglichkeiten gesucht werden.

5.2.2.10   Unkrautbekämpfung in Körnerleguminosen

Grundsätzlich gilt, daß Ackerbohnen gegenüber einer Verunkrautung wesentlich toleranter sind als Erbsen. Vor allem in feuchten Jahren kann lagerbedingter Unkautdurchwuchs die Ernte der Erbsen erheblich behindern. Daher sind auch mechanische Maßnahmen (Striegeln und Hacken) eher für Ackerbohnen geeignet. Schon vor der Aussaat ist eine Bekämpfungsstrategie zu entwickeln, da einerseits die zur Verfügung stehenden Herbizide Wirkungslücken aufweisen und andererseits nur das Präparat *Basagran* für den gezielten NA einsetzbar ist.

Basagran wirkt gegen Klettenlabkraut, Kamille und Vogelmiere. Der Einsatz erfolgt in Erbsen entweder bei 5-10 cm Erbsenhöhe mit 2,0 l/ha oder besser im Splitting mit 0,75-1,0 l/ha in den Auflauf der Unkräuter (NAK) und einer Wiederholung (wieder 0,75-1,0 l/ha) bei einem erneuten Unkrautauflaufen (Sortenempfindlichkeit beachten). Bei Ackerbohnen ist wegen der Verträglichkeit nur dieses Splittingverfahren anzuwenden. Weil selbst dann Schäden nicht auszuschließen sind, sollte möglichst an Tagen mit bedecktem Himmel, Temperaturen unter 20 °C, ausreichender Wachsschicht und ohne Nachtfrostgefahr behandelt werden. *Bandur* zeigt gute Wirkungsgrade gegen alle häufig auftretenden Ungräser und Unkräuter (Ackerfuchsschwanz, Kamille, Klettenlabkraut, Vogelmiere, Ausfallraps, Weißer Gänsefuß, Gemeine Melde). Der Wirkstoff *Aclonifen* wird von Ungräsern und Unkräutern beim Durchwachsen der Bodenoberfläche aufgenommen, vornehmlich über den Sproßteil des Sämlings, so daß die Keimpflanzen zunehmend chlorotisch werden, im Wachstum zurückbleiben und schließlich absterben. Bei starkem Klettenlabkrautbesatz kann es vorkommen, daß einige Kletten nicht ganz absterben, aber so stark geschwächt sind, daß es in der Kultur zu keinen Ertragsminderungen kommt. *Bandur* wird direkt nach der Saat bis 5 Tage vor dem Auflaufen der Kultur eingesetzt, wobei auf leichteren bis mittleren Böden 4,0-4,5 l/ha und auf schweren bzw. humosen Böden 5,0 l/ha eingesetzt werden sollten.

Stärkerer Klettenlabkrautbesatz und schwacher Ackerfuchsschwanz wird mit *Boxer* (4,0-5,0 l/ha im VA bis 7 Tage nach der Saat, was unbedingt einzuhalten ist) gut erfaßt. Ein abgesetztes Saatbett und Mindestsaattiefen von 5 cm bei Erbsen und 8 cm bei Ackerbohnen sind für den Einsatz wichtig.

Tritt zusätzlich Kamille auf, kann eine NAK-Behandlung mit 0,75-1,0 l/ha *Basagran* notwendig werden.

Eine weitere Wirkungslücke des *Boxers* besteht beim Ackerstiefmütterchen. Die Tankmischung aus 3,0 l/ha *Boxer* und 1,0 l/ha *STOMP SC* bis etwa 5 Tage nach der Saat scheint hier geeignet. Auch Ausfallraps und Melde werden erfaßt. Kamille hingegen könnte wieder eine NAK-Behandlung notwendig machen.

STOMP SC, je nach Verunkrautungsgrad mit 2,5-4,0 l/ha, erfaßt eine breitere Verunkrautung. Lücken sind bei Klettenlabkraut und Kamille zu finden, auch hier empfiehlt sich die NAK-Behandlung mit *Basagran*. Die Mindestsaattiefen beim *STOMP SC*-Einsatz betragen bei Erbsen 3 cm, bei Ackerbohnen 5 cm, der Boden sollte feucht und der Humusgehalt nicht zu hoch sein. In Ackerbohnen darf es nur im VA bis 5 Tage nach der Saat angewandt werden, bei Erbsen auch im Nachauflauf bis 5 cm Erbsenhöhe. Gute Erfahrungen liegen dort auch mit der Tankmischung 1,5 l/ha *STOMP SC* und 1,0 l/ha *Basagran* in NA bei 5 cm Erbsenhöhe vor. Auftretende Wuchsdepressionen wirkten sich in Versuchen nicht nachteilig aus. *Bandur* (Wirkstoff *Aclonifen* mit 600 g/l), direkt nach der Saat bis 5 Tage vor dem Auflaufen der Kultur eingesetzt, ist gegen alle häufig auftretenden Ungräser und Unkräuter (Ackerfuchsschwanz, Windhalm, Rispengräser, Kamille, Klettenlabkraut, Vogelmiere, Ausfallraps, Weißer Gänsefuß, Gemeine Melde) einsetzbar. Die Wirkstoffaufnahme erfolgt vornehmlich über den Sproßteil des Sämlings beim Durchwachsen der Bodenoberfläche. Die Pflanzen werden chlorotisch, bleiben im Wachstum zurück und sterben schließlich ab. Bei starkem Klettenlabkrautbesatz kann es vorkommen, daß einige Kletten zwar nicht ganz absterben, aber so stark geschwächt sind, daß es kaum zu Ertragsminderungen kommt. *Bandur* wird auf leichteren bis mittleren Böden mit 4,0-4,5 l/ha und auf schweren Böden und bei hohem Humusgehalt mit 5,0 l/ha eingesetzt.

Zur alleinigen Gräserbekämpfung stehen *Avadex 480* in VSE-Verfahren (2,5 l/ha, wegen Verflüchtigungsgefahr sofort einarbeiten) und *Fusilade ME* (1.0-1,5 l/ha, NA im 2- bis 4Blattstadium der Gräser) zur Verfügung. *Fusilade ME* ist auch mit 3,0 l/ha gegen Quecke zugelassen, unter günstigen Bedingungen reichen auch schon 2,0 l/ha aus. Zu den notwendigen Aufwandmengen des *Fusilade ME* wird auf das Kapitel Raps verwiesen.

Bei geringerem Unkrautbesatz und auf leichteren Böden kann vor allem in trockenen Jahren in Ackerbohnen auch eine mechanische Unkrautbekämpfung erfolgen. Je nach Unkrautauflauf und Bodenzustand kann bis kurz vor dem Auflaufen gestriegelt werden. Der Hackstriegel kann sogar bis zu einer Pflanzenhöhe von 20 cm wiederholt eingesetzt werden, zum Beispiel vor dem Auflaufen, bei 5 bis 10 cm und bei 20 cm Höhe.

Herbizide in Körnerleguminosen

Präparat	Avadex 480	Fusilade ME	Boxer	STOMP SC	Bandur	Basagran
Wirkstoff	Triallat	Fluazifop	Prosulfocarb	Pendimethalin	Aclonifen	Bentazon
Wirkstoff in g/l	480	107	800	400	600	480
Aufwand l/ha	2,5	1,0-1,5	4,0-5,0	2,5-4,0	4,0-5,0	2,0 oder 2*0,75-1,0
Gewässerabstand	10 m	10 m	10 m	20 m	20 m	10 m
A-Fuchsschwanz	XX(X)	XXX	X(X)	XX	XXX	-
Windhalm	XXX	XXX	XXX	XXX	XXX	-
Flughafer	XX(X)	XXX	-	-	X	-
Hirse	-	XXX	X	X	XXX	-
Kamille	-	-	X(X)	X(X)	XX(X)	XXX
Melde/Gänsefuß	-	-	X(X)	XX(X)	XX(X)	X
Stiefmütterchen	-	-	X	XX(X)	XXX	-
Klettenlabkraut	-	-	XX(X)	X(X)	XXX	XX(X)
Knöterich	-	-	X(X)	XX	XX(X)	X
Taubnessel	-	-	XXX	XXX	XXX	-
Nachtschatten	-	-	X(X)	XXX	X	X
Hohlzahn	-	-	XX	X(X)	XXX	(X)
Kosten in DM/ha	65	92-138	83-104	68-108	133-167	102

Auch die Durchführung einer Maschinenhacke ist bis zu einer Wuchshöhe von 20 cm möglich, wobei vor allem beim letzten Hackarbeitsgang die Gänsefußschare leicht nach vorn zu neigen sind, um eine bessere Häufelwirkung in der Reihe zu erzielen. Erbsen dagegen reagieren sehr empfindlich auf Unkrautkonkurrenz und bedürfen deshalb eines sicheren Schutzes. Hier kann zwar auch vor dem Auflaufen mit dem Striegel und bis zu einer Wuchshöhe von 5 cm mit dem Hackstriegel gearbeitet werden, in vielen Fällen wird man jedoch ganz ohne Herbizidanwendung nicht auskommen.

5.2.2.11   Unkrautbekämpfung und Bestandsverbesserung im Dauergrünland

Vorbedingung zur Ausschaltung unerwünschter Grünlandkräuter oder -gräser ist die Beseitigung von Standortmängeln sowie von Bewirtschaftungsfehlern wie Duldung übermäßiger Feuchtigkeit, einseitiger und/oder zu starker Düngung (Jauche, Gülle), einseitiger oder zu später Nutzung. Darum sind durch gezielte Entwässerung, sinnvolle Ausgleichsdüngung, Frühschnitt, Früh- und Mähweide auf lange Sicht im allgemeinen bereits nachhaltige Verbesserungen möglich. Die Anwendung solcher kulturtechnischer Maßnahmen erfordert aber Zielstrebigkeit und Geduld. Dafür erspart sie in der Regel chemische Radikalmaßnahmen.

Wichtig für die Gesunderhaltung von Grünlandflächen ist auch der vorsichtige Einsatz von Geräten, um Verletzungen der Grasnarbe, etwa durch falsche Einstellung von Kreiselmähern oder zu scharfes Eggen, zu vermeiden.

Chemische Grünlanderneuerung ohne Umbruch

Sie sollte nur erwogen werden, wenn stark lückige Bestände mit zertretener Narbe und/oder starker Verunkrautung vorliegen, bei denen kaum Hoffnung auf Vermehrung der wertvollen Grünlandpflanzen besteht. Die Maßnahme erfolgt in drei Stufen:

• Abtötung der Narbe mit *Glyphosat*-haltigen Präparaten,
• Neueinsaat,
• Nachbehandlung.

Eine vorherige Beratung ist in jedem Fall erforderlich, da je nach Art der vorhandenen Problemunkräuter, besondere Aufwandmengen, Termine (und Nachbehandlungen) beachtet werden müssen, wobei auch die klimatischen Gegebenheiten eine Rolle spielen.

Selektive chemische Unkrautbekämpfung

Flächenbehandlungen sind nur dann ratsam, wenn die Verunkrautung so groß ist, daß die in der nachfolgenden Tabelle genannten "kritischen Werte" überschritten werden, sonst genügt Einzelpflanzen- oder Horstbehandlung. Da die einzelnen Unkrautarten unterschiedlich empfindlich sind, sichert nur gezielte Mittelwahl einen ausreichenden Erfolg.

Zusätzlich ist es wichtig, neben den kulturtechnischen Maßnahmen und den leistungsstärksten Präparaten auch die günstigsten Bekämpfungsstadien der Grünlandunkräuter zu kennen. Hierzu einige Beispiele:

Unkraut	Bekämpfungs-möglichkeit mechanisch	Bevorzugte Präparate bei chem. Bekämpfung	opt. Zeitpunkt für Herbizideinsatz und Bemerkungen
Ampfer	zeitiges Ausmähen, um Aussamen zu verhindern	Harmony 30 g/ha Starane 2,0 l/ha Hoestar 60 g/ha Banvel M 8,0 l/ha	Spätsommer im Rosettenstadium (viel Blattmasse und Zeitpunkt der besten Assimilat-/Wirkstoffeinlagerung) bei 10 % geschobenen Blütenquirlen

Unkraut	Bekämpfungsmöglichkeit mechanisch	Bevorzugte Präparate bei chem. Bekämpfung	opt. Zeitpunkt für Herbizideinsatz und Bemerkungen
Vogelmiere	Striegeln	Starane 0,8-1,5 l/ha Banvel M 4,0-6,0 l/ha CMPP 2,0-3,0 l/ha (nur Herbst)	3-5 cm Höhe nach Schnitt, wegen Rückstände von CMPP nur im Herbst, Aufwand nach Größe der Vogelmiere
Löwenzahn	Schnitt	MCPA/2,4-D 2,0 l/ha Hoestar 60 g/ha Starane 1,5 l/ha 2-3 dt/ha Kalkstickstoff	vollständige Blattentwicklung (Blütenknospen erscheinen) vor 1. Schnitt im April oder im Spätsommer. Kalkstickstoff im Frühjahr auf gut entwickelten, taunassen Löwenzahn
kriechender Hahnenfuß	Regulierung der Wasserführung und des pH-Wertes	MCPA 2,0 l/ha	Vor 1. Schnitt im April (Überwachsen im Frj. den Bestand --> gute Benetzung) oder im Spätsommer nach mehrmaliger Mahd bei beginnender Blüte. Temp. > 12 °C
Distel	Schnitt	2,4-D 2,0 l/ha MCPA 2,0 l/ha	nach mehrmaligem Schnitt bei 20-30 cm Höhe im Blütenknospenstadium
Brennessel	Schnitt	Starane 2,0 l/ha Garlon 2,0 l/ha Banvel M 8,0 l/ha Harmony 30 g/ha	nach mehrmaligem Schnitt bei 20-30 cm Höhe
Binsen	Entwässerung, tiefe Mahd	MCPA 2,4-D	mind. 30 cm hoch, 2 Wochen nach Behandlung abmähen; sofern Pflanzen wieder austreiben, ist eine Wiederholung nötig
SumpfSchachtelhalm	Regulierung der Wasserführung	MCPA 2,0 l/ha bzw. 0,5 %	bei voller Wedelentfaltung, mehrmals wiederholen
Bärenklau	Schnitt	Garlon 4,0 l/ha	nach mehrmaligem Schnitt bei 15-20 cm Höhe bzw. zum Rosettenstadium
Schafgarbe	geregelte Weideführung	Harmony 30 g/ha	

Die **Beweidung** der mit Unkrautbekämpfungsmitteln behandelten Flächen darf erst zum nachfolgenden Wiederaufwuchs erfolgen, wobei die vorgeschriebene Wartezeit (Gebrauchsanleitung des Präparates!) eingehalten werden muß, zumal die Tiere frisch behandelte Pflanzen bevorzugt fressen. Auch verliert Weidevieh oft seine instinktbedingte Abneigung gegen schädliche oder giftige Pflanzen, beispielsweise Hahnenfuß, wenn diese mit Wuchsstoffen behandelt sind. Alle Wuchsstoffe schädigen auch den Klee.

Die folgende **tabellarische Zusammenstellung** bringt Beispiele für chemische Unkrautbekämpfungsmaßnahmen auf Grünland.

Grünlandherbizide - Flächenspritzung

Präparat (Aufw.menge in l/ha)	Ampfer	Vogel-miere	Löwen-zahn	Hah-nen-fuß	Distel	Brenn-nessel	Gewässerab-stand und War-tezeit (Tage)		Anwendung (opt. Monate)	DM/ ha
Banvel M (5,0-8,0)	XX	XXX	XXX	XXX	X(X)	X(X)	10 m	28	Veg.periode (04-05+09)	80-128
HARMONY 75 DF* (25-30 g)	XXX	XX	-	XX	XX	X(X)	5 m	28	Mai-Sept. (08-09)	75-89
Starane 180 (1,5-2,0)	XXX	XXX	XXX	-	-	XX	10 m	14/21	Mai-Sept. (08-09)	87-116
Garlon 2** (4,0 l/ha)	XX	XXX	XXX	XX	-	XXX	5 m	14	Mai-August	
Hoestar* (60 g)	XX(X)	XX	XX(X)	XX	X	X	5 m	7/21	Frühjahr und Herbst	86
MCPA (2,0)	X	-	XX(X)	XXX	X(X)	-	10 m	28	Veg.periode (04-09)	22
2,4-D (2,0)	X	-	XXX	X	XX(X)	-	10 m	28	Veg.periode (04-09)	21
2,4-D + MCPA (1,0+1,0)	X	-	XXX	XXX	XX(X)	-	10 m	28	Veg.periode (04-09)	21
Duplosan KV (2,0-3,0)	XX	XXX	X	-	-	X	10 m	F	Nach Abtrieb (09-10)	40-60
Kritische Wer-te in % der Grünmasse	5	20	25, bei Heu 15	5	unter 5	unter 5				
Narbenabtötung										
Roundup (3,5-4,0)	XXX	XXX	XXX	XXX	XX	XX	10 m	14	Veg.periode (07-08)	91-104

Erläuterungen: * = kleeschonende Mittel; ** = Einteilung vorläufig, gegen Brennessel rei-chen 2,0 l/ha

Grünlandherbizide - Einzelpflanzenbehandlung

Präparat	Konz. Streich-gerät	Konz. Rük-ken-spritze	Ampfer	Distel	Brenn-nessel	War-tezeit Tage	Anwendung (optimale Monate)
Starane 180	20 %	0,5-1 %	XXX	-	XX(X)	14/21	Mai-Sept. (08-09)
Garlon 2**	-	1 %	X	-	XXX	14	Mai-August
HARMONY 75 DF	-	0,03 %	XXX	XX	XX	28	Mai-Sept. (08-09)
Hoestar	-	0,06 %	XXX	XX	XX	7/21	Frühjahr und Herbst
U 46 D	-	0,5 %	X	XXX	-	28	Veg.periode (04-10)
2,4-D + CMPP (160 + 350 g/l)	-	0,5 %	XXX	XXX	X	28	Veg.periode (04-10)
Brennesselgranulat	5 g je m²	-	XXX	XX	XXX	F	Nach Nutzung (08-10)
Prefix G Neu (W*)	0,5 g je Pflanze	-	XXX	XX	XX	28	Veg.periode (04-10)
Roundup	33 %	2-3 %	XXX	XXX	XX(X)	14	Veg.periode (07-09)

Erläuterungen: * = keine Anwendung in Wasserschutzgebieten; ** = vorläufige Einstufung

5.2.2.12   Gemüsebau

Allgemeine Hinweise

Die Unkrautbekämpfung im Gemüsebau wird wegen fehlender Ausweisung von Herbiziden zunehmend schwieriger. Um so wichtiger ist die sorgfältige Planung des Anbaus. Dabei sollte beachtet werden:

I.   Auswahl von Anbauflächen mit geringem Unkrautsamenbesatz, insbesondere in Hinblick auf die schwer bekämpfbaren Arten wie z. B. Klettenlabkraut, Kamille, Kreuzkraut, Schwarzen Nachtschatten und Knöterich-Arten; dies gilt vor allem bei konkurrenzschwachen Kulturen wie z. B. Zwiebeln und Porree.

II.   Möglichkeiten zur Minderung des späteren Unkrautauflaufes in der Kultur schon bei der Saatbett- oder Pflanzbeetbereitung nutzen, z. B. durch mehrfache mechanische Bearbeitung.

III.   Kein Anbau von Kulturen für die industrielle Weiterverarbeitung auf Standorten, auf denen die Gefahr der Verunreinigung der Ernteware mit toxischen Pflanzenteilen, z. B. mit Beeren des Schwarzen Nachtschattens droht.

IV.   Neuere Verfahren zur mechanischen Unkrautbekämpfung wie z. B. Reihenhack-Bürstenmaschinen oder zur thermischen Unkrautbekämpfung wie z. B. Abflammgeräte in die Überlegung einbeziehen.

V.   Verhinderung des Unkrautaufwuchses durch Teil- oder Vollflächenabdeckung mit Mulchfolien oder -papieren.

Einsatz von Herbiziden

Die Möglichkeiten der chemischen Unkrautbekämpfung im Gemüsebau erstrecken sich vorwiegend auf die Bekämpfung von Samenunkräutern. Ausdauernde Unkräuter wie Disteln werden in der Regel nicht erfaßt und sind mechanisch zu beseitigen. Wiederholte Anwendung gleichartig wirkender Unkrautbekämpfungsmittel auf derselben Fläche führt häufig dazu, daß sich die mit dem verwendeten Präparat nicht bekämpfbaren Unkräuter besonders stark ausbreiten. Solchen nachteiligen Folgen ist durch Fruchtwechsel und wechselnden Einsatz verschiedenartig wirkender Präparate zu begegnen. Zur Erzielung eines befriedigenden Erfolges und zur Verhütung von Schäden durch Bodenherbizide ist zu beachten:
Einsatz nur auf gut gepufferten, garen Böden. Auf leichten Böden sind die Unkrautbekämpfungsmittel in der niedrigsten noch wirksamen Dosis anzuwenden, auf schweren und humusreichen Böden ist die höhere Aufwandmenge verantwortbar. Auf Böden mit über 5% Humusgehalt sollten Nachauflaufmittel bevorzugt werden.
Das Saatbett ist sorgfältig vorzubereiten, die Oberfläche muß feinkrümelig sein. Die Saat soll gleichmäßig und in ausreichender Tiefe eingebracht werden, insbesondere bei vorgesehener Anwendung von Vorauflaufmitteln. Drillfurchen müssen mit Hilfe von Zustreichern und Ketten eingeebnet sollten. - Die Wirkung der Vorauflaufmittel ist abhängig von ausreichender Bodenfeuchtigkeit; daher sind zu trockene Flächen vor der Behandlung zu beregnen. Kurz nach der Ausbringung des Mittels muß jedoch eine stärkere Beregnung unterbleiben. - Nur einwandfrei arbeitende Pflanzenschutzmaschinen einsetzen. Überlappung der Spritzbahnen ist zu vermeiden.
Bei Spritzbehandlungen werden, sofern nicht anders angegeben, 600 Liter Spritzflüssigkeit je ha als Standard angesehen. Die Wasseraufwandmenge wird in der Praxis in Anlehnung an

die Spritztechnik im Ackerbau meist jedoch auf 200 bis 400 l/ha reduziert. Eine Ausbringung im Sprühverfahren sollte in jedem Fall unterbleiben, allein schon wegen der erhöhten Abtriftgefahr.

Herbizide sind in Gemüsekulturen nur im Rahmen der Zulassung so einzusetzen, daß die Wirkstoffrückstände zum Zeitpunkt der Ernte unterhalb der festgesetzten Werte der Höchstmengenverordnung liegen.

Beachtet werden sollten außerdem die Nachbaubeschränkungen (siehe unter "Pflanzenschutzmittelübersicht - Einschränkungen bei der Anwendung von Pflanzenschutzmitteln"). Dies gilt insbesondere, wenn kurzfristig landwirtschaftlich genutzte Ackerflächen für den Anbau von Gemüse genutzt werden sollen.

Soweit nicht anders angegeben, sind die in den folgenden Übersichten genannten Herbizide für den Gemüsebau nur für die Anwendung im Freiland zugelassen!

Düngemittel mit Teilwirkung gegen Unkräuter

Neben den weiter oben gemachten Bemerkungen zum Einsatz von *Kalkstickstoff* ist im Gemüsebau zu beachten, daß die Höhe der *Kalkstickstoff*-Gaben durch den Stickstoffbedarf der jeweiligen Kulturen begrenzt werden muß.

Anwendungszeitraum:

Erbsen vom Auflaufen bis Handhöhe.

Buschbohnen nach der Saat.

Porree, Zwiebeln etwa 2-3 Wochen vor der Saat, vor oder nach dem Pflanzen.

Gemüsekohl etwa 2-3 Wochen vor oder 2-3 Wochen nach dem Pflanzen.

Spargel nach der Ernte.

Generelle Unkrautbekämpfung ohne Dauerwirkung

Zur generellen Unkrautbekämpfung (ohne Dauerwirkung) vor dem Auflaufen oder vor dem Pflanzen der Kulturpflanzen sowie gegen zweikeimblättrige Pflanzen zur Erleichterung der Bodenbearbeitung auf abgeräumten Flächen, die kurzfristig in Nutzung genommen werden sollen, ist zur Zeit für den Gemüsebau kein Herbizid ausgewiesen.

Herbizide für einzelne Gemüsearten

Bei der Anwendung von Herbiziden gegen Unkräuter in Gemüsekulturen sind die Gebrauchsvorschriften genau zu beachten. Es ist zu unterscheiden zwischen Präparaten, die vor der Gemüsesaat (Vorsaatverfahren) ausgebracht werden und solchen, die vor dem Auflaufen der Kulturpflanzen (Vorauflaufverfahren), nach dem Auflaufen der Kulturpflanzen (Nachauflaufverfahren), vor dem Pflanzen oder nach dem Pflanzen zur Anwendung kommen.

Die zu behandelnde Fläche muß zuvor genau ausgemessen werden, um die benötigte Mittelmenge zuverlässig zu berechnen. Die Spritzflüssigkeit unbedingt gleichmäßig ausbringen. Niemals doppelt spritzen. Herbizide nicht bei stärkerem Wind ausbringen, da Nachbarkulturen durch Abtrift geschädigt werden können.

Spritzgeräte und Zubehör sind nach der Anwendung von Unkrautbekämpfungsmitteln sorgfältig zu reinigen (siehe unter "Pflanzenschutztechnik - Reinigung und Pflege von Pflanzenschutzmaschinen und -geräten").

Wirkstoffe/ Präparate/ Kulturen	Schaderreger	Aufwand	Hinweise	WZ

5.2.3 Anwendungsgebiete

5.2.3.1 Herbizide im Ackerbau/Getreide

2,4-D, 160 g/l, Mecoprop-P, 350 g/l
COMPO Rasenunkraut-frei, COM, Xn ••• Duplosan KV-Combi, BAS, BAY/CBA/NAD/COM/DPB, Xn ••• Marks Optica MP Combi, AHM, Xn ••• Rasen-Duplosan, BAY, Xn ••• RASEN-RA-6, HEN, Xn ••• Rasen-Unkrautvernichter Astix MPD, CEL, Xn

Wirkstoffe/ Präparate/ Kulturen	Schaderreger	Aufwand	Hinweise	WZ
Sommergetreide, ausgenommen Sommerroggen und Hartweizen	Zweikeimblättrige Unkräuter	2,5 l/ha	nach dem Auflaufen	F
Wintergetreide, ausgenommen Triticale	Zweikeimblättrige Unkräuter	2,5 l/ha	nach dem Auflaufen	F

2,4-D, 250 g/l, MCPA, 250 g/l
Aaherba-Combi, ASU, Xn, B4 ••• MEGA-MD, NUF, Xn, B4

Sommergetreide, ausgenommen Hartweizen	Zweikeimblättrige Unkräuter	1,5 l/ha	nach dem Auflaufen	F
Wintergetreide, ausgenommen Triticale	Zweikeimblättrige Unkräuter	1,5 l/ha	nach dem Auflaufen	F

2,4-D, 500 g/l
Spritz-Hormin 500 00, NLI, Xn

Sommergerste, Sommerroggen, Sommerweizen	Zweikeimblättrige Unkräuter	1,5 l/ha	nach dem Auflaufen	F
Triticale	Zweikeimblättrige Unkräuter	1,5 l/ha	nach dem Auflaufen	F
Wintergetreide, ausgenommen Triticale	Zweikeimblättrige Unkräuter	1,5 l/ha	nach dem Auflaufen	F

U 46 D-Fluid, BAS, DOW, Xn

Sommergetreide, ausgenommen Hartweizen	Zweikeimblättrige Unkräuter	1,5 l/ha	nach dem Auflaufen	F
Wintergetreide, ausgenommen Triticale	Zweikeimblättrige Unkräuter	1,5 l/ha	nach dem Auflaufen	F

Aclonifen, 600 g/l
Bandur, RPA, CYD, B3

Mais	Aus Samen auflaufende zweikeimblättrige Unkräuter	2 l/ha	auf mittleren Böden I vor dem Auflaufen	F
Mais	Aus Samen auflaufende zweikeimblättrige Unkräuter	2,5 l/ha	auf schweren Böden I vor dem Auflaufen	F
Mais	Aus Samen auflaufende zweikeimblättrige Unkräuter	1,5 l/ha	auf leichten Böden I vor dem Auflaufen	F

Amidosulfuron, 750 g/kg
Hoestar, AVO

Sommergetreide, ausgenommen Sommerroggen und Hartweizen	Klettenlabkraut	40 g/ha	nach dem Auflaufen	F
Wintergetreide	Klettenlabkraut	40 g/ha	Spätanwendung I nach dem Auflaufen	F
Wintergetreide	Klettenlabkraut	40 g/ha	nach dem Auflaufen	F

Bekämpfung von Unkräutern und Ungräsern

Wirkstoffe/ Präparate/ Kulturen	Schaderreger	Aufwand	Hinweise	WZ
Bentazon, 333 g/l, Dichlorprop-P, 233 g/l				
Basagran DP, BAS, Xn				
Hafer, Sommergerste, Sommerweizen	Zweikeimblättrige Unkräuter	3 l/ha	nach dem Auflaufen	F
Triticale	Zweikeimblättrige Unkräuter	3 l/ha	nach dem Auflaufen	F
Wintergerste	Klettenlabkraut, Vogelmiere, Kamille-Arten und Windenknöterich	3 l/ha	Spätanwendung I nach dem Auflaufen	F
Wintergetreide, ausgenommen Triticale	Zweikeimblättrige Unkräuter	3 l/ha	nach dem Auflaufen	F
Bentazon, 480 g/l				
Basagran, BAS, Xn				
Hafer, Sommergerste, Sommerweizen	Vogelmiere und Kamille-Arten	2 l/ha	nach dem Auflaufen	F
Bifenox, 250 g/l, Mecoprop-P, 308 g/l				
Bifenal, RPA, Xi, B4				
Sommergetreide, ausgenommen Hartweizen	Zweikeimblättrige Unkräuter	2,5 l/ha	nach dem Auflaufen	F
Triticale	Zweikeimblättrige Unkräuter	3 l/ha	nach dem Auflaufen	F
Wintergerste	Zweikeimblättrige Unkräuter	2,5 l/ha	nach dem Auflaufen	F
Wintergetreide, ausgenommen Triticale	Zweikeimblättrige Unkräuter	3 l/ha	nach dem Auflaufen	F
Bifenox, 480 g/l				
RPA 03681 H, RPA				
Wintergerste, Winterroggen, Winterweizen	Ehrenpreis-, Stiefmütterchen- und Taubnessel-Arten	1,5 l/ha	nach dem Auflaufen	F
Bromoxynil, 100 g/kg, Pyridat, 300 g/kg				
DUOGRANOL, NAD, RPA, Xn				
Mais	Zweikeimblättrige Unkräuter	3 kg/ha	nach dem Auflaufen	60
Bromoxynil, 100 g/l, Bentazon, 250 g/l				
Extoll, BAS, Xn				
Mais	Zweikeimblättrige Unkräuter	3 l/ha	nach dem Auflaufen	60
Bromoxynil, 150 g/l, Terbuthylazin, 333 g/l				
GARDOBUC, NAD, Xn				
Mais	Zweikeimblättrige Unkräuter und Einjährige Rispe	2 l/ha	nach dem Auflaufen	60
Mais	Zweikeimblättrige Unkräuter und Einjährige Rispe	1,5 l/ha	nach dem Auflaufen	60
Bromoxynil, 225 g/l				
BUCTRIL, RPA, Xn				
Hafer, Sommergerste, Sommerweizen	Zweikeimblättrige Unkräuter	2 l/ha	nach dem Auflaufen	F
Mais	Zweikeimblättrige Unkräuter	1,5 l/ha	nach dem Auflaufen	60
Wintergetreide, ausgenommen Triticale	Kamille-Arten	2 l/ha	nach dem Auflaufen	F
Bromoxynil, 235 g/l				
Bromotril 235 EC, MAC, ASU, Xn				
Hafer, Sommergerste, Sommerweizen	Zweikeimblättrige Unkräuter	2 l/ha	nach dem Auflaufen	F
Mais	Zweikeimblättrige Unkräuter	1,5 l/ha	nach dem Auflaufen	60
Wintergetreide, ausgenommen Triticale	Kamille-Arten	2 l/ha	nach dem Auflaufen	F

Wirkstoffe/ Präparate/ Kulturen	Schaderreger	Aufwand	Hinweise	WZ
CERTROL B, CFP, SPI, Xn				
Hafer, Sommergerste, Sommerweizen	Zweikeimblättrige Unkräuter	2 l/ha	nach dem Auflaufen	F
Mais	Aus Samen auflaufende zweikeimblättrige Unkräuter	1,5 l/ha	nach dem Auflaufen	60
Sommergerste und Sommerweizen	Kamille-Arten	2 l/ha	nach dem Auflaufen	F
Wintergerste und Winterweizen	Kamille-Arten	2 l/ha	nach dem Auflaufen	F
Wintergetreide, ausgenommen Triticale	Kamille-Arten	2 l/ha	nach dem Auflaufen	F
Bromoxynil, 250 g/l				
Bromotril 250 SC, MAC, ASU, Xn	Zweikeimblättrige Unkräuter	2 l/ha	nach dem Auflaufen	60
Mais				
Bromoxynil, 600 g/kg, Primisulfuron, 20 g/kg				
Herkules E, NAD, Xn	Zweikeimblättrige Unkräuter	0,5 kg/ha	nach dem Auflaufen	60
Mais				
Bromoxynil, 600 g/kg, Prosulfuron, 30 g/kg				
ECLAT, NAD, Xn	Zweikeimblättrige Unkräuter	0,5 kg/ha	nach dem Auflaufen	60
Mais				
Bromoxynil, 75 g/l, Pendimethalin, 300 g/l				
PENDIMOX, CFP, Xn	Aus Samen auflaufende zweikeimblättrige Unkräuter	4,5 l/ha	nach dem Auflaufen	60
Mais				
Carfentrazone, 463,4 g/kg				
Platform, FMC, DPB, Xi	Klettenlabkraut, Ehrenpreis- und Taubnessel-Arten	40 g/ha	nach dem Auflaufen	F
Wintergerste und Winterweizen	Klettenlabkraut, Ehrenpreis- und Taubnessel-Arten	40 g/ha	nach dem Auflaufen	F
Wintergerste und Winterweizen				
Chlortoluron, 300 g/l, Pendimethalin, 200 g/l				
Pendiron flüssig, NAD, BAS/CYD/SPI/URA	Zweikeimblättrige Unkräuter, Ackerfuchsschwanz, Windhalm und Einjährige Rispe	5 l/ha	auf allen Böden, ausgenommen besonders schweren Böden I nach dem Auflaufen	F
Wintergerste und Winterweizen				
Wintergetreide, ausgenommen Triticale	Zweikeimblättrige Unkräuter, Ackerfuchsschwanz, Windhalm und Einjährige Rispe	5 l/ha	auf allen Böden, ausgenommen besonders schweren Böden I vor dem Auflaufen	F
Chlortoluron, 500 g/l				
Dicuran Agan 500 flüssig, MAC, B4 ••• HORA-Chlortoluron 500 flüssig, NAD, B4 ••• HORA-Chlortoluron 500 flüssig, HOR, B4				
Wintergerste und Winterweizen	Ackerfuchsschwanz, Windhalm, Einjährige Rispe und zweikeimblättrige Unkräuter, ausgenommen Klettenlabkraut	5 l/ha	auf schweren Böden I nach dem Auflaufen I Herbst	F
Wintergerste und Winterweizen	Ackerfuchsschwanz, Windhalm, Einjährige Rispe und zweikeimblättrige Unkräuter, ausgenommen Klettenlabkraut	4 l/ha	auf mittleren Böden I nach dem Auflaufen I Herbst	F
Wintergerste und Winterweizen	Ackerfuchsschwanz, Windhalm, Einjährige Rispe und zweikeimblättrige Unkräuter, ausgenommen Klettenlabkraut	3 l/ha	auf leichten Böden I nach dem Auflaufen I Herbst	F

Wirkstoffe/ Präparate/ Kulturen	Schaderreger	Aufwand	Hinweise	WZ
Wintergerste und Winterweizen	Ackerfuchsschwanz, Windhalm, Einjährige Rispe und zweikeimblättrige Unkräuter, ausgenommen Klettenlabkraut	5 l/ha	auf schweren Böden I nach dem Auflaufen I Frühjahr	F
Wintergerste und Winterweizen	Ackerfuchsschwanz, Windhalm, Einjährige Rispe und zweikeimblättrige Unkräuter, ausgenommen Klettenlabkraut	4 l/ha	auf mittleren Böden I nach dem Auflaufen I Frühjahr	F
Wintergerste und Winterweizen	Ackerfuchsschwanz, Windhalm, Einjährige Rispe und zweikeimblättrige Unkräuter, ausgenommen Klettenlabkraut	6 l/ha	auf besonders schweren Böden, z.B. Marschböden I nach dem Auflaufen I Frühjahr	F
Wintergerste und Winterweizen	Ackerfuchsschwanz, Windhalm, Einjährige Rispe und zweikeimblättrige Unkräuter, ausgenommen Klettenlabkraut	3 l/ha	auf leichten Böden I nach dem Auflaufen I Frühjahr	F
Wintergetreide, ausgenommen Triticale	Ackerfuchsschwanz, Windhalm, Einjährige Rispe und zweikeimblättrige Unkräuter, ausgenommen Klettenlabkraut	5 l/ha	auf schweren Böden I vor dem Auflaufen	F
Wintergetreide, ausgenommen Triticale	Ackerfuchsschwanz, Windhalm, Einjährige Rispe und zweikeimblättrige Unkräuter, ausgenommen Klettenlabkraut	4 l/ha	auf mittleren Böden I vor dem Auflaufen	F
Wintergetreide, ausgenommen Triticale	Ackerfuchsschwanz, Windhalm, Einjährige Rispe und zweikeimblättrige Unkräuter, ausgenommen Klettenlabkraut	3 l/ha	auf leichten Böden I vor dem Auflaufen	F

Chlortoluron, 500 g/l, Diflufenican, 50 g/l
ECONAL, RPA

Wintergetreide, ausgenommen Triticale	Zweikeimblättrige Unkräuter, Ackerfuchsschwanz, Windhalm und Einjährige Rispe	3 l/ha	nach dem Auflaufen	F
Wintergetreide, ausgenommen Triticale	Zweikeimblättrige Unkräuter, Ackerfuchsschwanz, Windhalm und Einjährige Rispe	4 l/ha	vor dem Auflaufen	F
Wintergetreide, ausgenommen Triticale	Zweikeimblättrige Unkräuter, Ackerfuchsschwanz, Windhalm und Einjährige Rispe	3 l/ha	nach dem Auflaufen	F

Chlortoluron, 700 g/l
Dicuran 700 flüssig, NAD, B4 ••• HORA-Curan 700 flüssig, HOR, B4 ••• MISTRAL 700, FSG, B4 ••• Stefes MONSUN, STE, B4

Wintergerste und Winterweizen	Ackerfuchsschwanz, Windhalm, Einjährige Rispe und zweikeimblättrige Unkräuter, ausgenommen Klettenlabkraut	3 l/ha	auf mittleren Böden I nach dem Auflaufen I Herbst	F
Wintergerste und Winterweizen	Ackerfuchsschwanz, Windhalm, Einjährige Rispe und zweikeimblättrige Unkräuter, ausgenommen Klettenlabkraut	2 l/ha	auf leichten Böden I nach dem Auflaufen I Herbst	F
Wintergerste und Winterweizen	Ackerfuchsschwanz, Windhalm, Einjährige Rispe und zweikeimblättrige Unkräuter, ausgenommen Klettenlabkraut	3.5 l/ha	auf schweren oder humosen Böden I nach dem Auflaufen I Herbst	F

Kapitel 5.2 Bekämpfung von Unkräutern und Ungräsern

5.2.3.1 Herbizide im Ackerbau/Getreide

Wirkstoffe/ Präparate/ Kulturen	Schaderreger	Aufwand	Hinweise	WZ
Wintergerste und Winterweizen	Ackerfuchsschwanz, Windhalm, Einjährige Rispe und zweikeimblättrige Unkräuter, ausgenommen Klettenlabkraut	3 l/ha	auf mittleren Böden I nach dem Auflaufen I Frühjahr	F
Wintergerste und Winterweizen	Ackerfuchsschwanz, Windhalm, Einjährige Rispe und zweikeimblättrige Unkräuter, ausgenommen Klettenlabkraut	2 l/ha	auf leichten Böden I nach dem Auflaufen I Frühjahr	F
Wintergerste und Winterweizen	Ackerfuchsschwanz, Windhalm, Einjährige Rispe und zweikeimblättrige Unkräuter, ausgenommen Klettenlabkraut	3,5 l/ha	auf schweren oder humosen Böden I nach dem Auflaufen I Frühjahr	F
Wintergetreide, ausgenommen Triticale	Ackerfuchsschwanz, Windhalm, Einjährige Rispe und zweikeimblättrige Unkräuter, ausgenommen Klettenlabkraut	3 l/ha	auf mittleren Böden I vor dem Auflaufen	F
Wintergetreide, ausgenommen Triticale	Ackerfuchsschwanz, Windhalm, Einjährige Rispe und zweikeimblättrige Unkräuter, ausgenommen Klettenlabkraut	2 l/ha	auf leichten Böden I vor dem Auflaufen	F
Wintergetreide, ausgenommen Triticale	Ackerfuchsschwanz, Windhalm, Einjährige Rispe und zweikeimblättrige Unkräuter, ausgenommen Klettenlabkraut	3,5 l/ha	auf schweren Böden I vor dem Auflaufen	F
Lentipur CL 700 fl, NLI, B3 ••• ZERA-Chlortoluron 700 fl, ZER, B3				
Triticale	Ackerfuchsschwanz, Windhalm, Einjährige Rispe und zweikeimblättrige Unkräuter, ausgenommen Klettenlabkraut	2 l/ha	auf leichten Böden I nach dem Auflaufen	F
Triticale	Ackerfuchsschwanz, Windhalm, Einjährige Rispe und zweikeimblättrige Unkräuter, ausgenommen Klettenlabkraut	3,5 l/ha	auf schweren oder humosen Böden I nach dem Auflaufen	F
Triticale	Ackerfuchsschwanz, Windhalm, Einjährige Rispe und zweikeimblättrige Unkräuter, ausgenommen Klettenlabkraut	3 l/ha	auf mittleren Böden I nach dem Auflaufen	F
Wintergerste und Winterweizen	Ackerfuchsschwanz, Windhalm, Einjährige Rispe und zweikeimblättrige Unkräuter, ausgenommen Klettenlabkraut	2 l/ha	auf leichten Böden I nach dem Auflaufen I Herbst	F
Wintergerste und Winterweizen	Ackerfuchsschwanz, Windhalm, Einjährige Rispe und zweikeimblättrige Unkräuter, ausgenommen Klettenlabkraut	3 l/ha	auf mittleren Böden I nach dem Auflaufen I Herbst	F
Wintergerste und Winterweizen	Ackerfuchsschwanz, Windhalm, Einjährige Rispe und zweikeimblättrige Unkräuter, ausgenommen Klettenlabkraut	3,5 l/ha	auf schweren oder humosen Böden I nach dem Auflaufen I Herbst	F
Wintergerste und Winterweizen	Ackerfuchsschwanz, Windhalm, Einjährige Rispe und zweikeimblättrige Unkräuter, ausgenommen Klettenlabkraut	2 l/ha	auf leichten Böden I nach dem Auflaufen I Frühjahr	F

Wirkstoffe / Präparate / Kulturen	Schaderreger	Aufwand	Hinweise	WZ
Wintergerste und Winterweizen	Ackerfuchsschwanz, Windhalm, Einjährige Rispe und zweikeimblättrige Unkräuter, ausgenommen Klettenlabkraut	3 l/ha	auf mittleren Böden I nach dem Auflaufen I Frühjahr	F
Wintergerste und Winterweizen	Ackerfuchsschwanz, Windhalm, Einjährige Rispe und zweikeimblättrige Unkräuter, ausgenommen Klettenlabkraut	3,5 l/ha	auf schweren oder humosen Böden I nach dem Auflaufen I Frühjahr	F
Wintergetreide, ausgenommen Triticale	Ackerfuchsschwanz, Windhalm, Einjährige Rispe und zweikeimblättrige Unkräuter, ausgenommen Klettenlabkraut	2 l/ha	auf leichten Böden I vor dem Auflaufen	F
Wintergetreide, ausgenommen Triticale	Ackerfuchsschwanz, Windhalm, Einjährige Rispe und zweikeimblättrige Unkräuter, ausgenommen Klettenlabkraut	3 l/ha	auf mittleren Böden I vor dem Auflaufen	F
Wintergetreide, ausgenommen Triticale	Ackerfuchsschwanz, Windhalm, Einjährige Rispe und zweikeimblättrige Unkräuter, ausgenommen Klettenlabkraut	3,5 l/ha	auf schweren oder humosen Böden I vor dem Auflaufen	F
Chlortoluron, 750 g/kg				
Dicuran 75 WDG, NAD				
Wintergerste und Winterweizen	Ackerfuchsschwanz, Windhalm, Einjährige Rispe und zweikeimblättrige Unkräuter, ausgenommen Klettenlabkraut	2 kg/ha	auf leichten Böden I nach dem Auflaufen I Herbst	F
Wintergerste und Winterweizen	Ackerfuchsschwanz, Windhalm, Einjährige Rispe und zweikeimblättrige Unkräuter, ausgenommen Klettenlabkraut	2,5 kg/ha	auf mittleren Böden I nach dem Auflaufen I Herbst	F
Wintergerste und Winterweizen	Ackerfuchsschwanz, Windhalm, Einjährige Rispe und zweikeimblättrige Unkräuter, ausgenommen Klettenlabkraut	3 kg/ha	auf schweren oder humosen Böden I nach dem Auflaufen I Herbst	F
Wintergerste und Winterweizen	Ackerfuchsschwanz, Windhalm, Einjährige Rispe und zweikeimblättrige Unkräuter, ausgenommen Klettenlabkraut	2 kg/ha	auf leichten Böden I nach dem Auflaufen I Frühjahr	F
Wintergerste und Winterweizen	Ackerfuchsschwanz, Windhalm, Einjährige Rispe und zweikeimblättrige Unkräuter, ausgenommen Klettenlabkraut	2,5 kg/ha	auf mittleren Böden I nach dem Auflaufen I Frühjahr	F
Wintergerste und Winterweizen	Ackerfuchsschwanz, Windhalm, Einjährige Rispe und zweikeimblättrige Unkräuter, ausgenommen Klettenlabkraut	3 kg/ha	auf schweren oder humosen Böden I nach dem Auflaufen I Frühjahr	F
Wintergetreide, ausgenommen Triticale	Ackerfuchsschwanz, Windhalm, Einjährige Rispe und zweikeimblättrige Unkräuter, ausgenommen Klettenlabkraut	2,5 kg/ha	auf mittleren Böden I vor dem Auflaufen	F
Wintergetreide, ausgenommen Triticale	Ackerfuchsschwanz, Windhalm, Einjährige Rispe und zweikeimblättrige Unkräuter, ausgenommen Klettenlabkraut	2 kg/ha	auf leichten Böden I vor dem Auflaufen	F

Wirkstoffe/ Präparate/ Kulturen	Schaderreger	Aufwand	Hinweise	WZ
Wintergetreide, ausgenommen Triticale	Ackerfuchsschwanz, Windhalm, Einjährige Rispe und zweikeimblättrige Unkräuter, ausgenommen Klettenlabkraut	3 kg/ha	auf schweren Böden I vor dem Auflaufen	F
Clodinafop, 71,3 g/l, Cloquintocet, 14,15 g/l				
Topik, NAD, Xi				
Hartweizen und Sommerweizen	Ackerfuchsschwanz und Flughafer	0,4 l/ha	nach dem Auflaufen	F
Hartweizen und Sommerweizen	Flughafer, Ackerfuchsschwanz und Windhalm	0,5 l/ha	nach dem Auflaufen	F
Triticale, Winterroggen, Winterweizen	Ackerfuchsschwanz und Flughafer	0,4 l/ha	nach dem Auflaufen	F
Triticale, Winterroggen, Winterweizen	Flughafer, Ackerfuchsschwanz und Windhalm	0,5 l/ha	nach dem Auflaufen I Frühjahr	F
Triticale, Winterroggen, Winterweizen	Flughafer, Ackerfuchsschwanz und Windhalm	0,5 l/ha	nach dem Auflaufen I Frühjahr, spät	F
Winterroggen und Winterweizen	Ackerfuchsschwanz und Windhalm	0,5 l/ha	nach dem Auflaufen	F
Clopyralid, 100 g/l				
LONTREL 100, DOW				
Mais	Ackerkratzdistel	1,2 l/ha	nach dem Auflaufen	60
Dicamba, 480 g/l				
Banvel 4 S, SAD, AVO, Xi				
Mais	Zweikeimblättrige Unkräuter	0,75 l/ha	nach dem Auflaufen	60
Dichlorprop-P, 485 g/kg, Fluoroglycofen, 14 g/kg				
Estrad, BAS, Xn				
Hafer, Sommergerste, Sommerweizen	Zweikeimblättrige Unkräuter	2 kg/ha	nach dem Auflaufen	F
Wintergetreide, ausgenommen Triticale	Zweikeimblättrige Unkräuter	2 kg/ha	nach dem Auflaufen	F
Dichlorprop-P, 600 g/l				
Berghoff Optica DP, CBA, Xn, B4 ••• MARKS OPTICA DP n, AHM, CBA/DPB, Xn, B4				
Hafer, Sommergerste, Sommerweizen	Zweikeimblättrige Unkräuter	2,5 l/ha	nach dem Auflaufen	F
Wintergetreide, ausgenommen Triticale	Zweikeimblättrige Unkräuter	2,5 l/ha	nach dem Auflaufen	F
Duplosan DP, BAS, BAY, Xn, B4 ••• Marks Optica DP, AHM, Xn, B4 ••• Orbitox DP, URA, Xn				
Sommergetreide, ausgenommen Sommerroggen und Hartweizen	Zweikeimblättrige Unkräuter	2,5 l/ha	nach dem Auflaufen	F
Wintergetreide, ausgenommen Triticale	Zweikeimblättrige Unkräuter	2,5 l/ha	nach dem Auflaufen	F
Diclofop, 362,5 g/l				
Illoxan, AVO, Xi, B4				
Sommergerste und Sommerweizen	Flughafer	2,5 l/ha	nach dem Auflaufen	F
Winterweizen	Flughafer	2,5 l/ha	nach dem Auflaufen	F
Diflufenican, 100 g/l, Flurtamone, 250 g/l				
Bacara, RPA				
Wintergetreide	Zweikeimblättrige Unkräuter, Windhalm und Einjährige Rispe	1 l/ha	vor dem Auflaufen I Herbst, 9-12	F
Wintergetreide	Zweikeimblättrige Unkräuter, Windhalm und Einjährige Rispe	1 l/ha	nach dem Auflaufen I Herbst, 13-29	F
Wintergetreide	Zweikeimblättrige Unkräuter, Windhalm und Einjährige Rispe	1 l/ha	nach dem Auflaufen	F

Wirkstoffe/ Präparate/ Kulturen	Schaderreger	Aufwand	Hinweise	WZ
Diflufenican, 200 g/kg, Flufenacet, 400 g/kg Herold, BAY, Xn				
Wintergerste, Winterroggen, Winterweizen	Zweikeimblättrige Unkräuter, Ackerfuchsschwanz, Windhalm und Einjährige Rispe	0,6 kg/ha	auf mittleren oder schweren Böden I nach dem Auflaufen	F
Wintergerste, Winterroggen, Winterweizen	Zweikeimblättrige Unkräuter, Ackerfuchsschwanz, Windhalm und Einjährige Rispe	0,6 kg/ha	auf mittleren oder schweren Böden I vor dem Auflaufen	F
Wintergetreide	Zweikeimblättrige Unkräuter, Ackerfuchsschwanz, Windhalm und Einjährige Rispe	0,5 kg/ha	auf leichten oder mittleren Böden I nach dem Auflaufen	F
Diflufenican, 250 g/l RPA 4167O H, RPA, B4				
Wintergerste und Winterroggen	Zweikeimblättrige Unkräuter	0,75 l/ha	nach dem Auflaufen	F
Wintergetreide, ausgenommen Triticale	Zweikeimblättrige Unkräuter, Windhalm und Einjährige Rispe	0,75 l/ha	vor dem Auflaufen	F
Diflufenican, 33,3 g/l, Mecoprop-P, 500 g/l LOREDO, RPA, Xi				
Hafer, Sommergerste, Sommerweizen	Zweikeimblättrige Unkräuter	1,5 l/ha	nach dem Auflaufen	F
Wintergerste, Winterroggen, Winterweizen	Zweikeimblättrige Unkräuter	2 l/ha	nach dem Auflaufen	F
Dimethenamid, 900 g/l FRONTIER, BAS, Xi				
Mais	Hirse-, Amarant- und Kamille-Arten	1,6 l/ha	Spritzen mit Einarbeitung I vor der Saat	F
Mais	Hirse-, Amarant- und Kamille-Arten	1,6 l/ha	vor dem Auflaufen	F
Fenoxaprop-P, 66 g/l, Mefenpyr, 75 g/l Ralon Super, AVO				
Sommergerste	Flughafer, Ackerfuchsschwanz und Windhalm	1,2 l/ha	nach dem Auflaufen	F
Triticale, Winterroggen, Winterweizen	Ackerfuchsschwanz und Windhalm	1,2 l/ha	nach dem Auflaufen	F
Triticale, Winterroggen, Winterweizen	Flughafer, Ackerfuchsschwanz und Windhalm	1,2 l/ha	nach dem Auflaufen	F
Winterweizen	Flughafer, Ackerfuchsschwanz und Windhalm	1,2 l/ha	nach dem Auflaufen	F
Fluroglycofen, 187 g/kg Compete "neu", RHD				
Sommergetreide, ausgenommen Sommerroggen und Hartweizen	Klettenlabkraut, Ehrenpreis- und Taubnessel-Arten	200 ml/ha	nach dem Auflaufen	F
Wintergerste und Winterroggen	Zweikeimblättrige Unkräuter	0,2 l/ha	nach dem Auflaufen	F
Wintergetreide	Klettenlabkraut, Ehrenpreis- und Taubnessel-Arten	200 ml/ha	nach dem Auflaufen	F
Flupyrsulfuron-methyl, 160 g/kg, Carfentrazone, 310 g/kg LEXUS CLASS, DPB, Xi				
Winterweizen	Ackerfuchsschwanz, Windhalm und zweikeimblättrige Unkräuter	60 g/ha	nach dem Auflaufen	F
Winterweizen	Ackerfuchsschwanz und zweikeimblättrige Unkräuter	60 g/ha	nach dem Auflaufen	F

Wirkstoffe / Präparate / Kulturen	Schaderreger	Aufwand	Hinweise	WZ
Fluroxypyr, 100 g/l, Metosulam, 10 g/l				
ATOL, DOW, Xn				
Wintergetreide	Zweikeimblättrige Unkräuter	1 l/ha	nach dem Auflaufen	F
Fluroxypyr, 180 g/l				
Starane 180, DOW, Xi, B4				
Hafer, Sommergerste, Sommerweizen	Zweikeimblättrige Unkräuter	1 l/ha	nach dem Auflaufen	F
Mais	Windenarten	1,5 l/ha	nach dem Auflaufen	F
Triticale	Zweikeimblättrige Unkräuter	1 l/ha	nach dem Auflaufen (Frühjahr 13-29)	F
Triticale	Zweikeimblättrige Unkräuter	1 l/ha	nach dem Auflaufen (Frühjahr 30-31)	F
Triticale	Klettenlabkraut	1 l/ha	nach dem Auflaufen	F
Wintergerste und Winterweizen	Zweikeimblättrige Unkräuter	1 l/ha	nach dem Auflaufen	F
Wintergetreide, ausgenommen Triticale	Zweikeimblättrige Unkräuter	1 l/ha	nach dem Auflaufen	F
Wintergetreide, ausgenommen Triticale	Klettenlabkraut	1 l/ha	nach dem Auflaufen	F
Fluroxypyr, 400 g/l				
Starane 400 EW, DOW				
Mais	Windenarten	0,675 l/ha	nach dem Auflaufen	F
Sommergetreide, ausgenommen Sommerroggen und Hartweizen	Klettenlabkraut, Vogelmiere und Windenknöterich	0,45 l/ha	nach dem Auflaufen	F
Wintergetreide	Klettenlabkraut	0,45 l/ha	nach dem Auflaufen	F
Wintergetreide	Klettenlabkraut, Vogelmiere und Windenknöterich	0,45 l/ha	nach dem Auflaufen	F
Wintergetreide	Zweikeimblättrige Unkräuter	0,45 l/ha	nach dem Auflaufen	F
Glufosinat, 183 g/l				
LIBERTY, AVO, Xn				
Mais	Aus Samen auflaufende ein- und zweikeimblättrige Unkräuter	4,5 l/ha	nach dem Auflaufen	F
Mais	Aus Samen auflaufende ein- und zweikeimblättrige Unkräuter	2,25 l/ha	Spritzen im Splittingverfahren (2 Anwendungen) I bis zum 4-Blatt-Stadium	
Mais	Aus Samen auflaufende ein- und zweikeimblättrige Unkräuter	4 l/ha	Spritzen im Splittingverfahren (2 Anwendungen) I bis zum 4-Blatt-Stadium	F
BASTA, AVO, NAD, Xn ••• Difontan, AVO, Xn ••• Celaflor Unkrautfrei, CEL, Xn ••• Exakt-Unkrautfrei Madit, CEL, Xn ••• RA-200-flüssig, HEN, Xn ••• Unkrautfrei Weedex, CEL, Xn				
Mais	Aus Samen auflaufende ein- und zweikeimblättrige Unkräuter	5 l/ha	Spritzen als Unterblattbehandlung I nach dem Auflaufen	F
Mais	Aus Samen auflaufende ein- und zweikeimblättrige Unkräuter	5 l/ha	vor der Saat	F
Glyphosat, 178 g/l				
SWING, MOT, AVO, Xi, B4				
Mais	Aus Samen auflaufende ein- und zweikeimblättrige Unkräuter	4 l/ha	vor der Saat	90

Kapitel 5.2 Bekämpfung von Unkräutern und Ungräsern 5.2.3.1 Herbizide im Ackerbau/Getreide

Wirkstoffe/Präparate/Kulturen	Schaderreger	Aufwand	Hinweise	WZ
Glyphosat, 180 g/l Taifun 180, FSG, Xi				
Getreidestoppel	Quecke und Ausfallgetreide	8 l/ha	nach der Ernte	F
Glyphosat, 355,7 g/l Gallup, POL, BCL/CEM, Xi, B4 ••• Gligram, POL, Xi, B4 ••• Solstis, POL, Xi, B4				
Getreidestoppel	Quecke	5 l/ha		F
Lagergetreide, ausgenommen Saat- und Braugetreide	Ein- und zweikeimblättrige Unkräuter und Sikkation	5 l/ha	14 Tage vor der Ernte	14
Maisstoppel	Quecke	5 l/ha	Herbst	F
Wintergerste, ausgenommen Saat- und Braugerste	Ein- und zweikeimblättrige Unkräuter	5 l/ha	zur Spätanwendung	14
Glyper, AUS, DOW, Xi				
Getreidestoppel	Quecke	5 l/ha	Herbst	F
Lagergetreide, ausgenommen Saat- und Braugetreide	Ein- und zweikeimblättrige Unkräuter und Sikkation	5 l/ha	zur Spätanwendung	14
Mais	Ein- und zweikeimblättrige Unkräuter	5 l/ha	Unverdünnt spritzen I nach dem Auflaufen	60
Mais	Ein- und zweikeimblättrige Unkräuter	2,5 l/ha	Unverdünnt spritzen I Splittingverfahren I nach dem Auflaufen	60
Maisstoppel	Quecke	5 l/ha	Herbst	F
Wintergerste, ausgenommen Saat- und Braugerste	Ein- und zweikeimblättrige Unkräuter	5 l/ha	nach dem Auflaufen	14
Cardinal, MOT, Xi ••• COMPO Spezial-Unkrautvernichter Filatex, COM, Xi ••• DURANO, MOT, Xi ••• Egret, MOT, Xi ••• Roundup, MOT, SPI/URA, Xi ••• Saki, MOT, ASU/SOS, Xi ••• Spezial-Unkrautvernichter Weedex, CEL, Xi ••• STEFES MAMBA, AUS, STE, Xi, B4				
Getreide, ausgenommen Saatgetreide, Braugerste und Brauweizen	Zwiewuchs in lagerndem Getreide zur Ernteerleichterung	5 l/ha	14 Tage vor der Ernte	14
Getreidestoppel	Quecke	5 l/ha	Herbst	F
Lagergetreide, ausgenommen Saat- und Braugerste	Ein- und zweikeimblättrige Unkräuter und Sikkation	5 l/ha	14 Tage vor der Ernte	14
Mais	Ein- und zweikeimblättrige Unkräuter	2,5 l/ha	Unverdünnt spritzen I nach dem Auflaufen	60
Mais	Ein- und zweikeimblättrige Unkräuter	5 l/ha	Unverdünnt spritzen I nach dem Auflaufen	60
Mais	Aus Samen auflaufende ein- und zweikeimblättrige Unkräuter	3 l/ha	Spritzen als Tankmischung I vor der Saat	90
Maisstoppel	Quecke	5 l/ha	Herbst	F
Wintergerste, ausgenommen Saat- und Braugerste	Ein- und zweikeimblättrige Unkräuter	5 l/ha	zur Spätanwendung	14

Wirkstoffe/ Präparate/ Kulturen	Schaderreger	Aufwand	Hinweise	WZ
Glyphosat, 360 g/l				
Taifun forte, FSG, Xi				
Getreidestoppel	Quecke und Ausfallgetreide	5 l/ha	nach der Ernte	F
Roundup LB Plus, MOT ••• Roundup Ultra, MOT				
Getreide, ausgenommen Saatgetreide, Braugerste und Brauweizen	Unkrautdurchwuchs in lagerndem Getreide zur Ernteerleichterung	5 l/ha	14 Tage vor der Ernte	14
Getreide, ausgenommen Saatgetreide, Braugerste und Brauweizen	Zwiewuchs in lagerndem Getreide zur Ernteerleichterung	5 l/ha	14 Tage vor der Ernte	14
Getreidestoppel	Quecke	5 l/ha	Herbst	F
Mais	Aus Samen auflaufende ein- und zweikeimblättrige Unkräuter	3 l/ha	vor der Saat	90
Mais	Ein- und zweikeimblättrige Unkräuter	5 l/ha	Spritzen als Zwischenreihenbehandlung mit Abschirmung I nach dem Auflaufen	60
Mais	Ein- und zweikeimblättrige Unkräuter	2,5 l/ha	Spritzen als Zwischenreihenbehandlung mit Abschirmung im Splittingverfahren I nach dem Auflaufen	60
Maisstoppel	Quecke	5 l/ha	Herbst	F
Wintergerste, ausgenommen Saat- und Braugerste	Ein- und zweikeimblättrige Unkräuter	5 l/ha	nach dem Auflaufen	14
Detia Total - Neu Unkrautmittel, DET ••• Etisso Total Unkrautfrei, FRU ••• Gabi Unkrautvernichter, GAB ••• GLYFOS, CHE, CYD ••• Keeper Unkrautfrei, BAY ••• Unkraut-Stop, NEU				
Getreide, ausgenommen Saatgetreide, Braugerste und Brauweizen	Zwiewuchs in lagerndem Getreide zur Ernteerleichterung	5 l/ha	vor der Ernte	14
Getreide, ausgenommen Saatgetreide, Braugerste und Brauweizen	Unkrautdurchwuchs in lagerndem Getreide zur Ernteerleichterung	5 l/ha	vor der Ernte	14
Getreidestoppel	Quecke	5 l/ha	nach der Ernte I Herbst	F
Maisstoppel	Quecke	5 l/ha	nach der Ernte I Herbst	F
Wintergerste, ausgenommen Saat- und Braugerste	Ein- und zweikeimblättrige Unkräuter	5 l/ha	Spätanwendung I nach dem Auflaufen	14
Glyphosat, 400 g/l				
Roundup 2000, MOT, B3				
Getreidestoppel	Quecke	3 l/ha	Spritzen als Tankmischung I Herbst	F
Maisstoppel	Quecke	3 l/ha	Spritzen als Tankmischung I Frühjahr	F
Maisstoppel	Quecke	3 l/ha	Spritzen als Tankmischung I Herbst	F
Glyphosat, 420 g/kg				
Roundup Gran, MOT ••• Roundup Ultragran, MOT				
Getreidestoppel	Quecke	4 kg/ha	Herbst	F
Lagergetreide, ausgenommen Saat- und Braugetreide	Ein- und zweikeimblättrige Unkräuter und Sikkation	4 kg/ha	14 Tage vor der Ernte	14

Wirkstoffe/ Präparate/ Kulturen	Schaderreger	Aufwand	Hinweise	WZ
Glyphosat-trimesium, 480 g/l				
Mais	Aus Samen auflaufende ein- und zweikeimblättrige Unkräuter	2,5 kg/ha	vor der Saat	90
Maisstoppel	Quecke	4 kg/ha	Herbst	F
Wintergerste, ausgenommen Saat- und Braugerste	Ein- und zweikeimblättrige Unkräuter	4 kg/ha	nach dem Auflaufen	14
Herburan A, URA, Xn ••• Touchdown, ZNC, Xn				
Futtergerste	Unkrautdurchwuchs in lagerndem Getreide zur Ernteerleichterung	5 l/ha	14 Tage vor der Ernte	14
Futtergerste	Zwiewuchs in lagerndem Getreide zur Ernteerleichterung	5 l/ha	14 Tage vor der Ernte	14
Getreidestoppel	Quecke	5 l/ha	nach der Ernte	F
Maisstoppel	Quecke	5 l/ha	nach der Ernte	F
Weizen	Zwiewuchs in lagerndem Getreide zur Ernteerleichterung	5 l/ha	14 Tage vor der Ernte	14
Weizen	Unkrautdurchwuchs in lagerndem Getreide zur Ernteerleichterung	5 l/ha	14 Tage vor der Ernte	14
Ioxynil, 100 g/l, Bromoxynil, 100 g/l, Fluroxypyr, 100 g/l Tristar, DOW, Xn				
Hafer, Sommergerste, Sommerweizen	Zweikeimblättrige Unkräuter	1,5 l/ha	nach dem Auflaufen	F
Triticale	Zweikeimblättrige Unkräuter	1,5 l/ha	nach dem Auflaufen [Frühjahr 13-29]	F
Triticale	Zweikeimblättrige Unkräuter	1,5 l/ha	nach dem Auflaufen [Frühjahr 30-31]	F
Wintergetreide, ausgenommen Triticale	Zweikeimblättrige Unkräuter	1,5 l/ha	nach dem Auflaufen [Frühjahr 13-29]	F
Wintergetreide, ausgenommen Triticale	Zweikeimblättrige Unkräuter	1,5 l/ha	nach dem Auflaufen [Frühjahr 29-31]	F
Ioxynil, 100 g/l, Isoproturon, 400 g/l, Diflufenican, 20 g/l AZUR, RPA, Xn, B4				
Sommergerste	Zweikeimblättrige Unkräuter, Windhalm und Einjährige Rispe	2,5 l/ha	nach dem Auflaufen	F
Sommerweizen	Zweikeimblättrige Unkräuter, Windhalm und Einjährige Rispe	2,5 l/ha	nach dem Auflaufen	F
Triticale	Windhalm, Einjährige Rispe und zweikeimblättrige Unkräuter, ausgenommen Klettenlabkraut	2,5 l/ha	nach dem Auflaufen	F
Wintergetreide, ausgenommen Triticale	Zweikeimblättrige Unkräuter, Windhalm und Einjährige Rispe	2,5 l/ha	nach dem Auflaufen	Herbst 13-29	F
Wintergetreide, ausgenommen Triticale	Zweikeimblättrige Unkräuter, Windhalm und Einjährige Rispe	2,5 l/ha	nach dem Auflaufen	Frühjahr 13-29	F
Ioxynil, 116 g/l, Dichlorprop-P, 500 g/l Mextrol DP, CFP, URA, Xn				
Hafer, Sommergerste, Sommerweizen	Zweikeimblättrige Unkräuter	2,5 l/ha	nach dem Auflaufen	F
Wintergetreide	Zweikeimblättrige Unkräuter	2,5 l/ha	nach dem Auflaufen	F

Wirkstoffe/Präparate/Kulturen	Schaderreger	Aufwand	Hinweise	WZ
Ioxynil, 187,5 g/l, Diflufenican, 25 g/l, Mecoprop-P, 234 g/l ORKAN, RPA, BAS, Xn				
Hafer, Sommergerste, Sommerweizen	Zweikeimblättrige Unkräuter	1 l/ha	nach dem Auflaufen	F
Wintergetreide, ausgenommen Triticale	Zweikeimblättrige Unkräuter	2 l/ha	nach dem Auflaufen	F
Ioxynil, 380 g/l Trevespan, RPA, CYD, Xn				
Sommergetreide, ausgenommen Hartweizen	Zweikeimblättrige Unkräuter	1 l/ha	nach dem Auflaufen	F
Sommergetreide, mit Grasansaat	Zweikeimblättrige Unkräuter	1 l/ha	nach dem Auflaufen	F
Wintergetreide, ausgenommen Triticale	Zweikeimblättrige Unkräuter	1,5 l/ha	nach dem Auflaufen	F
Ioxynil, 517 g/l Certrol 40, SPI, URA, Xn				
Hafer, Sommergerste, Sommerweizen	Zweikeimblättrige Unkräuter	1 l/ha	nach dem Auflaufen	F
Wintergetreide, ausgenommen Triticale	Zweikeimblättrige Unkräuter	1,5 l/ha	nach dem Auflaufen	F
Ioxynil, 71 g/l, Isoproturon, 285 g/l, Diflufenican, 14 g/l Belgran Super, RPA, Xn				
Sommerweizen	Zweikeimblättrige Unkräuter, Windhalm und Einjährige Rispe	3,5 l/ha	nach dem Auflaufen	F
Wintergetreide, ausgenommen Triticale	Zweikeimblättrige Unkräuter, Windhalm und Einjährige Rispe	3,5 l/ha	nach dem Auflaufen	F
Ioxynil, 76,6 g/l, Bifenox, 250 g/l, Mecoprop-P, 292 g/l FOXTRIL SUPER, RPA, CYD, Xn				
Hafer, Sommergerste, Sommerweizen	Zweikeimblättrige Unkräuter	2 l/ha	nach dem Auflaufen	F
Wintergetreide, ausgenommen Triticale	Zweikeimblättrige Unkräuter	3 l/ha	nach dem Auflaufen	F
Ioxynil, 85 g/l, Bentazon, 250 g/l, Dichlorprop-P, 235 g/l Basagran Ultra, BAS, Xn				
Hafer, Sommergerste, Sommerweizen	Zweikeimblättrige Unkräuter	3 l/ha	nach dem Auflaufen	F
Wintergerste	Klettenlabkraut, Vogelmiere, Kamille-Arten und Windenknöterich	3 l/ha	Spätanwendung l nach dem Auflaufen	F
Isoproturon, 481,2 g/kg, Triasulfuron, 3 g/kg, Fluoroglycofen, 14,6 g/kg Lumeton, NAD, Xn				
Wintergetreide, ausgenommen Triticale	Zweikeimblättrige Unkräuter	3 l/ha	nach dem Auflaufen	F
Sommergerste und Sommerweizen	Zweikeimblättrige Unkräuter, Windhalm und Einjährige Rispe	1,75 kg/ha	nach dem Auflaufen	F
Isoproturon, 500 g/l HORA-Turon 500 fluessig, HOR, Xn, B4				
Wintergerste, Winterroggen, Winterweizen	Zweikeimblättrige Unkräuter, Windhalm und Einjährige Rispe	2 kg/ha	nach dem Auflaufen	F
Sommergerste und Sommerweizen	Kamille-Arten, Vogelmiere, Einjährige Rispe, Windhalm und Ackerfuchsschwanz	3 l/ha	auf schweren Böden l nach dem Auflaufen	F
Sommergerste und Sommerweizen	Kamille-Arten, Vogelmiere, Einjährige Rispe, Windhalm und Ackerfuchsschwanz	2,5 l/ha	auf leichten oder mittleren Böden l nach dem Auflaufen	F

Kapitel 5.2   Bekämpfung von Unkräutern und Ungräsern   5.2.3.1   Herbizide im Ackerbau/Getreide

Wirkstoffe/ Präparate/ Kulturen	Schaderreger	Aufwand	Hinweise	WZ
Wintergerste und Winterweizen	Kamille-Arten, Vogelmiere, Einjährige Rispe, Windhalm und Ackerfuchsschwanz	3 l/ha	auf mittleren oder schweren Böden I nach dem Auflaufen	F
Wintergerste und Winterweizen	Kamille-Arten, Vogelmiere, Einjährige Rispe, Windhalm und Ackerfuchsschwanz	4 l/ha	auf besonders schweren Böden, z.B. Marschböden I nach dem Auflaufen	F
Wintergerste und Winterweizen	Kamille-Arten, Vogelmiere, Einjährige Rispe, Windhalm und Ackerfuchsschwanz	2,5 l/ha	auf leichten Böden I nach dem Auflaufen	F
Wintergerste, Winterroggen, Winterweizen	Kamille-Arten, Vogelmiere, Einjährige Rispe, Windhalm und Ackerfuchsschwanz	3 l/ha	nach dem Auflaufen	F
Winterroggen	Kamille-Arten, Vogelmiere, Windhalm und Einjährige Rispe	2 l/ha	auf leichten Böden I nach dem Auflaufen	F
Winterroggen	Kamille-Arten, Vogelmiere, Windhalm und Einjährige Rispe	2,5 l/ha	auf mittleren oder schweren Böden I nach dem Auflaufen	F
HORA FLO, NAD, Xn ••• TOLKAN FLO, RPA, Xn				
Sommergerste und Sommerweizen	Kamille-Arten, Vogelmiere, Einjährige Rispe, Windhalm und Ackerfuchsschwanz	2,5 l/ha	auf leichten oder mittleren Böden I nach dem Auflaufen	F
Sommergerste und Sommerweizen	Kamille-Arten, Vogelmiere, Einjährige Rispe, Windhalm und Ackerfuchsschwanz	3 l/ha	auf schweren Böden I nach dem Auflaufen	F
Wintergerste und Winterweizen	Kamille-Arten, Vogelmiere, Einjährige Rispe, Windhalm und Ackerfuchsschwanz	3 l/ha	auf mittleren oder schweren Böden I nach dem Auflaufen	F
Wintergerste und Winterweizen	Kamille-Arten, Vogelmiere, Einjährige Rispe, Windhalm und Ackerfuchsschwanz	2,5 l/ha	auf leichten Böden I nach dem Auflaufen	F
Wintergerste und Winterweizen	Kamille-Arten, Vogelmiere, Einjährige Rispe, Windhalm und Ackerfuchsschwanz	4 l/ha	auf besonders schweren Böden, z.B. Marschböden I nach dem Auflaufen	F
Wintergerste, Winterroggen, Winterweizen	Kamille-Arten, Vogelmiere, Einjährige Rispe, Windhalm und Ackerfuchsschwanz	3 l/ha	nach dem Auflaufen	F
Winterroggen	Kamille-Arten, Vogelmiere, Einjährige Rispe, Windhalm und Ackerfuchsschwanz	3 l/ha	auf leichten oder mittleren Böden I vor dem Auflaufen	F
Winterroggen	Kamille-Arten, Vogelmiere, Windhalm und Einjährige Rispe	2 l/ha	auf leichten Böden I nach dem Auflaufen	F
Winterroggen	Kamille-Arten, Vogelmiere, Windhalm und Einjährige Rispe	2,5 l/ha	auf mittleren oder schweren Böden I nach dem Auflaufen	F
Arelon flüssig, AVO, Xn ••• Stefes IPU 500, STE, Xn				
Sommergerste und Sommerweizen	Kamille-Arten, Vogelmiere, Einjährige Rispe, Windhalm und Ackerfuchsschwanz	3 l/ha	auf schweren Böden I nach dem Auflaufen	F
Sommergerste und Sommerweizen	Kamille-Arten, Vogelmiere, Einjährige Rispe, Windhalm und Ackerfuchsschwanz	2,5 l/ha	auf leichten oder mittleren Böden I nach dem Auflaufen	F
Wintergerste und Winterweizen	Kamille-Arten, Vogelmiere, Einjährige Rispe, Windhalm und Ackerfuchsschwanz	3 l/ha	auf mittleren oder schweren Böden I nach dem Auflaufen	F

Wirkstoffe/ Präparate/ Kulturen	Schaderreger	Aufwand	Hinweise	WZ
Wintergerste und Winterweizen	Kamille-Arten, Vogelmiere, Einjährige Rispe, Windhalm und Ackerfuchsschwanz	2,5 l/ha	auf leichten Böden I nach dem Auflaufen	F
Wintergerste, Winterroggen, Winterweizen	Kamille-Arten, Vogelmiere, Einjährige Rispe, Windhalm und Ackerfuchsschwanz	3 l/ha	nach dem Auflaufen	F
Winterroggen	Kamille-Arten, Vogelmiere, Einjährige Rispe, Windhalm und Ackerfuchsschwanz	3 l/ha	auf leichten oder mittleren Böden I vor dem Auflaufen	F
Winterroggen	Kamille-Arten, Vogelmiere, Windhalm und Einjährige Rispe	2 l/ha	auf leichten Böden I nach dem Auflaufen	F
Winterroggen	Kamille-Arten, Vogelmiere, Windhalm und Einjährige Rispe	2,5 l/ha	auf mittleren oder schweren Böden I nach dem Auflaufen	F
Graminon 500 flüssig, NAD, Xn Sommergerste und Sommerweizen	Kamille-Arten, Vogelmiere, Einjährige Rispe, Windhalm und Ackerfuchsschwanz	2,5 l/ha	auf leichten oder mittleren Böden I nach dem Auflaufen	F
Sommergerste und Sommerweizen	Kamille-Arten, Vogelmiere, Einjährige Rispe, Windhalm und Ackerfuchsschwanz	3 l/ha	auf schweren Böden I nach dem Auflaufen	F
Wintergerste und Winterweizen	Kamille-Arten, Vogelmiere, Einjährige Rispe, Windhalm und Ackerfuchsschwanz	3 l/ha	auf mittleren oder schweren Böden I nach dem Auflaufen	F
Wintergerste und Winterweizen	Kamille-Arten, Vogelmiere, Einjährige Rispe, Windhalm und Ackerfuchsschwanz	4 l/ha	auf besonders schweren Böden, z.B. Marschböden I nach dem Auflaufen	F
Wintergerste und Winterweizen	Kamille-Arten, Vogelmiere, Einjährige Rispe, Windhalm und Ackerfuchsschwanz	2,5 l/ha	auf leichten oder mittleren Böden I nach dem Auflaufen	F
Wintergerste, Winterroggen, Winterweizen	Kamille-Arten, Vogelmiere, Einjährige Rispe, Windhalm und Ackerfuchsschwanz	3 l/ha	nach dem Auflaufen	F
Winterroggen	Kamille-Arten, Vogelmiere, Windhalm und Einjährige Rispe	2 l/ha	auf leichten Böden I nach dem Auflaufen	F
Winterroggen	Kamille-Arten, Vogelmiere, Windhalm und Einjährige Rispe	2,5 l/ha	auf mittleren oder schweren Böden I nach dem Auflaufen	F
Isoproturon, 500 g/l, Diflufenican, 62,5 g/l FENIKAN, RPA, AVO, Xn Wintergetreide	Zweikeimblättrige Unkräuter, Ackerfuchsschwanz, Windhalm und Einjährige Rispe	3 l/ha	nach dem Auflaufen	F
Isoproturon, 600 g/kg, Amidosulfuron, 15 g/kg Agrilon, AVO, Xn Wintergetreide	Zweikeimblättrige Unkräuter, Windhalm und Einjährige Rispe	2 kg/ha	nach dem Auflaufen	F
Isoproturon, 600 g/kg, Fluoroglycofen, 14 g/kg AVO 01024 H O WG, AVO, Xn Wintergetreide, ausgenommen Triticale	Zweikeimblättrige Unkräuter, Ackerfuchsschwanz, Windhalm und Einjährige Rispe	2 kg/ha	nach dem Auflaufen	F
Wintergetreide, ausgenommen Triticale	Zweikeimblättrige Unkräuter, Windhalm und Einjährige Rispe	2 kg/ha	nach dem Auflaufen	F

Wirkstoffe/Präparate/Kulturen	Schaderreger	Aufwand	Hinweise	WZ
Isoproturon, 700 g/l				
Stefes IPU 700, STE, Xn				
Sommergerste und Sommerweizen	Kamille-Arten, Vogelmiere, Einjährige Rispe, Windhalm und Ackerfuchsschwanz	1,8 l/ha	auf leichten oder mittleren Böden I nach dem Auflaufen	F
Sommergerste und Sommerweizen	Kamille-Arten, Vogelmiere, Einjährige Rispe, Windhalm und Ackerfuchsschwanz	2,1 l/ha	auf schweren Böden I nach dem Auflaufen	F
Wintergerste und Winterweizen	Kamille-Arten, Vogelmiere, Einjährige Rispe, Windhalm und Ackerfuchsschwanz	1,8 l/ha	auf leichten Böden I nach dem Auflaufen	F
Wintergerste und Winterweizen	Kamille-Arten, Vogelmiere, Einjährige Rispe, Windhalm und Ackerfuchsschwanz	2,1 l/ha	auf mittleren oder schweren Böden I nach dem Auflaufen	F
Wintergerste, Winterroggen, Winterweizen	Kamille-Arten, Vogelmiere, Einjährige Rispe, Windhalm und Ackerfuchsschwanz	2,1 l/ha	nach dem Auflaufen	F
Winterroggen	Kamille-Arten, Vogelmiere, Einjährige Rispe, Windhalm und Einjährige Rispe	1,4 l/ha	auf leichten Böden I nach dem Auflaufen	F
Winterroggen	Kamille-Arten, Vogelmiere, Windhalm und Einjährige Rispe	1,8 l/ha	auf mittleren oder schweren Böden I nach dem Auflaufen	F
MCPA, 340 g/l, Dicamba, 30 g/l				
BANVEL M, SAD, AVO, Xn ••• Gabi Rasenunkraut-Vernichter, GAB, Xn ••• Hedomat Rasenunkrautfrei, BAY, Xn ••• Rasen Unkrautfrei Utox, SPI, URA, Xn Rasen-Unkrautvernichter Banvel M, CEL, Xn ••• Rasen-Utox flüssig, SPI, URA, Xn ••• Rasenunkrautfrei Rasunex, ASU, Xn				
Sommergetreide, ausgenommen Hartweizen	Zweikeimblättrige Unkräuter	4 l/ha	nach dem Auflaufen	F
Wintergetreide, ausgenommen Triticale	Zweikeimblättrige Unkräuter	4 l/ha	nach dem Auflaufen	F
MCPA, 500 g/l				
Berghoff MCPA, CBA, Xn, B4. ••• Herbizid M DU PONT, DPB, Xn, B4 ••• Marks M HERBICIDE, AHM, CBA/DPB, Xn, B4				
Sommergetreide, ausgenommen Hartweizen	Zweikeimblättrige Unkräuter	1,5 l/ha	nach dem Auflaufen	F
Wintergetreide	Zweikeimblättrige Unkräuter	1,5 l/ha	nach dem Auflaufen	F
AAherba M, ASU, Xn, B4 ••• AGRITOX, NUF, Xn, B4 ••• MEGA-M, NUF, Xn, B4				
Sommergetreide, ausgenommen Hartweizen	Zweikeimblättrige Unkräuter	1,5 l/ha	nach dem Auflaufen	F
Wintergetreide	Zweikeimblättrige Unkräuter	1,5 l/ha	nach dem Auflaufen	F
HORA M, HOR, Xn ••• M 52 DB, AVO, Xn ••• Orbitox M, URA, URA, Xn ••• U 46 M-Fluid, BAS, NAD/DOW/ZNC, Xn ••• Utox M, SPI, URA, Xn				
Getreide, mit Rotkleeuntersaat	Zweikeimblättrige Unkräuter	1,5 l/ha	nach dem Auflaufen	F
Sommergerste	Ackerkratzdistel und Ackergänsedistel	1,5 l/ha	nach dem Auflaufen	F
Sommergetreide, ausgenommen Hartweizen	Zweikeimblättrige Unkräuter	1,5 l/ha	nach dem Auflaufen	F
Wintergerste und Winterweizen	Ackerkratzdistel und Ackergänsedistel	1,5 l/ha	Spätanwendung I nach dem Auflaufen	F
Wintergetreide	Zweikeimblättrige Unkräuter	1,5 l/ha	nach dem Auflaufen	F
Mecoprop-P, 600 g/l				
Berghoff Optica MP, CBA, Xn ••• Marks Optica MP k, AHM, CBA/DPB, Xn				

Wirkstoffe/ Präparate/ Kulturen	Schaderreger	Aufwand	Hinweise	WZ
Getreide, mit Grasuntersaat	Zweikeimblättrige Unkräuter	2 l/ha	nach dem Auflaufen	F
Hafer, Sommergerste, Sommerweizen	Zweikeimblättrige Unkräuter	2 l/ha	nach dem Auflaufen	F
Wintergetreide, ausgenommen Triticale	Zweikeimblättrige Unkräuter	2 l/ha	nach dem Auflaufen	F
Duplosan KV, BAS, BAY, Xn, B4 ••• Marks Optica MP, AHM, Xn, B4				
Getreide, mit Grasuntersaat	Zweikeimblättrige Unkräuter	2 l/ha	nach dem Räumen der Deckfrucht	F
Hafer, Sommergerste, Sommerweizen	Zweikeimblättrige Unkräuter	2 l/ha	nach dem Auflaufen	F
Wintergetreide, ausgenommen Triticale	Zweikeimblättrige Unkräuter	2 l/ha	nach dem Auflaufen	F
Metosulam, 100 g/l TACCO, DOW, Xn				
Mais	Zweikeimblättrige Unkräuter	0,3 l/ha	vor dem Auflaufen	F
Mais	Zweikeimblättrige Unkräuter	0,3 l/ha	nach dem Auflaufen	F
Metosulam, 25 g/kg, Flufenacet, 600 g/kg Terano, BAY, Xn, B3				
Mais	Hühnerhirse und zweikeimblättrige Unkräuter	0,8 kg/ha	auf leichten Böden l vor dem Auflaufen	F
Mais	Hühnerhirse und zweikeimblättrige Unkräuter	1 kg/ha	auf mittleren oder schweren Böden l vor dem Auflaufen	F
Mais	Zweikeimblättrige Unkräuter	1 kg/ha	auf mittleren oder schweren Böden l nach dem Auflaufen	60
Metsulfuron, 179 g/kg Gropper, DPB, SPI/URA, B4				
Sommergerste	Zweikeimblättrige Unkräuter	25 g/ha	nach dem Auflaufen	F
Sommerweizen	Zweikeimblättrige Unkräuter	25 g/ha	nach dem Auflaufen	F
Winterroggen und Winterweizen	Zweikeimblättrige Unkräuter	40 g/ha	nach dem Auflaufen lFrühjahr 13-29	F
Winterroggen und Winterweizen	Zweikeimblättrige Unkräuter	40 g/ha	nach dem Auflaufen lFrühjahr bis 32	F
Metsulfuron, 65,6 g/kg, Thifensulfuron, 657,3 g/kg Concert, DPB, AVO				
Sommergerste	Zweikeimblättrige Unkräuter, ausgenommen Kletten-labkraut und Ehrenpreis-Arten	60 g/ha	nach dem Auflaufen	F
Winterroggen	Zweikeimblättrige Unkräuter, ausgenommen Kletten-labkraut und Ehrenpreis-Arten	90 g/ha	nach dem Auflaufen	F
Winterweizen	Zweikeimblättrige Unkräuter, ausgenommen Kletten-labkraut und Ehrenpreis-Arten	90 g/ha	nach dem Auflaufen	F
Nicosulfuron, 40 g/l Motivell, BAS, Xn				
Mais	Ackerfuchsschwanz, Hühnerhirse und zweikeimblättrige Samenunkräuter	1 l/ha	nach dem Auflaufen	F
Pendimethalin, 200 g/l, Metolachlor, 300 g/l HARPUN, CGD, Xi				
Mais	Hühnerhirse, Einjährige Rispe und zweikeimblättrige Unkräuter	5 l/ha	vor dem Auflaufen	90

Wirkstoffe/ Präparate/ Kulturen	Schaderreger	Aufwand	Hinweise	WZ
Mais	Hühnerhirse, Einjährige Rispe und zweikeimblättrige Unkräuter	5 l/ha	nach dem Auflaufen	60
Pendimethalin, 236 g/l, Isoproturon, 236 g/l **TRUMP, CYD, Xn**				
Triticale	Ackerfuchsschwanz, Windhalm, Einjährige Rispe und zweikeimblättrige Unkräuter, ausgenommen Klettenlabkraut	5 l/ha	nach dem Auflaufen	F
Wintergetreide	Zweikeimblättrige Unkräuter, Ackerfuchsschwanz, Windhalm und Einjährige Rispe	5 l/ha	nach dem Auflaufen	F
Winterweizen	Ackerfuchsschwanz, Windhalm, Einjährige Rispe und zweikeimblättrige Unkräuter, ausgenommen Klettenlabkraut	5 l/ha	Frühjahrsanwendung I nach dem Auflaufen	F
Pendimethalin, 400 g/l **STOMP SC, CYD**				
Mais	Triazin-resistente Unkrautarten, ausgenommen Hirse- und Knöterich-Arten	4 l/ha	nach dem Auflaufen	60
Mais	Hühnerhirse und zweikeimblättrige Samenunkräuter	4 l/ha	vor dem Auflaufen	90
Triticale, Wintergerste, Winterroggen	Zweikeimblättrige Unkräuter, Ackerfuchsschwanz, Windhalm und Einjährige Rispe	5 l/ha	vor dem Auflaufen	F
Wintergetreide	Aus Samen auflaufende zweikeimblättrige Unkräuter, ausgenommen Klettenlabkraut und Kamille-Arten	4 l/ha	nach dem Auflaufen	F
Wintergetreide	Aus Samen auflaufende zweikeimblättrige Unkräuter, ausgenommen Kamille-Arten	4 l/ha	nach dem Auflaufen	F
Winterweizen	Zweikeimblättrige Unkräuter	2,5 l/ha	vor dem Auflaufen	F
Prosulfocarb, 800 g/l **Boxer EW, ZNC, BAY, Xi, B3**				
Wintergerste	Zweikeimblättrige Unkräuter, Windhalm und Einjährige Rispe	5 l/ha	vor dem Auflaufen	F
Wintergerste	Zweikeimblättrige Unkräuter, Ackerfuchsschwanz, Windhalm und Einjährige Rispe	5 l/ha	nach dem Auflaufen	F
Winterroggen und Winterweizen	Zweikeimblättrige Unkräuter, Windhalm und Einjährige Rispe	5 l/ha	nach dem Auflaufen	F
Winterroggen und Winterweizen	Zweikeimblättrige Unkräuter, Windhalm und Einjährige Rispe	5 l/ha	vor dem Auflaufen	F
Boxer, ZNC, Xi, B3				
Sommergerste	Klettenlabkraut, Vogelmiere und Taubnessel-Arten	5 l/ha	nach dem Auflaufen	F
Wintergerste	Zweikeimblättrige Unkräuter, Ackerfuchsschwanz, Windhalm und Einjährige Rispe	5 l/ha	nach dem Auflaufen	F
Wintergerste und Winterweizen	Zweikeimblättrige Unkräuter, Ackerfuchsschwanz, Windhalm und Einjährige Rispe	5 l/ha	vor dem Auflaufen	F
Winterroggen	Zweikeimblättrige Unkräuter, Ackerfuchsschwanz, Windhalm und Einjährige Rispe	5 l/ha	vor dem Auflaufen	F

Wirkstoffe/ Präparate/ Kulturen	Schaderreger	Aufwand	Hinweise	WZ
Winterroggen und Winterweizen	Zweikeimblättrige Unkräuter, Windhalm und Einjährige Rispe	5 l/ha	nach dem Auflaufen	F
Prosulfuron, 750 g/kg				
Peak E, NAD				
Mais	Aus Samen auflaufende zweikeimblättrige Unkräuter	20 g/ha	Spritzen als Tankmischung | nach dem Auflaufen	60
Pyridat, 450 g/kg				
Lentagran WP, SAD, Xi				
Mais	Triazin-resistente Unkrautarten	2 kg/ha	nach dem Auflaufen	60
Mais	Hühnerhirse und Triazin-resistente Unkräuter	1,5 kg/ha	Spritzen im Splittingverfahren (2 Anwendungen) | nach dem Auflaufen	60
Pyridat, 450 g/l				
Lentagran 450 EC, AGL, CYD, Xn, B4				
Mais	Triazin-resistente Unkrautarten	2 l/ha	nach dem Auflaufen	60
Lentagran EC neu, AGL, CYD, Xi				
Mais	Hühnerhirse und Triazin-resistente Unkräuter	1,5 l/ha	Spritzen im Splittingverfahren (2 Anwendungen) | nach dem Auflaufen	60
Mais	Triazin-resistente Unkrautarten	2 l/ha	nach dem Auflaufen	60
Rimsulfuron, 250 g/kg				
TITUS, DPB				
Mais	Hühnerhirse, Grüne Borstenhirse, Einjährige Rispe und zweikeimblättrige Unkräuter	80 g/ha	nach dem Auflaufen	F
Rimsulfuron, 261 g/kg				
CATO, DPB, Xn, B4				
Mais	Hirse-Arten, Einjährige Rispe und zweikeimblättrige Unkräuter	30 g/ha	Spritzen im Splittingverfahren (2 Anwendungen) | nach dem Auflaufen	F
Mais	Queckenniederhaltung zur Führung der Kultur	50 g/ha	nach dem Auflaufen	F
Sulcotrion, 300 g/l				
Mikado, ZNC, Xi				
Mais	Zweikeimblättrige Unkräuter	1,5 l/ha	nach dem Auflaufen	F
Terbuthylazin, 125 g/l, Pendimethalin, 165 g/l, Metolachlor, 250 g/l				
Stentan, NAD, Xn				
Mais	Hühnerhirse und zweikeimblättrige Samenunkräuter	6 l/ha	nach dem Auflaufen	60
Mais	Hühnerhirse und zweikeimblättrige Samenunkräuter	6 l/ha	vor dem Auflaufen	90
Terbuthylazin, 142,9 g/kg, Metolachlor, 214,3 g/kg, Pyridat, 142,9 g/kg				
ZINTAN, NAD, Xi, B1				
Mais	Hirse-Arten und zweikeimblättrige Samenunkräuter	7 kg/ha	nach dem Auflaufen	60
Mais	Hühnerhirse und zweikeimblättrige Samenunkräuter	5,5 kg/ha	nach dem Auflaufen	60

Wirkstoffe/ Präparate/ Kulturen	Schaderreger	Aufwand	Hinweise	WZ
Terbuthylazin, 150 g/l, Bentazon, 150 g/l				
Artett, BAS, NAD, Xi				
Mais	Zweikeimblättrige Unkräuter und Einjährige Rispe	5 l/ha	nach dem Auflaufen	60
Terbuthylazin, 167 g/l, Metolachlor, 333 g/l				
Gardoprim plus, NAD, CYD/AVO, Xi				
Mais	Hirse-Arten, Einjährige Rispe und zweikeimblättrige Unkräuter	6 l/ha	nach dem Auflaufen	60
Terbuthylazin, 200 g/kg, Pyridat, 250 g/kg				
Lido WP, NAD, Xi				
Mais	Aus Samen auflaufende zweikeimblättrige Unkräuter	4 kg/ha	nach dem Auflaufen	60
Terbuthylazin, 250 g/l, Pyridat, 160 g/l				
Lido SC, NAD, NAD, Xi				
Mais	Zweikeimblättrige Unkräuter	3 l/ha	nach dem Auflaufen	60
Mais	Hühnerhirse und zweikeimblättrige Samenunkräuter	2 l/ha	Spritzen im Splittingverfahren (2 Anwendungen) l nach dem Auflaufen	60
Terbuthylazin, 490 g/l				
Gardoprim 500 flüssig, NAD, Xn, B4				
Mais	Aus Samen auflaufende zweikeimblättrige Unkräuter	1,5 l/ha	nach dem Auflaufen	60
Mais	Aus Samen auflaufende zweikeimblättrige Unkräuter	1,5 l/ha	vor dem Auflaufen	90
Terbutryn, 326 g/l, Chlortoluron, 167 g/l				
Anofex 500 flüssig, CGD, B3				
Wintergetreide, ausgenommen Triticale	Ackerfuchsschwanz, Windhalm, Einjährige Rispe und zweikeimblättrige Unkräuter, ausgenommen Klettenlabkraut	6,5 l/ha	auf schweren oder humosen Böden l vor dem Auflaufen	F
Wintergetreide, ausgenommen Triticale	Ackerfuchsschwanz, Windhalm, Einjährige Rispe und zweikeimblättrige Unkräuter, ausgenommen Klettenlabkraut	5 l/ha	auf leichten oder mittleren Böden l vor dem Auflaufen	F
Terbutryn, 490 g/l				
HORA-Terbutryn 500 flüssig, HOR, B4 ••• HORA-Tryn 500 flüssig, HOR, B4 ••• Igran 500 flüssig, CGD, B4 ••• Stefes-Terbutryn 500 flüssig, STE, B4 ••• ZERA-				
Terbutryn 500 flüssig, HOR, B4				
Mais	Hühnerhirse	3,5 l/ha	Spritzen als Unterblattbehandlung l nach dem Auflaufen	60
Mais	Borsten- und Fingerhirsearten	4 l/ha	Spritzen als Unterblattbehandlung l nach dem Auflaufen	60
Wintergetreide	Windhalm, Einjährige Rispe und zweikeimblättrige Unkräuter, ausgenommen Klettenlabkraut	4 l/ha	auf schweren oder humosen Böden l vor dem Auflaufen	F
Wintergetreide	Windhalm, Einjährige Rispe und zweikeimblättrige Unkräuter, ausgenommen Klettenlabkraut	3,5 l/ha	auf mittleren Böden l vor dem Auflaufen	F
Wintergetreide	Windhalm, Einjährige Rispe und zweikeimblättrige Unkräuter, ausgenommen Klettenlabkraut	3 l/ha	auf leichten Böden l vor dem Auflaufen	F

Kapitel 5.2 Bekämpfung von Unkräutern und Ungräsern · 5.2.3.1 Herbizide im Ackerbau/Getreide

Wirkstoffe/ Präparate/ Kulturen	Schaderreger	Aufwand	Hinweise	WZ
Thifensulfuron, 240,9 g/kg, Rimsulfuron, 500 g/kg				
GRID PLUS, DPB, Xn				
Mais	Einjährige Rispe, Hirsearten und zweikeimblättrige Samenunkräuter	15 g/ha	Spritzen im Splittingverfahren (2 Anwendungen) I nach dem Auflaufen	F
Mais	Einjährige Rispe, Hirsearten und zweikeimblättrige Samenunkräuter	20 g/ha	nach dem Auflaufen	F
Thifensulfuron, 481.7 g/kg, Tribenuron, 241,1 g/kg				
REFINE EXTRA, DPB, Xi				
Hafer, Sommergerste, Sommerweizen	Zweikeimblättrige Unkräuter, ausgenommen Klettenlabkraut	40 g/ha	nach dem Auflaufen	F
Wintergerste, Winterroggen, Winterweizen	Zweikeimblättrige Unkräuter, ausgenommen Klettenlabkraut	40 g/ha	nach dem Auflaufen	F
Thifensulfuron, 722.5 g/kg				
HARMONY 75 DF, DPB, B4				
Mais	Zurückgebogener Fuchsschwanz, Vogelmiere, Hohlzahn- und Kamille-Arten	10 g/ha	nach dem Auflaufen	F
Triallat, 480 g/l				
Avadex 480, MOT, SPI, Xi, B3				
Mais	Flughafer, Ackerfuchsschwanz und Windhalm	2,5 l/ha	Spritzen mit Einarbeitung I vor der Saat	F
Sommergerste	Ackerfuchsschwanz und Flughafer	2,5 l/ha	Spritzen mit Einarbeitung I vor der Saat	F
Triasulfuron, 24 g/kg, Fluoroglycofen, 112,4 g/kg				
Hydra, NAD				
Hafer, Sommergerste, Sommerweizen	Zweikeimblättrige Unkräuter	200 g/ha	nach dem Auflaufen	F
Wintergetreide, ausgenommen Triticale	Zweikeimblättrige Unkräuter	0,25 kg/ha	nach dem Auflaufen	F
Tribenuron, 723,2 g/kg				
POINTER, DPB, Xi				
Sommergerste und Sommerweizen	Zweikeimblättrige Unkräuter, ausgenommen Klettenlabkraut und Ehrenpreis-Arten	30 g/ha	nach dem Auflaufen	F
Wintergerste und Winterroggen	Zweikeimblättrige Unkräuter, ausgenommen Klettenlabkraut und Ehrenpreis-Arten	20 g/ha	nach dem Auflaufen	F
Wintergerste, Winterroggen, Winterweizen	Ackerkratzdistel	25 g/ha	nach dem Auflaufen	F
Wintergetreide, ausgenommen Triticale	Zweikeimblättrige Unkräuter, ausgenommen Klettenlabkraut und Ehrenpreis-Arten	40 g/ha	nach dem Auflaufen	F
Trifluralin, 480 g/l				
STEFES TRIFLURALIN, STE, Xn, B3 ••• ZERA-Gram, STE, Xn, B3 ••• ZERA-Trifluralin, STE, Xn, B3				
Wintergerste und Winterweizen	Windhalm, Einjährige Rispe und zweikeimblättrige Unkräuter, ausgenommen Kamille-Arten	2,5 l/ha	auf mittleren oder schweren Böden I vor dem Auflaufen	F

Wirkstoffe/ Präparate/ Kulturen	Schaderreger	Aufwand	Hinweise	WZ

Bekämpfung von Unkräutern und Ungräsern

5.2.3.2 Herbizide im Ackerbau/Kartoffeln

Wirkstoffe/ Präparate/ Kulturen	Schaderreger	Aufwand	Hinweise	WZ
Winterroggen	Windhalm, Einjährige Rispe und zweikeimblättrige Unkräuter, ausgenommen Kamille-Arten	2 l/ha	auf leichten oder mittleren Böden l vor dem Auflaufen	F
Demeril 480 EC, ASU, Xn, B3 ••• Elancolan, DOW, Xn, B3				
Wintergerste und Winterweizen	Windhalm, Einjährige Rispe und zweikeimblättrige Unkräuter, ausgenommen Kamille-Arten	2,5 l/ha	auf mittleren oder schweren Böden l vor dem Auflaufen	F

5.2.3.2 Herbizide im Ackerbau/Kartoffeln

Wirkstoffe/ Präparate/ Kulturen	Schaderreger	Aufwand	Hinweise	WZ
Aclonifen, 600 g/l				
Bandur, RPA, CYD, B3				
Kartoffeln, ausgenommen sehr frühe Sorten	Zweikeimblättrige Unkräuter, Ackerfuchsschwanz, Windhalm und Einjährige Rispe	5 l/ha	auf schweren Böden l vor dem Auflaufen	F
Kartoffeln, ausgenommen sehr frühe Sorten	Zweikeimblättrige Unkräuter, Windhalm und Einjährige Rispe	4,5 l/ha	auf mittleren Böden l vor dem Auflaufen	F
Kartoffeln, ausgenommen sehr frühe Sorten	Zweikeimblättrige Unkräuter, Ackerfuchsschwanz, Windhalm und Einjährige Rispe	4 l/ha	auf leichten Böden l vor dem Auflaufen	F
Kartoffeln, sehr frühe Sorten	Zweikeimblättrige Unkräuter, Ackerfuchsschwanz, Windhalm und Einjährige Rispe	4 l/ha	vor dem Auflaufen	F
Bentazon, 480 g/l				
Basagran, BAS, Xn				
Kartoffeln	Klettenlabkraut, Vogelmiere und Kamille-Arten	2 l/ha	nach dem Auflaufen	42
Kartoffeln	Zweikeimblättrige Unkräuter	2 l/ha	Spritzen als Tankmischung l nach dem Auflaufen	42
Cycloxydim, 100 g/l				
Focus Ultra, BAS, Xi, B4				
Kartoffeln	Einkeimblättrige Unkräuter, ausgenommen Einjährige Rispe und Quecke	2,5 l/ha	nach dem Auflaufen	F
Deiquat, 200 g/l				
Reglone, ZNC, Xn				
Kartoffeln, ausgenommen Pflanzkartoffeln	Krautabtötung	2,5 l/ha	vor der Ernte	10
Pflanzkartoffeln	Krautabtötung zur Verhinderung der Virusabwanderung	2,5 l/ha	Spritzen im Splittingverfahren (2 Anwendungen) l vor der Ernte	-
Pflanzkartoffeln	Krautabtötung zur Verhinderung der Virusabwanderung	5 l/ha	vor der Ernte	10
Fenoxaprop-P, 63,6 g/l				
Depon Super, HOE, Xi, B4				
Kartoffeln	Ackerfuchsschwanz und Flughafer	2 l/ha	nach dem Auflaufen	F
Kartoffeln	Hirsearten	1,5 l/ha	nach dem Auflaufen	F
Fluazifop-P, 107 g/l				
Fusilade ME, ZNC, BAS				

Wirkstoffe/ Präparate/ Kulturen	Schaderreger	Aufwand	Hinweise	WZ
Flurochloridon, 250 g/l Racer CS, ZNC, B3				
Kartoffeln	Einkeimblättrige Unkräuter, ausgenommen Einjährige Rispe und Quecke	1 l/ha	nach dem Auflaufen	42
Kartoffeln	Einkeimblättrige Unkräuter, ausgenommen Einjährige Rispe und Quecke	1,25 l/ha	nach dem Auflaufen	42
Kartoffeln	Ackerfuchsschwanz und Ausfallgerste	0,75 l/ha	nach dem Auflaufen	42
Kartoffeln	Queckenniederhaltung zur Führung der Kultur	2 l/ha	nach dem Auflaufen	42
Kartoffeln	Einkeimblättrige Unkräuter, ausgenommen Einjährige Rispe	3 l/ha	nach dem Auflaufen	42
Kartoffeln, ausgenommen Pflanzkartoffel-Vermehrung	Zweikeimblättrige Unkräuter und Einjährige Rispe	3 l/ha	vor dem Auflaufen	F
Kartoffeln, ausgenommen Pflanzkartoffel-Vermehrung	Zweikeimblättrige Unkräuter und Einjährige Rispe	2,5 l/ha	mäßig humose Böden (1,5-2,5 % organische Substanz)	vor dem Auflaufen	F
Glufosinat, 183 g/l BASTA, AVO, NAD, Xn ••• Celaflor Unkrautfrei; CEL, Xn ••• Difontan, AVO, Xn ••• Exakt-Unkrautfrei Madit, CEL, Xn ••• RA-200-flüssig, HEN, Xn ••• Unkrautfrei Weedex, CEL, Xn				
Kartoffeln	Aus Samen auflaufende ein- und zweikeimblättrige Unkräuter	3 l/ha	vor dem Auflaufen	F
Speise-, Wirtschafts-, Industriekartoffeln	Krautabtötung zur Ernteerleichterung	2,5 l/ha	bei beginnender natürlicher Abreife	14
Metobromuron, 500 g/kg Patoran CB, CGD, BAS, B3				
Kartoffeln, ausgenommen sehr frühe Sorten	Zweikeimblättrige Samenunkräuter, ausgenommen Klettenlabkraut und Ehrenpreis-Arten	3,5 kg/ha	auf leichten Böden	vor dem Auflaufen	F
Kartoffeln, ausgenommen sehr frühe Sorten	Zweikeimblättrige Samenunkräuter, ausgenommen Klettenlabkraut und Ehrenpreis-Arten	4 kg/ha	auf mittleren Böden	vor dem Auflaufen	F
Kartoffeln, ausgenommen sehr frühe Sorten	Zweikeimblättrige Samenunkräuter, ausgenommen Klettenlabkraut und Ehrenpreis-Arten	5 kg/ha	auf schweren oder humosen Böden	vor dem Auflaufen	F
Kartoffeln, sehr frühe Sorten	Zweikeimblättrige Samenunkräuter, ausgenommen Klettenlabkraut und Ehrenpreis-Arten	2,5 kg/ha	auf mittleren Böden	vor dem Auflaufen	F
Kartoffeln, sehr frühe Sorten	Zweikeimblättrige Samenunkräuter, ausgenommen Klettenlabkraut und Ehrenpreis-Arten	2 kg/ha	auf leichten Böden	vor dem Auflaufen	F
Metobromuron, 500 g/l Patoran FL, BAS, Xn, B3				
Kartoffeln	Aus Samen auflaufende zweikeimblättrige Unkräuter	2,5 l/ha	Spritzen als Tankmischung	nach dem Auflaufen	42
Kartoffeln, ausgenommen sehr frühe Sorten	Zweikeimblättrige Samenunkräuter, ausgenommen Klettenlabkraut	3,5 l/ha	auf leichten Böden	vor dem Auflaufen	F
Kartoffeln, ausgenommen sehr frühe Sorten	Zweikeimblättrige Samenunkräuter, ausgenommen Klettenlabkraut	4 l/ha	auf mittleren Böden	vor dem Auflaufen	F

Wirkstoffe/ Präparate/ Kulturen	Schaderreger	Aufwand	Hinweise	WZ
Kartoffeln, ausgenommen sehr frühe Sorten	Zweikeimblättrige Samenunkräuter, ausgenommen Klettenlabkraut	5 l/ha	auf schweren Böden I vor dem Auflaufen	F
Kartoffeln, sehr frühe Sorten	Zweikeimblättrige Samenunkräuter, ausgenommen Klettenlabkraut	2,5 l/ha	auf mittleren Böden I vor dem Auflaufen	F
Kartoffeln, sehr frühe Sorten	Zweikeimblättrige Samenunkräuter, ausgenommen Klettenlabkraut	2 l/ha	auf leichten Böden I vor dem Auflaufen	F
Metribuzin, 700 g/kg Sencor WG, BAY, DPB/ZNC				
Kartoffeln	Einjährige Rispe und zweikeimblättrige Unkräuter, ausgenommen Klettenlabkraut	0,5 kg/ha	humose Böden I nach dem Auflaufen	42
Kartoffeln	Einjährige Rispe und zweikeimblättrige Unkräuter, ausgenommen Klettenlabkraut	0,5 kg/ha	nach dem Auflaufen	42
Kartoffeln	Einjährige Rispe und zweikeimblättrige Unkräuter, ausgenommen Klettenlabkraut	0,75 kg/ha	auf leichten Böden I vor dem Auflaufen	F
Kartoffeln	Einjährige Rispe und zweikeimblättrige Unkräuter, ausgenommen Klettenlabkraut	1 kg/ha	auf mittleren oder schweren Böden I vor dem Auflaufen	F
Propaquizafop, 100 g/l AGIL, CGD, Xn				
Kartoffeln	Quecke	1,25 l/ha	Spritzen im Splittingverfahren (2 Anwendungen) I nach dem Auflaufen	F
Kartoffeln	Einkeimblättrige Unkräuter, ausgenommen Einjährige Rispe und Quecke	1,25 l/ha	nach dem Auflaufen	F
Prosulfocarb, 800 g/l Boxer, ZNC, Xi, B3				
Kartoffeln	Zweikeimblättrige Unkräuter, Ackerfuchsschwanz, Windhalm und Einjährige Rispe	5 l/ha	vor dem Auflaufen	F
Quizalofop-P, 46,3 g/l Targa Super, RPA, Xi,				
Kartoffeln	Einkeimblättrige Unkräuter, ausgenommen Einjährige Rispe und Quecke	1,25 l/ha	nach dem Auflaufen	42
Kartoffeln	Einkeimblättrige Unkräuter, ausgenommen Einjährige Rispe	2 l/ha	nach dem Auflaufen	42
Rimsulfuron, 250 g/kg TITUS, DPB				
Kartoffeln	Hühnerhirse, Grüne Borstenhirse, Einjährige Rispe und zweikeimblättrige Unkräuter	80 g/ha	nach dem Auflaufen	F
Rimsulfuron, 261 g/kg CATO, DPB, Xn, B4 Kartoffeln, ausgen. sehr frühe und frühe Sorten sowie Pflanzkartoffel-Vermehrung	Hirse-Arten, Einjährige Rispe und zweikeimblättrige Unkräuter	30 g/ha	Spritzen im Splitting (2 Anwendungen) I nach dem Auflaufen	F

5.2.3.3 Herbizide im Ackerbau/Raps

Wirkstoffe/Präparate/Kulturen	Schaderreger	Aufwand	Hinweise	WZ
Kartoffeln, ausgen. sehr frühe und frühe Sorten sowie Pflanzkartoffel-Vermehrung	Hirse-Arten, Einjährige Rispe und zweikeimblättrige Unkräuter	50 g/ha	nach dem Auflaufen	F
Carbetamid, 500 g/kg, Dimefuron, 250 g/kg Pradone Kombi, RPA Winterraps	Ausfallgetreide, Ackerfuchsschwanz, Windhalm, Einjährige Rispe und zweikeimblättrige Unkräuter, ausgenommen Kamille-Arten	3,5 kg/ha	nach dem Auflaufen	F
Clomazone, 500 g/kg CIRRUS 50 WP, FMC, NAD, F, B3 Winterraps	Klettenlabkraut, Vogelmiere und Taubnessel-Arten	0,24 kg/ha	vor dem Auflaufen	F
Clopyralid, 100 g/l LONTREL 100, DOW Winterraps	Kamille-Arten	1,2 l/ha	nach dem Auflaufen	F
Cycloxydim, 100 g/l Focus Ultra, BAS, Xi, B4 Winterraps	Einkeimblättrige Unkräuter, ausgenommen Einjährige Rispe und Quecke	2,5 l/ha	nach dem Auflaufen I Herbst	F
Winterraps	Einkeimblättrige Unkräuter, ausgenommen Einjährige Rispe und Quecke	2,5 l/ha	nach dem Auflaufen I Frühjahr	F
Deiquat, 200 g/l Reglone, ZNC, Xn Sommerraps	Sikkation	3 l/ha	vor der Ernte	5
Winterraps	Sikkation	2 l/ha	vor der Ernte	5
Dimethachlor, 500 g/l, Clomazone, 40 g/l Brasan, NAD, Xn Winterraps	Zweikeimblättrige Unkräuter, Ackerfuchsschwanz, Windhalm und Einjährige Rispe	3 l/ha	auf schweren Böden I vor dem Auflaufen	F
Winterraps	Zweikeimblättrige Unkräuter, Ackerfuchsschwanz, Windhalm und Einjährige Rispe	2 l/ha	auf leichten oder mittleren Böden I vor dem Auflaufen	F
Fenoxaprop-P, 63,6 g/l Depon Super, HOE, Xi, B4 Winterraps	Hirsearten	1,5 l/ha	nach dem Auflaufen	F
Winterraps	Ackerfuchsschwanz und Flughafer	2 l/ha	nach dem Auflaufen	F
Fluazifop-P, 107 g/l Fusilade ME, ZNC, BAS Winterraps	Einkeimblättrige Unkräuter, ausgenommen Einjährige Rispe und Quecke	1 l/ha	nach dem Auflaufen	F

Wirkstoffe/ Präparate/ Kulturen	Schaderreger	5.2.3.3 Aufwand	Hinweise	WZ
Winterraps	Einkeimblättrige Unkräuter, ausgenommen Einjährige Rispe und Quecke	1,25 l/ha	nach dem Auflaufen I Herbst	F
Winterraps	Einkeimblättrige Unkräuter, ausgenommen Einjährige Rispe und Quecke	1,25 l/ha	nach dem Auflaufen I Frühjahr	F
Winterraps	Einkeimblättrige Unkräuter, ausgenommen Einjährige Rispe	3 l/ha	nach dem Auflaufen I Herbst	F
Winterraps	Einkeimblättrige Unkräuter, ausgenommen Einjährige Rispe	3 l/ha	nach dem Auflaufen I Frühjahr	F
Winterraps	Ackerfuchsschwanz und Ausfallgerste	0,75 l/ha	nach dem Auflaufen	F
Winterraps	Queckenniederhaltung zur Führung der Kultur	2 l/ha	nach dem Auflaufen	F
Glufosinat, 183 g/l BASTA, AVO, NAD, Xn ••• Celaflor Unkrautfrei, CEL, Xn ••• Difontan, AVO, Xn ••• Exakt-Unkrautfrei Madit, CEL, Xn ••• RA-200-flüssig, HEN, Xn ••• Unkrautfrei Weedex, CEL, Xn				
Winterraps	Abreifebeschleunigung	2,5 l/ha	bei beginnender natürlicher Abreife	14
Metazachlor, 250 g/l, Clomazone, 33,3 g/l Nimbus, BAS, Xi				
Winterraps	Zweikeimblättrige Unkräuter, Windhalm und Einjährige Rispe	3 l/ha	vor dem Auflaufen	F
Metazachlor, 333 g/l, Quinmerac, 83 g/l Butisan Star, BAS, COM, Xi				
Winterraps	Zweikeimblättrige Unkräuter, Ackerfuchsschwanz, Windhalm und Einjährige Rispe	2 l/ha	nach dem Auflaufen	F
Metazachlor, 375 g/l, Quinmerac, 125 g/l Butisan Top, BAS, COM, Xi				
Winterraps	Zweikeimblättrige Unkräuter, Ackerfuchsschwanz, Windhalm und Einjährige Rispe	2 l/ha	nach dem Auflaufen	F
Metazachlor, 500 g/l Butisan, BAS, Xn				
Sommerraps	Zweikeimblättrige Unkräuter, Ackerfuchsschwanz und Einjährige Rispe	2,5 l/ha	auf mittleren oder schweren Böden I vor dem Auflaufen	F
Sommerraps	Zweikeimblättrige Unkräuter, Ackerfuchsschwanz und Einjährige Rispe	2 l/ha	auf leichten Böden I vor dem Auflaufen	F
Winterraps	Zweikeimblättrige Unkräuter und Einjährige Rispe	1,5 l/ha	nach dem Auflaufen	F
Winterraps	Zweikeimblättrige Unkräuter und Einjährige Rispe	1 l/ha	nach dem Auflaufen	F
Winterraps	Einjährige Rispe und zweikeimblättrige Unkräuter, ausgenommen Klettenlabkraut	1,5 l/ha	nach dem Auflaufen	F
Napropamid, 450 g/l Devrinol FL, ZNC, BAS, B3				
Winterraps	Ackerfuchsschwanz, Windhalm, Einjährige Rispe und zweikeimblättrige Unkräuter, ausgenommen Klettenlabkraut	2,75 l/ha	Spritzen mit Einarbeitung I vor der Saat	F

Wirkstoffe/ Präparate/ Kulturen	Schaderreger	Aufwand	Hinweise	WZ
Propaquizafop, 100 g/l AGIL, CGD, Xn				
Winterraps	Einkeimblättrige Unkräuter, ausgenommen Einjährige Rispe und Quecke	1,25 l/ha	nach dem Auflaufen	F
Winterraps	Einkeimblättrige Unkräuter, ausgenommen Einjährige Rispe und Quecke	1 l/ha	nach dem Auflaufen	F
Propyzamid, 500 g/kg Kerb 50 W, RHD, Xn ••• Kerb WDG, URA, SPI, Xn				
Winterraps	Ausfallgetreide, Ackerfuchsschwanz, Windhalm, Einjährige Rispe und Vogelmiere	1 kg/ha	nach dem Auflaufen	F
Pyridat, 450 g/kg Lentagran WP, SAD, Xi				
Winterraps	Klettenlabkraut	2 kg/ha	nach dem Auflaufen	-
Quizalofop-P, 46,3 g/l Targa Super, RPA, Xi				
Winterraps	Einkeimblättrige Unkräuter, ausgenommen Einjährige Rispe und Quecke	1,25 l/ha	nach dem Auflaufen	F
Winterraps	Einkeimblättrige Unkräuter, ausgenommen Einjährige Rispe	2 l/ha	nach dem Auflaufen	F
Trifluralin, 240 g/l, Napropamid, 190 g/l Devinol Kombi CS, ZNC, B3 ••• Elancolan K SC, DOW, B3				
Winterraps	Zweikeimblättrige Unkräuter, Ackerfuchsschwanz, Windhalm und Einjährige Rispe	5 l/ha	Spritzen mit Einarbeitung l auf mittleren oder schweren Böden l vor der Saat	F
Winterraps	Zweikeimblättrige Unkräuter, Ackerfuchsschwanz, Windhalm und Einjährige Rispe	4 l/ha	Spritzen mit Einarbeitung l auf leichten Böden l vor der Saat	F
Trifluralin, 480 g/l Ipifluor, IPC, HOR, Xn ••• Demeril 480 EC, ASU, Xn, B3 ••• Elancolan, DOW, Xn, B3				
Sommerraps	Ackerfuchsschwanz, Windhalm, Einjährige Rispe und zweikeimblättrige Unkräuter, ausgenommen Kamille-Arten	2 l/ha	Spritzen mit Einarbeitung l auf leichten oder mittleren Böden l vor der Saat	F
Winterraps	Ackerfuchsschwanz, Windhalm, Einjährige Rispe und zweikeimblättrige Unkräuter, ausgenommen Kamille-Arten	2 l/ha	Spritzen mit Einarbeitung l auf leichten oder mittleren Böden l vor der Saat	F
Winterraps	Ackerfuchsschwanz, Windhalm, Einjährige Rispe und zweikeimblättrige Unkräuter, ausgenommen Kamille	2,5 l/ha	Spritzen mit Einarbeitung l auf schweren Böden l vor der Saat	F
MAMBA, FSG, Xn, B3 ••• Scirocco, FSG, Xn, B3 ••• STEFES TRIFLURALIN, STE, Xn, B3 ••• ZERA-Gram, STE, Xn, B3 ••• ZERA-Trifluralin, STE, Xn, B3				
Winterraps	Ackerfuchsschwanz, Windhalm, Einjährige Rispe und zweikeimblättrige Unkräuter, ausgenommen Kamille-Arten	2 l/ha	Spritzen mit Einarbeitung l auf leichten oder mittleren Böden l vor der Saat	F

Wirkstoffe/Präparate/Kulturen	Schaderreger	5.2.3.4 Aufwand	Herbizide im Ackerbau/Rüben Hinweise	WZ
Winterraps	Ackerfuchsschwanz, Windhalm, Einjährige Rispe und zweikeimblättrige Unkräuter, ausgenommen Kamille-Arten	2,5 l/ha	Spritzen mit Einarbeitung I auf schweren Böden I vor der Saat	F
Triflurex, MAC, Xn, B3 Sommerraps	Zweikeimblättrige Unkräuter, Ackerfuchsschwanz, Windhalm und Einjährige Rispe	2 l/ha	Spritzen mit Einarbeitung I auf leichten oder mittleren Böden I vor der Saat	F
Winterraps	Zweikeimblättrige Unkräuter, Ackerfuchsschwanz, Windhalm und Einjährige Rispe	2 l/ha	Spritzen mit Einarbeitung I auf leichten oder mittleren Böden I vor der Saat	F
Winterraps -	Zweikeimblättrige Unkräuter, Ackerfuchsschwanz, Windhalm und Einjährige Rispe	2,5 l/ha	Spritzen mit Einarbeitung I auf schweren Böden I vor der Saat	F

5.2.3.4   Herbizide im Ackerbau/Rüben

Wirkstoffe/Präparate/Kulturen	Schaderreger	Aufwand	Hinweise	WZ
Chloridazon, 300 g/l, Phenmedipham, 100 g/l, Quinmerac, 42 g/l Largo, BAS				
Rüben (Zucker- und Futterrüben)	Zweikeimblättrige Unkräuter	2 l/ha	Spritzen im Splittingverfahren (3 Anwendungen) I nach dem Auflaufen	90
Chloridazon, 400 g/l, Quinmerac, 50 g/l Rebell, BAS				
Rüben (Zucker- und Futterrüben)	Zweikeimblättrige Unkräuter	5 l/ha	Spritzen als Tankmischung I nach dem Auflaufen	90
Chloridazon, 650 g/kg Terlin DF, SBC, ASU				
Rüben (Zucker- und Futterrüben)	Klettenlabkraut, Kamille-Arten und Hundspetersilie	5 l/ha	vor dem Auflaufen	F
Rüben (Zucker- und Futterrüben)	Einjährige Rispe und zweikeimblättrige Unkräuter, ausgenommen Klettenlabkraut	3 kg/ha	Spritzen mit Einarbeitung I auf leichten Böden I vor der Saat	F
Rüben (Zucker- und Futterrüben)	Einjährige Rispe und zweikeimblättrige Unkräuter, ausgenommen Klettenlabkraut	4 kg/ha	Spritzen mit Einarbeitung I auf mittleren oder schweren Böden I vor der Saat	F
Rüben (Zucker- und Futterrüben)	Einjährige Rispe und zweikeimblättrige Unkräuter, ausgenommen Klettenlabkraut	1,5 kg/ha	Spritzen im Splittingverfahren (2 Anwendungen) I nach dem Auflaufen	F
Rüben (Zucker- und Futterrüben)	Einjährige Rispe, Vogelmiere und Kamillearten	3 kg/ha	auf mittleren oder schweren Böden I vor dem Auflaufen	F
Rüben (Zucker- und Futterrüben)	Einjährige Rispe und zweikeimblättrige Unkräuter, ausgenommen Klettenlabkraut	4 kg/ha	auf mittleren oder schweren Böden I vor dem Auflaufen	F
Rüben (Zucker- und Futterrüben)	Einjährige Rispe und zweikeimblättrige Unkräuter, ausgenommen Klettenlabkraut	3 kg/ha	auf leichten Böden I vor dem Auflaufen	F

Wirkstoffe/ Präparate/ Kulturen	Schaderreger	Aufwand	Hinweise	WZ
Pyramin WG, BAS, RPA, B4 ••• TERLIN WG, SBC, B4				
Rüben (Zucker- und Futterrüben)	Einjährige Rispe und zweikeimblättrige Unkräuter, aus-genommen Klettenlabkraut	1 kg/ha	Spritzen als Tankmischung I nach dem Auflaufen	90
Rüben (Zucker- und Futterrüben)	Einjährige Rispe, Vogelmiere und Kamillearten	3 kg/ha	auf mittleren oder schweren Böden I vor dem Auflaufen	F
Rüben (Zucker- und Futterrüben)	Einjährige Rispe und zweikeimblättrige Unkräuter, aus-genommen Klettenlabkraut	3 kg/ha	Spritzen mit Einarbeitung I auf leich-ten Böden I vor der Saat	F
Rüben (Zucker- und Futterrüben)	Einjährige Rispe und zweikeimblättrige Unkräuter, aus-genommen Klettenlabkraut	4 kg/ha	Spritzen mit Einarbeitung I auf mitt-leren oder schweren Böden I vor der Saat	F
Rüben (Zucker- und Futterrüben)	Einjährige Rispe und zweikeimblättrige Unkräuter, aus-genommen Klettenlabkraut	3 kg/ha	auf leichten Böden I vor dem Auf-laufen	F
Rüben (Zucker- und Futterrüben)	Einjährige Rispe und zweikeimblättrige Unkräuter, aus-genommen Klettenlabkraut	3 kg/ha	Spritzen als Tankmischung I nach dem Auflaufen I bis 4Blattstadium	90
Rüben (Zucker- und Futterrüben)	Einjährige Rispe und zweikeimblättrige Unkräuter, aus-genommen Klettenlabkraut	3 kg/ha	Spritzen als Tankmischung I nach dem Auflaufen I ab 4Blattstadium	90
Rüben (Zucker- und Futterrüben)	Einjährige Rispe und zweikeimblättrige Unkräuter, aus-genommen Klettenlabkraut	4 kg/ha	auf mittleren oder schweren Böden I vor dem Auflaufen	F
Clopyralid, 100 g/l **LONTREL 100, DOW**				
Rüben (Zucker- und Futterrüben)	Kamille-Arten	1,2 l/ha	nach dem Auflaufen	70
Rüben (Zucker- und Futterrüben)	Ackerkratzdistel	1,2 l/ha	nach dem Auflaufen	70
Cycloxydim, 100 g/l **Focus Ultra, BAS, Xi, B4**				
Rüben (Zucker- und Futterrüben)	Queckenniederhaltung zur Führung der Kultur	5 l/ha	nach dem Auflaufen	F
Rüben (Zucker- und Futterrüben)	Einkeimblättrige Unkräuter, ausgenommen Einjährige Rispe und Quecke	2,5 l/ha	nach dem Auflaufen	F
Diclofop, 362,5 g/l **Illoxan, AVO, Xi, B4**				
Rüben (Zucker- und Futterrüben)	Flughafer und Hühnerhirse	3 l/ha	nach dem Auflaufen	F
Ethofumesat, 500 g/l **Nortron 500 SC, ASU, B4 ••• Rubetram 500, AVO, B4 ••• STEFES ETHO 500, STE, B4 ••• Tramat 500, SCH, B4**				
Rüben (Zucker- und Futterrüben)	Vogelmiere und Klettenlabkraut	2 l/ha	vor dem Auflaufen	F
Rüben (Zucker- und Futterrüben)	Vogelmiere und Klettenlabkraut	2 l/ha	nach dem Auflaufen	F
Ethosat 500, FSG				
Rüben (Zucker- und Futterrüben)	Vogelmiere und Klettenlabkraut	2 l/ha	nach dem Auflaufen	F
Fenoxaprop-P, 63,6 g/l **Depon Super, HOE, Xi, B4**				
Rüben (Zucker- und Futterrüben)	Hirsearten	1,5 l/ha	nach dem Auflaufen	F
Rüben (Zucker- und Futterrüben)	Ackerfuchsschwanz und Flughafer	2 l/ha	nach dem Auflaufen	F

Wirkstoffe/ Präparate/ Kulturen	Schaderreger	Aufwand	Hinweise	WZ
Fluazifop-P, 107 g/l				
Fusilade ME, ZNC, BAS				
Rüben (Zucker- und Futterrüben)	Einkeimblättrige Unkräuter, ausgenommen Einjährige Rispe und Quecke	1,5 l/ha	nach dem Auflaufen	90
Rüben (Zucker- und Futterrüben)	Queckenniederhaltung zur Führung der Kultur	2 l/ha	nach dem Auflaufen	90
Rüben (Zucker- und Futterrüben)	Einkeimblättrige Unkräuter, ausgenommen Einjährige Rispe	3 l/ha	nach dem Auflaufen	90
Rüben (Zucker- und Futterrüben)	Ackerfuchsschwanz und Ausfallgerste	0,75 l/ha	nach dem Auflaufen	90
Rüben (Zucker- und Futterrüben)	Einkeimblättrige Unkräuter, ausgenommen Einjährige Rispe und Quecke	1 l/ha	nach dem Auflaufen	90
Glufosinat, 183 g/l				
BASTA, AVO, NAD, Xn ••• Celaflor Unkrautfrei, CEL, Xn ••• Exakt-Unkrautfrei Madit, CEL, Xn ••• Difontan, AVO, Xn ••• RA-200-flüssig, HEN, Xn ••• Unkrautfrei Weedex, CEL, Xn				
Zuckerrüben	Aus Samen auflaufende ein- und zweikeimblättrige Unkräuter	5 l/ha	vor der Saat	F
Glyphosat, 178 g/l				
SWING, MOT, AVO, Xi, B4				
Zuckerrüben	Aus Samen auflaufende ein- und zweikeimblättrige Unkräuter	4 l/ha	vor der Saat	F
Glyphosat, 355,7 g/l				
Glyper, AUS, DOW, Xi				
Rüben (Zucker- und Futterrüben)	Schosserrüben und Ackerkratzdistel	33 %	Streichen mit Dochtstreichgerät zur Einzelpflanzenbehandlung I nach dem Auflaufen	60
Cardinal, MOT, Xi ••• COMPO Spezial-Unkrautvernichter Filatex, COM, Xi ••• DURANO, MOT, Xi ••• Egret, MOT, Xi ••• Roundup, MOT, SPI/URA, Xi ••• Saki, MOT, ASU/SOS, Xi ••• Spezial-Unkrautvernichter Weedex, CEL, Xi ••• STEFES MAMBA, AUS, STE, Xi, B4				
Rüben (Zucker- und Futterrüben)	Schosserrüben und Ackerkratzdistel	33 %	Streichen mit Dochtstreichgerät zur Einzelpflanzenbehandlung I nach dem Auflaufen	60
Zuckerrüben	Aus Samen auflaufende ein- und zweikeimblättrige Unkräuter	3 l/ha	Spritzen als Tankmischung I vor der Saat	F
Glyphosat, 360 g/l				
Roundup LB Plus, MOT ••• Roundup Ultra, MOT				
Rüben (Zucker- und Futterrüben)	Schosserrüben und Ackerkratzdistel	33 %	Im Streichverfahren, zur gezielten Einzelpflanzenbehandlung I nach dem Auflaufen	60
Zuckerrüben	Aus Samen auflaufende ein- und zweikeimblättrige Unkräuter	3 l/ha	vor der Saat	F
Glyphosat, 420 g/kg				
Roundup Gran, MOT ••• Roundup Ultragran, MOT				
Zuckerrüben	Aus Samen auflaufende ein- und zweikeimblättrige Unkräuter	2,5 kg/ha	vor der Saat	F

Wirkstoffe/ Präparate/ Kulturen	Schaderreger	Aufwand	Hinweise	WZ
Haloxyfop-R, 100, 1 g/l Gallant Super, DOW, Xi				
Rüben (Zucker- und Futterrüben)	Quecke	1 l/ha	nach dem Auflaufen	90
Rüben (Zucker- und Futterrüben)	Einkeimblättrige Unkräuter, ausgenommen Einjährige Rispe und Quecke	0,5 l/ha	nach dem Auflaufen	90
Metamitron, 700 g/l Stefes METRON, STE ••• TORNADO, FSG				
Rüben (Zucker- und Futterrüben)	Einjährige Rispe und zweikeimblättrige Unkräuter, ausgenommen Klettenlabkraut und Knöterich-Arten	5 l/ha	vor dem Auflaufen	F
Rüben (Zucker- und Futterrüben)	Einjährige Rispe und zweikeimblättrige Unkräuter, ausgenommen Klettenlabkraut und Knöterich-Arten	5 l/ha	nach dem Auflaufen	F
Metamitron, 710 g/kg Goltix WG, BAY				
Rüben (Zucker- und Futterrüben)	Einjährige Rispe und zweikeimblättrige Unkräuter, ausgenommen Klettenlabkraut und Knöterich-Arten	2 kg/ha	Spritzen im Splittingverfahren (3 Anwendungen) vor dem Auflaufen	F
Rüben (Zucker- und Futterrüben)	Einjährige Rispe und zweikeimblättrige Unkräuter, ausgenommen Klettenlabkraut und Knöterich-Arten	1 kg/ha	Spritzen im Splittingverfahren (3 Anwendungen) nach dem Auflaufen	F
Rüben (Zucker- und Futterrüben)	Einjährige Rispe und zweikeimblättrige Unkräuter, ausgenommen Klettenlabkraut und Knöterich-Arten	5 kg/ha	nach dem Auflaufen	F
Metamitron, 900 g/kg Goltix compact, BAY				
Rüben (Zucker- und Futterrüben)	Einjährige Rispe und zweikeimblättrige Unkräuter, ausgenommen Klettenlabkraut und Knöterich-Arten	1 kg/ha	Spritzen im Splittingverfahren (3 Anwendungen) nach dem Auflauf	F
Rüben (Zucker- und Futterrüben)	Einjährige Rispe und zweikeimblättrige Unkräuter, ausgenommen Klettenlabkraut und Knöterich-Arten	1,5 kg/ha	Spritzen im Splittingverfahren (3 Anwendungen) vor dem Auflaufen	F
Rüben (Zucker- und Futterrüben)	Einjährige Rispe und zweikeimblättrige Unkräuter, ausgenommen Klettenlabkraut und Knöterich-Arten	4 kg/ha	nach dem Auflaufen	F
Phenmedipham, 51 g/l, Ethofumesat, 51 g/l, Metamitron, 153 g/l Betanal Trio, AVO, Xi				
Rüben (Zucker- und Futterrüben)	Zweikeimblättrige Unkräuter	4 l/ha	Spritzen im Splittingverfahren (3 Anwendungen) nach dem Auflauf	90
Phenmedipham, 62 g/l, Ethofumesat, 128 g/l, Desmedipham, 16 g/l Betanal Progress, AVO				
Rüben (Zucker- und Futterrüben)	Zweikeimblättrige Unkräuter	2 l/ha	Spritzen im Splittingverfahren (3 Anwendungen) nach dem Auflauf	90
Phenmedipham, 65 g/kg, Ethofumesat, 65 g/kg, Metamitron, 280 g/kg Domino, BAY, AVO, Xi				
Rüben (Zucker- und Futterrüben)	Zweikeimblättrige Unkräuter	3 l/ha	nach dem Auflaufen	90
Rüben (Zucker- und Futterrüben)	Zweikeimblättrige Unkräuter	3 kg/ha	Spritzen im Splittingverfahren (3 Anwendungen) nach dem Auflauf	90

Kapitel 5.2 — Bekämpfung von Unkräutern und Ungräsern — 5.2.3.4 — Herbizide im Ackerbau/Rüben

Wirkstoffe/Präparate/Kulturen	Schaderreger	Aufwand	Hinweise	WZ
Phenmedipham, 75,5 g/l, Ethofumesat, 150,9 g/l, Desmedipham, 25,2 g/l Betanal Progress OF, AVO, Xi				
Rüben (Zucker- und Futterrüben)	Zweikeimblättrige Unkräuter	1,75 l/ha	Spritzen im Splittingverfahren (3 Anwendungen) | nach dem Auflauf	90
Rüben (Zucker- und Futterrüben)	Zweikeimblättrige Unkräuter	1,75 l/ha	Spritzen im Splittingverfahren (3 Anwendungen) | nach dem Auflauf	90
Rüben (Zucker- und Futterrüben)	Zweikeimblättrige Unkräuter	2,5 l/ha	nach dem Auflaufen	90
Phenmedipham, 97 g/l, Ethofumesat, 94 g/l Nortron Tandem, AVO, B4 ••• Stefes TANDEM, STE, B4				
Rüben (Zucker- und Futterrüben)	Zweikeimblättrige Unkräuter	2 l/ha	Spritzen im Splittingverfahren (3 Anwendungen) | nach dem Auflauf	90
Kontaktwin, FSG, Xi				
Rüben (Zucker- und Futterrüben)	Zweikeimblättrige Unkräuter	4 l/ha	Spritzen im Splittingverfahren (2 Anwendungen) | nach dem Auflauf	90
Rüben (Zucker- und Futterrüben)	Zweikeimblättrige Unkräuter	4 l/ha	nach dem Auflaufen	90
Phenmedipham, 100 g/l, Ethofumesat, 100 g/l, Metamitron, 300 g/l METHOPHAM, STE, Xi				
Rüben (Zucker- und Futterrüben)	Zweikeimblättrige Unkräuter	2 l/ha	Spritzen im Splittingverfahren (3 Anwendungen) | nach dem Auflauf	90
Phenmedipham, 157 g/l Betanal, AVO, Xn ••• Betosip, ASU, Xn Kontakt Feinchemie, FSG, Xn, B1 ••• Phenmedipham Biochemicals, BIO, Xn, B1 ••• Pistol, RPA, FSG, Xn, B1 ••• Rubenal ES, AVO, Xn ••• STEFES PMP, STE, Xn				
Rüben (Zucker- und Futterrüben)	Zweikeimblättrige Unkräuter	6 l/ha	nach dem Auflaufen	90
Phenmedipham, 160 g/l Rubenal, AVO, Xn, B4 ••• Betaren, KVA, Xn, B4 ••• KEMIRA PHENMEDIPHAM, KIR, Xn, B4				
Rüben (Zucker- und Futterrüben)	Zweikeimblättrige Unkräuter	6 l/ha	nach dem Auflaufen	90
Betanal Plus, AVO, Xi, B4				
Zuckerrüben	Zweikeimblättrige Unkräuter	6 l/ha	nach dem Auflaufen	90
Zuckerrüben	Zweikeimblättrige Unkräuter	3 l/ha	Spritzen im Splittingverfahren (2 Anwendungen) | nach dem Auflauf	90
Herbasan, KVK, ASU				
Rüben (Zucker- und Futterrüben)	Zweikeimblättrige Unkräuter	2 l/ha	Spritzen im Splittingverfahren (3 Anwendungen) | nach dem Auflauf	90
Phenmedipham, 161,3 g/l Betasana, ESK, DLH, Xn, B4				
Rüben (Zucker- und Futterrüben)	Zweikeimblättrige Unkräuter	6 l/ha	nach dem Auflaufen	90
Phenmedipham, 200 g/l, Ethofumesat, 190 g/l Stefes MagicTandem, STE				
Rüben (Zucker- und Futterrüben)	Zweikeimblättrige Unkräuter	1 l/ha	Spritzen im Splittingverfahren (3 Anwendungen) | nach dem Auflauf	90
Phenmedipham, 200 g/l, Ethofumesat, 200 g/l Powertwin, FSG, Xi				

Wirkstoffe/ Präparate/ Kulturen	Schaderreger	Aufwand	Hinweise	WZ
Zuckerrüben	Zweikeimblättrige Unkräuter	2 l/ha	Spritzen im Splittingverfahren (2 Anwendungen) l nach dem Auflauf	90
Phenmedipham, 320 g/l Kontakt 320 SC, FSG				
Propaquizafop, 100 g/l AGIL, CGD, Xn	Zweikeimblättrige Unkräuter	3 l/ha	nach dem Auflaufen	90
Rüben (Zucker- und Futterrüben)	Einkeimblättrige Unkräuter, ausgenommen Einjährige Rispe und Quecke	1,25 l/ha	nach dem Auflaufen	F
Quizalofop-P, 46,3 g/l Targa Super, RPA, Xi	Einkeimblättrige Unkräuter, ausgenommen Einjährige Rispe	2 l/ha	nach dem Auflaufen	F
Rüben (Zucker- und Futterrüben)	Einkeimblättrige Unkräuter, ausgenommen Einjährige Rispe und Quecke	1,25 l/ha	nach dem Auflaufen	F
Triallat, 480 g/l Avadex 480, MOT, SPI, Xi, B3	Flughafer, Ackerfuchsschwanz und Windhalm	3 l/ha	Spritzen mit Einarbeitung l vor der Saat	F
Rüben (Zucker- und Futterrüben)				
Triflusulfuron, 485,7 g/kg DEBUT, DPB, Xn	Zweikeimblättrige Unkräuter	30 g/ha	Spritzen im Splittingverfahren (3 Anwendungen) l nach dem Auflauf	F
Rüben (Zucker- und Futterrüben)				
Zusatzstoffe, Rapsöl, 899,1 g/l Rako-Binol, BAY, B3	Einjährige Rispe und zweikeimblättrige Unkräuter, ausgenommen Klettenlabkraut und Knöterich-Arten	2 l/ha	Spritzen im Splittingverfahren (2- 3 Anwendungen) l nach dem Auflauf	F
Rüben (Zucker- und Futterrüben)				

5.2.3.5   Herbizide im Ackerbau/Sonstige

Aclonifen, 600 g/l Bandur, RPA, CYD, B3				
Ackerbohnen	Zweikeimblättrige Unkräuter, Ackerfuchsschwanz, Windhalm und Einjährige Rispe	4 l/ha	auf leichten Böden l vor dem Auflaufen	F
Ackerbohnen	Zweikeimblättrige Unkräuter, Ackerfuchsschwanz, Windhalm und Einjährige Rispe	4,5 l/ha	auf mittleren Böden l vor dem Auflaufen	F
Ackerbohnen	Zweikeimblättrige Unkräuter, Ackerfuchsschwanz, Windhalm und Einjährige Rispe	5 l/ha	auf schweren oder humosen Böden l vor dem Auflaufen	F
Futtererbsen	Zweikeimblättrige Unkräuter, Ackerfuchsschwanz, Windhalm und Einjährige Rispe	4 l/ha	auf leichten Böden l vor dem Auflaufen	F

Wirkstoffe/ Präparate/ Kulturen	Schaderreger	Aufwand	Hinweise	WZ
Futtererbsen	Zweikeimblättrige Unkräuter, Ackerfuchsschwanz, Windhalm und Einjährige Rispe	4,5 l/ha	auf mittleren Böden I vor dem Auflaufen	F
Futtererbsen	Zweikeimblättrige Unkräuter. Ackerfuchsschwanz, Windhalm und Einjährige Rispe	5 l/ha	auf schweren oder humosen Böden I vor dem Auflaufen	F
Sonnenblumen	Zweikeimblättrige Unkräuter, Ackerfuchsschwanz, Windhalm und Einjährige Rispe	4,5 l/ha	auf mittleren Böden I vor dem Auflaufen	F
Sonnenblumen	Zweikeimblättrige Unkräuter, Ackerfuchsschwanz, Windhalm und Einjährige Rispe	4 l/ha	auf leichten Böden I vor dem Auflaufen	F
Sonnenblumen	Zweikeimblättrige Unkräuter, Ackerfuchsschwanz, Windhalm und Einjährige Rispe	5 l/ha	auf schweren oder humosen Böden I vor dem Auflaufen	F
Bentazon, 333 g/l, Dichlorprop-P, 233 g/l Basagran DP, BAS, Xn Grassamenbau	Zweikeimblättrige Unkräuter	3 l/ha	nach dem Auflaufen	28
Bentazon, 480 g/l Basagran, BAS, Xn Ackerbohnen	Klettenlabkraut, Vogelmiere und Kamille-Arten	1 l/ha	Spritzen im Splittingverfahren (2 Anwendungen) I nach dem Auflauf	F
Futtererbsen	Klettenlabkraut, Vogelmiere und Kamille-Arten	2 l/ha	nach dem Auflaufen	40
Sojabohne	Klettenlabkraut, Vogelmiere und Kamille-Arten	2 l/ha	nach dem Auflaufen	F
Bromoxynil, 100 g/l, Bentazon, 250 g/l Extoll, BAS, Xn Faserlein	Zweikeimblättrige Unkräuter	1,5 l/ha	Spritzen im Splittingverfahren (2 Anwendungen) I nach dem Auflauf	N
Carbetamid, 500 g/kg, Dimefuron, 250 g/kg Pradone Kombi, RPA Futtererbsen	Ausfallgetreide, Ackerfuchsschwanz, Windhalm, Einjährige Rispe und zweikeimblättrige Unkräuter, ausgenommen Kamille-Arten	3,5 kg/ha	nach dem Auflaufen	F
Deiquat, 200 g/l Reglone, ZNC, Xn Ackerbohnen	Sikkation	3 l/ha	vor der Ernte	5
Futtererbsen	Sikkation	3 l/ha	vor der Ernte	5
Hopfen	Hopfenputzen einschließlich Unkrautbekämpfung	1,8 l/ha	ab Erreichen der Gerüsthöhe	14
Klee und Luzerne	Sikkation	1,5 l/ha	bis 7 Tage vor der Ernte	F
Lein	Sikkation	3 l/ha	zur Spätanwendung	F
Lupinen	Sikkation	3 l/ha	zur Spätanwendung	F
Sojabohne	Sikkation	3 l/ha	zur Spätanwendung	F
Diclofop, 362,5 g/l Illoxan, AVO, Xi, B4 Ackerbohnen	Flughafer und Hirsearten	3 l/ha	nach dem Auflaufen	90
Futtererbsen	Flughafer	3 l/ha	nach dem Auflaufen	42

Wirkstoffe/ Präparate/ Kulturen	Schaderreger	Aufwand	Hinweise	WZ
Fluazifop-P, 107 g/l				
Fusilade ME, ZNC, BAS				
Ackerbohnen	Einkeimblättrige Unkräuter, ausgenommen Einjährige Rispe	3 l/ha	nach dem Auflaufen	F
Ackerbohnen	Einkeimblättrige Unkräuter, ausgenommen Einjährige Rispe und Quecke	1,5 l/ha	nach dem Auflaufen	F
Futtererbsen	Einkeimblättrige Unkräuter, ausgenommen Einjährige Rispe und Quecke	1,5 l/ha	nach dem Auflaufen	F
Futtererbsen	Einkeimblättrige Unkräuter, ausgenommen Einjährige Rispe	3 l/ha	nach dem Auflaufen	F
Rotschwingel, als Untersaat	Einkeimblättrige Unkräuter, ausgenommen Einjährige Rispe und Quecke	1,5 l/ha	nach dem Auflaufen	F
Sonnenblumen	Einkeimblättrige Unkräuter, ausgenommen Einjährige Rispe und Quecke	1,5 l/ha	nach dem Auflaufen	F
Sonnenblumen	Ackerfuchsschwanz und Ausfallgerste	0,75 l/ha	nach dem Auflaufen	F
Sonnenblumen	Einkeimblättrige Unkräuter, ausgenommen Einjährige Rispe	3 l/ha	nach dem Auflaufen	F
Sonnenblumen	Queckenniederhaltung zur Führung der Kultur	2 l/ha	nach dem Auflaufen	F
Sonnenblumen	Einkeimblättrige Unkräuter, ausgenommen Einjährige Rispe und Quecke	1 l/ha	nach dem Auflaufen	F
Flurochloridon, 250 g/l				
Racer CS, ZNC, B3				
Sonnenblumen	Zweikeimblättrige Unkräuter und Einjährige Rispe	3 l/ha	vor dem Auflaufen	F
Glufosinat, 183 g/l				
BASTA, ZNC, NAD, Xn ••• Celaflor Unkrautfrei, CEL, Xn ••• Difontan, AVO, Xn ••• Exakt-Unkrautfrei Madit, CEL, Xn ••• RA-200-flüssig, HEN, Xn ••• Unkrautfrei Weedex, CEL, Xn				
Ackerbohnen	Abreifebeschleunigung	2,5 l/ha	bei beginnender natürlicher Abreife	14
Buschbohnen	Abreifebeschleunigung	2,5 l/ha	bei beginnender natürlicher Abreife	14
Futtererbsen	Abreifebeschleunigung	2,5 l/ha	bei beginnender natürlicher Abreife	14
Sonnenblumen	Abreifebeschleunigung	2,5 l/ha	bei beginnender natürlicher Abreife	14
Glyphosat, 355,7 g/l				
Cardinal, MOT, Xi ••• COMPO Spezial-Unkrautvernichter Fledex, COM, Xi ••• DURANO, MOT, Xi ••• Glyper, AUS, DOW, Xi ••• Roundup, MOT, SPI/URA, Xi ••• Saki, MOT, ASU/SOS, Xi ••• Spezial-Unkrautvernichter Weedex, CEL, Xi ••• STEFES MAMBA, AUS, STE, Xi, B4				
Rekultivierung von Stillegungsflächen	Ein- und zweikeimblättrige Unkräuter	5 l/ha	vor der Saat von Folgekulturen	F
Glyphosat, 360 g/l				
Detia Total - Neu Unkrautmittel, DET ••• Etisso Total Unkrautfrei, FRU ••• Roundup LB Plus, MOT ••• Roundup Ultra, MOT ••• Taifun forte, FSG, Xi				
Rekultivierung von Stillegungsflächen	Ein- und zweikeimblättrige Unkräuter	5 l/ha	vor der Saat von Folgekulturen	F
Glyphosat, 420 g/kg				
Roundup Gran, MOT ••• Roundup Ultragran, MOT				
Rekultivierung von Stillegungsflächen	Ein- und zweikeimblättrige Unkräuter	4 kg/ha	vor der Saat von Folgekulturen	F

Kapitel 5.2	Bekämpfung von Unkräutern und Ungräsern		5.2.3.5	Herbizide im Ackerbau/Sonstige
Wirkstoffe/ Präparate/ Kulturen	Schaderreger	Aufwand	Hinweise	WZ
Glyphosat-trimesium, 480 g/l				
Herburan A, URA, Xn ••• Touchdown, ZNC, Xn				
Rekultivierung von Stillegungsflächen	Ein- und zweikeimblättrige Unkräuter	5 l/ha	vor der Saat von Folgekulturen	F
Ioxynil, 380 g/l				
Trevespan, RPA, CYD, Xn				
Grassamenbau im Ansaatjahr, als Blanksaat	Zweikeimblättrige Unkräuter	1 l/ha	nach dem Auflaufen	90
Grassamenbau im Samenjahr	Zweikeimblättrige Unkräuter	1 l/ha	nach dem Auflaufen	90
MCPA, 500 g/l				
HORA M, HOR, Xn ••• M 52 DB, AVO, Xn ••• Orbitox M, URA, URA, Xn ••• U 46 M-Fluid, BAS, NAD/DOW/ZNC, Xn ••• Utox M, SPI, URA, Xn				
Grassamenbau	Ackerkratzdistel und Ackergänsedistel	1,5 l/ha	nach dem Auflaufen	28
Grassamenbau	Zweikeimblättrige Unkräuter	1,5 l/ha	nach dem Auflaufen	28
Metazachlor, 500 g/l				
Butisan, BAS, Xn				
Stoppelrüben (Brassica rapa var. rapa)	Zweikeimblättrige Unkräuter, Ackerfuchsschwanz und Einjährige Rispe	2 l/ha	vor dem Auflaufen	70
Pendimethalin, 400 g/l				
STOMP SC, CYD				
Ackerbohnen	Ackerfuchsschwanz, Windhalm, Einjährige Rispe und zweikeimblättrige Unkräuter, ausgen. Klettenlabkraut	5 l/ha	vor dem Auflaufen	F
Futtererbsen	Ackerfuchsschwanz, Windhalm, Einjährige Rispe und zweikeimblättrige Unkräuter, ausgen. Klettenlabkraut	5 l/ha	vor dem Auflaufen	F
Lupinen	Ackerfuchsschwanz, Windhalm, Einjährige Rispe und zweikeimblättrige Unkräuter, ausgen. Klettenlabkraut	4 l/ha	vor dem Auflaufen	F
Sonnenblumen	Windhalm, Einjährige Rispe und zweikeimblättrige Unkräuter, ausgenommen Klettenlabkraut	5 l/ha	vor dem Auflaufen	F
Sonnenblumen	Windhalm, Einjährige Rispe und zweikeimblättrige Unkräuter, ausgenommen Klettenlabkraut	5 l/ha	Spritzen mit Einarbeitung I vor der Saat	F
Prosulfocarb, 800 g/l				
Boxer, ZNC, Xi, B3				
Ackerbohnen	Zweikeimblättrige Unkräuter, Ackerfuchsschwanz, Windhalm und Einjährige Rispe	5 l/ha	vor dem Auflaufen	F
Futtererbsen	Zweikeimblättrige Unkräuter, Ackerfuchsschwanz, Windhalm und Einjährige Rispe	5 l/ha	vor dem Auflaufen	F
Lupinen	Zweikeimblättrige Unkräuter, Ackerfuchsschwanz, Windhalm und Einjährige Rispe	5 l/ha	vor dem Auflaufen	F
Sonnenblumen	Klettenlabkraut, Vogelmiere und Weißer Gänsefuß	5 l/ha	vor dem Auflaufen	F
Pyridat, 450 g/kg				
Lentagran WP, SAD, Xi				
Gelbe Lupine	Zweikeimblättrige Unkräuter	2 kg/ha	nach dem Auflaufen	F
Luzerne	Zweikeimblättrige Unkräuter	2 kg/ha	nach dem Auflaufen	F
Rotklee	Zweikeimblättrige Unkräuter	2 kg/ha	nach dem Auflaufen	F

Wirkstoffe/Präparate/Kulturen	Schaderreger	Aufwand	Hinweise	WZ
Triallat, 480 g/l				
Avadex 480, MOT, SPI, Xi, B3				
Ackerbohnen	Flughafer, Ackerfuchsschwanz und Windhalm	2,5 l/ha	Spritzen mit Einarbeitung I vor der Saat	F
Futtererbsen	Flughafer, Ackerfuchsschwanz und Windhalm	2,5 l/ha	Spritzen mit Einarbeitung I vor der Saat	70
Trifluralin, 480 g/l				
Triflurex, MAC, Xn, B3				
Stoppelrüben (Brassica rapa var. rapa)	Weißer Gänsefuß, Spreizende Melde und Vogelmiere	2,5 l/ha	Spritzen mit Einarbeitung I auf leichten oder mittl. Böden I vor der Saat	60
Demeril 480 EC, ASU, Xn, B3 ••• Elancolan, DOW, Xn, B3				
Kohlrüben	Ackerfuchsschwanz, Windhalm, Einjährige Rispe und zweikeimblättrige Unkräuter, ausgenommen Kamille-A.	2,5 l/ha	Spritzen mit Einarbeitung I auf schweren Böden I vor dem Pflanzen	**
Sonnenblumen	Ackerfuchsschwanz, Windhalm, Einjährige Rispe und zweikeimblättrige Unkräuter, ausgenommen Kamille-A.	2,5 l/ha	Spritzen mit Einarbeitung I auf mittl. oder schweren Böden I vor der Saat	F
Stoppelrüben (Brassica rapa var. rapa)	Weißer Gänsefuß, Spreizende Melde und Vogelmiere	2 l/ha	Spritzen mit Einarbeitung I auf leichten oder mittl. Böden I vor der Saat	60

5.2.3.6   Herbizide im Grünland

Wirkstoffe/Präparate/Kulturen	Schaderreger	Aufwand	Hinweise	WZ
2,4-D, 160 g/l, Mecoprop-P, 350 g/l				
COMPO Rasenunkraut-frei, COM, Xn ••• Duplosan KV-Combi, BAS, BAY/CBA/NAD/COM/DPB, Xn ••• Marks Optica MP Combi, AHM, Xn ••• Rasen-Duplosan, BAY, Xn ••• RASEN-RA-6, HEN, Xn ••• Rasen-Unkrautvernichter Astix MPD, CEL, Xn				
Wiesen und Weiden	Amplerarten	0,5 %	Spritzen als Einzelpflanzenbehandl. I während der Vegetationsperiode	28
2,4-D, 250 g/l, MCPA, 250 g/l				
Aaherba-Combi, ASU, Xn, B4 ••• MEGA-MD, NUF, Xn, B4				
Wiesen und Weiden	Zweikeimblättrige Unkräuter	2 l/ha	während der Vegetationsperiode	28
2,4-D, 500 g/l				
Spritz-Hormin 500 00, NLI, Xn ••• U 46 D-Fluid, BAS, DOW, Xn				
Wiesen und Weiden	Zweikeimblättrige Unkräuter	2 l/ha	während der Vegetationsperiode	28
Amidosulfuron, 750 g/l				
Hoestar, AVO				
Wiesen und Weiden	Stumpfblättriger Ampfer und Löwenzahn	60 g/ha	Herbst	7/21
Wiesen und Weiden	Stumpfblättriger Ampfer	60 g/ha	vor der ersten Nutzung	7/21
Dichlobenil, 67,5 g/kg				
Casoron G, AVO, W ••• COMPO Gartenunkraut-Vernichter, COM, W ••• FRANKOL-Spezial-Granulat NEU, FRA, W ••• Gehölze-Unkraut-frei, FLO, W ••• Prefix G Neu, CYD, W ••• RA-4000-Granulat, HEN, W ••• Tutakorn-ZA, VGM, W ••• Unkraut-Stop Herbenta G, ASU, W ••• Unkrautfrei Ektorex G, CEL, W ••• Ustinex-CN-Streumittel, BAY, W ••• Vinuran, URA, SPI, W				
Wiesen und Weiden	Stumpfblättriger und Krauser Ampfer	0,5 g/Pflanze	Streuen, Einzelpflanzenbehandlung I während der Vegetationsperiode	28

Wirkstoffe/ Präparate/ Kulturen	Schaderreger	Aufwand	Hinweise	WZ
Fluroxypyr, 180 g/l				
Starane 180, DOW, Xi, B4				
Wiesen und Weiden	Ampferarten	2 l/ha	während der Vegetationsperiode	14/21
Fluroxypyr, 400 g/l				
Starane 400 EW, DOW				
Wiesen und Weiden	Ampferarten	0,9 l/ha	während der Vegetationsperiode	14/21
Glyphosat, 355,7 g/l				
Gallup, POL, BCL/CEM, Xi, B4 ••• Solstis, POL, Xi, B4				
Wiesen und Weiden	Quecke und Ampferarten	4 l/ha	Spritzen mit nachfolgendem Umbruch I vor der Saat	F
Cardinal, MOT, Xi ••• COMPO Spezial-Unkrautvernichter Filatex, COM, Xi ••• DURANO, MOT, Xi ••• Egret, MOT, Xi ••• Glyper, AUS, DOW, Xi ••• Roundup, MOT, SPI/URA, Xi ••• Saki, MOT, ASU/SOS, Xi ••• Spezial-Unkrautvernichter Weedex, CEL, Xi ••• STEFES MAMBA, AUS, STE, Xi, B4				
Wiesen und Weiden	Quecke und Ampferarten	4 l/ha	Spritzen mit nachfolgendem Umbruch I Spätsommer	F
Wiesen und Weiden	Ampferarten und Ackerkratzdistel	33 %	Streichen mit Dochtstreichgerät zur Einzelpflanzenbehandlung	14
Glyphosat, 360 g/l				
Taifun forte, FSG, Xi				
Wiesen und Weiden	Stumpfblättriger Ampfer und Ackerkratzdistel	33 %	Im Streichverfahren, zur gezielten Einzelpflanzenbehandlung I während der Vegetationsperiode	14
Roundup LB Plus, Xi ••• Roundup Ultra, MOT				
Wiesen und Weiden	Quecke und Ampferarten	4 l/ha	Spritzen mit nachfolgendem Umbruch I vor der Saat	F
Wiesen und Weiden	Ampferarten und Ackerkratzdistel	33 %	Im Streichverfahren, zur gezielten Einzelpflanzenbehandlung I während der Vegetationsperiode	14
Detia Total - Neu Unkrautmittel, DET ••• Etisso Total Unkrautfrei, FRU ••• Gabi Unkrautvernichter, GAB ••• GLYFOS, CHE, CYD ••• Keeper Unkrautfrei, BAY ••• Unkraut-Stop, NEU				
Wiesen und Weiden	Quecke und Ampferarten	4 l/ha	Spritzen mit nachfolgendem Umbruch I vor der Saat	F
Glyphosat, 420 g/l				
Roundup Gran, MOT ••• Roundup Ultragran, MOT				
Wiesen und Weiden	Quecke und Ampferarten	3,5 kg/ha	Spritzen mit nachfolgendem Umbruch I vor der Saat	F
MCPA, 40 g/kg, Mecoprop-P, 24 g/kg				
Brennessel-Granulat Spiess-Urania, URA, SPI, B3				
Wiesen und Weiden	Große Brennessel	50 kg/ha	Streuen I Herbst	F
MCPA, 340 g/l, Dicamba, 30 g/l				
BANVEL M, SAD, AVO, Xn ••• Gabi Rasenunkraut-Vernichter, GAB, Xn ••• Hedomat Rasenunkrautfrei, BAY, Xn ••• Rasen Unkrautfrei Utox, SPI, URA, Xn ••• Rasen-Unkrautvernichter Banvel M, CEL, Xn ••• Rasen-Utox flüssig, SPI, URA, Xn ••• Rasenunkrautfrei Rasunex, ASU, Xn				
Wiesen und Weiden	Zweikeimblättrige Unkräuter	8 l/ha	während der Vegetationsperiode	28

Kapitel 5.2 Bekämpfung von Unkräutern und Ungräsern

5.2.3.7 Herbizide im Gemüsebau

Wirkstoffe/ Präparate/ Kulturen	Schaderreger		Aufwand	Hinweise	WZ
MCPA, 500 g/l					
AAherba M, ASU, Xn, B4 ••• AGRITOX, NUF, Xn, B4 ••• Berghoff MCPA, CBA, Xn, B4 ••• Herbizid M DU PONT, DPB, Xn, B4 ••• HORA M, HOR, Xn ••• M 52 DB, AVO, Xn ••• Marks M HERBIZIDE, AHM, CBA/DPB, Xn, B4 ••• MEGA-M, NUF, Xn, B4 ••• Orbitox M, URA, URA, Xn ••• U 46 M-Fluid, BAS, NAD/DOW/ZNC, Xn ••• Utox M, SPI, URA, Xn					
Wiesen und Weiden	Zweikeimblättrige Unkräuter		2 l/ha	während der Vegetationsperiode	28
Mecoprop-P, 600 g/l					
Berghoff Optica MP, CBA, Xn ••• Duplosan KV, BAS, BAY, Xn, B4 ••• Marks Optica MP, AHM, Xn, B4 ••• Marks Optica MP k, AHM, CBA/DPB, Xn					
Wiesen und Weiden	Ampferarten		0,5 %	Spritzen als Einzelpflanzenbehandl. l während der Vegetationsperiode	28
Wiesen und Weiden	Vogelmiere		3 l/ha	Herbst	F
Thifensulfuron, 722,5 g/kg					
HARMONY 75 DF, DPB, B4					
Wiesen und Weiden	Ampfer-Arten und Schafgarbe		30 g/ha	während der Vegetationsperiode	28
Triclopyr, 240 g/l					
GARLON 2, DOW, Xn					
Wiesen und Weiden	Große Brennessel		1 %	Spritzen als Einzelpflanzenbehandlung l während der Vegetationsperiode (Mai bis August)	14
Wiesen und Weiden	Wiesenbärenklau		4 l/ha	nach dem Schnitt	14
Wiesen und Weiden	Große Brennessel		2 l/ha	nach dem Schnitt	14

5.2.3.7 Herbizide im Gemüsebau

Wirkstoffe/ Präparate/ Kulturen	Schaderreger		Aufwand	Hinweise	WZ
Bentazon, 480 g/l					
Basagran, BAS, Xn					
Erbsen	Klettenlabkraut, Vogelmiere und Kamille-Arten	Freiland	0,2 ml/m²	nach dem Auflaufen	40
Bentazon, 870 g/kg					
Basagran Dryflo, BAS, Xi					
Erbsen	Klettenlabkraut, Vogelmiere und Kamille-Arten	Freiland	1,1 kg/ha	nach dem Auflaufen	40
Chloridazon, 650 g/kg					
Pyramin WG, BAS, BAS, RPA, Xi ••• TERLIN WG, BAS, RPA, SBC, B4					
Mangold	Einjährige Rispe und zweikeimblättrige Unkräuter, ausgenommen Klettenlabkraut	Freiland	4 kg/ha	auf mittleren oder schweren Böden l vor dem Auflaufen	70
Mangold	Einjährige Rispe und zweikeimblättrige Unkräuter, ausgenommen Klettenlabkraut	Freiland	3 kg/ha	auf leichten Böden l vor dem Auflaufen	70
Mangold	Einjährige Rispe, Vogelmiere und Kamillearten	Freiland	0,3 g/m²	auf mittleren oder schweren Böden l vor dem Auflaufen	70
Rote Bete	Einjährige Rispe und zweikeimblättrige Unkräuter, ausgenommen Klettenlabkraut	Freiland	4 kg/ha	auf mittleren oder schweren Böden l vor dem Auflaufen	F

Kapitel 5.2 Bekämpfung von Unkräutern und Ungräsern 5.2.3.7 Herbizide im Gemüsebau

Wirkstoffe/ Präparate/ Kulturen	Schaderreger	Bereich	Aufwand	Hinweise	WZ
Rote Bete	Einjährige Rispe und zweikeimblättrige Unkräuter, ausgenommen Klettenlabkraut	Freiland	3 kg/ha	Spritzen als Tankmischung I auf mittleren oder schweren Böden I nach dem Auflaufen	F
Rote Bete	Einjährige Rispe und zweikeimblättrige Unkräuter, ausgenommen Klettenlabkraut	Freiland	3 kg/ha	auf leichten Böden I vor der Auflaufen	F
Rote Bete	Einjährige Rispe und zweikeimblättrige Unkräuter, ausgenommen Klettenlabkraut	Freiland	4 kg/ha	nach dem Pflanzen	F
Rote Bete	Einjährige Rispe und zweikeimblättrige Unkräuter, ausgenommen Klettenlabkraut	Freiland	3 kg/ha	Spritzen mit Einarbeitung I auf leichten Böden I vor der Saat	F
Rote Bete	Einjährige Rispe und zweikeimblättrige Unkräuter, ausgenommen Klettenlabkraut	Freiland	2 kg/ha	Spritzen als Tankmischung I auf leichten Böden I nach dem Auflauf auf mittleren oder schweren Böden I vor dem Auflaufen	F
Rote Bete	Einjährige Rispe, Vogelmiere und Kamillearten	Freiland	0,3 g/m²		F
Rote Bete	Einjährige Rispe und zweikeimblättrige Unkräuter, ausgenommen Klettenlabkraut	Freiland	4 kg/ha	Spritzen mit Einarbeitung I auf mittl. oder schweren Böden I vor der Saat	F
Dazomet, 970 g/kg Basamid Granulat, BAS, COM/AVO, Xn, B3					
Gemüsebau	Keimende Unkrautsamen	Freiland oder unter Glas	* 40 g/m²	Streuen mit Einarbeitung auf 20 cm Tiefe I vor der Saat	F
Gemüsebau	Keimende Unkrautsamen	Anzucht- und Topferde	200 g/m³	Streuen und untermischen I vor der Saat	
Diclofop, 362,5 g/l Illoxan, AVO, Xi, B4					
Kopfkohl (Rotkohl, Weißkohl, Wirsing)	Flughafer	Freiland	3 l/ha	nach dem Pflanzen	42
Mangold	Flughafer und Hühnerhirse	Freiland	3 l/ha	nach dem Auflaufen	21
Rote Bete	Flughafer und Hühnerhirse	Freiland	3 l/ha	nach dem Auflaufen	60
Fenoxaprop-P, 63,6 g/l Depon Super, HOE, Xi, B4					
Chinakohl	Hirsearten	Freiland	1,5 l/ha	siehe Auflagen I nach dem Auflauf	42
Chinakohl	Ackerfuchsschwanz und Flughafer	Freiland	2 l/ha	siehe Auflagen I nach dem Auflauf	42
Kopfkohl (Rotkohl, Weißkohl, Wirsing)	Ackerfuchsschwanz und Flughafer	Freiland	2 l/ha	siehe Auflagen I nach dem Auflauf	42
Kopfkohl (Rotkohl, Weißkohl, Wirsing)	Hirsearten	Freiland	1,5 l/ha	siehe Auflagen I nach dem Auflauf	42
Fluazifop-P, 107 g/l Fusilade ME, ZNC, BAS					
Gemüsekohl	Einkeimblättrige Unkräuter, ausgenommen Quecke	Freiland	1,5 l/ha	nach dem Auflaufen	49
Möhren	Einkeimblättrige Unkräuter, ausgenommen Quecke	Freiland	1,5 l/ha	nach dem Auflaufen	49

Wirkstoffe/ Präparate/ Kulturen	Schaderreger	Bereich	Aufwand	Hinweise	WZ
Glufosinat, 183 g/l					
BASTA, AVO, NAD, Xn ••• Celaflor Unkrautfrei, CEL, Xn ••• Difontan, AVO, Xn ••• RA-200-flüssig, HEN, Xn ••• Unkrautfrei Weedex, CEL, Xn					
Buschbohnen	Aus Samen auflaufende ein- und zwei-keimblättrige Unkräuter	Freiland	0,5 ml/m²	Spritzen als Zwischenreihenbehand-lung mit Abschirmung i nach dem Auflaufen	14
Feldsalat	Aus Samen auflaufende ein- und zwei-keimblättrige Unkräuter	Freiland	0,3 ml/m²	vor dem Auflaufen	F
Möhren	Aus Samen auflaufende ein- und zwei-keimblättrige Unkräuter	Freiland	0,3 ml/m²	vor dem Auflaufen	F
Porree	Aus Samen auflaufende ein- und zwei-keimblättrige Unkräuter	Freiland	0,3 ml/m²	vor dem Auflaufen	F
Spargel	Aus Samen auflaufende ein- und zwei-keimblättrige Unkräuter	Freiland	0,3 ml/m²	nach dem Aufrichten der Dämme	F
Zwiebeln	Aus Samen auflaufende ein- und zwei-keimblättrige Unkräuter	Freiland	0,3 ml/m²	vor dem Auflaufen	F
Metazachlor, 500 g/l					
Butisan, BAS, Xn					
Blumenkohl, Kohlrabi, Rotkohl, Weißkohl, Wirsing	Zweikeimblättrige Unkräuter, Ackerfuchsschwanz und Einjährige Rispe	Freiland	2,5 l/ha	nach dem Pflanzen	F
Brokkoli, gepflanzt	Einjährige Rispe und zweikeimblättrige Unkräuter, ausgenommen Klettenlabkraut	Freiland	1,5 l/ha	nach dem Pflanzen	F
Radies und Rettich	Einjährige Rispe und zweikeimblättrige Unkräuter, ausgenommen Klettenlabkraut	Freiland	1 l/ha	vor dem Auflaufen	F
Rosenkohl, gepflanzt	Zweikeimblättrige Unkräuter, Ackerfuchsschwanz und Einjährige Rispe	Freiland	2,5 l/ha	nach dem Pflanzen	F
Metobromuron, 500 g/l					
Patoran FL, BAS, Xn, B3					
Feldsalat	Zweikeimblättrige Unkräuter, ausgenom-men Klettenlabkraut	Freiland	1,5 l/ha	vor dem Auflaufen	49
Feldsalat	Zweikeimblättrige Unkräuter, ausgenom-men Klettenlabkraut	unter Glas	0,1 ml/m²	vor dem Auflaufen	60
Metribuzin, 700 g/kg					
Sencor WG, BAY, DPB/ZNC					
Spargel	Zweikeimblättrige Unkräuter und Ein-jährige Rispe	Freiland	0,75 kg/ha	nach dem Stechen	F
Spargel	Zweikeimblättrige Unkräuter und Ein-jährige Rispe	Freiland	0,75 kg/ha	nach dem Aufrichten der Dämme	7
Tomaten	Einjährige Rispe und zweikeimblättrige Unkräuter, ausgenommen Klettenlabkraut	Freiland	0,05 g/m²	nach dem Pflanzen	42

Wirkstoffe/ Präparate/ Kulturen	Schaderreger	Bereich	Aufwand	Hinweise	WZ
Pendimethalin, 400 g/l STOMP SC, CYD					
Blumenkohl und Brokoli	Ackerfuchsschwanz, Windhalm, Einjährige Rispe und zweikeimblättrige Samenkräuter, ausgenommen Klettenlabkraut	Freiland	0,4 ml/m²	Spritzen mit Einarbeitung | vor dem Pflanzen	F
Erbsen	Zweikeimblättrige Samenunkräuter, ausgenommen Klettenlabkraut und Kamille-Arten	Freiland	0,25 ml/m²	nach dem Auflaufen	42
Erbsen	Ackerfuchsschwanz, Windhalm, Einjährige Rispe und zweikeimblättrige Unkräuter, ausgenommen Klettenlabkraut	Freiland	0,5 ml/m²	vor dem Auflaufen	F
Möhren	Ackerfuchsschwanz, Windhalm, Einjährige Rispe und zweikeimblättrige Samenkräuter, ausgenommen Klettenlabkraut	Freiland	0,4 ml/m²	vor dem Auflaufen	F
Zwiebeln	Ackerfuchsschwanz, Windhalm, Einjährige Rispe und zweikeimblättrige Samenkräuter, ausgenommen Klettenlabkraut	Freiland	0,5 ml/m²	vor dem Auflaufen	F
Phenmedipham, 157 g/l Betanal, AVO, Xn ••• Rubenal ES, AVO, Xn ••• STEFES PMP, STE, Xn					
Rote Bete	Zweikeimblättrige Unkräuter	Freiland	6 l/ha	nach dem Auflaufen	F
Spinat	Zweikeimblättrige Unkräuter	Freiland	1 l/ha	Spritzen im Splittingverfahren (2 Anwendungen) | nach dem Auflauf	28
Propyzamid, 500 g/kg Kerb 50 W, RHD, Xn					
Spinat	Zweikeimblättrige Unkräuter	Freiland	2 l/ha	nach dem Auflaufen	28
Endivie und Kopfsalat	Aus Samen auflaufende ein- und zweikeimblättrige Unkräuter	Freiland	3 kg/ha	Spritzen mit Einregnen | nach dem Pflanzen	F
Endivie und Kopfsalat	Aus Samen auflaufende ein- und zweikeimblättrige Unkräuter	Freiland	3 kg/ha	Spritzen mit Einregnen | vor dem Auflaufen	F
Rhabarber	Einkeimblättrige Unkräuter	Freiland	3 l/ha	Oktober bis Dezember	F
Pyridat, 450 g/kg Lentagran WP, SAD, Xi					
Porree	Zweikeimblättrige Unkräuter	Freiland	0,2 g/m²	nach dem Auflaufen	F
Zwiebeln	Zweikeimblättrige Unkräuter	Freiland	0,2 g/m²	nach dem Auflaufen	F
Terbutryn, 490 g/l HORA-Terbutryn 500 flüssig, HOR, B4 ••• HORA-Tryn 500 flüssig, HOR, B4 ••• Igran 500 flüssig, CGD, B4 ••• Stefes-Terbutryn 500 flüssig, STE, B4 ••• ZERA-Terbutryn 500 flüssig, HOR, B4					
Erbsen	Ein- und zweikeimblättrige Unkräuter	Freiland	3 l/ha	auf leichten oder mittleren Böden | vor dem Auflaufen	F
Trifluralin, 480 g/l Demeril 480 EC, ASU, Xn, B3 ••• Elancolan, DOW, Xn, B3					

Kapitel 5.2 Bekämpfung von Unkräutern und Ungräsern

5.2.3.8 Herbizide im Obstbau

Wirkstoffe/ Präparate/ Kulturen	Schaderreger	Bereich	Aufwand	Hinweise	WZ
Blumenkohl	Ackerfuchsschwanz, Windhalm, Einjährige Rispe und zweikeimblättrige Unkräuter, ausgenommen Kamille-Arten	Freiland	0,2 ml/m²	Spritzen mit Einarbeitung I auf leichten Böden I vor dem Pflanzen	F
Blumenkohl	Ackerfuchsschwanz, Windhalm, Einjährige Rispe und zweikeimblättrige Unkräuter, ausgenommen Kamille-Arten	Freiland	0,25 ml/m²	Spritzen mit Einarbeitung I auf mittleren Böden I vor dem Pflanzen	F
Blumenkohl	Ackerfuchsschwanz, Windhalm, Einjährige Rispe und zweikeimblättrige Unkräuter, ausgenommen Kamille-Arten	Freiland	0,3 ml/m²	Spritzen mit Einarbeitung I auf schweren Böden I vor dem Pflanzen	F
Blumenkohl, Grünkohl, Kohlrabi, Rosenkohl, Rotkohl, Weißkohl, Wirsing	Ackerfuchsschwanz, Windhalm, Einjährige Rispe und zweikeimblättrige Unkräuter, ausgenommen Kamille-Arten	Freiland	0,2 ml/m²	Spritzen mit Einarbeitung I auf leichten Böden I vor der Saat	FI**
Blumenkohl, Grünkohl, Kohlrabi, Rosenkohl, Rotkohl, Weißkohl, Wirsing	Ackerfuchsschwanz, Windhalm, Einjährige Rispe und zweikeimblättrige Unkräuter, ausgenommen Kamille-Arten	Freiland	0,25 ml/m²	Spritzen mit Einarbeitung I auf mittleren oder schweren Böden I vor der Saat	FI**

5.2.3.8 Herbizide im Obstbau

Amitrol, 400 g/kg, Diuron, 400 g/kg
Cumatol WG, SPI, Xn ••• Rapir Neu, BAY, Xn

Kernobst, ab 3. Standjahr	Aus Samen auflaufende ein- und zweikeimblättrige Unkräuter		7,5 kg/ha	Sommer	60
Kernobst, ab 3. Standjahr	Aus Samen auflaufende ein- und zweikeimblättrige Unkräuter		7,5 kg/ha	Frühsommer	60

Diuron, 270 g/kg, Glyphosat, 144 g/kg
Adimitrol WG Neu, ASU, Xn ••• Rapir, BAY, Xn ••• Tuta-Super Neu, VGM, Xn ••• Ustinex G neu, BAY, Xn ••• Vorox G, URA, SPI, Xn

Kernobst, ab 3. Standjahr	Ein- und zweikeimblättrige Unkräuter		15 kg/ha	Frühjahr	60

Fluazifop-P, 107 g/l
Fusilade ME, ZNC, BAS

Erdbeeren	Einkeimblättrige Unkräuter, ausgenommen Einjährige Rispe und Quecke		0,15 ml/m²	vor der Blüte	28IF

Glufosinat, 183 g/l
BASTA, AVO, NAD, Xn ••• Celaflor Unkrautfrei, CEL, Xn ••• Difontan, AVO, Xn ••• Exakt-Unkrautfrei Madit, CEL, Xn ••• RA-200-flüssig, HEN, Xn ••• Unkrautfrei Weedex, CEL, Xn

Erdbeeren	Abtöten von Ausläufern		4 l/ha	Spritzen mit Spritzschirm I nach der Ernte	F
Erdbeeren	Aus Samen auflaufende ein- und zweikeimblättrige Unkräuter		0,4 ml/m²	Spritzen als Zwischenreihenbehandlung mit Abschirmung I kurz vor der Blüte	42
Himbeeren	Ein- und zweikeimblättrige Unkräuter		0,5 ml/m²	Spritzen mit Spritzschirm I Frühjahr bis Sommer	14

Wirkstoffe/ Präparate/ Kulturen	Schaderreger	Aufwand	Hinweise	WZ
Johannisbeeren	Ein- und zweikeimblättrige Unkräuter	0,5 ml/m²	Spritzen mit Spritzschirm | Unkräuter bis 25 cm Höhe | Frühjahr bis Sommer	14
Kernobst, ab 1. Standjahr	Ein- und zweikeimblättrige Unkräuter	* 0,5 ml/m²	Unkräuter bis 25 cm Höhe | Frühjahr	14
Stachelbeeren	Ein- und zweikeimblättrige Unkräuter	0,5 ml/m²	Spritzen mit Spritzschirm | Unkräuter bis 25 cm Höhe | Frühjahr bis Sommer	14
Steinobst, ab 1. Standjahr	Abtötung von Wurzelschossern	0,75 ml/m²	bei ca. 20 cm Schosserhöhe	14
Steinobst, ab 1. Standjahr; ausgenommen Pfirsiche	Ein- und zweikeimblättrige Unkräuter	* 0,5 ml/m²	Unkräuter bis 25 cm Höhe | Frühjahr	14
Glyphosat, 7,2 g/l Roundup Alphee, MOT, CYD, B4				
Kernobst, ab Pflanzjahr	Ein- und zweikeimblättrige Unkräuter		Unverdünnt spritzen als Einzelpflanzenbehandlung | während der Vegetationsperiode	42
Glyphosat, 178 g/l SWING, MOT, AVO, Xi, B4 Kernobst, ab Pflanzjahr	Ein- und zweikeimblättrige Unkräuter	0,6 ml/m²	Spritzen im Splittingverfahren (2 Anwendungen) | Frühjahr	42
Glyphosat, 355,7 g/l Cardinal, MOT, Xi ••• COMPO Spezial-Unkrautvernichter Filatex, COM, Xi ••• DURANO, MOT, Xi ••• Egret, MOT, Xi ••• Roundup, MOT, SPI/URA, Xi ••• Roundup LB, MOT, CEL ••• Saki, MOT, ASU/SOS, Xi ••• Spezial-Unkrautvernichter Weedex, CEL, Xi ••• STEFES MAMBA, AUS, STE, Xi, B4 Kernobst, ab Pflanzjahr	Ein- und zweikeimblättrige Unkräuter	5 l/ha	Frühjahr	42
Glyper, AUS, DOW, Xi Kernobst, ab Pflanzjahr	Ein- und zweikeimblättrige Unkräuter	0,5 ml/m²	Frühjahr	42
Kernobst, ab Pflanzjahr	Ein- und zweikeimblättrige Unkräuter	0,5 ml/m²	Sommer	42
Glyphosat, 360 g/l Detia Total - Neu Unkrautmittel, DET ••• Etisso Total Unkrautfrei, FRU ••• Gabi Unkrautvernichter, GAB ••• GLYFOS, CHE, CYD ••• Keeper Unkrautfrei, BAY ••• Roundup LB Plus, MOT ••• Roundup Ultra, MOT ••• Unkraut-Stop, NEU Kernobst, ab Pflanzjahr	Ein- und zweikeimblättrige Unkräuter	0,5 ml/m²	Unkräuter über 20 cm Höhe | Frühjahr	42
Glyphosat, 420 g/kg Roundup Gran, MOT ••• Roundup Ultragran, MOT Kernobst, ab Pflanzjahr	Ein- und zweikeimblättrige Unkräuter	4 kg/ha	Frühjahr	42
Glyphosat, 600 g/kg Roundup Alphee Tablette, MOT Kernobst, ab Pflanzjahr	Ein- und zweikeimblättrige Unkräuter		Spritzen als Einzelpflanzenbehandlung | während der Vegetationsper.	42
Glyphosat-trimesium, 480 g/l Herburan A, URA, Xn ••• Touchdown, ZNC, Xn Kernobst, ab 3. Standjahr	Ein- und zweikeimblättrige Unkräuter	5 l/ha	Frühjahr bis Sommer	42

Wirkstoffe/ Präparate/ Kulturen	Schaderreger	Aufwand	Hinweise	WZ
MCPA, 40 g/kg, Mecoprop-P, 24 g/kg				
Brennessel-Granulat Spiess-Urania, URA, SPI, B3				
Kernobst, ab 1. Standjahr	Große Brennessel	5 g/m²	Streuen l Frühjahr	Fl60
MCPA, 500 g/l				
HORA M, HOR, Xn ••• M 52 DB, AVO, Xn ••• Orbitox M, URA, URA, Xn ••• U 46 M-Fluid, BAS, NAD/DOW/ZNC, Xn ••• Ufox M, SPI, URA, Xn				
Kernobst, ab 1. Standjahr	Ackerkratzdistel und Ackerwinde	2 l/ha	Frühjahr	F
Steinobst, ab 1. Standjahr	Ackerkratzdistel und Ackerwinde	2 l/ha	Frühjahr	F
Metamitron, 710 g/kg				
Goltix WG, BAY				
Erdbeeren	Einjährige Rispe und zweikeimblättrige Unkräuter, ausgenommen Klettenlabkraut und Knöterich-Arten	5 kg/ha	nach der Ernte	F
Metamitron, 900 g/kg				
Goltix compact, BAY				
Erdbeeren	Einjährige Rispe und zweikeimblättrige Unkräuter, ausgenommen Klettenlabkraut und Knöterich-Arten	5 kg/ha	Herbst	F
Phenmedipham, 157 g/l				
Betanal, AVO, Xn ••• Rubenal ES, AVO, Xn ••• STEFES PMP, STE,				
Erdbeeren	Zweikeimblättrige Unkräuter	6 l/ha	vor der Blüte	F
Erdbeeren	Zweikeimblättrige Unkräuter	6 l/ha	nach dem Pflanzen	F
Betosip, ASU, Xn				
Erdbeeren	Aus Samen auflaufende zweikeimblättrige Unkräuter	0,6 ml/m²	während der Vegetationsperiode	F
Erdbeeren	Aus Samen auflaufende zweikeimblättrige Unkräuter	0,6 ml/m²	nach Austrieb l vor der Blüte	F
Propyzamid, 500 g/kg				
Kerb 50 W, RHD, Xn				
Johannisbeeren, ab 1. Standjahr	Einkeimblättrige Unkräuter und Vogelmiere	5 kg/ha	Winter (in der Vegetationsruhe)	F
Kernobst, ab 1. Standjahr	Einkeimblättrige Unkräuter und Vogelmiere	5 kg/ha	Winter (in der Vegetationsruhe)	F
Kirschen, ab 1. Standjahr	Einkeimblättrige Unkräuter und Vogelmiere	5 kg/ha	Winter (in der Vegetationsruhe)	F
Pflaumen, ab 1. Standjahr	Einkeimblättrige Unkräuter und Vogelmiere	5 kg/ha	Winter (in der Vegetationsruhe)	F
Stachelbeeren	Einkeimblättrige Unkräuter und Vogelmiere	5 kg/ha	Winter (in der Vegetationsruhe)	F
Simazin, 20 g/kg				
Gesatop 2 Granulat, NAD, SPI, Xn, W				
Erdbeeren	Aus Samen auflaufende ein- und zweikeimblättrige Unkräuter	4 g/m²	Streuen l vor der Blüte l Frühjahr	42
Erdbeeren	Aus Samen auflaufende ein- und zweikeimblättrige Unkräuter	4 g/m²	Streuen l nach der Ernte	F
Obstbau	Aus Samen auflaufende ein- und zweikeimblättrige Unkräuter	6 g/m²	Streuen l Frühjahr	F

5.2.3.9 Herbizide im Weinbau

Wirkstoffe/ Präparate/ Kulturen	Schaderreger	Aufwand	Hinweise	WZ
Amitrol, 400 g/kg, Diuron, 400 g/kg				
Cumatol WG, SPI, Xn ••• Rapir Neu, BAY, Xn				
Weinreben, ab 3. Standjahr	Aus Samen auflaufende ein- u. zweikeimbl. Unkräuter	0,75 g/m²	Frühsommer	60

Wirkstoffe/ Präparate/ Kulturen	Schaderreger	Aufwand	Hinweise	WZ
Diuron, 270 g/kg, Glyphosat, 144 g/kg				
Adimitrol WG Neu, ASU, Xn ••• Rapir, BAY, Xn ••• Tuta-Super Neu, VGM, Xn ••• Ustinex G neu, BAY, Xn ••• Vorox G, URA, SPI, Xn				
Weinreben, ab 3. Standjahr	Ein- und zweikeimblättrige Unkräuter	1 g/m²	Frühjahr	60
Glufosinat, 183 g/l				
BASTA, AVO, NAD, Xn ••• Celaflor Unkrautfrei, CEL, Xn ••• Difontan, AVO, Xn ••• Exakt-Unkrautfrei Madit, CEL, Xn ••• RA-200-flüssig, HEN, Xn ••• Unkrautfrei Weedex, CEL, Xn				
Weinreben, ab 1. Standjahr	Ein- und zweikeimblättrige Unkräuter	* 0,5 ml/m²	Unkräuter bis 25 cm Höhe | Frühjahr	14
Glyphosat, 178 g/l				
SWING, MOT, AVO, Xi, B4				
Weinreben, ab 4. Standjahr	Ein- und zweikeimblättrige Unkräuter, ausgenommen Ackerwinde	0,4 ml/m²	Spritzen im Splittingverfahren (2 Anwendungen) | Frühjahr	30
Weinreben, ab 4. Standjahr	Aus Samen auflaufende ein- und zweikeimblättrige Unkräuter	0,6 ml/m²	Frühjahr	30
Glyphosat, 355,7 g/l				
Cardinal, MOT, Xi ••• COMPO Spezial-Unkrautvernichter Filatex, COM, Xi ••• DURANO, MOT, Xi ••• Egret, MOT, Xi ••• Glyper, AUS, DOW, Xi ••• Roundup, MOT, SPI/URA, Xi ••• Saki, MOT, ASU/SOS, Xi ••• Spezial-Unkrautvernichter Weedex, CEL, Xi ••• STEFES MAMBA, AUS, STE, Xi, B4				
Weinreben, ab 4. Standjahr	Ein- und zweikeimblättrige Unkräuter, ausgenommen Ackerwinde	0,5 ml/m²	Spritzen im Splittingverfahren (2 Anwendungen) | Frühjahr	30
Weinreben, ab 4. Standjahr	Ackerwinde	1 ml/m²	Sommer	30
Glyphosat, 360 g/l				
Delia Total - Neu Unkrautmittel, DET ••• Etisso Total Unkrautfrei, FRU ••• Gabi Unkrautvernichter, GAB ••• GLYFOS, CHE, CYD ••• Keeper Unkrautfrei, BAY ••• Roundup LB Plus, MOT ••• Roundup Ultra, MOT ••• Unkraut-Stop, NEU				
Weinreben, ab 4. Standjahr	Ackerwinde	1 ml/m²	Sommer	30
Weinreben, ab 4. Standjahr	Ein- und zweikeimblättrige Unkräuter, ausgenommen Ackerwinde	0,5 ml/m²	Frühjahr	30
Glyphosat, 420 g/kg				
Roundup Gran, MOT ••• Roundup Ultragran, MOT				
Weinreben, ab 4. Standjahr	Ackerwinde	0,4 g/m²	Spritzen im Splittingverfahren (2 Anwendungen) | Frühjahr	30
Weinreben, ab 4. Standjahr	Ackerwinde	0,8 g/m²	Sommer	30
Glyphosat-trimesium, 480 g/l				
Herburan A, URA, URA, Xn ••• Touchdown, ZNC, Xn				
Weinreben, ab 4. Standjahr	Ein- und zweikeimblättrige Unkräuter, ausgenommen Ackerwinde	5 l/ha	Frühjahr bis Sommer	28
MCPA, 500 g/l				
Berghoff MCPA, CBA, Xn, B4 ••• Herbizid M DU PONT, DPB, Xn, B4 ••• HORA M, HOR, Xn ••• M 52 DB, AVO, Xn ••• M 52 DB, AVO, Xn ••• Orbitox M, URA, URA, Xn ••• U 46 M-Fluid, BAS, NAD/DOW/ZNC, Xn ••• Utox M, SPI, URA, Xn				
Weinreben, ab 3. Standjahr	Zweikeimblättrige Unkräuter	4 l/ha	Frühjahr	Fl35
Mecoprop-P, 600 g/l				
Berghoff Optica MP, CBA, Xn ••• Marks Optica MP k, AHM, CBA/DPB, Xn				
Weinreben, ab 3. Standjahr	Zweikeimblättrige Unkräuter	0,2 ml/m²	Frühjahr	Fl35

Wirkstoffe/ Präparate/ Kulturen	Schaderreger	Aufwand	Hinweise	WZ
Weinreben, ab 3. Standjahr	Zweikeimblättrige Unkräuter	0,2 ml/m²	Sommer	35
Duplosan KV, BAS, BAY, Xn, B4 ••• Marks Optica MP, AHM, Xn, B4				
Weinreben, ab 3. Standjahr	Zweikeimblättrige Unkräuter	0,2 ml/m²	Frühjahr	F/35
Propyzamid, 500 g/kg				
Kerb 50 W, RHD, Xn				
Weinreben, ab 2. Standjahr	Einkeimblättrige Unkräuter und Vogelmiere	0,5 g/m²	Winter (in der Vegetationsruhe)	F

5.2.3.10   Herbizide im Forst

Dichlobenil, 67,5 g/kg

Casoron G, AVO, W ••• COMPO Gartenunkraut-Vernichter, COM, W ••• FRANKOL-Spezial-Granulat NEU, FRA, W ••• Gehölze-Unkraut-frei, FLO, W ••• Prefix G Neu, CYD, W ••• RA-4000-Granulat, HEN, W ••• Tutakorn-ZA, VGM, W ••• Unkraut-Stop Herbenta G, ASU, W ••• Unkrautfrei Ektorex G, CEL, W ••• Ustinex-CN-Streumittel, BAY, W ••• Vinuran, URA, SPI, W

Laub- und Nadelhölzer	Aus Samen auflaufende ein- und zweikeimblättrige Unkräuter	˚ 30 kg/ha	Streuen l leichte, schwach humose Böden (unter 1,5 % organische Substanz) l vor dem Austrieb	F

Fluazifop-P, 107 g/l

Fusilade ME, ZNC, BAS

Laub- und Nadelhölzer	Einkeimblättrige Unkräuter	4 l/ha	Spritzen (nur mit Bodengeräten) l vor der Beerenblüte	F
Laub- und Nadelhölzer	Einkeimblättrige Unkräuter, ausgenommen Einjährige Rispe	4 l/ha	Spritzen (nur mit Bodengeräten) l nach dem Pflanzen	F

Glufosinat, 183 g/l

BAST A, AVO, NAD, Xn ••• Celaflor Unkrautfrei, CEL, Xn ••• Difontan, AVO, Xn ••• Exakt-Unkrautfrei Madit, CEL, Xn ••• Madit, CEL, Xn ••• Unkrautfrei Weedex, CEL, Xn

Laub- und Nadelhölzer	Adlerfarn	7,5 l/ha	Juli bis August	F

Glyphosat, 355,7 g/l

Cardinal, MOT, Xi ••• COMPO Spezial-Unkrautvernichter Filatex, COM, Xi ••• DURANO, MOT, Xi ••• Egret, MOT, Xi ••• Glyper, AUS, DOW, Xi ••• Roundup, MOT, SPI/URA, Xi ••• Saki, MOT, ASU/SOS, Xi ••• Spezial-Unkrautvernichter Weedex, CEL, Xi ••• STEFES MAMBA, AUS, STE, Xi, B4

Laub- und Nadelhölzer	Ein- und zweikeimblättrige Unkräuter und Holzgewächse	5 l/ha	Spritzen (nur mit Bodengeräten) l August bis September	F
Laub- und Nadelhölzer	Adlerfarn	5 l/ha	Spritzen (nur mit Bodengeräten) l August bis September	F
Laub- und Nadelhölzer	Ein- und zweikeimblättrige Unkräuter	3 l/ha	Spritzen als Zwischenreihenbehandlung mit Abschirmung l Mai bis Juni	F
Nadelholz, ausgenommen Lärche und Douglasie	Ein- und zweikeimblättrige Unkräuter und Holzgewächse	3 l/ha	Spritzen (nur mit Bodengeräten) l September bis November	F

Wirkstoffe/ Präparate/ Kulturen	Schaderreger	Aufwand	Hinweise	WZ
Glyphosat, 360 g/l				
Detia Total - Neu Unkrautmittel, DET ••• Etisso Total Unkrautfrei, FRU ••• Gabi Unkrautvernichter, GAB ••• GLYFOS, CHE, CYD ••• Keeper Unkrautfrei, BAY ••• Unkraut-Stop, NEU				
Nadelholz, ausgenommen Lärche und Douglasie	Ein- und zweikeimblättrige Unkräuter und Holzgewächse	3 l/ha	Spritzen (nur mit Bodengeräten)	September bis November	F
Nadelholz, ausgenommen Lärche und Douglasie	Ein- und zweikeimblättrige Unkräuter und Holzgewächse	3 l/ha	Spritzen als Zwischenreihenbehandlung mit Abschirmung	Mai bis Juni	F
Laub- und Nadelhölzer	Ein- und zweikeimblättrige Unkräuter und Holzgewächse	5 l/ha	Spritzen (nur mit Bodengeräten)	August bis September	F
Laub- und Nadelhölzer	Adlerfarn	5 l/ha	Spritzen (nur mit Bodengeräten)	August bis September	F
Roundup LB Plus, MOT ••• Roundup Ultra, MOT				
Laub- und Nadelhölzer	Ein- und zweikeimblättrige Unkräuter	3 l/ha	Spritzen als Zwischenreihenbehandlung mit Abschirmung	Mai bis Juni	F
Nadelholz, ausgenommen Lärche und Douglasie	Ein- und zweikeimblättrige Unkräuter und Holzgewächse	3 l/ha	Spritzen (nur mit Bodengeräten)	September bis November	F
Laub- und Nadelhölzer	Ein- und zweikeimblättrige Unkräuter und Holzgewächse	5 l/ha	Spritzen (nur mit Bodengeräten)	August bis September	F
Laub- und Nadelhölzer	Adlerfarn	5 l/ha	Spritzen (nur mit Bodengeräten)	August bis September	F
Glyphosat, 420 g/kg				
Roundup Gran, MOT ••• Roundup Ultragran, MOT				
Laub- und Nadelhölzer	Adlerfarn	4 kg/ha	Spritzen (nur mit Bodengeräten)	August bis September	F
Laub- und Nadelhölzer	Ein- und zweikeimblättrige Unkräuter und Holzgewächse	4 kg/ha	Spritzen (nur mit Bodengeräten)	August bis September	F
Laub- und Nadelhölzer	Ein- und zweikeimblättrige Unkräuter	2,5 kg/ha	Spritzen (nur mit Bodengeräten)	August bis September	F
Nadelholz, ausgenommen Lärche und Douglasie	Ein- und zweikeimblättrige Unkräuter und Holzgewächse	2,5 kg/ha	Spritzen als Zwischenreihenbehandlung mit Abschirmung	Mai bis Juni	F
Glyphosat-trimesium, 480 g/l				
Herburan A, URA, Xn ••• Touchdown, ZNC, Xn				
Laub- und Nadelhölzer	Ein- und zweikeimblättrige Unkräuter und Holzgewächse	5 l/ha	Spritzen (nur mit Bodengeräten)	September bis November	F
Laub- und Nadelhölzer	Adlerfarn	5 l/ha	Spritzen (nur mit Bodengeräten)	August bis September	F
Laub- und Nadelhölzer	Ein- und zweikeimblättrige Unkräuter	5 l/ha	Spritzen (nur mit Bodengeräten)	August bis September	N
Laub- und Nadelhölzer	Ein- und zweikeimblättrige Unkräuter	5 l/ha	Spritzen als Zwischenreihenbehandlung mit Abschirmung	Mai bis Juni	vor der Saat	F
Laubholz	Brombeeren (Rubus fructicosus)	3 l/ha	Spritzen (nur mit Bodengeräten)	auf schneefreie Pflanzen	N

Wirkstoffe/ Präparate/ Kulturen	Schaderreger	Aufwand	Hinweise	WZ
Isoxaben, 500 g/l				
FLEXIDOR, DOW				
Nadelholz, ausgenommen Lärche und Douglasie	Ein- und zweikeimblättrige Unkräuter und Holzgewächse	3 l/ha	Spritzen (nur mit Bodengeräten) l August bis November	F
Weihnachtsbaum- und Schmuckreisigkulturen	Ein- und zweikeimblättrige Unkräuter und Holzgewächse	3 l/ha	Spritzen (nur mit Bodengeräten) l August bis November	F
Weihnachtsbaum- und Schmuckreisigkulturen	Ein- und zweikeimblättrige Unkräuter	5 l/ha	Spritzen als Zwischenreihenbehandlung mit Abschirmung l Pflanzengröße bis 2 m l Mai bis Juni	F
Laub- und Nadelhölzer auf Jungwuchsflächen	Aus Samen auflaufende zweikeimblättrige Unkräuter	1 l/ha	Spritzen (nur mit Bodengeräten) l auf unkrautfreien Boden l vor dem Auflaufen der Unkräuter	F
Laub- und Nadelhölzer Verschulbeete und Quartiere	Aus Samen auflaufende zweikeimblättrige Unkräuter	1 l/ha	Spritzen (nur mit Bodengeräten) l auf unkrautfreien Boden l vor dem Auflaufen der Unkräuter	N
Simazin, 20 g/kg				
Gesatop 2 Granulat, NAD, SPI, Xn, W				
Laub- und Nadelhölzer	Aus Samen auflaufende ein- und zweikeimblättrige Unkräuter	60 kg/ha	Streuen l schwach humose (unter 1,5 % org. Substanz) sowie durchlässige Böden l vor dem Austrieb	N

5.2.3.11   Herbizide in sonstigen Kulturen

Wirkstoffe/ Präparate/ Kulturen	Schaderreger	Aufwand	Hinweise	WZ
Dazomet, 970 g/kg				
Basamid Granulat, BAS, COM/AVO, Xn, B3				
Baumschulen	Keimende Unkrautsamen	200 g/m³	Streuen und untermischen l vor der Saat	N
Diuron, 270 g/kg, Glyphosat, 144 g/kg				
Admitrol WG Neu, ASU, Xn ••• Rapir, BAY, Xn ••• Tuta-Super Neu, VGM, Xn ••• Ustinex G neu, BAY, Xn ••• Vorox G, URA, SPI, Xn				
Nichtkulturland, ohne Baumbewuchs	Ein- und zweikeimblättrige Unkräuter	1,5 g/m²	Frühjahr	N
Fluazifop-P, 107 g/l				
Fusilade ME, ZNC, BAS				
Baumschulen	Einkeimblättrige Unkräuter, ausgen. Einjährige Rispe	0,4 ml/m²	nach den Pflanzen	N
Baumschulen	Einkeimblättrige Unkräuter, ausgen. Einjährige Rispe	0,4 ml/m²	nach dem Austrieb	N
Glufosinat, 183 g/l				
BASTA, AVO, NAD, Xn ••• Celaflor Unkrautfrei, CEL, Xn ••• Difontan, AVO, Xn ••• Exakt-Unkrautfrei Madit, CEL, Xn ••• RA-200-flüssig, HEN, Xn ••• Unkrautfrei Weedex, CEL, Xn				
Baumschulen	Aus Samen aufgelaufene ein- und zweikeimblättrige Unkräuter	0,5 ml/m²	Spritzen mit Spritzschirm l Unkräuter bis 25 cm Höhe l während der Vegetationsperiode	N
Laub- und Nadelhölzer	Aus Samen aufgelaufene ein- und zweikeimblättrige Unkräuter	0,5 ml/m²	Spritzen mit Spritzschirm l Unkräuter bis 25 cm Höhe l während der Vegetationsperiode	N

Wirkstoffe/ Präparate/ Kulturen	Schaderreger	Aufwand	Hinweise	WZ
Glyphosat, 355,7 g/l				
Nichtkulturland	Ein- und zweikeimblättrige Unkräuter	0,75 ml/m²	Unkräuter bis 25 cm Höhe I während der Vegetationsperiode	N
Roundup LB, MOT, CEL				
Baumschulen	Ein- und zweikeimblättrige Unkräuter	3 %	Spritzen mit Spritzschirm I Sommer	N
Glyper, AUS, DOW, Xi	Ein- und zweikeimblättrige Unkräuter	3 %	Spritzen mit Spritzschirm I Sommer	N
Baumschulen	Ein- und zweikeimblättrige Unkräuter	3 %	Spritzen als Zwischenreihenbehandlung mit Abschirmung I Sommer	N
Verschulbeete	Ein- und zweikeimblättrige Unkräuter	33 %	Streichen mit Dochtstreichgerät zur Einzelpflanzenbehandlung ISommer	N
Baumschulbeete	Ein- und zweikeimblättrige Unkräuter	3 %	Spritzen als Zwischenreihenbehandlung mit Abschirmung I Sommer	N
Quartier	Ein- und zweikeimblättrige Unkräuter	33 %	Streichen mit Dochtstreichgerät zur Einzelpflanzenbehandlung ISommer	N
Quartier				
Cardinal, MOT, Xi ••• COMPO Spezial-Unkrautvernichter Filatex, COM, Xi ••• DURANO, MOT, Xi ••• Egret, MOT, SPI/URA, Xi ••• Saki,				
MOT, ASU/SOS, Xi ••• Spezial-Unkrautvernichter Weedex, CEL, Xi ••• STEFES MAMBA, AUS, STE, Xi, B4				
Baumschulen	Ein- und zweikeimblättrige Unkräuter	33 %	Streichen mit Dochtstreichgerät zur Einzelpflanzenbehandlung ISommer	N
Baumschulen	Ein- und zweikeimblättrige Unkräuter	3 %	Spritzen als Zwischenreihenbehandlung mit Abschirmung I Sommer	N
Glyphosat, 356 g/l				
Tender GB Ultra, MOT, BAY/URA				
Gleisanlagen	Ein- und zweikeimblättrige Unkräuter	1 ml/m²	Frühjahr	N
Glyphosat, 360 g/l				
Detia Total - Neu Unkrautmittel, DET ••• Etisso Total Unkrautfrei, FRU ••• Gabi Unkrautvernichter, GAB ••• GLYFOS, CHE, CYD ••• Keeper Unkrautfrei, BAY •••				
Unkraut-Stop, NEU				
Nichtkulturland	Ein- und zweikeimblättrige Unkräuter	0,5 ml/m²	Spritzen im Splittingverfahren (2 Anw.) I während der Vegetation	N
Roundup LB Plus, MOT ••• Roundup Ultra, MOT				
Baumschulen	Ein- und zweikeimblättrige Unkräuter	33 %	Streichen mit Dochtstreichgerät I Sommer	N
Baumschulen	Ein- und zweikeimblättrige Unkräuter	3 %	Sommer	N
Glyphosat, 420 g/l				
Roundup Gran, MOT ••• Roundup Ultragran, MOT				
Baumschulen	Ein- und zweikeimblättrige Unkräuter	0,5 g/m²	Spritzen mit Spritzschirm I Sommer	N
Glyphosat-trimesium, 480 g/l				
Herburan TD, URA, Xn ••• Korax, URA, SPI, Xn ••• Touchdown TD, ZNC, Xn ••• Vorox flüssig, URA, SPI, Xn				
Gleisanlagen	Ein- und zweikeimblättrige Unkräuter	0,75 ml/m²	Frühjahr	N
Isoxaben, 500 g/l				
FLEXIDOR, DOW				

Kapitel 5.2 Bekämpfung von Unkräutern und Ungräsern

5.2.3.11 Herbizide in sonstigen Kulturen

Wirkstoffe/ Präparate/ Kulturen	Schaderreger	Aufwand	Hinweise	WZ
MCPA, 340 g/l, Dicamba, 30 g/l BANVEL M, SAD, AVO, Xn ••• Gabi Rasenunkraut-Vernichter, GAB, Xn ••• Hedomat Rasenunkrautfrei, BAY, Xn ••• Rasen-Unkrautvernichter Banvel M, CEL, Xn ••• Rasen-Utox flüssig, SPI, URA, Xn ••• Rasenunkrautfrei Rasunex, ASU, Xn				
Baumschulen, ab 1. Standjahr	Aus Samen auflaufende zweikeimblättrige Unkräuter	0,1 ml/m²	Frühjahr	N
Extensiv genutzte Grasflächen	Zweikeimblättrige Unkräuter	0,8 ml/m²	Frühsommer	28
Metobromuron, 500 g/kg Patoran CB, CGD, BAS, B3				
Tabak	Aus Samen auflaufende zweikeimblättrige Unkräuter	4 kg/ha	schwere humusreiche Böden I vor dem Pflanzen	F
Tabak	Aus Samen auflaufende zweikeimblättrige Unkräuter	3 kg/ha	auf leichten oder mittleren Böden I vor dem Pflanzen	F
Metobromuron, 500 g/kg Patoran FL, BAS, Xn, B3				
Tabak	Aus Samen auflaufende ein- und zweikeimblättrige Unkräuter	• 0,3 ml/m²	auf leichten oder mittleren Böden I 1-4 Tage vor dem Pflanzen	F
Phenmedipham, 157 g/l Betosip, ASU, Xn				
Baumschulen	Aus Samen auflaufende zweikeimblättrige Unkräuter	0,6 g/m²	nach dem Austrieb	N
Propyzamid, 500 g/kg Kerb WDG, URA, SPI, Xn				
Baumschulquartiere, ab 1. Standjahr	Einkeimblättrige Unkräuter	0,5 g/m²	Spätherbst bis kurz vor Vegetationsbeginn	N
Simazin, 20 g/kg Gesatop 2 Granulat, NAD, SPI, Xn, W				
Baumschulen, ab 1. Standjahr	Aus Samen auflaufende ein- und zweikeimblättrige Unkräuter	6 g/m²	Streuen I auf leichten Böden I Winter	N
Baumschulen, ab 1. Standjahr	Aus Samen auflaufende ein- und zweikeimblättrige Unkräuter	7,5 g/m²	Streuen I auf mittleren oder schweren Böden I Winter	N
Baumschulquartiere, ab 1. Standjahr	Aus Samen auflaufende ein- und zweikeimblättrige Unkräuter	6 g/m²	Streuen I auf leichten Böden I nach dem Austrieb	N
Baumschulquartiere, ab 1. Standjahr	Aus Samen auflaufende ein- und zweikeimblättrige Unkräuter	7,5 g/m²	Streuen I auf mittleren oder schweren Böden I Winter	N
Baumschulquartiere, ab 1. Standjahr	Aus Samen auflaufende ein- und zweikeimblättrige Unkräuter	7,5 g/m²	Streuen I auf mittleren oder schweren Böden I nach dem Austrieb	N
Baumschulquartiere, ab 1. Standjahr	Aus Samen auflaufende ein- und zweikeimblättrige Unkräuter	6 g/m²	Streuen I auf leichten Böden I Winter	N

5.3 Saatgutbehandlungsmittel

In den folgenden Tabellen sind alle Pflanzenschutzmittel aufgeführt, die als Beizmittel benutzt, in die Pillierung eingebracht oder der Pillierung zugefügt werden. Sie werden in drei Tabellen aufgeteilt. Sie werden in drei Tabellen gemäß der entsprechenden Kennzeichnung durch die Biologische Bundesanstalt in Fungizide (F), Insektizide (I) und Sonstige aufgeteilt. Saatgutbehandlungsmittel, die mehrere Wirkstoffe mit unterschiedlicher Zielrichtung enthalten und dadurch mit mehreren Kennzeichnungen versehen wurden, werden in den jeweils zutreffenden Tabellen aufgeführt. Alle Anwendungsgebiete, die in den folgenden drei Tabellen aufgeführt sind, werden jeweils in den nach Wirkungsbereichen (Bekämpfung von Pilzkrankheiten, Bekämpfung von Insekten u.a.) differenzierten Tabellen mit Ausnahme des Bereiches „Bekämpfung von Pilzkrankheiten im Getreide" wiederholt.

5.3.1 Anwendungsgebiete

5.3.1.1 Fungizide

Wirkstoffe/ Präparate/ Kulturen	Schaderreger	Aufwand	Hinweise	WZ
Anthrachinon, 170 g/l, Fuberidazol, 15 g/l, Bitertanol, 190 g/l				
Sibutol-Morkit-Flüssigbeize, BAY, B3				
Hafer	Flugbrand	300 ml/dt	Beizen I vor der Saat	F
Roggen	Samenbürtiger Befall mit Fusarium nivale	300 ml/dt	Beizen I vor der Saat	F
Roggen	Stengelbrand	300 ml/dt	Beizen I vor der Saat	F
Weizen	Flugbrand	400 ml/dt	Beizen I vor der Saat	F
Weizen	Steinbrand	400 ml/dt	Beizen I vor der Saat	F
Weizen	Zwergsteinbrand	400 ml/dt	Beizen I vor der Saat	F
Weizen	Samenbürtiger Befall mit Fusarium nivale	400 ml/dt	Beizen I vor der Saat	F
Carbendazim, 175 g/l, Iprodion, 350 g/l				
Rovral UFB, RPA, Xn, B3				
Gerste	Samenbürtiger Befall mit Streifenkrankheit	150 ml/dt	Beizen I vor der Saat	F
Hafer	Flugbrand	150 ml/dt	Beizen I vor der Saat	F
Roggen	Stengelbrand	150 ml/dt	Beizen I vor der Saat	F
Weizen	Steinbrand	150 ml/dt	Beizen I vor der Saat	F
Weizen	Flugbrand	200 ml/dt	Beizen I vor der Saat	F
Winterroggen	Samenbürtiger Befall mit Fusarium nivale	150 ml/dt	Beizen I vor der Saat	F
Winterweizen	Samenbürtiger Befall mit Fusarium nivale	150 ml/dt	Beizen I vor der Saat	F
Carbendazim, 300 g/l, Imazalil, 30 g/l				
Aagrano UW 2000, ASU, Xn, B3				
Hafer	Flugbrand	100 ml/dt	Beizen I vor der Saat	F
Roggen	Samenbürtiger Befall mit Fusarium nivale	200 ml/dt	Beizen I vor der Saat	F
Weizen	Flugbrand	200 ml/dt	Beizen I vor der Saat	F
Weizen	Steinbrand	200 ml/dt	Beizen I vor der Saat	F
Carbendazim, 383,3 g/kg, Prochloraz, 95,2 g/kg				
Dibavit ST mit Beizhaftmittel, SCH, Xn, B3				

Saatgutbehandlungsmittel

Wirkstoffe / Präparate/ Kulturen	Schaderreger	Aufwand	Hinweise	WZ
Roggen	Samenbürtiger Befall mit Fusarium nivale	200 g/dt	Beizen (Ausbringtechnik: drillen) I vor der Saat	F
Roggen	Stengelbrand	200 g/dt	Beizen (Ausbringtechnik: drillen) I vor der Saat	F
Weizen	Samenbürtiger Befall mit Fusarium nivale	200 g/dt	Beizen (Ausbringtechnik: drillen) I vor der Saat	F
Weizen	Steinbrand	200 g/dt	Beizen (Ausbringtechnik: drillen) I vor der Saat	F
Weizen	Flugbrand	200 g/dt	Beizen (Ausbringtechnik: drillen) I vor der Saat	F
Carboxin, 225 g/l, Imazalil, 15 g/l				
Arbosan GW, CGD, B3				
Gerste	Flugbrand	400 ml/dt	Beizen I vor der Saat	F
Gerste	Streifenkrankheit	400 ml/dt	Beizen I vor der Saat	F
Carboxin, 333 g/l, Prochloraz, 63,64 g/l				
Prelude UW, AVO, B3				
Gerste	Streifenkrankheit	300 ml/dt	Beizen I vor der Saat	F
Gerste	Samenbürtiger Befall mit Fusarium nivale	300 ml/dt	Beizen I vor der Saat	F
Gerste	Flugbrand	300 ml/dt	Beizen I vor der Saat	F
Hafer	Streifenkrankheit	300 ml/dt	Beizen I vor der Saat	F
Hafer	Flugbrand	180 ml/dt	Beizen I vor der Saat	F
Roggen	Samenbürtiger Befall mit Fusarium nivale	300 ml/dt	Beizen I vor der Saat	F
Roggen	Stengelbrand	300 ml/dt	Beizen I vor der Saat	F
Triticale	Samenbürtiger Befall mit Fusarium nivale	300 ml/dt	Beizen I vor der Saat	F
Weizen	Samenbürtiger Befall mit Fusarium nivale	300 ml/dt	Beizen I vor der Saat	F
Weizen	Samenbürtiger Befall mit Fusarium cul-morum	300 ml/dt	Beizen I vor der Saat	F
Weizen	Steinbrand	300 ml/dt	Beizen I vor der Saat	F
Carboxin, 400 g/l, Prochloraz, 80 g/l				
Abavit UF, AVO, Xi, B3				
Gerste	Samenbürtiger Befall mit Fusarium nivale	250 ml/dt	Beizen I vor der Saat	F
Gerste	Flugbrand	250 ml/dt	Beizen I vor der Saat	F
Gerste	Netzfleckenkrankheit, Frühbefall	250 ml/dt	Beizen I vor der Saat	F
Gerste	Streifenkrankheit	250 ml/dt	Beizen I vor der Saat	F
Hafer	Samenbürtiger Befall mit Streifenkrankheit	250 ml/dt	Beizen I vor der Saat	F
Hafer	Flugbrand	150 ml/dt	Beizen I vor der Saat	F
Roggen	Samenbürtiger Befall mit Fusarium nivale	250 ml/dt	Beizen I vor der Saat	F
Roggen	Stengelbrand	250 ml/dt	Beizen I vor der Saat	F
Weizen	Samenbürtiger Befall mit Fusarium cul-morum	250 ml/dt	Beizen I vor der Saat	F
Weizen	Samenbürtiger Befall mit Fusarium nivale	250 ml/dt	Beizen I vor der Saat	F
Weizen	Steinbrand	250 ml/dt	Beizen I vor der Saat	F
Weizen	Flugbrand	250 ml/dt	Beizen I vor der Saat	F
Carboxin, 479,2 g/kg, Prochloraz, 95,2 g/kg				
Abavit UT mit Beizhaftmittel, SCH, B3				
Gerste	Flugbrand	200 g/dt	Beizen (Ausbringtechnik: drillen) I vor der Saat	F
Gerste	Netzfleckenkrankheit, Frühbefall	200 g/dt	Beizen (Ausbringtechnik: drillen) I vor der Saat	F

Wirkstoffe/ Präparate/ Kulturen	Schaderreger	Aufwand	Hinweise	WZ
Gerste	Streifenkrankheit	200 g/dt	Beizen (Ausbringtechnik: drillen) | vor der Saat	F
Hafer	Streifenkrankheit, Frühbefall	200 g/dt	Beizen (Ausbringtechnik: drillen) | vor der Saat	F
Hafer	Flugbrand	200 g/dt	Beizen (Ausbringtechnik: drillen) | vor der Saat	F
Roggen	Stengelbrand	200 g/dt	Beizen (Ausbringtechnik: drillen) | vor der Saat	F
Roggen	Samenbürtiger Befall mit Fusarium nivale	200 g/dt	Beizen (Ausbringtechnik: drillen) | vor der Saat	F
Weizen	Samenbürtiger Befall mit Fusarium nivale	200 g/dt	Beizen (Ausbringtechnik: drillen) | vor der Saat	F
Weizen	Samenbürtiger Befall mit Fusarium culmorum	200 g/dt	Beizen (Ausbringtechnik: drillen) | vor der Saat	F
Weizen	Flugbrand	200 g/dt	Beizen (Ausbringtechnik: drillen) | vor der Saat	F
Weizen	Steinbrand	200 g/dt	Beizen (Ausbringtechnik: drillen) | vor der Saat	F
Dichlofluanid, 500 g/kg **BAY 12040 F, BAY, Xi, B3**				
Mais	Auflaufkrankheiten	300 g/dt	Beizen (Ausbringtechnik: drillen) | vor der Saat	F
Futtererbsen	Fraßminderung durch Tauben	300 g/dt	Beizen (Ausbringtechnik: drillen) | vor der Saat	F
Difenoconazol, 100 g/l, Fludioxonil, 25 g/l **Landor C, CGD, B3**				
Roggen	Samenbürtiger Befall mit Fusarium nivale	200 ml/dt	Beizen | vor der Saat	F
Roggen	Stengelbrand	200 ml/dt	Beizen | vor der Saat	F
Weizen	Samenbürtiger Befall mit Septoria nodorum	200 ml/dt	Beizen | vor der Saat	F
Weizen	Steinbrand	200 ml/dt	Beizen | vor der Saat	F
Weizen	Zwergsteinbrand	200 ml/dt	Beizen | vor der Saat	F
Weizen	Samenbürtiger Befall mit Fusarium culmorum	200 ml/dt	Beizen | vor der Saat	F
Weizen	Samenbürtiger Befall mit Fusarium nivale	200 ml/dt	Beizen | vor der Saat	F
Weizen	Flugbrand	200 ml/dt	Beizen | vor der Saat	F
Fenfuram, 100 g/l, Guazatin, 199 g/l **Panoctin Spezial, RPA, KEN, Xn, B3**				
Hafer	Flugbrand	200 ml/dt	Beizen | vor der Saat	F
Roggen	Samenbürtiger Befall mit Fusarium nivale	200 ml/dt	Beizen | vor der Saat	F
Triticale	Samenbürtiger Befall mit Fusarium nivale	200 ml/dt	Beizen | vor der Saat	F
Weizen	Steinbrand	200 ml/dt	Beizen | vor der Saat	F
Weizen	Samenbürtiger Befall mit Fusarium nivale	200 ml/dt	Beizen | vor der Saat	F
Fenfuram, 200 g/l, Imazalil, 20 g/l, Guazatin, 132,7 g/l **Panoctin GF, RPA, CYD, Xn, B3**				
Gerste	Streifenkrankheit	200 ml/dt	Beizen | vor der Saat	F
Gerste	Flugbrand	200 ml/dt	Beizen | vor der Saat	F
Fenpiclonil, 50 g/l **GALBAS, CGD, B3**				
Gerste	Samenbürtiger Befall mit Fusarium nivale	400 ml/dt	Beizen (Ausbringtechnik: drillen) | vor der Saat	F
Roggen	Stengelbrand	400 ml/dt	Beizen (Ausbringtechnik: drillen) | vor der Saat	F
Weizen	Steinbrand	400 ml/dt	Beizen (Ausbringtechnik: drillen) | vor der Saat	F

Saatgutbehandlungsmittel

Wirkstoffe/ Präparate/ Kulturen	Schaderreger	Aufwand	Hinweise	WZ
Fenpiclonil, 50 g/l, Difenoconazol, 50 g/l Landor, CGD, B3				
Weizen	Samenbürtiger Befall mit Fusarium nivale	400 ml/dt	Beizen (Ausbringtechnik: drillen) l vor der Saat	F
Roggen	Stengelbrand	400 ml/dt	Beizen l vor der Saat	F
Roggen	Samenbürtiger Befall mit Fusarium nivale	400 ml/dt	Beizen l vor der Saat	F
Weizen	Samenbürtiger Befall mit Septoria nodorum	400 ml/dt	Beizen l vor der Saat	F
Weizen	Samenbürtiger Befall mit Fusarium culmorum	400 ml/dt	Beizen l vor der Saat	F
Weizen	Samenbürtiger Befall mit Fusarium nivale	400 ml/dt	Beizen l vor der Saat	F
Weizen	Flugbrand	400 ml/dt	Beizen l vor der Saat	F
Weizen	Steinbrand	400 ml/dt	Beizen l vor der Saat	F
Weizen	Zwergsteinbrand	400 ml/dt	Beizen l vor der Saat	F
Fludioxonil, 25 g/l Atlas, CGD, B3				
Roggen	Samenbürtiger Befall mit Fusarium nivale	200 ml/dt	Beizen l vor der Saat	F
Roggen	Stengelbrand	200 ml/dt	Beizen l vor der Saat	F
Weizen	Steinbrand	200 ml/dt	Beizen l vor der Saat	F
Weizen	Samenbürtiger Befall mit Fusarium culmorum	200 ml/dt	Beizen l vor der Saat	F
Weizen	Samenbürtiger Befall mit Septoria nodorum	200 ml/dt	Beizen l vor der Saat	F
Weizen	Samenbürtiger Befall mit Fusarium nivale	200 ml/dt	Beizen l vor der Saat	F
Fuberidazol, 7,22 g/l, Imazalil, 5,97 g/l, Triadimenol, 60,05 g/l Manta Plus, BAY, B3				
Gerste	Flugbrand	500 ml/dt	Beizen l vor der Saat	F
Gerste	Streifenkrankheit	500 ml/dt	Beizen l vor der Saat	F
Gerste	Blattläuse als Virusvektoren (Frühbefall)	500 ml/dt	Saatgutbehandlung l vor der Saat	F
Fuberidazol, 9,1 g/l, Imazalil, 10,06 g/l, Triadimenol, 75 g/l Baytan universal Flüssigbeize, BAY, B3				
Wintergerste	Echter Mehltau, Frühbefall	500 ml/dt	Beizen l vor der Saat	F
Wintergerste	Rhynchosporium secalis (Blattflecken-krankheit)	500 ml/dt	Beizen l vor der Saat	F
Wintergerste	Streifenkrankheit	400 ml/dt	Beizen l vor der Saat	F
Wintergerste	Flugbrand	400 ml/dt	Beizen l vor der Saat	F
Wintergerste	Netzfleckenkrankheit, Frühbefall	400 ml/dt	Beizen l vor der Saat	F
Fuberidazol, 23 g/kg, Bitertanol, 375 g/kg Sibutol mit Hattmittel, BAY, B3				
Hafer	Flugbrand	150 g/dt	Beizen (Ausbringtechnik: drillen) l vor der Saat	F
Roggen	Samenbürtiger Befall mit Fusarium nivale	150 g/dt	Beizen (Ausbringtechnik: drillen) l vor der Saat	F
Roggen	Stengelbrand	150 g/dt	Beizen (Ausbringtechnik: drillen) l vor der Saat	F
Weizen	Samenbürtiger Befall mit Fusarium nivale	200 g/dt	Beizen (Ausbringtechnik: drillen) l vor der Saat	F

Wirkstoffe/ Präparate/ Kulturen	Schaderreger	Aufwand	Hinweise	WZ
Fuberidazol, 23,31 g/l, Bitertanol, 375,1 g/l				
Sibutol Flüssigbeize, BAY, B3				
Weizen	Steinbrand	200 g/dt	Beizen (Ausbringtechnik: drillen) I vor der Saat	F
Weizen	Flugbrand	200 g/dt	Beizen (Ausbringtechnik: drillen) I vor der Saat	F
Weizen	Zwergsteinbrand	200 g/dt	Beizen (Ausbringtechnik: drillen) I vor der Saat	F
Hafer	Flugbrand	150 ml/dt	Beizen I vor der Saat	F
Roggen	Stengelbrand	150 ml/dt	Beizen I vor der Saat	F
Roggen	Samenbürtiger Befall mit Fusarium nivale	150 ml/dt	Beizen I vor der Saat	F
Weizen	Samenbürtiger Befall mit Fusarium nivale	200 ml/dt	Beizen I vor der Saat	F
Weizen	Zwergsteinbrand	200 ml/dt	Beizen I vor der Saat	F
Weizen	Steinbrand	200 ml/dt	Beizen I vor der Saat	F
Weizen	Flugbrand	200 ml/dt	Beizen I vor der Saat	F
Fuberidazol, 30 g/kg, Imazalil, 33 g/kg, Triadimenol, 220 g/kg				
Baytan Universal mit Haftmittel, BAY, B3				
Gerste	Streifenkrankheit	150 g/dt	Beizen I vor der Saat	F
Gerste	Flugbrand	150 g/dt	Beizen I vor der Saat	F
Gerste	Echter Mehltau, Frühbefall	150 g/dt	Beizen I vor der Saat	F
Hafer	Flugbrand	150 g/dt	Beizen I vor der Saat	F
Roggen	Echter Mehltau, Frühbefall	150 g/dt	Beizen I vor der Saat	F
Roggen	Stengelbrand	150 g/dt	Beizen I vor der Saat	F
Weizen	Samenbürtiger Befall mit Fusarium nivale	150 g/dt	Beizen I vor der Saat	F
Weizen	Echter Mehltau, Frühbefall	150 g/dt	Beizen I vor der Saat	F
Weizen	Flugbrand	150 g/dt	Beizen I vor der Saat	F
Weizen	Steinbrand	150 g/dt	Beizen I vor der Saat	F
Guazatin, 150 g/l, Triticonazol, 12,5 g/l				
LEGAT, RPA, Xn, B3				
Roggen	Stengelbrand	400 ml/dt	Beizen I vor der Saat	F
Roggen	Samenbürtiger Befall mit Fusarium nivale	400 ml/dt	Beizen I vor der Saat	F
Triticale	Samenbürtiger Befall mit Fusarium nivale	400 ml/dt	Beizen I vor der Saat	F
Weizen	Samenbürtiger Befall mit Fusarium nivale	400 ml/dt	Beizen I vor der Saat	F
Weizen	Flugbrand	400 ml/dt	Beizen I vor der Saat	F
Weizen	Steinbrand	400 ml/dt	Beizen I vor der Saat	F
Weizen	Samenbürtiger Befall mit Septoria nodorum	400 ml/dt	Beizen I vor der Saat	F
Guazatin, 199 g/l, Propiconazol, 5 g/l				
Panogen, CGD, CYD, Xn, B3				
Roggen	Samenbürtiger Befall mit Fusarium nivale	200 ml/dt	Beizen I vor der Saat	F
Weizen	Steinbrand	200 ml/dt	Beizen I vor der Saat	F
Weizen	Samenbürtiger Befall mit Fusarium nivale	200 ml/dt	Beizen I vor der Saat	F
Guazatin, 199 g/l, Tebuconazol, 15,1 g/l				
Akzent, RPA, Xn, B3 ••• Boson, BAY, Xn, B3				
Roggen	Samenbürtiger Befall mit Fusarium nivale	200 ml/dt	Beizen I vor der Saat	F

Wirkstoffe/ Präparate/ Kulturen	Schaderreger	Aufwand	Hinweise	WZ
Roggen	Stengelbrand	200 ml/dt	Beizen I vor der Saat	F
Weizen	Samenbürtiger Befall mit Septoria nodorum	200 ml/dt	Beizen I vor der Saat	F
Weizen	Flugbrand	200 ml/dt	Beizen I vor der Saat	F
Weizen	Samenbürtiger Befall mit Fusarium culmorum	200 ml/dt	Beizen I vor der Saat	F
Weizen	Samenbürtiger Befall mit Fusarium nivale	200 ml/dt	Beizen I vor der Saat	F
Weizen	Steinbrand	200 ml/dt	Beizen I vor der Saat	F
Guazatin, 199.6 g/l, Cyproconazol, 2,5 g/l				
Zardex W, RPA, Xn, B3				
Roggen	Samenbürtiger Befall mit Fusarium nivale	150 ml/dt	Beizen I vor der Saat	F
Weizen	Samenbürtiger Befall mit Fusarium nivale	200 ml/dt	Beizen I vor der Saat	F
Weizen	Flugbrand	200 ml/dt	Beizen I vor der Saat	F
Weizen	Steinbrand	200 ml/dt	Beizen I vor der Saat	F
Weizen	Samenbürtiger Befall mit Septoria nodorum	200 ml/dt	Beizen I vor der Saat	F
Guazatin, 232,2 g/l				
Panoctin 35, RPA, Xn, B3				
Roggen	Samenbürtiger Befall mit Fusarium nivale	200 ml/dt	Beizen I vor der Saat	F
Triticale	Samenbürtiger Befall mit Fusarium nivale	200 ml/dt	Beizen I vor der Saat	F
Weizen	Samenbürtiger Befall mit Fusarium nivale	200 ml/dt	Beizen I vor der Saat	F
Hymexazol, 700 g/kg				
Tachigaren 70 W.P., SUD, Xi, B3				
Rüben (Zucker- und Futterrüben)	Aphanomyces-Arten	1 Einheit Saatgut / ha	Mit 25,7 g Mittel/ Einheit hergestelltes Saatgut ausbringen, Einzelkornablage I vor der Saat	F
Rüben (Zucker- und Futterrüben)	Pythium-Arten	1 Einheit Saatgut / ha	Mit 25,7 g Mittel/ Einheit hergestelltes Saatgut ausbringen, Einzelkornablage I vor der Saat	F
Imazalil, 10 g/l, Fenpiclonil, 50 g/l				
Pyrol, CGD, B3				
Gerste	Samenbürtiger Befall mit Fusarium nivale	400 ml/dt	Beizen (Ausbringtechnik: drillen) I vor der Saat	F
Gerste	Streifenkrankheit	400 ml/dt	Beizen (Ausbringtechnik: drillen) I vor der Saat	F
Roggen	Stengelbrand	400 ml/dt	Beizen (Ausbringtechnik: drillen) I vor der Saat	F
Roggen	Samenbürtiger Befall mit Fusarium nivale	400 ml/dt	Beizen (Ausbringtechnik: drillen) I vor der Saat	F
Weizen	Steinbrand	400 ml/dt	Beizen (Ausbringtechnik: drillen) I vor der Saat	F
Weizen	Samenbürtiger Befall mit Septoria nodorum	400 ml/dt	Beizen (Ausbringtechnik: drillen) I vor der Saat	F
Weizen	Samenbürtiger Befall mit Fusarium culmorum	400 ml/dt	Beizen (Ausbringtechnik: drillen) I vor der Saat	F
Weizen	Samenbürtiger Befall mit Fusarium nivale	400 ml/dt	Beizen (Ausbringtechnik: drillen) I vor der Saat	F
Imazalil, 20 g/l, Cyproconazol, 5 g/l				
HORA Gerstenbeize, HOR, B3 ••• ZARDEX GERSTE, CYD, B3				
Gerste	Streifenkrankheit	300 ml/dt	Beizen I vor der Saat	F

Kapitel 5.3 — Saatgutbehandlungsmittel — 5.3.1.1 — Fungizide

Wirkstoffe/ Präparate/ Kulturen	Schaderreger	Aufwand	Hinweise	WZ
Imazalil, 20 g/l, Guazatin, 199 g/l, Panoctin G, RPA, Xn, B3				
Gerste	Flugbrand	300 ml/dt	Beizen I vor der Saat	F
Imazalil, 20 g/l, Tebuconazol, 15 g/l, Fenpiclonil, 100 g/l, LARIN, CGD, B3				
Gerste	Streifenkrankheit	200 ml/dt	Beizen I vor der Saat	F
Gerste	Streifenkrankheit	200 ml/dt	Beizen I vor der Saat	F
Gerste	Netzfleckenkrankheit, Frühbefall	200 ml/dt	Beizen I vor der Saat	F
Gerste	Flugbrand	200 ml/dt	Beizen I vor der Saat	F
Gerste	Drechslera sorokiniana, Frühbefall	200 ml/dt	Beizen I vor der Saat	F
Wintergerste	Samenbürtiger Befall mit Fusarium nivale	200 ml/dt	Beizen I vor der Saat	F
Imazalil, 30 g/l, Aagrano GW 2000, ASU, B3				
Etilon GW, CGD, B3				
Gerste	Streifenkrankheit	200 ml/dt	Beizen (Ausbringtechnik: drillen) I vor der Saat	F
HORA Imazalil, HOR, B3				
Imazalil, 35 g/l, AAgrano GF 2000, ASU, F, B3				
Gerste	Streifenkrankheit	200 ml/dt	Beizen (Ausbringtechnik: drillen) I vor der Saat	F
Mancozeb, 800 g/kg Detia Pflanzen - Pilzfrei Pilzol, DET, Xi ••• Dithane Ultra Spiess-Urania, SPI, URA, Xi ••• Dithane Ultra WP, RHD, SPI/URA, Xi				
Pflanzkartoffeln	Rhizoctonia solani	200 g/dt	Beizen I vor dem Pflanzen	F
Rüben (Zucker- und Futterrüben)	Auflaufkrankheiten	600 g/dt	Beizen I vor der Saat	F
Metalaxyl, 20 g/l, Fludioxonil, 25 g/l, Maxim AP, NAD, B3				
Mais	Auflaufkrankheiten	100 ml/dt	Beizen I vor der Saat	F
Nuarimol, 100 g/l, Imazalil, 15 g/l, Elanco Beize flüssig, DOW, Xi, B3				
Gerste	Echter Mehltau, Frühbefall	200 ml/dt	Beizen (Ausbringtechnik: drillen) I vor der Saat	F
Gerste	Streifenkrankheit	200 ml/dt	Beizen (Ausbringtechnik: drillen) I vor der Saat	F
Sommergerste	Flugbrand	200 ml/dt	Beizen (Ausbringtechnik: drillen) I vor der Saat	F
Wintergerste	Samenbürtiger Befall mit Fusarium nivale	200 ml/dt	Beizen (Ausbringtechnik: drillen) I vor der Saat	F
Pencycuron, 125 g/kg Monceren, BAY, B3				
Pflanzkartoffeln	Rhizoctonia solani	200 g/dt	Beizen I vor dem Pflanzen	F
Prochloraz, 200 g/l, Prelude FS, AVO, B3				
Gerste	Samenbürtiger Befall mit Streifenkrankheit	100 ml/dt	Beizen I vor der Saat	F
Triticale	Samenbürtiger Befall mit Fusarium nivale	100 ml/dt	Beizen I vor der Saat	F
Weizen	Samenbürtiger Befall mit Fusarium culmorum	100 ml/dt	Beizen I vor der Saat	F
Wintergerste	Samenbürtiger Befall mit Fusarium nivale	100 ml/dt	Beizen I vor der Saat	F

Kapitel 5.3 — Saatgutbehandlungsmittel — 5.3.1.1 — Fungizide

Wirkstoffe/ Präparate/ Kulturen	Schaderreger	Aufwand	Hinweise	WZ
Propamocarb, 604 g/l				
Winterroggen	Samenbürtiger Befall mit Fusarium nivale	100 ml/dt	Beizen I vor der Saat	F
Winterweizen	Samenbürtiger Befall mit Fusarium nivale	100 ml/dt	Beizen I vor der Saat	F
Previcur N, AVO				
Radies	Falscher Mehltau	* 10 ml/kg	Beizen (Ausbringtechnik: säen) und spritzen I beizen I vor der Saat	14
Radies	Falscher Mehltau	* 10 ml/kg	Beizen (Ausbringtechnik: säen) und spritzen I beizen I vor der Saat	14
Tebuconazol, 10 g/l, Fludioxonil, 25 g/l, Cyprodinil, 25 g/l				
SOLITÄR, NAD, B3				
Gerste	Flugbrand	200 ml/dt	Beizen I vor der Saat	F
Gerste	Samenbürtiger Befall mit Fusarium nivale	200 ml/dt	Beizen I vor der Saat	F
Gerste	Streifenkrankheit	200 ml/dt	Beizen I vor der Saat	F
Gerste	Netzfleckenkrankheit, Frühbefall	200 ml/dt	Beizen I vor der Saat	F
Gerste	Drechslera sorokiniana, Frühbefall	200 ml/dt	Beizen I vor der Saat	F
Tebuconazol, 5 g/l, Difenoconazol, 20 g/l, Fludioxonil, 25 g/l				
Landor CT, CGD, B3				
Roggen	Samenbürtiger Befall mit Fusarium nivale	150 ml/dt	Beizen I vor der Saat	F
Roggen	Stengelbrand	150 ml/dt	Beizen I vor der Saat	F
Triticale	Samenbürtiger Befall mit Fusarium nivale	150 ml/dt	Beizen I vor der Saat	F
Weizen	Samenbürtiger Befall mit Fusarium nivale	200 ml/dt	Beizen I vor der Saat	F
Weizen	Steinbrand	200 ml/dt	Beizen I vor der Saat	F
Weizen	Samenbürtiger Befall mit Septoria nodo-rum	200 ml/dt	Beizen I vor der Saat	F
Weizen	Samenbürtiger Befall mit Fusarium cul-morum	200 ml/dt	Beizen I vor der Saat	F
Weizen	Flugbrand	200 ml/dt	Beizen I vor der Saat	F
Weizen	Zwergsteinbrand	200 ml/dt	Beizen I vor der Saat	F
Tebuconazol, 5,04 g/l, Fludioxonil, 25,1 g/l				
Arena C, BAY, Xi, B3				
Roggen	Stengelbrand	150 ml/dt	Beizen I vor der Saat	F
Roggen	Samenbürtiger Befall mit Fusarium nivale	150 ml/dt	Beizen I vor der Saat	F
Triticale	Stengelbrand	150 ml/dt	Beizen I vor der Saat	F
Triticale	Samenbürtiger Befall mit Fusarium nivale	200 ml/dt	Beizen I vor der Saat	F
Weizen	Samenbürtiger Befall mit Fusarium nivale	200 ml/dt	Beizen I vor der Saat	F
Weizen	Samenbürtiger Befall mit Septoria nodo-rum	200 ml/dt	Beizen I vor der Saat	F
Weizen	Samenbürtiger Befall mit Fusarium cul-morum	200 ml/dt	Beizen I vor der Saat	F
Weizen	Flugbrand	200 ml/dt	Beizen I vor der Saat	F
Weizen	Steinbrand	200 ml/dt	Beizen I vor der Saat	F

Wirkstoffe/ Präparate/ Kulturen	Schaderreger	Aufwand	Hinweise	WZ
Tebuconazol, 5,08 g/l, Fenpiclonil, 100,6 g/l				
Arena, BAY, B3				
Roggen	Stengelbrand	150 ml/dt	Beizen I vor der Saat	F
Roggen	Samenbürtiger Befall mit Fusarium nivale	150 ml/dt	Beizen I vor der Saat	F
Triticale	Samenbürtiger Befall mit Fusarium nivale	150 ml/dt	Beizen I vor der Saat	F
Triticale	Stengelbrand	150 ml/dt	Beizen I vor der Saat	F
Weizen	Flugbrand	200 ml/dt	Beizen I vor der Saat	F
Weizen	Steinbrand	200 ml/dt	Beizen I vor der Saat	F
Weizen	Samenbürtiger Befall mit Fusarium cul-morum	200 ml/dt	Beizen I vor der Saat	F
Weizen	Samenbürtiger Befall mit Fusarium nivale	200 ml/dt	Beizen I vor der Saat	F
Weizen	Samenbürtiger Befall mit Septoria nodo-rum	200 ml/dt	Beizen I vor der Saat	F
Thiabendazol, 25 g/l, Imazalil, 15 g/l, Flutriafol, 37,5 g/l				
Vincit FS, ZNC, B3				
Gerste	Streifenkrankheit	200 ml/dt	Beizen I vor der Saat	F
Gerste	Flugbrand	200 ml/dt	Beizen I vor der Saat	F
Gerste	Netzfleckenkrankheit, Frühbefall	200 ml/dt	Beizen I vor der Saat	F
Thiabendazol, 240 g/kg, Metalaxyl, 450 g/kg				
Apron T 69, CGD, B3				
Ackerbohnen	Auflaufkrankheiten	150 g/kg	Beizen (Ausbringtechnik: säen) I vor der Saat	F
Erbsen	Auflaufkrankheiten	150 g/kg	Beizen (Ausbringtechnik: säen) I vor der Saat	F
Thiram, 110 g/kg, Isofenphos, 400 g/kg				
Oftanol T, BAY, T, B3				
Raps	Auflaufkrankheiten	40 g/kg	Beizen I vor der Saat	F
Kohlrüben	Auflaufkrankheiten	40 g/kg	Beizen I vor der Saat	F
Markstammkohl (Futterkohl)	Auflaufkrankheiten	40 g/kg	Beizen I vor der Saat	F
Stoppelrüben (Brassica rapa var. rapa)	Auflaufkrankheiten	40 g/kg	Beizen I vor der Saat	F
Thiram, 500 g/l				
Tutan Flüssigbeize, CGD, Xn, B3				
Mais	Auflaufkrankheiten	400 ml/dt	Beizen I vor der Saat	F
Ackerbohnen	Auflaufkrankheiten	400 ml/dt	Beizen I vor der Saat	F
Erbsen	Auflaufkrankheiten	400 ml/dt	Beizen I vor der Saat	F
Thiram, 656,6 g/kg				
Aatiram, ASU, Xn, B3				
Mais	Auflaufkrankheiten	300 g/dt	Beizen I vor der Saat	F
Rüben (Zucker- und Futterrüben)	Auflaufkrankheiten	600 g/dt	Beizen I vor der Saat	F
Erbsen, Bohnen, Lupinen	Auflaufkrankheiten	300 g/dt	Beizen I vor der Saat	F
Klee, Luzerne, Serradella	Auflaufkrankheiten	400 g/dt	Beizen I vor der Saat	F
Lein	Auflaufkrankheiten	400 g/dt	Beizen I vor der Saat	F
Mohn	Auflaufkrankheiten	600 g/dt	Beizen I vor der Saat	F

Wirkstoffe/ Präparate/ Kulturen	Schaderreger	Aufwand	Hinweise	WZ
Gemüsesaatgut, ausgenommen Kresse, Zwiebeln, Gurken, Mohn	Auflaufkrankheiten	3 g/kg	Beizen I vor der Saat	F
Gurken	Auflaufkrankheiten	5 g/kg	Beizen I vor der Saat	F
Zwiebeln, Mohn	Auflaufkrankheiten	6 g/kg	Beizen I vor der Saat	F
Zierpflanzensaatgut	Auflaufkrankheiten	3 g/kg	Beizen I vor der Saat	N
Thiram, 980 g/kg				
TMTD 98%, Satec, SAT, Xn, B3				
Mais	Auflaufkrankheiten	2 g/kg	Nach Satec-Spezialverfahren inkrustieren I vor der Saat	F
Raps	Auflaufkrankheiten	4 g/kg	Nach Satec-Spezialverfahren inkrustieren I vor der Saat	F
Rüben (Zucker- und Futterrüben)	Auflaufkrankheiten	4 g/kg	Nach Satec-Spezialverfahren inkrustieren I vor der Saat	F
Ackerbohnen	Auflaufkrankheiten	2 g/kg	Nach Satec-Spezialverfahren inkrustieren I vor der Saat	F
Futtererbsen	Auflaufkrankheiten	2 g/kg	Nach Satec-Spezialverfahren inkrustieren I vor der Saat	F
Lein	Auflaufkrankheiten	2 g/kg	Nach Satec-Spezialverfahren inkrustieren I vor der Saat	F
Mohn	Auflaufkrankheiten	4 g/kg	Nach Satec-Spezialverfahren inkrustieren I vor der Saat	F
Senf	Auflaufkrankheiten	4 g/kg	Nach Satec-Spezialverfahren inkrustieren I vor der Saat	F
Sonnenblumen	Auflaufkrankheiten	3 g/kg	Nach Satec-Spezialverfahren inkrustieren I vor der Saat	F
Saatgut von Bohnen, Erbsen, Spinat, Salat	Auflaufkrankheiten	2 g/kg	Nach Satec-Spezialverfahren inkrustieren I vor der Saat	F
Saatgut von Kohl, Zwiebeln, Radies, Pastinak, Kohlrüben, Rettich, Rote Beete, Gurken, Sellerie, Möhren, Tomaten	Auflaufkrankheiten	4 g/kg	Nach Satec-Spezialverfahren inkrustieren I vor der Saat	F
Tolclofos-methyl, 100 g/kg				
Risolex, SCD, URA, B3				
Pflanzkartoffeln	Rhizoctonia solani	200 g/dt	Beizen I vor dem Pflanzen	F
Tolylfluanid, 100 g/kg, Pencycuron, 75 g/kg				
BAY-12980-F, BAY, Xi, B3				
Pflanzkartoffeln	Rhizoctonia solani	200 g/dt	Beizen I vor dem Pflanzen	F
Triazoxid, 21 g/l, Tebuconazol, 20 g/l				
Raxil S, BAY, B3				
Hafer	Flugbrand	100 ml/dt	Beizen I vor der Saat	F
Sommergerste	Streifenkrankheit	100 ml/dt	Beizen I vor der Saat	F
Sommergerste	Flugbrand	100 ml/dt	Beizen I vor der Saat	F

Kapitel 5.3	Saatgutbehandlungsmittel		5.3.1.2	Insektizide
Wirkstoffe/ Präparate/ Kulturen	Schaderreger	Aufwand	Hinweise	WZ

5.3.1.2 Insektizide

Wirkstoffe/ Präparate/ Kulturen	Schaderreger	Aufwand	Hinweise	WZ
alpha-Cypermethrin, 100 g/l				
FASTAC SC, CYD, Xi				
Triticale	Brachfliege	100 ml/dt	Saatgutbehandlung l vor der Saat	F
Winterroggen	Brachfliege	100 ml/dt	Saatgutbehandlung l vor der Saat	F
Winterweizen	Brachfliege	100 ml/dt	Saatgutbehandlung l vor der Saat	F
Bendiocarb, 480 g/l				
Seedoxin FHL, ASU, Xn, B3				
Mais	Fritfliege	800 ml/dt	Beizen l vor der Saat	F
beta-Cyfluthrin, 125,1 g/l				
Contur plus, BAY, Xn, B2				
Weizen	Brachfliege	60 ml/dt	Beizen (Ausbringtechnik: drillen) l vor der Saat	F
Carbofuran, 500,6 g/l				
BAY 13 180 l, Carbofuran-Wirkstoff zur Rübenpillierung, BAY, T+, B3				
Rüben (Zucker- und Futterrüben)	Moosknopfkäfer	60 ml /Einheit Saatgut	Mit 30 g Wirkstoff/Einheit Saatgut pillieren l vor der Saat	F
Rüben (Zucker- und Futterrüben)	Rübenfliege	60 ml /Einheit Saatgut	Mit 30 g Wirkstoff/Einheit Saatgut pillieren l vor der Saat	F
Carbosulfan, 865 g/kg				
Carbosulfan techn., SAT, T, B3				
Mais	Drahtwürmer	500 ml/dt	Nach Spezialverfahren inkrustiertes Saatgut drillen l vor der Saat	F
Mais	Fritfliege	500 ml/dt	Nach Spezialverfahren inkrustiertes Saatgut drillen l vor der Saat	F
Winterraps	Rapserdflöhe	15 ml/kg	Nach Spezialverfahren inkrustiertes Saatgut drillen l vor der Saat	F
Cyfluthrin, 106 g/l				
Contur Flüssigbeize, BAY, Xn, B3				
Weizen	Brachfliege	150 g/dt	Beizen (Ausbringtechnik: drillen) l vor der Saat	F
Deltamethrin, 25 g/l				
Decis flüssig, AVO, CEL, Xn, B2 ••• Schädlings-Vernichter Decis, CEL, Xn, B2				
Wintergerste, Winterroggen u. -weizen	Brachfliege	300 ml/dt	Saatgutbehandlung l vor der Saat	F
Fuberidazol, 7,22 g/l, Imazalil, 5,97 g/l, Triadimenol, 60,05 g/l				
Manta Plus, BAY, B3				
Gerste	Blattläuse als Virusvektoren (Frühbefall)	500 ml/dt	Saatgutbehandlung l vor der Saat	F
Imidacloprid, 349,9 g/l				
Gaucho 350 FS, BAY, Xn, B3				
Getreide (Gerste, Hafer, Roggen, Triticale, Weizen)	Blattläuse als Virusvektoren	100 ml/dt	Saatgutbehandlung l vor der Saat	F
Imidacloprid, 600 g/l				
Gaucho 600 FS, BAY, Xn, B3				

Saatgutbehandlungsmittel

Wirkstoffe/ Präparate/ Kulturen	Schaderreger	Aufwand	Hinweise	WZ
			5.3.1.3	**Sonstige**
Mais	Fritfliege	90 ml /Einheit	Saatgutbehandlung I vor der Saat	F
Mais	Blattlausfrühbefall	90 ml /Einheit	Saatgutbehandlung I vor der Saat	F
Mais	Drahtwürmer	90 ml /Einheit	Saatgutbehandlung I vor der Saat	F
Imidacloprid, 700 g/kg				
Gaucho, BAY, Xi, B3 ••• Scooter, BAY, Xi, B3				
Rüben (Zucker- und Futterrüben)	Moosknopfkäfer	170 g/ha	Mit 130 g Mittel/Einheit hergestelltes Saatgut ausbringen, Einzelkornablage I vor der Saat	F
Rüben (Zucker- und Futterrüben)	Blattläuse als Virusvektoren	170 g/ha	Mit 130 g Mittel/Einheit hergestelltes Saatgut ausbringen, Einzelkornablage I vor der Saat	F
Rüben (Zucker- und Futterrüben)	Rübenfliege	170 g/ha	Mit 130 g Mittel/Einheit hergestelltes Saatgut ausbringen, Einzelkornablage I vor der Saat	F
Methiocarb, 500,4 g/l				
Mesurol flüssig, BAY, T, B3				
Mais	Fritfliege	1 l/dt	Beizen I vor der Saat	F
Tefluthrin, 200 g/l				
Komet RP, ZNC, Xi, B3				
Rüben (Zucker- und Futterrüben)	Moosknopfkäfer	60 ml /Einheit Saatgut	Mit 12 g Wirkstoff/Einheit hergestelltes Saatgut ausbringen, Einzelkornablage I vor der Saat	F
Thiram, 110 g/kg, Isofenphos, 400 g/kg				
Oftanol T, BAY, T, B3				
Raps	Erdflöhe	40 g/kg	Beizen I vor der Saat	F
Kohlrüben	Erdflöhe	40 g/kg	Beizen I vor der Saat	F
Markstammkohl (Futterkohl)	Erdflöhe	40 g/kg	Beizen I vor der Saat	F
Stoppelrüben (Brassica rapa var. rapa)	Erdflöhe	40 g/kg	Beizen I vor der Saat	F
Wiesen und Weiden	Fritfliege	40 g/kg	Beizen I vor der Saat	F

5.3.1.3 Sonstige

Wirkstoffe/ Präparate/ Kulturen	Schaderreger	Aufwand	Hinweise	WZ
Anthrachinon, 170 g/l, Fuberidazol, 15 g/l, Bitertanol, 190 g/l				
Sibutol-Morkit-Flüssigbeize, BAY, B3				
Hafer	Fraßminderung durch Krähen	300 ml/dt	Beizen I vor der Saat	F
Roggen	Fraßminderung durch Krähen	300 ml/dt	Beizen I vor der Saat	F
Weizen	Fraßminderung durch Krähen	400 ml/dt	Beizen I vor der Saat	F
Bendiocarb, 480 g/l				
Seedoxin FHL, ASU, Xn, B3				
Mais	Fraßminderung durch Fasane	800 ml/dt	Beizen I vor der Saat	F
Methiocarb, 500,4 g/l				
Mesurol flüssig, BAY, T, B3				
Mais	Fraßminderung durch Fasane	1 l/dt	Saatgutbehandlung I vor der Saat	F
Futtererbsen	Fraßminderung durch Fasane	1 l/dt	Saatgutbehandlung I vor der Saat	F

5.4 Bekämpfung von Pilzkrankheiten

5.4.1 Anwendungsgebiete

5.4.1.1 Fungizide im Ackerbau/Getreide

Azoxystrobin, 250 g/l
Amistar, ZNC

Wirkstoffe/ Präparate/ Kulturen	Schaderreger	Aufwand	Hinweise	WZ
Gerste	Zwergrost (Puccinia hordei)	1 l/ha	ab Frühjahr bei Befallsbeginn bzw. bei Sichtbarwerden der ersten Symptome	35
Gerste	Echter Mehltau	0,8 l/ha	Spritzen als Tankmischung I ab Frühjahr bei Befallsbeginn bzw. bei Sichtbarwerden der ersten Symptome	35
Gerste	Echter Mehltau	1 l/ha	ab Frühjahr bei Befallsbeginn bzw. bei Sichtbarwerden der ersten Symptome	35
Gerste	Netzfleckenkrankheit	1 l/ha	ab Frühjahr bei Befallsbeginn bzw. bei Sichtbarwerden der ersten Symptome	35
Gerste	Rhynchosporium secalis (Blattfleckenkrankheit)	1 l/ha	ab Frühjahr bei Befallsbeginn bzw. bei Sichtbarwerden der ersten Symptome	35
Roggen	Rhynchosporium secalis (Blattfleckenkrankheit)	1 l/ha	ab Frühjahr bei Befallsbeginn bzw. bei Sichtbarwerden der ersten Symptome	35
Roggen	Echter Mehltau	1 l/ha	ab Frühjahr bei Befallsbeginn bzw. bei Sichtbarwerden der ersten Symptome	35
Roggen	Braunrost	1 l/ha	ab Frühjahr bei Befallsbeginn bzw. bei Sichtbarwerden der ersten Symptome	35
Triticale	Rhynchosporium secalis (Blattfleckenkrankheit)	1 l/ha	ab Frühjahr bei Befallsbeginn bzw. bei Sichtbarwerden der ersten Symptome	35
Weizen	Gelbrost	1 l/ha	ab Frühjahr bei Befallsbeginn bzw. bei Sichtbarwerden der ersten Symptome	35
Weizen	Echter Mehltau	0,8 l/ha	Spritzen als Tankmischung I ab Frühjahr bei Befallsbeginn bzw. bei Sichtbarwerden der ersten Symptome	35
Weizen	Septoria nodorum (Braunfleckigkeit)	1 l/ha	ab Frühjahr bei Befallsbeginn bzw. bei Sichtbarwerden der ersten Symptome	35
Weizen	DTR-Blattdürre (Drechslera tritici-repentis)	1 l/ha	ab Frühjahr bei Befallsbeginn bzw. bei Sichtbarwerden der ersten Symptome	35
Weizen	Septoria tritici (Blattdürre)	1 l/ha	ab Frühjahr bei Befallsbeginn bzw. bei Sichtbarwerden der ersten Symptome	35
Weizen	Braunrost	1 l/ha	ab Frühjahr bei Befallsbeginn bzw. bei Sichtbarwerden der ersten Symptome	35
Weizen	Echter Mehltau	1 l/ha	ab Frühjahr bei Befallsbeginn bzw. bei Sichtbarwerden der ersten Symptome	35

Kapitel 5.4 — Bekämpfung von Pilzkrankheiten

5.4.1.1 Fungizide im Ackerbau/Getreide

Wirkstoffe/ Präparate/ Kulturen	Schaderreger	Aufwand	Hinweise	WZ
Benomyl, 524 g/kg				
Du Pont Benomyl, DPB, AVO/SPI, Xn, F				
Wintergerste, Winterroggen, -weizen	Halmbruchkrankheit	250 g/ha	bei Befall	56
Bitertanol, 250 g/kg				
Baycor-Spritzpulver, BAY				
Wintergerste	Typhula-Fäule	1,5 kg/ha	Herbst	F
Bromuconazol, 200 g/l				
Granit, RPA				
Gerste	Netzfleckenkrankheit	1 l/ha	ab Frühjahr bei Befallsbeginn bzw. bei Sichtbarwerden der ersten Symptome	35
Gerste	Echter Mehltau	1 l/ha	ab Frühjahr bei Befallsbeginn bzw. bei Sichtbarwerden der ersten Symptome	35
Gerste	Rhynchosporium secalis (Blattflecken-krankheit)	1 l/ha	ab Frühjahr bei Befallsbeginn bzw. bei Sichtbarwerden der ersten Symptome	35
Roggen	Rhynchosporium secalis (Blattflecken-krankheit)	1 l/ha	ab Frühjahr bei Befallsbeginn bzw. bei Sichtbarwerden der ersten Symptome	35
Roggen	Braunrost	1 l/ha	ab Frühjahr bei Befallsbeginn bzw. bei Sichtbarwerden der ersten Symptome	35
Weizen	Braunrost	1 l/ha	ab Frühjahr bei Befallsbeginn bzw. bei Sichtbarwerden der ersten Symptome	35
Weizen	Echter Mehltau	1 l/ha	ab Frühjahr bei Befallsbeginn bzw. bei Sichtbarwerden der ersten Symptome	35
Weizen	Gelbrost	1 l/ha	ab Frühjahr bei Befallsbeginn bzw. bei Sichtbarwerden der ersten Symptome	35
Weizen	Septoria tritici (Blattdürre)	1 l/ha	ab Frühjahr bei Befallsbeginn bzw. bei Sichtbarwerden der ersten Symptome	35
Carbendazim, 80 g/l, Prochloraz, 300 g/l				
Sportak Alpha, AVO, Xn				
Weizen	Septoria nodorum (Braunfleckigkeit)	1,5 l/ha	bei Befallsbeginn bzw. bei Sichtbarwerden der ersten Symptome	42
Wintergerste	Halmbruchkrankheit	1,5 l/ha	bei Befall	56
Winterroggen	Halmbruchkrankheit	1,5 l/ha	bei Befall	56
Winterweizen	Halmbruchkrankheit	1,5 l/ha	bei Befall	56
Carbendazim, 125 g/l, Flusilazol, 250 g/l				
HARVESAN, DPB, Xn				
Gerste	Zwergrost (Puccinia hordei)	800 ml/ha	ab Frühjahr bei Befallsbeginn bzw. bei Sichtbarwerden der ersten Symptome	42
Gerste	Netzfleckenkrankheit	800 ml/ha	ab Frühjahr bei Befallsbeginn bzw. bei Sichtbarwerden der ersten Symptome	42
Gerste	Echter Mehltau	800 ml/ha	ab Frühjahr bei Befallsbeginn bzw. bei Sichtbarwerden der ersten Symptome	42

Kapitel 5.4 — Bekämpfung von Pilzkrankheiten — **5.4.1.1** — Fungizide im Ackerbau/Getreide

Wirkstoffe/ Präparate/ Kulturen	Schaderreger	Aufwand	Hinweise	WZ
Gerste	Rhynchosporium secalis (Blattflecken-krankheit)	800 ml/ha	ab Frühjahr bei Befallsbeginn bzw. bei Sichtbar-werden der ersten Symptome	42
Roggen	Rhynchosporium secalis (Blattflecken-krankheit)	800 ml/ha	ab Frühjahr bei Befallsbeginn bzw. bei Sichtbar-werden der ersten Symptome	42
Roggen	Echter Mehltau	800 ml/ha	ab Frühjahr bei Befallsbeginn bzw. bei Sichtbar-werden der ersten Symptome	42
Roggen	Braunrost	800 ml/ha	ab Frühjahr bei Befallsbeginn bzw. bei Sichtbar-werden der ersten Symptome	42
Weizen	Braunrost	800 ml/ha	ab Frühjahr bei Befallsbeginn bzw. bei Sichtbar-werden der ersten Symptome	42
Weizen	Septoria tritici (Blattdürre)	800 ml/ha	ab Frühjahr bei Befallsbeginn bzw. bei Sichtbar-werden der ersten Symptome	42
Weizen	Echter Mehltau	800 ml/ha	ab Frühjahr bei Befallsbeginn bzw. bei Sichtbar-werden der ersten Symptome	42
Weizen	Septoria nodorum (Braunfleckigkeit)	800 ml/ha	ab Frühjahr bei Befallsbeginn bzw. bei Sichtbar-werden der ersten Symptome	42
Carbendazim, 360 g/l				
Wintergerste	Halmbruchkrankheit	1,2 l/ha	bei Befall	42
Winterroggen	Halmbruchkrankheit	1,2 l/ha	bei Befall	42
Winterweizen	Halmbruchkrankheit	1,2 l/ha	bei Befall	42
Bavistin FL, BAS, Xn ••• Derosal flüssig, AVO, Xn				
Wintergerste	Halmbruchkrankheit	500 ml/ha	bei Befall	56
Winterroggen	Halmbruchkrankheit	500 ml/ha	bei Befall	56
Winterweizen	Halmbruchkrankheit	500 ml/ha	bei Befall	56
Carbendazim, 600 g/kg				
CUSTOS WG, DPB, Xn ••• Stempor-Granulat zum Auflösen in Wasser, ZNC, Xn ••• Triticol WDG Spiess-Urania, SPI, URA, Xn				
Wintergerste	Halmbruchkrankheit	300 g/ha	bei Befall	56
Winterweizen	Halmbruchkrankheit	300 g/ha	bei Befall	56
Chlorthalonil, 375 g/l, Propiconazol, 62,5 g/l				
Sambarin, CGD, Xn, B4				
Weizen	Gelbrost	2 l/ha	bei Befall ab Getreidestadium 51 (Beginn des Ährenschiebens)	35
Weizen	Echter Mehltau	2 l/ha	bei Befall ab Getreidestadium 51 (Beginn des Ährenschiebens)	35
Weizen	Braunrost	2 l/ha	bei Befall ab Getreidestadium 51 (Beginn des Ährenschiebens)	35
Weizen	Septoria nodorum (Braunfleckigkeit)	2 l/ha	bei Befall ab Getreidestadium 51 (Beginn des Ährenschiebens)	35
Chlorthalonil, 500 g/kg, Propiconazol, 83 g/kg				
Sambarin WG, CGD, Xn				
Weizen	DTR-Blattdürre (Drechslera tritici-repentis)	1,5 kg/ha	bei Befall	35
Weizen	Septoria tritici (Blattdürre)	1,5 kg/ha	bei Befall	35

Wirkstoffe/ Präparate/ Kulturen	Schaderreger	Aufwand	Hinweise	WZ
Weizen	Braunrost	1,5 kg/ha	bei Befall	35
Weizen	Septoria nodorum (Braunfleckigkeit)	1,5 kg/ha	bei Befall	35
Weizen	Echter Mehltau	1,5 kg/ha	bei Befall	35
Weizen	Gelbrost	1,5 kg/ha	bei Befall	35
Chlorthalonil, 500 g/l				
Bravo 500, SAD, Xn, B4 ••• Daconil 2787 Extra, SDS, CGD/SPI/URA, Xn				
Weizen	Septoria nodorum (Braunfleckigkeit)	2,2 l/ha	bei Befall	42
Cyproconazol, 100 g/l				
Alto 100 SL, SAD				
Gerste	Echter Mehltau	1 l/ha	ab Frühjahr bei Befallsbeginn bzw. bei Sichtbarwerden der ersten Symptome	35
Gerste	Zwergrost (Puccinia hordei)	1 l/ha	ab Frühjahr bei Befallsbeginn bzw. bei Sichtbarwerden der ersten Symptome	35
Roggen	Echter Mehltau	1 l/ha	ab Frühjahr bei Befallsbeginn bzw. bei Sichtbarwerden der ersten Symptome	35
Roggen	Braunrost	1 l/ha	ab Frühjahr bei Befallsbeginn bzw. bei Sichtbarwerden der ersten Symptome	35
Roggen	Rhynchosporium secalis (Blattfleckenkrankheit)	1 l/ha	ab Frühjahr bei Befallsbeginn bzw. bei Sichtbarwerden der ersten Symptome	35
Roggen	Septoria nodorum (Braunfleckigkeit)	1 l/ha	ab Frühjahr bei Befallsbeginn bzw. bei Sichtbarwerden der ersten Symptome	35
Weizen	Echter Mehltau	800 ml/ha	ab Frühjahr bei Befallsbeginn bzw. bei Sichtbarwerden der ersten Symptome	35
Weizen	Septoria tritici (Blattdürre)	1 l/ha	ab Frühjahr bei Befallsbeginn bzw. bei Sichtbarwerden der ersten Symptome	35
Weizen	Gelbrost	800 ml/ha	ab Frühjahr bei Befallsbeginn bzw. bei Sichtbarwerden der ersten Symptome	35
Weizen	Braunrost	800 ml/ha	ab Frühjahr bei Befallsbeginn bzw. bei Sichtbarwerden der ersten Symptome	35
Cyprodinil, 750 g/kg				
Unix, NAD				
Roggen	Halmbruchkrankheit	1 kg/ha	bei Befall	56
Weizen	Halmbruchkrankheit	1 kg/ha	bei Befall	56
Dithianon, 275 g/l, Cyproconazol, 40 g/l				
Alto D, CYD, Xn				
Weizen	Echter Mehltau	2 l/ha	ab Frühjahr bei Befallsbeginn bzw. bei Sichtbarwerden der ersten Symptome	42
Weizen	Septoria nodorum (Braunfleckigkeit)	2 l/ha	ab Frühjahr bei Befallsbeginn bzw. bei Sichtbarwerden der ersten Symptome	42
Weizen	Septoria tritici (Blattdürre)	2 l/ha	ab Frühjahr bei Befallsbeginn bzw. bei Sichtbarwerden der ersten Symptome	42

Wirkstoffe/ Präparate/ Kulturen	Schaderreger	Aufwand	Hinweise	WZ
Epoxiconazol, 125 g/l Opus, BAS, Xn				
Weizen	Braunrost	2 l/ha	ab Frühjahr bei Befallsbeginn bzw. bei Sichtbar- werden der ersten Symptome	42
Weizen	Gelbrost	2 l/ha	ab Frühjahr bei Befallsbeginn bzw. bei Sichtbar- werden der ersten Symptome	42
Gerste	Rhynchosporium secalis (Blattflecken- krankheit)	1 l/ha	ab Frühjahr bei Befallsbeginn bzw. bei Sichtbar- werden der ersten Symptome	35
Gerste	Echter Mehltau	1 l/ha	ab Frühjahr bei Befallsbeginn bzw. bei Sichtbar- werden der ersten Symptome	35
Gerste	Zwergrost (Puccinia hordei)	1 l/ha	ab Frühjahr bei Befallsbeginn bzw. bei Sichtbar- werden der ersten Symptome	35'
Gerste	Gelbrost	1 l/ha	ab Frühjahr bei Befallsbeginn bzw. bei Sichtbar- werden der ersten Symptome	35
Gerste	Netzfleckenkrankheit	1 l/ha	ab Frühjahr bei Befallsbeginn bzw. bei Sichtbar- werden der ersten Symptome	35
Roggen	Rhynchosporium secalis (Blattflecken- krankheit)	1 l/ha	ab Frühjahr bei Befallsbeginn bzw. bei Sichtbar- werden der ersten Symptome	35
Roggen	Braunrost	1 l/ha	ab Frühjahr bei Befallsbeginn bzw. bei Sichtbar- werden der ersten Symptome	35
Roggen	Echter Mehltau	1 l/ha	ab Frühjahr bei Befallsbeginn bzw. bei Sichtbar- werden der ersten Symptome	35
Weizen	Septoria tritici (Blattdürre)	1 l/ha	ab Frühjahr bei Befallsbeginn bzw. bei Sichtbar- werden der ersten Symptome	35
Weizen	Echter Mehltau	1 l/ha	ab Frühjahr bei Befallsbeginn bzw. bei Sichtbar- werden der ersten Symptome	35
Weizen	Gelbrost	1 l/ha	ab Frühjahr bei Befallsbeginn bzw. bei Sichtbar- werden der ersten Symptome	35
Weizen	DTR-Blattdürre (Drechslera tritici-repentis)	1 l/ha	ab Frühjahr bei Befallsbeginn bzw. bei Sichtbar- werden der ersten Symptome	35
Weizen	Braunrost	1 l/ha	ab Frühjahr bei Befallsbeginn bzw. bei Sichtbar- werden der ersten Symptome	35
Weizen	Septoria nodorum (Braunfleckigkeit)	1 l/ha	ab Frühjahr bei Befallsbeginn bzw. bei Sichtbar- werden der ersten Symptome	35
Epoxiconazol, 125 g/l, Kresoxim-methyl, 125 g/l Juwel, BAS, Xn				
Gerste	Zwergrost (Puccinia hordei)	1 l/ha	ab Frühjahr bei Befallsbeginn bzw. bei Sichtbar- werden der ersten Symptome	35
Gerste	Netzfleckenkrankheit	1 l/ha	ab Frühjahr bei Befallsbeginn bzw. bei Sichtbar- werden der ersten Symptome	35
Gerste	Echter Mehltau	1 l/ha	ab Frühjahr bei Befallsbeginn bzw. bei Sichtbar- werden der ersten Symptome	35

Wirkstoffe/ Präparate/ Kulturen	Schaderreger	Aufwand	Hinweise	WZ
Gerste	Rhynchosporium secalis (Blattfleckenkrankheit)	1 l/ha	ab Frühjahr bei Befallsbeginn bzw. bei Sichtbarwerden der ersten Symptome	35
Roggen	Braunrost	1 l/ha	ab Frühjahr bei Befallsbeginn bzw. bei Sichtbarwerden der ersten Symptome	35
Roggen	Rhynchosporium secalis (Blattfleckenkrankheit)	1 l/ha	ab Frühjahr bei Befallsbeginn bzw. bei Sichtbarwerden der ersten Symptome	35
Roggen	Echter Mehltau	1 l/ha	ab Frühjahr bei Befallsbeginn bzw. bei Sichtbarwerden der ersten Symptome	35
Triticale	Septoria nodorum (Braunfleckigkeit)	1 l/ha	bei Befall	35
Weizen	Septoria tritici (Blattdürre)	1 l/ha	ab Frühjahr bei Befallsbeginn bzw. bei Sichtbarwerden der ersten Symptome	35
Weizen	Braunrost	1 l/ha	ab Frühjahr bei Befallsbeginn bzw. bei Sichtbarwerden der ersten Symptome	35
Weizen	Septoria nodorum (Braunfleckigkeit)	1 l/ha	ab Frühjahr bei Befallsbeginn bzw. bei Sichtbarwerden der ersten Symptome	35
Weizen	DTR-Blattdürre (Drechslera tritici-repentis)	1 l/ha	ab Frühjahr bei Befallsbeginn bzw. bei Sichtbarwerden der ersten Symptome	35
Weizen	Gelbrost	1 l/ha	ab Frühjahr bei Befallsbeginn bzw. bei Sichtbarwerden der ersten Symptome	35
Weizen	Echter Mehltau	1 l/ha	ab Frühjahr bei Befallsbeginn bzw. bei Sichtbarwerden der ersten Symptome	35
Winterweizen	Halmbruchkrankheit	1 l/ha	bei Befall	35
Fenbuconazol, 50 g/l **Indar 5 EC, RHD, Xi** Gerste	Zwergrost (Puccinia hordei)	1,5 l/ha	ab Frühjahr bei Befallsbeginn bzw. bei Sichtbarwerden der ersten Symptome	35
Roggen	Braunrost	1,5 l/ha	ab Frühjahr bei Befallsbeginn bzw. bei Sichtbarwerden der ersten Symptome	35
Weizen	Septoria tritici (Blattdürre)	1,5 l/ha	ab Frühjahr bei Befallsbeginn bzw. bei Sichtbarwerden der ersten Symptome	35
Weizen	Septoria nodorum (Braunfleckigkeit)	1,5 l/ha	ab Frühjahr bei Befallsbeginn bzw. bei Sichtbarwerden der ersten Symptome	35
Weizen	Braunrost	1,5 l/ha	ab Frühjahr bei Befallsbeginn bzw. bei Sichtbarwerden der ersten Symptome	35
Weizen	Gelbrost	1,5 l/ha	ab Frühjahr bei Befallsbeginn bzw. bei Sichtbarwerden der ersten Symptome	35
Fenpropidin, 750 g/l **Zenit M, NAD, Xn** Gerste	Echter Mehltau	750 g/ha	ab Frühjahr bei Befallsbeginn bzw. bei Sichtbarwerden der ersten Symptome	42
Weizen	Echter Mehltau	750 g/ha	ab Frühjahr bei Befallsbeginn bzw. bei Sichtbarwerden der ersten Symptome	42

Wirkstoffe/ Präparate/ Kulturen	Schaderreger	Aufwand	Hinweise	WZ
Fenpropimorph, 150 g/l, Epoxiconazol, 125 g/l, Kresoxim-methyl, 125 g/l BAS 49303 F, BAS, Xn				
Gerste	Rhynchosporium secalis (Blattflecken-krankheit)	1 l/ha	ab Frühjahr bei Befallsbeginn bzw. bei Sichtbar-werden der ersten Symptome	35
Gerste	Netzfleckenkrankheit	1 l/ha	ab Frühjahr bei Befallsbeginn bzw. bei Sichtbar-werden der ersten Symptome	35
Gerste	Zwergrost (Puccinia hordei)	1 l/ha	ab Frühjahr bei Befallsbeginn bzw. bei Sichtbar-werden der ersten Symptome	35
Gerste	Echter Mehltau	1 l/ha	ab Frühjahr bei Befallsbeginn bzw. bei Sichtbar-werden der ersten Symptome	35
Roggen	Echter Mehltau	1 l/ha	ab Frühjahr bei Befallsbeginn bzw. bei Sichtbar-werden der ersten Symptome	35
Roggen	Braunrost	1 l/ha	ab Frühjahr bei Befallsbeginn bzw. bei Sichtbar-werden der ersten Symptome	35
Roggen	Rhynchosporium secalis (Blattflecken-krankheit)	1 l/ha	ab Frühjahr bei Befallsbeginn bzw. bei Sichtbar-werden der ersten Symptome	35
Triticale	Septoria nodorum (Braunfleckigkeit)	1 l/ha	ab Frühjahr bei Befallsbeginn bzw. bei Sichtbar-werden der ersten Symptome	35
Weizen	DTR-Blattdürre (Drechslera tritici-repentis)	1 l/ha	ab Frühjahr bei Befallsbeginn bzw. bei Sichtbar-werden der ersten Symptome	35
Weizen	Septoria nodorum (Braunfleckigkeit)	1 l/ha	ab Frühjahr bei Befallsbeginn bzw. bei Sichtbar-werden der ersten Symptome	35
Weizen	Septoria tritici (Blattdürre)	1 l/ha	ab Frühjahr bei Befallsbeginn bzw. bei Sichtbar-werden der ersten Symptome	35
Weizen	Fusarium-Arten (Ährenbefall)	1 l/ha	bei Befallsgefahr	35
Weizen	Gelbrost	1 l/ha	ab Frühjahr bei Befallsbeginn bzw. bei Sichtbar-werden der ersten Symptome	35
Weizen	Echter Mehltau	1 l/ha	ab Frühjahr bei Befallsbeginn bzw. bei Sichtbar-werden der ersten Symptome	35
Weizen	Halmbruchkrankheit	1 l/ha	bei Befall	35
Weizen	Braunrost	1 l/ha	ab Frühjahr bei Befallsbeginn bzw. bei Sichtbar-werden der ersten Symptome	35
Fenpropimorph, 232,5 g/l, Quinoxyfen, 64,7 g/l, FORTRESS DUO, DOW, Xi				
Gerste	Echter Mehltau	1,5 l/ha	ab Frühjahr bei Befallsbeginn bzw. bei Sichtbar-werden der ersten Symptome	49
Weizen	Echter Mehltau	1,5 l/ha	ab Frühjahr bei Befallsbeginn bzw. bei Sichtbar-werden der ersten Symptome	49
Fenpropimorph, 250 g/l, Epoxiconazol, 84 g/l Opus Top, BAS, Xn				
Gerste	Netzfleckenkrankheit	1,5 l/ha	ab Frühjahr bei Befallsbeginn bzw. bei Sichtbar-werden der ersten Symptome	35

Wirkstoffe/ Präparate/ Kulturen	Schaderreger	Aufwand	Hinweise	WZ
Gerste	Zwergrost (Puccinia hordei)	1,5 l/ha	ab Frühjahr bei Befallsbeginn bzw. bei Sichtbar-werden der ersten Symptome	35
Gerste	Gelbrost	1,5 l/ha	ab Frühjahr bei Befallsbeginn bzw. bei Sichtbar-werden der ersten Symptome	35
Gerste	Echter Mehltau	1,5 l/ha	ab Frühjahr bei Befallsbeginn bzw. bei Sichtbar-werden der ersten Symptome	35
Gerste	Rhynchosporium secalis (Blattflecken-krankheit)	1,5 l/ha	ab Frühjahr bei Befallsbeginn bzw. bei Sichtbar-werden der ersten Symptome	35
Roggen	Rhynchosporium secalis (Blattflecken-krankheit)	1,5 l/ha	ab Frühjahr bei Befallsbeginn bzw. bei Sichtbar-werden der ersten Symptome	35
Roggen	Echter Mehltau	1,5 l/ha	ab Frühjahr bei Befallsbeginn bzw. bei Sichtbar-werden der ersten Symptome	35
Roggen	Braunrost	1,5 l/ha	ab Frühjahr bei Befallsbeginn bzw. bei Sichtbar-werden der ersten Symptome	35
Triticale	Septoria nodorum (Braunfleckigkeit)	1,5 l/ha	ab Frühjahr bei Befallsbeginn bzw. bei Sichtbar-werden der ersten Symptome	35
Weizen	DTR-Blattdürre (Drechslera tritici-repentis)	1,5 l/ha	ab Frühjahr bei Befallsbeginn bzw. bei Sichtbar-werden der ersten Symptome	35
Weizen	Septoria nodorum (Braunfleckigkeit)	1,5 l/ha	ab Frühjahr bei Befallsbeginn bzw. bei Sichtbar-werden der ersten Symptome	35
Weizen	Braunrost	1,5 l/ha	ab Frühjahr bei Befallsbeginn bzw. bei Sichtbar-werden der ersten Symptome	35
Weizen	Echter Mehltau	1,5 l/ha	ab Frühjahr bei Befallsbeginn bzw. bei Sichtbar-werden der ersten Symptome	35
Weizen	Gelbrost	1,5 l/ha	ab Frühjahr bei Befallsbeginn bzw. bei Sichtbar-werden der ersten Symptome	35
Weizen	Septoria tritici (Blattdürre)	1,5 l/ha	ab Frühjahr bei Befallsbeginn bzw. bei Sichtbar-werden der ersten Symptome	35
Fenpropimorph, 281 g/l, Fenbuconazol, 37,5 g/l, Camaro, RHD, SPI/URA/NAD, Xi				
Gerste	Zwergrost (Puccinia hordei)	2 l/ha	ab Frühjahr bei Befallsbeginn bzw. bei Sichtbar-werden der ersten Symptome	35
Gerste	Rhynchosporium secalis (Blattflecken-krankheit)	2 l/ha	ab Frühjahr bei Befallsbeginn bzw. bei Sichtbar-werden der ersten Symptome	35
Gerste	Echter Mehltau	2 l/ha	ab Frühjahr bei Befallsbeginn bzw. bei Sichtbar-werden der ersten Symptome	35
Roggen	Echter Mehltau	2 l/ha	ab Frühjahr bei Befallsbeginn bzw. bei Sichtbar-werden der ersten Symptome	35
Roggen	Braunrost	2 l/ha	ab Frühjahr bei Befallsbeginn bzw. bei Sichtbar-werden der ersten Symptome	35
Weizen	Braunrost	2 l/ha	ab Frühjahr bei Befallsbeginn bzw. bei Sichtbar-werden der ersten Symptome	35

Wirkstoffe/ Präparate/ Kulturen	Schaderreger	Aufwand	Hinweise	WZ
Weizen	Gelbrost	2 l/ha	ab Frühjahr bei Befallsbeginn bzw. bei Sichtbar- werden der ersten Symptome	35
Weizen	Echter Mehltau	2 l/ha	ab Frühjahr bei Befallsbeginn bzw. bei Sichtbar- werden der ersten Symptome	35
Weizen	Septoria tritici (Blattdürre)	2 l/ha	ab Frühjahr bei Befallsbeginn bzw. bei Sichtbar- werden der ersten Symptome	35
Weizen	Septoria nodorum (Braunfleckigkeit)	2 l/ha	ab Frühjahr bei Befallsbeginn bzw. bei Sichtbar- werden der ersten Symptome	35
Fenpropimorph, 281 g/l, Prochloraz, 200 g/l Sprint, AVO, NAD, Xi				
Gerste	Zwergrost (Puccinia hordei)	2 l/ha	ab Frühjahr bei Befallsbeginn bzw. bei Sichtbar- werden der ersten Symptome	49
Gerste	Rhynchosporium secalis (Blattflecken- krankheit)	2 l/ha	ab Frühjahr bei Befallsbeginn bzw. bei Sichtbar- werden der ersten Symptome	49
Gerste	Echter Mehltau	2 l/ha	ab Frühjahr bei Befallsbeginn bzw. bei Sichtbar- werden der ersten Symptome	49
Gerste	Netzfleckenkrankheit	2 l/ha	ab Frühjahr bei Befallsbeginn bzw. bei Sichtbar- werden der ersten Symptome	49
Roggen	Braunrost	2 l/ha	ab Frühjahr bei Befallsbeginn bzw. bei Sichtbar- werden der ersten Symptome	49
Roggen	Rhynchosporium secalis (Blattflecken- krankheit)	2 l/ha	ab Frühjahr bei Befallsbeginn bzw. bei Sichtbar- werden der ersten Symptome	49
Roggen	Echter Mehltau	2 l/ha	ab Frühjahr bei Befallsbeginn bzw. bei Sichtbar- werden der ersten Symptome	49
Weizen	Braunrost	2 l/ha	ab Frühjahr bei Befallsbeginn bzw. bei Sichtbar- werden der ersten Symptome	49
Weizen	Echter Mehltau	2 l/ha	ab Frühjahr bei Befallsbeginn bzw. bei Sichtbar- werden der ersten Symptome	49
Weizen	Septoria nodorum (Braunfleckigkeit)	2 l/ha	ab Frühjahr bei Befallsbeginn bzw. bei Sichtbar- werden der ersten Symptome	49
Weizen	Gelbrost	2 l/ha	ab Frühjahr bei Befallsbeginn bzw. bei Sichtbar- werden der ersten Symptome	49
Weizen	DTR-Blattdürre (Drechslera tritici-repentis)	2 l/ha	ab Frühjahr bei Befallsbeginn bzw. bei Sichtbar- werden der ersten Symptome	49
Fenpropimorph, 300 g/l, Kresoxim-methyl, 150 g/l Brio, BAS, Xn				
Gerste	Echter Mehltau	0,7 l/ha	ab Frühjahr bei Befallsbeginn bzw. bei Sichtbar- werden der ersten Symptome	35
Roggen	Echter Mehltau	0,7 l/ha	ab Frühjahr bei Befallsbeginn bzw. bei Sichtbar- werden der ersten Symptome	35
Weizen	Echter Mehltau	0,7 l/ha	ab Frühjahr bei Befallsbeginn bzw. bei Sichtbar- werden der ersten Symptome	35

Wirkstoffe/ Präparate/ Kulturen	Schaderreger	Aufwand	Hinweise	WZ
Fenpropimorph, 300 g/l, Propiconazol, 125 g/l				
Cortil, HOR, SPI/URA, B4 ••• Simbo, CGD, BAS, B4				
Gerste	Zwergrost (Puccinia hordei)	1 l/ha	ab Frühjahr bei Befallsbeginn bzw. bei Sichtbarwerden der ersten Symptome	35
Gerste	Rhynchosporium secalis (Blattfleckenkrankheit)	1 l/ha	ab Frühjahr bei Befallsbeginn bzw. bei Sichtbarwerden der ersten Symptome	35
Gerste	Netzfleckenkrankheit	1 l/ha	ab Frühjahr bei Befallsbeginn bzw. bei Sichtbarwerden der ersten Symptome	35
Gerste	Echter Mehltau	1 l/ha	ab Frühjahr bei Befallsbeginn bzw. bei Sichtbarwerden der ersten Symptome	35
Roggen	Braunrost	1 l/ha	ab Frühjahr bei Befallsbeginn bzw. bei Sichtbarwerden der ersten Symptome	35
Roggen	Echter Mehltau	1 l/ha	ab Frühjahr bei Befallsbeginn bzw. bei Sichtbarwerden der ersten Symptome	35
Roggen	Gelbrost	1 l/ha	ab Frühjahr bei Befallsbeginn bzw. bei Sichtbarwerden der ersten Symptome	35
Weizen	Septoria nodorum (Braunfleckigkeit)	1 l/ha	ab Frühjahr bei Befallsbeginn bzw. bei Sichtbarwerden der ersten Symptome	35
Weizen	Braunrost	1 l/ha	ab Frühjahr bei Befallsbeginn bzw. bei Sichtbarwerden der ersten Symptome	35
Weizen	Echter Mehltau	1 l/ha	ab Frühjahr bei Befallsbeginn bzw. bei Sichtbarwerden der ersten Symptome	35
Fenpropimorph, 382,5 g/l, Flusilazol, 163,3 g/l				
COLSTAR, DPB, Xn				
Gerste	Rhynchosporium secalis (Blattfleckenkrankheit)	1 l/ha	ab Frühjahr bei Befallsbeginn bzw. bei Sichtbarwerden der ersten Symptome	42
Gerste	Echter Mehltau	1 l/ha	ab Frühjahr bei Befallsbeginn bzw. bei Sichtbarwerden der ersten Symptome	42
Gerste	Netzfleckenkrankheit	1 l/ha	ab Frühjahr bei Befallsbeginn bzw. bei Sichtbarwerden der ersten Symptome	42
Roggen	Echter Mehltau	1 l/ha	ab Frühjahr bei Befallsbeginn bzw. bei Sichtbarwerden der ersten Symptome	42
Roggen	Rhynchosporium secalis (Blattfleckenkrankheit)	1 l/ha	ab Frühjahr bei Befallsbeginn bzw. bei Sichtbarwerden der ersten Symptome	42
Weizen	Braunrost	1 l/ha	ab Frühjahr bei Befallsbeginn bzw. bei Sichtbarwerden der ersten Symptome	42
Weizen	Septoria nodorum (Braunfleckigkeit)	1 l/ha	ab Frühjahr bei Befallsbeginn bzw. bei Sichtbarwerden der ersten Symptome	42
Weizen	Septoria tritici (Blattdürre)	1 l/ha	ab Frühjahr bei Befallsbeginn bzw. bei Sichtbarwerden der ersten Symptome	42
Weizen	Echter Mehltau	1 l/ha	ab Frühjahr bei Befallsbeginn bzw. bei Sichtbarwerden der ersten Symptome	42

Wirkstoffe/ Präparate/ Kulturen	Schaderreger	Aufwand	Hinweise	WZ
Fenpropimorph, 750 g/l Corbel, BAS, Xn				
Gerste	Zwergrost (Puccinia hordei)	1 l/ha	ab Frühjahr bei Befallsbeginn bzw. bei Sichtbarwerden der ersten Symptome	35
Gerste	Echter Mehltau	1 l/ha	ab Frühjahr bei Befallsbeginn bzw. bei Sichtbarwerden der ersten Symptome	35
Roggen	Echter Mehltau	1 l/ha	ab Frühjahr bei Befallsbeginn bzw. bei Sichtbarwerden der ersten Symptome	35
Weizen	Gelbrost	1 l/ha	ab Frühjahr bei Befallsbeginn bzw. bei Sichtbarwerden der ersten Symptome	35
Weizen	Echter Mehltau	1 l/ha	ab Frühjahr bei Befallsbeginn bzw. bei Sichtbarwerden der ersten Symptome	35
Weizen	Braunrost	1 l/ha	ab Frühjahr bei Befallsbeginn bzw. bei Sichtbarwerden der ersten Symptome	35
Wintergerste	Rhynchosporium secalis (Blattfleckenkrankheit)	1 l/ha	ab Frühjahr bei Befallsbeginn bzw. bei Sichtbarwerden der ersten Symptome	35
Fluquinconazol, 100 g/l Flamenco, AVO, Xn				
Roggen	Braunrost	1,5 l/ha	ab Frühjahr bei Befallsbeginn bzw. bei Sichtbarwerden der ersten Symptome	49
Roggen	Rhynchosporium secalis (Blattfleckenkrankheit)	1,5 l/ha	ab Frühjahr bei Befallsbeginn bzw. bei Sichtbarwerden der ersten Symptome	49
Weizen	Braunrost	1,5 l/ha	ab Frühjahr bei Befallsbeginn bzw. bei Sichtbarwerden der ersten Symptome	49
Weizen	Echter Mehltau	1,5 l/ha	ab Frühjahr bei Befallsbeginn bzw. bei Sichtbarwerden der ersten Symptome	49
Weizen	Gelbrost	1,5 l/ha	ab Frühjahr bei Befallsbeginn bzw. bei Sichtbarwerden der ersten Symptome	49
Weizen	Septoria nodorum (Braunfleckigkeit)	1,5 l/ha	ab Frühjahr bei Befallsbeginn bzw. bei Sichtbarwerden der ersten Symptome	49
Weizen	Septoria tritici (Blattdürre)	1,5 l/ha	ab Frühjahr bei Befallsbeginn bzw. bei Sichtbarwerden der ersten Symptome	49
Flusilazol, 250 g/l CAPITAN, DPB, Xn				
Gerste	Echter Mehltau	1 l/ha	ab Frühjahr bei Befallsbeginn bzw. bei Sichtbarwerden der ersten Symptome	49
Gerste	Rhynchosporium secalis (Blattfleckenkrankheit)	1 l/ha	ab Frühjahr bei Befallsbeginn bzw. bei Sichtbarwerden der ersten Symptome	49
Gerste	Netzfleckenkrankheit	1 l/ha	ab Frühjahr bei Befallsbeginn bzw. bei Sichtbarwerden der ersten Symptome	49
Gerste	Zwergrost (Puccinia hordei)	1 l/ha	ab Frühjahr bei Befallsbeginn bzw. bei Sichtbarwerden der ersten Symptome	49

Wirkstoffe/ Präparate/ Kulturen	Schaderreger	Aufwand	Hinweise	WZ
Roggen	Rhynchosporium secalis (Blattfleckenkrankheit)	1 l/ha	ab Frühjahr bei Befallsbeginn bzw. bei Sichtbarwerden der ersten Symptome	49
Roggen	Braunrost	1 l/ha	ab Frühjahr bei Befallsbeginn bzw. bei Sichtbarwerden der ersten Symptome	49
Roggen	Echter Mehltau	1 l/ha	ab Frühjahr bei Befallsbeginn bzw. bei Sichtbarwerden der ersten Symptome	49
Weizen	Septoria nodorum (Braunfleckigkeit)	1 l/ha	ab Frühjahr bei Befallsbeginn bzw. bei Sichtbarwerden der ersten Symptome	49
Weizen	Braunrost	1 l/ha	ab Frühjahr bei Befallsbeginn bzw. bei Sichtbarwerden der ersten Symptome	49
Weizen	Septoria tritici (Blattdürre)	1 l/ha	ab Frühjahr bei Befallsbeginn bzw. bei Sichtbarwerden der ersten Symptome	49
Weizen	Echter Mehltau	1 l/ha	ab Frühjahr bei Befallsbeginn bzw. bei Sichtbarwerden der ersten Symptome	49
Flutriafol, 5 g/kg **Atout 10, ZNC, B3**				
Mais	Maiskopfbrand (Sphacelotheca reiliana)	10 kg/ha	Drillen mit Mikro-Granulatstreugerät bei der Saat	F
Iprodion, 250 g/l, Propiconazol, 62,5 g/l **Gralan, CGD, RPA, Xn**				
Weizen	DTR-Blattdürre (Drechslera tritici-repentis)	2 l/ha	bei Befall	35
Weizen	Septoria nodorum (Braunfleckigkeit)	2 l/ha	bei Befall	35
Weizen	Braunrost	2 l/ha	bei Befall	35
Weizen	Gelbrost	2 l/ha	bei Befall	35
Weizen	Echter Mehltau, Ährenbefall	2 l/ha	bei Befall	35
Iprodion, 255 g/l **VERISAN, RPA, Xn**				
Weizen	Septoria nodorum (Braunfleckigkeit)	3 l/ha	bei Befall	35
Iprodion, 266 g/l, Bromuconazol, 133 g/l **GRANIT PLUS, RPA, Xn**				
Gerste	Echter Mehltau	1,5 l/ha	ab Frühjahr bei Befallsbeginn bzw. bei Sichtbarwerden der ersten Symptome	49
Gerste	Netzfleckenkrankheit	1,5 l/ha	ab Frühjahr bei Befallsbeginn bzw. bei Sichtbarwerden der ersten Symptome	49
Gerste	Zwergrost (Puccinia hordei)	1,5 l/ha	ab Frühjahr bei Befallsbeginn bzw. bei Sichtbarwerden der ersten Symptome	49
Gerste	Rhynchosporium secalis (Blattfleckenkrankheit)	1,5 l/ha	ab Frühjahr bei Befallsbeginn bzw. bei Sichtbarwerden der ersten Symptome	49
Weizen	Septoria nodorum (Braunfleckigkeit)	1,5 l/ha	ab Frühjahr bei Befallsbeginn bzw. bei Sichtbarwerden der ersten Symptome	49
Weizen	Braunrost	1,5 l/ha	ab Frühjahr bei Befallsbeginn bzw. bei Sichtbarwerden der ersten Symptome	49

Kapitel 5.4   Bekämpfung von Pilzkrankheiten   5.4.1.1   Fungizide im Ackerbau/Getreide

Wirkstoffe/ Präparate/ Kulturen	Schaderreger	Aufwand	Hinweise	WZ
Weizen	Echter Mehltau	1,5 l/ha	ab Frühjahr bei Befallsbeginn bzw. bei Sichtbarwerden der ersten Symptome	49
Prochloraz, 267 g/l, Fluquinconazol, 100 g/l Sportak Plus, AVO, Xn, B1				
Roggen	Echter Mehltau	1,5 l/ha	ab Frühjahr bei Befallsbeginn bzw. bei Sichtbarwerden der ersten Symptome	35
Roggen	Braunrost	1,5 l/ha	ab Frühjahr bei Befallsbeginn bzw. bei Sichtbarwerden der ersten Symptome	35
Roggen	Halmbruchkrankheit	1,5 l/ha	bei Befall	56
Roggen	Rhynchosporium secalis (Blattfleckenkrankheit)	1,5 l/ha	ab Frühjahr bei Befallsbeginn bzw. bei Sichtbarwerden der ersten Symptome	35
Weizen	Septoria nodorum (Braunfleckigkeit)	1,5 l/ha	ab Frühjahr bei Befallsbeginn bzw. bei Sichtbarwerden der ersten Symptome	35
Weizen	Braunrost	1,5 l/ha	ab Frühjahr bei Befallsbeginn bzw. bei Sichtbarwerden der ersten Symptome	35
Weizen	Halmbruchkrankheit	1,5 l/ha	bei Befall	56
Weizen	Gelbrost	1,5 l/ha	ab Frühjahr bei Befallsbeginn bzw. bei Sichtbarwerden der ersten Symptome	35
Weizen	Echter Mehltau	1,5 l/ha	ab Frühjahr bei Befallsbeginn bzw. bei Sichtbarwerden der ersten Symptome	35
Weizen	Septoria tritici (Blattdürre)	1,5 l/ha	ab Frühjahr bei Befallsbeginn bzw. bei Sichtbarwerden der ersten Symptome	35
Prochloraz, 300 g/l, Cyproconazol, 80 g/l Prisma, AVO, Xn Tiptor, NAD, AVO, Xn				
Weizen	Septoria nodorum (Braunfleckigkeit)	1 l/ha	ab Frühjahr bei Befallsbeginn bzw. bei Sichtbarwerden der ersten Symptome	35
Weizen	Braunrost	1 l/ha	ab Frühjahr bei Befallsbeginn bzw. bei Sichtbarwerden der ersten Symptome	35
Weizen	Echter Mehltau	1 l/ha	ab Frühjahr bei Befallsbeginn bzw. bei Sichtbarwerden der ersten Symptome	35
Weizen	Septoria tritici (Blattdürre)	1 l/ha	ab Frühjahr bei Befallsbeginn bzw. bei Sichtbarwerden der ersten Symptome	35
Weizen	Gelbrost	1 l/ha	ab Frühjahr bei Befallsbeginn bzw. bei Sichtbarwerden der ersten Symptome	35
Prochloraz, 360 g/l, Cyproconazol, 48 g/l Sportak Delta, AVO, RPA, Xi ••• Tiptor S, NAD, Xi				
Gerste	Rhynchosporium secalis (Blattfleckenkrankheit)	1,25 l/ha	ab Frühjahr bei Befallsbeginn bzw. bei Sichtbarwerden der ersten Symptome	35
Gerste	Echter Mehltau	1,25 l/ha	ab Frühjahr bei Befallsbeginn bzw. bei Sichtbarwerden der ersten Symptome	35

Wirkstoffe/ Präparate/ Kulturen	Schaderreger	Aufwand	Hinweise	WZ
Gerste	Netzfleckenkrankheit	1,25 l/ha	ab Frühjahr bei Befallsbeginn bzw. bei Sichtbarwerden der ersten Symptome	35
Gerste	Zwergrost (Puccinia hordei)	1,25 l/ha	ab Frühjahr bei Befallsbeginn bzw. bei Sichtbarwerden der ersten Symptome	35
Roggen	Echter Mehltau	1,25 l/ha	ab Frühjahr bei Befallsbeginn bzw. bei Sichtbarwerden der ersten Symptome	35
Roggen	Braunrost	1,25 l/ha	ab Frühjahr bei Befallsbeginn bzw. bei Sichtbarwerden der ersten Symptome	35
Roggen	Rhynchosporium secalis (Blattfleckenkrankheit)	1,25 l/ha	ab Frühjahr bei Befallsbeginn bzw. bei Sichtbarwerden der ersten Symptome	35
Weizen	Gelbrost	1,25 l/ha	ab Frühjahr bei Befallsbeginn bzw. bei Sichtbarwerden der ersten Symptome	35
Weizen	Braunrost	1,25 l/ha	ab Frühjahr bei Befallsbeginn bzw. bei Sichtbarwerden der ersten Symptome	35
Weizen	Septoria tritici (Blattdürre)	1,25 l/ha	ab Frühjahr bei Befallsbeginn bzw. bei Sichtbarwerden der ersten Symptome	35
Weizen	Echter Mehltau	1,25 l/ha	ab Frühjahr bei Befallsbeginn bzw. bei Sichtbarwerden der ersten Symptome	35
Weizen	Septoria nodorum (Braunfleckigkeit)	1,25 l/ha	ab Frühjahr bei Befallsbeginn bzw. bei Sichtbarwerden der ersten Symptome	35
Weizen	DTR-Blattdürre (Drechslera tritici-repentis)	1,25 l/ha	ab Frühjahr bei Befallsbeginn bzw. bei Sichtbarwerden der ersten Symptome	35
Wintergerste	Halmbruchkrankheit	1,25 l/ha	bei Befall	35
Winterroggen	Halmbruchkrankheit	1,25 l/ha	bei Befall	35
Winterweizen	Halmbruchkrankheit	1,25 l/ha	bei Befall	35
Prochloraz, 400 g/l				
Sportak, AVO, RPA, Xn ••• Stefes FUNGI, STE, Xn				
Gerste	Rhynchosporium secalis (Blattfleckenkrankheit)	1,2 l/ha	ab Frühjahr bei Befallsbeginn bzw. bei Sichtbarwerden der ersten Symptome	35
Gerste	Netzfleckenkrankheit	1,2 l/ha	ab Frühjahr bei Befallsbeginn bzw. bei Sichtbarwerden der ersten Symptome	35
Roggen	Rhynchosporium secalis (Blattfleckenkrankheit)	1,2 l/ha	ab Frühjahr bei Befallsbeginn bzw. bei Sichtbarwerden der ersten Symptome	35
Weizen	Septoria nodorum (Braunfleckigkeit)	1,2 l/ha	ab Frühjahr bei Befallsbeginn bzw. bei Sichtbarwerden der ersten Symptome	35
Wintergerste	Halmbruchkrankheit	1,2 l/ha	bei Befall	35
Winterroggen	Halmbruchkrankheit	1,2 l/ha	bei Befall	35
Winterweizen	Halmbruchkrankheit	1,2 l/ha	bei Befall	35
Prochloraz, 400 g/l, Bromuconazol, 200 g/l				
RPA 10371 F, RPA, Xi				
Gerste	Zwergrost (Puccinia hordei)	1 l/ha	ab Frühjahr bei Befallsbeginn bzw. bei Sichtbarwerden der ersten Symptome	35

Kapitel 5.4 Bekämpfung von Pilzkrankheiten   5.4.1.1   Fungizide im Ackerbau/Getreide

Wirkstoffe/ Präparate/ Kulturen	Schaderreger	Aufwand	Hinweise	WZ
Gerste	Netzfleckenkrankheit	1 l/ha	ab Frühjahr bei Befallsbeginn bzw. bei Sichtbar- werden der ersten Symptome	35
Gerste	Rhynchosporium secalis (Blattflecken- krankheit)	1 l/ha	ab Frühjahr bei Befallsbeginn bzw. bei Sichtbar- werden der ersten Symptome	35
Gerste	Echter Mehltau	1 l/ha	ab Frühjahr bei Befallsbeginn bzw. bei Sichtbar- werden der ersten Symptome	35
Roggen	Braunrost	1 l/ha	ab Frühjahr bei Befallsbeginn bzw. bei Sichtbar- werden der ersten Symptome	35
Weizen	Braunrost	1 l/ha	ab Frühjahr bei Befallsbeginn bzw. bei Sichtbar- werden der ersten Symptome	35
Weizen	Gelbrost	1 l/ha	ab Frühjahr bei Befallsbeginn bzw. bei Sichtbar- werden der ersten Symptome	35
Weizen	Septoria tritici (Blattdürre)	1 l/ha	ab Frühjahr bei Befallsbeginn bzw. bei Sichtbar- werden der ersten Symptome	35
Weizen	Septoria nodorum (Braunfleckigkeit)	1 l/ha	ab Frühjahr bei Befallsbeginn bzw. bei Sichtbar- werden der ersten Symptome	35
Weizen	Echter Mehltau	1 l/ha	ab Frühjahr bei Befallsbeginn bzw. bei Sichtbar- werden der ersten Symptome	35
Weizen	Halmbruchkrankheit	1 l/ha	bei Befall	35
Prochloraz, 450 g/l **Mirage 45 EC, MAC**				
Gerste	Netzfleckenkrankheit	1,2 l/ha	ab Frühjahr bei Befallsbeginn bzw. bei Sichtbar- werden der ersten Symptome	35
Gerste	Rhynchosporium secalis (Blattflecken- krankheit)	1,2 l/ha	ab Frühjahr bei Befallsbeginn bzw. bei Sichtbar- werden der ersten Symptome	35
Gerste	Echter Mehltau	1,2 l/ha	ab Frühjahr bei Befallsbeginn bzw. bei Sichtbar- werden der ersten Symptome	35
Roggen	Rhynchosporium secalis (Blattflecken- krankheit)	1,2 l/ha	ab Frühjahr bei Befallsbeginn bzw. bei Sichtbar- werden der ersten Symptome	35
Weizen	Septoria tritici (Blattdürre)	1,2 l/ha	ab Frühjahr bei Befallsbeginn bzw. bei Sichtbar- werden der ersten Symptome	35
Weizen	Septoria nodorum (Braunfleckigkeit)	1,2 l/ha	ab Frühjahr bei Befallsbeginn bzw. bei Sichtbar- werden der ersten Symptome	35
Wintergerste	Halmbruchkrankheit	1,2 l/ha	bei Befall	35
Winterroggen	Halmbruchkrankheit	1,2 l/ha	bei Befall	35
Winterweizen	Halmbruchkrankheit	1,2 l/ha	bei Befall	35
Prochloraz, 451,1 g/l **Parano 450 EC, ASU, Xn, B1**				
Gerste	Rhynchosporium secalis (Blattflecken- krankheit)	1 l/ha	ab Frühjahr bei Befallsbeginn bzw. bei Sichtbar- werden der ersten Symptome	35
Gerste	Netzfleckenkrankheit	1 l/ha	ab Frühjahr bei Befallsbeginn bzw. bei Sichtbar- werden der ersten Symptome	35

Wirkstoffe/ Präparate/ Kulturen	Schaderreger	Aufwand	Hinweise	WZ
Weizen	Septoria nodorum (Braunfleckigkeit)	1 l/ha	ab Frühjahr bei Befallsbeginn bzw. bei Sichtbarwerden der ersten Symptome	35
Prochloraz, 461 g/kg Octave, AVO, B4				
Gerste	Netzfleckenkrankheit	1 kg/ha	ab Frühjahr bei Befallsbeginn bzw. bei Sichtbarwerden der ersten Symptome	35
Wintergerste	Halmbruchkrankheit	1 kg/ha	bei Befall	35
Propiconazol, 90 g/l, Prochloraz, 400 g/l Bumper P, MAC, Xi				
Gerste	Rhynchosporium secalis (Blattfleckenkrankheit)	1,25 l/ha	ab Frühjahr bei Befallsbeginn bzw. bei Sichtbarwerden der ersten Symptome	35
Gerste	Netzfleckenkrankheit	1,25 l/ha	ab Frühjahr bei Befallsbeginn bzw. bei Sichtbarwerden der ersten Symptome	35
Gerste	Echter Mehltau	1,25 l/ha	ab Frühjahr bei Befallsbeginn bzw. bei Sichtbarwerden der ersten Symptome	35
Weizen	Braunrost	1,25 l/ha	ab Frühjahr bei Befallsbeginn bzw. bei Sichtbarwerden der ersten Symptome	35
Weizen	Echter Mehltau	1,25 l/ha	ab Frühjahr bei Befallsbeginn bzw. bei Sichtbarwerden der ersten Symptome	35
Weizen	Septoria nodorum (Braunfleckigkeit)	1,25 l/ha	ab Frühjahr bei Befallsbeginn bzw. bei Sichtbarwerden der ersten Symptome	35
Weizen	Septoria tritici (Blattdürre)	1,25 l/ha	ab Frühjahr bei Befallsbeginn bzw. bei Sichtbarwerden der ersten Symptome	35
Propiconazol, 124,5 g/l, Fenpropidin, 448,2 g/l AGENT, NAD, Xn				
Gerste	Netzfleckenkrankheit	1 l/ha	ab Frühjahr bei Befallsbeginn bzw. bei Sichtbarwerden der ersten Symptome	42
Gerste	Rhynchosporium secalis (Blattfleckenkrankheit)	1 l/ha	ab Frühjahr bei Befallsbeginn bzw. bei Sichtbarwerden der ersten Symptome	42
Gerste	Zwergrost (Puccinia hordei)	1 l/ha	ab Frühjahr bei Befallsbeginn bzw. bei Sichtbarwerden der ersten Symptome	42
Gerste	Echter Mehltau	1 l/ha	ab Frühjahr bei Befallsbeginn bzw. bei Sichtbarwerden der ersten Symptome	42
Roggen	Rhynchosporium secalis (Blattfleckenkrankheit)	1 l/ha	ab Frühjahr bei Befallsbeginn bzw. bei Sichtbarwerden der ersten Symptome	42
Roggen	Echter Mehltau	1 l/ha	ab Frühjahr bei Befallsbeginn bzw. bei Sichtbarwerden der ersten Symptome	42
Roggen	Braunrost	1 l/ha	ab Frühjahr bei Befallsbeginn bzw. bei Sichtbarwerden der ersten Symptome	42
Weizen	Braunrost	1 l/ha	ab Frühjahr bei Befallsbeginn bzw. bei Sichtbarwerden der ersten Symptome	42

Wirkstoffe/ Präparate/ Kulturen	Schaderreger	Aufwand	Hinweise	WZ
Weizen	DTR-Blattdürre (Drechslera tritici-repentis)	1 l/ha	ab Frühjahr bei Befallsbeginn bzw. bei Sichtbarwerden der ersten Symptome	42
Weizen	Gelbrost	1 l/ha	ab Frühjahr bei Befallsbeginn bzw. bei Sichtbarwerden der ersten Symptome	42
Weizen	Echter Mehltau	1 l/ha	ab Frühjahr bei Befallsbeginn bzw. bei Sichtbarwerden der ersten Symptome	42
Weizen	Septoria nodorum (Braunfleckigkeit)	1 l/ha	ab Frühjahr bei Befallsbeginn bzw. bei Sichtbarwerden der ersten Symptome	42
Propiconazol, 125 g/l, Tebuconazol, 125 g/l, Fenpropidin, 375 g/l Gladio, NAD, Xi				
Gerste	Netzfleckenkrankheit	0,8 l/ha	ab Frühjahr bei Befallsbeginn bzw. bei Sichtbarwerden der ersten Symptome	42
Gerste	Echter Mehltau	0,8 l/ha	ab Frühjahr bei Befallsbeginn bzw. bei Sichtbarwerden der ersten Symptome	42
Gerste	Zwergrost (Puccinia hordei)	0,8 l/ha	ab Frühjahr bei Befallsbeginn bzw. bei Sichtbarwerden der ersten Symptome	42
Gerste	Rhynchosporium secalis (Blattflecken-krankheit)	0,8 l/ha	ab Frühjahr bei Befallsbeginn bzw. bei Sichtbarwerden der ersten Symptome	42
Roggen	Rhynchosporium secalis (Blattflecken-krankheit)	0,8 l/ha	ab Frühjahr bei Befallsbeginn bzw. bei Sichtbarwerden der ersten Symptome	42
Roggen	Braunrost	0,8 l/ha	ab Frühjahr bei Befallsbeginn bzw. bei Sichtbarwerden der ersten Symptome	42
Weizen	Braunrost	0,8 l/ha	ab Frühjahr bei Befallsbeginn bzw. bei Sichtbarwerden der ersten Symptome	42
Weizen	Gelbrost	0,8 l/ha	ab Frühjahr bei Befallsbeginn bzw. bei Sichtbarwerden der ersten Symptome	42
Weizen	Septoria nodorum (Braunfleckigkeit)	0,8 l/ha	ab Frühjahr bei Befallsbeginn bzw. bei Sichtbarwerden der ersten Symptome	42
Weizen	Septoria tritici (Blattdürre)	0,8 l/ha	ab Frühjahr bei Befallsbeginn bzw. bei Sichtbarwerden der ersten Symptome	42
Weizen	Echter Mehltau	0,8 l/ha	ab Frühjahr bei Befallsbeginn bzw. bei Sichtbarwerden der ersten Symptome	42
Propiconazol, 150 g/l, Tebuconazol, 250 g/l, Desmel Duo, NAD, Xn				
Gerste	Netzfleckenkrankheit	0,5 l/ha	ab Frühjahr bei Befallsbeginn bzw. bei Sichtbarwerden der ersten Symptome	35
Gerste	Zwergrost (Puccinia hordei)	0,5 l/ha	ab Frühjahr bei Befallsbeginn bzw. bei Sichtbarwerden der ersten Symptome	35
Gerste	Rhynchosporium secalis (Blattflecken-krankheit)	0,5 l/ha	ab Frühjahr bei Befallsbeginn bzw. bei Sichtbarwerden der ersten Symptome	35
Gerste	Echter Mehltau	0,5 l/ha	ab Frühjahr bei Befallsbeginn bzw. bei Sichtbarwerden der ersten Symptome	35

Wirkstoffe/ Präparate/ Kulturen	Schaderreger	Aufwand	Hinweise	WZ
Roggen	Rhynchosporium secalis (Blattflecken-krankheit)	0,5 l/ha	ab Frühjahr bei Befallsbeginn bzw. bei Sichtbar-werden der ersten Symptome	35
Roggen	Braunrost	0,5 l/ha	ab Frühjahr bei Befallsbeginn bzw. bei Sichtbar-werden der ersten Symptome	35
Weizen	Braunrost	0,5 l/ha	ab Frühjahr bei Befallsbeginn bzw. bei Sichtbar-werden der ersten Symptome	35
Weizen	Septoria tritici (Blattdürre)	0,5 l/ha	ab Frühjahr bei Befallsbeginn bzw. bei Sichtbar-werden der ersten Symptome	35
Weizen	Gelbrost	0,5 l/ha	ab Frühjahr bei Befallsbeginn bzw. bei Sichtbar-werden der ersten Symptome	35
Weizen	Septoria nodorum (Braunfleckigkeit)	0,5 l/ha	ab Frühjahr bei Befallsbeginn bzw. bei Sichtbar-werden der ersten Symptome	35
Propiconazol, 250 g/kg **Desmel WG, CGD**				
Gerste	Echter Mehltau	500 g/ha	ab Frühjahr bei Befallsbeginn bzw. bei Sichtbar-werden der ersten Symptome	35
Gerste	Zwergrost (Puccinia hordei)	500 g/ha	bei Befallsbeginn bzw. bei Sichtbarwerden der ersten Symptome	35
Gerste	Netzfleckenkrankheit	500 g/ha	bei Befallsbeginn bzw. bei Sichtbarwerden der ersten Symptome	35
Propiconazol, 250 g/l **Bumper, MAC**				
Gerste	Netzfleckenkrankheit	0,5 l/ha	ab Frühjahr bei Befallsbeginn bzw. bei Sichtbar-werden der ersten Symptome	35
Gerste	Rhynchosporium secalis (Blattflecken-krankheit)	0,5 l/ha	ab Frühjahr bei Befallsbeginn bzw. bei Sichtbar-werden der ersten Symptome	35
Gerste	Zwergrost (Puccinia hordei)	0,5 l/ha	ab Frühjahr bei Befallsbeginn bzw. bei Sichtbar-werden der ersten Symptome	35
Gerste	Echter Mehltau	0,5 l/ha	ab Frühjahr bei Befallsbeginn bzw. bei Sichtbar-werden der ersten Symptome	35
Roggen	Echter Mehltau	0,5 l/ha	ab Frühjahr bei Befallsbeginn bzw. bei Sichtbar-werden der ersten Symptome	35
Roggen	Braunrost	0,5 l/ha	ab Frühjahr bei Befallsbeginn bzw. bei Sichtbar-werden der ersten Symptome	35
Weizen	Braunrost	0,5 l/ha	ab Frühjahr bei Befallsbeginn bzw. bei Sichtbar-werden der ersten Symptome	35
Weizen	Echter Mehltau	0,5 l/ha	ab Frühjahr bei Befallsbeginn bzw. bei Sichtbar-werden der ersten Symptome	35
Weizen	Septoria-Arten	0,5 l/ha	ab Frühjahr bei Befallsbeginn bzw. bei Sichtbar-werden der ersten Symptome	35

Wirkstoffe / Präparate / Kulturen	Schaderreger	Aufwand	Hinweise	WZ
Desmel, CGD, Xi, B4 ••• HORA Propiconazol, HOR, Xi, B4				
Gerste	Echter Mehltau	0,5 l/ha	ab Frühjahr bei Befallsbeginn bzw. bei Sichtbarwerden der ersten Symptome	35
Gerste	Rhynchosporium secalis (Blattflecken-krankheit)	0,5 l/ha	ab Frühjahr bei Befallsbeginn bzw. bei Sichtbarwerden der ersten Symptome	35
Gerste	Zwergrost (Puccinia hordei)	0,5 l/ha	ab Frühjahr bei Befallsbeginn bzw. bei Sichtbarwerden der ersten Symptome	35
Gerste	Netzfleckenkrankheit	0,5 l/ha	ab Frühjahr bei Befallsbeginn bzw. bei Sichtbarwerden der ersten Symptome	35
Roggen	Echter Mehltau	0,5 l/ha	ab Frühjahr bei Befallsbeginn bzw. bei Sichtbarwerden der ersten Symptome	35
Roggen	Braunrost	0,5 l/ha	ab Frühjahr bei Befallsbeginn bzw. bei Sichtbarwerden der ersten Symptome	35
Weizen	Braunrost	0,5 l/ha	ab Frühjahr bei Befallsbeginn bzw. bei Sichtbarwerden der ersten Symptome	35
Weizen	Echter Mehltau	0,5 l/ha	ab Frühjahr bei Befallsbeginn bzw. bei Sichtbarwerden der ersten Symptome	35
Weizen	Gelbrost	0,5 l/ha	ab Frühjahr bei Befallsbeginn bzw. bei Sichtbarwerden der ersten Symptome	35
Weizen	DTR-Blattdürre (Drechslera tritici-repentis)	0,5 l/ha	bei Befallsbeginn bzw. bei Sichtbarwerden der ersten Symptome	35
Weizen	Septoria nodorum (Braunfleckigkeit)	0,5 l/ha	ab Frühjahr bei Befallsbeginn bzw. bei Sichtbarwerden der ersten Symptome	35
Propiconazol, 250 g/l, Difenoconazol, 250 g/l Taspa, CGD, Xi				
Weizen	Septoria nodorum (Braunfleckigkeit)	500 ml/ha	bei Befall	35
Weizen	Echter Mehltau	500 ml/ha	bei Befall	35
Weizen	Braunrost	500 ml/ha	bei Befall	35
Weizen	Gelbrost	500 ml/ha	bei Befall	35
Weizen	DTR-Blattdürre (Drechslera tritici-repentis)	500 ml/ha	bei Befall	35
Pyrazophos, 295 g/l, Propiconazol, 125 g/l Desgan, CGD, HOE, Xn, B1				
Gerste	Netzfleckenkrankheit	1 l/ha	ab Frühjahr bei Befallsbeginn bzw. bei Sichtbarwerden der ersten Symptome	49
Gerste	Echter Mehltau	1 l/ha	ab Frühjahr bei Befallsbeginn bzw. bei Sichtbarwerden der ersten Symptome	49
Gerste	Rhynchosporium secalis (Blattflecken-krankheit)	1 l/ha	ab Frühjahr bei Befallsbeginn bzw. bei Sichtbarwerden der ersten Symptome	49
Gerste	Zwergrost (Puccinia hordei)	1 l/ha	ab Frühjahr bei Befallsbeginn bzw. bei Sichtbarwerden der ersten Symptome	49
Roggen	Echter Mehltau	1 l/ha	ab Frühjahr bei Befallsbeginn bzw. bei Sichtbarwerden der ersten Symptome	49

Kapitel 5.4	Bekämpfung von Pilzkrankheiten		5.4.1.1	Fungizide im Ackerbau/Getreide
Wirkstoffe/ Präparate/ Kulturen	Schaderreger	Aufwand	Hinweise	WZ
Roggen	Braunrost	1 l/ha	ab Frühjahr bei Befallsbeginn bzw. bei Sichtbarwerden der ersten Symptome	49
Weizen	Echter Mehltau	1 l/ha	ab Frühjahr bei Befallsbeginn bzw. bei Sichtbarwerden der ersten Symptome	49
Quinoxyfen, 500 g/l FORTRESS, DOW, Xi				
Gerste	Echter Mehltau	0,5 l/ha	im Frühjahr in den Getreidestadien 25 bis 32	49
Gerste	Echter Mehltau	0,3 l/ha	ab Frühjahr bei Befallsbeginn bzw. bei Sichtbarwerden der ersten Symptome	49
Weizen	Echter Mehltau	0,3 l/ha	ab Frühjahr bei Befallsbeginn bzw. bei Sichtbarwerden der ersten Symptome	49
Weizen	Echter Mehltau	0,5 l/ha	im Frühjahr in den Getreidestadien 25 bis 32	49
Schwefel, 725 g/l Supersix, KCC, B4				
Weizen	Echter Mehltau	4 l/ha	bei Befallsbeginn bzw. bei Sichtbarwerden der ersten Symptome	35
Schwefel, 796 g/kg Cosan 80 Netzschwefel, AVO, B4 ••• Netz-Schwefelit, NEU, B4 ••• Netzschwefel 'Schacht', FSC, B4 ••• Netzschwefel 80 WP, ASU, B4 ••• Netzschwefel Stulln, JUL, B4 ••• Stefes INSTANT, STE, B4				
Gerste, Roggen, Weizen	Echter Mehltau	6 kg/ha	ab Frühjahr bei Befallsbeginn bzw. bei Sichtbarwerden der ersten Symptome	35
Schwefel, 800 g/kg Asulfa WG, ASU, B4 ••• COMPO Mehltau-frei Kumulus WG, COM, B4 ••• HORA Thiovit, HOR, B4 ••• Kumulus WG, BAS, B4 ••• Netz-Schwefelit WG, NEU, B4 ••• Netzschwefel WG, CEL, B4 ••• Sufran WG, SPI, URA, B4 ••• THIOVIT, NAD, B4				
Gerste, Roggen, Weizen	Echter Mehltau	6 kg/ha	ab Frühjahr bei Befallsbeginn bzw. bei Sichtbarwerden der ersten Symptome	35
Spiroxamine, 499 g/l Impulse, BAY, Xn				
Gerste	Zwergrost (Puccinia hordei)	1,5 l/ha	ab Frühjahr bei Befallsbeginn bzw. bei Sichtbarwerden der ersten Symptome	35
Gerste	Rhynchosporium secalis (Blattfleckenkrankheit)	1,5 l/ha	ab Frühjahr bei Befallsbeginn bzw. bei Sichtbarwerden der ersten Symptome	35
Gerste	Echter Mehltau	1,5 l/ha	ab Frühjahr bei Befallsbeginn bzw. bei Sichtbarwerden der ersten Symptome	35
Weizen	Echter Mehltau	1,5 l/ha	ab Frühjahr bei Befallsbeginn bzw. bei Sichtbarwerden der ersten Symptome	35
Weizen	Braunrost	1,5 l/ha	ab Frühjahr bei Befallsbeginn bzw. bei Sichtbarwerden der ersten Symptome	35
Weizen	Gelbrost	1,5 l/ha	ab Frühjahr bei Befallsbeginn bzw. bei Sichtbarwerden der ersten Symptome	35

Kapitel 5.4	Bekämpfung von Pilzkrankheiten		5.4.1.1	Fungizide im Ackerbau/Getreide

Wirkstoffe/ Präparate/ Kulturen	Schaderreger	Aufwand	Hinweise	WZ
Tebuconazol, 133,3 g/l, Spiroxamine, 249,9 g/l				
Pronto PLUS, BAY, Xn				
Gerste	Zwergrost (Puccinia hordei)	1,5 l/ha	ab Frühjahr bei Befallsbeginn bzw. bei Sichtbar- werden der ersten Symptome	35
Gerste	Echter Mehltau	1,5 l/ha	ab Frühjahr bei Befallsbeginn bzw. bei Sichtbar- werden der ersten Symptome	35
Gerste	Rhynchosporium secalis (Blattflecken- krankheit)	1,5 l/ha	ab Frühjahr bei Befallsbeginn bzw. bei Sichtbar- werden der ersten Symptome	35
Gerste	Gelbrost	1,5 l/ha	ab Frühjahr bei Befallsbeginn bzw. bei Sichtbar- werden der ersten Symptome	35
Gerste	Netzfleckenkrankheit	1,5 l/ha	ab Frühjahr bei Befallsbeginn bzw. bei Sichtbar- werden der ersten Symptome	35
Roggen	Rhynchosporium secalis (Blattflecken- krankheit)	1,5 l/ha	ab Frühjahr bei Befallsbeginn bzw. bei Sichtbar- werden der ersten Symptome	35
Roggen	Braunrost	1,5 l/ha	ab Frühjahr bei Befallsbeginn bzw. bei Sichtbar- werden der ersten Symptome	35
Roggen	Echter Mehltau	1,5 l/ha	ab Frühjahr bei Befallsbeginn bzw. bei Sichtbar- werden der ersten Symptome	35
Triticale	Rhynchosporium secalis (Blattflecken- krankheit)	1,5 l/ha	ab Frühjahr bei Befallsbeginn bzw. bei Sichtbar- werden der ersten Symptome	35
Triticale	Septoria nodorum (Braunfleckigkeit)	1,5 l/ha	ab Frühjahr bei Befallsbeginn bzw. bei Sichtbar- werden der ersten Symptome	35
Weizen	Gelbrost	1,5 l/ha	ab Frühjahr bei Befallsbeginn bzw. bei Sichtbar- werden der ersten Symptome	35
Weizen	Fusarium-Arten (Ährenbefall)	1,5 l/ha	bei Befallsgefahr	35
Weizen	Septoria nodorum (Braunfleckigkeit)	1,5 l/ha	ab Frühjahr bei Befallsbeginn bzw. bei Sichtbar- werden der ersten Symptome	35
Weizen	Septoria tritici (Blattdürre)	1,5 l/ha	ab Frühjahr bei Befallsbeginn bzw. bei Sichtbar- werden der ersten Symptome	35
Weizen	Braunrost	1,5 l/ha	ab Frühjahr bei Befallsbeginn bzw. bei Sichtbar- werden der ersten Symptome	35
Weizen	Echter Mehltau	1,5 l/ha	ab Frühjahr bei Befallsbeginn bzw. bei Sichtbar- werden der ersten Symptome	35
Tebuconazol, 199,9 g/l, Fenpropidin, 299,9 g/l				
Pronto, BAY, Xn				
Gerste	Rhynchosporium secalis (Blattflecken- krankheit)	1 l/ha	ab Frühjahr bei Befallsbeginn bzw. bei Sichtbar- werden der ersten Symptome	35
Gerste	Zwergrost (Puccinia hordei)	1 l/ha	ab Frühjahr bei Befallsbeginn bzw. bei Sichtbar- werden der ersten Symptome	35
Gerste	Netzfleckenkrankheit	1 l/ha	ab Frühjahr bei Befallsbeginn bzw. bei Sichtbar- werden der ersten Symptome	35

Wirkstoffe/ Präparate/ Kulturen	Schaderreger	Aufwand	Hinweise	WZ
Gerste	Echter Mehltau	1 l/ha	ab Frühjahr bei Befallsbeginn bzw. bei Sichtbar- werden der ersten Symptome	35
Roggen	Braunrost	1 l/ha	ab Frühjahr bei Befallsbeginn bzw. bei Sichtbar- werden der ersten Symptome	35
Roggen	Rhynchosporium secalis (Blattflecken- krankheit)	1 l/ha	ab Frühjahr bei Befallsbeginn bzw. bei Sichtbar- werden der ersten Symptome	35
Roggen	Echter Mehltau	1 l/ha	ab Frühjahr bei Befallsbeginn bzw. bei Sichtbar- werden der ersten Symptome	35
Weizen	Gelbrost	1 l/ha	ab Frühjahr bei Befallsbeginn bzw. bei Sichtbar- werden der ersten Symptome	35
Weizen	Echter Mehltau	1 l/ha	ab Frühjahr bei Befallsbeginn bzw. bei Sichtbar- werden der ersten Symptome	35
Weizen	Braunrost	1 l/ha	ab Frühjahr bei Befallsbeginn bzw. bei Sichtbar- werden der ersten Symptome	35
Weizen	Septoria tritici (Blattdürre)	1 l/ha	ab Frühjahr bei Befallsbeginn bzw. bei Sichtbar- werden der ersten Symptome	35
Weizen	Septoria nodorum (Braunfleckigkeit)	1 l/ha	ab Frühjahr bei Befallsbeginn bzw. bei Sichtbar- werden der ersten Symptome	35
Tebuconazol, 251,2 g/l Folicur, BAY, Xn				
Gerste	Netzfleckenkrankheit	1,25 l/ha	ab Frühjahr bei Befallsbeginn bzw. bei Sichtbar- werden der ersten Symptome	35
Gerste	Zwergrost (Puccinia hordei)	1,25 l/ha	ab Frühjahr bei Befallsbeginn bzw. bei Sichtbar- werden der ersten Symptome	35
Gerste	Rhynchosporium secalis (Blattflecken- krankheit)	1,25 l/ha	ab Frühjahr bei Befallsbeginn bzw. bei Sichtbar- werden der ersten Symptome	35
Gerste	Echter Mehltau	1,25 l/ha	ab Frühjahr bei Befallsbeginn bzw. bei Sichtbar- werden der ersten Symptome	35
Roggen	Rhynchosporium secalis (Blattflecken- krankheit)	1,25 l/ha	ab Frühjahr bei Befallsbeginn bzw. bei Sichtbar- werden der ersten Symptome	35
Roggen	Echter Mehltau	1,25 l/ha	ab Frühjahr bei Befallsbeginn bzw. bei Sichtbar- werden der ersten Symptome	35
Roggen	Braunrost	1,25 l/ha	ab Frühjahr bei Befallsbeginn bzw. bei Sichtbar- werden der ersten Symptome	35
Triticale, ausgenommen Sorten Lasko und Purdy	Septoria nodorum (Braunfleckigkeit)	1,25 l/ha	ab Frühjahr bei Befallsbeginn bzw. bei Sichtbar- werden der ersten Symptome	35
Weizen	Braunrost	1 l/ha	ab Frühjahr bei Befallsbeginn bzw. bei Sichtbar- werden der ersten Symptome	35
Weizen	Septoria tritici (Blattdürre)	1 l/ha	ab Frühjahr bei Befallsbeginn bzw. bei Sichtbar- werden der ersten Symptome	35
Weizen	Septoria nodorum (Braunfleckigkeit)	1 l/ha	bei Befall	35

Kapitel 5.4 Bekämpfung von Pilzkrankheiten

5.4.1.1 Fungizide im Ackerbau/Getreide

Wirkstoffe/ Präparate/ Kulturen	Schaderreger	Aufwand	Hinweise	WZ
Weizen	Echter Mehltau	1 l/ha	ab Frühjahr bei Befallsbeginn bzw. bei Sichtbarwerden der ersten Symptome	35
Weizen	Gelbrost	1 l/ha	ab Frühjahr bei Befallsbeginn bzw. bei Sichtbarwerden der ersten Symptome	35
Weizen, ausgenommen Durum	Fusarium-Arten (Ährenbefall)	1 l/ha	bei Befallsgefahr	35
Thiophanat-methyl, 500 g/l				
Cercobin FL, BAS, Xn				
Wintergerste	Halmbruchkrankheit	1 l/ha	bei Befall	56
Winterroggen	Halmbruchkrankheit	1 l/ha	bei Befall	56
Winterweizen	Halmbruchkrankheit	1 l/ha	bei Befall	56
Triadimefon, 250 g/kg				
Bayleton Spritzpulver, BAY, Xi, B4				
Gerste	Rhynchosporium secalis (Blattfleckenkrankheit)	500 g/ha	ab Frühjahr bei Befallsbeginn bzw. bei Sichtbarwerden der ersten Symptome	35
Gerste	Echter Mehltau	500 g/ha	ab Frühjahr bei Befallsbeginn bzw. bei Sichtbarwerden der ersten Symptome	35
Gerste	Zwergrost (Puccinia hordei)	* 1 kg/ha	bei bereits vorhandenem stärkeren Befall (Nesterbildung)	ab Frühjahr	35
Gerste	Gelbrost	* 1 kg/ha	bei bereits vorhandenem stärkeren Befall (Nesterbildung)	ab Frühjahr	35
Roggen	Echter Mehltau	500 g/ha	ab Frühjahr bei Befallsbeginn bzw. bei Sichtbarwerden der ersten Symptome	35
Roggen	Braunrost	* 1 kg/ha	bei bereits vorhandenem stärkeren Befall (Nesterbildung)	ab Frühjahr	35
Weizen	Braunrost	* 1 kg/ha	bei bereits vorhandenem stärkeren Befall (Nesterbildung)	ab Frühjahr	35
Weizen	Gelbrost	* 1 kg/ha	bei bereits vorhandenem stärkeren Befall (Nesterbildung)	ab Frühjahr	35
Weizen	Echter Mehltau	500 g/ha	ab Frühjahr bei Befallsbeginn bzw. bei Sichtbarwerden der ersten Symptome	35
Triadimenol, 75,19 g/l, Tebuconazol, 224,5 g/l				
Matador 300, BAY				
Roggen	Braunrost	1 l/ha	ab Frühjahr bei Befallsbeginn bzw. bei Sichtbarwerden der ersten Symptome	35
Roggen	Echter Mehltau	1 l/ha	ab Frühjahr bei Befallsbeginn bzw. bei Sichtbarwerden der ersten Symptome	35
Roggen	Rhynchosporium secalis (Blattfleckenkrankheit)	1 l/ha	ab Frühjahr bei Befallsbeginn bzw. bei Sichtbarwerden der ersten Symptome	35
Weizen, ausgenommen Durum	Gelbrost	1 l/ha	ab Frühjahr bei Befallsbeginn bzw. bei Sichtbarwerden der ersten Symptome	35
Weizen, ausgenommen Durum	Septoria tritici (Blattdürre)	1 l/ha	ab Frühjahr bei Befallsbeginn bzw. bei Sichtbarwerden der ersten Symptome	35

Wirkstoffe/ Präparate/ Kulturen	Schaderreger	Aufwand	Hinweise	WZ
Weizen, ausgenommen Durum	Septoria nodorum (Braunfleckigkeit)	1 l/ha	ab Frühjahr bei Befallsbeginn bzw. bei Sichtbar- werden der ersten Symptome	35
Weizen, ausgenommen Durum	Braunrost	1 l/ha	ab Frühjahr bei Befallsbeginn bzw. bei Sichtbar- werden der ersten Symptome	35
Weizen, ausgenommen Durum	Echter Mehltau	1 l/ha	ab Frühjahr bei Befallsbeginn bzw. bei Sichtbar- werden der ersten Symptome	35
Triadimenol, 125,8 g/l, Tebuconazol, 251,7 g/l				
Matador, BAY, DOW, Xi ••• STEFES Matador, STE, Xi				
Gerste	Echter Mehltau	1 l/ha	ab Frühjahr bei Befallsbeginn bei Sichtbar- werden der ersten Symptome	35
Gerste	Rhynchosporium secalis (Blattflecken- krankheit)	1 l/ha	ab Frühjahr bei Befallsbeginn bzw. bei Sichtbar- werden der ersten Symptome	35
Gerste	Netzfleckenkrankheit	1 l/ha	ab Frühjahr bei Befallsbeginn bei Sichtbar- werden der ersten Symptome	35
Gerste	Zwergrost (Puccinia hordei)	1 l/ha	ab Frühjahr bei Befallsbeginn bzw. bei Sichtbar- werden der ersten Symptome	35
Roggen	Echter Mehltau	1 l/ha	ab Frühjahr bei Befallsbeginn bei Sichtbar- werden der ersten Symptome	35
Roggen	Braunrost	1 l/ha	ab Frühjahr bei Befallsbeginn bzw. bei Sichtbar- werden der ersten Symptome	35
Roggen	Rhynchosporium secalis (Blattflecken- krankheit)	1 l/ha	ab Frühjahr bei Befallsbeginn bzw. bei Sichtbar- werden der ersten Symptome	35
Weizen, ausgenommen Durum	Gelbrost	1 l/ha	ab Frühjahr bei Befallsbeginn bzw. bei Sichtbar- werden der ersten Symptome	35
Weizen, ausgenommen Durum	Braunrost	1 l/ha	ab Frühjahr bei Befallsbeginn bei Sichtbar- werden der ersten Symptome	35
Weizen, ausgenommen Durum	Septoria nodorum (Braunfleckigkeit)	1 l/ha	ab Frühjahr bei Befallsbeginn bzw. bei Sichtbar- werden der ersten Symptome	35
Weizen, ausgenommen Durum	Echter Mehltau	1 l/ha	ab Frühjahr bei Befallsbeginn bzw. bei Sichtbar- werden der ersten Symptome	35
Triadimenol, 250,7 g/l				
Bayfidan, BAY, Xn				
Gerste	Rhynchosporium secalis (Blattflecken- krankheit)	500 ml/ha	ab Frühjahr bei Befallsbeginn bzw. bei Sichtbar- werden der ersten Symptome	35
Gerste	Zwergrost (Puccinia hordei)	500 ml/ha	ab Frühjahr bei Befallsbeginn bei Sichtbar- werden der ersten Symptome	35
Gerste	Echter Mehltau	500 ml/ha	ab Frühjahr bei Befallsbeginn bei Sichtbar- werden der ersten Symptome	35
Roggen	Braunrost	500 ml/ha	ab Frühjahr bei Befallsbeginn bzw. bei Sichtbar- werden der ersten Symptome	35
Roggen	Echter Mehltau	500 ml/ha	ab Frühjahr bei Befallsbeginn bei Sichtbar- werden der ersten Symptome	35

Wirkstoffe/ Präparate/ Kulturen	Schaderreger	Aufwand	Hinweise	WZ
Weizen	Gelbrost	500 ml/ha	ab Frühjahr bei Befallsbeginn bzw. bei Sichtbarwerden der ersten Symptome	35
Weizen	Braunrost	500 ml/ha	ab Frühjahr bei Befallsbeginn bzw. bei Sichtbarwerden der ersten Symptome	35
Weizen	Echter Mehltau	500 ml/ha	ab Frühjahr bei Befallsbeginn bzw. bei Sichtbarwerden der ersten Symptome	35
Tridemorph, 375 g/l, Epoxiconazol, 125 g/l Opus Forte, BAS, T				
Gerste	Netzfleckenkrankheit	1 l/ha	ab Frühjahr bei Befallsbeginn bzw. bei Sichtbarwerden der ersten Symptome	49
Gerste	Rhynchosporium secalis (Blattfleckenkrankheit)	1 l/ha	ab Frühjahr bei Befallsbeginn bzw. bei Sichtbarwerden der ersten Symptome	49
Gerste	Zwergrost (Puccinia hordei)	1 l/ha	ab Frühjahr bei Befallsbeginn bzw. bei Sichtbarwerden der ersten Symptome	49
Gerste	Gelbrost	1 l/ha	ab Frühjahr bei Befallsbeginn bzw. bei Sichtbarwerden der ersten Symptome	49
Gerste	Echter Mehltau	1 l/ha	ab Frühjahr bei Befallsbeginn bzw. bei Sichtbarwerden der ersten Symptome	49
Roggen	Rhynchosporium secalis (Blattfleckenkrankheit)	1 l/ha	ab Frühjahr bei Befallsbeginn bzw. bei Sichtbarwerden der ersten Symptome	49
Roggen	Echter Mehltau	1 l/ha	ab Frühjahr bei Befallsbeginn bzw. bei Sichtbarwerden der ersten Symptome	49
Roggen	Braunrost	1 l/ha	ab Frühjahr bei Befallsbeginn bzw. bei Sichtbarwerden der ersten Symptome	49
Weizen	Septoria nodorum (Braunfleckigkeit)	1 l/ha	ab Frühjahr bei Befallsbeginn bzw. bei Sichtbarwerden der ersten Symptome	49
Weizen	Gelbrost	1 l/ha	ab Frühjahr bei Befallsbeginn bzw. bei Sichtbarwerden der ersten Symptome	49
Weizen	DTR-Blattdürre (Drechslera tritici-repentis)	1 l/ha	ab Frühjahr bei Befallsbeginn bzw. bei Sichtbarwerden der ersten Symptome	49
Weizen	Braunrost	1 l/ha	ab Frühjahr bei Befallsbeginn bzw. bei Sichtbarwerden der ersten Symptome	49
Weizen	Septoria tritici (Blattdürre)	1 l/ha	ab Frühjahr bei Befallsbeginn bzw. bei Sichtbarwerden der ersten Symptome	49
Weizen	Echter Mehltau	1 l/ha	ab Frühjahr bei Befallsbeginn bzw. bei Sichtbarwerden der ersten Symptome	49
Tridemorph, 375 g/l, Propiconazol, 125 g/l Ilbex, NAD, BAS, T				
Gerste	Echter Mehltau	1 l/ha	ab Frühjahr bei Befallsbeginn bzw. bei Sichtbarwerden der ersten Symptome	35
Gerste	Zwergrost (Puccinia hordei)	1 l/ha	ab Frühjahr bei Befallsbeginn bzw. bei Sichtbarwerden der ersten Symptome	35

Wirkstoffe/ Präparate/ Kulturen	Schaderreger	Aufwand	Hinweise	WZ
Gerste	Netzfleckenkrankheit	1 l/ha	ab Frühjahr bei Befallsbeginn bzw. bei Sichtbarwerden der ersten Symptome	35
Gerste	Rhynchosporium secalis (Blattfleckenkrankheit)	1 l/ha	ab Frühjahr bei Befallsbeginn bzw. bei Sichtbarwerden der ersten Symptome	35
Roggen	Echter Mehltau	1 l/ha	ab Frühjahr bei Befallsbeginn bzw. bei Sichtbarwerden der ersten Symptome	35
Roggen	Braunrost	1 l/ha	ab Frühjahr bei Befallsbeginn bzw. bei Sichtbarwerden der ersten Symptome	35
Weizen	Septoria nodorum (Braunfleckigkeit)	1 l/ha	ab Frühjahr bei Befallsbeginn bzw. bei Sichtbarwerden der ersten Symptome	35
Weizen	Echter Mehltau	1 l/ha	ab Frühjahr bei Befallsbeginn bzw. bei Sichtbarwerden der ersten Symptome	35
Weizen	Gelbrost	1 l/ha	ab Frühjahr bei Befallsbeginn bzw. bei Sichtbarwerden der ersten Symptome	35
Weizen	Braunrost	1 l/ha	ab Frühjahr bei Befallsbeginn bzw. bei Sichtbarwerden der ersten Symptome	35

Tridemorph, 375,4 g/l, Triadimenol, 125,1 g/l
Colt, BAS, BAY, T

Wirkstoffe/ Präparate/ Kulturen	Schaderreger	Aufwand	Hinweise	WZ
Gerste	Echter Mehltau	1 l/ha	ab Frühjahr bei Befallsbeginn bzw. bei Sichtbarwerden der ersten Symptome	42
Gerste	Rhynchosporium secalis (Blattfleckenkrankheit)	1 l/ha	ab Frühjahr bei Befallsbeginn bzw. bei Sichtbarwerden der ersten Symptome	42
Gerste	Zwergrost (Puccinia hordei)	1 l/ha	ab Frühjahr bei Befallsbeginn bzw. bei Sichtbarwerden der ersten Symptome	42
Roggen	Braunrost	1 l/ha	ab Frühjahr bei Befallsbeginn bzw. bei Sichtbarwerden der ersten Symptome	42
Roggen	Echter Mehltau	1 l/ha	ab Frühjahr bei Befallsbeginn bzw. bei Sichtbarwerden der ersten Symptome	42
Weizen	Gelbrost	1 l/ha	ab Frühjahr bei Befallsbeginn bzw. bei Sichtbarwerden der ersten Symptome	42
Weizen	Echter Mehltau	1 l/ha	ab Frühjahr bei Befallsbeginn bzw. bei Sichtbarwerden der ersten Symptome	42
Weizen	Braunrost	1 l/ha	ab Frühjahr bei Befallsbeginn bzw. bei Sichtbarwerden der ersten Symptome	42

Tridemorph, 750 g/l
Calixin, BAS, BAY/NAD, T ••• Falimorph 750, CYD, T

Wirkstoffe/ Präparate/ Kulturen	Schaderreger	Aufwand	Hinweise	WZ
Gerste	Echter Mehltau	750 ml/ha	ab Frühjahr bei Befallsbeginn bzw. bei Sichtbarwerden der ersten Symptome	49
Roggen	Echter Mehltau	750 ml/ha	ab Frühjahr bei Befallsbeginn bzw. bei Sichtbarwerden der ersten Symptome	49
Weizen	Echter Mehltau, Blattbefall	750 ml/ha	ab Frühjahr bei Befallsbeginn bzw. bei Sichtbarwerden der ersten Symptome	49

Wirkstoffe/ Präparate/ Kulturen	Schaderreger	Aufwand	Hinweise	WZ
Triforin, 190 g/l Plizfrei Saprol Neu, CEL, Xi ••• SAPROL NEU, CYD, Xi ••• Tarsol Neu, AVO, Xi Gerste	Echter Mehltau	1 l/ha	ab Frühjahr bei Befallsbeginn bzw. bei Sichtbar-werden der ersten Symptome	49

5.4.1.2   Fungizide im Ackerbau/Kartoffeln

Wirkstoffe/ Präparate/ Kulturen	Schaderreger	Aufwand	Hinweise	WZ
Dimethomorph, 500 g/kg ACROBAT, CYD Kartoffeln	Kraut- und Knollenfäule	0,8 l/ha	bei Infektionsgefahr bzw. ab Warndiensthinweis	14
Fenpiclonil, 400 g/l Gambit, CGD, B3 Pflanzkartoffeln	Rhizoctonia solani	12,5 ml/dt	Spritzen oder sprühen I vor dem Pflanzen oder beim Pflanzen	F
Pflanzkartoffeln	Helminthosporium solani (Silberschorf)	12,5 ml/dt	Spritzen oder sprühen I vor dem Pflanzen oder beim Pflanzen	F
Fentin-hydroxid, 502 g/l Brestan flüssig, AVO, Xn Kartoffeln	Kraut- und Knollenfäule	0,4 l/ha	bei Infektionsgefahr bzw. ab Warndiensthinweis	7
Fluazinam, 500 g/l OHAYO, ISK, Xi ••• Shirlan, ZNC, Xi Kartoffeln	Kraut- und Knollenfäule	0,4 l/ha	bei Infektionsgefahr bzw. ab Warndiensthinweis	7
Kupferoxychlorid, 756 g/kg BASF-Grünkupfer, BAS ••• Cupravit OB 21, BAY ••• Funguran, URA, SPI ••• Kupfer Konzentrat 45, ASU ••• Kupferkalk Atempo, NEU ••• Kupferspritzmittel Funguran, URA, SPI ••• Kupferspritzmittel Schacht, FSC				
Kartoffeln	Kraut- und Knollenfäule	6 kg/ha	bei Infektionsgefahr bzw. ab Warndiensthinweis	14
Kartoffeln	Dürrfleckenkrankheit	6 kg/ha	bei Infektionsgefahr bzw. ab Warndiensthinweis	14
Mancozeb, 301,6 g/l, Propamocarb, 207,8 g/l Tattoo, AVO, Xi Kartoffeln	Kraut- und Knollenfäule	4 l/ha	bei Infektionsgefahr bzw. ab Warndiensthinweis	7
Mancozeb, 455 g/l Dithane LFS, RHD, Xi ••• Manconex, GRF, Xi Kartoffeln	Kraut- und Knollenfäule	2 l/ha	bei Infektionsgefahr bzw. ab Warndiensthinweis	7
Mancozeb, 560 g/kg, Cymoxanil, 60 g/kg CILUAN, CYD, Xi ••• Du Pont Ciluan, DPB, Xi Kartoffeln	Kraut- und Knollenfäule	2 kg/ha	bei Infektionsgefahr bzw. ab Warndiensthinweis	7
Mancozeb, 600 g/kg, Dimethomorph, 90 g/kg Acrobat Plus, CYD, Xi Kartoffeln	Kraut- und Knollenfäule	2 kg/ha	bei Infektionsgefahr bzw. ab Warndiensthinweis	14
Mancozeb, 600 g/kg, Metalaxyl, 100 g/kg Ridomil MZ Super, NAD, Xi, W Kartoffeln	Kraut- und Knollenfäule	2 kg/ha	bei Infektionsgefahr bzw. ab Warndiensthinweis	7

Wirkstoffe/ Präparate/ Kulturen	Schaderreger	Aufwand	Hinweise	WZ
Mancozeb, 640 g/kg, Metalaxyl-M, 40 g/kg				
Ridomil Gold MZ, NAD, Xi				
Kartoffeln	Kraut und Knollenfäule	2 kg/ha	bei Infektionsgefahr bzw. ab Warndiensthinweis	14
Mancozeb, 750 g/kg				
Dithane Ultra WG CIBA-GEIGY, CGD, Xi ••• Dithane Ultra WG Hoechst, AVO, Xi ••• Dithane Ultra WG Spiess-Urania, SPI, Xi ••• Dithane Ultra WG, RHD, AVO/SPI/URA, Xi ••• Stefes MANCOFOL, STE, Xi				
Kartoffeln	Kraut und Knollenfäule	1,8 kg/ha	bei Infektionsgefahr bzw. ab Warndiensthinweis	7
Mancozeb, 800 g/kg				
Penncozeb, ELF, Xi				
Kartoffeln	Kraut und Knollenfäule	1,8 kg/ha	bei Infektionsgefahr bzw. ab Warndiensthinweis	7
Detia Pflanzen - Pilzfrei Pilzol, DET, Xi ••• Dithane Ultra Spiess-Urania, SPI, URA, Xi ••• Dithane Ultra WP, RHD, SPI/URA, Xi				
Kartoffeln	Kraut und Knollenfäule	1,8 kg/ha	bei Infektionsgefahr bzw. ab Warndiensthinweis	7
Pflanzkartoffeln	Rhizoctonia solani	200 g/dt	Beizen I vor dem Pflanzen	F
Maneb, 350 g/l				
Maneb 350 SC, ASU, Xi				
Kartoffeln	Kraut und Knollenfäule	4 l/ha	bei Infektionsgefahr bzw. ab Warndiensthinweis	7
Maneb, 481,5 g/l				
MANEX, GRI, FSG, Xi				
Kartoffeln	Kraut und Knollenfäule	2 l/ha	bei Infektionsgefahr bzw. ab Warndiensthinweis	7
Maneb, 770 g/kg				
VONDAC DG, ELF, Xi				
Kartoffeln	Kraut und Knollenfäule	2 kg/ha	bei Infektionsgefahr bzw. ab Warndiensthinweis	7
Maneb, 800 g/kg				
TRIMANGOL, ELF, Xi				
Kartoffeln	Kraut und Knollenfäule	1,8 kg/ha	bei Infektionsgefahr bzw. ab Warndiensthinweis	7
BASF-Maneb-Spritzpulver, RHD, BAS, Xi ••• Maneb "Schacht", FSC, Xi				
Kartoffeln	Dürrfleckenkrankheit	1,8 kg/ha	bei Infektionsgefahr bzw. ab Warndiensthinweis	7
Kartoffeln	Kraut und Knollenfäule	1,8 kg/ha	bei Infektionsgefahr bzw. ab Warndiensthinweis	7
Metiram, 700 g/kg				
COMPO Pilz-frei Polyram WG, COM, Xi, B4 ••• Gemüse-Spritzmittel Polyram WG, CEL, Xi, B4 ••• Polyram WG, BAS, COM, Xi, B4				
Kartoffeln	Dürrfleckenkrankheit	1,8 kg/ha	bei Infektionsgefahr bzw. ab Warndiensthinweis	14
Kartoffeln	Kraut und Knollenfäule	1,8 kg/ha	bei Infektionsgefahr bzw. ab Warndiensthinweis	14
Pencycuron, 125 g/kg				
Monceren, BAY, B3				
Pflanzkartoffeln	Rhizoctonia solani	200 g/dt	Beizen I vor dem Pflanzen	F
Pencycuron, 250,8 g/l				
Monceren Flüssigbeize, BAY, B3				
Pflanzkartoffeln	Rhizoctonia solani	60 ml/dt	Unverdünnt auf das Pflanzgut sprühen I nach dem Sortieren	F
Propineb, 705 g/kg				
Antracol WG, BAY				
Kartoffeln	Kraut und Knollenfäule	1,8 kg/ha	bei Infektionsgefahr bzw. ab Warndiensthinweis	7

Wirkstoffe/ Präparate/ Kulturen	Schaderreger	5.4.1.3 Hinweise	Aufwand	WZ
Tolclofos-methyl, 100 g/kg Risolex, SCD, URA, B3 Pflanzkartoffeln	Rhizoctonia solani	Beizen I vor dem Pflanzen	200 g/dt	F
Tolclofos-methyl, 250 g/l Risolex flüssig, SUD, URA, B3 Pflanzkartoffeln	Rhizoctonia solani	Sprühen I vor dem Pflanzen oder beim Pflanzen	60 ml/dt	F
Tolylfluanid, 100 g/kg, Pencycuron, 75 g/kg BAY-12980-F, BAY, Xi, B3 Pflanzkartoffeln	Rhizoctonia solani	Beizen I vor dem Pflanzen	200 g/dt	F

5.4.1.3   Fungizide im Ackerbau/Raps

Wirkstoffe/ Präparate/ Kulturen	Schaderreger	Hinweise	Aufwand	WZ
Carbendazim, 360 g/l Bavistin FL, BAS, Xn, ••• Derosal flüssig, AVO, Xn Winterraps	Sclerotinia sclerotiorum (Weißstengeligk.)	bei Infektionsgefahr bzw. ab Warndiensthinweis	1 l/ha	56
Difenoconazol, 250 g/l Bardos Neu, NAD, Xi Winterraps	Wurzelhals- und Stengelfäule (Phoma lingam)	im Herbst bei Befallsbeginn bzw. bei Sichtbarwerden der ersten Symptome	1 l/ha	F
Guazatin, 398 g/l Radam 60, RPA, Xn, B4 Winterraps	Sclerotinia sclerotiorum	nach Warndienstaufruf	2 l/ha	56
Iprodion, 255 g/l VERISAN, RPA, Xn Winterraps	Alternaria brassicae (Rapsschwärze) Sclerotinia sclerotiorum (Weißstengeligk.)	nach Warndienstaufruf nach Warndienstaufruf	3 l/ha 3 l/ha	56 56
Prochloraz, 400 g/l Sportak, AVO, RPA, Xn ••• Stefes FUNGI, STE, Xn Winterraps	Sclerotinia sclerotiorum (Weißstengeligkeit)	bei Befallsgefahr bzw. nach Warndiensthinweis	1,5 l/ha	56
Prochloraz, 450 g/l Mirage 45 EC, MAC Raps	Sclerotinia sclerotiorum (Weißstengeligkeit)	bei Befallsgefahr bzw. nach Warndiensthinweis	1,5 l/ha	56
Tebuconazol, 251,2 g/l Folicur, BAY, Xn Winterraps Winterraps Winterraps	Alternaria brassicae (Rapsschwärze) Sclerotinia sclerotiorum (Weißstengeligk.) Wurzelhals- und Stengelfäule (Phoma lingam)	nach Warndienstaufruf nach Warndienstaufruf bei Befallsbeginn bis ca. Mitte Oktober	1,5 l/ha 1,5 l/ha 1,5 l/ha	56 56 56
Thiophanat-methyl, 250 g/l, Vinclozolin, 250 g/l				

Wirkstoffe/Präparate/Kulturen	Schaderreger	Aufwand	Hinweise	WZ
Konker R, BAS, Xn, B4				
Winterraps	Sclerotinia sclerotiorum (Weißstengeligk.)	1,5 l/ha	bei Infektionsgefahr bzw. ab Warndiensthinweis	56
Thiophanat-methyl, 500 g/l				
Cercobin FL, BAS, Xn				
Winterraps	Sclerotinia sclerotiorum (Weißstengeligk.)	1 l/ha	bei Infektionsgefahr bzw. ab Warndiensthinweis	56
Thiram, 110 g/kg, Isofenphos, 400 g/kg				
Oftanol T, BAY, T, B3				
Raps	Auflaufkrankheiten	40 g/kg	Beizen l vor der Saat	F
Thiram, 980 g/kg				
TMTD 98% Satec, SAT, Xn, B3				
Raps	Auflaufkrankheiten	4 g/kg	Nach Satec-Spezialverfahren inkrustieren l vor der Saat	F
Vinclozolin, 500 g/kg				
Ronilan WG, BAS, Xn, B4				
Winterraps	Sclerotinia sclerotiorum (Weißstengeligk.)	1,5 kg/ha	nach Warndienstaufruf	56
Vinclozolin, 500 g/l				
Ronilan FL, BAS, SPI/URA, Xn				
Winterraps	Sclerotinia sclerotiorum (Weißstengeligk.)	1,5 l/ha	nach Warndienstaufruf	56

5.4.1.4 Fungizide im Ackerbau/Rüben

Wirkstoffe/Präparate/Kulturen	Schaderreger	Aufwand	Hinweise	WZ
Carbendazim, 125 g/l, Flusilazol, 250 g/l				
HARVESAN, DPB, Xn				
Rüben (Zucker- und Futterrüben)	Cercospora beticola	0,6 l/ha	ab Frühjahr bei Befallsbeginn bzw. bei Sichtbarwerden der ersten Symptome	49
Cyproconazol, 100 g/l				
Alto 100 SL, SAD				
Rüben (Zucker- und Futterrüben)	Ramularia beticola	0,8 l/ha	ab Frühjahr bei Befallsbeginn bzw. bei Sichtbarwerden der ersten Symptome	21
Rüben (Zucker- und Futterrüben)	Rost	0,8 l/ha	ab Frühjahr bei Befallsbeginn bzw. bei Sichtbarwerden der ersten Symptome	21
Rüben (Zucker- und Futterrüben)	Cercospora beticola	0,8 l/ha	ab Frühjahr bei Befallsbeginn bzw. bei Sichtbarwerden der ersten Symptome	21
Rüben (Zucker- und Futterrüben)	Echter Mehltau	0,8 l/ha	ab Frühjahr bei Befallsbeginn bzw. bei Sichtbarwerden der ersten Symptome	21
Difenoconazol, 100 g/l				
Bardos, NAD				
Rüben (Zucker- und Futterrüben)	Echter Mehltau	1 l/ha	bei Befallsbeginn bzw. bei Sichtbarwerden der ersten Symptome	28
Rüben (Zucker- und Futterrüben)	Ramularia beticola	1 l/ha	bei Befallsbeginn bzw. bei Sichtbarwerden der ersten Symptome	28

Kapitel 5.4	Bekämpfung von Pilzkrankheiten		5.4.1.5	Fungizide im Ackerbau/Sonstige
Wirkstoffe/ Präparate/ Kulturen	Schaderreger	Aufwand	Hinweise	WZ
Rüben (Zucker- und Futterrüben)	Cercospora beticola	1 l/ha	bei Befallsbeginn bzw. bei Sichtbarwerden der ersten Symptome	28
Epoxiconazol, 125 g/l Opus, BAS, Xn				
Zuckerrüben	Ramularia beticola	1 l/ha	bei Befallsbeginn bzw. bei Sichtbarwerden der ersten Symptome	28
Zuckerrüben	Echter Mehltau	1 l/ha	bei Befallsbeginn bzw. bei Sichtbarwerden der ersten Symptome	28
Zuckerrüben	Cercospora beticola	1 l/ha	bei Befallsbeginn bzw. bei Sichtbarwerden der ersten Symptome	28
Hymexazol, 700 g/kg Tachigaren 70 W.P., SUD, Xi, B3				
Rüben (Zucker- und Futterrüben)	Aphanomyces-Arten	1 Einheit Saatgut / ha	Mit 25,7 g Mittel/ Einheit hergestelltes Saatgut ausbringen, Einzelkornablage I vor der Saat	F
Rüben (Zucker- und Futterrüben)	Pythium-Arten	1 Einheit Saatgut / ha	Mit 25,7 g Mittel/ Einheit hergestelltes Saatgut ausbringen, Einzelkornablage I vor der Saat	F
Kupferoxychlorid, 756 g/kg BASF-Grünkupfer, BAS ••• Cupravit OB 21, BAY ••• Funguran, URA, SPI ••• Kupfer Konzentrat 45, ASU ••• Kupferkalk Atempo, NEU ••• Kupferspritzmittel Funguran, URA, SPI ••• Kupferspritzmittel Schacht, FSC				
Rüben (Zucker- und Futterrüben)	Cercospora beticola	3 kg/ha	bei Befallsbeginn bzw. bei Sichtbarwerden der ersten Symptome	21
Rübensamenträger	Falscher Mehltau	3 kg/ha	bei Befallsbeginn bzw. bei Sichtbarwerden der ersten Symptome	F
Mancozeb, 800 g/kg Detia Pflanzen - Pilzfrei Plizol, DET, Xi ••• Dithane Ultra Spiess-Urania, SPI, URA, Xi ••• Dithane Ultra WP, RHD, SPI/URA, Xi				
Rüben (Zucker- und Futterrüben)	Auflaufkrankheiten	600 g/dt	Beizen I vor der Saat	F
Thiram, 656,6 g/kg Aatiram, ASU, Xn, B3				
Rüben (Zucker- und Futterrüben)	Auflaufkrankheiten	600 g/dt	Beizen I vor der Saat	F
Thiram, 980 g/kg TMTD 98% Satec, SAT, Xn, B3				
Rüben (Zucker- und Futterrüben)	Auflaufkrankheiten	4 g/kg	Nach Satec-Spezialverfahren inkl. I vor der Saat	F
Triadimenol, 250,7 g/l Bayfidan, BAY, Xn				
Rüben (Zucker- und Futterrüben)	Echter Mehltau	500 ml/ha	bei Befallsbeginn bzw. bei Sichtbarwerden der ersten Symptome	28

5.4.1.5 Fungizide im Ackerbau/Sonstige

Dichlofluanid, 515 g/kg Euparen WG, BAY, Xi, B4 ••• Obst-Spritzmittel WG, CEL, Xi, B4				
Ackerbohnen	Botrytis fabae	2 kg/ha	ab Mitte der Blüte	21

Wirkstoffe/ Präparate/ Kulturen	Schaderreger	Aufwand	Hinweise	WZ
Iprodion, 255 g/l				
Futtererbsen	Botrytis cinerea	2 kg/ha	ab Mitte der Blüte	14
VERISAN, RPA, Xn				
Futtererbsen	Botrytis cinerea	3 l/ha	bei Vollblüte	35
Mancozeb, 450 g/kg, Metalaxyl, 150 g/kg				
Ridomil TK, NAD, Xi				
Tabak	Blauschimmel	2,7 kg/ha	bei Infektionsgefahr ab Warndiensthinweis Pflanzengröße bis 50 cm l bei Infektionsgefahr	F
Tabak	Blauschimmel	* 0,6 kg/ha	bzw. ab Warndiensthinweis	7
Mancozeb, 750 g/kg				
Dithane Ultra WG CIBA-GEIGY, CGD, Xi ••• Dithane Ultra WG Hoechst, AVO, Xi ••• Dithane Ultra WG Spiess-Urania, SPI, Xi ••• Dithane Ultra WG, RHD, AVO/SPI/URA, Xi ••• Stefes MANCOFOL, STE, Xi				
Tabak	Blauschimmel	0,05 %	bei Infektionsgefahr bzw. ab Warndiensthinweis	7
Mancozeb, 800 g/kg				
Detia Pflanzen - Pilzfrei Pilzol, DET, Xi ••• Dithane Ultra Spiess-Urania, SPI, URA, Xi ••• Dithane Ultra WP, RHD, SPI/URA, Xi				
Tabak	Blauschimmel	0,05 %	bei Infektionsgefahr bzw. ab Warndiensthinweis	7
Maneb, 800 g/kg				
BASF-Maneb-Spritzpulver, RHD, BAS, Xi ••• Maneb "Schacht", FSC, Xi				
Tabak	Blauschimmel	0,05 %	bei Infektionsgefahr bzw. ab Warndiensthinweis	F
Tabak	Blauschimmel	0,1 %	bei Infektionsgefahr bzw. ab Warndiensthinweis	7
Propineb, 705 g/kg				
Antracol WG, BAY				
Tabak	Blauschimmel	0,1 %	bei Befallsbeginn bzw. bei Sichtbarwerden der ersten Symptome	7
Tabak, Anzuchtbeete	Blauschimmel	0,05 %	bei Infektionsgefahr bzw. ab Warndiensthinweis	F
Tabak	Blauschimmel	0,05 %	bei Infektionsgefahr bzw. ab Warndiensthinweis	7
Thiabendazol, 240 g/kg, Metalaxyl, 450 g/kg				
Apron T 69, CGD, B3				
Ackerbohnen	Auflaufkrankheiten	150 g/dt	Beizen (Ausbringtechnik: säen) l siehe Auflagen l vor der Saat	F
Thiram, 110 g/kg, Isofenphos, 400 g/kg				
Oftanol T, BAY, T, B3				
Kohlrüben	Auflaufkrankheiten	40 g/kg	Beizen l vor der Saat	F
Markstammkohl (Futterkohl)	Auflaufkrankheiten	40 g/kg	Beizen l vor der Saat	F
Stoppelrüben (Brassica rapa var. rapa)	Auflaufkrankheiten	40 g/kg	Beizen l vor der Saat	F
Thiram, 500 g/l				
Tutan Flüssigbeize, CGD, Xn, B3				
Ackerbohnen	Auflaufkrankheiten	400 ml/dt	Beizen l vor der Saat	F
Thiram, 656,6 g/kg				
Aatiram, ASU, Xn, B3				
Erbsen, Bohnen, Lupinen	Auflaufkrankheiten	300 g/dt	Beizen l vor der Saat	F
Klee, Luzerne, Serradella	Auflaufkrankheiten	400 g/dt	Beizen l vor der Saat	F

Wirkstoffe/ Präparate/ Kulturen	Schaderreger	Aufwand	Hinweise	WZ
Lein	Auflaufkrankheiten	400 g/dt	Beizen I vor der Saat	F
Mohn	Auflaufkrankheiten	600 g/dt	Beizen I vor der Saat	F
Thiram, 980 g/kg				
TMTD 98% Satec, SAT, Xn, B3				
Ackerbohnen	Auflaufkrankheiten	2 g/kg	Nach Satec-Spezialverfahren inkrustieren I vor der Saat	F
Futtererbsen	Auflaufkrankheiten	2 g/kg	Nach Satec-Spezialverfahren inkrustieren I vor der Saat	F
Lein	Auflaufkrankheiten	2 g/kg	Nach Satec-Spezialverfahren inkrustieren I vor der Saat	F
Mohn	Auflaufkrankheiten	4 g/kg	Nach Satec-Spezialverfahren inkrustieren I vor der Saat	F
Senf	Auflaufkrankheiten	4 g/kg	Nach Satec-Spezialverfahren inkrustieren I vor der Saat	F
Sonnenblumen	Auflaufkrankheiten	3 g/kg	Nach Satec-Spezialverfahren inkrustieren I vor der Saat	F
Vinclozolin, 500 g/kg				
Ronilan WG, BAS, Xn, B4				
Rotklee	Sclerotinia trifoliorum (Kleekrebs)	1 kg/ha	Herbst	F

5.4.1.6 Fungizide im Gemüsebau

Wirkstoffe/ Präparate/ Kulturen	Schaderreger	Aufwand	Hinweise	WZ
Chinomethionat, 260 g/kg				
Morestan, BAY, Xi				
Gurken	Echter Mehltau	Freiland	300 g/ha	bei Befallsbeginn bzw. bei Sichtbarwerden der ersten Symptome	4
Gurken	Echter Mehltau	unter Glas	* 300 g/ha	Pflanzengröße bis 50 cm I bei Befallsbeginn bzw. bei Sichtbarwerden der ersten Symptome	4
Kürbis	Echter Mehltau	Freiland	300 g/ha	bei Befallsbeginn bzw. bei Sichtbarwerden der ersten Symptome	4
Schwarzwurzeln	Echter Mehltau	Freiland	300 g/ha	bei Befallsbeginn bzw. bei Sichtbarwerden der ersten Symptome	14
Coniothyrium minitans, 100 g/kg				
Contans WG, PBP, B3				
Kopfsalat	Sclerotinia sclerotiorum und Sclerotinia minor	unter Glas	4 kg/ha	Spritzen mit Einarbeitung I vor dem Pflanzen	F
Dazomet, 970 g/kg				
Basamid Granulat, BAS, COM/AVO, Xn, B3				
Gemüsebau	Kohlhernie und andere bodenbürtige Krankheitserreger	Anzucht- und Topferde	200 g/m³	Streuen und untermischen I vor der Saat	F
Gemüsebau	Kohlhernie und andere bodenbürtige Krankheitserreger	Freiland oder unter Glas	* 40 g/m²	Streuen mit Einarbeitung I mit Einarbeitung auf 20 cm Tiefe I vor der Saat	F

Wirkstoffe/ Präparate/ Kulturen	Schaderreger	Bereich	Aufwand	Hinweise	WZ
Dichlofluanid, 500 g/kg					
Euparen, BAY, Xi, B4					
Gurken	Echter Mehltau	Freiland	1,2 kg/ha	bei Befallsbeginn bzw. bei Sichtbarwerden der ersten Symptome	3
Gurken	Echter Mehltau	unter Glas	* 1,2 kg/ha	bei Sichtbarwerden der ersten Symptome	3
Kopfsalat	Botrytis cinerea	unter Glas	1,2 kg/ha	nach dem Anwachsen	21
Kopfsalat	Botrytis cinerea	Freiland	1,2 kg/ha	nach dem Anwachsen	21
Tomaten	Dürrfleckenkrankheit	Freiland	* 1,2 kg/ha	Pflanzengröße bis 50 cm l bei Befallsbeginn	3
Tomaten	Kraut- und Braunfäule	Freiland	* 1,2 kg/ha	bzw. bei Sichtbarwerden der ersten Symptome	3
Tomaten	Dürrfleckenkrankheit	unter Glas	* 1,2 kg/ha	Pflanzengröße bis 50 cm l bei Befallsbeginn bzw. bei Sichtbarwerden der ersten Symptome	3
Tomaten	Kraut- und Braunfäule	unter Glas	* 1,2 kg/ha	Pflanzengröße bis 50 cm l bei Befallsbeginn bzw. bei Sichtbarwerden der ersten Symptome	3
Tomaten	Botrytis cinerea	Freiland	* 1,2 kg/ha	Pflanzengröße bis 50 cm l bei Befallsbeginn bzw. bei Sichtbarwerden der ersten Symptome	3
Tomaten	Botrytis cinerea	unter Glas	* 1,2 kg/ha	Pflanzengröße bis 50 cm l bei Befallsbeginn bzw. bei Sichtbarwerden der ersten Symptome	3
Zwiebeln	Botrytis squamosa	Freiland	4 kg/ha	bei Befallsbeginn bzw. bei Sichtbarwerden der ersten Symptome	14
Dichlofluanid, 515 g/kg					
Euparen WG, BAY, Xi, B4 ••• Obst-Spritzmittel WG, CEL, Xi, B4					
Gurken	Echter Mehltau	Freiland	1,2 kg/ha	bei Befallsbeginn bzw. bei Sichtbarwerden der ersten Symptome	3
Gurken	Echter Mehltau	unter Glas	* 1,2 kg/ha	bei Sichtbarwerden der ersten Symptome	3
Kopfsalat	Botrytis cinerea	Freiland	1,2 kg/ha	nach dem Anwachsen	21
Tomaten	Botrytis cinerea	Freiland	* 1,2 kg/ha	Pflanzengröße bis 50 cm l bei Befallsbeginn	3
Tomaten	Kraut- und Braunfäule	Freiland	* 1,2 kg/ha	bzw. bei Sichtbarwerden der ersten Symptome	3
Tomaten	Dürrfleckenkrankheit	Freiland	* 1,2 kg/ha	Pflanzengröße bis 50 cm l bei Befallsbeginn bzw. bei Sichtbarwerden der ersten Symptome	3
Zwiebeln	Botrytis squamosa	Freiland	4 kg/ha	bei Befallsbeginn bzw. bei Sichtbarwerden der ersten Symptome	14
Difenoconazol, 100 g/l					
Bardos, NAD					
Spargel	Rost	Freiland	1 l/ha	bei Befallsbeginn bzw. bei Sichtbarwerden der ersten Symptome	F

Wirkstoffe/ Präparate/ Kulturen	Schaderreger	Bereich	Aufwand	Hinweise	WZ
Fenpropimorph, 750 g/l Corbel, BAS, Xn					
Spargel	Laubkrankheit an Spargel (Stemphylium spp.)	Freiland	1 l/ha	bei Befallsbeginn bzw. bei Sichtbarwerden der ersten Symptome	F
Löwenzahn, gesät					
Spargel	Echter Mehltau	Freiland	1 l/ha	bei Befallsbeginn bzw. bei Sichtbarwerden der ersten Symptome	F
Fosetyl, 746 g/kg Aliette, RPA, Xi ••• Spezial-Pilzfrei Aliette, CEL, Xi					
Gurken	Falscher Mehltau	Freiland	3 kg/ha	bei Befallsbeginn bzw. bei Sichtbarwerden der ersten Symptome	4
Gurken	Falscher Mehltau	unter Glas	* 3 kg/ha	Pflanzengröße bis 50 cm l bei Befallsbeginn bzw. bei Sichtbarwerden der ersten Symptome	4
Kopfsalat	Falscher Mehltau	Freiland	3 kg/ha	nach dem Pflanzen	14
Iprodion, 500 g/kg ROVRAL, RPA, Xn					
Kopfsalat	Botrytis cinerea	Freiland	1 kg/ha	nach dem Anwachsen	14
Kopfsalat	Botrytis cinerea	unter Glas	1 kg/ha	nach dem Anwachsen	21
Kopfsalat	Sclerotinia-Arten	unter Glas	1 kg/ha	nach dem Anwachsen	21
Kopfsalat	Sclerotinia-Arten	Freiland	1 kg/ha	nach dem Anwachsen	14
Kupferoxychlorid, 756 g/kg BASF-Grünkupfer, BAS ••• Cupravit OB 21, BAY ••• Funguran, URA, SPI ••• Kupfer Konzentral 45, ASU ••• Kupferkalk Atempo, NEU ••• Kupferspritzmittel Funguran, URA, SPI ••• Kupferspritzmittel Schacht, FSC					
Knollensellerie	Septoria (Blattfleckenkrankheit)	Freiland	3 kg/ha	bei Befallsbeginn bzw. bei Sichtbarwerden der ersten Symptome	14
Spargel	Rost	Ertragsanlagen	3 kg/ha	bei Befallsbeginn bzw. bei Sichtbarwerden der ersten Symptome	F
Spargel	Rost	Junganlagen	3 kg/ha	bei Befallsbeginn bzw. bei Sichtbarwerden der ersten Symptome	F
Tomaten	Dürrfleckenkrankheit	Freiland	* 3 kg/ha	bei Befallsbeginn bzw. bei Sichtbarwerden der ersten Symptome	7
Tomaten	Septoria (Blattfleckenkrankheit)	Freiland	* 3 kg/ha	bei Befallsbeginn bzw. bei Sichtbarwerden der ersten Symptome	7
Tomaten	Stengelfäule	Freiland	* 3 kg/ha	bei Befallsbeginn bzw. bei Sichtbarwerden der ersten Symptome	7
Tomaten	Kraut- und Braunfäule	Freiland	* 3 kg/ha	bei Befallsbeginn bzw. bei Sichtbarwerden der ersten Symptome	7
Lecithin, 488,8 g/l BioBlatt-Mehltaumittel, NEU					
Gurken	Echter Mehltau	unter Glas	* 900 ml/ha	Pflanzengröße bis 50 cm l bei Befallsbeginn bzw. bei Sichtbarwerden der ersten Symptome	3
Gurken	Echter Mehltau	Freiland	900 ml/ha	bei Befallsbeginn bzw. bei Sichtbarwerden der ersten Symptome	3

Bekämpfung von Pilzkrankheiten

5.4.1.6 Fungizide im Gemüsebau

Wirkstoffe/ Präparate/ Kulturen	Schaderreger	Bereich	Aufwand	Hinweise	WZ
Mancozeb, 750 g/kg					
Dithane Ultra WG CIBA-GEIGY, CGD, Xi ••• Dithane Ultra WG Hoechst, AVO, Xi ••• Dithane Ultra WG Spiess-Urania, SPI, Xi ••• Dithane Ultra WG, RHD, AVO/SPI/URA, Xi ••• Stefes MANCOFOL, STE, Xi					
Spargel	Rost	Ertragsanlagen	1,2 kg/ha	bei Befallsbeginn bzw. bei Sichtbarwerden der ersten Symptome	F
Spargel	Rost	Junganlagen	1,2 kg/ha	bei Befallsbeginn bzw. bei Sichtbarwerden der ersten Symptome	F
Mancozeb, 800 g/kg					
Detia Pflanzen - Pilzfrei Pilzol, DET, Xi ••• Dithane Ultra Spiess-Urania, SPI, URA, Xi ••• Dithane Ultra WP, RHD, SPI/URA, Xi					
Spargel	Rost	Ertragsanlagen	1,2 kg/ha	bei Befallsbeginn bzw. bei Sichtbarwerden der ersten Symptome	F
Spargel	Rost	Junganlagen	1,2 kg/ha	bei Befallsbeginn bzw. bei Sichtbarwerden der ersten Symptome	F
Maneb, 800 g/kg					
BASF-Maneb-Spritzpulver, RHD, BAS, Xi ••• Maneb "Schacht", FSC, Xi					
Tomaten	Dürrfleckenkrankheit	Freiland	* 1,8 kg/ha	Pflanzengröße bis 50 cm l bei Infektionsgefahr bzw. ab Warndiensthinweis	14
Tomaten	Kraut- und Braunfäule	Freiland	* 1,8 kg/ha	Pflanzengröße bis 50 cm l bei Infektionsgefahr bzw. ab Warndiensthinweis	14
Metiram, 700 g/kg					
COMPO Pilz-frei Polyram WG, COM, Xi, B4 ••• Gemüse-Spritzmittel Polyram WG, CEL, Xi, B4 ••• Polyram WG, BAS, COM, Xi, B4					
Kopfsalat	Falscher Mehltau	Freiland	1,2 kg/ha	bei Infektionsgefahr bzw. ab Warndiensthinweis	21
Spargel	Rost	Junganlagen	1,2 kg/ha	bei Befallsbeginn bzw. bei Sichtbarwerden der ersten Symptome	F
Spargel	Rost	Ertragsanlagen	1,2 kg/ha	nach dem Stechen	F
Propamocarb, 604 g/l					
Previcur N, AVO					
Gurken	Pseudoperonospora cubensis (Falscher Mehltau)	Freiland	3 l/ha	bei Befallsbeginn bzw. bei Sichtbarwerden der ersten Symptome	4
Gurken	Stengelfäule	unter Glas	0,15 %	Gießen l vor dem UmPflanzen	F
Kopfsalat	Falscher Mehltau	Freiland	1,5 l/ha	nach dem Pflanzen	F
Radies	Falscher Mehltau	unter Glas	* 10 ml/kg	Beizen (Ausbringtechnik: säen) und spritzen l beizen l vor der Saat	21
Radies	Falscher Mehltau	Freiland	* 10 ml/kg	Beizen (Ausbringtechnik: säen) und spritzen l beizen l vor der Saat	14
Tomaten	Phytophthora nicotianae	unter Glas	0,15 %	Gießen l vor dem UmPflanzen	F
Propineb, 705 g/kg					
Antracol WG, BAY					
Knollensellerie	Septoria (Blattfleckenkrankheit)	Freiland	1,5 kg/ha	bei Befallsbeginn bzw. bei Sichtbarwerden der ersten Symptome	28
Tomaten	Kraut- und Braunfäule	Freiland	* 1,2 kg/ha	Pflanzengröße bis 50 cm l bei Infektionsgefahr bzw. ab Warndiensthinweis	7

Wirkstoffe / Präparate / Kulturen	Schaderreger	Bereich	Aufwand	Hinweise	WZ
Schwefel, 796 g/kg					
Tomaten	Dürrfleckenkrankheit	Freiland	*1,2 kg/ha	Pflanzengröße bis 50 cm I bei Befallsbeginn bzw. bei Sichtbarwerden der ersten Symptome	7
Cosan 80 Netzschwefel, AVO, B4 ••• Netz-Schwefelit, NEU, B4 ••• Netzschwefel "Schacht", FSC, B4 ••• Netzschwefel Stulln, JUL, B4 ••• Stefes INSTANT, STE, B4					
Erbsen	Echter Mehltau	Freiland	1,5 kg/ha	bei Befallsbeginn bzw. bei Sichtbarwerden der ersten Symptome	7
Gurken	Echter Mehltau	Freiland	1,5 kg/ha	bei Befallsbeginn bzw. bei Sichtbarwerden der ersten Symptome	3
Schwefel, 800 g/kg					
Asulfa WG, ASU, B4 ••• COMPO Mehltau-frei Kumulus WG, COM, B4 ••• HORA Thiovit, HOR, B4 ••• Kumulus WG, BAS, B4 ••• Netz-Schwefelit WG, NEU, B4 ••• Netzschwefel WG, CEL, B4 ••• Sufran WG, SPI, URA, B4 ••• THIOVIT, NAD, B4					
Erbsen	Echter Mehltau	Freiland	1,5 kg/ha	bei Befallsbeginn bzw. bei Sichtbarwerden der ersten Symptome	7
Gurken	Echter Mehltau	Freiland	1,5 kg/ha	bei Befallsbeginn bzw. bei Sichtbarwerden der ersten Symptome	3
Thiabendazol, 240 g/kg, Metalaxyl, 450 g/kg					
Apron T 69, CGD, B3					
Erbsen	Auflaufkrankheiten	Freiland	150 g/dt	Beizen (Ausbringtechnik; säen) I siehe Auflagen I vor der Saat	F
Thiram, 500 g/l					
Tutan Flüssigbeize, CGD, Xn, B3					
Erbsen	Auflaufkrankheiten	Freiland	400 ml/dt	Beizen I vor der Saat	F
Thiram, 656,6 g/kg					
Aatiram, ASU, Xn, B3					
Gemüsesaatgut, ausgenommen Kresse, Zwiebeln, Gurken, Mohn	Auflaufkrankheiten	Freiland	3 g/kg	Beizen I vor der Saat	F
Gurken	Auflaufkrankheiten	Freiland	5 g/kg	Beizen I vor der Saat	F
Zwiebeln, Mohn	Auflaufkrankheiten	Freiland	6 g/kg	Beizen I vor der Saat	F
Thiram, 98 g/kg					
Aapirol Staub, ASU, Xn, B3					
Endivie	Botrytis cinerea	unter Glas	10 g/m²	Stäuben I bis 7 Tage nach dem Pflanzen	42
Kopfsalat	Botrytis cinerea	unter Glas	10 g/m²	Stäuben I bis 7 Tage nach dem Pflanzen	42
Thiram, 980 g/kg					
TMTD 98% Satec, SAT, Xn, B3					
Saatgut von Bohnen, Erbsen, Spinat, Salat	Auflaufkrankheiten	Freiland	2 g/kg	Nach Satec-Spezialverfahren inkrustieren I vor der Saat	F
Saatgut von Kohl, Zwiebeln, Radies, Pastinak, Kohlrüben, Rettich, Rote Beete, Gurken, Sellerie, Möhren, Tomaten	Auflaufkrankheiten	Freiland	4 g/kg	Nach Satec-Spezialverfahren inkrustieren I vor der Saat	F

Wirkstoffe/Präparate/Kulturen	Schaderreger	Bereich	Aufwand	Hinweise	WZ
Tolylfluanid, 505 g/kg					
Euparen M WG, BAY, Xi					
Salat, gepflanzt	Botrytis cinerea	Freiland	1,2 kg/ha	nach dem Anwachsen	21
Triadimenol, 250.7 g/l					
Bayfidan, BAY, Xn					
Porree	Rost	Freiland	0,5 l/ha	bei Befallsbeginn bzw. bei Sichtbarwerden der ersten Symptome	28
Triadimenol, 52 g/kg					
Bayfidan spezial WG, BAY					
Gurken	Echter Mehltau	Freiland	600 g/ha	bei Befallsbeginn bzw. bei Sichtbarwerden der ersten Symptome	3
Triforin, 190 g/l					
Pilzfrei Saprol Neu, CEL, Xi ••• SAPROL NEU, CYD, Xi ••• Tarsol Neu, AVO, Xi					
Gurken	Echter Mehltau	Freiland	900 ml/ha	bei Befallsbeginn bzw. bei Sichtbarwerden der ersten Symptome	3
Gurken	Echter Mehltau	unter Glas	* 900 ml/ha	Pflanzengröße bis 50 cm I bei Befallsbeginn bzw. bei Sichtbarwerden der ersten Symptome	3
Vinclozolin, 500 g/kg					
Ronilan WG, BAS, Xn, B4					
Buschbohnen	Botrytis cinerea	Freiland	1 kg/ha	Beginn der Blüte	7
Buschbohnen	Sclerotinia sclerotiorum	Freiland	1 kg/ha	Beginn der Blüte	7
Chinakohl	Alternaria-Blattfleckenkrankheit	Freiland	1 kg/ha	Tropfnaß spritzen I bei Befallsbeginn bzw. bei Sichtbarwerden der ersten Symptome	14
Kopfsalat	Sclerotinia-Arten	Freiland	3 kg/ha	5-7 Tage nach dem Pflanzen	35
Kopfsalat	Botrytis cinerea	unter Glas	2 kg/ha	5-7 Tage nach dem Pflanzen	35
Kopfsalat	Sclerotinia-Arten	unter Glas	2 kg/ha	5-7 Tage nach dem Pflanzen	35
Kopfsalat	Botrytis cinerea	Freiland	3 kg/ha	5-7 Tage nach dem Pflanzen	35
Stangenbohnen	Sclerotinia sclerotiorum	unter Glas	1 kg/ha	Beginn der Blüte	7
Stangenbohnen	Botrytis cinerea	unter Glas	1 kg/ha	Beginn der Blüte	7

5.4.1.7 Fungizide im Obstbau

Wirkstoffe/Präparate/Kulturen	Schaderreger	Bereich	Aufwand	Hinweise	WZ
Benomyl, 524 g/kg					
Du Pont Benomyl, DPB, AVO/SPI, Xn, F					
Kernobst	Pilzliche Lagerfäulen		0,03 %	Spritzen oder sprühen I vor der Ernte	7
Bitertanol, 250 g/kg					
Baycor-Spritzpulver, BAY					
Kernobst	Schorf		0,05 %	Spritzen oder sprühen I bei Infektionsgefahr bzw. ab Warndiensthinweis	14
Kirschen	Monilia-Spitzendürre		0,15 %	Spritzen oder sprühen I Beginn der Blüte	21

Wirkstoffe/ Präparate/ Kulturen	Schaderreger	Aufwand	Hinweise	WZ
Captan, 832 g/kg Malvin, TOM, Xn				
Kernobst	Schorf	0,6 kg/ha und je 1 m Kronenhöhe	Spritzen oder sprühen I bei Infektionsgefahr bzw. ab Warndiensthinweis	21
Chinomethionat, 260 g/kg Morestan, BAY, Xi				
Kernobst	Echter Mehltau	0,03 %	Spritzen oder sprühen I bei Befallsbeginn bzw. bei Sichtbarwerden der ersten Symptome	14
Stachelbeeren	Amerikanischer Stachelbeermehltau	0,03 %	Spritzen oder sprühen I bei Befallsbeginn bzw. bei Sichtbarwerden der ersten Symptome	14
Cyprodinil, 500 g/kg Chorus, NAD, SPI/URA				
Kernobst	Schorf	0,15 kg/ha und je 1 m Kronenhöhe	Spritzen oder sprühen I bei Infektionsgefahr bzw. ab Warndiensthinweis	F
Dichlofluanid, 500 g/kg Euparen, BAY, Xi, B4				
Brombeeren	Botrytis cinerea	0,2 %	Spritzen oder sprühen I Beginn der Blüte	14
Erdbeeren	Lederbeerenfäule (Phytophthora cactorum)	0,25 %	Spritzen mit Dreidüsengabel I Beginn der Blüte	12
Erdbeeren	Botrytis cinerea	0,25 %	Spritzen mit Dreidüsengabel I Beginn der Blüte	12
Himbeeren	Botrytis cinerea	0,2 %	Spritzen oder sprühen I Beginn der Blüte	14
Johannisbeeren	Blattfallkrankheit	0,2 %	Spritzen oder sprühen I nach der Blüte	14
Kernobst	Pilzliche Lagerfäulen	0,15 %	Spritzen oder sprühen I vor der Ernte	7
Kernobst	Schorf	0,15 %	Spritzen oder sprühen I bei Infektionsgefahr bzw. ab Warndiensthinweis	7
Pfirsiche	Kräuselkrankheit	0,15 %	Spritzen oder sprühen I beim Knospenschwellen	F
Dichlofluanid, 515 g/kg Euparen WG, BAY, Xi, B4 Obst-Spritzmittel WG, CEL, Xi, B4				
Brombeeren	Botrytis cinerea	0,2 %	Spritzen oder sprühen I Beginn der Blüte	14
Erdbeeren	Lederbeerenfäule (Phytophthora cactorum)	0,25 %	Spritzen mit Dreidüsengabel I Beginn der Blüte	12
Erdbeeren	Botrytis cinerea	0,25 %	Spritzen mit Dreidüsengabel I Beginn der Blüte	12
Himbeeren	Botrytis cinerea	0,2 %	Spritzen oder sprühen I Beginn der Blüte	14
Johannisbeeren	Blattfallkrankheit	0,2 %	Spritzen oder sprühen I nach der Blüte	14
Kernobst	Pilzliche Lagerfäulen	0,15 %	Spritzen oder sprühen I vor der Ernte	7
Kernobst	Schorf	0,15 %	Spritzen oder sprühen I bei Infektionsgefahr bzw. ab Warndiensthinweis	7
Pfirsiche	Kräuselkrankheit	0,15 %	Spritzen oder sprühen I beim Knospenschwellen	F
Dithianon, 750 g/l Delan SC 750, CYD, Xn				

Wirkstoffe/ Präparate/ Kulturen	Schaderreger	Aufwand	Hinweise	WZ
Fenarimol, 120 g/l				
COMPO Rosen-Schutz N, COM, Xn, B4 ••• Curol, SPI, URA, Xn, B4 ••• Elital, DOW ••• Rubigan, DOW, SPI/URA, Xn, B4 ••• Pilzfrei Saprol F, CEL, Xn, B4 ••• Rubigan SC, DOW, URA				
Kernobst	Schorf	0,05 %	Spritzen oder sprühen l bei Infektionsgefahr bzw. ab Warndiensthinweis	21
Kirschen	Sprühfleckenkrankheit	0,05 %	Spritzen oder sprühen l bei Befallsbeginn bzw. bei Sichtbarwerden der ersten Symptome	28
Kernobst	Schorf	0,03 %	Spritzen oder sprühen l bei Infektionsgefahr bzw. ab Warndiensthinweis	21
Äpfel	Echter Mehltau	0,03 %	Spritzen oder sprühen l bei Befallsbeginn bzw. bei Sichtbarwerden der ersten Symptome	21
Fludioxonil, 250 g/kg, Cyprodinil, 375 g/kg				
SWITCH, NAD				
Erdbeeren	Botrytis cinerea	1 kg/ha	Spritzen mit Dreidüsengabel l Beginn der Blüte	7
Fluquinconazol, 50 g/l, Pyrimethanil, 200 g/l				
Vision, AVO, Xn				
Kernobst	Schorf	0,5 l/ha und je 1 m Kronenhöhe	Spritzen oder sprühen l bei Infektionsgefahr bzw. ab Warndiensthinweis	28
Kernobst	Echter Mehltau	0,5 l/ha und je 1 m Kronenhöhe	Spritzen oder sprühen l bei Befallsbeginn bzw. bei Sichtbarwerden der ersten Symptome/Schadorganismen	28
Flusilazol, 200 g/l				
Benocap, DPB, CYD, Xn				
Kernobst	Schorf	0,0625 kg/ha und je 1 m Kronenhöhe	Spritzen oder sprühen l bei Infektionsgefahr bzw. ab Warndiensthinweis	28
Fosetyl, 746 g/kg				
Aliette, RPA, Xi ••• Spezial-Pilzfrei Aliette, CEL, Xi				
Erdbeeren	Rhizomfäule (Phytophthora cactorum)	0,5 %	Tauchen l bei Befallsgefahr	F
Erdbeeren	Rhizomfäule (Phytophthora cactorum)	1 %	bei Befallsgefahr	F
Erdbeeren	Phythophthora fragariae	1 %	bei Befallsgefahr	F
Iprodion, 500 g/kg				
ROVRAL, RPA, Xn				
Erdbeeren	Botrytis cinerea	0,1 %	Spritzen mit Dreidüsengabel l Beginn der Blüte	10
Kresoxim-methyl, 500 g/kg				
Discus, BAS, Xn				
Kernobst	Echter Mehltau	0,0625 kg/ha und je 1 m Kronenhöhe	Spritzen oder sprühen l bei Befallsbeginn bzw. bei Sichtbarwerden der ersten Symptome	35
Kernobst	Schorf	0,0625 kg/ha und je 1 m Kronenhöhe	Spritzen oder sprühen l bei Infektionsgefahr bzw. ab Warndiensthinweis	35

Wirkstoffe/ Präparate/ Kulturen	Schaderreger	Aufwand	Hinweise	WZ
Kupferhydroxid, 691 g/kg Cuprozin WP, URA, B4 ••• Funguran-OH, URA, SPI, B4				
Kernobst	Obstbaumkrebs		bei Befall	F
Kupferoxychlorid, 424 g/kg, Schwefel, 153 g/kg Kupfer 83 V, URA, SPI/DOW, B4				
Kernobst	Schorf	2,5 kg/ha und je 1 m Kronenhöhe	Spritzen oder sprühen | bei Infektionsgefahr bzw. ab Warndiensthinweis	F
Kupferoxychlorid, 756 g/kg BASF-Grünkupfer, BAS ••• Cupravit OB 21, BAY ••• Funguran, URA, SPI ••• Kupfer Konzentrat 45, ASU ••• Kupferkalk Atempo, NEU ••• Kupferspritzmittel Funguran, URA, SPI ••• Kupferspritzmittel Schacht, FSC				
Erdbeeren	Rotfleckenkrankheit	0,5 %	vor der Blüte	F
Erdbeeren	Weißfleckenkrankheit	0,5 %	vor der Blüte	F
Kernobst	Schorf	0,3 %	Spritzen oder sprühen | bei Infektionsgefahr bzw. ab Warndiensthinweis	F
Kernobst	Kragenfäule	0,5 %	Spritzen oder sprühen | vor der Blüte	F
Kernobst	Obstbaumkrebs	0,5 %	Spritzen oder sprühen | bei Blattfall	F
Pfirsiche	Kräuselkrankheit	0,5 %	Spritzen oder sprühen | siehe Erläuterungen	F
Steinobst	Schrotschuß	0,5 %	Spritzen oder sprühen | vor der Blüte	F
Steinobst	Ast- und Baumsterben (Valsa leuco-stoma)	0,5 %	Spritzen oder sprühen | vor der Blüte	F
Lecithin, 488,8 g/l BioBlatt-Mehltaumittel, NEU				
Stachelbeeren	Echter Mehltau	0,15 %	Spritzen oder sprühen | bei Befallsbeginn bzw. bei Sichtbarwerden der ersten Symptome	7
Äpfel	Echter Mehltau	0,75 l/ha und je 1 m Kronenhöhe	Spritzen oder sprühen | bei Befallsbeginn bzw. bei Sichtbarwerden der ersten Symptome	7
Mancozeb, 600 g/kg, Penconazol, 25 g/kg Omnex plus, CGD, Xi, B4				
Kernobst	Schorf	0,5 kg/ha und je 1 m Kronenhöhe	Spritzen oder sprühen | bei Infektionsgefahr bzw. ab Warndiensthinweis	28
Äpfel	Echter Mehltau	0,5 kg/ha und je 1 m Kronenhöhe	Spritzen oder sprühen | bei Befallsbeginn bzw. bei Sichtbarwerden der ersten Symptome	28
Mancozeb, 750 g/kg Dithane Ultra WG CIBA-GE|GY, CGD, Xi ••• Dithane Ultra WG Hoechst, AVO, Xi ••• Dithane Ultra WG Spiess-Urania, SPI, Xi ••• Dithane Ultra WG, RHD, AVO/SPI/URA, Xi ••• Stefes MANCOFOL, STE, Xi				
Kernobst	Schorf	1 kg/ha und je 1 m Kronenhöhe	Spritzen oder sprühen | bei Infektionsgefahr bzw. ab Warndiensthinweis	28
Pflaumen	Rost	1 kg/ha und je 1 m Kronenhöhe	Spritzen oder sprühen | bei Befallsbeginn bzw. bei Sichtbarwerden der ersten Symptome	28
Zwetschen	Narren- oder Taschenkrankheit	1 kg/ha und je 1 m Kronenhöhe	Spritzen oder sprühen | bei Blüte	28

Wirkstoffe/ Präparate/ Kulturen	Schaderreger	Aufwand	Hinweise	WZ
Mancozeb, 800 g/kg Detia Pflanzen - Pilzfrei Pilzol, DET, Xi ••• Dithane Ultra Spiess-Urania, SPI, URA, Xi ••• Dithane Ultra WP, RHD, SPI/URA, Xi				
Kernobst	Schorf	1 kg/ha und je 1 m Kronenhöhe	Spritzen oder sprühen I bei Infektionsgefahr bzw. ab Warndiensthinweis	28
Steinobst	Schorf	1 kg/ha und je 1 m Kronenhöhe	Spritzen oder sprühen I bei Infektionsgefahr bzw. ab Warndiensthinweis	28
Metiram, 700 g/kg COMPO Pilz-frei Polyram WG, COM, Xi, B4 ••• Gemüse-Spritzmittel Polyram WG, CEL, Xi, B4 ••• Polyram WG, BAS, COM, Xi, B4				
Kernobst	Schorf	0,15 %	Spritzen oder sprühen I bei Infektionsgefahr bzw. ab Warndiensthinweis	28
Pflaumen	Rost	0,2 %	Spritzen oder sprühen I bei Befallsbeginn bzw. bei Sichtbarwerden der ersten Symptome	28
Myclobutanil, 60 g/kg Systhane 6W, RHD, Xi				
Erdbeeren	Echter Mehltau	1,5 kg/ha	bei Befallsbeginn bzw. bei Sichtbarwerden der ersten Symptome	14
Kernobst	Schorf	0,375 kg/ha und je 1 m Kronenhöhe	Spritzen oder sprühen I bei Infektionsgefahr bzw. ab Warndiensthinweis	14
Kirschen	Monilia-Spitzendürre	0,75 kg/ha und je 1 m Kronenhöhe	Spritzen oder sprühen I Beginn der Blüte	21
Äpfel	Echter Mehltau	0,5 kg/ha und je 1 m Kronenhöhe	Spritzen oder sprühen I bei Sichtbarwerden der ersten Symptome	14
Penconazol, 100 g/kg Omnex, CGD				
Äpfel	Echter Mehltau	0,025 %	Spritzen oder sprühen I bei Befallsbeginn bzw. bei Sichtbarwerden der ersten Symptome	14
Propineb, 705 g/kg Antracol WG, BAY				
Kernobst	Schorf	0,75 kg/ha und je 1 m Kronenhöhe	Spritzen oder sprühen I bei Infektionsgefahr bzw. ab Warndiensthinweis	28
Kirschen	Sprühfleckenkrankheit	0,75 kg/ha und je 1 m Kronenhöhe	Spritzen oder sprühen I bei Sichtbarwerden der ersten Symptome	28
Steinobst	Schrotschuß	0,75 kg/ha und je 1 m Kronenhöhe	Spritzen oder sprühen I bei Befallsbeginn bzw. bei Sichtbarwerden der ersten Symptome	28
Pyrimethanil, 400 g/l Scala, AVO				
Erdbeeren	Botrytis cinerea	0,125 %	Spritzen mit Dreidüsengabel I Beginn der Blüte	7
Kernobst	Schorf	0,375 l/ha und je 1 m Kronenhöhe	Spritzen oder sprühen I bei Infektionsgefahr bzw. ab Warndiensthinweis	21
Schwefel, 796 g/kg Cosan 80 Netzschwefel, AVO, B4 ••• Netz-Schwefel, NEU, B4 ••• Netzschwefelit, FSC, B4 ••• Netzschwefel 80 WP, ASU, B4 ••• Netzschwefel Stulln, JUL, B4 ••• Stefes INSTANT, STE, B4				

Wirkstoffe/ Präparate/ Kulturen	Schaderreger	Aufwand	Hinweise	WZ
Kernobst	Echter Mehltau	* 3,5 kg/ha und je 1 m Kronenhöhe	Spritzen oder sprühen I vor der Blüte I bei Befallsbeginn bzw. bei Sichtbarwerden der ersten Symptome	7
Kernobst	Schorf	* 3,5 kg/ha und je 1 m Kronenhöhe	Spritzen oder sprühen I vor der Blüte I bei Infektionsgefahr bzw. ab Warndiensthinweis	7
Stachelbeeren	Amerikanischer Stachelbeermehltau	* 0,5 %	Spritzen oder sprühen I vor Austrieb I bei Befallsbeginn bzw. bei Sichtbarwerden der ersten Symptome	7
Schwefel, 800 g/kg Asulfa WG, ASU, B4 ••• COMPO Mehltau-frei Kumulus WG, COM, B4 ••• HORA Thiovit, HOR, B4 ••• Netzschwefel WG, CEL, B4 ••• Sufran WG, SPI, URA, B4 ••• THIOVIT, NAD, B4 ••• Kumulus WG, BAS, B4 ••• Netz-Schwefelit WG, NEU, B4				
Kernobst	Echter Mehltau	* 3,5 kg/ha und je 1 m Kronenhöhe	Spritzen oder sprühen I vor der Blüte I bei Befallsbeginn bzw. bei Sichtbarwerden der ersten Symptome	7
Kernobst	Schorf	* 3,5 kg/ha und je 1 m Kronenhöhe	Spritzen oder sprühen I vor der Blüte I bei Infektionsgefahr bzw. ab Warndiensthinweis	7
Stachelbeeren	Amerikanischer Stachelbeermehltau	* 0,5 %	Spritzen oder sprühen I vor Austrieb I bei Befallsbeginn bzw. bei Sichtbarwerden der ersten Symptome	7
Thiophanat-methyl, 500 g/l Cercobin FL, BAS, Xn				
Kernobst	Pilzliche Lagerfäulen	0,07 %	Spritzen oder sprühen I vor der Ernte	10
Tolylfluanid, 500 g/kg Euparen M. BAY, Xn, B4				
Kernobst	Pilzliche Lagerfäulen	0,15 %	Spritzen oder sprühen I vor der Ernte	7
Kernobst	Schorf	0,15 %	Spritzen oder sprühen I bei Infektionsgefahr bzw. ab Warndiensthinweis	7
Tolylfluanid, 505 g/kg Euparen M WG, BAY, Xi				
Kernobst	Schorf	0,75 kg/ha und je 1 m Kronenhöhe	Spritzen oder sprühen I bei Infektionsgefahr bzw. ab Warndiensthinweis	7
Kernobst	Pilzliche Lagerfäulen	0,75 kg/ha und je 1 m Kronenhöhe	Spritzen oder sprühen I vor der Ernte	7
Triadimenol, 52 g/kg Bayfidan spezial WG, BAY				
Äpfel	Echter Mehltau	0,05 %	Spritzen oder sprühen I bei Befallsbeginn bzw. bei Sichtbarwerden der ersten Symptome	14
Triforin, 190 g/l Pilzfrei Saprol Neu, CEL, Xi ••• SAPROL NEU, CYD, Xi ••• Tarsol Neu, AVO, Xi				
Johannisbeeren und Stachelbeeren	Amerikanischer Stachelbeermehltau	0,15 %	Spritzen oder sprühen I bei Befallsbeginn bzw. bei Sichtbarwerden der ersten Symptome	14

Wirkstoffe/ Präparate/ Kulturen	Schaderreger	Aufwand	Hinweise	WZ
	Schorf	0,125 %	Spritzen oder sprühen I bei Infektionsgefahr bzw. ab Warndiensthinweis	14
Kirschen	Monilia	0,15 %	Spritzen oder sprühen I Beginn der Blüte	7
Kirschen	Sprühfleckenkrankheit	0,15 %	Spritzen oder sprühen I bei Befallsbeginn bzw. bei Sichtbarwerden der ersten Symptome	7
Pflaumen	Rost	0,15 %	Spritzen oder sprühen I bei Befallsbeginn bzw. bei Sichtbarwerden der ersten Symptome	7
Äpfel	Echter Mehltau	0,125 %	Spritzen oder sprühen I bei Befallsbeginn bzw. bei Sichtbarwerden der ersten Symptome	14
Vinclozolin, 500 g/kg Ronilan WG, BAS, Xn, B4				
Erdbeeren	Botrytis cinerea	2 kg/ha	Spritzen mit Dreidüsengabel I Beginn der Blüte	10
Kirschen	Monilia-Spitzendürre	0,5 kg/ha und je 1 m Kronenhöhe	Spritzen oder sprühen I Beginn der Blüte	56

5.4.1.8   Fungizide im Weinbau

Wirkstoffe/ Präparate/ Kulturen	Schaderreger	Aufwand	Hinweise	WZ
8-Hydroxichinolin, 1 g/kg PP 140 F, ASU, B3 Weinreben, Pfropfreben (Unterlagen und Edelreiser)	Botrytis cinerea	5 kg / 1000 Veredelungen	Tauchen in unverdünntes Präparat I vor dem Einschulen	N
Carbendazim, 250 g/kg, Diethofencarb, 250 g/kg Botrylon, AVO, Xn Weinreben	Botrytis cinerea an Reben	0,125 %	Spritzen oder sprühen I bei Infektionsgefahr bzw. ab Warndiensthinweis	35
Dichlofluanid, 400 g/kg, Tebuconazol, 100 g/kg Folicur E, BAY, Xi Weinreben	Traubenbotrytis	0,25 %	Spritzen oder sprühen I bei Infektionsgefahr bzw. ab Warndiensthinweis	35
Weinreben, Ertragsanlagen	Rebenperonospora	0,25 %	Spritzen oder sprühen I bei Infektionsgefahr bzw. ab Warndiensthinweis	35
Weinreben, Ertragsanlagen	Echter Mehltau an Wein (Uncinula necator)	0,25 %	Spritzen oder sprühen I bei Befallsbeginn bzw. bei Sichtbarwerden der ersten Symptome	35
Dichlofluanid, 500 g/kg Euparen, BAY, Xi, B4 Weinreben	Roter Brenner	0,2 %	Spritzen oder sprühen I bei Infektionsgefahr bzw. ab Warndiensthinweis	35
Weinreben	Traubenbotrytis	0,2 %	Spritzen oder sprühen I bei Infektionsgefahr bzw. ab Warndiensthinweis	35
Weinreben, Ertragsanlagen	Rebenperonospora	0,15 %	Spritzen oder sprühen I bei Infektionsgefahr bzw. ab Warndiensthinweis	35
Weinreben, Junganlagen	Rebenperonospora	0,15 %	Spritzen oder sprühen I bei Infektionsgefahr bzw. ab Warndiensthinweis	F

Wirkstoffe/ Präparate/ Kulturen	Schaderreger	Aufwand	Hinweise	WZ
Dichlofluanid, 515 g/kg Euparen WG, BAY, Xi, B4 Obst-Spritzmittel WG, CEL, Xi, B4				
Weinreben	Roter Brenner	0,2 %	Spritzen oder sprühen I bei Infektionsgefahr bzw. ab Warndiensthinweis	35
Weinreben, Ertragsanlagen	Rebenperonospora	0,15 %	Spritzen oder sprühen I bei Infektionsgefahr bzw. ab Warndiensthinweis	35
Weinreben, Ertragsanlagen	Traubenbotrytis	0,2 %	Spritzen oder sprühen I bei Befallsbeginn bzw. bei Sichtbarwerden der ersten Symptome	35
Weinreben, Junganlagen	Rebenperonospora	0,15 %	Spritzen oder sprühen I bei Infektionsgefahr bzw. ab Warndiensthinweis	F
Dimethomorph, 150 g/l FORUM, CYD, Xn				
Weinreben, Ertragsanlagen	Rebenperonospora	0,12 %	Spritzen oder sprühen I bei Infektionsgefahr bzw. ab Warndiensthinweis	35
Weinreben, Junganlagen	Rebenperonospora	0,12 %	Spritzen oder sprühen I bei Infektionsgefahr bzw. ab Warndiensthinweis	F
Dithianon, 250 g/kg, Cymoxanil, 100 g/kg Aktuan, CYD, Xi				
Weinreben	Roter Brenner	0,125 %	Spritzen oder sprühen I bei Infektionsgefahr bzw. ab Warndiensthinweis	35
Weinreben	Phomopsis viticola	0,125 %	Spritzen oder sprühen I bei Befallsbeginn bzw. bei Sichtbarwerden der ersten Symptome	35
Weinreben, Ertragsanlagen	Rebenperonospora	0,125 %	Spritzen oder sprühen I bei Infektionsgefahr bzw. ab Warndiensthinweis	35
Weinreben, Junganlagen	Rebenperonospora	0,125 %	Spritzen oder sprühen I bei Infektionsgefahr bzw. ab Warndiensthinweis	F
Dithianon, 333 g/l, Cymoxanil, 200 g/l Aktuan SC, CYD, Xn				
Weinreben	Roter Brenner	0,1 %	Spritzen oder sprühen I bei Infektionsgefahr bzw. ab Warndiensthinweis	35
Weinreben	Phomopsis viticola	0,1 %	Spritzen oder sprühen I bei Befallsbeginn bzw. bei Sichtbarwerden der ersten Symptome	35
Weinreben	Rebenperonospora	0,05 %	Spritzen oder sprühen I bei Infektionsgefahr bzw. ab Warndiensthinweis	35
Dithianon, 750 g/l Delan SC 750, CYD, Xn				
Weinreben	Roter Brenner	0,075 %	Spritzen oder sprühen I bei Infektionsgefahr bzw. ab Warndiensthinweis	42
Weinreben	Rebenperonospora	0,05 %	Spritzen oder sprühen I bei Infektionsgefahr bzw. ab Warndiensthinweis	42

Wirkstoffe/ Präparate/ Kulturen	Schaderreger	Aufwand	Hinweise	WZ
Weinreben	Schwarzfleckenkrankheit	0,075 %	Spritzen oder sprühen I bei Befallsbeginn bzw. bei Sichtbarwerden der ersten Symptome	42
Fenarimol, 120 g/l Elital, DOW ••• RUBIGAN SC, DOW, URA Weinreben, Ertragsanlagen	Echter Mehltau	0,013 %	Spritzen oder sprühen I bei Befallsbeginn bzw. bei Sichtbarwerden der ersten Symptome	35
Fludioxonil, 250 g/kg, Cyprodinil, 375 g/kg SWITCH, NAD Weinreben	Traubenbotrytis	0,06 %	Spritzen oder sprühen I bei Infektionsgefahr bzw. ab Warndiensthinweis	35
Fluquinconazol, 250 g/kg Castellan, AVO, Xn Weinreben	Echter Mehltau an Wein (Uncinula necator)	0,02 %	Spritzen oder sprühen I bei Befallsbeginn bzw. bei Sichtbarwerden der ersten Symptome	42
Iprodion, 500 g/kg ROVRAL, RPA, Xn Weinreben	Botrytis cinerea an Reben	0,075 %	Spritzen oder sprühen I bei Infektionsgefahr bzw. ab Warndiensthinweis	28
Kresoxim-methyl, 500 g/kg Discus, BAS, Xn Weinreben	Echter Mehltau an Wein (Uncinula necator)	0,015 %	Spritzen oder sprühen I nach Befallsbeginn oder ab Warndienstaufruf	35
Kupferoxychlorid, 261,3 g/kg Kupferkalk Spiess-Urania, SPI, URA Weinreben, Ertragsanlagen	Rebenperonospora	1 %	Spritzen oder sprühen I bei Infektionsgefahr bzw. ab Warndiensthinweis	35
Kupferoxychlorid, 284 g/kg Kupferkalk Bayer, BAY, B4 ••• Kupferkalk Ciba-Geigy, CGD, B4 ••• Kupferkalk Hoechst, HOE, B4 ••• Kupferkalk Wacker, WAC, B4 Weinreben, Ertragsanlagen	Rebenperonospora	1 %	Spritzen oder sprühen I bei Infektionsgefahr bzw. ab Warndiensthinweis	35
Kupferoxychlorid, 424 g/kg, Schwefel, 153 g/kg Kupfer 83 V, URA, SPI/DOW, B4 Weinreben	Rebenperonospora	0,5 %	Spritzen oder sprühen I bei Infektionsgefahr bzw. ab Warndiensthinweis	35
Weinreben	Echter Mehltau an Wein (Uncinula necator)	0,5 %	Spritzen oder sprühen I bei Befallsbeginn bzw. bei Sichtbarwerden der ersten Symptome	35
Kupferoxychlorid, 756 g/kg BASF-Grünkupfer, BAS ••• Cupravit OB 21, BAY ••• Funguran, URA, SPI ••• Kupfer Konzentrat 45, ASU ••• Kupferkalk Atempo, NEU ••• Kupferspritzmittel Funguran, URA, SPI ••• Kupferspritzmittel Schacht, FSC Weinreben, Ertragsanlagen	Rebenperonospora	0,5 %	Spritzen oder sprühen I bei Infektionsgefahr bzw. ab Warndiensthinweis	35

Wirkstoffe/ Präparate/ Kulturen	Schaderreger	Aufwand	Hinweise	WZ
Kupferoxychlorid, 757 g/l Kupfer-flüssig 450 FW, WAC, DOW, Xn, B4				
Weinreben, Ertragsanlagen	Rebenperonospora	0,15 %	Keine Angabe	35
Kupferoxychlorid, 852 g/kg Cuprasol, SPI, URA, B4				
Weinreben, Ertragsanlagen	Rebenperonospora	0,25 %	Spritzen oder sprühen l bei Infektionsgefahr bzw. ab Warndiensthinweis	35
Kupfersulfat,basisch, 345 g/l Cuproxat Flowable, AGL, BAS, B4 ••• Cuproxat flüssig, BAS, B4				
Weinreben, Ertragsanlagen	Rebenperonospora	0,5 %	Spritzen oder sprühen l bei Infektionsgefahr bzw. ab Warndiensthinweis	35
Mancozeb, 260 g/kg, Fosetyl, 410 g/kg MIKAL MZ, RPA, AVO, Xi				
Weinreben	Phomopsis viticola	0,25 %	Spritzen oder sprühen l bei Befallsbeginn bzw. bei Sichtbarwerden der ersten Symptome	56
Weinreben, Ertragsanlagen	Rebenperonospora	0,25 %	Spritzen oder sprühen l bei Infektionsgefahr bzw. ab Warndiensthinweis	56
Weinreben, Junganlagen	Rebenperonospora	0,25 %	Spritzen oder sprühen l bei Infektionsgefahr bzw. ab Warndiensthinweis	F
Mancozeb, 750 g/kg Dithane Ultra WG CIBA-GEIGY, CGD, Xi ••• Dithane WG Hoechst, AVO, Xi ••• Dithane WG Spiess-Urania, SPI, Xi ••• Dithane Ultra WG, RHD, AVO/SPI/URA, Xi ••• Stefes MANCOFOL, STE, Xi				
Weinreben	Rebenperonospora	0,2 %	Spritzen oder sprühen l vor der Blüte	56
Weinreben	Roter Brenner	0,2 %	Spritzen oder sprühen l bei Infektionsgefahr bzw. ab Warndiensthinweis	56
Weinreben	Phomopsis viticola	0,2 %	Spritzen oder sprühen l bei Befallsbeginn bzw. bei Sichtbarwerden der ersten Symptome	56
Mancozeb, 800 g/kg Detia Pflanzen - Pilzfrei Pilzol, DET, Xi ••• Dithane Ultra Spiess-Urania, SPI, URA, Xi ••• Dithane Ultra WP, RHD, SPI/URA, Xi				
Weinreben	Phomopsis viticola	0,2 %	Spritzen oder sprühen l bei Befallsbeginn bzw. bei Sichtbarwerden der ersten Symptome	56
Weinreben	Roter Brenner	0,2 %	Spritzen oder sprühen l bei Infektionsgefahr bzw. ab Warndiensthinweis	56
Weinreben, Ertragsanlagen	Rebenperonospora	0,2 %	Spritzen oder sprühen l vor der Blüte	56
Weinreben, Junganlagen	Rebenperonospora	0,2 %	Spritzen oder sprühen l bei Infektionsgefahr bzw. ab Warndiensthinweis	F
Metiram, 700 g/kg COMPO Pilz-frei Polyram WG, COM, Xi, B4 ••• Gemüse-Spritzmittel Polyram WG, CEL, Xi, B4 ••• Polyram WG, BAS, COM, Xi, B4				
Weinreben	Phomopsis viticola	0,2 %	Spritzen oder sprühen l bei Befallsbeginn bzw. bei Sichtbarwerden der ersten Symptome	56
Weinreben	Roter Brenner	0,2 %	Spritzen oder sprühen l bei Infektionsgefahr bzw. ab Warndiensthinweis	56

Wirkstoffe/ Präparate/ Kulturen	Schaderreger	Aufwand	Hinweise	WZ
Penconazol, 100 g/l TOPAS, NAD, Xi				
Weinreben, Ertragsanlagen	Rebenperonospora	0,2 %	Spritzen oder sprühen I bei Infektionsgefahr bzw. ab Warndiensthinweis	56
Weinreben, Junganlagen	Rebenperonospora	0,2 %	Spritzen oder sprühen I bei Infektionsgefahr bzw. ab Warndiensthinweis	F
Weinreben, Ertragsanlagen	Echter Mehltau an Wein (Uncinula neca-tor)	0,015 %	Spritzen oder sprühen I bei Befallsbeginn bzw. bei Sichtbarwerden der ersten Symptome	35
Weinreben, Junganlagen	Echter Mehltau an Wein (Uncinula neca-tor)	0,015 %	Spritzen oder sprühen I bei Befallsbeginn bzw. bei Sichtbarwerden der ersten Symptome	F
Propineb, 705 g/kg Antracol WG, BAY				
Weinreben	Phomopsis viticola	0,2 %	Spritzen oder sprühen I bei Befallsbeginn bzw. bei Sichtbarwerden der ersten Symptome	56
Weinreben	Roter Brenner	0,2 %	Spritzen oder sprühen I bei Infektionsgefahr bzw. ab Warndiensthinweis	56
Weinreben, Ertragsanlagen	Rebenperonospora	0,2 %	Spritzen oder sprühen I bei Befallsbeginn bzw. bei Sichtbarwerden der ersten Symptome	56
Weinreben, Junganlagen	Rebenperonospora	0,2 %	Spritzen oder sprühen I bei Infektionsgefahr bzw. ab Warndiensthinweis	F
Pyrifenox, 200 g/l Dorado, NAD, Xi				
Weinreben, Ertragsanlagen	Echter Mehltau an Wein (Uncinula neca-tor)	0,02 %	Spritzen oder sprühen I bei Befallsbeginn bzw. bei Sichtbarwerden der ersten Symptome	35
Weinreben, Junganlagen	Echter Mehltau an Wein (Uncinula neca-tor)	0,02 %	Spritzen oder sprühen I bei Befallsbeginn bzw. bei Sichtbarwerden der ersten Symptome	F
Pyrimethanil, 400 g/l Scala, AVO				
Weinreben	Botrytis cinerea	0,125 %	Spritzen oder sprühen I Beginn der Blüte	28
Schwefel, 725 g/l Supersix, KCC, B4				
Weinreben, Ertragsanlagen	Echter Mehltau	* 0,4 %	Spritzen oder sprühen I vor der Blüte I bei Befallsbeginn bzw. bei Sichtbarwerden der ersten Symptome	56
Schwefel, 796 g/kg Cosan 80 Netzschwefel, AVO, B4 ••• Netz-Schwefelit, NEU, B4 ••• Netzschwefel 80 WP, ASU, B4 ••• Netzschwefel Stulln, JUL, B4 ••• Stefes INSTANT, STE, B4 ••• Netzschwefel "Schacht", FSC, B4				
Weinreben, Ertragsanlagen	Echter Mehltau an Wein (Uncinula neca-tor)	* 0,6 %	Spritzen oder sprühen I vor der Blüte I bei Befallsbeginn bzw. bei Sichtbarwerden der ersten Symptome	56

Wirkstoffe/ Präparate/ Kulturen	Schaderreger	Aufwand	Hinweise	WZ
Schwefel, 800 g/kg				
Asulfa WG, ASU, B4 ••• COMPO Mehltau-frei Kumulus WG, COM, B4 ••• HORA Thiovit, HOR, B4 ••• Kumulus WG, BAS, B4 ••• Netz-Schwefelit WG, NEU, B4 ••• Netzschwefel WG, CEL, B4 ••• Sufran WG, SPI, URA, B4 ••• THIOVIT, NAD, B4				
Weinreben, Ertragsanlagen	Echter Mehltau an Wein (Uncinula necator)	* 0,6 %	Spritzen oder sprühen l vor der Blüte l bei Befallsbeginn bzw. bei Sichtbarwerden der ersten Symptome	56
Tolylfluanid, 400 g/kg, Tebuconazol, 100 g/kg				
Folicur EM, BAY, Xi				
Weinreben, Ertragsanlagen	Rebenperonospora	0,25 %	Spritzen oder sprühen l bei Infektionsgefahr bzw. ab Warndiensthinweis	35
Weinreben, Ertragsanlagen	Echter Mehltau an Wein (Uncinula necator)	0,25 %	Spritzen oder sprühen l bei Befallsbeginn bzw. bei Sichtbarwerden der ersten Symptome	35
Weinreben, Ertragsanlagen	Botrytis cinerea	0,25 %	Spritzen oder sprühen l bei Infektionsgefahr bzw. ab Warndiensthinweis	35
Tolylfluanid, 505 g/kg				
Euparen M WG, BAY, Xi				
Weinreben, Ertragsanlagen	Rebenperonospora	0,15 %	Spritzen oder sprühen l bei Infektionsgefahr bzw. ab Warndiensthinweis	35
Weinreben, Ertragsanlagen	Traubenbotrytis	0,2 %	Spritzen oder sprühen l bei Infektionsgefahr bzw. ab Warndiensthinweis	35
Weinreben, Junganlagen	Rebenperonospora	0,15 %	Spritzen oder sprühen l bei Infektionsgefahr bzw. ab Warndiensthinweis	F
Triadimenol, 52 g/kg				
Bayfidan spezial WG, BAY				
Weinreben, Ertragsanlagen	Echter Mehltau	0,05 %	Spritzen oder sprühen l bei Befallsbeginn bzw. bei Sichtbarwerden der ersten Symptome	35
Weinreben, Junganlagen	Echter Mehltau	0,05 %	Spritzen oder sprühen l bei Befallsbeginn bzw. bei Sichtbarwerden der ersten Symptome	F
Vinclozolin, 500 g/kg				
Ronilan WG, BAS, Xn, B4				
Weinreben	Botrytis cinerea	0,1 %	Spritzen oder sprühen l bei Infektionsgefahr bzw. ab Warndiensthinweis	28

5.4.1.9 Fungizide im Forst

Wirkstoffe/ Präparate/ Kulturen	Schaderreger	Aufwand	Hinweise	WZ
Mancozeb, 800 g/kg				
Detia Pflanzen - Pilzfrei Pilzol, DET, Xi ••• Dithane Ultra Spiess-Urania, SPI, URA, Xi ••• Dithane Ultra WP, RHD, SPI/URA, Xi				
Kiefer	Kiefernschütte	1,2 kg/ha	Spritzen (nur mit Bodengeräten) l Pflanzengröße bis 50 cm l bei Befallsbeginn bzw. bei Sichtbarwerden der ersten Symptome	N

Wirkstoffe/ Präparate/ Kulturen	Schaderreger	Aufwand	Hinweise	WZ
Maneb, 800 g/kg				
BASF-Maneb-Spritzpulver, RHD, BAS, Xi ••• Maneb "Schacht", FSC, Xi				
Kiefer	Kiefernschütte	1,2 kg/ha	Pflanzengröße bis 60 cm l Frühjahr bis Sommer	N
Schwefel, 796 g/kg				
Cosan 80 Netzschwefel, AVO, B4 ••• Netz-Schwefel "Schacht", FSC, B4 ••• Netzschwefel 80 WP, ASU, B4 ••• Netzschwefel Stulln, JUL, B4 ••• Stefes INSTANT, STE, B4				
Eiche	Echter Mehltau an Eiche (Microsphaera alphitoides)	1,2 kg/ha	nach dem Austrieb	N
Schwefel, 800 g/kg				
Asulfa WG, ASU, B4 ••• COMPO Mehltau-frei Kumulus WG, COM, B4 ••• HORA Thiovit, HOR, B4 ••• Kumulus WG, BAS, B4 ••• Netz-Schwefelit WG, NEU, B4 ••• Netzschwefel WG, CEL, B4 ••• Sufran WG, SPI, URA, B4 ••• THIOVIT, NAD, B4				
Eiche	Echter Mehltau an Eiche (Microsphaera alphitoides)	1,2 kg/ha	nach dem Austrieb	N

5.4.1.10   Fungizide in sonstigen Kulturen

Wirkstoffe/ Präparate/ Kulturen	Schaderreger	Aufwand	Hinweise	WZ
Dazomet, 970 g/kg				
Basamid Granulat, BAS, COM/AVO, Xn, B3				
Baumschulen	Bodenpilze	* 40 g/m²	Streuen mit Einarbeitung l mit Einarbeitung auf 20 cm Tiefe l vor der Saat	N
Baumschulen	Bodenpilze	200 g/m³	Streuen und untermischen l vor der Saat	N
Dichlofluanid, 500 g/kg				
Euparen, BAY, Xi, B4				
Hopfen	Botrytis cinerea	0,2 %	Beginn der Blüte	14
Hopfen	Hopfenperonospora-Sekundärinfektion	0,2 %	ab Vorblüte	14
Dichlofluanid, 515 g/kg				
Euparen WG, BAY, Xi, B4 ••• Obst-Spritzmittel WG, CEL, Xi, B4				
Hopfen	Botrytis cinerea	0,2 %	Beginn der Blüte	14
Hopfen	Hopfenperonospora-Sekundärinfektion	0,2 %	vor der Blüte	14
Dithianon, 250 g/kg, Cymoxanil, 100 g/kg				
Aktuan, CYD, Xi				
Hopfen	Hopfenperonospora-Sekundärinfektion	0,1 %	Spritzen oder sprühen l bei Infektionsgefahr bzw. ab Warndiensthinweis	14
Dithianon, 333 g/l, Cymoxanil, 200 g/l				
Aktuan SC, CYD, Xn				
Hopfen	Hopfenperonospora-Sekundärinfektion	0,05 %	Spritzen oder sprühen l bei Infektionsgefahr bzw. ab Warndiensthinweis	14
Dithianon, 750 g/l				
Delan SC 750, CYD, Xn				
Hopfen	Hopfenperonospora-Sekundärinfektion	0,05 %	Spritzen oder sprühen l nach Warndienstaufruf	14

Wirkstoffe/ Präparate/ Kulturen	Schaderreger	Aufwand	Hinweise	WZ
Fenarimol, 60 g/kg Drawisan, DOW, B4				
Hopfen	Echter Mehltau	0,025 %	bei Befallsbeginn bzw. bei Sichtbarwerden der ersten Symptome	10
Fosetyl, 746 g/kg Aliette, RPA, Xi ••• Spezial-Pilzfrei Aliette, CEL, Xi				
Hopfen	Hopfenperonospora-Sekundärinfektion	0,25 %	bei Infektionsgefahr bzw. ab Warndiensthinweis	14
Hopfen	Hopfenperonospora-Primärinfektion	0,25 %	Spritzen als Bandbehandlung I nach dem Aufdecken	F
Kupferoxychlorid, 424 g/kg, Schwefel, 153 g/kg Kupfer 83 V, URA, SPI/DOW, B4				
Hopfen	Hopfenperonospora-Sekundärinfektion	0,5 %	bei Infektionsgefahr bzw. ab Warndiensthinweis	7
Kupferoxychlorid, 756 g/kg				
Hopfen	Hopfenperonospora-Sekundärinfektion	0,5 %	bei Infektionsgefahr bzw. ab Warndiensthinweis	7
Kupferoxychlorid, 852 g/kg Cuprasol, SPI, URA, B4				
Hopfen	Hopfenperonospora-Sekundärinfektion	0,25 %	bei Infektionsgefahr bzw. ab Warndiensthinweis	7
Metalaxyl, 50 g/kg Ridomil Granulat, NAD				
Hopfen	Hopfenperonospora-Primärinfektion	4 g/Stock	Streuen I vor dem Austrieb	F
Metiram, 700 g/kg COMPO Pilz-frei Polyram WG, COM, Xi, B4 ••• Polyram WG, BAS, COM, Xi, B4				
Hopfen	Hopfenperonospora-Sekundärinfektion	0,2 %	bei Infektionsgefahr bzw. ab Warndiensthinweis	35
Propineb, 705 g/kg Antracol WG, BAY				
Hopfen	Hopfenperonospora	0,2 %	bei Infektionsgefahr bzw. ab Warndiensthinweis	35
Schwefel, 796 g/kg Cosan 80 Netzschwefel, AVO, B4 ••• Netz-Schwefelit, NEU, B4 ••• Netzschwefel "Schacht", FSC, B4 ••• Netzschwefel 80 WP, ASU, B4 ••• Netzschwefel Stulln, JUL, B4 ••• Stefes INSTANT, STE, B4				
Hopfen	Echter Mehltau	0,25 %	bei Befallsbeginn bzw. bei Sichtbarwerden der ersten Symptome	8
Schwefel, 800 g/kg Asulfa WG, ASU, B4 ••• HORA Thiovit, HOR, B4 ••• Sufran WG, SPI, URA, B4 ••• THIOVIT, NAD, B4				
Hopfen	Echter Mehltau	0,25 %	Sprühen I ab 1 m Wuchshöhe I vorbeugend	8
COMPO Mehltau-frei Kumulus WG, COM, B4 ••• Kumulus WG, BAS, B4 ••• Netz-Schwefelit WG, NEU, B4 ••• Netzschwefel WG, CEL, B4				
Hopfen	Echter Mehltau	* 0,25 %	ab 1 m Wuchshöhe	8
Hopfen	Echter Mehltau	* 0,375 %	Sprühen I ab 1 m Wuchshöhe	8
Triforin, 190 g/l Pilzfrei Saprol Neu, CEL, Xi ••• SAPROL NEU, CYD, Xi ••• Tarsol Neu, AVO, Xi				
Hopfen	Echter Mehltau	0,1 %	bei Befallsbeginn bzw. bei Sichtbarwerden der ersten Symptome	10

Wirkstoffe/ Präparate/ Kulturen	Schaderreger	Aufwand	Hinweise	WZ

5.5 Bekämpfung von Insekten

5.5.1 Anwendungsgebiete

5.5.1.1 Insektizide im Ackerbau/Getreide

alpha-Cypermethrin, 100 g/l
FASTAC SC, CYD, Xi

Triticale	Brachfliege	100 ml/dt	Saatgutbehandlung I vor der Saat	F
Winterroggen	Brachfliege	100 ml/dt	Saatgutbehandlung I vor der Saat	F
Winterweizen	Brachfliege	100 ml/dt	Saatgutbehandlung I vor der Saat	F

Bacillus thuringiensis, 32 g/kg
Dipel, ASU, B4 ••• Neudorffs Raupenspritzmittel, NEU, B4

Mais	Maiszünsler	2 kg/ha	Spritzen als Flächenbehandlung mit Luftfahrzeug I nach Befallsbeginn	F

Bacillus thuringiensis, 33,2 g/l
Dipel ES, ASU

Mais	Maiszünsler	2 kg/ha	nach Befallsbeginn oder ab Warndienstaufruf	F

Bacillus thuringiensis, 64 g/kg
Dipel 2 X, ASU, B4

Mais	Maiszünsler	2 l/ha	nach Befallsbeginn oder ab Warndienstaufruf	F

Mais	Maiszünsler	1 kg/ha	nach Befallsbeginn oder ab Warndienstaufruf	F
Mais	Maiszünsler	1 kg/ha	Spritzen als Flächenbehandlung mit Luftfahrzeug I nach Befallsbeginn oder ab Warndienstaufruf	F

Bendiocarb, 480 g/l
Seedoxin FHL, ASU, Xn, B3

Mais	Frittfliege	800 ml/dt	Beizen I vor der Saat	F

beta-Cyfluthrin, 25,8 g/l
Bulldock Gemüseschädlingsfrei, BAY, Xn, B2 ••• Bulldock, BAY, Xn, B2

Getreide (Gerste, Hafer, Roggen, Triticale, Weizen)	Blattläuse	300 ml/ha	nach Befallsbeginn oder ab Warndienstaufruf	56
Getreide (Gerste, Hafer, Roggen, Triticale, Weizen)	Getreidehähnchen	300 ml/ha	nach Befallsbeginn oder ab Warndienstaufruf	56
Getreide (Gerste, Hafer, Roggen, Triticale, Weizen)	Blattläuse als Virusvektoren	300 ml/ha	Herbst	56

beta-Cyfluthrin, 125,1 g/l
Contur plus, BAY, Xn, B2

Weizen	Brachfliege	60 ml/dt	Beizen (Ausbringtechnik: drillen) I vor der Saat	F

Wirkstoffe/ Präparate/ Kulturen	Schaderreger	Aufwand	Hinweise	WZ
Carbofuran, 50 g/kg				
Curaterr Granulat, BAY, Xn, B3 ••• Carbosip, SCM, Xn, B3				
Mais	Fritfliege	0,75 g/m	Streuen als Saatreihenbehandlung mit Erdabdeckung I bei der Saat	F
Carbosulfan, 865 g/kg				
Carbosulfan techn., SAT, T, B3				
Mais	Drahtwürmer	500 ml/dt	Nach Spezialverfahren inkrustiertes Saatgut drillen I vor der Saat	F
Mais	Fritfliege	500 ml/dt	Nach Spezialverfahren inkrustiertes Saatgut drillen I vor der Saat	F
Cyfluthrin, 51,3 g/l				
Baythroid 50, BAY, Xn, B1 ••• Baythroid Schädlingsfrei, BAY, Xn, B1				
Mais	Maiszünsler	750 ml/ha	bei 1-1,5 m Bestandeshöhe	Fl28
Cyfluthrin, 106 g/l				
Contur Flüssigbeize, BAY, Xn, B3				
Weizen	Brachfliege	150 g/dt	Beizen (Ausbringtechnik: drillen) I vor der Saat	F
Cypermethrin, 100 g/l				
Cyperkill 10, FSG, Xi, B2				
Getreide (Gerste, Hafer, Roggen, Triticale, Weizen)	Blattläuse als Virusvektoren	300 ml/ha	Herbst	F
Deltamethrin, 25 g/l				
Decis flüssig, AVO, CEL, Xn, B2 ••• Schädlings-Vernichter Decis, CEL, Xn, B2				
Getreide (Gerste, Hafer, Roggen, Triticale, Weizen)	Getreidewickler	300 ml/ha	nach Befallsbeginn oder ab Warndienstaufruf	28
Getreide (Gerste, Hafer, Roggen, Triticale, Weizen)	Zweiflügler	200 ml/ha	nach Befallsbeginn oder ab Warndienstaufruf	28
Getreide (Gerste, Hafer, Roggen, Triticale, Weizen)	Blattläuse als Virusvektoren	300 ml/ha	Herbst	28
Getreide (Gerste, Hafer, Roggen, Triticale, Weizen)	Blattläuse	200 ml/ha	nach Befallsbeginn oder ab Warndienstaufruf	28
Mais	Maiszünsler	500 ml/ha	Spritzen (nur mit Bodengeräten) I nach Befallsbeginn oder ab Warndienstaufruf	28
Wintergerste, Winterroggen, -weizen	Brachfliege	300 ml/dt	Saatgutbehandlung I vor der Saat	F
Dimethoat, 400 g/l				
Adimethoat 40 EC, ASU, Xn, B1 ••• Bi 58, BIT, BAS, Xn, B1 ••• Danadim Dimethoat 40, CHE, STI, Xn, B1 ••• DANADIM 400 EC, CHE, Xn, B1 ••• Insekten-Spritzmittel Roxion, CEL, Xn, B1 ••• Rogor 40 L, ISA, Xn, B1 ••• Roxion, CYD, Xn, B1 ••• PERFEKTHION, BAS, Xn, B1				
Roggen und Weizen	Weizengallmücken	600 ml/ha	nach Befallsbeginn oder ab Warndienstaufruf	21
Roggen und Weizen	Saugende Insekten	600 ml/ha	nach Befallsbeginn oder ab Warndienstaufruf	21
Dimethoat, 404 g/l				
Rogor, SPI, URA, Xn, B1				
Roggen und Weizen	Weizengallmücken	600 ml/ha	nach Befallsbeginn oder ab Warndienstaufruf	21
Roggen und Weizen	Saugende Insekten	600 ml/ha	nach Befallsbeginn oder ab Warndienstaufruf	21

Wirkstoffe/Präparate/Kulturen	Schaderreger	Aufwand	Hinweise	WZ
Esfenvalerat, 50 g/l				
Sumicidin Alpha EC, SCD, CYD, Xn, B2				
Getreide (Gerste, Hafer, Roggen, Triticale, Weizen)	Blattläuse als Virusvektoren	200 ml/ha	nach Befallsbeginn oder ab Warndienstaufruf	F
Weizen	Getreidehähnchen	200 ml/ha	nach Befallsbeginn oder ab Warndienstaufruf	35
Weizen	Blattläuse	250 ml/ha	nach Befallsbeginn oder ab Warndienstaufruf	35
Fenvalerat, 100 g/l				
Sumicidin 10, SCD, Xn, B2				
Weizen	Blattläuse als Virusvektoren	250 ml/ha	Herbst	42
Weizen	Blattläuse	300 ml/ha	nach Befallsbeginn oder ab Warndienstaufruf	42
Fuberidazol, 7,22 g/l, Imazalil, 5,97 g/l, Triadimenol, 60,05 g/l, Manta Plus, BAY, B3				
Gerste	Blattläuse als Virusvektoren (Frühbefall)	500 ml/dt	Saatgutbehandlung I vor der Saat	F
Imidacloprid, 349,9 g/l				
Gaucho 350 FS, BAY, Xn, B3				
Getreide	Blattläuse als Virusvektoren	100 ml/dt	Saatgutbehandlung I vor der Saat	F
Imidacloprid, 600 g/l				
Gaucho 600 FS, BAY, Xn, B3				
Mais	Fritfliege	90 ml / Einheit	Saatgutbehandlung I vor der Saat	F
Mais	Blattlausfrühbefall	90 ml / Einheit	Saatgutbehandlung I vor der Saat	F
Mais	Drahtwürmer	90 ml / Einheit	Saatgutbehandlung I vor der Saat	F
lambda-Cyhalothrin, 50 g/kg				
Karate WG, ZNC, Xn				
Getreide (Gerste, Hafer, Roggen, Triticale, Weizen)	Thripse	150 g/ha	nach Befallsbeginn oder ab Warndienstaufruf	35
Getreide (Gerste, Hafer, Roggen, Triticale, Weizen)	Getreidehähnchen	150 g/ha	nach Befallsbeginn oder ab Warndienstaufruf	35
Getreide (Gerste, Hafer, Roggen, Triticale, Weizen)	Blattläuse	150 g/ha	nach Befallsbeginn oder ab Warndienstaufruf	35
Getreide (Gerste, Hafer, Roggen, Triticale, Weizen)	Blattläuse als Virusvektoren	150 g/ha	Herbst	35
Mais	Fritfliege	150 g/ha	nach Befallsbeginn oder ab Warndienstaufruf	F
lambda-Cyhalothrin, 50 g/l				
Karate, ZNC, BAS, Xn, B2				
Getreide (Gerste, Hafer, Roggen, Triticale, Weizen)	Blattläuse als Virusvektoren	200 ml/ha	Herbst	F
Getreide (Gerste, Hafer, Roggen, Triticale, Weizen)	Beißende Insekten	200 ml/ha	nach Befallsbeginn oder ab Warndienstaufruf	35
Getreide (Gerste, Hafer, Roggen, Triticale, Weizen)	Blattläuse	200 ml/ha	nach Befallsbeginn oder ab Warndienstaufruf	35
Getreide (Gerste, Hafer, Roggen, Triticale, Weizen)	Zweiflügler	200 ml/ha	nach Befallsbeginn oder ab Warndienstaufruf	35

Wirkstoffe/ Präparate/ Kulturen	Schaderreger	Aufwand	Hinweise	WZ
Methiocarb, 500,4 g/l				
Mesurol flüssig, BAY, T, B3				
Mais	Fritfliege	200 ml/ha	nach Befallsbeginn oder ab Warndienstaufruf	F
Mais	Fritfliege	1 l/dt	Beizen I vor der Saat	F
Oxydemeton-methyl, 213,8 g/l, Parathion, 178,2 g/l				
E Combi, BAY, T+, B1				
Getreide (Gerste, Hafer, Roggen, Triticale, Weizen)	Blattläuse	600 ml/ha	nach Befallsbeginn oder ab Warndienstaufruf	21
Oxydemeton-methyl, 275,6 g/l				
Metasystox R, BAY, T, B1				
Getreide, ausgenommen Hafer	Blattläuse	500 ml/ha	nach Erreichen der Schadschwelle	21
Parathion, 507,5 g/l				
E 605 forte, BAY, T+, B1 ••• P-O-X, ASU, T+, B1				
Gerste	Sattelmücke	210 ml/ha	nach Befallsbeginn oder ab Warndienstaufruf	21
Getreide (Gerste, Hafer, Roggen, Triticale, Weizen)	Erdraupen	200 ml/ha	Köderverfahren I nach Befallsbeginn oder ab Warndienstaufruf	28
Getreide (Gerste, Hafer, Roggen, Triticale, Weizen)	Tipula	* 100 ml/ha	Köderverfahren I Herbstanwendung I Herbst	F
Getreide (Gerste, Hafer, Roggen, Triticale, Weizen)	Tipula	* 300 ml/ha	Herbstanwendung I Herbst	F
Getreide (Gerste, Hafer, Roggen, Triticale, Weizen)	Beißende Insekten	210 ml/ha	nach Befallsbeginn oder ab Warndienstaufruf	21
Weizen	Sattelmücke	210 ml/ha	nach Befallsbeginn oder ab Warndienstaufruf	21
Parathion-methyl, 405 g/kg				
ME 605 Spritzpulver, BAY, T, B1				
Getreide (Gerste, Hafer, Roggen, Triticale, Weizen)	Tipula	450 g/ha	Köderverfahren I nach Befallsbeginn oder ab Warndienstaufruf	F
Permethrin, 250 g/l				
Ambush, ZNC, COM, Xi, B1 ••• COMPO Kartoffelkäfer-frei, COM, Xi, B1 ••• ETISSO-Kartoffelkäfer-frei, FRU, Xi, B1 ••• Kartoffelkäfer-Frei Ambush, CEL, Xi, B1 ••• Pflanzol Kartoffelkäfer-Ex, DDZ, Xi, B1 ••• Ribinol N, ASU, Xi, B1				
Mais	Maiszünsler	360 ml/ha	nach Befallsbeginn oder ab Warndienstaufruf	28
Phosphamidon, 195 g/l				
Detia Pflanzen-Ungezieferfrei-Dimecron, DET, GGG, T, B1 ••• Dimecron 20, CGD, T, B1				
Roggen und Weizen	Beißende Insekten	600 ml/ha	nach Befallsbeginn oder ab Warndienstaufruf	21
Roggen und Weizen	Saugende Insekten	600 ml/ha	nach Befallsbeginn oder ab Warndienstaufruf	21
Pirimicarb, 500 g/kg				
Blattlausfrei Pirimor G, CEL, Xn ••• ETISSO Blattlaus-frei, FRU, Xn ••• Pflanzol Blattlaus-Ex, DDZ, Xn ••• Pirimor-Granulat zum Auflösen in Wasser, ZNC, BAS/CEL/SPI/URA, Xn				
Getreide (Gerste, Hafer, Roggen, Triticale, Weizen)	Blattläuse	200 g/ha	nach Befallsbeginn oder ab Warndienstaufruf	14
Getreide (Gerste, Hafer, Roggen, Triticale, Weizen)	Blattläuse	300 g/ha	nach Befallsbeginn oder ab Warndienstaufruf	14

Wirkstoffe/ Präparate/ Kulturen	Schaderreger	Aufwand	Hinweise	WZ
tau-Fluvalinat, 240 g/l				
MAVRIK, SAD, SPI/URA, Xn				
Getreide (Gerste, Hafer, Roggen, Triticale, Weizen)	Blattläuse	150 ml/ha	nach Befallsbeginn oder ab Warndienstaufruf	28/35
Getreide (Gerste, Hafer, Roggen, Triticale, Weizen)	Blattläuse als Virusvektoren	200 ml/ha	Herbst	28/35
Terbufos, 20 g/kg				
Counter SG, CYD, DOW/AVO, T, B3				
Mais	Drahtwürmer	1,25 g/m	Streuen als Saatreihenbehandlung mit Erdabdeckung ¹ bei der Saat	F

5.5.1.2 Insektizide im Ackerbau/Kartoffeln

Wirkstoffe/ Präparate/ Kulturen	Schaderreger	Aufwand	Hinweise	WZ
Bacillus thuringiensis, 20 g/kg				
NOVODOR FC, ABB, CEM				
Kartoffeln	Kartoffelkäfer	3 l/ha	nach Befallsbeginn	F
Benfuracarb, 200 g/l				
Oncol 20 EC, SPI, URA, T, B1, W				
Kartoffeln	Kartoffelkäfer	1 l/ha	nach Befallsbeginn oder ab Warndienstaufruf	14
beta-Cyfluthrin, 25,8 g/l				
Bulldock Gemüseschädlingsfrei, BAY, Xn, B2 ••• Bulldock, BAY, Xn, B2				
Kartoffeln	Kartoffelkäfer	300 ml/ha	nach Befallsbeginn oder ab Warndienstaufruf	45
Cypermethrin, 100 g/l				
Ripcord 10, CYD, SPI, Xn, B2				
Kartoffeln	Blattläuse als Virusvektoren	900 ml/ha	nach dem Auflaufen	14
Kartoffeln	Kartoffelkäfer	300 ml/ha	nach Befallsbeginn oder ab Warndienstaufruf	14
Cypermethrin, 400 g/l				
Ripcord 40, CYD, Xn, B1				
Kartoffeln	Blattläuse als Virusvektoren	225 ml/ha	nach Befallsbeginn oder ab Warndienstaufruf	14
Deltamethrin, 25 g/l				
Decis flüssig, AVO, CEL, Xn, B2 ••• Schädlings-Vernichter Decis, CEL, Xn, B2				
Kartoffeln	Kartoffelkäfer	200 ml/ha	nach Befallsbeginn oder ab Warndienstaufruf	7
Dimethoat, 400 g/l				
Adimethoat 40 EC, ASU, Xn, B1 ••• Bi 58, BIT, BAS, Xn, B1 ••• Danadim Dimethoat 40, CHE, STI, Xn, B1 ••• DANADIM 400 EC, CHE, Xn, B1 ••• Insekten-Spritzmittel Roxion, CEL, Xn, B1 ••• PERFEKTHION, BAS, Xn, B1 ••• Rogor 40 L, ISA, Xn, B1 ••• Roxion, CYD, Xn, B1				
Kartoffeln	Saugende Insekten	600 ml/ha	nach Befallsbeginn oder ab Warndienstaufruf	14
Dimethoat, 404 g/l				
Rogor, SPI, URA, Xn, B1				
Kartoffeln	Saugende Insekten	600 ml/ha	nach Befallsbeginn oder ab Warndienstaufruf	14
Imidacloprid, 600 g/l				
Gaucho 600 FS, BAY, Xn, B3				
Pflanzkartoffeln	Blattläuse als Virusvektoren (Frühbefall)	300 ml/ha	Pflanzgut spritzen oder sprühen beim Legen	F

Kapitel 5.5	Bekämpfung von Insekten		5.5.1.2	Insektizide im Ackerbau/Kartoffeln
Wirkstoffe/ Präparate/ Kulturen	Schaderreger	Aufwand	Hinweise	WZ
lambda-Cyhalothrin, 50 g/kg				
Karate WG, ZNC, Xn				
Kartoffeln	Blattläuse	150 g/ha	nach Befallsbeginn oder ab Warndienstaufruf	14
Kartoffeln	Kartoffelkäfer	150 g/ha	nach Befallsbeginn oder ab Warndienstaufruf	14
Methamidophos, 605 g/l				
Tamaron, BAY, T+, B1				
Kartoffeln	Kartoffelkäfer	1,2 l/ha	nach Befallsbeginn oder ab Warndienstaufruf	14
Kartoffeln	Blattläuse als Virusvektoren	* 1 l/ha	erste Spritzung I nach dem Auflaufen	14
Methidathion, 400 g/kg				
ULTRACID 40 CIBA-GEIGY, CGD, T, B1				
Kartoffeln	Saugende Insekten	600 g/ha	nach Befallsbeginn oder ab Warndienstaufruf	14
Kartoffeln	Kartoffelkäfer	600 g/ha	nach Befallsbeginn oder ab Warndienstaufruf	14
Oxydemeton-methyl, 213,8 g/l, Parathion, 178,2 g/l				
E Combi, BAY, T+, B1				
Kartoffeln	Blattläuse als Virusvektoren	* 1 l/ha	dritte Vektorenspritzung I nach Befallbeginn oder ab Warndienstaufruf	21
Permethrin, 250 g/l				
Ambush, ZNC, COM, Xi, B1 ••• COMPO Kartoffelkäfer-frei, COM, Xi, B1 ••• Pflanzol Kartoffelkäfer-Ex, DDZ, Xi, B1 ••• Ribinol N, ASU, Xi, B1				
Kartoffeln	Kartoffelkäfer	120 ml/ha	nach Befallsbeginn oder ab Warndienstaufruf	14
Pirimicarb, 500 g/kg				
Blattläusfrei Pirimor G, CEL, Xn ••• ETISSO Blattläus-frei, FRU, Xn ••• Pflanzol Blattläus-Ex, DDZ, Xn ••• Pirimor-Granulat zum Auflösen in Wasser, ZNC, BAS/CEL/SPI/URA, Xn				
Kartoffeln	Blattläuse als Virusvektoren	* 450 g/ha	erste Spritzung I nach Befallsbeginn oder ab Warndienstaufruf	7
Propoxur, 203,7 g/l				
Unden flüssig, BAY, T, B1				
Kartoffeln	Saugende Insekten	900 ml/ha	nach Befallsbeginn oder ab Warndienstaufruf	14
Kartoffeln	Kartoffelkäfer	1,2 l/ha	nach Befallsbeginn oder ab Warndienstaufruf	14
Pyrethrine, 3 g/kg, Piperonylbutoxid, 10 g/kg				
Detia Pflanzen-Universal-Staub, DET, B4 ••• Insekten-Stäubemittel Hortex NEU, CEL, B4 ••• Spruzit-Staub NEU, B4				
Kartoffeln	Kartoffelkäfer	2,5 g/m²	Stäuben I nach Befallsbeginn oder ab Warndienstaufruf	F
Pyrethrine, 3 g/kg, Piperonylbutoxid, 8,5 g/kg				
Herba-Vetyl-Staub neu, VET ••• Insekten-Stäubemittel Hortex, CEL				
Kartoffeln	Kartoffelkäfer	2,5 g/m²	Stäuben, Einzelpflanzenbehandlung I nach Befallsbeginn	F
tau-Fluvalinat, 240 g/l				
MAVRIK, SAD, SPI/URA, Xn				
Kartoffeln	Kartoffelkäfer	100 ml/ha	nach Befallsbeginn oder ab Warndienstaufruf	14

- 506 -

5.5.1.3 Insektizide im Ackerbau/Raps

Wirkstoffe/ Präparate/ Kulturen	Schaderreger	Aufwand	Hinweise	WZ
5.5.1.3	**Insektizide im Ackerbau/Raps**		**5.5.1.3**	
	Schaderreger	Aufwand	Hinweise	
alpha-Cypermethrin, 100 g/l				
FASTAC SC, CYD, Xi				
Raps	Rapserdflöhe	100 ml/ha	nach Befallsbeginn oder ab Warndienstaufruf	56
Raps	Kohltriebrüßler	100 ml/ha	nach Befallsbeginn oder ab Warndienstaufruf	56
Raps	Rapsglanzkäfer	75 ml/ha	nach Befallsbeginn oder ab Warndienstaufruf	56
Raps	Kohlschotenrüßler	100 ml/ha	nach Befallsbeginn oder ab Warndienstaufruf	56
beta-Cyfluthrin, 25,8 g/l				
Bulldock Gemüseschädlingsfrei, BAY, Xn, B2 ••• Bulldock, BAY, Xn, B2				
Raps	Rapsglanzkäfer	200 ml/ha	nach Befallsbeginn oder ab Warndienstaufruf	56
Raps	Rapserdflöhe	300 ml/ha	nach dem Auflaufen	56
Raps	Rapsstengelrüßler	300 ml/ha	nach Befallsbeginn oder ab Warndienstaufruf	56
Raps	Kohlschotenrüßler	300 ml/ha	nach Befallsbeginn oder ab Warndienstaufruf	56
Raps	Kohlschotenmücke	300 ml/ha	nach Befallsbeginn oder ab Warndienstaufruf	56
Carbosulfan, 865 g/kg				
Carbosulfan techn., SAT, T, B3				
Winterraps	Rapserdflöhe	15 ml/kg	Inkrustiertes Saatgut drillen I vor der Saat	F
Chlorfenvinphos, 240 g/l				
Birlane-Fluid, CYD, T, B2				
Raps	Rapsglanzkäfer	600 ml/ha	nach Befallsbeginn oder ab Warndienstaufruf	56
Cyfluthrin, 51,3 g/l				
Baythroid 50, BAY, Xn, B1 ••• Baythroid Schädlingsfrei, BAY, Xn, B1				
Raps	Rapsglanzkäfer	300 ml/ha	nach Befallsbeginn oder ab Warndienstaufruf	56
Raps	Kohlschotenrüßler	300 ml/ha	nach Befallsbeginn oder ab Warndienstaufruf	56
Cypermethrin, 100 g/l				
Cyperkill 10, FSG, Xi, B2 ••• Ripcord 10, CYD, SPI, Xn, B2				
Raps	Kohlschotenrüßler	300 ml/ha	nach Befallsbeginn oder ab Warndienstaufruf	56
Raps	Rapsglanzkäfer	300 ml/ha	nach Befallsbeginn oder ab Warndienstaufruf	56
Deltamethrin, 25 g/l				
Decis flüssig, AVO, CEL, Xn, B2 ••• Schädlings-Vernichter Decis, CEL, Xn, B2				
Raps	Beißende Insekten	300 ml/ha	nach Befallsbeginn oder ab Warndienstaufruf	56
Raps	Kohlrübenblattwespe	200 ml/ha	nach Befallsbeginn oder ab Warndienstaufruf	56
Raps	Kohlschotenmücke	200 ml/ha	nach Befallsbeginn oder ab Warndienstaufruf	56
Raps	Rapsglanzkäfer	200 ml/ha	nach Befallsbeginn oder ab Warndienstaufruf	56
Esfenvalerat, 50 g/l				
Sumicidin Alpha EC, SCD, CYD, Xn, B2				
Raps	Kohltriebrüßler	250 ml/ha	nach Befallsbeginn oder ab Warndienstaufruf	56
Raps	Rapserdflöhe	150 ml/ha	nach Befallsbeginn oder ab Warndienstaufruf	56
Raps	Rapsstengelrüßler	250 ml/ha	nach Befallsbeginn oder ab Warndienstaufruf	56
Raps	Kohlschotenrüßler	250 ml/ha	nach Befallsbeginn oder ab Warndienstaufruf	56
Raps	Rapsglanzkäfer	150 ml/ha	nach Befallsbeginn oder ab Warndienstaufruf	56

Wirkstoffe/ Präparate/ Kulturen	Schaderreger	Aufwand	Hinweise	WZ
Fenvalerat, 100 g/l				
Sumicidin 10, SCD, Xn, B2				
Raps	Rapsglanzkäfer	200 ml/ha	nach Befallsbeginn oder ab Warndienstaufruf	56
Raps	Kohlschotenrüßler	300 ml/ha	nach Befallsbeginn oder ab Warndienstaufruf	56
lambda-Cyhalothrin, 50 g/kg				
Karate WG, ZNC, Xn				
Raps	Rapsstengelrüßler	150 g/ha	nach Befallsbeginn oder ab Warndienstaufruf	56
Raps	Kohltriebrüßler	150 g/ha	nach Befallsbeginn oder ab Warndienstaufruf	56
Raps	Kohlschotenmücke	150 g/ha	nach Befallsbeginn oder ab Warndienstaufruf	56
Raps	Rapserdfloh	100 g/ha	Herbst	56
Raps	Kohlschotenrüßler	150 g/ha	nach Befallsbeginn oder ab Warndienstaufruf	56
Raps	Rapsglanzkäfer	100 g/ha	nach Befallsbeginn oder ab Warndienstaufruf	56
lambda-Cyhalothrin, 50 g/l				
Karate, ZNC, BAS, Xn, B2				
Raps	Rapserdfloh	100 ml/ha	nach Befallsbeginn oder ab Warndienstaufruf	56
Raps	Beißende Insekten	200 ml/ha	nach Befallsbeginn oder ab Warndienstaufruf	56
Raps	Rapsglanzkäfer	100 ml/ha	nach Befallsbeginn oder ab Warndienstaufruf	56
Methidathion, 400 g/kg				
ULTRACID 40 CIBA-GEIGY, CGD, T, B1				
Raps	Kohlschotenrüßler	1 kg/ha	vor der Blüte	
Raps	Rapsglanzkäfer	600 g/ha	vor der Blüte	
Parathion, 507,5 g/l				
E 605 forte, BAY, T+, B1 ••• P-O-X, ASU, T+, B1				
Raps	Kohlschotenrüßler	210 ml/ha	nach Befallsbeginn oder ab Warndienstaufruf	F
Raps	Tipula	* 100 ml/ha	Köderverfahren	Herbstanwendung	Herbst	F
Permethrin, 250 g/l				
Ambush, ZNC, COM, Xi, B1 ••• COMPO Kartoffelkäfer-frei, COM, Xi, B1 ••• ETISSO-Kartoffelkäfer-frei, FRU, Xi, B1 ••• Kartoffelkäfer-Frei Ambush, CEL, Xi, B1				
••• Pflanzol Kartoffelkäfer-Ex, DDZ, Xi, B1 ••• Ribinol N, ASU, Xi, B1				
Raps	Rapsglanzkäfer	60 ml/ha	nach Befallsbeginn oder ab Warndienstaufruf	56
Raps und Rübsen	Rapsstengelrüßler	120 ml/ha	nach Befallsbeginn oder ab Warndienstaufruf	56
Raps und Rübsen	Kohltriebrüßler	120 ml/ha	nach Befallsbeginn oder ab Warndienstaufruf	56
tau-Fluvalinat, 240 g/l				
MAVRIK, SAD, SPI/URA, Xn				
Raps	Kohlschotenmücke	200 ml/ha	nach Befallsbeginn oder ab Warndienstaufruf	56
Raps	Kohltriebrüßler	200 ml/ha	nach Befallsbeginn oder ab Warndienstaufruf	56
Raps	Kohlschotenrüßler	200 ml/ha	nach Befallsbeginn oder ab Warndienstaufruf	56
Raps	Rapsglanzkäfer	200 ml/ha	nach Befallsbeginn oder ab Warndienstaufruf	56
Raps	Rapsstengelrüßler	200 ml/ha	nach Befallsbeginn oder ab Warndienstaufruf	56
Thiram, 110 g/kg, Isofenphos, 400 g/kg				
Oftanol T, BAY, T, B3				
Raps	Erdfloh	40 g/kg	Beizen	vor der Saat	F

Wirkstoffe/ Präparate/ Kulturen	Schaderreger	Aufwand	Hinweise	WZ

5.5.1.4   Insektizide im Ackerbau/Rüben

Wirkstoffe/ Präparate/ Kulturen	Schaderreger	Aufwand	Hinweise	WZ
alpha-Cypermethrin, 100 g/l FASTAC SC, CYD, Xi Zuckerrüben	Moosknopfkäfer	100 ml/ha	nach Befallsbeginn oder ab Warndienstaufruf	F
Benfuracarb, 50 g/kg Oncol 5 G, SPI, URA, B3, W Zuckerrüben	Blattläuse	1 g/m	Streuen als Saatreihenbeh. mit Erdabdeckung	F
beta-Cyfluthrin, 25,8 g/l Bulldock Gemüseschädlingsfrei, BAY, Xn, Xi, B2 Zuckerrüben	Bulldock, BAY, Xn, B2 Blattläuse	300 ml/ha	nach Befallsbeginn oder ab Warndienstaufruf	28
Carbofuran, 50 g/kg Curater Granulat, BAY, Xn, B3 ••• Carbosip, SCM, Xn, B3 Rüben (Zucker- und Futterrüben)	Rübenfliege	0,5 g/m	Streuen als Saatreihenbehandlung mit Erdabdeckung I bei der Saat	F
Rüben (Zucker- und Futterrüben)	Moosknopfkäfer	0,5 g/m	Streuen als Saatreihenbehandlung mit Erdabdeckung I bei der Saat	F
Carbofuran, 500,6 g/l BAY 13 180 I, Carbofuran-Wirkstoff zur Rübenpillierung, BAY, T+, B3 Rüben (Zucker- und Futterrüben)	Moosknopfkäfer	60 ml /Einheit	Mit 30 g Wirkstoff/Einheit pillieren I vor der Saat	F
Rüben (Zucker- und Futterrüben)	Rübenfliege	60 ml /Einheit	Mit 30 g Wirkstoff/Einheit pillieren I vor der Saat	F
Cypermethrin, 100 g/l Ripcord 10, CYD, SPI, Xn, B2 Rüben (Zucker- und Futterrüben)	Rübenfliege	600 ml/ha	nach Befallsbeginn oder ab Warndienstaufruf	28
Deltamethrin, 25 g/l Decis flüssig, AVO, CEL, Xn, B2 ••• Schädlings-Vernichter Decis, CEL, Xn, B2 Rüben (Zucker- und Futterrüben)	Moosknopfkäfer	300 ml/ha	nach dem Auflaufen	F
Demeton-S-methyl, 283 g/l Metasystox (I), BAY, T, B1 Rüben (Zucker- und Futterrüben)	Blattläuse als Virusvektoren	800 ml/ha	nach Befallsbeginn oder ab Warndienstaufruf	28
Rüben (Zucker- und Futterrüben)	Blattläuse	600 ml/ha	nach Befallsbeginn oder ab Warndienstaufruf	28
Dimethoat, 400 g/l Adimethoat 40 EC, ASU, Xn, B1 ••• Bi 58, BIT, BAS, Xn, B1 ••• Danadim Dimethoat 40, CHE, STI, Xn, B1 ••• DANADIM 400 EC, CHE, Xn, B1 ••• Insekten-Spritzmittel Roxion, CEL, Xn, B1 ••• PERFEKTHION, BAS, Xn, B1 ••• Roxion, CYD, Xn, B1 Rüben (Zucker- und Futterrüben)	Rübenfliege	400 ml/ha	nach Befallsbeginn oder ab Warndienstaufruf	35
Dimethoat, 404 g/l Rogor, SPI, URA, Xn, B1 Rüben (Zucker- und Futterrüben)	Rübenfliege	400 ml/ha	nach Befallsbeginn oder ab Warndienstaufruf	35
Imidacloprid, 700 g/kg Gaucho, BAY, Xi, B3 ••• Scooter, BAY, Xi, B3 Rüben (Zucker- und Futterrüben)	Moosknopfkäfer	170 g/ha	Mit 130 g Mittel/ Einheit hergestelltes Saatgut ausbringen, Einzelkornablage I vor der Saat.	F

Wirkstoffe / Präparate/ Kulturen	Schaderreger	Aufwand	Hinweise	WZ
Rüben (Zucker- und Futterrüben)	Blattläuse als Virusvektoren	170 g/ha	Mit 130 g Mittel/ Einheit hergestelltes Saatgut ausbringen, Einzelkornablage I vor der Saat	F
Rüben (Zucker- und Futterrüben)	Rübenfliege	170 g/ha	Mit 130 g Mittel/ Einheit hergestelltes Saatgut ausbringen, Einzelkornablage I vor der Saat	F
lambda-Cyhalothrin, 50 g/kg				
Karate WG, ZNC, Xn				
Rüben (Zucker- und Futterrüben)	Beißende Insekten	150 g/ha	nach Befallsbeginn oder ab Warndienstaufruf	28
Rüben (Zucker- und Futterrüben)	Rübenfliege	150 g/ha	nach Befallsbeginn oder ab Warndienstaufruf	28
Methamidophos, 605 g/l				
Tamaron, BAY, T+, B1				
Rüben (Zucker- und Futterrüben)	Blattläuse als Virusvektoren	800 ml/ha	nach Befallsbeginn oder ab Warndienstaufruf	28
Rüben (Zucker- und Futterrüben)	Rübenfliege	600 ml/ha	nach Befallsbeginn oder ab Warndienstaufruf	28
Rüben (Zucker- und Futterrüben)	Blattläuse	600 ml/ha	nach Befallsbeginn oder ab Warndienstaufruf	28
Methidathion, 400 g/kg				
ULTRACID 40 CIBA-GEIGY, CGD, T, B1				
Rüben (Zucker- und Futterrüben)	Rübenfliege	400 g/ha	nach Befallsbeginn oder ab Warndienstaufruf	28
Rüben (Zucker- und Futterrüben)	Saugende Insekten	600 g/ha	nach Befallsbeginn oder ab Warndienstaufruf	28
Rüben (Zucker- und Futterrüben)	Beißende Insekten	600 g/ha	nach Befallsbeginn oder ab Warndienstaufruf	28
Oxydemeton-methyl, 213,8 g/l, Parathion, 178,2 g/l				
E Combi, BAY, T+, B1				
Rüben (Zucker- und Futterrüben)	Rübenfliege	600 ml/ha	nach Befallsbeginn oder ab Warndienstaufruf	28
Rüben (Zucker- und Futterrüben)	Blattläuse als Virusvektoren	1 l/ha	nach Befallsbeginn oder ab Warndienstaufruf	28
Oxydemeton-methyl, 216,5 g/l, Trichlorfon, 409,5 g/l				
Dipterex MR, BAY, T, B1				
Rüben (Zucker- und Futterrüben)	Blattläuse als Virusvektoren	1,2 l/ha	nach Befallsbeginn oder ab Warndienstaufruf	28
Rüben (Zucker- und Futterrüben)	Rübenfliege	900 ml/ha	nach Befallsbeginn oder ab Warndienstaufruf	28
Rüben (Zucker- und Futterrüben)	Blattläuse	900 ml/ha	nach Befallsbeginn oder ab Warndienstaufruf	28
Oxydemeton-methyl, 275,6 g/l				
Metasystox R, BAY, T, B1				
Rüben (Zucker- und Futterrüben)	Blattläuse	600 ml/ha	nach Befallsbeginn oder ab Warndienstaufruf	28
Rüben (Zucker- und Futterrüben)	Blattläuse als Virusvektoren	800 ml/ha	nach Befallsbeginn oder ab Warndienstaufruf	28
Parathion, 507,5 g/l				
E 605 forte, BAY, T+, B1 ••• P-O-X, ASU, T+, B1				
Rüben (Zucker- und Futterrüben)	Beißende Insekten	210 ml/ha	nach Befallsbeginn oder ab Warndienstaufruf	28
Rüben (Zucker- und Futterrüben)	Tipula	* 100 ml/ha	Köderverfahren I Herbstanwendung I Herbst	F
Phosphamidon, 195 g/l				
Detia Pflanzen-Ungezieferfrei-Dimecron, DET, GGG, T, B1 ••• Dimecron 20, CGD, T, B1				
Rüben (Zucker- und Futterrüben)	Rübenfliege	800 ml/ha	nach Befallsbeginn oder ab Warndienstaufruf	28
Rüben (Zucker- und Futterrüben)	Beißende Insekten	600 ml/ha	nach Befallsbeginn oder ab Warndienstaufruf	28
Rüben (Zucker- und Futterrüben)	Saugende Insekten	800 ml/ha	nach Befallsbeginn oder ab Warndienstaufruf	28
Rüben (Zucker- und Futterrüben)	Blattläuse als Virusvektoren	1,2 l/ha	nach Befallsbeginn oder ab Warndienstaufruf	28

Wirkstoffe/ Präparate/ Kulturen	Schaderreger	Aufwand	Hinweise	WZ
Pirimicarb, 500 g/kg Blattlausfrei Pirimor G, CEL, Xn ••• ETISSO Blattlaus-frei, FRU, Xn ••• Pflanzol Blattlaus-Ex, DDZ, Xn ••• BAS/CEL/SPI/URA, Xn				
Rüben (Zucker- und Futterrüben)	Blattläuse als Virusvektoren	300 g/ha	Pirimor-Granulat zum Auflösen in Wasser, ZNC, nach Befallsbeginn oder ab Warndienstaufruf	28
Tefluthrin, 200 g/l Komet RP, ZNC, Xi, B3				
Rüben (Zucker- und Futterrüben)	Moosknopfkäfer	60 ml /Einheit Saatgut	Mit 12 g Wirkstoff/Einheit hergestelltes Saatgut ausbringen, Einzelkornablage I vor der Saat	F
Terbufos, 20 g/kg Counter SG, CYD, DOW/AVO, T, B3				
Rüben (Zucker- und Futterrüben)	Schwarze Bohnenblattlaus (Aphis fabae)	0,5 g/m	Streuen als Saatreihenbehandlung mit Erdab-deckung I bei der Saat	F
Rüben (Zucker- und Futterrüben)	Moosknopfkäfer	0,5 g/m	Streuen als Saatreihenbehandlung mit Erdab-deckung I bei der Saat	F
Rüben (Zucker- und Futterrüben)	Drahtwürmer	1,25 g/m	Streuen als Saatreihenbehandlung mit Erdab-deckung I bei der Saat	F
Rüben (Zucker- und Futterrüben)	Rübenfliege	0,5 g/m	Streuen als Saatreihenbehandlung mit Erdab-deckung I bei der Saat	F

5.5.1.5 Insektizide im Ackerbau/Sonstige

Wirkstoffe/ Präparate/ Kulturen	Schaderreger	Aufwand	Hinweise	WZ
Oxydemeton-methyl, 275,6 g/l Metasystox R, BAY, T, B1				
Ackerbohnen	Saugende Insekten	* 600 ml/ha	Pflanzengröße bis 50 cm I bis Ende des Entwick-lungstadiums 50	28
Tabak	Blattläuse	* 300 ml/ha	Pflanzengröße bis 50 cm I nach Erreichen von Schwellenwerten oder nach Warndienstaufruf	7
Parathion, 507,5 g/l E 605 forte, BAY, T+, B1 ••• P-O-X, ASU, T+, B1				
Klee, Luzerne, Lupine	Erdflöhe	210 ml/ha	nach Befallsbeginn oder ab Warndienstaufruf	21
Klee, Luzerne, Lupine	Beißende Insekten	210 ml/ha	nach Befallsbeginn oder ab Warndienstaufruf	21
Stoppelrüben (Brassica rapa var. rapa)	Kohlrübenblattwespe	210 ml/ha	nach Befallsbeginn oder ab Warndienstaufruf	21
Pirimicarb, 500 g/kg Blattlausfrei Pirimor G, CEL, Xn ••• ETISSO Blattlaus-frei, FRU, Xn ••• Pflanzol Blattlaus-Ex, DDZ, Xn ••• BAS/CEL/SPI/URA, Xn				
Ackerbohnen	Blattläuse	* 250 g/ha	Pflanzengröße bis 50 cm I nach Befallsbeginn oder ab Warndienstaufruf	35
Futtererbsen	Blattläuse	* 250 g/ha	Pflanzengröße bis 50 cm I nach Befallsbeginn oder ab Warndienstaufruf	14
Sonnenblumen	Blattläuse	250 g/ha	Pflanzengröße bis 50 cm I nach Erreichen von Schwellenwerten oder nach Warndienstaufruf	F
Tabak	Blattläuse	450 g/ha	nach Befallsbeginn oder ab Warndienstaufruf	N

Wirkstoffe/ Präparate/ Kulturen	Schaderreger		Aufwand	5.5.1.6 Hinweise	WZ
Thiram, 110 g/kg, Isofenphos, 400 g/kg					
Oftanol T, BAY, T, B3					
Kohlrüben	Erdflöhe		40 g/kg	Beizen I vor der Saat	F
Markstammkohl (Futterkohl)	Erdflöhe		40 g/kg	Beizen I vor der Saat	F
Stoppelrüben (Brassica rapa var. rapa)	Erdflöhe		40 g/kg	Beizen I vor der Saat	F

5.5.1.6 Insektizide im Gemüsebau

Wirkstoffe/ Präparate/ Kulturen	Schaderreger		Aufwand	Hinweise	WZ
Abamectin, 18 g/l					
Vertimec Hopfen, NAD, Xn, B1 ••• Vertimec, NAD, Xn, B1					
Tomaten	Minierfliegen	unter Glas	1,25 l/ha	nach Befallsbeginn	3
Bacillus thuringiensis, 20 g/kg					
Bactospeine FC, AVO, B4 ••• BiOBIT (BBN 0017), ABB, CEM, B4					
Gemüsekohl	Freifressende Schmetterlingsraupen, ausgenommen Eulen	Freiland	1,8 l/ha	nach Befallsbeginn oder ab Warndienstaufruf	F
Bacillus thuringiensis, 22 g/kg					
Bactospeine XL, ABB, AVO					
Gemüsebau	Freifressende Schmetterlingsraupen	Freiland	4 l/ha	nach Befallsbeginn oder ab Warndienstaufruf	F
Bacillus thuringiensis, 32 g/l					
Dipel, ASU, B4 ••• Neudorffs Raupenspritzmittel, NEU, B4					
Gemüsekohl	Kohlweißling	Freiland	300 g/ha	nach Befallsbeginn oder ab Warndienstaufruf	F
Gemüsekohl	Freifressende Schmetterlingsraupen, ausgenommen Eulen	Freiland	600 g/ha	nach Befallsbeginn oder ab Warndienstaufruf	F
Bacillus thuringiensis, 33,2 g/l					
Dipel ES, ASU					
Gemüsekohl	Kohlweißling	Freiland	300 ml/ha	nach Befallsbeginn	
Gemüsekohl	Freifressende Schmetterlingsraupen, ausgenommen Eulen	Freiland	600 ml/ha	nach Befallsbeginn	
Bacillus thuringiensis, 64 g/kg					
Dipel 2 X, ASU, B4					
Gemüsekohl	Freifressende Schmetterlingsraupen, ausgenommen Eulen	Freiland	300 g/ha	nach Befallsbeginn oder ab Warndienstaufruf	F
Gemüsekohl	Kohlweißling	Freiland	150 g/ha	nach Befallsbeginn oder ab Warndienstaufruf	F
Bacillus thuringiensis, 500 g/kg					
Turex, CGD					
Gemüsekohl	Kohleule	Freiland	1 kg/ha	bei Schlupfbeginn	F
Gemüsekohl	Kohlzünsler	Freiland	500 g/ha	bei Schlupfbeginn	F
Gemüsekohl	Kohlweißling	Freiland	300 g/ha	bei Schlupfbeginn	F
Gemüsekohl	Kohlschabe	Freiland	300 g/ha	bei Schlupfbeginn	F
Bacillus thuringiensis, 540 g/kg					
XenTari, BAY, Xi					

Wirkstoffe/ Präparate/ Kulturen	Schaderreger	Bereich	Aufwand	Hinweise	WZ
Gemüsekohl	Freifressende Schmetterlings-raupen, ausgenommen Eulen	Freiland	600 g/ha	nach Befallsbeginn oder ab Warndienstaufruf	F
Gemüsekohl	Eulenfalter	Freiland	1 kg/ha	nach Befallsbeginn oder ab Warndienstaufruf	F
beta-Cyfluthrin, 25,8 g/l					
Bulldock Gemüseschädlingsfrei, BAY, Xn, B2 ••• Bulldock, BAY, Xn, B2					
Blumenkohle, Rotkohl, Weiß-kohl, Wirsing	Beißende Insekten	Freiland	300 ml/ha	nach Befallsbeginn	7
Buprofezin, 250 g/l					
Applaud, ZNC, B3					
Gurken und Tomaten	Weiße Fliegen (= Motten-schildläuse)	unter Glas	* 180 ml/ha	Pflanzengröße bis 50 cm I bei Befall	3
Carbofuran, 50 g/kg					
Carbosip, SCM, Xn, B3 ••• Curater Granulat, BAY, Xn, B3					
Rettich	Kohlfliege	Freiland	0,3 g/m	Bandbehandlung mit Einarbeitung I vor der Saat	F
Chlorfenvinphos, 100 g/kg					
Birlane Granulat, CYD, Xn, B3					
Blumenkohl, Brokkoli, Chinakohl, Grünkohl, Kohlrabi, Rotkohl, Weißkohl, Wirsing	Kohlfliege	Freiland	1 kg/m³	Anzucht- und Topferdebehandlung, streuen und untermischen I vor dem Topfen	F
Blumenkohl, Brokkoli, Chinakohl, Grünkohl, Kohlrabi, Rotkohl, Weißkohl, Wirsing	Kohlfliege	Freiland	1 g/Pflanze	Streuen, Einzelpflanzenbehandlung I 5-6 Tage nach dem Topfen	F
Blumenkohl, Brokkoli, Chinakohl, Grünkohl, Kohlrabi, Rotkohl, Weißkohl, Wirsing	Kohlfliege	Anzuchtbeete, Saatbeete	20 g / 100 Pflanzen	Streuen mit Einregnen bzw. anschließendem Überbrausen	F
Blumenkohl, Brokkoli, Chinakohl, Grünkohl, Kohlrabi, Rotkohl, Weißkohl, Wirsing	Kohlfliege	Freiland	20 kg/ha	Streuen, Reihenbehandlung I 5-6 Tage nach dem Pflanzen	F
Gurken	Wurzelfliege	Freiland	30 kg/ha	Streuen I vor der Saat	F
Knollensellerie	Möhrenfliege	Freiland	50 kg/ha	Streuen I vor dem Pflanzen	F
Möhren	Möhrenfliege	Freiland	50 kg/ha	Streuen I vor der Saat	F
Radies und Rettich	Kohlfliege	unter Glas	40 kg/ha	Streuen I vor der Saat	F
Radies und Rettich	Kohlfliege	Freiland	30 kg/ha	Streuen I vor der Saat	F
Zwiebeln	Zwiebelfliege	Freiland	50 kg/ha	Streuen I vor der Saat	F
Chlorfenvinphos, 240 g/l					
Birlane-Fluid, CYD, T, B2					
Blumenkohl, Brokkoli, Chinakohl, Grünkohl, Kohlrabi, Rotkohl, Weißkohl, Wirsing	Kohlfliege	Freiland	6 l/ha	Spritzen als Bandbehandlung mit Abschirmung I bei der Saat	F
Blumenkohl, Brokkoli, Chinakohl, Grünkohl, Kohlrabi, Rotkohl, Weißkohl, Wirsing	Kohlfliege	Jungpflanzenan-zucht unter Glas	6 l/ha	bei der Saat	F

Wirkstoffe/ Präparate/ Kulturen	Schaderreger	Bereich	Aufwand	Hinweise	WZ
Möhren und Knollensellerie	Möhrenfliege	Freiland	6 l/ha	Spritzen als Bandbehandlung mit Abschirmung I bei der Saat	F
Porree	Lauchmotte	Freiland	600 ml/ha	nach Befallsbeginn	28
Radies und Rettich	Kohlfliege	unter Glas	12 l/ha	bei der Saat	F
Zwiebeln	Zwiebelfliege	Freiland	6 l/ha	Spritzen als Bandbehandlung mit Abschirmung I bei der Saat	F
Chlorpyrifos, 10 g/kg					
Dursban fest, DOW, B3 ••• Insekten-Streumittel NEXION NEU, CEL, Xn, B3 ••• Ridder Gemüsefliegenmittel, BAY, B3					
Möhren	Möhrenfliege	Freiland	75 kg/ha	Streuen mit Einarbeitung I vor der Saat	F
Weißkohl, Wirsing, Rotkohl, Rosenkohl, Blumenkohl, Kohlrabi	Kohlfliege	Freiland	100 kg/ha	Streuen mit Einarbeitung I vor der Saat	F
Weißkohl, Wirsing, Rotkohl, Rosenkohl, Blumenkohl, Kohlrabi	Kohlfliege	Freiland	0,5 g/Pflanze	Streuen an den Wurzelhals I nach dem Pflanzen	F
Zwiebeln	Zwiebelfliege	Freiland	1 g/m	Streuen an den Saatreihenbehandlung mit Erdabdeckung I bei der Saat	F
Cyfluthrin, 51,3 g/l					
Baythroid 50, BAY, Xn, B1 ••• Baythroid Schädlingsfrei, BAY, Xn, B1					
Blumenkohl, Rotkohl, Weißkohl, Wirsing	Beißende Insekten	Freiland	300 ml/ha	nach Befallsbeginn	7
Cypermethrin, 100 g/l					
Ripcord 10, CYD, SPI, Xn, B2					
Blumenkohl, Grünkohl, Kohlrabi, Kopfkohl, Salat, Spinat	Beißende Insekten, ausgen. Rüsselkäfer und Kohleule	Freiland	200 ml/ha	nach Befallsbeginn	21114
Erbsen	Beißende Insekten, ausgenommen Rüsselkäfer	Freiland	* 200 ml/ha	Pflanzengröße bis 50 cm I nach Befallsbeginn	14
Erbsen	Rüsselkäfer	Freiland	* 300 ml/ha	Pflanzengröße bis 50 cm I nach Befallsbeginn	14
Grünkohl, Wirsing, Weißkohl, Rotkohl, Blumenkohl, Kohlrabi	Kohleule	Freiland	300 ml/ha	nach Befallsbeginn	14
Grünkohl, Wirsing, Weißkohl, Rotkohl, Blumenkohl, Kohlrabi	Rüsselkäfer	Freiland	300 ml/ha	nach Befallsbeginn	14
Cypermethrin, 400 g/l					
Ripcord 40, CYD, Xn, B1					
Blumenkohl, Grünkohl, Kohlrabi, Kopfkohl, Salat, Spinat	Beißende Insekten, ausgen. Rüsselkäfer und Kohleule	Freiland	50 ml/ha	nach Befallsbeginn oder ab Warndienstaufruf	21114
Blumenkohl, Kohlrabi, Rotkohl, Weißkohl, Wirsing	Kohleule	Freiland	75 ml/ha	nach Befallsbeginn oder ab Warndienstaufruf	14
Grünkohl, Wirsing, Weißkohl, Rotkohl, Blumenkohl, Kohlrabi	Rüsselkäfer	Freiland	75 ml/ha	nach Befallsbeginn oder ab Warndienstaufruf	14
Deltamethrin, 25 g/l					
Decis flüssig, AVO, CEL, Xn, B2 ••• Schädlings-Vernichter Decis, CEL, Xn, B2					
Blumenkohl, Grünkohl, Kohlrabi, Kopfkohl, Salat	Saugende Insekten, ausgenommen Mehlige Kohlblattl.	Freiland	500 ml/ha	nach Befallsbeginn oder ab Warndienstaufruf	715

Wirkstoffe/ Präparate/ Kulturen	Schaderreger	Bereich	Aufwand	Hinweis	WZ
Blumenkohl, Grünkohl, Kohlrabi, Kopfkohl, Salat	Beißende Insekten	Freiland	200 ml/ha	nach Befallsbeginn oder ab Warndienstaufruf	7/5
Erbsen	Saugende Insekten	Freiland	* 500 ml/ha	Pflanzengröße bis 50 cm I nach Befallsbeginn oder ab Warndienstaufruf	7
Tomaten	Saugende Insekten	Freiland	* 500 ml/ha	Pflanzengröße bis 50 cm I nach Befallsbeginn	7
Zwiebeln	Saugende Insekten	Freiland	500 ml/ha	nach Befallsbeginn oder ab Warndienstaufruf	7
Zwiebeln	Beißende Insekten	Freiland	200 ml/ha	nach Befallsbeginn oder ab Warndienstaufruf	7
Diflubenzuron, 800 g/kg					
Dimilin 80 WG, AVO					
Champignon	Buckelfliegen und Trauer-mücken	Beetkultur	0,7 g/m²	unmittelbar nach dem Beimpfen	F
Dimethoat, 400 g/l					
Adimethoat 40 EC, ASU, Xn, B1 ••• Bi 58, BIT, BAS, Xn, B1 ••• Danadim Dimethoat 40, CHE, STI, Xn, B1 ••• DANADIM 400 EC, CHE, Xn, B1 ••• Insekten-Spritzmittel Roxion, CEL, Xn, B1 ••• PERFEKTHION, BAS, Xn, B1					
Roxion, CYD, Xn, B1					
Blumenkohl, Rotkohl, Weißkohl, Wirsing	Kohlfliege	Freiland	1 l/ha	Spritzen als Bandbehandlung I nach Befalls-beginn oder ab Warndienstaufruf	42
Kopfsalat	Saugende Insekten	Freiland	600 ml/ha	nach Befallsbeginn oder ab Warndienstaufruf	21
Möhren	Saugende Insekten	Freiland	600 ml/ha	nach Befallsbeginn oder ab Warndienstaufruf	14
Rosenkohl	Saugende Insekten	Freiland	* 600 ml/ha	Pflanzengröße bis 50 cm I nach Befallsbeginn oder ab Warndienstaufruf	14
Rot- und Weißkohl	Saugende Insekten	Freiland	600 ml/ha	nach Befallsbeginn oder ab Warndienstaufruf	14
Tomaten	Saugende Insekten	unter Glas	* 600 ml/ha	Pflanzengröße bis 50 cm I nach Befallsbeginn oder ab Warndienstaufruf	3
Wirsing	Saugende Insekten	Freiland	600 ml/ha	nach Befallsbeginn oder ab Warndienstaufruf	14
Zwiebeln	Saugende Insekten	Freiland	600 ml/ha	nach Befallsbeginn oder ab Warndienstaufruf	14
Rogor 40 L, ISA, Xn, B1					
Blumenkohl, Rotkohl, Weißkohl, Wirsing	Kohlfliege	Freiland	1 l/ha	Spritzen als Bandbehandlung I nach Befalls-beginn oder ab Warndienstaufruf	42
Möhren	Saugende Insekten	Freiland	600 ml/ha	nach Befallsbeginn oder ab Warndienstaufruf	14
Rosenkohl	Saugende Insekten	Freiland	* 600 ml/ha	Pflanzengröße bis 50 cm I nach Befallsbeginn oder ab Warndienstaufruf	14
Rot- und Weißkohl	Saugende Insekten	Freiland	600 ml/ha	nach Befallsbeginn oder ab Warndienstaufruf	14
Tomaten	Saugende Insekten	unter Glas	* 600 ml/ha	Pflanzengröße bis 50 cm I nach Befallsbeginn	3
Wirsing und Kopfsalat	Saugende Insekten	Freiland	600 ml/ha	nach Befallsbeginn oder ab Warndienstaufruf	14/21
Zwiebeln	Saugende Insekten	Freiland	600 ml/ha	nach Befallsbeginn oder ab Warndienstaufruf	14
Dimethoat, 404 g/l					
Rogor, SPI, URA, Xn, B1					
Blumenkohl, Rotkohl, Weißkohl, Wirsing	Kohlfliege	Freiland	1 l/ha	Spritzen als Bandbehandlung I nach Befalls-beginn oder ab Warndienstaufruf	42
Kopfsalat	Saugende Insekten	Freiland	600 ml/ha	nach Befallsbeginn oder ab Warndienstaufruf	21
Möhren	Saugende Insekten	Freiland	600 ml/ha	nach Befallsbeginn oder ab Warndienstaufruf	14

Kapitel 5.5 — Bekämpfung von Insekten — 5.5.1.6 Insektizide im Gemüsebau

Wirkstoffe/ Präparate/ Kulturen	Schaderreger	Bereich	Aufwand	Hinweise	WZ
Ethiofencarb, 51 g/l Croneton-Blattlausfrei, BAY, B1, W					
Rosenkohl	Saugende Insekten	Freiland	* 600 ml/ha	Pflanzengröße bis 50 cm l nach Befallsbeginn oder ab Warndienstaufruf	14
Rot- und Weißkohl	Saugende Insekten	Freiland	600 ml/ha	nach Befallsbeginn oder ab Warndienstaufruf	14
Tomaten	Saugende Insekten	unter Glas	* 600 ml/ha	Pflanzengröße bis 50 cm l nach Befallsbeginn oder ab Warndienstaufruf	3
Wirsing	Saugende Insekten	Freiland	600 ml/ha	nach Befallsbeginn oder ab Warndienstaufruf	14
Zwiebeln	Saugende Insekten	Freiland	600 ml/ha	nach Befallsbeginn oder ab Warndienstaufruf	14
Blumenkohl, Rosenkohl, Rotkohl, Weißkohl, Wirsing	Blattläuse	Freiland	0,6 ml/m²	Pflanzengröße bis 50 cm l nach Befallsbeginn	4
Bohnen (Busch- und Stangenbohnen) und Dicke Bohnen	Blattläuse	Freiland	* 0,6 ml/m²	Pflanzengröße bis 50 cm l nach Befallsbeginn	4
Salat (Endivie, Binde-, Kopf-, Schnitt-, Pflück-, Zuckerhutsalat)	Blattläuse	Freiland	0,6 ml/m²	nach Befallsbeginn	4
Fenpropathrin, 100 g/l Rody, SCD, T, B3					
Bohnen (Busch- und Stangenbohnen), Gurken, Tomaten	Weiße Fliegen (= Mottenschildläuse)	unter Glas	* 400 ml/ha	Pflanzengröße bis 50 cm l nach Befallsbeginn	3
Kali-Seife, 10 g/kg CHRYSAL Pflanzen-Pump-Spray, BRA, B4 ••• Neudosan AF, NEU, B4 ••• Pflanzen Paral Schädlings-Frei; JOH, THO, B4					
Blatt- und Sproßgemüse	Saugende Insekten, ausgenommen Mehlige Kohlblattl.	Freiland		Sprühdose l nach Befallsbeginn	F
Fruchtgemüse	Saugende Insekten, ausgenommen Weiße Fliege	Freiland		Sprühdose l nach Befallsbeginn	F
Kali-Seife, 10,2 g/l Blusana Pflanzen Sprühmittel, LEN ••• Blusana Pflanzenschutz, LEN, B4 ••• Neudosan AF Neu, NEU					
Blatt- und Sproßgemüse	Saugende Insekten, ausgenommen Mehlige Kohlblattl.	Freiland		Sprühdose l nach Befallsbeginn oder ab Warndienstaufruf	F
Fruchtgemüse	Saugende Insekten, ausgenommen Weiße Fliege	Freiland		Sprühdose l nach Befallsbeginn oder ab Warndienstaufruf	F
Kali-Seife, 515 g/l Neudosan Neu, NEU					
Blatt- und Sproßgemüse	Saugende Insekten	Freiland	* 18 l/ha	Pflanzengröße bis 50 cm l nach Befallsbeginn oder ab Warndienstaufruf	F
Fruchtgemüse	Saugende Insekten, ausgenommen Weiße Fliege	Freiland	* 18 l/ha	Pflanzengröße bis 50 cm l nach Befallsbeginn oder ab Warndienstaufruf	F
Neudosan, NEU					
Blatt- und Sproßgemüse	Saugende Insekten, ausgen. Mehlige Kohlblattlaus	Freiland	* 18 l/ha	Pflanzengröße bis 50 cm l nach Befallsbeginn	F
Fruchtgemüse	Saugende Insekten, ausgenommen Weiße Fliege	Freiland	* 18 l/ha	Pflanzengröße bis 50 cm l nach Befallsbeginn	F

Wirkstoffe/Präparate/Kulturen	Schaderreger	Bereich	Aufwand	Hinweise	WZ
Methamidophos, 605 g/l					
Tamaron, BAY, T+, B1					
Blumenkohl, Kohlrabi, Rotkohl, Weißkohl, Wirsing	Saugende Insekten	Freiland	600 ml/ha	nach Befallsbeginn	21114
Blumenkohl, Kohlrabi, Rotkohl, Weißkohl, Wirsing	Kohlmottenschildlaus	Freiland	600 ml/ha	nach Befallsbeginn	21114
Blumenkohl, Kohlrabi, Rotkohl, Weißkohl, Wirsing	Beißende Insekten	Freiland	600 ml/ha	nach Befallsbeginn	21114
Oxydemeton-methyl, 110 g/l					
Metasystox R spezial, BAY, Xn, B1					
Blumenkohl	Blattläuse	Freiland	1,5 l/ha	nach Befallsbeginn oder ab Warndienstaufruf	14
Bohnen (Busch- und Stangenbohnen)	Saugende Insekten	Freiland	* 1,5 l/ha	Pflanzengröße bis 50 cm l nach Befallsbeginn	7
Grünkohl, Weißkohl, Rotkohl, Wirsing, Kohlrabi, Kopfsalat	Blattläuse	Freiland	1,5 l/ha	nach Befallsbeginn	14
Oxydemeton-methyl, 213,8 g/l, Parathion, 178,2 g/l					
E Combi, BAY, T+, B1					
Brokkoli	Beißende Insekten	Freiland	600 ml/ha	nach Befallsbeginn oder ab Warndienstaufruf	14
Brokkoli	Saugende Insekten	Freiland	600 ml/ha	nach Befallsbeginn oder ab Warndienstaufruf	14
Buschbohnen	Beißende Insekten	Freiland	600 ml/ha	nach Befallsbeginn oder ab Warndienstaufruf	7
Buschbohnen	Saugende Insekten	Freiland	600 ml/ha	nach Befallsbeginn oder ab Warndienstaufruf	7
Erbsen	Beißende Insekten	Freiland	* 600 ml/ha	Pflanzengröße bis 50 cm l nach Befallsbeginn oder ab Warndienstaufruf	7
Erbsen	Saugende Insekten	Freiland	* 600 ml/ha	Pflanzengröße bis 50 cm l nach Befallsbeginn	7
Salat (Endivie, Binde-, Kopf-, Schnitt-, Pflück-, Zuckerhutsalat)	Saugende Insekten	Freiland	600 ml/ha	nach Befallsbeginn oder ab Warndienstaufruf	14
Salat (Endivie, Binde-, Kopf-, Schnitt-, Pflück-, Zuckerhutsalat)	Beißende Insekten	Freiland	600 ml/ha	nach Befallsbeginn oder ab Warndienstaufruf	14
Spinat	Beißende Insekten	Freiland	600 ml/ha	nach Befallsbeginn oder ab Warndienstaufruf	14
Spinat	Saugende Insekten	Freiland	600 ml/ha	nach Befallsbeginn oder ab Warndienstaufruf	14
Weißkohl, Wirsing, Rotkohl, Rosenkohl, Blumenkohl, Kohlrabi	Weiße Fliegen (= Mottenschildläuse)	Freiland	* 600 ml/ha	Pflanzengröße bis 50 cm l nach Befallsbeginn oder ab Warndienstaufruf	14
Rosenkohl, Blumenkohl, Kohlrabi, Weißkohl, Wirsing, Rotkohl	Saugende Insekten	Freiland	* 600 ml/ha	Pflanzengröße bis 50 cm l nach Befallsbeginn oder ab Warndienstaufruf	14
Rosenkohl, Blumenkohl, Kohlrabi, Weißkohl, Wirsing, Rotkohl	Beißende Insekten	Freiland	* 600 ml/ha	Pflanzengröße bis 50 cm l nach Befallsbeginn oder ab Warndienstaufruf	14
Oxydemeton-methyl, 275,6 g/l					
Metasystox R, BAY, T, B1					
Grünkohl, Blumenkohl, Weißkohl, Rotkohl, Blumenkohl, Kohlrabi	Saugende Insekten	Freiland	* 600 ml/ha	bei Befallsbeginn bzw. bei Sichtbarwerden der ersten Symptome/Schadorganismen	21
Salat (Endivie, Binde-, Kopf-, Schnitt-, Pflück-, Zuckerhutsalat)	Saugende Insekten	Freiland	600 ml/ha	bei Befallsbeginn bzw. bei Sichtbarwerden der ersten Symptome/Schadorganismen	21

Wirkstoffe/ Präparate/ Kulturen	Schaderreger	Bereich	Aufwand	Hinweise	WZ
Parathion, 507,5 g/l					
E 605 forte, BAY, T+, B1 ••• P-O-X, ASU, T+, B1					
Blattkohle, Blumenkohle, Kohlrabi, Kopfkohle	Kohlfliege	Freiland	2 ml / 100 Pflanzen	Gießen l nach Befallsbeginn oder ab Warndienstaufruf	35
Blattkohle, Blumenkohle, Kohlrabi, Kopfkohle, Porree	Beißende Insekten	Freiland	* 210 ml/ha	Pflanzengröße bis 50 cm l nach Befallsbeginn	14
Blattkohle, Blumenkohle, Kohlrabi, Kopfkohle, Porree	Saugende Insekten	Freiland	* 210 ml/ha	Pflanzengröße bis 50 cm l nach Befallsbeginn	14
Blattkohle, Blumenkohle, Kohlrabi, Kopfkohle, Porree, Salat, Spinat	Erdraupen	Freiland	2 ml / 100 m²	Köderverfahren, zwischen die Kulturpflanzen streuen l nach Befallsbeginn oder ab Warndienstaufruf	14
Brokkoli und Chinakohl	Kohlfliege	Freiland	2 ml / 100 Pflanzen	Gießen, Reihenbehandlung l nach Befallsbeginn oder ab Warndienstaufruf	35
Brokkoli und Chinakohl	Saugende Insekten	Freiland	210 ml/ha	nach Befallsbeginn oder ab Warndienstaufruf	14
Buschbohnen, Gurken	Saugende Insekten	Freiland	210 ml/ha	nach Befallsbeginn oder ab Warndienstaufruf	14
Buschbohnen, Gurken	Beißende Insekten	Freiland	210 ml/ha	nach Befallsbeginn oder ab Warndienstaufruf	14
Erbsen, Buschbohnen, Stangenbohnen, Puffbohnen, Gurken, Tomaten	Erdraupen	Freiland	2 ml / 100 m²	Köderverfahren, zwischen die Kulturpflanzen streuen l nach Befallsbeginn oder ab Warndienstaufruf	14
Erbsen, Puffbohnen, Tomaten	Saugende Insekten	Freiland	* 210 ml/ha	Pflanzengröße bis 50 cm l nach Befallsbeginn	14
Erbsen, Puffbohnen, Tomaten	Beißende Insekten	Freiland	* 210 ml/ha	Pflanzengröße bis 50 cm l nach Befallsbeginn	14
Salat und Spinat	Beißende Insekten	Freiland	210 ml/ha	nach Befallsbeginn	14
Salat und Spinat	Saugende Insekten	Freiland	210 ml/ha	nach Befallsbeginn	14
Stangenbohnen	Beißende Insekten	Freiland	* 210 ml/ha	Pflanzengröße bis 50 cm l nach Befallsbeginn oder ab Warndienstaufruf	14
Stangenbohnen	Saugende Insekten	Freiland	* 210 ml/ha	Pflanzengröße bis 50 cm l nach Befallsbeginn	14
Permethrin, 50 g/l					
COMPO Insektenmittel, COM, Xi, B1 ••• Talcord 5, SAG, Xi, B1					
Bohnen (Busch- und Stangenbohnen), Gurken, Tomaten	Beißende Insekten	unter Glas	* 600 ml/ha	Pflanzengröße bis 50 cm l nach Befallsbeginn	4|7
Erbsen, Buschbohnen, Gurken, Tomaten	Saugende Insekten	Freiland	* 600 ml/ha	Pflanzengröße bis 50 cm l nach Befallsbeginn	4|7
Erbsen, Buschbohnen, Gurken, Tomaten	Beißende Insekten	Freiland	* 600 ml/ha	Pflanzengröße bis 50 cm l nach Befallsbeginn	4|7
Grünkohl, Wirsing, Weißkohl, Rotkohl, Kohlrabi, Blumenkohl, Salat, Spinat, Porree, Zwiebeln	Saugende Insekten, ausgenommen Mehlige Kohlblattlaus	Freiland	* 600 ml/ha	Pflanzengröße bis 50 cm l nach Befallsbeginn	21|7
Grünkohl, Wirsing, Weißkohl, Rotkohl, Kohlrabi, Blumenkohl, Salat, Spinat, Porree, Zwiebeln	Beißende Insekten	Freiland	* 600 ml/ha	Pflanzengröße bis 50 cm l nach Befallsbeginn	21|7
Möhren und Knollensellerie	Saugende Insekten	Freiland	* 600 ml/ha	Pflanzengröße bis 50 cm l nach Befallsbeginn	21

Wirkstoffe/ Präparate/ Kulturen	Schaderreger	Bereich	Aufwand	Hinweise	WZ
Permethrin, 250 g/l					
Möhren und Knollensellerie	Beißende Insekten	Freiland	* 600 ml/ha	Pflanzengröße bis 50 cm l nach Befallsbeginn	21
••• Ambush, ZNC, COM, Xi, B1 ••• COMPO Kartoffelkäfer-frei, CEL, Xi, B1 ••• ETISSO-Kartoffelkäfer-Frei Ambush, FRU, Xi, B1 ••• Pflanzol Kartoffelkäfer-Ex, DDZ, Xi, B1 ••• Ribinol N, ASU, Xi, B1					
Grünkohl, Wirsing, Blumenkohl, Kohlrabi	Beißende Insekten	Freiland	* 60 ml/ha	Pflanzengröße bis 50 cm l nach Befallsbeginn oder ab Warndienstaufruf	7
Pirimicarb, 500 g/kg					
Blattlausfrei Pirimor G, CEL, Xn ••• ETISSO Blattlaus-frei, FRU, Xn ••• Pflanzol Blattlaus-Ex, DDZ, Xn ••• Pirimor-Granulat zum Auflösen in Wasser, ZNC, BAS/CEL/SPI/URA, Xn					
Kopfsalat, Spinat, Porree, Wirsing, Blumenkohl, Kohlrabi, Grün-, Rosen-, Weiß-, Rotkohl	Blattläuse	Freiland	* 250 g/ha	Pflanzengröße bis 50 cm l nach Befallsbeginn	7
Möhren	Blattläuse	Freiland	300 g/ha	nach Befallsbeginn oder ab Warndienstaufruf	7
Tomaten, Gurken, Erbsen, Buschbohnen	Blattläuse	Freiland	* 250 g/ha	Pflanzengröße bis 50 cm l nach Befallsbeginn	3
Wurzelzichorie	Blattläuse	Freiland	300 g/ha	nach Befallsbeginn oder ab Warndienstaufruf	7
Propoxur, 203,7 g/l					
Unden flüssig, BAY, T, B1					
Buschbohnen	Beißende Insekten	Freiland	* 1,2 l/ha	Pflanzengröße bis 50 cm l nach Befallsbeginn oder ab Warndienstaufruf	7
Buschbohnen, Dicke Bohnen, Erbsen	Saugende Insekten	Freiland	* 900 ml/ha	Pflanzengröße bis 50 cm l nach Befallsbeginn oder ab Warndienstaufruf	7
Kohlrabi und Wirsing	Saugende Insekten	Freiland	900 ml/ha	nach Befallsbeginn oder ab Warndienstaufruf	7
Kohlrabi und Wirsing	Beißende Insekten, ausgenommen Kohleule	Freiland	1,2 l/ha	nach Befallsbeginn oder ab Warndienstaufruf	7
Kopfsalat, Porree, Spinat	Saugende Insekten	Freiland	900 ml/ha	nach Befallsbeginn oder ab Warndienstaufruf	7
Kopfsalat, Porree, Spinat	Beißende Insekten	Freiland	1,2 l/ha	nach Befallsbeginn oder ab Warndienstaufruf	7
Pyrethrine, 3 g/kg, Piperonylbutoxid, 10 g/kg					
Detia Pflanzen-Universal-Staub, DET, B4 ••• Insekten-Stäubemittel Hortex NEU, CEL, B4 ••• Spruzit-Staub, NEU, B4					
Buschbohnen	Blattläuse	Freiland	2,5 g/m²	Stäuben l nach Befallsbeginn oder ab Warndienstaufruf	1
Porree	Beißende Insekten	Freiland	2,5 g/m²	Stäuben l nach Befallsbeginn oder ab Warndienstaufruf	3
Porree und Spinat	Blattläuse	Freiland	2,5 g/m²	Stäuben l nach Befallsbeginn oder ab Warndienstaufruf	3
Salat (Endivie, Binde-, Kopf-, Schnitt-, Pflück-, Zuckerhutsalat)	Blattläuse	Freiland	2,5 g/m²	Stäuben l nach Befallsbeginn oder ab Warndienstaufruf	3
Salat (Endivie, Binde-, Kopf-, Schnitt-, Pflück-, Zuckerhutsalat)	Beißende Insekten	Freiland	2,5 g/m²	Stäuben l nach Befallsbeginn oder ab Warndienstaufruf	3
Pyrethrine, 3 g/kg, Piperonylbutoxid, 8,5 g/kg					
Herba-Vetyl-Staub neu, VET ••• Insekten-Stäube-Staub Hortex, CEL					
Blumenkohl und Kohlrabi	Beißende Insekten, ausgen. Rüsselkäfer und Kohleule	Freiland	2,5 g/m²	Stäuben l nach Befallsbeginn	3

Wirkstoffe/ Präparate/ Kulturen	Schaderreger	Bereich	Aufwand	Hinweise	WZ
Blumenkohl und Kohlrabi	Blattläuse, ausgenommen Mehlige Kohlblattlaus	Freiland	2,5 g/m²	Stäuben I nach Befallsbeginn	3
Buschbohnen	Blattläuse	Freiland	2,5 g/m²	Stäuben I nach Befallsbeginn	1
Gurken und Tomaten	Beißende Insekten, ausgenommen Rüsselkäfer	Freiland	2,5 g/m²	Stäuben I nach Befallsbeginn	2
Kopfsalat	Blattläuse	Freiland	2,5 g/m²	Stäuben I nach Befallsbeginn	3
Kopfsalat	Beißende Insekten, ausgenommen Rüsselkäfer	Freiland	2,5 g/m²	Stäuben I nach Befallsbeginn	3
Rapsöl, 15.58 g/l					
SCHÄDLINGSFREI NATUREN AF, TEM, CEL					
Gemüsebau	Weiße Fliegen (= Mottenschildläuse)	Freiland		Unverdünnt spritzen I nach Befallsbeginn	F
Gemüsebau	Weiße Fliegen (= Mottenschildläuse)	unter Glas		Unverdünnt spritzen I nach Befallsbeginn	F
Gemüsebau	Blattläuse, ausgenommen Mehlige Kohlblattlaus	unter Glas		Unverdünnt spritzen I nach Befallsbeginn	F
Gemüsebau	Blattläuse, ausgenommen Mehlige Kohlblattlaus	Freiland		Unverdünnt spritzen I nach Befallsbeginn	F
Rapsöl, 777 g/l					
Schädlingsfrei Naturen, CEL ••• TELMION, TEM, AVO					
Gemüsebau	Weiße Fliegen (= Mottenschildläuse)	unter Glas	* 120 ml / 100 m²	Tropfna3 spritzen I Pflanzengröße bis 50 cm I bei Befall	F
Gemüsekohl	Mehlige Kohlblattlaus	Freiland	* 120 ml / 100 m²	Tropfna3 spritzen I Pflanzengröße bis 50 cm I nach Befallsbeginn	F
Sulfotep, 185 g/kg					
Bladafum II, BAY, T					
Buschbohnen	Saugende Insekten	unter Glas	1Dose/200 m³	Räuchern I nach Befallsbeginn	7
Gurken und Tomaten	Saugende Insekten	unter Glas	1 Dose(n) / 200 m³	Räuchern I nach Befallsbeginn	4
Salat (Endivie, Binde-, Kopf-, Schnitt-, Pflück-, Zuckerhutsalat)	Saugende Insekten	unter Glas	1 Dose(n) / 200 m³	Räuchern I nach Befallsbeginn	10
Stangenbohnen	Saugende Insekten	unter Glas	1 Dose(n) / 200 m³	Räuchern I nach Befallsbeginn	7
Triazophos, 400 g/l					
Hostathion, AVO, T, B1					
Blumenkohl	Kohlfliege	Freiland	4 ml / 100 Pfl.	Gießen an den Wurzelhals I nach dem Pflanzen	35

5.5.1.7   Insektizide im Obstbau

Amitraz, 200 g/l

Mitac, AVO, RPA, Xn

Birnen	Birnenblattsauger		1,25 l/ha und je 1 m Kronenhöhe	bei Befallsbeginn bzw. bei Sichtbarwerden der ersten Symptome/Schadorganismen	28

Wirkstoffe/ Präparate/ Kulturen	Schaderreger	Aufwand	Hinweise	WZ
Apfelwickler-Granulosevirus, 4 g/l MADEX 3, CEM				
Kernobst	Apfelwickler	150 ml/ha	nach der Eiablage	F
Apfelwickler-Granulosevirus, 486 g/l Granupom N, NEU, Xi ••• GRANUPOM, AVO, Xi ••• Obstmadenfrei Granupom, CEL Xi				
Kernobst	Apfelwickler	0,03 %	nach der Eiablage	F
Bacillus thuringiensis, 20 g/kg Bactospeine FC, AVO, B4 ••• BIOBIT (BBN 0017), ABB, CEM, B4				
Kern- und Steinobst	Goldafter	1 kg/ha und je 1 m Kronenhöhe	nach Befallsbeginn oder ab Warndienstaufruf	F
Kern- und Steinobst	Schwammspinner	1 kg/ha und je 1 m Kronenhöhe	nach Befallsbeginn oder ab Warndienstaufruf	F
Kern- und Steinobst	Freifressende Schmetterlingsraupen, ausgenommen Lymantriiden und Eulen	1 kg/ha und je 1 m Kronenhöhe	nach Befallsbeginn oder ab Warndienstaufruf	F
Bacillus thuringiensis, 22 g/kg Bactospeine XL, ABB, AVO				
Kern- und Steinobst	Freifressende Schmetterlingsraupen	4 l/ha	nach Befallsbeginn oder ab Warndienstaufruf	F
Bacillus thuringiensis, 32 g/kg Dipel, ASU, B4 ••• Neudorffs Raupenspritzmittel, NEU, B4				
Kern- und Steinobst	Schwammspinner	0,1 %	nach Befallsbeginn oder ab Warndienstaufruf	F
Kern- und Steinobst	Goldafter	0,1 %	nach Befallsbeginn oder ab Warndienstaufruf	F
Kern- und Steinobst	Freifressende Schmetterlingsraupen, ausge. Woll- bzw. Trägspinner (Lymantriidae), Eulenarten (Noctuidae) sowie Großer Frostspanner	0,1 %	nach Befallsbeginn oder ab Warndienstaufruf	F
Bacillus thuringiensis, 33,2 g/l Dipel ES, ASU				
Kernobst	Freifressende Schmetterlingsraupen, ausgenommen Woll- bzw. Trägspinnerarten (Lymantriidae) und Eulenarten	0,5 l/ha und je 1 m Kronenhöhe	nach der Blüte	F
Steinobst	Freifressende Schmetterlingsraupen, ausgen. Woll- bzw. Trägspinnerarten und Eulenarten	0,5 l/ha und je 1 m Kronenhöhe	nach der Blüte	
Bacillus thuringiensis, 64 g/kg Dipel 2 X, ASU, B4				
Kern- und Steinobst	Goldafter	0,05 %	nach Befallsbeginn oder ab Warndienstaufruf	F
Kern- und Steinobst	Freifressende Schmetterlingsraupen, ausgen. Woll- bzw. Trägspinner- (Lymantriidae) und Eulenarten	0,05 %	nach Befallsbeginn oder ab Warndienstaufruf	F
Kern- und Steinobst	Schwammspinner	0,05 %	nach Befallsbeginn oder ab Warndienstaufruf	F

Wirkstoffe/ Präparate/ Kulturen	Schaderreger	Aufwand	Hinweise	WZ
Bacillus thuringiensis, 500 g/kg				
Turex, CGD				
Kern- und Steinobst	Kleiner Frostspanner	0,5 kg/ha und je 1 m Kronenhöhe	bei Schlupfbeginn	F
Kernobst	Großer Frostspanner	1 kg/ha und je 1 m Kronenhöhe	nach Befallsbeginn oder ab Warndienstaufruf	F
Bacillus thuringiensis, 540 g/kg				
XenTari, BAY, Xi				
Kernobst	Freifressende Schmetterlingsraupen	0,5 kg/ha und je 1 m Kronenhöhe	nach Befallsbeginn oder ab Warndienstaufruf	F
beta-Cyfluthrin, 25,8 g/l				
Bulldock Gemüseschädlingsfrei, BAY, Xn, B2 ••• Bulldock, BAY, Xn, B2				
Äpfel	Saugende Insekten	0,15 l/ha und je 1 m Kronenhöhe	bei Befallsbeginn bzw. bei Sichtbarwerden der ersten Symptome/Schadorganismen	7
	Apfelwickler	0,15 l/ha und je 1 m Kronenhöhe	bei Befall, unter Beachtung der Schadensschwelle	7
Äpfel	Beißende Insekten	0,15 l/ha und je 1 m Kronenhöhe	bei Befallsbeginn bzw. bei Sichtbarwerden der ersten Symptome/Schadorganismen	7
Cyfluthrin, 51,3 g/l				
Baythroid 50, BAY, Xn, B1 ••• Baythroid Schädlingsfrei, BAY, Xn, B1				
Kernobst	Saugende Insekten	0,15 l/ha und je 1 m Kronenhöhe	bei Befallsbeginn bzw. bei Sichtbarwerden der ersten Symptome/Schadorganismen	7
Kernobst	Beißende Insekten	0,15 l/ha und je 1 m Kronenhöhe	bei Befallsbeginn bzw. bei Sichtbarwerden der ersten Symptome/Schadorganismen	7
Kirschen und Pflaumen	Beißende Insekten, ausgenommen Rüsselkäfer	0,15 l/ha und je 1 m Kronenhöhe	bei Befallsbeginn bzw. bei Sichtbarwerden der ersten Symptome/Schadorganismen	7
Kirschen und Pflaumen	Saugende Insekten	0,15 l/ha und je 1 m Kronenhöhe	bei Befallsbeginn bzw. bei Sichtbarwerden der ersten Symptome/Schadorganismen	7
Pflaumen	Pflaumenwickler	0,15 l/ha und je 1 m Kronenhöhe	bei Befall, unter Beachtung der Schadensschwelle	7
Äpfel	Apfelwickler	0,15 l/ha und je 1 m Kronenhöhe	bei Befall, unter Beachtung der Schadensschwelle	7
Deltamethrin, 25 g/l				
Decis flüssig, AVO, CEL, Xn, B2 ••• Schädlings-Vernichter Decis, CEL, Xn, B2				
Birnen	Birnenblattsauger	0,15 l/ha und je 1 m Kronenhöhe	bei Befallsbeginn bzw. bei Sichtbarwerden der ersten Symptome/Schadorganismen	7
Erdbeeren	Saugende Insekten	0,6 kg/ha	vor der Blüte	F
Erdbeeren	Beißende Insekten	0,6 kg/ha	vor der Blüte	F
Johannisbeeren	Saugende Insekten	0,3 kg/ha	bei Befallsbeginn bzw. bei Sichtbarwerden der ersten Symptome/Schadorganismen	7
Johannisbeeren	Beißende Insekten	0,3 kg/ha	bei Befallsbeginn bzw. bei Sichtbarwerden der ersten Symptome/Schadorganismen	7

Wirkstoffe/ Präparate/ Kulturen	Schaderreger	Aufwand	Hinweise	WZ
Kernobst	Saugende Insekten	0,15 l/ha und je 1 m Kronenhöhe	bei Befallsbeginn bzw. bei Sichtbarwerden der ersten Symptome/Schadorganismen	7
Kernobst	Apfelwickler	0,15 l/ha und je 1 m Kronenhöhe	bei Befall, unter Beachtung der Schadenschwelle	7
Kernobst	Beißende Insekten	0,15 l/ha und je 1 m Kronenhöhe	bei Befallsbeginn bzw. bei Sichtbarwerden der ersten Symptome/Schadorganismen	7
Steinobst	Beißende Insekten	0,15 l/ha und je 1 m Kronenhöhe	bei Befallsbeginn bzw. bei Sichtbarwerden der ersten Symptome/Schadorganismen	14
Steinobst	Saugende Insekten	0,15 l/ha und je 1 m Kronenhöhe	bei Befallsbeginn bzw. bei Sichtbarwerden der ersten Symptome/Schadorganismen	14
Äpfel	Apfelblattsauger	0,15 l/ha und je 1 m Kronenhöhe	bei Befallsbeginn bzw. bei Sichtbarwerden der ersten Symptome/Schadorganismen	7

Dimethoat, 400 g/l

Adimethoat 40 EC, ASU, Xn, B1 ••• Danadim Dimethoat 40, CHE, STI, Xn, B1

Erdbeeren	Saugende Insekten	0,1 %	vor der Blüte	F
Kernobst	Gespinstmotten	0,5 l/ha und je 1 m Kronenhöhe	bei Befallsbeginn bzw. bei Sichtbarwerden der ersten Symptome/Schadorganismen	21
Kernobst	Saugende Insekten, ausgenommen Birnenblattsauger	0,5 l/ha und je 1 m Kronenhöhe	bei Befallsbeginn bzw. bei Sichtbarwerden der ersten Symptome/Schadorganismen	21
Kirschen	Kirschfruchtfliege	0,5 l/ha und je 1 m Kronenhöhe	bei Befallsbeginn bzw. bei Sichtbarwerden der ersten Symptome/Schadorganismen	21
Kirschen und Pflaumen	Gespinstmotten	0,5 l/ha und je 1 m Kronenhöhe	bei Befallsbeginn bzw. bei Sichtbarwerden der ersten Symptome/Schadorganismen	21|14
Kirschen und Pflaumen	Saugende Insekten	0,5 l/ha und je 1 m Kronenhöhe	bei Befallsbeginn bzw. bei Sichtbarwerden der ersten Symptome/Schadorganismen	21|14
Pflaumen	Pflaumenwickler	0,5 l/ha und je 1 m Kronenhöhe	bei Befallsbeginn bzw. bei Sichtbarwerden der ersten Symptome/Schadorganismen	14
Pflaumen	Sägewespen	0,5 l/ha und je 1 m Kronenhöhe	bei Befall, unter Beachtung der Schadenschwelle	14

Bi 58, BIT, BAS, Xn, B1 ••• DANADIM 400 EC, DANADIM 400 EC, CHE, Xn, B1 ••• Insekten-Spritzmittel Roxion, CEL, Xn, B1 ••• Rogor 40 L, ISA, Xn, B1 ••• Roxion, CYD, Xn, B1

Erdbeeren	Saugende Insekten	0,1 %	vor der Blüte	F
Kernobst	Saugende Insekten, ausgenommen Birnenblattsauger	0,5 l/ha und je 1 m Kronenhöhe	bei Befallsbeginn bzw. bei Sichtbarwerden der ersten Symptome/Schadorganismen	21
Kernobst	Gespinstmotten	0,5 l/ha und je 1 m Kronenhöhe	bei Befallsbeginn bzw. bei Sichtbarwerden der ersten Symptome/Schadorganismen	21
Kirschen und Pflaumen	Saugende Insekten	0,5 l/ha und je 1 m Kronenhöhe	bei Befallsbeginn bzw. bei Sichtbarwerden der ersten Symptome/Schadorganismen	21|14
Pflaumen	Sägewespen	0,5 l/ha und je 1 m Kronenhöhe	bei Befallsbeginn bzw. bei Sichtbarwerden der ersten Symptome/Schadorganismen	14
Pflaumen	Pflaumenwickler	0,5 l/ha und je 1 m Kronenhöhe	bei Befall, unter Beachtung der Schadenschwelle	14

Wirkstoffe/ Präparate/ Kulturen	Schaderreger	Aufwand	Hinweise	WZ
Dimethoat, 404 g/l				
Rogor, SPI, URA, B1				
Erdbeeren	Saugende Insekten	0,1 %	vor der Blüte	F
Kernobst	Saugende Insekten, ausgenommen Birnenblattsauger	0,5 l/ha und je 1 m Kronenhöhe	bei Befallsbeginn bzw. bei Sichtbarwerden der ersten Symptome/Schadorganismen	21
Kernobst	Gespinstmotten	0,5 l/ha und je 1 m Kronenhöhe	bei Befallsbeginn bzw. bei Sichtbarwerden der ersten Symptome/Schadorganismen	21
Kirschen und Pflaumen	Saugende Insekten	0,5 l/ha und je 1 m Kronenhöhe	bei Befallsbeginn bzw. bei Sichtbarwerden der ersten Symptome/Schadorganismen	21/14
Pflaumen	Pflaumenwickler	0,5 l/ha und je 1 m Kronenhöhe	bei Befall, unter Beachtung der Schadensschwelle	14
Pflaumen	Sägewespen	0,5 l/ha und je 1 m Kronenhöhe	bei Befallsbeginn bzw. bei Sichtbarwerden der ersten Symptome/Schadorganismen	14
Ethiofencarb, 51 g/l				
Croneton-Blattlausfrei, BAY, B1, W				
Johannisbeeren	Blattläuse	1 %	nach Befallsbeginn	7
Kernobst	Blattläuse	1 %	nach Befallsbeginn	4
Kirschen	Blattläuse	1 %	nach Befallsbeginn	4
Pflaumen	Blattläuse	1 %	nach Befallsbeginn	4
Fenoxycarb, 250 g/kg				
Insegar, CGD, SPI/URA, B1				
Kernobst	Fruchtschalenwickler	0,04 %	vor der Blüte	35
Kernobst	Apfelwickler	0,04 %	unter Beachtung der Schadensschwelle	35
Pflaumen	Pflaumenwickler	0,04 %	bei ansteigendem Falterflug	28
Pflaumen	Fruchtschalenwickler	0,04 %	sofort bei Beginn des Fluges der 1. Falter bis Ende des Ballonstadiums	28
Fenthion, 535,5 g/l				
Lebaycid, BAY, Xn, B1				
Kirschen	Kirschfruchtfliege	0,1 %	nach der Blüte	14
Imidacloprid, 665 g/kg				
Confidor WG 70, BAY, B1				
Äpfel	Blattläuse	0,05 kg/ha und je 1 m Kronenhöhe	bei Befallsbeginn bzw. bei Sichtbarwerden der ersten Symptome/Schadorganismen	14
Äpfel	Blutlaus	0,05 kg/ha und je 1 m Kronenhöhe	bei Befallsbeginn bzw. bei Sichtbarwerden der ersten Symptome/Schadorganismen	14
Äpfel	Miniermotten	0,05 kg/ha und je 1 m Kronenhöhe	bei Befallsbeginn bzw. bei Sichtbarwerden der ersten Symptome/Schadorganismen	14
Kali-Seife, 10 g/kg				
CHRYSAL Pflanzen-Pump-Spray, BRA, B4 ••• Neudosan AF, NEU, B4 ••• Pflanzen Paral Schädlings-Frei, JOH, THO, B4				
Erdbeeren	Saugende Insekten		Sprühdose i nach Befallsbeginn	F
Obstbau, ausgenommen Erdbeeren	Saugende Insekten, ausgenommen Blutlaus und Birnenblattsauger		Sprühdose i nach Befallsbeginn	F

Wirkstoffe/ Präparate/ Kulturen	Schaderreger	Aufwand	Hinweise	WZ
Kali-Seife, 10,2 g/l				
Blusana Pflanzen Sprühmittel, LEN ••• Blusana Pflanzenschutz, LEN, B4 ••• Neudosan AF Neu, NEU				
Erdbeeren	Saugende Insekten		Sprühdose I bei Befallsbeginn bzw. bei Sichtbarwerden der ersten Symptome/Schadorganismen	F
Obstbau, ausgenommen Erdbeeren	Saugende Insekten, ausgenommen Blutlaus und Birnenblattsauger		Sprühdose I bei Befallsbeginn bzw. bei Sichtbarwerden der ersten Symptome/Schadorganismen	F
Kali-Seife, 515 g/l				
Neudosan Neu, NEU				
Erdbeeren	Saugende Insekten	40 kg/ha	bei Befallsbeginn bzw. bei Sichtbarwerden der ersten Symptome/Schadorganismen	F
Obstbau, ausgenommen Erdbeeren	Saugende Insekten, ausgenommen Blutlaus und Birnenblattsauger	2 %	bei Befallsbeginn bzw. bei Sichtbarwerden der ersten Symptome/Schadorganismen	F
Neudosan, NEU				
Erdbeeren	Saugende Insekten	2 %	bei Befallsbeginn bzw. bei Sichtbarwerden der ersten Symptome/Schadorganismen	F
Obstbau, ausgenommen Erdbeeren	Saugende Insekten, ausgenommen Blutlaus und Birnenblattsauger	2 %	bei Befallsbeginn bzw. bei Sichtbarwerden der ersten Symptome/Schadorganismen	F
Mineralöle, 546 g/l				
Austrieb-Spritzmittel Weißöl, CEL ••• OLIOCIN Austriebsspritzmittel, BAY ••• Promanal Neu, NEU				
Obstbau, ausgenommen Erdbeeren	Schildläuse	2 %	bei Befall, unter Beachtung der Schadensschwelle	
Mineralöle, 654 g/l				
Austrieb-Spritzmittel Weißöl FL, CEL, B4				
Para-Sommer, ASU, B4				
Beerenobst, ausgenommen Erdbeeren	Schildläuse	2 %	ab Frühjahr bei Befallsbeginn	F
Kernobst	Schildläuse	10 l/ha und je 1 m Kronenhöhe	ab Frühjahr bei Befallsbeginn bzw. bei Sichtbarwerden der ersten Symptome	F
Steinobst	Schildläuse	10 l/ha und je 1 m Kronenhöhe	ab Frühjahr bei Befallsbeginn bzw. bei Sichtbarwerden der ersten Symptome	F
Oxydemeton-methyl, 110 g/l				
Metasystox R spezial, BAY, Xn, B1				
Kernobst	Sägewespen	0,25 %	bei Befallsbeginn bzw. bei Sichtbarwerden der ersten Symptome/Schadorganismen	28
Kernobst	Saugende Insekten	0,25 %	bei Befallsbeginn bzw. bei Sichtbarwerden der ersten Symptome/Schadorganismen	28
Pflaumen	Sägewespen	0,25 %	bei Befallsbeginn bzw. bei Sichtbarwerden der ersten Symptome/Schadorganismen	28
Steinobst, ausgenommen Kirschen	Saugende Insekten	0,25 %	bei Befallsbeginn bzw. bei Sichtbarwerden der ersten Symptome/Schadorganismen	28
Oxydemeton-methyl, 275,6 g/l				
Metasystox R, BAY, T, B1				
Erdbeeren	Saugende Insekten	2 kg/ha	nach der Ernte	F

Wirkstoffe/ Präparate/ Kulturen	Schaderreger	Aufwand	Hinweise	WZ
Kernobst	Sägewespen	0,5 l/ha und je 1 m Kronenhöhe	bis vor der Blüte	F
Kernobst	Saugende Insekten	0,5 l/ha und je 1 m Kronenhöhe	bis vor der Blüte	F
Pflaumen	Sägewespen	0,5 l/ha und je 1 m Kronenhöhe	bis vor der Blüte	F
Pflaumen	Saugende Insekten	0,5 l/ha und je 1 m Kronenhöhe	bis vor der Blüte	F
Parathion, 507,5 g/l				
E 605 forte, BAY, T+, B1 ••• P-O-X, ASU, T+, B1				
Erdbeeren	Beißende Insekten	0,035 %	vor der Blüte	F
Johannisbeeren und Stachelbeeren	Beißende Insekten	0,035 %	bei Befallsbeginn bzw. bei Sichtbarwerden der ersten Symptome/Schadorganismen	14
Parathion-methyl, 405 g/kg				
ME 605 Spritzpulver, BAY, T, B1				
Kernobst	Beißende Insekten	0,05 %	bei Befallsbeginn bzw. bei Sichtbarwerden der ersten Symptome/Schadorganismen	28
Kernobst	Sägewespen	0,05 %	bei Befallsbeginn bzw. bei Sichtbarwerden der ersten Symptome/Schadorganismen	28
Kernobst	Saugende Insekten	0,05 %	bei Befallsbeginn bzw. bei Sichtbarwerden der ersten Symptome/Schadorganismen	28
Kernobst	Apfelwickler	0,05 %	bei Befallsbeginn bzw. bei Sichtbarwerden der ersten Symptome/Schadorganismen	28
Permethrin, 50 g/l				
COMPO Insektenmittel, COM, Xi, B1 ••• Talcord 5, SAG, Xi, B1				
Erdbeeren	Saugende Insekten	0,1 %	vor der Blüte	F
Erdbeeren	Beißende Insekten	0,1 %	vor der Blüte	F
Phosphamidon, 195 g/l				
Detia Pflanzen-Ungezieferfrei-Dimecron, DET, GGG, T, B1 ••• Dimecron 20, CGD, T, B1				
Beerenobst, ausgenommen Erdbeeren	Beißende Insekten	0,15 %	bei Befallsbeginn bzw. bei Sichtbarwerden der ersten Symptome/Schadorganismen	28
Beerenobst, ausgenommen Erdbeeren	Saugende Insekten	0,1 %	bei Befallsbeginn	28
Erdbeeren	Saugende Insekten	0,1 %	vor der Blüte	F
Erdbeeren	Beißende Insekten	0,1 %	vor der Blüte	F
Kernobst	Beißende Insekten	0,5 l/ha und je 1 m Kronenhöhe	bei Befallsbeginn bzw. bei Sichtbarwerden der ersten Symptome/Schadorganismen	21
Kernobst	Saugende Insekten	0,5 l/ha und je 1 m Kronenhöhe	bei Befallsbeginn bzw. bei Sichtbarwerden der ersten Symptome/Schadorganismen	21
Steinobst, ausgenommen Kirschen	Saugende Insekten	0,5 l/ha und je 1 m Kronenhöhe	bei Befallsbeginn bzw. bei Sichtbarwerden der ersten Symptome/Schadorganismen	21/28
Steinobst, ausgenommen Kirschen	Beißende Insekten	0,5 l/ha und je 1 m Kronenhöhe	bei Befallsbeginn bzw. bei Sichtbarwerden der ersten Symptome/Schadorganismen	21/28

Wirkstoffe/ Präparate/ Kulturen	Schaderreger	Aufwand	Hinweise	WZ
Äpfel	Blutlaus	0,5 l/ha und je 1 m Kronenhöhe	bei Befallsbeginn bzw. bei Sichtbarwerden der ersten Symptome/Schadorganismen	21
Pirimicarb, 500 g/kg				
Blattlausfrei Pirimor G, CEL, Xn ••• ETISSO Blattlaus-frei, FRU, Xn ••• Pflanzol Blattlaus-Ex, DDZ, Xn ••• Primor-Granulat zum Auflösen in Wasser, ZNC, BAS/CEL/SPI/URA, Xn				
Kernobst	Blattläuse	0,25 kg/ha und je 1 m Kronenhöhe	bei Befallsbeginn bzw. bei Sichtbarwerden der ersten Symptome/Schadorganismen	21
Kirschen	Blattläuse	0,25 kg/ha und je 1 m Kronenhöhe	bei Befallsbeginn bzw. bei Sichtbarwerden der ersten Symptome/Schadorganismen	10
Propoxur, 203,7 g/l				
Unden flüssig, BAY, T, B1				
Kernobst	Beißende Insekten	1 l/ha und je 1 m Kronenhöhe	bei Befallsbeginn bzw. bei Sichtbarwerden der ersten Symptome/Schadorganismen	7
Kernobst	Saugende Insekten, ausgenommen Blutlaus	0,75 l/ha und je 1 m Kronenhöhe	bei Befallsbeginn bzw. bei Sichtbarwerden der ersten Symptome/Schadorganismen	7
Kernobst	Schildläuse, ausgenommen San-Jose-Schildlaus	0,75 l/ha und je 1 m Kronenhöhe	bei Befallsbeginn bzw. bei Sichtbarwerden der ersten Symptome/Schadorganismen	7
Pflaumen	Beißende Insekten	1 l/ha und je 1 m Kronenhöhe	bei Befallsbeginn bzw. bei Sichtbarwerden der ersten Symptome/Schadorganismen	7
Pflaumen	Saugende Insekten	0,75 l/ha und je 1 m Kronenhöhe	bei Befallsbeginn bzw. bei Sichtbarwerden der ersten Symptome/Schadorganismen	7
Stachelbeeren	Schildläuse	0,15 %	bei Befallsbeginn bzw. bei Sichtbarwerden der ersten Symptome/Schadorganismen	7
Stachelbeeren	Beißende Insekten	0,2 %	bei Befallsbeginn bzw. bei Sichtbarwerden der ersten Symptome/Schadorganismen	7
Stachelbeeren	Saugende Insekten	0,15 %	bei Befallsbeginn bzw. bei Sichtbarwerden der ersten Symptome/Schadorganismen	7
Äpfel	Blutlaus	1 l/ha und je 1 m Kronenhöhe	bei Befallsbeginn bzw. bei Sichtbarwerden der ersten Symptome/Schadorganismen	7
Pyrethrine, 35 g/l, Piperonylbutoxid, 140 g/l				
Herba-Vetyl neu flüssig, VET				
Obstbau	Saugende Insekten, ausgenommen Blutlaus und Birnenblattsauger	0,1 %	bei Befallsbeginn bzw. bei Sichtbarwerden der ersten Symptome/Schadorganismen	2
Obstbau	Beißende Insekten, ausgen. blattm. Kleinschmetterlingsraupen, Schalenw., Rüsselk. und Gallmücken	0,1 %	bei Befallsbeginn bzw. bei Sichtbarwerden der ersten Symptome/Schadorganismen	2
Pyrethrine, 36 g/l, Piperonylbutoxid, 144 g/l				
COMPO Schädlings-frei, COM ••• Pyreth, ASU ••• Spruzit-flüssig, NEU, ASU/DET/FSC				
Obstbau, ausgenommen Erdbeeren	Beißende Insekten, ausgen. blattminierende Kleinschmetterlingsraupen, Schalenwickler, Rüsselkäfer und Gallmücken	0,1 %	bei Befallsbeginn bzw. bei Sichtbarwerden der ersten Symptome/Schadorganismen	2

Wirkstoffe/ Präparate/ Kulturen	Schaderreger	Aufwand	Hinweise	WZ
Pyrethrine, 48 g/l, Piperonylbutoxid, 445 g/l				
Obstbau, ausgenommen Erdbeeren	Saugende Insekten, ausgenommen Blutlaus und Birnenblattsauger	0,1 %	bei Befallsbeginn bzw. bei Sichtbarwerden der ersten Symptome/Schadorganismen	2
Bio Insektenfrei, SPI, URA, B4 ••• blitol Insektenfrei, URA, SPI, SPI, B4 ••• Schädlingsfrei Parexan, CEL, B4				
Beerenobst, ausgenommen Erdbeeren	Saugende Insekten	0,035 %	bei Befallsbeginn bzw. bei Sichtbarwerden der ersten Symptome/Schadorganismen	2
Beerenobst, ausgenommen Erdbeeren	Beißende Insekten, ausgenommen blattminierende Kleinschmetterlingsraupen, Schalenwickler, Rüsselkäfer und Gallmücken	0,035 %	bei Befallsbeginn bzw. bei Sichtbarwerden der ersten Symptome/Schadorganismen	2
Erdbeeren	Saugende Insekten	0,035 %	vor der Blüte	F
Erdbeeren	Beißende Insekten	0,035 %	vor der Blüte	F
Kernobst	Saugende Insekten, ausgenommen Blutlaus und Birnenblattsauger	0,175 l/ha und je 1 m Kronenhöhe	bei Befallsbeginn bzw. bei Sichtbarwerden der ersten Symptome/Schadorganismen	2
Kernobst	Beißende Insekten, ausgenommen blattminierende Kleinschmetterlingsraupen, Schalenwickler, Rüsselkäfer und Gallmücken	0,175 l/ha und je 1 m Kronenhöhe	bei Befallsbeginn bzw. bei Sichtbarwerden der ersten Symptome/Schadorganismen	2
Steinobst	Beißende Insekten, ausgenommen blattminierende Kleinschmetterlingsraupen, Schalenwickler, Rüsselkäfer und Gallmücken	0,175 l/ha und je 1 m Kronenhöhe	bei Befallsbeginn bzw. bei Sichtbarwerden der ersten Symptome/Schadorganismen	2
Steinobst	Saugende Insekten	0,175 l/ha und je 1 m Kronenhöhe	bei Befallsbeginn bzw. bei Sichtbarwerden der ersten Symptome/Schadorganismen	2
Rapsöl, 15,58 g/l				
SCHÄDLINGSFREI NATUREN AF, TEM, CEL				
Kernobst	Blattläuse		Unverdünnt spritzen i bei Befallsbeginn bzw. bei Sichtbarwerden der ersten Symptome/Schadorganismen	F
Steinobst	Blattläuse		Unverdünnt spritzen i bei Befallsbeginn bzw. bei Sichtbarwerden der ersten Symptome/Schadorganismen	F
Rapsöl, 777 g/l				
Schädlingsfrei Naturen, CEL ••• TELMION, TEM, AVO				
Kernobst	Blattläuse	40 l/ha	bei Befallsbeginn bzw. bei Sichtbarwerden der ersten Symptome/Schadorganismen	F
Kirschen	Schwarze Kirschenblattlaus	40 l/ha	bei Befallsbeginn bzw. bei Sichtbarwerden der ersten Symptome/Schadorganismen	F
Zwetschen	Schildläuse	10 l/ha und je 1 m Kronenhöhe	während der Vegetationsperiode	F

Wirkstoffe/ Präparate/ Kulturen	Schaderreger	Aufwand	Hinweise	WZ
Schalenwickler-Granulosevirus, 5 g/l				
CAPEX 2, CEM				
Kernobst	Fruchtschalenwickler	120 ml/ha	vor der Blüte	F
Tebufenozid, 240 g/l				
Mimic, RHD, AVO				
Kernobst	Apfelwickler	0,25 l/ha und je 1 m Kronenhöhe	Spritzen oder sprühen I ab Schlüpfen der ersten Larven	14
Kernobst	Fruchtschalenwickler	0,25 l/ha und je 1 m Kronenhöhe	Spritzen oder sprühen I ab Schlüpfen der ersten Larven	14
Triflumuron, 250 g/kg				
Alsystin, BAY, B1				
Kernobst	Apfelwickler	0,05 %	bei Befall, unter Beachtung der Schadensschwelle	28
Kernobst	Beißende Insekten	* 0,05 %	leicht bekämpfbare Arten I bei Befallsbeginn bzw. bei Sichtbarwerden der ersten Symptome/Schadorganismen	28

5.5.1.8 Insektizide im Weinbau

Wirkstoffe/ Präparate/ Kulturen	Schaderreger	Aufwand	Hinweise	WZ
Bacillus thuringiensis, 20 g/kg				
Bactospeine FC, AVO, B4 ••• BIOBIT (BBN 0017), ABB, CEM, B4				
Weinreben	Traubenwickler, Sauerwurm (2. Generation)	0,2 %	nach Befallsbeginn oder ab Warndienstaufruf	F
Weinreben	Traubenwickler, Heuwurm (1. Generation)	0,2 %	nach Befallsbeginn oder ab Warndienstaufruf	F
Bacillus thuringiensis, 22 g/kg				
Bactospeine XL, ABB, AVO				
Weinreben	Traubenwickler, Sauerwurm (2. Generation)	0,3 %	bei Befallsbeginn bzw. bei Sichtbarwerden der ersten Symptome/Schadorganismen	F
Weinreben	Traubenwickler, Heuwurm (1. Generation)	0,3 %	bei Befallsbeginn bzw. bei Sichtbarwerden der ersten Symptome/Schadorganismen	F
Bacillus thuringiensis, 32 g/kg				
Dipel, ASU, B4 ••• Neudorffs Raupenspritzmittel, NEU, B4				
Weinreben	Traubenwickler, Sauerwurm (2. Gen.)	0,1 %	nach Befallsbeginn	F
Weinreben	Traubenwickler, Heuwurm (1. Generation)	0,1 %	nach Befallsbeginn	F
Bacillus thuringiensis, 33,2 g/l				
Dipel ES, ASU				
Weinreben	Traubenwickler, Heuwurm (1. Generation)	0,1 %	ab Vollentwicklung der Gescheine	F
Weinreben	Traubenwickler, Sauerwurm (2. Generation)	0,1 %	ab Fruchtansatz	F
Bacillus thuringiensis, 64 g/kg				
Delfin, SAD, AVO, Xi				
Weinreben	Traubenwickler, Heuwurm (1. Generation)	0,1 %	nach Befallsbeginn oder ab Warndienstaufruf	F

Wirkstoffe/ Präparate/ Kulturen	Schaderreger	Aufwand	Hinweise	WZ
Weinreben	Traubenwickler, Sauerwurm (2. Generation)	0,1 %	nach Befallsbeginn oder ab Warndienstaufruf	F
Dipel 2 X, ASU, B4				
Weinreben	Traubenwickler, Heuwurm (1. Generation)	0,05 %	ab Vollentwicklung der Gescheine	F
Weinreben	Traubenwickler, Sauerwurm (2. Generation)	0,05 %	ab Fruchtansatz	F
Bacillus thuringiensis, 500 g/kg				
Turex, CGD				
Weinreben	Traubenwickler, Heuwurm (1. Generation)	0,1 %	nach Befallsbeginn oder ab Warndienstaufruf	F
Weinreben	Traubenwickler, Sauerwurm (2. Generation)	0,2 %	nach Befallsbeginn oder ab Warndienstaufruf	F
Weinreben	Traubenwickler, Sauerwurm (2. Generation)	0,1 %	nach Befallsbeginn oder ab Warndienstaufruf	F
Weinreben	Traubenwickler, Heuwurm (1. Generation)	0,2 %	nach Befallsbeginn oder ab Warndienstaufruf	F
Bacillus thuringiensis, 540 g/kg				
XenTari, BAY, Xi				
Weinreben	Traubenwickler, Sauerwurm (2. Generation)	0,1 %	nach Befallsbeginn oder ab Warndienstaufruf	F
Weinreben	Traubenwickler, Heuwurm (1. Generation)	0,1 %	nach Befallsbeginn oder ab Warndienstaufruf	F
Deltamethrin, 25 g/l				
Decis flüssig, AVO, CEL, Xn, B2 ••• Schädlings-Vernichter Decis, CEL, Xn, B2				
Weinreben	Springwurm	0,05 %	bei Befall	35
Weinreben	Rhombenspanner	0,05 %	Austriebsanwendung	35
Weinreben	Traubenwickler, Sauerwurm (2. Gen.)	0,03 %	ab Fruchtansatz	35
Weinreben	Traubenwickler, Heuwurm (1. Generation)	0,03 %	ab Vollentwicklung der Gescheine	35
Fenoxycarb, 250 g/kg				
Insegar, CGD, SPI/URA, B1				
Weinreben	Traubenwickler, Heuwurm (1. Generation)	0,03 %	kurz vor dem Höhepunkt des Falterfluges	28
Weinreben	Traubenwickler, Sauerwurm (2. Gen.)	0,03 %	bei ansteigendem Falterflug	28
Metarhizium anisopliae, 1000 g/kg				
BIO 1020, BAY, Xi, B3				
Weinbau	Dickmaulrüßler	10 g/m²	Streuen mit Einarbeitung bis etwa 10 cm Tiefe bei Bedarf	I
* Methidathion, 400 g/kg				
ULTRACID 40 CIBA-GEIGY, CGD, T, B1				
Weinreben	Traubenwickler (Heu- und Sauerwurm)	0,1 %	nach Befallsbeginn oder ab Warndienstaufruf	28
Weinreben	Springwurm	0,15 %	nach Befallsbeginn oder ab Warndienstaufruf	F
Parathion, 507,5 g/l				
E 605 forte, BAY, T+, B1 ••• P-O-X, ASU, T+, B1				
Weinreben	Traubenwickler, Heuwurm (1. Generation)	0,015 %	bei Befallsbeginn bzw. bei Sichtbarwerden der ersten Symptome/Schadorganismen	F

Wirkstoffe/ Präparate/ Kulturen	Schaderreger	Aufwand	Hinweise	WZ
Parathion-methyl, 405 g/kg ME 605 Spritzpulver, BAY, T, B1				
Weinreben	Traubenwickler (Heu- und Sauerwurm)	0,05 %	bei Befallsbeginn bzw. bei Sichtbarwerden der ersten Symptome/Schadorganismen	35
Weinreben	Springwurm	0,05 %	Sommer	F
Weinreben	Blattgallmilbe	0,05 %	Sommer	F
Tebufenozid, 240 g/l Mimic, RHD, AVO				
Weinreben	Traubenwickler, Heuwurm (1. Generation)	0,05 %	Spritzen oder sprühen I ab Schlüpfen der ersten Larven	28
Weinreben	Traubenwickler, Sauerwurm (2. Generation)	0,05 %	Spritzen oder sprühen I ab Schlüpfen der ersten Larven	28

5.5.1.9 Insektizide im Forst

Wirkstoffe/ Präparate/ Kulturen	Schaderreger	Aufwand	Hinweise	WZ
alpha-Cypermethrin, 15 g/l FASTAC FORST, CYD, Xi, B3				
Laub- und Nadelhölzer	Prachtkäfer-Arten	* 1 %	Tropfnaß spritzen I bis 12 Wochen Schutzdauer I vor dem Ausflug der Käfer	N
Laub- und Nadelhölzer	Bockkäfer	* 1 %	Tropfnaß spritzen I bis 12 Wochen Schutzdauer I vor dem Ausflug der Käfer	N
Laub- und Nadelhölzer	Rindenbrütende Borkenkäfer	* 1 %	Tropfnaß spritzen I bei Einzelstämmen I vor dem Ausflug der Käfer	N
Laub- und Nadelhölzer	Rinden- und holzbrütende Borkenkäfer, ausgenommen Xylosandrus germanus	* 1 %	Tropfnaß spritzen I bis 12 Wochen Schutzdauer I bei festgestellter Gefährdung (früher: vorbeugend)	N
Laub- und Nadelhölzer	Holzbrütende Borkenkäfer	* 1 %	Tropfnaß spritzen I bei Einzelstämmen I nach Befallsbeginn	N
Laub- und Nadelhölzer	Holzbrütende Borkenkäfer, ausgenommen Xylosandrus germanus	* 1 %	Tropfnaß spritzen I bei Einzelstämmen I nach Befallsbeginn	N
Laub- und Nadelhölzer	Rinden- und holzbrütende Borkenkäfer	* 1 %	Tropfnaß spritzen I bei Einzelstämmen I bei festgestellter Gefährdung (früher: vorbeugend)	N
Laub- und Nadelhölzer	Rinden- und holzbrütende Borkenkäfer, ausgenommen Xylosandrus germanus	2 %	Im Streichverfahren, zur gezielten Einzelpflanzenbehandlung I bei festgestellter Gefährdung (früher: vorbeugend)	N
Nadelholz	Großer Brauner Rüsselkäfer	4 %	Tauchen I vor dem Pflanzen	N
Nadelholz	Großer Brauner Rüsselkäfer	4 %	Spritzen als Einzelpflanzenbehandlung I Pflanzengröße bis 50 cm I nach Befallsbeginn	N
Bacillus thuringiensis, 21,2 g/kg FORAY 48B, ABB, AVO, Xi				
Laub- und Nadelhölzer	Nonne	4 l/ha	Spritzen als Flächenbehandlung mit Luftfahrzeug I nach Befallsbeginn	N

Wirkstoffe/ Präparate/ Kulturen	Schaderreger	Aufwand	Hinweise	WZ
Laub- und Nadelhölzer	Freifressende Schmetterlingsraupen, ausgen. Woll- bzw. Trägspinner- (Lymantriidae), Eulenarten (Noctuidae) sowie Großer Frostspanner	2 l/ha	Spritzen als Flächenbehandlung mit Luftfahrzeug I bei Befallsbeginn bzw. bei Sichtbarwerden der ersten Symptome	N
Laubholz	Schwammspinner	4 l/ha	Spritzen als Flächenbehandlung mit Luftfahrzeug I bei Befallsbeginn bzw. bei Sichtbarwerden der ersten Symptome	N
Laubholz	Schwammspinner	4 l/ha	Spritzen (nur mit Bodengeräten) I bei Befallsbeginn bzw. bei Sichtbarwerden der ersten Symptome	N
Nadelholz	Rotköpfiger Tannenwickler	2 l/ha	Spritzen als Flächenbehandlung mit Luftfahrzeug I bei Befallsbeginn bzw. bei Sichtbarwerden der ersten Symptome	N
Nadelholz	Kiefernspinner	4 l/ha	Spritzen als Flächenbehandlung mit Luftfahrzeug I nach Befallsbeginn	N
Bacillus thuringiensis, 32 g/kg Dipel, ASU, B4 ••• Neudorffs Raupenspritzmittel, NEU, B4				
Laub- und Nadelhölzer	Schwammspinner	900 g/ha	Spritzen (nur mit Bodengeräten) I bei Befall	N
Laub- und Nadelhölzer	Freifressende Schmetterlingsraupen, ausgenommen Woll- bzw. Trägspinnerarten (Lymantriidae) und Eulenarten	900 g/ha	Spritzen (nur mit Bodengeräten) I bei Befall	N
Laub- und Nadelhölzer	Schwammspinner	900 g/ha	Spritzen als Flächenbehandlung mit Luftfahrzeug I bei Befall	N
Laub- und Nadelhölzer	Goldafter	900 g/ha	Spritzen (nur mit Bodengeräten) I bei Befall	N
Laub- und Nadelhölzer	Goldafter	900 g/ha	Spritzen als Flächenbehandlung mit Luftfahrzeug I bei Befall	N
Bacillus thuringiensis, 33,2 g/l Dipel ES, ASU Forst				
Laub- und Nadelhölzer	Nonne	3 l/ha	Spritzen als Flächenbehandlung mit Luftfahrzeug I nach Befallsbeginn	N
Laub- und Nadelhölzer	Schwammspinner	2 l/ha	Spritzen als Flächenbehandlung mit Luftfahrzeug I nach Befallsbeginn	N
Laub- und Nadelhölzer	Schwammspinner	2 l/ha	Spritzen (nur mit Bodengeräten) I nach Befallsbeginn	N
Laub- und Nadelhölzer	Freifressende Schmetterlingsraupen, ausgenommen Woll- bzw. Trägspinnerarten (Lymantriidae), Eulenarten (Noctuidae) sowie Großer Frostspanner	3 l/ha	Spritzen als Flächenbehandlung mit Luftfahrzeug im ULV-Verfahren I nach Befallsbeginn	N
Laub- und Nadelhölzer	Freifressende Schmetterlingsraupen, ausge. Woll- bzw. Trägspinner- (Lymantriidae) sowie Eulenarten (Noctuidae) sowie Großer Frostspanner	3 l/ha	Spritzen als Flächenbehandlung mit Luftfahrzeug I nach Befallsbeginn	N

Wirkstoffe/ Präparate/ Kulturen	Schaderreger	Aufwand	Hinweise	WZ
Bacillus thuringiensis, 64 g/kg **Dipel 2 X, ASU, B4**				
Laub- und Nadelhölzer	Freifressende Schmetterlingsraupen, aus-genommen Woll- bzw. Trägspinnerarten, Eulenarten sowie Großer Frostspanner	3 l/ha	Spritzen (nur mit Bodengeräten) I nach Befalls-beginn	N
Laubholz	Goldafter	900 ml/ha	Spritzen (nur mit Bodengeräten) I nach Befalls-beginn	N
Laubholz	Goldafter	900 ml/ha	Spritzen als Flächenbehandlung mit Luftfahrzeug I nach Befallsbeginn	N
Laub- und Nadelhölzer	Schwammspinner	450 g/ha	Spritzen als Flächenbehandlung mit Luftfahrzeug I nach Befallsbeginn	N
Laub- und Nadelhölzer	Freifressende Schmetterlingsraupen, aus-genommen Woll- bzw. Trägspinnerarten (Lymantriidae) und Eulenarten	450 g/ha	Spritzen (nur mit Bodengeräten) I nach Befalls-beginn	N
Laubhölzer	Schwammspinner	450 g/ha	Spritzen (nur mit Bodengeräten) I nach Befalls-beginn	N
Laubhölzer	Goldafter	450 g/ha	Spritzen (nur mit Bodengeräten) I nach Befalls-beginn	N
Laubhölzer	Goldafter	450 g/ha	Spritzen als Flächenbehandlung mit Luftfahrzeug I nach Befallsbeginn	N
Cypermethrin, 400 g/l **Ripcord 40, CYD, Xn, B1**				
Dünnrindige Baumarten	Rindenbrütende Borkenkäfer	* 0,25 %	Tropfnaß spritzen I bei Einzelstämmen I vor dem Ausflug der Käfer	N
Laub- und Nadelhölzer	Rinden- und holzbrütende Borkenkäfer	* 0,5 %	Tropfnaß spritzen I bei Einzelstämmen I bei fest-gestellter Gefährdung (früher: vorbeugend)	N
Laub- und Nadelhölzer	Rinden- und holzbrütende Borkenkäfer	* 0,25 %	Tropfnaß spritzen I bis 12 Wochen Schutzdauer I bei festgestellter Gefährdung (früher: vorb.)	N
Laub- und Nadelhölzer	Rindenbrütende Borkenkäfer	0,25 %	Tropfnaß spritzen I dünnrindige Baumarten I vor dem Ausflug der Käfer	N
Laub- und Nadelhölzer	Rindenbrütende Borkenkäfer	* 0,5 %	Tropfnaß spritzen I bei Einzelstämmen I vor dem Ausflug der Käfer	N
Laub- und Nadelhölzer	Holzbrütende Borkenkäfer	0,5 %	Tropfnaß spritzen I nach Befallsbeginn	N
Laub- und Nadelhölzer	Rinden- und holzbrütende Borkenkäfer	* 0,25 %	Tropfnaß spritzen I bei Einzelstämmen I bei fest-gestellter Gefährdung (früher: vorbeugend)	N
Laub- und Nadelhölzer	Holzbrütende Borkenkäfer	* 0,5 %	Tropfnaß spritzen I bei Einzelstämmen I nach Befallsbeginn	N
Nadelholz	Großer Brauner Rüsselkäfer	1 %	Tauchen I vor dem Pflanzen	N
Nadelholz	Großer Brauner Rüsselkäfer	0,75 %	Spritzen als Einzelpflanzenbehandlung I nach Befallsbeginn	N
Nadelholz	Großer Brauner Rüsselkäfer	0,5 %	Spritzen als Einzelpflanzenbehandlung I Pflan-zengröße bis 50 cm I nach Befallsbeginn	N

Wirkstoffe/ Präparate/ Kulturen	Schaderreger	Aufwand	Hinweise	WZ
Nadelholz	Großer Brauner Rüsselkäfer	* 1 %	Tauchen I zum Schutz im Pflanzjahr und im folgenden Frühjahr I vor dem Pflanzen	N
Cyperkill 40, FSG, Xn, B1				
Laub- und Nadelhölzer	Rinden- und holzbrütende Borkenkäfer	* 0,25 %	Tropfnaß spritzen I bei Einzelstämmen I bei festgestellter Gefährdung (früher: vorbeugend)	N
Laub- und Nadelhölzer	Rindenbrütende Borkenkäfer	* 0,25 %	Tropfnaß spritzen I bei Einzelstämmen I vor dem Ausflug der Käfer	N
Laub- und Nadelhölzer	Holzbrütende Borkenkäfer	* 0,25 %	Tropfnaß spritzen I bei Einzelstämmen I nach Befallsbeginn	N
Nadelholz	Großer Brauner Rüsselkäfer	0,5 %	Tauchen I vor dem Pflanzen	N
Deltamethrin, 25 g/l				
Decis flüssig, AVO, CEL, Xn, B2 ••• Schädlings-Vernichter Decis, CEL, Xn, B2				
Laub- und Nadelhölzer	Rindenbrütende Borkenkäfer	* 0,5 %	Tropfnaß spritzen I bei Einzelstämmen I vor dem Ausflug der Käfer	N
Laub- und Nadelhölzer	Holzbrütende Borkenkäfer	* 0,5 %	Tropfnaß spritzen I bei Einzelstämmen I nach Befallsbeginn	N
Nadelholz	Nadelholzläuse	0,05 %	Spritzen (nur mit Bodengeräten) I bei Befallsbeginn bzw. bei Sichtbarwerden der ersten Symptome	N
Weihnachtsbaum- und Schmuckreisigkulturen	Nadelholzläuse	0,05 %	Spritzen (nur mit Bodengeräten) I bei Befallsbeginn bzw. bei Sichtbarw. der ersten Sympt.	N
Diflubenzuron, 800 g/kg				
Dimilin 80 WG, AVO				
Laub- und Nadelhölzer	Versteckt fressende Schmetterlingsraupen	0,075 kg/ha	Spritzen (nur mit Bodengeräten) I nach Befallsbeginn	F
Laub- und Nadelhölzer	Freifressende Schmetterlingsraupen	0,075 kg/ha	Spritzen (nur mit Bodengeräten) I nach Befallsbeginn	F
Laub- und Nadelhölzer	Versteckt fressende Schmetterlingsraupen	0,075 kg/ha	Spritzen als Flächenbehandlung mit Luftfahrzeug I nach Befallsbeginn	F
Laub- und Nadelhölzer	Freifressende Schmetterlingsraupen	0,075 kg/ha	Spritzen als Flächenbehandlung mit Luftfahrzeug I nach Befallsbeginn	F
Nadelholz	Afterraupen	0,075 kg/ha	Spritzen als Flächenbehandlung mit Luftfahrzeug I nach Befallsbeginn	F
Nadelholz	Afterraupen	0,075 kg/ha	Spritzen (nur mit Bodengeräten) I nach Befallsbeginn	F
lambda-Cyhalothrin, 50 g/kg				
KARATE WG FORST, ZNC, Xn				
Laub- und Nadelhölzer	Freifressende Schmetterlingsraupen	150 g/ha	Spritzen als Flächenbehandlung mit Luftfahrzeug I nach Befallsbeginn	N
Laub- und Nadelhölzer	Blattläuse	150 g/ha	Spritzen (nur mit Bodengeräten) I bei Befallsbeginn bzw. bei Sichtbarwerden der ersten Symptome	N

Wirkstoffe/ Präparate/ Kulturen	Schaderreger	Aufwand	Hinweise	WZ
Laub- und Nadelhölzer	Blatt- und nadelfressende Käfer	150 g/ha	Spritzen als Flächenbehandlung mit Luftfahrzeug I nach Befallsbeginn	N
Laub- und Nadelhölzer	Blatt- und nadelfressende Käfer	150 g/ha	Spritzen (Bodengeräte) I nach Befallsbeginn	N
Laub- und Nadelhölzer	Rinden- und holzbrütende Borkenkäfer	0,4 %	Tropfnaß spritzen I bei festgestellter Gefährdung	N
Laub- und Nadelhölzer	Freifressende Schmetterlingsraupen	150 g/ha	Spritzen (Bodengeräte) I nach Befallsbeginn	N
Laub- und Nadelhölzer	Holzbrütende Borkenkäfer	0,8 %	Tropfnaß spritzen I nach Befallsbeginn	N
Laub- und Nadelhölzer	Rindenbrütende Borkenkäfer	0,8 %	Tropfnaß spritzen I vor dem Ausflug der Käfer	N
Nadelholz	Großer Brauner Rüsselkäfer	1 %	Spritzen mit Zangen- oder Gabeldüse I Pflanzengröße bis 60 cm I nach Befallsbeginn	N
Nadelholz	Afterraupen	150 g/ha	Spritzen (Bodengeräte) I nach Befallsbeginn	N
Nadelholz	Großer Brauner Rüsselkäfer	1 %	Tauchen I zum Schutz im Pflanzjahr I vor d. Pfl.	N
Weihnachtsbaum- und Schmuckreisig-kulturen	Blatt- und nadelfressende Käfer	150 g/ha	Spritzen (nur mit Bodengeräten) I Pflanzengröße bis 50 cm I nach Befallsbeginn	N
Weihnachtsbaum- und Schmuckreisig-kulturen	Afterraupen	150 g/ha	Spritzen (nur mit Bodengeräten) I nach Befalls-beginn	N
Weihnachtsbaum- und Schmuckreisig-kulturen	Freifressende Schmetterlingsraupen	150 g/ha	Spritzen (nur mit Bodengeräten) I nach Befalls-beginn	N
Weihnachtsbaum- und Schmuckreisig-kulturen	Blattläuse	150 g/ha	Spritzen (nur mit Bodengeräten) I bei Befalls-beginn bzw. bei Sichtbarwerden der ersten Sym-ptome	N

Pirimicarb, 500 g/kg
Blattlausfrei Pirimor G, CEL ••• ETISSO Blattlaus-frei Pirimor G, Xn ••• Pflanzol Blattlaus-Ex, FRU, Xn ••• Pflanzol Blattlaus-frei, FRU, Xn ••• Primor-Granulat zum Auflösen in Wasser, ZNC, BAS/CEL/SPI/URA, Xn

Weihnachtsbaum- und Schmuckreisig-kulturen	Blattläuse	0,05 %	Spritzen (nur mit Bodengeräten) I bei Befalls-beginn bzw. b. Sichtbarwerden der ersten Symp.	

Triflumuron, 480 g/l
Alsystin flüssig, BAY, B1

Nadelholz	Freifressende Schmetterlingsraupen	100 ml/ha	Spritzen als Flächenbehandlung mit Luftfahrzeug I bei Befallsbeginn	N
Nadelholz	Afterraupen	100 ml/ha	Spritzen als Flächenbehandlung mit Luftfahrzeug I bei Befallsbeginn bzw. bei Sichtbarwerden der ersten Symptome	N
Nadelholz	Freifressende Schmetterlingsraupen	100 ml/ha	Spritzen (nur mit tragbaren Geräten) I bei Be-fallsbeginn bzw. bei Sichtbarwerden der ersten Symptome	N
Nadelholz	Versteckfressende Schmetterlingsraupen	100 ml/ha	Spritzen (nur mit tragbaren Geräten) I bei Be-fallsbeginn	N

5.5.1.10   Insektizide in sonstigen Kulturen

Blausäure, 490 g/kg
Cyanosil, DGS, T+, F+, B3 ••• Zedesa-Blausäure, DEA, T+, F+, B3

Kapitel 5.5 Bekämpfung von Insekten 5.5.1.10 Insektizide in sonstigen Kulturen

Wirkstoffe/ Präparate/ Kulturen	Schaderreger	Aufwand	Hinweise	WZ
Lebende Pflanzen	Quarantäneschädlinge	10 g/m³	Begasen I bei Bedarf	F
Pflanzenmaterial in Vegetationsruhe	Quarantäneschädlinge	10 g/m³	Begasen I bei Bedarf	F
Carbosulfan, 250 g/l				
Marshal 25 EC, FMC, T, B1				
Hopfen	Hopfenblattlaus	0,15 %	nach Befallsbeginn	21
Chlorpyrifos, 20 g/kg				
Ameisen Streu- und Gießmittel, FSC, B1 ••• Ameisenmittel HORTEX, CEL, B1 ••• Ameisenmittel-forte-DowElanco, DOW, B1 ••• Gabi Ameisenmittel, GAB, B1				
Wege	Garten- und Rasenameisen	20 g/Nest	Gießen in Nester und auf Laufwege I bei Befall	N
Wege	Garten- und Rasenameisen	20 g/Nest	Streuen in Nester und auf Laufwege I bei Befall	N
Cyfluthrin, 51,3 g/l				
Baythroid 50, BAY, Xn, B1 ••• Baythroid Schädlingsfrei, BAY, Xn, B1				
Hopfen	Blattläuse	0,1 %	nach Befallsbeginn oder ab Warndienstaufruf	7
Deltamethrin, 25 g/l				
Decis flüssig, AVO, CEL, Xn, B2 ••• Schädlings-Vernichter Decis, CEL, Xn, B2				
Wiesen und Weiden	Fritfliege	200 ml/ha	nach dem Auflaufen	F
Imidacloprid, 665 g/kg				
Confidor WG 70, BAY, B1				
Hopfen	Blattläuse	0,166 kg/ha	Streichen der Aufleitungen I nach dem Putzen	35
Hopfen	Blattläuse	0,005 %	nach Befallsbeginn oder ab Warndienstaufruf	35
lambda-Cyhalothrin, 50 g/kg				
Karate WG, ZNC, Xn				
Grünland	Fritfliege	150 g/ha	nach Befallsbeginn oder ab Warndienstaufruf	F
lambda-Cyhalothrin, 50 g/l				
Karate, ZNC, BAS, Xn, B2				
Hopfen	Blattläuse	0,05 %	nach Befallsbeginn oder ab Warndienstaufruf	14
Grünland	Fritfliege	200 ml/ha	nach Befallsbeginn oder ab Warndienstaufruf	F
Methidathion, 400 g/kg				
ULTRACID 40 CIBA-GEIGY, CGD, T, B1				
Hopfen	Liebstöckelrüßler	1,25 g/Stock	Gießen, Einzelpflanzenbehandlung I Frühjahr	F
Parathion, 507,5 g/l				
E 605 forte, BAY, T+, B1 ••• P-O-X, ASU, T+, B1				
Wiesen und Weiden	Tipula	* 150 ml/ha	Köderverfahren I Herbstanwendung I Herbst	28
Wiesen und Weiden	Tipula	* 300 ml/ha	Herbstanwendung I Herbst	28
Pymetrozin, 250 g/kg				
PLENUM, NAD				
Hopfen	Blattläuse	0,04 %	Sprühen I nach Befallsbeginn	14
Thiram, 110 g/kg, Isofenphos, 400 g/kg				
Oftanol T, BAY, T, B3				
Wiesen und Weiden	Fritfliege	40 g/kg	Beizen I vor der Saat	F

Wirkstoffe/ Präparate/ Kulturen	Schaderreger	Aufwand	Hinweise	WZ
			Bekämpfung von Milben	

5.6 Bekämpfung von Milben

Wirkstoffe/ Präparate/ Kulturen	Schaderreger	Aufwand	Hinweise	WZ
Abamectin, 18 g/l				
Vertimec Hopfen, NAD, Xn, B1 ••• Vertimec, NAD, Xn, B1				
Auberginen (Eierfrucht)	Spinnmilben	1,25 l/ha	nach Befallsbeginn	3
Gurken	Spinnmilben	1,25 l/ha	nach Befallsbeginn	3
Paprika	Spinnmilben	1,25 l/ha	nach Befallsbeginn	3
Tomaten	Spinnmilben	1,25 l/ha	nach Befallsbeginn	3
Zucchini	Spinnmilben	1,25 l/ha	nach Befallsbeginn	3
Hopfen	Spinnmilben	1,25 l/ha	Sprühen l nach Befallsbeginn	28
Amitraz, 200 g/l				
Mitac, AVO, RPA, Xn				
Hopfen	Spinnmilben	0,375 %	Sprühen l nach Befallsbeginn oder ab Warndienstaufruf	35
Hopfen	Spinnmilben	0,25 %	nach Befallsbeginn oder ab Warndienstaufruf	35
Kernobst	Spinnmilben	1,25 l/ha und je 1 m Kronenhöhe	bei Befall, unter Beachtung der Schadensschwelle	28
Azocyclotin, 255 g/kg				
Peropal, BAY, T+				
Stangenbohnen	Spinnmilben	* 600 g/ha	Pflanzengröße bis 50 cm l nach Befallsbeginn	7
Chinomethionat, 260 g/kg				
Morestan, BAY, Xi				
Kernobst	Spinnmilben	0,03 %	siehe Auflagen l bei Befallsbeginn bzw. bei Sichtbarwerden der ersten Symptome/Schadorg.	14
Clofentezin, 500 g/l				
Apollo, AVO				
Erdbeeren	Spinnmilben	0,03 %	nach Befallsbeginn oder ab Warndienstaufruf	F
Kernobst	Spinnmilben (Wintereier)	0,2 l/ha und je 1 m Kronenhöhe	Spritzen oder sprühen l Frühjahr	F
Kernobst	Spinnmilben (Wintereier)	0,15 l/ha und je 1 m Kronenhöhe	Spritzen oder sprühen l bei Austrieb	F
Kernobst	Spinnmilben	0,2 l/ha und je 1 m Kronenhöhe	Spritzen oder sprühen l Sommer	35
Pflaumen	Spinnmilben (Wintereier)	0,15 l/ha und je 1 m Kronenhöhe	nach dem Austrieb	F
Weinreben, Ertragsanlagen	Spinnmilben	0,03 %	bei Austrieb	35
Weinreben, Junganlagen	Spinnmilben	0,03 %	bei Austrieb	35
Fenazaquin, 200 g/l				
Magister 200 SC, DOW, SPI/URA, Xn ••• PRIDE ULTRA, DOE, Xn				
Kernobst	Spinnmilben	0,25 l/ha und je 1 m Kronenhöhe	bei Befall, unter Beachtung der Schadensschwelle	28

Wirkstoffe/ Präparate/ Kulturen	Schaderreger	Aufwand	Hinweise	WZ
Fenpropathrin, 100 g/l				
Rody, SCD, T, B3				
Bohnen (Busch- und Stangenbohnen), Gurken, Tomaten	Spinnmilben	* 400 ml/ha	Pflanzengröße bis 50 cm l nach Befallsbeginn	3
Fenpyroximat, 51,3 g/l				
Kiron, AVO, Xi				
Weinreben	Spinnmilben	0,15 %	Sommer	35
Weinreben	Spinnmilben	0,15 %	Austriebsanwendung	F
Hexythiazox, 100 g/kg				
Ordoval, BAS				
Gurken	Spinnmilben	600 g/ha	nach Befallsbeginn oder ab Warndienstaufruf	3
Hopfen	Spinnmilben	0,03 %	nach Befallsbeginn oder ab Warndienstaufruf	28
Hopfen	Spinnmilben	0,045 %	Sprühen l nach Befallsbeginn	28
Erdbeeren	Spinnmilben	0,04 %	vor der Blüte	F
Kernobst	Spinnmilben	0,2 kg/ha und je 1 m Kronenhöhe	Sommer	28
Kernobst	Spinnmilben	0,2 kg/ha und je 1 m Kronenhöhe	Frühjahr	F
Pflaumen	Spinnmilben	0,2 kg/ha und je 1 m Kronenhöhe	Frühjahr	F
Pflaumen	Spinnmilben	0,2 kg/ha und je 1 m Kronenhöhe	Sommer	28
Weinreben, Ertragsanlagen	Spinnmilben	0,04 %	Sommer	28
Weinreben, Ertragsanlagen	Spinnmilben	0,04 %	Frühjahr	F
Weinreben, Junganlagen	Spinnmilben	0,04 %	Frühjahr	F
Weinreben, Junganlagen	Spinnmilben	0,04 %	Sommer	28
Mineralöle, 546 g/l				
Austrieb-Spritzmittel Weißöl, CEL ••• OLIOCIN Austriebsspritzmittel, BAY, ••• Promanal Neu, NEU				
Obstbau, ausgenommen Erdbeeren	Spinnmilben (Wintereier)	2 %	bei Befall, unter Beachtung der Schadensschw.	F
Weinreben	Spinnmilben (Wintereier)	2 %	bei Befall, unter Beachtung der Schadensschw.	F
Mineralöle, 654 g/l				
Austrieb-Spritzmittel Weißöl FL, CEL, B4 ••• Para-Sommer, ASU, B4				
Kernobst	Spinnmilben (Wintereier)	15 l/ha und je 1 m Kronenhöhe	vor dem Schlüpfen aus den Wintereiern	F
Steinobst	Spinnmilben (Wintereier)	15 l/ha und je 1 m Kronenhöhe	vor dem Schlüpfen aus den Wintereiern	F
Weinreben	Spinnmilben	1 %	Austriebsanwendung	F
Oxydemeton-methyl, 110 g/l				
Metasystox R spezial, BAY, Xn, B1				
Bohnen (Busch- und Stangenbohnen)	Spinnmilben	* 1,5 l/ha	Pflanzengröße bis 50 cm l nach Befallsbeginn	7

Kapitel 5.6

Wirkstoffe/ Präparate/ Kulturen	Schaderreger	Aufwand	Hinweise	WZ
Oxydemeton-methyl, 275,6 g/l				
Metasystox R, BAY, T, B1				
Weinreben	Blattgallmilbe	0,1 %	bei Befallsbeginn bzw. bei Sichtbarwerden der ersten Symptome/Schadorganismen	F
Phosphamidon, 195 g/l				
Detia Pflanzen-Ungezieferfrei-Dimecron, DET, GGG, T, B1 ••• Dimecron 20, CGD, T, B1				
Erdbeeren	Spinnmilben	0,1 %	vor der Blüte	F
Kernobst	Spinnmilben	0,5 l/ha und je 1 m Kronenhöhe	bei Befall, unter Beachtung der Schadens-schwelle	21
Steinobst, ausgenommen Kirschen	Spinnmilben	0,5 l/ha und je 1 m Kronenhöhe	bei Befall, unter Beachtung der Schadens-schwelle	21|28
Rapsöl, 15,58 g/l				
SCHÄDLINGSFREI NATUREN AF, TEM, CEL				
Gemüsebau, unter Glas	Spinnmilben		Unverdünnt spritzen | nach Befallsbeginn	F
Gemüsebau, Freiland	Spinnmilben		Unverdünnt spritzen | nach Befallsbeginn	F
Kernobst	Spinnmilben		Unverdünnt spritzen | bei Befall, unter Beachtung der Schadensschwelle	F
Steinobst	Spinnmilben		Unverdünnt spritzen | bei Befall, unter Beachtung der Schadensschwelle	F
Rapsöl, 777 g/l				
Schädlingsfrei Naturen, CEL ••• TELMION, TEM, AVO				
Bohnen (Busch- und Stangenbohnen)	Spinnmilben	2 %	während der Vegetationsperiode	F
Obstbau	Gallmilben	40 l/ha	während der Migrationsphase	F
Zwetschen	Spinnmilben	1 m Kronenhöhe	während der Vegetationsperiode	F
Äpfel	Spinnmilben	10 l/ha und je 1 m Kronenhöhe	während der Vegetationsperiode	F
Äpfel	Spinnmilben (Wintereier)	10 l/ha und je 1 m Kronenhöhe	bis zum Knospenschwellen	F
Weinreben	Spinnmilben	2 %	Austriebsanwendung	F
Sulfotep, 185 g/kg				
Bladafum II, BAY, T				
Buschbohnen	Spinnmilben	1 Dose / 200 m³	Räuchern | nach Befallsbeginn	7
Gurken und Tomaten	Spinnmilben	1 Dose / 200 m³	Räuchern | nach Befallsbeginn	4
Stangenbohnen	Spinnmilben	1 Dose / 200 m³	Räuchern | nach Befallsbeginn	7
Tebufenpyrad, 200 g/kg				
MASAI, CYD, Xn				
Äpfel	Spinnmilben	0,125 kg/ha und je 1 m Kronenh.	bei 70-80 % Schlupf aus den Wintereiern	F
Äpfel	Spinnmilben	0,125 kg/ha und je 1 m Kronenh.	bei Befall, unter Beachtung der Schadens-schwelle	21
Weinreben, Ertragsanlagen	Spinnmilben	0,025 %	Spritzen oder sprühen | Frühjahr	14

Wirkstoffe/ Präparate/ Kulturen	Schaderreger	Aufwand	Hinweise	WZ
5.7 Bekämpfung von Nematoden			Bekämpfung von Nematoden	
Weinreben, Ertragsanlagen	Spinnmilben	0,025 %	Spritzen oder sprühen I Sommer	14
Weinreben, Junganlagen	Spinnmilben	0,025 %	Spritzen oder sprühen I Sommer	14
Weinreben, Junganlagen	Spinnmilben	0,025 %	Spritzen oder sprühen I Frühjahr	14

5.7 Bekämpfung von Nematoden

Dazomet, 970 g/kg
Basamid Granulat, BAS, COM/AVO, Xn, B3

Wirkstoffe/ Präparate/ Kulturen	Schaderreger	Aufwand	Hinweise	WZ
Baumschulen	Wandernde Wurzelnematoden	* 30 g/m²	Streuen mit Einarbeitung bis etwa 20 cm Tiefe I auf leichten Böden I vor der Saat	N
Gemüsebau, unter Glas	Gallenbildende Wurzelnematoden	* 40 g/m²	Streuen mit Einarbeitung bis etwa 20 cm Tiefe I auf leichten Böden I vor der Saat	F
Gemüsebau, Freiland	Gallenbildende Wurzelnematoden	* 40 g/m²	Streuen mit Einarbeitung bis etwa 20 cm Tiefe I auf leichten Böden I vor der Saat	F
Gemüsebau, unter Glas	Wandernde Wurzelnematoden	* 30 g/m²	Streuen mit Einarbeitung bis etwa 20 cm Tiefe I auf leichten Böden I vor der Saat	F
Gemüsebau, Freiland	Wandernde Wurzelnematoden	* 30 g/m²	Streuen mit Einarbeitung bis etwa 20 cm Tiefe I auf leichten Böden I vor der Saat	F

Metam, 420 g/l
Metam-Fluid 510 g/l BASF, BAS, ASU/CYD, Xn, B3

Wirkstoffe/ Präparate/ Kulturen	Schaderreger	Aufwand	Hinweise	WZ
Kartoffeln	Kartoffelnematoden	300 l/ha	Unterbodenanwendung mit geeignetem Gerät I bei Bedarf	F

5.8 Bekämpfung von Schnecken

Eisen-III-phosphat, 10 g/kg
Ferramol Schneckenkorn, NEU, B3

Wirkstoffe/ Präparate/ Kulturen	Schaderreger	Aufwand	Hinweise	WZ
Gemüsekohl und Salat unter Glas	Nacktschnecken	5 g/m²	Köderverfahren, zwischen die Kulturpflanzen streuen I bei Befallsbeginn bzw. bei Sichtbarwerden der ersten Symptome	F
Gemüsekohl und Salat Freiland	Nacktschnecken	5 g/m²	Köderverfahren, zwischen die Kulturpflanzen streuen I bei Befallsbeginn bzw. bei Sichtbarwerden der ersten Symptome	F
Erdbeeren unter Glas	Nacktschnecken	5 g/m²	Köderverfahren, zwischen die Kulturpflanzen streuen I bei Befallsbeginn bzw. bei Sichtbarwerden der ersten Symptome	F
Erdbeeren Freiland	Nacktschnecken	5 g/m²	Köderverfahren, zwischen die Kulturpflanzen streuen I bei Befallsbeginn bzw. bei Sichtbarwerden der ersten Symptome	F

Metaldehyd, 40 g/kg
COMPO Schneckenkorn, COM, B3 ••• Schneckenkorn Spiess-Urania, URA, SPI, B3

Wirkstoffe/ Präparate/ Kulturen	Schaderreger	Aufwand	Hinweise	WZ
Getreide (Gerste, Hafer, Roggen, Triticale, Weizen)	Nacktschnecken	4 kg/ha	Köderverfahren, gleichmäßig über den Bestand streuen I ab der Saat	F

Kapitel 5.8　　　　　　　　　　　　　　　　　　　　　　　Bekämpfung von Schnecken

Wirkstoffe/ Präparate/ Kulturen	Schaderreger	Aufwand	Hinweise	WZ
Metaldehyd, 49 g/kg				
METAREX, LON, B3				
Raps	Nacktschnecken	4 kg/ha	Köderverfahren, gleichmäßig über den Bestand streuen I ab der Saat	F
Gemüsekohl u. Salat (Endivie, Binde-, Kopf-, Schnitt-, Pflück-, Zuckerhutsalat)	Nacktschnecken	0,8 g/m²	Köderverfahren, zwischen die Kulturpflanzen streuen I nach Befallsbeginn	F
Erdbeeren	Nacktschnecken	0,8 g/m²	Köderverfahren, zwischen die Kulturpflanzen streuen I nach Befallsbeginn	F
Getreide (Gerste, Hafer, Roggen, Triticale, Weizen)	Nacktschnecken	7 kg/ha	Köderverfahren, gleichmäßig über den Bestand streuen I Abstand der Behandlungen mindestens 14 Tage I nach dem Auflaufen	F
Raps	Nacktschnecken	7 kg/ha	Köderverfahren, gleichmäßig über den Bestand streuen I Abstand der Behandlungen mindestens 14 Tage I nach dem Auflaufen	F
Metaldehyd, 50,5 g/kg				
Garda Schneckenkorn, GGG, B3 ••• Schneckenkorn Helarion, FHD, CYD, B3 ••• Schneckenkorn Super, VOR, B3				
Getreide (Gerste, Hafer, Roggen, Triticale, Weizen)	Nacktschnecken	3 kg/ha	Köderverfahren, gleichmäßig über den Bestand streuen I ab der Saat	F
Raps	Nacktschnecken	3 kg/ha	Köderverfahren, gleichmäßig über den Bestand streuen I ab der Saat	F
Gemüsekohl u. Salat (Endivie, Binde-, Kopf-, Schnitt-, Pflück-, Zuckerhutsalat)	Nacktschnecken	0,3 g/m²	Köderverfahren, zwischen die Kulturpflanzen streuen I nach Befallsbeginn	F
Erdbeeren	Nacktschnecken	0,3 g/m²	Köderverfahren, zwischen die Kulturpflanzen streuen I nach Befallsbeginn	F
Metaldehyd, 58,8 g/kg				
Schneckenkorn Limex Neu, CEL, B3				
Kopfkohl (Rotkohl, Weißkohl, Wirsing)	Nacktschnecken	0,6 g/m²	Köderverfahren, gleichmäßig über den Befall streuen I bei Befall	F
Salat, gepflanzt	Nacktschnecken	0,6 g/m²	Köderverfahren, gleichmäßig über den Befall streuen I bei Befall	F
Erdbeeren	Nacktschnecken	0,6 g/m²	Köderverfahren, gleichmäßig über den Befall streuen I bei Befall	F
Metaldehyd, 60 g/kg				
Antischneck Schnecken-Korn, NEU, B3 ••• DELU Schneckenkorn, GEI, B3 ••• Etisso Schneckenfrei, FRU, B3 ••• Glanzit Schneckenkorn, GLA, B3 ••• Pflanzol Schnecken-Ex, DDZ, B3 ••• Pro-Limax, ASU, B3 ••• Schneckenkorn degro, DEN, B3 ••• Schneckenkorn Dehner, DEN, B3 ••• Schneckenkorn Limex, CEL, B3 ••• SCHNECKENKORN, DET, VOR/GGG, B3 ••• Schneckentod, FSC, B3 ••• Snek-Vetyl "neu", VET, B3				
Getreide (Gerste, Hafer, Roggen, Triticale, Weizen)	Nacktschnecken	3 kg/ha	Köderverfahren, gleichmäßig über den Bestand streuen I nach dem Auflaufen	F
Raps	Nacktschnecken	3 kg/ha	Köderverfahren, gleichmäßig über den Bestand streuen I nach dem Auflaufen	F
Gemüsekohl u. Salat (Endivie, Binde-, Kopf-, Schnitt-, Pflück-, Zuckerhutsalat)	Nacktschnecken	0,6 g/m²	Köderverfahren, zwischen die Kulturpflanzen streuen I nach Befallsbeginn	F

Kapitel 5.8

Bekämpfung von Schnecken

Wirkstoffe / Präparate / Kulturen	Schaderreger	Aufwand	Hinweise	WZ
Methiocarb, 20 g/kg				
Mesurol Schneckenkorn, BAY, B3				
Erdbeeren	Nacktschnecken	0,6 g/m²	Köderverfahren, zwischen die Kulturpflanzen streuen I nach Befallsbeginn	F
Getreide (Gerste, Hafer, Roggen, Triticale, Weizen)	Nacktschnecken	5 kg/ha	Köderverfahren, gleichmäßig über den Bestand streuen I nach der Saat	F
Raps	Nacktschnecken	5 kg/ha	Köderverfahren, gleichmäßig über den Bestand streuen I nach der Saat	F
Blumenkohl	Nacktschnecken	0,5 g/m²	Köderverfahren, zwischen die Kulturpflanzen streuen I nach Befallsbeginn	14
Kopfkohl (Rotkohl, Weißkohl, Wirsing)	Nacktschnecken	0,5 g/m²	Köderverfahren, zwischen die Kulturpflanzen streuen I nach Befallsbeginn	14
Salat (Kopfsalat, Endivie, Bindesalat, Schnitt- und Pflück-, Zuckerhutsalat)	Nacktschnecken	0,5 g/m²	Köderverfahren, zwischen die Kulturpflanzen streuen I nach Befallsbeginn	14
Spinat	Nacktschnecken	0,5 g/m²	Köderverfahren, zwischen die Kulturpflanzen streuen I nach Befallsbeginn	14
Erdbeeren	Nacktschnecken	0,5 g/m²	Köderverfahren, zwischen die Kulturpflanzen streuen I nach Befallsbeginn	14
Methiocarb, 40 g/kg				
Schneckenkorn Mesurol, BAY, Xn, B3				
Getreide	Nacktschnecken	3 kg/ha	Im Beidrillverfahren	F
Getreide (Gerste, Hafer, Roggen, Triticale, Weizen)	Nacktschnecken	3 kg/ha	Köderverfahren, gleichmäßig über den Bestand streuen I nach der Saat	F
Raps	Nacktschnecken	3 kg/ha	Im Beidrillverfahren	F
Raps	Nacktschnecken	3 kg/ha	Köderverfahren, gleichmäßig über den Bestand streuen I nach der Saat	F
Blumenkohl, Rotkohl, Weißkohl	Nacktschnecken	0,3 g/m²	Köderverfahren, zwischen die Kulturpflanzen streuen I nach Befallsbeginn	14
Kopfsalat, unter Glas	Nacktschnecken	0,3 g/m²	Köderverfahren, zwischen die Kulturpflanzen streuen I nach Befallsbeginn	14
Kopfsalat, Freiland	Nacktschnecken	0,3 g/m²	Köderverfahren, zwischen die Kulturpflanzen streuen I nach Befallsbeginn	14
Spinat	Nacktschnecken	0,3 g/m²	Köderverfahren, zwischen die Kulturpflanzen streuen I nach Befallsbeginn	14
Erdbeeren	Nacktschnecken	0,3 g/m²	Köderverfahren, zwischen die Kulturpflanzen streuen I nach Befallsbeginn	14
Thiodicarb, 40 g/kg				
Skipper, RPA, Xn				
Wintergetreide	Nacktschnecken	5 kg/ha	Köderverfahren, gleichmäßig über den Bestand streuen I ab der Saat	F

Wirkstoffe/ Präparate/ Kulturen	Schaderreger	Aufwand	Hinweise	WZ

Bekämpfung bzw. Vergrämung von Nagetieren

Wirkstoffe/ Präparate/ Kulturen	Schaderreger	Aufwand	Hinweise	WZ
Winterraps	Nacktschnecken	5 kg/ha	Köderverfahren, gleichmäßig über den Bestand streuen	ab der Saat	F

5.9 Bekämpfung bzw. Vergrämung von Nagetieren

Aluminiumphosphid, 560 g/kg
Detia Wühlmaus-Killer, DET, T+, F, B3, W ••• DGS Wühlmauskiller, DGS, T+, F, B3, W ••• NEUDO-Phosphid S, NEU, T+, F, B3, W ••• Phostoxin WM, DET, T+, F, B3, W ••• Super Schachtox, FSC, T+, F, B3, W ••• Wühlmauspille, ASU, T+, F, B3, W

Kulturen	Schaderreger	Aufwand	Hinweise	WZ
Ackerbau	Schermaus	* 5 Stück / 8-10 m Ganglänge	Begasen I ganzjährig	F
Ackerbau	Maulwurf	* 5 Stück / 8-10 m Ganglänge	Begasen I ganzjährig	F
Ackerbau	Hamster	10 Stück/Bau	Begasen I ganzjährig	F
Gemüsebau	Maulwurf	* 5 Stück / 8-10 m Ganglänge	Begasen I ganzjährig	F
Gemüsebau	Schermaus	* 5 Stück / 8-10 m Ganglänge	Begasen I ganzjährig	F
Gemüsebau	Hamster	10 Stück/Bau	Begasen I ganzjährig	F
Obstbau	Schermaus	* 5 Stück / 8-10 m Ganglänge	Begasen I ganzjährig	F
Obstbau	Maulwurf	* 5 Stück / 8-10 m Ganglänge	Begasen I ganzjährig	F
Obstbau	Hamster	10 Stück/Bau	Begasen I ganzjährig	F
Wiesen und Weiden	Hamster	10 Stück/Bau	Begasen I ganzjährig	F
Wiesen und Weiden	Schermaus	* 5 Stück / 8-10 m Ganglänge	Begasen I ganzjährig	F
Wiesen und Weiden	Maulwurf	* 5 Stück / 8-10 m Ganglänge	Begasen I ganzjährig	F

Begasungsmittel
Wühlmaus-Patrone Arrex Patrone, CEL, B3, W

Kulturen	Schaderreger	Aufwand	Hinweise	WZ
Ackerbau	Schermaus	1 Stück / 5-7 m Ganglänge	Begasen I nach Befallsbeginn	F
Gemüsebau	Schermaus	1 Stück / 5-7 m Ganglänge	Begasen I nach Befallsbeginn	F
Obstbau	Schermaus	1 Stück / 5-7 m Ganglänge	Begasen I nach Befallsbeginn	F
Wiesen und Weiden	Schermaus	1 Stück / 5-7 m Ganglänge	Begasen I nach Befallsbeginn	F

Calciumcarbid, 800 g/kg
DELU Wühlmaus-Gas, GEI, Xi, F, B3, W ••• Gabi Wühlmaus-Gas, GAB, Xi, F, B3, W ••• recozit Wühlmaus-Gas, REC, Xi, F, B3, W

Kulturen	Schaderreger	Aufwand	Hinweise	WZ
Ackerbau	Vergrämung des Maulwurfs	20 g/Bau	Begasen I ganzjährig	F
Ackerbau	Vergrämung der Schermaus	5 g/Bau	Begasen I ganzjährig	F

Bekämpfung bzw. Vergrämung von Nagetieren

Wirkstoffe/ Präparate/ Kulturen	Schaderreger	Aufwand	Hinweise	WZ
Gemüsebau	Vergrämung der Schermaus	5 g/Bau	Begasen | ganzjährig	F
Gemüsebau	Vergrämung des Maulwurfs	20 g/Bau	Begasen | ganzjährig	F
Obstbau	Vergrämung des Maulwurfs	20 g/Bau	Begasen | ganzjährig	F
Obstbau	Vergrämung der Schermaus	5 g/Bau	Begasen | ganzjährig	F
Wiesen und Weiden	Vergrämung der Schermaus	20 g/Bau	Begasen | ganzjährig	F
Wiesen und Weiden	Vergrämung des Maulwurfs	20 g/Bau	Begasen | ganzjährig	F
Calciumphosphid, 280 g/kg **Polytanol, CFW, T+, B3, W**				
Ackerbau	Schermaus	13 Stück/Gang	Begasen | bei Befall	F
Ackerbau	Maulwurf	13 Stück/Gang	Begasen | bei Befall	F
Gemüsebau	Schermaus	13 Stück/Gang	Begasen | bei Befall	F
Gemüsebau	Maulwurf	13 Stück/Gang	Begasen | bei Befall	F
Obstbau	Schermaus	13 Stück/Gang	Begasen | bei Befall	F
Obstbau	Maulwurf	13 Stück/Gang	Begasen | bei Befall	F
Grünland	Maulwurf	13 Stück/Gang	Begasen | bei Befall	F
Grünland	Schermaus	13 Stück/Gang	Begasen | bei Befall	F
Chlorphacinon, 0,075 g/kg **Casit F, AVO, CYD, B3 ●●● Lepit-Feldmausköder, SCH, B3**				
Getreide (Gerste, Hafer, Roggen, Triticale, Weizen)	Feldmaus	15 kg/ha	Ausbringen von Giftködern | bei Befall	F
Grassamenbau	Feldmaus	15 kg/ha	Ausbringen von Giftködern | bei Befall	F
Klee, Kleegrasgemische, Luzerne	Feldmaus	15 kg/ha	Ausbringen von Giftködern | bei Befall	F
Obstbau	Feldmaus	15 kg/ha	Ausbringen von Giftködern | bei Befall	F
Wiesen und Weiden	Feldmaus	15 kg/ha	Ausbringen von Giftködern | bei Befall	F
Ratron - Feldmausköder, DDZ, B3 ●●● Ratron-Pellets "F", DDZ, B3				
Getreide	Feldmaus	10 kg/ha	Köderverfahren, streuen | bei Befall	F
Grassamenbau	Feldmaus	10 kg/ha	Köderverfahren, streuen | bei Befall	F
Klee, Kleegrasgemische, Luzerne	Feldmaus	10 kg/ha	Köderverfahren, streuen | bei Befall	F
Laub- und Nadelhölzer	Erd- und Rötelmaus	10 kg/ha	Köderverfahren, streuen | bei Befall	N
Obstbau	Feldmaus	10 kg/ha	Köderverfahren, streuen | bei Befall	F
Wiesen und Weiden	Feldmaus	10 kg/ha	Köderverfahren, streuen | bei Befall	F
Lepit-Forstpellet, SCH, B3				
Laub- und Nadelhölzer	Erd- und Rötelmaus	15 kg/ha	Köderverfahren, zwischen die Pflanzen streuen | Herbst bis Winter	N
Sulfachinoxalin, 0,2 g/kg, Difenacoum, 0,05 g/kg **EPYRIN plus Rattenriegel, HYG, B3 ●●● Trunax-DS Rattenriegel, FRU, B3 ●●● Ratak-Rattenriegel, ZNC, B3**				
Forst	Schermaus	1 Stück / 3-5 m Ganglänge	Auslegen von Formködern | bei Bedarf	N

Karte an der perforierten Linie heraustrennen

Bitte ausreichend frankieren

Postkarte

Landwirtschaftsverlag GmbH

Leserservice

48084 Münster

Unser gesamtes Angebot mit über 1 000 Titeln finden Sie auch recherchierbar im Internet unter

http://www.
landwirtschaftsverlag.
com/buch/

Per E-Mail:
service@landwirtschafts-
verlag.com

Anrufen und bestellen:
0 25 01 / 8 01-3 00
Bestellung per Telefon
Bitte nicht nochmals per Brief bestätigen!

Faxen und bestellen:
0 25 01 / 8 01-3 51
Bestellung per Fax
Bitte nicht nochmals per Brief bestätigen!

Karte an der perforierten Linie heraustrennen

1122/23

Bestellung

Hiermit bestelle(n) ich/wir

Taschenbuch des Pflanzenarztes '99

...... Expl. DM 39,–

Gärtners Pflanzenarzt

Blumen · Zierpflanzen · Landschaft

...... Expl. 13. Folge DM 39,–

☐ Ich bin an Ihren monatlichen Buchtips interessiert und bitte um regelmäßige Zusendung der Informationen – kostenlos und unverbindlich.

Bestellung zur Fortsetzung

Bitte senden Sie mir bis auf Widerruf jeweils sofort nach Erscheinen unaufgefordert, beginnend mit der Ausgabe 2000

Taschenbuch des Pflanzenarztes 2000

Erscheint jährlich

...... Expl. zur Fortsetzung

Gärtners Pflanzenarzt

Blumen · Zierpflanzen · Landschaft

Erscheint alle 2 Jahre

...... Expl. beginnend mit 14. Folge

Bitte hier Kunden-Nr. eintragen, sofern bekannt

▲

Name, Vorname

Straße, Nr.

PLZ/Ort

Datum   ✗ Unterschrift

Wirkstoffe/ Präparate/ Kulturen	Schaderreger	Aufwand	Bekämpfung bzw. Vergrämung von Nagetieren – Hinweise	WZ
Warfarin, 1,3 g/kg				
Quiritox, NEU, B3				
Gemüsebau	Schermaus	2 Meßlöffel/Gangöffnung	Verdecktes Auslegen von Giftködern I nach Befallsbeginn	F
Obstbau	Schermaus	2 Meßlöffel/Gangöffnung	Verdecktes Auslegen von Giftködern I nach Befallsbeginn	F
Wiesen und Weiden	Schermaus	2 Meßlöffel/Gangöffnung	Verdecktes Auslegen von Giftködern I nach Befallsbeginn	F
Zinkphosphid, 20 g/kg				
Arrex M Köder klein, CYD, Xn, B3				
Laub- und Nadelhölzer	Erd- und Rötelmaus	10000 Stück/ha	Köderverfahren, zwischen die Kulturpflanzen streuen I bei Bedarf	N
Zinkphosphid, 24 g/kg				
Giftweizen Fischar, FIA, Xn, B3 ••• Pollux Giftkörner, CFW, Xn, B3 ••• Recozit-Mäusefeind/Giftweizen, REC, Xn, B3				
Ackerbau	Feldmaus	5 Stück/Loch	Verdecktes Auslegen von Giftgetreide I bei Bedarf	F
Laub- und Nadelhölzer	Feldmaus	5 Stück/Loch	Verdecktes Auslegen von Giftgetreide I bei Bedarf	N
Gemüsebau	Feldmaus	5 Stück/Loch	Verdecktes Auslegen von Giftgetreide I bei Bedarf	F
Obstbau	Feldmaus	5 Stück/Loch	Verdecktes Auslegen von Giftgetreide I bei Bedarf	F
Wiesen und Weiden	Feldmaus	5 Stück/Loch	Verdecktes Auslegen von Giftgetreide I bei Bedarf	F
Segetan Giftweizen, SPI, URA, T+, B3				
Ackerbau	Feldmaus	5 Stück/Loch	Verdecktes Auslegen von Giftgetreide I bei Bedarf	F
Laub- und Nadelhölzer	Feldmaus	2 kg/ha	Verdecktes Auslegen von Giftgetreide I bei Bedarf	N
Gemüsebau	Feldmaus	5 Stück/Loch	Verdecktes Auslegen von Giftgetreide I bei Bedarf	F
Obstbau	Feldmaus	5 Stück/Loch	Verdecktes Auslegen von Giftgetreide de	F
Wiesen und Weiden	Feldmaus	5 Stück/Loch	Verdecktes Auslegen von Giftgetreide I bei Bedarf	F
Giftweizen P 140, ASU, T+, B3 ••• Mäusegiftweizen "Schacht", FSC, T+, B3				
Ackerbau	Feldmaus	5 Stück/Loch	Verdecktes Auslegen von Giftgetreide I nach Befallsbeginn	F
Gemüsebau	Feldmaus	5 Stück/Loch	Verdecktes Auslegen von Giftgetreide I Frühjahr bis Herbst	F
Obstbau	Feldmaus	5 Stück/Loch	Verdecktes Auslegen von Giftgetreide I Frühjahr bis Herbst	F

Kapitel 5.9

Wirkstoffe/ Präparate/ Kulturen	Schaderreger	Bekämpfung bzw. Vergrämung von Nagetieren		
		Aufwand	Hinweise	WZ
Wiesen und Weiden	Feldmaus	5 Stück/Loch	Verdecktes Auslegen von Giftgetreide | Frühjahr bis Herbst	F
Zinkphosphid, 25 g/kg				
Ratron-Giftweizen, DDZ, Xn, B3				
Ackerbau	Feldmaus	5 Stück/Loch	Verdecktes Auslegen von Giftgetreide | bei Bedarf	F
Gemüsebau	Feldmaus	5 Stück/Loch	Verdecktes Auslegen von Giftgetreide | bei Bedarf	F
Obstbau	Feldmaus	5 Stück/Loch	Verdecktes Auslegen von Giftgetreide | bei Bedarf	F
Wiesen und Weiden	Feldmaus	5 Stück/Loch	Verdecktes Auslegen von Giftgetreide | bei Bedarf	F
Giftweizen Neudorff, NEU, T+, B3				
Ackerbau	Feldmaus	5 Stück/Loch	Verdecktes Auslegen von Giftgetreide | bei Bedarf	F
Laub- und Nadelhölzer	Feldmaus	5 Stück/Loch	Verdecktes Auslegen von Giftgetreide | bei Bedarf	F
Gemüsebau	Feldmaus	5 Stück/Loch	Verdecktes Auslegen von Giftgetreide | bei Bedarf	F
Obstbau	Feldmaus	5 Stück/Loch	Verdecktes Auslegen von Giftgetreide | bei Bedarf	F
Wiesen und Weiden	Feldmaus	5 Stück/Loch	Verdecktes Auslegen von Giftgetreide | bei Bedarf	F
Zinkphosphid, 30 g/kg				
Arrex E Köder, CYD, Xn, B3				
Laub- und Nadelhölzer	Erd- und Rötelmaus	2000 Stück/ha	Köderverfahren, zwischen die Kulturpflanzen streuen | bei Bedarf	N
Laub- und Nadelhölzer	Erd- und Rötelmaus		Auslegen in geeigneten Köderstationen | bei Bedarf	N
Zinkphosphid, 30,4 g/kg				
DELU Wühlmausköder, GEI, T+, B3 ••• Detia Wühlmausköder, DET, T+, B3				
Ackerbau	Schermaus	3 g / 8-10 m Ganglänge	Verdecktes Auslegen von Giftködern | bei Bedarf	F
Gemüsebau	Schermaus	3 g / 8-10 m Ganglänge	Verdecktes Auslegen von Giftködern | bei Bedarf	F
Obstbau	Schermaus	3 g / 8-10 m Ganglänge	Verdecktes Auslegen von Giftködern | bei Bedarf	F
Wiesen und Weiden	Schermaus	3 g / 8-10 m Ganglänge	Verdecktes Auslegen von Giftködern | bei Bedarf	F
Detia Mäuse Giftkörner, DET, GGG, T+, B3				
Ackerbau	Feldmaus	5 Stück/Loch	Verdecktes Auslegen von Giftgetreide | bei Bedarf	F

Wirkstoffe/ Präparate/ Kulturen	Schaderreger	Aufwand	Verhütung von Wildschäden und Vogelfraß Hinweise	WZ
Laub- und Nadelhölzer	Feldmaus	5 Stück/Loch	Verdecktes Auslegen von Giftgetreide I bei Bedarf	N
Gemüsebau	Feldmaus	5 Stück/Loch	Verdecktes Auslegen von Giftgetreide I bei Bedarf	F
Obstbau	Feldmaus	5 Stück/Loch	Verdecktes Auslegen von Giftgetreide I bei Bedarf	F
Wiesen und Weiden	Feldmaus	5 Stück/Loch	Verdecktes Auslegen von Giftgetreide I bei Bedarf	F
Zinkphosphid, 56 g/kg Rattekal-plus, DDZ, T+, B3				
Gemüsebau	Schermaus		Verdecktes Auslegen von Giftködern I bei Bedarf	F
Obstbau	Schermaus		Verdecktes Auslegen von Giftködern I bei Bedarf	F

5.10 Verhütung von Wildschäden und Vogelfraß

Wirkstoffe/ Präparate/ Kulturen	Schaderreger	Aufwand	Hinweise	WZ
Anthrachinon, 170 g/l, Fuberidazol, 15 g/l, Bitertanol, 190 g/l Sibutol-Morkit-Flüssigbeize, BAY, B3				
Hafer	Fraßminderung durch Krähen	300 ml/dt	Beizen I vor der Saat	F
Roggen	Fraßminderung durch Krähen	300 ml/dt	Beizen I vor der Saat	F
Weizen	Fraßminderung durch Krähen	400 ml/dt	Beizen I vor der Saat	F
Bendiocarb, 480 g/l Seedoxin FHL, ASU, Xn, B3				
Mais	Fraßminderung durch Fasane	800 ml/dt	Beizen I vor der Saat	F
Chinolinderivate, 20 g/kg, Verbißmittel, g/kg, Parfümöl Daphne, 10 g/kg HaTe A, CYD				
Laub- und Nadelhölzer	Fegeschäden	7,5 l / 1000 Pflanzen	Streichen I Anfang Frühjahr	N
Laub- und Nadelhölzer	Winterwildverbiß	3 l / 1000 Pflanzen	Streichen I Herbst bis Winter	N
Laub- und Nadelhölzer	Winterwildverbiß	3 l / 1000 Pflanzen	Herbst bis Winter	N
Laub- und Nadelhölzer	Schälschäden	250 ml/Stamm	Streichen I Frühjahr bis Herbst	N
Dichlofluanid, 500 g/kg BAY 12040 F, BAY, Xi, B3				
Futtererbsen	Fraßminderung durch Tauben	300 g/dt	Beizen (Ausbringtechnik: drillen) I vor der Saat	F
Methiocarb, 500,4 g/l Mesurol flüssig, BAY, T, B3				
Mais	Fraßminderung durch Fasane	1 l/dt	Saatgutbehandlung I vor der Saat	F
Futtererbsen	Fraßminderung durch Fasane	1 l/dt	Saatgutbehandlung I vor der Saat	F

Wirkstoffe/ Präparate/ Kulturen	Schaderreger	Aufwand	Verhütung von Wildschäden und Vogelfraß	
			Hinweise	WZ
Thiram, 121,1 g/l				
HaTe-PELLACOL, CYD, Xn				
Laub- und Nadelhölzer	Sommerwildverbiß	* 3,5 l / 1000 Pflanzen	Spritzen oder streichen I spritzen I nach Abschluß des Frühjahrs- bzw. Johannistriebs	F
Laub- und Nadelhölzer	Schälschäden	20ml/cm Stammdurchmesser	Unverdünnt streichen I Frühjahr bis Herbst	N
Laub- und Nadelhölzer	Winterwildverbiß	* 3,5 l / 1000 Pflanzen	Spritzen oder streichen I spritzen I Herbst bis Winter	N
Laubholz	Nageschäden durch Mäuse	* 3,5 l / 1000 Pflanzen	Spritzen, streichen oder tauchen I spritzen I Herbst bis Winter	N
Laubholz	Nage- und Abbißschäden durch Hasen und Kaninchen	* 3,5 l / 1000 Pflanzen	Spritzen, streichen oder tauchen I spritzen I Herbst bis Frühjahr	N
Obstgehölze	Nage- und Abbißschäden durch Hasen und Kaninchen	* 3,5 l / 1000 Pflanzen	Spritzen, streichen oder tauchen I spritzen I Herbst bis Frühjahr	F
Obstgehölze	Nageschäden durch Mäuse	* 3,5 l / 1000 Pflanzen	Spritzen, streichen oder tauchen I spritzen I Herbst bis Winter	F
Obstgehölze	Winterwildverbiß	* 3,5 l / 1000 Pflanzen	Spritzen oder streichen I spritzen I Herbst bis Frühjahr	F
Thiram, 277,4 g/l, Verbißmittel, g/l				
Arcotal, ASU, Xn, B3				
Laub- und Nadelhölzer	Winterwildverbiß durch Rehwild und Rotwild	5 l / 1000 Pflanzen	Unverdünnt streichen I Herbst bis Winter	N
Verbißmittel				
Arbinol B, ASU				
Laub- und Nadelhölzer	Sommerwildverbiß durch Rehwild und Rotwild	6 l / 1000 Pflanzen	Unverdünnt spritzen I Frühjahr bis Herbst	N
Laub- und Nadelhölzer	Winterwildverbiß durch Rehwild und Rotwild	6 l / 1000 Pflanzen	Unverdünnt spritzen I bei Bedarf	N
Laub- und Nadelhölzer	Winterwildverbiß durch Rehwild und Rotwild	6 l / 1000 Pflanzen	Unverdünnt streichen oder unverdünnt tauchen I bei Bedarf	N
Flügel's Verbißschutzpulver, FLU, B3				
Laub- und Nadelhölzer	Winterwildverbiß	3 kg / 1000 Pflanzen	Streichen oder tauchen I Oktober bis Februar	N
Arcotin, ASU, B3 ••• FS-Garant 60, FLU, B3				
Laub- und Nadelhölzer	Schälschäden	400 g/Stamm	Unverdünnt streichen I Frühjahr bis Herbst	N
Flügolla 62, FLU, B3 ••• Flügel's Verbißschutzpaste, FLU, B3				
Laub- und Nadelhölzer	Winterwildverbiß	4 kg / 1000 Pflanzen	Unverdünnt streichen oder unverdünnt tauchen I Oktober bis Februar	N
Fegesol, ASU, B4 ••• Flügol - weiß, FLU, B4				
Laub- und Nadelhölzer	Fegeschäden	40 g/Pflanze	Unverdünnt spritzen I Frühjahr	N
Laub- und Nadelhölzer	Fegeschäden	20 g/Pflanze	Unverdünnt streichen I Frühjahr	N

Kapitel 5.10

Wirkstoffe/ Präparate/ Kulturen	Schaderreger	Aufwand	Verhütung von Wildschäden und Vogelfraß Hinweise	WZ
Fegol, FCH, B3 Laub- und Nadelhölzer	Fegeschäden	15 kg / 1000 Pflanzen	Unverdünnt streichen I Frühjahr	N
FCH 60 I rot,blau,weiss,gelb, FCH, B3 ••• TF 5 grau, FCH, B3 Laub- und Nadelhölzer	Winterwildverbiß durch Rehwild und Rotwild	3 kg / 1000 Pflanzen	Unverdünnt streichen oder unverdünnt tauchen I Herbst	N
Runol, FCH, B3 Laub- und Nadelhölzer	Winterwildverbiß durch Rehwild und Rotwild	2,5 kg / 1000 Pflanzen	Unverdünnt streichen I Herbst	N
Förster Zeller'sche Blutsalbe, ZED, B3 Laub- und Nadelhölzer	Winterwildverbiß	4 kg / 1000 Pflanzen	Unverdünnt streichen oder unverdünnt tauchen I Herbst bis Winter	N
Verbißmittel, Parfuemöl Daphne, 10 g/kg HaTe 1, SAG, F, C, B4 Laub- und Nadelhölzer	Winterwildverbiß	2 l / 1000 Pflanzen	Unverdünnt spritzen oder unverdünnt streichen I Herbst bis Winter	N
Verbißmittel, Parfuemöl Daphne, 16,8 g/kg COMPO Hasen-Schreck, COM, B4 ••• Wildverbißschutz, FSC, B4 Obstgehölze	Sommerwildverbiß durch Hasen, Kaninchen und Rehwild	5 s/m²	Unverdünnt sprühen I während der Vegetationsperiode	F
Verbißmittel, Parfuemöl Daphne, 3,8 g/l HaTe F, SAG, Xi, B4 Laub- und Nadelhölzer	Sommerwildverbiß durch Reh- und Muffelwild	75 l/ha	Frühjahr bis Herbst	N
Verbißmittel				
Morsuvin, FLU, Xi, B3 Laub- und Nadelhölzer	Winterwildverbiß	* 10 kg / 1000 Pflanzen	Streichen I bei Ganzpflanzenbehandlung I Herbst bis Winter	N
Certosan, FLU Laub- und Nadelhölzer	Wildverbiß	2,5 kg / 1000 Pflanzen	Spritzen, streichen oder tauchen I ganzjährig	N
Arcotal B, ASU Laub- und Nadelhölzer	Winterwildverbiß durch Rehwild und Rotwild	6 l / 1000 Pflanzen	Unverdünnt streichen I Herbst bis Winter	N
Wöbra, BBM, B3 Laub- und Nadelhölzer	Schälschäden	400 g/Stamm	Unverdünnt streichen I ganzjährig	N
Weißteer TS 300, FLU, Xn, B3 Laub- und Nadelhölzer	Winterwildverbiß	1,5 kg / 1000 Pflanzen	Unverdünnt streichen I Oktober bis Februar	N
Laub- und Nadelhölzer	Winterwildverbiß	3 kg / 1000 Pflanzen	Oktober bis Februar	N

Kapitel 5.11

Wirkstoffe/ Präparate/ Kulturen	Schaderreger	Bekämpfung von Vorratsschädlingen Aufwand	Hinweise	WZ
Arbin, ASU, Xn, B3 ••• Kornitol, VOP, Xn, B3				
Ackerbau	Wildverbiß durch Hasen, Kaninchen, Reh- und Rotwild	20 ml/Stück	Lappen unverdünnt tränken I ganzjährig	F
Gemüsebau	Wildverbiß durch Hasen, Kaninchen, Reh- und Rotwild	20 ml/Stück	Lappen unverdünnt tränken I ganzjährig	F
Obstbau	Wildverbiß durch Hasen, Kaninchen, Reh- und Rotwild	20 ml/Stück	Lappen unverdünnt tränken I ganzjährig	F
Cervacol extra, AVO, B3				
Laub- und Nadelhölzer	Winterwildverbiß durch Rehwild und Rotwild	4 kg / 1000 Pflanzen	Unverdünnt streichen I Herbst bis Winter	N
Verbißmittel, Parfuemöl Daphne, 16,8 g/kg Wildverbißschutz, FSC, B4				
Gemüsebau	Fraßschäden durch Hasen, Kaninchen und Rehwild	5 s/m²	Unverdünnt sprühen I bis zum Beginn der Kopfbildung bzw. bis zum Fruchtansatz	F
Verbißmittel, Parfuemöl Daphne, 3,8 g/l HaTe F, SAG, Xi, B4				
Laub- und Nadelhölzer	Sommerwildverbiß durch Reh- und Muffelwild	4 l / 1000 Pflanzen	Spritzen als Einzelpflanzenbehandlung I Frühjahr bis Herbst	N
Verbißmittel, Parfuemöl Daphne, 5,4 g/l FCH 909 (Wildschadenverhütungsmittel), FCH, Xi, B3				
Laub- und Nadelhölzer	Winterwildverbiß	3 l / 1000 Pflanzen	Unverdünnt spritzen I Herbst bis Winter	N

5.11 Bekämpfung von Vorratsschädlingen

Aluminiumphosphid, 560 g/kg
Delicia - Gastoxin - Tabletten, DDZ, T+, F, B3 ••• Detia Gas-Ex-T, DET, T+, F, B3 ••• PHOSTOXIN Tabletten, DET, DEG, T+, F, B3

Kulturen	Schaderreger	Aufwand	Hinweise	WZ
In Expellern	Vorratsschädlinge (Insekten) Schute, Binnen- und Küstenmotorschiff	6 Stück/t	Begasen I bei Bedarf	21
In Getreide	Vorratsschädlinge (Insekten) gasdichte Silozelle ohne Kreislaufbegasung auf Schüttboden	15 Stück/t	Begasen I bei Bedarf	F
In Getreide	Vorratsschädlinge (Insekten) Schute, Binnen- und Küstenmotorschiff	15 Stück/t	Begasen I bei Bedarf	F
In Getreide	Vorratsschädlinge (Insekten)	15 Stück/t	Begasen I bei Bedarf	F
In Getreide	Vorratsschädlinge (Insekten) gasdichte Silozelle ohne Kreislaufbegasung	10 Stück/t	Begasen I bei Bedarf	F
In Grieß	Vorratsschädlinge (Insekten) Von-Haus-zu-Haus-Behälter	2 Stück/m³	Begasen I bei Bedarf	14
In Vorratsgütern, ausgenommen Getreide, Grieß, Expellern, Tabak, Drogen, Heilkräutern	Vorratsschädlinge (Insekten) in Räumen	5 Stück/m³	Begasen I bei Bedarf	14/21

Kapitel 5.11

Bekämpfung von Vorratsschädlingen

Wirkstoffe/ Präparate/ Kulturen	Schaderreger	Bereich	Aufwand	Hinweise	WZ
In Vorratsgütern, ausgenommen Getreide, Grieß, Expellern, Tabak, Drogen, Heilkräutern	Vorratsschädlinge (Insekten)	bei Lagerung unter gasdichten Planen	5 Stück/m³	Begasen I bei Bedarf	14/21
Delicia - Gastoxin - Pellets, DDZ, T+, F, B3 ●●● DETIA GAS-EX-P, DET, DGS, T+, F, B3 ●●● Phostoxin Pellets, DET, T+, F, B3					
In Getreide	Vorratsschädlinge (Insekten)	gasdichte Silozelle ohne Kreislaufbegasung	30 Stück/s	Begasen I bei Bedarf	3
Aluminiumphosphid, 570 g/kg					
QuickPhos Begasungsbeutel, PSA, T+, F, B3					
In Getreide	Vorratsschädlinge (Insekten)	gasdichte Silozelle ohne Kreislaufbegasung	1,5 Beutel/t	Begasen I nach Befallsbeginn	3
In Räumen mit lagerndem Getreide	Vorratsschädlinge (Insekten)	Flachlager	50 g/t	Begasen mit Beutel I bei Bedarf	F
QuickPhos AIP-Preßkörper, PSA, T+, F, B3					
In Getreide	Vorratsschädlinge (Insekten)	gasdichte Silozelle ohne Kreislaufbegasung	36 g/t	Begasen I bei Befall	3
Detia Beutelrolle, DET, DGS, T+, F, B3					
In Getreide	Vorratsschädlinge (Insekten)	auf Schüttboden	1 Stück / 40 t	Begasen I bei Bedarf	F
Detia Gas-Ex-B, DET, T+, F, B3					
In Getreide	Vorratsschädlinge (Insekten)	in Sackstapeln unter gasdichten Planen bzw. in hinreichend gasdichten Räumen	* 51 g/m³	Begasen I bei Dosierung auf den Raum I bei Bedarf	F
In Getreide	Vorratsschädlinge (Insekten)	gasdichte Silozelle ohne Kreislaufbegasung	51 g/t	Begasen I bei Bedarf	F
In Getreide	Vorratsschädlinge (Insekten)	gasdichte Silozelle mit Kreislaufbegasung	34 g/t	Begasen I bei Bedarf	F
In leeren Räumen	Vorratsschädlinge (Insekten)	in Räumen	51 g/m³	Begasen I bei Bedarf	F
In Räumen	Vorratsschädlinge (Insekten)	leere Säcke in hinreichend gasdichten Räumen	51 g/m³	Begasen I bei Bedarf	F
In Räumen mit lagerndem Getreide	Vorratsschädlinge (Insekten)	auf Schüttboden	80 g/t	Begasen I Schmalbeutel bei Schütthöhen ab 2 m: I bei Bedarf	F
In Räumen mit lagerndem Getreide	Vorratsschädlinge (Insekten)	Schute, Binnen- und Küstenmotorschiff	80 g/t	Begasen I Schmalbeutel bei Schütthöhen ab 2 m: I bei Bedarf	F
In Vorratsgütern, ausgenommen Getreide und Expeller	Vorratsschädlinge (Insekten)	in Sackstapeln unter gasdichten Planen bzw. in hinreichend gasdichten Räumen	* 51 g/m³	Begasen I bei Dosierung auf den Raum I bei Bedarf	14/35
Vorratsschutz	Vorratsschädlinge (Insekten)	leere Silozellen	51 g / 10 m³	Begasen I bei Bedarf	F
Blausäure, 490 g/kg					
Cyanosil, DGS, T+, F+, B3 ●●● Zedesa-Blausäure, DEA, T+, F+, B3					
In leeren Räumen	Vorratsschädlinge (Insekten)	in Mühlen	7 g/m³	Begasen I bei Bedarf	F

Kapitel 5.11

Wirkstoffe/ Präparate/ Kulturen	Schaderreger	Bereich	Aufwand	Hinweise	WZ
Brodifacoum, 0,05 g/kg				Bekämpfung von Vorratsschädlingen	
In Vorratsgütern, ausgenommen Getreide und Expeller	Hausmaus	in Räumen	4 g/m³	Begasen	7
In Vorratsgütern, ausgenommen Getreide und Expeller	Wander- und Hausratte	in Räumen	4 g/m³	Begasen I bei Bedarf	7
frunax-R+M, FRU, B3 ••• Klerat-Haferflockenköder, ZNC, B3					
Vorratsschutz	Hausmaus	in Räumen		Auslegen von schüttfähigen Streuködern I bei Bedarf	F
Vorratsschutz	Wanderratte	in Räumen		Auslegen von schüttfähigen Streuködern I bei Bedarf	F
Klerat-Wachsblock, ZNC, KGM, B3					
Vorratsschutz	Hausmaus	in Räumen		Auslegen von Formködern I bei Bedarf	F
Vorratsschutz	Wanderratte	in Räumen		Auslegen von Formködern I bei Bedarf	F
Brodifacoum, 2,5 g/l					
Brodifacoum - 0,25% flüssig, ZNC, T, B3					
Vorratsschutz	Hausmaus	in Räumen		Mit 2 % Ködergift hergestellten Köder auslegen I bei Bedarf	F
Vorratsschutz	Wanderratte	in Räumen		Mit 2 % Ködergift hergestellten Köder auslegen I bei Bedarf	F
Bromadiolon, 0,05 g/kg					
MausEX-Köder, FRO, B3					
Vorratsschutz	Hausmaus	in Räumen		Auslegen von schüttfähigen Streuködern I bei Bedarf	F
Contrax-top-Köder H, FRO, B3					
Vorratsschutz	Wanderratte	Freiland		Auslegen von schüttfähigen Streuködern I bei Bedarf	F
Vorratsschutz	Wanderratte	in Räumen		Auslegen von schüttfähigen Streuködern I bei Bedarf	F
Bromadiolon, 2,34 g/l					
Bromadiolone Lipha 0,25, LIP, Xn, B3 ••• Contrax-top-Konzentrat, FRO, Xn, B3					
Vorratsschutz	Wanderratte	in Räumen	200 g/Köderstelle	Mit 2 % Ködergift hergestellten Köder auslegen I bei Bedarf	F
Vorratsschutz	Wanderratte	Freiland	200 g/Köderstelle	Mit 2 % Ködergift hergestellten Köder auslegen I bei Bedarf	F
Vorratsschutz	Hausmaus	in Räumen	20 g/Köderstelle	Mit 2 % Ködergift hergestellten Köder auslegen I bei Bedarf	F
Coumatetralyl, 0,375 g/kg					
Bertram Cumarin - Festköderblock, BER, B3					
Vorratsschutz	Wanderratte	in Räumen		Auslegen von Formködern I bei Bedarf	F

Kapitel 5.11

Bekämpfung von Vorratsschädlingen

Wirkstoffe/ Präparate/ Kulturen	Schaderreger	Bereich	Aufwand	Hinweise	WZ
Vorratsschutz	Wanderratte	Freiland		Auslegen von Formködern I bei Bedarf	F
Bertram Cumarin Fertigköder, BER, B3					
Vorratsschutz	Wanderratte	in Räumen		Auslegen von schüttfähigen Streuködern I bei Bedarf	F
Vorratsschutz	Wanderratte	Freiland		Auslegen von schüttfähigen Streuködern I bei Bedarf	F
Coumatetralyl, 0,377 g/kg					
Racumin Fertigköder, BAV, B3					
Vorratsschutz	Wanderratte	in Räumen		Auslegen von schüttfähigen Streuködern I bei Bedarf	F
Vorratsschutz	Wanderratte	Freiland		Auslegen von schüttfähigen Streuködern I bei Bedarf	F
Coumatetralyl, 7,55 g/kg					
Racumin-Pulver, BAV, B3					
Vorratsschutz	Wanderratte	in Räumen		Streuen I bei Bedarf	F
Vorratsschutz	Wanderratte	Freiland		Mit 5 % Ködergift hergestellten Köder auslegen I bei Bedarf	F
Vorratsschutz	Wanderratte	in Räumen		Mit 5 % Ködergift hergestellten Köder auslegen I bei Bedarf	F
Dichlorvos, 37,89 g/kg					
Insektenil-Raumnebel-DCV, HEN, Xn, B3 ••• microsol-vos-fluid, MIC, Xn, B3					
In Räumen mit lagernden Vorratsgütern	Käfer	in Speichern	600 ml / 100 m³	Nebeln I nach Befallsbeginn	Fl21
In Räumen mit lagerndem Getreide	Motten	in Speichern	50 ml / 100 m³	Nebeln I nach Befallsbeginn	Fl21
Dichlorvos, 121,6 g/l					
Mafu-Nebelautomat, BAV, Xn, B3					
In Räumen mit lagerndem Getreide	Vorratsschädlinge (Insekten)	in Speichern	1 Stück / 500 m³	Nebeln I bei Bedarf	F
Dichlorvos, 367 g/kg					
Detia Insekten Strip, DET, Xn, B3					
In Räumen mit lagernden Vorratsgütern	Motten	in Speichern	* 100 I 1 Stück/ x m³	Verdunsten I 1 großer Strip: I bei Bedarf	Fl21
In Räumen mit lagerndem Getreide	Motten	in Mühlen	* 100 I 1 Stück/ x m³	Verdunsten I 1 großer Strip: I bei Bedarf	Fl21
Difenacoum, 0,05 g/kg					
Fentrol, REN, B3					
Vorratsschutz	Wanderratte	in Räumen		Auslegen von schüttfähigen Streuködern I bei Bedarf	F
Vorratsschutz	Wanderratte	Freiland		Auslegen von schüttfähigen Streuködern I bei Bedarf	F

Bekämpfung von Vorratsschädlingen

Wirkstoffe/ Präparate/ Kulturen	Schaderreger	Bereich	Aufwand	Hinweise	WZ
Vorratsschutz	Hausmaus	in Räumen		Auslegen von schüttfähigen Streuködern I bei Bedarf	F
Castrix D Mäusekorn, BAV, B3 ••• frunax - Mäuseköder, FRU, B3 ••• Mäusekorn, NEU, B3 ••• Ratron® Mäuseköder-Box, CEL, B3 ••• Ratak, ZNC, B3 ••• Ratron Mäuseköder, DDZ, B3 ••• SAKARAT, KGM, B3					
Vorratsschutz	Hausmaus	in Räumen		Auslegen von schüttfähigen Streuködern I bei Bedarf	F
Difenacoum, 0,075 g/kg alpharatan-MOUSE-disk-novel, MIC, B3 ••• MYOCURATTIN-FCM-Festköder, HEN, B3					
Vorratsschutz	Hausmaus	in Räumen		Auslegen von Formködern I bei Bedarf	N
Difenacoum, 0,1 g/kg Difenard, REN, B3					
Vorratsschutz	Hausmaus	in Räumen		Auslegen von Pastenködern I bei Bedarf	F
Difenacoum, 1 g/l Fentrol Gel, REN, Xn, B3					
Vorratsschutz	Hausmaus	in Räumen		Gel an Einschlupflöchern und auf Laufwege auftragen I bei Bedarf	F
Vorratsschutz	Wanderratte	in Räumen		Gel an Einschlupflöchern und auf Laufwege auftragen I bei Bedarf	F
Difenacoum, 2,5 g/kg Difenacoum - 0,25% flüssig, ZNC, Xn, B3					
Vorratsschutz	Hausmaus	in Räumen		Mit 2 % Ködergift hergestellten Köder auslegen I bei Bedarf	F
Vorratsschutz	Wanderratte	in Räumen		Mit 2 % Ködergift hergestellten Köder auslegen I bei Bedarf	F
Difethialon, 0,025 g/kg MausEX-Duo, FRO, B3					
Vorratsschutz	Hausmaus	in Räumen		Auslegen von Pastenködern I bei Bedarf	F
Flocoumafen, 0,05 g/kg STORM Ratten- und Mäusehappen, CYD, B3					
Vorratsschutz	Wanderratte	in Räumen		Auslegen von Formködern I bei Bedarf	F
Vorratsschutz	Hausmaus	in Räumen		Auslegen von Formködern I bei Bedarf	F
Kieselgur, 965 g/kg SILICO-SEC, CEM, ABP, B3 In Futtergetreide					
Vorratsschädlinge (Insekten)	in Räumen		2 kg/t	In das Getreide gleichmäßig einmischen (stäuben) I beim Ein- oder Umlagern	F

Kapitel 5.11

Bekämpfung von Vorratsschädlingen

Wirkstoffe/ Präparate/ Kulturen	Schaderreger	Bereich	Aufwand	Hinweise	WZ
In Getreide	Vorratsschädlinge (Insekten)	in Räumen	1 kg/t	In das Getreide gleichmäßig einmischen (stäuben) I beim Ein- oder Umlagern	F
Kohlendioxid, 995 g/kg **Kohlensäure BUSE, BUS, B3**					
In Drogen und Heilkräutern	Vorratsschädlinge (Milben)	Pex-Druckkammer	* 22 kg/m³	Begasen I 10 bar (Einwirkungszeit: 480 Minuten): I nach Befallsbeginn	F
In Drogen und Heilkräutern	Vorratsschädlinge (Insekten)	Pex-Druckkammer	* 22 kg/m³	Begasen I 10 bar (Einwirkungszeit: 480 Minuten): I nach Befallsbeginn	F
In fetthaltigen Samen	Vorratsschädlinge (Insekten)	Flachlager	80 %	Begasen I Schütthöhe bis 10 m I bei Befall	F
In fetthaltigen Samen	Vorratsschädlinge (Milben)	Flachlager	80 %	Begasen I Schütthöhe bis 10 m I bei Befall	F
In Getreide	Vorratsschädlinge (Insekten)	Flachlager	80 %	Begasen I Schütthöhe bis 10 m I bei Befall	F
In Getreide	Vorratsschädlinge (Milben)	Flachlager	80 %	Begasen I Schütthöhe bis 10 m I bei Befall	F
In Getreide und Getreideerzeugnissen	Vorratsschädlinge (Insekten)	gasdichte Silozelle ohne Kreislaufbegasung	30 kg/t	Begasen I bei Bedarf	F
In Getreide und Getreideerzeugnissen	Vorratsschädlinge (Insekten)	Pex-Druckkammer	* 22 kg/m³	Begasen I 10 bar (Einwirkungszeit: 480 Minuten): I nach Befallsbeginn	F
In Getreide und Getreideerzeugnissen	Vorratsschädlinge (Milben)	Pex-Druckkammer	* 22 kg/m³	Begasen I 10 bar (Einwirkungszeit: 480 Minuten): I nach Befallsbeginn	F
In Vorratsgütern, ausgenommen Getreide, Grieß, Expellern, Tabak, Drogen, Heilkräutern	Vorratsschädlinge (Insekten)	Pex-Druckkammer	* 22 kg/m³	Begasen I 10 bar (Einwirkungszeit: 480 Minuten): I nach Befallsbeginn	F
In Vorratsgütern, ausgenommen Getreide, Grieß, Expellern, Tabak, Drogen, Heilkräutern	Vorratsschädlinge (Milben)	Pex-Druckkammer	* 22 kg/m³	Begasen I 10 bar (Einwirkungszeit: 480 Minuten): I nach Befallsbeginn	F
Tabak	Vorratsschädlinge (Insekten)	Pex-Druckkammer	* 22 kg/m³	Begasen I 10 bar (Einwirkungszeit: 480 Minuten): I nach Befallsbeginn	F
Tabak	Vorratsschädlinge (Milben)	Pex-Druckkammer	* 22 kg/m³	Begasen I 10 bar (Einwirkungszeit: 480 Minuten): I nach Befallsbeginn	F
Kohlendioxid, 999,5 g/kg **Kohlendioxid, AGA, B3**					
In Getreide und Getreideerzeugnissen	Vorratsschädlinge (Milben)	gasdichte Silozelle ohne Kreislaufbegasung	80 Vol.-%	Begasen I bei Bedarf	F
In Getreide und Getreideerzeugnissen	Vorratsschädlinge (Insekten)	gasdichte Silozelle ohne Kreislaufbegasung	80 Vol.-%	Begasen I bei Bedarf	F
Kohlendioxyd zur Druckentwesung von Nutzpflanzen, GUT, B3					
In Drogen und Heilkräutern	Vorratsschädlinge (Milben)	Guttroff-Druckkammer		Begasen I 20 bar (Einwirkungszeit: 15 Stunden): I nach Befallsbeginn	F

Kapitel 5.11

Bekämpfung von Vorratsschädlingen

Wirkstoffe/ Präparate/ Kulturen	Schaderreger	Bereich	Aufwand	Hinweise	WZ
In Drogen und Heilkräutern	Vorratsschädlinge (Insekten)	Guttrofi-Druckkammer		Begasen 20 bar (Einwirkungszeit: 15 Stunden); nach Befallsbeginn	F
In Gewürzen	Vorratsschädlinge (Insekten)	Guttrofi-Druckkammer		Begasen 20 bar (Einwirkungszeit: 15 Stunden); nach Befallsbeginn	F
In Gewürzen	Vorratsschädlinge (Milben)	Guttrofi-Druckkammer		Begasen 20 bar (Einwirkungszeit: 15 Stunden); nach Befallsbeginn	F
Kohlendioxid, 1000 g/kg Natürliche CARBO Kohlensäure, CAK, B3					
In Drogen und Heilkräutern	Vorratsschädlinge (Milben)	Carvex-Druckkammer	* 66 kg/m³	Begasen 30 bar (Einwirkungszeit: 60 Minuten); bei Bedarf	F
In Drogen und Heilkräutern	Vorratsschädlinge (Insekten)	Carvex-Druckkammer	* 66 kg/m³	Begasen 30 bar (Einwirkungszeit: 60 Minuten); bei Bedarf	F
In fetthaltigen Samen	Vorratsschädlinge (Insekten)	Carvex-Druckkammer	* 66 kg/m³	Begasen 30 bar (Einwirkungszeit: 60 Minuten); bei Bedarf	F
In fetthaltigen Samen	Vorratsschädlinge (Milben)	Carvex-Druckkammer	* 66 kg/m³	Begasen 30 bar (Einwirkungszeit: 60 Minuten); bei Bedarf	F
In Getreideerzeugnissen	Vorratsschädlinge (Insekten)	Carvex-Druckkammer	* 66 kg/m³	Begasen 30 bar (Einwirkungszeit: 60 Minuten); bei Bedarf	F
In Getreideerzeugnissen	Vorratsschädlinge (Milben)	Carvex-Druckkammer	* 66 kg/m³	Begasen 30 bar (Einwirkungszeit: 60 Minuten); bei Bedarf	F
In Gewürzen	Vorratsschädlinge (Milben)	Carvex-Druckkammer	* 66 kg/m³	Begasen 30 bar (Einwirkungszeit: 60 Minuten); bei Bedarf	F
In Gewürzen	Vorratsschädlinge (Insekten)	Carvex-Druckkammer	* 66 kg/m³	Begasen 30 bar (Einwirkungszeit: 60 Minuten); bei Bedarf	F
In Tee	Vorratsschädlinge (Milben)	Carvex-Druckkammer	* 66 kg/m³	Begasen 30 bar (Einwirkungszeit: 60 Minuten); bei Bedarf	F
In Tee	Vorratsschädlinge (Insekten)	Carvex-Druckkammer	* 66 kg/m³	Begasen 30 bar (Einwirkungszeit: 60 Minuten); bei Bedarf	F
In Trockenobst	Vorratsschädlinge (Milben)	Carvex-Druckkammer	* 66 kg/m³	Begasen 30 bar (Einwirkungszeit: 60 Minuten); bei Bedarf	F
In Trockenobst	Vorratsschädlinge (Insekten)	Carvex-Druckkammer	* 66 kg/m³	Begasen 30 bar (Einwirkungszeit: 60 Minuten); bei Bedarf	F
Tabak	Vorratsschädlinge (Insekten)	Carvex-Druckkammer	* 66 kg/m³	Begasen 30 bar (Einwirkungszeit: 60 Minuten); bei Bedarf	F
Magnesiumphosphid, 560 g/kg Degesch Plate, DGS, T+, F, B3					
In Drogen und Heilkräutern	Vorratsschädlinge (Insekten)	in Räumen	1 Stück / 33 m³	Begasen bei Befall	7
In Drogen und Heilkräutern	Vorratsschädlinge (Insekten)	bei Lagerung unter gasdichten Planen	1 Stück / 33 m³	Begasen bei Befall	7
In Drogen und Heilkräutern	Vorratsschädlinge (Insekten)	Container (für Warensendungen)	1 Stück / 33 m³	Begasen bei Befall	7

- 556 -

Bekämpfung von Vorratsschädlingen

Wirkstoffe/Präparate/Kulturen	Schaderreger	Bereich	Aufwand	Hinweise	WZ
In Grieß	Vorratsschädlinge (Insekten)	Von-Haus-zu-Haus-Behälter	1 Miniplate / 7,5 m³	Begasen I bei Befall	14
In leeren Räumen	Vorratsschädlinge (Insekten)	in Mühlen	1 Stück / 80 m³	Begasen I bei Befall	F
Rohtabak; verpackt in Kisten, Fässern oder Ballen	Tabakkäfer und -motten	in Räumen	1 Stück / 33 m³	Begasen I bei Befall	F
Rohtabak; verpackt in Kisten, Fässern oder Ballen	Tabakkäfer und -motten	bei Lagerung unter gasdichten Planen	1 Stück / 33 m³	Begasen I bei Befall	F
Rohtabak; verpackt in Kisten, Fässern oder Ballen	Tabakkäfer und -motten	Container (für Warensendungen)	1 Stück / 33 m³	Begasen I bei Befall	F
Degesch-Strip, DET, DGS/DEG, T+, F, B3					
In leeren Räumen	Vorratsschädlinge (Insekten)	in leeren Mühlen	1 Stück / 1650 m³	Begasen I bei Bedarf	F
Rohtabak; verpackt in Kisten, Fässern oder Ballen	Tabakkäfer und -motten	bei Lagerung unter gasdichten Planen	1 Stück / 660 m³	Begasen I bei Bedarf	F
Rohtabak; verpackt in Kisten, Fässern oder Ballen	Tabakkäfer und -motten	in Räumen	1 Stück / 660 m³	Begasen I bei Bedarf	F
Rohtabak; verpackt in Kisten, Fässern oder Ballen	Tabakkäfer und -motten	Container (für Warensendungen)	1 Stück / 660 m³	Begasen I bei Bedarf	F
Magnesiumphosphid, 660 g/kg					
DEGESCH-MAGTOXIN, DET, DGS, T+, F, B3 ••• Detia Magphos, DET, T+, F, B3					
In Getreide	Vorratsschädlinge (Insekten)	gasdichte Silozelle ohne Kreislaufbegasung	6 Stück/t	Begasen mit Tablette I bei Bedarf	F
In Getreide	Vorratsschädlinge (Insekten)	gasdichte Silozelle ohne Kreislaufbegasung	30 Stück/t	Begasen mit Pellet I bei Bedarf	F
Detia Gas-Ex-B forte, DET, DEG/DGS, T+, F, B3					
Getreideerzeugnisse (Flocken)	Vorratsschädlinge (Insekten)	in Sackstapeln unter gasdichten Planen bzw. in hinreichend gasdichten Räumen	3 Beutel/t	Begasen mit Kleinbeutelkette I bei Befall	F
Getreideerzeugnisse (Flocken)	Vorratsschädlinge (Insekten)	Container (für Warensendungen)	3 Beutel/t	Begasen mit Kleinbeutelkette I bei Befall	F
Getreideerzeugnisse (Flocken)	Vorratsschädlinge (Insekten)	in Räumen	3 Beutel/t	Begasen mit Kleinbeutelkette I bei Befall	F
In fetthaltigen Samen	Vorratsschädlinge (Insekten)	in Sackstapeln unter gasdichten Planen bzw. in hinreichend gasdichten Räumen	3 Beutel/t	Begasen mit Kleinbeutelkette I bei Befall	35
In fetthaltigen Samen	Vorratsschädlinge (Insekten)	Container (für Warensendungen)	3 Beutel/t	Begasen mit Kleinbeutelkette I bei Befall	35
In fetthaltigen Samen	Vorratsschädlinge (Insekten)	in Räumen	3 Beutel/t	Begasen mit Kleinbeutelkette I bei Befall	35

Bekämpfung von Vorratsschädlingen

Wirkstoffe / Präparate/ Kulturen	Schaderreger	Bereich	Aufwand	Hinweise	WZ
In Getreideerzeugnissen (Mehlen)	Vorratsschädlinge (Insekten)	in Sackstapeln unter gasdichten Planen bzw. in hinreichend gasdichten Räumen	3 Beutel/t	Begasen mit Kleinbeutelkette I bei Befall	F
In Getreideerzeugnissen (Mehlen)	Vorratsschädlinge (Insekten)	in Räumen	3 Beutel/t	Begasen mit Kleinbeutelkette I bei Befall	F
In Getreideerzeugnissen (Mehlen)	Vorratsschädlinge (Insekten)	Container (für Warensendungen)	3 Beutel/t	Begasen mit Kleinbeutelkette I bei Befall	F
In Gewürzen	Vorratsschädlinge (Insekten)	in Sackstapeln unter gasdichten Planen bzw. in hinreichend gasdichten Räumen	2 Beutel / 3 m³	Begasen mit Kleinbeutelkette I bei Befall	7
In Gewürzen	Vorratsschädlinge (Insekten)	in Räumen	2 Beutel / 3 m³	Begasen mit Kleinbeutelkette I bei Befall	7
In Gewürzen	Vorratsschädlinge (Insekten)	Container (für Warensendungen)	2 Beutel / 3 m³	Begasen mit Kleinbeutelkette I bei Befall	7
In Kakaobohnen	Vorratsschädlinge (Insekten)	in Sackstapeln unter gasdichten Planen bzw. in hinreichend gasdichten Räumen	3 Beutel/t	Begasen mit Kleinbeutelkette I bei Befall	35
In Kakaobohnen	Vorratsschädlinge (Insekten)	Container (für Warensendungen)	3 Beutel/t	Begasen mit Kleinbeutelkette I bei Befall	35
In Kakaobohnen	Vorratsschädlinge (Insekten)	in Räumen	3 Beutel/t	Begasen mit Kleinbeutelkette I bei Befall	35
In Kakaobohnen	Vorratsschädlinge (Insekten)	gasdichte Silozelle ohne Kreislaufbegasung	3 Beutel/t	Begasen mit Kleinbeutelkette I bei Befall	35
In Tee	Vorratsschädlinge (Insekten)	in Räumen	2 Beutel / 3 m³	Begasen mit Kleinbeutelkette I bei Befall	14
In Tee	Vorratsschädlinge (Insekten)	in Sackstapeln unter gasdichten Planen bzw. in hinreichend gasdichten Räumen	2 Beutel / 3 m³	Begasen mit Kleinbeutelkette I bei Befall	14
In Tee	Vorratsschädlinge (Insekten)	Container (für Warensendungen)	2 Beutel / 3 m³	Begasen mit Kleinbeutelkette I bei Befall	14
In Trockenobst	Vorratsschädlinge (Insekten)	in Sackstapeln unter gasdichten Planen bzw. in hinreichend gasdichten Räumen	3 Beutel/t	Begasen mit Kleinbeutelkette I bei Befall	F
In Trockenobst	Vorratsschädlinge (Insekten)	Container (für Warensendungen)	3 Beutel/t	Begasen mit Kleinbeutelkette I bei Befall	F
In Trockenobst	Vorratsschädlinge (Insekten)	in Räumen	3 Beutel/t	Begasen mit Kleinbeutelkette I bei Befall	F

Kapitel 5.11

Bekämpfung von Vorratsschädlingen

Wirkstoffe/ Präparate/ Kulturen	Schaderreger	Bereich	Aufwand	Hinweise	WZ
Methylbromid, 997 g/kg Delta Gas-Ex-M, DET, DGS/DEG, T+, B3 In leeren Räumen	Vorratsschädlinge (Insekten)	in Mühlen und Speichern	12 g/m³	Begasen I Begasung ohne Nachdosierung I bei Bedarf	N
Methylbromid, 1000 g/kg Methylbromid, DEA, T+, B3 In leeren Räumen	Vorratsschädlinge (Insekten)	in Mühlen und Speichern	12 g/m³	Begasen I Begasung ohne Nachdosierung I bei Bedarf	N
Phosphorwasserstoff, 20,7 g/kg Frisin, SER, T+, B3 In fetthaltigen Samen	Vorratsschädlinge (Insekten)	in Sackstapeln unter gasdichten Planen bzw. in hinreichend gasdichten Räumen	3,7 g/m³	Begasen aus Gasflasche I bei Bedarf	21l14l 21
In Kakaobohnen	Vorratsschädlinge (Insekten)	in Sackstapeln unter gasdichten Planen bzw. in hinreichend gasdichten Räumen	3,7 g/m³	Begasen aus Gasflasche I bei Bedarf	14
In Rohkaffee	Vorratsschädlinge (Insekten)	in Sackstapeln unter gasdichten Planen bzw. in hinreichend gasdichten Räumen	3,7 g/m³	Begasen aus Gasflasche I bei Bedarf	14
In Trockenobst	Vorratsschädlinge (Insekten)	in Sackstapeln unter gasdichten Planen bzw. in hinreichend gasdichten Räumen	3,7 g/m³	Begasen aus Gasflasche I bei Bedarf	14
Phoxim, 510 g/l Baython EC, BAV, Xn, B3	Vorratsschädlinge (Insekten)	Redler, Elevatoren und Zulaufrohre	0,2 %	bei Bedarf	F
In leeren Räumen, vor der Einlagerung von Getreide	Vorratsschädlinge (Insekten)	in Räumen	0,2 %	bei Bedarf	F
Pirimiphos-methyl, 500 g/l Actellic 50, ZNC, Xn, B3 In Getreide	Vorratsschädlinge (Insekten)	bei Umlagerung mit dem Förderband	8 ml/t	Spritzen auf den Fördergutstrom I nach Befallsbeginn	F
In leeren Räumen, vor der Einlagerung von Getreide	Vorratsschädlinge (Insekten)	in Räumen	0,16 %	nach Befallsbeginn	F
Pyrethrine, 0,5 g/l, Piperonylbutoxid, 0,8 g/l, Dichlorvos, 36 g/l INSEKTENIL-Raumnebel-forte-trocken-DDVP, HEN, Xn, B3 ••• microsol-vos-fluid-dry, MIC, Xn, B3 In Räumen mit lagerndem Getreide	Motten	in Mühlen	50 ml / 100 m³	Kaltnebeln I nach Befallsbeginn	F
In Räumen mit lagerndem Getreide	Käfer	in Mühlen	600 ml / 100 m³	Kaltnebeln I nach Befallsbeginn	F

Bekämpfung von Vorratsschädlingen

Wirkstoffe/ Präparate/ Kulturen	Schaderreger	Bereich	Aufwand	Hinweise	WZ
In Räumen mit lagerndem Vorratsgütern	Käfer	in Speichern	600 ml / 100 m³	Kaltnebeln I nach Befallsbeginn	21
In Räumen mit lagerndem Vorratsgütern, ausgenommen Getreide	Motten	in Speichern	50 ml / 100 m³	Kaltnebeln I nach Befallsbeginn	21
Pyrethrine, 1,65 g/kg, Piperonylbutoxid, 26,6 g/kg					
Dusturan Kornkäferpuder, URA, SPI, B3					
In Futtergetreide	Vorratsschädlinge (Insekten)	auf Schüttboden	100 g/dtt	In das Getreide gleichmäßig einmischen (streuen) I bei Bedarf	F
Pyrethrine, 1,73 g/kg, Piperonylbutoxid, 3,45 g/kg, Dichlorvos, 100,3 g/kg					
Detia Professional Nebelautomat, DET, VOR, Xn, B3 ••• microsol-vos autofog, HEN, Xn, B3 ••• Insektenil-DCV-Spray, HEN, Xn, B3					
In Räumen mit lagerndem Getreide	Käfer	in Mühlen	1 Dose(n) / 400 m³	Sprühdose I nach Befallsbeginn	F
In Räumen mit lagerndem Getreide	Motten	in Mühlen	1 Dose(n) / 2000 m³	Sprühdose I nach Befallsbeginn	F
In Räumen mit lagerndem Vorratsgütern	Käfer	in Speichern	1 Dose(n) / 400 m³	Sprühdose I nach Befallsbeginn	14
In Räumen mit lagerndem Vorratsgütern	Motten	in Speichern	1 Dose(n) / 2000 m³	Sprühdose I nach Befallsbeginn	14
Pyrethrine, 3,85 g/l, Piperonylbutoxid, 19,8 g/l					
Detia Professional Raumnebel XL, VOR, B3 ••• Detmolin P, FRO, B3					
In Räumen mit lagerndem Vorratsgütern	Vorratsschädlinge (Insekten), ausgenommen Tribolium-A.	in Mühlen	600 ml / 100 m³	Nebeln I nach Befallsbeginn	F
In Räumen mit lagerndem Vorratsgütern	Motten	in Speichern	100 ml / 100 m³	Nebeln I bei Bedarf	F
In Räumen mit lagerndem Vorratsgütern	Vorratsschädlinge (Insekten), ausgenommen Tribolium-Arten	in Speichern	600 ml / 100 m³	Nebeln I nach Befallsbeginn	F
In Räumen mit lagerndem Vorratsgütern	Motten	in Mühlen	100 ml / 100 m³	Nebeln I nach Befallsbeginn	F
Pyrethrine, 4 g/l, Piperonylbutoxid, 22 g/l					
INSEKTENIL-Raumnebel-forte-trocken, HEN, Xn, B3 ••• microsol-pyrho-fluid-dry, MIC, Xn, B3					
In Räumen mit lagerndem Vorratsgütern	Motten	in Mühlen	600 ml / 100 m³	Kaltnebeln I nach Befallsbeginn	F
In Räumen mit lagerndem Vorratsgütern	Motten	in Speichern	100 ml / 100 m³	Kaltnebeln I nach Befallsbeginn	F
In Räumen mit lagerndem Vorratsgütern	Vorratsschädlinge (Insekten)	in Speichern	600 ml / 100 m³	Kaltnebeln I nach Befallsbeginn	F
In Räumen mit lagerndem Vorratsgütern	Motten	in Mühlen	100 ml / 100 m³	Kaltnebeln I nach Befallsbeginn	F
Detia Professional Raumnebel M, DET, B3 ••• INSEKTENIL-Raumnebel-forte, HEN, B3 ••• microsol-pyrho-fluid, MIC, B3					

Kapitel 5.11

Bekämpfung von Vorratsschädlingen

Wirkstoffe/ Präparate/ Kulturen	Schaderreger	Bereich	Aufwand	Hinweise	WZ
In Räumen mit lagernden Vorratsgütern	Vorratsschädlinge (Insekten), ausgenommen Tribolium-Arten und ältere Mottenlarven	in Mühlen	600 ml / 100 m³	Kaltnebeln I nach Befallsbeginn	F
In Räumen mit lagernden Vorratsgütern	Motten	in Mühlen	100 ml / 100 m³	Kaltnebeln I nach Befallsbeginn	F
In Vorratsgütern	Vorratsschädlinge (Insekten), ausgenommen Tribolium-Arten und ältere Mottenlarven	in Speichern	600 ml / 100 m³	Kaltnebeln I nach Befallsbeginn	F
In Vorratsgütern	Motten	in Speichern	100 ml / 100 m³	Kaltnebeln I nach Befallsbeginn	F
Stickstoff, 995 g/kg **Stickstoff MES, MES, B3**					
In Vorratsgütern	Vorratsschädlinge (Insekten)	gasdichte Silozelle ohne Kreislaufbegasung		Begasen I bei Befall	F
Stickstoff, 1000 g/kg **Lindogen, LID, B3**					
In Getreide	Vorratsschädlinge (Insekten)	gasdichte Silozelle ohne Kreislaufbegasung	* 1000 g/kg	bei Getreidetemp. von 10°C: Begasungszeit mind. 10 Wochen	F
Sulfachinoxalin, 0,19 g/kg, Bromadiolon, 0,05 g/kg **Brumolin Fix Fertig, SCH, CYD, B3**					
Vorratsschutz	Wanderratte	Freiland		Auslegen von schüttfähigen Streuködern I bei Bedarf	F
Vorratsschutz	Hausmaus	in Räumen		Auslegen von schüttfähigen Streuködern I bei Bedarf	F
Vorratsschutz	Wanderratte	in Räumen		Auslegen von schüttfähigen Streuködern I bei Bedarf	F
Sulfachinoxalin, 0,19 g/kg, Difethialon, 0,025 g/kg **Brumolin Ultra, AVO, B3**					
Vorratsschutz	Wanderratte	in Räumen		Auslegen von schüttfähigen Streuködern I bei Bedarf	F
Vorratsschutz	Hausmaus	in Räumen		Auslegen von schüttfähigen Streuködern I bei Bedarf	F
Sulfachinoxalin, 0,2 g/kg, Difenacoum, 0,05 g/kg **EPYRIN plus Rattenköder, HYG, B3 ••• frunax-DS Ratten-Fertigköder, FRU, B3 ••• Ratak-Rattenfertigköder, ZNC, B3**					
Vorratsschutz	Wanderratte	in Räumen		Auslegen von schüttfähigen Streuködern I bei Bedarf	F
EPYRIN plus Rattenriegel, HYG, B3 ••• frunax-DS Rattenriegel, FRU, B3 ••• Ratak-Rattenriegel, ZNC, B3					
Vorratsschutz	Wanderratte	in Räumen		Auslegen von Formködern I bei Bedarf	F
Warfarin, 0,4 g/kg **Cumarax Fertigköder, SPI, URA, B3 ••• alpharatan RAT-granule, MIC, B3 ••• CURATTIN-Granulat, HEN, B3**					
Vorratsschutz	Wanderratte	Freiland		Auslegen von schüttfähigen Streuködern I bei Bedarf	F

Kapitel 5.11

Wirkstoffe Präparate/ Kulturen	Schaderreger	Bereich	Aufwand	Hinweise	WZ
Cumarax Rattenring, SPI, URA, B3					
Vorratsschutz	Wanderratte	in Räumen		Auslegen von schüttfähigen Streuködern I bei Bedarf	F
Vorratsschutz	Wanderratte	Freiland		Auslegen von Formködern I bei Bedarf	F
Vorratsschutz	Wanderratte	in Räumen		Auslegen von Formködern I bei Bedarf	F
Warfarin, 0,55 g/kg, Sulfachinoxalin, 0,25 g/kg					
Cumarax Spezial Fertigköder, SPI, URA, B3					
Vorratsschutz	Wanderratte	Freiland		Auslegen von schüttfähigen Streuködern I bei Bedarf	F
Vorratsschutz	Wanderratte	in Räumen		Auslegen von schüttfähigen Streuködern I bei Bedarf	F
Cumarax Spezial Rattenring, SPI, URA, B3					
Vorratsschutz	Wanderratte	Freiland		Auslegen von Formködern I bei Bedarf	F
Vorratsschutz	Wanderratte	in Räumen		Auslegen von Formködern I bei Bedarf	F
Warfarin, 0,75 g/kg					
alpharatan RAT-disk, MIC, B3 ••• Curattin Rattenscheiben, HEN, B3					
Vorratsschutz	Wanderratte	in Räumen		Auslegen von Formködern I bei Bedarf	F
Tox - Vetyl neu "Fertigköder", VET, B3					
Vorratsschutz	Wanderratte	Freiland		Auslegen von Formködern I bei Bedarf	F
Warfarin, 0,792 g/kg					
Vorratsschutz	Wanderratte	Freiland		Auslegen von schüttfähigen Streuködern I bei Bedarf	F
Vorratsschutz	Wanderratte	in Räumen		Auslegen von schüttfähigen Streuködern I bei Bedarf	F
Warfarin, 0,8 g/kg					
Cypon-Fertigköder, VLO, B3 ••• Marnis Ratten- und Mäuseköder, MRN, B3 ••• Merz-Cumarin-Fertigköder, MRZ, B3 ••• Rattomix Fertigköder, BRE, B3 ••• Sugan-Rattenköder, NEU, B3 ••• Tetan Rattenköder, HAW, B3 ••• Vermitox Rattenköder, VER, B3					
Vorratsschutz	Wanderratte	Freiland		Auslegen von schüttfähigen Streuködern I bei Bedarf	F
Vorratsschutz	Wanderratte	in Räumen		Auslegen von schüttfähigen Streuködern I bei Bedarf	F
Warfarin, 4,8 g/kg					
alpharatan RAT-dust, MIC, B3 ••• CURATTIN-Haftstreupuder, HEN, B3					
Vorratsschutz	Wanderratte	in Räumen		Streuen in Löcher (ca. 30 g/Loch) und auf Laufwege I bei Bedarf	F

Wirkstoffe/ Präparate/ Kulturen	Schaderreger	Bereich	Aufwand	Hinweise	Wachstumsregler WZ
Vorratsschutz	Wanderratte	in Räumen		Mit 10 % Ködergift hergestellten Köder auslegen I bei Bedarf	F
Vorratsschutz	Wanderratte	Freiland		Köder auslegen I bei Bedarf	F
	Wanderratte			Mit 10 % Ködergift hergestellten Köder auslegen I bei Bedarf	F
Warfarin, 7,5 g/l					
Cumarax Köder- und Streumittel, SPI, URA, T, B3					
Vorratsschutz	Wanderratte	Freiland		Mit 6 % Ködergift hergestellten Köder auslegen I bei Bedarf	F
Vorratsschutz	Wanderratte	in Räumen		Mit 6 % Ködergift hergestellten Köder auslegen I bei Bedarf	F
Vorratsschutz	Wanderratte	in Räumen		Streuen I bei Bedarf	F
Warfarin, 7,9 g/kg					
Sugan-Streumittel, NEU, T, B3					
Vorratsschutz	Wanderratte	in Räumen		Mit 10 % Ködergift hergestellten Köder auslegen I bei Bedarf	F
Vorratsschutz	Wanderratte	Freiland		Köder auslegen I bei Bedarf	F
Vorratsschutz	Wanderratte	in Räumen		Streuen I bei Bedarf	F
Warfarin, 7,92 g/kg					
Tox-Vetyl neu "Streupuder", VET, T, B3					
Vorratsschutz	Wanderratte	Freiland		Mit 6 % Ködergift hergestellten Köder auslegen I bei Bedarf	F
Vorratsschutz	Wanderratte	in Räumen		Streuen I bei Bedarf	F
Vorratsschutz	Wanderratte	in Räumen		Mit 6 % Ködergift hergestellten Köder auslegen I bei Bedarf	F
Zinkphosphid, 56 g/kg					
Rattekal-plus, DDZ, T+, B3					
Vorratsschutz	Hausmaus	in Räumen		Verdecktes Auslegen von Giftködern I bei Bedarf	F

5.12 Wachstumsregler

Chlormequat, 237 g/l, Ethephon, 155 g/l
Sartax C, CFP, Xn ••• Terpal C, BAS, CBA/RPA, Xn

Kultur			Aufwand	Hinweise	WZ
Sommergerste	Halmfestigung		2 l/ha	Keine Angabe	42
Sommergerste	Halmfestigung		2 l/ha	Keine Angabe	42
Wintergerste	Halmfestigung		2,5 l/ha	Keine Angabe	42
Winterroggen	Halmfestigung		2 l/ha	Keine Angabe	42
Winterweizen	Halmfestigung		2,5 l/ha	Keine Angabe	42

Chlormequat, 558 g/l
CCC 720 Feinchemie, FSG, Xn ••• Cycocel 720, BAS, Xn, B4 ••• Stefes CCC 720, STE, Xn ••• UCB-CCC-720, DMA, Xn

Kultur			Aufwand	Hinweise	WZ
Hafer	Halmfestigung		2 l/ha	Keine Angabe	42

Wachstumsregler

Wirkstoffe/ Präparate/ Kulturen	Schaderreger	Aufwand	Hinweise	WZ
Sommerweizen	Halmfestigung	1,3 l/ha	Keine Angabe	63
Winterroggen	Halmfestigung	2 l/ha	Keine Angabe	63
Winterweizen	Halmfestigung	2,1 l/ha	Keine Angabe	63
Chlorpropham, 300 g/l				
Luxan GRO-STOP FOG, LUX, Xn, B3				
Kartoffeln, ausgenommen Pflanzkartoffeln	Keimhemmung	20 ml/t	Heißnebeln I nach Lagerbeginn	F
Chlorpropham, 300,3 g/l				
LUXAN GRO-STOP BASIS, LUX, Xi, B3				
Kartoffeln, ausgenommen Pflanzkartoffeln	Keimhemmung	60 ml/t	Spritzen auf den Fördergutstrom	F
Chlorpropham, 320 g/l				
MitoFOG, FRO, Xn, B3 ••• Pulsfog K, STA, Xn, B3				
Kartoffeln, ausgenommen Pflanzkartoffeln	Keimhemmung	20 ml/t	Heißnebeln I nach Lagerbeginn	F
Ethephon, 480 g/l				
Stefes HALMSTÄRKER, STE, Xi ••• ZERA - Halmstärker, ZEI, Xi				
Wintergerste	Halmfestigung	1 l/ha	Keine Angabe	49
Winterweizen	Halmfestigung	0,75 l/ha	Keine Angabe	49
Cerone, RPA, Xi ••• POWERTAX, CFP, Xi ••• Sartax, CFP, SPI/URA, Xi				
Sommergerste	Halmfestigung	0,75 l/ha	Keine Angabe	49
Wintergerste	Halmfestigung	0,75 l/ha	Keine Angabe	49
Winterroggen	Halmfestigung	1,5 l/ha	Keine Angabe	49
Winterweizen	Halmfestigung	1 l/ha	Keine Angabe	49
Winterraps	Verbesserung der Standfestigkeit	1,5 l/ha	Keine Angabe	F
Ethephon, 660 g/l				
Camposan-Extra, BIT, RPA, Xi				
Sommergerste	Halmfestigung	0,5 l/ha	Keine Angabe	49
Triticale	Halmfestigung	0,75 l/ha	Keine Angabe	49
Wintergerste	Halmfestigung	0,7 l/ha	Keine Angabe	49
Winterroggen	Halmfestigung	1,1 l/ha	Keine Angabe	49
Propham, 10 g/kg				
Agermin, NAD, ASU, B3 ••• Detia Kartoffelkeimfrei, DEL, DGG, GGG, B3 ••• Kartoffelschutz Tixit, CYD, CEL, B3 ••• Tixit, CYD, CEL, B3				
Kartoffeln, ausgenommen Pflanzkartoffeln	Keimhemmung	200 g/dt	Stäuben I bei Einlagerung	F
Trinexapac, 222 g/l				
Moddus, NAD, Xn				
Triticale	Halmfestigung	0,3 l/ha	nach dem Auflaufen	F
Triticale	Halmfestigung	0,6 l/ha	nach dem Auflaufen	F
Wintergerste	Halmfestigung	0,8 l/ha	nach dem Auflaufen	F
Winterroggen	Halmfestigung	0,3 l/ha	nach dem Auflaufen	F

Wirkstoffe/ Präparate/ Kulturen	Schaderreger	Aufwand	Hinweise	WZ
			Zusatzstoffe für Pflanzenschutzmittel	

5.13 Zusatzstoffe für Pflanzenschutzmittel

Zusatzstoffe

Wirkstoffe/ Präparate/ Kulturen	Schaderreger	Aufwand	Hinweise	WZ
Schaumstopp, WAC, DOW				
Winterroggen	Halmfestigung	0,6 l/ha	nach dem Auflaufen	F
Winterweizen	Halmfestigung	0,4 l/ha	nach dem Auflaufen	F
Winterraps	Verbesserung der Standfestigkeit	1,5 l/ha	nach dem Auflaufen	F
Alle Kulturpflanzen	Zum Entschäumen	1,4 ml / 100 l Spritzlösung	Keine Angabe	F
Zusatzstoffe, Rapsöl, 899,1 g/l				
Rako-Binol, BAY, B3				
Rüben (Zucker- und Futterrüben)	Einjährige Rispe und zweikeimblättrige Unkräuter, ausgenommen Klettenlabkraut und Knöterich-Arten	2 l/ha	Spritzen im Splittingverfahren (2 - 3 Anwendungen) l nach dem Auflaufen	F

5.14 Leime, Wachse, Baumharze

8-Hydroxichinolin, 1 g/kg, Dichlorbenzoesäure-methylester, 0,035 g/kg, Baumwachse, Wundbehandlungsmittel

Wirkstoffe/ Präparate/ Kulturen	Schaderreger	Aufwand	Hinweise	WZ
Rebwachs WF, ASU, B3				
Weinreben, Pfropfreben (Unterlagen und Edelreiser)	Veredelung	1 kg / 1000 Veredelungen	Tauchen in unverdünntes Präparat	N

Baumwachse, Wundbehandlungsmittel, fest

Wirkstoffe/ Präparate/ Kulturen	Schaderreger	Aufwand	Hinweise	WZ
Baumwachs "Brunonia", FSC, B3 ••• Baumwachs flüssig, FSC, B3 ••• Frankol Baumpflaster, FRA, B3 ••• Lauril Baumwachs, NEU, B3 ••• Maywax-Baumwachs, FSC, MEY/TRI, B3 ••• Nenninger´s Baumharz warmflüssig, NEN, B3 ••• Nenninger's Baumwachs, kaltstreichbar, NEN, B3 ••• Neudorffs Wundverschluß, NEU, B3 - ••• Tervanol, ASU, B3 ••• Tervanol Rot, ASU, B3 ••• Trigol-Baumwachs warmflüssig, FSC, TRI, B3 ••• Trimona Baumwachs, kaltstreichbar, FSC, MEY/NEN/TRI, B3				
Obstgehölze	Wundverschluß und Veredelung		Streichen, auf sauber ausgeschnittene Wunden aller Art oder auf Schnittstellen l bei Bedarf	F
Baum-Wundplast, FSC, B3 ••• Nenninger's flüssiger Wundverschluß ARBAL, NEN, B3 ••• Nenninger's Wundwachs, NEN, FSC, B3 ••• Wundtinktur NEU, FSC, B3 ••• Wundwachs Schacht "NEU", FSC, B3				
Obstgehölze	Wundverschluß		Streichen, auf sauber ausgeschnittene Wunden aller Art oder auf Schnittstellen	F
LacBalsam, SDL, B3 ••• Wundbalsam, WGB, B3				
Fichte	Wundverschluß		Unverdünnt streichen l innerhalb 24 Stunden nach Verwundung	N
Obstgehölze	Wundverschluß und Veredelung		Streichen, auf sauber ausgeschnittene Wunden aller Art oder auf Schnittstellen	F

Baumwachse, Wundbehandlungsmittel, flüssig

Wirkstoffe/ Präparate/ Kulturen	Schaderreger	Aufwand	Hinweise	WZ
Baumwachs Pomona warmstreichbar, ASU, B3 ••• Baumwachs Pomona kaltstreichbar, ASU, B3 ••• Dendrosan, SDL, B3 ••• Detia Baumwachs, DET, B3 ••• Hörnig Baumwachs, HRN, Xi, B3				

Leime, Wachse, Baumharze

Wirkstoffe/ Präparate/ Kulturen	Schaderreger	Aufwand	Hinweise	WZ
Obstgehölze	Wundverschluß und Veredelung		Streichen, auf sauber ausgeschnittene Wunden aller Art oder auf Schnittstellen	F
NEU 1131 L, NEU, B3 ••• Lauril Wundwachs, NEU, B3 ••• Novaril Rot, ASU, B3 ••• Wundwachs Schacht, FSC, B3				
Obstgehölze	Wundverschluß		Streichen, auf sauber ausgeschnittene Wunden aller Art oder auf Schnittstellen	F
Carbendazim, 20,16 g/kg, Baumwachse, Wundbehandlungsmittel				
Santar SM Neu, SAD, SPI/URA, B3				
Obstgehölze	Wundverschluß		Streichen, auf sauber ausgeschnittene Wunden aller Art auf Schnittstellen	F
Imazalil, 20 g/kg, Azaconazol, 10 g/kg				
Forst Tervanol, ASU, B3 ••• Lac Balsam plus F, CEL, B3 ••• NECTEC Paste, JPA, CYD/FLU/CEL, B3				
	Wundverschluß		Streichen, auf sauber ausgeschnittene Wunden aller Art oder auf Schnittstellen	F
Laub- und Nadelhölzer	Wundverschluß		Unverdünnt streichen l innerhalb 24 Stunden nach Verwundung	N
Thiabendazol, 10 g/kg				
Drawipas, WAC, DOW/CEL, B3				
Fichte	Wundverschluß		Unverdünnt streichen l nach Verwundung	N
Wundverschluß Drawipas, CEL, B3 ••• Wundverschluß Spisin, SPI, URA, B3				
Obstgehölze	Wundverschluß und Veredelung		Streichen, auf sauber ausgeschnittene Wunden aller Art oder auf Schnittstellen	F
Tervanol F, ASU, B3				
Obstgehölze	Wundverschluß		Streichen, auf sauber ausgeschnittene Wunden aller Art oder auf Schnittstellen	F
Thiabendazol, 10,1 g/kg, Imazalil, 20 g/kg, Azaconazol, 10 g/kg				
Tervanol 3 F, ASU, Xi, B3				
Obstgehölze	Wundverschluß		Streichen, auf sauber ausgeschnittene Wunden aller Art oder auf Schnittstellen	F
Thiram, 121, 1 g/l				
HaTe-PELLACOL, CYD, Xn				
Fichte	Wundverschluß		Unverdünnt streichen l innerhalb 24 Stunden nach Verwundung	N
Triadimefon, 22 g/kg				
Bayleton-Rindenwundverschluß, BAY, Xi, B3				
Obstgehölze	Wundverschluß		Streichen, auf sauber ausgeschnittene Wunden aller Art oder auf Schnittstellen	F

Wirkstoffe/ Präparate/ Kulturen	Schaderreger	Aufwand	Hinweise	Sonstige Anwendungszwecke WZ

5.15 Sonstige Anwendungszwecke

Bakterizide, Virizide, Pheromone, Keimhemmungsmittel

Codlemone, 123,6 g/kg
CheckMate CM, CSP, SPU/URA
Kernobst

| | Apfelwickler | 400 Stück/ha | Dispenser aufhängen I vor Beginn des Fluges der Falter der 1. Generation | F |

Codlemone, 32 g/kg, (Z)11-Tetradecen-1-yl-acetat, 36 g/kg
RAK 3 + 4, BAS
Äpfel

| | Apfelwickler | 500 Ampullen/ha | Dispenser aufhängen I kurz vor Beginn des Fluges der Falter der 1. Generation | F |

Äpfel

| | Apfelschalenwickler | 500 Ampullen/ha | Dispenser aufhängen I kurz vor Beginn des Fluges der Falter der 1. Generation | F |

Z-9-Dodecenylacetat, 75 g/kg, (E)7-(Z)9-Dodecadienylacetat,E7Z9-12Ac, 48 g/kg
RAK 1 + 2, BAS
Weinreben

| | Einbindiger Traubenwickler (Heu- und Sauerwurm) | 500 Ampullen/ha | An Drähte bzw. Rebteile anhängen I vor Beginn des Fluges der Falter der 1. Generation | F |

Weinreben

| | Bekreuzter Traubenwickler (Heu- und Sauerwurm) | 500 Ampullen/ha | An Drähte bzw. Rebteile anhängen I vor Beginn des Fluges der Falter der 1. Generation | F |

Z-9-Dodecenylacetat, 90 g/kg
RAK 1 Plus Einbindiger Traubenwickler, BAS
Weinreben

| | Einbindiger Traubenwickler (Heu- und Sauerwurm) | 500 Ampullen/ha | An Drähte bzw. Rebteile anhängen I kurz vor Beginn des Fluges der Falter der 1. Generation | F |

(Z,Z)-3,13-Octadecadien-1-yl-acetat, 26 g/kg
RAK 7, BAS
Kernobst

| | Apfelglasflügler | 500 Ampullen/ha | Dispenser im mittleren Kronenbereich aufhängen I kurz vor Beginn des Falterfluges | F |

5.16   Bekämpfung von Textil- und Pelzschädlingen

5.16.1   Mittel gegen Kleidermotten

Imprägnierungsmittel, nur für Behandlung von Textilien bei der Herstellung bzw. in chemischen Reinigungsanstalten oder Färbereien geeignet:
Eulan U 33 (BAV); *Eulan WA neu* (BAV)
Spritz- und Sprühmittel
Permethrin + Pyrethrine: *k. o.- Universal-Sprühmittel* (NEU), 20 ml/m³ unverdünnt sprühen.
Permethrin + Pyrethrum + Piperonylbutoxid: *Detmol long* (FRO), 20 ml/m² auf Stapel oder Kleidungsstücke.
Verdunstungsmittel
Druckzerstäuberdosen:
Permethrin + Pyrethrine: *Rinal-Schabenkiller* (VOR), 10 Sek./50 m³ Raum, *Detmol-Flex* (FRO): Textilien, Teppiche und Pelze nur hauchfein benetzen.

5.16.2   Mittel gegen Teppich- und Pelzkäfer

Spritz- und Sprühmittel
Permethrin + Pyrethrine: *k. o.-Universal-Sprühmittel* (NEU), 20 ml/m² unverdünnt sprühen.
Permethrin + Pyrethrum + Piperonylbutoxid: *Detmol long* (FRO), 20 ml/m² auf Textilien und Teppiche

5.17   Bekämpfung von Hausungeziefer

Achtung: Hier wurde in den vergangenen Jahren der Auszug einer Liste des damaligen Bundesgesundheitsamtes der geprüften und anerkannten Entwesungsmittel und -verfahren zur Bekämpfung tierischer Schädlinge, 15. Ausgabe vom November 1989 ausgedruckt. Diese Liste ist völlig neu überarbeitet und erweitert worden. Sie beschränkt sich jetzt allerdings auf Mittel und Verfahren, die ausschließlich oder überwiegend zum Einsatz durch Fachkräfte, z.B. "Geprüfter Schädlingsbekämpfer / Geprüfte Schädlingsbekämpferin" nach der Verordnung vom 18.02. 1997 (BGBl.I, S. 275) bestimmt sind. Die Veröffentlichung erfolgte im Bundesgesundheitsblatt als 16. Ausgabe im Januar 1998. Aus diesen Gründen wird im Taschenbuch auf eine Darstellung verzichtet. Interessierte können die Liste über das Bundesinstitut für Verbraucherschutz und Veterinärmedizin (BGVV) in 14191 Berlin, Postfach 33 00 13 beziehen.

5.18   Bodenentseuchung

Maßnahmen zur Bodenentseuchung im Gartenbau

Die Notwendigkeit der Rationalisierung und Intensivierung zwingt bei der Produktion gartenbaulicher Erzeugnisse zu einer weitgehenden Spezialisierung. Dabei gelangen einzelne Kulturpflanzenarten oft in dichter Folge auf denselben Flächen zum Anbau, und zwangsläufig findet eine Anreicherung von bestimmten Krankheitserregern und Schädlingen im Boden statt. Die zuverlässige Bekämpfung derartiger "bodenbürtiger" Schadorganismen, seien es Bakterien, Pilze oder tierische Schaderreger, wie beispielsweise pflanzenparasitäre Nematoden, kann in vielen Fällen nur auf dem Wege einer Bodenentseuchung.

Die Entseuchung von Böden und Anzuchterden ist durch die **Dämpfung** des Bodens oder durch den **Einsatz chemischer Bodenentseuchungsmittel** möglich. Neuerdings werden Entseuchungsverfahren mit Hilfe von **Mikrowellen** und **Hochfrequenzstrahlung** erprobt.

Wegen der hohen Kosten einer Bodenentseuchung und der fehlenden nachhaltigen Wirkung wird in den letzten Jahren immer häufiger von der Substratkultur Gebrauch gemacht. Bei diesem Kulturverfahren werden die Pflanzen unabhängig von gewachsenen Boden und den damit verbundenen Pflanzenschutzproblemen kultiviert.

5.18.1 Methoden der Bodendämpfung

Die Bodenentseuchung durch überhitzten Dampf ist die bewährteste, aber auch die aufwendigste der zur Zeit angewandten Methoden. Sie bereitet vor allem dann erhebliche Schwierigkeiten, wenn es um die Behandlung großer Flächen geht. Für die Dampferzeugung können einmal spezielle Dampfkessel eingesetzt werden; zum anderen ist bei einigen Fabrikaten von Heizkesseln die Möglichkeit gegeben, diese nach Ausrüstung mit besonderen Zusatzaggregaten gleichzeitig für die Bodendämpfung heranzuziehen. Für die Berechnung der erforderlichen Leistungskapazität der Dampferzeuger können folgende Faustzahlen gelten:
Für die Dämpfung wird eine Leistung von etwa 10 kg Dampf je Stunde je m² Boden benötigt.
Für die Erzeugung von 1 kg Dampf sind etwa 650 WE erforderlich.
Für die Dämpfung bewegter Erde stehen zusätzlich auch spezielle Geräte zur Verfügung, beispielsweise Elektro-Dämpfer.

Dämpfung mittels Dämpfgeräten

Die früher häufig benutzten Dämpfeggen, Dämpfgabeln und Dämpffroste werden wegen des hohen Arbeits- und Kostenaufwandes heute nur noch wenig eingesetzt. Nicht viel günstiger ist jenes Dämpfverfahren zu beurteilen, bei dem mit Dampfaustrittsöffnungen versehene Rohre im Abstand von 40 bis 45 cm in den Boden verlegt werden. In den letzten Jahren hat man dieses Verfahren dahingehend abgeändert, daß nicht mehr die Rohre selbst in den Boden verlegt, sondern vielmehr die Rohre mit 30 bis 35 cm langen Zinken versehen und ähnlich wie bei den Dämpfeggen in den gelockerten Boden gedrückt werden. Außerdem gelangen gelegentlich mittels einer Drahtseilwinde durch den vorher gelockerten Boden gezogene Dämpfgeräte zum Einsatz. Neuerdings findet die Dämpfung mittels Dämpfhauben im Freiland und unter Glas zunehmend Anwendung. Die Hauben sind am Schlepper angebaut oder werden von diesem aufgenommen und transportiert oder in Gewächshäusern auf Schienen bewegt. Es wird eine Dämpftiefe von 10 bis 20 cm erreicht. Bei der Dämpfung mit Dämpfhauben kann mit höherem Druck als bei der Foliendämpfung gearbeitet werden, wodurch die Dämpfzeit reduziert wird.

Die Foliendämpfung

Bei dem unter der Bezeichnung "Foliendämpfung" bekannten Verfahren wird überhitzter Wasserdampf unter eine über den Boden oder die Tischbeete gespannte und an den Rändern gut befestigte Spezialfolie aus PVC von etwa 0,25 mm Stärke geleitet, nachdem bei

Grundbeeten der zu entseuchende Boden vorher so tief wie möglich mit der Fräse gut gelockert wurde. Der Druck des einzuleitenden Dampfes ist so zu wählen, daß die Folie durch
den Dampfdruck gerade aufgebläht wird. Es kann nur mit schwachem Druck gearbeitet werden, was notwendigerweise zu einer Verlängerung der Dämpfzeit führt. Die Methode konnte
in letzter Zeit dahingehend verbessert werden, daß die Folie mit einem Perlonnetz über-
spannt wird, welches ihr Ausbeulen und Einreißen verhindert. Durch diese Maßnahme kann
der Dampfdruck etwa um das Dreifache erhöht werden. Noch besser ist das Überspannen
mit einem Isoliervlies, um Kondensation an der Dämpffolie zu verhindern. Dadurch kann ca.
20 % Energie eingespart werden. Durch Profilbildung an der Bodenoberfläche wird der
Wärmeübergang verbessert.

Die Foliendämpfung hat sich vor allem in Jungpflanzen- und solchen Gartenbaubetrieben
durchgesetzt, in denen laufend Entseuchungen von Teilflächen notwendig werden. Die in der
Praxis üblichen Dämpfzeiten schwanken zwischen 20 Minuten beim Einsatz auf Tischbeeten
und 4 bis 6 Stunden auf gewachsenen Böden je nach Bodenart und Ausgangstemperatur.
Diese Art der Bodendämpfung bringt jedoch überall dort keinen hinreichenden Erfolg, wo
sich die zu bekämpfenden Schadorganismen in Bodentiefen unterhalb 20 bis 25 cm aufhal-
ten. Hier ist unter Umständen ein Anbau in Trogbeeten, die eine rasche und gründliche Entseuchung gestatten, zu empfehlen.

Tiefendämpfung nach dem Unterdruckverfahren

Neuerdings wird in den Niederlanden der Foliendämpfung nach dem Unterdruckverfahren
der Vorzug gegeben. Dabei werden hitzebeständige Polypropylen-Drainagerohre mit einem
Durchmesser von 60 mm in 60 bis 80 cm Tiefe im Abstand von 1,60 bis 3,20 m mit einer
maximalen Rohrlänge von 55 m im Boden verlegt. Die Verlegung muß mit Gefälle erfolgen,
damit Drainagewasser und während des Dämpfens anfallendes Kondensat abfließen und
durch eine Unterwasserpumpe abgesaugt werden kann. An das Rohrsystem wird ein Ab-
sauggebläse angeschlossen, daß während des Dämpfens für ein rasches und tiefes Eindringen des Dampfes in den Boden sorgt, aber auch während der Kultivierung eine Bodendurchlüftung und verbesserte Sauerstoffzufuhr im Wurzelbereich bewirken kann.

Die Foliendämpfung im Unterdruckverfahren benötigt eine Dampfleistung von ca. 15 kg
Dampf pro Stunde und Quadratmeter und erzielt einen höheren Wirkungsgrad und eine größere Wirkungstiefe. Die Verlegung wird von Lohnunternehmen durchgeführt. Nähere Auskünfte erhalten Sie bei Ihrer Pflanzenschutzdienststelle.

Zur Beachtung!

Durch die Bodendämpfung werden für Pflanzen nicht aufnehmbare Manganverbindungen im
Boden in eine pflanzenverfügbare Form umgewandelt. Das dadurch entstehende vorüber-
gehende Überangebot an pflanzenverfügbarem Mangan kann bei empfindlichen Pflanzenarten, wie zum Beispiel Salat, zu Schäden führen. Wichtig ist daher, den Boden nicht länger
und höher zu erhitzen, als für die Abtötung der jeweiligen Schadorganismen erforderlich ist.

5.18.2   Einsatz chemischer Bodenentseuchungsmittel

**Die zur Zeit durch die Biologische Bundesanstalt zugelassenen Pflanzenschutzmittel
für die Bodenentseuchung, finden Sie in der "Pflanzenschutzmittelübersicht" unter
"Herbizide im Gemüsebau", "Fungizide im Gemüsebau" und "Mittel gegen Nematoden".**

Für einen erfolgreichen Einsatz chemischer Bodenentseuchungsmittel sind **Anwendungstermin, Bodenart, Bodentemperatur, Bodenfeuchtigkeit sowie Vorbereitung des Bodens** von Bedeutung.

Allgemeine Hinweise zur Bodenentseuchung

Zunächst sollen einige allgemein wichtige Hinweise gegeben werden, deren Bedeutung für den Erfolg einer Bodenentseuchung unerläßlich ist: Wer im Herbst eine Bodenentseuchung, etwa mit dem Präparat *Basamid Granulat* (Wirkstoff *Dazomet*) durchführen möchte, sollte neben den allgemeinen Anwendungsempfehlungen der Gebrauchsanleitung insbesondere folgendes beachten:

1. Ausreichende Wirkung wird nur erreicht gegen Unkräuter, wenn der Boden vor der Behandlung mindestens eine Woche in feuchtem, feinkrümeligen Zustand gelegen hat und gegen gallenbildende Nematoden, wenn die Wurzeln der vorausgegangenen Kultur ausreichend verrottet sind, also frühestens 2 bis 3 Wochen nach der Beerntung.

2. Bodenentseuchung im Gemüsebau möglichst nicht direkt vor einer Salatkultur, insbesondere nicht vor Herbst- oder Wintersalat unter Glas, durchführen. Hier kann infolge eines durch die Entseuchungsmaßnahme bedingten überhöhten Stickstoffangebotes die Widerstandsfähigkeit der Pflanzen sowie Kopfbildung und Qualität beeinträchtigt werden.

3. Chemische Bodenentseuchungsmittel nicht unmittelbar nach einer Stallmistgabe einsetzen. Geplante Stallmistgaben am besten schon zur Vorkultur einbringen. Auch Kalk und Kalkstickstoff können die Wirkung einiger Bodenentseuchungsmittel beeinträchtigen und sollen daher frühestens 1 Woche nach der Behandlung ausgebracht werden.

4. In manchen Böden steigt der Ammoniakspiegel nach einer Bodenentseuchung relativ hoch an. Es ist daher im Hinblick auf eine harmonische Düngung eine ausreichende Kaliversorgung anzustreben. Nach einer Bodenentseuchung sollte man weniger Stickstoff als sonst üblich verabreichen.

Die Anwendung von *Basamid Granulat* (Wirkstoff *Dazomet*)

Anwendungstermin, Bodentemperatur

Der Behandlungstermin ist so zu wählen, daß die Bodentemperatur (gemessen in 10 cm Tiefe) für die Dauer der erforderlichen Einwirkungszeit des Mittels, die wenigstens 7 Tage beträgt, möglichst nicht unter 10 °C absinkt. Für eine erfolgreiche Behandlung ist ohnehin eine Bodentemperatur von wenigstens +5 °C erforderlich. Im Freiland und in Kalthäusern sind diese Bedingungen im allgemeinen in der Zeit von März bis Anfang November, in Warmhäusern während des ganzen Jahres gegeben.

Im Freiland und in nicht beheizten Gewächshäusern erfolgt die Behandlung daher am zweckmäßigsten im Herbst, um die ohnehin vegetationslose Zeit für die nach der Behandlung bis zur Neubestellung der Fläche erforderliche Wartefrist zu nutzen. Bei Bekämpfung von gallenbildenden Wurzelnematoden nach einer von diesen Schädlingen befallenen Vorkultur sollte die Behandlung erst erfolgen, wenn sich die Wurzelgallen im Boden hinreichend zersetzt haben und die darin befindlichen gallenbildenden Wurzelnematoden besser erfaßt werden. Das dürfte je nach Verseuchungsgrad, Temperatur und Bodenfeuchtigkeit etwa 3 Wochen nach dem Räumen der Fläche der Fall sein.

Ausbringung der Bodenentseuchungsmittel

Für die Ausbringung von *Basamid-Granulat* werden insbesondere bei der Behandlung größerer Flächen zweckmäßig Streugeräte eingesetzt. Für diesen Zweck haben sich die gebräuchlichen Düngerstreuer neben Granulatstreugeräten gut bewährt. Für eine möglichst gleichmäßige Verteilung ist Sorge zu tragen. Gegebenenfalls kann durch Beimischung von feuchtem Sand oder Erde die Streufähigkeit verbessert werden. Nach gleichmäßiger Ausbringung ist das Mittel mit einer Fräse etwa 20 cm tief in den Boden einzuarbeiten. Anwendung von *Basamid-Granulat* im Freiland zur Bodenentseuchung nur alle 2 Jahre auf derselben Fläche.

Nach der Behandlung Bodenoberfläche abdichten !

Unmittelbar nach der Behandlung ist ein gutes Abdichten der Bodenoberfläche erforderlich. Ein Abdecken des Bodens mit Folie ist zweifellos das sicherste Verfahren, kann aber wegen des hohen Arbeits- und Materialaufwandes nicht immer durchgeführt werden. Eine weitere bewährte Methode ist die Abdichtung der Bodenoberfläche durch ein Wassersiegel (Beregnungsanlage). Wenn diese genannten Verfahren in Ausnahmefällen nicht zur Durchführung gelangen können, wie beispielsweise bei der Behandlung größerer Freilandflächen, sollte die behandelte Fläche zumindest sofort abgeschleppt oder gewalzt werden.

Nach der Einwirkungszeit den Boden lüften !

Die erforderliche Einwirkungszeit des genannten Präparates hängt weitgehend von der Bodentemperatur ab, sollte aber wenigstens 7 Tage betragen und ist bei niedrigen Bodentemperaturen (etwa +5 °C bis +10 °C) auf 10 oder gar 14 Tage und mehr (Gebrauchsanleitung) zu verlängern. Nach Ablauf dieser Frist muß der Boden sorgfältig gelockert werden (Grubber, Fräse, Pflug), damit die noch in der Erde vorhandenen pflanzenschädigenden Mittelreste in die freie Atmosphäre entweichen können. Da die Mittel maximal etwa bis auf eine Bodentiefe von 20 cm einwirken, hat die Bodenlockerung mit äußerster Sorgfalt so zu erfolgen, daß kein unbehandelter Boden aus Tiefen unterhalb 20 cm an die Bodenoberfläche gelangt und dadurch neue Infektionsquellen geschaffen werden.

Pflanzenschädigende Wirkung der Bodenentseuchungsmittel ausschließen

Die Bestellung der mit den genannten Bodenentseuchungsmitteln behandelten Flächen darf erst dann erfolgen, wenn nachgewiesen ist, daß sich keine pflanzenschädigenden Substanzen mehr im Boden befinden. Für diesen Zweck ist nach Einsatz von *Basamid-Granulat* der sogenannte Kressetest am besten geeignet, der wie folgt durchgeführt wird:
An mehreren Stellen wird aus 10 bis 20 cm Tiefe Boden entnommen und jeweils in ein Gefäß (Weckglas oder ähnlicher Behälter) gefüllt. Gefäß etwa zur Hälfte mit wenigstens 500 g Boden füllen und sofort dicht verschließen. Zum Vergleich ist auch eine Bodenprobe von einer unbehandelten Fläche zu entnehmen. In jedem Gefäß wird ein feuchter Wattebausch, den man in Samen von Gartenkresse getaucht hat, an einem Zwirnsfaden so aufgehängt, daß der Boden nicht berührt wird. Die dicht verschlossenen Behälter werden bei Zimmertemperatur aufgestellt. Zeigt nach 3 Tagen der am Wattebausch anhaftende Kressesamen in den Gefäßen mit behandeltem Boden keine Keimverzögerung gegenüber der unbehandelten Vergleichsprobe, kann die behandelte Fläche bestellt werden.

Die Anwendung von *Methylbromid*

Methylbromid-haltige Pflanzenschutzmittel sind zur Zeit zur Bodenentseuchung **nicht** zugelassen.

Sollte in den vergangenen Jahren noch eine Anwendung erfolgt sein ist zu beachten, daß der Anbau von Gemüse frühestens 3 Jahre nach der letzten Anwendung erfolgen darf.

Unabhängig von der Zulassung eines Präparates bedarf die Anwendung einer Erlaubnis der zuständigen Behörde nach § 15d der **Verordnung zum Schutz vor gefährlichen Stoffen (Gefahrstoffverordnung - GefStoffV)** i.d.F. der Bekanntmachung in Artikel 1 des Gesetzes vom 26. Oktober 1993 (BGBl. I S. 1782), zuletzt geändert durch **Artikel 1** der **Verordnung** vom 12. Juni 1998 (BGBl. I S. 1286).

Da unterschiedliche Länderregelungen existieren, erfragen Sie bei Ihrer Pflanzenschutzdienststelle, wer für die Erteilung der Erlaubnis zuständig ist.

5.18.3   Wirkungsbereiche der Mittel und Verfahren

Breitwirksame Bodenentseuchungmittel und -verfahren

Verfahren / Präparat	Wirkung bei Beachtung der jeweils vorgeschriebenen Aufwendungen gegen					Ungef. Wirkungstiefe in cm	Wartefrist in Tagen
	Boden-pilze	Wandernde Wurzelnematoden	Gallenbildende Wurzelnematoden	Zystenbildende Wurzelnematoden	Unkrautsamen		
I. Bodendämpfung							
mit Dämpfgeräten	+	+	+	+	+	40	keine
durch Drainrohre	+	+	+	+	+	40	keine
Foliendämpfung	+	+	+	+	+	20	keine
II. Chemische Bodenentseuchung							
Basamid-Granulat	+	+	+	+/-		20	

Die Abbaugeschwindigkeit ist abhängig von der Bodentemperatur. Wartefristen beachten.

\+ = voll wirksam

\- = keine ausreichende Wirkung

+/- = nur Befallsminderung, keine Tilgung des Befalls oder nur zeitlich beschränkte Wirkung

5.19   Hersteller- bzw. Vertriebsfirmen

5.19.1   Pflanzenschutz- und Vorratsschutzmittel

ABB   ABBOTT BELGIUM, 15, Avenue de Gasperi, B-1340 Ottinggnies Louvain-La-Neuve

ABP   Agrinova Biologische Präparate, Produktions-und Vertriebs GmbH, Hauptstrasse 13, D-67283 Obrigheim/Mühlheim, Tel.(0 63 59) 9 68 11

AGA   AGA Gas GmbH, Troplowitzstraße 5, D-22529 Hamburg, Postfach 20 19 54, D-20209 Hamburg

AGL   Agrolinz Agrarchemikalien, München GmbH, Arabellastrasse 4, D-81925 München, Postfach 810147, D-81901 München, Tel.: (0 89) 9 10 20 04, Fax: (0 89) 91 60 20

AHM   A. H. Marks & Co. LTD, Wyke Bradford, GB-West Yorkshire BD 12 9EJ, Tel.: U.K. (02 74) 67 52 31, Fax: U.K. (02 74) 69 11 76

ALA   BREHAG, Erwin Breuer, Königsbergerstrasse 37, D-50321 Brühl

ASF   Asef Fison B.V., Postbus 51, Pittelderstraat 20, NL-6940 BB Didam

ASP   Aseptafabriek B.V., P.O.Box 33, NL-2207 Delft

ASU   Stähler Agrochemie GmbH & Co.KG, Stader Elbstrasse 24-28, D-21683 Stade, Postfach 2047, D-21660 Stade, Tel.: (0 41 41) 20 16, 92 04-0, Fax: (0 41 41) 20 11, 92 04 11

AUS   Austrital, Rua Trinta e Um de Janeiro, 80 A 5 E, P-9000 Funchal, Madeira

AVO   Hoechst Schering AgrEvo GmbH, Zulassung Pflanzenschutz, Deutschland, Gebäude K 607, D-65926 Frankfurt, Tel.: (0 69) 3 05-0, Fax: (0 69) 3 05-1 76 69

BAC   Bach Dünger GmbH, Salzstrasse 178-180, D-74076 Heilbronn, Tel.: (0 71 31) 7 70 99, Fax: (0 71 31) 7 28 82

BAS   BASF Aktiengesellschaft, Länderbereich Vertrieb Deutschland, Produkte für die Landwirtschaft, Landwirtschaftliche Versuchsstation, nD-67117 Limburgerhof, Postfach 120, D-67114 Limburgerhof, Tel.: (06 21) 60-0, Fax: (06 21) 60-2 81 35

BAV   Bayer Vital GmbH und Co. KG, Geschäftsbereich Tiergesundheit, D-51368 Leverkusen/Bayerwerk, Tel.: (0 21 73) 38-0, Fax: (0 21 73) 38 48 96

BAW   BayWa AG, HAbt. Märkte, Einkauf Fachmärkte, Arabellastrasse 4, D-81925 München, Postfach 81 01 08, D-81901 München

BAY   Bayer Vital GmbH & Co. KG, Geschäftsbereich Pflanzenschutz, Konrad-Adenauer-Ufer 41-45, D-50668 Köln, Postfach 10 03 44, D-50443 Köln, Tel.: (0 21 73) 38-33 80, Fax: (0 21 73) 38-30 21

BBM   B. Braun Melsungen AG, Schwarzerberger Weg 73 - 79, D-34212 Melsungen, Postfach 167, D-34201 Melsungen, Tel.: (0 56 61) 71-0

BCL   Barclay Chemicals, Manufacturing Ltd., Registration Department, - Dr. Irene Mc Grath -, Barclay House, Lilmar Industrial Estate, Santry, Dublin 9, Ireland, Tel.: 01 842 5755, Fax: 01 842 5381

BEC   Beckmann Vertriebs GmbH, Hauptstrasse 36, D-27243 Beckeln, Tel.: (0 42 44) 78 24, Fax: (0 42 44) 78 43

BER   Bertram GmbH, Erlenhöhe 8, D-66871 Konken, Tel.: (0 63 84) 92 10-0, Fax: (0 63 84) 92 10 15

BIO   Biochemicals s.a.r.l., 14, rue des Romains, L-2444 Luxembourg

BIT   Bitterfelder Chemieanlagen GmbH, Zörbiger Straße, D-06749 Bitterfeld, Tel.: (0 34 93) 7 28 81, Tel.: (0 34 93) 7 24 88, Fax: (0 34 93) 7 28 54, Fax: (0 34 93) 7 28 17

BRA   Braun GmbH, Drechselstrasse 15, D-32657 Lemgo, Fax: (0 52 61) 97 56-36

BRE   Pharmachemie Willi Breiler, Hoege Nr.1, D-88693 Deggenhausertal, Tel.: (0 75 55) 3 50

BUS   Kohlensäure-Werke, Rud. Buse GmbH & Co., Sprudelstrasse, Postfach 241, D-53552 Bad-Hönningen, Tel.: (0 26 35) 7 81-0, Fax: (0 26 35) 7 81 27

CAK   CARBO-Kohlensäurewerke, GmbH & Co. KG, Sprudelstrasse, D-53557 Bad Hönningen, Postfach 111, D-53551 Bad Hönningen, Tel.: (0 26 35) 10 01, Fax: (0 26 35) 7 89-10

CBA   Caspar Berghoff KG, Möhnestrasse, D-59581 Warstein, Tel.: (0 29 25) 20 01, Tel.: (0 29 25) 20 02, Fax: (0 29 25) 35 94

CEL   CELAFLOR GmbH, Konrad-Adenauer-Str. 30, D-55218 Ingelheim, Tel.: (0 61 32) 78
       03-0, Fax: (0 61 32) 20 67
CEM   CHEMBICO GmbH, Hauptstrasse 13, D-67283 Obrigheim, Tel.: (0 63 59) 8 26 85,
       Fax: (0 63 59) 32 14
CFP   CFPI Agro S. A., 28, Boulevard Camelinat, F-92233 Gennevilliers Cedex, Tel.: 00 33
       (1 40) 85 50 50, Fax: 00 33 (1 47) 92 25 45
CFW   Chemische Fabrik Wülfel, Just & Dittmar GmbH & Co KG, Hildesheimer Strasse 305,
       D-30519 Hannover, Postfach 890109, D-30514 Hannover, Tel.: (05 11) 98 49 60,
       Fax: (05 11) 98 49 64-0
CGD   CIBA-GEIGY GmbH, Division Agro, Liebigstrasse 51-53, D-60323 Frankfurt/Main,
       Postfach 110353, D-60038 Frankfurt/Main, Tel.: (0 69) 71 55-0, Fax: (0 69) 71 55-3
       19 od. 72 76 47
CHE   Cheminova, P.O. Box 9, DK - 7620 Lemvig
CLI   Agrolinz Melamin GmbH, St.-Peter-Strasse 25, A-4021 Linz, Tel.: 00 43 (07 32) 59
       14-0, Fax: 00 43 (07 32) 59 14-30 59
COM   Compo GmbH, Gildenstrasse 38, D-48157 Münster, Postfach 2107, D-48008 Mün-
       ster, Tel.: (02 51) 32 77-0, Fax: (02 51) 3 22 25
CSP   CONSEP Europe, Ana Salamero, Victor Catalá 18, E-8440 Cardedeu, Tel.: 00 34 (3)
       8 71 30 08, Fax: 00 34 (3) 8 71 32 19, E-mail : wmaxwald   lander.es
CYD   CYANAMID AGRAR GmbH & Co. KG, Konrad-Adenauer-Strasse 30, D-55218 Ingel-
       heim, Postfach 300, D-55209 Ingelheim, Tel.: (0 61 32) 7 89-0, Fax: (0 61 32) 78 91
       37
DDZ   frunol delicia GmbH, Dübener Straße 137, D-04509 Delitzsch, Postfach 57, D-04502
       Delitzsch, Tel.: (03 42 02) 6 53 00, Fax: (03 42 02) 6 53 09
DEA   Desinsekta GmbH, Schönberger Weg 3, D-60488 Frankfurt, Tel.: (0 69) 76 30 40,
       Fax: (0 69) 7 68 10 36
DEG   DEGESCH GmbH, Dr. Werner Freyberg Straße 11, D-69514 Laudenbach, Tel.: (0 62
       01) 70 80, Fax: (0 62 01) 7 08-205
DEL   Dr.Werner Freyberg, Chemische Fabrik Delitia Nachf., Postfach 11 62, D-69510
       Laudenbach, Tel.: (0 62 01) 7 80-0, Fax: (0 62 01) 7 08-205
DEN   Dehner GmbH & Co KG, Donauwörther-Strasse 222, D-86641 Rain, Postfach 1160,
       D-86638 Rain, Tel.: (0 90 02) 7 70, Fax: (0 90 02) 7 73 26
DET   Detia Freyberg GmbH, Dr. Werner Freyberg Strasse 11, D-69514 Laudenbach, Tel.:
       (0 62 01) 70 80, Fax: (0 62 01) 7 08-205
DEW   Ernst Dettwiler AG, Spezialdüngerwerk, Frowiesstrasse 35, CH-8330 Pfäffikon, Tel.:
       00 41 (01) 9 50 18 75, Fax: 00 41 (01) 9 50 50 92
DGS   Deutsche Gesellschaft für, Schädlingsbekämpfung, Dr. Werner Freyberg Strasse 11,
       D-69514 Laudenbach, Tel.: (0 62 01) 70 80, Fax: (0 62 01) 7 08-205
DHD   Dr. Dorothee Heimann-Detlefsen, An der Renne 45, D-31139 Hildesheim, Tel.: (0 51
       21) 26 74 69, Fax: (0 51 21) 26 56 96
DLH   Dänische Landwirtschaftshandel GmbH, HHeinrich-Hertz-Str. 16, D-24837 Schles-
       wig, Postfach 1320, D-24823 Schleswig
DMA   UCB Chemie GmbH, Spergauer Strasse, D-06236 Leuna, Tel.: (0 34 61) 43 43 94
DNK   DENKA INTERNATIONAL B.V., P.O.Box 337, Hanzeweg 1, NL 3770 AH Barneveld
DOE   DowElanco Europe, Letcombe Laboratory, Letcombe Regis, Wantage, GB Oxon
       OX12 9JT, Tel.: GB (02 35) 77 29 00, Fax: GB (02 35) 77 21 12

DOW   Dow AgroSciences GmbH, Truderinger Str. 15, D-81677 München, Tel.: (0 89) 4 55 33-0, Fax: (0 89) 4 55 33-111

DPB   DuPont de Nemours, (Deutschland) GmbH, Abteilung Pflanzenschutz, Du Pont Strasse 1, D-61343 Bad Homburg/v.d.H., Tel.: (0 61 72) 87-0, Fax: (0 61 72) 87-14 37, Service Nr. (kostenlos) - 01 30-16, 97 48

DRW   Deutsche Raiffeisen Warenzentrale, GmbH, Reuterweg 51-53, D-60323 Frankfurt, Postfach 100643, D-60006 Frankfurt, Tel.: (0 69) 71 51-0

ECO   ECON GmbH, Konrad Adenauer Strasse 30A, D-55218 Ingelheim, Tel: (0 61 32) 7 91 79-0, Fax: (0 61 32) 7 91 79-17

EGE   egesa-zookauf eG, Einkaufs-, Werbe- und, Marketinggenossenschaft, der Garten-fachgeschäfte,, Gartencenter und Zoofachgeschäfte, Carl-Benz-Strasse 7-11, D-35398 Giessen, Tel.: (06 41) 9 68 50

ELF   Elf Atochem Agri B.V., Postbus 60 30, NL-3196 XH Vondelingenplaat/Rt, Tel.: 00 33 (1 30) 81 73 21, Fax: 00 33 (1 30) 55 82 15

EPL   Elefant Chemische Produkte GmbH, Ringstrasse 35-37, D-70736 Fellbach, Tel.: (07 11) 5 80 03, Fax: (07 11) 58 00 35

ESK   AgroDan A/S, Madevej 80, Postbox 21 09, DK-6705 Esbjerg

EUF   Euflor GmbH für Gartenbedarf, Ridlerstraße 75, D-80339 München, Postfach 120129, D-80030 München, Tel.: (0 89) 5 00 93-0, Fax: (0 89) 5 00 93-3 03

FCH   Forst-Chemie Ettenheim GmbH, Kreuzerweg 13-15, D-77955 Ettenheim, Postfach 270, D-77951 Ettenheim, Tel.: (0 78 22) 50 37

FGG   FLORINA, Gartenbedarf GmbH, Gütersloher Straße 127, D-33415 Verl, Postfach 1146, D-33398 Verl, Tel.: (0 52 46) 5 03-25

FHD   Levington Horticulture Limited, Paper Mill Lane Bramford, GB-Ipswich Suffolk IP8 4BZ, Tel.: (00 44 - 4 73) 83 04 92, Fax: (00 44 - 4 73) 83 03 86, Fax: (00 44 - 4 73) 83 00 46

FIA   Otto Fischar GmbH & Co KG, Kaiserstrasse 221, D-66133 Saarbrücken/Scheidt, Tel.: (06 81) 81 40 31, Fax: (06 81) 81 79 22

FLO   FLORA FREY GmbH & Co KG, Industriegebiet Dycker Feld, Dellenfeld 25, D-42653 Solingen, Postfach 16 01 47, D-42621 Solingen, Tel.: (02 12) 25 70-0, Fax: (02 12) 25 70-2 22

FLR   Floralis GmbH, Stuttgarter Str. 23, D-75179 Pforzheim, Postfach 05 50, D-75105 Pforzheim, Tel.: (0 72 31) 5 30 55, Fax: (0 72 31) 5 53 15

FLU   FLÜGEL, Forstschutz-Forstgeräte GmbH, Westhöfer Straße 45, D-37520 Osterode am Harz, Postfach 10, D-37514 Osterode-Nienstedt, Tel.: (0 55 22) 8 23 60, Fax: (0 55 22) 8 34 40, Fax: (0 55 22) 8 34 26

FMC   FMC Europe N.V., Avenue Louise 480 B9, B-1050 Brussels, Tel.: 00 32 (26) 45 92 11, Fax: 00 32 (26) 40 62 86

FRA   Franken-Chemie, Elisabethstrasse 55, D-32791 Lage, Tel.: (0 52 32) 95 81-0, Fax: (0 52 32) 95 81-40

FRO   Frowein GmbH & Co, Am Reislebach 83, D-72461 Albstadt, Postfach 1440, D-72437 Albstadt, Tel.: (0 74 32) 95 60, Fax: (0 74 32) 95 61 39

FRU   frunol delicia GmbH, Hansastrasse 74, D-59425 Unna, Tel.: (0 23 03) 17 77, Fax: (0 23 03) 1 26 71

FSC   F. Schacht GmbH & Co.KG, Chemische Fabrik, Bültenweg 48, D-38106 Braun-schweig, Postfach 4823, D-38038 Braunschweig, Tel.: (05 31) 2 38 03-0, Fax: (05 31) 2 38 30-30

FSG   Feinchemie Schwebda GmbH, Straßburger Strasse 5, D-37269 Eschwege, Tel.: (0 56 51) 9 23 70, Fax: (0 56 51) 2 24 42, Tel.: (02 21) 49 60 08, Fax: (02 21) 49 60 09

GAB   GABI-Biochemie Hündersen, Rhodovi KG, Liemer Strasse 26, D-32108 Bad Salzuflen, Tel.: (0 52 22) 2 10 05, Fax: (0 52 22) 2 07 29

GEI   August Geistler GmbH, chem.-pharm. Fabrik, Moselstrasse 12a, D-41464 Neuss 1, Postfach 100524, D-41405 Neuss, Tel.: (0 21 31) 4 21 32, Fax: (0 21 31) 4 38 83, Fax: (0 21 31) 40 91 90

GFG   GFG-Gesellschaft für Grün mbH, Wehlingsweg 6, D-45964 Gladbeck

GGG   Garda Gartenartikel GmbH, Rohrbergstrasse 19 - 21, D-65343 Eltville

GLA   Glanzit-Gesellschaft Pfeiffer & Co, Chemische Fabrik, Obere Hauptstrasse 27, D-67551 Worms, Postfach 128, D-67531 Worms, Tel.: (0 62 41) 3 31 63, Fax: (0 62 41) 3 77 68

GPS   Gärtner Poetschke oHG, Beuthener Strasse 4, D-41564 Kaarst

GRF   GRIFFIN (Europe) S.A., Minervastraat 8, B-1930 Zaventem, Tel.: 00 32 (27 20) 66 44, Fax: 00 32 (27 20) 51 01

GRI   Griffin Corporation, 43 Brookstreet, London W1 Y 2BL, England

GRT   Gartengrün GmbH, Otto-Hahn-Strasse 4, D-85435 Erding, Tel.: (0 81 22) 97 49-0, FAX: (0 81 22) 97 49 17

GUN   Paul Günther Cornufera GmbH, Weinstrasse 19, D-91058 Erlangen, Tel.: (0 91 31) 60 64-0

GUT   Sauerstoffwerk, Friederich Guttroff GmbH, D-97877 Wertheim, Tel.: (0 93 42) 61 76, Fax: (0 93 42) 3 99 71

HAG   Handelsgesellschaft für Baustoffe, mbH & Co. KG, Celler Strasse 47, D-29614 Soltau, Tel.: (0 51 91) 8 02-0, Fax: (0 51 91) 8 02-1 55

HAW   HAWLIK & HAWLIK GmbH, Schädlingsbekämpfung -, Vorratsschutz, Finkenweg 2, D-86386 Gersthofen, (Industriegebiet), Tel.: (08 21) 49 30 31, Fax: (08 21) 47 16 46

HEN   Hentschke und Sawatzki, Leinestrasse 17, D-24539 Neumünster, Tel.: (0 43 21) 9 87 20, Fax: (0 43 21) 98 72 90

HOE   Hoechst Aktiengesellschaft, Bereich Landwirtschaft, Produktentwicklung, Gebäude K 607, Brüningstraße 50, D-65929 Frankfurt/Main, Postfach 800320, D-65903 Frankfurt/Main, Tel.: (0 61 90) 8 03-3 33, Fax: (0 61 90) 7 28 16

HOR   HORA Landwirtschaftliche, Betriebsmittel GmbH, - Im Hause Ciba Agro -, Liebigstrasse 51-53, D-60323 Frankfurt/Main, Postfach 110353, D-60038 Frankfurt/Main, Tel.: (0 69) 71 55-1

HRN   Ing. Alfred Hörnig, Bischofswerdaer Strasse 117, 01900 Großröhrsdorf, Tel.: (03 59 52) 68 00

HUB   Paul Hübecker GmbH & Co.KG, Rosenstrasse 77, D-47918 Tönisvorst, Postfach 1233, D-47908 Tönisvorst

HYG   HYGAN Chemie & Service, GmbH & Co. KG, Robert-Bosch-Strasse 18, D-25335 Elmshorn, Postfach 409, D-25304 Elmshorn, Tel.: (0 41 21) 4 57 20

IHR   IhrPlatz Zentrale, Parkstrasse 32, D-49080 Osnabrück, Postfach 37 40, D-49027 Osnabrück

IPC   I. Pi. Ci. SpA Italien, Via Fratelli Beltrami, 11, I-20026 Novate Milanese, Tel.: (0 40) 7 60 20 57

ISA   ISAGRO Srl, Centro Direzionale Milano Oltre, Palazzo Raffaello, Via Cassanese, 224, I-20090 Segrate

ISK   ISK Biosciences Europe, Avenue Louise 480 - 128, B-1050 Bruxelles

JOH   Johnson Wax GmbH, Landstrasse 27-29, D-42781 Haan, Postfach 13 55, D-42757 Haan, Tel.: (0 21 29) 5 47-0, Fax: (0 21 29) 5 74-2 77

JPA   Janssen Pharmaceutica, Agricultural Division, B-2340 Beerse, Tel.: 00 32 (14) 60 32 91, Fax: 00 32 (14) 60 59 51

JUL   JULIA Mineral Veredelung GmbH, Werksweg 4, D-92551 Stulln, Tel.: (0 94 35) 93-2 01, Fax: (0 94 35) 34 93

KCC   Kocide Chemical Corporation, Via Fieschi, 20/3, I-16121 Genova

KDI   Kalk- und Düngerhandel GmbH, Dolomitstrasse 10, D-58099 Hagen, Postfach 18 06, D-58018 Hagen, Tel.: (0 23 31) 5 50 08, Fax: (0 23 31) 58 76 63

KEN   KenoGard TV AB, A KemaNobel Company, P.O. Box 11033, S-100 61 Stockholm

KGM   KILLGERM GmbH-Präparate und, Geräte für Vorratschutz und Schädlingsbekämpfung, Hansastrasse, D-41460 Neuss, Tel.: (0 21 31) 27 70 21

KIR   KEMIRA Agro Benelux S.A., Avenue Einstein 11, B-1300 Wavre, Tel.: 32 (0 10) 23 27 11, Fax: 32 (0 10) 22 85 59

KRF   Wolfgang Kraft, Garten Kraft, Frielick 8-13, D-59073 Hamm

KVA   KVK AGRO A/S, c/o Sun Chemicals Pigmente GmbH, Rhöndorfer Straße 38b, D-53604 Bad Honnef, Postfach 1406, D-53584 Bad Honnef

KVK   KVK AGRO A/S, Gl. Lyngvej 2, DK-4600 Køge

LEN   Gebr. Lenz GmbH, Gewerbegebiet "Am Schlöten", D-51702 Bergneustadt, Postfach 1352, D-51691 Bergneustadt, Tel.: (0 22 61) 40 99-0, Fax: (0 22 61) 40 99 50

LID   Linde AG, Werksgruppe Technische Gase, Seitnerstraße 70, D-82049 Höllriegelskreuth, Tel.: (0 89) 72 77-0, Fax: (0 89) 7 27 71 44

LIP   Lipha s. a., Dr. Yves Cohetin, Centre de Recherche, et Development, 115 avenue Lacassagne, F-69003 Lyon, Tel.: 00 33 78 53 02 34, Fax: 00 33 72 36 85 28

LON   LONZA AG, Münchensteinerstrasse 38, CH-4002 Basel, Tel.: (0 77 51) 8 20, Fax: (0 77 51) 82-1 82

LUS   LUHNS GmbH, Schwarzbach 91 - 137, D-42277 Wuppertal, Postfach 20 11 54, D-42211 Wuppertal, Tel.: (02 02) 64 71-0, Fax: (02 02) 64 49 74

LUX   LUXAN B.V., Industrieweg 2, NL-6662 PA Elst (Gld.), Postbus 9, NL-6660 AA Elst (Gld.), Tel.: 0031-481-360811, Fax. 0031-481-376734

MAC   MAKHTESHIM-AGAN Deutschland GmbH, Südstrasse 29, D-53757 Sankt Augustin, Tel.: (0 22 41) 92 49 30, Fax: (0 22 41) 92 49-32

MAI   Samen-Maier, Hauptstr. 14, D-84155 Bodenkirchen, Tel.: (0 87 45) 1 80, Fax: (0 87 45) 18-40

MAN   Wilhelm Haug GmbH & Co KG, Manna-Dünger, Eisenbahnstrasse, D-72119 Ammerbuch, Tel.: 0 70 73/3 02-40

MEN   Menno-Chemie-Vertrieb GmbH, Langer Kamp 104, D-22850 Norderstedt

MES   Messer Griesheim GmbH, Fütingsweg 34, D-47805 Krefeld, Tel.: (0 21 51) 3 79-0, Fax: (0 21 51) 3 79-3 09

MEY   Hermann Meyer, Halstenbecker Weg 100, D-25462 Rellingen

MIC   Microsol Handels-GmbH, Leinestraße 17, D-24539 Neumünster, Tel.: (0 43 21) 98 38-0, Fax: (0 43 21) 98 38-99

MOT   Monsanto (Deutschland) GmbH, Vogelsanger Weg 91, D-40470 Düsseldorf, Tel.: (02 11) 36 75-0, Fax: (02 11) 36 75-3 41

MRN   Marni-Vertrieb chem. Produkte, Albert Rückert, Rheingoldstrasse 2, D-65232 Taunusstein

MRZ   Konrad Merz, Langstrasse 81, D-63450 Hanau

NAD　　Novartis Agro GmbH, Liebigstrasse 51 - 53, D-60323 Frankfurt, Postfach 11 03 53,
　　　　D-60038 Frankfurt, Tel.: (0 69) 71 55-1, Fax: (0 69) 71 55-319

NEN　　Ludwig Nenninger, Chemische Fabrikation GmbH, Bültenweg 48, D-38106
　　　　Braunschweig

NEU　　W. NEUDORFF GmbH KG, Chemische Fabrik, An der Mühle 3, D-31860 Emmerthal,
　　　　Postfach 1209, D-31857 Emmerthal, Tel.: (0 51 55) 6 24-0, Fax: (0 51 55) 60 10

NLI　　NUFARM GmbH & Co KG, St.-Peter-Strasse 25, A-4021 Linz, Tel.: 00 43 (07 32) 59
　　　　18-0

NUF　　Nufarm b.v., Welplaatweg 12, NL-3197 KS Botlek Rotterdam, Tel.: 00 44 (1 81) 3 11
　　　　70 00, Fax: 00 44 (1 81) 3 10 56 36

PBP　　PROPHYTA Biologischer, Pflanzenschutz GmbH, im TGZ Schwerin/Wismar e. V.,
　　　　Inselstrasse 12, D-23999 Malchow/Poel

PGS　　park Garten-Service GmbH, Raiffeisenstr. 13, D-45661 Recklinghausen, Postfach
　　　　200469, D-45634 Recklinghausen

PHT　　PHARMATOX, Beratung und Forschung GmbH, Vogtei-Ruthe-Strasse 26, D-31319
　　　　Sehnde

POK　　Pokon und Chrysal B.V., Gooimeer 7, NL-1411 DD Naarden, Postbus 5300, NL-1410
　　　　AH Naarden, Tel.: 0 35-6 95 58 88, Fax: 0 35-6 95 58 22

POL　　Polyplant Limited, P.O. Box 53, Lane End Road, High Xycombe, GB-
　　　　Buckinghamshire HP12 4 HL

PSA　　Prosanitas GmbH, Am Vogelherd 4 b, D-85354 Freising, Tel.: (0 62 51) 6 55 73, Fax:
　　　　(0 62 51) 6 83 91

RAI　　Raiffeisen Mittel-Vest eG, D-45665 Recklinghausen

REC　　Reckhaus GmbH, Industriestrasse 53, D-33689 Bielefeld, Postfach 110937, D-33669
　　　　Bielefeld, Tel.: (0 52 05) 40 53-4, Fax: (0 52 05) 52 47

REN　　Rentokil GmbH, Holstenkamp 40, D-22525 Hamburg, Tel.: (0 40) 85 17 59-0, Fax: (0
　　　　40) 8 51 23 43

RHD　　Rohm and Haas Deutschland GmbH, -z. Hd. Dr. B. Distler-, In der Kron 4, D-60489
　　　　Frankfurt/Main, Postfach 940322, D-60461 Frankfurt/Main, Tel.: (0 69) 7 89 96-0,
　　　　Fax: (0 69) 7 89 53 56

RHI　　RHIZOPON bv, Rijndijk 263a, Postbus 110, NL-2394 ZG Hazerswoude

RPA　　RHONE-POULENC AGRO GmbH, Emil-Hoffmann-Str. 1a, D-50996 Köln, Tel.: (0 22
　　　　36) 39 95-0, Fax: (0 22 36) 39 95-50

SAD　　Sandoz Agro GmbH, Walsroder Straße 305, D-30855 Langenhagen, Tel.: (05 11) 9
　　　　72 90-0, Tel.: (05 11) 9 72 90-33

SAF　　sagaflor GmbH, Fuldastraße 4, D-34225 Baunatal-Hertingshausen, Tel.: (0 56 65) 99
　　　　86 44

SAG　　Shell Agrar GmbH & Co. KG, Konrad-Adenauer-Strasse 30, D-55218 Ingelheim,
　　　　Postfach 300, D-55209 Ingelheim, Tel.: (0 61 32) 7 89-0, Fax: (0 61 32) 20 67

SAT　　SATEC Handelsgesellschaft mbH, Robert-Bosch-Strasse 3, D-25335 Elmshorn,
　　　　Postfach 1044, D-25310 Elmshorn, Tel.: (0 41 21) 45 78-0, Fax: (0 41 21) 45 78 12

SBC　　Sipcam Biochemie GmbH, Adamstrasse 4/1, D-80636 München

SCC　　SCC GmbH, Chemisch-Wissenschaftliche, Beratung GmbH, Eckelsheimer Straße
　　　　37, D-55597 Wöllstein, Tel.: (0 67 03) 93 44-0, Fax: (0 67 03) 93 44-44, Email:
　　　　SCC@scc-gmbh.de

SCD　　Sumitomo Chemical Deutschland GmbH, Georg-Glock-Strasse 14, D-40474
　　　　Düsseldorf, Tel.: (02 11) 45 09 01, Fax: (02 11) 43 21 77

SCH	Schering Aktiengesellschaft, Pflanzenschutz Deutschland, Werftstrasse 37, D-40549 Düsseldorf, Postfach 111149, D-40522 Düsseldorf, Tel.: (02 11) 95 08-0, Fax: (02 11) 9 50 81 01
SCM	Sipcam spa, Viale Gian Galeazzo 3, I-20136 Milano, Tel.: I (0 03 92) 89 40 78 41
SCO	Scotts Europe B.V., Herrn F. Stelder, Koeweistraat 2, NL-4181 CD Waardenburg, Tel.: 00 31 (4 18) 41 86 55-7 00, Fax: 00 31 (4 18) 41 86 55-7 01
SDL	Wilhelm Scheidler GmbH & Co. KG, Kutenhauser Strasse 13, D-32425 Minden/Westf., Postfach 3145, D-32388 Minden/Westf., Tel.: (05 71) 4 15 66, Fax: (05 71) 6 18 21
SDS	ISK Biosciences, Product Incorporated, Avenue Louise 480 - 12 B, B-1050 Brussels, Tel.: 00 32 (26) 27 86-11, Fax: 00 32 (26) 27 86-00
SER	S & A Service und Anwendungs-, technik GmbH, Bahnhofstr. 25, D-27419 Sittensen, Tel.: (0 42 82) 9 32 00, Fax: (0 42 82) 93 20 40
SHO	H. Scharnhorst, Gartenland-Produkte, Steinweg 4, D-31535 Neustadt
SKW	SKW Trostberg Aktiengesellschaft, Marktbereich Landwirtschaft, Dr.-Alberet-Frank-Straße 32, D-83308 Trostberg, Postfach 12 62, D-83303 Trostberg, Tel.: (0 86 21) 8 60, Fax: (0 86 21) 29 11
SOS	SOSTRA Biochemie GmbH, Dres. Blume & Asam, Idea Unternehmensberatung, Adamstrasse 4/1, D-80636 München, Tel.: (0 89) 18 60 41-42, Fax: (0 89) 1 23 62 13
SPI	C. F. Spiess & Sohn GmbH & Co., Chemische Fabrik, Hauptstrasse 4, D-67271 Kleinkarlbach, Postfach 12 60, D-67262 Grünstadt, Tel.: (0 63 59) 8 01-0, Fax: (0 63 59) 80 12 09
SRC	Schulte, Rohde & Co. GmbH, Hermannstrasse 37, D-58332 Schwelm
STA	PULSFOG, Dr. Stahl & Sohn GmbH, Abigstrasse 8, D-88662 Überlingen, Tel.: (0 75 51) 46 03, Fax: (0 75 51) 6 10 63
STD	Stodiek Dünger GmbH, Giulinistrasse 2, D-67065 Ludwigshafen
STE	Stefes Agro GmbH, Ottostrasse 5, D-50170 Kerpen-Sindorf, Postfach 14 50, D-50143 Kerpen, Tel.: (0 22 73) 5 60 60, Fax: (0 22 73) 56 06 60
STI	STINNES AGRAR GmbH, - Hauptverwaltung -, Humboldtring 15, 45466 Mülheim/Ruhr
SUD	Sumitomo Deutschland GmbH, Georg-Glock-Strasse 14, D-40474 Düsseldorf, Postfach 16 01 38, D-40036 Düsseldorf, Tel.: (02 11) 4 57 00, Fax: (02 11) 4 54 15 01
TEM	TEMMEN GmbH, Pflanzenschutz, Ankerstraße 74, D-65795 Hattersheim, Postfach 1451, D-65795 Hattersheim, Tel.: (0 61 45) 99 19-0, Fax: (0 61 45) 99 19-19
THO	Thompson-Siegel GmbH, Erkrather Strasse 230, D-40233 Düsseldorf, Tel.: (02 11) 73 52-2 46, Tel.: (02 11) 73 52-2 47
TOM	TOMEN FRANCE S.A., 18, Avenue de L'Opera, F-75001 Paris, Tel.: 00 33 (42) 96 14 56, Fax: 00 33 (42) 96 81 20
TRI	Johann Tripmacker, Bültenweg 48, D-38106 Braunschweig
URA	Urania Agrochem GmbH, Heidenkampsweg 77, D-20097 Hamburg, Postfach 106220, D-20042 Hamburg, Tel.: (0 40) 2 36 52-0, Fax: (0 40) 2 36 52-255
VDZ	Venno GmbH, Langer Kamp 104, D-22850 Norderstedt
VER	Vermin-Bielefeld, Kopietz GmbH, Beckheide 9, D-33689 Bielefeld, Tel.: (0 52 05) 78 11, Fax: (0 52 05) 7 24 03
VET	Vetyl-Chemie GmbH, Pharmazeutische und chemische, Präparate, Gewerbestrasse 12-14, D-66557 Illingen, Tel.: (0 68 25) 4 40 71, Fax: (0 68 25) 4 40 73

VGM   Chemische Fabrik, Bruno Vogelmann GmbH & Co, Pistoriusstrasse 48-50, D-74564 Crailsheim, Postfach 1564, D-74555 Crailsheim, Tel.: (0 79 51) 2 10 45
VLO   Hans-Joachim van Loosen GmbH, Bismarckstrasse 160, D-46284 Dorsten
VOP   VOPELIUS GmbH, Heinrich-Stanka-Strasse 18, D-90765 Fürth, Tel.: (09 11) 7 68 41-3, Fax: (09 11) 79 55 71
VOR   Vorratsschutz GmbH, Dr. Werner Freyberg Strasse 11, D-69514 Laudenbach, Tel.: (0 62 01) 7 08-480, Fax: (0 62 01) 7 08-487
WAC   Wacker-Chemie GmbH, Abt. Pflanzenschutz, Hanns-Seidel-Platz 4, D-81737 München, Tel.: (0 89) 2 10 91, Fax: (0 89) 21 09-17 70
WGB   WOLF-Garten GmbH & Co KG, Industriestrasse, D-57518 Betzdorf, Tel.: (0 27 41) 2 81-0, Fax: (0 27 41) 28 12 55
ZED   Zeller & Demme, Inh. Walter Rieger, Schulstrasse 6, D-34266 Niestetal, Tel.: (05 61) 52 21 37
ZEI   ZERA InterAgrar, Chemie Vertriebs GmbH, Oldesloher Strasse 8, D-23843 Travenbrück, Tel.: (0 45 31) 57 24, Tel.: (0 45 31) 55 78, Fax: (0 45 31) 46 02
ZER   ZERA Vertriebsgesellschaft für, Agrarchemikalien mbH, Oldesloer Strasse 8, D-23843 Travenbrück, Tel.: (0 45 31) 57 24, Fax: (0 45 31) 46 02
ZNC   Zeneca Agro GmbH, Emil-von-Behring-Str. 2, D-60439 Frankfurt/Main, Postfach 500728, D-60395 Frankfurt/Main, Tel.: (0 69) 58 01-00, Fax: (0 69) 58 01-2 34

5.19.2   Spezialmittel gegen Hausungeziefer

Hersteller- bzw Vertriebsfirmen von Spezialmitteln gegen Hausungeziefer, die gleichzeitig Hersteller- bzw Vertriebsfirmen von Pflanzenschutz- bzw. Vorratsschutzmitteln sind, wurden im Kapitel 5.20.1 aufgeführt.

Berghoff, C. KG, Warstein
blitol Ges.m.b.H, Hamburg
Bertram GmbH, Dittweiler
Diversey GmbH, Frankfurt
Erdal-Rex GmbH, Mainz
Gerlach, E., GmbH, Lübbecke/Westf
Globol-Werk GmbH, Neuburg
Grosser KG, Würzburg
Helmecke, E., Groß Twülpstedt
Henkel KG, Düsseldorf
Hermal-Chemie K. Herrmann, Reinbeck
Hofinger & Co, Übersee/Obb.
Hygan Chemie & Service GmbH & Co KG, Elmshorn
Kaiser, Fr., GmbH, Waiblingen
Ketol AG, Dr. A. Muhr, CH-8157 Dielsdorf
Kruse, Franz, Draht- und Kunststoffweberei, St. Augustin-Sieg
Liebeler, Günter, Metallbau, Köln
Montedison Deutschland GmbH, Eschborn
Mortalin Vertriebs-GmbH, Husum
Reinelt & Temp GmbH & Co KG, Köln
Rentokil GmbH, Dietzenbach

Schülke & Mayr GmbH, Hamburg
Simon, C. & Sohn, Hamburg
Tonaco Chemiegesellschaft mbH, Limburg
Vermin-Chemie-Vertrieb, Kopietz & Lorenz GmbH, Bielefeld/Lübeck

5.19.3   Nützlinge

Die nachfolgende Liste enthält nur die Nützlinge, deren Einsatz seit Jahren praktisch erprobt
ist. Darüber hinaus gibt es eine große Zahl weiterer Nützlinge, deren Einsatzfähigkeit zur
biologischen Bekämpfung derzeit überprüft wird. Nähere Informationen erhält man über die
Pflanzenschutzberatung und die Nützlingslieferanten.

Bezugsquellen für Nützlinge

Nützlinge		Schädlinge	Hersteller/Vertreiber
Raubmilben	*Phytoseiulus persimilis, Amblyseius californicus*	Spinnmilben	BNO, BRI, FGK, GFH, HWN, KOP, MER, NEU, ÖRE, PKN, REN, SUS, TRI, WIL
Raubmilben	*Amblyseius cucumeris, A. degenerans*	Thripse	BNO, BRI, GFH, HWN, KOP, MER, NEU, ÖRE, REN, SUS, TRI, WIL
Raubmilben	*Hypoaspis miles*	Trauermücken, Thripse	BRI, GFH, HWN, KOP, MER, ÖRE, REN, SUS, WIL
Schlupfwespen	*Encarsia formosa*	Weiße Fliegen	BNO, BRI, FGK, GFH, HWN, KOP, MER, NEU, ÖRE, REN, SUS, TRI, WIL
Schlupfwespen	*Dacnusa sibirica, Diglyphus isaea*	Minierfliegen	BRI, GFH, HWN, KOP, MER, NEU, ÖRE, REN, SUS, WIL
Schlupfwespen	*Aphidius colemani, Aphidius ervi, Aphelinus abdominalis*	Blattläuse	BNO, BRI, GFH, HWN, KOP, MER, NEU, ÖRE, PKN, REN, SUS, TRI, WIL
Florfliegen	*Chrysoperla carnea*	Blattläuse Thripse	BNO, BRI, GFH, HWN, KOP, MER, NEU, ÖRE, REN, SUS
Erzwespen	*Trichogramma brassicae*	Maiszünsler, Raupen	AWM, BAS, HWN, KOP, MER, WIL
Erzwespen	*Trichogramma evanescens, St. "Kohl"*	Kohleulen	AWM
Erzwespen	*Trichogramma evanescens, St. "Vorrat"*	Vorratsmotten (*Plodia*)	AWM
Erzwespen	*Trichogramma dendrolimi + Trichogramma embryophagum*	Apfelwickler und Apfelschalenwickler	AWM

Bezugsquellen für Nützlinge

Nützlinge		Schädlinge	Hersteller/Vertreiber
Erzwespen	*Trichogramma embryophagum*	Pflaumenwickler	AWM
Räuberische Fliege	*Coenosia sp.*	Trauermücken, Weiße Fliegen, Minierfliegen	GFH, PKN, SUS
Räuberische Gallmücken	*Aphidoletes aphidimyza*	Blattläuse	BNO, BRI, GFH, HWN, KOP, MER, NEU, ÖRE, REN, SUS, TRI, WIL
Räuberische Blumenwanzen	*Orius laevigatus, O. majusculus, u. a.*	Thripse	BNO, BRI, GFH, HWN, KOP, MER, NEU, ÖRE, PKN, REN, SUS, WIL
Australische Marienkäfer	*Cryptolaemus montrouzieri*	Woll- oder Schmierläuse	BNO, BRI, GFH, HWN, KOP, MER, NEU, ÖRE, PKN, REN, SUS, TRI
Schwebfliegen	*Episyrphus balteatus*	Blattläuse	GFH, HWN, PKN, SUS
Insektenparasitische Nematoden	*Heterorhabditis sp.*	Dickmaulrüßler	ABP, BNO, GFH, HWN, KOP, MER, NEU, ÖRE, REN, SUS, TRI, WIL
Insektenparasitische Nematoden	*Steinernema feltiae, Steinernema carpocapsae*	Larven von Trauermücken und Dickmaulrüßler	ABP, BNO, CEL, GFH, HWN, KOP, MER, NEU, ÖRE, REN, SUS, TEM, TRI, WIL

Firmenadressen

ABP **Agrinova, Biologische Präparate, Produktions- und Vertriebs GmbH**, Hauptstr. 13, 67283 Obrigheim/Mülheim, Tel.: (0 63 59) 9 68 10, Fax: (0 63 59) 32 14

AWM **AWM Nützlinge GmbH**, Außerhalb 54, 64319 Pfungstadt, Tel.: (0 61 57) 99 05 95, Fax: (0 61 57) 99 05 96

BAS **BASF Agrarzentrum Limburgerhof**, Postfach 120, 67114 Limburgerhof, Tel.: (06 21) 6 02 75 54, Fax: (06 21) 6 02 70 79, E-Mail: gisela.paulitsch@msm.basf-ag.de

BNO **Bio Nova, Gesellschaft für angewandte Biologie mbH**, Josefstr. 102, 41462 Neuss, Tel. (0 21 31) 54 10 71, Fax: (0 21 31) 54 10 72

BRI **Brinkmann BV**, L.J. Costerstraat 48, NL-5916 PS Venlo, Tel.: +31-77-3 20 89 00, Fax: +31-77-3 20 89 50

BWA **BayWa AG Kitzingen**, Glauberstr. 7, 97318 Kitzingen, Tel. (0 93 21) 70 07-23, Fax: (0 93 21) 70 07-45, Vertrieb für Koppert = KOP, auch in den Filialen in Augsburg, Fürth, Weinböhla

CEL **Celaflor GmbH**, Konrad-Adenauer-Str. 30, 55218 Ingelheim, Tel.: (0 61 32) 7 80 30, Fax: (0 61 32) 20 67

FGK **Frühgemüsezentrum Kaditz GmbH**, Grimmstr. 79, 01139 Dresden, Tel.: (03 51) 8 30 49 10, Fax: (03 51) 8 30 49 12, nur Selbstabholung der Nützlinge

GFH   **Flora Nützlinge - Biologischer Pflanzenschutz**, Friedhofstr. 1, 15517 Fürsten-
          walde, Tel.: (0 33 61) 30 10 88, Fax: (03 36 32) 2 17

HWN   **Welte, Hatto u. Patrick, Nutzinsekten-Vertriebsgesellschaft**, Maurershorn 10,
          78479 Insel Reichenau, Tel.: (0 75 34) 71 90 oder 74 00, Fax: (0 75 34) 14 58

KOP   **Koppert, B.V.**, P.O. Box 155, NL-2650 AD Berkel en Rodenrijs, Tel.: +31-10-5 14 04
          44, Fax: +31-10-5 11 52 03, E-Mail: info@koppert.nl, Internet: http://www.koppert.nl

MER   **Merulin Gartenbauservice GmbH & Co. KG**, Karl-Arnold-Str. 25, 47638 Straelen,
          Tel.: (0 28 34) 91 90, Fax: (0 28 34) 91 92 10, E-Mail: Gartenbauser-
          vice@MERULIN.de, Internet: http://www.MERULIN.de, Vertrieb für Koppert = KOP

NEU   **W. Neudorff GmbH KG, Abt. Nutzorganismen**, Postfach 1209, 31857 Emmerthal,
          Tel.: (0 51 55) 6 24 60, Fax: (0 51 55) 6 24 57, E-Mail: W.Neudorff@t-online.de, Inter-
          net: http://www.neudorff.de

ÖRE   **ÖRE Bio-Protect Biologischer Pflanzenschutz GmbH**, Kieler Str. 41, 24223 Rais-
          dorf, Tel.: (0 43 07) 69 81, Fax: (0 43 07) 71 28

PKN   **PK-Nützlingszuchten**, Industriestraße 38, 73642 Welzheim, Tel.: (0 71 82) 43 26,
          Fax: (0 71 82) 39 62, E-Mail: PKNUETZ@t-online.de

REN   **re-natur GmbH**, Am Pfeifenkopf 9, 24601 Stolpe, Tel.: (0 43 26) 9 86 10, Fax: (0 43
          26) 9 86 11, Internet: http://www.re-natur.de

SUS   **Sautter u. Stepper GmbH**, Rosenstr. 19, 72119 Ammerbuch, Tel.: (0 70 32) 95 78
          30, Fax: (0 70 32) 95 78 50, E-Mail: nuetzlinge@t-online.de, Internet: http://home.t-
          online.de/home/nuetzlinge

TEM   **Temmen GmbH**, Ankerstr. 74, 65795 Hattersheim, Tel.: (0 61 45) 99 19-0, Fax: (0 61
          45) 99 19 19, nur Mitvertrieb für andere Firmen

TRI   **Trifolio-M GmbH**, Sonnenstraße 22, 35633 Lahnau, Tel.: (0 64 41) 6 31 14, Fax: (0
          64 41) 6 46 50

WIL   **Wilhelm Biologischer Pflanzenschutz GmbH**, Neue Heimat 25, 74343 Sachsen-
          heim, Tel.: (0 70 46) 23 86, Fax: (0 70 46) 1 21 98

6 Pflanzenschutztechnik

Inhaltsverzeichnis

6.1 Technik des Pflanzen- und Vorratsschutzes

Pflanzenschutzmittel können nur dann bestmöglich wirken, wenn sie in der richtigen Form angewendet werden. Dabei ist sicherzustellen, daß durch den Einsatz der verschiedenen Präparate keine Nachteile für Mensch, Tier und Umwelt entstehen. Diese Forderungen zu erfüllen, setzt eine genaue Dosierung sowie gleichmäßige Verteilung der Mittel voraus. Gleichzeitig ist zu vermeiden, daß Pflanzenschutzmittel unerwünscht in die Atmosphäre, in den Boden, in das Grundwasser oder auf benachbarte Flächen gelangen.

Um Fehler und Risiken auszuschließen, muß der Anwender von Pflanzenschutzmitteln über ein ausreichendes Wissen auf dem Gebiet der pflanzenschutzlichen Anwendungstechnik verfügen. Besonders wichtig sind dabei Kenntnisse über die Funktion und den richtigen Einsatz von Maschinen und Geräten.

6.1.1 Anwendungsformen

Flüssig

Der Einsatz von Pflanzenschutzmitteln in flüssiger Form ist am gebräuchlichsten. Die Präparate werden hierbei größtenteils verdünnt ausgebracht. Als Verdünnungsmittel, auch Trägerstoff genannt, dient meist Wasser. Das Pflanzenschutzmittel selbst kann als Ausgangsprodukt flüssig oder fest (z. B. Spritzpulver, Granulat) formuliert sein. Beim Verdünnen oder Mischen mit Wasser entsteht, je nach den Eigenschaften der Wirkstofformulierung, eine **Lösung, Emulsion** oder **Suspension**. Da die Wichten (spezifischen Gewichte) der unlöslichen Teilchen einer Emulsion oder Suspension sich von der des Trägerstoffes unterscheiden, entmischen sich die einzelnen Phasen durch Aufschwimmen oder Absetzen. Dies ist durch ständiges Rühren (Rührwerke) zu verhindern.

Pflanzenschutzmittel enthalten in der Originalformulierung außer den biologisch wirksamen Stoffen noch **Zusatzstoffe** verschiedener Art. Sie sollen entweder die **Schwebefähigkeit** unlöslicher Teilchen in der Trägerflüssigkeit, die **Benetzung** der Pflanzen oder das **Haften** auf den Pflanzen verbessern. Ihre Aufgabe kann aber auch darin bestehen, die Verdunstungsgeschwindigkeit der Tropfen herabzusetzen oder die Größe des bei der Zerstäubung entstehenden Tropfenspektrums zu beeinflussen.

Vorteile der Flüssiganwendung:
Genaue Dosierung und Verteilung möglich; gutes Haften der Wirkstoffe auf den Pflanzen; vielseitige Anwendbarkeit.

Nachteile der Flüssiganwendung:
Bei bestimmten Einsätzen hoher Wasseraufwand; häufig Probleme mit Spritzflüssigkeitsüberresten; bei sehr kleintropfiger Ausbringung Gefahr von Wirkstoffverlusten durch Abtrift und Verdunstung.

Fest

Unter der Anwendung von Pflanzenschutzmitteln in fester Form ist in erster Linie der Einsatz gebrauchsfertiger **Pflanzenschutzgranulate** zu verstehen. Auch die Anwendung von **Stäubemitteln** zählt hierzu. Sie spielt jedoch wegen der Abtriftgefahr und erhöhter Risiken für den Anwender in der Bundesrepublik Deutschland eine untergeordnete Rolle.

Pflanzenschutzgranulate bestehen aus den jeweiligen Wirkstoffen und speziellen Trägerstoffen, wie Talkum oder Kieselgur. Nach den Korngrößen werden Feinst-, Fein-, Mittel- oder

Grobgranulate unterschieden. Die Feststoffanwendung liegt in bezug auf den Einsatzumfang deutlich hinter der Flüssiganwendung zurück.

Vorteile der Granulatanwendung:
Gebrauchsfertige Präparate, daher kein Ansetzen; keine Überrest-Probleme; Wirkstoffkombination leicht möglich.

Nachteile der Granulatanwendung:
Genaue Dosierung und Verteilung schwieriger als bei Flüssiganwendung; Haften auf Pflanzen meist unbefriedigend.

6.1.2   Physikalisch-technische Kenngrößen

Aufwandvolumen
Unter diesem Begriff ist der Flüssigkeitsaufwand in Liter je Hektar (l/ha) zu verstehen. Die Höhe des Aufwandes wird im wesentlichen vom Ausmaß der **Pflanzenoberfläche** je **Bodenfläche** und dem erforderlichen **Benetzungsgrad** bestimmt. Die Stärke der Benetzung hängt entscheidend von der Wirkungsweise der Pflanzenschutzmittel und der Größe des Zielobjektes ab. Kontaktwirkung der Mittel setzt ein höheres Ausmaß an Benetzung voraus als beispielsweise systemische Wirkung. Ebenso ist bei sehr früher Anwendung (Keimblattstadium) von Herbiziden mit Blattwirkung ein dichter Flüssigkeitsbelag auf dem zu bekämpfenden Aufwuchs sicherzustellen, um zu gewährleisten, daß Kleinstpflanzen mit Behandlungsflüssigkeit benetzt werden.

Unter sonst gleichen Bedingungen steigt der Benetzungsgrad mit dem Aufwandvolumen. Ein Mindestmaß an Benetzung ist für eine gute Wirkung unerläßlich. Zuviel Flüssigkeit kann aber andererseits zu Verlusten durch **Ablaufen** und **Abtropfen** führen. Vom Kostenaufwand her wird angestrebt, das Aufwandvolumen möglichst niedrig zu halten. Bei Pflanzenschutzmaßnahmen in herkömmlichen ackerbaulichen Nutzpflanzenbeständen, wie etwa Getreide oder Mais, sind 200 bis 400 l/ha üblich, im Obstbau 150 bis 600 l/ha. Sonderbestände und -anwendungen können jedoch Hektargaben erfordern, die über diese Obergrenzen deutlich hinausgehen.

Tropfengröße
Die meisten Pflanzenbehandlungsflüssigkeiten gelangen in Form von Tropfen an ihren Bestimmungsort. Durch das Zerteilen wird eine größere aktive Oberfläche (Berührungs- oder **Kontaktfläche**) geschaffen. Die Gesamtoberfläche aller Tropfen aus einem bestimmten Flüssigkeitsvolumen steigt mit abnehmendem Durchmesser der Einzeltropfen. Dieser Zusammenhang wird in dem folgenden Beispiel verdeutlicht. **Ein Liter** Flüssigkeit, aufgeteilt in Tropfen unterschiedlicher Durchmesser, ergibt folgende Tropfenanzahlen und -gesamtoberflächen:

Tropfendurchmesser (mm)	Tropfenanzahl in Millionen	Oberfläche (m²)
1	1,910	6
0,1	1910	60
0,01	1910828	600

Kleine Tropfen erhöhen somit bei gleichbleibendem Aufwandvolumen (s. o.) den Benetzungsgrad auf den Zielflächen. Einer Verringerung des Tropfendurchmessers sind jedoch

Grenzen gesetzt. Zu kleine Tropfen verfehlen oft ihr Ziel, sie **"verschweben"** leichter und **verdunsten** schneller als große. Ein Tropfen mit einem Durchmesser von 0,1 mm verflüchtigt bei einer Temperatur von + 30 °C und einer relativen Luftfeuchtigkeit von 40 % innerhalb von 8 Sekunden, ein 0,05 mm-Tropfen dagegen bereits innerhalb von 1,9 Sekunden.

Oberflächenspannung
Durch die Oberflächenspannung kann das Ausmaß der **Benetzung** ebenfalls beeinflußt werden. Eine niedrige Oberflächenspannung läßt die Tropfen auseinanderfließen. Dadurch bietet sich die Möglichkeit, insbesondere schwer benetzbare Zielobjekte (Wachsschicht) besser zu benetzen. Gleichzeitig wird aber auch das Haftverhalten der Flüssigkeitsteilchen beeinflußt.

6.1.3   Ausbringverfahren

Ursprünglich wurden die einzelnen Ausbringverfahren nach den bei der Zerstäubung entstehenden Tropfengrößen gekennzeichnet, und zwar erfolgte die Einteilung bei abnehmenden Tropfengrößen wie folgt: Spritzen (> 0,150 mm $\varnothing$), Sprühen (0,05 bis 0,150 mm $\varnothing$) und Nebeln (< 0,05 mm $\varnothing$). Günstiger erscheint eine Klassifikation, die von den Beurteilungskriterien Zerstäubungsart (z. B. hydraulisch) und Art des Tropfentransportes von der Düse bis zur Zielfläche (z. B. durch Luftstrom) ausgeht.
Die Ausbringung von Pflanzenschutzmitteln kann als Ganzflächen- oder in bestimmten Fällen auch als Teilflächenbehandlung (Band-, Reihen- oder Punktbehandlung) erfolgen. Die Teilflächenbehandlung gestattet eine Einsparung an Pflanzenschutzmittel und Trägerstoff.

6.2   Maschinen und Geräte für den Pflanzen- und Vorratsschutz

Eine gute Wirksamkeit der Pflanzenschutzmittel ist nur bei Wahl der richtigen Ausbringmethode und einwandfrei funktionierenden Maschinen und Geräte zu erwarten. Vor der Anschaffung von Maschinen und Geräten ist sorgfältig zu prüfen, ob sie sich für den vorgesehenen Einsatzzweck eignen. Ungeeignete Ausbringtechniken können den Erfolg einer Bekämpfungsmaßnahme schmälern oder sogar in Frage stellen. Außerdem dürfen Pflanzenschutzmaschinen und -geräte nur dann **in den Verkehr** gebracht werden, wenn sichergestellt ist, daß bei bestimmungsgemäßem und sachgerechtem Einsatz keinerlei Schäden entstehen! Voraussetzung hierfür ist, daß die festgelegten **Mindestanforderungen** und -**merkmale** eingehalten werden. Einzelheiten hierzu sind bei den zuständigen Pflanzenschutzdienststellen zu erfahren. Darüber hinaus gilt mit Wirkung vom 1. Juli 1992 die Pflichtprüfung für in Gebrauch befindliche oder eingeführte Feldspritzmaschinen. Die Durchführung dieser Maßnahme erfolgt in **anerkannten Kontrollwerkstätten**, die von den zuständigen Pflanzenschutzdienststellen betreut werden.
In der folgenden Übersicht sind Pflanzenschutzmaschinen und -geräte sowie Ausstattungen aufgeführt, die von der Biologischen Bundesanstalt für Land- und Forstwirtschaft (BBA) geprüft und anerkannt worden sind. Sie wurde in Anlehnung an das von der BBA herausgegebene **Pflanzenschutzmittel-Verzeichnis - Teil 6: Anerkannte Pflanzenschutz- und Vorratsschutzgeräte** - 46. Auflage, 1998/99, erstellt. Der Bezug des Verzeichnisses ist durch den Saphir Verlag, Gutsstraße 15, 38551 Ribbesbüttel, Tel.: (0 53 74) 65 76, Fax: (0 53 74) 65 77, möglich.

Die technische Prüfung durch die BBA erfolgt nach § 33 Abs. 2 Nr. 5 des Pflanzenschutzge-setzes in der Fassung vom 15. September 1986. Werden die geprüften Einrichtungen für im einzelnen näher angegebene Verfahren und Anwendungsbereiche als brauchbar beurteilt, wird die Anerkennung ausgesprochen. Mit der Anerkennung gilt gleichzeitig die Forderung nach § 24 des Pflanzenschutzgesetzes als erfüllt.

Anerkannte Maschinen und Geräte sowie Maschinen- und Geräteteile dürfen das Anerken-nungszeichen "**amtlich geprüft, anerkannt**" führen. Die Anerkennung gilt für 5 Jahre. Sie kann dann erneuert werden, oder sie erlischt. Genaue Informationen über Einsatzbereiche und technische Daten geben die **Prüfberichte**, die von der Biologischen Bundesanstalt in unregelmäßiger Folge herausgegeben werden und von Interessenten unter der oben ge-nannten Bezugsquelle zu erwerben sind. Bekanntmachungen erfolgen auch im "**Nachrich-tenblatt des Deutschen Pflanzenschutzdienstes**" (Braunschweig).

In der nachfolgenden Übersicht sind auch Maschinen und Geräte aufgeführt, die die Prüfung für den Pflanzen- und Vorratsschutz bestanden haben, deren Anerkennung aber erst nach abgeschlossener Unfallschutzprüfung ausgesprochen werden kann oder erneuert werden muß. Kennzeichnung durch "*".

6.2.1   Spritzmaschinen und -geräte

Die verbreitetste Ausbringungsmethode für Pflanzenschutzmittel ist das **Spritzverfahren**. Es bietet zur Zeit die besten Voraussetzungen für eine exakte und verlustarme Ausbringung von Pflanzenschutzmitteln auf einer Fläche. Die Flüssigkeit wird beim Spritzen durch Düsen auf hydraulischem (Überdruck), seltener auf mechanischem (Rotationszerstäuber) oder pneuma-tischem (Luftstrom) Wege in Tropfen zerteilt. Der Tropfentransport zur Zielfläche erfolgt **ballistisch**, entsprechend dem Wurfgesetzen. Der erforderliche Überdruck wird bei Anwen-dung der hydraulischen Zerteilung in der Regel durch eine Flüssigkeitspumpe erzeugt, aber auch Gasüberdruck gelangt in gewissen Fällen (Kleingeräte) zur Anwendung. Die Aufwand-volumina liegen beim Spritzen zwischen 50 und 2000 l/ha, gebräuchlich sind bei niedrigen Pflanzenbeständen, wie Getreide oder Kartoffeln, 200 bis 600 l Wasser/ha.

Die **Durchmesser** der Tropfen, die mit den verschiedenen Spritzmethoden erzeugt werden können, erstrecken sich über einen Bereich von 0,05 mm bis 1,50 mm.

Vorteile des Spritzverfahrens:
Genaue Dosierung und Verteilung; bei richtiger Anwendung Abtriftgefahr gering; Risiko für Anwender gering; vielseitige Anwendungsmöglichkeiten.

Nachteile des Spritzverfahrens:
Vergleichsweise hoher Wasseraufwand; Tropfenanlagerung an schwer zugänglichen Stellen, etwa den Blattunterseiten, schwierig.

Fahrbar
Anbau-Spritzmaschinen (Feldbau)
Anbau-Spritzmaschinen sind für den Anbau an die Dreipunkthydraulik des Schleppers vorge-sehen. Die Behältergrößen reichen bis **1500 l**. Bei sehr großem Behälterfüllvolumen besteht jedoch die Gefahr einer übermäßigen Vorderachsentlastung sowie von Bodendruckschäden. Auch Reifendefekte sind möglich. Eine Größe von 1000 l sollte deshalb möglichst nicht über-schritten werden.

Die Arbeitsbreiten liegen meist bei **12 m oder 15 m**. Seltener kommen 16 m- oder 18 m-Ge-stänge vor. Bei Breiten über 10 m müssen spezielle Einrichtungen (z. B. Pendelaufhängung) eine bodenparallele Führung des Spritzgestänges sicherstellen. Ab 10 m sind die Ausleger an den Enden mit Einrichtungen (z. B. Abstandshalter) zu versehen, die einen Bodenkontakt der Zerstäuber verhindern.

Holder: IS 41, 400-l-Behälter, 10 m. - IS 600-21, 600-l-Behälter, 12,5 m. - IS 800, 800-l-Behälter, 12 m. - IS 1000, 1000-l-Behälter, 15 m.
Rau: Rau-Sprimat L, 600-l-Behälter, 10 m, 12 m und 12,5 m. - Rau-Spridomat D2, 800-l-Behälter, 10 m, 12 m, 12,5 m und 15 m.
Schmotzer: Supermat I, 800-l-Behälter, Ausführung 130, 10 m; Ausführung 132, 12,5 m. - Supermat II, 800-l-Behälter, Ausführung 29 L, 15 m; Ausführung 17 K, 18 m.
Vicon: LS 801, 800-l-Behälter, 12 m.

Anbau-Spritzmaschinen (Rebbau)
Schenk: SWS, dreirädriger Spritzwagen mit vom Flüssigkeitsstrom angetriebenen Treibrad, Schlauchtrommel mit bis zu 120 m Schlauch, für das Spritzen im Rebbau bei Hanglagen > 25 % Neigung.

Anbau-Spritzmaschinen mit Rückführung der Spritzflüssigkeit
Diese Technik erlaubt die Rückführung der nicht an den Pflanzen angelagerten Behandlungsflüssigkeit in den Vorratsbehälter. Die Rückführungsrate beträgt bis zu **50 %**. Dadurch wird der Aufwand für Pflanzenschutzmittel beträchtlich vermindert. Die tunnelartig gestalteten Auffangflächen dieser Einrichtungen für die Behandlungsflüssigkeit bieten außerdem einen wirksamen Schutz gegen Verluste wie Abtrift.

John: TSG-A1, 200-l-Behälter, für Rebbau, Sonderkulturen. - TSG-A2, 200-l-Behälter, für Rebbau.

Aufbau-Spritzmaschinen (Feldbau)
Unimog, Systemschlepper und Geräteträger erfordern spezielle Spritzmaschinentypen zum Aufbau auf eine Ladefläche. Maschinen für Systemschlepper und Geräteträger bestehen meist aus 2 getrennten Einheiten (aufgelöste Bauweise), nämlich aus der Behältereinheit für den Ladeflächen-Aufbau einerseits und der Gestänge-Pumpeneinheit (Anbau an Dreipunkthydraulik) andererseits.
Aufbaumaschinen sind mit Behältern bis etwa 3000 l ausgestattet. Die Arbeitsbreiten liegen häufig bei 24 m. Der Bodendruck ist beachtlich, vor allem bei Ausstattung des Trägerfahrzeuges mit kleinen Rädern und schmalen Reifen. Mechanisch, hydraulisch oder pneumatisch betätigte Einrichtungen zum Umstellen des Spritzgestänges von Transport- auf Arbeitsstellung und umgekehrt sind bei diesen Arbeitsbreiten unerläßlich, nehmen aber auch schon bei kleineren Abmessungen an Bedeutung zu.

Dammann: Profi-Spritze 2024, 2000-l-Behälter, 24 m.
Rau: Rau-Spridoport FT 20, 2000-l-Behälter, 12 m, 12,5 m, 15 m, 18 m, 21 m und 24 m.

Anhänge-Spritzmaschinen (Feldbau)
Anhänge-Spritzmaschinen sind in bezug auf die Manövrierfähigkeit ungünstiger als Anbau- und Aufbaumaschinen zu beurteilen. Andererseits erweist sich die einfache und schnelle Kopplung mit dem Schlepper als vorteilhaft. Bezogen auf die Behältergröße werden bei angehängten Spritzmaschinen bedeutend niedrigere Anforderungen an die Schleppergröße gestellt als beispielsweise bei angebauten. Deichsellenksysteme erlauben einen genauen Nachlauf in der Schlepperspur bei Kurvenfahrt oder aber auch ein Gegensteuern bei Spur-

versatz am Hang. Anhänge-Spritzmaschinen werden mit Behältern bis 6000 l und Arbeitsbreiten bis 36 m angeboten.

Dammann: ANP 3024, 3000-l-Behälter, 24 m. - ANP 4028, 4000-l-Behälter, 28 m.
Inuma: Inuma 3524, 3500-l-Behälter, 24 m.
Greenland: LS 2504, 2500-l-Behälter, 24 m.
Rau: Rau-Spridotrain GV 18, 1800-l-Behälter, 18 mund 21 m. - Rau-Spridotrain GV 28 und GV 38, 2800-l-Behälter und 3800-l-Behälter, 18 m, 21 m, 24 m und 28 m.

Anhänge-Spritzmaschinen mit Rückführung der Spritzflüssigkeit
Erläuterungen s. o.

John: TSG-N2, 600-l-Behälter. - TSG-S3, 800-l-Behälter, für Rebbau, Sonderkulturen. - OSG-N, 800-l-Behälter, für Obstbau.

Tragbar
Die größte Bedeutung haben in dieser Gruppe handbetätigte Spritzgeräte, die mit **Kolben- oder Membranpumpen** oder mit einem **Überdruckspeicher** ausgerüstet sind. Darüber hinaus befinden sich aber auch Geräte mit Motorantrieb im Einsatz, der die Spritzarbeit wesentlich erleichtert. Alle drei Bauarten werden hauptsächlich im Gemüse- und Zierpflanzenbau, Vorratsschutz, in Baumschulen, aber auch bei Behandlungen kleineren Ausmaßes in der Landwirtschaft verwendet. Die Spritzeinrichtung besteht in der Regel aus einem Schnellschließventil sowie einem Spritzrohr mit einer Düse, in Sonderfällen auch Breitspritzrohr mit zwei oder mehreren Düsen.
Für eine randscharfe Spritzung werden am besten Schlitzdüsen (Flachstrahldüsen) mit **ebener** Verteilungscharakteristik (Bandspritzdüsen) sowie ein Spritzschirm eingesetzt. Die Art der Abschirmung verhindert gleichzeitig Tropfenabtrift.
Bedingt durch die stoßweisen Pumpbewegungen ist es bei handbetätigten **Kolbenrückenspritzgeräten** schwierig, den Überdruck konstant zu halten. Dadurch kann die Ausbringgenauigkeit beeinträchtigt werden. Mit Hilfe einer speziellen Dosierarmatur, bestehend aus Druckeinstelleinrichtung und Manometer, kann dieser Nachteil bis zu einem gewissen Grade eingeschränkt werden.
Überdruckspeicher-Spritzgeräte besitzen einen bis zu ca. 6,0 bar überdrucksicheren Behälter. Ein Teil des Behältervolumens dient als Überdruckspeicher. Der nicht mit Spritzflüssigkeit gefüllte Raum wird dabei vor der Spritzung mit Hilfe einer eingebauten Luftpumpe auf ca. 5,0 bar Überdruck aufgepumpt. Um einen konstanten Spritzüberdruck während der Ausbringung zu gewährleisten, ist es zweckmäßig, auch Überdruckspeicher-Spritzgeräte mit der oben erwähnten Dosierarmatur auszurüsten.

Spritzgeräte mit Motor
Rückentragbar
Fox Motori: F 320, 17-l-Behälter, für Garten- Obst- und Rebbau.
Geizhals: M 22, 18-l-Behälter, für Gartenbau.

Spritzgeräte mit Überdruckspeicher
Rückentragbar
Gloria: 142 TG, 13,2-l-Behälter. - 172 RTG, 13,2-l-Behälter, für Gartenbau.

Spritzgeräte mit Kolbenpumpe
Rückentragbar
Geizhals: V 18, 18-l-Behälter, für Gartenbau.

Gloria: 2010 G, 18,4-l-Behälter. - 165 SG, 18,6-l-Behälter. - 2001 SG, 18,6-l-Behälter, für Gartenbau.

6.2.2 Sprühmaschinen und -geräte

Beim **Sprühverfahren** erfolgt die Zerteilung der Flüssigkeit hydraulisch durch Überdruck, mechanisch (Rotationszerstäuber) oder pneumatisch (z. B. Luftstrom). Die Durchmesser der Tropfen liegen in einem Größenbereich von 0,025 - 0,400 mm. Kennzeichnend für das Sprühen ist außerdem die Anwendung eines durch ein Gebläse erzeugten Trägerluftstromes für den Tropfentransport, aber auch natürliche Luftbewegungen sowie Sedimentation spielen für Tropfentransport bzw. Tropfenablagerung und -anlagerung eine Rolle. Das Sprühverfahren erlaubt gegenüber dem Spritzverfahren, in bestimmten Fällen eine Einsparung an Trägerflüssigkeit, da die Flüssigkeit feiner zerteilt wird. Dadurch erhöht sich die Effektivität bei der Ausbringung. Das Einsparen von Trägerflüssigkeit kann in Trockengebieten oder schwierigem Gelände (Rebbau) zusätzlich von Vorteil sein. Wesentlich ist auch, daß Sprühbeläge im allgemeinen auf der Pflanzenoberfläche ein gutes Haftverhalten und damit eine gute Stabilität gegenüber Abwaschen durch Regen zeigen. Andererseits ist aber, abgesehen von Spezialverfahren für Flächenbestände, das Risiko von Tropfenverlusten durch Abtrift und Verdunstung in der Regel größer als beispielsweise beim Spritzen.
Sprühmaschinen und -geräte sind nicht für alle Mittel und Nutzpflanzenbestände geeignet. Auskunft hierüber erteilen die Pflanzenschutz-Beratungsstellen.

Vorteile des Sprühverfahrens:
Geringer Wasseraufwand; gutes Haftvermögen des Sprühbelages auf den Pflanzen; Anlagerung auch an schwer zugänglichen Stellen möglich.

Nachteile des Sprühverfahrens (nur zutreffend für Einrichtungen zum Behandeln von Raumbeständen):
Im Vergleich zum Spritzen größeres Risiko der Tropfenabtrift und -verdunstung; genaue Dosierung und Verteilung oft schwierig.

Fahrbar

Räumliche Behandlung
Zur großräumigen Behandlung hoch wachsender, in Reihen angelegter Nutzpflanzenbestände (Obst-, Reb-, Hopfenbau) werden vielfach Großsprühmaschinen mit wirkungsvollen Axial-, Radial- oder Tangentialgebläsen eingesetzt. Der von den Gebläsen erzeugte Trägerluftstrom transportiert die Sprühtropfen zu den oft schwierig erreichbaren Wirkungsorte und unterstützt die Durchdringung von Laubschichten. Die Sprühflüssigkeit wird meist über Rundlochdüsen (Dralldüsen) direkt in den Luftstrom eingespeist. Die Größe der bei der Zerstäubung entstehenden Tropfen richtet sich nach der eingesetzten Zerstäuberart, dem Überdruck-Niveau und der Düsenstellung im Verhältnis zur Strömungsrichtung der Luft. Einige Maschinentypen verfügen über eine zusätzliche Variationsmöglichkeit in Form sogenannter Verstelldüsen.
Sonderformen von Sprühmaschinen können mit schwenkbarem Sprühaggregat (Sprühkanone) ausgestattet sein. Damit ist es möglich, einen kompakten Luft-Sprühstrom gezielt an bestimmte Stellen zu lenken und große Reichweiten zu erzielen. Allerdings erweist es sich bei Einsatz dieser Technik als schwierig, eine ausreichend genaue Verteilung zu erreichen und Tropfenverluste zu verhindern.

Eine weitere Sonderform stellen Sprühmaschinen mit oszillierenden (selbsttätig hin- und herschwenkenden) Sprühaggregaten dar.

Sprühmaschinen sind mit Behältergrößen bis 800 l für den Schlepperanbau und bis 3000 l für Anhängemaschinen ausgestattet. Die Gebläse-Luftströme liegen bei Anbaumaschinen zwischen 10 000 und 60 000 m³/h und bei Anhängemaschinen zwischen 20 000 und 100 000 m³/h.

Anhänge-Sprühmaschinen für Raumbestände

Holder: NI 800, QU 15, 800-l-Behälter. - NI 1000, QU 15, 1000-l-Behälter, für Rebbau.

Jacoby: Turbomat-JACOlogic, 1000-l-Behälter, für Rebbau.

Wanner: SZA 24/1000-100 M, 1000-l-Behälter, für Rebbau. - SZA 32/1000-100; 1000-l-Behälter, für Obstbau. -N42/3000/140, 3000-l-Behälter, für Hopfenbau.

Flächenbehandlung

Bei Sprühmaschinen für niedrig wachsende Bestände handelt es sich im Prinzip um Spritzmaschinen, deren Verteilgestänge mit einem Luftstrom-Verteilsystem in Form von Luftsäcken oder -kanälen ausgerüstet ist. Diese verteilen den von einem Gebläse erzeugten Luftstrom über die gesamte Arbeitsbreite und lassen ihn in Düsennähe senkrecht nach unten oder relativ zur Fahrtrichtung schräg nach vorn oder hinten austreten. Durch den Luftstrom wird die Bewegungsenergie der Tropfen erhöht. Die dabei angestrebten Ziele sind ein geringerer Flüssigkeitsaufwand, weniger Abtrift und eine bessere Tropfenverteilung und -anlagerung innerhalb der Pflanzenbestände. Wichtig ist, die Stärke des Gebläse-Luftstromes sorgfältig den jeweiligen Bedingungen (Höhe und Dichte der Pflanzenbestände, Windgeschwindigkeit) anzupassen. Von der herkömmlichen Spritztechnik unterscheidet sich dieses System durch eine höhere Maschinenmasse, eine aufwendigere Bauweise und höhere Anschaffungskosten.

Anhänge-Sprühmaschinen für Flächenbestände

Pape: Hardi Commander Twin, 2200-l-Behälter, Spritzgestänge HAC TWIN 21 (21 m), über Hydromotor angetriebenes Gebläse mit Luftführung über Nylon-Gewebeschläuche und verstellbaren Luftauslässen.

Tragbar

Der Einsatz von rückentragbaren Motorsprühgeräten erfolgt überwiegend im Garten- und Obstbau sowie im Forst. Der Trägerluftstrom erhöht die Reichweite, so daß auch hohe Bestände behandelt werden können.

Da der Wasseraufwand (l/ha) beim Sprühen normalerweise geringer ist als beim Spritzen, ergibt sich bei gleichem Aufwand an Pflanzenschutzmitteln je Flächeneinheit eine höher konzentrierte Spritzflüssigkeit. Dieser Sachverhalt ist beim Festlegen der Ausbringdaten besonders zu beachten. Dabei geht es in erster Linie darum, Fehler durch Überdosierungen zu vermeiden.

Motorsprühgeräte

Rückentragbar

Stihl: SR 320, 14-l-Behälter. - SR 400, 14-l-Behälter, für Garten-, Obst- und Rebbau.

6.2.3　　　Nebelgeräte

Die Ausbringung von Pflanzenschutzmitteln als **Nebel** ist dadurch gekennzeichnet, daß die Tropfenaufbereitung entweder pneumatisch durch einen Luft- oder Gasstrom, thermisch (Temperatureinwirkung) oder durch eine Kombination aus beiden erfolgt. Den Tropfentransport übernehmen natürliche Luftbewegungen oder von Gebläsen erzeugte Trägerluftströme, aber auch die reine **Sedimentation** durch Schwerkrafteinwirkung spielt für die Tropfenablagerung eine wichtige Rolle. Um trotz geringer Aufwandvolumina an Flüssigkeit eine genügend große Bedeckung der Zielflächen, also der Pflanzen, zu erreichen, wird die auszubringende Flüssigkeit feinst zerstäubt (Tropfendurchmesser maximal 0,15 mm, größtenteils aber < 0,05 mm) und dadurch dem verfügbaren Volumen an Flüssigkeit eine große Gesamtoberfläche erteilt.

Die Erzeugung kleinster Tropfen beim Nebeln birgt bei ungünstigen Einsatzbedingungen (Luftbewegung, geringe Luftfeuchte, hohe Temperaturen) die Gefahr von Tropfenverlusten durch **Verdunsten und Verschweben** (Abtrift). Die Tropfenablagerung am Wirkungsort ist beim Nebeln schwer kontrollierbar und wird stark von den äußeren Bedingungen beeinflußt. Durch Anwendung eines Trägerluftstromes (Gebläse) können die Verteilungs- und Ablagerungsbedingungen verbessert sowie die Reichweite gesteigert werden. Wegen der Witterungsabhängigkeit und der Schwierigkeit, den Nebel im Freiland kontrolliert auszubringen, muß das Nebelverfahren auf **geschlossene Räume**, etwa Gewächshäuser und Lagerräume, beschränkt bleiben.

Auf eine vorschriftsmäßige **Dosierung** ist besonders auch bei der Vernebelung von Pflanzenschutzmitteln zu achten. Maßgebend ist das genaue Abstimmen des Nebelausstoßes auf die jeweilige Flächen- oder Raumgröße. Die Gefahr, daß eine **Überkonzentration** an Pflanzenschutzmitteln in der Luft entsteht, ist in kleinen Räumen besonders groß. Hier können Überschreitungen der Behandlungszeit im Sekundenbereich bereits zu starken Überdosierungen führen und Schäden an Pflanzen verursachen. Gewächshäuser müssen beim Einsatz von Nebelgeräten unbedingt **dicht** schließen.

Besondere Vorsichtsmaßnahmen zum Schutze des Anwenders
Das Tragen von Masken und Schutzkleidung ist unerläßlich.

Vorteile des Nebelns:
Geringe Aufwandvolumina an Trägerstoff (Wasser oder spezielle Formulierungen); einfache, schlagkräftige Anwendung; geringe Rüstzeiten; sehr gute Haftfähigkeit des Belages.

Nachteile des Nebelns:
Tropfenbewegung schwer kontrollierbar; genaue Dosierung und Verteilung schwierig; hohe Abtriftgefahr; beim Heißnebeln Wirkstoffbeeinträchtigung durch hohe Temperaturen im Nebelrohr möglich; erhöhte Gefahr für den Anwender.

Die nachfolgend aufgeführten Nebelgeräte sind für Pflanzenschutzmaßnahmen in geschlossenen, dichten Räumen bei Verwendung von Pflanzenschutzmitteln, die für dieses Verfahren zugelassen sind, anerkannt. Heißnebelgeräte sind ungeeignet für den Einsatz in Räumen mit hoher Staubbelastung, da **Explosionsgefahr** besteht.

6.2.3.1　　　Heißvernebler

Diese Geräte arbeiten nach einem pulsierenden Verbrennungsverfahren. Dabei wird ein Benzin-Luftgemisch periodisch (80- bis 100-mal je Sekunde) in einer Brennkammer gezündet. Dadurch entsteht eine schwingende Gassäule, die dazu beiträgt, die auslaßseitig zugeführte Behandlungsflüssigkeit in Tropfen aufzuteilen. Aber auch thermische Energie (Verdampfen mit anschließender Kondensation) spielt beim Erzeugen von Nebeltropfen eine Rolle.

Tragbar

Igeba: Igeba TF W 60, 5-l-Behälter, für Gewächshäuser.

Motan: Swingfog SN 50 und SN 50 PE, 6-l-Behälter. - Swingfog SN 50-10, 8-l-Behälter. - Swingfog SN 50-10 PE, 9-l-Behälter, für Gewächshäuser, Vorratsschutz.

Stahl & Sohn: Pulsfog K 10 Standard, 9-l-Behälter. - Pulsfog K 22 Standard, 9-l-Behälter. - Pulsfog K 30 Standard, 9-l-Behälter, für Gewächshäuser, Vorratsschutz.

Fahrbar1

Igeba: Igeba TF-W 75 HD/M, 20-l-Behälter, für Gewächshäuser.

6.2.3.2   Kaltvernebler

Bei dieser Vernebelungstechnik wird der erforderliche Feinst-Zerstäubungsgrad häufig über pneumatische Verfahren (hohe Gasgeschwindigkeiten) oder auch durch Einsatz von Ultraschallzerstäubern erreicht. Beeinträchtigungen der Wirkstoffe durch thermische Einflüsse können daher nicht auftreten.

Fahrbar

Igeba: Igeba U 15 E, 4 kW, 17-l-Behälter. - Igeba U 20 HD-E, 7,5 kW, 17-l-Behälter, für Gewächshäuser, Vorratsschutz.

Stationär

Stahl & Sohn: Pulsfog Turbomatic, 10-l-Behälter, 1,6 kW, für Gewächshäuser, Vorratsschutz.

6.2.4   Streichgeräte

Streichgeräte werden vorwiegend zur **selektiven Bekämpfung** unerwünschten Pflanzenwuchses in Wiesen, Weiden und Rüben sowie zur Bekämpfung von Rübenschossern eingesetzt. In einfacher tragbarer Ausführung eignen sie sich vor allem auch zur horstweisen Unkrautbekämpfung. Voraussetzung für den wirkungsvollen Einsatz dieser Geräte ist, daß die zu bekämpfenden Pflanzen in einem Nutzpflanzenbestand deutlich überstehen. Die Behandlung erfolgt in der Regel durch Bestreichen der Pflanzen über Dochte, die mit dem Bekämpfungsmittel durchtränkt sind. Das Mittel gelangt bei den einfachen Geräten über Schwerkraft zum Austrittsort. Aufwendigere Geräte können mit Einrichtungen ausgestattet sein, die eine Steuerung der Mitteldosierung ermöglichen.

Vorteile des Streichverfahrens:

Gezielter, sparsamer Einsatz der Bekämpfungsmittel; geringe Umweltbelastung.

Nachteile des Streichverfahrens:

Bei Geräten mit größeren Arbeitsbreiten schwierige Wirkstoffdosierung und Probleme mit gleichmäßiger Dochtbefeuchtung in unebenem Gelände.

Tragbar
Zuwa: Unkrautstab Nr. T 315, 0,6-l-Behälter. - Unkrautstab Nr. T 320, 0,6-l-Behälter, für Grünland.

6.2.5 Granulatstreumaschinen

Die Ausbringung von Pflanzenschutzgranulaten erfordert Spezial-Streumaschinen und -geräte. Düngerstreuer sind wegen unbefriedigender Genauigkeit in bezug auf Dosierung und Verteilung für Pflanzenschutzgranulate meist ungeeignet.
Die Korngrößen bei Pflanzenschutzgranulaten liegen in der Regel zwischen 0,050 und 0,800 mm. Die Bewältigung dieses relativ großen Teilchengrößenbereichs wirft gewisse technische Probleme auf.

Vorteile der Granulatanwendung:
Präparate gebrauchsfertig (kein Ansetzen); bei richtiger Auslegung der Korngrößen Abtrift kontrollierbar; Möglichkeit der Wiederverwendung von Resten; Wirkungszeitraum (Lösungsgeschwindigkeit) steuerbar; gute Wirkstoff-Kombinationsmöglichkeiten.

Nachteile der Granulatanwendung:
Zur Ausbringung auf Pflanzen weniger geeignet (schlechtes Haften); Spezialgeräte erforderlich; Dosierungs- und Verteilungsgenauigkeit nicht immer zufriedenstellend.
Bei Granulatanwendung sind Aufwandmassen zwischen 5 und 150 kg/ha gebräuchlich (Düngegranulate bis 500 kg/ha).

Fahrbar
Rhône: Microband, zum Anbau an z. B. Einzelkornsämaschinen für die Ausbringung von Pflanzenschutzmitteln in Reihen, Korngrößenbereich 0,2 bis 2,0 mm Durchmesser, für Akkerbau.

6.2.6 Stäubegeräte

Stäubegeräte dienen zur Ausbringung von sehr kleinkörnigen (Teilchengrößen 0,010 bis 0,050 mm) Feststoffen. Die Anwendung staubförmiger Stoffe ist im Freiland wegen der möglichen Gefährdung des Anwenders und der Abtriftgefahr problematisch.

6.2.7 Luftfahrzeuge

Für geeignete Großflächen, die aus bestimmten Gründen vom Boden aus nicht oder nicht termingerecht behandelt werden können, kommt der Einsatz von **Hubschraubern** oder **Starrflügelflugzeugen** in Betracht. Da der Einsatz von Luftfahrzeugen aber organisatorisch und technisch an viele Voraussetzungen gebunden ist, wird er zweckmäßigerweise in Zusammenarbeit mit dem Pflanzenschutzdienst ausgeführt.
Die Ausbringung von Pflanzenschutzmitteln durch Luftfahrzeuge stellt eine Sonderform des Sprühverfahrens dar. Der von Rotoren (Hubschrauber) oder Tragflächen (Starrflügler) erzeugte Luftstrom spielt für den Tropfentransport zur Zielfläche und für die Tropfenverteilung sowie die Tropfenan- und -ablagerung eine wichtige Rolle. Bei Einsatz von Luftfahrzeugen sind die Witterungsbedingungen ganz besonders zu beachten, um Mittelverluste und Gefahren durch Abtrift zu vermeiden.

6.2.8 Abflammgeräte

Geräte dieser Art werden zur **physikalischen Bekämpfung** unerwünschten Pflanzenwuchses eingesetzt. Die Wirkung beruht darauf, daß das Pflanzeneiweiß bei hohen Temperaturen gerinnt. Der behandelte Bewuchs stirbt deshalb einige Zeit nach der thermischen Behandlung ab.

Vorteile des Abflammens:
Anwender- und umweltfreundlich; selektive Bekämpfung möglich.

Nachteile des Abflammens:
Verhältnismäßig hoher Zeitbedarf; Wirkung nicht sehr nachhaltig.

Fahrbar
Zur Zeit keine anerkannten Geräte

6.2.9 Geräte zur mechanischen Aufwuchsbekämpfung

Die Beseitigung unerwünschten Pflanzenwuchses auf mechanischem Wege nimmt inzwischen wieder einen wichtigen Platz ein und steht als Ersatzmaßnahme zur Wahl, wenn der Einsatz von Herbiziden nicht möglich oder unerwünscht ist. Verwendet werden Eggen und Striegel, Hack- und Fräswerkzeuge der verschiedensten Art, Häufelgeräte, Drehbürsten u. a. m.

Vorteile des mechanischen Verfahrens:
Umweltfreundliche Maßnahme, bewirkt gleichzeitig Bodendurchlüftung.

Nachteile des mechanischen Verfahrens:
Anwendungsmöglichkeit und Bekämpfungserfolg stark witterungsabhängig; Wirkungsgrad und Nachhaltigkeit der Wirkung nicht immer zufriedenstellend.

Voss: Igelrotor, Typen 75, 100, 120, 120 S und 150 S sowie Federzinkenegalisierer Typen 100, 120 und 150, für Bekämpfung von Aufwuchs auf wassergebundenen Decken (Wege und Sportplätze).

6.2.10 Bodenentseuchungsmaschinen und -geräte

Eine einwandfreie Wirkung von Bodenentseuchungsmitteln setzt voraus, daß der Boden bei der Ausbringung bis zu einer bestimmten Tiefe genügend **locker** und unmittelbar nach der Behandlung oberflächlich gut **verdichtet** ist. Die Anwendung von Entseuchungsmitteln erfordert deshalb in der Regel folgende Reihenfolge der Arbeitsgänge: Bodenlockerung, Einbringen des Mittels in den Boden, Bodenverdichtung. Je nach Verfahren werden diese Aufgaben entweder von aufwendigen, schlagkräftigen Spezialmaschinen (z. B. Climax, Rumptstad) oder einfacheren Geräten (z. B. Fumitrac, Meyer Dosierpflug) bewältigt. Im zuerst genannten Fall wird das Mittel in den durch Fräswerkzeuge gelockerten Boden eingespritzt. Bei den technisch einfacheren Methoden erfolgt die Ausbringung des Präparates durch Einträufeln in die Pflugfurche (Dosierpflug) oder in die von Messersechen gezogenen Bodenrillen (Fumitrac). Den Mittelaufwand (l/ha) bestimmen in beiden Fällen einstellbare, von der Drehzahl eines Bodenrades abhängige Dosiereinrichtungen. Diese steuern den Ausstoß (l/min) nach der echten Fahrgeschwindigkeit und vermeiden somit Dosierfehler durch Schlupf an den Antriebsrädern des Schleppers.

6.2.11   Begasungsgeräte

Zu dieser Kategorie zählen Einrichtungen zur Dosierung fester, flüssiger oder gasförmiger Substanzen entsprechend eines Gutstromes (z. B. Getreidestrom) im Durchlaufverfahren.

Pellet-Dosiergeräte
Degesch: Dosierautomat ODM 80-60 für Phostoxin-Pellets, für Zuteilung von Phostoxin-Pellets in einen konstanten Getreidemassenstrom im Vorratsschutz.

6.2.12   Beizmaschinen

Eine Saatgutbehandlung kann als **Trocken-** oder **Feuchtbeizung** erfolgen. Beim Beizvorgang ist es wichtig, daß das Beizmittel genau dosiert und gleichmäßig auf die Samenkörner verteilt und angelagert wird. Der Beizmittelaufwand liegt bei der Trockenbeizung im Bereich von 200 g/dt und bei der Feuchtbeizung bei 200 bis 600 ml/dt.

Das Beizmittel soll auf dem Samenkorn **abriebfest** haften, um die Beizmittelverluste vom Beizvorgang bis zur Samenablage so gering wie möglich zu halten. Die Abriebfestigkeit ist bei der Flüssigbeizung höher als bei der Trockenbeizung, sofern bei der zuletzt genannten Methode keine zusätzlichen Haftmittel verwendet werden. Ein Nachteil der Trockenbeizung ohne Haftmittel ist aber auch die Beeinträchtigung des Beizpersonals durch Beizstaub. Die Beizmittelverteilung auf dem Saatgut ist dagegen in der Regel als gut einzustufen.

Das am Saatgut haftende Beizmittel beeinflußt häufig dessen **Fließeigenschaften** (geringerer Ausstoß). Dieser Tatsache ist bei der Aussaat hinsichtlich der Sämaschineneinstellung Rechnung zu tragen.

Beizmaschinen und -geräte arbeiten entweder **absätzig** oder **fortlaufend**. Im zuerst genannten Fall wird jeweils immer eine bestimmte Masse an Saatgut (z. B. 100 kg) für sich behandelt. Vielfach werden dabei einfache Geräte wie Betonmischer eingesetzt. Das absätzige Verfahren spielt vor allem bei der Beizung in Eigenleistung (Hofbeizung) eine Rolle.

Die fortlaufende Beizung wird mit Beizmaschinen durchgeführt, mit denen meist spezielle Beizbetriebe ausgestattet sind. Die Maschinen müssen mit Dosiersystemen ausgerüstet sein, die die Beizmittelzugabe maßgerecht dem Saatgut-Massenstrom anpassen. Nach erfolgter Beizmitteleinspeisung wird die Beize oft mit Hilfe von Mischtrommeln, -schnecken oder dergleichen an das Saatgut angerieben. In leistungsfähigen Großbeizanlagen können bis zu 30 t Saatgut je Stunde behandelt werden.

In Sonderfällen sind auch Drillmaschinen mit einer Beizeinrichtung ausgestattet. Die Arbeitsgänge Beizen - Säen vollziehen sich dabei je nach System entweder getrennt hintereinander oder miteinander.

6.2.12.1   Feuchtbeizmaschinen

Goldsaat: GBS 3/F-A, Feuchtbeizung von Getreide, Saatgutdurchsatz 0,5 bis 2,5 t/h für Schwergetreide, 0,5 bis 2,0 t/h für Hafer.

Niklas : W.N.-5/0, Chargenbeizgerät für Feuchtbeizung von Getreide und Feinsämereien, Chargengröße 5 bis 15 kg. - W.N.-6, Feuchtbeizung von Getreide, Saatgutdurchsatz 1 bis 6 t/h für Schwergetreide. - W.N.-8, Feuchtbeizung von Getreide, Saatgutdurchsatz 1,5 bis 8 t/h für Schwergetreide. - W.N.-14, Feuchtbeizung von Getreide, Saatgutdurchsatz 2 bis 14 t/h für Schwergetreide - W.N.-24, Feuchtbeizung von Getreide, Saatgutdurchsatz 8 bis 24,5 t/h für Schwergetreide.

SUET: SHR 1-2.1, SHR 1-2.2, SHR 1-2.3 und SHR 1-2.4. - RTF 150, RTF 300, RTF 450 und RTF 750, inkrustieren von Möhren, Rüben- und Zwiebelsaatgut nach dem Verfahren der Fa. SUET.

6.2.12.2   Kombinierte Maschinen

Zur Zeit keine anerkannten Maschinen.

6.2.13   Geräte gegen Nagetiere und Maulwurf

Die Bekämpfung von Maulwurf und Hamster ist nur erlaubt, wenn schwerwiegende Schäden abzuwenden sind. Die hierüber notwendige Entscheidung trifft die nach Landesrecht zuständige Behörde.

Theysohn: Theysohn Köderstation mit automatischem Verschlußmechanismus und Köderstation-Zubehör, zur Bekämpfung von Mäusen im Forst. - Ratten-Köderstation, zur Bekämpfung von Ratten im Vorratsschutz.

6.2.14   Kontrolleinrichtungen

Diese sind zur Prüfung der in Gebrauch befindlichen Feldspritzmaschinen bestimmt, die im Abstand von zwei Jahren durchzuführen ist. Folgende Einrichtungen wurden geprüft und für die Meßaufgaben als geeignet beurteilt:

Herbst: Prüfkoffer Typ ROT - 350/16/*10*, mit Durchflußmesser (Schaufelrad-Meßwertgeber), Kontroll-Druckanzeiger, Drehzahlmesser (Meßbereich 50 - 1000 min-[1]) und abnehmbarem Anzeigegerät am Behälterdeckel mit Flüssigkristallanzeigefeld und Folientastatur.

Hobein : Düsenprüfstand Dositest, Rinnenlänge 1,5 m, Arbeitsbreiten 10 m, 12,5 m oder 15 m. - Manometerprüfgerät Manotest, zwei Prüfmanometer mit unterschiedlichen Druckbereichen, zwei Anschlüsse für Prüflinge. - Sprayman 1000, elektronische Meß- und Auswerteinrichtung für Düsenprüfstand Dositest mit 10 Ultraschallsensoren zur Füllstandsmessung.

LH-Agro : Feldspritzenprüfgerät LH 1300, bestehend aus Düsenprüfstand mit 1,85 m Rinnenlänge, 12 oder 15 m Arbeitsbreite, Durchflußmesser (induktiv (Meßbereich 10 bis 300 l/min) oder mit Schaufelrad (Meßbereich 25 bis 200 l/min)), Durchflußmengenrechner, Geschwindigkeitssimulator, Manometer (0 bis 10 bar) und Drehzahlmesser. - Düsenprüfstand SPRI-MAS MS MOB, auf Schienen geführte Meßeinrichtung, 24 m Arbeitsbreite, 10 Meßrinnen mit 100 mm Rinnenbreite und 1500 mm Rinnenlänge, je eine Meßeinheit pro Rinne, Meßweg in 1 m-Schritten, Schnittstelle zur Datenübertragung und -auswertung auf PC.

Müller: Kontrollausrüstung Spraytest II und Spraytest III, mit induktiv arbeitendem Durchflußmesser für 10 bis 300 l/min und Manometer (Meßbereich 0 bis 10 bar), Spraytest III zusätzlich mit Dosierwertrechner Spraymat und Geschwindigkeitssimulator.

Pape: Düsenprüfstand Hardi Spray Scanner, auf Schienen geführte Meßeinrichtung, 24 m Arbeitsbreite, 8 Meßrinnen mit 100 mm Rinnenbreite und 1500 mm Rinnenlänge, je eine Meßeinheit pro Rinne, Meßweg in 0,8 m-Schritten, Schnittstelle zur Datenübertragung und -auswertung auf PC.

Pessl: Sprayertest 800 und Sprayertest 1000, auf Schienen geführte Meßeinrichtung, 24 m Arbeitsbreite, 8 und 10 Meßrinnen mit 100 mm Rinnenbreite und 1500 mm Rinnenlänge, je eine Meßeinheit pro Rinne, Meßweg in 0,8 bzw. 1,0 m-Schritten, Funkübertragung von Meßwerten und Steuersignalen zum PC.

Rau: Durchflußmesser Rau-Prüfcheck 1", Flügelrad-Durchflußmesser, Meßbereich 20 bis 210 l/min.

RHG: Spritzgerätekontrollwagen SKW mit Düsenprüfstand Hardi Spray Scanner, Durchflußmesser, Prüfmanometer (Meßbereich 0 bis 10 bar), Schalt- und Regelarmatur für Pumpenvolumenstrommessung und Durchflußmesserüberprüfung und Schlauchanschlüssen und Adaptern.

Schachtner: Einzeldüsenprüfstand Control A und B mit Düsenadaptern. - Durchflußmesser Control C (Meßbereich 15 bis 190 l/min). - Prüfmanometer Control D, Meßbereich 0 bis 16 bar (Feldbau) oder 0 bis 60 bar (Hopfen-, Obst- und Rebbau).

6.2.15   Warngeräte

Hierbei handelt es sich um elektronische Geräte, die über Meßfühler bestimmte Witterungsdaten wie Niederschlagsvolumen, Temperatur oder rel. Luftfeuchte, aber auch Bestandsmerkmale wie Blattnässe erfassen. Durch eine entsprechende Programmierung können aufgrund der ermittelten Werte Vorhersagen in bezug auf das Auftreten bestimmter Krankheiten getroffen und die erforderlichen Bekämpfungsmaßnahmen rechtzeitig durchgeführt werden. Zur Zeit keine anerkannten Geräte.

6.2.16   Reinigungseinrichtungen

Sie haben die Aufgabe, Reste aus leeren Pflanzenschutzmittel-Behältnissen vollständig zu entfernen. Nur unter dieser Voraussetzung ist eine ordnungsgemäße Entsorgung von Kanistern, Tüten, Flaschen usw. möglich. Die Spülflüssigkeit wird der Behandlungsflüssigkeit beigefügt und mit ihr ausgebracht. Zur Zeit keine anerkannten Geräte.

6.2.17   Maschinen- und Geräteteile

6.2.17.1   Ein- und Anbaupumpen, Motor- oder Zapfwellenantrieb

Bauart	Prüfungs-Anmelder	Typenbezeichnung	Volumenstrom bei Nennüberdruck	
			(l/min)	(bar)
Kolbenpumpen				
Drei-	*Holder*	Z 73	73	60

Bauart	Prüfungs-Anmelder	Typenbezeichnung	Volumenstrom bei Nennüberdruck	
			(l/min)	(bar)
Zwei-	*Holder*	K 115	113	20
		Z 52	51	40
Membranpumpen				
Sechskammer-	*Bertolini*	256 SD und Poli-pump 256/260	242	15
	Greenland	256 SD und Poli-pump 256/260	242	15
	Pape (Hardi)	Modell 361	159	12
	Schmotzer	AR 180 bp CC	181	15
		AR 230 bp CC	210	15
		AR 260 bp AP/CC	246	15
Vierkammer-	*Bertolini*	Polipump 210	190	15
	Greenland	Polipump 210	190	15
	Schmotzer	AR 150 bp CC	135	15
Dreikammer-	*Bertolini*	105 SD und Poli-pump 105	101	15
		Polipump 160	145	15
	Greenland	105 SD und Poli-pump 105	101	15
		Polipump 160	145	15
	Pape (Hardi)	Modell 1302	100	12
	Schmotzer	AR 100 bp C	94	15
		AR 120 bp C	103	15
Zweikammer-	*Pape (Hardi)*	Modell 600	30	12
		Modell 1202	79	12
	Rau	P 1020	90	20
	Schmotzer	AR 60 bp C	51	15

6.2.17.2   Düsen

Die Qualität der Düsen spielt für die Ausbringgenauigkeit eine entscheidende Rolle. Es sollten deshalb nur Düsentypen zum Einsatz kommen, die von der BBA geprüft und **anerkannt** sind. Den aktuellen Stand hierzu zeigt die nachfolgende Aufstellung.

Für den Feldbau spielen Schlitzdüsen (Flachstrahldüsen) die Hauptrolle. Außerdem kommen noch Pralldüsen zum Einsatz.

Als wichtigste Düsentypen für den Feldbau sind zu nennen:

Mehrbereichs-Schlitzdüsen
Diese gelten im Prinzip als Niedrigdruckdüsen (LP-Düsen) und sind in einem Überdruckbereich von beispielsweise 1,0 bis 5,0 bar einsetzbar.

Prüfungs-Anmelder	Bezeichnung	Material	Zubehör	Überdruck-bereich (bar)
Schlitzdüsen, für Feldbau **Bandspritzung**				
Lechler	ES 90-02	Kunststoff		1,5 ... 3,0
	ES 90-02	Messing		1,5 ... 3,0
	ES 90-03	Messing		1,5 ... 3,0
	ES 90-04	Kunststoff		1,5 ... 3,0
Teejet	Teejet 80 015 E	Messing	KVF[1]4193 A-PP-100 M	1,5 ... 4,0
Technical	Teejet 80 02 E	Messing	KVF 4193-A-PP-50 M	1,5 ... 4,0
	UB 85 015	Messing		1,5 ... 4,0
Spritzung im Verband				
Abstand von Düse zur Zielfläche 0,6 bis 0,9 m				
Agrotop	TD 025-API 110	Keramik[3]		4,0 ...10,0
Lechler	LU 90-04 S	Edelstahl[3]	Filter 065.256.56.00	1,5 ... 5,0
	LU 90-05 S	Edelstahl	Filter 065.256.56.00	1,0 ... 5,0
Teejet	DG 80 04 VS	Edelstahl[3]	Filter 8079-PP-50 M	1,5 ... 6,0
Technical	XR 80 04 VK	Keramik[3]	Filter 8079-PP-50 M	1,0 ... 4,0
	XR 80 05 VK	Keramik[3]	Filter 8079-PP-50 M	1,0 ... 4,0
Abstand von Düse zur Zielfläche 0,4 bis 0,6 m				
Agrotop	SD 03-110	Kunststoff		1,0 ...10,0
	SD 04-110	Kunststoff		1,5 ... 6,0
Lechler	AD 120 03 POM	Kunststoff		2,0 ... 5,0
	AD 120 04 C	Keramik[3]		2,0 ... 5,0
	AD 120 04 POM	Kunststoff		2,0 ... 5,0
	ID-02 Keramik	Keramik[3]		3,5 ... 8,0
	ID-03 Keramik	Keramik[3]		3,0 ... 8,0
	ID-03 POM	Kunststoff	Filter 065.256.56.00	3,0 ... 8,0
	ID-04 Keramik	Keramik[3]		3,0 ... 8,0
	ID-04 POM	Kunststoff	Filter 065.256.56	3,0 ... 8,0
	LU 120-03 POM	Kunststoff	Filter 065.257.56.00	1,5 ... 5,0
	LU 120 03 S	Edelstahl	Filter 065.256.56.00	1,0 ... 5,0
	LU 120 04 C	Keramik[3]	065.257.56.00	1,5 ... 5,0
	LU 120 05 POM	Kunststoff	065.266	1,5 ... 5,0
	LU 120 05 S	Edelstahl	065.266	1,5 ... 5,0
	LU 120 06	Edelstahl	Filter 065.256	1,0 ... 5,0
	LU 120 06 POM	Kunststoff	Filter 065.256	1,0 ... 5,0
Pape	Hardi 4110-20	Kunststoff	MV	1,5 ... 5,0
	Hardi 4110-24	Kunststoff	MV	1,5 ... 5,0
Teejet	DG 110 02 VP	Kunststoff	Filter 8079-PP-50 M	1,5 ... 6,0
Technical	DG 110 02 VS	Edelstahl[3]	Filter 8079-PP-50 M	1,5 ... 6,0

Prüfungs-Anmelder	Bezeichnung	Material	Zubehör	Überdruck-bereich (bar)
	DG 110 03 VP	Kunststoff	Filter 8079-PP-50 M	1,5 ... 6,0
	DG 110 03 VS	Edelstahl[3]	Filter 8079-PP-50 M	1,5 ... 6,0
	DG 110 04 VP	Kunststoff	Filter 8079-PP-50 M	1,5 ... 6,0
	DG 110 04 VS	Edelstahl[3]	Filter 8079-PP-50 M	1,5 ... 6,0
	DG 110 05 VP	Kunststoff	Filter 8079-PP-50 M	1,5 ... 6,0
	DG 110 05 VS	Edelstahl[3]	Filter 8079-PP-50 M	1,5 ... 6,0
	Teejet 110 06 LPSS	Edelstahl	MV, Filter 8079-PP-50 M	1,5 ... 3,0
	XR 110 02 VS	Edelstahl[3]	MV	1,5 ... 4,0
	XR 110 03 VK	Keramik[3]	Filter 8079-PP-50 M	1,0 ... 4,0
	XR 110 03 VP	Kunststoff	Filter 8079-PP-50 M	1,5 ... 4,0
	XR 110 03 VS	Edelstahl[3]	Filter 8079-PP-50 M	1,0 ... 4,0
	XR 110 04 VK	Keramik[3]	Filter 8079-PP-50 M	1,0 ... 4,0
	XR 110 04 VP	Kunststoff	Filter 8079-PP-50 M	1,0 ... 4,0
	XR 110 04 VS	Edelstahl[3]	MV, Filter 8079-PP-50 M	1,0 ... 4,0
	XR 110 05 VK	Keramik[3]	Filter 8079-PP-50 M	1,0 ... 4,0
	XR 110 05 VP	Kunststoff	Filter 8079-PP-50 M	1,0 ... 4,0
	XR 110 05 VS	Edelstahl[3]	MV	1,0 ... 4,0
	XR 110 06 VK	Keramik[3]	Filter 8079-PP-50 M	1,0 ... 4,0
	XR 110 06 VP	Kunststoff	Filter 8079-PP-50 M	1,0 ... 4,0
	XR 110 06 VS	Edelstahl[3]	MV	1,0 ... 4,0

Doppelschlitz-Düsen, Abstand von Düse zur Zielfläche 0,4 bis 0,6 m, für Feldbau

Teejet Technical	TJ 60 110 06 VS	Edelstahl	MV	2,0 ... 5,0

Pralldüsen, Abstand von Düse zur Zielfläche 0,4 bis 0,9 m, für Feldbau

Teejet	TT 110 02 VP	Kunststoff	Filter 19845-50-PP	1,0 ... 6,0
Technical	TT 110 03 VP	Kunststoff	Filter 19845-50-PP	1,0 ... 6,0
	TT 110 04 VP	Kunststoff	Filter 19845-50-PP	1,0 ... 6,0

Pralldüsen, Abstand von Düse zur Zielfläche 0,6 bis 0,9 m, für Feldbau

Teejet Technical	TT 110 05 VP	Kunststoff	Filter 19845-50-PP	1,0 ... 6,0

Zweistoff-Pralldüsen, für Feldbau

Sieger-HD	Airtec 35 1001	Messing		1,5 ... 4,0 Flüssigkeit, 0,75 ...2,0 Luft

Schlitzdüsen, für Obst- und Rebbau

Teejet	Teejet 80 015 VK	Keramik[3]	Filter 4514-10	2,0 ...20,0
Technical	Teejet 80 02 VK	Keramik[3]	Filter 4514-10	2,0 ...20,0

Prüfungs-Anmelder	Bezeichnung	Material	Zubehör	Überdruck-bereich (bar)
Rundlochdüsen (Spritzstrahl Hohlkegel), für Obst- und Rebbau				
Agrotop	TDI-ATR-V			3,0 ...20,0
	Albuz ATR lila	Keramik[3]		5,0 ...15,0
	Albuz ATR braun	Keramik[3]		5,0 ...15,0
	Albuz ATR gelb	Keramik[3]		5,0 ...15,0
	Albuz ATR orange	Keramik[3]		5,0 ...15,0
	Albuz ATR rot	Keramik[3]		5,0 ...15,0
Lechler	TR 80-015 C		Hutfilter 50 M	3,0 ...15,0
	TR 80-02 C		Hutfilter 50 M	3,0 ...15,0
	TR 80-03 C		Hutfilter 50 M	3,0 ...15,0
Teejet	TXA/TXB 80 0067 VK	Keramik[3]	Filter 4514-10	2,0 ...20,0
Technical	TXA/TXB 80 01 VK	Keramik[3]	Filter 4514-10	2,0 ...20,0
	TXA/TXB 80 015 VK	Keramik[3]	Filter 4514-10	2,0 ...20,0
	TXA/TXB 80 02 VK	Keramik[3]	Filter 4514-10	2,0 ...20,0
Rundlochdüsen (Spritzstrahl Hohlkegel), für Obstbau				
Agrotop	Albuz ATR grün	Keramik[3]		5,0 ...15,0
	Albuz ATR blau	Keramik[3]		5,0 ...15,0
Teejet	TXA/TXB 80 03 VK	Keramik[3]	Filter 4514-10	2,0 ...20,0
Technical	TXX/TXB 80 04 VK	Keramik[3]	Filter 4514-10	2,0 ...20,0

[1]	Kugelventilfilter	[3]	kunststoffummantelt
[2]	Kunststoffart	[4]	Membranventil

Abtrift-Schutzdüsen

Durch besondere konstruktive Merkmale wie Dosierblende, Düsenkammer und Austritts-schlitz werden im Vergleich zu Mehrbereichs-Schlitzdüsen größere Tropfen erzeugt. Dadurch sinkt das Abtriftrisiko.

Luftansaugdüsen

Ein Injektor im Inneren der Düse erlaubt über Öffnungen am Düsenkörper das Ansaugen von Luft. Bei der Zerstäubung entsteht ein geringerer Anteil zu kleiner abtriftgefährdeter Tropfen. Die Abtrift-Schutzwirkung ist deshalb noch ausgeprägter als bei herkömmlichen Abtrift-Schutzdüsen. Der Mindest-Überdruck liegt hier jedoch bei etwa 3,0 bar.

Pralldüsen

Im Gegensatz zu Schlitzdüsen tritt bei diesem Düsentyp die Spritzflüssigkeit über einen run-den Kanal waagerecht aus der Düse aus und wird dabei auf einen Prallkörper geführt, der den Strahl in Tropfen zerteilt und nach unten ablenkt.

Doppelschlitzdüsen

Diese erzeugen je Einzeldüse zwei Spritzstrahle, von denen einer in Fahrtrichtung schräg nach vorn, der andere schräg nach hinten angestellt ist. Dadurch sollen unter bestimmten Bedingungen die Zielobjekte besser benetzt werden.

Bandspritzdüsen

Das besondere Merkmal dieser Düsen ist die ebene (Kennzeichen "E") Verteilung der Spritzflüssigkeit über die Arbeitsbreite der Einzeldüse. Ihr Einsatz erfolgt beispielsweise bei der Reihenspritzung von Rüben und Mais.

6.2.17.3   Schläuche für den Pflanzenschutz

Prüfungs-Anmelder	Bezeichnung	Wandstärke (mm)	Nennüberdruck / Berstüberdruck (bar)
Rehau	Rautoxam	13 x 4,5	80 / 270
Werkstofftechnik	Vinnylan	13 x 4,25	80 / 240
Nobel	Super Tress Nobel N 10	10 x 4,5	80 / 360
Rehau	Rautoxam	10 x 4,0	80 / 290
	Rautoxam		80 / 225
Petzetakis	Helivyl-H	10 x 3,6	80 / 210
Werkstofftechnik	Vinnylan	10 x 3,5	80 / 235
Rehau	Rautoxam	7 x 3,5	80 / 240
Werkstofftechnik	Vinnylan / VINTEX	7 x 3,0	80 / 230

6.2.17.4   Spritzgestänge

Bei den Gestängeauslegern sollten sich die unerwünschten Bewegungen, sowohl in senkrechter als auch die in waagerechter Richtung, auf ein Mindestmaß beschränken. Diesem Ziel dienen bestimmte Schwingungsausgleichs- und Dämpfungssysteme. Bei Arbeitsbreiten über 10 m müssen spezielle Einrichtungen eine parallele Lage zur Behandlungsfläche sicherstellen.

Holder: F 821 HM, 21 m, für Feldspritzmaschinen.

Jacoby: 15 m SH, 16 m SH, 18 m SH, 20 m SH, 21 m SH und 24 m SH, Ausleger aus Aluminiumrohren, für Feldspritzmaschinen.

Rau: 14 HK 18, 18 m Arbeitsbreite. - Air Plus 14 LH 12,5, 14 LH 15, 14 LH 18, 14 LH 20, 14 LH 21 und 14 LH 24, 12,5, 15, 18 m, 20 m, 21 m und 24 m Arbeitsbreite, für Feldspritzmaschinen.

6.2.17.5   Spritzflüssigkeits-Rückführungseinrichtung

Siehe dazu auch bei "Spritzmaschinen und Geräte - Anbau-Spritzmaschinen mit Rückführung der Spritzflüssigkeit".

John: TSG-U Spritztunnel-Anbauteil mit 5 Rundlochdüsen ALBUZ ATR LILA, für Spritz- und Sprühmaschinen im Rebbau zur Rückführung nicht angelagerter Behandlungsflüssigkeit.

Wanner: Kollektor-Recyclingeinrichtung, 2 beweglich aufgehängte Kollektoren für Spritz- und Sprühmaschinen im Rebbau zur Rückführung nicht angelagerter Behandlungsflüssigkeit.

6.2.17.6   Direkteinspeisung

Bei dieser Technik befinden sich fließfähige Pflanzenschutzmittel und die Trägerflüssigkeit in getrennten Behältern. Die erforderliche Pflanzenschutzmittel-Konzentration wird über eine spezielle Dosiereinrichtung im Leitungssystem erreicht. Dadurch entstehen keine Überreste an Spritzflüssigkeiten im Hauptbehälter.

Zur Zeit keine anerkannten Geräte.

6.2.17.7   Regelungs- und Überwachungseinrichtungen

Regelungseinrichtungen dienen dazu, einen bestimmten vorgewählten Flüssigkeitsaufwand (l/ha) automatisch **konstant** zu halten und somit fahrgeschwindigkeitsbedingte Dosierfehler weitestgehend zu vermeiden. Wichtig ist dabei, daß das System auch den an den Schlepperrädern auftretenden **Schlupf** berücksichtigt. Dazu muß allerdings die Fahrgeschwindigkeit entweder über ein frei laufendes Bodenrad oder berührungslos (z. B. Radar) gemessen werden.

Mit Hilfe von Überwachungseinrichtungen, den sogenannten Spritzmonitoren, lassen sich bestimmte Spritz- und Arbeitsdaten kontrollieren und bei Bedarf elektronisch speichern und abrufen. Die einzelnen Informationen können umfassen: Aufwandvolumen (l/ha), Düsenausstoß (l/min), Fahrgeschwindigkeit (km/h), behandelte Fläche (ha), ausgebrachtes Spritzflüssigkeitsvolumen (l) und anderes mehr. Werden am Monitor Dosierwerte (z. B. l/ha) angezeigt, die von der Solldosierung abweichen, muß der Anwender den Ausgleich über eine Änderung der Dosiereinstellung (Überdruck, Fahrgeschwindigkeit) herstellen.

Die Genauigkeit der Dosierung bei Regelungseinrichtungen sowie die Genauigkeit der Datenanzeige bei Überwachungseinrichtungen hängt entscheidend davon ab, wie exakt bestimmte Werte (z. B. Volumenstrom der Spritzflüssigkeit, Fahrstrecke) eingestellt werden. Wie die Erfahrungen zeigen, liefern nicht alle Systeme ausreichend genaue Ergebnisse. Eine **Überprüfung** der Meßgenauigkeit in bestimmten Zeitabständen ist unerläßlich.

ehb-electronics: Feldspritzenmonitor Multi-Controler MC 92, für die Messung des Volumenstromes und der Fahrgeschwindigkeit sowie Anzeige der Ausbringdaten bei Feldspritzmaschinen.

LH-Agro: Feldspritzmonitor LH-1200, zur Messung des Volumenstromes und der Fahrgeschwindigkeit sowie Anzeige des Flüssigkeitsaufwandes von Feldspritzmaschinen. - Regelungseinrichtungen LH 3000 und LH-5000, für die fahrgeschwindigkeitsabhängige Regelung des Düsenausstoßes bei Spritz- und Sprühmaschinen mit Überdrücken bis 30 bar.

Müller: Regelungseinrichtungen Spraycontrol S und UNI-Control S, zur fahrgeschwindigkeitsabhängigen Regelung des Düsenausstoßes bei Feldspritzmaschinen mit elektromagnetischer oder pneumatischer Teilbreitenschaltung mit und ohne Gleichdruckarmatur. - Feldspritzmonitor Spraymat und Spraymat S, für die Messung des Volumenstromes und der Fahrgeschwindigkeit sowie Anzeige der Ausbringdaten bei Feldspritzmaschinen. - Tank-Control, zur Anzeige des Behälterfüllstandes ab einem Behältervolumen von 200 l.

Oldenburg: Regeleinrichtung " DICKEY-John PCS Mehrkanalgerät", zur fahrgeschwindigkeitsabhängigen Regelung des Düsenausstoßes bei Feldspritzmaschinen mit elektromagnetischer oder elektromotorischer Teilbreitenschaltung mit und ohne Gleichdruckarmatur.

Teejet Technical: TeeJet 844 E Sprayer Control, zur fahrgeschwindigkeitsabhängigen Regelung des Düsenausstoßes bei Feldspritzmaschinen mit elektromagnetischer oder elektromotorischer Teilbreitenschaltung mit und ohne Gleichdruckarmatur.

6.3   Anwenderschutz

Anwender-Schutzausrüstungen werden von folgenden Firmen angeboten (Zusammenstellung ohne Gewähr auf Vollständigkeit):

Firma	Ort	Telefon-Nr.	Angebotsschwerpunkte			
			Atem-schutz	Augen-schutz	Gehör-schutz	Schutz-kleidung
3 M	Neuss	02131 / 14-2604	x		x	x
Auer	Berlin	030 / 6886-0	x	x	x	x
Bartels & Rieger	Köln	0221 / 59777-0	x	x		x
Dräger	Lübeck	0451 / 882-0	x			
Filgif	Bad Homburg	06172 / 26088	x			
Fondermann	Hilden	02103 / 209-0	x	x	x	x
Interspiro	Forst / Baden	07251 / 803-0	x			x
ISP	Lüneburg	04131 / 3008-0	x	x	x	x
Klein, Erwin	Stuttgart	0711 / 617075	x	x	x	x
Lasogard	Wadern-Lockweiler	06871 / 2021	x	x	x	
Moldex-Metric	Walddorf-häslach	07127 / 8101-02	x		x	
Optac	Rödermark	06074 / 912-0	x		x	
Racal	Dietzenbach	06074 / 42001	x			x
Teejet Technical	Hamburg	040 / 766001-0	x			x
Sundström	Hamburg	040 / 38611602	x			

6.4   Berechnungen

Ansetzen der Spritzflüssigkeit

Der Bedarf an Mittelvolumen oder -masse **m** (l oder kg) für ein bestimmtes Volumen anzusetzender Behandlungsflüssigkeit errechnet sich nach der Formel:

$$m = \frac{M \times V}{Q}$$

wobei bedeuten:
M = Mittelaufwand (kg oder l/ha);
V = Volumen anzusetzender Behandlungsflüssigkeit (l);
Q = Flüssigkeits- Aufwandvolumen (l/ha).

Beispiel: M = 4 kg/ha; V = 600 l; Q = 400 l/ha.

$$m = \frac{4 \times 600}{400} = 6 \ \textbf{kg} \quad \text{Mittelmasse zum Ansetzen.}$$

Dosierfaktoren
Zu den Dosierfaktoren gehören:
v = Fahr- bzw. Gehgeschwindigkeit (km/h);
$\dot{V}$ = Düsenausstoß am Gestänge (l/min);
b = Arbeitsbreite (m);
Q = Flüssigkeits-Aufwandvolumen (l/ha).
Die erforderliche Soll-Geschwindigkeit v_s errechnet sich wie folgt:

$$v_s = \frac{600 \times \dot{V}}{b \times Q}$$

Beispiel: $\dot{V}$ = 40 l/min; b = 10 m; Q = 400 l/ha.

$$v_s = \frac{600 \times 40}{10 \times 400} = 6 \ \textbf{km/h}$$

Durch Umstellung obiger Formel können errechnet werden:

$$b = \frac{600 \times \dot{V}}{v_s \times Q}; \qquad Q = \frac{600 \times \dot{V}}{v_s \times b}; \qquad \dot{V} = \frac{v_s \times b \times Q}{600}$$

$\dot{V}$ ist durch Ausliterung zu ermitteln,
b ergibt sich aus Düsenanzahl am Spritzgestänge x Düsenabstand,
Q ist der Pflanzenschutzmittel-Gebrauchsanleitung zu entnehmen

Ist die Soll-Geschwindigkeit v_s ermittelt, muß die Ist-Geschwindigkeit v_i des Schleppers kontrolliert werden. Dazu wird eine Strecke **s** von 100 m Länge ausgemessen. Anfang und Ende sind zu markieren. Danach wird die Meßstrecke bei fliegendem Start mit konstanter Geschwindigkeit durchfahren, wobei die benötigte Zeit **t** durch Starten einer Stoppuhr auf Höhe der Schleppervorderräder mit der Anfangsmarkierung und durch Stoppen auf Höhe mit der Endmarkierung zu ermitteln ist. Die Ist-Geschwindigkeit v_i errechnet sich dann wie folgt:

$$v_i = \frac{s \times 3{,}6}{t} \qquad \text{Beispiel: s = 100 m; t = 60 s} \qquad v_i = \frac{100 \times 3{,}6}{60} = 6 \ \textbf{km/h}$$

6.5　　　Anmischen der Spritzflüssigkeit

Beim **Mischen** von Pflanzenschutzmitteln mit Wasser ist folgendes zu beachten:

Falls keine Anmisch- oder Einspüleinrichtung zur Verfügung steht, Spritzpulver **anteigen**. Dabei zuerst das Pulver in einen Behälter geben und Wasser hinzufügen. Bei dieser Tätigkeit ist das Tragen von **Atem- und Handschutz** wichtig.
Behälter für die Behandlungsflüssigkeit etwa zur Hälfte mit Wasser füllen und bei angestelltem Rührwerk angeteigtes oder flüssiges Präparat über das Einfüllsieb beimischen bzw. ein-

spülen. Gleichzeitig Behälter auffüllen. Lösliche Mittel ebenfalls möglichst über das Einfüllsieb einspülen.

Tabelle zum Ansetzen bestimmter Konzentrationen an Pflanzenschutzmitteln

Konzentration	g, ml oder cm³ auf			
(%)	1 Liter Wasser	3 Liter Wasser	5 Liter Wasser	10 Liter Wasser
0,02	0,2	0,6	1,0	2,0
0,025	0,25	0,75	1,25	2,5
0,035	0,35	1,05	1,75	3,5
0,04	0,4	1,2	2,0	4,0
0,05	0,5	1,5	2,5	5,0
0,06	0,6	1,8	3,0	6,0
0,075	0,75	2,25	3,75	7,5
0,1	1,0	3,0	5,0	10,0
0,15	1,5	4,5	7,5	15,0
0,2	2,0	6,0	10,0	20,0
0,25	2,5	7,5	12,5	25,0
0,3	3,0	9,0	15,0	30,0
0,33	3,3	9,9	16,5	33,0
0,4	4,0	12,0	20,0	40,0
0,5	5,0	15,0	25,0	50,0
0,75	7,5	22,5	37,5	75,0
1,0	10,0	30,0	50,0	100,0
1,5	15,0	45,0	75,0	150,0
2,0	20,0	60,0	100,0	200,0
3,0	30,0	90,0	150,0	300,0

6.6   Reinigung und Pflege von Pflanzenschutzmaschinen und -geräten

Ein wirkungsvoller und störungsfreier Einsatz von Pflanzenschutzmaschinen und -geräten hängt maßgeblich von einer sorgfältigen Wartung und Pflege ab. Besonders wichtig ist die regelmäßige **Reinigung der Maschinen und Geräte nach dem Gebrauch.** Dabei sind das gesamte Leitungssystem, die Pumpe und der Behälter mit sauberem Wasser gründlich durchzuspülen. Spritzflüssigkeitsreste dürfen nie längere Zeit im Behälter oder in den Leitungen bleiben, da manche von ihnen korrodierende Eigenschaften aufweisen oder bestimmte Mittel sich innen an- oder ablagern können. Besondere Sorgfalt verlangt das Reinigen von Pflanzenschutzmaschinen und -geräten nach dem Ausbringen von Mitteln, die die Nutzpflanzen bei nachfolgenden Einsätzen schädigen können (z. B. Wuchsstoffe in Rüben, Kartoffeln oder Reben). Flüssigkeitsführende Teile wie Spritzflüssigkeitsbehälter, Filter- und Leitungssysteme sowie Schläuche sind in diesem Fall besonders gründlich nach der Gebrauchsanleitung des betreffenden Mittelherstellers zu reinigen und zu spülen.

Im Interesse einer ordnungsgemäßen Entsorgung von leeren Pflanzenschutzmittel-Behältern und -Packungen ist unbedingt darauf zu achten, daß diese unmittelbar nach dem Entleeren gründlich **gespült** werden. Das geschieht am besten mit Hilfe spezieller Spüleinrichtungen. Das Reinigen und Spülen von Feldspritzmaschinen sollte noch auf der **Einsatzfläche** mit mitgeführtem klarem Wasser erfolgen. Spritzflüssigkeits-Überreste etwa **1 zu 10** mit Wasser **verdünnen** und entweder auf einem übriggelassenen, unbehandelten Abschnitt oder mit er-höhter Fahrgeschwindigkeit auf einer schon behandelten Fläche ausbringen. Die Außenreinigung von Pflanzenschutzmaschinen und -geräten sollte auf speziellen Waschplätzen mit Auffang- und Entsorgungsmöglichkeit für die Waschflüssigkeit erfolgen. Dadurch wird vermieden, daß Waschwasser abfließen und in Gewässer gelangen kann. Stehen Waschplätze nicht zur Verfügung, ist es sinnvoll, die Reinigung mit mitgeführtem Wasser unter Zuhilfenahme von speziellen Waschausrüstungen (z. B. Waschbürste) noch auf der Einsatzfläche vorzunehmen. Entsprechendes Waschzubehör wird von den Pflanzen-schutzmaschinen-Herstellern angeboten. Bei der **Einwinterung der Maschinen und Geräte** ist neben der gründlichen Reinigung dar-auf zu achten, daß Flüssigkeitsreste vollständig aus flüssigkeitsführenden Teilen (Pumpen, Leitungen usw.) entfernt werden. Korrosionsempfindliche Teile konservieren. Gegen Rost hilft Rapsöl oder Sprühwachs. Vor **Beginn der Pflanzenschutzarbeiten im Frühjahr** Ölstand bei Pumpen kontrollieren, außerdem Membranen bei Membranpumpen auf Schäden überprüfen, Lager und Ketten fet-ten, Antriebskeilriemen sowie Manschetten bei Kolbenpumpen bei Bedarf spannen. Außer-dem Tropfstoppeinrichtung auf Funktionstüchtigkeit und Genauigkeit in der Dosierung und Verteilung kontrollieren. Für Feldspritzmaschinen besteht seit **1. Juli 1993 Kontrollpflicht**. Von diesem Zeitpunkt an ist eine Vorstellung in einem anerkannten Kontrollbetrieb alle vier Kalenderhalbjahre zwin-gend erforderlich.

6.7   Anbieter von amtl. anerk. Pflanzenschutzmaschinen und -geräten

Die nachfolgende Aufstellung bezieht sich auf die in diesem Abschnitt aufgeführten Herstel-ler- und Lieferfirmen für pflanzenschutztechnische Ausrüstungen.

Agrotop GmbH	Postfach 1147	93081 Obertraubling-Gebelkofen
IDROMECCANICA _Bertolini_ S. p. A.	Via F. LLi Cervi, 35/1	I-42100 Reggio Emilia
Dammann GmbH	Dorfstr. 17	21614 Buxtehude-Hedendorf
Detia Freyberg, _Degesch_ GmbH	Postfach 1162	69510 Laudenbach / Bergstraße
ehb-electronics GmbH	Dreihornstr. 18	30659 Hannover
Fox Motori SRL	Via Romana 7	I-42028 Poviglio (RE)
Geizhals Wagner GmbH	Postfach 3765	78026 VS-Schwenningen
Gloria-Werke GmbH & Co. KG	Postfach 1160	59321 Wadersloh
Goldsaat, Fritz Döring GmbH	Postfach 1164	54592 Prüm / Eifel

Greenland N. V.	Hoofdweg 1278	NL-2153 LR Nieuw Vennep
Herbst, Ernst	Unterachtel 14 - 16	92275 Hirschbach
Hobein, Wilhelm	Alte Heerstr. 26	31863 Coppenbrügge
Holder Maschinenfabrik GmbH & Co.	Postfach 1555	72545 Metzingen
Igeba Gerätebau GmbH	Postfach 6	87478 Weitnau-Seltmans
Inuma Fahrz. & Maschinenbau	Hauptstr. 2 a	99958 Aschara
Jacoby Maschinenfabrik GmbH & Co. KG	Postfach 51	54523 Hetzerath / Mosel
John , Lipp & Panter	Sasbachrieder Str. 2	77880 Sasbach
Lechler GmbH & Co. KG	Postfach 1323	72544 Metzingen
LH-Agro GmbH	Carl-Benz-Weg 3	22941 Bargteheide
Motan Swingtec GmbH	Postfach 1322	88307 Isny
Müller Elektronik GmbH & Co.	Franz-Kleine-Str. 18	33154 Salzkotten
Niklas GmbH	Dohrweg 55	41066 Mönchengladbach
Nobel Plastiques	Sontraer Str. 18	60386 Frankfurt
Oldenburg Landmaschinen u. Zubehör	An der Bamburg 2	23948 Klütz
Pape-Maschinen GmbH	Postfach 100144	30891 Wedemark-Mellendorf
Pessl Spezialmaschinen	Werksweg 107	A-8160 Weiz
Petzetakis GmbH	Halskestr. 22 - 24	40878 Ratingen
Pulsfog Dr. *Stahl* & Sohn GmbH & Co. KG	Postfach 1627	88662 Überlingen
Rau Maschinenfabrik GmbH	Postfach 1231	73232 Weilheim
Rehau-Plastiks AG & Co.	Rheniumhaus	95111 Rehau
RHG, Raiffeisen- Haupt-Genossenschaft Nord	Postfach 140	30001 Hannover
Rhône-Poulenc Agro GmbH	Emil-Hoffmann-Str. 1 a	50996 Köln
Schachtner, Fahrzeug- und Gerätetechnik	Voithstr. 8/1	71640 Ludwigsburg-Oßweil
Schenk, R.	Michael-Kern-Str. 22	74670 Forchtenberg
Schmotzer Agrartechnik GmbH	Postfach 240	91425 Bad Windsheim
Sieger-HD GmbH	Clüversborstel Nr. 43	27367 Reeßum
Stihl Maschinenfabrik	Postfach 1771	71332 Waiblingen
SUET, Saat- u. Erntetechnik	Postfach 1780	37257 Eschwege
Teejet Technical Center Europe	Buchtenstraat 2	B-9051 Gent
Theysohn Kunststoff GmbH	Postfach 100780	38207 Salzgitter
P.Z. *Vicon*, Greenland Vertrieb	Postfach 1102	78240 Gottmadingen
Voss, H.-J., Landmaschinen	Kleiner Ring 17 - 19	25492 Heist
Wanner GmbH	Simoniusstr. 20	88239 Wangen

Werkstofftechnik

Dr.-Ing. H. Teichmann Nachf.	Postfach 809	82538 Geretsried
Zuwa-Zumpe GmbH	Postfach 1152	83405 Laufen / Salzach

7   Information und Beratung, Dienststellen und Organisationen

7.1   Information und Beratung

Wo erhält man Auskunft?

Auskunft über Fragen der Bekämpfung von Schädlingen und Krankheiten an Kulturpflanzen sowie über Vorratsschutz und zur Unkrautbekämpfung erteilen die **Institutionen des Pflanzenschutzdienstes der deutschen Bundesländer, vor allem die Pflanzenschutzämter einschließlich ihrer Bezirks- und Außenstellen,** aber **auch Garten- und Weinbauanstalten, Forstschutz-Institute sowie Institute für Holzschutz.** Adressen siehe unten.

Wenn Sie eine schriftliche Anfrage an die entsprechende Institution richten, sollten Sie das Problem eingehend darstellen, damit Ihnen eine präzise Auskunft ohne weitere Rückfragen gegeben werden kann. Ist eine schnelle Problemlösung notwendig, sollten Sie den Sachverhalt telefonisch mit dem zuständigen Pflanzenschutzberater besprechen. In der Regel erhalten Sie so unbürokratisch und schnell eine gezielte Beratung.

Zeigt es sich, daß Probenmaterial näher untersucht werden muß, geschieht dies am schnellsten dadurch, daß Sie das Untersuchungsmaterial nach telefonischer Vereinbarung direkt zur Pflanzenschutzdienststelle bringen. Das Untersuchungsergebnis erhalten Sie bei einfachen, makroskopischen Untersuchungen häufig unmittelbar oder kann bei schwierigeren Fällen nach wenigen Tagen telefonisch abgefragt werden. Ist ein Probenversand notwendig, sollten die Hinweise im folgenden Abschnitt beachtet werden. Manchmal läßt sich der Sachverhalt jedoch nur durch eine zeitaufwendige, örtliche Besichtigung hinreichend genau ermitteln.

Wie werden Proben verpackt?

Erkrankte Pflanzen sind in frischem Zustand und möglichst vollständig, wenn erforderlich mit stets getrennt verpackter Bodenprobe einzusenden. Meist empfiehlt es sich, mehrere Pflanzen einzuschicken. Grüne Pflanzenteile kann man in feuchtes Papier einpacken, der Wurzelballen wird dabei in Folienbeutel verschnürt. Leicht durchlöcherte Kunststofftüten lassen sich zum Verpacken von frischen Pflanzen und Pflanzenteilen ebenfalls gut verwenden.

Tierische Schädlinge verschickt man entweder lebend in gut schließenden, mit Luftlöchern versehenen Blechschachteln, Tablettenröhrchen oder Klarsichtpackungen unter Beifügung von Nahrung oder abgetötet in einem Fläschchen. Die Verpackung muß so stabil sein, daß unbeschädigte Ankunft gewährleistet ist.

Je ausführlicher das Begleitschreiben zu einer Probe Standortverhältnisse, Vorfrucht, Düngung und andere für die Beurteilung wesentliche Nebenumstände schildert, desto leichter ist das Erkennen der Schadursache.

Pflanzenschutz- Warn- und Informationsdienst

Der Pflanzenschutz- Warn- und Informationsdienst dient der Sicherung des Erfolges und der Rentabilität von Pflanzenschutzmaßnahmen. Die Hinweise dieses Dienstes sollen gezielte Pflanzenschutzmaßnahmen im Sinne des Integrierten Pflanzenschutzes ermöglichen, durch termingerechte Anwendungen den Bekämpfungserfolg sichern und dadurch chemische Bekämpfungsmaßnahmen auf das notwendige Maß reduzieren. Gleichzeitig sollen überflüssige Aktionen beispielsweise durch Angabe der Schadensschwellen vermieden werden.

Zur Information der Praxis gibt der Pflanzenschutzdienst daher Warnmeldungen und Informationen heraus, die über Rundfunk (Landfunk), Presse, Landwirtschafts- und Gartenbauschulen, Wirtschaftsberatungsstellen, Versuchsringe, Lohnunternehmen, Spritzgemeinschaften, landwirtschaftliche und gartenbauliche Vereine, Genossenschaften, Landhändler und andere Fachinstitutionen verbreitet werden. Besonders interessierte Betriebe erhalten diese Pflanzenschutzhinweise auf Wunsch im Abonnement auch direkt per Briefpost oder Telefax zugesandt. Die Warnmeldungen und Informationsschriften machen auf drohende Schädlinge oder Pflanzenkrankheiten aufmerksam und fordern auf, die Abwehrmaßnahmen rechtzeitig einzuleiten. Je nach Bedarf erfolgt die Warnung regional oder für größere Anbaugebiete. Darüber hinaus werden vom amtlichen Pflanzenschutzdienst in einigen Regionen innerhalb der Landfunksendungen oder per Telefon (automatische Anrufbeantworter oder Fernsprechansagedienst = FAD) während der Vegetationsperiode täglich pflanzenschutzliche Hinweise bekanntgegeben.

Einige Pflanzenschutzdienststellen sind mit einem ausgewählten Programm in den Medien Btx oder Internet vertreten. Näheres bei den Pflanzenschutzdienststellen erfragen.

Informationen über Fachliteratur

Die Dokumentationsstelle für Phytomedizin der Biologischen Bundesanstalt für Land- und Forstwirtschaft in Berlin-Dahlem (Königin-Luise-Str. 19, 14195 Berlin, Tel.: 0 30/83 04-21 00, Telefax: 0 30/83 04-21 03) erstellt seit 1965 die Datenbank PHYTOMED.

Sie wurde Ende 1995 mit insgesamt 452 000 bibliographischen Nachweise der internationalen Fachliteratur über Pflanzenkrankheiten und Pflanzenschutz, Phytomedizin, Phytopathologie, Herbologie, Toxikologie u.a. abgeschlossen. Die Datenbank ist die computergespeicherte Version der "Bibliographie der Pflanzenschutzliteratur".

In der Datenbank PHYTOMED kann Literatur nach Schlagworten, nach Sachbegriffen, die im Titel enthalten sind, sowie nach weiteren Merkmalen wie Autoren, Jahreszahlen, geographischen Begriffen und anderen Aspekten, auch in Kombination, gesucht werden.

Die Datenbank "PHYTOMED" der Biologischen Bundesanstalt ist jetzt frei zugänglich im Internet unter **http://www.bba.de**.

Die Daten ab 1996 aus dem deutschen Sprachraum sowie aus Büchern und von Kongressen aus aller Welt sind als "PHYTOMED select" ebenfalls im Internet abrufbar.

7.2   Pflanzenschutzdienst in der Bundesrepublik Deutschland

Verlag und Autor bitten dringend, Änderungen von Institutsbezeichnungen, Adressen, Telefon- und Telefaxnummern dem Autor mitzuteilen, um überholte Angaben zu vermeiden.

Dienststellen für Pflanzen-, Vorrats- und Holzschutz, Organisationen

Baden-Württemberg:
Landesanstalt für Pflanzenschutz, Reinsburgstr. 107, 70197 Stuttgart, Tel.: (07 11) 66 42-4 01, Fax: (07 11) 66 42-4 99

Regierungspräsidium Stuttgart - **Pflanzenschutzdienst** - Ruppmannstr. 21, 70565 Stuttgart, Postfach 80 07 09, 70507 Stuttgart, Tel.: (07 11) 9 04-0 , Fax: (07 11) 9 04-29 38

Regierungspräsidium Karlsruhe - **Pflanzenschutzdienst** - Amalienstr. 25, 76133 Karlsruhe, Postfach 53 43, 76035 Karlsruhe, Tel.: (07 21) 9 26-0, Fax: (07 21) 9 26-53 37

Übergebietliche Pflanzenschutzberatung, Trajan-Str. 66, 68526 Ladenburg, Tel.: (0 62 03) 50 06-7

Regierungspräsidium Freiburg - **Pflanzenschutzdienst** - Erbprinzenstr. 2, 79098 Freiburg, Tel.: (07 61) 2 08-0, Fax: (07 61) 2 08-18 26

Übergebietliche Pflanzenschutzberatung, Winterspürer Str. 25, 78333 Stockach, Tel.: (0 77 71) 9 22-0

Übergebietliche Pflanzenschutzberatung, Okenstraße 22, 77652 Offenburg, Tel.: (07 81) 24 07-1

Regierungspräsidium Tübingen - **Pflanzenschutzdienst** - Konrad-Adenauer-Straße 20, 72072 Tübingen, Tel.: (07 07 1) 7 57-0, Fax: (07 07 1)7 57-31 90

Übergebietliche Pflanzenschutzberatung, Amt für Landwirtschaft, Rauensteinstr. 64, 88662 Überlingen, Tel.: (0 75 51) 9 3 10

Pflanzenbeschaustellen:

Amt für Landwirtschaft, Landschafts- und Bodenkultur - Pflanzenbeschau - Haagenerstraße 49, 79539 Lörrach, Tel.: (0 76 21) 40 97 63, Fax: (0 76 21) 40 97 69

Pflanzenbeschaustelle Güterbahnhof, 78224 Singen, Tel.: (0 77 31) 6 51 33

Bayern:

Bayer. Landesanstalt für Bodenkultur und Pflanzenbau - Abteilung Pflanzenschutz -, Postfach 38 02 69, 80615 München, Menzinger Straße 54, 80638 München, Tel.: (0 89) 1 78 00-0, Fax: (0 89) 1 78 00-31 3

Regierung:

Abteilung Landwirtschaft, Sachgebiet 720 - Markterzeugung und Beratung

- von Oberbayern Maximilianstr. 39, 80538 München, Tel.: (0 89) 21 76 36 33
- von Niederbayern Regierungsplatz 540, 84028 Landshut, Tel.: (08 71) 8 08 17 20
- der Oberpfalz Emmeramsplatz 8, 93047 Regensburg, Tel.: (09 41) 5 68 07 24
- von Oberfranken Ludwigstr. 20, 95444 Bayreuth, Tel.: (09 21) 6 04 12 95
- von Mittelfranken Promenade 27 (Schloß), 91522 Ansbach, Tel.: (09 81) 5 33 14
- von Unterfranken Peterplatz 9, 97070 Würzburg, Tel.: (09 31) 3 80 15 33
- von Schwaben Fronhof 10, 86152 Augsburg, Tel.: (08 21) 3 27 22 11

Ämter für Landwirtschaft und Ernährung

- Ansbach Tel.: (09 81) 8 90 80
- Augsburg Tel.: (08 21) 43 00 20
- Bayreuth Tel.: (09 21) 59 10
- Deggendorf Tel.: (09 91) 20 80
- Ingolstadt Tel.: (08 41) 31 09 81
- Regensburg Tel.: (09 41) 2 08 30
- Rosenheim Tel.: (0 80 31) 3 00 40
- Würzburg Tel.: (09 31) 80 40 70

Berlin:

Pflanzenschutzamt Berlin: Mohriner Allee 137, 12347 Berlin, Tel.: (0 30) 70 00 06-0, Fax: (0 30) 70 00 06-55

Pflanzenschutzamt Berlin - Amtliche Pflanzenbeschau - (Außenstelle), Beusselstraße 44 n-q, 10553 Berlin, Tel.: (0 30) 3 95 30 11, Fax: (0 30) 3 96 62 46

Brandenburg:

Landesamt für Ernährung, Landwirtschaft und Flurneuordnung- Dezernat 32 - Pflanzenschutzdienst: Postfach 3 79, 15203 Frankfurt, Ringstraße 1010, 15236 Frankfurt, Tel.: (03 35) 5 46-0, Fax: (03 35) 5 46 23 72

Amtliche Pflanzenbeschau, Buschmühlenweg 70, 15230 Frankfurt/Oder, Tel.: (03 55) 32 40 07, Fax: (03 55) 32 40 07

Bremen:

Der Senator für Frauen, Gesundheit, Jugend, Soziales und Umweltschutz - Bereich Umweltschutz und Frauen - Pflanzenschutzdienst: Große Weidestr. 4-16, 28195 Bremen, Tel.: (04 21) 36 1-25 75, Fax: (04 21) 36 1-22 01

Hamburg:

Institut für Angewandte Botanik der Universität Hamburg- Abteilung Pflanzenschutz: (Pflanzenschutzamt Hamburg), Postfach 30 27 62, 20309 Hamburg, Marseiller Str. 7, 20355 Hamburg, Tel.: (0 40) 41 23-23 59, Fax: (0 40) 41 23-65 93

Institut für Angewandte Botanik der Universität Hamburg - Abteilung Amtliche Pflanzenbeschau, Postfach 30 27 62, 20309 Hamburg, Versmannstraße 4, 20457 Hamburg, Tel.: (0 40) 32 85-21 87, Fax: (0 40) 32 85-21 84

Hessen:

Hessisches Landesamt für Regionalentwicklung und Landwirtschaft - Pflanzenschutzdienst - (Dez. 25): Postfach 21 69, 35531 Wetzlar, Frankfurter Str. 69, Gebäude B 5, 35578 Wetzlar, Tel.: (0 64 41) 92 89 - 0, Fax: (0 64 41) 92 89 - 4 94

Außenstelle: Am Versuchsfeld 17, 34128 Kassel, Tel.: (05 61) 98 88-4 52, Fax: (05 61) 98 88-4 58

Mecklenburg-Vorpommern:

Landespflanzenschutzamt Mecklenburg-Vorpommern: Sitz Rostock, Graf-Lippe-Straße 1, 18059 Rostock, Tel.: (03 81) 4 92 26 64, Fax: (03 81) 4 92 26 65

Landespflanzenschutzamt Mecklenburg-Vorpommern, Abt. 3: Außenstelle Greifswald, Grimmer Straße 16, 17489 Greifswald, Tel.: (0 38 34) 5 76 80, Fax: (0 38 34) 50 09 84
Landespflanzenschutzamt Mecklenburg-Vorpommern, Abt. 4: Außenstelle Neubrandenburg, Seestraße 13, 17033 Neubrandenburg, Tel.: (03 95) 5 82 24 34, Fax: (03 95) 58 2 24 35
Landespflanzenschutzamt Mecklenburg-Vorpommern, Abt. 5: Außenstelle Schwerin, Wickendorfer Straße 4, 19055 Schwerin, Tel.: (03 85) 55 75 71, Fax: (03 85) 56 55 00

Niedersachsen:

Landwirtschaftskammer Hannover, Pflanzenschutzamt, Postfach 91 08 10, 30428 Hannover, Wunstorfer Landstraße 9, 30453 Hannover, Tel.: (05 11) 40 05-0, Fax: (05 11) 40 05-1 20

Bezirksstelle Bremervörde der Landwirtschaftskammer Hannover, Fachbereich Pflanzenbau und Pflanzenschutz, Albrecht-Thaer-Str. 6A, 27432 Bremervörde, Tel.: (0 47 61) 99 42-30, Fax: (0 47 61) 99 42-39

Bezirksstelle Uelzen der Landwirtschaftskammer Hannover, Fachbereich Pflanzenbau und Pflanzenschutz, Wilhelm-Seedorf-Str. 3, 29525 Uelzen, Tel.: (05 81) 80 73-0, Fax: (05 81) 80 73-59

Bezirksstelle Nienburg der Landwirtschaftskammer Hannover, Fachbereich Pflanzenbau und Pflanzenschutz, Rühmkorffstraße 12, 31582 Nienburg, Tel.: (0 50 21) 60 26 30, Fax: (0 50 21) 60 26 38

Bezirksstelle Northeim der Landwirtschaftskammer Hannover, Fachbereich Pflanzenbau und Pflanzenschutz, Teichstraße 9, 37154 Northeim, Tel.: (0 55 51) 60 04 92, Fax: (0 55 51) 60 04 11

Bezirksstelle Braunschweig der Landwirtschaftskammer Hannover, Fachbereich Pflanzenbau und Pflanzenschutz, Helene-Künne-Allee 5, 38102 Braunschweig, Tel.: (05 31) 2 89 97-0, Fax: (05 31) 2 89 97 21

Institut für Pflanzenbau und Pflanzenschutz (IPP) der Landwirtschaftskammer Weser-Ems, Postfach 25 49, 26015 Oldenburg, Sedanstraße 4, 26121 Oldenburg, Tel.: (04 41) 8 01-0, Fax: (04 41) 8 01-7 77

Institut für Pflanzenbau und Pflanzenschutz (IPP), Bezirksstelle Oldenburg, Postfach 25 49, 26015 Oldenburg, Mars-la-Tour-Str. 9, 26121 Oldenburg, Tel.: (04 41) 8 01-0, Fax: (04 41) 8 01-1 66

Institut für Pflanzenbau und Pflanzenschutz (IPP), Bezirksstelle Aurich, Am Pferdemarkt 1, 26603 Aurich. Tel.: (0 49 41) 92 11 41, Fax: (0 49 41) 92 11 51

Institut für Pflanzenbau und Pflanzenschutz (IPP), Bezirksstelle Meppen, Postfach 14 03, 49705 Meppen, Mühlenstraße 41, 49716 Meppen, Tel.: (0 59 31) 4 03-50, Fax: (0 59 31) 4 03-58

Institut für Pflanzenbau und Pflanzenschutz (IPP), Bezirksstelle Osnabrück, Am Schölerberg 7, 49082 Osnabrück, Tel.: (05 41) 5 60 08/44-48, Fax: (05 41) 5 60 08 42

Nordrhein-Westfalen:

Pflanzenschutzamt der Landwirtschaftskammer Rheinland: Postfach 30 08 64, 53188 Bonn, Siebengebirgsstr. 200, 53229 Bonn, Tel.: (02 28) 4 34-0, Fax: (02 28) 4 34-1 02

Institut für Pflanzenschutz, Saatgutuntersuchung und Bienenkunde (IPSAB) der Landwirtschaftskammer Westfalen-Lippe: Postfach 59 80, 48135 Münster, Nevinghoff 40, 48147 Münster, Tel.: (02 51) 23 76-6 26, Fax: (02 51) 23 76-6 44, E-Mail: IPSAB_Muenster@t-online.de, Internet: www.lk-wl.de

Rheinland-Pfalz:

Landesanstalt für Pflanzenbau und Pflanzenschutz, Essenheimer Str. 144, 55128 Mainz, Tel.: (0 61 31) 99 30-0, Fax: (0 61 31) 99 30-80, E-Mail: lppmainz.sekretariat@t-online.de, Internet: www.agrarinfor.rpl.de/lpp_mainz

Bezirksregierung Koblenz, Referat 52 - Markt- und Ernährungswirtschaft -Stresemannstr. 3-5, 56068 Koblenz, Tel.: (02 61) 1 20-0, Fax: (02 61) 1 20-62 02

Bezirksregierung Rheinhessen-Pfalz, Referat 52 - Agraraufsicht - Friedrich-Ebert-Str. 14, 67433 Neustadt, Tel.: (0 63 21) 99-0, Fax: (0 63 21) 99-29 15

Bezirksregierung Trier, Referat 52 - Agrarische Hoheitsaufgaben - Willi-Brand-Platz 3, 54290 Trier, Tel. (06 51) 94 94-0, Fax: (06 51) 94 94-5 68

Saarland:

Landwirtschaftskammer für das Saarland - Pflanzenschutz -, Lessingstraße 12, 66121 Saarbrücken, Tel.: (06 81) 6 65 05-0, Fax: (06 81) 6 65 05-12

Sachsen:

Sächsische Landesanstalt für Landwirtschaft - Fachbereich Integrierter Pflanzenschutz, Stübelallee 2, 01307 Dresden, Tel.: (03 51) 4 40 83-0, Fax: (03 51) 4 40 83-25

Sachsen-Anhalt:

Landespflanzenschutzamt Sachsen-Anhalt, Lerchenwuhne 125, 39128 Magdeburg, Tel.: (03 91) 25 69-0, Fax: (03 91) 2 56 94 02

Amt für Landwirtschaft und Flurneuordnung Salzwedel, Fachbereich Pflanzenschutz, Buchenallee 3, 29410 Salzwedel, Tel.: (0 39 01) 84 62 27-30, Fax: (0 39 01) 84 61 00

Amt für Landwirtschaft und Flurneuordnung Magdeburg, Fachbereich Pflanzenschutz, Lerchenwuhne 125, 39128 Magdeburg, Tel.: (03 91) 2 56 90/133-136, Fax: (03 91) 28 24 18

Amt für Landwirtschaft und Flurneuordnung Stendal, Fachbereich Pflanzenschutz, Akazienweg, 39576 Stendal, Tel.: (0 39 31) 63 32 10-2 13, Fax: (0 39 31) 21 31 07

Amt für Landwirtschaft und Flurneuordnung Halberstadt, Fachbereich Pflanzenschutz, Große Ringstr. 20, 38820 Halberstadt, Tel.: (0 39 41) 6 71-0, Fax: (0 39 41) 67 11 99

Amt für Landwirtschaft und Flurneuordnung Bernburg, Fachbereich Pflanzenschutz, Strenzfelder Allee, 06406 Bernburg, Tel.: (0 34 71) 35 55 83, Fax: (0 34 71) 35 53 37

Amt für Landwirtschaft und Flurneuordnung Halle, Fachbereich Pflanzenschutz, Heinrich-und-Thomas-Mann-Str. 19, 06108 Halle, Tel.: (03 45) 2 02 23 42, Fax: (03 45) 2 02 23 42

Amt für Landwirtschaft und Flurneuordnung Weißenfels, Fachbereich Pflanzenschutz, Müllnerstr. 59, 06667 Weißenfels, Tel.: (0 34 43) 2 80 76-78, Fax: (0 34 43) 2 80 80

Amt für Landwirtschaft und Flurneuordnung Wittenberg, Fachbereich Pflanzenschutz, Belziger Straße 1, 06896 Reinsdorf, Tel.: (0 34 91) 61 50 58, Fax: (0 34 91) 61 31 39

Schleswig-Holstein:

Amt für ländliche Räume Kiel, Abteilung Pflanzenschutz, Postfach 29 80, 24028 Kiel, Westring 383, 24118 Kiel, Tel.: (04 31) 8 80-13 02, Fax: (04 31) 8 80-13 14

Amt für ländliche Räume Lübeck, Abteilung Pflanzenschutz, Schönböckener Straße 102, 23556 Lübeck, Tel.: (04 51) 4 79 04-0, Fax: (04 51) 4 79 04-34 mit

Außenstelle Rellingen, Hauptstr. 108, 25462 Rellingen, Tel.: (0 41 01) 54 05-0, Fax: (0 41 01) 54 05-12

Amt für ländliche Räume Husum, Abteilung Pflanzenschutz, Herzog-Adolf-Straße 1b, 25813 Husum, Tel.: (0 48 41) 6 67-5 00 bis 5 05, Fax: (0 48 41) 6 67-5 06

Thüringen:

Thüringer Landesanstalt für Landwirtschaft Jena, Referat 440 - Pflanzenschutz, Kühn-häuser Str. 101, 99189 Erfurt-Kühnhausen, Tel.: (03 62 01) 8 17-0, Fax: (03 62 01) 8 17 40

7.3 Biologische Bundesanstalt

Biologische Bundesanstalt für Land- und Forstwirtschaft Berlin und Braun-schweig

Institute und Dienststellen in Braunschweig, Messeweg 11/12, 38104 Braunschweig, Tel.: (05 31) 2 99-9, Fax: (05 31) 2 99-30 00, E-Mail: Hauptverwaltung@bba.de

Abteilung für Pflanzenschutzmittel und Anwendungstechnik, Tel.: (05 31) 2 99-34 00, Fax: (05 31) 2 99-30 02/30 03 mit
Außenstelle Kleinmachnow (Adresse s. unten)
Fachgruppe Biologische Mittelprüfung, Tel.: (05 31) 2 99-36 00, Fax: (05 31) 2 99-30 05
Fachgruppe Chemische Mittelprüfung, Tel.: (05 31) 2 99-35 00, Fax: (05 31) 2 99-30 04
Fachgruppe Anwendungstechnik, Tel.: (05 31) 2 99-36 50, Fax: (05 31) 2 99-30 12
Dienststelle für wirtschaftliche Fragen und Rechtsangelegenheiten im Pflanzen-schutz, Tel.: (05 31) 2 99-33 70, Fax: (05 31) 2 99-30 07 mit
Außenstelle Kleinmachnow (Adresse s. unten)
Bibliothek Braunschweig, Tel.: (05 31) 2 99-33 90, Fax: (05 31) 2 99-30 00
Institut für Pflanzenschutz in Ackerbau und Grünland, Tel.: (05 31) 2 99-45 00, Fax: (05 31) 2 99-30 08 mit
Außenstelle Kleinmachnow (Adresse s. unten)
Institut für Biochemie und Pflanzenvirologie, Tel.: (05 31) 2 99-37 00, Fax: (05 31) 2 99-30 06/30 13
Institut für Pflanzenschutz im Forst, Tel.: (05 31) 2 99-46 00, Fax: (05 31) 2 99-30 11
Institut für Pflanzenschutz im Gartenbau, Tel.: (05 31) 2 99-44 00, Fax: (05 31) 2 99-30 09 mit
Außenstelle Dresden-Pillnitz, Pillnitzer Platz 2, 01326 Dresden, Tel.: (03 51) 2 61 09 18, Fax: (03 51) 2 61 09 18 und
Außenstelle Kleinmachnow (Adresse s. unten)
Institut für Unkrautforschung, Tel.: (05 31) 2 99-39 00, Fax: (05 31) 2 99-30 10

Institute und Dienststellen in Berlin: Königin-Luise-Str. 19, 14195 Berlin, Tel.: (0 30) 83 04-1, Fax: (0 30) 83 04-21 03, E-Mail: HV-D@bba.de
Institut für Mikrobiologie, Tel.: (0 30) 83 04-22 00, Fax: (0 30) 83 04-22 03
Institut für ökologische Chemie, Tel.: (0 30) 83 04-23 00, Fax: (0 30) 83 04-23 03

Institut für Ökotoxikologie im Pflanzenschutz (Berlin), Tel.: (0 30) 83 04-24 00, Fax: (0 30) 83 04-24 03
Institut für Vorratsschutz, Tel.: (0 30) 83 04-25 00, Fax: (0 30) 83 04-25 03
Bibliothek mit Dokumentationsstelle für Phytomedizin, Informationszentrum für tropischen Pflanzenschutz, Tel.: (0 30) 83 04-21 00, Fax: (0 30) 83 04-21 03

Außeninstitute
Institut für biologischen Pflanzenschutz, Heinrichstraße 243, 64287 Darmstadt, Tel.: (0 61 51) 4 07-0, Fax: (0 61 51) 4 07-290
Institut für Nematologie und Wirbeltierkunde, Toppheideweg 88, 48161 Münster, Tel.: (02 51) 8 71 06-0, Fax: (02 51) 8 71 06 33
Institut für Pflanzenschutz im Obstbau, Postfach 12 64, 69216 Dossenheim, Schwabenheimer Str. 101, 69221 Dossenheim, Tel.: (0 62 21) 86 62 38, Fax: (0 62 21) 86 12 22
Institut für Pflanzenschutz im Weinbau, Brüningstraße 84, 54470 Bernkastel-Kues, Tel.: (0 65 31) 23 64 u. 27 04, Fax: (0 65 31) 49 36

Außenstelle Kleinmachnow, Stahnsdorfer Damm 81, 14532 Kleinmachnow, Tel.: (03 32 03) 48-0, Fax: (03 32 03) 48-4 25, E-Mail: AP@bba.de
Institut für Folgenabschätzung im Pflanzenschutz, Tel.: (03 32 03) 48-2 65, Fax: (03 32 03) 48-4 24
Institut für Integrierten Pflanzenschutz Tel.: (03 32 03) 48-2 04, Fax: (03 32 03) 48-4 25
Institut für Ökotoxikologie im Pflanzenschutz (Kleinmachnow), Tel.: (03 32 03) 48-3 50, Fax: (03 32 03) 48-2 00

7.4　　Bundesanstalt für Züchtungsforschung an Kulturpflanzen

Anstaltsleitung: Neuer Weg 22/23, 06484 Quedlinburg, Tel.: (0 39 46)47- 2 01, Fax: (0 39 46) 47- 2 02

Standort Aschersleben, Theodor-Roemer-Weg 4, 06449 Aschersleben, Tel.: (0 34 73) 8 79-0, Fax: (0 34 73) 27 09

Institute für Resistenzforschung und Pathogendiagnostik, Tel.: (0 34 73) 8 79-1 65, Fax: (0 34 73) 8 79-2 00
Institut für Epidemiologie und Resistenz, Tel.: (0 34 73) 8 79-1 12, Fax: (0 34 73) 27 09

Standort Grünbach, Graf-Seinsheim-Str. 23, 85461 Grünbach, Tel. (0 81 22) 97 57-0, Fax: (0 81 22) 97 57 97

Institut für Resistenzgenetik, Tel. (0 81 22) 97 57-13, Fax: (0 81 22) 97 57 97

7.5 Weinbauanstalten und Rebschutzdienst

Biologische Bundesanstalt

Institut für Pflanzenschutz im Weinbau, Brüningstr. 84, 54470 Bernkastel-Kues, Tel.: (0 65 31) 23 64, Fax: (0 65 31) 49 36

Baden-Württemberg:
Staatliches Weinbauinstitut, Merzhauser Str. 119, 79100 Freiburg, Tel.: (07 61) 4 01 65-0, Fax: (07 61) 4 01 65-70

Staatliche Lehr- und Versuchsanstalt für Wein- und Obstbau, Postfach 13 09, 74185 Weinsberg, Traubenplatz 5, 74189 Weinsberg, Tel.: (0 71 34) 5 04-0, Fax: (0 71 34) 5 04-1 33

Regierungspräsidium Freiburg, Sachgebiet Weinbau, Bertholdstr. 43, 79098 Freiburg, Tel.: (07 61) 2 08-12 94, Fax: (07 61) 2 08-12 68

Regierungspräsidium Karlsruhe, Sachgebiet Weinbau, Postfach 53 43, Waldstr. 41-43, 76133 Karlsruhe, Tel.: (07 21) 9 26-27 60, Fax: (07 21) 9 26-62 11

Regierungspräsidium Stuttgart, Sachgebiet Weinbau, Ruppmannstr. 21, 70174 Stuttgart, Tel.: (07 11) 9 04-29 17, Fax: (07 11) 9 04-29 38

Bayern:
Bayerische Landesanstalt für Weinbau und Gartenbau, Amtlicher Rebschutzdienst, Herrnstr. 8, 97209 Veitshöchheim, Tel.: (09 31) 98 01-5 72, Fax: (09 31) 98 01-5 68

Hessen:
Forschungsanstalt Geisenheim, Fachgebiet Phytomedizin, Von Lade-Str. 1, 65366 Geisenheim, Tel.: (0 67 22) 5 02-4 11, Fax: (0 67 22) 5 02-4 10

Weinbauamt mit Weinbauschule, Wallufer Str. 19, 65343 Eltville, Tel.: (0 61 23) 90 58-0, Fax: (0 61 23) 90 58-51

Nordrhein-Westfalen
Landwirtschaftskammer Rheinland - Pflanzenschutzamt, Postfach 30 07 09, 53187 Bonn, Siebengebirgsstraße 200, 53229 Bonn, Tel.: (02 28) 4 34-1 60, Fax: (02 28) 4 34-4 27

Rheinland-Pfalz:
Staatliche Lehr- und Forschungsanstalt für Landwirtschaft, Weinbau und Gartenbau, Abteilung Phytomedizin, Breitenweg 71, 67435 Neustadt, Tel.: (0 63 21) 6 71-1, Fax: (0 63 21) 6 71-2 22

Staatliche Lehr- und Versuchsanstalt für Landwirtschaft und Weinbau, Rebschutzdienst, Rüdesheimerstr. 68, 55545 Bad Kreuznach, Tel.: (06 71) 8 20-0, Fax: (06 71) 3 64 66

Staatliche Lehr- und Versuchsanstalt für Landwirtschaft, Weinbau und Gartenbau, Rebschutzdienst, Walporzheimer Str. 48, 53474 Bad Neuenahr-Ahrweiler, Tel.: (0 26 41) 97 86-0, Fax: (0 26 41) 97 86-66

Staatliche Lehr- und Versuchsanstalt für Landwirtschaft, Weinbau und Gartenbau, **Rebschutzdienst,** Zuckerberg 19, 55276 Oppenheim, Tel.: (0 61 33) 9 30-0, Fax: (0 61 33) 9 30-1 03

Staatliche Lehr- und Versuchsanstalt für Landwirtschaft, Weinbau und Gartenbau, **Rebschutzdienst**, Egbertstr. 18/19, 54295 Trier, Tel.:(06 51) 97 76-0, Fax: (06 51) 97 6-1 26

Sachsen:
Sächsische Landesanstalt für Landwirtschaft, Fachbereich Integrierter Pflanzenschutz, Stübelallee 2, 01307 Dresden, Tel.: (03 51) 4 40 83-20, Fax: (03 51) 4 40 83-25

Sachsen-Anhalt:
Amt für Landwirtschaft und Flurneuordnung Weißenfels, Rebschutzdienst, Müllnerstr. 59, 06667 Weißenfels, Tel.: (0 34 43) 2 80-63, Fax: (0 34 43) 2 80-80

7.6　　Forstschutz

Biologische Bundesanstalt
Institut für Pflanzenschutz im Forst - Messeweg 11/12, 38104 Braunschweig, Tel.: (05 31) 39 9-6 01

Institut für biologische Schädlingsbekämpfung - Heinrichstr. 243, 64287 Darmstadt, Tel.: (0 61 51) 4 40 61 und 42 25 02

Baden-Württemberg:
Forstliche Versuchs- und Forschungsanstalt Baden-Württemberg, Abt. Waldschutz, Wonnhaldestr. 4, 79100 Freiburg, Tel.: (07 61) 40 18-2 20

Bayern:
Bayerische Landesanstalt für Wald- und Forstwirtschaft, Sachgebiet 5/Waldschutz, Am Hochanger 11, 85354 Freising

Berlin:
Pflanzenschutzamt Berlin, Mohriner Allee 137, 12347 Berlin, Tel.: (0 30) 70 00 06-0

Landesforstamt der Berliner Forsten, Wannseebadweg 10, 14129 Berlin

Brandenburg:
Bundesforschungsanstalt für Forst- und Holzwirtschaft, Institut für Forstpflanzenzüchtung, Eberswalder Chaussee 6, 15377 Waldsieversdorf

Landesforschungsanstalt Eberswalde, Abteilung Waldschutz, Alfred-Möller-Str. 1, 16225 Eberswalde-Finow, Tel.: (0 33 34) 65 10 11 17, Fax: (0 33 34) 6 51 17

Hessen:
Hessische Landesanstalt für Forsteinrichtung, Waldforschung und Waldökologie, Prof.-Oelkers-Str. 6, 34346 Hann. Münden, Tel.: (0 55 41) 70 04 64, Fax: (0 55 41) 70 04 73, E-Mail: 75424.2143acompuserve.com

Mecklenburg-Vorpommern:
Landesamt für Forstplanung, Abteilung Forstliches Versuchswesen, Rogahner Str. 23a,
19061 Schwerin, Tel.: (03 85) 6 70 00, Fax: (03 85) 6 70 02 51

Niedersachsen:
Niedersächsische Forstliche Versuchsanstalt - Abt. B Waldschutz - Grätzelstr. 2, 37079
Göttingen, Tel.: (05 51) 6 94 01-0

Universität Göttingen, Forstliche Fakultät: Institut für Waldbau, Büsgenweg 1, 37077
Göttingen, Tel (05 51) 39 36 72

Institut für Wildbiologie und Jagdkunde, Büsgenweg 3, 37077 Göttingen, Tel.: (05 51)
39 36 22

Nordrhein-Westfalen:
**Landesanstalt für Ökologie, Bodenordnung und Forsten/Landesamt für Agrarordnung
NRW - Dezernat Forschungsstelle für Jagdkunde und Wildschadensverhütung,**
Pützchens Chaussee 228, 53229 Bonn, Tel.: (02 28) 48 21 15, Fax: (02 28) 43 20 23

Pflanzenschutzamt der Landwirtschaftskammer Rheinland, Postfach 30 07 99, 53187
Bonn, Siebengebirgsstraße 200, 53229 Bonn, Tel.: (02 28) 4 34-0

**Institut für Pflanzenschutz, Saatgutuntersuchung und Bienenkunde der Landwirt-
schaftskammer Westfalen-Lippe,** Postfach 59 80, 48135 Münster, Nevinghoff 40,
48147 Münster, Tel.: (02 51) 23 76-1

Rheinland-Pfalz:
Forstliche Versuchsanstalt Rheinland-Pfalz, Abteilung Waldschutz, Hauptstr. 16, 67705
Trippstadt, Tel.: (0 63 06) 91 11 20, Fax: (0 63 06) 28 21

Saarland:
Landwirtschaftskammer für das Saarland, Pflanzenschutzamt, , Lessingstr. 12, 66121
Saarbrücken, Tel.: (06 81) 6 65 05-0

Sachsen:
Sächsische Landesanstalt für Forsten, Fachbereich Waldbau/Waldschutz, Bonnewitzer
Str. 34, 01827 Graupa, Tel.: (0 35 01) 4 82 15

Sachsen-Anhalt:
**Forstliche Landesanstalt Sachsen-Anhalt, Abteilung Forstliches Versuchswesen, De-
zernat Waldschutz,** Behnsdorfer Str. 22, 39345 Flechtingen, Tel.: (03 90 54) 2 25

Schleswig-Holstein:
Amt für Landesforsten - Referat Forstschutz, Düsternbrooker Weg 104-108, 24105 Kiel,
Tel.: (04 31) 59 61

**Landwirtschaftskammer Schleswig-Holstein - Forstabteilung - Beratung Nichtstaats-
wald,** Holstenstr. 106/108, 24103 Kiel, Tel.: (04 31) 99 21

Thüringen:
Landesanstalt für Wald- und Forstwirtschaft, Postfach 10 06 62, 99856 Gotha, Tel.:
　　(0 36 21) 22 51 06, Fax: (0 36 21) 22 52 22

7.7　　　Auskunftsstellen für Holzschutz

Institut für Pflanzenschutz im Forst der Biologischen Bundesanstalt, Messeweg 11/12,
　　38104 Braunschweig, Tel.: (05 31) 39 91

Institut für Bautechnik (IfBt), Reichspietschufer 72-76, 10785 Berlin, Tel.: (0 30) 2 50 31

7.8　　　Auskunftsstellen für Bienenkunde

Baden-Württemberg:
Privatwissenschaftliches Archiv Bienenkunde, Buchfinkenstr. 2, 76829 Landau-Damm-
　　heim, Tel.: (0 63 41) 5 14 30, Fax: (0 63 41) 5 14 30, E-Mail: stever@uni-landau.de

Tierhygienisches Institut Freiburg Abt. Bienenkunde, Am Moosweiher 2, 79108 Frei-
　　burg/Br., Tel.: (07 61) 1 50 21 41, Fax: (07 61) 15 02-2 99, E-Mail: poststelle-
　　@thifr.vet.bwlvet.dbp.de

Landesanstalt für Bienenkunde, Universität Hohenheim, August von Hartmannstr. 13,
　　70593 Stuttgart, Tel.: (0711) 4 59-26 59, Fax: (07 11) 4 59 22 33, E-Mail: bienero@uni-
　　hohenheim.de

Universität Tübingen, Institut für Biologie III, LS Entwicklungsphysiolog., Auf der Mor-
　　genstelle 28, 72076 Tübingen, Tel.: (0 70 71) 2 97 46 50, Fax: (0 70 71) 29 69 50, E-
　　Mail: wolf.engels@uni-tuebingen.de

Bayern:
Bayrische Landesanstalt für Bienenzucht, Burgbergstraße 70, 91054 Erlangen, Tel.:
　　(0 91 31) 7 87 30, Fax: (0 91 31) 78 73 22

Berlin:
Institut für allgemeine Zoologie der freien Universität Berlin, Königinnen-Luise-Straße 1-
　　3, 14195 Berlin, Tel.: (0 30) 8 38 39 15, Fax: (0 30) 8 38 39 16, E-Mail: agbie-
　　nen@zedat.fu-berlin.de

Brandenburg:
Länderinstitut für Bienenkunde, Friedrich-Engel-Straße 32, 16540 Hohen-Neuendorf, Tel.:
　　(0 33 03) 50 03-28 / 33, Fax: (0 33 03) 50 03 37, E-Mail: h0297das@rz.hu-berlin.de

Staatl. Veterinär- und Lebensmitteluntersuchungsamt, Fachg. Honiguntersuchung,
　　Pappelallee 20, 14469 Potsdam, Tel.: (03 31) 56 88-2 61/-3 00, Fax: (03 31) 56 88-
　　3 48/-2 04

Hessen:

Universität Gießen, Zentrum kontinentale Agrarforschung Sektion Tierzucht, Otto Behaghel Str. 10, 35394 Gießen, Tel.: (06 41) 7 02 28 50, Fax: (0 64 09) 8 07 50, E-Mail: peter.schley@zkaw.uni-giessen.de

Hessische Landesanstalt für Tierzucht, Abt. Bienenkunde, Erlenstraße 9, 35274 Kirchhain, Tel.: (0 64 22) 9 40 60, Fax: (0 64 22) 94 06 33, E-Mail: hlt.bienen@t-online.de

Institut für Bienenkunde an der Joh. Wolfg. Goethe Universität Frankfurt, Karl-von-Frisch-Weg 2, 61440 Oberursel, Tel.: (0 61 71) 2 12 78, Fax: (0 61 71) 2 57 69, E-Mail: bienenkunde@em.uni-frankfurt.de

Niedersachsen:

Biologische Bundesanstalt, Untersuchungsstelle für Bienenvergiftungen, Messeweg 11/12, 38104 Braunschweig, Tel.: (05 31) 2 99-45 25/ 2 99-45 77, Fax: (05 31) 2 99 30 08

Niedersächsisches Landesinstitut für Bienenkunde, Wehlstraße 4a, 29221 Celle, Tel.: (0 51 41) 9 05 03-40, Fax: (0 51 41) 9 05 03-44

Obstbauversuchsanstalt York, Abt. Bienenkunde/Pflanzenschutz, Westerminnerweg 22, 21635 York, Tel.: (0 41 62) 6 01 60, Fax: (0 41 62) 60 16 60, E-Mail: ova-york@t-online.de

Nordrhein-Westfalen:

Institut für Landwirtschaftliche Zoologie und Bienenkunde, Abt. Bienenkunde, Melbweg 42, 53127 Bonn, Tel.: (02 28) 28 50 05, E-Mail: ult401@ibm.rhtz.uni-bonn.de

Landwirtschaftskammer Westfalen-Lippe, Institut für Pflanzenschutz, Saatgutuntersuchung und Bienenkunde, Nevinghoff 40, 48147 Münster, Tel.: (02 51) 23 76-6 63, Fax: (02 51) 2 37 6-6 44, E-Mail: IPSAB_Muenster@t-online.de

Rheinland-Pfalz:

Landesanstalt für Bienenzucht, Im Bannen 38-54, 56727 Mayen, Tel.: (0 26 51) 96 05-22, Fax: (0 26 51) 96 05 67, E-Mail: la.f.bienenzucht.mayen@t-online.de

Schleswig-Holstein:

Schleswig-Holsteinische Imkerschule, Hamburger Straße 109, 23795 Bad Segeberg, Tel.: (0 45 51) 24 36, Fax: (0 45 51) 9 31 94

Thüringen:

Friedrich Schiller Universität, Institut für Ernährung und Umwelt, Apidologie und angew. Zoologie, Am Steiger 3, 07743 Jena, Tel.: (0 36 41) 63 53 81 / 63 58 43, Fax: (0 36 41) 63 53 82, E-Mail: bwh@rz.uni-jena.de

7.9 Auskunftsstellen für ökologische Pflanzenschutz-maßnahmen

AGÖL - Arbeitsgemeinschaft ökologischer Landbau, Brandschneise 1, 64295 Darmstadt, Tel.: (0 61 55) 20 81, Fax: (0 61 55) 2083

ANOG - Arbeitsgemeinschaft für naturnahen Obst-, Gemüse- und Feldfruchtanbau e.V., Pützchens Chaussee 60, 53227 Bonn, Tel.: (02 28) 46 12 62, Fax (02 28) 46 15 58

Biokreis Ostbayern e.V., Heiliggeist-/Ecke Hennengasse, 94032 Passau, Tel.: (08 51) 3 23 33, Fax: (08 51) 3 23 32

Bioland - Verband für organisch-biologischen Landbau e.V., Kaiserstr. 18, 55118 Mainz, Tel.: (0 61 31) 2 39 79-9, Fax: (0 61 31) 2 39 79-27

Biopark, Karl-Liebknechtstr. 26, 19395 Karow, Tel.: (03 87 38) 7 03 09, Fax: (03 87 38) 7 00 24

Demeter - Forschungsring für Biologisch-Dynamische Wirtschaftsweise e. V. Brandschneise 2, 64295 Darmstadt, Tel.: (0 61 55) 8 41 23, Fax: (0 61 55) 84 69 11

ECOVIN - Bundesverband Ökologischer Weinbau e.V. (BÖW), Zuckerberg 19, 55276 Oppenheim, Tel.: (0 61 33) 16 40, Fax: (0 61 33) 16 09

Gäa e.V. - Vereinigung Ökologischer Landbau, Am Beutlerpark 2, 01217 Dresden, Tel.: (03 51) 4 01 23 89, Fax: (03 51) 4 01 23 89

Naturland - Verband für naturgemäßen Landbau e.V., Kleinhaderner Weg 1, 82166 Gräfelfing, Tel.: (0 89) 8 54 50 71, Fax: (0 89) 85 59 74

Ökosiegel - Verein Ökologischer Landbau, Barnser Ring 1, 29581 Gerdau, Tel.: (0 58 08) 18 34, Fax: (0 58 08) 18 34

7.10 Hochschulinstitute

Hochschulinstitute mit Lehrangeboten in Phytopathologie (Phytomedizin) und Pflanzenschutz in der Bundesrepublik Deutschland

Baden-Württemberg:

Freiburg: Albert-Ludwigs-Universität, Forstwisschenschaftliche Fakultät, Forstzoologisches Institut, Institut für Forstbotanik und Baumphysiologie, Bertoldstr. 17, 79098 Freiburg; Fakultät für Biologie, Institut für Biologie II, Schänzlestr. 1, 79104 Freiburg

Heidelberg: Ruprecht-Karls-Universität, Fakultät für Biologie, Botanisches Institut, Im Neuenheimer Feld 360, 69120 Heidelberg

Konstanz: Universität, Fakultät für Biologie, Lehrstuhl für Phytopathologie, für Physiologie und Biochemie der Pflanzen, Universitätsstr. 10, 78464 Konstanz

Nürtingen: Fachhochschule, Neckarsteige 6-10, 72622 Nürtingen

Stuttgart: Universität Hohenheim, Fakultät III - Agrarwissenschaften I, Institut für Phytomedizin, Fachgebiete Herbologie, Phytomedizin/Angewandte Entomologie, Phytopathologie, Phytopharmakologie, Virologie und Bakteriologie, Otto-Sander-Str. 5, 70599 Stuttgart

Tübingen: Eberhard-Karls-Universität, Fakultät für Biologie, Botanisches Institut, Lehrstuhl Allgemeine Botanik und Pflanzenphysiologie, Physiologische Ökologie der Pflanzen, Spezielle Botanik/Mykologie, Auf der Morgenstelle 1, 72076 Tübingen

Bayern:

München (Freising): Ludwig-Maximilians-Universität, Forstwissenschaftliche Fakultät, Lehrstuhl für Forstbotanik, Hohenbacherstr. 22, 85354 Freising

München (Freising): Technische Universität, Fakultät für Landwirtschaft und Gartenbau, Institut für Bodenkunde, Pflanzenernährung und Phytopathologie, Lehrstuhl für Phytopathologie, 85350 Freising

München (Freising): Fachhochschule Weihenstephan, Staatl. Versuchsanstalt für Gartenbau, Institut für Botanik und Pflanzenschutz, Weihenstephan, 85354 Freising

Würzburg: Bayerische Julius-Maximilians-Universität, Fakultät für Biologie, Lehrstuhl Botanik I und II, Mittlerer Dallenbergweg 64, 97082 Würzburg

Berlin:

Berlin: Humboldt-Universität, Landwirtschaftlich-Gärtnerische Fakultät, Berlin, Fachgebiet Phytomedizin und Phytopathologie, Lentzeallee 55-57, 14195 Berlin

Berlin: Freie Universität, Fachbereich Biologie, Institut für Zoologie, Königin-Luise-Str. 1-3, 14195 Berlin

Bremen:

Bremen: Universität, Fachbereich 2 -Biologie, Chemie, Leobener Str. NW2, 28359 Bremen

Hamburg:

Hamburg: Universität, Fachbereich Biologie, Institut für Angewandte Botanik, Abt. Pflanzenschutz, Marseiller Str. 7, 20355 Hamburg

Hessen:

Gießen: Justus-Liebig-Universität, Fachbereich 17 - Agrarwissenschaften und Umweltsicherung, Institut für Phytopathologie und angewandte Zoologie, Ludwigstr. 23, 35390 Gießen

Kassel: Universität Gesamthochschule, Fachbereich 11 - Landwirtschaft, Fachgebiet Pflanzenschutz, Nordbahnhofstr. 1a, 37213 Witzenhausen

Mecklenburg-Vorpommern:

Rostock: Universität, Agrarwissenschaftliche Fakultät, Fachgebiet Phytomedizin, Satowerstr. 48, 18051 Rostock

Niedersachsen:

Braunschweig: Technische Universität Carolo-Wilhelmina zu Braunschweig, Fachbereich 4 - Biowissenschaften und Psychologie, Institut für Mikrobiologie, Spielmannstr. 7, 38106 Braunschweig

Göttingen: Georg-August-Universität, Fakultät für Agrarwissenschaften, Institut für Pflanzenpathologie und Pflanzenschutz, Grisebachstr. 6, 37077 Göttingen

Hannover: Universität, Fachbereich Gartenbau, Institut für Pflanzenkrankheiten und Pflanzenschutz, Herrenhäuser Str. 2, 30419 Hannover

Osnabrück: Fachhochschule, Fachbereich Agrarwissenschaften, Oldenburger Landstr. 24, 49090 Osnabrück

Nordrhein-Westfalen:

Aachen: Rheinisch-Westfälische Technische Hochschule, Fachbereich 1 - Mathematisch-Naturwissenschaftliche Fakultät, Lehrstuhl und Institut für Biologie III (Pflanzenphysiologie), Worringer Weg 1, 52074 Aachen

Bonn: Rheinische Friedrich-Wilhelms-Universität, Landwirtschaftliche Fakultät, Institut für Pflanzenkrankheiten, Nußallee 9, 53115 Bonn

Soest: Universität - Gesamthochschule - Paderborn, Fachbereich 9 - Landbau (Soest), Windmühlenweg 25, 59494 Soest

Sachsen

Leipzig: Universität, Studienprogramm Agrarwissenschaften, Wissenschaftsbereich Tropische Landwirtschaft, Arbeitsgruppe Pflanzen- und Vorratsschutz, Fichtestr. 28, 04275 Leipzig

Sachsen-Anhalt:

Halle: Martin-Luther-Universität, Landwirtschaftliche Fakultät, Institut für Phytopathologie und Pflanzenschutz, Institut für Biochemie der Pflanzen, Ludwig-Wucherer-Str. 2, 06108 Halle/Saale

Schleswig-Holstein:

Kiel: Christian-Albrechts-Universität, Agrarwissenschaftliche Fakultät, Institut für Phytopathologie, Hermann-Rodewald-Str. 9, 24118 Kiel

Kiel: Fachhochschule, Fachbereich Landbau, Am Kamp 11, 24783 Rendsburg

Thüringen:

Jena: Friedrich-Schiller-Universität, Biologisch-Pharmazeutische Fakultät, Fürstengraben 26, 07743 Jena

7.11   Internationale Pflanzenschutzorganisationen

FAO (Food and Agriculture Organization of the United Nations) Branch Plant Production, Sections Plant Protection, Pest Control, Locust Control etc, Rom/Italien, Viale della Terme de Caracalla

EPPO/OEPP (Europäische Pflanzenschutzorganisation), 1, rue Le Noître, F-750 16 Paris (Frankreich). -

7.12   Pflanzenschutzdienststellen europäischer Länder

Erstellt auf der Basis der EPPO-Mitgliedschaft nach Angaben des BML - Stand: 22.07.1998

Albanien: Plant Protection Bureau, Ministry of Agriculture and Food, Tirana

Belgien: Ministère des Classes Moyennes et de l'Agriculture, DG4 Qualité des Vègètaux et Protection des Plantes, WTC/3 (6e èt.), Av. Simon Bolivar 30, 1000 Bruxelles

Bulgarien: Ministry of Agriculture, National Service for Plant Protection, Quarantine and Agrochemistry, 55 Hristo Botev Blvd. 1040 Sofia

Bundesrepublik Deutschland: Bundesministerium für Ernährung, Landwirtschaft und Forsten, Postfach 14 02 70, 53123 Bonn

Dänemark: Danish Plant Directorate, Skovbrynet 20, 2830 Lyngby

Estland: Estonian Plant Quarantine Inspection, Lai Street 11, Tallinn EE0001

Finnland: Plant Production Inspection Centre, Dept. of Plant Protection, Vilhonvuorenkatu 11C, 00500 Helsinki

Frankreich: Sous-direction de la protection des vègètaux, Direction Générale de l'Alimentation, 251 rue de Vaugirard, 75732 Paris Cedex 15

Großbritannien: Ministry of Agriculture, Fisheries and Food, Plant Health Division, Room 351, Foss House, Peasholme Green, York Y01 2PX

Guernsey: Committee for Horticulture, Raymond Falla House, P.O. Box 459, Longue Rue, St Martins GY1 6AF

Irland: Department of Agriculture, Food and Forestry, Agriculture House, Kildare street, Dublin 2

Jersey: Department of Agriculture & Fisheries, Howard Davis Farm, P.O. Box 327, Trinity

Kroatien: Institute for Plant Protection, Svetosimunska 25, 41000 Zagreb

Lettland: State Plant Protection Station, 2 Republic Sq., 1981 Riga

Niederlande: Plant Protection Service, Postbus 9102, 6700 HC Wageningen

Norwegen: Norwegian Crop Research Institute, Postbox 100, 1430 AS

Österreich: Bundesamt und Forschungszentrum für Landwirtschaft (BFL), Institut für Phytomedizin, Spargelfeldstr. 191, 1220 Wien

Polen: Ministry of Agriculture and Food Industry, Ul Wspolna 30, 00-930 Warsaw

Portugal: Direccao-Geral de Proteccao dos Culturas, Quinta do Marques, 2780 Oeiras

Rumänien: Laboratoire Central de Quarantaine Phytosanitaire, Sos Afumati nr 11, 72964 Bucarest

Rußland: State Plant Quarantine Inspection, Orlikov per. 1/11 3A, 107139 Moscow

Schweden: Plant Protection Service, Swedish Board of Agriculture, S-551 82 Jönköping

Schweiz: Office fédéral de l'Agriculture, Certification et Protection des Vègètaux, Mattenhofstr. 5, 3003 Berne

Slowakei: Ministry of Agriculture, Dobrovicova 12, 812 66 Bratislava

Slowenien: Ministry of Agriculture, Forestry and Food, Parmova 33, 61000 Ljubljana

Spanien: Subdireccion General de Sanidad Vegetal, MAPA,Velazquez 147, 28002 Madrid

Tschechische Republik: State Phytosanitary Administration, Tesnov 17, 11705 Prague 1

7.13   Zulassungsbehörden in der Europäischen Union

Adressen und Ansprechpartner hinsichtlich des Informationsaustausches gemäß Artikel 12 der Richtlinie 91/414/EWG, Stand: 08.06.1998

Europa: European Commission, General-Directorate for Agriculture, VI.B.II.1, L84 1/10, Rue de la Loi 200, B-1049 Bruxelles

Belgien: Herr G. Houins, Ministère des Classes Moyennes et de l'Agriculture, Inspection générale des matières premières et produits transformés, WTC 3, 8e étage, Boulevard Simon Bolivar 30, B-1000 Bruxelles

Bundesrepublik Deutschland: Herr A. Holzmann, Biologische Bundesanstalt für Land- und Forstwirtschaft, Abteilung für Pflanzenschutzmittel und Anwendungstechnik (AP), Messeweg 11-12, D-38104 Braunschweig

Dänemark: Frau G. Bennekou, Miljoestryrelsen, Strandgade 29, DK-1401 Copenhagen

Finnland: Herr H. Blomqvist, Plant Production Inspection Centre, Pesticide Division, P.O. Box 42, FIN-00501 Helsinki

Frankreich: Herr A. Vernede, Ministère de l'Agriculture, Protection des Végétaux, 175 Rue du Chevaleret, F-75646 Paris Cedex 13

Griechenland: Herr V. Ziogas, Ministry of Agriculture, Directorate of Plant Produce Protection, Department of Pesticides, Hippokratus Str. 3-5, GR-10164 Athens

Großbritannien: Herr D. Williams, Pesticides Safety Directorate, Mallard House, King's Pool, 3 Peasholme Green, UK-York Y01 2 PX

Irland: Herr M. Lynch, Pesticide Control Service, Abbotstown Laboratory Complex, Abbotstown, Castleknock, IRL-Dublin 15

Italien: Herr R. Marabelli, Ministero della Sanità, Dipartimento per l'Igiene degli Alimenti e della Sanità Pubblica Veterinaria, Piazza Marconi 25, I-00144 Roma

Luxemburg: Herr A. Aschman, Administration des Services Techniques de l'Agriculture, 16 route d'Esch, BP 1904, L-1019 Luxembourg

Niederlande: Herr A. Meijs, Board for the Authorization of Pesticides, P.O. Box 217, NL-6700 AE Wageningen

Österreich: Herr M. Lentsch, Bundesministerium für Land- und Forstwissenschaft, Abteilung VI/C/9, Stubenring 12, A-1012 Wien

Portugal: Herr H. Seabra, Centro National de Protecção da Produção Agricola, Quinta do Marquês, P-2780 Oeiras

Spanien: Herr J.R. Martinez,Ministerio de Agricultura, calle Velasquez 147, E-28002 Madrid

Schweden: Frau V. Bernson, Kemikalie Inspektionen, P.O. Box 1384, S-17127 Solna

7.14   Industrieverbände

Weltverband: Global Crop Protection Federation (GCPF). Der Verband koordiniert die Mitarbeit der Pflanzenschutzmittel-Hersteller in internationalen Gremien, wie beispielsweise die UNO-Landwirtschafts- und Gesundheitsorganisationen. Er bemüht sich unter anderem um die weltweite Vereinheitlichung der Pflanzenschutzmittel-Gesetzgebung sowie um die Aufstellung sicherer und sinnvoller Toleranzen für Rückstände von Pflanzenschutzmitteln in Lebensmitteln

Europa: European Crop Protection (ECPA), 6, Avenue Van Vieuwenhuyse, B-1160 Brussels

Belgien: Association Belge de l'Industrie des Produits Phytosanitaires (PHYTOPHAR), 49 Square Marie-Louise, B-1040 Brussels

Bundesrepublik Deutschland: Industrieverband Agrar e. V. (IVA), Karlstraße 21, 60329 Frankfurt

Dänemark: Danish Crop Protection Association (DCPA), Amalievej 20, DK-1875 Frederiksberg C

England: British Agrochemicals Association Ltd. (BAA), 4 Lincoln Court, Lincoln Road, GB-PE1 2 RP Peterborough

Finnland: Agrochemical Producers Association of Finland (APAF), Etelärante 10, P.O. Box 4, SF-00131 Helsinki

Frankreich: Union des Industries de la Protection des Plantes (UIPP), 2 rue Denfert-Rochereau, B.P. 127, F-92106 Boulogne-Billancourt Cedex

Griechenland: Greek Agrochemical Association (GAA), Patission 53, GR-10433 Athen

Irland: Animal & Plant Health Association (APHA), Franklin House, 140 Pembroke Road, IR-4 Dublin

Italien: Associazione Industrie Difesa Produzioni Agricole (AGROFARMA), Via Accademia 33, I-20131 Milano

Niederlande: Nederlandse Stichting voor Fytofarmacie (NEFYTO), 16 Hogeweg, NL-2508 GM Den Haag

Norwegen: Norsk Plantevern Forening (NPF), Tarnveien 13, N-1430 Äs

Portugal: The Director ANIPLA, Rua Dos Navegantes 48 R/C DT, POR-1200 Lisboa

Österreich: Fachverband der Chemischen Industrie Österreichs, Wiedner Hauptstraße 63, A-1045 Wien

Spanien: Asociacion Empresarial para la Proteccion de las Plantas (AEPLA), Almagro 44, E-28010 Madrid

Schweden: Industrin för Växt- och Träskyddsmedel (IVT), 19 Storgatan, Box 5501, S-11485 Stockholm

Schweiz: Schweizerische Gesellschaft für Chemische Industrie, Nordstraße 15, CH-8035 Zürich

Türkei: TISIT Defterdar Yokusu Sungu, Sokak Guneydogu Ishanl Kat. 3, Daire: 15, TR-80040 Tophane/Istanbul

Ungarn: Hungarian Chemical Industry Association (HCIA) Erzsebet kirelyne utja 1/C, H-1406 Budapest 76 Pf. 40

7.15   Berufsständische Organisationen

DEUTSCHE PHYTOMEDIZINISCHE GESELLSCHAFT e. V., Nussallee 9, 53115 Bonn, Tel.: (02 28) 73 96 26, Fax: (02 28) 73 96 27

8 Gesetze und Verordnungen

Inhaltsverzeichnis

8.1 Gesetz zum Schutz der Kulturpflanzen (Pflanzenschutzgesetz - PflSchG)

**Bekanntmachung
der Neufassung des Pflanzenschutzgesetzes**

Vom 14. Mai 1998 (BGBl. I S. 971)
(in der Fassung der **Berichtigung** vom 16. Juni 1998 (BGBl. I S. 1527),
ergänzt um den **Artikel 4** des Änderungsgesetzes, der den § 46 (Inkrafttreten, Außerkrafttreten) zum Inhalt hat.

Auf Grund des Artikels 4 des Ersten Gesetzes zur Änderung des Pflanzenschutzgesetzes
vom 14. Mai 1998 (BGBl. I S. 950) wird nachstehend der Wortlaut des Pflanzenschutzgesetzes in der ab 1. Juli 1998 geltenden Fassung bekanntgemacht. Die Neufassung berücksichtigt:

1. das im wesentlichen am 1. Januar 1987 in Kraft getretene Gesetz vom 15. September
    1986 (BGBl. I S. 1505),

2. den am 1. August 1990 in Kraft getretenen Artikel 3 des Gesetzes vom 14. März 1990
    (BGBl. I S. 493),

3.   den am 1. Juli 1990 in Kraft getretenen Artikel 15 des Gesetzes vom 28. Juni 1990 (BGBl. I S. 1221),

4.   den am 13. März 1993 in Kraft getretenen Artikel 45 der Verordnung vom 26. Februar 1993 (BGBl. I S. 278),

5.   den am 26. November 1993 in Kraft getretenen Artikel 1 des Gesetzes vom 25. November 1993 (BGBl. I S. 1917),

6.   den am 1. Juli 1994 in Kraft getretenen Artikel 8 § 13 des Gesetzes vom 24. Juni 1994 (BGBl. I S. 1416),

7.   den am 1. November 1994 in Kraft getretenen Artikel 10 des Gesetzes vom 27. Juni 1994 (BGBl. I S. 1440),

8.   den am 9. Mai 1998 in Kraft getretenen Artikel 2 Abs. 2 des Gesetzes vom 30. April 1998 (BGBl. I. S. 823) und

9.   den im wesentlichen am 1. Juli 1998 in Kraft tretenden Artikel 1 des eingangs genannten Gesetzes.

Bonn, den 14. Mai 1998

Der Bundesminister
für Ernährung, Landwirtschaft und Forsten

Erster Abschnitt
Allgemeine Bestimmungen
§ 1
Zweck

Zweck dieses Gesetzes ist,

1.   Pflanzen, insbesondere Kulturpflanzen, vor Schadorganismen und nichtparasitären Beeinträchtigungen zu schützen,

2.   Pflanzenerzeugnisse vor Schadorganismen zu schützen,

3.   (weggefallen)

4.   Gefahren abzuwenden, die durch die Anwendung von Pflanzenschutzmitteln oder durch andere Maßnahmen des Pflanzenschutzes, insbesondere für die Gesundheit von Mensch und Tier und für den Naturhaushalt, entstehen können,

5.   Rechtsakte der Europäischen Gemeinschaft im Bereich des Pflanzenschutzrechts durchzuführen.

§ 2
Begriffsbestimmungen

Im Sinne dieses Gesetzes sind

1.   Pflanzenschutz:

  a)   der Schutz von Pflanzen vor Schadorganismen und nichtparasitären Beeinträchtigungen,

  b)   der Schutz der Pflanzenerzeugnisse vor Schadorganismen (Vorratsschutz) einschließlich der Verwendung und des Schutzes von Tieren, Pflanzen und Mikroorganismen, durch die Schadorganismen bekämpft werden können;

2. integrierter Pflanzenschutz: eine Kombination von Verfahren, bei denen unter vorrangiger Berücksichtigung biologischer, biotechnischer, pflanzenzüchterischer sowie anbau- und kulturtechnischer Maßnahmen die Anwendung chemischer Pflanzenschutzmittel auf das notwendige Maß beschränkt wird;

3. Pflanzen:

    a)   lebende Pflanzen,
    b)   Pflanzenteile, einschließlich der Früchte und Samen, die zum Anbau bestimmt sind;

4. Pflanzenerzeugnisse:

    a)   Erzeugnisse pflanzlichen Ursprungs, die nicht oder nur durch einfache Verfahren, wie Trocknen oder Zerkleinern, be- oder verarbeitet worden sind, ausgenommen verarbeitetes Holz,
    b)   Pflanzenteile, einschließlich der Früchte und Samen, die nicht zum Anbau bestimmt sind;

5. Pflanzenarten: Pflanzenarten und Pflanzensorten sowie deren Zusammenfassungen und Unterteilungen;

6. Naturhaushalt: seine Bestandteile Boden, Wasser, Luft, Tier- und Pflanzenarten sowie das Wirkungsgefüge zwischen ihnen;

7. Schadorganismen: Tiere, Pflanzen und Mikroorganismen in allen Entwicklungsstadien, die erhebliche Schäden an Pflanzen oder Pflanzenerzeugnissen verursachen können. Viren und ähnliche Krankheitserreger werden den Mikroorganismen, nicht durch Schadorganismen verursachte Krankheiten werden den Schadorganismen gleichgestellt;

8. Befallsgegenstände: Pflanzen, Pflanzenerzeugnisse oder sonstige Gegenstände, die Träger bestimmter Schadorganismen sind oder sein können;

9. Pflanzenschutzmittel: Stoffe, die dazu bestimmt sind,

    a)   Pflanzen oder Pflanzenerzeugnisse vor Schadorganismen zu schützen,
    b)   Pflanzen oder Pflanzenerzeugnisse vor Tieren, Pflanzen oder Mikroorganismen zu schützen, die nicht Schadorganismen sind,
    c)   die Lebensvorgänge von Pflanzen zu beeinflussen, ohne ihrer Ernährung zu dienen (Wachstumsregler),
    d)   das Keimen von Pflanzenerzeugnissen zu hemmen

    ausgenommen sind Wasser, Düngemittel im Sinne des Düngemittelgesetzes und Pflanzenstärkungsmittel; als Pflanzenschutzmittel gelten auch Stoffe, die dazu bestimmt sind, Pflanzen abzutöten oder das Wachstum von Pflanzen zu hemmen oder zu verhindern, ohne daß diese Stoffe unter Buchstabe a oder c fallen;

9a. Wirkstoffe: chemische Elemente oder deren Verbindungen, wie sie natürlich vorkommen oder zu gewerblichen Zwecken hergestellt werden, einschließlich der Verunreinigungen, mit Wirkung auf

    a)   Schadorganismen oder
    b)   Pflanzen oder Pflanzenerzeugnisse;

Mikroorganismen einschließlich Viren und ähnliche Organismen sowie ihre Bestandteile sind den chemischen Elementen gleichgestellt;

9b. Rückstände: Stoffe in oder auf Pflanzen, Pflanzenerzeugnissen, eßbaren Erzeugnissen tierischer Herkunft oder anderweitig vorhandene Stoffe, deren Vorhandensein von der Anwendung der Pflanzenschutzmittel herrührt, einschließlich ihrer Metabolite, Abbau- oder Reaktionsprodukte;

10. Pflanzenstärkungsmittel: Stoffe, die

   a) ausschließlich dazu bestimmt sind, die Widerstandsfähigkeit von Pflanzen gegen Schadorganismen zu erhöhen,

   b) dazu bestimmt sind, Pflanzen vor nichtparasitären Beeinträchtigungen zu schützen,

   c) für die Anwendung an abgeschnittenen Zierpflanzen außer Anbaumaterial bestimmt sind;

11. Pflanzenschutzgeräte: Geräte und Einrichtungen, die zum Ausbringen von Pflanzenschutzmitteln bestimmt sind;

12. Kultursubstrate: Erden und andere Substrate in fester oder flüssiger Form, die Pflanzen als Wurzelraum dienen;

13. Inverkehrbringen: das Anbieten, Vorrätighalten zur Abgabe, Feilhalten und jedes Abgeben an andere;

13a. Anwendungsgebiet: bestimmte Pflanzen, Pflanzenarten oder Pflanzenerzeugnisse zusammen mit denjenigen Schadorganismen, gegen die die Pflanzen und Pflanzenerzeugnisse geschützt werden sollen, oder der sonstige Zweck, zu dem das Pflanzenschutzmittel angewandt werden soll;

14. Mitgliedstaat: Mitgliedstaat der Europäischen Union;

15. Freilandflächen: die nicht durch Gebäude oder Überdachungen ständig abgedeckten Flächen, unabhängig von ihrer Beschaffenheit oder Nutzung; dazu gehören auch Verkehrsflächen jeglicher Art wie Gleisanlagen, Straßen-, Wege-, Hof- und Betriebsflächen sowie sonstige durch Tiefbaumaßnahmen veränderte Landflächen.

Zweiter Abschnitt
Pflanzenschutz
§ 2a
Durchführung des Pflanzenschutzes

(1) Pflanzenschutz darf nur nach guter fachlicher Praxis durchgeführt werden. Die gute fachliche Praxis dient insbesondere

1. der Gesunderhaltung und Qualitätssicherung von Pflanzen und Pflanzenerzeugnissen durch

   a) vorbeugende Maßnahmen,

   b) Verhütung der Einschleppung oder Verschleppung von Schadorganismen,

   c) Abwehr oder Bekämpfung von Schadorganismen und

2. der Abwehr von Gefahren, die durch die Anwendung, das Lagern und den sonstigen Umgang mit Pflanzenschutzmitteln oder durch andere Maßnahmen des Pflanzenschutzes, insbesondere für die Gesundheit von Mensch und Tier und für den Naturhaushalt, entstehen können.

Zur guten fachlichen Praxis gehört, daß die Grundsätze des integrierten Pflanzenschutzes und der Schutz des Grundwassers berücksichtigt werden.

(2) Das Bundesministerium für Ernährung, Landwirtschaft und Forsten erstellt unter Beteiligung der Länder und unter Berücksichtigung des Standes der wissenschaftlichen Erkenntnisse sowie den Erfahrungen der Pflanzenschutzdienste und des Personenkreises, der Pflanzenschutzmaßnahmen durchführt, die Grundsätze für die Durchführung der guten fachlichen Praxis im Pflanzenschutz. Das Bundesministerium für Ernährung, Landwirtschaft und Forsten gibt diese Grundsätze im Einvernehmen mit den Bundesministerien für Gesundheit und für Umwelt, Naturschutz und Reaktorsicherheit im Bundesanzeiger bekannt.

§ 3
Pflanzenschutzmaßnahmen

(1) Das Bundesministerium für Ernährung, Landwirtschaft und Forsten wird ermächtigt, soweit es zur Erfüllung der in § 1 genannten Zwecke erforderlich ist, durch Rechtsverordnung mit Zustimmung des Bundesrates

1. anzuordnen, das Auftreten oder den Verdacht des Auftretens von Schadorganismen, den Anbau oder das Vorkommen bestimmter Pflanzenarten, sonstige für das Auftreten oder Bekämpfen von Schadorganismen erhebliche Tatsachen oder die Anwendung bestimmter Pflanzenschutzmittel, Pflanzenschutzgeräte oder Verfahren des Pflanzenschutzes der zuständigen Behörde anzuzeigen;

2. Verfügungsberechtigte und Besitzer zu verpflichten, Befallsgegenstände, Grundstücke, Gebäude oder Räume auf das Auftreten von Schadorganismen zu überwachen, zu untersuchen oder untersuchen zu lassen;

3. Verfügungsberechtigte und Besitzer zu verpflichten, bestimmte Schadorganismen zu bekämpfen oder bekämpfen zu lassen, sowie bestimmte Pflanzenschutzmittel, Pflanzenschutzgeräte oder Verfahren hierfür vorzuschreiben oder zu verbieten;

4. (weggefallen)

5. anzuordnen, daß die zuständigen Behörden Pflanzen und Grundstücke auf das Auftreten bestimmter Schadorganismen überwachen und bestimmte Schadorganismen bekämpfen;

6. das Vernichten, Entseuchen oder Entwesen von Befallsgegenständen und das Entseuchen oder Entwesen des Bodens, von Kultursubstraten oder von Gebäuden oder Räumen anzuordnen sowie bestimmte Mittel, Geräte oder Verfahren hierfür vorzuschreiben oder zu verbieten;

7. die Verwendung bestimmter Kultursubstrate für die Anzucht oder den Anbau bestimmter Pflanzen vorzuschreiben oder zu verbieten;

8. die Nutzung befallener, befallsverdächtiger oder befallsgefährdeter Grundstücke zu beschränken sowie Vorschriften über die Sperre solcher Grundstücke zu erlassen;

9. die Verwendung nicht geeigneten Saat- oder Pflanzguts oder nicht geeigneter zur Veredlung bestimmter Pflanzenteile zu verbieten oder zu beschränken;

10. den Anbau bestimmter Pflanzenarten zu verbieten oder zu beschränken;

11. das Inverkehrbringen bestimmter Pflanzen, die für die Erzeugung von Pflanzen oder sonst zum Anbau bestimmt sind (Anbaumaterial),

    a)   bei Befall oder Verdacht des Befalls mit bestimmten Schadorganismen zu verbieten oder zu beschränken,

    b)   von dem Ergebnis einer Untersuchung auf Befall mit bestimmten Schadorganismen oder auf Resistenz gegen bestimmte Schadorganismen oder von einer Genehmigung abhängig zu machen;

12. anzuordnen, daß befallene, befallsverdächtige oder befallsgefährdete Grundstücke von bestimmten Pflanzen freizumachen oder freizuhalten sind;

13. das Befördern, das Inverkehrbringen und das Lagern bestimmter Schadorganismen und Befallsgegenstände zu verbieten, zu beschränken oder von einer Genehmigung oder Anzeige abhängig zu machen;

14. das Züchten und das Halten bestimmter Schadorganismen sowie das Arbeiten mit ihnen zu verbieten, zu beschränken oder von einer Genehmigung oder Anzeige abhängig zu machen;

15. anzuordnen, daß Grundstücke, Gebäude, Räume oder Behältnisse, die dem Lagern von Pflanzen oder Pflanzenerzeugnissen dienen, zu entseuchen, zu entwesen oder zu reinigen sind, und bestimmte Mittel, Geräte oder Verfahren hierfür vorzuschreiben oder zu verbieten;

16. Vorschriften zum Schutz von Tieren, Pflanzen oder Mikroorganismen

    a)   vor ihrer Gefährdung durch Pflanzenschutzmittel, Pflanzenschutzgeräte oder sonstige Geräte und Einrichtungen, die im Pflanzenschutz benutzt werden, oder

    b)   im Hinblick auf ihren Nutzen für die Bekämpfung von Schadorganismen

    zu erlassen;

17. Vorschriften über das Inverkehrbringen und die Verwendung von Tieren, Pflanzen oder Mikroorganismen zur Bekämpfung bestimmter Schadorganismen zu erlassen; dabei kann es das Inverkehrbringen und die Verwendung von Tieren, Pflanzen oder Mikroorganismen von einer Genehmigung abhängig machen sowie die Voraussetzungen und das Verfahren hierfür regeln.

(2) Rechtsverordnungen nach Absatz 1 Nr. 3, 6, 15, 16 und 17 bedürfen des Einvernehmens mit den Bundesministerien für Arbeit und Sozialordnung, für Gesundheit und für Umwelt, Naturschutz und Reaktorsicherheit, soweit sie sich auf die Anwendung bestimmter Pflanzenschutzmittel oder anderer Stoffe beziehen.

(3) Die Landesregierungen werden ermächtigt,

1. Rechtsverordnungen nach Absatz 1 zu erlassen, soweit das Bundesministerium für Ernährung, Landwirtschaft und Forsten von seiner Befugnis keinen Gebrauch macht,

2. durch Rechtsverordnung, soweit es zur Erfüllung der in § 1 genannten Zwecke erforderlich ist,

    a)   in Gebieten, die für den Anbau bestimmter Pflanzenarten besonders geeignet sind, den Anbau bestimmter Pflanzenarten zu verbieten oder die Verwendung bestimmten Saat- oder Pflanzenguts sowie bestimmte Anbaumethoden vorzuschreiben,

    b)   vorzuschreiben, daß Pflanzen oder Pflanzenerzeugnisse nur in bestimmter Art und Weise gelagert werden dürfen.

Sie können durch Rechtsverordnung diese Befugnis auf andere Behörden übertragen und dabei bestimmen, daß diese ihre Befugnis durch Rechtsverordnung auf nachgeordnete oder ihrer Aufsicht unterstehende Behörden weiter übertragen können.

§ 4

Maßnahmen gegen Ein- und Verschleppung von Schadorganismen

Das Bundesministerium für Ernährung, Landwirtschaft und Forsten wird ermächtigt, soweit es

1. zum Schutz gegen die Gefahr

   a) der Einschleppung von Schadorganismen in die Mitgliedstaaten,
   b) der Verschleppung von Schadorganismen innerhalb der Europäischen Gemeinschaft oder in ein Drittland oder

2. zum Schutz bestimmter Gebiete vor Schadorganismen und Befallsgegenständen

erforderlich ist, durch Rechtsverordnung mit Zustimmung des Bundesrates das Befördern, das Inverkehrbringen, die Einfuhr und die Ausfuhr von Schadorganismen und Befallsgegenständen zu verbieten oder zu beschränken. Es kann dabei insbesondere

1. das Befördern, das Inverkehrbringen, die Einfuhr und die Ausfuhr von Schadorganismen und Befallsgegenständen abhängig machen

   a) von einer Genehmigung oder Anzeige,
   b) von einer Untersuchung oder vom Nachweis einer durchgeführten Entseuchung, Entwesung oder anderen Behandlung,
   c) von der Begleitung durch bestimmte Bescheinigungen,
   d) von einer bestimmten Verpackung oder Kennzeichnung,
   e) von einer Zulassung oder Registrierung des Betriebs, der die Pflanzen erzeugt oder angebaut hat oder der die Pflanzen, Pflanzenerzeugnisse, Kultursubstrate oder andere Befallsgegenstände in den Verkehr bringt, einführt oder lagert;

2. Vorschriften erlassen über

   a) die Durchführung von Untersuchungen einschließlich der Probenahme,
   b) die Beobachtung, Verwendung oder Behandlung einschließlich der Vernichtung der Befallsgegenstände,
   c) die Verpflichtung zu Aufzeichnungen, insbesondere über durchgeführte Untersuchungen, über das Auftreten von Schadorganismen, über deren Bekämpfung sowie über den Verbleib von Befallsgegenständen,
   d) Inhalt, Form und Ausstellung der Bescheinigungen nach Nummer 1 Buchstabe c,
   e) die Schließung von Packungen und Behältnissen sowie die Verschlußsicherung,
   f) die Aufbewahrung von Bescheinigungen und Aufzeichnungen sowie deren Vorlage bei der zuständigen Behörde,
   g) die Voraussetzungen und das Verfahren für die Zulassung oder Registrierung der Betriebe nach Nummer 1 Buchstabe e einschließlich des Ruhens der Zulassung, von Beschränkungen für zugelassene oder registrierte Betriebe bei der Pflanzenerzeugung, beim Pflanzenanbau und beim Befördern, Inverkehrbringen oder Lagern von Befallsgegenständen sowie der Verarbeitung und Nutzung der in dem Verfahren erhobenen Daten,

h) die Voraussetzungen und das Verfahren für die Zulassung von Einrichtungen, die Pflanzen, Pflanzenerzeugnisse oder Kultursubstrate auf den Befall mit Schadorganismen untersuchen, einschließlich des Ruhens der Zulassung oder von Beschränkungen der Untersuchungstätigkeit sowie der Verarbeitung und Nutzung der in dem Verfahren erhobenen Daten.

§ 5
Eilfälle

(1) Besteht Gefahr im Verzuge oder ist es zur unverzüglichen Durchführung von Rechtsakten der Europäischen Gemeinschaft erforderlich, so kann das Bundesministerium für Ernährung, Landwirtschaft und Forsten Rechtsverordnungen nach § 3 Abs. 1 und 2 und § 4 ohne Zustimmung des Bundesrates und ohne Einvernehmen mit den anderen Bundesministerien erlassen; sie treten spätestens sechs Monate nach ihrem Inkrafttreten außer Kraft. Ihre Geltungsdauer kann nur mit Zustimmung des Bundesrates verlängert werden.

(2) Die zuständigen Behörden können bei Gefahr im Verzuge Maßnahmen nach § 3 Abs. 1 und § 4 Satz 1 in Verbindung mit Satz 2 Nr. 1 Buchstabe a bis d und Nr. 2 Buchstabe a bis f anordnen, soweit ein sofortiges Eingreifen erforderlich ist.

Dritter Abschnitt
Anwendung von Pflanzenschutzmitteln
§ 6
Allgemeines

(1) Bei der Anwendung von Pflanzenschutzmitteln ist nach guter fachlicher Praxis zu verfahren. Pflanzenschutzmittel dürfen nicht angewandt werden, soweit der Anwender damit rechnen muß, daß ihre Anwendung im Einzelfall schädliche Auswirkungen auf die Gesundheit von Mensch und Tier oder auf Grundwasser oder sonstige erhebliche schädliche Auswirkungen, insbesondere auf den Naturhaushalt, hat. Die zuständige Behörde kann Maßnahmen anordnen, die zur Erfüllung der in den Sätzen 1 und 2 genannten Anforderungen erforderlich sind.

(2) Pflanzenschutzmittel dürfen auf Freilandflächen nur angewandt werden, soweit diese landwirtschaftlich, forstwirtschaftlich oder gärtnerisch genutzt werden. Sie dürfen jedoch nicht in oder unmittelbar an oberirdischen Gewässern und Küstengewässern angewandt werden.

(3) Die zuständige Behörde kann Ausnahmen von Absatz 2 genehmigen, wenn der angestrebte Zweck vordringlich ist und mit zumutbarem Aufwand auf andere Weise nicht erzielt werden kann und überwiegende öffentliche Interessen, insbesondere des Schutzes von Tier- und Pflanzenarten, nicht entgegenstehen.

§ 6a
Besondere Anwendungsvorschriften

(1) Pflanzenschutzmittel dürfen einzeln oder gemischt mit anderen nur angewandt werden, wenn sie zugelassen sind und nur

1. in den in der Zulassung festgesetzten und in der Gebrauchsanleitung angegebenen, in den nach § 18 Abs. 1 Satz 1 genehmigten und nach § 18a Abs. 4 bekanntgemachten oder in den nach § 18b Abs. 1 Satz 1 genehmigten Anwendungsgebieten und

2. entsprechend den in der Zulassung festgesetzten und in der Gebrauchsanleitung angegebenen oder nach § 18a Abs. 4 bekanntgemachten Anwendungsbestimmungen.

Sie dürfen im Haus- und Kleingartenbereich nur angewandt werden, wenn sie mit der Angabe "Anwendung im Haus- und Kleingartenbereich zulässig" gekennzeichnet sind.

(2)   Für Pflanzenschutzmittel, deren Inverkehrbringen oder Einfuhr nach § 11 Abs. 2 Nr. 2 und 3 genehmigt worden ist, gilt Absatz 1 Satz 1 entsprechend.

(3)   Abweichend von Absatz 1 Satz 1 dürfen Pflanzenschutzmittel, deren Zulassung nach § 16 Abs. 1 oder 2 Satz 1 endet, noch bis zum Ablauf des zweiten auf das Ende der Zulassung folgenden Jahres angewandt werden. Sie dürfen nicht angewandt werden, soweit die Anwendung durch Rechtsverordnung auf Grund dieses Gesetzes beschränkt ist oder die Biologische Bundesanstalt nach Ende der Zulassung durch Allgemeinverfügung festgestellt hat, daß die Voraussetzungen für eine Rücknahme oder einen Widerruf vorgelegen hätten.

(4)   Absatz 1 Satz 1 gilt nicht für

1.   Pflanzenschutzmittel, die zu Forschungs-, Untersuchungs- und Versuchszwecken (Versuchszwecke) angewandt werden,

2.   Pflanzenschutzmittel, deren Anwendung nach § 3 Abs. 1 Nr. 3, 6 und 15 oder nach § 4 Satz 1 in Verbindung mit Satz 2 Nr. 2 Buchstabe b, jeweils in Verbindung mit § 5 Abs. 2, angeordnet worden ist,

3.   Pflanzenschutzmittel, die für landwirtschaftliche, forstwirtschaftliche oder gärtnerische Zwecke zur Anwendung im eigenen Betrieb hergestellt werden, soweit dazu nicht Mittel verwandt werden, die Stoffe oder Zubereitungen enthalten, die zu gewerblichen Zwecken oder im Rahmen sonstiger wirtschaftlicher Unternehmungen in den Verkehr gebracht oder eingeführt worden sind, es sei denn, die Stoffe und Zubereitungen

a)   dürfen nach den Vorschriften der Europäischen Gemeinschaft bei der Erzeugung von Produkten aus ökologischem Anbau angewandt werden und

b)   sind in einer Liste der Biologischen Bundesanstalt aufgeführt,

4.   Mittel, die zur Bekämpfung pflanzlicher Mikroorganismen angewandt werden

a)   innerhalb geschlossener Räume oder Rohrsysteme in Betrieben und Anlagen, die einer gewerbe-, bergbau-, atom- oder gesundheitsrechtlichen Aufsicht unterliegen; dies gilt nicht für die Anwendung in Räumen, die der Erzeugung von Pflanzen oder dem Inverkehrbringen von Pflanzen oder Pflanzenerzeugnissen dienen,

b)   in Anlagen des sanitären Bereichs.

Die Biologische Bundesanstalt nimmt Stoffe und Zubereitungen in die Liste nach Satz 1 Nr. 3 Buchstabe b auf, wenn keine Anhaltspunkte vorliegen, daß sie bei sachgerechter Anwendung oder als Folge einer solchen Anwendung schädliche Auswirkungen, insbesondere auf die Gesundheit von Mensch und Tier, das Grundwasser und den Naturhaushalt haben. Die Biologische Bundesanstalt macht die Liste im Bundesanzeiger bekannt.

§ 7
Anwendungsverbote

(1)   Das Bundesministerium für Ernährung, Landwirtschaft und Forsten wird ermächtigt, soweit es zum Schutz der Gesundheit von Mensch oder Tier oder zum Schutz vor Gefahren, insbesondere für den Naturhaushalt, erforderlich ist, im Einvernehmen mit den Bundesministerien für Wirtschaft, für Arbeit und Sozialordnung und für Gesundheit sowie im Falle der Nummer 1 auch mit dem Bundesministerium für Umwelt, Naturschutz und Reaktorsicherheit durch Rechtsverordnung mit Zustimmung des Bundesrates

1. die Anwendung

   a) bestimmter Pflanzenschutzmittel oder von Pflanzenschutzmitteln mit bestimmten Stoffen,

   b) von Pflanzenschutzmitteln unter Verwendung bestimmter Geräte oder Verfahren,

2. den Anbau bestimmter Pflanzenarten auf Grundstücken, deren Böden mit bestimmten Pflanzenschutzmitteln behandelt worden sind, sowie die Verwendung bestimmter dort gewonnener Pflanzen oder Pflanzenerzeugnisse,

3. das Abgeben von Pflanzenschutzmitteln, die unter eine Regelung nach Nummer 1 Buchstabe a fallen, an den Anwender,

4. das Inverkehrbringen, die Einfuhr oder die Verwendung von Saatgut, Pflanzgut oder Kultursubstraten, die bestimmte Pflanzenschutzmittel enthalten oder denen bestimmte Pflanzenschutzmittel anhaften,

zu verbieten, zu beschränken oder von einer Genehmigung oder Anzeige abhängig zu machen; dabei kann vorgesehen werden, daß die Genehmigung von der Biologischen Bundesanstalt zu erteilen und die Anzeige ihr gegenüber zu erstatten ist.

(2) Soweit durch Rechtsverordnung nach Absatz 1 Nr. 1 die Anwendung von Pflanzenschutzmitteln beschränkt wird, können insbesondere Zweck, Art, Zeit, Ort und Verfahren der Anwendung des Pflanzenschutzmittels vorgeschrieben oder verboten sowie die aufzuwendende Menge und nach der Anwendung einzuhaltende Wartezeit vorgeschrieben werden.

(3) Ein mit der Zulassung eines Pflanzenschutzmittels festgesetztes Anwendungsgebiet darf durch Rechtsverordnung nach Absatz 1 Nr. 1 nicht ausgeschlossen werden, es sei denn, daß zuvor die Zulassung unter Anordnung der sofortigen Vollziehbarkeit zurückgenommen oder widerrufen worden ist. Wird die Rücknahme oder der Widerruf der Zulassung unanfechtbar aufgehoben, so ist die Rechtsverordnung insoweit nicht mehr anzuwenden.

(4) Bei Gefahr im Verzuge kann das Bundesministerium für Ernährung, Landwirtschaft und Forsten Rechtsverordnungen nach Absatz 1 ohne Zustimmung des Bundesrates und ohne Einvernehmen mit anderen Bundesministerien erlassen; sie treten spätestens sechs Monate nach ihrem Inkrafttreten außer Kraft. Ihre Geltungsdauer kann nur mit Zustimmung des Bundesrates verlängert werden.

(5) Die Landesregierungen werden ermächtigt, Rechtsverordnungen nach Absatz 1 Nr. 1 Buchstabe b zu erlassen, soweit das Bundesministerium für Ernährung, Landwirtschaft und Forsten von seiner Befugnis keinen Gebrauch macht.

§ 8

Weitergehende Länderregelungen

Befugnisse der Länder,

1. Vorschriften zu erlassen, über

   a) die Anwendung von Pflanzenschutzmitteln in Schutzgebieten nach wasserrechtlichen oder naturschutzrechtlichen Bestimmungen,

   b) die Einzelheiten der Anwendung von Pflanzenschutzmitteln an oberirdischen Gewässern oder Küstengewässern oder

   c) die Anwendung von Pflanzenschutzmitteln auf Freilandflächen, die nicht landwirtschaftlich, forstwirtschaftlich oder erwerbsgärtnerisch genutzt werden, oder

2.   a)   die Anwendung von Pflanzenschutzmitteln unter Verwendung bestimmter Geräte oder Verfahren oder

      b)   den Anbau bestimmter Pflanzenarten auf Grundstücken, deren Böden mit bestimmten Pflanzenschutzmitteln behandelt worden sind, sowie die Verwendung bestimmter dort gewonnener Pflanzen oder Pflanzenerzeugnisse

zu verbieten, zu beschränken oder von einer Genehmigung oder Anzeige abhängig zu machen,

bleiben unberührt.

§ 9
Anzeige

Wer Pflanzenschutzmittel für andere - außer gelegentlicher Nachbarschaftshilfe - anwenden oder zu gewerblichen Zwecken oder im Rahmen sonstiger wirtschaftlicher Unternehmungen andere über die Anwendung von Pflanzenschutzmitteln beraten will, hat dies der für den Betriebssitz und der für den Ort der Tätigkeit zuständigen Behörde vor Aufnahme der Tätigkeit anzuzeigen. Die Landesregierungen werden ermächtigt, durch Rechtsverordnung die näheren Vorschriften über die Anzeige und das Anzeigeverfahren zu erlassen. Sie können durch Rechtsverordnung diese Befugnis auf oberste Landesbehörden übertragen.

§ 10
Persönliche Anforderungen

(1)   Wer

1.   Pflanzenschutzmittel in einem Betrieb

      a)   der Landwirtschaft einschließlich des Gartenbaus oder der Forstwirtschaft oder
      b)   zum Zwecke des Vorratsschutzes
    anwendet,

2.   eine nach § 9 anzeigepflichtige Tätigkeit ausübt oder

3.   Personen anleitet oder beaufsichtigt, die Pflanzenschutzmittel im Rahmen eines Ausbildungsverhältnisses anwenden, soweit dies zur Ausbildung gehört,

muß die dafür erforderliche Zuverlässigkeit und die dafür erforderlichen Kenntnisse und Fertigkeiten haben und dadurch die Gewähr dafür bieten, daß durch die Anwendung von Pflanzenschutzmitteln keine vermeidbaren schädlichen Auswirkungen auf die Gesundheit von Mensch oder Tier oder keine sonstigen vermeidbaren schädlichen Auswirkungen, insbesondere auf den Naturhaushalt, auftreten.

(2)   Die zuständige Behörde kann die in Absatz 1 bezeichneten Tätigkeiten ganz oder teilweise untersagen, wenn Tatsachen die Annahme rechtfertigen, daß derjenige, der diese Tätigkeiten ausübt, die dort genannten Voraussetzungen nicht erfüllt.

(3)   Die erforderlichen fachlichen Kenntnisse und Fertigkeiten sind der zuständigen Behörde auf Verlangen nachzuweisen. Die Bundesregierung wird ermächtigt, durch Rechtsverordnung mit Zustimmung des Bundesrates nähere Vorschriften über Art und Umfang der erforderlichen fachlichen Kenntnisse und Fertigkeiten sowie über das Verfahren für deren Nachweis zu erlassen. Die Landesregierungen werden ermächtigt,

1.   Rechtsverordnungen nach Satz 2 zu erlassen, soweit die Bundesregierung von ihrer Befugnis keinen Gebrauch macht,

2. durch Rechtsverordnung, soweit es zur Erfüllung der in § 1 genannten Zwecke erforderlich ist, den Anwendungsbereich des Absatzes 1 auf Personen auszudehnen, die Pflanzenschutzmittel auf Grundstücken anwenden, die im Besitz juristischer Personen des öffentlichen Rechts stehen.

Die Landesregierungen können diese Befugnis durch Rechtsverordnung auf andere Behörden übertragen.

§ 10a
Anwendung zu Versuchszwecken

(1) Pflanzenschutzmittel dürfen zu Versuchszwecken nur angewandt werden, wenn die Anwendung keine schädlichen Auswirkungen auf die Gesundheit von Mensch und Tier oder auf Grundwasser sowie keine sonstigen schädlichen Auswirkungen, insbesondere auf den Naturhaushalt, erwarten läßt. Sie dürfen ferner nur angewandt werden, wenn der Anwender die dafür erforderlichen fachlichen Kenntnisse und Fertigkeiten nachgewiesen hat. Die erforderlichen Kenntnisse und Fertigkeiten sind der zuständigen Behörde durch Vorlage der durch Rechtsverordnung nach Absatz 3 vorgesehenen Bescheinigungen nachzuweisen. Im Einzelfall kann die zuständige Behörde abweichend von Satz 2 auf Antrag die Anwendung von Pflanzenschutzmitteln zu Versuchszwecken genehmigen, sofern dadurch keine schädlichen Auswirkungen auf die in Satz 1 genannten Schutzgüter zu erwarten sind. Die Sätze 2 und 3 gelten nicht für Versuche, die von der Biologischen Bundesanstalt oder den nach § 34 zuständigen Behörden durchgeführt werden.

(2) Die zuständige Behörde kann die Anwendung von Pflanzenschutzmitteln zu Versuchszwecken ganz oder teilweise untersagen, wenn Tatsachen die Annahme rechtfertigen, daß derjenige, der Pflanzenschutzmittel zu Versuchszwecken anwendet, die erforderliche Zuverlässigkeit oder die erforderlichen fachlichen Kenntnisse und Fertigkeiten nicht besitzt.

(3) Das Bundesministerium für Ernährung, Landwirtschaft und Forsten wird ermächtigt, im Einvernehmen mit den Bundesministerien für Arbeit und Sozialordnung, für Gesundheit und für Umwelt, Naturschutz und Reaktorsicherheit durch Rechtsverordnung mit Zustimmung des Bundesrates Näheres über Art und Umfang der Anwendung von Pflanzenschutzmitteln zu Versuchszwecken und der erforderlichen fachlichen Kenntnisse und Fertigkeiten sowie das Verfahren für deren Nachweis zu regeln.

Vierter Abschnitt
Verkehr mit Pflanzenschutzmitteln
§ 11
Zulassungsbedürftigkeit

(1) Pflanzenschutzmittel dürfen in der Formulierung, in der die Abgabe an den Anwender vorgesehen ist, nur in den Verkehr gebracht oder eingeführt werden, wenn sie von der Biologischen Bundesanstalt zugelassen sind. Dies gilt nicht

1. für Pflanzenschutzmittel, die für die Ausfuhr bestimmt sind oder sich im Falle der Einfuhr in einem Freihafen oder als Zollgut unter zollamtlicher Überwachung befinden,

2. für Mittel, die zur Bekämpfung pflanzlicher Mikroorganismen

    a) innerhalb geschlossener Räume oder Rohrsysteme in Betrieben und Anlagen, die einer bergbau-, atom- oder gesundheitsrechtlichen Aufsicht unterliegen, oder
    b) in Anlagen des sanitären Bereichs

bestimmt sind.

(2) Die Biologische Bundesanstalt kann das Inverkehrbringen oder die Einfuhr nicht zugelassener Pflanzenschutzmittel genehmigen

1. für Versuchszwecke,

2. bei Gefahr im Verzuge für die Bekämpfung bestimmter Schadorganismen oder

3. zur Anwendung an Pflanzen oder Pflanzenerzeugnissen, die für die Ausfuhr bestimmt sind, sofern für diese im Bestimmungsland abweichende Anforderungen gelten,

für eine bestimmte Menge und für einen bestimmten Zeitraum, der in den Fällen der Nummern 2 und 3 jeweils 120 Tage nicht überschreiten darf. Dabei hat sie die Anwendungsgebiete sowie die zum Schutz der Gesundheit von Mensch und Tier und die zum Schutz vor sonstigen schädlichen Auswirkungen, insbesondere auf den Naturhaushalt, erforderlichen Anwendungsbestimmungen, einschließlich solcher über die zur Anwendung berechtigten Personen, festzusetzen und die erforderlichen Auflagen zu erteilen. Die Genehmigung kann mit dem Vorbehalt des Widerrufs verbunden werden. Sie kann erneut erteilt werden. Im Falle des Satzes 1 Nr. 3 wird die Genehmigung im Benehmen mit dem Bundesinstitut für gesundheitlichen Verbraucherschutz und Veterinärmedizin und dem Umweltbundesamt erteilt.

(3) Saatgut, Pflanzgut und Kultursubstrate, die Pflanzenschutzmittel enthalten oder denen Pflanzenschutzmittel anhaften, dürfen nur in den Verkehr gebracht oder eingeführt werden, wenn

1. die Pflanzenschutzmittel in einem Mitgliedstaat zugelassen sind, die Zulassung den Anforderungen des Artikels 4 Abs. 1 Buchstabe b bis e der Richtlinie 91/414/EWG des Rates vom 15. Juli 1991 über das Inverkehrbringen von Pflanzenschutzmitteln (ABl. EG Nr. L 230 S. 1) in der jeweils geltenden Fassung entspricht und die Anwendung der Pflanzenschutzmittel nicht durch Rechtsverordnung nach § 7 Abs. 1 verboten ist oder

2. die Biologische Bundesanstalt auf Antrag festgestellt hat, daß die Pflanzenschutzmittel in ihrer Zusammensetzung und Wirkung einem in der Bundesrepublik Deutschland zugelassenen Pflanzenschutzmittel entsprechen.

Absatz 1 Satz 2 und Absatz 2 gelten entsprechend.

§ 12
Zulassungsantrag

(1) Die Zulassung kann beantragen, wer Pflanzenschutzmittel erstmalig in den Verkehr bringen oder einführen will.

(2) Wer in einem Mitgliedstaat weder Wohnsitz noch Niederlassung hat, kann die Zulassung nur beantragen, wenn er einen Vertreter mit Wohnsitz oder Geschäftsraum im Geltungsbereich dieses Gesetzes bestellt hat. Dieser ist im Zulassungsverfahren zur Vertretung befugt.

(3) Dem Antrag auf Zulassung sind die zur Prüfung der Zulassungsvoraussetzungen erforderlichen Angaben, Unterlagen und Proben beizufügen. Das Bundesministerium für Ernährung, Landwirtschaft und Forsten wird ermächtigt, im Einvernehmen mit den Bundesministerien für Arbeit und Sozialordnung, für Gesundheit und für Umwelt, Naturschutz und Reaktorsicherheit durch Rechtsverordnung mit Zustimmung des Bundesrates Inhalt und Umfang des

Antrages sowie Art und Umfang der dem Antrag beizufügenden Angaben, Unterlagen und Proben unter Beachtung der von der Europäischen Gemeinschaft erlassenen Bestimmungen über das Inverkehrbringen von Pflanzenschutzmitteln zu regeln; es kann dabei bestimmte Versuchsanstellungen und ihre Durchführung einschließlich der zu verwendenden Analyseverfahren vorschreiben.

(4) Soweit es zur unverzüglichen Durchführung von Rechtsakten der Europäischen Gemeinschaft erforderlich ist, kann das Bundesministerium für Ernährung, Landwirtschaft und Forsten Rechtsverordnungen nach Absatz 3 Satz 2 ohne Zustimmung des Bundesrates und ohne Einvernehmen mit den anderen Bundesministerien erlassen; sie treten spätestens sechs Monate nach ihrem Inkrafttreten außer Kraft. Ihre Geltungsdauer kann nur unter den Voraussetzungen des Absatzes 3 Satz 2 verlängert werden.

§ 13
Verwertung von Erkenntnissen aus Unterlagen Dritter

(1) Unterlagen, die Anträgen auf Grund des § 12 Abs. 3 beigefügt werden müssen, sind nicht erforderlich, soweit der Biologischen Bundesanstalt ausreichende Erkenntnisse aus Unterlagen eines anderen Antragstellers (Vorantragsteller) vorliegen und, wenn

1. der Vorantragsteller deren Verwertung schriftlich zugestimmt hat oder

2. die erstmalige Zulassung des Pflanzenschutzmittels des Vorantragstellers, auf das sich die beabsichtigte Verwertung bezieht, in einem Mitgliedstaat länger als zehn Jahre zurückliegt.

Ist keiner der in dem Pflanzenschutzmittel enthaltenen Wirkstoffe in Anhang I der Richtlinie 91/414/EWG aufgenommen, so beginnt die Zehnjahresfrist nach Satz 1 Nr. 2 mit der erstmaligen nach dem 1. Juli 1998 durch die Biologische Bundesanstalt erteilten Zulassung.

(2) Abweichend von Absatz 1 Satz 1 Nr. 2 beginnen die Zehnjahresfristen für Unterlagen, die dem Antrag zur Prüfung eines Wirkstoffs beizufügen sind, mit dessen erstmaliger Aufnahme in Anhang I der Richtlinie 91/414/EWG.

(3) Unterlagen, die der Biologischen Bundesanstalt nach § 15a Abs. 1 und 2 zur Prüfung eines Wirkstoffs vorgelegt worden sind, dürfen zugunsten anderer Antragsteller oder Zulassungsinhaber (Dritter) nur nach schriftlicher Zustimmung desjenigen Vorantragstellers oder Zulassungsinhabers verwertet werden, der die Unterlagen vorgelegt hat. Satz 1 gilt nicht, wenn die in Artikel 13 Abs. 3 Buchstabe d der Richtlinie 91/414/EWG genannte Entscheidung der Kommission, bei der die Erkenntnisse aus diesen Unterlagen erstmalig berücksichtigt werden konnten, länger als fünf Jahre zurückliegt. Abweichend von Satz 2 dürfen Unterlagen nach § 15a Abs. 1 und 2 nur nach Ablauf der in Absatz 2 vorgesehenen Frist verwertet werden, wenn diese Frist für denselben Wirkstoff zu einem späteren Zeitpunkt als die Fünfjahresfrist nach Satz 2 endet.

§ 14
Verwertung von Erkenntnissen aus Versuchen mit Wirbeltieren

(1) Unterlagen, die Anträgen auf Grund des § 12 Abs. 3 beigefügt werden müssen, und die Versuche mit Wirbeltieren voraussetzen, sind nicht erforderlich, soweit der Biologischen Bundesanstalt ausreichende Erkenntnisse aus Unterlagen eines Vorantragstellers vorliegen. In diesen Fällen teilt die Biologische Bundesanstalt diesem und dem Antragsteller mit, welche Unterlagen eines Vorantragstellers sie zugunsten des Antragstellers zu verwerten beab-

sichtigt, sowie jeweils Name und Anschrift des anderen. Satz 2 gilt nicht, wenn die erstmalige Zulassung des Pflanzenschutzmittels des Vorantragstellers, auf das sich die beabsichtigte Verwertung bezieht, in einem Mitgliedstaat länger als zehn Jahre zurückliegt. § 13 Abs. 1 Satz 2 und Abs. 2 gilt entsprechend.

(2) Der Vorantragsteller kann der Verwertung seiner Unterlagen im Falle des Absatzes 1 Satz 1 innerhalb einer Frist von drei Monaten nach Zugang der Mitteilung nach Absatz 1 Satz 2 widersprechen. Im Falle des Widerspruchs ist das Zulassungsverfahren für einen Zeitraum von fünf Jahren nach Stellung des Zulassungsantrags, längstens jedoch bis zum Ablauf von zehn Jahren nach der erstmaligen Zulassung des Pflanzenschutzmittels des Vorantragstellers in einem Mitgliedstaat, auszusetzen. Ist keiner der im Pflanzenschutzmittel enthaltenen Wirkstoffe in Anhang I der Richtlinie 91/414/EWG aufgenommen, so beginnt die Zehnjahresfrist nach Satz 2 mit dem in § 13 Abs. 1 Satz 2 genannten Zeitpunkt, im Falle des § 13 Abs. 2 mit der erstmaligen Aufnahme des Wirkstoffs in Anhang I der Richtlinie 91/414/EWG. Würde der Antragsteller für die Beibringung eigener Unterlagen einen kürzeren als den in Satz 2 oder 3 jeweils genannten Zeitraum benötigen, so ist das Zulassungsverfahren nur für diesen Zeitraum auszusetzen. Vor Aussetzung des Zulassungsverfahrens sind der Antragsteller und der Vorantragsteller zu hören.

(3) Wird das Pflanzenschutzmittel im Falle des Absatzes 2 vor Ablauf der sich aus § 13 Abs. 1 Satz 1, auch in Verbindung mit Satz 2, und Absatz 2 ergebenden Zehnjahresfristen unter Verwertung seiner Unterlagen zugelassen, so hat er gegen den Antragsteller Anspruch auf eine Vergütung in Höhe von 50 vom Hundert der vom Antragsteller durch die Verwertung ersparten Aufwendungen. Der Vorantragsteller kann dem Antragsteller das Inverkehrbringen des Pflanzenschutzmittels untersagen, solange dieser nicht die Vergütung gezahlt oder für sie in angemessener Höhe Sicherheit geleistet hat.

§ 14a
Verwertung neuer Erkenntnisse aus Versuchen mit Wirbeltieren

(1) Unterlagen, die Versuche mit Wirbeltieren voraussetzen und der Biologischen Bundesanstalt nach § 15a Abs. 1 und 2 zur Prüfung eines Wirkstoffs vorgelegt worden sind, dürfen zugunsten Dritter nur verwertet werden, wenn die Biologische Bundesanstalt diesen und dem Vorantragsteller oder Zulassungsinhaber, der die Unterlagen vorgelegt hat, mitgeteilt hat, welche dieser Unterlagen sie zugunsten des Dritten zu verwerten beabsichtigt, sowie jeweils Name und Anschrift des anderen. § 13 Abs. 3 Satz 2 und 3 gilt entsprechend.

(2) Der Vorantragsteller oder Zulassungsinhaber, der die Unterlagen vorgelegt hat, kann der Verwertung seiner Unterlagen nach Absatz 1 innerhalb einer Frist von drei Monaten nach Zugang der Mitteilung nach Absatz 1 Satz 1 widersprechen. Im Falle des Widerspruchs ist das Zulassungsverfahren für einen Zeitraum von fünf Jahren nach Stellung des Zulassungsantrags, längstens jedoch bis zum Ablauf des nach § 13 Abs. 3 Satz 3 vorgesehenen Zeitraums, auszusetzen. § 14 Abs. 2 Satz 4 und 5 gilt entsprechend.

(3) Wird das Pflanzenschutzmittel im Falle des Absatzes 2 vor Ablauf der sich aus § 13 Abs. 3 Satz 2 und 3 ergebenden Fristen unter Verwertung der Unterlagen des Vorantragstellers oder Zulassungsinhabers, der sie vorgelegt hat, zugelassen, so hat er gegen den Dritten, zu dessen Gunsten die Unterlagen verwertet worden sind, Anspruch auf eine Vergütung in Höhe von 50 vom Hundert der vom Dritten durch die Verwertung ersparten Aufwendungen. Der Vorantragsteller oder Zulassungsinhaber, der die Unterlagen vorgelegt hat, kann dem

Dritten das Inverkehrbringen des Pflanzenschutzmittels untersagen, solange dieser nicht die Vergütung gezahlt oder für sie in angemessener Höhe Sicherheit geleistet hat.

§ 14b
Nachforderungen

Müssen zum Nachweis der Zulassungsvoraussetzungen für bereits zugelassene Pflanzenschutzmittel von mehreren Zulassungsinhabern inhaltlich gleiche Unterlagen, die Versuche mit Wirbeltieren voraussetzen, nach § 15a Abs. 1 nachgefordert werden, so teilt die Biologische Bundesanstalt jedem Zulassungsinhaber mit, welche Unterlagen für die weitere Beurteilung erforderlich sind, sowie Name und Anschrift der übrigen beteiligten Zulassungsinhaber. Die Biologische Bundesanstalt gibt den beteiligten Zulassungsinhabern Gelegenheit, sich innerhalb einer von ihr zu bestimmenden Frist zu einigen, wer die Unterlagen vorlegt. Kommt eine Einigung nicht zustande, so entscheidet die Biologische Bundesanstalt nach pflichtgemäßem Ermessen und unterrichtet hiervon unverzüglich alle Beteiligten. Diese sind, sofern sie nicht den Widerruf der Zulassung ihres Pflanzenschutzmittels beantragen, verpflichtet, sich jeweils mit einem der Zahl der beteiligten Zulassungsinhaber entsprechenden Bruchteil an den Aufwendungen für die Erstellung der Unterlagen zu beteiligen; sie haften als Gesamtschuldner. Die Sätze 1 bis 4 gelten entsprechend, wenn inhaltlich gleiche Unterlagen von mehreren Antragstellern in laufenden Zulassungsverfahren gefordert werden.

§ 15
Zulassung

(1) Die Biologische Bundesanstalt läßt ein Pflanzenschutzmittel zu, wenn

1. der Antrag den auf Grund des § 12 Abs. 3 Satz 2 oder Abs. 4 oder den nach Absatz 5 festgesetzten Anforderungen entspricht,

2. die Wirkstoffe des Pflanzenschutzmittels in Anhang I der Richtlinie 91/414/EWG aufgeführt sind,

3. die Prüfung des Pflanzenschutzmittels ergibt, daß das Pflanzenschutzmittel nach dem Stande der wissenschaftlichen Erkenntnisse und der Technik bei bestimmungsgemäßer und sachgerechter Anwendung oder als Folge einer solchen Anwendung

   a) hinreichend wirksam ist,
   b) keine nicht vertretbaren Auswirkungen auf die zu schützenden Pflanzen und Pflanzenerzeugnisse hat,
   c) bei Wirbeltieren, zu deren Bekämpfung das Pflanzenschutzmittel vorgesehen ist, keine vermeidbaren Leiden oder Schmerzen verursacht,
   d) keine schädlichen Auswirkungen auf die Gesundheit von Mensch und Tier und auf das Grundwasser hat und
   e) keine sonstigen nicht vertretbaren Auswirkungen, insbesondere auf den Naturhaushalt sowie auf den Hormonhaushalt von Mensch und Tier, hat,

4. a) die Wirkstoffe und die für die Gesundheit oder den Naturhaushalt bedeutsamen Hilfsstoffe und Verunreinigungen des Pflanzenschutzmittels nach Art und Menge und
   b) die bei bestimmungsgemäßer und sachgerechter Anwendung des Pflanzenschutzmittels entstehenden, für die Gesundheit von Mensch und Tier und für den Naturhaushalt bedeutsamen Rückstände
   mit vertretbarem Aufwand zuverlässig bestimmt werden können und

5.   das Pflanzenschutzmittel hinreichend lagerfähig ist.

(2)   Die Biologische Bundesanstalt entscheidet im Rahmen der Zulassung unter Beachtung der in Anhang I der Richtlinie 91/414/EWG festgesetzten Beschränkungen über

1.   die Anwendungsgebiete des Pflanzenschutzmittels,

2.   die zum Schutz der Gesundheit von Mensch und Tier und die zum Schutz vor sonstigen schädlichen Auswirkungen, insbesondere auf den Naturhaushalt, erforderlichen Anwendungsbestimmungen, einschließlich solcher über

    a)   die Aufwandmenge,
    b)   die Wartezeit,
    c)   den zum Schutz von Gewässern erforderlichen Abstand bei der Anwendung und
    d)   die zur Anwendung berechtigten Personen,
    und

3.   die Eignung des Pflanzenschutzmittels für die Anwendung im Haus- und Kleingartenbereich, unter Berücksichtigung insbesondere der Eigenschaften der Wirkstoffe, der Dosierfähigkeit, der Anwendeform und der Verpackungsgröße.

(3)   Die Biologische Bundesanstalt entscheidet über das Vorliegen der Voraussetzungen, jeweils in Verbindung mit Absatz 2,

1.   nach Absatz 1 Nr. 3 Buchstabe d und e und Nr. 4 Buchstabe b hinsichtlich der Gesundheit, im Falle des Absatzes 1 Nr. 3 Buchstabe e hinsichtlich der Vermeidung gesundheitlicher Schäden durch Belastung des Bodens, im Einvernehmen mit dem Bundesinstitut für gesundheitlichen Verbraucherschutz und Veterinärmedizin,

2.   nach Absatz 1 Nr. 3 Buchstabe d und e hinsichtlich der Vermeidung von Schäden durch Belastung des Naturhaushaltes sowie durch Abfälle des Pflanzenschutzmittels im Einvernehmen mit dem Umweltbundesamt.

Über die Zulassung ist innerhalb einer Frist von zwölf Monaten nach Eingang des Antrags und der nach § 12 Abs. 3 Satz 2 und Abs. 4 sowie Absatz 5 vorzulegenden Angaben, Unterlagen und Proben zu entscheiden.

(4)   Die Biologische Bundesanstalt verbindet die Zulassung unter Beachtung der in Anhang 1 der Richtlinie 91/414/EWG festgesetzten Beschränkungen mit den Auflagen, die

1.   für die sachgerechte Anwendung sowie

2.   zum Schutz der Gesundheit von Mensch und Tier und zum Schutz vor sonstigen schädlichen Auswirkungen, insbesondere auf den Naturhaushalt,

erforderlich sind, soweit Regelungen nach Absatz 2 nicht getroffen werden. Ferner verbindet die Biologische Bundesanstalt die Zulassung mit dem Vorbehalt der nachträglichen Aufnahme, Änderung oder Ergänzung von Auflagen.

(5)   Die Biologische Bundesanstalt kann vom Antragsteller während der Prüfung die Vorlage weiterer Angaben, Unterlagen und Proben verlangen, soweit dies zum Nachweis der Zulassungsvoraussetzungen erforderlich ist.

(6)   Rechtsbehelfe gegen Auflagen nach Absatz 4 haben keine aufschiebende Wirkung.

(7)   Die Biologische Bundesanstalt kann, soweit dies für den in § 1 Nr. 4 aufgeführten Schutzzweck erforderlich ist, durch Auflagen anordnen, daß während der Dauer der Zulas-

sung bestimmte Erkenntnisse bei der Anwendung des Pflanzenschutzmittels gewonnen, gesammelt und ausgewertet und ihr die Ergebnisse innerhalb einer bestimmten Frist mitgeteilt werden. Auf Verlangen sind ihr die entsprechenden Unterlagen und Proben vorzulegen.

§ 15a
Neue Erkenntnisse

(1) Die Biologische Bundesanstalt kann vom Zulassungsinhaber zum Nachweis des fortdauernden Vorliegens der Zulassungsvoraussetzungen Angaben, Unterlagen und Proben innerhalb bestimmter Fristen nachfordern, soweit neue Erkenntnisse eine Überprüfung der Zulassung erfordern.

(2) Der Antragsteller und der Zulassungsinhaber haben der Biologischen Bundesanstalt

1. Änderungen gegenüber den im Zusammenhang mit der Antragstellung mitgeteilten Angaben und vorgelegten Unterlagen und

2. neue Erkenntnisse über Auswirkungen des Pflanzenschutzmittels auf die Gesundheit von Mensch und Tier sowie auf den Naturhaushalt

unverzüglich anzuzeigen. Der Anzeige sind die Angaben, Unterlagen und Proben beizufügen, aus denen sich die Änderungen oder die neuen Erkenntnisse ergeben.

(3) Die Biologische Bundesanstalt kann den Zulassungsinhaber verpflichten, Angaben und Unterlagen nach den Absätzen 1 und 2 der Kommission der Europäischen Gemeinschaft und den zuständigen Behörden anderer Mitgliedstaaten innerhalb bestimmter Fristen vorzulegen und ihr die Vorlage anzuzeigen.

§ 15b
Zulassung von in anderen Mitgliedstaaten zugelassenen Pflanzenschutzmitteln

(1) Die Biologische Bundesanstalt läßt ein Pflanzenschutzmittel, das in einem anderen Mitgliedstaat entsprechend den Anforderungen des Artikels 4 der Richtlinie 91/414/EWG zugelassen ist, abweichend von § 15 zu, wenn

1. der Antrag und die Antragsunterlagen den nach Absatz 6 festgesetzten Anforderungen entsprechen,

2. die Wirkstoffe des Pflanzenschutzmittels in Anhang I der Richtlinie 91/414/EWG aufgeführt sind und

3. die für die Anwendung des Pflanzenschutzmittels im Inland bedeutsamen Verhältnisse, insbesondere hinsichtlich

    a) des Pflanzenschutzes sowie der sonstigen Belange der Landwirtschaft, einschließlich des Gartenbaus, und der Forstwirtschaft,

    b) der Auswirkungen auf die Gesundheit von Mensch und Tier und auf Grundwasser sowie

    c) der sonstigen Auswirkungen, insbesondere auf den Naturhaushalt,

denen des Mitgliedstaates entsprechen, in dem das Pflanzenschutzmittel zugelassen worden ist, und deshalb widerleglich angenommen werden kann, daß das Pflanzenschutzmittel den Voraussetzungen nach § 15 Abs. 1 Nr. 3 bis 5 genügt.

(2) Für Zulassungen nach Absatz 1 gilt § 15 Abs. 2 entsprechend. Im Rahmen der Entscheidung über die Anwendungsgebiete und Anwendungsbestimmungen sind, vorbehaltlich

des Absatzes 3, die Anwendungsgebiete und Anwendungsbestimmungen festzusetzen, die denjenigen Bestimmungen entsprechen, die bei der Zulassung des Pflanzenschutzmittels in dem anderen Mitgliedstaat vorgesehen worden sind.

(3) Entsprechen die für die Anwendung des Pflanzenschutzmittels bedeutsamen Verhältnisse im Inland nicht vollständig denjenigen in dem Mitgliedstaat, in dem das Pflanzenschutzmittel zugelassen worden ist, kann die Biologische Bundesanstalt, soweit es zum Ausgleich der Unterschiede der bedeutsamen Verhältnisse erforderlich ist, abweichend von Absatz 2 Satz 2 Anwendungsgebiete ausschließen oder einschränken oder andere Anwendungsbestimmungen festsetzen. Reichen die Einschränkungen oder Festsetzungen nach Satz 1 zum Ausgleich der Unterschiede der für die Anwendung des Pflanzenschutzmittels bedeutsamen Verhältnisse nicht aus, ist die Zulassung zu versagen.

(4) Die Biologische Bundesanstalt entscheidet über das Vorliegen der Voraussetzungen, jeweils in Verbindung mit den Absätzen 2 und 3,

1. nach Absatz 1 Nr. 3 Buchstabe b und c hinsichtlich der Auswirkungen auf die Gesundheit, im Falle des Absatzes 1 Nr. 3 Buchstabe c hinsichtlich der Vermeidung der Auswirkungen auf die Gesundheit durch Belastung des Bodens, im Einvernehmen mit dem Bundesinstitut für gesundheitlichen Verbraucherschutz und Veterinärmedizin,

2. nach Absatz 1 Nr. 3 Buchstabe b und c hinsichtlich der Auswirkungen durch Belastung des Naturhaushaltes sowie durch Abfälle des Pflanzenschutzmittels im Einvernehmen mit dem Umweltbundesamt.

(5) Soweit Regelungen nach Absatz 2 nicht getroffen worden sind, hat die Biologische Bundesanstalt die Zulassung mit den Auflagen zu verbinden, die denjenigen Bestimmungen entsprechen, die bei der Zulassung des Pflanzenschutzmittels in dem anderen Mitgliedstaat für die bestimmungsgemäße und sachgerechte Anwendung sowie zum Schutz der Gesundheit von Mensch und Tier und zum Schutz vor sonstigen schädlichen Auswirkungen, insbesondere auf den Naturhaushalt, vorgesehen worden sind. Absatz 3 gilt für Auflagen entsprechend. Die Biologische Bundesanstalt verbindet die Zulassung mit dem Vorbehalt der nachträglichen Aufnahme, Änderung oder Ergänzung von Auflagen.

(6) Der Antragsteller hat durch geeignete Angaben und Unterlagen nachzuweisen, daß das Pflanzenschutzmittel in einem Mitgliedstaat zugelassen ist und die für die Anwendung des Pflanzenschutzmittels im Inland bedeutsamen Verhältnisse nach Absatz 1 Nr. 3 denen in diesem Mitgliedstaat entsprechen. Das Bundesministerium für Ernährung, Landwirtschaft und Forsten wird ermächtigt, im Einvernehmen mit den Bundesministerien für Arbeit und Sozialordnung, für Gesundheit und für Umwelt, Naturschutz und Reaktorsicherheit durch Rechtsverordnung mit Zustimmung des Bundesrates Art und Umfang der Angaben und Unterlagen zu regeln.

(7) Soweit eine Entscheidung der Europäischen Gemeinschaft nach Artikel 10 Abs. 3 der Richtlinie 91/414/EWG die Zulassung eines Pflanzenschutzmittels, das in einem anderen Mitgliedstaat zugelassen ist, vorschreibt, läßt die Biologische Bundesanstalt das Pflanzenschutzmittel im Rahmen des durch die Entscheidung vorgesehenen Umfangs zu.

(8) § 15 Abs. 5, 6 und 7 und § 15a gelten für Zulassungen nach den Absätzen 1 und 7 entsprechend.

§ 15c
Zulassung vor Entscheidung der Europäischen Gemeinschaft

(1) Die Biologische Bundesanstalt kann ein Pflanzenschutzmittel abweichend von § 15 Abs. 1 Nr. 2 bis 5 und Abs. 3 für einen Zeitraum von höchstens drei Jahren zulassen, wenn

1. das Pflanzenschutzmittel einen Wirkstoff enthält, über dessen Aufnahme in Anhang I der Richtlinie 91/414/EWG noch nicht entschieden worden ist und

2. keine Anhaltspunkte vorliegen, aus denen sich ergibt, daß

    a) das Pflanzenschutzmittel bei bestimmungsgemäßer und sachgerechter Anwendung oder als Folge einer solchen Anwendung

        aa) nicht hinreichend wirksam ist,

        bb) nicht vertretbare Auswirkungen auf Pflanzen und Pflanzenerzeugnisse hat,

        cc) bei Wirbeltieren, zu deren Bekämpfung das Pflanzenschutzmittel vorgesehen ist, vermeidbare Leiden oder Schmerzen verursacht,

        dd) schädliche Auswirkungen auf die Gesundheit von Mensch und Tier und auf das Grundwasser hat und

        ee) sonstige nicht vertretbare Auswirkungen, insbesondere auf den Naturhaushalt, hat,

    b) aa) die Wirkstoffe und die für die Gesundheit oder den Naturhaushalt bedeutsamen Hilfsstoffe und Verunreinigungen des Pflanzenschutzmittels nach Art und Menge und

        bb) die bei bestimmungsgemäßer und sachgerechter Anwendung des Pflanzenschutzmittels entstehenden, für die Gesundheit von Mensch und Tier und für den Naturhaushalt bedeutsamen Rückstände

    nicht mit vertretbarem Aufwand zuverlässig bestimmt werden können und

    c) das Pflanzenschutzmittel nicht hinreichend lagerfähig ist.

§ 15 Abs. 1 Nr. 1, Abs. 2 und 4 bis 7 und § 15a Abs. 2 und 3 gelten für Zulassungen nach Satz 1 entsprechend.

(2) Die Biologische Bundesanstalt entscheidet über das Vorliegen der Voraussetzungen nach Absatz 1 in Verbindung mit

1. § 15 Abs. 1 Nr. 3 Buchstabe d und e und Nr. 4 Buchstabe b und Abs. 2 hinsichtlich der Gesundheit, im Falle des § 15 Abs. 1 Nr. 3 Buchstabe e und Abs. 2 hinsichtlich der Vermeidung gesundheitlicher Schäden durch Belastung des Bodens, im Einvernehmen mit dem Bundesinstitut für gesundheitlichen Verbraucherschutz und Veterinärmedizin,

2. § 15 Abs. 1 Nr. 3 Buchstabe d und e und Abs. 2 hinsichtlich der Vermeidung von Schäden durch Belastung des Naturhaushaltes sowie durch Abfälle des Pflanzenschutzmittels im Einvernehmen mit dem Umweltbundesamt.

(3) Die Biologische Bundesanstalt kann die Zulassung nach Absatz 1 nach Maßgabe einer Entscheidung der Europäischen Gemeinschaft nach Artikel 8 Abs. 1 Satz 5 der Richtlinie 91/414/EWG auf Antrag bis zu dem Zeitpunkt verlängern, an dem die Entscheidung über die Zulassung des Pflanzenschutzmittels nach § 15 getroffen wird.

§ 16
Ende der Zulassung

(1)   Zulassungen nach den §§ 15 und 15b enden zehn Jahre nach Ablauf des Jahres, in dem sie erteilt worden sind; sie können erneut erteilt werden. Im Einzelfall kann die Biologische Bundesanstalt eine kürzere Zulassungsdauer festsetzen. Zulassungen nach § 15b Abs. 1 und 7 dürfen abweichend von Satz 1 nur bis zu dem Zeitpunkt erteilt werden, an dem die Zulassung in dem Mitgliedstaat endet, auf die sich der Antragsteller zur Begründung der Voraussetzungen nach § 15b Abs. 1 bezogen hat.

(2)   Ist über einen Antrag auf erneute Zulassung nicht entschieden worden, bevor eine nach den §§ 15 und 15b erteilte Zulassung endet, so kann die Biologische Bundesanstalt die Zulassung auf Antrag bis zu dem Zeitpunkt verlängern, an dem die Entscheidung über die erneute Zulassung getroffen wird. Eine Verlängerung der Zulassung setzt voraus, daß

1.   die erneute Zulassung höchstens drei Jahre und spätestens ein Jahr vor Ablauf der Zulassung beantragt worden ist,

2.   der Antrag auf erneute Zulassung den festgesetzten Anforderungen entspricht und

3.   keine Anhaltspunkte vorliegen, aus denen sich ergibt, daß das Pflanzenschutzmittel die Voraussetzungen nach § 15 Abs. 1 Nr. 3 bis 5 nicht erfüllt.

§ 16a
Widerruf; Rücknahme; Ruhen der Zulassung

(1)   Zulassungen können außer in den Fällen des § 49 Abs. 2 Satz 1 des Verwaltungsverfahrensgesetzes widerrufen werden, wenn

1.   der Inhaber der Zulassung es beantragt oder,

2.   vorbehaltlich des Absatzes 2, eine der Voraussetzungen für die Zulassung nachträglich weggefallen ist.

(2)   Zulassungen sind zu widerrufen, wenn eine der Voraussetzungen nach § 15 Abs. 1 Nr. 2 bis 5, § 15b Abs. 1 Nr. 2 und 3 oder § 15c Abs. 1 Nr. 2 nachträglich weggefallen ist.

(3)   Zulassungen nach § 15c Abs. 1 sind zu widerrufen, wenn die Europäische Gemeinschaft entschieden hat, den im Pflanzenschutzmittel enthaltenen Wirkstoff nicht in Anhang I der Richtlinie 91/414/EWG aufzunehmen oder die Aufnahme des Wirkstoffs in Anhang I in der jeweils geltenden Fassung mit einer Beschränkung nach Artikel 5 Abs. 4 der Richtlinie 91/414/EWG versehen hat, die der Zulassung entgegensteht. In diesem Fall besteht kein Anspruch auf Ausgleich eines Vermögensnachteils.

(4)   Zulassungen sind zurückzunehmen, wenn der Antragsteller die Zulassung

1.   durch arglistige Täuschung, Drohung oder Bestechung oder

2.   vorsätzlich oder grob fahrlässig durch Angaben, die in wesentlicher Beziehung unrichtig oder unvollständig waren,

erwirkt hat. Im übrigen bleibt § 48 des Verwaltungsverfahrensgesetzes unberührt.

(5)   Die Biologische Bundesanstalt kann, auch in den Fällen der Absätze 2 und 4, an Stelle der Rücknahme oder des Widerrufs bis zur Beseitigung der Rücknahme- oder Widerrufsgründe das Ruhen der Zulassung für einen bestimmten Zeitraum anordnen.

(6)   In den Fällen des Absatzes 1 Nr. 2 und des Absatzes 2 gilt § 49 Abs. 6 des Verwaltungsverfahrensgesetzes entsprechend.

§ 16b
Rückgabe von Pflanzenschutzmitteln

(1)   Nach Beendigung der Zulassung eines Pflanzenschutzmittels ist dessen Rückgabe an

1.   den Zulassungsinhaber,

2.   den Einführer oder dessen Vertreter oder

an einen von diesen beauftragten Dritten zulässig.

(2)   Die zuständige Behörde soll die Rückgabe anordnen, wenn die Biologische Bundesanstalt die Zulassung zurückgenommen, widerrufen oder nach Ablauf der Zulassung festgestellt hat, daß die Voraussetzungen für eine Rücknahme oder einen Widerruf vorgelegen hätten. Der Zulassungsinhaber, der Einführer und dessen Vertreter sind im Falle des Satzes 1 zur unverzüglichen Annahme zurückgegebener Pflanzenschutzmittel verpflichtet.

(3)   Im Falle der Rücknahme oder eines Widerrufs nach § 49 Abs. 2 Satz 1 Nr. 3 bis 5 des Verwaltungsverfahrensgesetzes oder nach § 16a Abs. 2 ist ferner die Rückgabe an einen Betrieb, der Pflanzenschutzmittel zu gewerblichen Zwecken in den Verkehr bringt, zulässig. Ordnet die zuständige Behörde in einem solchen Fall die Rückgabe an, so ist dieser Betrieb zur unverzüglichen Annahme zurückgegebener Pflanzenschutzmittel verpflichtet.

(4)   Das Bundesministerium für Ernährung, Landwirtschaft und Forsten wird ermächtigt, im Einvernehmen mit den Bundesministerien für Wirtschaft, für Gesundheit und für Umwelt, Naturschutz und Reaktorsicherheit durch Rechtsverordnung mit Zustimmung des Bundesrates nähere Einzelheiten der Rückgabe und der Rücknahme zu regeln und zu bestimmen, wer die Kosten für die Rückgabe oder die Rücknahme zu tragen hat.

(5)   Die Biologische Bundesanstalt teilt den zuständigen Behörden die Gründe für die Rücknahme, den Widerruf oder die Feststellung mit, daß die Voraussetzungen für eine Rücknahme oder einen Widerruf vorgelegen hätten.

§ 17
Ermächtigung

(1)   Das Bundesministerium für Ernährung, Landwirtschaft und Forsten wird ermächtigt, im Einvernehmen mit den Bundesministerien für Wirtschaft, für Arbeit und Sozialordnung, für Gesundheit und für Umwelt, Naturschutz und Reaktorsicherheit durch Rechtsverordnung mit Zustimmung des Bundesrates

1.   unter Beachtung der von der Europäischen Gemeinschaft erlassenen Bestimmungen über das Inverkehrbringen von Pflanzenschutzmitteln die näheren Einzelheiten über die Voraussetzungen einer Zulassung nach § 15 Abs. 1 Nr. 3 bis 5, § 15b Abs. 1 Nr. 3 oder § 15c Abs. 1 Nr. 2,

2.   das Verfahren der Zulassung von Pflanzenschutzmitteln sowie,

3.   soweit es zur Erfüllung der in § 1 genannten Zwecke erforderlich ist, die Voraussetzungen und das Verfahren der Anerkennung von Einrichtungen, die die Wirksamkeit von Pflanzenschutzmitteln zur Erstellung der Angaben und Unterlagen für die Zulassung von Pflanzenschutzmitteln untersuchen,

zu regeln.

(2) Das Bundesministerium für Ernährung, Landwirtschaft und Forsten wird ermächtigt, soweit es zur Erfüllung der in § 1 genannten Zwecke erforderlich ist, im Einvernehmen mit dem Bundesministerium der Finanzen durch Rechtsverordnung ohne Zustimmung des Bundesrates vorzuschreiben, daß Pflanzenschutzmittel in oder aus Staaten, die nicht Mitgliedstaaten sind, nur über bestimmte Zollstellen eingeführt oder ausgeführt werden dürfen.

(3) Die Biologische Bundesanstalt macht im Bundesanzeiger bekannt:

1. die Zulassung von Pflanzenschutzmitteln und zugleich den Zeitpunkt, an dem die Zulassung endet,

2. die Rücknahme, den Widerruf oder das Ruhen der Zulassung und

3. Allgemeinverfügungen nach § 6a Abs. 3 Satz 2.

§ 18
Genehmigung

(1) Die Biologische Bundesanstalt genehmigt auf Antrag die Anwendung eines zugelassenen Pflanzenschutzmittels in einem anderen als den mit der Zulassung festgesetzten Anwendungsgebieten, wenn

1. an der Anwendung ein öffentliches Interesse besteht,

2. die zum Nachweis der Genehmigungsvoraussetzungen nach Nummer 4 erforderlichen Angaben und Unterlagen vorgelegt worden sind,

3. Kenntnisse vorliegen, daß das Pflanzenschutzmittel in den beantragten Anwendungsgebieten wirkt und keine nicht vertretbaren Auswirkungen auf die zu schützenden Pflanzen und Pflanzenerzeugnisse hat,

4. die Prüfung ergibt, daß bei bestimmungsgemäßer und sachgerechter Anwendung oder als Folge einer solchen Anwendung die Anforderungen nach § 15 Abs. 1 Nr. 3 Buchstabe c bis e erfüllt werden und

5. die Anwendung vorgesehen ist

   a) an Pflanzen, die nur in geringfügigem Umfang angebaut werden oder deren Anbau von geringfügiger Bedeutung ist,

   b) an Pflanzenerzeugnissen, deren Gewinnung von geringfügiger Bedeutung ist,

   c) gegen Schadorganismen, die nur gelegentlich oder in bestimmten Gebieten erhebliche Schäden verursachen, oder

   d) in anderen Fällen in lediglich geringfügiger Menge.

Unterlagen nach Satz 1 Nr. 2 sind nicht erforderlich, soweit der Biologischen Bundesanstalt ausreichende Erkenntnisse für die Prüfung nach Satz 1 Nr. 4 vorliegen.

(2) Auf Genehmigungen nach Absatz 1 sind § 15 Abs. 2 Nr. 2, Abs. 4 und 6 und § 15a Abs. 2 Satz 1 anzuwenden.

(3) Die Biologische Bundesanstalt entscheidet über das Vorliegen der Voraussetzungen nach Absatz 1 Satz 1 Nr. 4 in Verbindung mit

1. § 15 Abs. 1 Nr. 3 Buchstabe d und e und Abs. 2 Nr. 2 hinsichtlich der Gesundheit, im Falle des § 15 Abs. 1 Nr. 3 Buchstabe e und Abs. 2 Nr. 2 hinsichtlich der Vermeidung

gesundheitlicher Schäden durch Belastung des Bodens, im Einvernehmen mit dem Bundesinstitut für gesundheitlichen Verbraucherschutz und Veterinärmedizin,

2. § 15 Abs. 1 Nr. 3 Buchstabe d und e und Abs. 2 Nr. 2 hinsichtlich der Vermeidung von Schäden durch Belastung des Naturhaushaltes sowie durch Abfälle des Pflanzenschutzmittels im Einvernehmen mit dem Umweltbundesamt.

(4) Die Genehmigung gilt nur

1. für die Dauer der Zulassung und soweit die Zulassung nicht ruht und

2. für die Anwendung in Betrieben der Landwirtschaft, einschließlich des Gartenbaus, und der Forstwirtschaft.

§ 6a Abs. 3 gilt entsprechend.

§ 18a
Genehmigungsverfahren

(1) Die Genehmigung können, außer dem Zulassungsinhaber, beantragen:

1. derjenige, der Pflanzenschutzmittel zu gewerblichen Zwecken oder im Rahmen sonstiger wirtschaftlicher Unternehmungen in einem Betrieb der Landwirtschaft, einschließlich des Gartenbaus, oder der Forstwirtschaft anwendet,

2. juristische Personen , deren Mitglieder Personen nach Nummer 1 sind, oder

3. amtliche und wissenschaftliche Einrichtungen, die in den Bereichen Landwirtschaft, einschließlich des Gartenbaus, oder der Forstwirtschaft tätig sind.

(2) Ist der Antragsteller nicht der Zulassungsinhaber, so ist vor der Entscheidung über die Genehmigung der Zulassungsinhaber zu hören. Wendet dieser gegen die Erteilung der Genehmigung ein, daß das Pflanzenschutzmittel in dem beantragten Anwendungsgebiet nur unzureichend wirkt oder unvertretbare Schäden an den zu schützenden Pflanzen oder Pflanzenerzeugnissen verursacht, darf die Biologische Bundesanstalt die Genehmigung nur erteilen, soweit die Einwände des Zulassungsinhabers nachweislich unbegründet sind.

(3) Das Bundesministerium für Ernährung, Landwirtschaft und Forsten wird ermächtigt, im Einvernehmen mit den Bundesministerien für Wirtschaft, für Arbeit und Sozialordnung, für Gesundheit und für Umwelt, Naturschutz und Reaktorsicherheit durch Rechtsverordnung mit Zustimmung des Bundesrates das Genehmigungsverfahren, insbesondere Art und Umfang der Angaben und Unterlagen nach § 18 Abs. 1 Satz 1 Nr. 2, näher zu bestimmen.

(4) Die Biologische Bundesanstalt macht die Genehmigung und deren Inhalt sowie die Rücknahme oder den Widerruf der Genehmigung im Bundesanzeiger bekannt.

§ 18b
Genehmigung im Einzelfall

(1) Die zuständige Behörde kann auf Antrag im Einzelfall die Anwendung eines zugelassenen Pflanzenschutzmittels in einem anderen als den mit der Zulassung festgesetzten Anwendungsgebieten genehmigen, wenn

1. die Anwendung vorgesehen ist

    a) an Pflanzen, die nur in geringfügigem Umfang angebaut werden, oder

b) gegen Schadorganismen, die nur in bestimmten Gebieten erhebliche Schäden verursachen,

und

2. die vorgesehene Anwendung derjenigen in einem mit der Zulassung festgesetzten Anwendungsgebiet entspricht.

§ 18a Abs. 1 Nr. 1 und 2 gilt entsprechend.

(2) Eine Genehmigung nach Absatz 1 zum Zwecke der Anwendung des Pflanzenschutzmittels an Pflanzen und Pflanzenerzeugnissen, aus denen Lebensmittel gewonnen werden können, darf nur erteilt werden, wenn

1. für die bei bestimmungsgemäßer und sachgerechter Anwendung jeweils zu erwartenden Rückstände des Pflanzenschutzmittels in oder auf Lebensmitteln pflanzlicher Herkunft eine Höchstmenge nach der Rückstands-Höchstmengenverordnung vom 1. September 1994 (BGBl. I S. 2299) in der jeweils geltenden Fassung festgesetzt worden ist, und

2. die aus diesen Pflanzen oder Pflanzenerzeugnissen gewonnenen Lebensmittel nur in geringfügigem Umfang zur täglichen durchschnittlichen Verzehrsmenge beitragen.

(3) Vor Erteilung der Genehmigung ist der Biologischen Bundesanstalt Gelegenheit zur Stellungnahme zu geben.

(4) Die Genehmigung ist mit

1. den erforderlichen Auflagen zum Schutz der Gesundheit von Mensch und Tier und zum Schutz vor sonstigen schädlichen Auswirkungen, insbesondere auf den Naturhaushalt, sowie

2. dem Vorbehalt des Widerrufs

zu verbinden. Die Genehmigung ist zu befristen. § 18 Abs. 4 Satz 1 Nr. 1 gilt entsprechend.

§ 18c
Geheimhaltung

(1) Angaben, die ein Betriebs- oder Geschäftsgeheimnis darstellen oder enthalten, dürfen von der Biologischen Bundesanstalt nicht offenbart werden, soweit der Antragsteller oder der Zulassungsinhaber die Angaben als geheimhaltungsbedürftig kenntlich gemacht hat. Satz 1 gilt nicht, wenn die Biologische Bundesanstalt unter Berücksichtigung des Geheimhaltungsinteresses der Beteiligten ein überwiegendes öffentliches Interesse an der Offenbarung feststellt. Die §§ 13 bis 14b bleiben unberührt.

(2) Nicht unter das Betriebs- und Geschäftsgeheimnis nach Absatz 1 fallen:

1. die Bezeichnung des Pflanzenschutzmittels sowie Name und Anschrift des Zulassungsinhabers,

2. die Angabe der Wirkstoffe nach Art und Menge,

3. die physikalisch-chemischen Angaben zum Pflanzenschutzmittel und zum Wirkstoff,

4. die Zusammenfassung der Ergebnisse der Untersuchungen und Versuche zur Wirksamkeit und zu den Auswirkungen auf die Gesundheit von Mensch und Tier sowie den sonstigen Auswirkungen, insbesondere auf den Naturhaushalt,

5.   Angaben zu Vorsichtsmaßnahmen sowie Sofortmaßnahmen bei Unfällen,

6.   Analyseverfahren zur Bestimmung der Wirkstoffe, Hilfsstoffe, Verunreinigungen und Rückstände nach § 15 Abs. 1 Nr. 4 und § 15c Abs. 1 Nr. 2 Buchstabe b,

7.   Angaben über Verfahren zur sachgerechten Beseitigung oder Neutralisierung des Pflanzenschutzmittels, dessen Behältnis oder Verpackung sowie des Wirkstoffs.

(3) Antragsteller und Zulassungsinhaber haben der Biologischen Bundesanstalt unverzüglich die von ihnen veranlaßte Veröffentlichung derjenigen Angaben und Unterlagen mitzuteilen, die sie zuvor nach Absatz 1 Satz 1 als geheimhaltungsbedürftig kenntlich gemacht haben.

§ 19
Meldepflicht

(1) Jährlich bis zum 31. März haben der Biologischen Bundesanstalt für das vorangegangene Kalenderjahr zu melden

1.   der Hersteller von Pflanzenschutzmitteln,

2.   derjenige, der ein Pflanzenschutzmittel erstmals in den Verkehr gebracht hat, und

3.   bei der Einfuhr von Pflanzenschutzmitteln derjenige, der die Ware in den freien Verkehr überführt oder überführen läßt,

Art und Menge der von ihm an Empfänger mit Wohnsitz oder Sitz im Inland abgegebenen oder ausgeführten Pflanzenschutzmittel und der jeweils in ihnen enthaltenen Wirkstoffe. Die Meldung hat für jedes Pflanzenschutzmittel getrennt und unter Angabe der Bezeichnung zu erfolgen. Die Sätze 1 und 2 finden keine Anwendung, soweit Pflanzenschutzmittel auf Grund einer Genehmigung nach § 11 Abs. 2 abgegeben werden.

(2) Das Bundesministerium für Ernährung, Landwirtschaft und Forsten wird ermächtigt, im Einvernehmen mit den Bundesministerien für Wirtschaft, für Gesundheit und für Umwelt, Naturschutz und Reaktorsicherheit durch Rechtsverordnung, die nicht der Zustimmung des Bundesrates bedarf, Näheres über Inhalt und Form der Meldungen zu regeln.

(3) Die Biologische Bundesanstalt unterrichtet die zuständigen Behörden der Länder über die Ergebnisse der Meldungen.

§ 20
Kennzeichnung

(1) Die Vorschriften der §§ 13 bis 15 des Chemikaliengesetzes über die Kennzeichnung sind

1.   auf das Inverkehrbringen von Pflanzenschutzmitteln, die keine Stoffe oder Zubereitungen im Sinne des § 3 Nr. 1 oder 4 des Chemikaliengesetzes sind,

2.   auf das Inverkehrbringen von Pflanzenschutzmitteln durch Vertriebsunternehmer sowie

3.   auf die Einfuhr von Pflanzenschutzmitteln

entsprechend anzuwenden.

(2) Pflanzenschutzmittel dürfen nur in den Verkehr gebracht oder eingeführt werden, wenn zusätzlich zu der Kennzeichnung nach den §§ 13 und 14 des Chemikaliengesetzes auf den

Behältnissen und abgabefertigen Packungen in deutscher Sprache und in deutlich sichtbarer, leicht lesbarer Schrift unverwischbar angegeben sind:

1. die Bezeichnung des Pflanzenschutzmittels,

2. die Zulassungsnummer,

3. der Name und die Anschrift des Zulassungsinhabers und desjenigen, der das Pflanzenschutzmittel zur Abgabe an den Anwender verpackt und kennzeichnet, soweit dieser nicht der Zulassungsinhaber ist,

4. die Wirkstoffe nach Art und Menge,

5. das Verfallsdatum bei Pflanzenschutzmitteln mit längstens zweijähriger Haltbarkeit,

6. die Gebrauchsanleitung

    a) mit den nach § 15 Abs. 2, § 15b Abs. 2 und 3, auch in Verbindung mit § 15 Abs. 2, oder § 15c Abs. 1 Satz 2 in Verbindung mit § 15 Abs. 2 festgesetzten Anwendungsgebieten und Anwendungsbestimmungen,

    b) entsprechend den Auflagen nach § 15 Abs. 4 Satz 1, § 15b Abs. 5 Satz 1 und 2, auch in Verbindung mit Abs. 3, oder § 15c Abs. 1 Satz 2 in Verbindung mit § 15 Abs. 4 Satz 1,

    c) mit der Angabe "Anwendung im Haus- und Kleingartenbereich zulässig" soweit die Biologische Bundesanstalt die Eignung nach § 15 Abs. 2 Nr. 3, auch in Verbindung mit § 15b Abs. 2 Satz 1 und § 15c Abs. 1 Satz 2, mit der Zulassung festgestellt hat,

7. nach § 3 Abs. 1 Nr. 3 und § 7 Abs. 1 Nr. 1 und 2 erlassene Verbote oder Beschränkungen.

(3) In die Gebrauchsanleitung sind die von der Biologischen Bundesanstalt festgesetzten Anwendungsgebiete und Anwendungsbestimmungen unter der Überschrift: "Von der Biologischen Bundesanstalt für Land- und Forstwirtschaft festgesetzte Anwendungsgebiete und -bestimmungen" deutlich getrennt von den übrigen Angaben und Aufschriften aufzunehmen.

(3a) Die Absätze 1 und 2 gelten nicht hinsichtlich der Einfuhr eines Pflanzenschutzmittels durch den Hersteller oder Vertriebsunternehmer.

(4) Absatz 2 gilt nicht für Pflanzenschutzmittel, die für die Ausfuhr bestimmt sind oder sich im Falle der Einfuhr in einem Freihafen oder als Zollgut unter zollamtlicher Überwachung befinden.

(5) Das Bundesministerium für Ernährung, Landwirtschaft und Forsten wird ermächtigt, im Einvernehmen mit den Bundesministerien für Arbeit und Sozialordnung, für Gesundheit und für Umwelt, Naturschutz und Reaktorsicherheit durch Rechtsverordnung mit Zustimmung des Bundesrates

1. soweit es zur Erfüllung der in § 1 genannten Zwecke erforderlich ist,
    a) den Inhalt der Angaben nach Absatz 2 näher zu bestimmen,
    b) vorzuschreiben, daß zusätzlich zu den Angaben nach den Absätzen 1 bis 3 auf Behältnissen und abgabefertigen Packungen bestimmte weitere Angaben anzubringen sind und ihren Inhalt festzulegen,
    c) Art und Form der Kennzeichnung näher zu regeln,

d) die Verwendung bestimmter Behältnisse, Packungen oder Verpackungsmaterialien vorzuschreiben sowie die Schließung der Behältnisse oder Packungen einschließlich der Verschlußsicherung zu regeln,

e) für das Inverkehrbringen von Kultursubstraten, die Pflanzenschutzmittel enthalten oder denen Pflanzenschutzmittel anhaften, eine bestimmte Kennzeichnung vorzuschreiben;

2. soweit dadurch die in § 1 genannten Zwecke nicht beeinträchtigt werden vorzusehen, daß Angaben nach den Absätzen 1 bis 3 sowie Angaben, die auf Grund einer Rechtsverordnung nach Nummer 1 Buchstabe a, b und e anzubringen sind, auf einer das Behältnis oder die Packung begleitenden Packungsbeilage enthalten sein können; in diesen Fällen ist auf den Behältnissen und abgabefertigen Packungen auf die Packungsbeilage hinzuweisen.

§ 21
Verbotene Angaben

Beim Inverkehrbringen von Pflanzenschutzmitteln zu gewerblichen Zwecken oder im Rahmen sonstiger wirtschaftlicher Unternehmungen oder in der Werbung für Pflanzenschutzmittel dürfen keine Angaben verwendet werden, die darauf hindeuten, daß diese Mittel in größerer Menge, in höherer Konzentration, zu anderer Zeit oder unter Einhaltung kürzerer Wartezeiten angewandt werden können, als sich aus der Gebrauchsanleitung oder einer im Bundesanzeiger nach § 18a Abs. 4 bekanntgemachten Genehmigung ergibt. Dies gilt nicht für Pflanzenschutzmittel, die für die Ausfuhr bestimmt sind.

§ 21a
Anzeigepflicht

Wer Pflanzenschutzmittel zu gewerblichen Zwecken oder im Rahmen sonstiger wirtschaftlicher Unternehmungen in den Verkehr bringen oder zu gewerblichen Zwecken einführen will, hat dies der für den Betriebssitz und den Ort der Tätigkeit, im Falle der Einfuhr der für den Betriebssitz oder die Niederlassung zuständigen Behörde vor Aufnahme der Tätigkeit anzuzeigen. Die Landesregierungen werden ermächtigt, durch Rechtsverordnung die näheren Vorschriften über die Anzeige und das Anzeigeverfahren zu erlassen. Sie können diese Befugnis durch Rechtsverordnung auf andere Behörden übertragen.

§ 22
Abgabe

(1) Pflanzenschutzmittel dürfen nicht durch Automaten oder durch andere Formen der Selbstbedienung in den Verkehr gebracht werden. Die Vorschriften über die Abgabe gefährlicher Stoffe oder Zubereitungen, die auf Grund des § 17 Abs. 1 Nr. 1 Buchstabe a und c des Chemikaliengesetzes erlassen worden sind, gelten für die Abgabe von Pflanzenschutzmitteln entsprechend.

(2) Bei der Abgabe im Einzel- und Versandhandel haben der Gewerbetreibende und derjenige, der für ihn Pflanzenschutzmittel abgibt, den Erwerber über die Anwendung des Pflanzenschutzmittels, insbesondere über Verbote und Beschränkungen zu unterrichten.

(3) Das Feilhalten und die Abgabe von Pflanzenschutzmitteln im Einzel- oder Versandhandel ist von der zuständigen Behörde ganz oder teilweise zu untersagen, wenn Tatsachen die Annahme rechtfertigen, daß der Gewerbetreibende oder derjenige, der für ihn Pflanzenschutzmittel abgibt, nicht die erforderliche Zuverlässigkeit und die für eine sachgerechte Un-

terrichtung des Erwerbers über die Anwendung der Pflanzenschutzmittel und die damit verbundenen Gefahren erforderlichen fachlichen Kenntnisse hat.

(4) Die erforderlichen fachlichen Kenntnisse sind der zuständigen Behörde auf Verlangen nachzuweisen. § 10 Abs. 3 Satz 2 bis 4 gilt entsprechend.

§ 23

Ausfuhr

(1) Soweit nicht Regelungen in anderen Rechtsvorschriften getroffen worden sind dürfen Pflanzenschutzmittel zu gewerblichen Zwecken oder im Rahmen sonstiger wirtschaftlicher Unternehmen in andere als Mitgliedstaaten nur ausgeführt werden, wenn

1. auf den Behältnissen und abgabefertigen Packungen in deutlich sichtbarer, leicht lesbarer Schrift unverwischbar die Bezeichnung des Pflanzenschutzmittels, die Wirkstoffe nach Art und Menge und das Verfallsdatum bei Pflanzenschutzmitteln mit längstens zweijähriger Haltbarkeit angegeben sind und und

2. den Behältnissen und abgabefertigen Packungen eine Gebrauchsanleitung mit Angaben über

   a) die bestimmungsgemäße und sachgerechte Anwendung,
   b) mögliche schädliche Auswirkungen auf die Gesundheit von Mensch und Tier sowie auf den Naturhaushalt,
   c) Vorsichtsmaßnahmen sowie Sofortmaßnahmen bei Unfällen,
   d) die sachgerechte Beseitigung oder Neutralisierung
   beigefügt ist.

Im übrigen sind bei der Ausfuhr internationale Vereinbarungen, insbesondere der Verhaltenskodex für das Inverkehrbringen und die Anwendung von Pflanzenschutz- und Schädlingsbekämpfungsmitteln der Ernährungs- und Landwirtschaftsorganisation der Vereinten Nationen, zu berücksichtigen.

(2) Für die Ausfuhr bestimmte Pflanzenschutzmittel, die

1. nicht nach den Vorschriften dieses Gesetzes zugelassen sind,

2. nicht nach § 20 Abs. 2 Nr. 2, 6 und 7 und Abs. 3 gekennzeichnet sind oder

3. mit Angaben nach § 21 versehen sind,

sind von den für die Anwendung innerhalb des Geltungsbereichs dieses Gesetzes bestimmten Pflanzenschutzmitteln getrennt zu halten und entsprechend kenntlich zu machen. Satz 1 Nr. 2 gilt entsprechend für Kultursubstrate, für die die Kennzeichnung in einer Rechtsverordnung nach § 20 Abs. 5 Nr. 1 Buchstabe e vorgeschrieben worden ist.

(3) Das Bundesministerium für Ernährung, Landwirtschaft und Forsten wird ermächtigt, soweit dies

1. zur Durchführung von Rechtsakten der Europäischen Gemeinschaft oder

2. zur Abwehr erheblicher, auf andere Weise nicht zu behebender Gefahren für die Gesundheit von Mensch oder Tier oder sonstiger Gefahren, insbesondere für den Naturhaushalt,

erforderlich ist, im Einvernehmen mit den Bundesministerien für Wirtschaft, für Arbeit und Sozialordnung, für Gesundheit, für Umwelt, Naturschutz und Reaktorsicherheit und für wirtschaftliche Zusammenarbeit und Entwicklung durch Rechtsverordnung mit Zustimmung des Bundesrates die Ausfuhr bestimmter Pflanzenschutzmittel oder von Pflanzenschutzmitteln mit bestimmten Stoffen in Staaten außerhalb der Europäischen Gemeinschaft zu verbieten. § 5 Abs. 1 gilt entsprechend.

§ 23a
Getrennte Lagerung

Lebensmittel oder Futtermittel, die für die Ausfuhr bestimmt sind und die mit Pflanzenschutzmitteln behandelt worden sind, deren Inverkehrbringen oder Einfuhr nach § 11 Abs. 2 Satz 1 Nr. 3 genehmigt worden ist, sind von den für das Inverkehrbringen im Inland bestimmten Lebensmitteln und Futtermitteln getrennt zu halten und entsprechend kenntlich zu machen.

Fünfter Abschnitt
Pflanzenschutzgeräte
§ 24
Inverkehrbringen; Einfuhr

Pflanzenschutzgeräte dürfen nur in den Verkehr gebracht oder eingeführt werden, wenn sie so beschaffen sind, daß ihre bestimmungsgemäße und sachgerechte Verwendung beim Ausbringen von Pflanzenschutzmitteln keine schädlichen Auswirkungen auf die Gesundheit von Mensch und Tier und auf Grundwasser sowie keine sonstigen schädlichen Auswirkungen, insbesondere auf den Naturhaushalt, hat, die nach dem Stande der Technik vermeidbar sind.

§ 25
Erklärung

(1) Vor dem erstmaligen Inverkehrbringen oder der erstmaligen Einfuhr von Pflanzenschutzgeräten außer Kleingeräten hat der Hersteller, der Vertriebsunternehmer, wenn er das Pflanzenschutzgerät erstmalig in den Verkehr bringen will, oder derjenige, der das Pflanzenschutzgerät erstmalig zu gewerblichen Zwecken einführt, der Biologischen Bundesanstalt zu erklären, daß der Gerätetyp den Anforderungen nach § 24 entspricht.

(2) Die Erklärung muß enthalten:

1. den Namen und die Anschrift des Herstellers, Vertriebsunternehmers oder Einführers,

2. die Bezeichnung des Gerätetyps und den Verwendungsbereich.

(3) Der Erklärung müssen beigefügt sein:

1. die Gebrauchsanleitung,

2. die Beschreibung des Gerätetyps und

3. die sonstigen für die Beurteilung erforderlichen Unterlagen.

(4) Bei Änderungen des Gerätetyps, die das Ausbringen der Pflanzenschutzmittel beeinflussen, müssen die Unterlagen nach Absatz 3 neu eingereicht oder ergänzt werden.

(5) Die Biologische Bundesanstalt kann auf die Erklärung verzichten, wenn die Pflanzenschutzgeräte für Forschungs-, Untersuchungs-, Versuchs- oder Ausstellungszwecke bestimmt sind.

§ 26
Pflanzenschutzgeräteliste

(1) Die Biologische Bundesanstalt führt eine Liste der Gerätetypen, für die eine Erklärung nach § 25 abgegeben worden ist (Pflanzenschutzgeräteliste).

(2) Die Biologische Bundesanstalt macht die Eintragung in die Pflanzenschutzgeräteliste und die Löschung der Eintragung im Bundesanzeiger bekannt.

§ 27
Prüfung

(1) Die Biologische Bundesanstalt kann Pflanzenschutzgeräte daraufhin prüfen, ob sie den Anforderungen nach § 24 entsprechen. Sie hat mit Vorrang die Pflanzenschutzgeräte zu prüfen, für die die Erklärung oder die ihr beigefügten Unterlagen zu Bedenken Anlaß geben, ob die Pflanzenschutzgeräte den Anforderungen nach § 24 entsprechen.

(2) Die Biologische Bundesanstalt kann im Einzelfall anordnen, daß der Hersteller, Vertriebsunternehmer oder Einführer ihr ein Pflanzenschutzgerät zur Prüfung übersendet.

§ 28
Ergebnis der Prüfung

Ergibt die Prüfung, daß ein Pflanzenschutzgerät nicht den Anforderungen entspricht, so löscht die Biologische Bundesanstalt die Eintragung in der Pflanzenschutzgeräteliste. Bei leichteren Mängeln kann die Biologische Bundesanstalt zunächst von der Löschung absehen und dem Hersteller, Vertriebsunternehmer oder Einführer eine angemessene Frist zur Beseitigung der Mängel setzen. Bis zum Ablauf der Frist dürfen Pflanzenschutzgeräte dieses Gerätetyps abweichend von § 24 mit diesen Mängeln weiterhin in den Verkehr gebracht werden.

§ 29
Gebrauchsanleitung

Bei der Einfuhr und beim Inverkehrbringen eines Pflanzenschutzgerätes ist die Gebrauchsanleitung in deutscher Sprache mitzuliefern. Auf ihr sind zusätzlich anzugeben:

1. der Name und die Anschrift des Herstellers, Vertriebsunternehmers oder Einführers,

2. die Bezeichnung des Gerätetyps und der Verwendungsbereich.

§ 30
Ermächtigungen

(1) Das Bundesministerium für Ernährung, Landwirtschaft und Forsten wird ermächtigt, durch Rechtsverordnung mit Zustimmung des Bundesrates,

1. soweit es zur Erfüllung des in § 1 Nr. 4 genannten Zwecks erforderlich ist,

    a)   die Anforderungen an Pflanzenschutzgeräte nach § 24 näher festzusetzen,
    b)   Verfügungsberechtigte und Besitzer zu verpflichten, im Gebrauch befindliche Pflanzenschutzgeräte prüfen zu lassen,
    c)   die Verwendung von Pflanzenschutzgeräten zu verbieten, die den in einer Rechtsverordnung nach Buchstabe a festgesetzten Anforderungen nicht entsprechen oder nicht nach Buchstabe b geprüft sind,

2. den Begriff der Kleingeräte nach § 25 Abs. 1 abzugrenzen,

3. das Verfahren der Prüfung von Pflanzenschutzgeräten, insbesondere Art und Umfang der Unterlagen nach § 25 Abs. 3, zu regeln.

(2) Die Landesregierungen werden ermächtigt, durch Rechtsverordnung, soweit es zur Erfüllung des in § 1 Nr. 4 genannten Zwecks erforderlich ist, Verfügungsberechtigte und Besitzer zu verpflichten, im Gebrauch befindliche Pflanzenschutzgeräte prüfen zu lassen und das Verfahren hierfür zu regeln, soweit das Bundesministerium für Ernährung, Landwirtschaft und Forsten von seiner Befugnis keinen Gebrauch macht. Dabei können sie auch bestimmen, daß die Prüfung durch amtlich anerkannte Kontrollwerkstätten vorgenommen wird, sowie die Anforderung an die Anerkennung, den Verlust der Anerkennung und das Verfahren zur Anerkennung regeln. Die Landesregierungen können durch Rechtsverordnung diese Befugnis auf oberste Landesbehörden übertragen und dabei bestimmen, daß diese ihre Befugnis durch Rechtsverordnung auf nachgeordnete oder ihrer Aufsicht unterstehende Behörden weiter übertragen können.

Sechster Abschnitt
Pflanzenstärkungsmittel; Zusatzstoffe; Wirkstoffe
§ 31
Inverkehrbringen von Pflanzenstärkungsmitteln

(1) Pflanzenstärkungsmittel dürfen nur in den Verkehr gebracht werden, wenn sie

1. bei bestimmungsgemäßer und sachgerechter Anwendung oder als Folge einer solchen Anwendung keine schädlichen Auswirkungen, insbesondere auf die Gesundheit von Mensch und Tier, das Grundwasser und den Naturhaushalt, haben,

2. in eine Liste der Biologischen Bundesanstalt über Pflanzenstärkungsmittel aufgenommen worden sind und

3. auf den Behältnissen und äußeren Umhüllungen oder Packungsbeilagen mit den Angaben nach § 31a Abs. 1 Satz 2 Nr. 1 bis 5, der Angabe "Pflanzenstärkungsmittel" und der Listennummer versehen sind.

(2) Für die Abgabe von Pflanzenstärkungsmitteln gilt § 22 Abs. 1 entsprechend.

§ 31a
Aufnahme in die Liste

(1) Pflanzenstärkungsmittel werden in die Liste nach § 31 Abs. 1 Nr. 2 aufgenommen, wenn der Hersteller, Vertriebsunternehmer oder Einführer die Aufnahme beantragt. Der Antrag muß enthalten:

1. den Namen und die Anschrift des Antragstellers,

2. die Bezeichnung des Pflanzenstärkungsmittels,

3. Angaben über die Zusammensetzung nach Art und Menge mit den gebräuchlichen wissenschaftlichen Bezeichnungen,

4. Angaben über die Wirkungsweise,

5. die Gebrauchsanleitung und

6. die für die Behältnisse und äußeren Umhüllungen oder für die Packungsbeilagen vorgesehene Kennzeichnung.

Mit dem Antrag ist ferner zu erklären, daß das Pflanzenstärkungsmittel den Anforderungen nach § 31 Abs. 1 Nr. 1 entspricht. Das Bundesministerium für Ernährung, Landwirtschaft und Forsten wird ermächtigt, im Einvernehmen mit den Bundesministerien für Wirtschaft, für Arbeit und Sozialordnung, für Gesundheit und für Umwelt, Naturschutz und Reaktorsicherheit durch Rechtsverordnung mit Zustimmung des Bundesrates das Verfahren der Aufnahme in die Liste über Pflanzenstärkungsmittel, insbesondere Inhalt und Form des Antrags, zu regeln.

(2) Die Biologische Bundesanstalt kann, sofern die ihr vorgelegten Angaben und Unterlagen zu Bedenken Anlaß geben, ob das Pflanzenstärkungsmittel den Anforderungen nach § 31 Abs. 1 Nr. 1 entspricht, vom Antragsteller die Vorlage der für eine Prüfung des Pflanzenstärkungsmittels erforderlichen Unterlagen und Proben verlangen.

(3) Die Biologische Bundesanstalt entscheidet innerhalb von vier Monaten nach Eingang des Antrags über die Aufnahme in die Liste über Pflanzenstärkungsmittel. Sie trifft ihre Entscheidung hinsichtlich möglicher schädlicher Auswirkungen auf die Gesundheit von Mensch und Tier im Benehmen mit dem Bundesinstitut für gesundheitlichen Verbraucherschutz und Veterinärmedizin sowie hinsichtlich möglicher schädlicher Auswirkungen auf den Naturhaushalt im Benehmen mit dem Umweltbundesamt. Verlangt die Biologische Bundesanstalt Unterlagen oder Proben nach Absatz 2, bevor das Pflanzenstärkungsmittel in die Liste aufgenommen worden ist, entscheidet sie innerhalb von vier Monaten nach Eingang der Unterlagen oder Proben.

(4) Ergibt sich aus den Unterlagen oder Proben, daß ein Pflanzenstärkungsmittel den Anforderungen nach § 31 Abs. 1 Nr. 1 nicht entspricht, so lehnt die Biologische Bundesanstalt die Aufnahme des Pflanzenstärkungsmittels in die Liste ab.

(5) Der Antragsteller hat der Biologischen Bundesanstalt Änderungen gegenüber den Angaben und Unterlagen nach Absatz 1 Satz 2 und Absatz 2 unverzüglich anzuzeigen.

§ 31b
Prüfung

(1) Die Biologische Bundesanstalt kann Pflanzenstärkungsmittel, auch nach Aufnahme in die Liste, daraufhin prüfen, ob sie den Anforderungen nach § 31 Abs. 1 Nr. 1 entsprechen. Sie hat mit Vorrang die Pflanzenstärkungsmittel zu prüfen, für die der Antrag, die ihm beigefügten Angaben oder die Unterlagen und Proben nach § 31a Abs. 2 zu Bedenken Anlaß geben, ob das Pflanzenstärkungsmittel den Anforderungen nach § 31 Abs. 1 Nr. 1 entspricht.

(2) Ergibt eine nachträgliche Prüfung, daß ein in die Liste aufgenommenes Pflanzenstärkungsmittel den Anforderungen nach § 31 Abs. 1 Nr. 1 nicht entspricht, so streicht die Biologische Bundesanstalt das Pflanzenstärkungsmittel aus der Liste. In diesem Fall ist die Rückgabe des Pflanzenstärkungsmittels an den Hersteller oder einen von ihm beauftragten Dritten zulässig.

(3) Die Biologische Bundesanstalt macht die Aufnahme in die Liste über Pflanzenstärkungsmittel und das Streichen aus der Liste im Bundesanzeiger bekannt.

§ 31c
Zusatzstoffe

(1) Stoffe, die dazu bestimmt sind, Pflanzenschutzmitteln zugesetzt zu werden, um ihre Eigenschaften oder Wirkungen zu verändern (Zusatzstoffe), ausgenommen Wasser und Düngemittel im Sinne des Düngemittelgesetzes, dürfen in der Formulierung, in der die Abgabe

an den Anwender vorgesehen ist, nur in den Verkehr gebracht werden, wenn sie die Anforderungen nach § 31 Abs. 1 Nr. 1 erfüllen und in eine Liste der Biologischen Bundesanstalt über Zusatzstoffe aufgenommen worden sind.

(2) Für Zusatzstoffe gelten die Vorschriften über Pflanzenstärkungsmittel entsprechend. Das Bundesministerium für Ernährung, Landwirtschaft und Forsten wird ermächtigt im Einvernehmen mit den Bundesministerien für Wirtschaft, für Arbeit und Sozialordnung, für Gesundheit und für Umwelt, Naturschutz und Reaktorsicherheit durch Rechtsverordnung mit Zustimmung des Bundesrates das Verfahren der Aufnahme in die Liste über Zusatzstoffe, insbesondere Inhalt und Form des Antrags, zu regeln.

§ 31d
Verkehr mit Pflanzenschutzmittelwirkstoffen

(1) Wirkstoffe, die zur Herstellung von Pflanzenschutzmitteln oder zur Verwendung als Pflanzenschutzmittel bestimmt sind, dürfen nur in den Verkehr gebracht oder eingeführt werden, wenn

1. die Wirkstoffe nach den §§ 13 bis 15 des Chemikaliengesetzes eingestuft, verpackt und gekennzeichnet sind und

2. den Mitgliedstaaten und der Kommission der Europäischen Gemeinschaft die nach Anhang II der Richtlinie 91/414/EWG erforderlichen Angaben und Unterlagen unter Beifügung einer Erklärung vorgelegt worden sind, daß der Wirkstoff zur Verwendung in Pflanzenschutzmitteln oder zur Anwendung als Pflanzenschutzmittel bestimmt ist; dies gilt nicht für Wirkstoffe, die zu Versuchszwecken in den Verkehr gebracht oder eingeführt werden.

(2) Das Bundesministerium für Ernährung, Landwirtschaft und Forsten wird ermächtigt, soweit es zur Erfüllung der in § 1 genannten Zwecke erforderlich ist, im Einvernehmen mit den Bundesministerien für Wirtschaft, für Arbeit und Sozialordnung, für Gesundheit und für Umwelt, Naturschutz und Reaktorsicherheit durch Rechtsverordnung mit Zustimmung des Bundesrates das Verfahren der Vorlage, insbesondere Art und Umfang der Unterlagen, zu regeln.

Siebter Abschnitt
Entschädigung; Forderungsübergang
§ 32
Entschädigung

(1) Soweit auf Grund dieses Gesetzes Pflanzen oder Pflanzenerzeugnisse, die weder befallen noch befallsverdächtig sind, oder sonstige Gegenstände, die weder Träger von Schadorganismen sind noch im Verdacht stehen, Träger von Schadorganismen zu sein, vernichtet werden, ist eine angemessene Entschädigung in Geld zu leisten. Die Entschädigung ist unter gerechter Abwägung der Interessen der Allgemeinheit und der Beteiligten festzusetzen.

(2) Wird durch eine Maßnahme auf Grund dieses Gesetzes dem Betroffenen ein Vermögensnachteil zugefügt, der nicht nach Absatz 1 abzugelten ist, so ist eine Entschädigung in Geld zu gewähren, soweit dies zur Abwendung oder zum Ausgleich unbilliger Härten geboten erscheint.

(3) Eine Entschädigung wird nicht gewährt, wenn der vom Eingriff Betroffene oder sein Rechtsvorgänger zu der Maßnahme durch eine Zuwiderhandlung gegen dieses Gesetz oder

gegen eine nach diesem Gesetz erlassene Rechtsverordnung oder Anordnung Anlaß gegeben hat.

(4) Für Streitigkeiten über die Entschädigungsansprüche ist der ordentliche Rechtsweg gegeben.

§ 32a
Forderungsübergang

Wird eine Entschädigung nach § 32 Abs. 1 oder 2 geleistet oder ein Ausgleich aus Anlaß behördlich angeordneter Maßnahmen zur Bekämpfung oder Verhinderung der Verschleppung von Schadorganismen gewährt und beteiligt sich die Europäische Gemeinschaft an der Entschädigung oder dem Ausgleich, kann das Bundesministerium für Ernährung, Landwirtschaft und Forsten, soweit es zur Durchführung von Rechtsakten der Europäischen Gemeinschaft erforderlich ist, durch Rechtsverordnung mit Zustimmung des Bundesrates vorschreiben, daß Forderungen auf Entschädigung oder Schadensersatz eines Entschädigungs- oder Ausgleichsberechtigten, die ihm gegen Dritte zustehen, auf die Europäische Gemeinschaft in Höhe der anteiligen Finanzierung der Entschädigung oder des Ausgleichs an diese übergehen. Nähere Einzelheiten des Forderungsübergangs und ein Forderungsübergang im übrigen auf die Länder, insbesondere Umfang und Verfahren, können in der Rechtsverordnung nach Satz 1 geregelt werden.

Achter Abschnitt
Behörden; Überwachung
§ 33
Biologische Bundesanstalt

(1) Die Biologische Bundesanstalt ist eine selbständige Bundesoberbehörde im Geschäftsbereich des Bundesministeriums für Ernährung, Landwirtschaft und Forsten.

(2) Die Biologische Bundesanstalt hat, zusätzlich zu den Aufgaben, die ihr durch dieses Gesetz, durch Rechtsverordnungen nach den §§ 7, 17 Abs. 1, 18a Abs. 3, 19 Abs. 2, 30 Abs. 1, 31a Abs. 1 Satz 4, 31c Abs. 2 Satz 2, 31d Abs. 2 und 38 b Satz 2 oder durch andere Rechtsvorschriften übertragen sind oder werden, folgende Aufgaben:

1. die Unterrichtung und Beratung der Bundesregierung auf dem Gebiet des Pflanzenschutzes,

2. Forschung im Rahmen des Zwecks dieses Gesetzes, einschließlich bibliothekarischer und dokumentarischer Erfassung, Auswertung und Bereitstellung von Informationen,

3. Mitwirkung bei der Überwachung zugelassener Pflanzenschutzmittel und in die jeweilige Liste aufgenommene Pflanzenstärkungsmittel und Zusatzstoffe,

4. Mitwirkung bei der Überwachung der Pflanzenschutzgeräte der in der Pflanzenschutzgeräteliste eingetragenen Gerätetypen,

5. die Prüfung von Pflanzenschutzgeräten,

6. die Prüfung und die Entwicklung von Verfahren des Pflanzenschutzes sowie die Mitwirkung beim Schließen von Bekämpfungslücken,

7. die Prüfung von Pflanzen auf ihre Widerstandsfähigkeit gegen Schadorganismen,

8. die Untersuchung von Bienen auf Schäden durch zugelassene Pflanzenschutzmittel,

9.   Mitwirkung bei der Bewertung von Stoffen nach dem Chemikaliengesetz,

10. Mitwirkung bei der Bekanntmachung der Liste nach § 10c des Bundesseuchengesetzes,

11. Prüfung von Pflanzenschutzmittelwirkstoffen nach den von der Europäischen Gemeinschaft erlassenen Bestimmungen.

(3) Die Biologische Bundesanstalt kann prüfen:

1.   Pflanzenschutzmittel, die nicht der Zulassung bedürfen,

2.   Stoffe, die zur Anwendung im Pflanzenbau bestimmt, aber keine Pflanzenschutzmittel, Pflanzenstärkungsmittel oder Zusatzstoffe sind,

3.   Geräte und Einrichtungen, die im Pflanzenschutz benutzt werden, aber keine Pflanzenschutzgeräte sind.

(4) Die Biologische Bundesanstalt veröffentlicht eine beschreibende Liste

1.   der zugelassenen Pflanzenschutzmittel mit Angaben über die für die Anwendung der Pflanzenschutzmittel wichtigen Merkmale und Eigenschaften, insbesondere die Eignung der Pflanzenschutzmittel für bestimmte Anwendungsgebiete, Boden und Klimaverhältnisse und den Haus- und Kleingartenbereich, sowie den Zeitpunkt, an dem die Zulassung der Pflanzenschutzmittel endet;

2.   der in die Pflanzenschutzgeräteliste eingetragenen Pflanzenschutzgeräte mit Angaben über die für die Verwendung der Pflanzenschutzgeräte wichtigen Merkmale und Eigenschaften;

3.   der in die jeweilige Liste eingetragenen Pflanzenstärkungsmittel und Zusatzstoffe.

Prüfungsergebnisse aus der Praxis des Pflanzenschutzes können verwertet werden.

(5) Bei der Biologischen Bundesanstalt wird ein Sachverständigenausschuß gebildet, dessen Mitglieder vom Bundesministerium für Ernährung, Landwirtschaft und Forsten berufen werden. Der Sachverständigenausschuß ist zu hören

1.   vor der Entscheidung über die Zulassung von Pflanzenschutzmitteln nach den §§ 15, 15b oder 15c,

2.   vor der Entscheidung über die Genehmigung nach § 18,

3.   vor der Rücknahme oder dem Widerruf einer Zulassung oder Genehmigung außer bei Gefahr im Verzuge.

(6) Das Bundesministerium für Ernährung, Landwirtschaft und Forsten wird ermächtigt, im Einvernehmen mit den Bundesministerien für Arbeit und Sozialordnung, für Gesundheit und für Umwelt, Naturschutz und Reaktorsicherheit durch Rechtsverordnung mit Zustimmung des Bundesrates die näheren Vorschriften über den Sachverständigenausschuß zu erlassen.

§ 34
Durchführung in den Ländern

(1) In den Ländern obliegt die Durchführung dieses Gesetzes einschließlich der Überwachung der Einhaltung seiner Vorschriften sowie der nach diesem Gesetz erlassenen Rechtsverordnungen und erteilten Auflagen den nach Landesrecht zuständigen Behörden.

(2) Als Pflanzenschutzdienst haben die zuständigen Behörden insbesondere folgende Aufgaben:

1. die Überwachung der Pflanzenbestände sowie der Vorräte von Pflanzen und Pflanzenerzeugnissen auf das Auftreten von Schadorganismen,

2. die Überwachung des Beförderns, des Inverkehrbringens, des Lagerns, der Einfuhr und der Ausfuhr von Pflanzen, Pflanzenerzeugnissen und Kultursubstraten im Rahmen des Pflanzenschutzes sowie die Ausstellung der für diese Tätigkeiten erforderlichen Bescheinigungen,

3. die Beratung, Aufklärung und Schulung auf dem Gebiet des Pflanzenschutzes einschließlich der Durchführung des Warndienstes auch unter Verwendung eigener Untersuchungen und Versuche,

4. die Berichterstattung über das Auftreten und die Verbreitung von Schadorganismen,

5. die Prüfung von Pflanzenschutzmitteln, Pflanzenschutzgeräten, Verfahren des Pflanzenschutzes, der Resistenz von Pflanzenarten sowie die Mitwirkung beim Schließen von Bekämpfungslücken,

6. die Durchführung der für die Aufgaben nach den Nummern 1 bis 5 erforderlichen Untersuchungen und Versuche.

§ 34a
Behördliche Anordnungen

Die zuständige Behörde kann im Einzelfall die Anordnungen treffen, die zur Beseitigung festgestellter oder zur Verhütung künftiger Verstöße gegen dieses Gesetz oder gegen die auf Grund dieses Gesetzes erlassenen Rechtsverordnungen notwendig sind. Sie kann insbesondere untersagen:

1. die Anwendung eines Pflanzenschutzmittels zur Verhütung von Verstößen gegen § 6 Abs. 2 oder § 6a oder

2. das Inverkehrbringen eines Pflanzenschutzmittels, Pflanzenstärkungsmittels oder eines Pflanzenschutzgerätes, wenn die erforderliche Zulassung oder Genehmigung nicht vorliegt oder die erforderliche Aufnahme in die Liste über Pflanzenstärkungsmittel und die Pflanzenschutzgeräteliste nicht erfolgt ist.

§ 35
Mitwirkung von Zollstellen

(1) Das Bundesministerium der Finanzen und die von ihm bestimmten Zollstellen wirken bei der Einfuhr, Durchfuhr und Ausfuhr von Schadorganismen und Befallsgegenständen sowie der Einfuhr und Ausfuhr von Pflanzenschutzmitteln und Pflanzenschutzgeräten mit.

(2) Das Bundesministerium der Finanzen wird ermächtigt, im Einvernehmen mit dem Bundesministerium für Ernährung, Landwirtschaft und Forsten durch Rechtsverordnung ohne Zustimmung des Bundesrates die Einzelheiten des Verfahrens der Überwachung zu regeln. Es kann dabei insbesondere Pflichten zu Anzeigen, Anmeldungen, Auskünften und zur Leistung von Hilfsdiensten sowie zur Duldung der Einsichtnahme in Geschäftspapiere und sonstige Unterlagen und zur Duldung von Besichtigungen und von Entnahmen unentgeltlicher Muster und Proben vorsehen.

§ 36
Einlaßstellen

Das Bundesministerium für Ernährung, Landwirtschaft und Forsten gibt im Einvernehmen mit dem Bundesministerium der Finanzen im Bundesanzeiger die Zollstellen bekannt, bei denen

1. Sendungen von Schadorganismen sowie Befallsgegenstände zur Einfuhr oder Ausfuhr abgefertigt werden, wenn die Einfuhr oder Ausfuhr durch Rechtsverordnung nach § 4 oder

2. Pflanzenschutzmittel zur Einfuhr oder Ausfuhr abgefertigt werden, wenn die Einfuhr oder Ausfuhr durch Rechtsverordnung nach § 17 Abs. 2

geregelt ist.

§ 37
Kosten

(1) Die Biologische Bundesanstalt erhebt Kosten (Gebühren und Auslagen) für

1. Amtshandlungen nach diesem Gesetz und

2. berichterstattende Tätigkeiten, die sie im Rahmen eines Arbeitsprogramms nach Artikel 8 Abs. 2 der Richtlinie 91/414/EWG in Verbindung mit den durch Verordnung der Europäischen Gemeinschaft festgesetzten Durchführungsbestimmungen ausführt.

Bei der Bemessung der Höhe der Gebühren nach Satz 1 ist auch der mit den Mitwirkungshandlungen des Bundesinstituts für gesundheitlichen Verbraucherschutz und Veterinärmedizin und des Umweltbundesamtes verbundene Verwaltungsaufwand zu berücksichtigen. Im Falle des Satzes 1 Nr. 2 sind die Kosten von demjenigen zu erheben, der die Prüfung eines Wirkstoffs zur Aufnahme in Anhang I der Richtlinie 91/414/EWG veranlaßt hat; in diesem Falle gilt das Verwaltungskostengesetz entsprechend.

(2) Das Bundesministerium für Ernährung, Landwirtschaft und Forsten wird ermächtigt, im Einvernehmen mit den Bundesministerien der Finanzen und für Wirtschaft durch Rechtsverordnung, die nicht der Zustimmung des Bundesrates bedarf, die gebührenpflichtigen Tatbestände zu bestimmen und dabei feste Sätze oder Rahmensätze vorzusehen. Der Nutzen der Pflanzenschutzmittel, Pflanzenschutzgeräte, Verfahren des Pflanzenschutzes sowie der Geräte und Einrichtungen, die im Pflanzenschutz benutzt werden, für die Allgemeinheit ist angemessen zu berücksichtigen. Die zu erstattenden Auslagen können abweichend vom Verwaltungskostengesetz geregelt werden.

Neunter Abschnitt
Auskunftspflicht; Übermittlung von Daten; Straf- und Bußgeldvorschriften
§ 38
Auskunftspflicht

(1) Natürliche und juristische Personen und nichtrechtsfähige Personenvereinigungen haben der zuständigen Behörde auf Verlangen die Auskünfte zu erteilen, die zur Durchführung der der Behörde durch dieses Gesetz oder auf Grund dieses Gesetzes übertragenen Aufgaben erforderlich sind.

(2) Personen, die von der zuständigen Behörde beauftragt sind, dürfen im Rahmen des Absatzes 1 Grundstücke, Geschäftsräume, Betriebsräume und Transportmittel des Auskunftspflichtigen während der Geschäfts- und Betriebszeit betreten und dort

1. Besichtigungen sowie Untersuchungen auf Schadorganismen vornehmen und Pflanzenschutzgeräte prüfen,

2.   Proben ohne Entgelt gegen Empfangsbescheinigung entnehmen und

3.   geschäftliche Unterlagen einsehen;

sie können dabei von Sachverständigen der Kommission der Europäischen Gemeinschaft oder anderer Mitgliedstaaten begleitet werden. Zur Verhütung dringender Gefahren für die öffentliche Sicherheit und Ordnung dürfen die Grundstücke, Geschäftsräume, Betriebsräume und Transportmittel auch betreten werden, wenn sie zugleich Wohnzwecken des Auskunftspflichtigen dienen. Der Auskunftspflichtige hat die Maßnahmen zu dulden, die mit der Überwachung beauftragten Personen zu unterstützen und die geschäftlichen Unterlagen vorzulegen.

(3)   Die von der zuständigen Behörde mit der Durchführung von Überwachungs- und Bekämpfungsmaßnahmen nach § 3 Abs. 1 Nr. 5 beauftragten Personen dürfen im Rahmen ihres Auftrages tagsüber an Werktagen Grundstücke betreten und dort Überwachungs- und Bekämpfungsmaßnahmen durchführen. Der Verfügungsberechtigte oder Besitzer hat diese Maßnahme zu dulden.

(4)   Das Grundrecht der Unverletzlichkeit der Wohnung (Artikel 13 des Grundgesetzes) wird im Rahmen der Absätze 2 und 3 eingeschränkt.

(5)   Der Auskunftspflichtige kann die Auskunft auf solche Fragen verweigern, deren Beantwortung ihn selbst oder einen der in § 383 Abs. 1 Nr. 1 bis 3 der Zivilprozeßordnung bezeichneten Angehörigen der Gefahr strafgerichtlicher Verfolgung oder eines Verfahrens nach dem Gesetz über Ordnungswidrigkeiten aussetzen würde.

§ 38a
Übermittlung von Daten

(1)   Die Biologische Bundesanstalt kann den zuständigen Behörden anderer Mitgliedstaaten und der Kommission der Europäischen Gemeinschaft Entscheidungen und Maßnahmen mitteilen und Angaben und Unterlagen, die sie bei der Wahrnehmung ihrer Aufgaben nach den §§ 15 bis 16a und 18 erlangt hat, übermitteln, soweit dies durch Rechtsakte der Europäischen Gemeinschaft vorgeschrieben oder zur Durchführung des Abkommens über den Europäischen Wirtschaftsraum erforderlich ist.

(2)   Die zuständigen Behörden können, soweit es zum Schutz gegen die Gefahr der Einschleppung oder Verschleppung von Schadorganismen erforderlich oder durch Rechtsakte der Europäischen Gemeinschaft vorgeschrieben ist, Daten, die sie bei der Durchführung dieses Gesetzes gewonnen haben, den zuständigen Behörden anderer Länder, des Bundes oder anderer Mitgliedstaaten sowie der Kommission der Europäischen Gemeinschaft mitteilen.

§ 38b
Außenverkehr

Der Verkehr mit den zuständigen Behörden anderer Mitgliedstaaten und der Kommission der Europäischen Gemeinschaft obliegt dem Bundesministerium für Ernährung, Landwirtschaft und Forsten. Es kann diese Befugnis durch Rechtsverordnung ohne Zustimmung des Bundesrates auf die Biologische Bundesanstalt übertragen. Ferner kann es diese Befugnis durch Rechtsverordnung mit Zustimmung des Bundesrates auf die zuständigen obersten Landesbehörden übertragen. Die obersten Landesbehörden können diese Befugnis nach Satz 3 auf andere Behörden übertragen.

§ 39

Strafvorschriften

(1) Mit Freiheitsstrafe bis zu fünf Jahren oder mit Geldstrafe wird bestraft, wer Schadorganismen verbreitet und dadurch

1. Bestände von Pflanzen besonders geschützter Arten im Sinne des § 20 a Abs. 1 Nr. 7 des Bundesnaturschutzgesetzes,

2. fremde Pflanzenbestände von bedeutendem Wert oder

3. Pflanzenbestände von bedeutendem Wert für Naturhaushalt oder Landschaftsbild

gefährdet.

(2) Der Versuch ist strafbar.

§ 40

Bußgeldvorschriften

(1) Ordnungswidrig handelt, wer vorsätzlich oder fahrlässig

1. einer Rechtsverordnung

    a) nach den §§ 3, 4, 5 Abs. 1, § 9 Satz 2, den §§ 17 Abs. 2, 20 Abs. 1 in Verbindung mit § 14 des Chemikaliengesetzes, § 20 Abs. 5 Nr. 1 Buchstabe b bis e, § 23 Abs. 3 oder § 30 Abs. 1 Nr. 1 Buchstabe c oder nach § 3 des durch § 44 Abs. 1 Nr. 1 dieses Gesetzes aufgehobenen Pflanzenschutzgesetzes oder

    b) nach § 7

zuwiderhandelt, soweit sie für einen bestimmten Tatbestand auf diese Bußgeldvorschrift verweist,

2. einer vollziehbaren Anordnung

    a) nach § 5 Abs. 2, § 6 Abs. 1 Satz 3, § 10 Abs. 2, § 10a Abs. 2, § 16b Abs. 2 Satz 1, § 22 Abs. 3 oder § 34a Satz 1,

    b) nach § 15a Abs. 3, auch in Verbindung mit § 15b Abs. 8 oder § 15c Abs. 1 Satz 2, oder

    c) auf Grund einer Rechtsverordnung nach § 3 Abs. 1 oder 3, § 5 Abs. 1 in Verbindung mit § 3 Abs. 1, nach § 7 Abs. 1 oder 4 in Verbindung mit Abs. 1, nach § 10a Abs. 3, § 21a Satz 2 oder § 30 Abs. 1 Nr. 1 Buchstabe c, soweit die Rechtsverordnung für einen bestimmten Tatbestand auf diese Bußgeldvorschrift verweist,

    zuwiderhandelt,

3. (weggefallen)

4. entgegen § 6 Abs. 2, § 6a Abs. 1 Satz 1, auch in Verbindung mit Abs. 2, oder § 6a Abs. 1 Satz 2 oder § 10a Abs. 1 Satz 1 oder 2, jeweils in Verbindung mit einer Rechtsverordnung nach Abs. 3, ein Pflanzenschutzmittel anwendet,

5. entgegen § 9 Satz 1 oder § 21a Satz 1, auch in Verbindung mit einer Rechtsverordnung nach § 21a Satz 2, eine Anzeige nicht oder nicht rechtzeitig erstattet,

6. entgegen § 11 Abs. 1 Satz 1 ein nicht zugelassenes Pflanzenschutzmittel oder entgegen § 11 Abs. 3 Satz 1 Saatgut, Pflanzgut oder Kultursubstrat in den Verkehr bringt oder einführt,

7.   einer vollziehbaren Auflage nach § 11 Abs. 2 Satz 2, § 15 Abs. 4 Satz 1, auch in Verbindung mit § 15c Abs. 1 Satz 2 oder § 18 Abs. 2, nach § 15 Abs. 7 Satz 1, auch in Verbindung mit § 15b Abs. 8, nach § 15b Abs. 5 Satz 1 oder § 18b Abs. 4 Satz 1 Nr. 1 oder einer mit einer Zulassung nach § 15b Abs. 7 verbundenen vollziehbaren Auflage zuwiderhandelt,

8.   entgegen § 15a Abs. 2 Satz 1, auch in Verbindung mit § 15b Abs. 8, § 15c Abs. 1 Satz 2 oder § 18 Abs. 2, oder entgegen § 31a Abs. 5, auch in Verbindung mit § 31c Abs. 2 Satz 1, eine Anzeige oder entgegen § 19 Abs. 1 Satz 1 oder 2 eine Meldung nicht, nicht richtig, nicht vollständig, nicht in der vorgeschriebenen Weise oder nicht rechtzeitig erstattet,

8a. entgegen § 16b Abs. 2 Satz 2 oder Abs. 3 Satz 2 ein Pflanzenschutzmittel nicht, nicht vollständig oder nicht rechtzeitig annimmt,

9.   entgegen § 20 Abs. 1 in Verbindung mit § 13 oder § 15 des Chemikaliengesetzes, entgegen § 20 Abs. 2, auch in Verbindung mit einer Rechtsverordnung nach Abs. 5 Nr. 1 Buchstabe a, ein Pflanzenschutzmittel ohne die vorgeschriebene Kennzeichnung in den Verkehr bringt oder einführt,

10. der Vorschrift des § 21 Satz 1 über verbotene Angaben zuwiderhandelt,

11. entgegen § 22 Abs. 1 Satz 1, auch in Verbindung mit § 31 Abs. 2, dieser auch in Verbindung mit § 31c Abs. 2 Satz 1, ein Pflanzenschutzmittel, ein Pflanzenstärkungsmittel oder einen Zusatzstoff in den Verkehr bringt,

11a. entgegen § 22 Abs. 2 den Erwerber nicht, nicht richtig, nicht vollständig oder nicht rechtzeitig über Verbote oder Beschränkungen unterrichtet,

12. entgegen § 23 Abs. 1 Satz 1 ein Pflanzenschutzmittel ausführt oder entgegen § 23 Abs. 2 ein für die Ausfuhr bestimmtes Pflanzenschutzmittel oder Kultursubstrat nicht getrennt hält oder nicht entsprechend kenntlich macht,

13. entgegen § 24 ein Pflanzenschutzgerät in den Verkehr bringt oder einführt, das einer Rechtsverordnung nach § 30 Abs. 1 Nr. 1 Buchstabe a nicht entspricht,

14. entgegen § 25 Abs. 1 bis 3 in Verbindung mit einer Rechtsverordnung nach § 30 Abs. 1 Nr. 2 oder 3 eine Erklärung nicht, nicht richtig, nicht vollständig oder nicht rechtzeitig abgibt oder entgegen § 25 Abs. 4 Unterlagen nicht einreicht oder nicht ergänzt,

15. entgegen § 29 Satz 1 die Gebrauchsanleitung nicht mitliefert,

16. entgegen § 31 Abs. 1 Nr. 2 oder 3, auch in Verbindung mit § 31c Abs. 2 Satz 1, ein Pflanzenstärkungsmittel oder einen Zusatzstoff oder entgegen § 31c Abs. 1 einen in die dort genannte Liste nicht aufgenommenen Zusatzstoff in den Verkehr bringt,

16a. entgegen § 31d Abs. 1 Nr. 1 einen Wirkstoff in den Verkehr bringt oder einführt oder

17. entgegen § 38 Abs. 1 eine Auskunft nicht, nicht richtig oder nicht vollständig erteilt, entgegen § 38 Abs. 2 Satz 3 eine Maßnahme nicht duldet, eine mit der Überwachung beauftragte Person nicht unterstützt oder geschäftliche Unterlagen nicht vorlegt oder entgegen § 38 Abs. 3 Satz 2 eine Maßnahme nicht duldet.

(2)   Die Ordnungswidrigkeit kann in den Fällen des Absatzes 1 Nr. 1, 2 Buchstabe a und c, Nr. 4, 6, 7, 9, 10, 13 und 16a mit einer Geldbuße bis zu hunderttausend Deutsche Mark, in

den Fällen des Absatzes 1 Nr. 2 Buchstabe b, Nr. 5, 8, 8a, 11 bis 12, 14 bis 16 und 17 mit einer Geldbuße bis zu zwanzigtausend Deutsche Mark geahndet werden.

(3) Pflanzen, Pflanzenerzeugnisse, Kultursubstrate, Pflanzenschutzmittel, Pflanzenstärkungsmittel, Zusatzstoffe, Wirkstoffe und Pflanzenschutzgeräte, auf die sich eine Ordnungswidrigkeit nach Absatz 1 Nr. 1 bis 4, 6, 7, 9, 13, 16 oder 16a bezieht, können eingezogen werden.

(4) Verwaltungsbehörde im Sinne des § 36 Abs. 1 Nr. 1 des Gesetzes über Ordnungswidrigkeiten ist in den Fällen des Absatzes 1 Nr. 2 Buchstabe b, Nr. 8 und 14 die Biologische Bundesanstalt.

Zehnter Abschnitt
Schlußbestimmungen
§ 41
Unberührtheitsklausel

Unberührt bleiben

1.   das Lebensmittel- und Bedarfsgegenständegesetz,

2.   das Bundes-Immissionsschutzgesetz,

3.   das Chemikaliengesetz,

4.   das Gerätesicherheitsgesetz und

5.   das Gentechnikgesetz

sowie die auf diese Gesetze gestützten Rechtsverordnungen.

§ 42
Besondere Vorschriften zur Bekämpfung der Reblaus

Durch Rechtsverordnung des Bundesministeriums für Ernährung, Landwirtschaft und Forsten mit Zustimmung des Bundesrates nach § 3 Abs. 1 wird die Bekämpfung der Reblaus (Daktulosphaira vitifoliae Fitch) geregelt. Darüber hinaus können die Länder

1.   über Rechtsverordnungen nach § 3 Abs. 1 hinaus weitergehende Regelungen zur Bekämpfung der Reblaus treffen,

2.   die Entschädigung für Maßnahmen zur Bekämpfung der Reblaus abweichend von § 32 Abs. 1 bis 3 regeln,

3.   abweichend von § 34 Abs. 2 einen besonderen Rebschutzdienst einrichten und ihm Aufgaben übertragen, soweit sie den Schutz der Reben betreffen.

§ 43
Allgemeine Verwaltungsvorschriften

Das Bundesministerium für Ernährung, Landwirtschaft und Forsten erläßt mit Zustimmung des Bundesrates die allgemeinen Verwaltungsvorschriften, die zur Durchführung dieses Gesetzes erforderlich sind. Allgemeine Verwaltungsvorschriften zur Durchführung des § 15 Abs. 3, § 15b Abs. 4, § 15c Abs. 2 und § 18 Abs. 3 bedürfen des Einvernehmens der Bundesministerien für Gesundheit und für Umwelt, Naturschutz und Reaktorsicherheit.

§ 44
Aufhebung von Vorschriften

(weggefallen)

§ 45
Übergangsvorschriften

(1) § 6a Abs. 1 Satz 1 Nr. 1 ist auf Pflanzenschutzmittel, die

1. bis zum 1. Juli 1998 zugelassen worden sind oder

2. nach § 15 zugelassen werden,

bis zum 1. Juli 2001 nicht anzuwenden.

(2) § 6a Abs. 1 Satz 2 ist erst ab dem 1. Juli 1999 anzuwenden.

(3) § 10a Abs. 1 und 2 sowie Rechtsverordnungen auf Grund des § 10a Abs. 3 sind erst ab dem 1. Juli 2000 anzuwenden; hinsichtlich der Anwendung von Pflanzenschutzmitteln zu Versuchszwecken bleiben die allgemeinen Anforderungen an die Anwendung nach § 6 Abs. 1 Satz 2 unberührt.

(4) Die §§ 13 bis 14b gelten nicht für die Verwertung von Unterlagen zugunsten eines Antragstellers, wenn die Biologische Bundesanstalt die Unterlagen bereits nach den §§ 13 und 14 in der bis zum 30. Juni 1998 geltenden Fassung zu seinen Gunsten verwertet hat. Auf die Verwertung von Unterlagen, die Versuche mit anderen Tieren als mit Wirbeltieren voraussetzen, finden die §§ 13 und 14 des Pflanzenschutzgesetzes in der bis zum 30. Juni 1998 geltenden Fassung Anwendung, soweit die Biologische Bundesanstalt die Mitteilungen nach § 13 Abs. 1 Satz 2 oder § 14 Abs. 2 Satz 1 oder 5 in Verbindung mit Satz 1 des Pflanzenschutzgesetzes in der bis zu diesem Zeitpunkt geltenden Fassung vorgenommen hat.

(5) Bis zu einer Entscheidung über die Aufnahme eines Wirkstoffs in Anhang I der Richtlinie 91/414/EWG findet § 15 Abs. 1 Nr. 2 keine Anwendung auf Pflanzenschutzmittel, die diesen Wirkstoff enthalten und die in einem Mitgliedstaat vor dem 27. Juli 1993 zu gewerblichen Zwecken oder im Rahmen sonstiger wirtschaftlicher Unternehmungen in den Verkehr gebracht worden sind. Auf Verlangen der Biologischen Bundesanstalt hat der Antragsteller nachzuweisen, daß das Pflanzenschutzmittel in einem Mitgliedstaat vor dem 27. Juli 1993 nach Satz 1 in den Verkehr gebracht worden ist.

(6) § 15c findet keine Anwendung auf Pflanzenschutzmittel, die in einem Mitgliedstaat vor dem 27. Juli 1993 zu gewerblichen Zwecken oder im Rahmen sonstiger wirtschaftlicher Unternehmungen in den Verkehr gebracht worden sind.

(7) Zulassungen von Pflanzenschutzmitteln, die in einem Mitgliedstaat vor dem 27. Juli 1993 zu gewerblichen Zwecken oder im Rahmen sonstiger wirtschaftlicher Unternehmungen in den Verkehr gebracht worden sind, sind zu widerrufen, wenn die Europäische Gemeinschaft nach Artikel 8 Abs. 2 Satz 7 der Richtlinie 91/414/EWG entschieden hat, einen Wirkstoff nicht in Anhang I der Richtlinie 91/414/EWG aufzunehmen oder die Aufnahme des Wirkstoffs in Anhang I in der jeweils geltenden Fassung mit einer Beschränkung nach Artikel 5 Abs. 4 der Richtlinie 91/414/EWG versehen hat, die der Zulassung entgegensteht.

(8) § 31d Abs. 1 Nr. 2 findet keine Anwendung auf Wirkstoffe, die in einem Mitgliedstaat vor dem 27. Juli 1993 zu gewerblichen Zwecken oder im Rahmen sonstiger wirtschaftlicher Unternehmungen in den Verkehr gebracht worden sind.

(9)   Pflanzenschutzmittel, die vor dem 1. Juli 1998 nach § 15 dieses Gesetzes in der zu diesem Zeitpunkt geltenden Fassung zugelassen worden sind, dürfen noch bis zum 30. Juni 2001 nach den Vorschriften dieses Gesetzes in der vor dem 1. Juli 1998 geltenden Fassung in den Verkehr gebracht, eingeführt und angewandt werden. Endet die Zulassung nach dem 30. Juni 2001, darf das Pflanzenschutzmittel bis zum Ende der Zulassung nur in den Verkehr gebracht, eingeführt und angewandt werden, wenn

1.   die Biologische Bundesanstalt zuvor die Anwendungsgebiete und Anwendungsbestimmungen entsprechend § 15 Abs. 2 festgesetzt hat und

2.   das Pflanzenschutzmittel nach § 20 Abs. 1 bis 3 oder auf Grund einer nach § 20 Abs. 5 erlassenen Rechtsverordnung gekennzeichnet ist.

Die Festsetzung der Anwendungsgebiete und Anwendungsbestimmungen ist vom Zulassungsinhaber bis zum 1. Februar 1999 bei der Biologischen Bundesanstalt zu beantragen.

(10) Pflanzenstärkungsmittel, die vor dem 1. Juli 1998 nach den bis zu diesem Zeitpunkt geltenden Vorschriften in den Verkehr gebracht worden sind, dürfen noch bis zum 30. Juni 2000 in den Verkehr gebracht werden. Pflanzenstärkungsmittel nach § 2 Nr. 10 Buchstabe b und Zusatzstoffe dürfen noch bis zum Ende der Zulassung in den Verkehr gebracht werden, soweit sie als Pflanzenschutzmittel zugelassen sind und die Zulassung nach dem in Satz 1 genannten Zeitraum endet.

§ 46
Inkrafttreten; Außerkrafttreten

(1)   Dieses Gesetz tritt, vorbehaltlich des Absatzes 2, am 1. Juli 1998 in Kraft.

(2)   Vorschriften des durch Artikel 1 geänderten Pflanzenschutzgesetzes, die zum Erlaß von Rechtsverordnungen ermächtigen, sowie Artikel 2 Abs. 1 Nr. 2 und 3 treten am Tage nach der Verkündung in Kraft.

(3)   Die Bisamverordnung vom 20. Mai 1988 (BGBl. I S. 640), geändert durch Artikel 3 Abs. 6 der Verordnung vom 10. November 1992 (BGBl. I S. 1887), tritt mit Ablauf des 31. Dezember 1999 außer Kraft.

Verordnung zur Durchführung des Pflanzenschutzgesetzes vom 4. Oktober 1988 (GV.NW 1988, S.420), geändert durch Verordnung vom 18. Februar 1992 (GV.NW 1992, S. 7823). (Wird z.Z. wegen der Änderungen im Pflanzenschutzgesetz überarbeitet.).

NRW-Verwaltungsvorschrift zur Anwendung von Pflanzenschutzmitteln auf Freilandflächen, die nicht landwirtschaftlich, forstwirtschaftlich oder gärtnerisch genutzt werden. Gem. Rd.Erl. d. Ministeriums für Umwelt, Raumordnung und Landwirtschaft u.d. Ministeriums für Stadtentwicklung und Verkehr **vom 14. Juli 1993** (Mbl. NW 1993 S. 1546).

8.2   Pflanzenschutzmittelverordnung

**Bekanntmachung
der Neufassung der Pflanzenschutzmittelverordnung
Vom 17. August 1998**

Auf Grund des Artikels 3 der Verordnung zur Änderung der Pflanzenschutzmittelverordnung und der Pflanzenbeschauverordnung vom 17. August 1998 (BGBl. I S. 2156) wird nachstehend der Wortlaut der Pflanzenschutzmittelverordnung in der ab 20. August 1998 geltenden Fassung bekanntgemacht. Die Neufassung berücksichtigt:

1. die im wesentlichen am 1. Juli 1988 in Kraft getretene Verordnung über Pflanzenschutzmittel und Pflanzenschutzgeräte vom 28. Juli 1987 (BGBl. I S. 1754),

2. die am 1. Juli 1992 in Kraft getretene Erste Verordnung zur Änderung der Pflanzenschutzmittelverordnung vom 11. Juni 1992 (BGBl. I S. 1049),

3. den am 13. März 1993 in Kraft getretenen Artikel 82 der Verordnung vom 26. Februar 1993 (BGBl. I S. 278),

4. den am 1. Juli 1994 in Kraft getretenen Artikel 8 § 14 des Gesetzes vom 24. Juni 1994 (BGBl. I S. 1416) und

5. den am 20. August 1998 in Kraft getretenen Artikel 1 der eingangs genannten Verordnung.

Verordnung über Pflanzenschutzmittel und Pflanzenschutzgeräte

Erster Abschnitt
Pflanzenschutzmittel
§ 1
Zulassungsantrag

(1) Der Antrag auf Zulassung eines Pflanzenschutzmittels ist in vierfacher Ausfertigung nach einem von der Biologischen Bundesanstalt für Land- und Forstwirtschaft (Biologische Bundesanstalt) im Bundesanzeiger bekanntgegebenen Muster zu stellen.

(2) Die einem Antrag nach § 12 Abs. 3 Satz 1 des Pflanzenschutzgesetzes beizufügenden Unterlagen müssen hinsichtlich der erforderlichen Angaben und der durchzuführenden Untersuchungen die Anforderungen des Anhangs II (Wirkstoff) und des Anhangs III (Pflanzenschutzmittel) der Richtlinie 91/414/EWG des Rates vom 15. Juli 1991 über das Inverkehrbringen von Pflanzenschutzmitteln (ABl. EG Nr. L 230 S. 1) in der jeweils geltenden Fassung erfüllen. Für chemische Zubereitungen sind die Unterlagen nach Teil A und für Zubereitungen aus Mikroorganismen oder Viren nach Teil B der Anhänge II und III der Richtlinie 91/414/EWG vorzulegen. Soweit dies für die Prüfung der Zulassungsvoraussetzungen erforderlich ist, kann die Biologische Bundesanstalt die Vorlage weiterer Unterlagen verlangen.

(3) Soweit in Anhang II oder III der Richtlinie 91/414/EWG Untersuchungen zur Erstellung von Unterlagen vorgesehen sind, sind diese durchzuführen.

(4) Sofern der Antragsteller Unterlagen nach Absatz 2 nicht vorlegt, hat er hinreichend schriftlich zu begründen, weshalb die Unterlagen für die Prüfung der Zulassungsvoraussetzungen des Pflanzenschutzmittels nicht erforderlich sind. Die Biologische Bundesanstalt kann in den Fällen, in denen der Antragsteller andere als die in Anhang II und III der Richtlinie 91/414/EWG genannten oder beschriebenen Prüfrichtlinien verwendet, verlangen, daß die verwendeten Prüfrichtlinien vorgelegt werden und etwaige Abweichungen davon ausführlich beschrieben und hinreichend begründet werden.

(5) Unterlagen über einen in einem Pflanzenschutzmittel enthaltenen Wirkstoff müssen nicht vorgelegt werden, wenn

1.   der Wirkstoff in Anhang I der Richtlinie 91/414/EWG aufgeführt ist und die für die Aufnahme in Anhang I für die Beurteilung des Anwendungsgebiets erforderlichen Unterlagen bei der Biologischen Bundesanstalt eingereicht worden sind, und

2.   es gegenüber der für die Aufnahme in Anhang I angegebenen Zusammensetzung keine wesentlichen Unterschiede hinsichtlich des Reinheitsgrads oder der Art der Verunreinigungen gibt.

(6) Bei jeder dem Antrag beigefügten Probe muß auf der Packung die Bezeichnung des Pflanzenschutzmittels oder eine andere Bezeichnung, die die Zugehörigkeit zu dem Antrag eindeutig angibt, fest angebracht sowie der Entwurf der Gebrauchsanleitung beigefügt sein.

§ 1a
Untersuchungen

(1) Sofern nach Anhang II oder III der Richtlinie 91/414/EWG und nach dem Stand der wissenschaftlichen Erkenntnisse und der Technik das Vorliegen der Zulassungsvoraussetzungen im Einzelfall nur durch Tierversuche nachgewiesen werden kann, müssen den vorgeschriebenen Untersuchungen Tierversuche zugrunde liegen.

(2) Die Untersuchungen, die zur Prüfung der Wirksamkeit eines Pflanzenschutzmittels durchzuführen sind, müssen die Anforderungen des Anhangs III der Richtlinie 91/414/EWG unter Einhaltung der Grundsätze der Guten Experimentellen Praxis (GEP) erfüllen. Der Antragsteller hat die Einhaltung dieser Grundsätze dadurch sicherzustellen, daß die Versuche von einer amtlichen oder einer nach § 1c amtlich anerkannten Versuchseinrichtung erstellt werden. Dies ist mit dem Stellen eines Antrags nach § 1 Abs. 1 nachzuweisen durch:

1.   eine Erklärung der Einrichtung auf dem Versuchsbericht, daß der Versuch nach den Grundsätzen der Guten Experimentellen Praxis durchgeführt worden ist, und

2.   im Falle einer amtlich anerkannten Versuchseinrichtung zusätzlich durch die Vorlage einer Ablichtung der Anerkennungsbescheinigung.

Der Antragsteller hat durch eine regionale Verteilung der Versuche zu gewährleisten, daß die Versuchsbedingungen und die Bedingungen, unter denen das Pflanzenschutzmittel nach der Zulassung angewendet werden soll, vergleichbar sind.

(3) Absatz 2 findet keine Anwendung auf Versuche, mit deren Durchführung vor dem 1. Juli 1999 begonnen worden ist, wenn die Biologische Bundesanstalt deren Verwertbarkeit für die Prüfung der Wirksamkeit im Einzelfall festgestellt hat.

(4) Die Versuchsanstellung und ihre Durchführung müssen dem Stand der wissenschaftlichen Erkenntnisse und der Technik entsprechen. Die Analysemethoden, die bei Kontrollen nach der Zulassung und zu Überwachungszwecken erforderlich sind, sollen mit allgemein gebräuchlichen Geräten und mit vertretbarem Aufwand durchführbar sein.

(5) Die Biologische Bundesanstalt übermittelt den zuständigen Dienststellen der Wasserwirtschaftsverwaltungen, der Umweltverwaltung und der Gesundheitsverwaltung sowie den Betreibern öffentlicher Wasserversorgungsanlagen auf Anforderung die Angaben über Analysemethoden zur Bestimmung von Rückständen eines nach § 15 Abs. 1 des Pflanzenschutzgesetzes zugelassenen Pflanzenschutzmittels.

(6) Die Prüfung der Anträge und die Erteilung von Zulassungen erfolgt, soweit chemische Zubereitungen betroffen sind, auf der Grundlage der in Anhang VI der Richtlinie 91/414/EWG festgelegten einheitlichen Grundsätze.

§ 1b
Antrag für eine Genehmigung nach § 18 des Pflanzenschutzgesetzes

(1) Der Antrag auf Genehmigung der Anwendung eines zugelassenen Pflanzenschutzmittels in einem anderen als mit der Zulassung festgesetzten Anwendungsgebiet ist in vierfacher Ausfertigung nach einem von der Biologischen Bundesanstalt im Bundesanzeiger bekanntgegebenen Muster zu stellen.

(2) Dem Antrag sind folgende, die Anforderungen des Anhangs III der Richtlinie 91/414/EWG erfüllende Angaben beizufügen:

1. Name und Anschrift des Antragstellers,

2. Wirkungsbereich,

3. Angaben über die Anwendung,

4. Angaben über die Analysemethoden zur Untersuchung von Rückständen für das beantragte Anwendungsgebiet,

5. Angaben über die toxikologischen Untersuchungen zur Abschätzung der Anwenderexposition sowie im Falle eines Pflanzenschutzmittels, das Mikroorganismen oder Viren enthält, Angaben über die Untersuchungen zur Pathogenität und Infektiösität.

Soweit dies für die Prüfung der Anwendung eines zugelassenen Pflanzenschutzmittels in einem anderen als den mit der Zulassung festgesetzten Anwendungsgebieten erforderlich ist, kann die Biologische Bundesanstalt die Vorlage weiterer Angaben und die Durchführung weiterer Untersuchungen nach Anhang II oder III der Richtlinie 91/414/EWG verlangen.

(3) § 1 Abs. 4 ist entsprechend anzuwenden.

§ 1c
Amtliche Anerkennung einer Versuchseinrichtung

(1) Versuchseinrichtung im Sinne dieser Verordnung ist eine amtliche oder amtlich anerkannte Einrichtung mit organisatorisch selbständiger, eigener sachlicher und personeller Ausstattung zum Zweck der Durchführung von Versuchen zur Ermittlung der Wirksamkeit von Pflanzenschutzmitteln. Nicht amtliche Versuchseinrichtungen, die von einem privaten oder öffentlichen Träger betrieben oder eingerichtet werden, werden auf Antrag amtlich anerkannt.

(2) Der Antrag auf amtliche Anerkennung ist schriftlich bei der zuständigen Behörde des Landes zu stellen, in dem die Einrichtung ihren Hauptsitz hat. Die Anerkennung wird erteilt, wenn

1. ein ständiger Versuchsleiter beschäftigt ist, der über ein abgeschlossenes Hoch- oder Fachhochschulstudium im Bereich der Agrar-, Gartenbau-, Forst- oder vergleichbarer Wissenschaften verfügt und eine mindestens zweijährige Berufserfahrung in der Durchführung entsprechender Versuche hat,

2. ein geeigneter Stellvertreter für den Versuchsleiter benannt ist,

3. eine ausreichende Anzahl qualifizierter Mitarbeiter beschäftigt ist,

4. für eine ordnungsgemäße Versuchsdurchführung geeignete

   a)   Räumlichkeiten in ausreichender Anzahl,
   b)   Labor- und Freilandausrüstungen,

c) Versuchsflächen in ausreichendem Umfang,

d) soweit erforderlich, Gewächshäuser und Klimakammern,

zur Verfügung stehen,

5. die zu verwendenden Prüfrichtlinien dem Personal bekannt sind und zur Verfügung stehen,

6. eine Liste der laufenden und abgeschlossenen Versuche für Zulassungszwecke geführt wird und

7. alle im Rahmen der Versuchsdurchführung erfolgten Aufzeichnungen aufbewahrt werden.

Der Antragsteller hat das Vorliegen der Voraussetzungen nach Satz 2 durch geeignete Nachweise bei der Antragstellung zu belegen. Die Aufzeichnungen nach Satz 2 Nr. 7 sind mindestens zwölf Jahre nach Abschluß der Wirksamkeitsuntersuchungen aufzubewahren.

(3) Sind die Unterlagen vollständig, führt die zuständige Behörde vor der amtlichen Anerkennung eine Prüfung der Versuchseinrichtung durch. Die Anerkennung wird für fünf Jahre erteilt.

(4) Die zuständige Behörde berücksichtigt bei der Prüfung des Vorliegens der Anerkennungsvoraussetzungen Nachweise über vorhandene Qualitätssicherungssysteme der Versuchseinrichtung, insbesondere GLP-Bescheinigungen und Akkreditierungen.

(5) Nach Erteilung der amtlichen Anerkennung wird der Versuchseinrichtung eine Anerkennungsbescheinigung nach dem Muster in Anlage 5 ausgestellt.

(6) Die zuständige Behörde kann von einer amtlich anerkannten Versuchseinrichtung verlangen, daß ihr Auskunft über laufende und geplante Versuche, insbesondere über das zu prüfende Pflanzenschutzmittel und den Versuchsstandort, erteilt wird.

§ 2
Sachverständigenausschuß

(1) Der Sachverständigenausschuß nach § 33 Abs. 5 des Pflanzenschutzgesetzes besteht aus 25 Mitgliedern aus den Fachbereichen Pflanzenschutz, Gesundheitsschutz, Umwelt- und Naturschutz. Vertreter der Biologischen Bundesanstalt, des Bundesinstitutes für gesundheitlichen Verbraucherschutz und Veterinärmedizin und des Umweltbundesamtes nehmen an den Beratungen teil. Andere Sachverständige können zu den Beratungen hinzugezogen werden.

(2) Die Mitglieder des Sachverständigenausschusses werden für fünf Jahre berufen; Wiederberufung ist zulässig. Der Vorsitzende und seine Stellvertreter werden auf Vorschlag des Sachverständigenausschusses vom Bundesministerium für Ernährung, Landwirtschaft und Forsten bestellt.

(3) Die Mitglieder des Sachverständigenausschusses sind ehrenamtlich tätig.

(4) Die Bundesministerien für Ernährung, Landwirtschaft und Forsten, für Gesundheit und für Umwelt, Naturschutz und Reaktorsicherheit können zu den Sitzungen des Ausschusses Vertreter entsenden; diesen ist auf Verlangen das Wort zu erteilen.

(5) Die Biologische Bundesanstalt führt die Geschäfte des Sachverständigenausschusses und lädt zu den Sitzungen ein.

(6) Der Sachverständigenausschuß gibt sich eine Geschäftsordnung. Sie bedarf der Zustimmung des Bundesministeriums für Ernährung, Landwirtschaft und Forsten, das seine Entscheidung im Einvernehmen mit den Bundesministerien für Gesundheit und für Umwelt, Naturschutz und Reaktorsicherheit trifft.

§ 3
Meldung

(1) Die Meldung der Wirkstoffe nach § 19 Abs. 1 des Pflanzenschutzgesetzes muß außer den dort genannten Angaben den Namen und die Anschrift des Meldepflichtigen sowie die Zulassungsnummern der Pflanzenschutzmittel enthalten.

(2) Die Meldung ist in einfacher Ausfertigung nach einem von der Biologischen Bundesanstalt im Bundesanzeiger bekanntgegebenen Muster zu machen.

§ 3a
Verkehr mit Pflanzenschutzmittelwirkstoffen

Die nach § 31d Abs. 1 Nr. 2 des Pflanzenschutzgesetzes erforderlichen Angaben und Unterlagen sind der Biologischen Bundesanstalt eine Woche vor dem Inverkehrbringen oder der Einfuhr von Pflanzenschutzmittelwirkstoffen vorzulegen.

§ 3b
Aufnahme in die Liste über Pflanzenstärkungsmittel; Aufnahme in die Liste über Zusatzstoffe

(1) Der Antrag auf Aufnahme eines Pflanzenstärkungsmittels in die Liste nach § 31a des Pflanzenschutzgesetzes ist bei der Biologischen Bundesanstalt in dreifacher Ausfertigung nach einem von der Biologischen Bundesanstalt im Bundesanzeiger bekanntgemachten Muster zu erstellen.

(2) Für den Antrag auf Aufnahme eines Zusatzstoffs in die Liste nach § 31c des Pflanzenschutzgesetzes gilt Absatz 1 entsprechend.

§ 3c
Ein- und Ausfuhr von Pflanzenschutzmitteln

Pflanzenschutzmittel aus Staaten, die nicht Mitgliedstaaten sind, dürfen nur über die nach § 36 Nr. 1 des Pflanzenschutzgesetzes für pflanzenbeschaupflichtige Einfuhren im Bundesanzeiger bekanntgegebenen Zollstellen eingeführt werden. Für die Ausfuhr von Pflanzenschutzmitteln in Staaten, die nicht Mitgliedstaaten sind, gilt Satz 1 entsprechend.

Zweiter Abschnitt
Pflanzenschutzgeräte
§ 4
Anforderungen

(1) Die Anforderungen an Pflanzenschutzgeräte - außer Kleingeräte -, die in den Verkehr gebracht oder eingeführt werden sollen, ergeben sich aus Anlage 1.

(2) Die Biologische Bundesanstalt kann Merkmale im Bundesanzeiger bekanntmachen, die sie als notwendig zur Beurteilung der Einhaltung der Anforderungen ansieht.

§ 5
Kleingeräte

Kleingeräte sind Pflanzenschutzgeräte,

1. die von Hand oder durch verdichtetes Gas betrieben werden und ein Füllvolumen von höchstens 5 Litern, bei abgabefertig mit Treibgas versehenen Behältern von höchstens 1 Liter, haben oder

2. mit denen Pflanzenschutzmittel ausschließlich unter Ausnutzung der Schwerkraft ausgebracht werden und deren Füllvolumen bei Gießgeräten höchstens 20 Liter, bei Granulatstreugeräten höchstens 3 Liter, sonst höchstens 1 Liter, beträgt

und die nach ihrer Konstruktion von einer Person getragen werden.

§ 6
Erklärung

(1) Die Erklärung nach § 25 des Pflanzenschutzgesetzes ist in einfacher Ausfertigung abzugeben.

(2) Die Gebrauchsanleitung muß die in Anlage 2 aufgeführten Angaben enthalten.

(3) Die Beschreibung des Gerätetyps muß enthalten:

1. eine Gesamtdarstellung einschließlich der Angaben zur Technik und Funktion sowie ausreichende bildliche Darstellungen des Pflanzenschutzgerätes,

2. Einzeldarstellungen aller für die Ausbringung von Pflanzenschutzmitteln wichtiger Teile, insbesondere der Dosier- und Verteileinrichtungen.

(4) Die Erklärung und die Beschreibung des Gerätetyps sind nach einem von der Biologischen Bundesanstalt im Bundesanzeiger bekanntgegebenen Muster zu erstellen.

(5) Zu den sonstigen für die Beurteilung erforderlichen Unterlagen gehören Angaben

1. über Einstellung und Betrieb einschließlich der Fehlergrenzen und

2. zu möglichen Reaktionen der pflanzenschutzmittelführenden und -enthaltenden Teile des Gerätetyps bei Verwendung zugelassener Pflanzenschutzmittel unter Beifügung entsprechender Unterlagen.

(6) Bei Pflanzenschutzgeräten, die für die Ausfuhr bestimmt und entsprechend kenntlich gemacht sind, sind Absatz 2 in Verbindung mit Anlage 2 Nr. 4, 8, 9, 11 und 12 sowie Absatz 5 Nr. 2 nicht anzuwenden.

§ 7
Prüfung

(1) Verfügungsberechtigte und Besitzer (Besitzer) haben ihre im Gebrauch befindlichen Pflanzenschutzgeräte für Flächenkulturen - außer Kleingeräten -, in Zeitabständen von vier Kalenderhalbjahren durch amtliche oder amtlich anerkannte Kontrollstellen prüfen zu lassen. Pflanzenschutzgeräte für Flächenkulturen im Sinne dieser Verordnung sind Pflanzenschutzgeräte, die mit einem horizontal ausgerichteten Spritz- oder Sprühgestänge ausgestattet sind, wie sie insbesondere im Ackerbau als Traktoranbau-, -aufbau- oder -anhängegeräte oder als selbstfahrende Geräte verwendet werden.

(2) Die Prüfung hat sich auf die Anforderungen der Anlage 1 Abs. 1 Nr. 1 bis 3, 6, 7 und 10 bis 15 zu erstrecken. Die zu prüfenden Teile ergeben sich aus Anlage 3.

(3) Erstmals in Gebrauch genommene Pflanzenschutzgeräte müssen spätestens bei Ablauf des sechsten Kalendermonats nach ihrer Ingebrauchnahme geprüft worden sein; der Zeitpunkt der Ingebrauchnahme ist durch geeignete Unterlagen glaubhaft zu machen. Diese

Prüfung beschränkt sich darauf, ob die in Anlage 3 Nr. 2, 6 und 9 aufgeführten Teile des Pflanzenschutzgerätes den sie betreffenden Anforderungen der Anlage 1 entsprechen.

(4) Der Besitzer hat das Kalenderhalbjahr, in dem das Pflanzenschutzgerät nach Absatz 1 Satz 1 zu prüfen ist, durch eine Prüfplakette nach dem Muster der Anlage 4 nachzuweisen. Die Prüfplakette ist von der Kontrollstelle durch Angabe ihrer Anschrift sowie des betreffenden Kalenderjahres und Halbjahres auszufüllen und anzubringen, wenn die Prüfung die einwandfreie Arbeitsweise des Gerätes erwiesen hat. Die Kontrollstelle kann die Prüfplakette mit einer Kontrollnummer versehen. Die Prüfplakette kann von der Kontrollstelle angebracht werden, wenn das Pflanzenschutzgerät lediglich geringe Mängel aufweist und der Besitzer sich zur unverzüglichen Beseitigung der Mängel verpflichtet.

(5) Die Prüfplakette ist an dem Pflanzenschutzgerät deutlich sichtbar und untrennbar anzubringen; sie muß so beschaffen sein, daß sie bei ihrer Entfernung zerstört wird.

(6) Die Prüfplakette wird mit dem Ablauf des auf ihr angegebenen Kalenderhalbjahres ungültig.

(7) Wird ein gebrauchtes Pflanzenschutzgerät, für das eine Prüfpflicht besteht, eingeführt, so hat es der Besitzer vor der ersten Ingebrauchnahme im Inland nach Absatz 2 prüfen zu lassen.

§ 7a
Verwendungsverbot

Pflanzenschutzgeräte im Sinne des § 7 Abs. 1 Satz 2, die keiner vorgeschriebenen Prüfung unterzogen worden oder nicht mit einer gültigen Prüfplakette versehen sind, dürfen nicht verwendet werden.

§ 7b
Ordnungswidrigkeiten

Ordnungswidrig im Sinne des § 40 Abs. 1 Nr. 1 Buchstabe a des Pflanzenschutzgesetzes handelt, wer vorsätzlich oder fahrlässig entgegen § 7a ein Pflanzenschutzgerät verwendet.

Dritter Abschnitt
Schlußvorschriften
§ 8
Inkrafttreten

Diese Verordnung tritt am Tage nach der Verkündigung in Kraft.

Anlage 1   (zu § 4 Abs. 1 und § 7 Abs. 2 Satz 1)

Beschaffenheit der Pflanzenschutzgeräte

(1) Pflanzenschutzgeräte müssen so beschaffen sein, daß

1. sie zuverlässig funktionieren,
2. sie sich bestimmungsgemäß und sachgerecht verwenden lassen,
3. sie ausreichend genau dosieren und verteilen,
4. bei bestimmungsgemäßer und sachgerechter Verwendung das Pflanzenschutzmittel am Zielobjekt ausreichend abgelagert wird,
5. Teile, die sich bei Gebrauch des Pflanzenschutzgerätes erhitzen, beim Befüllen oder Entleeren des Gerätes von Pflanzenschutzmitteln nicht getroffen werden,

6. sie sich sicher befüllen lassen,
7. sie gegen Verschmutzung so gesichert sind, daß ihre Funktion nicht beeinträchtigt wird,
8. Überschreitungs- und Unterschreitungsgrenzen der zu befüllenden Behälter leicht erkennbar sind,
9. ein ausreichender Sicherheitsabstand zwischen Nennvolumen und Gesamtvolumen der zu befüllenden Behälter vorhanden ist,
10. Pflanzenschutzmittel nicht unbeabsichtigt austreten können,
11. der Vorrat an Pflanzenschutzmitteln leicht erkennbar ist,
12. sie sich leicht, genügend genau und reproduzierbar einstellen lassen,
13. sie ausreichend mit genügend genau anzeigenden Betriebsmeßeinrichtungen ausgestattet sind,
14. sie sich vom Arbeitsplatz sicher bedienen, kontrollieren und sofort abstellen lassen,
15. sie sich sicher, leicht und völlig entleeren lassen,
16. sie sich leicht und gründlich reinigen lassen,
17. sich Verschleißteile austauschen lassen,
18. Meßgeräte zu ihrer Prüfung angeschlossen werden können.

(2) An Pflanzenschutzgeräten sind ausreichende, leicht lesbare Dosierhinweise (Aufwandtabellen oder -diagramme) in dauerhafter Form anzubringen oder, sofern die Außenfläche eines Pflanzenschutzgerätes nicht ausreicht oder ungeeignet ist, in dauerhafter Form mitzuliefern. An Pflanzenschutzgeräten ist die jeweilige Typenbezeichnung oder Zugehörigkeit zum Gerätetyp anzugeben und das Baujahr zu kennzeichnen. Zerstäuber sind so zu kennzeichnen, daß Bauart, Größe und wichtige Betriebsdaten erkennbar sind.

Anlage 2   (zu § 6 Abs. 2)
Gebrauchsanleitung
Die Gebrauchsanleitung muß Angaben enthalten

1. über die bestimmungsgemäße Ausstattung des Pflanzenschutzgerätes,
1a. für die sachgerechte Einstellung des Pflanzenschutzgerätes,
2. für das Befüllen des Gerätes und über Vorsichtsmaßnahmen,
3. über Betriebs- und Einstellbereiche des Gerätes,
4. über die Restmenge, die das Gerät nicht mehr bestimmungsgemäß ausbringt,
5. für das Entleeren und Reinigen des Gerätes,
6. für die Überprüfung der Dosierung,
7. über die Maschenweite der Filter,
8. über Abstände, nach denen das Pflanzenschutzgerät auf Funktionstauglichkeit sowie Dosierungs- und Verteilgenauigkeit zu überprüfen ist,
9. über Einschränkungen der Verwendung bestimmter Pflanzenschutzmittel,
10. für das Umstellen auf andere Rüstzustände des Pflanzenschutzgerätes,
11. über Möglichkeiten der Verbindung mit anderen Maschinen und Geräten einschließlich Sicherheitsmaßnahmen,
12. für die Prüfung des Pflanzenschutzgerätes.

Anlage 3   (zu § 7 Abs. 2 Satz 2)
Zu prüfende Teile
1. Antrieb,
2. Pumpe,
3. Rührwerk,

4.   Spritzflüssigkeitsbehälter,
5.   Armaturen,
6.   Leitungssystem,
7.   Filterung,
8.   Spritz- oder Sprühgestänge,
9.   Düsen.

Anlage 4   (zu § 7 Abs. 4 Satz 1)

Muster der Prüfplakette

Geprüftes
Pflanzenschutzgerät

Erstes ☐

Zweites ☐   Halbjahr 19 . .

Amtliche
Kontrollstelle

Wird die Prüfung durch eine nach Landesrecht amtlich anerkannte Kontrollwerkstätte durchgeführt, so treten an die Stelle der Wörter "Amtliche Kontrollstelle" die Wörter "Amtlich anerkannte Kontrollwerkstätte".

Anlage 5   (zu § 1c Abs. 5)

Anerkennungsbescheinigung

Die Versuchseinrichtung _____
                                                     (Name)

mit Hauptsitz in _____
                                        (Adresse)

und organisatorisch zugehörigen Arbeitseinheiten in _____
                                                                    (Orte)

des Trägers der Versuchseinrichtung _____
                                                              (Name)

ist auf Antrag vom _____
                              (Datum)

und durchgeführter Besichtigung vom _____
                                                    (Datum)

durch _____
              (zuständige Behörde)

von der _____ am _____
              (Anerkennungsbehörde)   (Datum)

amtlich anerkannt worden im Sinne des § 1c Abs. 5 der Pflanzenschutzmittelverordnung.

Recognition Certificate

The testing facility _____
                                   (name)

with headquarters in _____
                                   (address)

and subsidiary <u>testing</u> units in _____
                                   (location)

supported by _____
                                   (name)

has been officially recognized under paragraph (5) of Article 1c of the Plant Protection Products Ordinance

following its application dated_____
                                   (date)

and pre-inspection of _____
                                   (date)

by _____
                                   (competent authority)

from the _____ on _____
                (recognizing body)   (date)

8.3   Pflanzenschutz-Sachkundeverordnung

Hinweis: Neben dem Sachkundenachweis "Pflanzenschutz" ist beim Verkauf von Pflanzenschutzmitteln, die nach der Chemikalien-Verbotsverordnung (siehe unten) mit den Gefahrensymbolen T (giftig), T+ (sehr giftig) eine Erlaubnis der zuständigen Behörde, sowie ein Sachkundenachweis nach § 5 Chemikalien-Verbotsverordnung (früher als "Giftprüfung" bezeichnet) notwendig.

Pflanzenschutz-Sachkundeverordnung

Vom 28. Juli 1987 (BGBl. I S. 1752)

geändert durch **Artikel 2 der Verordnung** vom 14. Oktober 1993 (BGBl. I S. 1720)
(muß wegen des Pflanzenschutz-Änderungsgesetzes überarbeitet werden, beispielsweise für den Sachkunde-Nachweis **für gewerbliche Berater**)

Auf Grund des § 10 Abs. 3 Satz 2 und des § 22 Abs. 3 Satz 2 des Pflanzenschutzgesetzes vom 15. September 1986 (BGBl. I S. 1505) verordnet die Bundesregierung mit Zustimmung des Bundesrates:

§ 1
Sachkundenachweis für die Anwendung von Pflanzenschutzmitteln

(1)   Der Nachweis der erforderlichen fachlichen Kenntnisse und Fertigkeiten

1.   für die Anwendung von Pflanzenschutzmitteln

    a) in einem Betrieb der Landwirtschaft, des Gartenbaus oder der Forstwirtschaft oder
    b) für andere - außer gelegentlicher Nachbarschaftshilfe - oder

2.   für die Anleitung oder Beaufsichtigung von Personen, die eine Tätigkeit nach Nummer 1 im Rahmen eines Ausbildungsverhältnisses ausüben,

kann durch Vorlage eines Abschlußzeugnisses nach Absatz 2 oder durch eine Prüfung nach § 2 erbracht werden. Die zuständige Behörde kann auch den erfolgreichen Abschluß in einer anderen Aus-, Fort- oder Weiterbildung als Nachweis der erforderlichen fachlichen Kenntnisse und Fertigkeiten anerkennen, wenn die Vermittlung solcher Kenntnisse und Fertigkeiten Gegenstand der Aus-, Fort- oder Weiterbildung gewesen ist.

(2)   Abschlußzeugnis im Sinne des Absatzes 1 Satz 1 ist ein Zeugnis über

1.   eine bestandene Abschlußprüfung in den Berufen Landwirt, Gärtner, Winzer, Forstwirt, Pflanzenschutzlaborant, landwirtschaftlicher Laborant, landwirtschaftlich-technischer Assistent,

2.   eine bestandene Fortbildungsprüfung zum Fachagrarwirt Landtechnik oder

3.   ein abgeschlossenes Hochschulstudium oder Fachhochschulstudium im Bereich der Agrar-, Gartenbau- oder Forstwissenschaften.

§ 2
Prüfung

(1)   Die Prüfung besteht aus einem fachtheoretischen und einem fachpraktischen Teil. Die Prüfung im fachtheoretischen Teil wird schriftlich und mündlich abgelegt.

(2)   Durch die Prüfung wird festgestellt, ob der Prüfling die erforderlichen Kenntnisse und Fertigkeiten guter fachlicher Praxis im Pflanzenschutz hat; sie erstreckt sich auf folgende Prüfungsgebiete:

1.   im Bereich der Kenntnisse:

     a)   integrierter Pflanzenschutz.
     b)   Schadursachen bei Pflanzen und Pflanzenerzeugnissen,
     c)   indirekte und direkte Pflanzenschutzmaßnahmen,
     d)   Eigenschaften von Pflanzenschutzmitteln,
     e)   Verfahren der Ausbringung von Pflanzenschutzmitteln und Umgang mit Pflanzenschutzgeräten,
     f)   Schutzmaßnahmen zur Vermeidung gesundheitlicher Gefahren (insbesondere Verwenden von Schutzkleidung oder Atemschutz), Sofortmaßnahmen bei Unfällen,
     g)   Verhüten schädlicher Auswirkungen von Pflanzenschutzmaßnahmen auf Mensch, Tier und Naturhaushalt,
     h)   Aufbewahren und Lagern von Pflanzenschutzmitteln,
     i)   sachgerechtes Beseitigen von Pflanzenschutzmittelresten und -behältnissen,
     j)   Rechtsvorschriften (insbesondere aus dem Pflanzenschutz-, Arbeitsschutz-, Lebensmittel-, Wasser-, Umweltschutz- und Naturschutzrecht);

2.   im Bereich der Fertigkeiten:

     a)   sachgemäßer Umgang mit Pflanzenschutzmitteln,
     b)   Verwenden und Warten von Pflanzenschutzgeräten.

(3)   Die Prüfung ist bestanden, wenn jeweils im fachtheoretischen und fachpraktischen Teil mindestens ausreichende Leistungen erbracht worden sind.

(4) Die zuständige Behörde oder die nach Landesrecht beauftragten Stellen erteilen dem Prüfungsteilnehmer ein Zeugnis über die bestandene oder einen Bescheid über die nicht bestandene Prüfung.

(5) Eine nicht bestandene Prüfung kann wiederholt werden; die zuständige Behörde oder die nach Landesrecht beauftragten Stellen weisen in ihrem Bescheid darauf hin.

§ 3
Sachkundenachweis für die Abgabe von Pflanzenschutzmitteln

(1) Für den Nachweis der erforderlichen fachlichen Kenntnisse für die Abgabe von Pflanzenschutzmitteln im Einzelhandel gelten die §§ 1 und 2 entsprechend mit folgender Maßgabe:

1. Abweichend von § 2 Abs. 2 wird durch die Prüfung festgestellt, ob der Prüfling die für eine sachgerechte Unterrichtung des Erwerbers über die Anwendung der Pflanzenschutzmittel und die damit verbundenen Gefahren erforderlichen fachlichen Kenntnisse hat.

2. Die zuständige Behörde kann auch eine bestandene Prüfung nach § 13 Abs. 2 der Gefahrstoffverordnung vom 26. August 1986 (BGBl. I S. 1470) in der bis zum 31. Oktober 1993 gültigen Fassung oder eine Prüfung nach § 5 Abs. 2 der Chemikalien-Verbotsverordnung als Nachweis der erforderlichen fachlichen Kenntnisse anerkennen, wenn die Kenntnisse nach Nummer 1 Gegenstand der Prüfung gewesen sind.

(2) Der Nachweis der erforderlichen fachlichen Kenntnisse wird ferner erbracht durch

1. die Approbation als Apotheker

2. die Erlaubnis zur Ausübung der Tätigkeit unter der Berufsbezeichnung pharmazeutisch-technischer Assistent.

§ 4
Länderbefugnis

Die Befugnis der Länder, nach § 10 Abs. 3 Satz 3, auch in Verbindung mit § 22 Abs. 3 Satz 2, des Pflanzenschutzgesetzes nähere Vorschriften über das Verfahren der Prüfung nach § 2 zu erlassen, bleibt unberührt.

§ 5
Inkrafttreten

Diese Verordnung tritt am 1. Juli 1988 in Kraft. Bereits vor Inkrafttreten dieser Verordnung können die für die Nachweise nach § 1 Abs. 1 oder § 3 erforderlichen Abschlußzeugnisse vorgelegt, Prüfungen abgelegt und Anerkennungen erteilt werden.

8.4   Pflanzenschutz-Anwendungsverordnung

Hinweis: Der Verkäufer und der Anwender von Pflanzenschutzmitteln muß wissen, daß die Vorschriften der **Gefahrstoffverordnung** grundsätzlich auch für Pflanzenschutzmittel gelten. Dabei ist aber im § 2 Abs. 5 der Gefahrstoffverordnung ausdrücklich darauf hingewiesen, daß § 16 Abs. 2 nicht für die Verwendung zugelassener Pflanzenschutzmittel gilt.
Das im § 14 geforderte Sicherheitsdatenblatt gilt gemäß § 14 Abs. 1 aber nicht für zugelassene Pflanzenschutzmittel, da die notwendigen Angaben schon nach dem Pflanzenschutzge-

setz als Kennzeichnung für die abgabefertige Packung (und Gebrauchsanleitung) gefordert werden.

Die Gewerbeaufsichtsämter haben die Zuständigkeit für die Umsetzung der Gefahrstoffverordnung.

Verordnung über Anwendungsverbote für Pflanzenschutzmittel

(Pflanzenschutz-Anwendungsverordnung)

Vom 10. November 1992 (BGBl. I S. 1887)

zuletzt geändert durch **Artikel 1 der Zweiten Verordnung** zur Änderung der Pflanzenschutz-Anwendungsverordnung vom 24. Januar 1997 (BGBl. I S. 60).

§ 1
Vollständiges Anwendungsverbot

Pflanzenschutzmittel, die aus einem in Anlage 1 aufgeführten Stoff bestehen oder einen solchen Stoff enthalten, dürfen nicht angewandt werden.

§ 2
Eingeschränktes Anwendungsverbot

(1) Pflanzenschutzmittel, die aus einem in Anlage 2 aufgeführten Stoff bestehen oder einen solchen Stoff enthalten, dürfen nur angewandt werden, soweit dies nach Anlage 2 Spalte 3 zulässig ist.

(2) Obst von Flächen, die mit Aldicarb (Anlage 2 Nr. 1) behandelt worden sind, darf im Behandlungsjahr nicht verwertet werden.

§ 3
Anwendungsbeschränkungen

(1) Pflanzenschutzmittel, die aus einem in Anlage 3 Abschnitt A aufgeführten Stoff bestehen oder einen solchen Stoff enthalten, dürfen nicht angewandt werden, soweit dies nach Spalte 3 verboten ist.

(2) Pflanzenschutzmittel, die aus einem in Anlage 3 Abschnitt B aufgeführten Stoff bestehen oder einen solchen Stoff enthalten, dürfen nicht in Wasserschutzgebieten und Heilquellenschutzgebieten angewandt werden, soweit nicht

1. sich aus Spalte 3 etwas anderes ergibt oder

2. das Pflanzenschutzmittel in Unkrautstäben, gebrauchsfertig in Sprühdosen, zur Anwendung nach Wasserzugabe in Handzerstäubern oder als Stäbchen oder Zäpfchen zur Anwendung an Topfpflanzen in den Verkehr gebracht wird oder

3. eine Anwendung in der Schutzregelung ausdrücklich gestattet ist.

(3) Die zuständige Behörde kann anordnen, daß Pflanzenschutzmittel, die aus einem in Anlage 2 Nr. 1, 4, 5 und 6 oder in Anlage 3 Abschnitt B aufgeführten Stoff bestehen oder einen solchen Stoff enthalten, auch außerhalb von Wasserschutzgebieten und Heilquellenschutzgebieten in bestimmt abgegrenzten

1. Einzugsgebieten von Trinkwassergewinnungsanlagen oder Heilquellen oder

2. sonstigen Gebieten zum Schutz des Grundwassers

nicht angewandt werden dürfen.

§ 4
Verbot der Anwendung in Naturschutzgebieten und Nationalparks

Pflanzenschutzmittel, die aus einem in Anlage 2 oder 3 aufgeführten Stoff bestehen oder einen solchen Stoff enthalten, dürfen in Naturschutzgebieten und Nationalparken und Naturdenkmalen sowie auf Flächen, die auf Grund des § 20 c des Bundesnaturschutzgesetzes landesrechtlich geschützt sind, nicht angewandt werden, es sei denn, daß eine Anwendung in der Schutzregelung ausdrücklich gestattet ist oder die Naturschutzbehörde die Anwendung ausdrücklich gestattet.

§ 5
Einfuhrverbote

(1) Pflanzgut, in oder auf dem ein Pflanzenschutzmittel vorhanden ist, das aus einem in Anlage 1 aufgeführten Stoff besteht oder einen solchen Stoff enthält, darf nicht eingeführt werden.

(2) Saat- oder Pflanzgut oder Kultursubstrat, in oder auf dem ein Pflanzenschutzmittel vorhanden ist, das aus einem in Anlage 2 aufgeführten Stoff besteht oder einen solchen Stoff enthält, darf nicht eingeführt werden. Dies gilt nicht, soweit nach Anlage 2 Spalte 3 die Anwendung des Stoffes zur Behandlung des Saat- oder Pflanzgutes oder Kultursubstrats ausdrücklich zulässig ist und nicht der Zustimmung der zuständigen Behörde bedarf.

§ 6
Verunreinigungen

Im Rahmen der §§ 1 bis 4 bleiben produktionstechnisch bedingte, geringfügige Verunreinigungen mit in den Anlagen aufgeführten Stoffen unberücksichtigt, soweit dadurch nicht der Schutz der menschlichen Gesundheit oder die Abwehr von Gefahren, insbesondere für die Gesundheit von Mensch und Tier und für den Naturhaushalt, beeinträchtigt wird.

§ 7
Ausnahmen

(1) Die Biologische Bundesanstalt für Land- und Forstwirtschaft kann die Anwendung von Pflanzenschutzmitteln außerhalb von Wasserschutzgebieten und Heilquellenschutzgebieten sowie die Einfuhr von Saat- oder Pflanzgut oder Kultursubstrat in Einzelfällen abweichend von den §§ 1 bis 3 und 5 für Forschungs-, Untersuchungs- oder Versuchszwecke genehmigen.

(2) Die zuständige Behörde kann im Einzelfall genehmigen, daß

1. in Gewächshäusern oder ähnlich geschlossenen Systemen abweichend von

    a) § 2 Abs. 1 Pflanzenschutzmittel, die aus einem in Anlage 2 aufgeführten Stoff, der in Wasserschutzgebieten oder Heilquellenschutzgebieten nicht angewandt werden darf,

    b) § 3 Abs. 2 Pflanzenschutzmittel, die aus einem in Anlage 3 Abschnitt B aufgeführten Stoff

bestehen oder einen solchen Stoff enthalten, in einem Wasserschutzgebiet oder Heilquellenschutzgebiet angewandt werden, soweit durch Schutzvorkehrungen sichergestellt ist, daß die Pflanzenschutzmittel oder ihre Abbauprodukte nicht abgeschwemmt werden oder in das Erdreich versickern können;

2.   im Einvernehmen mit der nach Wasserrecht zuständigen Behörde abweichend von

a)   § 2 Abs. 1 Pflanzenschutzmittel, die aus einem in Anlage 2 aufgeführten Stoff, der in Wasserschutzgebieten oder Heilquellenschutzgebieten nicht angewandt werden darf

b)   § 3 Abs. 2 Pflanzenschutzmittel, die aus einem in Anlage 3 Abschnitt B aufgeführten Stoff bestehen oder einen solchen Stoff enthalten, in einem Wasserschutzgebiet oder Heilquellenschutzgebiet angewandt werden, wenn sichergestellt ist, daß dadurch der Schutz der Gesundheit von Mensch und Tier und der Schutz des Grundwassers und des Naturhaushaltes nicht beeinträchtigt wird.

§ 8
Ordnungswidrigkeiten

(1) Ordnungswidrig im Sinne des § 40 Abs. 1 Nr. 1 Buchstabe b des Pflanzenschutzgesetzes handelt, wer vorsätzlich oder fahrlässig

1.   entgegen § 1, § 2 Abs. 1, § 3 Abs. 1, 2 oder § 4 ein Pflanzenschutzmittel anwendet,

2.   entgegen § 2 Abs. 2 Obst verwertet oder

3.   entgegen § 5 Abs. 1 oder 2 Satz 1 Pflanzgut, Saatgut oder Kultursubstrat einführt.

(2) Ordnungswidrig im Sinne des § 40 Abs. 1 Nr. 2 Buchstabe b des Pflanzenschutzgesetzes handelt, wer vorsätzlich oder fahrlässig einer vollziehbaren Anordnung nach § 3 Abs. 3 zuwiderhandelt.

§ 9
Inkrafttreten, Außerkrafttreten

Diese Verordnung tritt am ersten Tage des auf die Verkündung folgenden Kalendermonats in Kraft.

Anlage 1   (zu den §§ 1 und 5 Abs. 1)

Vollständiges Anwendungsverbot

Nummer	Stoff	Nummer	Stoff
1	2	1	2
1	Acrylnitril	15	Chlorpikrin
2	Aldrin	16	Crimidin
3	Aramit	16a	DDT (1,1,1-Trichlor-2,2-bis-(4-chlorphenyl)-ethan und seine Isomeren)
4	Arsenverbindungen		
5	Atrazin		
6	Binapacryl	17	1.2-Dibromethan
7	Bleiverbindungen	18	1.2-Dichlorethan
7a	Bromacil	19	1.3-Dichlorpropen
8	Cadmiumverbindungen	20	Dicofol mit einem Gehalt von weniger als 780 g je kg p.p.-Dicofol oder mehr als 1g je kg DDT oder DDT-Verbindungen
9	Captafol		
10	Carbaryl		
11	Chlordan		
12	Chlordecone (Kepone)		
13	Chlordimeform	21	Dieldrin
14	Chloroform		

Nummer	Stoff
1	2
22	Dinoseb, seine Acetate und Salze
23	Endrin
24	Ethylenoxid
25	Fluoressigsäure und ihre Derivate
26	HCH, technisch
27	Heptachlor
28	Hexachlorbenzol
29	Isobenzan
30	Isodrin
31	Kelevan
	Maleinsäurehydrazid und seine Salze, andere als Cholin-, Kalium und Natriumsalz

Nummer	Stoff
1	2
32	Maleinsäurehydrazid-, Cholin-, Kalium- und Natriumsalz mit einem Gehalt von mehr als 1 mg je kg freies Hydrazin, ausgedrückt als Säureäquivalent
34	Morfamquat
35	Nitrofen
36	Pentachlorphenol
37	Polychlorterpene
38	Quecksilberverbindungen
39	Quintozen
39a	- gestrichen
40	Selenverbindungen
41	2,4,5-T
42	Tetrachlorkohlenstoff

Anlage 2   (zu den §§ 2, 4 und 5 Abs. 2)

Eingeschränktes Anwendungsverbot

Nr.	Stoff	Anwendung nur zulässig
1	2	3
1	Aldicarb	zur Bodenbehandlung außerhalb von Wasserschutzgebieten und Heilquellenschutzgebieten im Zierpflanzen- und Zuckerrübenbau, in Baumschulen, Rebschulen und Erdbeervermehrungsanlagen
2	Blausäure und Blausäure entwickelnde Verbindung	zur Begasung 1. in Mühlen, in Lagerräumen, in Vorratsräumen und anderen Räumen in Lebensmittelbetrieben und in Transportmitteln und -behältern gegen Vorratsschädlinge; 2. von Pflanzen in Vegetationsruhe; 3. in Gewächshäusern
3	- gestrichen -	

4	Deiquat	1. zur Krautabtötung bei Kartoffeln;
		2. zur Abreifebeschleunigung
		   a) bei Raps, Ackerbohnen und Futtererbsen
		   b) bei Leguminosen, Ölrettich, Lein und Phacelia, deren Samen zur Saatguterzeugung bestimmt sind;
		3. zum Hopfenputzen, auch mit gleichzeitiger Unkrautbekämpfung; in der Zeit vom 1. Juli bis 31. August.

5	Methylbromid (Monobrommethan)	1. zur Begasung in Mühlen, in Lagerräumen,) in Vorratsräumen und anderen Räumen in Lebensmittelbetrieben, in Vakuumkammern, in gasdichten Kleinsilos, in Trans-

Nr.	Stoff	Anwendung nur zulässig
1	2	3
5	Methylbromid (Monobrommethan)	portmitteln und -behältern und unter gasdichten Planen gegen Vorratsschädlinge;
		2. zur Bodenbehandlung außerhalb von Wasserschutzgebieten und Heilquellenschutzgebieten im Zierpflanzenbau, in Baumschulen, in Rebschulen und bei der Erzeugung von Pflanzkartoffeln in Zuchtgärten
5a	Paraquat	1. zur Behandlung
		a) gegen Unkräuter und Deckfrüchte im Mais- und Zuckerrübenbau vor Auflaufen der Saat oder vor dem; auf derselben Fläche jedes vierte Jahr;
		b) gegen Unkräuter in Baumschul-Saatbeeten auf derselben Fläche jedes vierte Jahr;
		c) gegen Unkräuter im Weinbau im Pflanzjahr und bis zum dritten Standjahr der Reben
		2. zur Abreifebeschleunigung bei Kulturgräsern, deren Samen zur Saatguterzeugung bestimmt sind.
6	Phosphorwasserstoff entwickelnde Verbindungen, ausgen. Zinkphosphid als rodentizides Ködermittel	zur Begasung
		1. in Lagerräumen, Vorratsräumen, Silozellen, Transportmitteln und -behältern und unter gasdichten Planen gegen Vorratsschädlinge;
		2. außerhalb von Wasserschutzgebieten und Heilquellenschutzgebieten
		a) gegen die Schermaus (Arvicola terrestris L.);
		b) gegen den Hamster (Cricetus cricetus L.) und den Maulwurf (Talpa europaea L.); nur mit Zustimmung der zuständigen Behörde
7	Schwefelkohlenstoff	Zur Bodenbehandlung im Weinbau gegen Befallsherde der Reblaus (Dakylosphaira vitifoliae Fitch) nur mit Zustimmung der zuständigen Behörde
8	Thallium-I-sulfat	in geschlossenen Räumen
9	Zinkphosphid	in Ködern; außerhalb von Forsten nur in verdeckt ausgebrachten Ködern

Anlage 3   (zu den §§ 3 und 4)

Anwendungsbeschränkungen

Nr.	Stoff	Besondere Bestimmungen
1	2	3
	A b s c h n i t t A	
1	Amitrol	Die Anwendung ist verboten
		1. von Luftfahrzeugen aus,
		2. in der Zeit vom 1. September bis 30. April,
		3. mit einem Aufwand von mehr als 4 kg Wirkstoff je Hektar

Nr.	Stoff	Besondere Bestimmungen
1	2	3
2	Daminozid	Die Anwendung an Pflanzen, die zur Erzeugung oder Herstellung von Lebensmitteln bestimmt sind, ist verboten
2a	Diuron	Die Anwendung ist verboten
		1. auf Gleisanlagen,
		2. auf nicht versiegelten Flächen, die mit Schlacke, Splitt, Kies und ähnlichen Materialien befestigt sind (Wege, Plätze und sonstiges Nichtkulturland), von denen die Gefahr einer unmittelbaren oder mittelbaren Abschwemmung in Gewässer oder in Kanalisation, Drainagen, Straßenabläufe sowie Regen- und Schmutzwasserkanäle möglich ist,.
		3. auf oder unmittelbar an Flächen, die mit Beton, Bitumen, Pflaster, Platten und ähnlichen Materialien versiegelt sind (Wege, Plätze und sonstiges Nichtkulturland), von denen die Gefahr einer unmittelbaren oder mittelbaren Abschwemmung in Gewässer oder in Kanalisation, Drainagen, Straßenabläufe sowie Regen- und Schmutzwasserkanäle möglich ist.
3	Lindan	Die Anwendung in Mühlen, in Mehlsilos, in Vorräten von Getreide und Getreideerzeugnissen ist verboten
4	- gestrichen -	
5	Parathion)	Die Anwendung im Getreidebau mit einer Aufwandmenge
6	Parathion-methyl)	von mehr als 250 g Wirkstoffe ha und Vegetationsperiode ist verboten
7	Quarzmehl	Die Anwendung in Vorräten von Getreide und in Räumen, die der Lagerung von Getreide dienen, ist verboten

Anwendungsbeschränkungen (Fortsetzung)
Besondere Bestimmungen

Nummer	Stoff	Nummer	Stoff
1	2	1	2
	A b s c h n i t t B		A b s c h n i t t B
1	Alloxydim	11	- gestrichen -
2	- gestrichen -	12	- gestrichen -
3	Asulam	13	Chloramben
4	Benalaxyl	14	Chlorthiamid
5	Benazolin	15	Cyanazin
6	Bendiocarb	16	- gestrichen -
7	- gestrichen -	17	Diazinon
8	- gestrichen -	18	- gestrichen -
9	Calciumcarbid	19	Dichlobenil
10	- gestrichen -	20	Dikegulac

Nummer	Stoff		Nummer	Stoff
1	2		1	2
	A b s c h n i t t B			A b s c h n i t t B
21	- gestrichen -		57	Prothoat
22	- gestrichen -		58	- gestrichen -
23	Dinoterb		59	S 421(Synergist)
24	DNOC		60	Sethoxydim
25	Ethidimuron		61	Simazin
26	Ethiofencarb		62	TCA
27	Ethoprofos		63	Tebuthiuron
28	Etrimfos		64	Terbacil
29	Flamprop		65	Terbumeton
30	- gestrichen -		66	Thiazafluron
31	- gestrichen -		67	Thiofanox
32	Haloxyfop		68	Triclopyr
33	Hexazinon			
34	Isocarbamid			
35	Karbutilat			
36	Lindan[1]			
37	Mefluidid			
38	Metalaxyl			
39	- gestrichen -			
40	- gestrichen -			
41	Methamidophos[2]			
42	Methomyl			
43	- gestrichen -			
44	- gestrichen -			
45	Monochlorbenzol			
46	- gestrichen -			
47	Natriumchlorat			
48	Nitrothal-isopropyl			
49	Obstbaumkarbolineum (Anthracenöl)			
50	Oxadixyl			
51	Oxamyl			
52	Oxycarboxin			
53	Picloram			
54	Propachlor			
55	Propazin			
56	- gestrichen -			

---

[1] zu 36: Die Beschränkung gilt nur für die Anwendung
    1. gegen Borkenkäfer in geschälter Rinde und
    2. als Gieß- und Streumittel.

[2] zu 41: Die Beschränkung gilt nur für die Anwendung
    als Gießmittel.

8.5   Pflanzenbeschauverordnung

Vom 10. Mai 1989 (BGBl. I S. 905); zuletzt geändert durch die **Fünfte Verordnung zur Änderung der Pflanzenbeschauverordnung vom 22. Mai 1998** (BGBl. I S. 1083), sowie durch den Artikel 2 der Verordnung vom 17. August 1998 (BGBl. I S. 2156).

8.6   Bienenschutzverordnung

Verordnung über die Anwendung bienengefährlicher Pflanzenschutzmittel

Vom 22. Juli 1992 (BGBl. I S. 1410)

Der Bundesminister für Ernährung, Landwirtschaft und Forsten verordnet auf Grund des § 3 Abs. 1 Nr. 1 des Pflanzenschutzgesetzes vom 15. September l986 (BGBl. I S. 1505) sowie auf Grund des § 3 Abs. 1 Nr. 16 in Verbindung mit Abs. 2 des Pflanzenschutzgesetzes sowie in Verbindung mit Artikel 56 des Zuständigkeitsanpassungs-Gesetz vom 18. März 1975 (BGBl. I S. 705) und dem Organisationserlaß vom 23. Januar 1991(BGBl. I S. 530) im Einvernehmen mit den Bundesministern für Gesundheit und für Umwelt, Naturschutz und Reaktorsicherheit:

§ 1
Begriffsbestimmung

Im Sinne dieser Verordnung sind

1.   bienengefährliche Pflanzenschutzmittel:

    a)   Pflanzenschutzmittel, die die Biologische Bundesanstalt für Land- und Forstwirtschaft (Biologische Bundesanstalt) mit der Auflage zugelassen hat, sie als "bienengefährlich" zu kennzeichnen,

    b)   andere zugelassene Pflanzenschutzmittel in einer höheren als der höchsten in der Gebrauchsanleitung vorgesehenen

       aa)   Aufwandmenge oder

       bb)   Konzentration, falls eine Aufwandmenge nicht vorgesehen ist;

2.   blühende Pflanzen:

    Pflanzen, an denen sich geöffnete Blüten befinden, außer Hopfen und Kartoffeln.

§ 2
Anwendung

(1)   Bienengefährliche Pflanzenschutzmittel dürfen nicht an

1.   blühenden Pflanzen,

2.   anderen Pflanzen, wenn sie von Bienen beflogen werden,

angewandt werden.

(2)   Bienengefährliche Pflanzenschutzmittel dürfen nicht so angewandt werden, daß Pflanzen nach Absatz 1 mitgetroffen werden.

(3) Innerhalb eines Umkreises von 60 Metern um einen Bienenstand dürfen bienengefährliche Pflanzenschutzmittel innerhalb der Zeit des täglichen Bienenflugs nur mit Zustimmung des Imkers angewandt werden.

(4) Bienengefährliche Pflanzenschutzmittel dürfen nicht so gehandhabt, aufbewahrt oder beseitigt werden, daß Bienen mit ihnen in Berührung kommen können.

(5) Die Absätze 1 bis 4 gelten nicht für die Anwendung, Handhabung und Aufbewahrung bienengefährlicher Pflanzenschutzmittel in bienensicher umschlossenen Räumen.

(6) Ist ein bienengefährliches Pflanzenschutzmittel entsprechend einer von der Biologischen Bundesanstalt erteilten Auflage mit der Angabe "bienengefährlich, außer bei Anwendung nach dem Ende des täglichen Bienenfluges bis 23.00 Uhr (auch unter Zusatz der Worte "mitteleuropäischer Zeit" oder der Abkürzung "MEZ") in dem zu behandelnden Bestand" versehen, so gelten die Absätze 1 und 2 nicht für die Anwendung dieses Pflanzenschutzmittels während der angegebenen Tageszeit.

§ 3
Ausnahmen

Die zuständige Behörde kann Ausnahmen zulassen

1. von § 2 Abs. 1 für Forschungs-, Untersuchungs- und Versuchszwecke,

2. von § 2 Abs. 1 bis 3, soweit es zur Verhütung schwerer Schäden oder Verluste an Pflanzen durch Schadorganismen erforderlich ist.

Sie hat die Ausnahmegenehmigung mit den erforderlichen Auflagen zu verbinden, um sicherzustellen, daß die Imker, deren Bienenstände sich im Umkreis von 3 Kilometern befinden, spätestens 48 Stunden vor Beginn der Anwendung des Pflanzenschutzmittels unterrichtet werden. Sie kann die Ausnahmegenehmigung mit Auflagen zur Sicherstellung der Belange des Naturschutzes und der Landschaftspflege versehen.

§ 4
Ordnungswidrigkeiten

(1) Ordnungswidrig im Sinne des § 40 Abs. 1 Nr. 1 Buchstabe a des Pflanzenschutzgesetzes handelt, wer vorsätzlich oder fahrlässig

1. entgegen § 2 Abs. 1, 2 oder 3 ein bienengefährliches Pflanzenschutzmittel anwendet oder

2. entgegen § 2 Abs. 4 ein bienengefährliches Pflanzenschutzmittel handhabt, aufbewahrt oder beseitigt.

(2) Ordnungswidrig im Sinne des § 40 Abs. 1 Nr. 2 Buchstabe b des Pflanzenschutzgesetzes handelt, wer vorsätzlich oder fahrlässig einer vollziehbaren Auflage nach § 3 Satz 2 zuwiderhandelt.

§ 5
Inkrafttreten, abgelöste Vorschrift

(1) Diese Verordnung tritt am Tage nach der Verkündung in Kraft.

(2) Gleichzeitig tritt die Bienenschutzverordnung vom 19. Dezember 1972 (BGBl. I S. 2515), geändert durch Artikel 3 der Verordnung vom 22. März 1991 (BGBl. I S. 796), außer Kraft.

8.7   Verordnungen zu bestimmten Schaderregern

Verordnung über das Inverkehrbringen von Anbaumaterial von Gemüse-, Obst- und Zierpflanzenarten sowie zur Aufhebung der Verordnung zur Bekämpfung von Viruskrankheiten im Obstbau vom 16. Juni 1998 (BGBl I S. 1322).

Verordnung zur Bekämpfung der Scharkakrankheit vom 7. Juni 1971 (BGBl. I S. 804), zuletzt geändert durch die **Verordnung vom 10. Nov. 1992** (BGBl. I S. 1887).

Verordnung zur Bekämpfung der Feuerbrandkrankheit vom 20. Dezember 1985 (BGBl. I S. 2551), zuletzt geändert durch die **Verordnung vom 10. Nov. 1992** (BGBl. I S. 1887).

Bekanntmachung über hochanfällige Wirtspflanzen für die Feuerbrandkrankheit vom 8. Juli 1986 (Bundesanzeiger 1986, S. 9396).

Verordnung zur Bekämpfung der San-José-Schildlaus vom 20. April 1972 (BGBl. I S. 629), zuletzt geändert durch die **Verordnung vom 10. Nov. 1992** (BGBl. I, S. 1887).

Verordnung zur Bekämpfung der Reblaus vom 27.7.1988 (BGBl. I S. 1203); geändert durch die **Verordnung vom 10. Nov. 1992** (BGBl. I S. 1887).

Verordnung zur Bekämpfung der Blauschimmelkrankheit des Tabaks vom 13. April 1978 (BGBl. I S. 502), zuletzt geändert durch die **Verordnung vom 10. Nov. 1992** (BGBl. I S. 1887).

Kartoffelschutzverordnung vom 10. November 1992 (BGBl I S. 1887), geändert durch die **Erste Verordnung zur Änderung der Kartoffelschutzverordnung vom 23. Oktober 1997** (BGBl I S. 2601), in der Fassung der **Bekanntmachung der Neufassung der Kartoffelschutzverordnung vom 29. Oktober 1997** (BGBl I. S. 2604).

Verordnung zur Bekämpfung des Bisams vom 20. Mai 1988 (BGBl. I S. 640), geändert durch die **Verordnung vom 10. November 1992** (BGBl. I S. 1887), aufgehoben durch **Artikel 4 Abs. 3** des **Ersten Gesetzes zur Änderung des Pflanzenschutzgesetzes vom 16. Juni 1998** (BGBl I S. 1527) mit Wirkung zum Ablauf des 31. Dezember 1999.

Nur für NRW: Vorschrift zur Sicherung des Waldes gegen Schäden, Schadorganismen und Waldkrankheiten (WaSi 81) in RdErl des MELF **vom 28.7.1981** (MBl NW 1981 S. 1595); zur Zeit in Überarbeitung.

8.8   Chemikalien-Recht

Gesetz zum Schutz vor gefährlichen Stoffen in der Fassung der **Bekanntmachung vom 25. Juli 1994** (BGBl. I S. 1705); zuletzt geändert durch **Artikel 2** des Gesetzes vom 14. Mai 1998 (BGBl I S. 950).

Bekanntmachung der Neufassung der Chemikalien-Verbotsverordnung
vom 19. Juli 1996 (BGBl. I S. 1151)
Auszug

§ 2
Erlaubnis- und Anzeigepflicht

(1)   Wer gewerbsmäßig oder selbständig im Rahmen einer wirtschaftlichen Unternehmung Stoffe oder Zubereitungen in den Verkehr bringt, die nach der Gefahrstoffverordnung mit den Gefahrensymbolen **T (giftig)** oder **T+ (sehr giftig)** zu kennzeichnen sind, bedarf der Erlaubnis der zuständigen Behörde.

(2)   Die **Erlaubnis** nach Absatz 1 erhält, wer

1.   **die Sachkenntnis nach § 5** nachgewiesen hat,

2.   die erforderliche Zuverlässigkeit besitzt und

3.   mindestens 18 Jahre alt ist.

(3)   Unternehmen erhalten für ihre Einrichtungen und Betriebe die Erlaubnis nach Absatz 1, wenn sie über Personen verfügen, die die Anforderungen nach Absatz 2 erfüllen. Bei Unternehmen mit mehreren Betrieben muß in jedem Betrieb eine Person nach Satz 1 vorhanden sein. Jeder Wechsel dieser Personen ist der zuständigen Behörde unverzüglich anzuzeigen.

(4)   Die **Erlaubnis kann** auf einzelne gefährliche Stoffe und Zubereitungen nach Absatz 1 oder **auf Gruppen von gefährlichen Stoffen und Zubereitungen beschränkt werden.** Sie kann unter Auflagen erteilt werden. Auflagen können auch nachträglich angeordnet werden.

(5)   Keiner Erlaubnis nach Absatz 1 bedürfen

1.   Apotheken,

2.   Hersteller, Einführer und Händler, die Stoffe und Zubereitungen nach Absatz 1 nur an Wiederverkäufer, gewerbliche Verbraucher oder öffentliche Forschungs-, Untersuchungs- oder Lehranstalten abgeben, sowie

3.   Tankstellen und sonstige Betankungseinrichtungen, soweit sie Ottokraftstoffe zum unmittelbaren Verbrauch abgeben.

(6)   Wer nach Absatz 5 Nr. 2 keiner Erlaubnis bedarf, hat der zuständigen Behörde das erstmalige Inverkehrbringen von Stoffen oder Zubereitungen nach Absatz 1 vor Aufnahme dieser Tätigkeit schriftlich anzuzeigen. In der Anzeige ist mindestens eine Person zu benennen, die die Anforderungen nach Absatz 2 erfüllt. Jeder Wechsel dieser Person ist der zuständigen Behörde unverzüglich schriftlich anzuzeigen.

(7)   Eine nach früheren Rechtsvorschriften erteilte Erlaubnis, die einer Erlaubnis nach Absatz 1 entspricht, gilt im erteilten Umfang fort. Eine nach § 11 Abs. 7 oder § 45 Abs. 8 der Gefahrstoffverordnung in der bis zum 31. Oktober 1993 geltenden Fassung oder nach Anlage 1 Kapitel VIII Sachgebiet B Abschnitt III Nr. 14 Buchstabe g des Einigungsvertrages erstattete Anzeige gilt als Anzeige nach Absatz 6.

§ 5
Sachkunde

(1)   Die erforderliche **Sachkenntnis nach § 2 Abs. 2 Nr.** 1 hat nachgewiesen, wer

1.   die von der zuständigen Behörde durchgeführte Prüfung nach Absatz 2 bestanden hat,

2.   die Approbation als Apotheker besitzt,

3. die Berechtigung hat, die Berufsbezeichnung Apothekerassistent oder Pharmazieingenieur zu führen,

4. die Erlaubnis zur Ausübung der Tätigkeit unter der Berufsbezeichnung pharmazeutischtechnischer Assistent oder Apothekenassistent besitzt,

5. die Abschlußprüfung nach der Verordnung über die Berufsausbildung zum Drogist/zur Drogistin vom 30. Juni 1992 (BGBl. I S. 1197) bestanden hat, sofern die Abschlußprüfung der Prüfung nach Absatz 2 entspricht,

6. die Prüfung zum anerkannten Abschluß Geprüfter Schädlingsbekämpfer/Geprüfte Schädlingsbekämpferin bestanden hat,

7. im Rahmen eines Hochschulstudiums ausweislich des Zeugnisses der Zwischenprüfung oder der Abschlußprüfung nach Teilnahme an entsprechenden Lehrveranstaltungen eine Prüfung bestanden hat, die der Prüfung nach Absatz 2 entspricht, oder

8. nach früheren Vorschriften eine Prüfung bestanden hat, die der Prüfung nach Absatz 2 entspricht.

(2) Die Prüfung der Sachkenntnis erstreckt sich auf die allgemeinen Kenntnisse über die wesentlichen Eigenschaften der gefährlichen Stoffe und Zubereitungen nach § 3 Abs. 1 Satz 1 über die mit ihrer Verwendung verbundenen Gefahren und auf die Kenntnis der einschlägigen Vorschriften. Sie kann auf Gruppen von gefährlichen Stoffen und Zubereitungen beschränkt werden. Sie kann auch unter Berücksichtigung nachgewiesener fachlicher Vorkenntnisse auf die Kenntnis der einschlägigen Vorschriften beschränkt werden. **Eine Anerkennung oder ein Zeugnis nach der Pflanzenschutz-Sachkundeverordnung** vom 28. Juli 1987 (BGBl. I S. 1752) **kann als Nachweis der Sachkenntnis für die Abgabe von Pflanzenschutzmitteln anerkannt werden**, auf die § 3 Abs. 1 Satz 1 Anwendung findet. Über die Prüfung wird ein Zeugnis ausgestellt.

(3) Der Sachkenntnisnachweis gilt als erbracht

1. für Personen aus den Mitgliedstaaten der Europäischen Gemeinschaften oder anderen Vertragsstaaten des Abkommens über den Europäischen Wirtschaftsraum, wenn sie der zuständigen Behörde nachgewiesen haben, daß sie die Voraussetzung des Artikels 2 der Richtlinie 74/556/EWG des Rates vom 4. Juni 1974 über die Einzelheiten der Übergangsmaßnahmen auf dem Gebiet der Tätigkeiten des Handels mit und der Verteilung von Giftstoffen und der Tätigkeiten, die die berufliche Verwendung dieser Stoffe umfassen, einschließlich der Vermittlertätigkeiten (ABl. EG Nr. L 307 S. 1) erfüllen, sowie

2. für Personen, die in einer Anzeige nach § 11 Abs 7 der Gefahrstoffverordnung in der bis zum 31. Oktober 1993 geltenden Fassung benannt wurden.

Verordnung zum Schutz vor gefährlichen Stoffen (Gefahrstoffverordnung - GefStoffV) i.d.F. der Bekanntmachung in **Artikel 1** des Gesetzes vom 26. Oktober 1993 (BGBl. I S. 1782), zuletzt geändert durch **Artikel 1** der **Verordnung** vom 12. Juni 1998 (BGBl. I S. 1286).

Zweck dieser Verordnung ist es, durch Regelungen über die Einstufung, über die Kennzeichnung und Verpackung von gefährlichen Stoffen, Zubereitungen und bestimmten Erzeugnissen sowie über den Umgang mit Gefahrstoffen den Menschen vor arbeitsbedingten und sonstigen Gesundheitsgefahren und die Umwelt vor stoffbedingten Schädigungen zu schützen, insbesondere sie erkennbar zu machen, sie abzuwenden und ihrer Entstehung vorzubeugen, soweit nicht in anderen Rechtsvorschriften besondere Regelungen getroffen sind.

Die wichtigsten Passagen wurden in der letzten Ausgabe dieses Taschenbuches zum Abdruck gebracht. Sie wurden aus Platzgründen in dieser Ausgabe gestrichen.

Giftinformationsverordnung vom 17. Juli 1990 (BGBl. I S. 1224), zuletzt geändert durch die **Verordnung vom 8. Juli 1996** (BGBl. I S. 948).

8.9 Biozid-Richtlinie

Richtlinie 98/8/EG des Europäischen Parlaments und des Rates **vom 16. Februar 1998 über das Inverkehrbringen von Biozid-Produkten** (Abl L 123 vom 24.4.1998, S. 1).
Diese Richtlinie, die am 20. Tag nach der Veröffentlichung in Kraft tritt, muß innerhalb von 24 Monaten nach Inkrafttreten in nationales Recht umgesetzt werden. **Biozid-Produkte** sind die **nicht landwirtschaftlich genutzten Schädlingsbekämpfungmittel**. Es werden damit auch für diese Produkte -wie für Pflanzenschutzmittel - eine **Zulassung** und eine **Kontrolle des Vertriebs** eingeführt.

8.10 Beförderung gefährlicher Güter

Gesetz über die Beförderung gefährlicher Güter vom 6. August 1975 (BGBl. I S. 2121), zuletzt geändert durch **Artikel 1** des Gesetzes vom 6. August 1998 (BGBl. I S. 2037).

Gefahrgutverordnung Straße (GGVS) i.d.F. der **Verordnung über die innerstaatliche und grenzüberschreitende Beförderung gefährlicher Güter auf der Straße vom 12. Dezember 1996** (BGBl. I S. 1886).

Gefahrgut-Ausnahmeverordnung vom 23. Juni 1993 (BGBl. I S. 994), zuletzt geändert durch **Artikel 1** der Verordnung vom 22. Juni 1997 (BGBl. I S. 1509).

Verordnung über die Kontrollen von Gefahrguttransporten auf der Straße und in Unternehmen (Gefahrgut-Kontrollverordnung - GGKontrollV) vom 27. Mai 1997 (BGBl. I S. 1306).

Verordnung über die Bestellung von Gefahrgutbeauftragten und die Schulung der beauftragten Personen in Unternehmen und Betrieben (Gefahrgutbeauftragtenverordnung - GbV) vom 12. Dezember 1989 (BGBl. I S. 2185), geändert durch **Artikel 1** der Verordnung **vom 26. März 1998** (BGBl I S. 640).

8.11 Lebensmittel-Recht

Gesetz über den Verkehr mit Lebensmitteln, Tabakerzeugnissen, kosmetischen Mitteln und sonstigen Bedarfsgegenständen in der Fassung der **Bekanntmachung vom 9. September 1997** (BGBl. I S. 2296), geändert durch **Artikel 2, § 22** des Gesetzes vom 22. Dezember 1997 (BGBl I S. 3224).

Verordnung über Höchstmengen an Rückständen von Pflanzenschutz- und Schädlingsbekämpfungsmitteln, Düngemitteln und sonstigen Mitteln in oder auf Lebensmit-

teln und Tabakerzeugnissen (Rückstands-Höchstmengenverordnung - RHmV) vom 1.
September 1994 (BGBl. I S. 2299), zuletzt geändert durch **Artikel 1** der Verordnung vom 26.
September 1997 (BGBl I S. 2366).

8.12   Trinkwasserverordnung

**Verordnung über Trinkwasser und über Wasser für Lebensmittelbetriebe vom 22. Mai
1986** (BGBl. I S. 760);. in der Neufassung der **Bekanntmachung** vom 5. Dezember 1990
(BGBl. I S. 2612); zuletzt geändert durch die Verordnung vom 1. April 1998 (BGBl I S. 699).

8.13   Naturschutz und Bodenschutz

Gesetz über Naturschutz und Landschaftspflege vom 20. Dezember 1976 (BGBl. I S.
3574), in der Fassung der **Bekanntmachung der Neufassung des Bundesnaturschutzgesetzes vom 12. März 1987** (BGBl. I S. 889) zuletzt geändert durch **Artikel 1** des Gesetzes
vom 30. April 1998 (BGBl. I S. 823).

Gesetz zur Sicherung des Naturhaushalts und zur Entwicklung der Landschaft
(Landschaftsgesetz - LG), i.d.F. der Bekanntmachung **vom 15. August 1994** (GV. NW. S.
710), geändert durch **Artikel 3** des Gesetzes vom 2. Mai 1995 (GV. NW. S. 382).

Gesetz zum Schutz des Bodens vom 17. März 1998 (BGBl I S. 502).

Verordnung zum Schutz wildlebender Tier- und Pflanzenarten vom 19. Dezember 1986
(BGBl. I S.. 2705), in der **ab 1. August 1989 geltenden Neufassung** (BGBl. I S. 1677), zuletzt geändert durch **Artikel 1** der Verordnung vom 6. Juni 1997 (BGBl I S. 1327).

Freisetzen von (gebietsfremden) Tierarten zum biologischen Pflanzenschutz. Schrei-
ben der Bezirksregierung Münster **vom 18. Juli 1996**, Erlaß des MURL **vom 25. Juni 1996**
(III B1.-615.11.00.00) mit Hinweis auf § 61 Abs. 3 LG.NW. und **Anlage** des Schreibens des
Bundesamtes für Naturschutz vom 28.11.1995 (II 3-472/112-56/95) an den BMU.

**Handel mit künstlich vermehrten Pflanzen, die unter das Washingtoner Artenschutz-
übereinkommen fallen.** Erlaß des MURL **vom 14.3.1995** (III B1-1.15.12.20/07)
hier: Erteilung von **Pflanzengesundheitszeugnissen** für die Ausfuhr künstlich vermehrter
    besonders geschützter Pflanzen und Pflanzenteile **anstelle** einer **CITES-Bescheini-
    gung**.

8.14   Umweltinformationsgesetz

**Artikel 1 des Gesetzes zur Umsetzung der Richtlinie 90/313/EWG des Rates vom 7.
Juni 1990 über den freien Zugang zu Informationen über die Umwelt** vom 8. Juli 1994
(BGBl. I S. 1490).

8.15   Saatgut-Recht

Saatgutverkehrsgesetz vom 20. August 1985 (BGBl. I S. 1633), zuletzt geändert durch
Artikel 1 des Gesetzes vom 17. Juli 1997 (BGBl I S. 1854), in der Fassung der

Bekanntmachung der Neufassung des Sortenschutzgesetzes vom 19. Dezember 1997 (BGBl I S. 3164).

Gesetz über forstliches Saat- und Pflanzgut i.d.F. der **Bekanntmachung vom 26. Juli 1979** (BGBl. I S. 1242), zuletzt geändert durch **Artikel 22** des **Gesetzes** vom 2. August 1994 (BGBl. I S. 2018).

Verordnung über den Verkehr mit Saatgut landwirtschaftlicher Arten und von Gemüsearten (Saatgutverordnung) vom 21. Januar 1986 (BGBl. I S. 146), zuletzt geändert durch **Artikel 2** der **Verordnung** vom 6. August 1998 (BGBl. I S. 2090).

Sortenschutzgesetz vom 11. Dezember 1985 (BGBl. I S. 2170), zuletzt geändert durch **Artikel 1** des Gesetzes vom 17. Juli 1997 (BGBl. I S. 1997).

Pflanzkartoffelverordnung vom 21. Januar 1986 (BGBl. I S. 192), zuletzt geändert durch **Artikel 2** der **Verordnung** vom 23. Juli 1997 (BGBl. I S. 1906).

8.16 Gentechnik-Recht

Gentechnikgesetz i.d.F. der Bekanntmachung **vom 16. Dezember 1993** (BGBl. I S. 2066), geändert durch **Artikel 5 (§ 1)** des Gesetzes vom 24. Juni 1994 (BGBl. I S. 1416).

Verordnung über die Zentrale Kommission für Biologische Sicherheit vom 30. Oktober 1990 (BGBl. I S. 2418), zuletzt geändert durch **Artikel 5 (§ 2)** des Gesetzes vom 24. Juni 1994 (BGBl. I S. 1416).

Gentechnik-Sicherheitsverordnung vom 24. Oktober 1990 (BGBl. I S. 2340), geändert durch **Artikel 5 (§ 3)** des Gesetzes vom 24. Juni 1994 (BGBl. I S. 1416).

Bundeskostengesetz zum Gentechnikgesetz vom 9. Oktober 1991 (BGBl. I S. 1972), geändert durch **Artikel 5 (§ 4)** des Gesetzes vom 24. Juni 1994 (BGBl. I S. 1416).

8.17 Berufsausbildungsverordnungen

Verordnung über die Berufsausbildung zum Landwirt/Landwirtin vom 31. Januar 1995 (BGBl. I S. 168).

Verordnung über die berufliche Umschulung zum Geprüften Schädlingsbekämpfer/zur Geprüften Schädlingsbekämpferin vom 18. Februar 1997 (BGBl. I S. 275).

Verordnung über die Prüfung zum anerkannten Abschluß Geprüfter Fachagrarwirt/Geprüfte Fachagrarwirtin - Baumpflege und Baumsanierung vom 29 Juni 1993 (BGBl. I S. 1114)

Verordnung über die Prüfung zum anerkannten Abschluß Geprüfter Natur- und Landschaftspfleger/Geprüfte Natur- und Landschaftspflegerin vom 6. März 1998 (BGBl I S. 435).

Verordnung über die Prüfung zum anerkannten Abschluß Geprüfter Kundenberater/Geprüfte Kundenberaterin - Gartenbau vom 12. Juli 1994 (BGBl. I S. 1593).

Verordnung über die Berufsausbildung zum Gärtner/zur Gärtnerin vom 6. März 1996 (BGBl. I S. 376).

Verordnung über die Eignung der Ausbildungsstätte für die Berufsausbildung zum Gärtner/zur Gärtnerin vom 12. August 1997.

Verordnung über die Anforderungen in der Meisterprüfung für den Beruf Gärtner/Gärtnerin vom 12. August 1997 (BGBl. I S. 2046).

8.18   Gesetzliche Bestimmungen - Einfuhr, Vertrieb und Anwendung

Gesetzliche Bestimmungen zur Einfuhr, zum Vertrieb und zur Anwendung von Pflanzenschutzmitteln in der Praxis (Pflanzenschutzgesetz vom 14. Mai 1998) siehe auch die "Pflanzenschutz-Sachkundeverordnung"

Einfuhr und Vertrieb von Pflanzenschutzmitteln

Nach § 11 des **Pflanzenschutzgesetzes** dürfen Pflanzenschutzmittel "**nur eingeführt oder in den Verkehr gebracht werden, wenn sie** von der Biologischen Bundesanstalt für Land- und Forstwirtschaft (Biologische Bundesanstalt) **zugelassen sind**". § 20 Abs. 2 bestimmt, daß zusätzlich zu der Kennzeichnung nach dem § 13 und 14 des Chemikaliengesetzes auf den Behältnissen und abgabefertigen Packungen in deutscher Sprache und in deutlich sichtbarer, leicht lesbarer Schrift unverwischbar folgende Angaben gemacht werden müssen:

1. Bezeichnung des Pflanzenschutzmittels,

2. die Zulassungsnummer,

3. Name und die Anschrift des Zulassungsinhabers und desjenigen, der das Pflanzenschutzmittel zur Abgabe an den Anwender verpackt und kennzeichnet, soweit dieser nicht der Zulassungsinhaber ist,

4. die Wirkstoffe nach Art und Menge,

5. das Verfallsdatum bei Pflanzenschutzmitteln mit längstens zweijähriger Haltbarkeit,

6. die **"Gebrauchsanleitung"**

    a) mit den festgesetzten Anwendungsgebieten und Anwendungsbestimmungen
    b) mit den Auflagen für die sachgerechte Anwendung sowie zum Schutz der Gesundheit von Mensch und Tier und zum Schutz vor sonstigen schädlichen Auswirkungen, insbesondere auf den Naturhaushalt
    c) mit der Angabe "Anwendung im Haus- und Kleingarten zulässig", soweit diese Eignung durch die Biologische Bundesanstalt mit der Zulassung festgestellt wurde.

7. festgesetzte Verbote oder Beschränkungen.

Dabei kann die Biologische Bundesanstalt, soweit es für die aufgeführten Schutzzwecke erforderlich ist, Anwendungsbestimmungen festsetzen, die in die Gebrauchsanleitung unter der

Überschrift: **"Von der Biologischen Bundesanstalt für Land- und Forstwirtschaft festgesetzte Anwendungsbestimmungen"** deutlich getrennt von den übrigen Angaben und sonstigen Aufschriften aufzunehmen und mit einem Hinweis auf die **Androhung von Geldbuße bei Verstößen** zu versehen sind.

Beim Inverkehrbringen von Pflanzenschutzmitteln zu gewerblichen Zwecken oder im Rahmen sonstiger wirtschaftlicher Unternehmungen oder in der Werbung für Pflanzenschutzmittel dürfen keine anderen Angaben verwendet werden, als sich aus der Gebrauchsanleitung oder der bekanntgemachten Genehmigung nach § 18a Abs. 4 ergeben.

Inverkehrbringen von Pflanzenschutzmitteln

Anzeigepflicht: Wer Pflanzenschutzmittel zu gewerblichen Zwecken oder im Rahmen sonstiger wirtschaftlicher Unternehmungen in den Verkehr bringen oder zu gewerblichen Zwecken einführen will, hat dies der für den Betriebssitz und den Ort der Tätigkeit zuständigen Behörde vor Aufnahme der Tätigkeit anzuzeigen.

Verbot der Selbstbedienung: Pflanzenschutzmittel dürfen nicht durch Automaten oder andere Formen der Selbstbedienung in den Verkehr gebracht werden.

Beratungspflicht: Bei der Abgabe im Einzel- und Versandhandel haben der Gewerbetreibende und derjenige, der für ihn die Pflanzenschutzmittel abgibt, den Erwerber über die Anwendung des Pflanzenschutzmittels, **insbesondere über Verbote und Beschränkungen** zu unterrichten.

Sachkunde-Nachweis: Die erforderlichen Kenntnisse sind der zuständigen Behörde auf Verlangen nachzuweisen.

Importe von identischen Pflanzenschutzmitteln

Pflanzenschutzmittel, die in Deutschland zugelassen wurden, gibt es häufig im Ausland als identische Produkte. Diese dürfen **innerhalb der EU** frei gehandelt werden. Wenn Sie in Deutschland vertrieben werden sollen, müssen Sie mit der gleichen Gebrauchsanleitung in deutscher Sprache, einschließlich aller gesetzlichen Kennzeichnungsauflagen versehen sein. Bei diesen Importen werden viele Fehler gemacht.

Im folgenden sollen daher noch einmal die rechtlichen Möglichkeiten aufgezeigt werden:

1. Pflanzenschutzmittel dürfen nur in den Verkehr gebracht oder eingeführt werden, wenn sie von der Biologischen Bundesanstalt zugelassen sind (§ 11 Abs. 1 PflSchG).

2. Auch die Einfuhr von z.B. niederländischen Pflanzenschutzmitteln zur Anwendung auf von Niederländern bewirtschafteten Flächen auf deutschem Hoheitsgebiet unterliegt dem deutschen Pflanzenschutzrecht (§ 11 Abs. 1 PflSchG).

3. Falls ein Pflanzenschutzmittel von der Biologischen Bundesanstalt zugelassen worden ist, darf ein für das Ausland produziertes identisches Pflanzenschutzmittel (gleicher Hersteller, gleiche Wirkstoffgehalte, gleiche Anwendungsgebiete) in die Bundesrepublik eingeführt werden. Nach derzeitiger Rechtsprechung ist die Zulassungs-Nr. produktbezogen; bei der Einfuhr muß daher diese Zulassungs-Nr. auf dem Behältnis angebracht sein, damit das Produkt identifizierbar ist.

   - Wenn der Anwender dieses Pflanzenschutzmittel **für den eigenen Gebrauch** einführt und nicht vertreibt, muß das Produkt nach dem neuen Pflanzenschutzgesetz **jetzt auch eine deutsche Gebrauchsanleitung** haben.

- Es müssen auf den Behältnissen und abgabefertigen Packungen in deutscher Sprache die gleichen Kennzeichnungen und die gleiche Gebrauchsanleitung angegeben sein wie für das identische deutsche Handelsprodukt (§ 20 PflSchG).

Bei der Um-Etikettierung identischer ausländischer Produkte für den Vertrieb in Deutschland muß nicht nur das Pflanzenschutzgesetz, sondern auch die Kennzeichnung nach der deutschen Gefahrstoffverordnung beachtet werden.

Jeder Importeur identischer Produkte aus anderen EU-Staaten tut daher gut daran, sich vor dem Import bei der Biologischen Bundesanstalt für Land- und Forstwirtschaft, Braunschweig, eine Identitätsbescheinigung ausstellen zu lassen und auch die Kennzeichnung nach den Zulassungsauflagen sorgfältig vorzunehmen. Zur Zeit ist eine Verwaltungsvorschrift des Bundes-Landwirtschaftsministeriums in Vorbereitung, die weitere Möglichkeiten der Identitätsprüfung aufzeigt.

Illegal importierte und illegal vertriebene Pflanzenschutzmittel müssen aus dem Geltungsbereich des Gesetzes verbracht werden. Daneben drohen Geldbußen bis zu DM 100.000,-.

Anwendung von Pflanzenschutzmitteln

Der **§ 6** regelt die allgemeinen **Anwendungsvorschriften** für Pflanzenschutzmittel wie folgt:

"(1) Bei der Anwendung von Pflanzenschutzmitteln ist nach guter fachlicher Praxis zu verfahren. Pflanzenschutzmittel dürfen nicht angewandt werden, soweit der Anwender damit rechnen muß, daß ihre Anwendung im Einzelfall schädliche Auswirkungen auf die Gesundheit von Mensch und Tier oder auf das Grundwasser oder sonstige erhebliche schädliche Auswirkungen, insbesondere auf den Naturhaushalt, hat. Die zuständige Behörde kann Maßnahmen anordnen, die zur Erfüllung der in den Sätzen 1 und 2 genannten Anforderungen erforderlich sind.

(2) Pflanzenschutzmittel dürfen auf Freilandflächen nur angewandt werden, soweit diese landwirtschaftlich, forstwirtschaftlich oder gärtnerisch genutzt werden. Sie dürfen jedoch nicht in oder unmittelbar an oberirdischen Gewässern und Küstengewässern angewandt werden.

(3) Die zuständige Behörde kann Ausnahmen von Absatz 2 genehmigen, wenn der angestrebte Zweck vordringlich ist und mit zumutbarem Aufwand auf andere Weise nicht erzielt werden kann und überwiegende öffentliche Interessen, insbesondere des Schutzes von Tier- und Pflanzenarten, nicht entgegenstehen".

Besondere Anwendungsvorschriften wurden mit dem neuen Pflanzenschutzgesetz in § 6a eingeführt, z.B.

- die Anwendung ist nur in den in der Zulassung festgesetzten und in der Gebrauchsanleitung angegebenen Anwendungsgebieten (Indikationen) und entsprechend den festgesetzten Anwendungsbestimmungen erlaubt; die Beachtung der Anwendungsgebiete wird zum **1.7.2001** wirksam.

- Pflanzenschutzmittel, die im Haus- und Kleingartenbereich angewendet werden sollen, dürfen nur dann hier angewendet werden, wenn sie entsprechend hierfür zugelassen wurden; dieses wird zum **1.7.1999** wirksam.

- Präparate, deren Zulassung beendet ist, dürfen noch bis zum Ablauf des zweiten auf das Ende der Zulassung folgenden Jahres angewendet werden.

- Für im eigenen Betrieb hergestellte Pflanzenschutzmittel gibt es in § 6a Abs. 4 Nr. 3 Ausnahmen von der Zulassungspflicht.

- Stoffe und Zubereitungen, die nach den Vorschriften der EU bei der Erzeugung von Produkten aus ökologischem Anbau angewendet werden dürfen, werden in einer Liste der Biologischen Bundesanstalt aufgeführt.

Anwendung von Pflanzenschutzmitteln für andere und Beratungstätigkeit

Die **Anzeigepflicht** für Personen, die "Pflanzenbehandlungsmittel gewerbsmäßig oder sonst für andere anwenden" oder beraten wollen, wurde **im § 9 gefaßt:**

"Wer Pflanzenschutzmittel für andere - außer gelegentlicher Nachbarschaftshilfe - anwenden oder zu gewerblichen Zwecken oder im Rahmen sonstiger wirtschaftlicher Unternehmungen andere über die Anwendung von Pflanzenschutzmitteln beraten will, hat dies der für den Betriebssitz **und** der für den Ort der Tätigkeit zuständigen Behörde **vor Aufnahme der Tätigkeit** anzuzeigen. Die Landesregierungen werden ermächtigt, durch Rechtsverordnung die näheren Vorschriften über die Anzeige und das Anzeigeverfahren zu erlassen. Sie können durch Rechtsverordnung diese Befugnis auf oberste Landesbehörden übertragen."

Sachkundenachweis für Anwender von Pflanzenschutzmitteln

Für die Anwendung von Pflanzenschutzmitteln stellt das Pflanzenschutzgesetz im **§ 10 Persönliche Anforderungen:**

"(1) Wer

1. Pflanzenschutzmittel in einem Betrieb

   a)   der Landwirtschaft einschließlich des Gartenbaus oder der Forstwirtschaft oder
   b)   zum Zwecke des Vorratsschutzes
   anwendet,

2. eine nach § 9 anzeigepflichtige Tätigkeit ausübt oder

3. Personen anleitet oder beaufsichtigt, die Pflanzenschutzmittel im Rahmen eines Ausbildungsverhältnisses anwenden, soweit dies zur Ausbildung gehört,

muß die dafür erforderliche Zuverlässigkeit und die dafür erforderlichen Kenntnisse und Fertigkeiten haben und dadurch die Gewähr dafür bieten, daß durch die Anwendung von Pflanzenschutzmitteln keine vermeidbaren schädlichen Auswirkungen auf die Gesundheit von Mensch oder Tier oder keine sonstigen vermeidbaren schädlichen Auswirkungen, insbesondere auf den Naturhaushalt, auftreten.

(2)   Die zuständige Behörde kann die in Absatz 1 bezeichneten Tätigkeiten ganz oder teilweise untersagen, wenn Tatsachen die Annahme rechtfertigen, daß derjenige, der diese Tätigkeiten ausübt, die dort genannten Voraussetzungen nicht erfüllt.

(3)   **Die erforderlichen fachlichen Kenntnisse und Fertigkeiten sind der zuständigen Behörde auf Verlangen nachzuweisen.** Die Bundesregierung wird ermächtigt, durch Rechtsverordnung mit Zustimmung des Bundesrates nähere Vorschriften über Art und Umfang der erforderlichen fachlichen Kenntnisse und Fertigkeiten sowie über das Verfahren für deren Nachweis zu erlassen. Die Landeregierungen werden ermächtigt,

1. Rechtsverordnungen nach Satz 2 zu erlassen, soweit die Bundesregierung von ihrer Befugnis keinen Gebrauch macht,

2. durch Rechtsverordnung, soweit es zur Erfüllung der in § 1 genannten Zwecke erforderlich ist, den Anwendungsbereich des Absatzes 1 auf Personen auszudehnen, die Pflan-

zenschutzmittel auf Grundstücken anwenden, die im Besitz juristischer Personen des öffentlichen Rechts stehen.

Die Landesregierungen können diese Befugnis durch Rechtsverordnung auf andere Behörden übertragen."

Weitere Vorgaben für die Anwendung von Pflanzenschutzmitteln

Die **Pflanzenschutzmittel-Höchstmengenverordnung** legt fest, welche Rückstände von Pflanzenbehandlungsmitteln auf oder in Lebensmitteln pflanzlicher Herkunft vorhanden sein dürfen, ohne daß dadurch die menschliche Gesundheit gefährdet wird. Der Erzeuger macht sich strafbar, wenn er Lebensmittel in den Verkehr bringt, auf oder in denen höhere Rückstände vorhanden sind als nach der Verordnung erlaubt ist. Bei Anwendung der Präparate in der vorgeschriebenen Konzentration und Aufwandmenge sowie Einhaltung der Wartezeiten ist eine Überschreitung der Toleranzwerte nicht zu befürchten.

In der **Verordnung über Anwendungsverbote und -beschränkungen für Pflanzenschutzmittel** wurden für zahlreiche Wirkstoffe Anwendungsverbote oder Anwendungsbeschränkungen ausgesprochen. Aus diesem Grunde wurde die gesamte Verordnung hier abgedruckt!

Anwendung zu Versuchszwecken

Pflanzenschutzmittel dürfen zu Versuchszwecken nur angewandt werden, wenn der Anwender die dafür erforderlichen fachlichen Kenntnisse und Fertigkeiten der zuständigen Behörde nachgewiesen hat. Diese Vorschrift wird wirksam zum **1.7.2000**.

9 Informationsquellen - Pflanzenschutz

9.1 Bücher

Alford, D. V.: Farbatlas der Obstschädlinge. 320 S., 711 Abb., Stuttgart 1986.

Baumann, G.: Wichtige Viruskrankheiten des Kern- und Steinobstes, Erkennung und Verhütung. 22 S., 22 Abb., Berlin 1973.

Bedlan, G.: Gemüsekrankheiten, 166 S., 58 Abb., 24 Farbfotos, Münster-Hiltrup 1987.

Behrendt, S. und M. Hanf: Ungräser des Ackerlandes. 160 S. und Farbf., Ludwigshafen 1979.

Benada, J., J. Sedivy, J. Spacek u.a.: Atlas der Krankheiten und Schädlinge der Ölpflanzen (deutsch, russisch, tschechisch). 200 S., 94 Farbt., Berlin 1966.
Atlas der Krankheiten und Schädlinge der Getreidepflanzen. Teil I (deutsch, russisch, tschechisch). 218 S., 100 Farbt., Berlin 1968.
Atlas der Krankheiten und Schädlinge der Hülsenfrüchte. 196 S., 79 Abb., Berlin 1969.

Berger, H. und R. Krexner: Wichtige Schädlinge und Krankheiten der Rübe. 4. Aufl., 58 S., 18 Abb., Wien 1977.

Bergmann, W.: Ernährungsstörungen bei Kulturpflanzen - Entstehung und Diagnose. 3. Aufl., 835 S., Jena 1993.
Ernährungsstörungen bei Kulturpflanzen - Farbatlas. 2. Aufl., 306 S., 945 Farbf., Jena 1986.

Börner, H.: Pflanzenkrankheiten und Pflanzenschutz, 6. erw. Aufl., 464 S., 85 Abb., Stuttgart 1990.

Börner, H. und U. Zunke: Praktikum der Phytopathologie. 66 S., 124 Farbabb. und 124 Zeichn., Hamburg 1992.

Bothe, C.: Bisamfang. 220 S. mit zahlreichen Abb., Neudamm 1996.

Bovey, R., W. Gärtel, W. B. Hewitt, G. Martelli und A. Vuittenez: Virosen und virusähnliche Krankheiten der Rebe. 183 S., 186 Farbf., Stuttgart 1980.

Buhl, C. und F. Schütte: Prognose wichtiger Pflanzenschädlinge in der Landwirtschaft. 364 S., 227 Abb., 63 Schemata, Berlin 1971.

Buhl, C., H. Weidner und H. Zogg: Krankheiten und Schädlinge an Getreide und Mais. Ein Bestimmungsbuch. 431 S., 307 Abb., Stuttgart 1975.

Butin, H.: Krankheiten der Wald- und Parkbäume. 216 S., 117 Abb., Stuttgart 1989.

Butin, H. und H. Zycha: Forstpathologie für Studium und Praxis. 177 S., 70 Abb., 13 Tab., Stuttgart 1973.
Krankheiten der Wald- und Parkbäume. 182 S., 388 Abb., Stuttgart 1983.

Crüger, G.: Pflanzenschutz im Gemüsebau. 3. neubearb. Aufl., 344 S., 267 Abb., 80 Farbf., Stuttgart 1991.

Decker, H.: Phytonematologie. Biologie und Bekämpfung pflanzenparasitärer Nematoden. 526 S., 198 Abb., Berlin 1969.

Diercks, R., R. Heitefuß u.a.: Integrierter Landbau. 420 S., 138 Abb., Frankfurt 1990.

Dubnik, H.: Blattläuse. - Artenbestimmung - Biologie - Bekämpfung. 120 S., Gelsenkirchen-Buer 1991.

Ebert, W., D. Häussler, W. Kessler, H. Kulicke und E. Templin: Bestimmungsbuch der wichtigsten Kiefernschädlinge und -krankheiten. 128 S., 54 Tafeln, Berlin 1978.

Enderle, M. und H. E. Laux: Pilze auf Holz. - Speisepilze, Holzzerstörer, Baumschädlinge. 128 S., 112 farb. Abb., Stuttgart 1980.

Faber, W. und B. Zwatz: Wichtige Krankheiten und Schädlinge im Getreide- und Maisbau. 3. Aufl., 119 S., 49 Abb., Wien 1978.

Friedrich G. und H. Rode: Pflanzenschutz im integrierten Obstbau, 3. völlig neubearb. Aufl., 494 S., 222 Abb., 41 Tab., Stuttgart 1996.

Fritzsche, R. (Hrsg.): Die Pflanzen-, Vorrats- und Materialschädlinge Mitteleuropas. 458 S., 482 Zeichn., Stuttgart 1994.

Fröhlich, G.: Wörterbücher der Biologie: Phytopathologie und Pflanzenschutz. 2. Aufl., 366 S., 104 Abb., Jena 1991.

Glaeser, G. und R. Zelger: Wichtige Krankheiten und Schädlinge im Gemüsebau. 2. Aufl., 218 S., 37 Abb., Wien 1982.

Godan, D.: Schadschnecken und ihre Bekämpfung. 467 S., 203 Abb., Stuttgart 1980.

Gram, E., P. Bovien und Chr. Stapel: Farbtafel-Atlas der Krankheiten und Schädlinge an landwirtschaftlichen Kulturpflanzen. 2. Aufl., 136 S., davon 112 Farbt., Berlin 1971.

Grosser: Pflanzliche und tierische Bau- und Werkholz-Schädlinge. 159 S., Leinfelden 1985.

Grüne, S.: Handbuch zur Bestimmung europäischer Borkenkäfer. 182 S., 275 Abb., Hannover 1979.

Grunewaldt-Stöcker, G. und F. Nienhaus: Mycoplasma-ähnliche Organismen als Krankheitserreger in Pflanzen. - Acta Phytomedica 5. 115 S., 36 Abb., 8 Tab., Berlin 1977.

Hagedorn, J. und M. Schnock: Farbatlas der Erbsenkrankheiten, 40 S., 30 Abb., Frankfurt/Main 1978.

Hanf, M.: Ackerunkräuter Europas mit ihren Keimlingen und Samen. 3. Aufl., 496 S., 1586 farb. Abb., München 1990.

Häni, F., G. Popow, H. Reinhard, A. Schwarz, K. Tanner und M. Vorlet: Integrierter Pflanzenschutz im Ackerbau, Krankheiten, Schädlinge, Nützlinge. Zollihofen 1987.

Harmuth, P., u.a.: Sachkundenachweis Pflanzenschutz. 206 S., 59 Abb., 39 Tab., Stuttgart 1990.

Hartmann, G., F. Nienhaus und H. Butin: Farbatlas Waldschäden - Diagnose von Baumkrankheiten. 256 S., 418 Farbf., Stuttgart 1988.

Hassan, S., R. Albert und W. Rost: Pflanzenschutz mit Nützlingen. 187 S., 43 Farbf. und Tafeln, 50 Abb., 22 Tab., Stuttgart 1993.

Haug, G., G. Schuhmann und G. Fischbeck: Pflanzenproduktion im Wandel. 609 S., Weinheim 1990.

Heinze, K.: Leitfaden der Schädlingsbekämpfung.
    Bd. I: Schädlinge und Krankheiten im Gemüsebau. 4., völlig neubearb. Aufl., 361 S.,
    148 Abb., Stuttgart 1974.
    Bd. II: Schädlinge und Krankheiten im Obst- und Weinbau. 4. Aufl., 606 S., 373 Abb.,
    Stuttgart 1978.
    Bd. III: Schädlinge und Krankheiten im Ackerbau. 916 S., 488 Abb., 32 Tab., Stuttgart
    1983.
    Bd. IV: Vorrats- und Materialschädlinge (Vorratsschutz). 348 S., 152 Abb., 13 Tab.,
    Stuttgart 1983.

Heitefuß, R.: Pflanzenschutz. Grundlagen der praktischen Phytomedizin. 2. Aufl., 342 S., 87
    Abb., 22 Tab., Stuttgart 1987.

Heitefuß, R., K. König, A. Obst und M. Reschke: Pflanzenkrankheiten und Schädlinge im
    Ackerbau. 2., erw. Aufl., 132 S., 206 Farbf., Frankfurt/M. 1987.

Hillebrand, W.; K.W. Eichhorn und D. Lorenz: Rebschutz im Weinbau. 9. Aufl., 413 S.,
    Mainz 1990.

Hillebrand, W., D. Lorenz und F. Louis: Rebschutz-Taschenbuch. 10. Aufl., 270 S., Mainz
    1995.

Hock, B., C. Fedtke und R.R. Schmidt: Herbizide. Entwicklung, Anwendung, Wirkungen,
    Nachwirkungen. 358 S., 116 Abb., 101 Tab., Stuttgart 1995.

Hoffmann, G.M., F. Nienhaus, H.M. Poehling, F. Schönbeck, H.C. Weltzien und H. Wilbert: Lehrbuch der Phytomedizin. 3. Aufl., 542 S., Hamburg 1994.

Hoffmann, G. M. und H. Schmutterer: Parasitäre Krankheiten und Schädlinge an landwirt-
    schaftlichen Kulturpflanzen. 488 S., 240 Abb., Stuttgart 1983.

Industrieverband Agrar e. V.: iva kodex - Gesetze und Verordnungen zum Pflanzenschutz.
    528 S., Frankfurt 1991.

Industrieverband Agrar e. V.: Wirkstoffe in Pflanzenschutz- und Schädlingsbekämpfungs-
    mitteln: physikalisch-chemische und toxikologische Daten. 2., neubearb. Aufl., München
    1990.

Jahn, H.: Pilze an Bäumen: Saprophyten und Parasiten, die an Holz wachsen. Neubearb.
    von H. Reinartz u. M. Schlag. 2. Aufl., 272 S., 222 Abb., Berlin 1990.

Jacobs, W. und M. Renner: Biologie und Ökologie der Insekten. Ein Taschenlexikon. 690
    S., 20 Abb., 2. Aufl., Stuttgart 1988.

Kahnt, G., Biologischer Pflanzenbau, 240 S., 40 Abb., Stuttgart 1986.

Kees, H., E. Beer, H. Bötger, W. Garburg, G. Meinert, E. Meyer: Unkrautbekämpfung im
    Integrierten Pflanzenschutz. 5. erw. und verb. Aufl., 231 S., Frankfurt 1993.

Kegeler, H. und W. Fried (Hrsg.): Resistenz von Kulturpflanzen gegen pflanzenpathogene
    Viren. 430 S., 34 Abb., 72 Tab., Berlin 1993.

Klapp, E. und W. Opitz v. Boberfeld: Kräuterbestimmungsschlüssel für die wichtigsten
    Grünland- und Rasenkräuter. 2. Aufl., 80 S., 100 Abb., Berlin 1988.

Kleinhempel, H., K. Naumann und D. Spaar: Bakterielle Erkrankungen an Kulturpflanzen. 573 S., 141 Abb., 35 Tab., 10 Farbt., Berlin 1990.

Klinkowski, M., u.a.: Pflanzliche Virologie.
Bd. I. Einführung in die allgemeinen Probleme. 3. überarb. und ergänzte Aufl., 658 S., 236 Abb., 41 Tab., Berlin 1980.
Bd. II. Die Virosen an landwirtschaftlichen Kulturen, Sonderkulturen und Sporenpflanzen in Europa. 3. überarb. und ergänzte Aufl., 434 S., 264 Abb., Berlin 1977.
Bd. III. Die Virosen an Gemüsepflanzen, Obstgewächsen und Weinreben in Europa. 3. Aufl., 389 S., 256 Abb., Berlin 1977.
Bd. IV. Die Virosen an Zierpflanzen, Gehölzen und Wildpflanzen in Europa. 3. Aufl., 528 S., 398 Abb., Berlin 1977.
Registerband: Verzeichnis und Übersichten zu den Virosen in Europa. 3. Aufl., 337 S., Berlin 1977.

Klinkowski, M., E. Mühle, E. Reinmuth und H. Bochow: Phytopathologie und Pflanzenschutz.
Bd. I. Grundlagen und allgemeine Probleme der Phytopathologie und des Pflanzenschutzes. 2. Aufl., 820 S., 231 Abb., Berlin 1974.
Bd. II. Krankheiten und Schädlinge landwirtschaftlicher Kulturpflanzen. 2. Aufl., 711S., 391 Abb., Berlin 1974.
Bd. III. Krankheiten und Schädlinge der Gemüsepflanzen und Obstgewächse. 2. neub. Aufl., 914 S., 523 Abb., 1 Tafel, 5 Tab., Berlin 1976.

Koch, W. und K. Hurle: Grundlagen der Unkrautbekämpfung. 207 S., 50 Abb., 25 Tab., Stuttgart 1978.

Kock, Th., K. Müller, M. Klug und E. Meyer: Gärtners Pflanzenarzt - Zierpflanzen, Gehölze, Landschaftsbau (zweijährliche Erscheinungsweise). Münster-Hiltrup 1998.

König, K., W. Klein und W. Grabler: Sachkundig im Pflanzenschutz. 4. Aufl., 112 S., 24 Abb., 8 Tab., München 1991.

Krieg, A. und J. M. Franz: Lehrbuch der biologischen Schädlingsbekämpfung. 304 S., 81 Abb., 18 Tab., Berlin 1989.

Lejealle, F., u.a.: Schädlinge und Krankheiten der Zuckerrübe. - Deutsche Bearb.: R. Schäufele. - 167 S. mit zahlr. Abb., Gelsenkirchen-Buer 1982.

Lorz, A.: Pflanzenschutzrecht - Pflanzenschutzgesetz mit Rechtsverordnungen und Landesrecht. 285 S., München 1989.

Lüdecke, H. und Chr. Winner: Farbtafelatlas der Krankheiten und Schädigungen der Zuckerrübe. 2. Aufl., 271 S., 162 Abb., Frankfurt/M. 1967.

Lundehn, J.R.: Rechtliche Regelungen der Europäischen Union zur Prüfung und Zulassung von Pflanzenschutzmitteln und Wirkstoffe (3. Auflage, Stand: 1.Nov. 1997, Band A und B - Berichte aus der Biologischen Bundesanstalt für Land und Forstwirtschaft, Heft 35 und 36).

Lust, V.: Biologischer Obst- und Gemüsebau. 190 S., 33 Farbf., 61 Zeichn., 35 Tab., Stuttgart 1987.

Meinert, G. und A. Mittnacht: Integrierter Pflanzenschutz, 335 S., 80 Abb., 75 Tab., Stuttgart 1992.

Menzinger, W. und H. Sanftleben: Parasitäre Krankheiten und Schäden an Gehölzen. - Symptome, Biologie, Bekämpfung. 264 S., 39 Abb., Berlin 1980. Mit zweiter Neufassung des Anhanges. Stand Nov. 1987.

Meyer-Kahsnitz, S.: Angewandte Pflanzenvirologie. 218 S., 108 Abb., Braunschweig 1993.

Michel, H.G., H. Umgelter und F. Merz: Pflanzenschutz im Garten. 2. neubearb. Aufl., 287 S., 126 Farbf., 77 Schwarzweißf., 47 Zeichn., Stuttgart 1991.

Mourier, H. und O. Winding: Tierische Schädlinge und andere ungebetene Tiere in Haus und Lager. BLV-Bestimmungsbuch 26. 224 S., München 1979.

Mühle, E.: Die Krankheiten und Schädlinge der Arznei-, Gewürz- und Duftpflanzen. 305 S., 36 Abb., 4 Tafeln, Berlin 1956.
Krankheiten und Schädlinge der Futtergräser. 422 S., 121 Abb., 2 Farbt., 24 Tab., Leipzig 1971.

Nienhaus, F., Viren, Mycoplasmen, Rickettsien. 280 S., 80 Abb., Stuttgart 1985.

Nienhaus, F., H. Butin und B. Böhmer: Farbatlas Gehölzkrankheiten - Ziersträucher und Parkbäume. 280 S., 429 Farbf., Stuttgart 1992.

Novak, V., F. Hrozinka und B. Stary: Atlas schädlicher Forstinsekten, 3. Aufl., 125 S., 115 Abb., Stuttgart 1986.

Obst, A. und H. Paul. Krankheiten und Schädlinge des Getreides. 184 S., Gelsenkirchen-Buer 1993.

Ohnesorge, B.: Tiere als Pflanzenschädlinge. 2. Aufl., 336 S., 83 Abb., 6 Tab., Stuttgart 1991.

Olschowy, G., u.a.: Natur- und Umweltschutz in der Bundesrepublik Deutschland. 926 S., 265 Abb., 133 Tab., Berlin 1979.

Paesler, F. und H. Kühn.: Bestimmungsschlüssel für die Gattungen freilebender und pflanzenparasitischer Nematoden. 96 S., 14 Taf., Berlin 1962.

Perkow, W.: Die Insektizide. 2., verbess. u. überarb. Aufl., 565 S., 15 Abb., Tab., Heidelberg 1968.
Wirksubstanzen der Pflanzenschutz- und Schädlingsbekämpfungsmittel. Loseblattsammlung in 2 Ordnern einschl. 2. Ergänzungslieferung. 2. Aufl., 982 S. (wird laufend ergänzt), Berlin 1988.

Philipp, W. D.: Biologische Bekämpfung von Pflanzenkrankheiten. 248 S., 42 Zeichn., Stuttgart 1988.

Radtke, W. und W. Rieckmann, Krankheiten und Schädlinge der Kartoffel, 168 S., Gelsenkirchen-Buer 1990.

Ripke, F. O.: Gute fachliche Praxis - Einsatz von Feldspritzgeräten. 158 S., 28 Abb., 29 Fotos, 27 Tab., Münster-Hiltrup 1991.

Scherer, W.: Schäden an Erdbeeren; Schäden an Himbeeren und Brombeeren; Schäden an Johannis- und Stachelbeeren. Je 114-128 S., je 64-70 Farbf., München o.J.

Sailer, W.: Wildschäden an landwirtschaftlichen Kulturen. 79 S., 30 Abb., 5 Tab., Berlin 1977.

Schimitschek, E.: Die Bestimmung von Insektenschäden im Walde nach Schadensbild und Schädling. 196 S., 290 Abb., Berlin 1955.
Grundzüge der Waldhygiene. Wege zur ökologischen Regelung. 167 S., 44 Abb., 24 Tab., Berlin 1969.

Schiwy, P. (Hrsg.): Kommentar Deutsches Pflanzenschutzrecht. Sammlung des gesamten Pflanzenschutzrechts des Bundes und der Länder sowie der internationalen Pflanzenschutzbestimmungen (23. Ergänzungslief. Stand 1.April 1996), Starnberg 1996.

Schlösser, E.: Allgemeine Phytopathologie. 280 S., 115 Abb., 64 Tab., Stuttgart 1983.

Schmid, O. und S. Henggeler: Biologischer Pflanzenschutz im Garten. 7. Aufl., 270 S., 238 teils farb. Abb., Stuttgart 1989.

Schütt, P., H.J. Schuck und P. Stimm: Lexikon der Forstbotanik. Morphologie, Pathologie, Ökologie und Systematik wichtiger Baum- und Straucharten, Landsberg 1992.

Schwenke, W., u.a.: Die Forstschädlinge Europas.
I. Band: Würmer, Schnecken, Spinnentiere, Tausendfüßler und hemimetabole Insekten. 464 S., 172 Abb., Hamburg 1972.
II. Band: Käfer. 508 S., 200 Abb., Hamburg 1974.
III. Band: Schmetterlinge. 467 S., 244 Abb., Hamburg 1978.
IV. Band: Hautflügler und Zweiflügler. 408 S., 180 Abb., Hamburg 1982.
V. Band: Wirbeltiere. 300 S., 107 Abb., Hamburg 1986.

Schwenke, W.: Leitfaden der Forstzoologie und des Forstschutzes gegen Tiere. - Pareys Studientexte 32. 192 S., 123 Abb., 9 Tab., Hamburg 1981.

Schwerdtfeger, F.: Die Waldkrankheiten. Ein Lehrbuch der Forstpathologie und des Forstschutzes. 4., neubearb. Aufl., 486 S., 242 Abb., Berlin 1981.

Shigo, A.L.: Die neue Baumbiologie. 606 S., zahlr. Abb., Braunschweig 1990.

Sorauer, P.: Handbuch der Pflanzenkrankheiten. Fortgeführt von: Appel, O., H. Blunck, H. Richer u.a., Berlin 1985.

Spaar, D., H. Kleinhempel und R. Fritzsche: Gemüse-Diagnose von Krankheiten und Beschädigungen an Kulturpflanzen. 406 S., 151 Farbt., 67 Zeichn., Berlin 1986.
Diagnose von Krankheiten und Beschädigungen an Kulturpflanzen - Kartoffeln. 136 S., 10 Abb., 47 Tab., Berlin 1987.
Diagnose von Krankheiten und Beschädigungen an Kulturpflanzen - Kernobst. 296 S., 28 Abb., 76 Farbt., Berlin 1988.
Diagnose von Krankheiten und Beschädigungen an Kulturpflanzen - Sonderkulturen. 480 S., Berlin 1992.

Spaar, D., H. Kleinhempel, R. Fritsche und H. Thiele: Diagnose von Krankheiten und Beschädigungen an Kulturpflanzen - Getreide, Mais und Futtergräser. 268 S., 58 Zeichn., 75 Bildt., Berlin 1989.

Stahl, M. u. H. Umgelter: Pflanzenschutz im Zierpflanzenbau, 396 S., 71 Farbf. u. Tafeln, 185 Abb., Stuttgart 1993.

Toms, A., M. und M. H. Dahl: Krankheiten und Schädlinge an Obst und Gemüse. 210 S., 230 Farbzeichn., München 1978.

Sy, M., Ungeziefer im Haus - was tun? 168 S., 60 Abb., Laudenbach 1981.

Ueckermann, E.: Die Wildschadenverhütung in Wald und Feld. 4., neubearb. Aufl., 80 S., 16 Tafeln mit 82 Abb., Hamburg 1981.

Vité, J. P.: Die holzzerstörenden Insekten Mitteleuropas. I. Textband: 157 S., 30 Abb., II. Tafelband. 78 S., 227 Abb., Göttingen 1952/53.

Vogt, E. und B. Götz: Weinbau. 7. Aufl., 366 S., Stuttgart 1987.

Webster, I.: Pilze. 641 S., Berlin 1983.

Wegler, R.: Chemie der Pflanzenschutz- und Schädlingsbekämpfungsmittel.
Bd. 1: Einführung, Insektizide, Chemosterilantien, Repellents, Lockstoffe, Akarizide, Nematizide, Vogel- bzw. Säugetierabschreckmittel, Rodentizide. 671 S., 23 Abb., Berlin 1970.
Bd. 2: Fungizide, Herbizide, Natürliche Pflanzenwuchsstoffe, Rückstandsprobleme. 584 S., 24 Abb., Berlin 1970.
Bd. 3: Geschichte, Ökologie, Forschung, Tropenkrankheiten, Textilschutz, Insektizid-Resistenz, Materialschutz, 322 S., 26 Abb., Berlin 1976.
Bd. 4: Pflanzenwachstumsregulatoren, Fungizide, Holzschutz. 308 S., 17 Abb., Berlin 1977.
Bd. 5: Herbizide. 752 S., Berlin, Heidelberg 1977.
Bd. 6: Insektizide, Bakterizide, Oomyceten-Fungizide, Biochemische und biologische Methoden, Naturstoffe. 512 S., 105 Abb., Berlin 1981.
Bd. 7: Chemie der synthetischen Pyrethroid-Insektizide. 217 S., Berlin 1981.
Bd. 8: Spezielle Chemie der Herbizide. Anwendung und Wirkungsweise. 455 S., Berlin 1982.

Weidner, H.: Bestimmungstabellen der Vorratsschädlinge u. des Hausungeziefers Mitteleuropas. 5. Aufl., 328 S., 220 Abb., Stuttgart 1993.

Wetzel, Th.: Pflanzenschädlinge: Bekämpfung, Probleme, Lösungen. 144 S., Köln 1984.

Zacher, F. und B. Lange: Vorratsschutz gegen Schädlinge. 2., vollst. neubearb. und erw. Aufl., 137 S., 65 Abb., Berlin 1964.

9.2   Zeit- und Informationsschriften, Merkblätter

Allgemeine Forstzeitschrift, BLV Verlagsgesellschaft mbH, 80797 München.

Anzeiger für Schädlingskunde, Pflanzenschutz, Umweltschutz. Begründet 1925. Blackwell Wissenschaftsverlag GmbH, Hamburg.

Beiträge zur Entomologie. Akademie-Verlag, Berlin.

Biologische Bundesanstalt für Land- und Forstwirtschaft Berlin/Braunschweig:
Datenbank PHYTOMED der Biologischen Bundesanstalt für Land- und Forstwirtschaft: siehe Kapitel 7. "Information und Beratung, Dienststellen und Organisationen".

Bibliographie der Pflanzenschutz-Literatur - Neue Folge -, Zusammenstellung der internationalen Fachliteratur der Phytomedizin, erschienen bis Ende 1995. Jährlich über 16000 Literaturzitate, erschlossen durch Inhaltsverzeichnis, Schlagwortregister und Autorenregister. Vier Hefte jährlich. Bezug durch: Verlag Paul Parey, Berlin und Hamburg.

Amtliche Pflanzenschutzbestimmungen, Neue Folge. - Sammlung deutscher und internationaler Gesetze und Verordnungen zum Pflanzenschutz (erscheint nach Bedarf).

Berichte aus der Biologischen Bundesanstalt für Land und Forstwirtschaft.

Merkblätter der Biologischen Bundesanstalt Braunschweig und Berlin-Dahlem.

Richtlinien für die amtliche Prüfung von Pflanzenschutzmitteln. (Loseblattsammlung; Einzelrichtlinien seit 1979).

Pflanzenschutzmittel-Verzeichnis (in Teilausgaben, Braunschweig 1996).

Bezug aller Merkblätter einschließlich der Amtlichen Pflanzenschutzmittelverzeichnisse durch: Saphir Verlag, Ribbesbüttel.

Mitteilungen aus der Biologischen Bundesanstalt für Land- und Forstwirtschaft, Berlin-Dahlem. Begründet 1906. Bezug durch: Blackwell Wissenschaftsverlag GmbH, Berlin.

Der Pflanzenarzt. Zeitschrift für Pflanzenschutz und Schädlingsbekämpfung. Herausgegeben von der Bundesanstalt für Pflanzenschutz in Wien. Verlag: Österreichischer Agrarverlag, Wien.

Der praktische Schädlingsbekämpfer. Verlag: Der praktische Schädlingsbekämpfer, Braunschweig.

European Journal of Forest Pathology (Europäische Zeitschrift für Forstpathologie). Blackwell Wissenschaftsverlag GmbH, Berlin.

Forst und Holz, Verlag M. & H. Schaper GmbH & Co KG, Kalandstr. 4, 31061 Alfeld.

Gesunde Pflanzen - Pflanzenschutz, Verbraucherschutz, Umweltschutz. Blackwell Wissenschaftsverlag GmbH, Berlin.

Informationsschriften, Warnmeldungen für Pflanzenschutz. Bezugsquelle: Pflanzenschutzdienststellen.

Informationsdienst Weihenstephan (Referate). Bearbeitet von den Fachbereichen Gartenbau und Landespflege/Forstwirtschaft der Fachhochschule Weihenstephan. Obst- und Gartenbauverlag, München.

Nachrichtenblatt des Deutschen-Pflanzenschutzdienstes (Braunschweig). Verlag: Ulmer, Stuttgart.

Pflanzenschutz-Berichte. Herausgegeben von der Bundesanstalt für Pflanzenschutz, Wien. Im Selbstverlag der Bundesanstalt für Pflanzenschutz, Wien.

Phytopathologische Zeitschrift - Journal of Phytopathology - mit Acta Phytomedica. Begründet 1930. Blackwell Wissenschaftsverlag Hamburg.

Schriftenreihe "Beiträge zur Sache" der Landwirtschaftskammer Westfalen-Lippe. Heft Anbau von Weihnachtsbäumen. 2. Aufl. 1994. Landwirtschaftsverlag Münster-Hiltrup.

Waldhygiene. Selbstverlag Institut für Angewandte Zoologie, Würzburg.

Zeitschrift für angewandte Entomologie. Begründet 1914. Blackwell Wissenschaftsverlag Hamburg.

Zeitschrift für Pflanzenkrankheiten und Pflanzenschutz. Verlag: Eugen Ulmer, Stuttgart.

9.3   Online-Informationen

Diese Zusammenstellung enthält einige Internet-Adressen von Online-Informationen zum Bereich der Phytomedizin. Da das Internetangebot einem raschen Wandel und Informationszuwachs unterliegt, kann diese Liste nur bedingt den tatsächlichen Stand der Angebote darstellen. Auf die Nennung von Firmenangeboten wurde weitgehend verzichtet, um keine Produktwerbung zu betreiben. Über Anregungen zur Vervollständigung dieser Übersicht sind die Autoren sehr dankbar.

Bayerische Landesanstalt für Bodenkultur und Pflanzenbau
Regionale Pflanzenschutz-Empfehlungen, Merkblätter
Internet: http://www.lbp.bayern.de/wwwlbp/lbphome.htm

Beratungsstelle bei Vergiftungen, Klinische Toxikologie, Universitätsklinikum, Mainz
Vergiftungsdokumentationssystem ADAM, Antidotarium Mainz (Intoxikationen, bei denen ein Antidot existiert), umfangreiche Informationen zum Thema Vergiftungen
Internet: http://www.giftinfo.uni-mainz.de

Biologische Bundesanstalt für Land- und Forstwirtschaft, Berlin/Braunschweig
Pflanzenschutzmitteldatenbank, Datenbanken PHYTOMED und PHYTOMED select, Nachrichtenbl. Deut. Pflanzenschutzd., Jahresberichte, Forschungsprojekte, Presseinformationen u.a.
Internet: http://www.bba.de

Deutsche Phytomedizinische Gesellschaft (DPG)
Mitteilungsorgan PHYTOMEDIZIN, Schriftenreihe der DPG, u.a.
Internet: http://www.ifgb.uni-hannover.de/extern/dpg/publ/

EPPO/OEPP (Europäische Pflanzenschutzorganisation), Paris
Hinweise auf Publikationen und Software (EPPO-Richtlinien, PQR-Quarantäneschädlinge, Bayer Code System)
Internet: http://www.eppo.org/

Giftinformationszentrum-Nord (GIZ-Nord), Zentrum Pharmakologie und Toxikologie der Universität Göttingen
Umfangreiche Informationen zum Thema Vergiftungen einschließlich Pflanzenschutzmittelvergiftungen
Internet: http://www.giz-nord.de

Informationszentrale gegen Vergiftungen, Zentrum für Kinderheilkunde der Universität Bonn
Umfangreiche Informationen zum Thema Vergiftungen einschließlich Pflanzenschutzmittelvergiftungen
Internet: http://www.meb.uni-bonn.de/giftzentrale/

Institut für Pflanzenkrankheiten der Universität Bonn

Pflanzenkrankheiten, Entomologie, Phytomedizin in Bodenökosystemen, Forschungs-
schwerpunkte (Diagnose, Biologischer Pflanzenschutz, aktuelle Pflanzenschutzproble-
me u.a.)

Internet: http://ibm.rhrz.uni-bonn.de:80/pflanzenkrankheiten/

Institut für Pflanzenkrankheiten der Universität Hannover

Lehre und Forschung, Forschungsgruppen (Angewandte Entomologie, Phytopathologie/
Epidemiologie, Induzierte Resistenz/Mycorrhiza, Molekulare Pflanzenpathologie/ Virologie)

Internet: http://ibm.rhrz.uni-bonn.de:80/pflanzenkrankheiten/

Koppert B.V., Berkel en Rodenrijs, Niederlande

Biologische Bekämpfung und Nützlingseinsatz

Internet: http://www.koppert.nl

Landwirtschaftskammer Westfalen-Lippe, Münster

Pflanzenschutzinformationen zum Haus- und Kleingarten u.a.

Internet: http://www.lk-wl.de

Landesanstalt für Pflanzenbau und Pflanzenschutz

Hinweise auf Veröffentlichungen, Wetterdaten

Internet: http://www.agrarinfo.rpl.de/lpp_mainz/lpphome.htm

Pflanzenschutzamt Mecklenburg-Vorpommern

Pflanzenschutzrechtliche Bestimmungen einschließlich des Handels mit Pflanzen, re-
gionaler Pflanzenschutz- Warn- und Informationsdienst

Internet: http://www.mvnet.de/inmv/landw/schutz.htm

Plant Pathology Internet Guide Book (PPIGB)

Informationsdrehscheibe zu internationalen, phytomedizinischen Informationen im Internet (Organisationen, Datenbanken, Forschungsprojekte, Zeitschriften u.a.)

Internet: http://www.ifgb.uni-hannover.de/extern/ppigb/menu.htm

ZADI, Bonn

Deutsches Agrarinformationsnetz (DAINet), Informationsdrehscheibe zu Agrarwissen-
schaftlichen Informationsangeboten im Internet einschließlich Pflanzenschutz
(Adressen, Datenbanken, Forschungsprojekte)

Internet: http://www.dainet.de

10   Register

Erläuterungen zu den nachfolgenden Registerlisten

In den Registerlisten sind Kurzbezeichnungen für die Hersteller- bzw. Vertriebsfirmen, für die
Gefahrenbezeichnungen, für die Bienengefährlichkeit und für die Wasserschutzauflagen aufgenommen. Diese Bezeichnungsweise ist in den Erläuterungen zur Pflanzenschutzmittelübersicht näher erklärt. In der jeweils letzten Spalte befinden sich Kurzbezeichnungen für die
Wirkungsbereiche (Buchstaben vor dem Bindestrich) und für die Einsatzgebiete (Buchstaben
hinter dem Bindestrich in Klammern). Die Bedeutung der Buchstaben ist im Folgenden erläu-
tert.
Beispiel: F - (A,G) bedeutet: Wirkungsbereich: Fungizid, Einsatzgebiete: Ackerbau, Gemüsebau.
Im Register sind im Gegensatz zur Pflanzenschutzmittelübersicht auch Präparate und Wirkstoffe mit Ausweisung für den Zierpflanzenbau berücksichtigt, um eine Gesamtübersicht aller
zugelassenen Präparate und Wirkstoffe zu bieten.

Wirkungsbereiche

A	=	Akarizid	L	=	Leime, Wachse, Baumharze
B	=	Bakterizid	M	=	Molluskizid
D	=	Dünger	N	=	Nematizid
E	=	Pheromon	P	=	Repellent, Wildschadenverhütungsmittel
F	=	Fungizid	R	=	Rodentizid
H	=	Herbizid	V	=	Virizid
I	=	Insektizid	W	=	Pflanzenwachstumsregulator
K	=	Keimhemmungsmittel	Z	=	Zusatzstoff

Einsatzgebiete

A	=	Ackerbau	Q	=	Quarantänezwecke
B	=	Baumschulen	R	=	Grünland
F	=	Forst	S	=	Sonderkulturen
G	=	Gemüsebau	V	=	Vorratsschutz
H	=	Hopfenbau	W	=	Weinbau
N	=	Nichtkulturland	X	=	alle Einsatzgebiete
O	=	Obstbau	Z	=	Zierpflanzenbau

10.1   Liste der zugelassenen Pflanzenschutzmittel

10.1.1   Präparate - Wirkstoffe

Die Liste enthält alle am 11. September 1998 bestandeskräftig zugelassenen Handelpräpa-
rate. Die Angabe des Wirkstoffes oder der Wirkstoffkombination ermöglicht es, sich unter
"Register - Wirkstoffe - Präparate" über alle Präparate mit dem gleichen Wirkstoff sowie über
deren Wirkungsbereiche und Einsatzgebiete zu informieren.

Präparate	Wirkstoffe	Wirkungsbereich/Einsatzgebiet
"Der Gute" Unkrautvernichter mit Rasendünger, GFG	2,4-D, 7 g/kg Dicamba, 1 g/kg	HD-(Z)
AAgrano GF 2000, ASU, F, B3	Imazalil, 35 g/l	F-(A)
Aagrano GW 2000, ASU, B3	Imazalil, 30 g/l	F-(A)
Aagrano UW 2000, ASU, Xn, B3	Carbendazim, 300 g/l Imazalil, 30 g/l	F-(A)
AAherba M, ASU, Xn, B4	MCPA, 500 g/l	H-(A,R)
Aaherba-Combi, ASU, Xn, B4	2,4-D, 250 g/l MCPA, 250 g/l	H-(A,R) H-(A,R)
Aapirol Staub, ASU, Xn, B3	Thiram, 98 g/kg	F-(G)
Aatiram, ASU, Xn, B3	Thiram, 656,6 g/kg	F-(A,G,Z)
Abavit UF, AVO, Xi, B3	Carboxin, 400 g/l Prochloraz, 80 g/l	F-(A)
Abavit UT mit Beizhaftmittel, SCH, B3	Carboxin, 479,2 g/kg Prochloraz, 95,2 g/kg	F-(A)
Acrobat Plus, CYD, Xi	Dimethomorph, 90 g/kg Mancozeb, 600 g/kg	F-(A)
ACROBAT, CYD	Dimethomorph, 500 g/kg	F-(A)
Actellic 50, ZNC, Xn, B3	Pirimiphos-methyl, 500 g/l	I-(V)
Adimethoat 40 EC, ASU, Xn, B1	Dimethoat, 400 g/l	IA-(A,G,O,Z)
Adimitrol WG Neu, ASU, Xn	Diuron, 270 g/kg Glyphosat, 144 g/kg	H-(N,O,W,Z)
AGENT, NAD, Xn	Fenpropidin, 448,2 g/l Propiconazol, 124,5 g/l	F-(A)
Agermin, NAD, ASU, B3	Propham, 10 g/kg	W-(A)
AGIL, CGD, Xn	Propaquizafop, 100 g/l	H-(A)
Agrilon, AVO, Xn	Amidosulfuron, 15 g/kg Isoproturon, 600 g/kg	H-(A)
AGRITOX, NUF, Xn, B4	MCPA, 500 g/l	H-(A,R)
Aktuan SC, CYD, Xn	Cymoxanil, 200 g/l Dithianon, 333 g/l	F-(H,W)
Aktuan, CYD, Xi	Cymoxanil, 100 g/kg Dithianon, 250 g/kg	F-(H,W)
Akzent, RPA, Xn, B3	Guazatin, 199 g/l Tebuconazol, 15,1 g/l	F-(A)
Aliette, RPA, Xi	Fosetyl, 746 g/kg	F-(G,H,O,Z)
alpharatan RAT-disk, MIC, B3	Warfarin, 0,75 g/kg	R-(V)
alpharatan RAT-dust, MIC, B3	Warfarin, 4,8 g/kg	R-(V)
alpharatan RAT-granule, MIC, B3	Warfarin, 0,4 g/kg	R-(V)
alpharatan-MOUSE-disk-novel, MIC, B3	Difenacoum, 0,075 g/kg	R-(V)
Alsystin flüssig, BAY, B1	Triflumuron, 480 g/l	I-(F)
Alsystin, BAY, B1	Triflumuron, 250 g/l	I-(O,Z)
Alto 100 SL, SAD	Cyproconazol, 100 g/l	F-(A)
Alto D, CYD, Xn	Cyproconazol, 40 g/l Dithianon, 275 g/l	F-(A)
Ambush, ZNC, COM, Xi, B1	Permethrin, 250 g/l	I-(A,G)
Ameisen Streu- und Gießmittel, FSC, B1	Chlorpyrifos, 20 g/l	I-(N,Z)
Ameisenmittel Bayer, BAY, B1	Phoxim, 35 g/kg	I-(Z)
Ameisenmittel HORTEX, CEL, B1	Chlorpyrifos, 20 g/l	I-(N,Z)
Ameisenmittel-forte-DowElanco, DOW, B1	Chlorpyrifos, 20 g/l	I-(N,Z)
Ameisenmittel-N-DowElanco, DOW, B1	Chlorpyrifos, 10 g/l	I-(Z)
Amistar, ZNC	Azoxystrobin, 250 g/l	F-(A)
Anofex 500 flüssig, CGD, B3	Chlortoluron, 167 g/l Terbutryn, 326 g/l	H-(A)
Antischneck Schnecken-Korn, NEU, B3	Metaldehyd, 60 g/kg	M-(A,G,O,Z)
Antracol WG, BAY	Propineb, 705 g/kg	F-(A,G,H,O,W,Z)
Apollo, AVO	Clofentezin, 500 g/l	A-(O,W,Z)
Applaud, ZNC, B3	Buprofezin, 250 g/l	I-(G,Z)

Präparate	Wirkstoffe	Wirkungsbereich/Einsatzgebiet
Apron T 69, CGD, B3	Metalaxyl, 450 g/kg	F-(A,G)
	Thiabendazol, 240 g/kg	
Arbin, ASU, Xn, B3	Verbißmittel	P-(A,G,O,Z)
Arbinol B, ASU	Verbißmittel	P-(F)
Arbosan GW, CGD, B3	Carboxin, 225 g/l	F-(A)
	Imazalil, 15 g/l	
Arcotal B, ASU	Verbißmittel	P-(F)
Arcotal, ASU, Xn, B3	Thiram, 277,4 g/l	P-(F,Z)
	Verbißmittel	
Arcotin, ASU, B3	Verbißmittel	P-(F)
Arelon flüssig, AVO, Xn	Isoproturon, 500 g/l	H-(A)
Arena C, BAY, Xi, B3	Fludioxonil, 25,1 g/l	F-(A)
	Tebuconazol, 5,04 g/l	F-(A)
Arena, BAY, B3	Fenpiclonil, 100,6 g/l	F-(A)
	Tebuconazol, 5,08 g/l	F-(A)
Arrex E Köder, CYD, Xn, B3	Zinkphosphid, 30 g/kg	R-(F)
Arrex M Köder klein, CYD, Xn, B3	Zinkphosphid, 20 g/kg	R-(F)
Artett, BAS, NAD, Xi	Bentazon, 150 g/l	H-(A)
	Terbuthylazin, 150 g/l	
ASEF MOOSVERNICHTER MIT RASENDÜNGER, ASF, Xi	Eisen-II-sulfat, 175,7 g/kg	HD-(Z)
	Eisen-III-sulfat, 75,3 g/kg	
ASEF UNKRAUTVERNICHTER MIT RASENDÜNGER, ASF, B3	2,4-D, 8,45 g/kg	HD-(Z)
	Dicamba, 1,15 g/kg	
Asulfa WG, ASU, B4	Schwefel, 800 g/kg	F-(A,F,G,H,O,W,Z)
Atlas, CGD, B3	Fludioxonil, 25 g/l	F-(A)
ATOL, DOW, Xn	Fluroxypyr, 100 g/l	H-(A)
	Metosulam, 10 g/l	
Atout 10, ZNC, B3	Flutriafol, 5 g/kg	F-(A)
Atrinal, CGD, SPI, URA, B3	Dikegulac, 185,2 g/l	W-(Z)
Austrieb-Spritzmittel Weißöl FL, CEL, B4	Mineralöle, 654 g/l	Al-(O,W,Z)
Austrieb-Spritzmittel Weißöl, CEL	Mineralöle, 546 g/l	Al-(O,W,Z)
Auxuran PD, URA, SPI, Xn	Diuron, 400 g/kg	H-(Z)
	Propyzamid, 100 g/kg	
Avadex 480, MOT, SPI, Xi, B3	Triallat, 480 g/l	H-(A)
AVO 01024 H O WG, AVO, Xn	Fluoroglycofen, 14 g/kg	H-(A)
	Isoproturon, 600 g/kg	
AZUR, RPA, Xn, B4	Diflufenican, 20 g/l	H-(A)
	Ioxynil, 100 g/l	
	Isoproturon, 400 g/l	
Bacara, RPA	Diflufenican, 100 g/l	H-(A)
	Flurtamone, 250 g/l	
Bach's Moosvernichter mit Rasendünger "Rasofert", BAC, Xi, B4	Eisen-II-sulfat, 140 g/kg	HD-(Z)
Bach's Rasen-Unkrautvernichtung und Düngung, BAC	Chlorflurenol, 1,66 g/kg	HD-(Z)
	MCPA, 4,71 g/kg	
Bactospeine FC, AVO, B4	Bacillus thuringiensis, 20 g/kg	I-(G,O,W,Z)
Bactospeine XL, ABB, AVO	Bacillus thuringiensis, 22 g/kg	I-(G,O,W,Z)
Bandur, RPA, CYD, B3	Aclonifen, 600 g/l	H-(A)
Banvel 4 S, SAD, AVO, Xi	Dicamba, 480 g/l	H-(A)
BANVEL M, SAD, AVO, Xn	Dicamba, 30 g/l	H-(A,N,R,Z)
	MCPA, 340 g/l	
Bardos Neu, NAD, Xi	Difenoconazol, 250 g/l	F-(A)
Bardos, NAD	Difenoconazol, 100 g/l	F-(A,G)
BAS 49303 F, BAS, Xn	Epoxiconazol, 125 g/l	F-(A)
	Fenpropimorph, 150 g/l	
	Kresoxim-methyl, 125 g/l	
Basacel, BAS, COM, SPI, URA, B3	Chlormequat, 310 g/l	W-(Z)

Präparate	Wirkstoffe	Wirkungsbereich/Einsatzgebiet
Basagran DP, BAS, Xn	Bentazon, 333 g/l Dichlorprop-P, 233 g/l	H-(A)
Basagran Ultra, BAS, Xn	Bentazon, 870 g/kg Bentazon, 250 g/l Dichlorprop-P, 235 g/l Ioxynil, 85 g/l	H-(A)
Basagran, BAS, Xn	Bentazon, 480 g/l	H-(A,G)
Basamid Granulat, BAS, COM, AVO, Xn, B3	Dazomet, 970 g/kg	FHN(B,G,Z)
BASF-Grünkupfer, BAS	Kupferoxychlorid, 756 g/kg	F-(A,G,H,O,W,Z)
BASF-Maneb-Spritzpulver, RHD, BAS, Xi	Maneb, 800 g/kg	F-(A,F,G,Z)
BASTA, AVO, NAD, Xn	Glufosinat, 183 g/l	H-(A,B,F,G,N,O,W,Z)
Baum-Wundplast, FSC, B3	Baumwachse, Wundbehandlungsmittel	L-(O,Z)
Baumwachs "Brunonia", FSC, B3	Baumwachse, Wundbehandlungsmittel	L-(O,Z)
Baumwachs flüssig, FSC, B3	Baumwachse, Wundbehandlungsmittel	L-(O,Z)
Baumwachs Pomona kaltstreichbar, ASU, B3	Baumwachse, Wundbehandlungsmittel	L-(O,Z)
Baumwachs Pomona warmstreichbar, ASU, B3	Baumwachse, Wundbehandlungsmittel	L-(O,Z)
Bavistin FL, BAS, Xn	Carbendazim, 360 g/l	F-(A)
BAY 12040 F, BAY, Xi, B3	Dichlofluanid, 500 g/l	F-(A)
BAY 13 180 I, Carbofuran-Wirkstoff zur Rübenpillierung, BAY, T+, B3	Carbofuran, 500,6 g/l	I-(A)
BAY-12980-F, BAY, Xi, B3	Pencycuron, 75 g/kg Tolylfluanid, 100 g/kg	F-(A)
Baycor-Spritzpulver, BAY	Bitertanol, 250 g/kg	F-(A,O)
Bayfidan spezial WG, BAY	Triadimenol, 52 g/kg	F-(G,O,W)
Bayfidan, BAY, Xn	Triadimenol, 250,7 g/l	F-(A,G)
Bayleton Spritzpulver, BAY, Xi	Triadimefon, 250 g/kg	F-(A)
Bayleton-Rindenwundverschluß, BAY, Xi, B3	Triadimefon, 22 g/kg	F-(O,Z)
Baymat flüssig, BAY, Xi	Bitertanol, 300,2 g/l	F-(Z)
Baymat Rosenspritzmittel, BAY, Xi	Bitertanol, 300,2 g/l	F-(Z)
Baymat Zierpflanzenspray, BAY, B4	Bitertanol, 0,75 g/kg	F-(Z)
Baytan universal Flüssigbeize, BAY, B3	Fuberidazol, 9,1 g/l Imazalil, 10,06 g/l Triadimenol, 75 g/l	F-(A)
Baytan Universal mit Haftmittel, BAY, B3	Fuberidazol, 30 g/kg Imazalil, 33 g/kg Triadimenol, 220 g/kg	F-(A)
Baythion EC, BAV, Xn, B3	Phoxim, 510 g/l	I-(V)
Baythroid 50, BAY, Xn, B1	Cyfluthrin, 51,3 g/l	I-(A,G,H,O,Z)
Baythroid Schädlingsfrei, BAY, Xn, B1	Cyfluthrin, 51,3 g/l	I-(A,G,H,O,Z)
Beckhorn Moosvernichter plus Rasendünger, BEC, Xi	Eisen-II-sulfat, 175,7 g/kg Eisen-III-sulfat, 75,3 g/kg	HD-(Z)
Beckhorn Unkrautvernichter plus Rasendünger, BEC, B3	2,4-D, 8,45 g/kg Dicamba, 1,15 g/kg	HD-(Z) HD-(Z)
Belgran Super, RPA, Xn	Diflufenican, 14 g/l Ioxynil, 71 g/l Isoproturon, 285 g/l	H-(A)
Benocap, DPB, CYD, Xn	Flusilazol, 200 g/kg	F-(O)
Berghoff MCPA, CBA, Xn, B4	MCPA, 500 g/l	H-(A,R,W)
Berghoff Optica DP, CBA, Xn, B4	Dichlorprop-P, 600 g/l	H-(A)
Berghoff Optica MP, CBA, Xn	Mecoprop-P, 600 g/l	H-(A,R,W)
Bertram Cumarin - Festköderblock, BER, B3	Coumatetralyl, 0,375 g/kg	R-(V)
Bertram Cumarin Fertigköder, BER, B3	Coumatetralyl, 0,375 g/kg	R-(V)
Betanal Plus, AVO, Xi, B4	Phenmedipham, 160 g/l	H-(A)
Betanal Progress OF, AVO, Xi	Desmedipham, 25,2 g/l Ethofumesat, 150,9 g/l Phenmedipham, 75,5 g/l	H-(A)

Präparate	Wirkstoffe	Wirkungsbereich/Einsatzgebiet
Betanal Progress, AVO	Desmedipham, 16 g/l	H-(A)
	Ethofumesat, 128 g/l	
	Phenmedipham, 62 g/l	
Betanal Trio, AVO, Xi	Ethofumesat, 51 g/l	H-(A)
	Metamitron, 153 g/l	
	Phenmedipham, 51 g/l	H-(A)
Betanal, AVO, Xn	Phenmedipham, 157 g/l	H-(A,G,O)
Betaren, KVA, Xn, B4	Phenmedipham, 160 g/l	H-(A)
Betasana, ESK, DLH, Xn, B4	Phenmedipham, 161,3 g/l	H-(A)
Betosip, ASU, Xn	Phenmedipham, 157 g/l	H-(A,B,O)
Bi 58 Combi-Stäbchen, COM, B3	Dimethoat, 3,8 g/kg	ID-(Z)
Bi 58 Spray, COM, F+, B1	Dimethoat, 1 g/kg	I-(Z)
Bi 58, BIT, BAS, Xn, B1	Dimethoat, 400 g/l	AI-(A,G,O,Z)
Bifenal, RPA, Xi, B4	Bifenox, 250 g/l	H-(A)
	Mecoprop-P, 308 g/l	
BIO 1020, BAY, Xi, B3	Metarhizium anisopliae, 1000 g/kg	I-(W,Z)
Bio Insektenfrei, SPI, URA, B4	Piperonylbutoxid, 445 g/l	I-(O,Z)
	Pyrethrine, 48 g/l	
Bio-Myctan-Zimmerpflanzenspray, NEU, B3	Lecithin, 0,7 g/l	FIA(Z)
	Piperonylbutoxid, 0,29 g/l	
	Pyrethrine, 0,09 g/l	FIA(Z)
BIOBIT (BBN 0017), ABB, CEM, B4	Bacillus thuringiensis, 20 g/kg	I-(G,O,W,Z)
BioBlatt-Mehltaumittel, NEU	Lecithin, 488,8 g/l	F-(G,O,Z)
BioBlatt-Mehltauspray, NEU	Lecithin, 0,353 g/kg	F-(Z)
Birlane Granulat, CYD, Xn, B3	Chlorfenvinphos, 100 g/kg	I-(G,Z)
Birlane-Fluid, CYD, T, B2	Chlorfenvinphos, 240 g/l	I-(A,G)
Bladafum II, BAY, T	Sulfotep, 185 g/kg	AI-(G,Z)
Blattlaus-frei Spiess-Urania für Rosen- und Zierpflanzen, SPI, URA, B4	Butocarboxim, 0,81 g/l	I-(Z)
Blattlaus-frei Spiess-Urania, SPI, F+, B1	Dimethoat, 1 g/l	I-(Z)
Blattlausfrei Neu Spiess-Urania, SPI, URA, B4	Butocarboxim, 1,09 g/l	I-(Z)
Blattlausfrei Pirimor G, CEL, Xn	Pirimicarb, 500 g/kg	I-(A,F,G,O,Z)
Blattlausfrei-Pflaster, CEL, B3	Dimethoat, 16,3 g/kg	I-(Z)
blitol Insektenfrei, URA, SPI, B4	Piperonylbutoxid, 445 g/l	I-(O,Z)
	Pyrethrine, 48 g/l	
Blituran Neu Sprühschutz gegen Blattläuse, SPI, URA, B1	Butocarboxim, 1 g/kg	I-(Z)
Blumetta Rasen-Unrautvernichtung und Düngung, FGG	Chlorflurenol, 1,66 g/kg	HD-(Z)
	MCPA, 4,71 g/kg	
Blusana Pflanzen Sprühmittel, LEN	Kali-Seife, 10,2 g/l	AI-(G,O,Z)
Blusana Pflanzenschutz, LEN, B4	Kali-Seife, 10,2 g/l	AI-(G,O,Z)
Blusana Systemschutz D-Hydro, LEN, Xi, B3	Butocarboxim, 50 g/l	I-(Z)
Boson, BAY, Xn, B3	Guazatin, 199 g/l	F-(W)
	Tebuconazol, 15,1 g/l	
Botrylon, AVO, Xn	Carbendazim, 250 g/kg	F-(W)
	Diethofencarb, 250 g/kg	
Boxer EW, ZNC, BAY, Xi, B3	Prosulfocarb, 800 g/l	H-(A)
Boxer, ZNC, Xi, B3	Prosulfocarb, 800 g/l	H-(A,Z)
Brasan, NAD, Xn	Clomazone, 40 g/l	H-(A)
	Dimethachlor, 500 g/l	
Bravo 500, SAD, Xn, B4	Chlorthalonil, 500 g/l	F-(A)
Brennessel-Granulat Spiess-Urania, URA, SPI, B3	MCPA, 40 g/kg	H-(O,R)
	Mecoprop-P, 24 g/kg	
Brestan flüssig, AVO, Xn	Fentin-hydroxid, 502 g/l	F-(A)
Brio, BAS, Xn	Fenpropimorph, 300 g/l	F-(A)
	Kresoxim-methyl, 150 g/l	
Brodifacoum - 0,25% flüssig, ZNC, T, B3	Brodifacoum, 2,5 g/l	R-(V)
Bromadiolone Lipha 0,25, LIP, Xn, B3	Bromadiolon, 2,34 g/l	R-(V)
Bromotril 235 EC, MAC, ASU, Xn	Bromoxynil, 235 g/l	H-(A)

Präparate	Wirkstoffe	Wirkungsbereich/Einsatzgebiet
Bromotril 250 SC, MAC, ASU, Xn	Bromoxynil, 250 g/l	H-(A)
Brumolin Fix Fertig, SCH, CYD, B3	Bromadiolon, 0,05 g/kg	R-(V)
	Sulfachinoxalin, 0,19 g/kg	
Brumolin Ultra, AVO, B3	Difethialon, 0,025 g/kg	R-(V)
	Sulfachinoxalin, 0,19 g/kg	
BUCTRIL, RPA, Xn	Bromoxynil, 225 g/l	H-(A)
Bulldock Gemüseschädlingsfrei, BAY, Xn, B2	beta-Cyfluthrin, 25,8 g/l	I-(A,G,O,Z)
Bulldock, BAY, Xn, B2	beta-Cyfluthrin, 25,8 g/l	I-(A,G,O,Z)
Bumper P, MAC, Xi	Prochloraz, 400 g/l	F-(A)
	Propiconazol, 90 g/l	
Bumper, MAC	Propiconazol, 250 g/l	F-(A)
Butisan Star, BAS, COM, Xi	Metazachlor, 333 g/l	H-(A)
	Quinmerac, 83 g/l	
Butisan Top, BAS, COM, Xi	Metazachlor, 375 g/l	H-(A)
	Quinmerac, 125 g/l	
Butisan, BAS, Xn	Metazachlor, 500 g/l	H-(A,G)
Calixin, BAS, BAY, NAD, T	Tridemorph, 750 g/l	F-(A)
Camaro, RHD, SPI, URA, NAD, Xi	Fenbuconazol, 37,5 g/l	F-(A)
	Fenpropimorph, 281 g/l	
Camposan-Extra, BIT, RPA, Xi	Ethephon, 660 g/l	W-(A)
CAPEX 2, CEM	Schalenwickler-Granulosevirus, 5 g/l	I-(O)
CAPITAN, DPB, Xn	Flusilazol, 250 g/l	F-(A)
Capriflor Unkrautvernichter plus Rasendünger, FLR	2,4-D, 7 g/kg	HD-(Z)
	Dicamba, 1 g/kg	
Carbosip, SCM, Xn, B3	Carbofuran, 50 g/kg	I-(A,G,Z)
Carbosulfan techn., SAT, T, B3	Carbosulfan, 865 g/kg	I-(A)
Cardinal, MOT, Xi	Glyphosat, 355,7 g/l	H-(A,B,F,O,R,W,Z)
Casit F, AVO, CYD, B3	Chlorphacinon, 0,075 g/kg	R-(A,O,R)
Casoron G, AVO, W	Dichlobenil, 67,5 g/kg	H-(F,R,Z)
Castellan, AVO, Xn	Fluquinconazol, 250 g/kg	F-(W)
Castrix D Mäusekorn, BAV, B3	Difenacoum, 0,05 g/kg	R-(V)
CATO, DPB, Xn, B4	Rimsulfuron, 261 g/kg	H-(A)
CCC 720 Feinchemie, FSG, Xn	Chlormequat, 558 g/l	W-(A)
Celaflor Unkrautfrei, CEL, Xn	Glufosinat, 183 g/l	H-(A,B,F,G,N,O,W,Z)
Cercobin FL, BAS, Xn	Thiophanat-methyl, 500 g/l	F-(A,O)
Cerone, RPA, Xi	Ethephon, 480 g/l	W-(A)
Certosan, FLU	Verbißmittel	P-(F)
Certrol 40, SPI, URA, Xn	Ioxynil, 517 g/l	H-(A)
CERTROL B, CFP, SPI, Xn	Bromoxynil, 235 g/l	H-(A)
Cervacol extra, AVO, B3	Verbißmittel	P-(F)
CheckMate CM, CSP, SPI, URA	Codlemone, 123,6 g/kg	E-(O)
Chlortoluron Agan 500 flüssig, MAC, B4	Chlortoluron, 500 g/l	H-(A)
Chorus, NAD, SPI, URA	Cyprodinil, 500 g/l	F-(O)
Chrysal Mehltauspray, POK, BRA, B3	Pyrazophos, 1 g/kg	F-(Z)
CHRYSAL Moosvernichter mit Rasendünger, POK	Eisen-II-sulfat, 238 g/kg	HD-(Z)
CHRYSAL Pflanzen-Pump-Spray, BRA, B4	Kali-Seife, 10 g/kg	AI-(G,O,Z)
Chrysal Pflanzenspray, BRA, B3	Piperonylbutoxid, 6 g/kg	I-(Z)
	Pyrethrine, 1,2 g/kg	
Chrysal Rosenspray, POK, B3	Fenarimol, 0,06 g/kg	F-(Z)
CHRYSAL Schildlaus Pumpspray, BRA, B3	Mineralöle, 22,8 g/l	AI-(Z)
Chrysal Unkrautvernichter mit Rasendünger, POK	2,4-D, 7 g/kg	HD-(Z)
	Dicamba, 1 g/kg	
Chryzoplus grau 0.8 %, RHI, HUB, B3	4-(-3-Indol)buttersäure, 8 g/kg	W-(Z)
Chryzopon rosa 0.1 %, RHI, HUB, B3	4-(-3-Indol)buttersäure, 1 g/kg	W-(Z)
Chryzosan weiss 0.6 %, RHI, HUB, B3	4-(-3-Indol)buttersäure, 6 g/kg	W-(Z)
Chryzotek beige 0.4 %, RHI, HUB, B3	4-(-3-Indol)buttersäure, 4 g/kg	W-(Z)
Chryzotop grün 0.25 %, RHI, HUB, B3	4-(-3-Indol)buttersäure, 2,5 g/kg	W-(Z)
CILUAN, CYD, Xi	Cymoxanil, 60 g/kg	F-(A)
	Mancozeb, 560 g/kg	

Präparate	Wirkstoffe	Wirkungsbereich/Einsatzgebiet
CIRRUS 50 WP, FMC, NAD, F, B3	Clomazone, 500 g/kg	H-(A)
COLSTAR, DPB, Xn	Fenpropimorph, 382,5 g/l	F-(A)
	Flusilazol, 163,3 g/l	
Colt, BAY, T	Triadimenol, 125,1 g/l	F-(A)
	Tridemorph, 375,4 g/l	
Combi-Stäbchen Hortex Plus, CEL, B3	Imidacloprid, 25 g/kg	I-(Z)
Combi-Stäbchen Neu, CEL, B4	Butoxycarboxim, 29 g/kg	I-(Z)
Combi-Stäbchen, CEL, B3	Dimethoat, 3,8 g/kg	ID-(Z)
Compete "neu", RHD	Fluoroglycofen, 187 g/kg	H-(A)
COMPO Blattlaus-frei, COM, B3	Ethiofencarb, 100 g/kg	I-(Z)
COMPO Gartenunkraut-Vernichter, COM, W	Dichlobenil, 67,5 g/kg	H-(F,R,Z)
COMPO Hasen-Schreck, COM, B4	Parfuemöl Daphne, 16,8 g/kg	P-(G,O,Z)
	Verbißmittel	
COMPO Insekten-Spray, COM	Piperonylbutoxid, 0,29 g/l	I-(Z)
	Pyrethrine, 0,09 g/l	
COMPO Insektenmittel, COM, Xi, B1	Permethrin, 50 g/l	I-(G,O,Z)
COMPO Kartoffelkäfer-frei, COM, Xi, B1	Permethrin, 250 g/l	I-(A,G)
COMPO Mehltau-frei Kumulus WG, COM, B4	Schwefel, 800 g/kg	F-(A,F,G,H,O,W,Z)
COMPO Moos-Vernichter, COM, Xi, B4	Eisen-II-sulfat, 644 g/kg	HD-(Z)
COMPO Pflanzenschutz-Stäbchen, COM, B3	Dimethoat, 3,8 g/kg	I-(Z)
COMPO Pilz-frei Polyram WG, COM, Xi, B4	Metiram, 700 g/kg	F-(A,G,H,O,W,Z)
COMPO Rasenunkraut-frei, COM, Xn	2,4-D, 160 g/l	H-(A,R,Z)
	Mecoprop-P, 350 g/l	
COMPO Rosen-Schutz N, COM, Xn, B4	Fenarimol, 120 g/l	F-(O,Z)
COMPO Rosen-Schutz, COM, Xi	Bitertanol, 300,2 g/l	F-(Z)
COMPO Rosen-Spray N, COM, B4	Fenarimol, 0,06 g/kg	F-(Z)
COMPO Rosen-Spray, COM, B4	Bitertanol, 0,75 g/kg	F-(Z)
COMPO Schildlaus-Spray, COM, F+, B1	Dimethoat, 1 g/kg	I-(Z)
COMPO Schneckenkorn, COM, B3	Metaldehyd, 40 g/kg	M-(A,G,O,Z)
COMPO Schädlings-frei, COM	Piperonylbutoxid, 144 g/l	I-(O,Z)
	Pyrethrine, 36 g/l	
COMPO Spezial-Unkrautvernichter Filatex, COM, Xi	Glyphosat, 355,7 g/l	H-(A,B,F,O,R,W,Z)
COMPO Unkrautvernichter mit Rasendünger, COM	Chlorflurenol, 1,66 g/kg	HD-(Z)
	MCPA, 4,71 g/kg	
COMPO Zierpflanzen-Spray D, COM, F+, B1	Dimethoat, 1 g/kg	I-(Z)
COMPO Zierpflanzen-Spray, COM, B1	Omethoat, 2 g/kg	AI-(Z)
Concert, DPB, AVO	Metsulfuron, 65,6 g/kg	H-(A)
	Thifensulfuron, 657,3 g/kg	
Confidor WG 70, BAY, B1	Imidacloprid, 665 g/kg	I-(H,O,Z)
Contans WG, PBP, B3	Coniothyrium minitans, 100 g/kg	F-(G)
Contrax-top-Konzentrat, FRO, Xn, B3	Bromadiolon, 2,34 g/l	R-(V)
Contrax-top-Köder H, FRO, B3	Bromadiolon, 0,05 g/kg	R-(V)
Contur Flüssigbeize, BAY, Xn, B3	Cyfluthrin, 106 g/l	I-(A)
Contur plus, BAY, Xn, B2	beta-Cyfluthrin, 125,1 g/l	I-(A,Z)
Corbel, BAS, Xn	Fenpropimorph, 750 g/l	F-(A,G)
Cornufera Moosvernichter plus Rasendünger, GUN, Xi	Eisen-II-sulfat, 175,7 g/kg	HD-(Z)
	Eisen-III-sulfat, 75,3 g/kg	
Cornufera UV Unkrautvernichter + Rasendünger neu, GUN, B3	2,4-D, 8,45 g/kg	HD-(Z)
	Dicamba, 1,15 g/kg	
Cornufera UV Unkrautvernichter + Rasendünger, GUN	Chlorflurenol, 1,66 g/kg	HD-(Z)
	MCPA, 4,71 g/kg	
Cortil, HOR, SPI, URA, B4	Fenpropimorph, 300 g/l	F-(A)
	Propiconazol, 125 g/l	
Cosan 80 Netzschwefel, AVO, B4	Schwefel, 796 g/kg	F-(A,F,G,H,O,W,Z)
Counter SG, CYD, DOW, AVO, T, B3	Terbufos, 20 g/kg	I-(A)
Croneton-Blattlausfrei, BAY, B1, W	Ethiofencarb, 51 g/l	I-(G,O,Z)
Croneton-Granulat, BAY, B3	Ethiofencarb, 100 g/l	I-(Z)
Cumarax Fertigköder, SPI, URA, B3	Warfarin, 0,4 g/kg	R-(V)
Cumarax Köder- und Streumittel, SPI, URA, T, B3	Warfarin, 7,5 g/kg	R-(V)

Präparate	Wirkstoffe	Wirkungsbereich/Einsatzgebiet
Cumarax Rattenring, SPI, URA, B3	Warfarin, 0,4 g/kg	R-(V)
Cumarax Spezial Fertigköder, SPI, URA, B3	Sulfachinoxalin, 0,25 g/kg	R-(V)
	Warfarin, 0,55 g/kg	
Cumarax Spezial Rattenring, SPI, URA, B3	Sulfachinoxalin, 0,25 g/kg	R-(V)
	Warfarin, 0,55 g/kg	
Cumatol WG, SPI, Xn	Amitrol, 400 g/kg	H-(O,W)
	Diuron, 400 g/kg	
Cuprasol, SPI, URA, B4	Kupferoxychlorid, 852 g/kg	F-(H,W)
Cupravit OB 21, BAY	Kupferoxychlorid, 756 g/kg	F-(A,G,H,O,W,Z)
Cuproxat Flowable, AGL, BAS, B4	Kupfersulfat,basisch, 345 g/l	F-(W)
Cuproxat flüssig, BAS, B4	Kupfersulfat,basisch, 345 g/l	F-(W)
Cuprozin WP, URA, B4	Kupferhydroxid, 691 g/kg	F-(O)
Curaterr Granulat, BAY, Xn, B3	Carbofuran, 50 g/kg	IN-(A,G,Z)
Curattin Rattenscheiben, HEN, B3	Warfarin, 0,75 g/kg	R-(V)
CURATTIN-Granulat, HEN, B3	Warfarin, 0,4 g/kg	R-(V)
CURATTIN-Haftstreupuder, HEN, B3	Warfarin, 4,8 g/kg	R-(V)
Curol, SPI, URA, Xn, B4	Fenarimol, 120 g/l	F-(O,Z)
CUSTOS WG, DPB, Xn	Carbendazim, 600 g/kg	F-(A)
CUTERYL D Moosvernichter, BAY, Xi, B4	Eisen-II-sulfat, 191 g/l	HD-(Z)
Cyanosil, DGS, T+, F+, B3	Blausäure, 490 g/kg	I-(Q,V)
Cycocel 720, BAS, Xn, B4	Chlormequat, 558 g/l	W-(A)
Cyperkill 10, FSG, Xi, B2	Cypermethrin, 100 g/l	I-(A)
Cyperkill 40, FSG, Xn, B4	Cypermethrin, 400 g/l	I-(F)
Cypon-Fertigköder, VLO, B3	Warfarin, 0,8 g/kg	R-(V)
Daconil 2787 Extra, SDS, CGD, SPI, URA, Xn	Chlorthalonil, 500 g/l	F-(A)
DANADIM 400 EC, CHE, Xn, B1	Dimethoat, 400 g/l	AI-(A,G,O,Z)
Danadim Dimethoat 40, CHE, STI, Xn, B1	Dimethoat, 400 g/l	IA-(A,G,O,Z)
DEBUT, DPB, Xn	Triflusulfuron, 485,7 g/kg	H-(A)
Decis flüssig, AVO, CEL, Xn, B2	Deltamethrin, 25 g/l	I-(A,F,G,O,R,W,Z)
Degesch Plate, DGS, T+, F, B3	Magnesiumphosphid, 560 g/kg	I-(V)
DEGESCH-MAGTOXIN, DGS, T+, F, B3	Magnesiumphosphid, 660 g/kg	I-(V)
Degesch-Strip, DET, DGS, DEG, T+, F, B3	Magnesiumphosphid, 560 g/kg	I-(V)
degro Unkrautvernichter plus Rasendünger, DEN	Chlorflurenol, 1,66 g/kg	HD-(Z)
	MCPA, 4,71 g/kg	
Dehner Moosvernichter mit Rasendünger, DEN, Xi, B4	Eisen-II-sulfat, 140 g/kg	HD-(Z)
Dehner Unkrautvernichter plus Rasendünger NEU, DEN	2,4-D, 7 g/kg	HD-(Z)
	Dicamba, 1 g/kg	
Dehner Unkrautvernichter plus Rasendünger, DEN	Chlorflurenol, 1,66 g/kg	HD-(Z)
	MCPA, 4,71 g/kg	
Dehner Zierpflanzenspray, DEN, F+, B1	Dimethoat, 1 g/kg	I-(Z)
Delan SC 750, CYD, Xn	Dithianon, 750 g/l	F-(H,O,W)
Delfin, SAD, AVO, Xi	Bacillus thuringiensis, 64 g/kg	I-(W)
Delicia - Gastoxin - Pellets, DDZ, T+, F, B3	Aluminiumphosphid, 560 g/kg	I-(V)
Delicia - Gastoxin - Tabletten, DDZ, T+, F, B3	Aluminiumphosphid, 560 g/kg	I-(V)
DELU Schneckenkorn, GEI, B3	Metaldehyd, 60 g/kg	M-(A,G,O,Z)
DELU Wühlmaus-Gas, GEI, Xi, F, B3, W	Calciumcarbid, 800 g/kg	R-(A,G,O,R,Z)
DELU Wühlmausköder, GEI, T+, B3	Zinkphosphid, 30,4 g/kg	R-(A,G,O,R,Z)
Demeril 480 EC, ASU, Xn, B3	Trifluralin, 480 g/l	H-(A,G)
Dendrosan, SDL, B3	Baumwachse, Wundbehandlungsmittel	L-(O,Z)
Depon Super, HOE, Xi, B4	Fenoxaprop-P, 63,6 g/l	H-(A,G)
Derosal flüssig, AVO, HOE, Xn	Carbendazim, 360 g/l	F-(A)
Desgan, CGD, HOE, Xn, B1	Propiconazol, 125 g/l	F-(A)
	Pyrazophos, 295 g/l	
Desmel Duo, NAD, Xn	Propiconazol, 150 g/l	F-(A)
	Tebuconazol, 250 g/l	
Desmel WG, CGD	Propiconazol, 250 g/l	F-(A)
Desmel, CGD, Xi, B4	Propiconazol, 250 g/l	F-(A)
Detia Baumwachs, DET, B3	Baumwachse, Wundbehandlungsmittel	L-(O,Z)
Detia Beutelrolle, DET, DGS, T+, F, B3	Aluminiumphosphid, 570 g/kg	I-(V)

Präparate	Wirkstoffe	Wirkungsbereich/Einsatzgebiet
Detia Gas-Ex-B forte, DET, DEG, DGS, T+, F, B3	Magnesiumphosphid, 660 g/kg	I-(V)
Detia Gas-Ex-B, DET, T+, F, B3	Aluminiumphosphid, 570 g/kg	I-(V)
Detia Gas-Ex-M, DET, DGS, DEG, T+, B3	Methylbromid, 997 g/kg	I-(V)
DETIA GAS-EX-P, DET, DGS, T+, F, B3	Aluminiumphosphid, 560 g/kg	I-(V)
Detia Gas-Ex-T, DET, T+, F, B3	Aluminiumphosphid, 560 g/kg	I-(V)
Detia Insekten Strip, DET, Xn, B3	Dichlorvos, 367 g/kg	I-(V)
Detia Kartoffelkeimfrei, DEL, GGG, B3	Propham, 10 g/kg	W-(A)
Detia Magphos, DET, T+, F, B3	Magnesiumphosphid, 660 g/kg	I-(V)
Detia Mäuse Giftkörner, DET, GGG, T+, B3	Zinkphosphid, 30,4 g/kg	R-(A,F,G,O,R,Z)
Detia Pflanzen - Pilzfrei Pilzol, DET, Xi	Mancozeb, 800 g/kg	F-(A,F,G,O,W,Z)
Detia Pflanzen-Ungezieferfrei-Dimecron, DET, GGG, T, B1	Phosphamidon, 195 g/l	AI-(A,O,Z)
Detia Pflanzen-Universal-Staub, DET, B4	Piperonylbutoxid, 10 g/kg Pyrethrine, 3 g/kg	I-(A,G,Z)
Detia Pflanzenschutz-Spray, DET, F+, B1	Dimethoat, 1 g/l	I-(Z)
Detia Pflanzenschutz-Stäbchen, DET, B3	Dimethoat, 4,009 g/kg	I-(Z)
Detia Professional Nebelautomat, DET, VOR, Xn, B3	Dichlorvos, 100,3 g/kg Piperonylbutoxid, 3,45 g/kg Pyrethrine, 1,73 g/kg	I-(V)
Detia Professional Raumnebel M, DET, B3	Piperonylbutoxid, 22 g/l Pyrethrine, 4 g/l	I-(V) I-(V)
Detia Professional Raumnebel XL, VOR, B3	Piperonylbutoxid, 19,8 g/l Pyrethrine, 3,85 g/l	I-(V)
Detia Rasenrein mit Moosvernichter und Dünger, DET, Xi	Eisen-II-sulfat, 175,7 g/kg Eisen-III-sulfat, 75,3 g/kg	HD-(Z)
Detia Rasenrein mit Unkrautvernichter und Dünger, DET, B3	2,4-D, 8,57 g/kg Dicamba, 1,05 g/kg	HD-(Z)
Detia Rosen- und Zierpflanzen Spray gegen Blattläuse, DET, B4	Butocarboxim, 0,81 g/kg	I-(Z)
Detia Rosen- und Zierpflanzenspray Blattlaus-Frei, DET, B1	Butocarboxim, 1 g/kg	I-(Z)
Detia Rosen- und Zierpflanzenspray Pilzfrei, DET, B4	Fenarimol, 0,06 g/kg	F-(Z)
Detia Total - Neu Unkrautmittel, DET	Glyphosat, 360 g/l	H-(A,F,N,O,R,W,Z)
Detia Wühlmaus-Killer, DET, T+, F, B3, W	Aluminiumphosphid, 560 g/kg	R-(A,G,O,R,Z)
Detia Wühlmausköder, DET, T+, B3	Zinkphosphid, 30,4 g/kg	R-(A,G,O,R,Z)
Detmolin P, FRO, B3	Piperonylbutoxid, 19,8 g/l Pyrethrine, 3,85 g/l	I-(V)
Devrinol FL, ZNC, BAS, B3	Napropamid, 450 g/l	H-(A)
Devrinol Kombi CS, ZNC, B3	Napropamid, 190 g/l Trifluralin, 240 g/l	H-(A)
DGS Wühlmauskiller, DGS, T+, F, B3, W	Aluminiumphosphid, 560 g/kg	R-(A,G,O,R,Z)
Dibavit ST mit Beizhaftmittel, SCH, Xn, B3	Carbendazim, 383,3 g/kg Prochloraz, 95,2 g/kg	F-(A)
Dicuran 500 flüssig, NAD, B4	Chlortoluron, 500 g/l	H-(A)
Dicuran 700 flüssig, NAD, B4	Chlortoluron, 700 g/l	H-(A)
Dicuran 75 WDG, NAD	Chlortoluron, 750 g/kg	H-(A)
Difenacoum - 0,25% flüssig, ZNC, Xn, B3	Difenacoum, 2,5 g/kg	R-(V)
Difenard, REN, B3	Difenacoum, 0,1 g/kg	R-(V)
Difontan, AVO, Xn	Glufosinat, 183 g/l	H-(A,B,F,G,N,O,W,Z)
Dimanin-Spezial, BAV, Xn, B3	Didecyldimethyl-ammoniumchlorid, 307 g/l	BFH(Z)
Dimecron 20, CGD, T, B1	Phosphamidon, 195 g/l	AI-(A,O,Z)
Dimilin 80 WG, AVO	Diflubenzuron, 800 g/kg	I-(F,G)
Dipel 2 X, ASU, B4	Bacillus thuringiensis, 64 g/kg	I-(A,F,G,O,W,Z)
Dipel ES, ASU	Bacillus thuringiensis, 33,2 g/l	I-(A,F,G,O,W,Z)
Dipel, ASU, B4	Bacillus thuringiensis, 32 g/kg	I-(A,F,G,O,W,Z)
Dipterex MR, BAY, T, B1	Oxydemeton-methyl, 216,5 g/l Trichlorfon, 409,5 g/l	I-(A)

Präparate	Wirkstoffe	Wirkungsbereich/Einsatzgebiet
Discus, BAS, Xn	Kresoxim-methyl, 500 g/kg	F-(O,W)
Dithane LFS, RHD, Xi	Mancozeb, 455 g/l	F-(A)
Dithane Ultra Spiess-Urania, SPI, URA, Xi	Mancozeb, 800 g/kg	F-(A,F,G,O,W,Z)
Dithane Ultra WG CIBA-GEIGY, CGD, Xi	Mancozeb, 750 g/kg	F-(A,G,O,W,Z)
Dithane Ultra WG Hoechst, AVO, Xi	Mancozeb, 750 g/kg	F-(A,G,O,W,Z)
Dithane Ultra WG Spiess-Urania, SPI, Xi	Mancozeb, 750 g/kg	F-(A,G,O,W,Z)
Dithane Ultra WG, RHD, AVO, SPI, URA, Xi	Mancozeb, 750 g/kg	F-(A,G,O,W,Z)
Dithane Ultra WP, RHD, SPI, URA, Xi	Mancozeb, 800 g/kg	F-(A,F,G,O,W,Z)
Diuron Bayer, BAY, Xn	Diuron, 800 g/l	H-(Z)
Domino, BAY, AVO, Xi	Ethofumesat, 65 g/kg	H-(A)
	Metamitron, 280 g/kg	
	Phenmedipham, 65 g/kg	
Dorado, NAD, Xi	Pyrifenox, 200 g/l	F-(W)
Drawipas, WAC, DOW, CEL, B3	Thiabendazol, 10 g/kg	FL-(F,O,Z)
Drawisan, DOW, B4	Fenarimol, 60 g/l	F-(H)
Du Pont Benomyl, DPB, AVO, SPI, Xn, F	Benomyl, 524 g/l	F-(A,O)
Du Pont Ciluan, DPB, Xi	Cymoxanil, 60 g/l	F-(A)
	Mancozeb, 560 g/l	
DUOGRANOL, NAD, RPA, Xn	Bromoxynil, 100 g/kg	H-(A)
	Pyridat, 300 g/kg	H-(A)
Duplosan DP, BAS, BAY, Xn, B4	Dichlorprop-P, 600 g/l	H-(A)
Duplosan KV, BAS, BAY, Xn, B4	Mecoprop-P, 600 g/l	H-(A,R,W)
Duplosan KV-Combi, BAS, BAY, CBA, NAD, COM, DPB, Xn	2,4-D, 160 g/l	H-(A,R,Z)
	Mecoprop-P, 350 g/l	
DURANO, MOT, Xi	Glyphosate, 355,7 g/l	H-(A,B,F,O,R,W,Z)
Dursban fest, DOW, B3	Chlorpyrifos, 10 g/kg	I-(G)
Dusturan Kornkäferpuder, URA, SPI, B3	Piperonylbutoxid, 26,6 g/kg	I-(V)
	Pyrethrine, 1,65 g/kg	
E 605 forte, BAY, T+, B1	Parathion, 507,5 g/l	AI-(A,G,O,R,W,Z)
E Combi, BAY, T+, B1	Oxydemeton-methyl, 213,8 g/l	AI-(A,G)
	Parathion, 178,2 g/l	
ECLAT, NAD, Xn	Bromoxynil, 600 g/kg	H-(A)
	Prosulfuron, 30 g/kg	
ECONAL, RPA	Chlortoluron, 500 g/l	H-(A)
	Diflufenican, 50 g/l	
egesa Unkrautvernichter Neu mit Rasendünger, EGE	2,4-D, 7 g/kg	HD-(Z)
	Dicamba, 1 g/kg	
egesa-Pflanzen-Insekten-Spray NEU, EGE, B1	Piperonylbutoxid, 1,5 g/kg	AI-(Z)
	Pyrethrine, 0,5 g/kg	
Egret, MOT, Xi	Glyphosat, 355,7 g/l	H-(A,B,F,O,R,W,Z)
Einfach Sagenhaft Moosvernichter plus Rasendünger, SAF, Xi	Eisen-II-sulfat, 175,7 g/kg	HD-(Z)
	Eisen-III-sulfat, 75,3 g/kg	
Einfach Sagenhaft Unkrautvernichter plus Rasendünger, SAF, B3	2,4-D, 8,45 g/kg	HD-(Z)
	Dicamba, 1,15 g/kg	
Elanco Beize flüssig, DOW, Xi, B3	Imazalil, 15 g/l	F-(A)
	Nuarimol, 100 g/l	
Elancolan K SC, DOW, B3	Napropamid, 190 g/l	H-(A)
	Trifluralin, 240 g/l	
Elancolan, DOW, Xn, B3	Trifluralin, 480 g/l	H-(A,G)
ELEFANT-SOMMERÖL, EPL	Mineralöle, 807 g/l	AI-(Z)
Elital, DOW	Fenarimol, 120 g/l	F-(O,W)
EPYRIN plus Rattenköder, HYG, B3	Difenacoum, 0,05 g/kg	R-(V)
	Sulfachinoxalin, 0,2 g/kg	
EPYRIN plus Rattenriegel, HYG, B3	Difenacoum, 0,05 g/kg	R-(F,V)
	Sulfachinoxalin, 0,2 g/kg	
Estrad, BAS, Xn	Dichlorprop-P, 485 g/kg	H-(A)
	Fluoroglycofen, 14 g/kg	
Ethosat 500, FSG	Ethofumesat, 500 g/l	H-(A)

Präparate	Wirkstoffe	Wirkungsbereich/Einsatzgebiet
Etilon GW, CGD, B3	Imazalil, 30 g/l	F-(A)
ETISSO Blattlaus-frei, FRU, Xn	Pirimicarb, 500 g/kg	I-(A,F,G,O,Z)
ETISSO Blattlaus-Spray, FRU, CEL	Piperonylbutoxid, 0,29 g/l	I-(Z)
	Pyrethrine, 0,09 g/l	
Etisso Blattlaus-Sticks, FRU, CEL, B3	Dimethoat, 3,8 g/kg	I-(Z)
Etisso Combi-Düngerstäbchen, CEL, B3	Dimethoat, 3,8 g/kg	ID-(Z)
Etisso Schneckenfrei, FRU, B3	Metaldehyd, 60 g/kg	M-(A,G,O,Z)
Etisso Total Unkrautfrei, FRU	Glyphosat, 360 g/l	H-(A,F,N,O,R,W,Z)
ETISSO-Kartoffelkäfer-frei, FRU, Xi, B1	Permethrin, 250 g/l	I-(A,G)
EUFLOR Rasen - Unkrautvernichter und Dünger, EUF	Chlorflurenol, 1,66 g/kg	HD-(Z)
	MCPA, 4,71 g/kg	
EUFLOR Sanguano Moosvernichter mit Rasendünger, EUF, Xi, B4	Eisen-II-sulfat, 140 g/kg	HD-(Z)
Euparen M WG, BAY, Xi	Tolylfluanid, 505 g/kg	F-(G,O,W)
Euparen M, BAY, Xn, B4	Tolylfluanid, 500 g/kg	FA-(O)
Euparen WG, BAY, Xi, B4	Dichlofluanid, 515 g/kg	F-(A,G,H,O,W,Z)
Euparen, BAY, Xi, B4	Dichlofluanid, 500 g/kg	F-(G,H,O,W,Z)
Exakt-Unkrautfrei Madit, CEL, Xn	Glufosinat, 183 g/l	H-(A,B,F,G,N,O,W,Z)
Extoll, BAS, Xn	Bentazon, 250 g/l	H-(A)
	Bromoxynil, 100 g/l	
Falimorph 750, CYD, T	Tridemorph, 750 g/l	F-(A)
FASTAC FORST, CYD, Xi, B3	alpha-Cypermethrin, 15 g/l	I-(F,Z)
FASTAC SC, CYD, Xi	alpha-Cypermethrin, 100 g/l	I-(A)
FCH 60 l rot,blau,weiss,gelb, FCH, B3	Verbißmittel	P-(F)
FCH 909 (Wildschadenverhütungsmittel), FCH, Xi, F, B3	Parfuemöl Daphne, 5,4 g/l	P-(F)
	Verbißmittel	
Fegesol, ASU, B4	Verbißmittel	P-(F)
Fegol, FCH, B3	Verbißmittel	P-(F)
FENIKAN, RPA, AVO, Xn	Diflufenican, 62,5 g/l	H-(A)
	Isoproturon, 500 g/l	
Fentrol Gel, REN, Xn, B3	Difenacoum, 1 g/l	R-(V)
Fentrol, REN, B3	Difenacoum, 0,05 g/kg	R-(V)
Ferramol Schneckenkorn, NEU, B3	Eisen-III-phosphat, 10 g/kg	M-(G,O,Z)
Flamenco, AVO, Xn	Fluquinconazol, 100 g/l	F-(A)
FLEXIDOR, DOW	Isoxaben, 500 g/l	H-(B,F)
Flordimex 420, BIT, RPA, Xi, B3	Ethephon, 420 g/l	W-(Z)
Florestin Pflanzenschutz mit Langzeitwirkung, IHR, B3	Dimethoat, 4,009 g/kg	I-(Z)
Florestin Pflanzenspray, LUS	Piperonylbutoxid, 0,29 g/l	I-(Z)
	Pyrethrine, 0,09 g/l	
Flügel's Verbißschutzpaste, FLU, B3	Verbißmittel	P-(F)
Flügel's Verbißschutzpulver, FLU, B3	Verbißmittel	P-(F)
Flügel - weiß, FLU, B4	Verbißmittel	P-(F)
Flügolla 62, FLU, B3	Verbißmittel	P-(F)
Focus Ultra, BAS, Xi, B4	Cycloxydim, 100 g/l	H-(A)
Folicur E, BAY, Xi	Dichlofluanid, 400 g/kg	F-(W)
	Tebuconazol, 100 g/kg	
Folicur EM, BAY, Xi	Tebuconazol, 100 g/kg	F-(W)
	Tolylfluanid, 400 g/kg	F-(W)
Folicur, BAY, Xn	Tebuconazol, 251,2 g/l	F-(A)
Folimat-Rosenspray, BAY, B1	Omethoat, 2 g/kg	AI-(Z)
Fonganil Neu, NAD, Xi, B3	Metalaxyl, 240 g/l	F-(Z)
FORAY 48B, ABB, AVO, Xi	Bacillus thuringiensis, 21,2 g/kg	I-(F)
Forst Tervanol, ASU, B3	Azaconazol, 10 g/kg	FP-(F,O,Z)
	Imazalil, 20 g/kg	
FORTRESS DUO, DOW, Xi	Fenpropimorph, 232,5 g/l	F-(A)
	Quinoxyfen, 64,7 g/l	
FORTRESS, DOW, Xi	Quinoxyfen, 500 g/l	F-(A)
FORUM, CYD, Xn	Dimethomorph, 150 g/l	F-(W)

Präparate	Wirkstoffe	Wirkungsbereich/Einsatzgebiet
FOXTRIL SUPER, RPA, CYD, Xn	Bifenox, 250 g/l	H-(A)
	Ioxynil, 76,6 g/l	
	Mecoprop-P, 292 g/l	
Frankol Baumpflaster, FRA, B3	Baumwachse, Wundbehandlungsmittel	L-(O,Z)
FRANKOL-Spezial-Granulat NEU, FRA, W	Dichlobenil, 67,5 g/kg	H-(F,R,Z)
Frisin, SER, T+, B3	Phosphorwasserstoff, 20,7 g/kg	I-(V)
FRONTIER, BAS, Xi	Dimethenamid, 900 g/l	H-(A)
frunax - Mäuseköder, FRU, B3	Difenacoum, 0,05 g/kg	R-(V)
frunax-DS Ratten-Fertigköder, FRU, B3	Difenacoum, 0,05 g/kg	R-(V)
	Sulfachinoxalin, 0,2 g/kg	
frunax-DS Rattenriegel, FRU, B3	Difenacoum, 0,05 g/kg	R-(F,V)
	Sulfachinoxalin, 0,2 g/kg	
frunax-R+M, FRU, B3	Brodifacoum, 0,05 g/kg	R-(V)
FS-Garant 60, FLU, B3	Verbißmittel	P-(F)
Funguran, URA, SPI	Kupferoxychlorid, 756 g/kg	F-(A,G,H,O,W,Z)
Funguran-OH, URA, SPI, B4	Kupferhydroxid, 691 g/kg	F-(O)
Fusilade ME, ZNC, BAS	Fluazifop-P, 107 g/l	H-(A,B,F,G,O,Z)
Förster Zeller'sche Blutsalbe, ZED, B3	Verbißmittel	P-(F)
Gabi Ameisenmittel, GAB, B1	Chlorpyrifos, 20 g/kg	I-(N,Z)
Gabi Pflanzenspray, GAB, F+, B1	Dimethoat, 1 g/kg	I-(Z)
Gabi Rasen-Unkrautvernichter plus Dünger, GAB	Chlorflurenol, 1,66 g/kg	HD-(Z)
	MCPA, 4,71 g/kg	
Gabi Rasenunkraut-Vernichter, GAB, Xn	Dicamba, 30 g/l	H-(A,N,R,Z)
	MCPA, 340 g/l	
Gabi Unkrautvernichter, GAB	Glyphosat, 360 g/l	H-(A,F,N,O,R,W,Z)
Gabi Wühlmaus-Gas, GAB, Xi, F, B3, W	Calciumcarbid, 800 g/kg	R-(A,G,O,R,Z)
Gabi-Anti-Moos-S, GAB, Xi, B1	Eisen-II-sulfat, 588 g/kg	HD-(Z)
Gabi-Antimoos, flüssig, GAB, Xi, B4	Eisen-II-sulfat, 191 g/l	HD-(Z)
Gabi-Combi-Pflanzenschutz-Düngestäbchen, GAB, B3	Dimethoat, 4,009 g/kg	I-(Z)
GALBAS, CGD, B3	Fenpiclonil, 50 g/l	F-(A)
Gallant Super, DOW, Xi	Haloxyfop-R, 100,1 g/l	H-(A)
Gallup, POL, BCL, CEM, Xi, B4	Glyphosat, 355,7 g/l	H-(A,R)
Gambit, CGD, B3	Fenpiclonil, 400 g/l	F-(A)
Garda Schneckenkorn, GGG, B3	Metaldehyd, 50,5 g/kg	M-(A,G,O,Z)
GARDOBUC, NAD, Xn	Bromoxynil, 150 g/l	H-(A)
	Terbuthylazin, 333 g/l	
Gardoprim 500 flüssig, NAD, Xn, B4	Terbuthylazin, 490 g/l	H-(A)
Gardoprim plus, NAD, CYD, AVO, Xi	Metolachlor, 333 g/l	H-(A)
	Terbuthylazin, 167 g/l	
GARLON 2, DOW, Xn	Triclopyr, 240 g/l	H-(R)
Garten-Loxiran, NEU, B1	Chlorpyrifos, 10 g/kg	I-(Z)
Garten-Schädlingsspray, BRA	Piperonylbutoxid, 0,29 g/l	I-(Z)
	Pyrethrine, 0,09 g/l	
Gartencenter Moosvernichter mit Spezial-Rasendünger und Stickstoff-Langzeitwirkung, EUF, Xi, B4	Eisen-II-sulfat, 140 g/kg	HD-(Z)
Gartengrün Unkrautvernichter mit Rasendünger, GRT	2,4-D, 7 g/kg	HD-(Z)
	Dicamba, 1 g/kg	
Gartenkrone Rasenunkrautvernichter und Dünger, HAG	Chlorflurenol, 1,66 g/kg	HD-(Z)
	MCPA, 4,71 g/kg	
Gartenspray Hortex, CEL	Piperonylbutoxid, 0,29 g/l	I-(Z)
	Pyrethrine, 0,09 g/l	
Gartenspray Parexan, CEL	Piperonylbutoxid, 0,29 g/l	I-(Z)
	Pyrethrine, 0,09 g/l	
Gartenspray Pyreth, ASU	Piperonylbutoxid, 0,29 g/l	I-(Z)
	Pyrethrine, 0,09 g/l	
Gaucho 350 FS, BAY, Xn, B3	Imidacloprid, 349,9 g/l	I-(A)
Gaucho 600 FS, BAY, Xn, B3	Imidacloprid, 600 g/l	I-(A)
Gaucho, BAY, Xi, B3	Imidacloprid, 700 g/kg	I-(A)
Gehölze-Unkraut-frei, FLO, W	Dichlobenil, 67,5 g/kg	H-(F,R,Z)

Präparate	Wirkstoffe	Wirkungsbereich/Einsatzgebiet
Gemüse-Spritzmittel Polyram WG, CEL, Xi, B4	Metiram, 700 g/kg	F-(A,G,H,O,W,Z)
Gesatop 2 Granulat, NAD, SPI, Xn, W	Simazin, 20 g/kg	H-(B,F,O)
Giftweizen Fischar, FIA, Xn, B3	Zinkphosphid, 24 g/kg	R-(A,F,G,O,R,Z)
Giftweizen Neudorff, NEU, T+, B3	Zinkphosphid, 25 g/kg	R-(A,F,G,O,R,Z)
Giftweizen P 140, ASU, T+, B3	Zinkphosphid, 24 g/kg	R-(A,G,O,R,Z)
Gladio, NAD, Xi	Fenpropidin, 375 g/l	F-(A)
	Propiconazol, 125 g/l	
	Tebuconazol, 125 g/l	
Glanzit Schneckenkorn, GLA, B3	Metaldehyd, 60 g/kg	M-(A,G,O,Z)
Gligram, POL, Xi, B4	Glyphosat, 355,7 g/l	H-(A,R)
GLYFOS, CHE, CYD	Glyphosat, 360 g/l	H-(A,F,N,O,R,W,Z)
Glyper, AUS, DOW, Xi	Glyphosat, 355,7 g/l	H-(A,B,F,O,R,W,Z)
Goltix compact, BAY	Metamitron, 900 g/kg	H-(A,O)
Goltix WG, BAY	Metamitron, 710 g/kg	H-(A,O)
Gralan, CGD, RPA, Xn	Iprodion, 250 g/l	F-(A)
	Propiconazol, 62,5 g/l	
Graminon 500 flüssig, NAD, Xn	Isoproturon, 500 g/l	H-(A)
GRANIT PLUS, RPA, Xn	Bromuconazol, 133 g/l	F-(A)
	Iprodion, 266 g/l	
Granit, RPA	Bromuconazol, 200 g/l	F-(A)
Granupom N, NEU, Xi	Apfelwickler-Granulosevirus, 486 g/l	I-(O)
GRANUPOM, AVO, Xi	Apfelwickler-Granulosevirus, 486 g/l	I-(O)
GREENMASTER Fine Turf Extra, FHD, ASP, BEC, FLR, GFG, GPS, MAI, SHO, B3	2,4-D, 8,45 g/kg	HD-(Z)
	Dicamba, 1,15 g/kg	
Greenmaster Mosskiller, FHD, Xi	Eisen-II-sulfat, 175,7 g/kg	HD-(Z)
	Eisen-III-sulfat, 75,3 g/kg	
GRID PLUS, DPB, Xn	Rimsulfuron, 500 g/kg	H-(A)
	Thifensulfuron, 240,9 g/kg	
Gropper, DPB, SPI, URA, B4	Metsulfuron, 179 g/kg	H-(A)
Grüne Welle Unkrautvernichter plus Rasendünger, BAW, B3	2,4-D, 8,45 g/kg	HD-(Z)
	Dicamba, 1,15 g/kg	
Gärtner's Unkrautvernichter mit Rasendünger, KDI, B3	2,4-D, 8,45 g/kg	HD-(Z)
	Dicamba, 1,15 g/kg	
Hagebau Gartenkrone Moosvernichter und Rasendünger, EUF, Xi, B4	Eisen-II-sulfat, 140 g/kg	HD-(Z)
HARMONY 75 DF, DPB, B4	Thifensulfuron, 722,5 g/kg	H-(A,R)
HARPUN, CGD, Xi	Metolachlor, 300 g/l	H-(A)
	Pendimethalin, 200 g/l	
HARVESAN, DPB, Xn	Carbendazim, 125 g/l	F-(A)
	Flusilazol, 250 g/l	
HaTe 1, SAG, F, C, B4	Parfuemöl Daphne, 10 g/kg	P-(F)
	Verbißmittel	
HaTe A, CYD	Chinolinderivate, 20 g/kg	P-(F)
	Parfuemöl Daphne, 10 g/kg	
	Verbißmittel	
HaTe F, SAG, Xi, B4	Parfuemöl Daphne, 3,8 g/l	P-(F)
	Verbißmittel	
	Verbißmittel	
HaTe-PELLACOL, CYD, Xn	Thiram, 121,1 g/l	PF-(F,O,Z)
Hedomat Rasenunkrautfrei, BAY, Xn	Dicamba, 30 g/l	H-(A,N,R,Z)
	MCPA, 340 g/l	
Herba-Vetyl neu flüssig, VET	Piperonylbutoxid, 140 g/l	AI-(O,Z)
	Pyrethrine, 35 g/l	
Herba-Vetyl-Staub neu, VET	Piperonylbutoxid, 8,5 g/kg	I-(A,G,Z)
	Pyrethrine, 3 g/kg	
Herbasan, KVK, ASU	Phenmedipham, 160 g/l	H-(A)
Herbizid M DU PONT, DPB, Xn, B4	MCPA, 500 g/l	H-(A,R,W)
Herburan A, URA, Xn	Glyphosat-trimesium, 480 g/l	H-(A,F,O,W,Z)
Herburan TD, URA, Xn	Glyphosat-trimesium, 480 g/l	H-(N,Z)

Präparate	Wirkstoffe	Wirkungsbereich/Einsatzgebiet
Herkules E, NAD, Xn	Bromoxynil, 600 g/kg	H-(A)
	Primisulfuron, 20 g/kg	
Herold, BAY, Xn	Diflufenican, 200 g/kg	H-(A)
	Flufenacet, 400 g/kg	
Hoestar, AVO	Amidosulfuron, 750 g/kg	H-(A,R)
HORA FLO, NAD, Xn	Isoproturon, 500 g/l	H-(A)
HORA Gerstenbeize, HOR, B3	Cyproconazol, 5 g/l	F-(A)
	Imazalil, 20 g/l	
HORA Imazalil, HOR, B3	Imazalil, 30 g/l	F-(A)
HORA M, HOR, Xn	MCPA, 500 g/l	H-(A,O,R,W)
HORA Propiconazol, HOR, Xi, B4	Propiconazol, 250 g/l	F-(A)
HORA Thiovit, HOR, B4	Schwefel, 800 g/kg	F-(A,F,G,H,O,W,Z)
HORA-Chlortoluron 500 flüssig, HOR, B4	Chlortoluron, 500 g/l	H-(A)
HORA-Curan 500 flüssig, HOR, B4	Chlortoluron, 500 g/l	H-(A)
HORA-Curan 700 flüssig, HOR, B4	Chlortoluron, 700 g/l	H-(A)
HORA-Terbutryn 500 flüssig, HOR, B4	Terbutryn, 490 g/l	H-(A,G)
HORA-Tryn 500 flüssig, HOR, B4	Terbutryn, 490 g/l	H-(A,G)
HORA-Turon 500 fluessig, HOR, Xn, B4	Isoproturon, 500 g/l	H-(A)
Hostathion, AVO, T, B1	Triazophos, 400 g/l	AI-(G,Z)
Hydra, NAD	Fluoroglycofen, 112,4 g/kg	H-(A)
	Triasulfuron, 24 g/kg	
Hörnig Baumwachs, HRN, Xi, B3	Baumwachse, Wundbehandlungsmittel	L-(O)
Igran 500 flüssig, CGD, B4	Terbutryn, 490 g/l	H-(A,G)
Ilbex, NAD, BAS, T	Propiconazol, 125 g/l	F-(A)
	Tridemorph, 375 g/l	
Illoxan, AVO, Xi, B4	Diclofop, 362,5 g/l	H-(A,G)
Impulse, BAY, Xn	Spiroxamine, 499 g/l	F-(A)
Indar 5 EC, RHD, Xi	Fenbuconazol, 50 g/l	F-(A)
Insegar, CGD, SPI, URA, B1	Fenoxycarb, 250 g/kg	I-(O,W)
Insekten-Spritzmittel Roxion, CEL, Xn, B1	Dimethoat, 400 g/l	AI-(A,G,O,Z)
Insekten-Streumittel NEXION NEU, CEL, B3	Chlorpyrifos, 10 g/kg	I-(G)
Insekten-Stäubemittel Hortex NEU, CEL, B4	Piperonylbutoxid, 10 g/kg	I-(A,G,Z)
	Pyrethrine, 3 g/kg	
Insekten-Stäubemittel Hortex, CEL	Piperonylbutoxid, 8,5 g/kg	I-(A,G,Z)
	Pyrethrine, 3 g/kg	
Insektenil-DCV-Spray, HEN, Xn, B3	Dichlorvos, 100,3 g/kg	I-(V)
	Piperonylbutoxid, 3,45 g/kg	
	Pyrethrine, 1,73 g/kg	
Insektenil-Raumnebel-DCV, HEN, Xn, B3	Dichlorvos, 37,89 g/kg	I-(V)
INSEKTENIL-Raumnebel-forte, HEN, B3	Piperonylbutoxid, 22 g/l	I-(V)
	Pyrethrine, 4 g/l	
INSEKTENIL-Raumnebel-forte-trocken, HEN, Xn, B3	Piperonylbutoxid, 22 g/l	I-(V)
	Pyrethrine, 4 g/l	
INSEKTENIL-Raumnebel-forte-trocken-DDVP, HEN, Xn, B3	Dichlorvos, 36 g/l	I-(V)
	Piperonylbutoxid, 0,8 g/l	
	Pyrethrine, 0,5 g/l	
Ipifluor, IPC, HOR, Xn	Trifluralin, 480 g/l	H-(A)
Juwel, BAS, Xn	Epoxiconazol, 125 g/l	F-(A)
	Kresoxim-methyl, 125 g/l	
KARATE WG FORST, ZNC, Xn	lambda-Cyhalothrin, 50 g/kg	I-(F,Z)
Karate WG, ZNC, Xn	lambda-Cyhalothrin, 50 g/kg	I-(A,R)
Karate, ZNC, BAS, Xn, B2	lambda-Cyhalothrin, 50 g/l	I-(A,H,R,Z)
Kartoffelkäfer-Frei Ambush, CEL, Xi, B1	Permethrin, 250 g/l	I-(A,G)
Kartoffelschutz Tixit, CEL, B3	Propham, 10 g/l	W-(A)
Keeper Unkrautfrei, BAY	Glyphosat, 360 g/l	H-(A,F,N,O,R,W,Z)
KEMIRA PHENMEDIPHAM, KIR, Xn, B4	Phenmedipham, 160 g/l	H-(A)
Kerb 50 W, RHD, Xn	Propyzamid, 500 g/kg	H-(A,G,O,W,Z)
Kerb WDG, URA, SPI, Xn	Propyzamid, 500 g/kg	H-(A,B,Z)
Kerb-Streugranulat, URA, SPI, B3	Propyzamid, 6,25 g/kg	H-(Z)

Präparate	Wirkstoffe	Wirkungsbereich/Einsatzgebiet
Kiron, AVO, Xi	Fenpyroximat, 51,3 g/l	A-(W,Z)
Klerat-Haferflockenköder, ZNC, B3	Brodifacoum, 0,05 g/kg	R-(V)
Klerat-Wachsblock, ZNC, KGM, B3	Brodifacoum, 0,05 g/kg	R-(V)
Kohlendioxid, AGA, B3	Kohlendioxid, 999,5 g/kg	AI-(V)
Kohlendioxyd zur Druckentwesung von Nutzpflanzen, GUT, B3	Kohlendioxid, 995 g/kg	AI-(V)
Kohlensäure BUSE, BUS, B3	Kohlendioxid, 995 g/kg	IA-(V)
Komet RP, ZNC, Xi, B3	Tefluthrin, 200 g/l	I-(A)
Konker R, BAS, Xn, B4	Thiophanat-methyl, 250 g/l	F-(A)
	Vinclozolin, 250 g/l	
Kontakt 320 SC, FSG	Phenmedipham, 320 g/l	H-(A)
Kontakt Feinchemie, FSG, Xn, B1	Phenmedipham, 157 g/l	H-(A)
Kontakttwin, FSG, Xi	Ethofumesat, 94 g/l	H-(A)
	Phenmedipham, 97 g/l	
Korax, URA, SPI, Xn	Glyphosat-trimesium, 480 g/l	H-(N,Z)
Kornitol, VOP, Xn, B3	Verbißmittel	P-(A,G,O,Z)
Kraft Blattlaus-Killer mit Langzeitschutz, KRF, B3	Dimethoat, 4,009 g/kg	I-(Z)
Kumulus WG, BAS, B4	Schwefel, 800 g/kg	F-(A,F,G,H,O,W,Z)
Kupfer 83 V, URA, SPI, DOW, B4	Kupferoxychlorid, 424 g/kg	F-(H,O,W)
	Schwefel, 153 g/kg	
Kupfer Konzentrat 45, ASU	Kupferoxychlorid, 756 g/kg	F-(A,G,H,O,W,Z)
Kupfer-flüssig 450 FW, WAC, DOW, Xn, B4	Kupferoxychlorid, 757 g/l	F-(W)
Kupferkalk Atempo, NEU	Kupferoxychlorid, 756 g/kg	F-(A,G,H,O,W,Z)
Kupferkalk Bayer, BAY, B4	Kupferoxychlorid, 284 g/kg	F-(W)
Kupferkalk Ciba-Geigy, CGD, B4	Kupferoxychlorid, 284 g/kg	F-(W)
Kupferkalk Hoechst, HOE, B4	Kupferoxychlorid, 284 g/kg	F-(W)
Kupferkalk Spiess-Urania, SPI, URA	Kupferoxychlorid, 261,3 g/kg	F-(W)
Kupferkalk Wacker, WAC, B4	Kupferoxychlorid, 284 g/kg	F-(W)
Kupferspritzmittel Funguran, URA, SPI	Kupferoxychlorid, 756 g/kg	F-(A,G,H,O,W,Z)
Kupferspritzmittel Schacht, FSC	Kupferoxychlorid, 756 g/kg	F-(A,G,H,O,W,Z)
Lac Balsam plus F, CEL, B3	Azaconazol, 10 g/kg	FP-(F,O,Z)
	Imazalil, 20 g/kg	
LacBalsam, SDL, B3	Baumwachse, Wundbehandlungsmittel	L-(F,O,Z)
Landor C, CGD, B3	Difenoconazol, 100 g/l	F-(A)
	Fludioxonil, 25 g/l	
Landor CT, CGD, B3	Difenoconazol, 20 g/l	F-(A)
	Fludioxonil, 25 g/l	
	Tebuconazol, 5 g/l	
Landor, CGD, B3	Difenoconazol, 50 g/l	F-(A)
	Fenpiclonil, 50 g/l	
Largo, BAS	Chloridazon, 300 g/l	H-(A)
	Phenmedipham, 100 g/l	
	Quinmerac, 42 g/l	
LARIN, CGD, B3	Fenpiclonil, 100 g/l	F-(A)
	Imazalil, 20 g/l	
	Tebuconazol, 15 g/l	F-(A)
Lauril Baumwachs, NEU, B3	Baumwachse, Wundbehandlungsmittel	L-(O,Z)
Lauril Wundwachs, NEU, B3	Baumwachse, Wundbehandlungsmittel	L-(O,Z)
Lebaycid, BAY, Xn, B1	Fenthion, 535,5 g/l	I-(O)
LEGAT, RPA, Xn, B3	Guazatin, 150 g/l	F-(A)
	Triticonazol, 12,5 g/l	
Lentagran 450 EC, AGL, CYD, Xn, B4	Pyridat, 450 g/l	H-(A)
Lentagran EC neu, AGL, CYD, Xi	Pyridat, 450 g/l	H-(A)
Lentagran WP, SAD, Xi	Pyridat, 450 g/kg	H-(A,G)
Lentipur CL 700, NLI, B3	Chlortoluron, 700 g/l	H-(A)
Lepit-Feldmausköder, SCH, B3	Chlorphacinon, 0,075 g/kg	R-(A,O,R)
Lepit-Forstpellet, SCH, B3	Chlorphacinon, 0,075 g/kg	R-(F)
LEXUS CLASS, DPB, Xi	Carfentrazone, 310 g/kg	H-(A)
	Flupyrsulfuron-methyl, 160 g/kg	

Präparate	Wirkstoffe	Wirkungsbereich/Einsatzgebiet
LIBERTY, AVO, Xn	Glufosinat, 183 g/l	H-(A)
Lido SC, NAD, NAD, Xi	Pyridat, 160 g/l	H-(A)
	Terbuthylazin, 250 g/l	
Lido WP, NAD, Xi	Pyridat, 250 g/kg	H-(A)
	Terbuthylazin, 200 g/kg	
Lindogen, LID, B3	Stickstoff, 1000 g/kg	I-(V)
Lizetan Neu Zierpflanzenspray, BAY, F+, B1	Imidacloprid, 0,25 g/kg	I-(Z)
Lizetan Plus Zierpflanzenspray, BAY, F+, B1	Imidacloprid, 0,25 g/kg	I-(Z)
	Methiocarb, 0,5 g/kg	
Lizetan-Combistäbchen, BAY, B3	Imidacloprid, 25 g/kg	I-(Z)
Lizetan-Zierpflanzenspray, BAY, B1	Omethoat, 2 g/kg	AI-(Z)
LONTREL 100, DOW	Clopyralid, 100 g/l	H-(A)
LOREDO, RPA, Xi	Diflufenican, 33,3 g/l	H-(A)
	Mecoprop-P, 500 g/l	
Lumeton, NAD, Xn	Fluoroglycofen, 14,6 g/kg	H-(A)
	Isoproturon, 481,2 g/kg	
	Triasulfuron, 3 g/kg	
LUXAN GRO-STOP BASIS, LUX, Xi, B3	Chlorpropham, 300,3 g/l	W-(A)
Luxan GRO-STOP FOG, LUX, Xn, B3	Chlorpropham, 300 g/l	W-(A)
M 52 DB, AVO, Xn	MCPA, 500 g/l	H-(A,O,R,W)
M&ENNO-TER-forte, VDZ, MEN, Xn, B3	Didecyldimethyl-ammoniumchlorid, 307 g/l	BFH(Z)
MADEX 3, CEM	Apfelwickler-Granulosevirus, 4 g/l	I-(O)
Mafu-Nebelautomat, BAV, Xn, B3	Dichlorvos, 121,6 g/l	I-(V)
Magister 200 SC, DOW, SPI, URA, Xn	Fenazaquin, 200 g/l	A-(O,Z)
Malvin, TOM, Xn	Captan, 832 g/kg	F-(O)
MAMBA, FSG, Xn, B3	Trifluralin, 480 g/l	H-(A)
Manconex, GRF, Xi	Mancozeb, 455 g/l	F-(A)
Maneb "Schacht", FSC, Xi	Maneb, 800 g/l	F-(A,F,G,Z)
Maneb 350 SC, ASU, Xi	Maneb, 350 g/l	F-(A)
MANEX, GRI, FSG, Xi	Maneb, 481,5 g/l	F-(A)
MANNADUR Moosvernichter mit Rasendünger, MAN, Xi, B4	Eisen-II-sulfat, 140 g/kg	HD-(Z)
MANNADUR UV, Rasendünger, MAN	Chlorflurenol, 1,66 g/kg	HD-(Z)
	MCPA, 4,71 g/kg	
Manta Plus, BAY, B3	Fuberidazol, 7,22 g/l	FI-(A)
	Imazalil, 5,97 g/l	
	Triadimenol, 60,05 g/l	
Marks M HERBICIDE, AHM, CBA, DPB, Xn, B4	MCPA, 500 g/l	H-(A,R,W)
MARKS OPTICA DP n, AHM, CBA, DPB, Xn, B4	Dichlorprop-P, 600 g/l	H-(A)
Marks Optica DP, AHM, Xn, B4	Dichlorprop-P, 600 g/l	H-(A)
Marks Optica MP Combi, AHM, Xn	2,4-D, 160 g/l	H-(A,R,Z)
	Mecoprop-P, 350 g/l	
Marks Optica MP k, AHM, CBA, DPB, Xn	Mecoprop-P, 600 g/l	H-(A,R,W)
Marks Optica MP, AHM, Xn, B4	Mecoprop-P, 600 g/l	H-(A,R,W)
Marnis Ratten- und Mäuseköder, MRN, B3	Warfarin, 0,8 g/kg	R-(V)
Marshal 25 EC, FMC, T, B1	Carbosulfan, 250 g/l	I-(H)
MASAI, CYD, Xn	Tebufenpyrad, 200 g/kg	A-(O,W,Z)
Matador 300, BAY	Tebuconazol, 224,5 g/l	F-(A)
	Triadimenol, 75,19 g/l	
Matador, BAY, DOW, Xi	Tebuconazol, 251,7 g/l	F-(A)
	Triadimenol, 125,8 g/l	
MausEX-Duo, FRO, B3	Difethialon, 0,025 g/kg	R-(V)
MausEX-Köder, FRO, B3	Bromadiolon, 0,05 g/kg	R-(V)
MAVRIK, SAD, SPI, URA, Xn	tau-Fluvalinat, 240 g/l	I-(A)
Maxim AP, NAD, B3	Fludioxonil, 25 g/l	F-(A)
	Metalaxyl, 20 g/l	
Maywax-Baumwachs, FSC, MEY, TRI, B3	Baumwachse, Wundbehandlungsmittel	L-(O,Z)
ME 605 Spritzpulver, BAY, T, B1	Parathion-methyl, 405 g/kg	I-(A,O,W)

Präparate	Wirkstoffe	Wirkungsbereich/Einsatzgebiet
MEGA-M, NUF, Xn, B4	MCPA, 500 g/l	H-(A,R)
MEGA-MD, NUF, Xn, B4	2,4-D, 250 g/l	H-(A,R)
	MCPA, 250 g/l	
Merz-Cumarin-Fertigköder, MRZ, B3	Warfarin, 0,8 g/kg	R-(V)
Mesurol flüssig, BAY, T, B3	Methiocarb, 500,4 g/l	IP-(A,Z)
Mesurol Schneckenkorn, BAY, B3	Methiocarb, 20 g/kg	M-(A,G,O,Z)
Metam-Fluid 510 g/l BASF, BAS, ASU, CYD, Xn, B3	Metam, 420 g/l	N-(A)
METAREX, LON, B3	Metaldehyd, 49 g/kg	M-(A)
Metasystox (I), BAY, T, B1	Demeton-S-methyl, 283 g/l	AI-(A)
Metasystox R spezial, BAY, Xn, B1	Oxydemeton-methyl, 110 g/l	AI-(G,O,Z)
Metasystox R, BAY, T, B1	Oxydemeton-methyl, 275,6 g/l	AI-(A,G,O,W,Z)
METHOPHAM, STE, Xi	Ethofumesat, 100 g/l	H-(A)
	Metamitron, 300 g/l	
	Phenmedipham, 100 g/l	
Methylbromid, DEA, T+, B3	Methylbromid, 1000 g/kg	AI-(V)
Mextrol DP, CFP, URA, Xn	Dichlorprop-P, 500 g/l	H-(A)
	Ioxynil, 116 g/l	
microsol-pyrho-fluid, MIC, B3	Piperonylbutoxid, 22 g/l	I-(V)
	Pyrethrine, 4 g/l	
microsol-pyrho-fluid-dry, MIC, Xn, B3	Piperonylbutoxid, 22 g/l	I-(V)
	Pyrethrine, 4 g/l	
microsol-vos autofog, MIC, Xn, B3	Dichlorvos, 100,3 g/l	I-(V)
	Piperonylbutoxid, 3,45 g/l	
	Pyrethrine, 1,73 g/l	
microsol-vos-fluid, MIC, Xn, B3	Dichlorvos, 37,89 g/kg	I-(V)
microsol-vos-fluid-dry, MIC, Xn, B3	Dichlorvos, 36 g/l	I-(V)
	Piperonylbutoxid, 0,8 g/l	
	Pyrethrine, 0,5 g/l	
Mikado, ZNC, Xi	Sulcotrion, 300 g/l	H-(A)
MIKAL MZ, RPA, AVO, Xi	Fosetyl, 410 g/kg	F-(W)
	Mancozeb, 260 g/kg	
Mimic, RHD, AVO	Tebufenozid, 240 g/l	I-(O,W)
Mirage 45 EC, MAC	Prochloraz, 450 g/l	F-(A)
MISTRAL 700, FSG, B4	Chlortoluron, 700 g/l	H-(A)
Mitac, AVO, RPA, Xn	Amitraz, 200 g/l	AI-(H,O)
MitoFOG, FRO, Xn, B3	Chlorpropham, 320 g/l	W-(A)
Moddus, NAD, Xn	Trinexapac, 222 g/l	W-(A)
Mogeton, ASU, Xn	Quinoclamin, 250 g/l	H-(Z)
Monceren Flüssigbeize, BAY, B3	Pencycuron, 250,8 g/l	F-(A)
Monceren, BAY, B3	Pencycuron, 125 g/kg	F-(A)
Moos K.O., NEU, Xi, B4	Eisen-II-sulfat, 644 g/kg	HD-(Z)
Moos-Tod, NEN, Xi, B4	Eisen-II-sulfat, 546 g/kg	H-(Z)
Moosvernichter mit Rasendünger, SCO, Xi, B4	Eisen-II-sulfat, 140 g/kg	HD-(Z)
Moosvernichter plus Rasendünger, FLO, Xi, B4	Eisen-II-sulfat, 140 g/kg	HD-(Z)
Moosvertilger Gesamoos flüssig, CEL, Xi, B4	Eisen-II-sulfat, 191 g/l	H-(Z)
Moosvertilger Schacht, FSC, NEN, Xi, B4	Eisen-II-sulfat, 546 g/kg	H-(Z)
Morestan, BAY, Xi	Chinomethionat, 260 g/kg	AF-(A,G,O,Z)
Morsuvin, FLU, Xi, B3	Verbißmittel	P-(F)
Motivell, BAS, Xn	Nicosulfuron, 40 g/l	H-(A)
MV RASEN FLORANID, COM	Eisen-II-sulfat, 238 g/kg	HD-(Z)
MYOCURATTIN-FCM-Festköder, HEN, B3	Difenacoum, 0,075 g/kg	R-(V)
Mäusegiftweizen "Schacht", FSC, T+, B3	Zinkphosphid, 24 g/kg	R-(A,G,O,R,Z)
Mäusekorn, NEU, B3	Difenacoum, 0,05 g/kg	R-(V)
Mäuseköder-Box, CEL, B3	Difenacoum, 0,05 g/kg	R-(V)
Natürliche CARBO Kohlensäure, CAK, B3	Kohlendioxid, 1000 g/kg	AI-(V)
NECTEC Paste, JPA, CYD, FLU, CEL, B3	Azaconazol, 10 g/kg	FP-(F,O,Z)
	Imazalil, 20 g/kg	
Nenninger's Baumwachs, kaltstreichbar, NEN, B3	Baumwachse, Wundbehandlungsmittel	L-(O,Z)

Präparate	Wirkstoffe	Wirkungsbereich/Einsatzgebiet
Nenninger's flüssiger Wundverschluß ARBAL, NEN, B3	Baumwachse, Wundbehandlungsmittel	L-(O,Z)
Nenninger's Wundwachs, NEN, B3	Baumwachse, Wundbehandlungsmittel	L-(O,Z)
Nenninger`s Baumharz warmflüssig, NEN, B3	Baumwachse, Wundbehandlungsmittel	L-(O,Z)
Netz-Schwefelit WG, NEU, B4	Schwefel, 800 g/kg	F-(A,F,G,H,O,W,Z)
Netz-Schwefelit, NEU, B4	Schwefel, 796 g/kg	F-(A,F,G,H,O,W,Z)
Netzschwefel "Schacht", FSC, B4	Schwefel, 796 g/kg	F-(A,F,G,H,O,W,Z)
Netzschwefel 80 WP, ASU, B4	Schwefel, 796 g/kg	F-(A,F,G,H,O,W,Z)
Netzschwefel Stulln, JUL, B4	Schwefel, 796 g/kg	F-(A,F,G,H,O,W,Z)
Netzschwefel WG, CEL, B4	Schwefel, 800 g/kg	F-(A,F,G,H,O,W,Z)
NEU 1131 L, NEU, B3	Baumwachse, Wundbehandlungsmittel	L-(O,Z)
NEUDO-Phosphid S, NEU, T+, F, B3, W	Aluminiumphosphid, 560 g/kg	R-(A,G,O,R,Z)
Neudorffs Raupenspritzmittel, NEU, B4	Bacillus thuringiensis, 32 g/kg	I-(A,F,G,O,W,Z)
Neudorffs Wundverschluß, NEU, B3	Baumwachse, Wundbehandlungsmittel	L-(O,Z)
Neudosan AF Neu, NEU	Kali-Seife, 10,2 g/l	Al-(G,O,Z)
Neudosan AF, NEU, B4	Kali-Seife, 10 g/l	Al-(G,O,Z)
Neudosan Neu, NEU	Kali-Seife, 515 g/l	Al-(G,O,Z)
Neudosan, NEU	Kali-Seife, 515 g/l	Al-(G,O,Z)
Nimbus, BAS, Xi	Clomazone, 33,3 g/l	H-(A)
	Metazachlor, 250 g/l	
NOMOLT, CYD, B1	Teflubenzuron, 150 g/l	I-(Z)
Nortron 500 SC, ASU, B4	Ethofumesat, 500 g/l	H-(A)
Nortron Tandem, AVO, B4	Ethofumesat, 94 g/l	H-(A)
	Phenmedipham, 97 g/l	
Novaril Rot, ASU, B3	Baumwachse, Wundbehandlungsmittel	L-(O,Z)
NOVODOR FC, ABB, CEM	Bacillus thuringiensis, 20 g/kg	I-(A)
Obst-Spritzmittel WG, CEL, Xi, B4	Dichlofluanid, 515 g/kg	F-(A,G,H,O,W,Z)
Obstmadenfrei Granupom, CEL, Xi	Apfelwickler-Granulosevirus, 486 g/l	I-(O)
Octave, AVO, B4	Prochloraz, 461 g/l	F-(A)
Oftanol T, BAY, T, B3	Isofenphos, 400 g/kg	Fl-(A,R)
	Thiram, 110 g/kg	Fl-(A,R)
OHAYO, ISK, Xi	Fluazinam, 500 g/l	
OLIOCIN Austriebsspritzmittel, BAY	Mineralöle, 546 g/l	Al-(O,W,Z)
Omnex plus, CGD, Xi, B4	Mancozeb, 600 g/kg	F-(O)
	Penconazol, 25 g/kg	
Omnex, CGD	Penconazol, 100 g/l	F-(O)
Oncol 20 EC, SPI, URA, T, B1, W	Benfuracarb, 200 g/l	I-(A)
Oncol 5 G, SPI, URA, B3, W	Benfuracarb, 50 g/l	I-(A)
Opus Forte, BAS, T	Epoxiconazol, 125 g/l	F-(A)
	Tridemorph, 375 g/l	
Opus Top, BAS, Xn	Epoxiconazol, 84 g/l	F-(A)
	Fenpropimorph, 250 g/l	
Opus, BAS, Xn	Epoxiconazol, 125 g/l	F-(A)
Orbitox DP, URA, Xn	Dichlorprop-P, 600 g/l	H-(A)
Orbitox M, URA, URA, Xn	MCPA, 500 g/l	H-(A,O,R,W)
Ordoval, BAS	Hexythiazox, 100 g/kg	A-(G,H,O,W,Z)
ORKAN, RPA, BAS, Xn	Diflufenican, 25 g/l	H-(A)
	Ioxynil, 187,5 g/l	
	Mecoprop-P, 234 g/l	
P-O-X, ASU, T+, B1	Parathion, 507,5 g/l	Al-(A,G,O,R,W,Z)
Panoctin 35, RPA, Xn, B3	Guazatin, 232,2 g/l	F-(A)
Panoctin G, RPA, Xn, B3	Guazatin, 199 g/l	F-(A)
	Imazalil, 20 g/l	
Panoctin GF, RPA, CYD, Xn, B3	Fenfuram, 200 g/l	F-(A)
	Guazatin, 132,7 g/l	
	Imazalil, 20 g/l	
Panoctin Spezial, RPA, KEN, Xn, B3	Fenfuram, 100 g/l	F-(A)
	Guazatin, 199 g/l	

Präparate	Wirkstoffe	Wirkungsbereich/Einsatzgebiet
Panogen, CGD, CYD, Xn, B3	Guazatin, 199 g/l Propiconazol, 5 g/l	F-(A)
Para-Sommer, ASU, B4	Mineralöle, 654 g/l	AI-(O,W,Z)
Parano 450 EC, ASU, Xn, B1	Prochloraz, 451,1 g/l	F-(A)
park UV neu + Rasendünger, PGS	2,4-D, 7 g/kg Dicamba, 1 g/kg	HD-(A)
Patoran CB, CGD, BAS, B3	Metobromuron, 500 g/kg	H-(A,S)
Patoran FL, BAS, Xn, B3	Metobromuron, 500 g/l	H-(A,G,S)
Peak E, NAD	Prosulfuron, 750 g/kg	H-(A)
PENDIMOX, CFP, Xn	Bromoxynil, 75 g/l Pendimethalin, 300 g/l	H-(A)
Pendiron flüssig, NAD, BAS, CYD, SPI, URA	Chlortoluron, 300 g/l Pendimethalin, 200 g/l	H-(A)
Penncozeb, ELF, Xi	Mancozeb, 800 g/kg	F-(A,Z)
PERFEKTHION, BAS, Xn, B1	Dimethoat, 400 g/l	AI-(A,G,O,Z)
Peropal, BAY, T+	Azocyclotin, 255 g/kg	A-(G)
Pflanzen Paral Blattlaus-Frei, JOH, THO, B1	Butocarboxim, 1 g/kg	I-(Z)
Pflanzen Paral Blattlausspray 143, JOH, THO, B4	Butocarboxim, 1,09 g/kg	I-(Z)
Pflanzen Paral für Balkonpflanzen, JOH, THO, B4	Butocarboxim, 0,81 g/kg	I-(Z)
Pflanzen Paral für Gartenpflanzen, JOH, THO, B4	Butocarboxim, 0,81 g/kg	I-(Z)
Pflanzen Paral für Topfpflanzen, JOH, CEL	Piperonylbutoxid, 0,29 g/l Pyrethrine, 0,09 g/l	I-(Z)
Pflanzen Paral gegen Blattläuse an Zierpflanzen NEU, JOH, THO, B4	Butocarboxim, 0,7 g/kg	I-(Z)
Pflanzen Paral gegen Blattläuse NEU, JOH, THO, B4	Butocarboxim, 0,81 g/kg	I-(Z)
Pflanzen Paral gegen Pilzkrankheiten an Balkonpflanzen, JOH, B4	Fenarimol, 0,06 g/kg	F-(Z)
Pflanzen Paral gegen Pilzkrankheiten an Zierpflanzen NEU, JOH, THO, B4	Fenarimol, 0,05 g/kg	F-(Z)
Pflanzen Paral gegen Pilzkrankheiten, JOH, THO, B4	Fenarimol, 0,06 g/kg	F-(Z)
Pflanzen Paral Kombi-Stick, JOH, THO, B4	Butoxycarboxim, 29 g/kg	I-(Z)
Pflanzen Paral Pflanzenschutz-Zäpfchen, JOH, THO, B4	Butoxycarboxim, 98 g/kg	I-(Z)
Pflanzen Paral Pilz-Frei N, JOH, THO, B4	Fenarimol, 0,06 g/kg	F-(Z)
Pflanzen Paral Pilzspray 140, JOH, THO, B4	Fenarimol, 0,06 g/kg	F-(Z)
Pflanzen Paral Schädlings-Frei, JOH, THO, B4	Kali-Seife, 10 g/kg	AI-(G,O,Z)
Pflanzenschutz-Zäpfchen, CEL, B3	Dimethoat, 3,8 g/kg	I-(Z)
Pflanzenspray Hortex Neu, CEL, B1	Piperonylbutoxid, 1,5 g/kg Pyrethrine, 0,5 g/kg	AI-(Z)
Pflanzol Blattlaus-Ex, DDZ, Xn	Pirimicarb, 500 g/kg	I-(A,F,G,O,Z)
Pflanzol Combi-Düngerstäbchen, DDZ, B3	Dimethoat, 3,8 g/kg	ID-(Z)
Pflanzol Kartoffelkäfer-Ex, DDZ, Xi, B1	Permethrin, 250 g/l	I-(A,G)
Pflanzol Pflanzenschutz-Zäpfchen, DDZ, B3	Dimethoat, 3,8 g/kg	I-(Z)
Pflanzol Schnecken-Ex, DDZ, B3	Metaldehyd, 60 g/kg	M-(A,G,O,Z)
Pflanzol-Blattlaus-Spray, DDZ	Piperonylbutoxid, 0,29 g/l Pyrethrine, 0,09 g/l	AI-(Z)
Phenmedipham Biochemicals, BIO, Xn, B1	Phenmedipham, 157 g/l	H-(A)
Phostoxin Pellets, DET, T+, F, B3	Aluminiumphosphid, 560 g/kg	I-(V)
PHOSTOXIN Tabletten, DET, DEG, T+, F, B3	Aluminiumphosphid, 560 g/kg	I-(V)
Phostoxin WM, DET, T+, F, B3, W	Aluminiumphosphid, 560 g/kg	R-(A,G,O,R,Z)
Pilz-frei Spiess-Urania, SPI, URA, B4	Fenarimol, 0,06 g/kg	F-(Z)
Pilzfrei Saprol F, CEL, Xn, B4	Fenarimol, 120 g/l	F-(O,Z)
Pilzfrei Saprol Neu, CEL, Xi	Triforin, 190 g/l	F-(A,G,H,O,Z)
Pirimor-Granulat zum Auflösen in Wasser, ZNC, BAS, CEL, SPI, URA, Xn	Pirimicarb, 500 g/kg	I-(A,F,G,O,Z)
Pistol, RPA, FSG, Xn, B1	Phenmedipham, 157 g/l	H-(A)
Plant pin combi, WAC, THO, B4	Butoxycarboxim, 29 g/kg	I-(Z)
Plant pin, WAC, DOW, THO, B4	Butoxycarboxim, 98 g/kg	I-(Z)
Platform, FMC, DPB, Xi	Carfentrazone, 463,4 g/kg	H-(A)

Präparate	Wirkstoffe	Wirkungsbereich/Einsatzgebiet
PLENUM, NAD	Pymetrozin, 250 g/kg	I-(H)
POINTER, DPB, Xi	Tribenuron, 723,2 g/kg	H-(A)
Pollux Giftkörner, CFW, Xn, B3	Zinkphosphid, 24 g/kg	R-(A,F,G,O,R,Z)
POLY-PLANT Pflanzenschutzstäbchen, DEW, B3	Dimethoat, 4,009 g/kg	I-(Z)
Polyram WG, BAS, COM, Xi, B4	Metiram, 700 g/kg	F-(A,G,H,O,W,Z)
Polytanol, CFW, T+, B3, W	Calciumphosphid, 280 g/kg	R-(A,G,O,R,Z)
POWERTAX, CFP, Xi	Ethephon, 480 g/l	W-(A)
Powertwin, FSG, Xi	Ethofumesat, 200 g/l	H-(A)
	Phenmedipham, 200 g/l	
PP 140 F, ASU, B3	8-Hydroxichinolin, 1 g/kg	F-(W)
Pradone Kombi, RPA	Carbetamid, 500 g/kg	H-(A)
	Dimefuron, 250 g/kg	
Prefix G Neu, CYD, W	Dichlobenil, 67,5 g/kg	H-(F,R,Z)
Prelude FS, AVO, B3	Prochloraz, 200 g/l	F-(A)
Prelude UW, AVO, B3	Carboxin, 333 g/l	F-(A)
	Prochloraz, 63,64 g/l	
Previcur N, AVO	Propamocarb, 604 g/l	F-(G,Z)
PRIDE ULTRA, DOE, Xn	Fenazaquin, 200 g/l	A-(O,Z)
Prisma, AVO, Xn	Cyproconazol, 80 g/l	F-(A)
	Prochloraz, 300 g/l	
Pro-Limax, ASU, B3	Metaldehyd, 60 g/kg	M-(A,G,O,Z)
Promanal AF Neu, NEU, B3	Mineralöle, 12 g/l	AI-(Z)
Promanal AF, NEU, B3	Mineralöle, 22,8 g/l	AI-(Z)
Promanal Neu, NEU	Mineralöle, 546 g/l	AI-(O,W,Z)
Pronto PLUS, BAY, Xn	Spiroxamine, 249,9 g/l	F-(A)
	Tebuconazol, 133,3 g/l	
Pronto, BAY, Xn	Fenpropidin, 299,9 g/l	F-(A)
	Tebuconazol, 199,9 g/l	
Proxuran-Streugranulat, URA, SPI	Isoxaben, 1 g/kg	H-(Z)
	Propyzamid, 8 g/kg	
Pulsfog K, STA, Xn, B3	Chlorpropham, 320 g/l	W-(A)
Pyramin WG, BAS, RPA, B4	Chloridazon, 650 g/kg	H-(A,G)
Pyreth, ASU	Piperonylbutoxid, 144 g/l	I-(O,Z)
	Pyrethrine, 36 g/l	
Pyrol, CGD, B3	Fenpiclonil, 50 g/l	F-(A)
	Imazalil, 10 g/l	
QuickPhos AIP-Preßkörper, PSA, T+, F, B3	Aluminiumphosphid, 570 g/kg	I-(V)
QuickPhos Begasungsbeutel, PSA, T+, F, B3	Aluminiumphosphid, 570 g/kg	I-(V)
Quiritox, NEU, B3	Warfarin, 1,3 g/kg	R-(G,O,R,Z)
RA-15-NEU, HEN, Xn	Diuron, 400 g/kg	H-(Z)
RA-200-flüssig, HEN, Xn	Glufosinat, 183 g/l	H-(A,B,F,G,N,O,W,Z)
RA-4000-Granulat, HEN, W	Dichlobenil, 67,5 g/kg	H-(F,R,Z)
Racer CS, ZNC, B3	Flurochloridon, 250 g/l	H-(A)
Racumin Fertigköder, BAV, B3	Coumatetralyl, 0,377 g/kg	R-(V)
Racumin-Pulver, BAV, B3	Coumatetralyl, 7,55 g/kg	R-(V)
Radam 60, RPA, Xn, B4	Guazatin, 398 g/l	F-(A)
Raiffeisen Gartenkraft Moosvernichter mit Rasendünger, EUF, Xi, B3	Eisen-II-sulfat, 140 g/kg	HD-(Z)
Raiffeisen Unkrautvernichter mit Rasendünger, RAI	2,4-D, 7 g/kg	HD-(Z)
	Dicamba, 1 g/kg	
Raiffeisen-Gartenkraft Unkrautvernichter plus Rasendünger, DRW	Chlorflurenol, 1,66 g/kg	HD-(Z)
	MCPA, 4,71 g/kg	
RAK 1 + 2, BAS	(E)7-(Z)9-Dodecadienylacetat,E7Z9-12Ac, 48 g/kg	E-(W)
	Z-9-Dodecenylacetat, 75 g/kg	
RAK 1 Plus Einbindiger Traubenwickler, BAS	Z-9-Dodecenylacetat, 90 g/kg	E-(W)
RAK 3 + 4, BAS	(Z)11-Tetradecen-1-yl-acetat, 36 g/kg	E-(O)
	Codlemone, 32 g/kg	

Präparate	Wirkstoffe	Wirkungsbereich/Einsatzgebiet
RAK 7, BAS	(Z,Z)-3,13-Octadecadien-1-yl-acetat, 26 g/kg	E-(O)
Rako-Binol, BAY, B3	Rapsöl, 899,1 g/l Zusatzstoffe	Z-(A)
Ralon Super, AVO	Fenoxaprop-P, 66 g/l Mefenpyr, 75 g/l	H-(A)
Rapir Neu, BAY, Xn	Amitrol, 400 g/kg Diuron, 400 g/kg	H-(O,W)
Rapir, BAY, Xn	Diuron, 270 g/kg Glyphosat, 144 g/kg	H-(N,O,W,Z)
Rasen Unkrautfrei Utox, SPI, URA, Xn	Dicamba, 30 g/l MCPA, 340 g/l	H-(A,R,Z)
Rasen-Duplosan, BAY, Xn	2,4-D, 160 g/l Mecoprop-P, 350 g/l	H-(A,R,Z)
Rasen-Floranid Rasendünger mit Moosvernichter, COM, Xi	Eisen-II-sulfat, 175,7 g/kg Eisen-III-sulfat, 75,3 g/kg	HD-(Z)
RASEN-RA-6, HEN, Xn	2,4-D, 160 g/l Mecoprop-P, 350 g/l	H-(A,R,Z)
Rasen-schön, SRC, Xi, B4	Eisen-II-sulfat, 191 g/kg	HD-(Z)
Rasen-Unkrautvernichter Astix MPD, CEL, Xn	2,4-D, 160 g/l Mecoprop-P, 350 g/l	H-(A,R,Z)
Rasen-Unkrautvernichter Banvel M, CEL, Xn	Dicamba, 30 g/l MCPA, 340 g/l	H-(A,N,R,Z)
Rasen-Utox flüssig, SPI, URA, Xn	Dicamba, 30 g/l MCPA, 340 g/l	H-(A,N,R,Z)
Rasendünger mit Moosvernichter, EGE, Xi	Eisen-II-sulfat, 175,7 g/kg Eisen-III-sulfat, 75,3 g/kg	HD-(Z)
Rasenunkrautfrei Rasunex, ASU, Xn	Dicamba, 30 g/l MCPA, 340 g/l	H-(A,N,R,Z)
Ratak, ZNC, B3	Difenacoum, 0,05 g/kg	R-(V)
Ratak-Rattenfertigköder, ZNC, B3	Difenacoum, 0,05 g/kg Sulfachinoxalin, 0,2 g/kg	R-(V)
Ratak-Rattenriegel, ZNC, B3	Difenacoum, 0,05 g/kg Sulfachinoxalin, 0,2 g/kg	R-(F,V)
Ratron - Feldmausköder, DDZ, B3	Chlorphacinon, 0,075 g/kg	R-(A,F,O,R,Z)
Ratron-Giftweizen, DDZ, Xn, B3	Zinkphosphid, 25 g/kg	R-(A,G,O,R,Z)
Ratron-Mäuseköder, DDZ, B3	Difenacoum, 0,05 g/kg	R-(V)
Ratron-Pellets "F", DDZ, B3	Chlorphacinon, 0,075 g/kg	R-(A,F,O,R,Z)
Rattekal-plus, DDZ, T+, B3	Zinkphosphid, 56 g/kg	R-(G,O,V,Z)
Rattomix Fertigköder, BRE, B3	Warfarin, 0,8 g/kg	R-(V)
Raxil S, BAY, B3	Tebuconazol, 20 g/l Triazoxid, 21,2 g/l	F-(A)
Rebell, BAS	Chloridazon, 400 g/l Quinmerac, 50 g/l	H-(A)
Rebwachs WF, ASU, B3	8-Hydroxichinolin, 1 g/kg Baumwachse, Wundbehandlungsmittel Dichlorbenzoesäure-methylester, 0,035 g/kg	L-(W)
recozit Pflanzenspray, REC, F+, B1	Dimethoat, 1 g/kg	I-(Z)
recozit Wühlmaus-Gas, REC, Xi, F, B3, W	Calciumcarbid, 800 g/kg	R-(A,G,O,R,Z)
Recozit-Mäusefeind, Giftweizen, REC, Xn, B3	Zinkphosphid, 24 g/kg	R-(A,F,G,O,R,Z)
REFINE EXTRA, DPB, Xi	Thifensulfuron, 481,7 g/kg Tribenuron, 241,1 g/kg	H-(A)
Reglone, ZNC, Xn	Deiquat, 200 g/l	H-(A)
Rhizopon A 0.7 %, RHI, HUB, B3	3-Indolessigsäure, 7 g/kg	W-(Z)
Rhizopon A 1.0 %, RHI, HUB, B3	3-Indolessigsäure, 10 g/kg	W-(Z)
Rhizopon A Pflanzenwuchsstoffe, RHI, HUB, B3	3-Indolessigsäure, 5 g/kg	W-(Z)
Rhizopon A Tabletten, RHI, HUB, B3	3-Indolessigsäure, 200 g/kg	W-(Z)
Rhizopon AA 0.5, RHI, HUB, B3	4-(-3-Indol)buttersäure, 5 g/kg	W-(Z)

Präparate	Wirkstoffe	Wirkungsbereich/Einsatzgebiet
RHIZOPON AA 1, RHI, HUB, B3	4-(-3-Indol)buttersäure, 10 g/kg	W-(Z)
Rhizopon AA 2, RHI, HUB, B3	4-(-3-Indol)buttersäure, 20 g/kg	W-(Z)
Rhizopon AA 4 %, RHI, HUB, B3	4-(-3-Indol)buttersäure, 40 g/kg	W-(Z)
Rhizopon AA 8 %, RHI, HUB, B3	4-(-3-Indol)buttersäure, 80 g/kg	W-(Z)
RHIZOPON AA TABLETTEN, RHI, HUB, B3	4-(-3-Indol)buttersäure, 200 g/kg	W-(Z)
Rhizopon B 0.1, RHI, HUB, B3	1-Naphthylessigsäure, 1 g/kg	W-(Z)
Rhizopon B 0.2, RHI, HUB, B3	1-Naphthylessigsäure, 2 g/kg	W-(Z)
Rhizopon B Tabletten, RHI, HUB, B3	1-Naphthylessigsäure, 100 g/kg	W-(Z)
Ribinol N, ASU, Xi, B1	Permethrin, 250 g/l	I-(A,G)
Ridder Gemüsefliegenmittel, BAY, B3	Chlorpyrifos, 10 g/kg	I-(G)
Ridomil Gold MZ, NAD, Xi	Mancozeb, 640 g/kg	F-(A)
	Metalaxyl-M, 40 g/kg	
Ridomil Granulat, NAD	Metalaxyl, 50 g/kg	F-(H)
Ridomil MZ Super, NAD, Xi, W	Mancozeb, 600 g/kg	F-(A)
	Metalaxyl, 100 g/kg	
Ridomil TK, NAD, Xi	Mancozeb, 450 g/kg	F-(A)
	Metalaxyl, 150 g/kg	
Ripcord 10, CYD, SPI, Xn, B2	Cypermethrin, 100 g/l	I-(A,G)
Ripcord 40, CYD, Xn, B1	Cypermethrin, 400 g/l	I-(A,F,G)
Risolex flüssig, SUD, URA, B3	Tolclofos-methyl, 250 g/l	F-(A)
Risolex, SCD, URA, B3	Tolclofos-methyl, 100 g/kg	F-(A)
Rody, SCD, T, B3	Fenpropathrin, 100 g/l	AI-(G,Z)
Rogor 40 L, ISA, Xn, B1	Dimethoat, 400 g/l	AI-(A,G,O,Z)
Rogor, SPI, URA, Xn, B1	Dimethoat, 404 g/l	AI-(A,G,O,Z)
Ronilan FL, BAS, SPI, URA, Xn	Vinclozolin, 500 g/l	F-(A)
Ronilan WG, BAS, Xn, B4	Vinclozolin, 500 g/kg	F-(A,G,O,W,Z)
Rosen-Pflaster, CEL, B3	Dimethoat, 16,3 g/l	I-(Z)
Rosenspray Saprol F, CEL, B4	Fenarimol, 0,06 g/kg	F-(Z)
Roundup 2000, MOT, B3	Glyphosat, 400 g/l	H-(A)
Roundup Alphee, MOT, CYD, B4	Glyphosat, 7,2 g/l	H-(O,Z)
Roundup Alphée Tablette, MOT	Glyphosat, 600 g/kg	H-(O,Z)
Roundup Gran, MOT	Glyphosat, 420 g/kg	H-(A,B,F,O,R,W,Z)
Roundup LB Plus, MOT	Glyphosat, 360 g/l	H-(A,B,F,O,R,W,Z)
Roundup LB, MOT, CEL	Glyphosat, 355,7 g/l	H-(B,O,Z)
Roundup Ultra, MOT	Glyphosat, 360 g/l	H-(A,B,F,O,R,W,Z)
Roundup Ultragran, MOT	Glyphosat, 420 g/kg	H-(A,B,F,O,R,W,Z)
Roundup, MOT, SPI, URA, Xi	Glyphosat, 355,7 g/l	H-(A,B,F,O,R,W,Z)
Rovral UFB, RPA, Xn, B3	Carbendazim, 175 g/l	F-(A)
	Iprodion, 350 g/l	
ROVRAL, RPA, Xn	Iprodion, 500 g/kg	F-(G,O,W,Z)
Roxion, CYD, Xn, B1	Dimethoat, 400 g/l	AI-(A,G,O,Z)
RPA 03681 H, RPA	Bifenox, 480 g/l	H-(A)
RPA 10371 F, RPA, Xi	Bromuconazol, 200 g/l	F-(A)
	Prochloraz, 400 g/l	
RPA 41670 H, RPA, B4	Diflufenican, 200 g/l	H-(A)
Rubenal ES, AVO, Xn	Phenmedipham, 157 g/l	H-(A,G,O)
Rubenal, AVO, Xn, B4	Phenmedipham, 160 g/l	H-(A)
Rubetram 500, AVO, B4	Ethofumesat, 500 g/l	H-(A)
RUBIGAN SC, DOW, URA	Fenarimol, 120 g/l	F-(O,W)
Rubigan, DOW, SPI, URA, Xn, B4	Fenarimol, 120 g/l	F-(O,Z)
Runol, FCH, B3	Verbißmittel	P-(F)
SAKARAT, KGM, B3	Difenacoum, 0,05 g/kg	R-(V)
Saki, MOT, ASU, SOS, Xi	Glyphosat, 355,7 g/l	H-(A,B,F,O,R,W,Z)
Sambarin WG, CGD, Xn	Chlorthalonil, 500 g/kg	F-(A)
	Propiconazol, 83 g/kg	
Sambarin, CGD, Xn, B4	Chlorthalonil, 375 g/l	F-(A)
	Propiconazol, 62,5 g/l	
Santar SM Neu, SAD, SPI, URA, B3	Baumwachse, Wundbehandlungsmittel	L-(O,Z)
	Carbendazim, 20,16 g/l	

Präparate	Wirkstoffe	Wirkungsbereich/Einsatzgebiet
SAPROL NEU, CYD, Xi	Triforin, 190 g/l	F-(A,G,H,O,Z)
Sartax C, CFP, Xn	Chlormequat, 237 g/l	W-(A)
	Ethephon, 155 g/l	
Sartax, CFP, SPI, URA, Xi	Ethephon, 480 g/l	W-(A)
Scala, AVO	Pyrimethanil, 400 g/l	F-(O,W)
Schaumstopp, WAC, DOW	Zusatzstoffe	Z-(X)
Schneckenkorn degro, DEN, B3	Metaldehyd, 60 g/kg	M-(A,G,O,Z)
Schneckenkorn Dehner, DEN, B3	Metaldehyd, 60 g/kg	M-(A,G,O,Z)
Schneckenkorn Helarion, FHD, CYD, B3	Metaldehyd, 50,5 g/kg	M-(A,G,O,Z)
Schneckenkorn Limex Neu, CEL, B3	Metaldehyd, 58,8 g/kg	M-(G,O,Z)
Schneckenkorn Limex, CEL, B3	Metaldehyd, 60 g/kg	M-(A,G,O,Z)
Schneckenkorn Mesurol, BAY, Xn, B3	Methiocarb, 40 g/kg	M-(A,G,O,Z)
Schneckenkorn Spiess-Urania, URA, SPI, B3	Metaldehyd, 40 g/kg	M-(A,G,O,Z)
Schneckenkorn Super, VOR, B3	Metaldehyd, 50,5 g/kg	M-(A,G,O,Z)
SCHNECKENKORN, DET, VOR, GGG, B3	Metaldehyd, 60 g/kg	M-(A,G,O,Z)
Schneckentod, FSC, B3	Metaldehyd, 60 g/kg	M-(A,G,O,Z)
Schädlings-Vernichter Decis, CEL, Xn, B2	Deltamethrin, 25 g/l	I-(A,F,G,O,R,W,Z)
SCHÄDLINGSFREI NATUREN AF, TEM, CEL	Rapsöl, 15,58 g/l	AI-(G,O,Z)
Schädlingsfrei Naturen, CEL	Rapsöl, 777 g/l	AI-(G,O,W,Z)
Schädlingsfrei Parexan, CEL, B4	Piperonylbutoxid, 445 g/l	I-(O,Z)
	Pyrethrine, 48 g/l	
Scirocco, FSG, Xn, B3	Trifluralin, 480 g/l	H-(A)
Scooter, BAY, Xi, B3	Imidacloprid, 700 g/kg	I-(A)
Scotts Moosvernichter mit Langzeitrasendünger, SCO, Xi, B4	Eisen-II-sulfat, 140 g/kg	HD-(Z)
Scotts Rasenunkrautvernichter, SCO	2,4-D, 29,7 g/kg	H-(Z)
	Dicamba, 4,7 g/kg	
Scotts Unkrautvernichter mit Rasendünger, SCO	2,4-D, 8 g/kg	HD-(Z)
	Dicamba, 1,2 g/kg	
Seedoxin FHL, ASU, Xn, B3	Bendiocarb, 480 g/l	IP-(A)
Segetan Giftweizen, SPI, URA, T+, B3	Zinkphosphid, 24 g/kg	R-(A,F,G,O,R,Z)
Sencor WG, BAY, DPB, ZNC	Metribuzin, 700 g/kg	H-(A,G)
Shirlan, ZNC, Xi	Fluazinam, 500 g/l	F-(A)
Sibutol Flüssigbeize, BAY, B3	Bitertanol, 375,1 g/l	F-(A)
	Fuberidazol, 23,31 g/l	
Sibutol mit Haftmittel, BAY, B3	Bitertanol, 375 g/l	F-(A)
	Fuberidazol, 23 g/kg	
Sibutol-Morkit-Flüssigbeize, BAY, B3	Anthrachinon, 170 g/l	F-(A)
	Bitertanol, 190 g/l	
	Fuberidazol, 15 g/l	
SILICO-SEC, CEM, ABP, B3	Kieselgur, 965 g/kg	I-(V)
Simbo, CGD, BAS, B4	Fenpropimorph, 300 g/l	F-(A)
	Propiconazol, 125 g/l	
Skipper, RPA, Xn	Thiodicarb, 40 g/kg	M-(A)
Snek-Vetyl "neu", VET, B3	Metaldehyd, 60 g/kg	M-(A,G,O,Z)
SOLITÄR, NAD, B3	Cyprodinil, 25 g/l	F-(A)
	Fludioxonil, 25 g/l	
	Tebuconazol, 10 g/l	
Solstis, POL, Xi, B4	Glyphosat, 355,7 g/l	H-(A,R)
Spezial-Pilzfrei Aliette, CEL, Xi	Fosetyl, 746 g/kg	F-(G,H,O,Z)
Spezial-Unkrautvernichter Weedex, CEL, Xi	Glyphosat, 355,7 g/l	H-(A,B,F,O,R,W,Z)
Sportak Alpha, AVO, Xn	Carbendazim, 80 g/l	F-(A)
	Prochloraz, 300 g/l	
Sportak Delta, AVO, RPA, Xi	Cyproconazol, 48 g/l	F-(A)
	Prochloraz, 360 g/l	
Sportak Plus, AVO, Xn, B1	Fluquinconazol, 100 g/l	F-(A)
	Prochloraz, 267 g/l	
Sportak, AVO, RPA, Xn	Prochloraz, 400 g/l	F-(A)

Präparate	Wirkstoffe	Wirkungsbereich/Einsatzgebiet
Sprint, AVO, NAD, Xi	Fenpropimorph, 281 g/l Prochloraz, 200 g/l	F-(A)
Spritz-Hormin 500 00, NLI, Xn	2,4-D, 500 g/l	H-(A,R)
Spruzit-flüssig, NEU, ASU, DET, FSC	Piperonylbutoxid, 144 g/l Pyrethrine, 36 g/l	I-(O,Z)
Spruzit-Gartenspray, NEU	Piperonylbutoxid, 0,29 g/l Pyrethrine, 0,09 g/l	I-(Z)
Spruzit-Staub, NEU, B4	Piperonylbutoxid, 10 g/kg Pyrethrine, 3 g/kg	I-(A,G,Z)
Spruzit-Zimmerpflanzenspray, NEU	Piperonylbutoxid, 0,29 g/l Pyrethrine, 0,09 g/l	I-(Z)
Starane 180, DOW, Xi, B4	Fluroxypyr, 180 g/l	H-(A,R)
Starane 400 EW, DOW	Fluroxypyr, 400 g/l	H-(A,R)
Stefes CCC 720, STE, Xn	Chlormequat, 558 g/l	W-(A)
STEFES ETHO 500, STE, B4	Ethofumesat, 500 g/l	H-(A)
Stefes FUNGI, STE, Xn	Prochloraz, 400 g/l	F-(A)
Stefes HALMSTÄRKER, STE, Xi	Ethephon, 480 g/l	W-(A)
Stefes INSTANT, STE, B4	Schwefel, 796 g/kg	F-(A,F,G,H,O,W,Z)
Stefes IPU 500, STE, Xn	Isoproturon, 500 g/l	H-(A)
Stefes IPU 700, STE, Xn	Isoproturon, 700 g/l	H-(A)
Stefes MagicTandem, STE	Ethofumesat, 190 g/l Phenmedipham, 200 g/l	H-(A)
STEFES MAMBA, AUS, STE, Xi, B4	Glyphosat, 355,7 g/l	H-(A,B,F,O,R,W,Z)
Stefes MANCOFOL, STE, Xi	Mancozeb, 750 g/kg	F-(A,G,O,W,Z)
STEFES Matador, STE, Xi	Tebuconazol, 251,7 g/l Triadimenol, 125,8 g/l	F-(A)
Stefes METRON, STE	Metamitron, 700 g/l	H-(A)
Stefes MONSUN, STE, B4	Chlortoluron, 700 g/l	H-(A)
STEFES PMP, STE, Xn	Phenmedipham, 157 g/l	H-(A,G,O)
Stefes TANDEM, STE, B4	Ethofumesat, 94 g/l Phenmedipham, 97 g/l	H-(A)
STEFES TRIFLURALIN, STE, Xn, B3	Trifluralin, 480 g/l	H-(A)
Stefes-Terbutryn 500 flüssig, STE, B4	Terbutryn, 490 g/l	H-(A,G)
Stempor-Granulat zum Auflösen in Wasser, ZNC, Xn	Carbendazim, 600 g/kg	F-(A)
Stentan, NAD, Xn	Metolachlor, 250 g/l Pendimethalin, 165 g/l Terbuthylazin, 125 g/l	H-(A)
Stickstoff MES, MES, B3	Stickstoff, 995 g/kg	I-(V)
Stodiek Moosvernichter mit Rasendünger, STD, COM	Eisen-II-sulfat, 238 g/kg	HD-(Z)
STOMP SC, CYD	Pendimethalin, 400 g/l	H-(A,G)
STORM Ratten- und Mäusehappen, CYD, B3	Flocoumafen, 0,05 g/kg	R-(V)
Sufran WG, SPI, URA, B4	Schwefel, 800 g/kg	F-(A,F,G,H,O,W,Z)
Sugan-Rattenköder, NEU, B3	Warfarin, 0,8 g/kg	R-(V)
Sugan-Streumittel, NEU, T, B3	Warfarin, 7,9 g/kg	R-(V)
Sumicidin 10, SCD, Xn, B2	Fenvalerat, 100 g/l	I-(A)
Sumicidin Alpha EC, SCD, CYD, Xn, B2	Esfenvalerat, 50 g/l	I-(A)
Super Schachtox, FSC, T+, F, B3, W	Aluminiumphosphid, 560 g/kg	R-(A,G,O,R,Z)
Supersix, KCC, B4	Schwefel, 725 g/l	F-(A,W)
SWING, MOT, AVO, Xi, B4	Glyphosat, 178 g/l	H-(A,O,W)
SWITCH, NAD	Cyprodinil, 375 g/kg Fludioxonil, 250 g/kg	F-(O,W)
Systemschutz D-Hydro, WAC, DOW, LEN, Xi, B3	Butocarboxim, 50 g/l	I-(Z)
Systhane 6W, RHD, Xi	Myclobutanil, 60 g/kg	F-(O)
TACCO, DOW, Xn	Metosulam, 100 g/l	H-(A)
Tachigaren 70 W.P., SUD, Xi, B3	Hymexazol, 700 g/kg	F-(A)
Taifun 180, FSG, Xi	Glyphosat, 180 g/l	H-(A)
Taifun forte, FSG, Xi	Glyphosat, 360 g/l	H-(A,R)
Talcord 5, SAG, Xi, B1	Permethrin, 50 g/l	I-(G,O,Z)
Tamaron, BAY, T+, B1	Methamidophos, 605 g/l	IA-(A,G,Z)

Präparate	Wirkstoffe	Wirkungsbereich/Einsatzgebiet
Targa Super, RPA, Xi	Quizalofop-P, 46,3 g/l	H-(A)
Tarsol Neu, AVO, Xi	Triforin, 190 g/l	F-(A,G,H,O,Z)
Taspa, CGD, Xi	Difenoconazol, 250 g/l	F-(A)
	Propiconazol, 250 g/l	
Tattoo, AVO, Xi	Mancozeb, 301,6 g/l	F-(A)
	Propamocarb, 207,8 g/l	
TELMION, TEM, AVO	Rapsöl, 777 g/l	AI-(G,O,W,Z)
Tender GB Ultra, MOT, BAY, URA	Glyphosat, 356 g/l	H-(N)
Terano, BAY, Xn, B3	Flufenacet, 600 g/l	H-(A)
	Metosulam, 25 g/kg	
Terlin DF, SBC, ASU	Chloridazon, 650 g/kg	H-(A)
TERLIN WG, SBC, B4	Chloridazon, 650 g/kg	H-(A,G)
Terpal C, BAS, CBA, RPA, Xn	Chlormequat, 237 g/l	W-(A)
	Ethephon, 155 g/l	
Tervanol 3 F, ASU, Xi, B3	Azaconazol, 10 g/kg	F-(O,Z)
	Imazalil, 20 g/kg	
	Thiabendazol, 10,1 g/kg	
Tervanol F, ASU, B3	Thiabendazol, 10 g/kg	F-(O,Z)
Tervanol Rot, ASU, B3	Baumwachse, Wundbehandlungsmittel	L-(O,Z)
Tervanol, ASU, B3	Baumwachse, Wundbehandlungsmittel	L-(O,Z)
Tetan Rattenköder, HAW, B3	Warfarin, 0,8 g/kg	R-(V)
TF 5 grau, FCH, B3	Verbißmittel	P-(F)
THIOVIT, NAD, B4	Schwefel, 800 g/kg	F-(A,F,G,H,O,W,Z)
Tiptor S, NAD, Xi	Cyproconazol, 48 g/l	F-(A)
	Prochloraz, 360 g/l	
Tiptor, NAD, AVO, Xn	Cyproconazol, 80 g/l	F-(A)
	Prochloraz, 300 g/l	
TITUS, DPB	Rimsulfuron, 250 g/kg	H-(A)
Tixit, CYD, CEL, B3	Propham, 10 g/l	W-(A)
TMTD 98% Satec, SAT, Xn, B3	Thiram, 980 g/kg	F-(A,G)
TOLKAN FLO, RPA, Xn	Isoproturon, 500 g/l	H-(A)
TOPAS, NAD, Xi	Penconazol, 100 g/l	F-(W)
TOPFLOR, DOW, URA, Xi	Flurprimidol, 15 g/l	W-(Z)
Topik, NAD, Xi	Clodinafop, 71,3 g/l	H-(A)
	Cloquintocet, 14,15 g/l	
TORNADO, FSG	Metamitron, 700 g/l	H-(A)
Touchdown TD, ZNC, Xn	Glyphosat-trimesium, 480 g/l	H-(N,Z)
Touchdown, ZNC, Xn	Glyphosat-trimesium, 480 g/l	H-(A,F,O,W,Z)
Tox - Vetyl neu "Fertigköder", VET, B3	Warfarin, 0,792 g/kg	R-(V)
Tox-Vetyl neu "Streupuder", VET, T, B3	Warfarin, 7,92 g/kg	R-(V)
Tramat 500, SCH, B4	Ethofumesat, 500 g/l	H-(A)
Trevespan, RPA, CYD, Xn	Ioxynil, 380 g/l	H-(A)
Triflurex, MAC, Xn, B3	Trifluralin, 480 g/l	H-(A)
Trigol-Baumwachs warmflüssig, FSC, TRI, B3	Baumwachse, Wundbehandlungsmittel	L-(O,Z)
TRIMANGOL, ELF, Xi	Maneb, 800 g/kg	F-(A)
Trimona Baumwachs, kaltstreichbar, FSC, MEY, NEN, TRI, B3	Baumwachse, Wundbehandlungsmittel	L-(O,Z)
Tristar, DOW, Xn	Bromoxynil, 100 g/l	H-(A)
	Fluroxypyr, 100 g/l	
	Ioxynil, 100 g/l	
Triticol WDG Spiess-Urania, SPI, URA, Xn	Carbendazim, 600 g/kg	F-(A)
TRUMP, CYD, Xn	Isoproturon, 236 g/l	H-(A)
	Pendimethalin, 236 g/l	
Turex, CGD	Bacillus thuringiensis, 500 g/kg	I-(G,O,W)
Tuta-DU Unkrautvernichter und Rasendünger, VGM, B3	2,4-D, 8,45 g/kg	HD-(Z)
	Dicamba, 1,15 g/kg	
Tuta-DU-Rasenunkrautvernichter und Rasendünger, VGM	2,4-D, 7 g/kg	HD-(Z)
	Dicamba, 1 g/kg	

Präparate	Wirkstoffe	Wirkungsbereich/Einsatzgebiet
Tuta-Super Neu, VGM, Xn	Diuron, 270 g/kg	H-(N,O,W,Z)
	Glyphosat, 144 g/kg	
Tutakorn-ZA, VGM, W	Dichlobenil, 67,5 g/kg	H-(F,R,Z)
Tutan Flüssigbeize, CGD, Xn, B3	Thiram, 500 g/l	F-(A,G)
U 46 D-Fluid, BAS, DOW, W	2,4-D, 500 g/l	H-(A,R)
U 46 M-Fluid, BAS, NAD, DOW, ZNC, Xn	MCPA, 500 g/l	H-(A,O,R,W)
UCB-CCC-720, DMA, Xn	Chlormequat, 558 g/l	W-(A)
ULTRACID 40 CIBA-GEIGY, CGD, T, B1	Methidathion, 400 g/kg	I-(A,H,W)
Unden flüssig, BAY, T, B1	Propoxur, 203,7 g/l	I-(A,G,O,Z)
Unix, NAD	Cyprodinil, 750 g/kg	F-(A)
Unkraut-Stop Herbenta G, ASU, W	Dichlobenil, 67,5 g/kg	H-(F,R,Z)
Unkraut-Stop, NEU	Glyphosat, 360 g/l	H-(A,F,N,O,R,W,Z)
Unkrautfrei Ektorex G, CEL, W	Dichlobenil, 67,5 g/kg	H-(F,R,Z)
Unkrautfrei Weedex, CEL, Xn	Glufosinat, 183 g/l	H-(A,B,F,G,N,O,W,Z)
Unkrautvernichter plus Rasendünger, FLO	2,4-D, 7 g/kg	HD-(Z)
	Dicamba, 1 g/kg	
Unkrautvernichter Spiess mit Rasendünger, SPI, URA	2,4-D, 7 g/kg	HD-(Z)
	Dicamba, 1 g/kg	
Ustinex G neu, BAY, Xn	Diuron, 270 g/kg	H-(N,O,W,Z)
	Glyphosat, 144 g/kg	
Ustinex-CN-Streumittel, BAY, W	Dichlobenil, 67,5 g/kg	H-(F,R,Z)
Utox M, SPI, URA, Xn	MCPA, 500 g/l	H-(A,O,R,W)
UV RASEN FLORANID, BAS, COM	2,4-D, 7 g/kg	HD-(Z)
	Dicamba, 1 g/kg	
VERISAN, RPA, Xn	Iprodion, 255 g/l	F-(A)
Vermitox Rattenköder, VER, B3	Warfarin, 0,8 g/kg	R-(V)
Vertimec Hopfen, NAD, Xn, B1	Abamectin, 18 g/l	AI-(G,H,Z)
Vertimec, NAD, Xn, B1	Abamectin, 18 g/l	AI-(G,H,Z)
Vetyl Unkraut-frei-Neu, VET, Xn	Diuron, 400 g/kg	H-(Z)
Vincit FS, ZNC, B3	Flutriafol, 37,5 g/l	F-(A)
	Imazalil, 15 g/l	
	Thiabendazol, 25 g/l	
Vinuran, URA, SPI, W	Dichlobenil, 67,5 g/kg	H-(F,R,Z)
Vision, AVO, Xn	Fluquinconazol, 50 g/l	F-(O)
	Pyrimethanil, 200 g/l	
VONDAC DG, ELF, Xi	Maneb, 770 g/kg	F-(A)
Vorox flüssig, URA, SPI, Xn	Glyphosat-trimesium, 480 g/l	H-(N,Z)
Vorox G, URA, SPI, Xn	Diuron, 270 g/kg	H-(N,O,W,Z)
	Glyphosat, 144 g/kg	
Vorox WPD, URA, SPI, Xn	Diuron, 400 g/kg	H-(Z)
	Propyzamid, 100 g/kg	
Weißteer TS 300, FLU, Xn, B3	Verbißmittel	P-(F)
Wildverbißschutz, FSC, B4	Parfuemöl Daphne, 16,8 g/kg	P-(G,O,Z)
	Verbißmittel	
WOLF Moosvernichter mit Rasendünger, WGB, Xi, B4	Eisen-II-sulfat, 140 g/kg	HD-(Z)
Wolf Moosvernichter plus Rasendünger, WGB, Xi	Eisen-II-sulfat, 175,7 g/kg	HD-(Z)
	Eisen-III-sulfat, 75,3 g/kg	
Wolf Moosvernichter und Rasendünger, WGB	Eisen-II-sulfat, 238 g/kg	HD-(Z)
WOLF Unkrautvernichter mit Rasendünger, WGB	Chlorflurenol, 1,66 g/kg	HD-(Z)
	MCPA, 4,71 g/kg	
Wolf Unkrautvernichter plus Rasendünger, WGB	2,4-D, 7 g/kg	HD-(Z)
	Dicamba, 1 g/kg	
Wolf Unkrautvernichter und Rasendünger, WGB, B3	2,4-D, 8,45 g/kg	HD-(Z)
	Dicamba, 1,15 g/kg	
Wundbalsam, WGB, B3	Baumwachse, Wundbehandlungsmittel	L-(F,O,Z)
Wundtinktur NEU, FSC, B3	Baumwachse, Wundbehandlungsmittel	L-(O,Z)
Wundverschluß Drawipas, CEL, B3	Thiabendazol, 10 g/kg	FL-(F,O,Z)
Wundverschluß Spisin, SPI, URA, B3	Thiabendazol, 10 g/kg	FL-(F,O,Z)
Wundwachs Schacht "NEU", FSC, B3	Baumwachse, Wundbehandlungsmittel	L-(O,Z)

Präparate	Wirkstoffe	Wirkungsbereich/Einsatzgebiet
Wundwachs Schacht, FSC, B3	Baumwachse, Wundbehandlungsmittel	L-(O,Z)
Wöbra, BBM, B3	Verbißmittel	P-(F)
Wühlmaus-Patrone Arrex Patrone, CEL, B3, W	Begasungsmittel	R-(A,G,O,R,Z)
Wühlmauspille, ASU, T+, F, B3, W	Aluminiumphosphid, 560 g/kg	R-(A,G,O,R,Z)
XenTari, BAY, Xi	Bacillus thuringiensis, 540 g/kg	I-(G,O,W)
ZARDEX GERSTE, CYD, B3	Cyproconazol, 5 g/l Imazalil, 20 g/l	F-(A)
Zardex W, RPA, Xn, B3	Cyproconazol, 2,5 g/l Guazatin, 199,6 g/l	F-(A)
Zedesa-Blausäure, DEA, T+, F+, B3	Blausäure, 490 g/kg	I-(Q,V)
Zenit M, NAD, Xn	Fenpropidin, 750 g/l	F-(A)
ZERA - Halmstärker, ZEI, Xi	Ethephon, 480 g/l	W-(A)
ZERA-Chlortoluron 700 fl, ZER, B3	Chlortoluron, 700 g/l	H-(A)
ZERA-Gram, STE, Xn, B3	Trifluralin, 480 g/l	H-(A)
ZERA-Terbutryn 500 flüssig, HOR, B4	Terbutryn, 490 g/l	H-(A,G)
ZERA-Trifluralin, STE, Xn, B3	Trifluralin, 480 g/l	H-(A)
ZINTAN, NAD, Xi, B1	Metolachlor, 214,3 g/kg Pyridat, 142,9 g/kg Terbuthylazin, 142,9 g/kg	H-(A)

10.1.2   Wirkstoffe - Präparate

Die Liste enthält alle am 11. September 1998 bestandeskräftig zugelassenen Wirkstoffe in alphabetischer Reihenfolge. Enthält ein Präparat mehrere Wirkstoffe, so ist es unter jedem der Wirkstoffe aufgeführt.

Wirkstoffe	Präparate	Wirkungsbereich/Einsatzgebiet
(E)7-(Z)9-Dodecadienylacetat,E7Z9-12Ac, 48 g/kg	RAK 1 + 2, BAS	E-(W)
(Z)11-Tetradecen-1-yl-acetat, 36 g/kg	RAK 3 + 4, BAS	E-(O)
(Z,Z)-3,13-Octadecadien-1-yl-acetat, 26 g/kg	RAK 7, BAS	E-(O)
1-Naphthylessigsäure, 1 g/kg	Rhizopon B 0.1, RHI, HUB, B3	W-(Z)
1-Naphthylessigsäure, 100 g/kg	Rhizopon B Tabletten, RHI, HUB, B3	W-(Z)
1-Naphthylessigsäure, 2 g/kg	Rhizopon B 0.2, RHI, HUB, B3	W-(Z)
2,4-D, 160 g/l	COMPO Rasenunkraut-frei, COM, Xn	H-(A,R,Z)
	Duplosan KV-Combi, BAS, BAY, CBA, NAD, COM, DPB, Xn	H-(A,R,Z)
	Marks Optica MP Combi, AHM, Xn	H-(A,R,Z)
	Rasen-Duplosan, BAY, Xn	H-(A,R,Z)
	RASEN-RA-6, HEN, Xn	H-(A,R,Z)
	Rasen-Unkrautvernichter Astix MPD, CEL, Xn	H-(A,R,Z)
2,4-D, 250 g/l	Aaherba-Combi, ASU, Xn, B4	H-(A,R)
	MEGA-MD, NUF, Xn, B4	H-(A,R)
2,4-D, 29,7 g/kg	Scotts Rasenunkrautvernichter, SCO	H-(Z)
2,4-D, 500 g/l	Spritz-Hormin 500 00, NLI, Xn	H-(A,R)
	U 46 D-Fluid, BAS, DOW, Xn	H-(A,R)
2,4-D, 7 g/kg	"Der Gute" Unkrautvernichter mit Rasendünger, GFG	HD-(Z)
	Capriflor Unkrautvernichter plus Rasendünger,FLR	HD-(Z)
	Chrysal Unkrautvernichter mit Rasendünger, POK	HD-(Z)
	Dehner Unkrautvernichter plus Rasendünger NEU, DEN	HD-(Z)
	egesa Unkrautvernichter Neu mit Rasendünger, EGE	HD-(Z)
	Gartengrün Unkrautvernichter mit Rasendünger, GRT	HD-(Z)
	park UV neu + Rasendünger, PGS	HD-(Z)

Wirkstoffe	Präparate	Wirkungsbereich/Einsatzgebiet
2,4-D, 7 g/kg	Raiffeisen Unkrautvernichter mit Rasendünger, RAI	HD-(Z)
	Tuta-DU-Rasenunkrautvernichter und Rasendünger, VGM	HD-(Z)
	Unkrautvernichter plus Rasendünger, FLO	HD-(Z)
	Unkrautvernichter Spiess mit Rasendünger, SPI, URA	HD-(Z)
	UV RASEN FLORANID, BAS, COM	HD-(Z)
	Wolf Unkrautvernichter plus Rasendünger, WGB	HD-(Z)
2,4-D, 8 g/kg	Scotts Unkrautvernichter mit Rasendünger, SCO	HD-(Z)
2,4-D, 8,45 g/kg	ASEF UNKRAUTVERNICHTER MIT RASENDÜNGER, ASF, B3	HD-(Z)
	Beckhorn Unkrautvernichter plus Rasendünger, BEC, B3	HD-(Z)
	Cornufera UV Unkrautvernichter + Rasendünger neu, GUN, B3	HD-(Z)
	Einfach Sagenhaft Unkrautvernichter plus Rasendünger, SAF, B3	HD-(Z)
	GREENMASTER Fine Turf Extra, FHD, ASP, BEC, FLR, GFG, GPS, MAI, SHO, B3	HD-(Z)
	Grüne Welle Unkrautvernichter plus Rasendünger, BAW, B3	HD-(Z)
	Gärtner's Unkrautvernichter mit Rasendünger, KDI, B3	HD-(Z)
	Tuta-DU Unkrautvernichter und Rasendünger, VGM, B3	HD-(Z)
	Wolf Unkrautvernichter und Rasendünger, WGB, B3	HD-(Z)
2,4-D, 8,57 g/kg	Detia Rasenrein mit Unkrautvernichter und Dünger, DET, B3	HD-(Z)
3-Indolessigsäure, 10 g/kg	Rhizopon A 1.0 %, RHI, HUB, B3	W-(Z)
3-Indolessigsäure, 200 g/kg	Rhizopon A Tabletten, RHI, HUB, B3	W-(Z)
3-Indolessigsäure, 5 g/kg	Rhizopon A Pflanzenwuchsstoffe, RHI, HUB, B3	W-(Z)
3-Indolessigsäure, 7 g/kg	Rhizopon A 0.7 %, RHI, HUB, B3	W-(Z)
4-(-3-Indol)buttersäure, 1 g/kg	Chryzopon rosa 0.1 %, RHI, HUB, B3	W-(Z)
4-(-3-Indol)buttersäure, 10 g/kg	RHIZOPON AA 1, RHI, HUB, B3	W-(Z)
4-(-3-Indol)buttersäure, 2,5 g/kg	Chryzotop grün 0.25 %, RHI, HUB, B3	W-(Z)
4-(-3-Indol)buttersäure, 20 g/kg	Rhizopon AA 2, RHI, HUB, B3	W-(Z)
4-(-3-Indol)buttersäure, 200 g/kg	RHIZOPON AA TABLETTEN, RHI, HUB, B3	W-(Z)
4-(-3-Indol)buttersäure, 4 g/kg	Chryzotek beige 0.4 %, RHI, HUB, B3	W-(Z)
4-(-3-Indol)buttersäure, 40 g/kg	Rhizopon AA 4 %, RHI, HUB, B3	W-(Z)
4-(-3-Indol)buttersäure, 5 g/kg	Rhizopon AA 0.5, RHI, HUB, B3	W-(Z)
4-(-3-Indol)buttersäure, 6 g/kg	Chryzosan weiss 0.6 %, RHI, HUB, B3	W-(Z)
4-(-3-Indol)buttersäure, 8 g/kg	Chryzoplus grau 0.8 %, RHI, HUB, B3	W-(Z)
4-(-3-Indol)buttersäure, 80 g/kg	Rhizopon AA 8 %, RHI, HUB, B3	W-(Z)
8-Hydroxichinolin, 1 g/kg	PP 140 F, ASU, B3	F-(W)
	Rebwachs WF, ASU, B3	L-(W)
Abamectin, 18 g/l	Vertimec Hopfen, NAD, Xn, B1	AI-(G,H,Z)
	Vertimec, NAD, Xn, B1	AI-(G,H,Z)
Aclonifen, 600 g/l	Bandur, RPA, CYD, B3	H-(A)
alpha-Cypermethrin, 100 g/l	FASTAC SC, CYD, Xi	I-(A)
alpha-Cypermethrin, 15 g/l	FASTAC FORST, CYD, Xi, B3	I-(F,Z)
Aluminiumphosphid, 560 g/kg	Delicia - Gastoxin - Pellets, DDZ, T+, F, B3	I-(V)
	Delicia - Gastoxin - Tabletten, DDZ, T+, F, B3	I-(V)
	DETIA GAS-EX-P, DET, DGS, T+, F, B3	I-(V)
	Detia Gas-Ex-T, DET, T+, F, B3	I-(V)
	Detia Wühlmaus-Killer, DET, T+, F, B3, W	R-(A,G,O,R,Z)
	DGS Wühlmauskiller, DGS, T+, F, B3, W	R-(A,G,O,R,Z)
	NEUDO-Phosphid S, NEU, T+, F, B3, W	R-(A,G,O,R,Z)
	Phostoxin Pellets, DET, T+, F, B3	I-(V)
	PHOSTOXIN Tabletten, DET, DEG, T+, F, B3	I-(V)
	Phostoxin WM, DET, T+, F, B3, W	R-(A,G,O,R,Z)
	Super Schachtox, FSC, T+, F, B3, W	R-(A,G,O,R,Z)

Wirkstoffe	Präparate	Wirkungsbereich/Einsatzgebiet
Aluminiumphosphid, 560 g/kg	Wühlmauspille, ASU, T+, F, B3, W	R-(A,G,O,R,Z)
Aluminiumphosphid, 570 g/kg	Detia Beutelrolle, DET, DGS, T+, F, B3	I-(V)
	Detia Gas-Ex-B, DET, T+, F, B3	I-(V)
	QuickPhos AIP-Preßkörper, PSA, T+, F, B3	I-(V)
	QuickPhos Begasungsbeutel, PSA, T+, F, B3	I-(V)
Amidosulfuron, 15 g/kg	Agrilon, AVO, Xn	H-(A)
Amidosulfuron, 750 g/kg	Hoestar, AVO	H-(A,R)
Amitraz, 200 g/l	Mitac, AVO, RPA, Xn	AI-(H,O)
Amitrol, 400 g/l	Cumatol WG, SPI, Xn	H-(O,W)
	Rapir Neu, BAY, Xn	H-(O,W)
Anthrachinon, 170 g/l	Sibutol-Morkit-Flüssigbeize, BAY, B3	F-(A)
Apfelwickler-Granulosevirus, 4 g/l	MADEX 3, CEM	I-(O)
Apfelwickler-Granulosevirus, 486 g/l	Granupom N, NEU, Xi	I-(O)
	GRANUPOM, AVO, Xi	I-(O)
	Obstmadenfrei Granupom, CEL, Xi	I-(O)
Azaconazol, 10 g/kg	Forst Tervanol, ASU, B3	FP-(F,O,Z)
	Lac Balsam plus F, CEL, B3	FP-(F,O,Z)
	NECTEC Paste, JPA, CYD, FLU, CEL, B3	FP-(F,O,Z)
	Tervanol 3 F, ASU, Xi, B3	F-(O,Z)
Azocyclotin, 255 g/kg	Peropal, BAY, T+	A-(G)
Azoxystrobin, 250 g/l	Amistar, ZNC	F-(A)
Bacillus thuringiensis, 20 g/kg	Bactospeine FC, AVO, B4	I-(G,O,W,Z)
	BIOBIT (BBN 0017), ABB, CEM, B4	I-(G,O,W,Z)
	NOVODOR FC, ABB, CEM	I-(A)
Bacillus thuringiensis, 21,2 g/kg	FORAY 48B, ABB, AVO, Xi	I-(F)
Bacillus thuringiensis, 22 g/kg	Bactospeine XL, ABB, AVO	I-(G,O,W,Z)
Bacillus thuringiensis, 32 g/kg	Dipel, ASU, B4	I-(A,F,G,O,W,Z)
	Neudorffs Raupenspritzmittel, NEU, B4	I-(A,F,G,O,W,Z)
Bacillus thuringiensis, 33,2 g/l	Dipel ES, ASU	I-(A,F,G,O,W,Z)
Bacillus thuringiensis, 500 g/kg	Turex, CGD	I-(G,O,W)
Bacillus thuringiensis, 540 g/kg	XenTari, BAY, Xi	I-(G,O,W)
Bacillus thuringiensis, 64 g/kg	Delfin, SAD, AVO, Xi	I-(W)
	Dipel 2 X, ASU, B4	I-(A,F,G,O,W,Z)
Baumwachse, Wundbehandlungsmittel	Baum-Wundplast, FSC, B3	L-(O,Z)
	Baumwachs "Brunonia", FSC, B3	L-(O,Z)
	Baumwachs flüssig, FSC, B3	L-(O,Z)
	Frankol Baumpflaster, FRA, B3	L-(O,Z)
	LacBalsam, SDL, B3	L-(F,O,Z)
	Lauril Baumwachs, NEU, B3	L-(O,Z)
	Maywax-Baumwachs, FSC, MEY, TRI, B3	L-(O,Z)
	Nenninger's Baumwachs, kaltstreichbar, NEN, B3	L-(O,Z)
	Nenninger's flüssiger Wundverschluß ARBAL, NEN, B3	L-(O,Z)
	Nenninger's Wundwachs, NEN, B3	L-(O,Z)
	Nenninger`s Baumharz warmflüssig, NEN, B3	L-(O,Z)
	Neudorffs Wundverschluß, NEU, B3	L-(O,Z)
	Rebwachs WF, ASU, B3	L-(W)
	Santar SM Neu, SAD, SPI, URA, B3	L-(O,Z)
	Tervanol Rot, ASU, B3	L-(O,Z)
	Tervanol, ASU, B3	L-(O,Z)
	Trigol-Baumwachs warmflüssig, FSC, TRI, B3	L-(O,Z)
	Trimona Baumwachs, kaltstreichbar, FSC, MEY, NEN, TRI, B3	L-(O,Z)
	Wundbalsam, WGB, B3	L-(F,O,Z)
	Wundtinktur NEU, FSC, B3	L-(O,Z)
	Wundwachs Schacht "NEU", FSC, B3	L-(O,Z)
Baumwachse, Wundbehandlungsmittel	Baumwachs Pomona kaltstreichbar, ASU, B3	L-(O,Z)
	Baumwachs Pomona warmstreichbar, ASU, B3	L-(O,Z)
	Dendrosan, SDL, B3	L-(O,Z)

Wirkstoffe	Präparate	Wirkungsbereich/Einsatzgebiet
Baumwachse, Wundbehandlungsmittel	Detia Baumwachs, DET, B3	L-(O,Z)
	Hörnig Baumwachs, HRN, Xi, B3	L-(O)
	Lauril Wundwachs, NEU, B3	L-(O,Z)
	NEU 1131 L, NEU, B3	L-(O,Z)
	Novaril Rot, ASU, B3	L-(O,Z)
	Wundwachs Schacht, FSC, B3	L-(O,Z)
Begasungsmittel	Wühlmaus-Patrone Arrex Patrone, CEL, B3, W	R-(A,G,O,R,Z)
Bendiocarb, 480 g/l	Seedoxin FHL, ASU, Xn, B3	IP-(A)
Benfuracarb, 200 g/l	Oncol 20 EC, SPI, URA, T, B1, W	I-(A)
Benfuracarb, 50 g/kg	Oncol 5 G, SPI, URA, B3, W	I-(A)
Benomyl, 524 g/kg	Du Pont Benomyl, DPB, AVO, SPI, Xn, F	F-(A,O)
Bentazon, 150 g/l	Artett, BAS, NAD, Xi	H-(A)
Bentazon, 250 g/l	Basagran Ultra, BAS, Xn	H-(A)
	Extoll, BAS, Xn	H-(A)
Bentazon, 333 g/l	Basagran DP, BAS, Xn	H-(A)
Bentazon, 480 g/l	Basagran, BAS, Xn	H-(A,G)
Bentazon, 870 g/kg	Basagran Dryflo, BAS, Xi	H-(G)
beta-Cyfluthrin, 125,1 g/l	Contur plus, BAY, Xn, B2	I-(A,Z)
beta-Cyfluthrin, 25,8 g/l	Bulldock Gemüseschädlingsfrei, BAY, Xn, B2	I-(A,G,O,Z)
	Bulldock, BAY, Xn, B2	I-(A,G,O,Z)
Bifenox, 250 g/l	Bifenal, RPA, Xi, B4	H-(A)
	FOXTRIL SUPER, RPA, CYD, Xn	H-(A)
Bifenox, 480 g/l	RPA 03681 H, RPA	H-(A)
Bitertanol, 0,75 g/kg	Baymat Zierpflanzenspray, BAY, B4	F-(Z)
	COMPO Rosen-Spray, COM, B4	F-(Z)
Bitertanol, 190 g/l	Sibutol-Morkit-Flüssigbeize, BAY, B3	F-(A)
Bitertanol, 250 g/kg	Baycor-Spritzpulver, BAY	F-(A,O)
Bitertanol, 300,2 g/l	Baymat flüssig, BAY, Xi	F-(Z)
	Baymat Rosenspritzmittel, BAY, Xi	F-(Z)
	COMPO Rosen-Schutz, COM, Xi	F-(Z)
Bitertanol, 375 g/kg	Sibutol mit Haftmittel, BAY, B3	F-(A)
Bitertanol, 375,1 g/l	Sibutol Flüssigbeize, BAY, B3	F-(A)
Blausäure, 490 g/kg	Cyanosil, DGS, T+, F+, B3	I-(Q,V)
	Zedesa-Blausäure, DEA, T+, F+, B3	I-(Q,V)
Brodifacoum, 0,05 g/kg	frunax-R+M, FRU, B3	R-(V)
	Klerat-Haferflockenköder, ZNC, B3	R-(V)
	Klerat-Wachsblock, ZNC, KGM, B3	R-(V)
Brodifacoum, 2,5 g/l	Brodifacoum - 0,25% flüssig, ZNC, T, B3	R-(V)
Bromadiolon, 0,05 g/kg	Brumolin Fix Fertig, SCH, CYD, B3	R-(V)
	Contrax-top-Köder H, FRO, B3	R-(V)
	MausEX-Köder, FRO, B3	R-(V)
Bromadiolon, 2,34 g/l	Bromadiolone Lipha 0,25, LIP, Xn, B3	R-(V)
	Contrax-top-Konzentrat, FRO, Xn, B3	R-(V)
Bromoxynil, 100 g/kg	DUOGRANOL, NAD, RPA, Xn	H-(A)
Bromoxynil, 100 g/l	Extoll, BAS, Xn	H-(A)
	Tristar, DOW, Xn	H-(A)
Bromoxynil, 150 g/l	GARDOBUC, NAD, Xn	H-(A)
Bromoxynil, 225 g/l	BUCTRIL, RPA, Xn	H-(A)
Bromoxynil, 235 g/l	Bromotril 235 EC, MAC, ASU, Xn	H-(A)
	CERTROL B, CFP, SPI, Xn	H-(A)
Bromoxynil, 250 g/l	Bromotril 250 SC, MAC, ASU, Xn	H-(A)
Bromoxynil, 600 g/kg	ECLAT, NAD, Xn	H-(A)
	Herkules E, NAD, Xn	H-(A)
Bromoxynil, 75 g/l	PENDIMOX, CFP, Xn	H-(A)
Bromuconazol, 133 g/l	GRANIT PLUS, RPA, Xn	F-(A)
Bromuconazol, 200 g/l	Granit, RPA	F-(A)
	RPA 10371 F, RPA, Xi	F-(A)
Buprofezin, 250 g/l	Applaud, ZNC, B3	I-(G,Z)

Wirkstoffe	Präparate	Wirkungsbereich/Einsatzgebiet
Butocarboxim, 0,7 g/kg	Pflanzen Paral gegen Blattläuse an Zierpflanzen NEU, JOH, THO, B4	I-(Z)
Butocarboxim, 0,81 g/kg	Blattlaus-frei Spiess-Urania für Rosen- und Zierpflanzen, SPI, URA, B4	I-(Z)
	Detia Rosen- und Zierpflanzen Spray gegen Blattläuse, DET, B4	I-(Z)
	Pflanzen Paral für Balkonpflanzen, JOH, THO, B4	I-(Z)
	Pflanzen Paral für Gartenpflanzen, JOH, THO, B4	I-(Z)
	Pflanzen Paral gegen Blattläuse NEU, JOH, THO, B4	I-(Z)
Butocarboxim, 1 g/kg	Blituran Neu Sprühschutz gegen Blattläuse, SPI, URA, B1	I-(Z)
	Detia Rosen- und Zierpflanzenspray Blattlaus-Frei, DET, B1	I-(Z)
	Pflanzen Paral Blattlaus-Frei, JOH, THO, B1	I-(Z)
Butocarboxim, 1,09 g/kg	Blattlausfrei Neu Spiess-Urania, SPI, URA, B4	I-(Z)
	Pflanzen Paral Blattlausspray 143, JOH, THO, B4	I-(Z)
Butocarboxim, 50 g/l	Blusana Systemschutz D-Hydro, LEN, Xi, B3	I-(Z)
	Systemschutz D-Hydro, WAC, DOW, LEN, Xi, B3	I-(Z)
Butoxycarboxim, 29 g/kg	Combi-Stäbchen Neu, CEL, B4	I-(Z)
	Pflanzen Paral Kombi-Stick, JOH, THO, B4	I-(Z)
	Plant pin combi, WAC, THO, B4	I-(Z)
Butoxycarboxim, 98 g/kg	Pflanzen Paral Pflanzenschutz-Zäpfchen, JOH, THO, B4	I-(Z)
	Plant pin, WAC, DOW, THO, B4	I-(Z)
Calciumcarbid, 800 g/kg	DELU Wühlmaus-Gas, GEI, Xi, F, B3, W	R-(A,G,O,R,Z)
	Gabi Wühlmaus-Gas, GAB, Xi, F, B3, W	R-(A,G,O,R,Z)
	recozit Wühlmaus-Gas, REC, Xi, F, B3, W	R-(A,G,O,R,Z)
Calciumphosphid, 280 g/kg	Polytanol, CFW, T+, B3, W	R-(A,G,O,R,Z)
Captan, 832 g/kg	Malvin, TOM, Xi	F-(O)
Carbendazim, 125 g/l	HARVESAN, DPB, Xn	F-(A)
Carbendazim, 175 g/l	Rovral UFB, RPA, Xn, B3	F-(A)
Carbendazim, 20,16 g/kg	Santar SM Neu, SAD, SPI, URA, B3	L-(O,Z)
Carbendazim, 250 g/kg	Botrylon, AVO, Xn	F-(W)
Carbendazim, 300 g/l	Aagrano UW 2000, ASU, Xn, B3	F-(A)
Carbendazim, 360 g/l	Bavistin FL, BAS, Xn	F-(A)
	Derosal flüssig, AVO, Xn	F-(A)
Carbendazim, 383,3 g/kg	Dibavit ST mit Beizhaftmittel, SCH, Xn, B3	F-(A)
Carbendazim, 600 g/kg	CUSTOS WG, DPB, Xn	F-(A)
	Stempor-Granulat zum Auflösen in Wasser, ZNC, Xn	F-(A)
	Triticol WDG Spiess-Urania, SPI, URA, Xn	F-(A)
Carbendazim, 80 g/l	Sportak Alpha, AVO, Xn	F-(A)
Carbetamid, 500 g/kg	Pradone Kombi, RPA	H-(A)
Carbofuran, 50 g/kg	Carbosip, SCM, Xn, B3	I-(A,G,Z)
	Curaterr Granulat, BAY, Xn, B3	IN-(A,G,Z)
Carbofuran, 500,6 g/l	BAY 13 180 I, Carbofuran-Wirkstoff zur Rübenpillierung, BAY, T+, B3	I-(A)
Carbosulfan, 250 g/l	Marshal 25 EC, FMC, T, B1	I-(H)
Carbosulfan, 865 g/kg	Carbosulfan techn., SAT, T, B3	I-(A)
Carboxin, 225 g/l	Arbosan GW, CGD, B3	F-(A)
Carboxin, 333 g/l	Prelude UW, AVO, B3	F-(A)
Carboxin, 400 g/l	Abavit UF, AVO, Xi, B3	F-(A)
Carboxin, 479,2 g/kg	Abavit UT mit Beizhaftmittel, SCH, B3	F-(A)
Carfentrazone, 310 g/kg	LEXUS CLASS, DPB, Xi	H-(A)
Carfentrazone, 463,4 g/kg	Platform, FMC, DPB, Xi	H-(A)
Chinolinderivate, 20 g/kg	HaTe A, CYD	P-(F)
Chinomethionat, 260 g/kg	Morestan, BAY, Xi	AF-(G,O,Z)
Chlorfenvinphos, 100 g/kg	Birlane Granulat, CYD, Xn, B3	I-(G,Z)
Chlorfenvinphos, 240 g/l	Birlane-Fluid, CYD, T, B2	I-(A,G)
Chlorflurenol, 1,66 g/kg	Bach's Rasen-Unkrautvernichtung u Düngung, BAC	HD-(Z)

Wirkstoffe	Präparate	Wirkungsbereich/Einsatzgebiet
Chlorflurenol, 1,66 g/kg	Blumetta Rasen-Unrautvernichtung und Düngung, FGG	HD-(Z)
	COMPO Unkrautvernichter mit Rasendünger,COM	HD-(Z)
	Cornufera UV Unkrautvernichter+Rasendünger, GUN	HD-(Z)
	degro Unkrautvernichter plus Rasendünger, DEN	HD-(Z)
	Dehner Unkrautvernichter plus Rasendünger, DEN	HD-(Z)
	EUFLOR Rasen-Unkrautvernichter u. Dünger,EUF	HD-(Z)
	Gabi Rasen-Unkrautvernichter plus Dünger, GAB	HD-(Z)
	Gartenkrone Rasenunkrautvernichter und Dünger, HAG	HD-(Z)
	MANNADUR UV, Rasendünger, MAN	HD-(Z)
	Raiffeisen-Gartenkraft Unkrautvernichter plus Rasendünger, DRW	HD-(Z)
	WOLF Unkrautvernichter mit Rasendünger, WGB	HD-(Z)
Chloridazon, 300 g/l	Largo, BAS	H-(A)
Chloridazon, 400 g/l	Rebell, BAS	H-(A)
Chloridazon, 650 g/kg	Pyramin WG, BAS, RPA, B4	H-(A,G)
	Terlin DF, SBC, ASU	H-(A)
	TERLIN WG, SBC, B4	H-(A,G)
Chlormequat, 237 g/l	Sartax C, CFP, Xn	W-(A)
	Terpal C, BAS, CBA, RPA, Xn	W-(A)
Chlormequat, 310 g/l	Basacel, BAS, COM, SPI, URA, B3	W-(Z)
Chlormequat, 558 g/l	CCC 720 Feinchemie, FSG, Xn	W-(A)
	Cycocel 720, BAS, Xn, B4	W-(A)
	Stefes CCC 720, STE, Xn	W-(A)
	UCB-CCC-720, DMA, Xn	W-(A)
Chlorphacinon, 0,075 g/kg	Casit F, AVO, CYD, B3	R-(A,O,R)
	Lepit-Feldmausköder, SCH, B3	R-(A,O,R)
	Lepit-Forstpellet, SCH, B3	R-(F)
	Ratron - Feldmausköder, DDZ, B3	R-(A,F,O,R,Z)
	Ratron-Pellets "F", DDZ, B3	R-(A,F,O,R,Z)
Chlorpropham, 300 g/l	Luxan GRO-STOP FOG, LUX, Xn, B3	W-(A)
Chlorpropham, 300,3 g/l	LUXAN GRO-STOP BASIS, LUX, Xi, B3	W-(A)
Chlorpropham, 320 g/l	MitoFOG, FRO, Xn, B3	W-(A)
	Pulsfog K, STA, Xn, B3	W-(A)
Chlorpyrifos, 10 g/kg	Ameisenmittel-N-DowElanco, DOW, B1	I-(Z)
	Dursban fest, DOW, B3	I-(G)
	Garten-Loxiran, NEU, B1	I-(Z)
	Insekten-Streumittel NEXION NEU, CEL, B3	I-(G)
	Ridder Gemüsefliegenmittel, BAY, B3	I-(G)
Chlorpyrifos, 20 g/kg	Ameisen Streu- und Gießmittel, FSC, B1	I-(N,Z)
	Ameisenmittel HORTEX, CEL, B1	I-(N,Z)
	Ameisenmittel-forte-DowElanco, DOW, B1	I-(N,Z)
	Gabi Ameisenmittel, GAB, B1	I-(N,Z)
Chlorthalonil, 375 g/l	Sambarin, CGD, Xn, B4	F-(A)
Chlorthalonil, 500 g/kg	Sambarin WG, CGD, Xn	F-(A)
Chlorthalonil, 500 g/l	Bravo 500, SAD, Xn, B4	F-(A)
	Daconil 2787 Extra, SDS, CGD, SPI, URA, Xn	F-(A)
Chlortoluron, 167 g/l	Anofex 500 flüssig, CGD, B3	H-(A)
Chlortoluron, 300 g/l	Pendiron flüssig, NAD, BAS, CYD, SPI, URA	H-(A)
Chlortoluron, 500 g/l	Chlortoluron Agan 500 flüssig, MAC, B4	H-(A)
	Dicuran 500 flüssig, NAD, B4	H-(A)
	ECONAL, RPA	H-(A)
	HORA-Chlortoluron 500 flüssig, HOR, B4	H-(A)
	HORA-Curan 500 flüssig, HOR, B4	H-(A)
Chlortoluron, 700 g/l	Dicuran 700 flüssig, NAD, B4	H-(A)
	HORA-Curan 700 flüssig, HOR, B4	H-(A)
	Lentipur CL 700, NLI, B3	H-(A)
	MISTRAL 700, FSG, B4	H-(A)
	Stefes MONSUN, STE, B4	H-(A)

Wirkstoffe	Präparate	Wirkungsbereich/Einsatzgebiet
Chlortoluron, 700 g/	ZERA-Chlortoluron 700 fl, ZER, B3	H-(A)
Chlortoluron, 750 g/kg	Dicuran 75 WDG, NAD	H-(A)
Clodinafop, 71,3 g/l	Topik, NAD, Xi	H-(A)
Clofentezin, 500 g/l	Apollo, AVO	A-(O,W,Z)
Clomazone, 33,3 g/l	Nimbus, BAS, Xi	H-(A)
Clomazone, 40 g/l	Brasan, BAS, Xn	H-(A)
Clomazone, 500 g/kg	CIRRUS 50 WP, FMC, NAD, F, B3	H-(A)
Clopyralid, 100 g/l	LONTREL 100, DOW	H-(A)
Cloquintocet, 14,15 g/l	Topik, NAD, Xi	H-(A)
Codlemone, 123,6 g/kg	CheckMate CM, CSP, SPI, URA	E-(O)
Codlemone, 32 g/kg	RAK 3 + 4, BAS	E-(O)
Coniothyrium minitans, 100 g/kg	Contans WG, PBP, B3	F-(G)
Coumatetralyl, 0,375 g/kg	Bertram Cumarin - Festköderblock, BER, B3	R-(V)
	Bertram Cumarin Fertigköder, BER, B3	R-(V)
Coumatetralyl, 0,377 g/kg	Racumin Fertigköder, BAV, B3	R-(V)
Coumatetralyl, 7,55 g/kg	Racumin-Pulver, BAV, B3	R-(V)
Cycloxydim, 100 g/l	Focus Ultra, BAS, Xi, B4	H-(A)
Cyfluthrin, 106 g/l	Contur Flüssigbeize, BAY, Xn, B3	I-(A)
Cyfluthrin, 51,3 g/l	Baythroid 50, BAY, Xn, B1	I-(A,G,H,O,Z)
	Baythroid Schädlingsfrei, BAY, Xn, B1	I-(A,G,H,O,Z)
Cymoxanil, 100 g/kg	Aktuan, CYD, Xi	F-(H,W)
Cymoxanil, 200 g/l	Aktuan SC, CYD, Xn	F-(H,W)
Cymoxanil, 60 g/kg	CILUAN, CYD, Xi	F-(A)
	Du Pont Ciluan, DPB, Xi	F-(A)
Cypermethrin, 100 g/l	Cyperkill 10, FSG, Xi, B2	I-(A)
	Ripcord 10, CYD, SPI, Xn, B2	I-(A,G)
Cypermethrin, 400 g/l	Cyperkill 40, FSG, Xn, B1	I-(F)
	Ripcord 40, CYD, Xn, B1	I-(A,F,G)
Cyproconazol, 100 g/l	Alto 100 SL, SAD	F-(A)
Cyproconazol, 2,5 g/l	Zardex W, RPA, Xn, B3	F-(A)
Cyproconazol, 40 g/l	Alto D, CYD, Xn	F-(A)
Cyproconazol, 48 g/l	Sportak Delta, AVO, RPA, Xi	F-(A)
	Tiptor S, NAD, Xi	F-(A)
Cyproconazol, 5 g/l	HORA Gerstenbeize, HOR, B3	F-(A)
	ZARDEX GERSTE, CYD, B3	F-(A)
Cyproconazol, 80 g/l	Prisma, AVO, Xn	F-(A)
	Tiptor, NAD, AVO, Xn	F-(A)
Cyprodinil, 25 g/l	SOLITÄR, NAD, B3	F-(A)
Cyprodinil, 375 g/kg	SWITCH, NAD	F-(O,W)
Cyprodinil, 500 g/kg	Chorus, NAD, SPI, URA	F-(O)
Cyprodinil, 750 g/kg	Unix, NAD	F-(A)
Dazomet, 970 g/kg	Basamid Granulat, BAS, COM, AVO, Xn, B3	FHN(B,G,Z)
Deiquat, 200 g/l	Reglone, ZNC, Xn	H-(A)
Deltamethrin, 25 g/l	Decis flüssig, AVO, CEL, Xn, B2	I-(A,F,G,O,R,W,Z)
	Schädlings-Vernichter Decis, CEL, Xn, B2	I-(A,F,G,O,R,W,Z)
Demeton-S-methyl, 283 g/l	Metasystox (I), BAY, T, B1	AI-(A)
Desmedipham, 16 g/l	Betanal Progress, AVO	H-(A)
Desmedipham, 25,2 g/l	Betanal Progress OF, AVO, Xi	H-(A)
Dicamba, 1 g/kg	Der GuteUnkrautvernichter mit Rasendünger, GFG	HD-(Z)
	Capriflor Unkrautvernichter plus Rasendünger,FLR	HD-(Z)
	Chrysal Unkrautvernichter mit Rasendünger, POK	HD-(Z)
	Dehner Unkrautvernichter plus Rasendünger NEU, DEN	HD-(Z)
	egesa Unkrautvernichter Neu mit Rasendünger, EGE	HD-(Z)
	Gartengrün Unkrautvernichter mit Rasendünger, GRT	HD-(Z)
	park UV neu + Rasendünger, PGS	HD-(Z)
	Raiffeisen Unkrautvernichter mit Rasendünger,RAI	HD-(Z)
	Tuta-DU-Rasenunkrautvernichter und Rasendünger, VGM	HD-(Z)

Wirkstoffe	Präparate	Wirkungsbereich/Einsatzgebiet
Dicamba, 1 g/kg	Unkrautvernichter plus Rasendünger, FLO	HD-(Z)
	Unkrautvernichter Spiess mit Rasendünger, SPI, URA	HD-(Z)
	UV RASEN FLORANID, BAS, COM	HD-(Z)
	Wolf Unkrautvernichter plus Rasendünger, WGB	HD-(Z)
Dicamba, 1,05 g/kg	Detia Rasenrein mit Unkrautvernichter und Dünger, DET, B3	HD-(Z)
Dicamba, 1,15 g/kg	ASEF UNKRAUTVERNICHTER MIT RASENDÜNGER, ASF, B3	HD-(Z)
	Beckhorn Unkrautvernichter plus Rasendünger, BEC, B3	HD-(Z)
	Cornufera UV Unkrautvernichter + Rasendünger neu, GUN, B3	HD-(Z)
	Einfach Sagenhaft Unkrautvernichter plus Rasendünger, SAF, B3	HD-(Z)
	GREENMASTER Fine Turf Extra, FHD, ASP, BEC, FLR, GFG, GPS, MAI, SHO, B3	HD-(Z)
	Grüne Welle Unkrautvernichter plus Rasendünger, BAW, B3	HD-(Z)
	Gärtner's Unkrautvernichter mit Rasendünger, KDI, B3	HD-(Z)
	Tuta-DU Unkrautvernichter und Rasendünger, VGM, B3	HD-(Z)
	Wolf Unkrautvernichter u. Rasendünger, WGB,B3	HD-(Z)
Dicamba, 1,2 g/kg	Scotts Unkrautvernichter mit Rasendünger, SCO	HD-(Z)
Dicamba, 30 g/l	BANVEL M, SAD, AVO, Xn	H-(A,N,R,Z)
	Gabi Rasenkraut-Vernichter, GAB, Xn	H-(A,N,R,Z)
	Hedomat Rasenunkrautfrei, BAY, Xn	H-(A,N,R,Z)
	Rasen Unkrautfrei Utox, SPI, URA, Xn	H-(A,R,Z)
	Rasen-Unkrautvernichter Banvel M, CEL, Xn	H-(A,N,R,Z)
	Rasen-Utox flüssig, SPI, URA, Xn	H-(A,N,R,Z)
	Rasenunkrautfrei Rasunex, ASU, Xn	H-(A,N,R,Z)
Dicamba, 4,7 g/kg	Scotts Rasenunkrautvernichter, SCO	H-(Z)
Dicamba, 480 g/l	Banvel 4 S, SAD, AVO, Xi	H-(A)
Dichlobenil, 67,5 g/kg	Casoron G, AVO, W	H-(F,R,Z)
	COMPO Gartenunkraut-Vernichter, COM, W	H-(F,R,Z)
	FRANKOL-Spezial-Granulat NEU, FRA, W	H-(F,R,Z)
	Gehölze-Unkraut-frei, FLO, W	H-(F,R,Z)
	Prefix G Neu, CYD, W	H-(F,R,Z)
	RA-4000-Granulat, HEN, W	H-(F,R,Z)
	Tutakorn-ZA, VGM, W	H-(F,R,Z)
	Unkraut-Stop Herbenta G, ASU, W	H-(F,R,Z)
	Unkrautfrei Ektorex G, CEL, W	H-(F,R,Z)
	Ustinex-CN-Streumittel, BAY, W	H-(F,R,Z)
	Vinuran, URA, SPI, W	H-(F,R,Z)
Dichlofluanid, 400 g/kg	Folicur E, BAY, Xi	F-(W)
Dichlofluanid, 500 g/kg	BAY 12040 F, BAY, Xi, B3	F-(A)
	Euparen, BAY, Xi, B4	F-(G,H,O,W,Z)
Dichlofluanid, 515 g/kg	Euparen WG, BAY, Xi, B4	F-(A,G,H,O,W,Z)
	Obst-Spritzmittel WG, CEL, Xi, B4	F-(A,G,H,O,W,Z)
Dichlorbenzoesäure-methylester, 0,035 g/kg	Rebwachs WF, ASU, B3	L-(W)
Dichlorprop-P, 233 g/l	Basagran DP, BAS, Xn	H-(A)
Dichlorprop-P, 235 g/l	Basagran Ultra, BAS, Xn	H-(A)
Dichlorprop-P, 485 g/kg	Estrad, BAS, Xn	H-(A)
Dichlorprop-P, 500 g/l	Mextrol DP, CFP, URA, Xn	H-(A)
Dichlorprop-P, 600 g/l	Berghoff Optica DP, CBA, Xn, B4	H-(A)
	Duplosan DP, BAS, BAY, Xn, B4	H-(A)
	MARKS OPTICA DP n, AHM, CBA, DPB, Xn, B4	H-(A)
	Marks Optica DP, AHM, Xn, B4	H-(A)
	Orbitox DP, URA, Xn	H-(A)

Wirkstoffe	Präparate	Wirkungsbereich/Einsatzgebiet
Dichlorvos, 100,3 g/kg	Detia Professional Nebelautomat,DET, VOR,Xn,B3	I-(V)
	Insektenil-DCV-Spray, HEN, Xn, B3	I-(V)
	microsol-vos autofog, MIC, Xn, B3	I-(V)
Dichlorvos, 121,6 g/l	Mafu-Nebelautomat, BAV, Xn, B3	I-(V)
Dichlorvos, 36 g/l	INSEKTENIL-Raumnebel-forte-trocken-DDVP, HEN, Xn, B3	I-(V)
	microsol-vos-fluid-dry, MIC, Xn, B3	I-(V)
Dichlorvos, 367 g/kg	Detia Insekten Strip, DET, Xn, B3	I-(V)
Dichlorvos, 37,89 g/kg	Insektenil-Raumnebel-DCV, HEN, Xn, B3	I-(V)
	microsol-vos-fluid, MIC, Xn, B3	I-(V)
Diclofop, 362,5 g/l	Illoxan, AVO, Xi, B4	H-(A,G)
Didecyldimethyl-ammoniumchlorid, 307 g/l	Dimanin-Spezial, BAV, Xn, B3	BFH(Z)
	M&ENNO-TER-forte, VDZ, MEN, Xn, B3	BFH(Z)
Diethofencarb, 250 g/kg	Botrylon, AVO, Xn	F-(W)
Difenacoum, 0,05 g/kg	Castrix D Mäusekorn, BAV, B3	R-(V)
	EPYRIN plus Rattenköder, HYG, B3	R-(V)
	EPYRIN plus Rattenriegel, HYG, B3	R-(F,V)
	Fentrol, REN, B3	R-(V)
	frunax - Mäuseköder, FRU, B3	R-(V)
	frunax-DS Ratten-Fertigköder, FRU, B3	R-(V)
	frunax-DS Rattenriegel, FRU, B3	R-(F,V)
	Mäusekorn, NEU, B3	R-(V)
	Mäuseköder-Box, CEL, B3	R-(V)
	Ratak, ZNC, B3	R-(V)
	Ratak-Rattenfertigköder, ZNC, B3	R-(V)
	Ratak-Rattenriegel, ZNC, B3	R-(F,V)
	Ratron-Mäuseköder, DDZ, B3	R-(V)
	SAKARAT, KGM, B3	R-(V)
Difenacoum, 0,075 g/kg	alpharatan-MOUSE-disk-novel, MIC, B3	R-(V)
	MYOCURATTIN-FCM-Festköder, HEN, B3	R-(V)
Difenacoum, 0,1 g/kg	Difenard, REN, B3	R-(V)
Difenacoum, 1 g/l	Fentrol Gel, REN, Xn, B3	R-(V)
Difenacoum, 2,5 g/kg	Difenacoum - 0,25% flüssig, ZNC, Xn, B3	R-(V)
Difenoconazol, 100 g/l	Bardos, NAD	F-(A,G)
	Landor C, CGD, B3	F-(A)
Difenoconazol, 20 g/l	Landor CT, CGD, B3	F-(A)
Difenoconazol, 250 g/l	Bardos Neu, NAD, Xi	F-(A)
	Taspa, CGD, Xi	F-(A)
Difenoconazol, 50 g/l	Landor, CGD, B3	F-(A)
Difethialon, 0,025 g/kg	Brumolin Ultra, AVO, B3	R-(V)
	MausEX-Duo, FRO, B3	R-(V)
Diflubenzuron, 800 g/kg	Dimilin 80 WG, AVO	I-(F,G)
Diflufenican, 100 g/l	Bacara, RPA	H-(A)
Diflufenican, 14 g/l	Belgran Super, RPA, Xn	H-(A)
Diflufenican, 20 g/l	AZUR, RPA, Xn, B4	H-(A)
Diflufenican, 200 g/kg	Herold, BAY, Xn	H-(A)
Diflufenican, 25 g/l	ORKAN, RPA, BAS, Xn	H-(A)
Diflufenican, 250 g/l	RPA 4167O H, RPA, B4	H-(A)
Diflufenican, 33,3 g/l	LOREDO, RPA, Xi	H-(A)
Diflufenican, 50 g/l	ECONAL, RPA	H-(A)
Diflufenican, 62,5 g/l	FENIKAN, RPA, AVO, Xn	H-(A)
Dikegulac, 185,2 g/l	Atrinal, CGD, SPI, URA, B3	W-(Z)
Dimefuron, 250 g/kg	Pradone Kombi, RPA	H-(A)
Dimethachlor, 500 g/l	Brasan, NAD, Xn	H-(A)
Dimethenamid, 900 g/l	FRONTIER, BAS, Xi	H-(A)
Dimethoat, 1 g/kg	Bi 58 Spray, COM, F+, B1	I-(Z)
	Blattlaus-frei Spiess-Urania, SPI, F+, B1	I-(Z)
	COMPO Schildlaus-Spray, COM, F+, B1	I-(Z)

Wirkstoffe	Präparate	Wirkungsbereich/Einsatzgebiet
Dimethoat, 1 g/kg	COMPO Zierpflanzen-Spray D, COM, F+, B1	I-(Z)
	Dehner Zierpflanzenspray, DEN, F+, B1	I-(Z)
	Detia Pflanzenschutz-Spray, DET, F+, B1	I-(Z)
	Gabi Pflanzenspray, GAB, F+, B1	I-(Z)
	recozit Pflanzenspray, REC, F+, B1	I-(Z)
Dimethoat, 16,3 g/kg	Blattlausfrei-Pflaster, CEL, B3	I-(Z)
	Rosen-Pflaster, CEL, B3	I-(Z)
Dimethoat, 3,8 g/kg	Bi 58 Combi-Stäbchen, COM, B3	ID-(Z)
	Combi-Stäbchen, CEL, B3	ID-(Z)
	COMPO Pflanzenschutz-Stäbchen, COM, B3	I-(Z)
	Etisso Blattlaus-Sticks, FRU, CEL, B3	I-(Z)
	Etisso Combi-Düngerstäbchen, CEL, B3	ID-(Z)
	Pflanzenschutz-Zäpfchen, CEL, B3	I-(Z)
	Pflanzol Combi-Düngerstäbchen, DDZ, B3	ID-(Z)
	Pflanzol Pflanzenschutz-Zäpfchen, DDZ, B3	I-(Z)
Dimethoat, 4,009 g/kg	Detia Pflanzenschutz-Stäbchen, DET, B3	I-(Z)
	Florestin Pflanzenschutz mit Langzeitw., IHR, B3	I-(Z)
	Gabi-Combi-Pflanzenschutz-Düngestäb., GAB, B3	I-(Z)
	Kraft Blattlaus-Killer mit Langzeitschutz, KRF, B3	I-(Z)
	POLY-PLANT Pflanzenschutzstäbchen, DEW, B3	I-(Z)
Dimethoat, 400 g/l	Adimethoat 40 EC, ASU, Xn, B1	IA-(A,G,O,Z)
	Bi 58, BIT, BAS, Xn, B1	AI-(A,G,O,Z)
	DANADIM 400 EC, CHE, Xn, B1	AI-(A,G,O,Z)
	Danadim Dimethoat 40, CHE, STI, Xn, B1	IA-(A,G,O,Z)
	Insekten-Spritzmittel Roxion, CEL, Xn, B1	AI-(A,G,O,Z)
	PERFEKTHION, BAS, Xn, B1	AI-(A,G,O,Z)
	Rogor 40 L, ISA, Xn, B1	AI-(A,G,O,Z)
	Roxion, CYD, Xn, B1	AI-(A,G,O,Z)
Dimethoat, 404 g/l	Rogor, SPI, URA, Xn, B1	AI-(A,G,O,Z)
Dimethomorph, 150 g/l	FORUM, CYD, Xn	F-(W)
Dimethomorph, 500 g/kg	ACROBAT, CYD	F-(A)
Dimethomorph, 90 g/kg	Acrobat Plus, CYD, Xi	F-(A)
Dithianon, 250 g/kg	Aktuan, CYD, Xi	F-(H,W)
Dithianon, 275 g/l	Alto D, CYD, Xn	F-(A)
Dithianon, 333 g/l	Aktuan SC, CYD, Xn	F-(H,W)
Dithianon, 750 g/l	Delan SC 750, CYD, Xn	F-(H,O,W)
Diuron, 270 g/kg	Adimitrol WG Neu, ASU, Xn	H-(N,O,W,Z)
	Rapir, BAY, Xn	H-(N,O,W,Z)
	Tuta-Super Neu, VGM, Xn	H-(N,O,W,Z)
	Ustinex G neu, BAY, Xn	H-(N,O,W,Z)
	Vorox G, URA, SPI, Xn	H-(N,O,W,Z)
Diuron, 400 g/kg	Auxuran PD, URA, SPI, Xn	H-(Z)
	Cumatol WG, SPI, Xn	H-(O,W)
	RA-15-NEU, HEN, Xn	H-(Z)
	Rapir Neu, BAY, Xn	H-(O,W)
	Vetyl Unkraut-frei-Neu, VET, Xn	H-(Z)
	Vorox WPD, URA, SPI, Xn	H-(Z)
Diuron, 800 g/kg	Diuron Bayer, BAY, Xn	H-(Z)
Eisen-II-sulfat, 140 g/kg	Bach's Moosvernichter mit Rasendünger "Rasofert", BAC, Xi, B4	HD-(Z)
	Dehner Moosvernichter mit Rasendünger, DEN, Xi, B4	HD-(Z)
	EUFLOR Sanguano Moosvernichter mit Rasendünger, EUF, Xi, B4	HD-(Z)
	Gartencenter Moosvernichter mit Spezial-Rasendünger und Stickstoff-Langzeitwirkung, EUF, Xi, B4	HD-(Z)
	Hagebau Gartenkrone Moosvernichter und Rasendünger, EUF, Xi, B4	HD-(Z)
	MANNADUR Moosvernichter mit Rasendünger, MAN, Xi, B4	HD-(Z)

Wirkstoffe	Präparate	Wirkungsbereich/Einsatzgebiet
Eisen-II-sulfat, 140 g/kg	Moosvernichter mit Rasendünger, SCO, Xi, B4	HD-(Z)
	Moosvernichter plus Rasendünger, FLO, Xi, B4	HD-(Z)
	Raiffeisen Gartenkraft Moosvernichter mit Rasendünger, EUF, Xi, B4	HD-(Z)
	Scotts Moosvernichter mit Langzeitrasendünger, SCO, Xi, B4	HD-(Z)
	WOLF Moosvernichter mit Rasendünger, WGB, Xi, B4	HD-(Z)
Eisen-II-sulfat, 175,7 g/kg	ASEF MOOSVERNICHTER MIT RASENDÜNGER, ASF, Xi	HD-(Z)
	Beckhorn Moosvernichter plus Rasendünger, BEC, Xi	HD-(Z)
	Cornufera Moosvernichter p. Rasendünger, GUN, Xi	HD-(Z)
	Detia Rasenrein mit Moosvernichter und Dünger, DET, Xi	HD-(Z)
	Einfach Sagenhaft Moosvernichter plus Rasendünger, SAF, Xi	HD-(Z)
	Greenmaster Mosskiller, FHD, Xi	HD-(Z)
	Rasen-Floranid Rasendünger mit Moosvernichter, COM, Xi	HD-(Z)
	Rasendünger mit Moosvernichter, EGE, Xi	HD-(Z)
	Wolf Moosvernichter plus Rasendünger, WGB, Xi	HD-(Z)
Eisen-II-sulfat, 191 g/l	CUTERYL D Moosvernichter, BAY, Xi, B4	HD-(Z)
	Gabi-Antimoos, flüssig, GAB, Xi, B4	HD-(Z)
	Moosvertilger Gesamoos flüssig, CEL, Xi, B4	HD-(Z)
	Rasen-schön, SRC, Xi, B4	HD-(Z)
Eisen-II-sulfat, 238 g/kg	CHRYSAL Moosvernichter mit Rasendünger, POK	HD-(Z)
	MV RASEN FLORANID, COM	HD-(Z)
	Stodiek Moosvernichter Rasendünger, STD, COM	HD-(Z)
	Wolf Moosvernichter und Rasendünger, WGB	HD-(Z)
Eisen-II-sulfat, 546 g/kg	Moos-Tod, NEN, Xi, B4	H-(Z)
	Moosvertilger Schacht, FSC, NEN, Xi, B4	H-(Z)
Eisen-II-sulfat, 588 g/kg	Gabi-Anti-Moos-S, GAB, Xi, B1	HD-(Z)
Eisen-II-sulfat, 644 g/kg	COMPO Moos-Vernichter, COM, Xi, B4	HD-(Z)
	Moos K.O., NEU, Xi, B4	HD-(Z)
Eisen-III-phosphat, 10 g/kg	Ferramol Schneckenkorn, NEU, B3	M-(G,O,Z)
Eisen-III-sulfat, 75,3 g/kg	ASEF MOOSVERNICHTER MIT RASENDÜNGER, ASF, Xi	HD-(Z)
	Beckhorn Moosvernichter p.Rasendünger, BEC, Xi	HD-(Z)
	Cornufera Moosvernichter p. Rasendünger, GUN, Xi	HD-(Z)
	Detia Rasenrein mit Moosvernichter und Dünger, DET, Xi	HD-(Z)
	Einfach Sagenhaft Moosvernichter plus Rasendünger, SAF, Xi	HD-(Z)
	Greenmaster Mosskiller, FHD, Xi	HD-(Z)
	Rasen-Floranid Rasendünger mit Moosvernichter, COM, Xi	HD-(Z)
	Rasendünger mit Moosvernichter, EGE, Xi	HD-(Z)
	Wolf Moosvernichter plus Rasendünger, WGB, Xi	HD-(Z)
Epoxiconazol, 125 g/l	BAS 49303 F, BAS, Xn	F-(A)
	Juwel, BAS, Xn	F-(A)
	Opus Forte, BAS, T	F-(A)
	Opus, BAS, Xn	F-(A)
Epoxiconazol, 84 g/l	Opus Top, BAS, Xn	F-(A)
Esfenvalerat, 50 g/l	Sumicidin Alpha EC, SCD, CYD, Xn, B2	I-(A)
Ethephon, 155 g/l	Sartax C, CFP, Xn	W-(A)
	Terpal C, BAS, CBA, RPA, Xn	W-(A)
Ethephon, 420 g/l	Flordimex 420, BIT, RPA, Xi, B3	W-(Z)
Ethephon, 480 g/l	Cerone, RPA, Xi	W-(A)
	POWERTAX, CFP, Xi	W-(A)
	Sartax, CFP, SPI, URA, Xi	W-(A)

Wirkstoffe	Präparate	Wirkungsbereich/Einsatzgebiet
Ethephon, 480 g/l	Stefes HALMSTÄRKER, STE, Xi	W-(A)
	ZERA - Halmstärker, ZEI, Xi	W-(A)
Ethephon, 660 g/l	Camposan-Extra, BIT, RPA, Xi	W-(A)
Ethiofencarb, 100 g/kg	COMPO Blattlaus-frei, COM, B3	I-(Z)
	Croneton-Granulat, BAY, B3	I-(Z)
Ethiofencarb, 51 g/l	Croneton-Blattlausfrei, BAY, B1, W	I-(G,O,Z)
Ethofumesat, 100 g/l	METHOPHAM, STE, Xi	H-(A)
Ethofumesat, 128 g/l	Betanal Progress, AVO	H-(A)
Ethofumesat, 150,9 g/l	Betanal Progress OF, AVO, Xi	H-(A)
Ethofumesat, 190 g/l	Stefes MagicTandem, STE	H-(A)
Ethofumesat, 200 g/l	Powertwin, FSG, Xi	H-(A)
Ethofumesat, 500 g/l	Ethosat 500, FSG	H-(A)
	Nortron 500 SC, ASU, Xi	H-(A)
	Rubetram 500, AVO, B4	H-(A)
	STEFES ETHO 500, STE, B4	H-(A)
	Tramat 500, SCH, B4	H-(A)
Ethofumesat, 51 g/l	Betanal Trio, AVO, Xi	H-(A)
Ethofumesat, 65 g/kg	Domino, BAY, AVO, Xi	H-(A)
Ethofumesat, 94 g/l	Kontakttwin, FSG, Xi	H-(A)
	Nortron Tandem, AVO, B4	H-(A)
	Stefes TANDEM, STE, B4	H-(A)
Fenarimol, 0,05 g/kg	Pflanzen Paral gegen Pilzkrankheiten an Zierpflanzen NEU, JOH, THO, B4	F-(Z)
Fenarimol, 0,06 g/kg	Chrysal Rosenspray, POK, B4	F-(Z)
	COMPO Rosen-Spray N, COM, B4	F-(Z)
	Detia Rosen- und Zierpflanzenspray Pilzfrei, DET, B4	F-(Z)
	Pflanzen Paral gegen Pilzkrankheiten an Balkonpflanzen, JOH, B4	F-(Z)
	Pflanzen Paral gegen Pilzkrankheiten, JOH, THO, B4	F-(Z)
	Pflanzen Paral Pilz-Frei N, JOH, THO, B4	F-(Z)
	Pflanzen Paral Pilzspray 140, JOH, THO, B4	F-(Z)
	Pilz-frei Spiess-Urania, SPI, URA, B4	F-(Z)
	Rosenspray Saprol F, CEL, B4	F-(Z)
Fenarimol, 120 g/l	COMPO Rosen-Schutz N, COM, Xn, B4	F-(O,Z)
	Curol, SPI, URA, Xn, B4	F-(O,Z)
	Elital, DOW	F-(O,W)
	Pilzfrei Saprol F, CEL, Xn, B4	F-(O,Z)
	RUBIGAN SC, DOW, URA	F-(O,W)
	Rubigan, DOW, SPI, URA, Xn, B4	F-(O,Z)
Fenarimol, 60 g/kg	Drawisan, DOW, B4	F-(H)
Fenazaquin, 200 g/l	Magister 200 SC, DOW, SPI, URA, Xn	A-(O,Z)
	PRIDE ULTRA, DOE, Xn	A-(O,Z)
Fenbuconazol, 37,5 g/l	Camaro, RHD, SPI, URA, NAD, Xi	F-(A)
Fenbuconazol, 50 g/l	Indar 5 EC, RHD, Xi	F-(A)
Fenfuram, 100 g/l	Panoctin Spezial, RPA, KEN, Xn, B3	F-(A)
Fenfuram, 200 g/l	Panoctin GF, RPA, CYD, Xn, B3	F-(A)
Fenoxaprop-P, 63,6 g/l	Depon Super, HOE, Xi, B4	H-(A,G)
Fenoxaprop-P, 66 g/l	Ralon Super, AVO	H-(A)
Fenoxycarb, 250 g/kg	Insegar, CGD, SPI, URA, B1	I-(O,W)
Fenpiclonil, 100 g/l	LARIN, CGD, B3	F-(A)
Fenpiclonil, 100,6 g/l	Arena, BAY, B3	F-(A)
Fenpiclonil, 400 g/l	Gambit, CGD, B3	F-(A)
Fenpiclonil, 50 g/l	GALBAS, CGD, B3	F-(A)
	Landor, CGD, B3	F-(A)
	Pyrol, CGD, B3	F-(A)
Fenpropathrin, 100 g/l	Rody, SCD, T, B3	AI-(G,Z)
Fenpropidin, 299,9 g/l	Pronto, BAY, Xn	F-(A)
Fenpropidin, 375 g/l	Gladio, NAD, Xi	F-(A)
Fenpropidin, 448,2 g/l	AGENT, NAD, Xn	F-(A)

Wirkstoffe	Präparate	Wirkungsbereich/Einsatzgebiet
Fenpropidin, 750 g/l	Zenit M, NAD, Xn	F-(A)
Fenpropimorph, 150 g/l	BAS 49303 F, BAS, Xn	F-(A)
Fenpropimorph, 232,5 g/l	FORTRESS DUO, DOW, Xi	F-(A)
Fenpropimorph, 250 g/l	Opus Top, BAS, Xn	F-(A)
Fenpropimorph, 281 g/l	Camaro, RHD, SPI, URA, NAD, Xi	F-(A)
	Sprint, AVO, NAD, Xi	F-(A)
Fenpropimorph, 300 g/l	Brio, BAS, Xn	F-(A)
	Cortil, HOR, SPI, URA, B4	F-(A)
	Simbo, CGD, BAS, B4	F-(A)
Fenpropimorph, 382,5 g/l	COLSTAR, DPB, Xn	F-(A)
Fenpropimorph, 750 g/l	Corbel, BAS, Xn	F-(A,G)
Fenpyroximat, 51,3 g/l	Kiron, AVO, Xi	A-(W,Z)
Fenthion, 535,5 g/l	Lebaycid, BAY, Xn, B1	I-(O)
Fentin-hydroxid, 502 g/l	Brestan flüssig, AVO, Xn	I-(A)
Fenvalerat, 100 g/l	Sumicidin 10, SCD, Xn, B2	I-(A)
Flocoumafen, 0,05 g/kg	STORM Ratten- und Mäusehappen, CYD, B3	R-(V)
Fluazifop-P, 107 g/l	Fusilade ME, ZNC, BAS	H-(A,B,F,G,O,Z)
Fluazinam, 500 g/l	OHAYO, ISK, Xi	F-(A)
	Shirlan, ZNC, Xi	F-(A)
Fludioxonil, 25 g/l	Atlas, CGD, B3	F-(A)
	Landor C, CGD, B3	F-(A)
	Landor CT, CGD, B3	F-(A)
	Maxim AP, NAD, B3	F-(A)
	SOLITÄR, NAD, B3	F-(A)
Fludioxonil, 25,1 g/l	Arena C, BAY, Xi, B3	F-(A)
Fludioxonil, 250 g/kg	SWITCH, NAD	F-(O,W)
Flufenacet, 400 g/kg	Herold, BAY, Xn	H-(A)
Flufenacet, 600 g/kg	Terano, BAY, Xn, B3	H-(A)
Fluoroglycofen, 112,4 g/kg	Hydra, NAD	H-(A)
Fluoroglycofen, 14 g/kg	AVO 01024 H O WG, AVO, Xn	H-(A)
	Estrad, BAS, Xn	H-(A)
Fluoroglycofen, 14,6 g/kg	Lumeton, NAD, Xn	H-(A)
Fluoroglycofen, 187 g/kg	Compete "neu", RHD	H-(A)
Flupyrsulfuron-methyl, 160 g/kg	LEXUS CLASS, DPB, Xi	H-(A)
Fluquinconazol, 100 g/l	Flamenco, AVO, Xn	F-(A)
	Sportak Plus, AVO, Xn, B1	F-(A)
Fluquinconazol, 250 g/kg	Castellan, AVO, Xn	F-(W)
Fluquinconazol, 50 g/l	Vision, AVO, Xn	F-(O)
Flurochloridon, 250 g/l	Racer CS, ZNC, B3	H-(A)
Fluroxypyr, 100 g/l	ATOL, DOW, Xn	H-(A)
	Tristar, DOW, Xn	H-(A)
Fluroxypyr, 180 g/l	Starane 180, DOW, Xi, B4	H-(A,R)
Fluroxypyr, 400 g/l	Starane 400 EW, DOW	H-(A,R)
Flurprimidol, 15 g/l	TOPFLOR, DOW, URA, Xi	W-(Z)
Flurtamone, 250 g/l	Bacara, RPA	H-(A)
Flusilazol, 163,3 g/l	COLSTAR, DPB, Xn	F-(A)
Flusilazol, 200 g/kg	Benocap, DPB, CYD, Xn	F-(O)
Flusilazol, 250 g/l	CAPITAN, DPB, Xn	F-(A)
	HARVESAN, DPB, Xn	F-(A)
Flutriafol, 37,5 g/l	Vincit FS, ZNC, B3	F-(A)
Flutriafol, 5 g/kg	Atout 10, ZNC, B3	F-(A)
Fosetyl, 410 g/kg	MIKAL MZ, RPA, AVO, Xi	F-(W)
Fosetyl, 746 g/kg	Aliette, RPA, Xi	F-(G,H,O,Z)
	Spezial-Pilzfrei Aliette, CEL, Xi	F-(G,H,O,Z)
Fuberidazol, 15 g/l	Sibutol-Morkit-Flüssigbeize, BAY, B3	F-(A)
Fuberidazol, 23 g/kg	Sibutol mit Haftmittel, BAY, B3	F-(A)
Fuberidazol, 23,31 g/l	Sibutol Flüssigbeize, BAY, B3	F-(A)
Fuberidazol, 30 g/kg	Baytan Universal mit Haftmittel, BAY, B3	F-(A)
Fuberidazol, 7,22 g/l	Manta Plus, BAY, B3	FI-(A)

Wirkstoffe	Präparate	Wirkungsbereich/Einsatzgebiet
Fuberidazol, 9,1 g/l	Baytan universal Flüssigbeize, BAY, B3	F-(A)
Glufosinat, 183 g/l	BASTA, AVO, NAD, Xn	H-(A,B,F,G,N,O,W,Z)
	Celaflor Unkrautfrei, CEL, Xn	H-(A,B,F,G,N,O,W,Z)
	Difontan, AVO, Xn	H-(A,B,F,G,N,O,W,Z)
	Exakt-Unkrautfrei Madit, CEL, Xn	H-(A,B,F,G,N,O,W,Z)
	LIBERTY, AVO, Xn	H-(A)
	RA-200-flüssig, HEN, Xn	H-(A,B,F,G,N,O,W,Z)
	Unkrautfrei Weedex, CEL, Xn	H-(A,B,F,G,N,O,W,Z)
Glyphosat, 144 g/kg	Adimitrol WG Neu, ASU, Xn	H-(N,O,W,Z)
	Rapir, BAY, Xn	H-(N,O,W,Z)
	Tuta-Super Neu, VGM, Xn	H-(N,O,W,Z)
	Ustinex G neu, BAY, Xn	H-(N,O,W,Z)
	Vorox G, URA, SPI, Xn	H-(N,O,W,Z)
Glyphosat, 178 g/l	SWING, MOT, AVO, B4	H-(A,O,W)
Glyphosat, 180 g/l	Taifun 180, FSG, Xi	H-(A)
Glyphosat, 355,7 g/l	Cardinal, MOT, Xi	H-(A,B,F,O,R,W,Z)
	COMPO Spezial-Unkrautvernichter Filatex, COM, Xi	H-(A,B,F,O,R,W,Z)
	DURANO, MOT, Xi	H-(A,B,F,O,R,W,Z)
	Egret, MOT, Xi	H-(A,B,F,O,R,W,Z)
	Gallup, POL, BCL, CEM, Xi, B4	H-(A,R)
	Gligram, POL, Xi, B4	H-(A,R)
	Glyper, AUS, DOW, Xi	H-(A,B,F,O,R,W,Z)
	Roundup LB, MOT, CEL	H-(B,O,Z)
	Roundup, MOT, SPI, URA, Xi	H-(A,B,F,O,R,W,Z)
	Saki, MOT, ASU, SOS, Xi	H-(A,B,F,O,R,W,Z)
	Solstis, POL, Xi, B4	H-(A,R)
	Spezial-Unkrautvernichter Weedex, CEL, Xi	H-(A,B,F,O,R,W,Z)
	STEFES MAMBA, AUS, STE, Xi, B4	H-(A,B,F,O,R,W,Z)
Glyphosat, 356 g/l	Tender GB Ultra, MOT, BAY, URA	H-(N)
Glyphosat, 360 g/l	Detia Total - Neu Unkrautmittel, DET	H-(A,F,N,O,R,W,Z)
	Etisso Total Unkrautfrei, FRU	H-(A,F,N,O,R,W,Z)
	Gabi Unkrautvernichter, GAB	H-(A,F,N,O,R,W,Z)
	GLYFOS, CHE, CYD	H-(A,F,N,O,R,W,Z)
	Keeper Unkrautfrei, BAY	H-(A,F,N,O,R,W,Z)
	Roundup LB Plus, MOT	H-(A,B,F,O,R,W,Z)
	Roundup Ultra, MOT	H-(A,B,F,O,R,W,Z)
	Taifun forte, FSG, Xi	H-(A,R)
	Unkraut-Stop, NEU	H-(A,F,N,O,R,W,Z)
Glyphosat, 400 g/l	Roundup 2000, MOT, B3	H-(A)
Glyphosat, 420 g/kg	Roundup Gran, MOT	H-(A,B,F,O,R,W,Z)
	Roundup Ultragran, MOT	H-(A,B,F,O,R,W,Z)
Glyphosat, 600 g/kg	Roundup Alphée Tablette, MOT	H-(O,Z)
Glyphosat, 7,2 g/l	Roundup Alphee, MOT, CYD, B4	H-(O,Z)
Glyphosat-trimesium, 480 g/l	Herburan A, URA, Xn	H-(A,F,O,W,Z)
	Herburan TD, URA, Xn	H-(N,Z)
	Korax, URA, SPI, Xn	H-(N,Z)
	Touchdown TD, ZNC, Xn	H-(N,Z)
	Touchdown, ZNC, Xn	H-(A,F,O,W,Z)
	Vorox flüssig, URA, SPI, Xn	H-(N,Z)
Guazatin, 132,7 g/l	Panoctin GF, RPA, CYD, Xn, B3	F-(A)
Guazatin, 150 g/l	LEGAT, RPA, Xn, B3	F-(A)
Guazatin, 199 g/l	Akzent, RPA, Xn, B3	F-(A)
	Boson, BAY, Xn, B3	F-(A)
	Panoctin G, RPA, Xn, B3	F-(A)
	Panoctin Spezial, RPA, KEN, Xn, B3	F-(A)
	Panogen, CGD, CYD, Xn, B3	F-(A)
Guazatin, 199,6 g/l	Zardex W, RPA, Xn, B3	F-(A)
Guazatin, 232,2 g/l	Panoctin 35, RPA, Xn, B3	F-(A)
Guazatin, 398 g/l	Radam 60, RPA, Xn, B4	F-(A)

Wirkstoffe	Präparate	Wirkungsbereich/Einsatzgebiet
Haloxyfop-R, 100,1 g/l	Gallant Super, DOW, Xi	H-(A)
Hexythiazox, 100 g/kg	Ordoval, BAS	A-(G,H,O,W,Z)
Hymexazol, 700 g/kg	Tachigaren 70 W.P., SUD, Xi, B3	F-(A)
Imazalil, 10 g/l	Pyrol, CGD, B3	F-(A)
Imazalil, 10,06 g/l	Baytan universal Flüssigbeize, BAY, B3	F-(A)
Imazalil, 15 g/l	Arbosan GW, CGD, B3	F-(A)
	Elanco Beize flüssig, DOW, Xi, B3	F-(A)
	Vincit FS, ZNC, B3	F-(A)
Imazalil, 20 g/kg	Forst Tervanol, ASU, B3	FP-(F,O,Z)
	Lac Balsam plus F, CEL, B3	FP-(F,O,Z)
	NECTEC Paste, JPA, CYD, FLU, CEL, B3	FP-(F,O,Z)
	Tervanol 3 F, ASU, Xi, B3	F-(O,Z)
Imazalil, 20 g/l	HORA Gerstenbeize, HOR, B3	F-(A)
	LARIN, CGD, B3	F-(A)
	Panoctin G, RPA, Xn, B3	F-(A)
	Panoctin GF, RPA, CYD, Xn, B3	F-(A)
	ZARDEX GERSTE, CYD, B3	F-(A)
Imazalil, 30 g/l	Aagrano GW 2000, ASU, B3	F-(A)
	Aagrano UW 2000, ASU, Xn, B3	F-(A)
	Etilon GW, CGD, B3	F-(A)
	HORA Imazalil, HOR, B3	F-(A)
Imazalil, 33 g/kg	Baytan Universal mit Haftmittel, BAY, B3	F-(A)
Imazalil, 35 g/l	AAgrano GF 2000, ASU, F, B3	F-(A)
Imazalil, 5,97 g/l	Manta Plus, BAY, B3	FI-(A)
Imidacloprid, 0,25 g/kg	Lizetan Neu Zierpflanzenspray, BAY, F+, B1	I-(Z)
	Lizetan Plus Zierpflanzenspray, BAY, F+, B1	I-(Z)
Imidacloprid, 25 g/kg	Combi-Stäbchen Hortex Plus, CEL, B3	I-(Z)
	Lizetan-Combistäbchen, BAY, B3	I-(Z)
Imidacloprid, 349,9 g/l	Gaucho 350 FS, BAY, Xn, B3	I-(A)
Imidacloprid, 600 g/l	Gaucho 600 FS, BAY, Xn, B3	I-(A)
Imidacloprid, 665 g/kg	Confidor WG 70, BAY, B1	I-(H,O,Z)
Imidacloprid, 700 g/kg	Gaucho, BAY, Xi, B3	I-(A)
	Scooter, BAY, Xi, B3	I-(A)
Ioxynil, 100 g/l	AZUR, RPA, Xn, B4	H-(A)
	Tristar, DOW, Xn	H-(A)
Ioxynil, 116 g/l	Mextrol DP, CFP, URA, Xn	H-(A)
Ioxynil, 187,5 g/l	ORKAN, RPA, BAS, Xn	H-(A)
Ioxynil, 380 g/l	Trevespan, RPA, CYD, Xn	H-(A)
Ioxynil, 517 g/l	Certrol 40, SPI, URA, Xn	H-(A)
Ioxynil, 71 g/l	Belgran Super, RPA, Xn	H-(A)
Ioxynil, 76,6 g/l	FOXTRIL SUPER, RPA, CYD, Xn	H-(A)
Ioxynil, 85 g/l	Basagran Ultra, BAS, Xn	H-(A)
Iprodion, 250 g/l	Gralan, CGD, RPA, Xn	F-(A)
Iprodion, 255 g/l	VERISAN, RPA, Xn	F-(A)
Iprodion, 266 g/l	GRANIT PLUS, RPA, Xn	F-(A)
Iprodion, 350 g/l	Rovral UFB, RPA, Xn, B3	F-(A)
Iprodion, 500 g/kg	ROVRAL, RPA, Xn	F-(G,O,W,Z)
Isofenphos, 400 g/kg	Oftanol T, BAY, T, B3	FI-(A,R)
Isoproturon, 236 g/l	TRUMP, CYD, Xn	H-(A)
Isoproturon, 285 g/l	Belgran Super, RPA, Xn	H-(A)
Isoproturon, 400 g/l	AZUR, RPA, Xn, B4	H-(A)
Isoproturon, 481,2 g/kg	Lumeton, NAD, Xn	H-(A)
Isoproturon, 500 g/l	Arelon flüssig, AVO, Xn	H-(A)
	FENIKAN, RPA, AVO, Xn	H-(A)
	Graminon 500 flüssig, NAD, Xn	H-(A)
	HORA FLO, NAD, Xn	H-(A)
	HORA-Turon 500 fluessig, HOR, Xn, B4	H-(A)
	Stefes IPU 500, STE, Xn	H-(A)
	TOLKAN FLO, RPA, Xn	H-(A)

Wirkstoffe	Präparate	Wirkungsbereich/Einsatzgebiet
Isoproturon, 600 g/kg	Agrilon, AVO, Xn	H-(A)
	AVO 01024 H O WG, AVO, Xn	H-(A)
Isoproturon, 700 g/l	Stefes IPU 700, STE, Xn	H-(A)
Isoxaben, 1 g/kg	Proxuran-Streugranulat, URA, SPI	H-(Z)
Isoxaben, 500 g/l	FLEXIDOR, DOW	H-(B,F)
Kali-Seife, 10 g/kg	CHRYSAL Pflanzen-Pump-Spray, BRA, B4	AI-(G,O,Z)
	Neudosan AF, NEU, B4	AI-(G,O,Z)
	Pflanzen Paral Schädlings-Frei, JOH, THO, B4	AI-(G,O,Z)
Kali-Seife, 10,2 g/l	Blusana Pflanzen Sprühmittel, LEN	AI-(G,O,Z)
	Blusana Pflanzenschutz, LEN, B4	AI-(G,O,Z)
	Neudosan AF Neu, NEU	AI-(G,O,Z)
Kali-Seife, 515 g/l	Neudosan Neu, NEU	AI-(G,O,Z)
	Neudosan, NEU	AI-(G,O,Z)
Kieselgur, 965 g/kg	SILICO-SEC, CEM, ABP, B3	I-(V)
Kohlendioxid, 1000 g/kg	Natürliche CARBO Kohlensäure, CAK, B3	AI-(V)
Kohlendioxid, 995 g/kg	Kohlendioxyd zur Druckentwesung von Nutzpflanzen, GUT, B3	AI-(V)
	Kohlensäure BUSE, BUS, B3	IA-(V)
Kohlendioxid, 999,5 g/kg	Kohlendioxid, AGA, B3	AI-(V)
Kresoxim-methyl, 125 g/l	BAS 49303 F, BAS, Xn	F-(A)
	Juwel, BAS, Xn	F-(A)
Kresoxim-methyl, 150 g/l	Brio, BAS, Xn	F-(A)
Kresoxim-methyl, 500 g/kg	Discus, BAS, Xn	F-(O,W)
Kupferhydroxid, 691 g/kg	Cuprozin WP, URA, B4	F-(O)
	Funguran-OH, URA, SPI, B4	F-(O)
Kupferoxychlorid, 261,3 g/kg	Kupferkalk Spiess-Urania, SPI, URA	F-(W)
Kupferoxychlorid, 284 g/kg	Kupferkalk Bayer, BAY, B4	F-(W)
	Kupferkalk Ciba-Geigy, CGD, B4	F-(W)
	Kupferkalk Hoechst, HOE, B4	F-(W)
	Kupferkalk Wacker, WAC, B4	F-(W)
Kupferoxychlorid, 424 g/kg	Kupfer 83 V, URA, SPI, DOW, B4	F-(H,O,W)
Kupferoxychlorid, 756 g/kg	BASF-Grünkupfer, BAS	F-(A,G,H,O,W,Z)
	Cupravit OB 21, BAY	F-(A,G,H,O,W,Z)
	Funguran, URA, SPI	F-(A,G,H,O,W,Z)
	Kupfer Konzentrat 45, ASU	F-(A,G,H,O,W,Z)
	Kupferkalk Atempo, NEU	F-(A,G,H,O,W,Z)
	Kupferspritzmittel Funguran, URA, SPI	F-(A,G,H,O,W,Z)
	Kupferspritzmittel Schacht, FSC	F-(A,G,H,O,W,Z)
Kupferoxychlorid, 757 g/l	Kupfer-flüssig 450 FW, WAC, DOW, Xn, B4	F-(W)
Kupferoxychlorid, 852 g/kg	Cuprasol, SPI, URA, B4	F-(H,W)
Kupfersulfat,basisch, 345 g/l	Cuproxat Flowable, AGL, BAS, B4	F-(W)
	Cuproxat flüssig, BAS, B4	F-(W)
lambda-Cyhalothrin, 50 g/kg	KARATE WG FORST, ZNC, Xn	I-(F,Z)
	Karate WG, ZNC, Xn	I-(A,R)
lambda-Cyhalothrin, 50 g/l	Karate, ZNC, BAS, Xn, B2	I-(A,H,R,Z)
Lecithin, 0,353 g/kg	BioBlatt-Mehltauspray, NEU	F-(Z)
Lecithin, 0,7 g/l	Bio-Myctan-Zimmerpflanzenspray, NEU, B3	FIA(Z)
Lecithin, 488,8 g/l	BioBlatt-Mehltaumittel, NEU	F-(G,O,Z)
Magnesiumphosphid, 560 g/kg	Degesch Plate, DGS, T+, F, B3	I-(V)
	Degesch-Strip, DET, DGS, DEG, T+, F, B3	I-(V)
Magnesiumphosphid, 660 g/kg	DEGESCH-MAGTOXIN, DET, DGS, T+, F, B3	I-(V)
	Detia Gas-Ex-B forte, DET, DEG, DGS, T+, F, B3	I-(V)
	Detia Magphos, DET, T+, F, B3	I-(V)
Mancozeb, 260 g/kg	MIKAL MZ, RPA, AVO, Xi	F-(W)
Mancozeb, 301,6 g/l	Tattoo, AVO, Xi	F-(A)
Mancozeb, 450 g/kg	Ridomil TK, NAD, Xi	F-(A)
Mancozeb, 455 g/l	Dithane LFS, RHD, Xi	F-(A)
	Manconex, GRF, Xi	F-(A)
Mancozeb, 560 g/kg	CILUAN, CYD, Xi	F-(A)

Wirkstoffe	Präparate	Wirkungsbereich/Einsatzgebiet
Mancozeb, 560 g/kg	Du Pont Ciluan, DPB, Xi	F-(A)
Mancozeb, 600 g/kg	Acrobat Plus, CYD, Xi	F-(A)
	Omnex plus, CGD, Xi, B4	F-(O)
	Ridomil MZ Super, NAD, Xi, W	F-(A)
Mancozeb, 640 g/kg	Ridomil Gold MZ, NAD, Xi	F-(A)
Mancozeb, 750 g/kg	Dithane Ultra WG CIBA-GEIGY, CGD, Xi	F-(A,G,O,W,Z)
	Dithane Ultra WG Hoechst, AVO, Xi	F-(A,G,O,W,Z)
	Dithane Ultra WG Spiess-Urania, SPI, Xi	F-(A,G,O,W,Z)
	Dithane Ultra WG, RHD, AVO, SPI, URA, Xi	F-(A,G,O,W,Z)
	Stefes MANCOFOL, STE, Xi	F-(A,G,O,W,Z)
Mancozeb, 800 g/kg	Detia Pflanzen - Pilzfrei Pilzol, DET, Xi	F-(A,F,G,O,W,Z)
	Dithane Ultra Spiess-Urania, SPI, URA, Xi	F-(A,F,G,O,W,Z)
	Dithane Ultra WP, RHD, SPI, URA, Xi	F-(A,F,G,O,W,Z)
	Penncozeb, ELF, Xi	F-(A,Z)
Maneb, 350 g/l	Maneb 350 SC, ASU, Xi	F-(A)
Maneb, 481,5 g/l	MANEX, GRI, FSG, Xi	F-(A)
Maneb, 770 g/kg	VONDAC DG, ELF, Xi	F-(A)
Maneb, 800 g/kg	BASF-Maneb-Spritzpulver, RHD, BAS, Xi	F-(A,F,G,Z)
	Maneb "Schacht", FSC, Xi	F-(A,F,G,Z)
	TRIMANGOL, ELF, Xi	F-(A)
MCPA, 250 g/l	Aaherba-Combi, ASU, Xn, B4	H-(A,R)
	MEGA-MD, NUF, Xn, B4	H-(A,R)
MCPA, 340 g/l	BANVEL M, SAD, AVO, Xn	H-(A,N,R,Z)
	Gabi Rasenunkraut-Vernichter, GAB, Xn	H-(A,N,R,Z)
	Hedomat Rasenunkrautfrei, BAY, Xn	H-(A,N,R,Z)
	Rasen Unkrautfrei Utox, SPI, URA, Xn	H-(A,R,Z)
	Rasen-Unkrautvernichter Banvel M, CEL, Xn	H-(A,N,R,Z)
	Rasen-Utox flüssig, SPI, URA, Xn	H-(A,N,R,Z)
	Rasenunkrautfrei Rasunex, ASU, Xn	H-(A,N,R,Z)
MCPA, 4,71 g/kg	Bach's Rasen-Unkrautvernichtung u.Düngung,BAC	HD-(Z)
	Blumetta Rasen-Unrautvernichtung und Düngung, FGG	HD-(Z)
	COMPO Unkrautvernichter mit Rasendünger,COM	HD-(Z)
	Cornufera UV Unkrautvernichter + Rasendünger, GUN	HD-(Z)
	degro Unkrautvernichter plus Rasendünger, DEN	HD-(Z)
	Dehner Unkrautvernichter plus Rasendünger, DEN	HD-(Z)
	EUFLOR Rasen - Unkrautvernichter und Dünger, EUF	HD-(Z)
	Gabi Rasen-Unkrautvernichter plus Dünger, GAB	HD-(Z)
	Gartenkrone Rasenunkrautvern. u. Dünger,HAG	HD-(Z)
	MANNADUR UV, Rasendünger, MAN	HD-(Z)
	Raiffeisen-Gartenkraft Unkrautvernichter plus Rasendünger, DRW	HD-(Z)
	WOLF Unkrautvernichter mit Rasendünger, WGB	HD-(Z)
MCPA, 40 g/kg	Brennessel-Granulat Spiess-Urania, URA, SPI, B3	H-(O,R)
MCPA, 500 g/l	AAherba M, ASU, Xn, B4	H-(A,R)
	AGRITOX, NUF, Xn, B4	H-(A,R)
	Berghoff MCPA, CBA, Xn, B4	H-(A,R,W)
	Herbizid M DU PONT, DPB, Xn, B4	H-(A,R,W)
	HORA M, HOR, Xn	H-(A,O,R,W)
	M 52 DB, AVO, Xn	H-(A,O,R,W)
	Marks M HERBICIDE, AHM, CBA, DPB, Xn, B4	H-(A,R,W)
	MEGA-M, NUF, Xn, B4	H-(A,R)
	Orbitox M, URA, URA, Xn	H-(A,O,R,W)
	U 46 M-Fluid, BAS, NAD, DOW, ZNC, Xn	H-(A,O,R,W)
	Utox M, SPI, URA, Xn	H-(A,O,R,W)
Mecoprop-P, 234 g/l	ORKAN, RPA, BAS, Xn	H-(A)
Mecoprop-P, 24 g/kg	Brennessel-Granulat Spiess-Urania, URA, SPI, B3	H-(O,R)
Mecoprop-P, 292 g/l	FOXTRIL SUPER, RPA, CYD, Xn	H-(A)
Mecoprop-P, 308 g/l	Bifenal, RPA, Xi, B4	H-(A)

Wirkstoffe	Präparate	Wirkungsbereich/Einsatzgebiet
Mecoprop-P, 350 g/l	COMPO Rasenunkraut-frei, COM, Xn	H-(A,R,Z)
	Duplosan KV-Combi, BAS, BAY, CBA, NAD, COM, DPB, Xn	H-(A,R,Z)
	Marks Optica MP Combi, AHM, Xn	H-(A,R,Z)
	Rasen-Duplosan, BAY, Xn	H-(A,R,Z)
	RASEN-RA-6, HEN, Xn	H-(A,R,Z)
	Rasen-Unkrautvernichter Astix MPD, CEL, Xn	H-(A,R,Z)
Mecoprop-P, 500 g/l	LOREDO, RPA, Xi	H-(A)
Mecoprop-P, 600 g/l	Berghoff Optica MP, CBA, Xn	H-(A,R,W)
	Duplosan KV, BAS, BAY, Xn, B4	H-(A,R,W)
	Marks Optica MP k, AHM, CBA, DPB, Xn	H-(A,R,W)
	Marks Optica MP, AHM, Xn, B4	H-(A,R,W)
Mefenpyr, 75 g/l	Ralon Super, AVO	H-(A)
Metalaxyl, 100 g/kg	Ridomil MZ Super, NAD, Xi, W	F-(A)
Metalaxyl, 150 g/kg	Ridomil TK, NAD, Xi	F-(A)
Metalaxyl, 20 g/l	Maxim AP, NAD, B3	F-(A)
Metalaxyl, 240 g/l	Fonganil Neu, NAD, Xi, B3	F-(Z)
Metalaxyl, 450 g/kg	Apron T 69, CGD, B3	F-(A,G)
Metalaxyl, 50 g/kg	Ridomil Granulat, NAD	F-(H)
Metalaxyl-M, 40 g/kg	Ridomil Gold MZ, NAD, Xi	F-(A)
Metaldehyd, 40 g/kg	COMPO Schneckenkorn, COM, B3	M-(A,G,O,Z)
	Schneckenkorn Spiess-Urania, URA, SPI, B3	M-(A,G,O,Z)
Metaldehyd, 49 g/kg	METAREX, LON, B3	M-(A)
Metaldehyd, 50,5 g/kg	Garda Schneckenkorn, GGG, B3	M-(A,G,O,Z)
	Schneckenkorn Helarion, FHD, CYD, B3	M-(A,G,O,Z)
	Schneckenkorn Super, VOR, B3	M-(A,G,O,Z)
Metaldehyd, 58,8 g/kg	Schneckenkorn Limex Neu, CEL, B3	M-(G,O,Z)
Metaldehyd, 60 g/kg	Antischneck Schnecken-Korn, NEU, B3	M-(A,G,O,Z)
	DELU Schneckenkorn, GEI, B3	M-(A,G,O,Z)
	Etisso Schneckenfrei, FRU, B3	M-(A,G,O,Z)
	Glanzit Schneckenkorn, GLA, B3	M-(A,G,O,Z)
	Pflanzol Schnecken-Ex, DDZ, B3	M-(A,G,O,Z)
	Pro-Limax, ASU, B3	M-(A,G,O,Z)
	Schneckenkorn degro, DEN, B3	M-(A,G,O,Z)
	Schneckenkorn Dehner, DEN, B3	M-(A,G,O,Z)
	Schneckenkorn Limex, CEL, B3	M-(A,G,O,Z)
	SCHNECKENKORN, DET, VOR, GGG, B3	M-(A,G,O,Z)
	Schneckentod, FSC, B3	M-(A,G,O,Z)
	Snek-Vetyl "neu", VET, B3	M-(A,G,O,Z)
Metam, 420 g/l	Metam-Fluid 510 g/l BASF, BAS, ASU, CYD, Xn, B3	N-(A)
Metamitron, 153 g/l	Betanal Trio, AVO, Xi	H-(A)
Metamitron, 280 g/kg	Domino, BAY, AVO, Xi	H-(A)
Metamitron, 300 g/l	METHOPHAM, STE, Xi	H-(A)
Metamitron, 700 g/l	Stefes METRON, STE	H-(A)
	TORNADO, FSG	H-(A)
Metamitron, 710 g/kg	Goltix WG, BAY	H-(A,O)
Metamitron, 900 g/kg	Goltix compact, BAY	H-(A,O)
Metarhizium anisopliae, 1000 g/kg	BIO 1020, BAY, Xi, B3	I-(W,Z)
Metazachlor, 250 g/l	Nimbus, BAS, Xi	H-(A)
Metazachlor, 333 g/l	Butisan Star, BAS, COM, Xi	H-(A)
Metazachlor, 375 g/l	Butisan Top, BAS, COM, Xi	H-(A)
Metazachlor, 500 g/l	Butisan, BAS, Xn	H-(A,G)
Methamidophos, 605 g/l	Tamaron, BAY, T+, B1	IA-(A,G,Z)
Methidathion, 400 g/kg	ULTRACID 40 CIBA-GEIGY, CGD, T, B1	I-(A,H,W)
Methiocarb, 0,5 g/g	Lizetan Plus Zierpflanzenspray, BAY, F+, B1	I-(Z)
Methiocarb, 20 g/kg	Mesurol Schneckenkorn, BAY, B3	M-(A,G,O,Z)
Methiocarb, 40 g/kg	Schneckenkorn Mesurol, BAY, Xn, B3	M-(A,G,O,Z)
Methiocarb, 500,4 g/l	Mesurol flüssig, BAY, T, B3	IP-(A,Z)
Methylbromid, 1000 g/kg	Methylbromid, DEA, T+, B3	AI-(V)

Wirkstoffe	Präparate	Wirkungsbereich/Einsatzgebiet
Methylbromid, 997 g/kg	Detia Gas-Ex-M, DET, DGS, DEG, T+, B3	I-(V)
Metiram, 700 g/kg	COMPO Pilz-frei Polyram WG, COM, Xi, B4	F-(A,G,H,O,W,Z)
	Gemüse-Spritzmittel Polyram WG, CEL, Xi, B4	F-(A,G,H,O,W,Z)
	Polyram WG, BAS, COM, Xi, B4	F-(A,G,H,O,W,Z)
Metobromuron, 500 g/kg	Patoran CB, CGD, BAS, B3	H-(A,S)
Metobromuron, 500 g/l	Patoran FL, BAS, Xn, B3	H-(A,G,S)
Metolachlor, 214,3 g/kg	ZINTAN, NAD, Xi, B1	H-(A)
Metolachlor, 250 g/l	Stentan, NAD, Xn	H-(A)
Metolachlor, 300 g/l	HARPUN, CGD, Xi	H-(A)
Metolachlor, 333 g/l	Gardoprim plus, NAD, CYD, AVO, Xi	H-(A)
Metosulam, 10 g/l	ATOL, DOW, Xn	H-(A)
Metosulam, 100 g/l	TACCO, DOW, Xn	H-(A)
Metosulam, 25 g/kg	Terano, BAY, Xn, B3	H-(A)
Metribuzin, 700 g/kg	Sencor WG, BAY, DPB, ZNC	H-(A,G)
Metsulfuron, 179 g/kg	Gropper, DPB, SPI, URA, B4	H-(A)
Metsulfuron, 65,6 g/kg	Concert, DPB, AVO	H-(A)
Mineralöle, 12 g/l	Promanal AF Neu, NEU, B3	AI-(Z)
Mineralöle, 22,8 g/l	CHRYSAL Schildlaus Pumpspray, BRA, B3	AI-(Z)
	Promanal AF, NEU, B3	AI-(Z)
Mineralöle, 546 g/l	Austrieb-Spritzmittel Weißöl, CEL	AI-(O,W,Z)
	OLIOCIN Austriebsspritzmittel, BAY	AI-(O,W,Z)
	Promanal Neu, NEU	AI-(O,W,Z)
Mineralöle, 654 g/l	Austrieb-Spritzmittel Weißöl FL, CEL, B4	AI-(O,W,Z)
	Para-Sommer, ASU, B4	AI-(O,W,Z)
Mineralöle, 807 g/l	ELEFANT-SOMMERÖL, EPL	AI-(Z)
Myclobutanil, 60 g/kg	Systhane 6W, RHD, Xi	F-(O)
Napropamid, 190 g/l	Devrinol Kombi CS, ZNC, B3	H-(A)
	Elancolan K SC, DOW, B3	H-(A)
Napropamid, 450 g/l	Devrinol FL, ZNC, BAS, B3	H-(A)
Nicosulfuron, 40 g/l	Motivell, BAS, Xn	H-(A)
Nuarimol, 100 g/l	Elanco Beize flüssig, DOW, Xi, B3	F-(A)
Omethoat, 2 g/kg	COMPO Zierpflanzen-Spray, COM, B1	AI-(Z)
	Folimat-Rosenspray, BAY, B1	AI-(Z)
	Lizetan-Zierpflanzenspray, BAY, B1	AI-(Z)
Oxydemeton-methyl, 110 g/l	Metasystox R spezial, BAY, Xn, B1	AI-(G,O,Z)
Oxydemeton-methyl, 213,8 g/l	E Combi, BAY, T+, B1	AI-(A,G)
Oxydemeton-methyl, 216,5 g/l	Dipterex MR, BAY, T, B1	I-(A)
Oxydemeton-methyl, 275,6 g/l	Metasystox R, BAY, T, B1	AI-(A,G,O,W,Z)
Parathion, 178,2 g/l	E Combi, BAY, T+, B1	AI-(A,G)
Parathion, 507,5 g/l	E 605 forte, BAY, T+, B1	AI-(A,G,O,R,W,Z)
	P-O-X, ASU, T+, B1	AI-(A,G,O,R,W,Z)
Parathion-methyl, 405 g/kg	ME 605 Spritzpulver, BAY, T, B1	I-(A,O,W)
Parfuemöl Daphne, 10 g/kg	HaTe 1, SAG, F, C, B4	P-(F)
	HaTe A, CYD	P-(F)
Parfuemöl Daphne, 16,8 g/kg	COMPO Hasen-Schreck, COM, B4	P-(G,O,Z)
	Wildverbißschutz, FSC, B4	P-(G,O,Z)
Parfuemöl Daphne, 3,8 g/l	HaTe F, SAG, Xi, B4	P-(F)
Parfuemöl Daphne, 5,4 g/l	FCH 909 (Wildschadenverhütungsmittel), FCH, Xi, F, B3	P-(F)
Penconazol, 100 g/kg	Omnex, CGD	F-(O)
Penconazol, 100 g/l	TOPAS, NAD, Xi	F-(W)
Penconazol, 25 g/kg	Omnex plus, CGD, Xi, B4	F-(O)
Pencycuron, 125 g/kg	Monceren, BAY, B3	F-(A)
Pencycuron, 250,8 g/l	Monceren Flüssigbeize, BAY, B3	F-(A)
Pencycuron, 75 g/l	BAY-12980-F, BAY, Xi, B3	F-(A)
Pendimethalin, 165 g/l	Stentan, NAD, Xn	H-(A)
Pendimethalin, 200 g/l	HARPUN, CGD, Xi	H-(A)
	Pendiron flüssig, NAD, BAS, CYD, SPI, URA	H-(A)
Pendimethalin, 236 g/l	TRUMP, CYD, Xn	H-(A)

Wirkstoffe	Präparate	Wirkungsbereich/Einsatzgebiet
Pendimethalin, 300 g/l	PENDIMOX, CFP, Xn	H-(A)
Pendimethalin, 400 g/l	STOMP SC, CYD	H-(A,G)
Permethrin, 250 g/l	Ambush, ZNC, COM, Xi, B1	I-(A,G)
	COMPO Kartoffelkäfer-frei, COM, Xi, B1	I-(A,G)
	ETISSO-Kartoffelkäfer-frei, FRU, Xi, B1	I-(A,G)
	Kartoffelkäfer-Frei Ambush, CEL, Xi, B1	I-(A,G)
	Pflanzol Kartoffelkäfer-Ex, DDZ, Xi, B1	I-(A,G)
	Ribinol N, ASU, Xi, B1	I-(A,G)
Permethrin, 50 g/l	COMPO Insektenmittel, COM, Xi, B1	I-(G,O,Z)
	Talcord 5, SAG, Xi, B1	I-(G,O,Z)
Phenmedipham, 100 g/l	Largo, BAS	H-(A)
	METHOPHAM, STE, Xi	H-(A)
Phenmedipham, 157 g/l	Betanal, AVO, Xn	H-(A,G,O)
	Betosip, ASU, Xn	H-(A,B,O)
	Kontakt Feinchemie, FSG, Xn, B1	H-(A)
	Phenmedipham Biochemicals, BIO, Xn, B1	H-(A)
	Pistol, RPA, FSG, Xn, B1	H-(A)
	Rubenal ES, AVO, Xn	H-(A,G,O)
	STEFES PMP, STE, Xn	H-(A,G,O)
Phenmedipham, 160 g/l	Betanal Plus, AVO, Xi, B4	H-(A)
	Betaren, KVA, Xn, B4	H-(A)
	Herbasan, KVK, ASU	H-(A)
	KEMIRA PHENMEDIPHAM, KIR, Xn, B4	H-(A)
	Rubenal, AVO, Xn, B4	H-(A)
Phenmedipham, 161,3 g/l	Betasana, ESK, DLH, Xn, B4	H-(A)
Phenmedipham, 200 g/l	Powertwin, FSG, Xi	H-(A)
	Stefes MagicTandem, STE	H-(A)
Phenmedipham, 320 g/l	Kontakt 320 SC, FSG	H-(A)
Phenmedipham, 51 g/l	Betanal Trio, AVO, Xi	H-(A)
Phenmedipham, 62 g/l	Betanal Progress, AVO	H-(A)
Phenmedipham, 65 g/kg	Domino, BAY, AVO, Xi	H-(A)
Phenmedipham, 75,5 g/l	Betanal Progress OF, AVO, Xi	H-(A)
Phenmedipham, 97 g/l	Kontakttwin, FSG, Xi	H-(A)
	Nortron Tandem, AVO, B4	H-(A)
	Stefes TANDEM, STE, B4	H-(A)
Phosphamidon, 195 g/l	Detia Pflanzen-Ungezieferfrei-Dimecron, DET, GGG, T, B1	AI-(A,O,Z)
	Dimecron 20, CGD, T, B1	AI-(A,O,Z)
Phosphorwasserstoff, 20,7 g/kg	Frisin, SER, T+, B3	I-(V)
Phoxim, 35 g/kg	Ameisenmittel Bayer, BAY, B1	I-(V)
Phoxim, 510 g/l	Baythion EC, BAV, Xn, B3	I-(V)
Piperonylbutoxid, 0,29 g/l	Bio-Myctan-Zimmerpflanzenspray, NEU, B3	FIA(Z)
	COMPO Insekten-Spray, COM	I-(Z)
	ETISSO Blattlaus-Spray, FRU, CEL	I-(Z)
	Florestin Pflanzenspray, LUS	I-(Z)
	Garten-Schädlingsspray, BRA	I-(Z)
	Gartenspray Hortex, CEL	I-(Z)
	Gartenspray Parexan, CEL	I-(Z)
	Gartenspray Pyreth, ASU	I-(Z)
	Pflanzen Paral für Topfpflanzen, JOH, CEL	I-(Z)
	Pflanzol-Blattlaus-Spray, DDZ	I-(Z)
	Spruzit-Gartenspray, NEU	I-(Z)
	Spruzit-Zimmerpflanzenspray, NEU	I-(Z)
Piperonylbutoxid, 0,8 g/l	INSEKTENIL-Raumnebel-forte-trocken-DDVP, HEN, Xn, B3	I-(V)
	microsol-vos-fluid-dry, MIC, Xn, B3	I-(V)
Piperonylbutoxid, 1,5 g/kg	egesa-Pflanzen-Insekten-Spray NEU, EGE, B1	AI-(Z)
	Pflanzenspray Hortex Neu, CEL, B1	AI-(Z)
Piperonylbutoxid, 10 g/kg	Detia Pflanzen-Universal-Staub, DET, B4	I-(A,G,Z)

Wirkstoffe	Präparate	Wirkungsbereich/Einsatzgebiet
Piperonylbutoxid, 10 g/kg	Insekten-Stäubemittel Hortex NEU, CEL, B4	I-(A,G,Z)
	Spruzit-Staub, NEU, B4	I-(A,G,Z)
Piperonylbutoxid, 140 g/l	Herba-Vetyl neu flüssig, VET	AI-(O,Z)
Piperonylbutoxid, 144 g/l	COMPO Schädlings-frei, COM	I-(O,Z)
	Pyreth, ASU	I-(O,Z)
	Spruzit-flüssig, NEU, ASU, DET, FSC	I-(O,Z)
Piperonylbutoxid, 19,8 g/l	Detia Professional Raumnebel XL, VOR, B3	I-(V)
	Detmolin P, FRO, B3	I-(V)
Piperonylbutoxid, 22 g/l	Detia Professional Raumnebel M, DET, B3	I-(V)
	INSEKTENIL-Raumnebel-forte, HEN, B3	I-(V)
	INSEKTENIL-Raumnebel-forte-trocken, HEN, Xn, B3	I-(V)
	microsol-pyrho-fluid, MIC, B3	I-(V)
	microsol-pyrho-fluid-dry, MIC, Xn, B3	I-(V)
Piperonylbutoxid, 26,6 g/kg	Dusturan Kornkäferpuder, URA, SPI, B3	I-(V)
Piperonylbutoxid, 3,45 g/kg	Detia Professional Nebelautomat, DET, VOR, Xn, B3	I-(V)
	Insektenil-DCV-Spray, HEN, Xn, B3	I-(V)
	microsol-vos autofog, MIC, Xn, B3	I-(V)
Piperonylbutoxid, 445 g/l	Bio Insektenfrei, SPI, URA, B4	I-(O,Z)
	blitol Insektenfrei, URA, SPI, B4	I-(O,Z)
	Schädlingsfrei Parexan, CEL, B4	I-(O,Z)
Piperonylbutoxid, 6 g/kg	Chrysal Pflanzenspray, BRA, B3	I-(Z)
Piperonylbutoxid, 8,5 g/kg	Herba-Vetyl-Staub neu, VET	I-(A,G,Z)
	Insekten-Stäubemittel Hortex, CEL	I-(A,G,Z)
Pirimicarb, 500 g/kg	Blattlausfrei Pirimor G, CEL, Xn	I-(A,F,G,O,Z)
	ETISSO Blattlaus-frei, FRU, Xn	I-(A,F,G,O,Z)
	Pflanzol Blattlaus-Ex, DDZ, Xn	I-(A,F,G,O,Z)
	Pirimor-Granulat zum Auflösen in Wasser, ZNC, BAS, CEL, SPI, URA, Xn	I-(A,F,G,O,Z)
Pirimiphos-methyl, 500 g/l	Actellic 50, ZNC, Xn, B3	I-(V)
Primisulfuron, 20 g/kg	Herkules E, NAD, Xn	H-(A)
Prochloraz, 200 g/l	Prelude FS, AVO, B3	F-(A)
	Sprint, AVO, NAD, Xi	F-(A)
Prochloraz, 267 g/l	Sportak Plus, AVO, Xn, B1	F-(A)
Prochloraz, 300 g/l	Prisma, AVO, Xn	F-(A)
	Sportak Alpha, AVO, Xn	F-(A)
	Tiptor, NAD, AVO, Xn	F-(A)
Prochloraz, 360 g/l	Sportak Delta, AVO, RPA, Xi	F-(A)
	Tiptor S, NAD, Xi	F-(A)
Prochloraz, 400 g/l	Bumper P, MAC, Xi	F-(A)
	RPA 10371 F, RPA, Xi	F-(A)
	Sportak, AVO, RPA, Xn	F-(A)
	Stefes FUNGI, STE, Xn	F-(A)
Prochloraz, 450 g/l	Mirage 45 EC, MAC	F-(A)
Prochloraz, 451,1 g/l	Parano 450 EC, ASU, Xn, B1	F-(A)
Prochloraz, 461 g/kg	Octave, AVO, B4	F-(A)
Prochloraz, 63,64 g/l	Prelude UW, AVO, B3	F-(A)
Prochloraz, 80 g/l	Abavit UF, AVO, Xi, B3	F-(A)
Prochloraz, 95,2 g/kg	Abavit UT mit Beizhaftmittel, SCH, B3	F-(A)
	Dibavit ST mit Beizhaftmittel, SCH, Xn, B3	F-(A)
Propamocarb, 207,8 g/l	Tattoo, AVO, Xi	F-(A)
Propamocarb, 604 g/l	Previcur N, AVO	F-(G,Z)
Propaquizafop, 100 g/l	AGIL, CGD, Xn	H-(A)
Propham, 10 g/kg	Agermin, NAD, ASU, B3	W-(A)
	Detia Kartoffelkeimfrei, DEL, GGG, B3	W-(A)
	Kartoffelschutz Tixit, CEL, B3	W-(A)
	Tixit, CYD, CEL, B3	W-(A)
Propiconazol, 124,5 g/l	AGENT, NAD, Xn	F-(A)
Propiconazol, 125 g/l	Cortil, HOR, SPI, URA, B4	F-(A)
	Desgan, CGD, HOE, Xn, B1	F-(A)

Wirkstoffe	Präparate	Wirkungsbereich/Einsatzgebiet
Propiconazol, 125 g/l	Gladio, NAD, Xi	F-(A)
	Ilbex, NAD, BAS, T	F-(A)
	Simbo, CGD, BAS, B4	F-(A)
Propiconazol, 150 g/l	Desmel Duo, NAD, Xn	F-(A)
Propiconazol, 250 g/kg	Desmel WG, CGD	F-(A)
Propiconazol, 250 g/l	Bumper, MAC	F-(A)
	Desmel, CGD, Xi, B4	F-(A)
	HORA Propiconazol, HOR, Xi, B4	F-(A)
	Taspa, CGD, Xi	F-(A)
Propiconazol, 5 g/l	Panogen, CGD, CYD, Xn, B3	F-(A)
Propiconazol, 62,5 g/l	Gralan, CGD, RPA, Xn	F-(A)
	Sambarin, CGD, Xn, B4	F-(A)
Propiconazol, 83 g/kg	Sambarin WG, CGD, Xn	F-(A)
Propiconazol, 90 g/l	Bumper P, MAC, Xi	F-(A)
Propineb, 705 g/kg	Antracol WG, BAY	F-(A,G,H,O,W,Z)
Propoxur, 203,7 g/l	Unden flüssig, BAY, T, B1	I-(A,G,O,Z)
Propyzamid, 100 g/kg	Auxuran PD, URA, SPI, Xn	H-(Z)
	Vorox WPD, URA, SPI, Xn	H-(Z)
Propyzamid, 500 g/kg	Kerb 50 W, RHD, Xn	H-(A,G,O,W,Z)
	Kerb WDG, URA, SPI, Xn	H-(A,B,Z)
Propyzamid, 6,25 g/kg	Kerb-Streugranulat, URA, SPI, B3	H-(Z)
Propyzamid, 8 g/kg	Proxuran-Streugranulat, URA, SPI	H-(Z)
Prosulfocarb, 800 g/l	Boxer EW, ZNC, BAY, Xi, B3	H-(A)
	Boxer, ZNC, Xi, B3	H-(A,Z)
Prosulfuron, 30 g/kg	ECLAT, NAD, Xn	H-(A)
Prosulfuron, 750 g/kg	Peak E, NAD	H-(A)
Pymetrozin, 250 g/kg	PLENUM, NAD	I-(H)
Pyrazophos, 1 g/kg	Chrysal Mehltauspray, POK, BRA, B3	F-(Z)
Pyrazophos, 295 g/l	Desgan, CGD, HOE, Xn, B1	F-(A)
Pyrethrine, 0,09 g/l	Bio-Myctan-Zimmerpflanzenspray, NEU, B3	FIA(Z)
	COMPO Insekten-Spray, COM	I-(Z)
	ETISSO Blattlaus-Spray, FRU, CEL	I-(Z)
	Florestin Pflanzenspray, LUS	I-(Z)
	Garten-Schädlingsspray, BRA	I-(Z)
	Gartenspray Hortex, CEL	I-(Z)
	Gartenspray Parexan, CEL	I-(Z)
	Gartenspray Pyreth, ASU	I-(Z)
	Pflanzen Paral für Topfpflanzen, JOH, CEL	I-(Z)
	Pflanzol-Blattlaus-Spray, DDZ	I-(Z)
	Spruzit-Gartenspray, NEU	I-(Z)
	Spruzit-Zimmerpflanzenspray, NEU	I-(Z)
Pyrethrine, 0,5 g/kg	egesa-Pflanzen-Insekten-Spray NEU, EGE, B1	AI-(Z)
	Pflanzenspray Hortex Neu, CEL, B1	AI-(Z)
Pyrethrine, 0,5 g/l	INSEKTENIL-Raumnebel-forte-trocken-DDVP, HEN, Xn, B3	I-(V)
	microsol-vos-fluid-dry, MIC, Xn, B3	I-(V)
Pyrethrin, 1,2 g/kg	Chrysal Pflanzenspray, BRA, B3	I-(Z)
Pyrethrine, 1,65 g/kg	Dusturan Kornkäferpuder, URA, SPI, B3	I-(Z)
Pyrethrine, 1,73 g/l	Detia Professional Nebelautomat, DET, VOR, Xn, B3	I-(V)
	Insektenil-DCV-Spray, HEN, Xn, B3	I-(V)
	microsol-vos autofog, MIC, Xn, B3	I-(V)
Pyrethrine, 3 g/kg	Detia Pflanzen-Universal-Staub, DET, B4	I-(A,G,Z)
	Herba-Vetyl-Staub neu, VET	I-(A,G,Z)
	Insekten-Stäubemittel Hortex NEU, CEL, B4	I-(A,G,Z)
	Insekten-Stäubemittel Hortex, CEL	I-(A,G,Z)
	Spruzit-Staub, NEU, B4	I-(A,G,Z)
Pyrethrine, 3,85 g/l	Detia Professional Raumnebel XL, VOR, B3	I-(V)
	Detmolin P, FRO, B3	I-(V)
Pyrethrine, 35 g/l	Herba-Vetyl neu flüssig, VET	AI-(O,Z)

Wirkstoffe	Präparate	Wirkungsbereich/Einsatzgebiet
Pyrethrine, 36 g/l	COMPO Schädlings-frei, COM	I-(O,Z)
	Pyreth, ASU	I-(O,Z)
	Spruzit-flüssig, NEU, ASU, DET, FSC	I-(O,Z)
Pyrethrine, 4 g/l	Detia Professional Raumnebel M, DET, B3	I-(V)
	INSEKTENIL-Raumnebel-forte, HEN, B3	I-(V)
	INSEKTENIL-Raumnebel-forte-trocken, HEN, Xn, B3	I-(V)
	microsol-pyrho-fluid, MIC, B3	I-(V)
	microsol-pyrho-fluid-dry, MIC, Xn, B3	I-(V)
Pyrethrine, 48 g/l	Bio Insektenfrei, SPI, URA, B4	I-(O,Z)
	blitol Insektenfrei, URA, SPI, B4	I-(O,Z)
	Schädlingsfrei Parexan, CEL, B4	I-(O,Z)
Pyridat, 142,9 g/kg	ZINTAN, NAD, Xi, B1	H-(A)
Pyridat, 160 g/l	Lido SC, NAD, NAD, Xi	H-(A)
Pyridat, 250 g/kg	Lido WP, NAD, Xi	H-(A)
Pyridat, 300 g/kg	DUOGRANOL, NAD, RPA, Xn	H-(A)
Pyridat, 450 g/kg	Lentagran WP, SAD, Xi	H-(A,G)
Pyridat, 450 g/l	Lentagran 450 EC, AGL, CYD, Xn, B4	H-(A)
	Lentagran EC neu, AGL, CYD, Xi	H-(A)
Pyrifenox, 200 g/l	Dorado, NAD, Xi	F-(W)
Pyrimethanil, 200 g/l	Vision, AVO, Xn	F-(O)
Pyrimethanil, 400 g/l	Scala, AVO	F-(O,W)
Quinmerac, 125 g/l	Butisan Top, BAS, COM, Xi	H-(A)
Quinmerac, 42 g/l	Largo, BAS	H-(A)
Quinmerac, 50 g/l	Rebell, BAS	H-(A)
Quinmerac, 83 g/l	Butisan Star, BAS, COM, Xi	H-(A)
Quinoclamin, 250 g/kg	Mogeton, ASU, Xn	H-(Z)
Quinoxyfen, 500 g/l	FORTRESS, DOW, Xi	F-(A)
Quinoxyfen, 64,7 g/l	FORTRESS DUO, DOW, Xi	F-(A)
Quizalofop-P, 46,3 g/l	Targa Super, RPA, Xi	H-(A)
Rapsöl, 15,58 g/l	SCHÄDLINGSFREI NATUREN AF, TEM, CEL	AI-(G,O,Z)
Rapsöl, 777 g/l	Schädlingsfrei Naturen, CEL	AI-(G,O,W,Z)
	TELMION, TEM, AVO	AI-(G,O,W,Z)
Rapsöl, 899,1 g/l	Rako-Binol, BAY, B3	Z-(A)
Rimsulfuron, 250 g/kg	TITUS, DPB	H-(A)
Rimsulfuron, 261 g/kg	CATO, DPB, Xn, B4	H-(A)
Rimsulfuron, 500 g/kg	GRID PLUS, DPB, Xn	H-(A)
Schalenwickler-Granulosevirus, 5 g/l	CAPEX 2, CEM	I-(O)
Schwefel, 153 g/l	Kupfer 83 V, URA, SPI, DOW, B4	F-(H,O,W)
Schwefel, 725 g/l	Supersix, KCC, B4	F-(A,W)
Schwefel, 796 g/kg	Cosan 80 Netzschwefel, AVO, B4	F-(A,F,G,H,O,W,Z)
	Netz-Schwefelit, NEU, B4	F-(A,F,G,H,O,W,Z)
	Netzschwefel "Schacht", FSC, B4	F-(A,F,G,H,O,W,Z)
	Netzschwefel 80 WP, ASU, B4	F-(A,F,G,H,O,W,Z)
	Netzschwefel Stulln, JUL, B4	F-(A,F,G,H,O,W,Z)
	Stefes INSTANT, STE, B4	F-(A,F,G,H,O,W,Z)
Schwefel, 800 g/kg	Asulfa WG, ASU, B4	F-(A,F,G,H,O,W,Z)
	COMPO Mehltau-frei Kumulus WG, COM, B4	F-(A,F,G,H,O,W,Z)
	HORA Thiovit, HOR, B4	F-(A,F,G,H,O,W,Z)
	Kumulus WG, BAS, B4	F-(A,F,G,H,O,W,Z)
	Netz-Schwefelit WG, NEU, B4	F-(A,F,G,H,O,W,Z)
	Netzschwefel WG, CEL, B4	F-(A,F,G,H,O,W,Z)
	Sufran WG, SPI, URA, B4	F-(A,F,G,H,O,W,Z)
	THIOVIT, NAD, B4	F-(A,F,G,H,O,W,Z)
Simazin, 20 g/kg	Gesatop 2 Granulat, NAD, SPI, Xn, W	H-(B,F,O)
Spiroxamine, 249,9 g/l	Pronto PLUS, BAY, Xn	F-(A)
Spiroxamine, 499 g/l	Impulse, BAY, Xn	F-(A)
Stickstoff, 1000 g/kg	Lindogen, LID, B3	I-(V)
Stickstoff, 995 g/kg	Stickstoff MES, MES, B3	I-(V)
Sulcotrion, 300 g/l	Mikado, ZNC, Xi	H-(A)

Wirkstoffe	Präparate	Wirkungsbereich/Einsatzgebiet
Sulfachinoxalin, 0,19 g/kg	Brumolin Fix Fertig, SCH, CYD, B3	R-(V)
	Brumolin Ultra, AVO, B3	R-(V)
Sulfachinoxalin, 0,2 g/kg	EPYRIN plus Rattenköder, HYG, B3	R-(V)
	EPYRIN plus Rattenriegel, HYG, B3	R-(F,V)
	frunax-DS Ratten-Fertigköder, FRU, B3	R-(V)
	frunax-DS Rattenriegel, FRU, B3	R-(F,V)
	Ratak-Rattenfertigköder, ZNC, B3	R-(V)
	Ratak-Rattenriegel, ZNC, B3	R-(F,V)
Sulfachinoxalin, 0,25 g/kg	Cumarax Spezial Fertigköder, SPI, URA, B3	R-(V)
	Cumarax Spezial Rattenring, SPI, URA, B3	R-(V)
Sulfotep, 185 g/kg	Bladafum II, BAY, T	AI-(G,Z)
tau-Fluvalinat, 240 g/l	MAVRIK, SAD, SPI, URA, Xn	I-(A)
Tebuconazol, 10 g/l	SOLITÄR, NAD, B3	F-(A)
Tebuconazol, 100 g/kg	Folicur E, BAY, Xi	F-(W)
	Folicur EM, BAY, Xi	F-(W)
Tebuconazol, 125 g/l	Gladio, NAD, Xi	F-(A)
Tebuconazol, 133,3 g/l	Pronto PLUS, BAY, Xn	F-(A)
Tebuconazol, 15 g/l	LARIN, CGD, B3	F-(A)
Tebuconazol, 15,1 g/l	Akzent, RPA, Xn, B3	F-(A)
	Boson, BAY, Xn, B3	F-(A)
Tebuconazol, 199,9 g/l	Pronto, BAY, Xn	F-(A)
Tebuconazol, 20 g/l	Raxil S, BAY, B3	F-(A)
Tebuconazol, 224,5 g/l	Matador 300, BAY	F-(A)
Tebuconazol, 250 g/l	Desmel Duo, NAD, Xn	F-(A)
Tebuconazol, 251,2 g/l	Folicur, BAY, Xn	F-(A)
Tebuconazol, 251,7 g/l	Matador, BAY, DOW, Xi	F-(A)
	STEFES Matador, STE, Xi	F-(A)
Tebuconazol, 5 g/l	Landor CT, CGD, B3	F-(A)
Tebuconazol, 5,04 g/l	Arena C, BAY, Xi, B3	F-(A)
Tebuconazol, 5,08 g/l	Arena, BAY, B3	F-(A)
Tebufenozid, 240 g/l	Mimic, RHD, AVO	I-(O,W)
Tebufenpyrad, 200 g/kg	MASAI, CYD, Xn	A-(O,W,Z)
Teflubenzuron, 150 g/l	NOMOLT, CYD, B1	I-(Z)
Tefluthrin, 200 g/l	Komet RP, ZNC, Xi, B3	I-(A)
Terbufos, 20 g/kg	Counter SG, CYD, DOW, AVO, T, B3	I-(A)
Terbuthylazin, 125 g/l	Stentan, NAD, Xn	H-(A)
Terbuthylazin, 142,9 g/kg	ZINTAN, NAD, Xi, B1	H-(A)
Terbuthylazin, 150 g/l	Artett, BAS, NAD, Xi	H-(A)
Terbuthylazin, 167 g/l	Gardoprim plus, NAD, CYD, AVO, Xi	H-(A)
Terbuthylazin, 200 g/kg	Lido WP, NAD, Xi	H-(A)
Terbuthylazin, 250 g/l	Lido SC, NAD, NAD, Xi	H-(A)
Terbuthylazin, 333 g/l	GARDOBUC, NAD, Xn	H-(A)
Terbuthylazin, 490 g/l	Gardoprim 500 flüssig, NAD, Xn, B4	H-(A)
Terbutryn, 326 g/l	Anofex 500 flüssig, CGD, B3	H-(A)
Terbutryn, 490 g/l	HORA-Terbutryn 500 flüssig, HOR, B4	H-(A,G)
	HORA-Tryn 500 flüssig, HOR, B4	H-(A,G)
	Igran 500 flüssig, CGD, B4	H-(A,G)
	Stefes-Terbutryn 500 flüssig, STE, B4	H-(A,G)
	ZERA-Terbutryn 500 flüssig, HOR, B4	H-(A,G)
Thiabendazol, 10 g/kg	Drawipas, WAC, DOW, CEL, B3	FL-(F,O,Z)
	Tervanol F, ASU, B3	F-(O,Z)
	Wundverschluß Drawipas, CEL, B3	FL-(F,O,Z)
	Wundverschluß Spisin, SPI, URA, B3	FL-(F,O,Z)
Thiabendazol, 10,1 g/kg	Tervanol 3 F, ASU, Xi, B3	F-(O,Z)
Thiabendazol, 240 g/kg	Apron T 69, CGD, B3	F-(A,G)
Thiabendazol, 25 g/l	Vincit FS, ZNC, B3	F-(A)
Thifensulfuron, 240,9 g/kg	GRID PLUS, DPB, Xn	H-(A)
Thifensulfuron, 481,7 g/kg	REFINE EXTRA, DPB, Xi	H-(A)

Wirkstoffe	Präparate	Wirkungsbereich/Einsatzgebiet
Thifensulfuron, 657,3 g/kg	Concert, DPB, AVO	H-(A)
Thifensulfuron, 722,5 g/kg	HARMONY 75 DF, DPB, B4	H-(A,R)
Thiodicarb, 40 g/kg	Skipper, RPA, Xn	M-(A)
Thiophanat-methyl, 250 g/l	Konker R, BAS, Xn, B4	F-(A)
Thiophanat-methyl, 500 g/l	Cercobin FL, BAS, Xn	F-(A,O)
Thiram, 110 g/kg	Oftanol T, BAY, T, B3	FI-(A,R)
Thiram, 121,1 g/l	HaTe-PELLACOL, CYD, Xn	PF-(F,O,Z)
Thiram, 277,4 g/l	Arcotal, ASU, Xn, B3	P-(F,Z)
Thiram, 500 g/l	Tutan Flüssigbeize, CGD, Xn, B3	F-(A,G)
Thiram, 656,6 g/kg	Aatiram, ASU, Xn, B3	F-(A,G,Z)
Thiram, 98 g/kg	Aapirol Staub, ASU, Xn, B3	F-(G)
Thiram, 980 g/kg	TMTD 98% Satec, SAT, Xn, B3	F-(A,G)
Tolclofos-methyl, 100 g/kg	Risolex, SCD, URA, B3	F-(A)
Tolclofos-methyl, 250 g/l	Risolex flüssig, SUD, URA, B3	F-(A)
Tolylfluanid, 100 g/kg	BAY-12980-F, BAY, Xi, B3	F-(A)
Tolylfluanid, 400 g/kg	Folicur EM, BAY, Xi	F-(W)
Tolylfluanid, 500 g/kg	Euparen M, BAY, Xn, B4	FA-(O)
Tolylfluanid, 505 g/kg	Euparen M WG, BAY, Xi	F-(G,O,W)
Triadimefon, 22 g/kg	Bayleton-Rindenwundverschluß, BAY, B3	F-(O,Z)
Triadimefon, 250 g/kg	Bayleton Spritzpulver, BAY, Xi, B4	F-(O,Z)
Triadimenol, 125,1 g/l	Colt, BAY, T	F-(A)
Triadimenol, 125,8 g/l	Matador, BAY, DOW, Xi	F-(A)
	STEFES Matador, STE, Xi	F-(A)
Triadimenol, 220 g/kg	Baytan Universal mit Haftmittel, BAY, B3	F-(A,G)
Triadimenol, 250,7 g/l	Bayfidan, BAY, Xn	F-(A,G)
Triadimenol, 52 g/kg	Bayfidan spezial WG, BAY	F-(G,O,W)
Triadimenol, 60,05 g/l	Manta Plus, BAY, B3	FI-(A)
Triadimenol, 75 g/l	Baytan universal Flüssigbeize, BAY, B3	F-(A)
Triadimenol, 75,19 g/l	Matador 300, BAY	F-(A)
Triallat, 480 g/l	Avadex 480, MOT, SPI, Xi, B3	H-(A)
Triasulfuron, 24 g/l	Hydra, NAD	H-(A)
Triasulfuron, 3 g/kg	Lumeton, NAD, Xn	H-(A)
Triazophos, 400 g/l	Hostathion, AVO, T, B1	AI-(G,Z)
Triazoxid, 21,2 g/l	Raxil S, BAY, B3	F-(A)
Tribenuron, 241,1 g/kg	REFINE EXTRA, DPB, Xi	H-(A)
Tribenuron, 723,2 g/kg	POINTER, DPB, Xi	H-(A)
Trichlorfon, 409,5 g/l	Dipterex MR, BAY, T, B1	I-(A)
Triclopyr, 240 g/l	GARLON 2, DOW, Xn	H-(R)
Tridemorph, 375 g/l	Ilbex, NAD, BAS, T	F-(A)
	Opus Forte, BAS, T	F-(A)
Tridemorph, 375,4 g/l	Colt, BAY, T	F-(A)
Tridemorph, 750 g/l	Calixin, BAS, BAY, NAD, T	F-(A)
	Falimorph 750, CYD, T	F-(A)
Triflumuron, 250 g/kg	Alsystin, BAY, B1	I-(O,Z)
Triflumuron, 480 g/l	Alsystin flüssig, BAY, B1	I-(F)
Trifluralin, 240 g/l	Devrinol Kombi CS, ZNC, B3	H-(A)
	Elancolan K SC, DOW, B3	H-(A)
Trifluralin, 480 g/l	Demeril 480 EC, ASU, Xn, B3	H-(A,G)
	Elancolan, DOW, Xn, B3	H-(A,G)
	Ipifluor, IPC, HOR, Xn	H-(A)
	MAMBA, FSG, Xn, B3	H-(A)
	Scirocco, FSG, Xn, B3	H-(A)
	STEFES TRIFLURALIN, STE, Xn, B3	H-(A)
	Triflurex, MAC, Xn, B3	H-(A)
	ZERA-Gram, STE, Xn, B3	H-(A)
	ZERA-Trifluralin, STE, Xn, B3	H-(A)
Triflusulfuron, 485,7 g/kg	DEBUT, DPB, Xn	H-(A)
Triforin, 190 g/l	Pilzfrei Saprol Neu, CEL, Xi	F-(A,G,H,O,Z)
	SAPROL NEU, CYD, Xi	F-(A,G,H,O,Z)

Wirkstoffe	Präparate	Wirkungsbereich/Einsatzgebiet
Triforin, 190 g/l	Tarsol Neu, AVO, Xi	F-(A,G,H,O,Z)
Trinexapac, 222 g/l	Moddus, NAD, Xn	W-(A)
Triticonazol, 12,5 g/l	LEGAT, RPA, Xn, B3	F-(A)
Verbißmittel	Arbinol B, ASU	P-(F)
	Arcotal B, ASU	P-(F)
	Arcotal, ASU, Xn, B3	P-(F,Z)
	Arcotin, ASU, B3	P-(F)
	Arbin, ASU, Xn, B3	P-(A,G,O,Z)
	Certosan, FLU	P-(F)
	Cervacol extra, AVO, B3	P-(F)
	COMPO Hasen-Schreck, COM, B4	P-(G,O,Z)
	FCH 60 I rot,blau,weiss,gelb, FCH, B3	P-(F)
	FCH 909 (Wildschadenverhütungsmittel), FCH, Xi, F, B3	P-(F)
	Fegesol, ASU, B4	P-(F)
	Fegol, FCH, B3	P-(F)
	Flügel's Verbißschutzpaste, FLU, B3	P-(F)
	Flügel's Verbißschutzpulver, FLU, B3	P-(F)
	Flügol - weiß, FLU, B4	P-(F)
	Flügolla 62, FLU, B3	P-(F)
	FS-Garant 60, FLU, B3	P-(F)
	Förster Zeller'sche Blutsalbe, ZED, B3	P-(F)
	HaTe 1, SAG, F, C, B4	P-(F)
	HaTe A, CYD	P-(F)
	HaTe F, SAG, Xi, B4	P-(F)
	Kornitol, VOP, Xn, B3	P-(A,G,O,Z)
	Mörsuvin, FLU, Xi, B3	P-(F)
	Runol, FCH, B3	P-(F)
	TF 5 grau, FCH, B3	P-(F)
	Wildverbißschutz, FSC, B4	P-(O,Z)
	Weißteer TS 300, FLU, Xn, B3	P-(F)
	Wildverbißschutz, FSC, B4	P-(G)
	Wöbra, BBM, B3	P-(F)
Vinclozolin, 250 g/l	Konker R, BAS, Xn, B4	F-(A)
Vinclozolin, 500 g/kg	Ronilan WG, BAS, Xn, B4	F-(A,G,O,W,Z)
Vinclozolin, 500 g/l	Ronilan FL, BAS, SPI, URA, Xn	F-(A)
Warfarin, 0,4 g/kg	alpharatan RAT-granule, MIC, B3	R-(V)
	Cumarax Fertigköder, SPI, URA, B3	R-(V)
	Cumarax Rattenring, SPI, URA, B3	R-(V)
	CURATTIN-Granulat, HEN, B3	R-(V)
Warfarin, 0,55 g/kg	Cumarax Spezial Fertigköder, SPI, URA, B3	R-(V)
	Cumarax Spezial Rattenring, SPI, URA, B3	R-(V)
Warfarin, 0,75 g/kg	alpharatan RAT-disk, MIC, B3	R-(V)
	Curattin Rattenscheiben, HEN, B3	R-(V)
Warfarin, 0,792 g/kg	Tox - Vetyl neu "Fertigköder", VET, B3	R-(V)
Warfarin, 0,8 g/kg	Cypon-Fertigköder, VLO, B3	R-(V)
	Marnis Ratten- und Mäuseköder, MRN, B3	R-(V)
	Merz-Cumarin-Fertigköder, MRZ, B3	R-(V)
	Rattomix Fertigköder, BRE, B3	R-(V)
	Sugan-Rattenköder, NEU, B3	R-(V)
	Tetan Rattenköder, HAW, B3	R-(V)
	Vermitox Rattenköder, VER, B3	R-(V)
Warfarin, 1,3 g/kg	Quiritox, NEU, B3	R-(G,O,R,Z)
Warfarin, 4,8 g/kg	alpharatan RAT-dust, MIC, B3	R-(V)
	CURATTIN-Haftstreupuder, HEN, B3	R-(V)
Warfarin, 7,5 g/kg	Cumarax Köder- und Streumittel, SPI, URA, T, B3	R-(V)
Warfarin, 7,9 g/kg	Sugan-Streumittel, NEU, T, B3	R-(V)
Warfarin, 7,92 g/kg	Tox-Vetyl neu "Streupuder", VET, T, B3	R-(V)

Wirkstoffe	Präparate	Wirkungsbereich/Einsatzgebiet
Z-9-Dodecenylacetat, 75 g/kg	RAK 1 + 2, BAS	E-(W)
Z-9-Dodecenylacetat, 90 g/kg	RAK 1 Plus Einbindiger Traubenwickler, BAS	E-(W)
Zinkphosphid, 20 g/kg	Arrex M Köder klein, CYD, Xn, B3	R-(F)
Zinkphosphid, 24 g/kg	Giftweizen Fischar, FIA, Xn, B3	R-(A,F,G,O,R,Z)
	Giftweizen P 140, ASU, T+, B3	R-(A,G,O,R,Z)
	Mäusegiftweizen "Schacht", FSC, T+, B3	R-(A,G,O,R,Z)
	Pollux Giftkörner, CFW, Xn, B3	R-(A,F,G,O,R,Z)
	Recozit-Mäusefeind Giftweizen, REC, Xn, B3	R-(A,F,G,O,R,Z)
	Segetan Giftweizen, SPI, URA, T+, B3	R-(A,F,G,O,R,Z)
Zinkphosphid, 25 g/kg	Giftweizen Neudorff, NEU, T+, B3	R-(A,F,G,O,R,Z)
	Ratron-Giftweizen, DDZ, Xn, B3	R-(A,G,O,R,Z)
Zinkphosphid, 30 g/kg	Arrex E Köder, CYD, Xn, B3	R-(F)
Zinkphosphid, 30,4 g/kg	DELU Wühlmausköder, GEI, T+, B3	R-(A,G,O,R,Z)
	Detia Mäuse Giftkörner, DET, GGG, T+, B3	R-(A,F,G,O,R,Z)
	Detia Wühlmausköder, DET, T+, B3	R-(A,G,O,R,Z)
Zinkphosphid, 56 g/kg	Rattekal-plus, DDZ, T+, B3	R-(G,O,V,Z)
Zusatzstoffe	Rako-Binol, BAY, B3	Z-(A)
	Schaumstopp, WAC, DOW	Z-(X)

10.2 Liste der Pflanzenschutzmittel mit Zulassungs- unterbrechung

Die nachfolgende Liste enthält Pflanzenschutzmittel, deren Zulassung beendet ist, aber nach vorliegenden Informationen der Antragsteller bzw. Vertriebsfirmen eine Wiederzulassung betrieben und in Kürze erwartet wird.

Es sind Wirkstoffe und zugehörige Präparate enthalten, die im Kapitel "Krankheiten und Schädlinge der Kulturpflanzen und ihre Bekämpfung" mit folgender Kennzeichnung erwähnt wurden:

[1]   Handelspräparate des genannten Wirkstoffs sind zur Zeit nicht zugelassen. Die Wiederzulassung ist jedoch beantragt. Im Betrieb befindliche Restmengen können dort noch bis zum Ablauf des zweiten auf das Ende der Zulassung folgenden Jahres aufgebraucht werden.

Zusätzlich sind zur Zeit nicht zugelassene Herbizide aufgeführt, die derzeit nicht durch vergleichbare Präparate zu ersetzen sind.

Wirkstoffe - Präparate

Wirkstoffe	Präparate	Wirkungsbereich/Einsatzgebiet
Linuron, 475 g/kg	Afalon, AVO, Xn, B4, W	H
Procymidon, 502 g/kg	Sumisclex WG, BAV, B4	F
Pyrazophos, 294 g/l	Afugan, HOE, DOE, Xn, B1	F
Thiabendazol, 451 g/l	Tecto fl, MSD, B4	F
Ziram, 320 g/kg	AAprotekt, ASU, Xn, B4	P

10.3 Liste von Pflanzenschutzmitteln (Bescheid nicht bestandeskräftig)

Für Pflanzenschutzmittel, deren Zulassungsbescheide zur Zeit des auf der Datendiskette angegebenen Datums nicht bestandeskräftig sind, stellt die Biologische Bundesanstalt derzeit Informationen über deren Anwendungsgebiete per Datendiskette nicht zur Verfügung, so daß diese im Kapitel "Pflanzenschutzmittelübersicht" nicht berücksichtigt werden können. Dies betrifft sowohl **Neuzulassungen** als auch **Änderungen** hinsichtlich einer Ergänzung von Anwendungsgebieten oder Auflagen.

Die nachfolgende Liste enthält die Pflanzenschutzmittel, die in dieser Weise betroffen und aus Mangel an verfügbaren Daten nicht vollständig im Taschenbuch darstellbar sind.

Präparate - Wirkstoffe

Präparate	Wirkstoffe		Bemerkungen
Alzodef, SKW, Xn	Cyanamid, 519,4 g/l	HW	Anwendungsgebiete wie bisher (Krautabtötung bei Kartoffeln und Unkrautbekämpfung in lagerndem Getreide, Porree, Zwiebeln und Tomaten unter Glas).
Chlormequat 720, STE, Xn	Chlormequat, 558 g/l	W	Das Präparat *Chlormequat 720* wird nicht vertrieben. Die Anwendung ist wie bei *Stefes CCC 720* vorgesehen.
Dimanin-Spezial, BAV, Xn, B3	Didecyldimethyl-ammoniumchlorid, 307 g/l	BFH	Gegen Algen im Außenbereich eingeschränkte Anwendungsbedingungen, gegen bakterielle und pilzliche Schaderreger im Zierpflanzenbau unverändert.
Fusilade Plus, ZNC, Xi	Fluazifop-P, 218 g/l	H	neu zugelassen gegen einkeimblättrige Unkräuter, in höheren Aufwandmengen auch zur Niederhaltung von Quecken, ausgewiesen in: Rüben, Kartoffeln, Winterraps und im Forst.
Gramoxone Extra, ZNC, T	Paraquat, 100 g/l	H	Wiederzulassung, Anwendungsgebiete wie bisher (gegen Unkräuter und Deckfrüchte in Mais, Zuckerrüben, Baumschulen und im Weinbau).
Haltox, DET, DGS,T+	Methylbromid, 997 g/kg	I	Anwendung nur noch in leeren Räumen (Mühlen und Speichern)
Karate WG Hopfen, ZNC, Xn	lambda-Cyhalothrin, 50 g/kg	I	neu zugelassen gegen Liebstöckelbohrer im Hopfenbau, Spritzanwendung als Einzelpflanzenbehandlung mit 0,1%.
MENNO Florades, MEN, Xi	Benzoesäure, 90 g/l	BVF	neu zugelassen zur Desinfektion im Zierpflanzenbau.
NISSHIN, ISK, BAS, Xn	Nicosulfuron, 40 g/l	H	neu zugelassen, wird jedoch nicht vermarktet, Anwendungsgebiete wie bei *Motivell*.
OKAPI WG, ZNC, Xn	lambda-Cyhalothrin, 16,7 g/kg Pirimicarb, 333,3 g/kg	I	neu zugelassen gegen Blattläuse, auch als Virusvektoren, Getreidehähnchen und Rübenfliege in Rüben, Getreide und Kartoffeln.
Quintil 500, ASU, Xn	Isoproturon, 501,8 g/l	H	Produkt soll nicht vermarktet werden, daher hier streichen!
Toluron 700 SC, MAC, STE	Chlortoluron, 700 g/l	H	Die Anwendungsgebiete sind identisch mit dem Präparat *ZERA-Chlortoluron 700 fl*.
Torque, CYD, Xn	Fenbutatin-oxid, 500 g/kg	A	--

10.4   Sachregister